本书为国家社科基金基础研究项目"乾隆朝诗学的历史展开研究"（12BZW051）最终成果，获得华南师范大学建设高水平大学经费资助出版，谨此致谢！

History of Qing Poetics

# 清代诗学史

第二卷

## 学问与性情
### （1736—1795）

蒋 寅 著

中国社会科学出版社

**图书在版编目（CIP）数据**

清代诗学史. 第二卷, 学问与性情: 1736—1795/蒋寅著.
—北京: 中国社会科学出版社, 2019.11
　ISBN 978-7-5203-4731-0

　Ⅰ. ①清…　Ⅱ. ①蒋…　Ⅲ. ①诗学—诗歌史—研究—
中国—清代　Ⅳ. ①I207.209

中国版本图书馆 CIP 数据核字 (2019) 第 145613 号

| | |
|---|---|
| 出 版 人 | 赵剑英 |
| 责任编辑 | 郭晓鸿 |
| 特约编辑 | 王顺兰 |
| 责任校对 | 冯英爽 |
| 责任印制 | 戴　宽 |

| | |
|---|---|
| 出　　　版 | 中国社会科学出版社 |
| 社　　　址 | 北京鼓楼西大街甲 158 号 |
| 邮　　　编 | 100720 |
| 网　　　址 | http://www.csspw.cn |
| 发 行 部 | 010-84083685 |
| 门 市 部 | 010-84029450 |
| 经　　　销 | 新华书店及其他书店 |

| | |
|---|---|
| 印刷装订 | 北京明恒达印务有限公司 |
| 版　　次 | 2019 年 11 月第 1 版 |
| 印　　次 | 2019 年 11 月第 1 次印刷 |

| | |
|---|---|
| 开　　本 | 710×1000　1/16 |
| 印　　张 | 47 |
| 插　　页 | 2 |
| 字　　数 | 737 千字 |
| 定　　价 | 198.00 元 |

# 目　　录

# 绪　　论

我们即将展开论述的乾隆朝诗学，能否作为清代诗学史的一个独立时段，一定是存在疑问的。怀疑来自两个方面：一是以王朝为诗学史的分期单位是否合理，二是乾隆一朝的诗学是否具有某种自足性，足以构成一个完整的历史段落。从我进入清代诗学史的研究开始，就一直心存这一疑问。近几十年来，放弃以王朝为历史分期单位的主张，在文史学界一直呼声很高，用年代、世纪、文化特征乃至国体作为历史分期单位来讨论中国历史、文学的方式也为越来越多的学者所采用①。尽管如此，我仍然认为在中国文学史研究中，以王朝为分期单位有着不可替代的优势。因为王朝不只是一个纪年的时间框架，更是联系着文化、政治认同的生活空间和想象的共同体。被称为盛清的康熙、雍正、乾隆三朝，后来史家都认为圣祖主张宽和，近乎德治；世宗主张严厉，近乎法制；高宗主张宽严并济，近乎文治②。三朝的治国理念决定了其政治、文化、经济政策和行政模式，给生活在其中的人们带来特定的生活感受和心理趋向。世宗鉴于康熙末年皇子们为争夺皇位骨肉相残的教训，为了杜绝其弊，采用储位密建之法。当雍正十三年（1735）八月二十日世宗驾崩，庄亲王允禄等开启传位诏书封匣，宣告弘历膺祚继统时，臣民起码可以放心，这位才识兼备、深受圣祖宠爱并合法即位的新皇

---

① 有关清史研究中的这一倾向，可参看司徒琳《世界时间与东亚时间中的明清变迁》下卷引论，赵世瑜、赵世玲译，《清史译丛》第四辑，中国人民大学出版社 2005 年版，第 82—83 页。

② 庄吉发：《运际郅隆：乾隆皇帝及其时代》，《清史论集》第十三辑，（台湾）文史哲出版社 1997 年版，第 110 页。

帝，不会带来皇权之争遗留的政治恐怖和人事变更，朝野可以期待一个平安祥和时代的来临。这就是王朝纪年"乾隆"作为历史分期单位所具有的文化标志意义——一个大权独揽的君主确实能决定一个历史时期的面貌，它足以构成一个具有自足性的时间阶段及其过程，让我们建立起诗学史叙述。当然，我也意识到历史的面貌只能根据文献记载和有限的实物遗存来复现。从根本上说，文献记载和实物遗存即所谓史实只不过是一串无法精确定义的概念和完整时间过程的部分片段，其真实的含义本来只有在完整的历史中才能体现，而历史却永远无法完整地再现，这就决定了一切历史叙述都是介于可信的判断和难以证实的推断两者之间的假说，而且很大程度上是在一个主观设定的框架内进行操作，就像我将乾隆王朝的诗学作为清代诗学史一个相对独立的阶段来认识。首先强调这一点，不是要为自己有限的历史知识寻求免责，而只是想表明，我希望做一个严肃的诗学史研究者，而不是摆出一个做历史研究的姿态却又不受历史学科学术规则的约束。

## 一 乾隆朝社会、政治环境

即使如我在第一卷导论中那样肯定了乾隆朝作为诗学史段落的合理性，作为整体判断它仍存在一些不确定性。事实上这段历史的意义，在两种时间框架中本身就有不同的判断，即究竟是盛世的顶点，还是衰世的开始？

乾隆朝的富庶，是不容置疑的，尤其是相比顺、康、雍三朝。虽然康熙朝的政治清和常给人盛世的联想，但初期经历明末战乱的破坏尚未休息，接着就是平三藩，征讨噶尔丹，兴军费巨，国库收入严重不足，直省亏空与日俱增，以致户部财政捉襟见肘，人民租税负担沉重，整个社会还说不上富裕。经过世宗改革财政，清查钱粮，耗羡归公，又摊丁入地，按户征税，并且赋民轻而税商重，既保证税收的稳定，又减轻了贫民的人头税负担，国库日渐殷实，民生日见富足。高宗25岁即位，对祖、父两代的善政萧规曹随，相沿不改，保持了政治的延续性和连贯性，使国势日渐走旺。

据《清史稿·食货志》记载，"清承明季丧乱，人口凋残，经累朝休养生息，故户口之数，岁有增加"。康熙元年（1662）全国人口数为19203233人，到雍正元年（1723）增长到25326307人，雍正十二年（1734）达26417932人，七十多年仅增长37.6%。而到乾隆六十年（1795）竟激增至296968968人，六十年间增长了十多倍!① 到乾隆五十二年（1787），青浦一县人口由顺治朝的 31525 口增至 546239 口，也增长了十几倍②。可见民生得到休息之一斑。另外，还有一个值得注意的现象，即赋税增长的不成比例：赋税仅由康熙初的银 2850 余万两、粮 612 余万石，增加到乾隆末的银 2990 余万两、粮 830 余万石，而户部实在库银却由康熙六年（1667）的 248 万余两、雍正元年（1723）的 2371 万余两增加到乾隆三十九年（1774）的 7390 万余两。这种人口增长与赋税增长的不成比例，赋税增长与国库积累的不成比例，未必像历史学家认为的那样，足以说明生产力增长不明显，而应该是雍正初朝廷"永不加赋"的结果。在中国这样的农业国家，生口日繁与劳动力、GDP 的增加是有直接因果关系的，所以人口剧增让人担心的不是洪亮吉《生计篇》所述的物价腾踊、民生日艰的社会问题，倒是富足引发的奢靡之风，导致"民情游惰，田亩荒芜"以致入不敷出。乾隆五十八年（1793）高宗谕"各省督抚及有牧民之职者，务当随时劝谕，剀切化导，俾皆俭朴成风，服勤稼穑，惜物力而尽地利，共享升平之福。毋得相竞奢靡，习于怠惰，用副朕爱养黎元、谆谆教戒之意"③，正是针对这一现实及可能导致的后果的警惕。近年有学者因而称乾隆时代为"饥饿的盛世"④，如果不是过于夸张地理解"饥饿"二字，那么也可以感受为《红楼梦》荣宁二府那种行将凋谢的荣华。但那凋谢的趋势是很少有人意识到的，人们普遍生活在富裕繁华的盛世感觉中。尤其是那些远离社会底层生活、游弋在文艺风雅中的文人，更是一派身处昌明盛世的自豪感觉。

从登基开始，高宗就显示出要做一个有为君主的姿态，在农政、粮政两方面进行了大刀阔斧的改革，并以此为突破口，在整顿吏治和治理社会方面也作了一些探索。一面为遭父皇迫害的那些叔叔恢复原有的地位和待遇，一面也为受到打击的高官平反，暂时消解君臣之间的紧张和敌意。他竭力表明自己为政主中道，"既思法圣祖之宽大，以期民康物阜之休，而又虑臣下不善奉行，泄沓成风，渐

---

① 法式善：《陶庐杂录》卷一，中华书局 1959 年版，第 21—23 页。
② 诸联：《明斋小识》卷四，嘉庆十九年刊本。
③ 法式善：《陶庐杂录》卷一，中华书局 1959 年版，第 23 页。
④ 张宏杰：《饥饿的盛世》，湖南人民出版社 2012 年版。

趋于纵弛之习"，故尝谕百僚：

> 天下之事，有一利必有一害，凡人之情，有所矫必有所偏，是以中道最难……必如古圣帝王，随时随事，以义理为权衡而得其中，乃可以类万物之情，而成天下之务。故宽非纵弛之务，严非刻薄之谓，朕恶刻薄之有害于民生，亦恶纵弛之有妨于国事，尔诸臣尚其深自省察，交相劝勉，屏绝揣摩迎合之私心，庶几无旷厥职，而实有补于政教，戒之慎之！①

登基之初，他得张廷玉、陈宏谋、刘统勋等贤臣辅佐，自奉俭省，存恤灾患，整治僧道，禁除盗贼、赌博、斗殴、娼妓四恶，克成十全武功。尽管中期以后，和珅当政，朝纲渐弛，贪污成风。如包世臣所说："世臣生乾隆中，比及成童，见百为废弛，贿赂公行，吏治污而民气郁，殆将有变。"② 但这在盛世光环的笼罩下，是很难觉察并预见其后果的。因此，无论我们对乾隆朝的整体国势如何判断，有一点是无可置疑的，乾隆朝六十年间基本是升平、富足的，满汉民族间的紧张关系渐趋松弛，汉人对清朝的政治和文化认同进一步提升。前辈学者孟森曾断言，"盖至世宗朝而法禁大备，纯以汉族传统之治体为治体"③，而到乾隆朝则汉人的抵触感和不适感已日益淡化，像钱穆说的"汉人反动心理，殆亦消失净尽"④。这对一个多民族王朝来说原是政治安定的必要前提，可是这一现实却让十全武功皇帝清高宗感到了深刻的不安，他感到一种危机正像冰层下汹涌的暗流，在冲击着王朝的根基。

美国学者欧立德（Mark C. Elliott）指出："至乾隆登基之时，满洲人正日益面临着沦为自己成功的牺牲品之危机。在与汉人生活的一个世纪中，高生活水准、轻率鲁莽、自命不凡及不事生产的综合影响正严重威胁着满洲人，那些令人敬畏的、高素质的军事精英正在趋于变成一个寄生的、不再辉煌的勇士阶层，而且，他们已经不再能用母语交流。因此，乾隆时期正是满洲身份认同发生重大危

---

① 参看王止峻《史事丛谈》，（台湾）商务印书馆1986年版，第484页。
② 包世臣：《再与杨季子书》，《艺舟双楫》卷一，（台湾）商务印书馆1973年版，第13页。
③ 孟森：《清史讲义》，中华书局2010年版，第19页。
④ 钱穆：《国史大纲》，（台湾）商务印书馆1985年版，第633页。

机之时，清朝的未来悬而未决。"① 这里的"清朝"自然是就世界史视域中的满洲帝国而言的，高宗正面临着满洲帝国的政治基础——八旗制度的瓦解，满人正不可遏止地在加快汉化的速度。欧立德认为，高宗采取了两项策略来化解危机，一是强化八旗体制，一是促进满洲民族意识的复兴。"乾隆以父亲为榜样，不知疲倦地去维持和加强诸如勇猛、节俭及骑射技巧等满洲的传统和美德。他尽其所能地去保护满洲特有的认同，包括推进满语的使用、整理并编辑历史资料、书写赞美满洲故土的诗歌、整编宗教礼仪及庆祝满洲的尚武文化等。"② 面对满人日趋汉化、八旗制度日趋瓦解的现实，高宗不得不考虑如何强化满洲权威、抑制汉官势力的问题。乾隆十三年（1748）他开始借孝贤皇后去世为契机，拿三朝元老、朝廷重臣之一张廷玉开刀，以震慑汉族臣僚③。此后更是通过编纂开国以来满汉大臣表传及明季贰臣传、赐予明季殉节诸臣谥号等一系列手段，强化满洲文化身份及其主体性。

这里不能不提到清代最为人诟病的文字狱问题。一般认为，文字狱起于宋代，到清代而极其至。苏东坡以咏桧诗"根到九泉无曲处，世间唯有蛰龙知"（《王复秀才所居双桧二首》）而被诬为不臣，险遭祸戾；南宋胡铨、李光都因与客唱酬语涉怨谤而受惩处；王庭珪又因作诗送胡铨而罢官。这些案子比起清代的文字狱来就微不足道了，故自民国以来，"言有清败德者，必举文字狱，若庄氏史案，若吕留良、曾静案，若查嗣庭、陆生楠、谢济世等案，史乘班班可考"④。清代文字狱也因此在后人心目中留下深刻印象，乾隆朝的历史更常被描绘成一个异常恐怖的社会，以鲁迅《无声的中国》为代表：

> 这不能说话的毛病，在明朝是还没有这样厉害的；他们还比较地能够说些要说的话。待到满洲人以异族侵入中国，讲历史的，尤其是讲宋末的事情的人被杀害了，讲时事的自然也被杀害了。所以，到乾隆年间，人民大家便

---

① 欧立德：《皇帝亦凡人：乾隆·世界史中的满洲皇帝》，清石译，（台湾）八旗文化出版公司 2015 年版，第 102 页。

② 同上书，第 112—114 页。

③ 高王凌：《乾隆十三年》，经济科学出版社 2012 年版。

④ 佚名：《指严笔记》，《康雍乾间文字之狱》（外十二种），北京古籍出版社 1999 年版，第 85 页。

更不敢用文章来说话了。所谓读书人，便只好躲起来读经，校刊古书，做些古时的文章，和当时毫无关系的文章。①

对鲁迅的这一说法，除了要注意它在历史知识上存在的问题外，还要考虑其中借古讽今的现实批评色彩。鲁迅虽然生活在可以自由办报纸的民国时代，毕竟也不能没有顾忌。当我们平心静气地远距离观察清代文字狱，考察它们所针对的对象及影响，就会同意前人说的，"康熙间屡次文字狱，虽文网深密，然因天下未定，其所对付者，亦半属实意为难之人，霸者为自卫计，尚非得已也"②。作为满族统治的王朝，清廷对汉人的政治反抗和文化抵斥始终抱有高度的警惕。自康熙二年（1663）庄氏《明史》案以降，历经康熙五十年（1711）《南山集》案，雍正七年（1729）吕留良《诗史》案，乾隆三十二年（1767）齐周华狱、四十二年（1777）王锡侯狱、翌年徐述夔狱，可见清廷的文化高压是伴随着政治平定而逐渐增强的。这些著名的文字狱案所涉及的人和事，都实有关系，并非捕风捉影，有意罗织。比如那个最有名的"清风不识字，何必乱翻书"的故事，后人常会认为是曲解附会，强加罪名，但据陈作霖《炳烛里谈》记载：

> 上元车大师鼎晋，奉诏校《全唐诗》。其弟鼎丰有句云："清风不识字，何必乱翻书。"一日，与弟鼎贲小饮，酒杯为明瓷，底有"成化年造"字样。鼎丰翻其杯以示酒干，曰："大明天下今重见。"鼎贲置其壶于傍，曰："且把壶儿搁一边。"取壶、胡同音也。后二人以吕留良案牵连被戮，鼎晋以忧死。③

若此事属实，那么车氏兄弟确有讪谤之语，无论予以什么惩处，在那个时代都是正当、合法的。再比如私家修史，宋绍兴十九年（1149）就曾颁令严禁，许人告发；嘉泰二年（1202）二月亦曾禁私史，"有商人私持起居郎熊克《中兴小纪》及《九朝通略》等书欲渡淮，盱眙军以闻，遂命诸道郡邑书坊所鬻书，凡事干

---

① 鲁迅：《鲁迅全集》第 5 卷，人民文学出版社 2014 年版，第 33 页。
② 佚名：《康雍乾间文字之狱》，《康雍乾间文字之狱》（外十二种），第 51 页。
③ 陈作霖：《炳烛里谈》，《金陵琐志九种》下册，南京出版社 2008 年版，第 307 页。

国体者，悉令毁弃"①。类似这等普通史书尚且禁毁，若文涉讪谤或许也不免罹祸吧？欧洲历史上教会掌权的时代，触犯宗教自然观的科学家会被烧死，不知道编纂政治立场叛逆的历史、文学典籍，会不会遭受罪刑？

但有一点我想是可以肯定的，凡被当时道德、法律、习俗视为不正当的言行，绳以任何严刑峻法都不会在社会上造成恐怖气氛，因为大多数循规蹈矩的人都会觉得与自己无关。只有蓄意罗织罪名、捕风捉影的诬告，不在此列。而罗织和诬告，即使在那个时代也不是正当、合法的行为，通常不为人君所认可。袁枚《随园诗话》卷四载："陈沧州先生守苏州，《重游虎丘》诗云：'雪艇松龛阅岁时，廿年踪迹鸟鱼知。春风再扫生公石，落照仍衔短簿祠。雨后万松全逻逤，云中双塔半迷离。夕佳亭上凭阑处，红叶空山绕梦思。''尘鞅删余半晌闲，青鞋布袜也看山。离宫路出云霄上，法驾春留紫翠间。代谢已怜金气尽，再来偏笑石头顽。楝花风后游人歇，一任鸥盟数往还。'其时总督噶礼，以诗为诽谤，句句旁注，而劾奏之，摘印下狱。圣祖诏云：'诗人讽咏，各有寄托。岂可有意罗织，以入人罪？'命复其官。寻擢霸昌道。"② 陈鹏年的故事并非绝无仅有，倒不如说是常态。对吕留良案，世宗虽著文严厉申斥，但最终不杀曾静，未焚吕留良之书，仅以其供辞刊布天下，以儆世人。这应该不会对一般恭顺输心的士大夫造成压力，以致后人甚为赞许他操纵一世的谋略。鉴于当时"往往挟睚眦之怨，借影响之词，攻讦诗书，指摘字句，有司见事风生，多方穷鞫，或致波累师生，株连亲故，破家亡命"的现实③，山东道御史曹一士于乾隆元年（1736）二月上《请宽妖言禁诬告折》云：

　　臣愚以为，井田封建，不过迂儒之常谈，不可以为生今反古；述怀咏史，不过词人之习态，不可以为援古刺今。即有序跋偶违纪年，亦或草茅一时失检，非必果怀悖逆，敢于明布篇章。若此类皆比附妖言，罪当不赦，将使天下告讦不休，士子以文为戒，殊非国家义以正法，仁以包蒙之至意也。

① 毕沅：《续资治通鉴》卷一五六，中华书局1957年版，第9册，第4199页。
② 袁枚：《随园诗话》卷四，江苏古籍出版社2000年版，第86页。
③ 佚名：《康雍乾间文字之狱》，《康雍乾间文字之狱》（外十二种），第60—61页。

臣伏读皇上谕旨，凡奏疏中，从前避忌之事，一概扫除。仰见圣聪，廓然大度，即古敷奏采风之盛事。臣窃谓大廷之章奏尚捐忌讳，则在野之笔札焉用吹求？请敕下直省大吏，查从前有无此等狱案、现在不准援赦者，条列上请，候旨钦定。嗣后凡有举首诗文书札悖逆讥刺者，审无的确形迹，即以所告之罪，依律反坐，以为挟仇诬告者戒。庶文章之株累悉蠲，告讦之刁风可息，使于风俗人心稍有裨益。①

当时刑部奉旨就曹折议覆："应如所奏。至承审各官有率行比附成狱者，以故人人罪论。"谕旨从之。次月即赦免汪景祺、查嗣庭两案缘坐亲属。高宗践位十余年，自称从未以文字责人，直到乾隆二十年（1755）胡中藻诗文一案才开戒。究之胡某不过是个才拙笔涩而又好舞文弄墨的官僚，常有些词不达意的文字，高宗毛举其诗文中悖逆之语，纯粹是拿他开刀，借以打击鄂尔泰的势力。也就是说，胡中藻实际上是高宗剪除朋党势力的牺牲品，并不是纯因文字忤逆获罪。类似胡中藻这种水平的臣僚，当时多有，顶多严旨申斥，不至于问罪②。但此风既开，别有用心者如法效尤，遂引发一连串以文字中伤、诬陷他人的恶劣案件。据郭成康、林铁钧《清朝文字狱》一书所列，自乾隆六年（1741）起，终乾隆一朝计有文字狱案一百四十余起，这难免予人言论环境险恶、世道黑暗的印象。但我阅读有关文献，觉得其中多属官绅间互相倾轧，邻里间挟忿诬告，严格意义上的文字狱不及半数。而出自朝廷所兴，以遏制言论、禁锢思想、灭绝异端为目的的案件更是少而又少，并且给予严酷惩罚的也不是很多。为此，我不禁怀疑，乾隆朝甚至整个清代文字狱的现实影响，在今天的历史叙述中，是不是为龚自珍"避席畏闻文字狱，著书都为稻粱谋"一联所引导，而在某种程度上有所夸大？或者也像鲁迅的议论一样，含有借古讽今的现实批判意味在内？这一百多件文字狱比起

---

① 郭成康、林铁钧：《清朝文字狱》，群众出版社1990年版，第312—313页。

② 如孙静安《栖霞阁野乘》所载"世臣以诗稿见斥"事："高宗驻跸盛京，祗谒陵寝，以祭器潦草，革盛京礼部侍郎世臣职。又以世臣诗稿有'霜侵鬓朽叹途穷'之句，谕谓：'卿贰崇阶，有何穷途之叹？彼自拟苏轼之谪黄州，以彼其才其学，与轼执鞭，将唾而笞之。'世臣诗又有云：'秋色招人懒上朝。'谕谓'寅清重秩，自应夙夜靖共，乃以疏懒鸣高，何以为庶寮表率？'诗又云：'半轮明月西沉夜，应照长安尔我家。'谕以盛京为丰沛旧乡，世臣不应忘却，严旨斥责。"《清代野史》第七辑，巴蜀书社1988年版，第33页。

"反右"和"文革"来，怎么说也是不足道的小巫啊！严迪昌举以为据的李祖陶《与杨蓉渚明府书》，原文是这样的：

> 夫文者所以明道，亦所以论事也。朝廷之上，有直言极谏之臣，故贾谊、陆贽之徒，往往痛哭流涕于章疏；草野之间，有扪衡抵掌之士，故苏明允、陈同甫、唐荆川、艾千子辈，或指时政之阙失，或伤学术之偏颇，或痛文运之迁流，亦往往举其抑塞磊落者，确凿指陈于论策书札序记之间。其大者可为万世著龟，其小者足为一时药石。延至康熙中叶，此风未尝少衰。此古人之文所以盛也。今则倪倪伈伈，如在云雾之中。始而朝廷之上避之，继而草野之间亦避之。始而章疏之文避之，继而序记碑志之文亦避之。其初由一二公之忌克，借语言文字以倾人；其后遂积为千万人之心传，各思敛笔惜墨以避祸。（中略）盖古人之文，一涉笔必有关系于天下国家；今人之文，一涉笔唯恐触碍于天下国家。此非功令实然，皆人情望风觇景，畏避太甚。见鳝而以为蛇，遇鼠而以为虎。消刚正之气，长柔媚之风，此于世道人心，实有关系。①

李祖陶系嘉庆十三年（1808）举人，享寿83岁，书作于何年不清楚，多半不在乾隆朝。严迪昌未引"此非功令实然"及"其初由一二公之忌克"云云，就模糊了作者将士人不敢议论时政归结为士大夫倾轧中伤的主旨。实际上李氏讨论的主要是言论禁蔽的问题，这在古代奏请广开言路的奏疏中都会提到，与文字狱不是一码事。这样一想，看张问陶《秋日》诗："心空妄见凭真气，诗敢危言托圣朝。"虽不无颂美之嫌，但对朝廷不以诗文罪人似乎还抱有信心。洪亮吉自伊犁释归，曾燠题其《荷戈》《赐环》二集也说："君得为诗是国恩，长歌万里入关门。请看绍圣元符际，苏轼文章戒不存。"言下容有为北江解嘲之意，但也未尝不是实情。更兼严迪昌指出的，"由于学政命官和封疆大吏的愈趋于风雅化，诗人与朝廷名臣的密合为一，诗界的贵族化、缙绅化倾向必更加重。他们的'嘉惠士林'，极一时诗酒流连之盛，对心态处于悸惊和抑郁的才士们也确实构成别样

---

① 李祖陶：《迈堂文略》卷一，同治七年刊本。

的温馨感，从而既多少淡化去一些文字大狱造成的恐怖氛围，又必圆融入更见浓重的清真醇雅风调"①。由此，我们对文字狱作用于文学的实际影响或许可以抱更宽松的理解，不必过于强调其严酷性。

当然，这么说绝不是抹杀清廷的文化专制色彩及其对社会的巨大影响。事实上，由于反清意识和抗清活动多集中于东南，文字狱案遂也多发于江浙一带，不可避免地在江南士人心态上激起一定的反应。正如我在第一卷论虞山二冯的诗学观念时指出的，冯班《陆敕先玄要斋稿序》称"忠愤之词，诗人不可苟作也。以是为教，必有臣诬其君，子谪其父者，温柔敦厚其衰矣"，《再生稿序》称"今善于刺时者，宜有文字之祸焉。少年或讥其无益教化，亦弗顾也"②，无不坦率地表达了自己对"刺时"可能招致文字之祸的畏惧，希望后人能谅解他的苦衷。这应该是当时许多文士面对改朝换代后异常的政治局势所共有的心理。迨乾隆中期，士人面对愈益强大的政治压力，也越发明显地感受到情感表达受到限制的环境氛围。在性灵诗风开始炽盛的乾隆三十四年（1769）前后，任丘张方予等结诗社，边连宝以康熙间曾有边汝元等结还真社，初名之续真社，后改为慎社。边中宝题诗曰："随园颜社以续真，旋更厥名署曰慎。真社先民只率真，才高态广难逐趁。后生步之侚规矩，疏狂窃恐流西晋。……随园乃更进一义，会意象形译慎字。右旁从真左从心，真心贯注慎斯至。曰真曰慎约无二，为语同人尚慎旃。"③ 其间意识的变化让人怀疑和文字狱在人们心头留下的阴影有关。李重华《贞一斋诗说》有一段议论很值得玩味："虞帝谓'诗言志'，又曰'劝之以九歌'，至孔子存录，正则歌咏盛德，变则讽喻末流，立教盖如此其大也。杜子美云：'陶冶性灵存底物，新诗改罢自长吟。'是就言志中专指一端为言。须知古人诵诗以治性情，将致诸实用，原非欲能自作诗。今既藉风雅一道，自附立言，则美刺二端，断不得轻易著手。大致陶冶性灵为先，果得性灵和粹，即间有美刺，定能敦厚温柔，不谬古人宗指；否则于己既导欲增悲，于世必指斥招尤，或

① 严迪昌：《清诗史》，（台湾）五南图书出版公司1998年版，下册，第636页。
② 冯班：《钝吟文稿》，康熙刊本。
③ 边中宝：《题张方予慎社十一人传后》，《竹岩诗草》卷二，乾隆四十年刊本。

谀人求悦，取戾自不小也。"① 其中隐约流露出一丝对以文字获罪的忧惧，这不能不说是当时的政治环境在人们心理上的曲折反映。

如此看来，说文字狱造成险恶的政治、言论环境或相反，都有一定的根据或理由，我们既无法否认这种环境的存在，也无法给它判定一个分值，以便与历史上的朝代相比较。如果认为文字狱禁锢了人们对清政权的仇视和不满的表达，扼杀了人们自由的思想和情感，那么我们就只能去设想和研究，那些仇视和不满会出现在什么人和什么样的情况下，而人们自由的思想和情感又会在哪里萌生？这需要更深入细致地考察，文人们生存的乾隆时代究竟是一个什么样的政治、文化环境，看看那是不是一个适合文人生活的时代，适合怎样的文人生活的时代。

## 二　乾隆朝的文治与文坛风气

如果仅从文化方面来考察，我就要说乾隆一朝是足以与历史上任何一个我们想得到的文化盛世相比拟的时代。高宗虽然以武功自命为"十全老人"，但后人对乾隆朝的联想肯定是文治而非武功。乾隆朝最耀眼的文治盛事有这么几方面：第一是高宗登基伊始就将世宗未及举行的博学鸿词付诸实施。康熙间赵维烈编《历代赋钞》，凡例称"本朝文治之盛，比隆三代，媲美唐虞，一时英才辈出，莫不鼓吹休明，导扬徽美。天子复重词科，旁求隐逸，如贾、董、班、马者，类能以文章名世，讵敢或遗"？② 也可用来形容乾隆初博学鸿词的盛况。第二是翰林院考试制度更加完密，凡翰詹大臣分馆、散馆、大考，均以试帖、律赋优劣定官职升降，故翰林院一时成为试帖、律赋创作的中心，唐代试帖诗的选评、注释和当代馆阁帖试的编集，也成为一时风气。在这股风气中赋亦沾及，如沈钧德《历代赋钞》自序所说："恭逢神主御天，文思广运，昭回之光，下被万物，宇内怀铅握椠之徒，斐然向风，以镞厉古学为务，馆阁场屋皆试诗，赋杂之，由是赋体大盛，轶驾元、明，骎骎乎不懈而及于古矣。"③ 翰林院考试诗赋，必然对文人的律赋和试帖诗写作推波助澜，使这两种应试文体在清代再度兴盛。第三是乾隆二十二年（1757）诏乡、会试恢复试五言试律。相比康熙年间的罢科举来

---

① 丁福保辑：《清诗话》，上海古籍出版社1978年版，下册，第931页。
② 赵维烈：《历代赋钞》卷首，康熙刊本。
③ 沈钧德：《历代赋钞》卷首，乾隆三十年刊巾箱本。

说,雍正、乾隆两朝都对科举的影响有所强化。章学诚《答沈枫墀论学》回顾本朝开国以来的文教风气,有云:"国初崇尚实学,特举词科,史馆需人,待以不次,通儒硕彦,磊落相望,可谓一时盛矣。其后史事告成,馆阁无事,自雍正初年至乾隆十许年,学士又以《四书》文义相为矜尚。仆年十五六时,犹闻老生宿儒自尊所业,至曰通经服古谓之杂学,诗古文辞谓之杂作。士不工《四书》文不得为通,又成不可药之蛊矣。"① 功令恢复试诗,很大程度上扭转了这种风气,不仅重开唐代士人应试必须能作五言试律诗的风尚,更推动了蒙学诗法书籍编纂、出版的旺盛和普及。尤其值得注意的是,功令恢复试诗的首科即乾隆二十四年(1759)乡试,钱载、纪昀、翁方纲、钱大昕、王鸣盛等一批新晋翰林就被选派赴各省典试,无形中扩大了汉学阵营的影响力,包括在诗学方面。第四是翻译儒释经典,乾隆三十七年(1772)设满文经馆,历时十九年将《大藏经》译成满文,使佛经汉、藏、蒙、满文俱全,题曰《清文全藏经》,还将大量儒家经典译成满文。第五是文献编纂,同在乾隆三十七年诏开馆修《四库全书》,收古今四部书籍计三万五千多种,七万九千余卷,编为三万六千册,总计约八亿字。分钞七部,除内廷所藏四部外,分贮于扬州文汇阁、镇江文宗阁和杭州文澜阁的"南三阁"本,允许士人登阁阅览,有力推动了古书的普及,乾隆后期至嘉庆、道光间学术的繁荣与此有密切关系。乾隆朝馆阁臣僚编纂的大型文献总集,数量更富于康熙朝。文学方面有《全唐文》,系康熙间所编《全唐诗》之后古代卷帙最大的断代文学总集;书法方面有《三希堂法帖》,收魏、晋至明末134位书家三百余件法书,勒石五百余方,成一代巨观;典章制度方面,则有续"三《通》"等。许多文士借这些文献编纂活动而进身,如章学诚所说,"今天子右文稽古,三通四库诸馆以次而开,词臣多由编纂超迁,而寒士挟策依人,亦以精于校雠辄得优馆,甚且资以进身"②,大大激励了天下士子的向学之心。同时,在《四库全书》编纂中,馆臣据《永乐大典》辑录佚书385种,开日后马国翰辑《玉函山房辑佚书》、严可均辑《全上古三代秦汉三国六朝文》、王谟辑《汉魏遗

---

① 章学诚:《答沈枫墀论学》,仓修良编:《文史通义新编》外编卷三,上海古籍出版社1993年版,第583页。

② 同上。

书钞》、黄奭辑《汉学堂丛书》的先河。阮元编校《十三经注疏》，编刊《皇清经解》，编纂《经籍纂诂》，无不循其轨辙，利用其文献。而清代学术也受其沾溉，"自此诸儒治学规模，渐由褊隘而入于广阔矣"①。

高宗比历史上任何一位君主都汲汲于树立自己文明之君的形象。为他写作传记的美国学者欧立德说："通过将自己训练为一个艺术鉴赏家和实践者，乾隆想要展现给众人的是一个理想的君子形象，就其言谈和行为而言，乾隆企图在文章与武德之间取得完美平衡：精通射术并不足以让他赢得文官的尊敬，其中一些文官为世家大族，他们拥有的藏书比皇家还多。为了巩固皇权和他个人的权威，乾隆必须为自己建构一个睿智君主的形象，以显示他和他治下的臣民一样精通诗歌、艺术、历史和哲学。这显然并非易事。在某种程度上，乾隆是成功的；但从另一方面来看，他的努力因自负、褊狭和过激而打了折扣。不过，无论如何看待他的文化品味和天分，乾隆对于那一时代领域所产生的影响，两者都不容忽视。"② 高宗不仅急于示天下以文治之君的形象，而且从登基开始就力图摆脱圣祖那种在文学方面的小学生形象，以及对文学只是表达一种趣味。他甫掌大宝即充满自信地要以指导者的身份发言，即位期年就在乾隆元年（1736）八月选择读书心得 260 则，刊为《日知荟说》四卷。书中的议论遍涉经传诸史百家之书，足见学有本原，深造有得。尤其是谆谆于君臣相与之道，反思历代治乱兴衰的根源，使臣下不能不"私庆圣心实能以致知诚意之学体验于当躬，而重为四海生民幸也"③。其卷三写道：

> 韩子曰："《易》奇而法，《诗》正而葩。"使《易》徒奇而不法，与阴阳术数家言何以异？使《诗》徒葩而不正，与雕虫小技壮夫不为者又何以殊哉？故《易》之道大矣，而云"惧以终始，其要无咎"；《诗》之教广矣，而一言以蔽曰"思无邪"。思无邪则正也，惧以终始则法也。史称昌黎因文以见道，

① 参看张舜徽《学林脞录》卷一"四库馆开对清学之影响"条，《爱晚庐随笔》，湖南教育出版社 1991 年版，第 213—214 页。

② 欧立德：《皇帝亦凡人：乾隆·世界史中的满洲皇帝》，清石译，第 204—205 页。

③ 弘历：《日知荟说》，鄂尔泰跋，（台湾）广文书局 1977 年影印本，卷末第 3 页。

又云有卫道之功。观此二语，自非见道者，何能言简而义备若是哉！①

这里演绎韩愈《师说》中两句，未见得有什么独到创见，但一派融合折中的态度清晰可辨。卷二在谈到传统的三不朽观念时，又说：

> 吾谓立德而无传道之言以牅来者，安知不使人疑为黄叔度之俦；立功而不本于内圣外王之学，安知不为管、商杂霸之治？至立言则苏、张、庄、列皆能之，适以为生心乱政。要必如汉之仲舒、隋之文中子、唐之昌黎，然后可谓立言。而仲舒、文中子、昌黎未始不本于道德仁义以为言，条对时事又章章有本末，可见施行。由是观之，必合三者而皆有之，庶几可称不朽焉耳。②

这里对古人立德、立功、立言的三不朽观念又做了融合和折中，讲究互补互济而不偏废。后来他毕生致力于合三者而皆极其至，成为古代帝王中集文韬武略于一身、极文治武功于一生的千古一人。不难想见，这种融合折中的文化观念、以渊博多能自期的人生理想，将在多大程度上示天下臣民以表率，影响一世的风气！

事实上，高宗的文治理念及其训饬对臣民的影响及与清代文学生态的关系，学界一直有所关注③。其中最重要、最值得我们注意的，是他首先表现出一种包容的气度。高宗在经学上始终持折中的态度，乾隆三年（1738）沈德潜乡试答《经学》一题写道："我皇上昌明经学，特命颁发圣祖仁皇帝御纂四经，又诏儒臣纂修三《礼》，合汉、唐、宋诸儒而折乎大中，诚知道统之传在于尊经，千载不易逢之佳会也。"④ 仅三年时间，高宗已成功地将自己尊经传道、折中古今的理念普及于士子的意识中。他同时又推广圣祖以文教为先的治道，令各省督抚将军等督导宣讲世宗演绎圣祖十六条圣训的《圣谕广训》。乾隆二十二年（1757）功令试诗，使经义、学识、辞章得到平衡，所谓"于《四书》经义观其学养，

---

① 弘历：《日知荟说》，第 182—183 页。

② 弘历：《日知荟说》，第 137—138 页。

③ 曹虹：《帝王训饬与文统理念——清代文学生态研究之一》，《古典文献研究》第 10 辑，凤凰出版社 2007 年 8 月版，第 90—102 页。

④ 沈德潜：《经学》，潘务正、李言编校：《沈德潜诗文集》，人民文学出版社 2011 年版，第 3 册，第 1226 页。

于试律观其才华，于论策观其器识"①，从而使科举成为激励文学而不是像明代以来扼制文学的社会机制。查锡龄《半修集自序》云："今上即位之五十有四年，凡海内奇材异能之士，无不辐辏于朝，于是廷议思得兼长之士，谓宗洙泗而不宗濂洛，则义理不明；工骈俪而不按古今，则综赅不备；善帖括而不兼风骚，则性情不治。"② 扼要地道出了乾隆朝文化政策的优越及士人的普遍认同。

乾隆朝的文化形象，很大程度得益于乾、嘉学风给人留下的深刻印象。那个时代士人对博学的崇尚，是足以和欧洲文艺复兴时期的博雅趣味相比拟的。国内学术界一直有中国的文艺复兴之说，或以晚明的思想解放当之，但欧洲的文艺复兴首先是由复兴古学而形成的大百科全书派发起的，晚明的空虚不学决不足以当之，乾隆朝的博雅学风倒略有近似。钱人昕、戴震、土鸣盛、赵翼、洪亮吉、惠栋、纪昀、邵晋涵、徐松、孙星衍、汪中、王念孙、凌廷堪、焦循、段玉裁、阮元、郝懿行……这些乾、嘉学术的代表人物，没有一个不是博览群书、通晓古今的学者。被公认为乾隆朝最博学的钱大昕，段玉裁称其"于儒者应有之艺，无弗习，无弗精"，"始以辞章鸣一时，既乃研精经史，因文见道。于经文之舛误，经义之聚讼而难决者，皆能剖析源流。凡文字、音韵、训诂之精微，地理之沿革，历代官制之体例，氏族之流派，古人姓字、里居、官爵、事实、年齿之纷繁，古今石刻画篆隶可订六书、故实可裨史传者，以及古《九章算术》，自汉迄今中西历法，无不了如指掌"③。其他像戴震、徐松、焦循这样的学者，也都是百科全书式的博学家，上至天文星象历算，下至地理水道、医药卜筮，无所不通，真正有古人所谓一物不知以为深耻的精神。而且这个时代的学者，强烈地表现出一种为知识而知识的单纯的求知欲，更是引人注目。钱大昕自称"予少好记诵之学，友朋恒以入海算沙相诮。予应之曰：'宣尼言博弈犹贤乎己，我所好犹博弈耳，未必有益于己，亦尚无损于人，以当博弈可矣。'"④ 这种甘为无益之

---

① 钱大昕：《山东乡试录序》，陈文和主编：《钱大昕全集》，江苏古籍出版社1997年版，第9册，第352页。

② 查世佑辑：《查氏文钞》卷三，徐雁平、张剑主编：《清代家集丛刊》，国家图书馆出版社2015年版，第91册，第189页。

③ 《钱大昕全集》，第9册卷首，第1—2页。

④ 钱大昕：《小知录序》，陆凤藻辑：《小知录》卷首，上海古籍出版社1991年版。

学，以学为游戏的态度，正是当时学人那种求知欲旺盛和精力充沛的表现。段玉裁罗列钱大昕学问所涉及的范围，热烈赞叹："夫自古儒林，能以一艺成名者罕；合众艺而精之，殆未之有也！"① 他们意识到自己生活在一个前所未有的诞生博学通儒的时代并为此自豪。

通常所说的乾嘉之学，主要指汉学，汉学又以考据为擅场。世人对汉学尤其是考据学风常抱有一种偏见，似乎它只重考据而无视义理。这是不符合实际的，汉学家对经学出于这样一种理解："深思夫通经学古之所由，知义理必从考据入，未有考据舛而可言义理者。"具体说来，"声音、文字、象数、名物，探颐钩深，久之得其窾綮。汉人之传注，唐人之义疏，尽能通其旨要"②，是为由考据而探寻义理的途径。钱大昕说得更清楚："夫穷经者必通训诂，训诂明而后知义理之趣。后儒不知训诂，欲以乡壁虚造之说，求义理所在，夫是以支离而失其宗。"③王念孙序段玉裁《说文解字注》也主张："训诂、声音明而小学明，小学明而经学明。"④ 训诂考据只是手段，目标仍在于究明义理，所以优秀的汉学家决不会是迂腐的学究。不信看看钱大昕《大学论·下》的这几段议论：

> 《大学》论平天下，至于"民之所好好之，民之所恶恶之"，帝王之能事毕矣。然而所好之不可不慎也。民之所好者利，而上亦好之，则必至夺民之利；利聚于上而悖出之，患随之矣。夫利之为言，赖也。上下所赖以用者惟财，而财之源出于土，有人而土可治，土治而出赋税以奉上，财用于是乎不竭。

> 有小人者创为理财之说，谓可不加赋而国用足也。于是阴避加赋之名，阳行剥下之计。山海关市之利笼于有司，日增月益，曰"吾取诸商贾，非取诸民也"。然商亦四民之一，上之取于商者逾多，则货益昂，而民之得货益艰，商未病而民已病矣。又创为节用之说，谓"吏俸可减也，簿书期会之间

---

① 《钱大昕全集》，第9册卷首，第2页。
② 张泰：《西庄始存稿序》，陈文和主编：《嘉定王鸣盛全集》，中华书局2010年版，第10册，第3页。
③ 钱大昕：《左氏传古注辑存》，《潜研堂文集》卷二四，上海古籍出版社2009年版，上册，第387页。
④ 段玉裁：《说文解字注》卷首，上海古籍出版社1981年版，第1页。

小有违失，可夺其俸以示徵也"。大吏无以自给，则取之小吏；小吏无以自给，则仍取之民。虽不加赋，较之加赋殆有甚焉。

《大学》一篇，极言以利为利之害，初无一言及于理财。朱文公释此章之意，云"务在与民同好恶而不专其利"，正谓同好恶之君子，当好仁而不可好利耳。天下之财自足供天下之用。财者天之所生，上与下共之者也。上不多取于下，则下不觊觎于上，上下各安其欲而无自利之心；吏不贪残，国无奸盗，此久安长治至易至简之道也，圣人岂有他谬巧哉？①

面对今天的现实，钱大昕一定会觉得事事都与《大学》之言悖：上不与民同好恶而唯专其利；山海关市之利日增月益；上取于商逾多，货益昂，而民得之益艰；上与下不共其财，上下不安其欲而各有自利之心；吏多贪残，国有奸盗……这还不足以证明，古人的经明则义理之趣见，是非常正确的信念？治经学能获得这样的见识，谁敢说是迂阔无益之学？崇尚博雅和征实之学的结果，必将带来思想解放。汉学的代表人物戴震，正是思想史上的重要里程碑。他诠释"理"字，在肯定"人生而后有情有欲有知"的前提下，以"体民之情，遂民之欲"为王道，诘问"《六经》、孔、孟之书，岂尝以理为如有物焉，外乎人之性之发为情欲者，而强制之也哉"？② 从而断言："后儒不知情之至于纤微无憾是谓理，而其所谓理者，同酷吏之所谓法。酷吏以法杀人，后儒以理杀人！"③ 严厉地抨击了儒家伦理经宋代理学扭曲发展后产生的那种极端性和反人性色彩，发明此义的《孟子字义疏证》也因此而为后来恪守朱子学的人所不满④。但这毫不影响戴震在当代的声望，翁方纲虽不同意他对"理"的诠释，但也只是用训诂的方式提出他认为的戴震学说中存在的问题，只是学理层面的商榷而不存在意识形态的争执。我们有充分的理由相信，与汉学的征实学风相伴的实事求是态度，会在很大程度上超越王朝的封建意识形态，带来经学及一切传统学问的学

---

① 《钱大昕全集》，第 9 册，第 22—23 页。
② 戴震：《孟子字义疏证》，中华书局 1982 年版，第 10 页。
③ 戴震：《与某书》，《戴震集》，上海古籍出版社 1980 年版，第 188 页。
④ 夏炘：《景紫堂文集》卷一一《与友人论〈孟子字义疏证〉书》："总之《孟子字义疏证》一书，专与程朱为仇。知名物制度不足以难程朱也，遂进而难以性命；知道德崇隆不能以毁程朱也，遂进而毁其学术。"咸丰五年刊本。

理化讨论。

在清初"虚言告退，实学肇兴"的风气激荡下①，士人间已兴起钱大昕所谓"颇有志经史之学，不欲专为诗人"的观念②，到乾隆年间这种意识更加明显而强烈。"士生宋元明之下，所难正不在论道，患无学耳"。因而"以实学为文，合经与文而为一"③ 成为当时文人的理想。张焘序王鸣盛文集，称：

> 夫文章必本于经术，夫人而能言之。然文人治经，不过约其纲宗，撮其崖略，薰染其芳臭气泽而已，若章句训诂，固有所未暇及。而守训诂家法者，又往往胶葛重腿，无以自运，而不复措思于修辞，是以文人与经师常不能兼也，先生独能兼之。④

这是一个时代的信念，也是一个时代的学术荣耀。但对于文学来说，学术繁荣同时也产生一个问题，即它给那些不事经术的纯文人造成一种无形的压力。

阅读乾隆时代的文献，我们时常能感觉到，在博学风气的笼罩下，文人的境遇前所未有地遭遇另一种逼厌，即学术对文学的挤压。历史地看，文人与学者的分流从汉代即已开始，文人即所谓"通儒"比经生更代表着才华和博雅。到唐代中叶，随着社会变革和转型过程的启动，专工文辞的文儒逐渐为文学、经济兼擅的新式通儒所取代，并在宋代更提升了学问的价码，使文学与学术的分流终于在明代变得表面化⑤。清代文人首先以治不治经学划分为两大类，一类是顾炎武、戴震、钱大昕一辈致力于经学者，一类是"不屑事章句，读书通大义"者⑥。后者又以治不治学分为两等，一等是钱谦益、王士禛、赵翼之类兼治学问者，一等是袁枚、黄景仁一辈纯粹的作家。乾隆时代，致力于经学的学者固然渊博无似，就是兼治学问的文人像吴敬梓、纪昀、翁方纲、赵翼之类，学问范围也遍及经学以外的百科知识，既包含传统的史部、子部之学，也囊括虽晚起也属于

---

① 张焘：《西庄始存稿序》，《嘉定王鸣盛全集》，第10册，第3页。
② 钱大昕：《潜研堂诗集》自序，《钱大昕全集》，第10册，第1页。
③ 张焘：《西庄始存稿序》，《嘉定王鸣盛全集》，第10册，第4页。
④ 同上。
⑤ 关于明代文学与学术的分化，可参看李思涯《胡应麟文学思想研究》第二章"明代士人的分化与博学的思想史意义"的有关讨论，中国社会科学出版社2012年版，第30—57页。
⑥ 江藩：《呈简斋先生》其一，漆永祥整理：《江藩集》，上海古籍出版社2006年版，第213页。

广义史学的金石、掌故、谱录、方志、校雠、书画、乐律等领域。诚如方东树所说：“国家景运昌明，通儒辈出。自群经诸史外，天文、历算、舆地、小学，靡不该综载籍，钩索微沉，既博且精，超越前古，至矣盛矣，蔑以加矣！”① 举世崇尚学问的风气，形成当时特有的重学轻文的价值导向和舆论氛围。乔亿父曾训之“当作读书人，毋为诗人”，乔亿终弃举业而肆力于诗，后来在《剑溪说诗》中表示“少壮不悟，今悔何及已”②。王鸣盛《赠任幼植序》告诫任大椿为学之途多歧，“有空谈妙悟而徒遁于玄寂者矣，有泛滥杂博而不关于典要者矣，有溺意词章、春华烂然而离其本实者矣，有揣摩绳尺、苟合流俗而中蚨精意者矣”，激励他以经学为当务之急，以“一代通儒”自期③。类似的例子很多，而以孙星衍、黄景仁两人的境遇最具典型意义。孙星衍弃文治学，终为一代名儒。黄景仁殚精于诗，不事学问，友人一直劝他治经，仿佛不治经学就是不务正业，终以性情不合而不顾，潦倒以终。即使是黄景仁这样名盛一时的天才诗人，在文坛、幕府和沙龙中也能感觉到，人们在嘉誉、倾慕之余又不免流露出的些许遗憾，面对亲故友善的劝诫，内心深处不能不滋生一丝自卑之感或以反面形式表现出的自傲之意。像他们这样的文人，除了以性灵或抒情为盾牌，抵抗来自学者群体的轻鄙和排斥，还能有什么更好的自尊理由呢？于是学术与性情，很大程度上就成了乾隆朝士人生活和文学观念发生冲突的焦点，而学人之诗与诗人之诗所以能在乾隆诗坛成为众所关注的问题，也正暗示了笼罩在上述学术天幕下的文学生态。

这还只是问题的一个方面，现实中更严酷的一面是，学术繁荣并没有带来真正的文化繁荣。我们阅读乾隆间文人的作品和传记，时常体味的却是学术繁荣的表象背后文化人难以言喻的落寞感。一个最触目惊心的现象就是，很多学问优长且仕途颇顺利的人物，都过早地从官场抽身：袁枚，乾隆十七年（1752）辞陕西知县之职不复出，时年三十七；王鸣盛，乾隆二十八年（1763）在光禄卿位，丁母忧归乡，服除后以父年高不赴京补职④，时年四十四；王文治，乾隆三十二年

---

① 方东树：《上阮芸台宫保书》，《仪卫轩文集》卷七，同治七年刊本。
② 乔亿：《剑溪说诗》卷下，郭绍虞辑：《清诗话续编》，上海古籍出版社1983年版，第2册，第1112页。
③ 王鸣盛：《西庄始存稿》卷十五，《嘉定王鸣盛全集》，第10册，第275页。
④ 钱大昕：《西沚先生墓志铭》，《钱大昕全集》，第9册，第793页。

（1767）在云南临安知府任，以属下亏缺库项失察罢官，时年三十八；严长明，乾隆三十六年（1771）在侍读学士任，乞归不出，时年四十一；赵翼，乾隆三十七年（1772）在贵州备兵道任，以母老告归，时年四十六；钱大昕，乾隆四十年（1775）在广东学政位，丁父忧继以母老不出，时年四十七；姚鼐，乾隆四十三年（1778）值《四库全书》修竣，即辞刑部郎中归里，时年四十四；段玉裁，乾隆四十六年（1781）在四川巫山知县任，以疾为由辞归，时年四十七。再加上乾隆三十四年（1769）谪戍乌鲁木齐的纪昀，嘉庆四年（1799）谪戍伊犁的洪亮吉，这些才学兼优的文人，其生平境遇若以传统价值标准来衡量，终不免有些黯淡。更不要说乔亿、吴敬梓、汪中、黄景仁、吴文溥、徐熊飞一辈纯粹以文辞应世的文人。在生计惨淡和思想控制日渐严酷之余，可能还要受到高宗个人的文学趣味的无形压迫。

### 三　文人弘历与官方文艺趣味

如果要在中国古代历史上评出一个文艺兴趣最浓的皇帝，那一定非清高宗莫属。他六岁就傅，过目成诵，文艺兴趣浓厚且广泛，自称"平生结习最于诗"[①]，登极不久便超擢江南老名士沈德潜为总理"诗"务大臣[②]，君臣唱和，并属其编校御集。赵翼也记载，高宗每日召见诸大臣后，"或作书，或作画，而诗尤为常课，日必数首，皆用硃笔作草，令内监持出，付军机大臣之有文学者，用折纸楷书之，谓之诗片。遇有引用故事，而御笔令注之者，则诸大臣归遍翻书籍，或数日始得；有终不得者，上亦弗怪也"[③]。晚年自言："予以望九之年，所集篇什几与全唐一代诗人篇什相埒，可不谓艺林佳话乎？"[④] 故臣下也称颂"自古吟咏之富，未有过于我皇上者"[⑤]。《御制乐善堂全集》和《御制诗集》存诗多至471卷，约43000首，确是现知古今诗人中写作最海量的作者。可惜其中不乏臣僚代笔或润色之作，水平也未臻上乘，故向来不入评论家之眼。但这丝毫不妨碍他热

---

① 弘历：《题郭知达集九家注杜诗》，《御制诗集》四集卷二五，影印文渊阁《四库全书》，第 1307 册，第 681 页。
② 这个俏皮的说法来自严迪昌，见《清诗史》下册，第 659 页。
③ 赵翼：《簷曝杂记》卷一，中华书局 1982 年版，第 7 页。
④ 弘历：《鉴始斋题句识语》，《御制文余集》卷二，影印文渊阁《四库全书》，第 1301 册，第 702 页。
⑤ 永瑢等纂：《四库全书总目》卷一七三《御制诗集》，中华书局 1965 年影印本，第 1519 页。

心于文艺活动，并挟九五之尊的话语优势将自己的文艺趣味施加于臣僚士民。

与圣祖仅以编纂大型文学总集、类书推动文学事业不同，高宗非常明确地要以自己的文学趣味左右文坛风气。钦定《御选唐宋文醇》《御选唐宋诗醇》《钦定四书文》三书，颁于黉序，直接为一代士人树立阅读、写作的仪型典范。《钦定四书文》"申明清真雅正之训"，所收"皆辞达理醇"之作①，进一步确立了雍正十年（1732）世宗谕"所拔之文，务令雅正清真，理法兼备"的宗旨。《文醇》《诗醇》则重新确定了唐宋诗文大家的人选。回顾文学的历史，还从来没有哪个帝王如此直接地根据自己的趣味来塑造当时的文学观念。其时主持《诗醇》编纂的是钱陈群与梁诗正，韩愈诗序据边连宝推测出自钱陈群之手②，苏东坡诗选出自汪师韩之手③，而杜甫诗序则出于御撰：

> 《诗三百》一言以蔽之曰思无邪，孰谓诗仅缘情绮靡而无关学识哉？然《三百篇》之诗，不拘格律而音响中度，所谓太羹不和而有至味也。汉变四言为五言，间亦有七言之体，至魏晋而音韵愈盛，入唐而格律益精。盐梅之设，太羹之害也；七窍之凿，混沌之贼也。至有不言性情而华靡是务，无劝惩之实，有淫慝之声，于诗教之温柔敦厚，不大相刺谬乎？"④

这无异于对诗歌创作颁布了四条原则性的指导意见，一是道德上的正当性，二是学识的必要性，三是反对追求声律和修辞的形式之美，四是重申美刺劝惩和温柔敦厚的诗教，大旨仍不出儒家传统诗学观念。对当时臣民来说，一、四更像是门面话，倒是二、三还有点近于新精神，重学问、重言情而不务华靡，后来确实成为乾隆诗坛的主导倾向。乾隆十五年（1750），高宗亲自审定《御选唐宋诗醇》

---

① 永瑢等纂：《四库全书总目》卷一九〇，第 1729 页。

② 边连宝《病余长语》卷一一："《诗醇》之选，今大学士梁公诗正及吾师钱香树先生陈群实为总裁。未知梁公诗主何派，至钱师则以昌黎为圭臬，《香树斋全集》可覆按也。向者追随京邸，聆其谈诗，宗旨率皆与此相符，此段文字定出吾师手也。"齐鲁书社 2013 年版，第 374—375 页。

③ 汪辟疆批汪师韩《苏诗选评笺释》："按乾隆九年甲子，诏选《唐宋诗醇》，梁文庄实董其事。御制序所谓主取平品，皆出自梁诗正等数儒臣之手者也。韩门为文庄乡人，《诗醇》苏轼十卷，文庄即以相属。此书即其原稿也。"当时不敢私行，庋藏甚久，直到晚清才付梓。转引自胡可先《汪辟疆〈苏诗选评笺释〉批语辑录》，《古典文献研究》第 12 辑，凤凰出版社 2009 年 7 月版，第 489 页。

④ 弘历：《杜子美诗序》，《御制乐善堂全集定本》卷七，影印文渊阁《四库全书》，第 1300 册，第 334 页。

四十七卷，撰序刊行，成为古来第一部君主御选的诗歌选集，为庙堂臣僚和天下士子所瞩目。据李靓、周相录考察，高宗的诗歌审美趣味主要集中在中唐白居易、元稹一派，尝和白居易诗 20 题、元稹诗 9 题共 111 首，韩愈之作也颇有涉及①。《御选唐宋诗醇》以李白、杜甫、白居易、韩愈、苏轼、陆游六家以概唐、宋诗，足见瓣香所在。

方孝岳论及清代官修书，说："关于这些书的宗旨，不可不看《四库全书总目提要》，提要所说虽多是馆阁赞颂之辞，但我们欲知道当时政府中所提倡的文学面目，当然必以他们自己所说的为主。"② 那么《四库提要》是怎么介绍《御选唐宋诗醇》的呢？先是说明选择六家的理由：

> 诗至唐而极其盛，至宋而极其变。盛极或伏其衰，变极或失其正。亦惟两代之诗最为丛杂，于其中通评甲乙，要当以此六家为大宗。盖李白源出《离骚》，而才华超妙，为唐人第一；杜甫源出于《国风》、二《雅》，而性情真挚，亦为唐人第一；自是而外，平易而最近乎情者，无过白居易；奇创而不诡乎理者，无过韩愈。录此四集，已足包括众长。至于北宋之诗，苏、黄并骛；南宋之诗，范、陆齐名。然江西宗派，实变化于韩、杜之间，既录杜、韩，可无庸复见。《石湖集》篇什无多，才力识解亦均不能出《剑南集》上。既举白以概元，自当存陆而删范。权衡至当，洵千古之定评矣。

然后列举本朝最流行的王渔洋诸选存在的缺陷，揭示其旨趣所在，剖析其持论之偏颇，以见不足为典范：

> 考国朝诸家选本，惟王士禛书最为学者所传。其《古诗选》，五言不录杜甫、白居易、韩愈、苏轼、陆游，七言不录白居易，已自为一家之言。至《唐贤三昧集》，非惟白居易、韩愈皆所不载，即李白、杜甫亦一字不登。盖明诗摹拟之弊，极于太仓、历城；纤佻之弊，极于公安、竟陵。物穷则

---

① 李靓：《乾隆文学思想研究述评》，《文艺评论》2012 年第 10 期；周相录：《从〈乐善堂全集〉与御制诗集看乾隆对唐诗的接受》，《河南大学学报》2013 年第 6 期。
② 方孝岳：《中国文学批评》，生活·读书·新知三联书店 1986 年版，第 200 页。

变，故国初多以宋诗为宗。宋诗又弊，士祯乃持严羽余论，倡神韵之说以救之。故其推为极轨者，惟王、孟、韦、柳诸家。然《诗》三百篇，尼山所定，其论诗一则谓归于温柔敦厚，一则谓可以兴观群怨，原非以品题泉石、摹绘烟霞。洎乎畸士逸人，各标幽赏，乃别为山水清音，实诗之一体，不足以尽诗之全也。宋人惟不解温柔敦厚之义，故意言并尽，流而为钝根。士祯又不究兴观群怨之原，故光景流连，变而为虚响。①

研究者已指出，四库馆臣的这段议论旨在调和当时宗唐宗宋各执一端的诗学争论，以平和广大之音，消弭纷争之气，树立温厚中正的盛世之风②。我更认为，它在宣扬高宗的宸衷——以儒家传统诗教为诗学准则、以唐宋六大家诗作来厘定诗歌典范的同时，还以官方身份批评了王渔洋诗学的偏颇，等于吹响了否定王渔洋诗学正宗典范性的号角，引发乾隆中期开始的对王渔洋诗学的全面批判。不难想见，在那个时代，这部御选唐宋诗的问世，将会给诗坛带来多么强烈的影响！书中特别让人惊异的，主要是两点：首先是对韩愈的评价，肯定"韩愈文起八代之衰，而其诗亦卓绝千古"，针对宋代以来对韩诗的否定言论，推崇韩诗是"本之雅颂以大畅其厥辞者也"，"其壮浪纵恣、摆去拘束，诚不减于李，其浑涵汪茫、千汇万状，诚不减于杜；而风骨峻嶒、腕力矫变，得李杜之神而不袭其貌，则又拔奇于二子之外而自成一家"③。自王士祯推崇韩愈古诗声律的典范性，叶燮将韩愈与杜甫、苏轼并列为古今三大家，对韩愈诗歌的评价虽有大幅度提升，但还只是诗坛少数派的意见，今蒙御旨钦定，情况就不一样了。且看边连宝《病余长语》是怎么说的：

> 论韩诗者多矣，未有如此段之明确者，且其推衍诗派，以王孟主《风》，韩主《雅》《颂》，又谓千古以来，未有以少含蓄为《雅》《颂》之病者，旨哉言乎。其所以开示来学者至矣！然则严沧浪之专尚妙悟，王阮亭

---

① 永瑢等纂：《四库全书总目》卷一九〇，第 1728 页。
② 贺严：《御选唐诗与清代文治》，《山西大学学报》2007 年第 1 期；又见其《清代唐诗选本研究》，人民出版社 2007 年版，第 17—34 页。
③ 《御选唐宋诗醇》卷二七，光绪十八年益元书局重刊本。

之专主神韵，殆所谓拟桃源为乐土而辄谓洪河太华之蹴人，求仙佛之玄虚而反以圣贤经天纬地为多事者乎？真方隅之见也！①

这位北"随园"先生边连宝也算是个有个性、有见解的诗人，其《病余长语》中议论多矫矫不群，但对《御选唐宋诗醇》的议论则热烈赞叹，倾服如此，足见在那个时代，获得钦定地位的官书对诗坛会产生多大影响。乾隆中期诗坛各派不约而同地皈依韩愈，其中很难说没有《诗醇》的影响。这种影响加速了韩愈的经典化进程，同时向嘉、道以后的诗学注入更多韩诗的影响因子。

《诗醇》让人惊异的另一点是白居易地位的提升。这本来缘于高宗对白居易浅白诗风的偏爱，但因为他在"最近乎情"的层面上肯定其平易，这就给了白诗一个很高的定位。正如王宏林所指出的，"从选本的角度而言，首次把白诗和李、杜、韩相提并论的是《御选唐宋诗醇》。此前的选本无不对白诗毁誉相杂，唯此选认为白诗源于杜甫且得杜诗之神"②。这直接影响到乾隆间诗家对白居易的态度，即便是王渔洋、叶燮诗学（都对白居易评价不高）的传人沈德潜，也不得不在重订《唐诗别裁集》时调整对白居易的评价。同样不喜欢元、白一路诗风的翁方纲、纪昀，也不敢否定白居易诗，纪昀评李商隐《井泥四十韵》云："元白体也。意浅而味薄，学之易至于率俚。问：元白体竟不佳耶？曰亦是诗中正派。其佳在真朴，其病在好铺张，好尽，好为欲言不言尖薄语，好为随笔潦倒语。在二公自有佳处，学之者利其便易，其弊有不可胜言者也。"③我怀疑这是纪昀早年批义山诗时的评价，后来出版时略有润饰，虽然承认元白是诗中正派，但总体上仍无好评，对后学末流之弊则怀有绝大的警惕。

御选《文醇》《诗醇》的社会影响，还表现在后来科举的试策每就二书的旨趣发问。如钱载《乾隆三十九年江西乡试策问五首》其三问："我皇上钦定《唐宋文醇》，以嘉惠天下士子。庐陵、临川、南丰，诸生之乡先贤也，亦既服习之矣，岂不能取其文之适于治道者而深言之与？"④《乾隆四十四年恩科江西乡试策

---

① 边连宝：《病余长语》卷一一，第374页。
② 王宏林：《沈德潜诗学思想研究》，人民出版社2010年版，第184页。
③ 纪昀：《玉溪生诗说》卷下，槐庐丛书三编本，第51页。
④ 钱载：《萚石斋文集》卷四，上海古籍出版社2012年版，下册，第900页。

问五首》其五问："我皇上嘉惠士林，钦定《唐宋文醇》，以疏其源，以培其本。复御选《四书文》，以悬之鹄而正其趋。又复颁《唐宋诗醇》，泽之风雅，而博其趣。（中略）今诸生之学于此三书也有年矣，试举唐宋十家文之所得若何，且欧、王、曾皆乡先贤也，能言其所以得者若何，与唐宋诸家之诗其旨趣若何？"①《乾隆四十五年江南乡试策问五首》其二问："我皇上钦定《四书文》，嘉惠士子，（中略）复钦定《唐宋文醇》《唐宋诗醇》，颁于黉序，俾由此学古深造，以上通乎四子六经，且非徒大正其科居之业。今既寝食于斯矣，盍深言《文醇》《诗醇》诸家之所得者若何？"② 考试制度的约束使帝王的个人趣味直接变成官方标准，渗透到士人群体的教育和甄选中。

### 四 文人入幕与地方文学风气

君主右文足以影响一代风气，非仅朝中满汉大臣都雅好文艺，热心著述，地方长官、封疆大吏也无不崇尚文学，延揽才学之士入幕，形成清代独特的幕府文化。我们知道，唐代幕府的僚佐出于府主自聘，申报朝廷授以职衔；宋代幕府僚属皆命于朝，"宾主邈不通情，殆与郡县官等。阃寄兵谋，无从咨访；川泳云飞，岂复有相得之乐"？③ 清代的幕僚也是自聘，但朝廷无职官除授，与府主谊属主宾，因而史学界也称"幕友"，从理论上说更受府主礼遇。自康熙三十九年（1700）朝廷取消童试名额限制，天下诸生数量急剧增加，而乡、会试中式名额不加多，致使社会上平添许多游士，为幕府招纳博学能文之材提供了条件，而大量冗余文人也藉此得到一个谋生的出路。周星誉《王君星诚传》已注意到：

> 国家当康熙、乾隆之间，时和政美，天子右文，王公大臣相习成风，延揽儒素。当代文学之士，以诗文结主知、致身通显者，踵趾相错。下至卿相、节镇，开阁置馆，厚其廪饩，以海内之望，田野韦布，一艺足称，无不坐致赢足。

乾隆间因烽息兵弭之久，督抚藩臬均以文臣居之，多招纳文士为幕友，不付以刑

---

① 钱载：《萚石斋文集》卷四，下册，第 906 页。原书标点有误，今为改正。
② 同上书，第 908 页。
③ 刘永翔：《清波杂志校注》，中华书局 1994 年版，第 178 页。

名钱谷之务，而专事公文案牍，兼任西席，课授子弟，暇则相与商略学术，赏玩金石书画，诗酒唱和之余，采掇文史，编纂书籍。这样的风雅在前代幕府中也不是没有，比如中唐时代颜真卿的幕府就以雅集联唱和编纂《韵海镜源》著闻，但那只是偶尔一见的个案，像乾隆间南北各地文士如云的幕府，实乃前所未见的奇特景观。因而近人全增佑说："于时督抚学政，颇广开幕府，礼致文人，而不尽责以公事。此等入幕之宾，初不同于刑钱幕友，此种幕府不啻为一学府，其府主往往为学术界名流前辈，故人才之造就于此为盛。"① 当时以聚集文人学士著名的幕府，严迪昌已提到卢见曾、朱筠、朱珪、王昶、翁方纲、曾燠、毕沅、阮元等②，我还可以补充钱陈群、方观承、孙星衍、朱一蜚③、雷铉、谢启昆等。这些人物的公署，如翁方纲的小石帆亭，王昶的兰泉书屋、蒲褐山房，朱筠的椒花吟舫，曾燠的邗上题襟馆，阮元的定香亭、掌经室、琅環仙馆，都是著闻一时的文艺沙龙，雅集唱和，传诵于时。最为人乐道的，如卢见曾任两淮盐运使时，"凡名公巨卿、骚人词客至于其地者，公必与选佳日，命轻舟，奏丝竹，游于平山堂下，坐客既醉，擘笺分韵，啸傲风月"④。又承渔洋遗风，发起红桥唱和，盛传一时。嘉庆初曾燠继任该职，名士归附，再修风雅盛事，编有《邗上题襟集》。毕沅幕府也是诗酒之会，常年不绝，编有《乐游联唱集》。

当时著名的幕府，宾客少则数十人，多至上百人，人才济济之盛，可谓古来罕有。阮元巡抚浙江、总督两广，在杭州、广州创立的诂经精舍和学海堂，更是青年才俊的渊薮。据尚小明通过《清代朴学大师列传》《清代学者生卒及著述表》《清史列传》（儒林、文苑）三书统计，从康熙中到嘉庆末，学人有游幕经历者占总数的35%—40%⑤。这个数据足以显示乾隆前后士人游幕风气之盛，其中许多寒畯之士藉由府主的赏拔而成名。如阮亨《瀛舟笔谈》记载："两浙诗士为余兄最所赏拔者，每引居幕府，为亨等之师友，前后凡十人：青田端木先生国

---

① 全增佑：《清代幕僚制度论》，《思想与时代》第31、32期，1944年版。

② 严迪昌：《清诗史》，下册，第641—647页。

③ 蒋士铨：《朴庭先生传》，邵海清、李梦生：《忠雅堂集校笺》，上海古籍出版社1993年版，第4册，第2096—2097页。

④ 沈起元：《运使卢雅雨七十寿序》，《敬亭文稿》卷一〇，《清代诗文集汇编》，第257册，第276页。

⑤ 尚小明：《学人游幕与清代学术》，社会科学文献出版社1999年版，第31页。

瑚、鄞县童先生槐、钱塘陈孝廉文述、钱塘陈明经鸿寿、嘉兴吴明经文溥、会稽顾明经延纶、平湖朱先生为弼、乌程张明经鉴、归安邵孝廉保初、石门方茂才廷瑚。余兄尝欲撰十子诗，名曰《官斋十子集》，未果成也。"① 幕府这种大规模的文士雅集和诗咏活动，使乾隆诗坛格局较清初发生了一些变化。

嘉、道间人已注意到乾隆间幕府文学活动的影响，钱泳《履园丛话》写道：

> 诗人之出，总要名公卿提倡，不提倡则不出也。如王文简之与朱检讨，国初之提倡也；沈文悫之与袁太史，乾隆中叶之提倡也；曾中丞之与阮宫保，又近时之提倡也。然亦如园花之开，江月之明，何也？中丞官两淮运使，刻《邗上题襟集》，东南之士，群然向风，唯恐不及；迨总理盐政时，又是一番境界矣。宫保为浙江学政，刻《两浙轺轩录》，东南之士，亦群然向风，唯恐不及；迨总制粤东时，又是一番境界矣。故知琼花吐艳，惟烂漫于芳春；璧月含晖，只团栾于三五，其义一也。②

这里本意是强调公卿主持风雅就像月圆花开自有其时，时节一过星移物换，即有另一番景象。如阮元出任浙江提学使时，留意风雅，嘱幕下文士采撷浙江人士诗咏，编纂《两浙轺轩录》，写作《定香亭笔谈》；而到后来任两广总督时，则创设学海堂，编刻《皇清经解》，心思专注于经学和教育了。但钱泳毕竟注意到阮元、曾燠这些封疆大吏对地方风雅的提倡之力，还是很有意义的。他还详记了曾燠在扬州盐运使任上与文人往来唱和的风雅：

> 南城曾宾谷中丞以名翰林出为两淮转运使者十三年。扬州当东南之冲，其时川蜀未平，羽书狎至，冠盖交驰，日不暇给，而中丞则旦接宾客，昼理简牍，夜诵文史，自若也。署中辟题襟馆，与一时贤士大夫相唱和，如袁简斋、王梦楼、王兰泉、吴谷人、张警堂、陈东浦、谢芗泉、王莳町、钱裴山、周载轩、陈桂堂、李啬生、杨西禾、吴山尊、伊耐园，及公子述之、蒲快亭、黄贲生、王惕甫、宋芝山、吴兰雪、胡香海、胡黄海、吴退庵、吴白

---

① 阮亨：《瀛舟笔谈》卷一○，嘉庆二十五年刊本。
② 钱泳：《履园丛话》卷八"谭诗"，中华书局 1979 年版，上册，第 206—207 页。

庵、詹石琴、储玉琴、陈理堂、郭厚庵、蒋伯生、蒋藕船、何岂匏、钱玉鱼、乐莲裳、刘霞裳诸君时相往来，较之西昆酬唱，殆有过之。①

阮元所招揽的端木国瑚、童槐、陈文述、陈鸿寿、吴文溥、朱为弼、张鉴等，还只限于浙籍士人；曾燠处于南北要冲扬州，接引、延聘的都更是一时名公，即以钱泳开列的名单而言也足够分量。对这些士人来说，像曾燠幕府这样著名的沙龙，正是他们交结名流、激扬声誉、博取进身机会的一个有辐射力的名利场。

有关清代幕府、士子游幕与乾、嘉文坛的关系，从郑天挺《清代的幕府》《清代幕府制度的变迁》二文到尚小明《学人游幕与清代学术》，已有很好的论述。近年学界对乾、嘉间士人游幕带来的幕府唱和之盛、幕僚由文学向考据的兴趣转向、游幕士人的心态等问题也有了更深入的分析②，让我们觉得对文人游幕这一由来已久的现象有必要重新加以认识。这里要补充的一点是，当时幕府广揽人才并不单纯是为了标榜风雅，其中还潜藏着实际的文坛势力的培植与竞争。江藩《国朝汉学师承记》卷四论王昶云：

> 藩从先生游垂三十年，论学谈艺，多蒙鉴许。后先生因袁大令枚以诗鸣江浙间，从游者若鹜若蚁，乃痛诋简斋，隐然树敌，比之轻清魔。提唱风雅，以三唐为宗，而江浙李赤者流，以至吏胥之子、负贩之人，能用韵不失粘者，皆在门下。嘉庆四年，藩从京师南还，至武林，谒先生于万松书院，从容言曰："明时湛甘泉，富商大贾多从之讲学，识者非之。今先生以五七言诗争立门户，而门下士皆不通经史，粗知文义者，一经盼饰，自命通儒，何补于人心学术哉？且昔年先生谓笥河师太丘道广，藩谓今日殆有甚焉。"默然不答。是时，依草附木之辈，闻予言，大怒，造谤语构怨，几削著录之籍。然而藩终不忍背师立异也。③

王昶既曾佐云贵总督幕多年，也曾任两淮盐运，江西、陕西按察，云南、江西

---

①　钱泳：《履园丛话》卷八"谭诗"，上册，第215—216页。

②　侯冬：《曾燠幕府雅集与乾嘉之际文人心态》，《西北师大学报》2012年第6期；梁结玲：《士子游幕与乾嘉文学》，《中南民族大学学报》2014年第3期。

③　江藩：《国朝汉学师承记》，中华书局1983年版，第60页。

布政使，他编纂的《金石萃编》《明词综》《国朝词综》《湖海文传》《湖海诗传》等书，都是卷帙繁多的大型总集，没有幕僚们的襄助，是很难以个人之力编成的。江藩所载王昶招揽生徒、树帜门墙之事，或许是个极端的例子，但幕府以各种方式延揽贤士，争夺人才，却是不争的事实。府主的文化工程很大程度上要依赖幕宾的协力，像毕沅《史籍考》《续资治通鉴》《关中金石记》《中州金石记》都是幕下章学诚、邵晋涵、孙星衍、张埙、严长明、钱坫等文士襄助完成；谢启昆所纂《西魏书》《小学考》《广西通志》，续纂《史籍考》，也主要借助于陈鳣、钱大昭、胡虔之力。曾燠因笃嗜骈体文，还嘱幕僚编纂了一部《国朝骈体正宗》。阮元所主持编纂的《经籍纂诂》《十三经注疏》《皇清经解》《畴人传》诸大书，更都是依靠他那个多至120人的幕僚团队①。"皆自起凡例，择友人、弟子分任之"②。在幕府纂修的书籍中，最具标志意义的乃是各省通志，此举不仅促进了各地的方志编纂，也直接激发了地方诗歌总集编刊和地域诗学的勃兴。

作为太平盛世的当然景观，地方的文酒诗会也不亚于幕府文学的盛况。京师作为首善之区，历来文会最盛。乾隆十七年（1752）值皇太后六十大寿，以二月举乡试，王昶偕褚寅亮正月之金陵，宝山朱桓大会名士240余人于秦淮，为江南友声二集③，重现明末十郡大社的盛况。而台阁官僚的生活，一直都持续着风雅化的趋向。乾隆间的实证学风更刺激了考订金石、书画的风气，日常雅集题咏常以鉴定、赏玩金石书画为题材。乾隆四十四年（1779）冬，翁方纲嘱罗聘写《东坡戴毡笠折梅花像》供奉于苏斋，十一月十九日因罗聘次日出都，遂约程晋芳、张埙、吴锡麒、桂馥、黄景仁、洪亮吉等人聚于苏斋，为东坡预祝生日，兼为罗聘饯行，从此遂为故事，每年十二月十九日于苏斋聚会为东坡祝生日。法式善仿效之，则于六月九日为李东阳祝生日，都成为传诵一时的韵事。王昶《官阁消寒集序》载："乾隆丁酉冬，予为通政司副使，职事清简，暇辄与钱阁学籀石、朱竹君、翁覃溪、陆耳山三学士，曹中允习庵，程编修鱼门，举消寒文酒之

---

① 尚小明：《学人游幕与清代学术》，第128页。
② 阮亨：《瀛舟笔谈》卷七，嘉庆二十五年刊本。
③ 严荣：《述庵先生年谱》卷上，（台湾）商务印书馆1978年版，第10页。

会。会自七八人至二十余人，诗自古今体至联句、诗余，岁率二三举，都下指为盛事。"① 至乾隆五十一年（1786）冬，"是时翁振三宫詹、曹来殷学士、陆健男大理皆奉使督学，都门无复有诗酒之会矣"。②

这是京师的情形，地方上的游宴诗咏很少会因某些人物的仕途升迁而消歇冷落。事实上到明清两代，乡绅阶层很大程度上已充当了地方文化事业的主持者或赞助者。而文化沙龙由达官贵人的府邸下移到各地富商的宅第，似乎也是乾隆年间出现的一个醒目现象。康熙间最有影响的沙龙都在京师，到乾隆时代各地出现许多文士的沙龙，最著名的如扬州马氏兄弟小玲珑山馆，天津查为仁水西庄，杭州赵公千小山堂和吴焯瓶花斋，苏州王庭魁小停云馆，等等。当时富商本身就是文人或富商而附庸风雅的人很多，诚如袁枚所说，"升平日久，海内殷富。商人士大夫，慕古人顾阿瑛、徐良夫之风，蓄积书史，广开坛坫"③。其中，最号富庶繁华的扬州，风气也最盛，据李兆洛说：

> 邗上当雍正、乾隆间，业鹾策者大抵操奇赢，拥厚赀，矜饰风雅以市重。一时操竿挟瑟名一艺者，寄食门下，无不乘车揭剑，各得其意以去。至嘉庆时而鹾贾丞丞自顾不暇，无复能留意翰墨。④

扬州最著名的小玲珑山馆主人马曰琯、曰璐兄弟，富甲一方，雅好文艺，收得徐乾学传是楼、朱彝尊曝书亭两家藏书⑤，礼致四方文人，长年寄居其第，从事经史考订、诗文著述。而此刻，文士阶层也因社会地位的沦落而不得不陷入各种依附关系中。

清初士大夫阶层因对新朝抱有敌意，以"三大布衣"为代表的众多高才博学之士都隐居不出，从而使在野士人因道德上的优越感而拥有较大的话语权。到清代中叶，士大夫阶层已形成对新王朝的政治认同，文人的政治出路要么是由科

---

① 王昶：《春融堂集》卷四〇，嘉庆十二年塾南书舍刊本。
② 严荣：《述庵先生年谱》卷下，第66页。
③ 袁枚：《随园诗话》卷三，江苏古籍出版社2000年版，第69页。
④ 李兆洛：《跋储玉琴遗诗后》，《养一斋文集》卷七，道光二十三年刊本。
⑤ 方盛良：《清代士商互动之文化原生态个案考论——厉鹗与"小玲珑山馆"》，《文学评论》2007年第4期。

举进身成为官僚，要么出入幕府成为达官的幕宾，逐渐丧失在野的优势。即使像蒋士铨这样官居清要的著名文士，仍不得不依附于尹继善、裴曰修，至于像袁枚这样依附权贵重臣以文治生更是一个典型的现象。再等而下之，就只能像厉鹗、全祖望那样做富商的清客，利用其丰富的藏书来撰述自己的著作了。厉鹗的《宋诗纪事》一百卷正是居停马氏小玲珑山馆多年，利用马氏丰富的藏书编纂成书的。也只有凭借马氏收藏之富，他才能编纂出这样的著作。后来赵之谦曾深有感慨地说："乾嘉间学人有啖饭处，道光以后，无乞食处矣。"① 无论在西洋还是东方艺术史上，寄食制都是对艺术发展有促进作用，保证艺术走向精致和成熟境地的重要机制。乾隆间文士寄居于富商家的情形类似于寄食制，它不仅是当时诗学研究的一种方式，在很多情况下也直接催生了诗歌批评的写作。因为文酒诗会历来是诗歌批评的温床，我们看到一些诗话的写作直接与此有关。比如查为仁《莲坡诗话》，沈楸德跋云：

> 夫人幸生隆盛之朝，得与当代名流，联吟结社；因而摘其篇章，详其姓氏，汇为一编，俾后之览者，如亲见吾謦欬于先生长者之前，而吾之篇章姓氏，亦藉此以传，岂非人生一大快事哉！②

当时有些诗话主要内容就是这类社集风雅的记录。如薛雪《一瓢诗话》自序即言"将数月以来与诸同学与诸弟子，或述前人，或撼己意，拟议诗古文辞之语，或庄或谐，录其尤者为一集"。诗歌批评异常活跃的现实及写作风气，造成了乾隆时期诗话编撰、出版的旺盛势头，一大批以记载诗坛佚事为主旨、顺便讲论诗歌技艺的诗话络绎问世，其代表之作就是查为仁《莲坡诗话》、袁枚《随园诗话》、李调元《雨村诗话》、法式善《梧门诗话》等以性灵派诗话为主的作品，其内容以评骘当代诗歌为主，与沈德潜、纪昀、洪亮吉等人代表的学理性的诗歌批评和翁方纲、赵翼所代表的学术性的诗歌研究相对立，形成一股新的潮流，它也开了嘉道以后诗话写作多纪事少品评、以记录性代替艺术性的

---

① 张舜徽：《学林脞录》，《爱晚庐随笔》，湖南教育出版社1991年版，第218页。
② 查为仁：《莲坡诗话》卷末，《清诗话》，上册，第519页。

风气,并愈益占据诗话写作的主流地位。嘉道以后诗话之多而滥,很大程度上与乾隆时期诗话写作的散漫、轻率作风有关。章学诚对袁枚诗话的深恶痛绝,也应该溯源于此。

### 五　乾隆朝的诗歌风气与诗学品格

在我的清代诗学史分期中,其他三个时期都包含两个以上的世代,只有乾隆朝独自构成一个时期。为什么乾隆朝能够独自构成一个诗学史时期,这在第一卷的导论中并未细论,现在需要作些补充说明。

韦勒克在为《观念史大辞典》撰写的"文学史的分期"条目中,对"文学时期"是这样定义的:"文学时期是由一组文学规范所决定的一个时间段落——这些规范包括成规、文类、作诗的理念、大家的标准等;其产生、流传、转变、整合、衰落、消失的过程都可以追溯得失。"[①] 我觉得这是个很周到的定义,以此衡量乾隆时代,我们有理由将性灵诗学作为决定诗学史时期的规范,尽管乾隆朝是个多种诗学观念对立、冲突、并存的时代,但性灵诗学成为贯穿始终的主流,它的产生、流传、转变、整合、衰落、消失的过程都清晰可见。

怀特海曾指出:"每个时代都有自己的特征,它由该时代的人们对于他们所遇到的重要事件的反应来决定。这种反应取决于人们的基本信念——他们的希望、他们的恐惧和他们的价值判断。"[②] 乾隆时代,诗坛遭遇的最重要的事件是考据学对诗学的冲击,从而构成本卷的主题——学问与性情。虽然程度不一,但当时很少有人能自外于这两者间的关系,乾隆间重要的诗论家不约而同地涉及学人之诗、才人之诗与诗人之诗的论辩,正与这无人不笼罩在其中的文化背景有关。生活在这一特定环境中的文士,首先要有一个清晰的自身定位——是做经学家、博学家还是纯粹的文人,纵然他不在意这些身份的区别,作诗时选择哪个家数——学人之诗、才人之诗还是诗人之诗,也一定是很清楚的。因为他们从日常生活到写作,都无法回避当时社会流行的一股浓厚的学问和考据风气。徐世昌论及乾隆间诗坛风气,曾说:

---

① 李亦园审订《观念史大辞典》,(台湾)幼狮文化事业股份有限公司1987年版,第3卷,第203页。
② 艾尔弗雷德·诺思·怀特海:《观念的历险》,上海译文出版社2013年版,第82页。

考据之学，后备于前。金石之出，今富于古。海云鼎籀，纪事西樵。杜陵铜盘，征歌石笥。钟彝奇字，敷以长言。碑碣荒文，发为韵语。肴核坟典，粉泽苍凡。并足证经，亦资补史。苏斋备体，雷塘嗣音。滂熹洽闻，瓶庐精鉴。诗道之尊，又其一也。①

观摩书画，赏玩古董，以至品鉴考订，历来就是文人的雅好清玩。杜甫虽享受升平日月无多，但境况稍得安闲，即多题咏绘画之诗。赵宋以降，题咏书画更成为诗家热衷的题材之一。不过要说诗中频繁地以书画、古董为主题，却断是乾隆诗坛独有的风气。吴荣光《和潘芝轩先生销寒六首，雪里遗书》一首注："时观黄大痴快雪时晴图、赵吴兴临快雪帖合卷。"② 当观赏古董成为日常生活的重要内容，诗歌的题材就离不开它了。

京师历来是王朝文学风气的晴雨表。乾隆间京城诗人以赏玩古董为题材作诗，似乎是钱载开的风气。钱载年轻时的诗中多有题咏书画古董之作，但还属于记一时眼福，到乾隆十年（1745）所作《观聂大年小瀛洲赋墨迹用苏文忠公病中夜读朱博士诗韵》《六十七研铭拓本歌》，就开始以小序、自注来记载或考究其内容了。乾隆十三年（1748）馆于吏部侍郎蒋溥邸，助其编纂《三希堂法帖》，得以广交京师文人墨客，多见古贤名迹，诗中题咏之作也日益多起来。乾隆二十八年（1763）一岁即有《题刘忠肃公石鼓山题名后》《教习庶常馆敔器图歌和翁中允》《郑遂昌小瀛洲记墨迹》等二十余首题咏古玩之作保留在诗集中。其他作家如赵翼自乾隆二十年（1755）入朝任中书，蒋士铨自乾隆四十三年（1778）六月入京，都同样为这股风气所包围，诗作集中于题咏字画、古物。就连黄仲则这样纯粹的文士，也不免受到感染，一入京便陆续写作了《翁覃溪先生以先文节公像属题李晞古笔藏夏邑彭春农侍讲家此先生属山阴朱兰嵒临本也》《王兰泉先生斋头消寒夜集观邝湛若天风吹夜泉砚作歌》《丙申冬于王述庵通政斋见邝湛若八分铭天风吹夜泉砚为作歌今翁覃溪先生复出邝书洗研池三字搨本与研铭合装属题池在广州光孝寺邝读书处也先生视学广东曾访之》《汉吉羊洗歌在

---

① 徐世昌辑：《晚晴簃诗汇》自叙，民国十八年退耕堂刊本。
② 吴荣光：《石云山人诗集》，《清代稿钞本》，第28册，第33页。

程玉门编修斋头作》《王述庵先生招集蒲褐山房观刘贯道兰亭禊饮图作歌》《集吴香亭太常斋见所藏孙雪居董香光书画合册作歌》《蒋心余先生斋头观范巨卿碑额搨本》这些文物考证式的七古。《汉吉羊洗》一诗题下注："同作者蒋新畲、翁覃溪两先生，吴谷人、陈伯恭两编修。"① 可见一时风气、一时人物莫不如此。考据的癖好也影响到咏物诗，前代咏物以征典与状物为主，乾隆间的咏物明显打上了考据的烙印。赵翼《金鱼》诗写道："汉唐以来无金鱼，有之实始北宋初。六和塔下逐臣咏，子瞻继往投斋余（咏之自苏子美始，见《冷斋夜话》）。此地何年移种至，大者尺余小寸计。"② 至于《友人以邺城怀古诗见示但侈陈魏瓦齐砖而于历代割据建都之迹殊多挂漏为补成八首》③，就明显是以诗作考据文章了。

徐世昌曾用诗教之盛、诗道之尊、诗事之详和诗境之新来概括清初、清中叶及清后期诗歌创作的特点。与乾隆诗坛相对应的是诗道之尊，这个"尊"字我理解即词学中"尊体"之尊，意谓诗歌在乾隆时代获得空前的崇高地位。这从袁枚性灵诗学对诗歌价值的推崇和肯定来说固然也成立，但从翁方纲辈学人诗论将诗冠以"学人"之名来看，更可见时人对诗歌文体价值的信念。尽管学问在当时处于人生价值的顶端，为文士群体所瞩目，但学者仍不肯放弃诗歌，仍希望用诗歌来装饰学问，甚至不惜牺牲传统的"性情"要素，以学问充当诗的动机、诗的素材、诗的内容和诗的目的，以"学人诗"的冠名方式使学问攀附于诗而提升品位。这不是诗道之尊么？这种尝试本有意消弭自严羽以来人们意识中学问与性情的对立与紧张关系，但结果适得其反，学问对性情的过度挤压更加剧了性情的反抗。从袁枚《随园诗话》对以学为诗的抨击来看，性灵诗学与其说是对格调派的反拨，还不如说是对学人诗的警戒，由此形成乾隆诗学的两个主题——性情与学问，两者之间既有对立，又有融合，其相位的变换与矛盾冲突构成了乾隆诗学的主旋律。

性情与学问的冲突，其实是人类文学活动中的一个普遍问题。英国诗人爱德

---

① 黄景仁：《两当轩集》卷一二至一四，上海古籍出版社 1983 年版，第 300—340 页。
② 赵翼：《瓯北集》卷四，《赵翼全集》，凤凰出版社 2009 年版，第 5 册，第 62 页。
③ 赵翼：《瓯北集》卷一一，《赵翼全集》，第 5 册，第 181—182 页。

华·扬格曾说："天才是巨匠，学问不过是工具；而且是一种即使可贵之至，然而并非时时不可缺少的工具。"① 因为天才可遇而不可求，不像学问可习而得，人们常将天才视为内在的、先天的，而将学问视为外在的、后天的，其贵贱高下不言而喻。所以扬格又说："我愿意以天才比美德，以学问比财富。正如美德越少的人，越需要财富，天才越低的人越需要学问。"② 对大多数中才以下的作者来说，学问往往是他们用来文饰才华贫乏的最好的绮罗粉泽。持扬格这种观念的人是欧洲文学史上的浪漫主义者，清代诗人与之相比有着自己的特殊语境，即看似繁荣热闹的乾隆诗坛其实也是个创造力贫弱的诗史时段。前辈学者缪钺曾指出："有清一代之诗，以量言则如螳肚，而以质言则如蜂腰。盖乾隆之际，天子右文，海内无事，家研声病，人习博依，吟咏之风，遍于朝野。是故诗人如林，诗集充栋，较诸清初及清末，似蔚然称盛矣。然清初作者，如吴梅村之哀时感事，不愧诗史；王渔洋之含情绵邈，树立宗风；清末作者，如郑子尹之横恣踔厉，黄公度之恢宏生创，求诸乾嘉，皆罕其匹。"③ 乾隆诗坛一方面是个诗派林立、各种主张杂陈的喧哗空间，一方面又是缺乏领袖群伦之巨人的平庸时代。诗坛的几派宗师，沈德潜才华平常，纪昀用心不专，翁方纲学过于才，姚鼐文过于诗，高密三李气局不大，赵翼、洪亮吉辈又学掩其诗；袁枚倒是才情过人，争奈德行不称，终究难以号令天下。于今回顾乾隆诗坛，竟像是一个群龙无首的武林江湖。这样的江湖绝不会平静，虽不见面对面的交锋，却随时都有人试图找到诗家倚天剑、屠龙刀，执坛坫之牛耳。

于是伴随着话语权的争夺而来的，便是乾隆诗学的理论旨趣由多元趋向于集中，具体地说就是由地域文化的多元性产生的多元化观念，逐渐趋向于诗学思想的同一性和理论目的单一化。这是由康熙诗学最终定于一尊的结局所带来的必然结果。清初诗家对明代诗学加以深刻反思之后，竭力拓宽诗歌史视野，扩充取法的传统资源，力求博采众长，成一代伟观。因此，当王渔洋汲取明代格调派的精

---

① 爱德华·扬格：《试论独创性作品——致〈查理士·格兰狄逊爵士〉作者书》，袁可嘉译，人民文学出版社 1998 年版，第 89 页。

② 同上书，第 90 页。

③ 缪钺：《黄仲则逝世百五十年纪念》，《缪钺全集》，河北教育出版社 2004 年版，第 2 卷，第 185 页。

髓，参以盛唐空灵轻澹之风，提出以神韵为核心的一种新诗歌美学时，诗坛为之风靡，诗家无不踊跃鼓舞，尊奉为一代正宗。可惜好景不长，到康熙后期，神韵诗学就日渐显露出"清利流为空疏"的迹象[①]，引起诗坛共同的忧虑，乃至群起而讲求有以救之之道，而王渔洋诗学也就成了天下共逐的秦鹿！

### 六 王渔洋诗学的命运

的确，讨论乾隆诗学，首先不能不提到王渔洋神韵诗学的结局。郭绍虞先生曾说渔洋诗学"虽亦耸动一时，而身后诋娸亦颇不少，生前劲敌遇一秋谷，身后评骘又遇一随园，于是神韵一派在乾、嘉以后，便不闻继响"[②]。严格地说，这里的"乾、嘉以后"如果指嘉庆以后，或许还近乎事实；若包括乾隆在内，便不够准确了。因为渔洋诗学为门弟子辈传播，在乾隆诗坛仍有很大的影响，占有最重要的位置。

康熙后期，王渔洋位尊望隆，执诗坛牛耳，"公之及门半天下，凡在朝以诗名者，莫非门下士"[③]。他本人因历掌剧曹，职任日重，不复如往日优游郎署那般暇豫，诗作也逐渐减少。倒是他的门人辈多崭露头角，成为京师风雅的主流。看看查慎行、汤右曾、惠周惕、宫鸿历、何世璂、王式丹等人的诗集，就可以知道这批诗人的雅集唱酬活动是何等频繁！逮雍正、乾隆初，执掌当朝文柄或著闻一时的诗人，不是渔洋门人就是再传弟子，门人如查慎行、黄叔琳、何世璂、蒋廷锡，再传弟子如翁方纲（师从黄叔琳）、商盘（师从何世璂）、厉鹗（见赏于汤右曾），全都膺当世重名。直到乾隆中期，王渔洋诗仍为许多诗家所宗法，见于记载的名家即有杭世骏、宋弼、张元、赵文哲、吴省钦、张熙纯、李黼平等。山东后学如董元度"论诗专主神静，而其微旨原本渔洋，所谓见超乎色相之先，而味在于酸咸之外者"[④]，固不待言；京师则有法式善"每举新城尚书语，欲与

---

① 俞兆晟：《渔洋诗话序》，《清诗话》，上册，第163页。

② 郭绍虞：《中国文学批评史》，上海古籍出版社1979年版，第522页。按：钱锺书《中国诗与中国画》也说王士禛神韵说影响短促得可怜，张健《清代诗学研究》已举田同之和赵文哲为例加以辩驳，北京大学出版社1999年版，第571—579页。

③ 宋荦：《王公墓志铭》，《王士禛年谱》附录，中华书局1992年版，第110页。

④ 惠栋：《董太史诗序》，《松崖文钞》卷二，漆永祥编：《东吴三惠诗文集》，（台湾）"中央研究院"中国文哲所2006年版，第328页。

学子参知闻"①；江南还有故人叶燮弟子沈德潜、许虬侄廷铄将王渔洋"奉若斗山"②，吴泰来"作诗大旨一本渔洋"③；江北有冒春荣"河汉于渔洋《蚕尾》诸集"④；浙江有郑宣"论诗宗旨，大要祖述新城"⑤；江西还有闵照堂"领取《精华》一瓣香，清词丽句配渔洋"⑥；安徽除了姚鼐承传渔洋诗学外，还有杨瑛昶"秀语标神韵，新城一瓣香"⑦。福建的诗学名家郑方坤也宗尚王渔洋诗学，自称"阮亭诗学曾私淑"⑧，所撰《本朝名家诗钞小传》则云：

> 本朝以文治天下，风雅道兴，钜人接踵，至先生出而始断然为一代之宗。天下之士尊之如泰山北斗，至今家有其书，户习其说。盖自韩、苏二公以后，求其才足以包孕余子，其学足以贯穿古今，其识足以别裁伪体，六百年来未有盛于先生者也。方坤少而学诗，十八岁始得渔洋全集朝夕捧诵，耳目开明，顿足起舞，如邯郸生之叹天人也。童而习之，白首纷如，能无诵杨子之言而三叹息也哉！⑨

他评述乃兄方城诗也套王渔洋语，曰："先生之诗有根柢焉，有兴会焉。根柢原于学问，兴会发于性情，二者兼之。"⑩乾隆二十年（1755）杨庆孙序宁楷《修洁堂诗集》，称"今之为诗者，家李杜而户韩白，至询其师法则远祖青丘，近宗阮亭，而自苏、陆以上俱未之顾也"⑪。由此看来，说王渔洋诗学在乾隆前期仍占据诗坛的主流地位，那是一点也不夸张的。

---

① 翁方纲：《时帆学士山寺学诗图》，《复初斋诗集》卷四一，《清代诗文集汇编》影印本，第381册，第377页。

② 袁枚：《随园诗话》卷三，第61页。

③ 周维德辑：《蒲褐山房诗话新编》卷上，人民文学出版社2011年版，第86页。

④ 姜任修：《冒寄亭诗草序》，冒志成：《如皋冒氏宗谱》卷八，如皋县编史修志办公室1984年油印本。

⑤ 边连宝：《病余长语》卷四，第135页。

⑥ 蒋士铨：《题南昌闵照堂进士钟陵草后》其二，《忠雅堂集校笺》，第1册，第483页。

⑦ 张问陶：《答杨米人明府瑛昶》其二，《船山诗草》卷一三，中华书局1986年版，下册，第341页。参看杨瑛昶《不易居诗钞》翁方纲序，《复初斋集外文》卷一，《清代诗文集汇编》影印本，第382册，第636页。

⑧ 郑方坤：《顾叶舟走索近稿草此奉答并招小隐二首》之一，《蔗尾诗集》卷八，乾隆元年刊本。

⑨ 郑方坤：《本朝名家诗钞小传》卷二，（台湾）广文书局1971年影印本，第112—113页。

⑩ 同上书，第392页。

⑪ 宁楷：《修洁堂集略》卷首，嘉庆八年刊本。

与此同时，王渔洋的诗歌理论也为门人辈所传承、发挥，在诗论中成为主导性的宗旨。最典型的如田同之《西圃诗说》，便是在乾隆间承传并扩大神韵诗学影响的一种诗话。张笃庆侄张元为之序，道："诗道之所以日芜，而迄无所底者，则以说诗者误之也。夫运会迁流，风雅递变，而正法眼藏要必以大雅为宗，以寄兴为主，委婉深挚，以无失乎温柔敦厚之旨，而后可以谓之诗。而说诗者或以为是不足以见才而炫俗也，于是别立门户，以尖巧为新异，以诡特为奇辟，以襞绩故实为博奥，一唱百和，靡然成风，沿至于今，弊斯极矣。"他称赞田同之论诗，"品第则开宝之是遵，意旨则希声之为准"，在当时具有中流砥柱的意义："然则居今日而欲为风雅一途，回既倒之狂澜而砥柱中流也，舍是说其谁属哉！"① 田同之为田雯长孙，田雯论诗便追随王渔洋，其后辈承先世余绪，发挥渔洋诗学是很自然的。这种师门渊源对渔洋诗学承传的影响，经常会波及几代人，甚至衍及旁枝姻娅。长洲诗人顾诒禄，系渔洋门人张大受外孙，所著《缓堂诗话》两卷屡屡论及渔洋诗作及诗学，极致推崇。元和惠栋也因乃祖周惕师从渔洋，自称小门生，订补渔洋年谱，编纂《渔洋精华录笺注》。曾序吴泰来《古香堂集》云：

> 昔人言，诗之道有根柢焉，有兴会焉。镜中之象，水中之月，相中之色，羚羊挂角，无迹可寻，此兴会焉；本之风雅，以道其源，溯之楚骚、汉魏，以达其流，博之九经三史诸子，以穷其变，此根柢也。根柢原于学问，兴会发于性情。二者率不可得兼，然则有兼之者，岂不蔼然一大家乎？②

王昶、张维屏、梁章钜、林昌彝都曾称引此说，以为深于六义③，不知全本于王渔洋《突星阁诗序》。至于其他与渔洋毫无渊源的诗论家，如杭世骏，《四库全书总目》认为"其持论以王士禛为宗，故如冯舒、冯班、赵执信、庞垲、何焯诸人不附士禛者，皆深致不满。于同时诸人，无不极意标榜，欲以仿士禛诸杂

---

① 田同之：《西圃诗说》，郭绍虞辑：《清诗话续编》，第 2 册，上海古籍出版社 1983 年版，第 748 页。
② 惠栋：《松崖文钞》卷二，《东吴三惠诗文集》，第 326 页。
③ 王昶：《湖海诗传》卷一四，周维德辑校：《蒲褐山房诗话新编》卷上，齐鲁书社 1988 年版，第 52 页；张维屏：《国朝诗人征略》初编卷六〇，中山大学出版社 2004 年版，第 477 页；林昌彝：《海天琴思录》卷一二，上海古籍出版社 1988 年版，第 282 页。

著"①。类似的情形难以枚举。

不过这只是问题的一方面，另一方面我们也看到，渔洋诗学在乾隆初就开始遭到批评。田同之《与沈归愚庶常论诗因属其选裁本朝风雅以挽颓波》诗写道："山姜花谢蚕尾倾，野狐怪鸟齐争鸣。泛泛东流视安德，猖猖龙吠集新城。"② 屈复《论诗绝句》也说："文章生死判升沉，忆奉渔洋迈古今。此日尽讥好声调，披沙那肯拣黄金？"③ 吴县恩贡生邱赓熙《戏学元遗山论诗十五首》有云："虞山一瓣推怀麓，后诋钟谭前李王。独奖新城堪继起，至今重叠注渔洋。"④ 明显是在讥讽惠栋等笺注《渔洋山人精华录》。胡天游则于"王士禛、朱彝尊诗文，遍摘其疵痏无完者"⑤。当时诗坛似乎躁动着一股对康熙诗风的逆反情绪，至今我们从高密李宪乔《偶评四名家诗》残存的朱、王两家诗评还能强烈地感受到这一点。而南朱北王居然同时遭到强烈的摘挞，似乎也暗示了一个弑父式的反叛开始萌动。这股思潮可能燎原于北方，"北随园"边连宝是代表人物之一，时称"近世诗宗新城学，多务修饰婉丽，征君痛斥之，以为弊将与王、李等"⑥，"凡燕、齐千里内，宗渔洋修饰描绘家，见君皆震慑不敢抗"⑦。南方则有钱屿沙、蒋士铨等人，弃渔洋诗学如刍狗。到乾隆中叶诏修《四库全书》，馆臣对渔洋诗学的批评作为官方话语，为当时的王渔洋评价定下了基调：

> 盖明诗摹拟之弊，极于太仓、历城；纤佻之弊，极于公安、竟陵。物穷则变，故国初多以宋诗为宗。宋诗又弊，士禛乃持严羽余论，倡神韵之说以救之。故其推为极轨者，惟王、孟、韦、柳诸家。然《诗》三百篇，尼山所定，其论诗一则谓归于温柔敦厚，一则谓可以兴观群怨，原非以品题泉石，摹绘烟霞。洎乎畸士逸人，各标幽赏，乃别为山水清音，实诗之一体，

① 永瑢等纂：《四库全书总目》卷一九七，中华书局 1965 年影印本。
② 田同之：《砚思集》卷二，田氏丛书本。
③ 屈复：《弱水集》卷一四，乾隆七年刊本。
④ 邱赓熙：《箬帽山人诗草》卷三，乾隆四年刊本。
⑤ 朱仕琇：《胡天游传》，《石笥山房集》卷首，咸丰二年重刊本；翁方纲《苏斋笔记》卷一一："于前人中不甚服渔洋者得一赵秋谷，于近日言诗最不服渔洋者又得一胡稚威，皆历指其通套不切处，以为口实。顾阿好渔洋者，无以难之。"第 8746 页。
⑥ 戈涛撰边连宝诗序，边连宝：《病余长语》卷六引，第 210 页。
⑦ 蒋士铨：《随园征士边君传》，《忠雅堂集校笺》，第 4 册，第 2108 页。

不足以尽诗之全也。宋人惟不解温柔敦厚之义，故意言并尽，流而为钝根。士禛又不究兴观群怨之原，故光景流连，变而为虚响。①

在钦定论断的主导下，诗坛对渔洋诗学的批评渐成一面倒的趋势。其势头之猛烈，就连追摹渔洋的诗家也很难为他辩护。生平处世以渔洋为楷模的法式善，只有作调停之论："近来尊渔洋者以为得唐贤三昧，贬渔洋者或以唐临晋帖少之。二说皆非平心之论。夫渔洋自有不可磨灭之作，其讲格调、取丰神而无实理，非其至者耳。"② 而到乾隆六十年（1795）翁方纲序杨瑛昶《不易居诗钞》，更只能无奈地感叹："予于往日诗人病其太近渔洋，而于近日诗人则病其太诋渔洋。"③渔洋诗学的升沉，在某种意义上成了乾隆诗学嬗变的标志。

据黄景进考察，王渔洋身后遭到的批评集中于四个方面：一是讲风度而少性情；二是风格狭隘，只能作短篇；三是提倡神韵，陷于空寂；四是以神韵论诗，故作吞吐之态④。在乾隆时代，照翁方纲所说，则是另外两个方面："近今有薄视渔洋者，其说有二：一则嗜博者，视渔洋若专用力于诗，专趋乐府诸集，而未尝博综古今也。（中略）一则嗜奇者，薄视渔洋，若过浑泛而未能刻画，极其情事才思者。"⑤ 前者属于以学人之诗的观念衡量渔洋，不用说是一种偏见；后者则涉及对渔洋诗风的一种共同认识，即肤廓而少真性情。这种看法已见于赵执信《谈龙录》，颇为世间赞同。到乾隆间，对渔洋的批评就集矢于太过庙堂气、缺乏真性情一点上。邱赓熙《戏学元遗山论诗十五首》云："渔洋力量逊虞山，富贵终身不等闲。因少忧深思苦处，浣花咫尺似难攀。"⑥ 边连宝也说："阮亭所取总不离'神韵'二字宗旨，余所取者乃在'大风卷水，林木为摧'耳。坐清宴之堂，发从容之论，叹老不得，嗟卑尤不得，了无感慨，绝少激昂，非遁入神韵之中，无所庸其伎俩。此'神韵'二字为达官贵人藏身之固也。"⑦ 现在看来，

---

① 永瑢等纂：《四库全书总目》卷一九〇《御选唐宋诗醇》提要，第1727页。

② 法式善：《梧门诗话》卷四，民国间杨寿寿重编，中国社会科学院文学研究所藏钞本。

③ 杨瑛昶：《不易居诗钞》，乾隆五十八年勿幕轩刊本。

④ 黄景进：《王渔洋诗论之研究》，（台湾）文史哲出版社1980年版，第200—202页。

⑤ 翁方纲：《苏斋笔记》卷一一，《复初斋文稿》，《清代稿本百种汇刊》，（台湾）文海出版社1974年影印本，第8723页。

⑥ 邱赓熙：《箬帽山人诗草》卷三，乾隆四年刊本。

⑦ 边连宝：《病余长语》卷一，第29页。天津图书馆藏钞本"固"作"处"。

这种批评是比较皮相的。按谢榛《四溟诗话》的说法："今之学子美者，处富有而言穷愁，遇承平而言干戈，不老曰老，无病曰病，此摹拟太甚，殊非性情之真也。"① 真性情根柢于作者的真实感受，明代格调派由于单纯致力于风格摹拟，以致不见性情而遭人诟病。王渔洋论诗主仁兴而发，能出以感兴，当时还以能得性情之真相许②。但可能是参照系不同了，乾隆间批评家的感觉很不一样，常认为渔洋诗少性情。崔迈《尚友堂说诗》说："诗以道性情一语，今人视为老生常谈矣。余谓作诗必本于性情，犹为国必以仁义也。虽是极平常道理，然当邪说误人之际，此即为对症要药。（中略）诗道自王阮亭之后，人不复知有性情矣。"③ 这很能代表当时的一般看法。山东后学李宪乔虽然总体上也多方肯定王渔洋诗歌的成就，但对空洞无真诣一点则毫不客气地一再指摘，说"阮翁最留意五律，规枕盛唐，而力挽前明七子之吞剥。当时所取惟施愚山，为作《摘句图》，叫谓真好矣。然历阅诸什，仍止宫锦行家样耳。持之无物，非空壳哉！"评渔洋《阮亭秋霁有怀西山寄徐五》诗又云："亦清亦闲亦静亦净，何以不逮古人？曰止是空耳。"④ 这些评论不能说完全不对，但终究较片面，都只抓住一点而不及整体。就像李宪乔说渔洋最留意五律，全然不顾及王渔洋首开七古声调研究之风的事实。王渔洋是第一个专门研究古诗声调，并编选历代古诗选本的诗论家，由于他对韩愈七古声调典范性的确认，韩愈诗歌的经典化始有较切实的落脚点。

事实上，无论是王渔洋本人的诗歌主张还是创作实践，持论都甚为阔通，其诗学更有着极大的包容性，神韵不过是他论诗之一端，并且只限于短小篇幅的诗体⑤，但经朋辈称道，门生标榜，世遂以神韵为渔洋诗学主体，导致以偏概全的盲从。更兼渔洋诗作也有将性情的内涵趣味化，即所谓"直取性情，归之神韵"的倾向，诗歌表现的重心全落在艺术趣味上。而诗一旦趣味化，便不可避免地导

---

① 谢臻：《四溟诗话》卷二，丁福保辑：《历代诗话续编》，中华书局 1983 年版，下册，第 1156 页。
② 谢良琦《与王贻上书》："贻上之诗，不知其为三百篇、少陵与否？窃观其意之所极，则莫不有其性情之自得者，以应之大之天地、河岳、人物、事为之蕃，及于山巅、水湄、壶觞啸咏之细，无非温柔敦厚之旨，一唱三叹之遗。此岂无所停蓄浸渍而然者哉？"《醉白堂文集》，道光刊本。
③ 崔迈：《尚友堂说诗》，《崔东壁先生遗书》附录《崔德皋先生遗书》，民国二十五年亚东图书馆排印本。
④ 李宪乔：《偶论四名家诗·带经堂集录》，山东师范大学图书馆藏稿钞本。
⑤ 参看蒋寅《清代诗学史》第一卷第六章第四节"'神韵'的理论内涵"，中国社会科学出版社 2012 年版。

致风格的单一，流于腔调，后学从而效之，以致流弊丛生。对此，就连最崇敬王渔洋的翁方纲也不能为尊者讳，每谓渔洋诗多空腔虚响，且认为这与他论诗主"不切"的宗旨有关，曾在《苏斋笔记》中指出："渔洋于诗教，总汇众流，独归雅正矣，而乃不得不析言其失。其失何也？曰不切也。诗必切人、切时、切地，然后性情出焉，事境合焉。渔洋之诗所以未能餍惬于人心者，实在于此。"①这无疑是一针见血的论断，触及王渔洋诗歌的艺术本质②。而袁枚则认为王渔洋诗少性情是过于修饰的结果："阮亭主修饰，不主性情。观其到一处必有诗，诗中必用典，可以想见其喜怒哀乐之不真矣。或问：宋荔裳有'绝代消魂王阮亭'之说，其果然否？余应之曰：阮亭先生非女郎，立言当使人敬，使人感且兴，不必使人消魂也。"③这些批评都将王渔洋的神韵诗学与艺术表现的不真诚、不真实画上等号，这就从根本上否定了渔洋诗学的价值。另外一个与此相关的批评，是将诗中耽用书卷的风气也归结于王渔洋的影响。如王梦聘《仿元遗山论诗绝句四十二首》中论王渔洋云："无人不诵带经堂，旖旎风流独擅场。祇惜性灵被书掩，百年风雅主渔洋。"④这又等于将王渔洋视为乾、嘉诗人以书卷为诗的先声，连乾、嘉诗学的流弊也要王渔洋来负责。看得出，作者对王渔洋的态度正像翁方纲，批评中包含着很复杂的感情。不过，无论他们如何看待王渔洋诗学的影响，其立论的出发点是一致的，那就是在反思神韵诗学的缺陷和流弊中寻找新的诗学路径。

从顺、康到乾隆，诗歌观念无形中兜了个圈，仿佛又回到原点。我曾指出，清初诗学的主导观念就是道性情、尚真诗，一百年过去，乾隆朝诗人竟又以性情和真诚为旗帜来声讨王渔洋诗学，难道诗歌史就这么在循环往复吗？当然不是。同样是道性情、尚真诗，旨趣却全然不同。清初诗学的性情和真，旨在追求艺术风格上的自家面目，是针对明人拟古而言的。王渔洋诗学解决了真面目的问题，

① 翁方纲：《苏斋笔记》，宣统二年北洋官报印书局印本。
② 关于渔洋诗学的"不切"，别详蒋寅《王渔洋"神韵"的审美内涵和艺术精神》，《中国社会科学》2012 年第 2 期。
③ 袁枚：《随园诗话》卷三，第 60 页。
④ 范士熊辑：《国朝南亭诗钞》卷八，程康庄：《程昆仑先生诗文集》附录，三晋出版社 2008 年版，第 547 页。

但同时也给人留下了性情失真的印象，于是赵执信起而标举性情之真。既然乾隆诗学的道性情和求真是针对神韵诗风的流弊而提出的，其重心必然落在真性情上。一个是追求真面目，一个是追求真性情，其差别正如清末周实《无尽庵诗话》所辨析的："作诗要有气骨有识见，然后乃可措词无懦。（中略）吾见近世研求诗文者往往昧此义。其佳者不过雕琢词句，已失一己之真性情；其下者乃至优孟衣冠，并失一己之真面目。"① 真性情是就抒情性而言的，真面目则是就风格而言，由真面目到真性情正是清初诗学向乾隆诗学转捩的关键。

### 七　叶燮对乾隆朝诗学的影响

神韵诗学的趣味化倾向不可避免地导致风格单一和性情淡化，其流弊在康熙后期到雍正间的诗歌创作中逐渐显露，使有见识的诗家再次感受到类似清初诗人面对明代格调派的模拟复古所产生的不满和忧虑。面对神韵诗风带来的另一种千人一面的结局，求变和独创性的要求再度被提出。在康熙后期，我们不仅看到名诗人梅庚说："但使成家自足垂，描摸何用狗时宜。"② 唐孙华说："莫读唐诗便赋诗，拾来竹马不堪骑。水流花落春禽语，总是当前绝妙词。"③ 还能在一些不太出名的诗人笔下，看到"自率其性情，直书一事一时之契会"，"自抒胸臆，不规模唐人，亦不讳避明、宋"④，"有志之士，思言所欲言，即写景绘情。而各抱一情，即各具一景。不妨自我作古，独成一家言"的响亮口号⑤。到康熙、雍正之际，彭维新从哲学的高度肯定多样化的可贵：

> 有唐三百年，诗人辈出，风气亦屡更，春容、雄浑、冲淡、赡丽、纤余、奇肆，是不一格。文人才致，千汇万状，异也奚害乎其为同哉？天地操化权宜，无不可以齐一万类，而其生人生物也，但使官骸本末不至倒置斯已

---

① 周实：《无尽庵诗话》卷二，民国元年上海国光印刷所铅印本。
② 梅庚：《论诗十绝句》其二，《漫与集》，《清代诗文集汇编》，第 157 册，第 5 页。
③ 唐孙华：《双凤友人数举诗会戏示四绝句》其一，《东江诗钞》卷一〇，上海古籍出版社 1979 年影印康熙刊本，第 442—443 页。按：诗作于康熙四十七年（1708）戊子。
④ 林凤岗：《逑山楼诗存序》，《石岳文寄》，《清代稿钞本》，第 24 册，第 240 页。文作于康熙四十四年（1705）乙酉。
⑤ 李钟壁：《诗集自序》，李亚烈、李猛烈主编：《雪鸿堂文集》，中国文史出版社 2012 年版，第 449 页。

耳，而人之形貌声音、物之品族色泽，固万有不齐也。倘人之类如一人，物之类如一物，觉造物者之才有限，而人物均难以受治，弊有不可胜言者。①

迨及乾隆初，它就逐渐成为诗坛的普遍意识。恽敬《坚白石斋诗集序》曾这么概括他注意到的乾隆诗坛有意求新的种种家数："自乾隆以来，凡能诗者，不得不自辟畦径，各尊坛坫，是故秦权汉尺以为质古，山经水注以为博雅，牦轩竭陀以为诡异，街谈巷相以为真率，博徒淫舍以为纵丽，然后推为不蹈袭，不规摹。"② 自辟畦径、各尊坛坫，意味着诗家对过去那种奉某家之说为宗旨，或以某种风格为理想目标的趋同性写作模式的放弃，唯蹈袭、规摹是避，无论写出什么风格，都必须出自独创。这正是性灵诗学的要义所在。

在我看来，袁枚性灵诗学的核心理念便是人生体验的直接、深刻表达，为此他反对一切预设的规范和技法，排斥一切妨碍上述目的的写作方式和习气，同时将诗学关注的中心由外在的艺术目标或技术手段转移到内在的才性上来。正像王阳明心学将所有问题内在化之后，将面临如何确立价值依据的困境一样，袁枚的性灵诗学在取缔所有外在的规范之后，也面临着一个诗歌写作如何确保其艺术水准的问题。我注意到，袁枚是以"切"来划出底线的，朱东润先生说"随园论诗之骨干，在有工拙而无古今一语"③，而"切"正是袁枚判断工拙的标准。这个见斥于神韵派而格调派又不屑于讲究的要求，绝不只是一个维持艺术水准的消极标准，它在积极意义上也可以说是提出了一个更高的理想境界，一个对操作方式及作品构成无具体规定性而只对艺术完成度及审美效果提出要求的目标！就好比一个征婚者于对方相貌不提出具体标准，而只求美或中意，这是多么难以达成的目标啊——每个人认可的美或中意的对象都是不同的。然而，这的确是人们在经受神韵诗的审美疲劳之后，希望从单调的厌倦中走出来的渴求，而且在"切"的要求中还隐含着对神韵诗"不切"的反拨。这种意识并不始于袁枚，起码可以上溯到前辈名诗人金德瑛（1701—1762）。金氏为门人说诗，强调：

---

① 彭维新：《杨赤城唐诗选序》，《墨香阁集》卷三，岳麓书社 2010 年版，第 59 页。
② 李銮宣：《坚白石斋诗集》，山西人民出版社 1991 年版，第 526 页。
③ 朱东润：《中国文学批评史大纲》，上海古籍出版社 2005 年版，第 332 页。

　　文词之要，古人所以不朽者，只一"切"字。切则日新而不穷，否将
牵附粉饰，外强中干，貌腴神悴。苟知切之为用，则变化卷舒，象外个中，
开辟无穷。第各就学识才分，成其小大。若浮夸以侈其规模，狭隘以诩矜
贵，是皆虚车也。①

如此看来，性灵诗学的兴起固然不可能与乾隆朝的社会、文化环境无关，但就诗
学内部的发展趋势而言，更多地恐怕还是与神韵诗风的流弊直接相关，其解构倾
向与艺术目标都是作为神韵诗风的反拨确立起来的，矛头直指神韵派末流的肤廓
不切之风。

　　正如艺术史学者所指出的，"历史不是一场简单的古装游行，只有深刻地理
解推动历史发展的力量方能真正理解历史"②。艺术的历史从来就不是有目的的
进化，而只是不断变化的过程。推动变化的力量源自人们观念的转变。从清初到
乾隆间，诗学的变化也源于诗家观念的转变，其核心就是由寻找某种审美理想和
艺术典范转向放弃审美理想和艺术典范的预设。这种变化既非一蹴而就，也不显
现为趋向的整体性和单一性。事实上，不变的、沿袭的总明显是主流，变革的、
创新的倒常是局部的暗流涌动。据管世铭说："近日北方诗人多宗蒲城屈征君悔
翁，南方诗人多宗长洲沈宗伯确士。屈豪而俚，沈谨而庸，施朱王宋之风于兹邈
矣。"③ 在当时人们的印象中，屈复和沈德潜一南一北，是举国最有影响力的诗
人。但时过境迁，后人发现乾隆间诗坛最流行的却是吴派和浙派④。而从后设的
角度看，乾隆间诗风的主导也确是吴派和浙派。这当然是与康熙后期至雍正间的
诗坛格局有关。只要梳理一下有关文献就知道，乾隆前期的诗坛，除了王渔洋的
持续影响外，还有两位诗人有着不可低估的辐射力：一是浙江海宁的查慎行，一
是江苏吴江的叶燮。查慎行的影响力主要在创作方面，沈德潜说："先生以乐天、
东坡、务观、遗山诸家诗倡导后进，经指授者每能摅写所得，空诸缠缚。"⑤ 经

---

①　蒋士铨：《左都御史桧门金公行状》，《忠雅堂集校笺》，第 4 册，第 2289—2290 页。
②　保罗·贝克：《音乐的故事》，马立、张雪燕译，江苏人民出版社 1998 年版，第 2 页。
③　管世铭：《论文杂言》，《韫山堂文集》卷八，光绪二十年吴炳重刊本。
④　阮葵生：《茶余客话》卷一一，《阮葵生集》，陕西人民出版社 2009 年版，中册，第 874 页。
⑤　沈心：《房仲诗选》沈德潜序，民国八年上海西泠印社刊本。

过厉鹗、商盘、钱载等直到袁枚，最终形成浙派的声势。叶燮的影响力主要在诗学方面，乾隆前期声望最隆的沈德潜和《一瓢诗话》的作者薛雪都是他的门人。他的诗学通过沈、薛两人传播于诗坛，并以沈德潜的众多门生为主体形成吴派的阵营，并直接左右了乾隆诗学的走向。

一旦将叶燮及其门人的诗学收入我们的视野，性灵派诗学的兴起就不只是个反拨神韵诗学的问题，而又与叶燮诗学的传承和影响联系起来。因为我们清楚地看到在叶燮与袁枚的诗论中有着一脉相承的渊源。叶燮论诗视野开阔，见地深邃而思理缜密，代表着古典诗学晚期的最高水平，具有多方面的理论成就。但就辐射力而言，最值得重视的是自成一家的观念。最早注意到这一点的是日本前辈学者青木正儿，他将叶燮的诗学倾向定位为"诗坛上自成一家思想之抬头"，认为在康熙中叶诗坛观念的混乱中产生了自成一家的思潮："主张不将目标特别拘泥于或唐或宋或元，一切按照个人喜好，形成各自的风格，以吟咏个人性情为宜的人逐渐出现。"[1] 而首先发出这一呼声的人就是叶燮。这无疑是一个极具启发性的假说。虽然自明末以来一直就有不拘唐宋的呼声，如陈继儒《小窗幽记》曾说"作诗能把眼前光景、胸中情趣，一笔写出，便是作手，不必说唐说宋"[2]，但叶燮所主张的自成一家，不仅不拘唐宋，也摈弃任何模仿。就像他评汪琬《吴公绅芙蓉江唱和诗序》所说的："自名一家者，不用揣摩规拟，自出手眼机杼者也。"这正是叶燮诗学的基本立足点。《原诗·内篇上》写道：

> 彼虞廷"喜""起"之歌，诗之土簋、击壤、穴居、俪皮耳。一增华于《三百篇》，再增华于汉，又增华于魏，自后尽态极妍，争新竞异，千状万态，差别井然。苟于情、于事、于景、于理随在有得，而不戾乎风人永言之旨，则就其诗论工拙可耳，何得以一定之程格之，而抗言《风》《雅》哉?[3]

针对明代格调派"文必秦汉，诗必盛唐"的狭隘主张，他强调变化和创新是诗歌发展的动力，既然诗歌艺术随着时代的推移而日益进步，无有穷尽，则如何衡

---

① 青木正儿：《清代文学评论史》，杨铁婴译，中国社会科学出版社 1988 年版，第 89 页。
② 陈继儒：《小窗幽记》卷八，中州古籍出版社 2008 年版，第 146 页。
③ 叶燮：《原诗》，《清诗话》，下册，第 567—568 页。

量诗歌的得失更无一成不变的标准，只能各就其时其体而论工拙，不可固持一个
标准以裁量古今，就像明代格调派那样，用汉魏来评骘古诗，以盛唐来规范近
体。这个主张包含了一个前所未有的足以颠覆传统观念的思维方式：历史上的诗
歌主张，无论是格调派、性灵派、神韵派，无不有一个预设的美学理想，崇尚某
些古代的艺术典范，有着明确的艺术目标。而叶燮的主张彻底解构了这种创作模
式，"就其诗论工拙"而不"以一定之程格之"，等于说什么样的风格、什么样
的体制都能写出优秀作品，只要不"叛于道，戾于经，乖于事理"①，"于情、于
事、于景、于理随在有得，而不戾乎风人永言之旨"。这就取消了一切预设的、
固定的、具体可言的理想和规范，使诗歌的创作与批评变成一种对作品自身完成
度及自洽性的追求与判断。无独有偶，纳兰性德在同名为《原诗》的笔记中也
记载了一个值得玩味的故事：

> 近时龙眠钱饮光以能诗称，有人誉其诗为剑南，饮光怒；复誉之为香
> 山，饮光愈怒；人知其意不慊，竟誉之为浣花，饮光更大怒，曰："我自为
> 钱饮光之诗耳，何浣花为？"此虽狂言，然不可谓不知诗之理也。②

后来袁枚诗学的核心理念正基于这样一种取消规范和典范的意识，使批评成为一
种鉴赏。唯一的要求"切"，也就是叶燮所谓"于情、于事、于景、于理随在有
得"。如果考虑到叶燮门人薛雪和袁枚的密切交往，注意到《随园诗话》对《原
诗》若干议论的接受，那么郭绍虞先生指出的"沈归愚自谓承横山遗教，实则
所得至浅，横山《原诗》所论，也是多方面的，而归愚仅得其一端而已。千秋
论定，横山知己，乃在随园，是亦至堪惊异之事矣"③，就绝不是无迹可寻的主
观推测，而叶燮对性灵诗学的影响也着实需要认真考究了。青木正儿将薛雪和吴
雷发列于继承叶燮诗学精神、主张自成一家的诗论家中，认为"这些主张'自
成一家'者，或许也可以看作继承公安三袁派的人。那么，作为在此后出现的主

---

① 叶燮：《原诗·内篇上》，《清诗话》下册，第 567 页。
② 纳兰性德：《通志堂集》附，康熙刊本。
③ 参看郭绍虞《中国诗的神韵格调及性灵说》，收入《照隅室古典文学论集》，上海古籍出版社
1983 年版。青木正儿也注意到袁枚对叶燮诗论的熟悉和引用，见《清代文学评论史》，第 117 页。

张——性灵说的大家袁枚与前此的公安三袁及钟、谭之间的架桥人，这些人或亦可以看作性灵派"①。这无疑也是很有眼光的，国内后出的有关著作反而忽视了这一点。

叶燮《原诗》无论在理论建构或作家批评上都达到极高水准，它崇尚独创性、激励诗人自成一家的鲜明立场和深刻的诗史认知，对清初江南诗学产生了不可低估的影响。沈德潜《国朝诗别裁集》叶燮小传载："先生初寓吴时，吴中称诗者多宗范、陆。究所猎者，范、陆之皮毛，几于千手雷同矣。先生著《原诗》内外篇四卷，力破其非，吴人士始多訾謷之。先生殁，后人转多从其言者。"②叶燮最重要的诗学遗产就是自成一家的观念，这为乾隆诗家所接受，成为他们常用的判断诗人的标准。洪亮吉《北江诗话》说："朱检讨彝尊《曝书亭集》始学初唐，晚宗北宋，卒不能镕铸自成一家。"③ 这就是一个很好的例子。由于叶燮论诗宗旨的通达及丰富的包容性为后人提供了多元解释的可能，从他的诗学中就发展出两种相对立的诗学观念，一是门人沈德潜代表的格调派诗学，一是由门人薛雪等继承发展出的性灵派诗学。前者因师承关系清楚，向来为学界所注意；后者则潜行旁出，往往为研究者忽略。有关著作对这些诗论家的评断，现在看来都有修正的必要。比如，郭绍虞曾指出李重华受叶燮影响④，或许因为叶燮是沈德潜的老师，郭先生便将叶燮也划为格调派，这显然是不合适的⑤。青木正儿将黄子云与李重华归于沈德潜一派，认为他们在推尊杜甫、有道学气两点上与沈德潜一脉相通⑥。而吴宏一则将吴雷发、李重华与沈德潜、薛雪都视为受叶燮影响的格调派诗论家，理由是他们的诗论中都可见不拘时代、折衷唐宋的倾向⑦。这在今天看来，叶燮诗学根本是格调派观念的掘墓人，将薛雪、黄子云、吴雷发这些受叶燮影响的诗论家目为格调派，显然是不妥当的。推尊杜甫、折衷唐宋和

---

① 青木正儿：《清代文学评论史》，第 101 页。

② 沈德潜辑：《国朝诗别裁集》卷一〇，上海古籍出版社 2013 年版，第 385 页。

③ 洪亮吉：《北江诗话》卷一，人民文学出版社 1983 年版，第 21 页。

④ 郭绍虞：《清诗话·前言》，上海古籍出版社 1978 年版。吴宏一《叶燮〈原诗〉研究》也持同样看法，见《清代文学批评论集》，（台湾）联经出版事业公司 1998 年版，第 107—108 页。

⑤ 杨松年《中国文学评论史编写问题论析》第五章"评中国文学批评史之著作"已有辨驳，可参看。

⑥ 青木正儿：《清代文学评论史》，第 129 页。

⑦ 吴宏一：《清代诗学初探》，（台湾）牧童出版社 1977 年版，第 170—172 页。

重视声律其实都是当时论诗的普遍风气，不拘时代、折衷唐宋尤其不是独宗唐人的格调派观念，而恰恰是性灵派的特征。因此，判断这些诗论家的流派归属需要从别的方面着眼，将彼此之间取法的同异作为区分派别的标准更需要慎重。

### 八　乾隆朝诗学的研究路径

由常识即可知道，乾隆朝是更为丰富更为复杂更多疑难问题的一个诗学史时段。面对这一艰难的课题，我将如何着手研究和论述呢？首先我将改变第一卷那种以地域为单位来呈现诗学格局的论述模式。乾隆朝诗学除了年至耄耋的鲁灵光沈德潜外，其他重要的诗学流派及其宗师像袁枚、纪昀、翁方纲、姚鼐、李怀民等人，基本上是同时在诗坛活动的，其间的地域色彩和时序脉络并不那么清楚，以流派为单位来论述乾隆诗学，就可以避免一些不必要的纠结，像韦勒克说的"我们必须集中叙述、分析以及评论各种思想见解，纵然我们将会不断遇到孰先孰后和相互关系这类无从解答的问题，将会陷入浩如烟海的印刷品，将会在取舍的必要性上受到挑战"。事实上，对于如此复杂的历史状态，"只有通过一种清醒而又纯粹的处理方法"，即"一方面决不涉及环绕我们的有关联的问题，一方面对于大作家和主要的思想加以详尽的探讨"①，才能有效地完成一种清晰的历史叙述。我也试图如此处理乾隆时代的诗学课题。根据大致的时间次序，以人物和思潮为中心而不是以问题为中心来展开论述。一些联系或跨越流派与思潮的诗学问题，一些诗坛共同关注的重要问题，我将在以后做专门的研究，庶几有点有面，同时照顾到历时性的诗学史演进和共时性的诗学史展开两个历史视角。这是我在参考时贤的论著，总结其得失后决定的。

综览现有的研究成果，大概分为综合研究和专家研究两类。综合性研究除了几种批评史、诗学史的清代卷，断代研究中的青木正儿《清代文学评论史》、吴宏一《清代诗学初探》、张健《清代诗学研究》等外，尚有王济民《清乾隆嘉庆

---

① 雷纳·韦勒克：《近代文学批评史》第1卷，杨岂深、杨自伍译，上海译文出版社1987年版，第13页。

道光时期诗学》（巴蜀书社，2007）及一些学位论文、单篇论文①；具体研究除了海内外有关沈德潜、袁枚、赵翼、蒋士铨、纪昀、翁方纲、洪亮吉、李调元、章学诚、高密三李等人的专著外，论文尚有台湾前辈学者张健的《〈西圃诗说〉研究》《牟愿相之诗评研究》等②。虽然关于乾隆诗学已积累不少成果，但研究者所面临的困难也正在这里。这些成果不仅不易突破，更在很大程度上限制了研究者的思维。近代以来，并未广泛调查文献和细致研究文本而匆忙作出的宏观概括，及对前人结论不加深究的轻易接受，使学界长期以来形成一些定论，左右了我们对乾隆朝诗学格局的总体判断。突出表现在现有关于乾隆诗学的论述，从使用的材料到得出的结论都大同小异。——浏览这些著作，常会给人问题和结论相似、雷同的印象。

但应该肯定的是，也有一些独到的见解为我们认识乾隆诗学带来启发。首先是将康熙到乾隆的诗歌史视为清诗形成的关键时期③，并将其间诗坛的变迁归结为诗人社会身份的变化，"从王士禛到袁枚，由台阁重臣一变为中下层官吏，社会身份的改变不过是个现象的问题，而更重要的是由此带来的内在变化，创作主体由悠闲从容的贵族俯视视角一变为对人世的平视"④；其次是重视乾、嘉经学家对于清代文学思想史的意义，认为他们最深地感知了"儒家智识主义"兴起的时代精神，是形成和塑造清代中晚期文学思想面貌的基本力量之一⑤；再次是注意到学者的个性化与文学思想的多元化现象⑥，使以往在"乾嘉学风"的宏大叙事下被遮蔽的学术品格和思想方式的丰富性和复杂性呈现出来。这无疑都有助于我们认识和把握乾隆诗学的历史地位和文化品格，理解当时各派诗学兴起的社

---

① 刘靖渊：《从台阁诗风的消长看乾嘉之际诗风转换》，《山东师范大学学报》2001 年第 3 期；刘靖渊：《论乾嘉之际诗人的诗心与诗歌》，《西北师范大学学报》2002 年第 1 期；刘靖渊：《论乾嘉之际的诗歌思想与创造精神》，《山东师范大学学报》2002 年第 3 期；刘靖渊：《论乾嘉之际诗歌创作力量结构及其诗史意义》，《西北师大学报》2006 年第 5 期；吴瑞泉：《明清格调诗说研究》，东吴大学博士学位论文，1988 年；李然：《乾隆三大家诗学比较》，华东师范大学博士学位论文，2005 年。

② 张健：《诗话与诗》，（台湾）五南图书出版公司 2002 年版。

③ 严明：《清诗特色形成的关键——论康、乾时期的诗风转变》，《苏州大学学报》1998 年第 2 期。

④ 王志民主编：《清诗与传统》，齐鲁书社 2008 年版，第 402 页。

⑤ 刘奕：《清代中期经学家文学思想研究》，复旦大学 2007 年博士学位论文。

⑥ 河田悌一：《清代学术的一个侧面——朱筠、邵晋涵、洪亮吉及章学诚》，《东方学》第 57 辑，1979 年 1 月版。

会背景和文化语境。此外，有学者指出内在精神与外在文饰相统一的充实之美——渊雅是清代中叶的审美风尚的主流，这取决于彼时士人特有的宽容儒雅的持论气度与综合淹通的艺术眼光①。这也有助于我们理解当时各派诗学之间对立、冲突与融通、互文并存的现实。当时人们对诗学的追求，虽然多强调单纯和本色的个性化倾向。如惠栋《范湖诗钞序》所说：“余不能诗，侧闻先世之论诗矣，曰诗以成家为贵。非独为之华藻也，又从而绣其馨悦，其失也靡；濯锦江波，其中宁无一片是卫文之服，其失也杂。二者皆不能成家。”② 因此他很欣赏息园取法单纯的道路——“原本三唐，而独自成家者”③。但这只是问题的一个方面，乾隆诗学在宗派林立、观念冲突的浪潮汹涌之下，还存在着沟通、融合的暗流。面对康熙后期以来神韵诗风流行一时、诗坛面目雷同的现实，乾隆各派诗学纷纷破除壁垒，以开放的态度对待传统，无形中形成一股对立、冲突与沟通、融合并存的态势。

事实上，乾隆一朝本是学术多元、学风开放的时代：经学中汉学和宋学共存，文章中古文与骈文并盛，诗学中也是诸多流派并驾齐驱，冲突中有调和，对峙中有融合，形成前所未有的多元化的活泼语境。但不可否认的是，性灵诗学终究是乾隆诗学的主流，它不仅风靡一时，产生极大的社会影响，同时在传统观、价值观、技法观及批评方法等方面也深刻地影响了中国诗学史的走向。事实上，乾隆诗学观念冲突的核心及其所激发的理论问题，无不源于性灵诗学对传统诗学的解构和冲击。它对传统的“诗以道性情”观念的改造，恰好与翁方纲的学人诗观念相冲突，乃至构成乾隆诗学性灵与学问相冲突、相融合的主旋律。当然，性灵派自身的缺陷也是很明显的，认同性灵说的一批诗论家在追随袁枚之余，不仅逐渐意识到袁枚自身的毛病，同时也对性灵派拥趸次生的流弊产生警觉，从而理性地与盲目追趋者保持一定的距离。更由于“性灵”本身是个开放的诗学观念，只有终极目标而不预设取法路径，留下多种发展的可能性，于是在乾隆诗坛就出现一批习惯上被视为性灵派而实际上与袁枚诗学始终处于离合之间的著名诗

---

① 张灵聪：《清前中期的时代与文学》，《江海学刊》2000 年第 2 期。
② 惠栋：《松崖文钞》卷二，《东吴三惠诗文集》，第 329 页。
③ 同上。

人，包括赵翼、蒋士铨、洪亮吉、方薰等，稍为后辈的还有张问陶、法式善、吴文溥等，他们都是乾、嘉之际才学出众的文化精英，对文学有着异于流俗的见解，并且勇于站在个人立场拒绝或反抗时尚，因此他们的诗学就构成了乾、嘉之际认同、发挥同时修正性灵论的历史。至于那些格调派、学人诗派以及其他不满于性灵派的论者，更从不同角度给予袁枚的性灵诗论以猛烈的抨击，言辞之激烈超过历史上任何时代的文学论争。当然，值得注意的是，他们在抨击性灵派的同时不知不觉中也吸收了性灵派的某些观念，比如高密诗派的诗学无论出发点还是诗歌趣味都不同于性灵派，但在主"深情"一点上却相一致。李宪乔《凝寒阁诗话》曾说："陈鸿赞乐天深于诗，多于情者也，故古今诗人皆古今情之所结，此所以能深耳。"[1] 他一方面承传格调派的精神，一方面自己"向来作诗多不去安排，止意之所动，直直写出便罢，正如世俗人所谓我自有性情，何苦学古人之说"[2]，让我们看到当时各家诗学离合之间的一种复杂性。

如果从后设的角度看，乾隆朝诗学史的主干确实也可以说就是性灵派萌生、发展并逐渐取代格调派成为诗坛主流的过程。但这一过程中实际包含的内容却丰富得多，只有袁枚的性灵说，甚至包括赵翼以降一批追随者的诗论作为丹纳所谓"象一大片低沉的嗡嗡声一样，在艺术家四周齐声合唱"的和声[3]，都不足以展现这一过程的丰富性，只有加入纪昀的试帖诗学、翁方纲的文本诗学乃至章学诚一辈批评者的声音作为第二主题，才构成一部乾隆朝诗学的交响曲。其内部联系的密切和融洽，在古典诗学史上也可以说是一个典范：有冲突和对立，但不影响论者的友谊；和而不同，又能保持各自的立场和见解。最典型的是钱载和翁方纲，虽然据当代学者的研究，两人的友谊最后未得善终[4]，但看姚元之《竹叶亭杂记》所载："因忆翁覃溪、钱箨石两先生交最密，每相遇必话杜诗，每话必不合，甚至继而相搏。"[5] 以及梁章钜《题苏斋师与吴香亭先生手札卷后》诗自注："卷中有诋诮钱箨石先生之语，而余在苏斋谈诗时，则熟闻吾师推服箨翁甚至，

---

① 李宪乔：《凝寒阁诗话》，《山东文献集成》第三辑，第 47 册，第 255 页。
② 同上书，第 263 页。
③ 丹纳：《艺术哲学》，傅雷译，广西师范大学出版社 2002 年版，第 39 页。
④ 程日同：《钱载与翁方纲后期关系考论》，《文学遗产》2016 年第 5 期。
⑤ 姚元之：《竹叶亭杂记》，中华书局 1982 年版，第 125 页。

与此札正堪互证。"① 亦足见当时诗论家的商榷、论辩风气之一斑。

　　乾隆诗坛的各个流派之间尽管没有严格的时间顺序，也不一定存在清晰的代兴和并生关系，其发生和发展自有内部原因，但最终在外部环境的作用及不同流派对立、冲突、交流的刺激下，形成不同的自我定位及相关意识，并由此与诗学史的内在逻辑相关联，则是可以确定的。文学史的经验表明，文学观念的变化、消长，不外乎革陈求新、惩弊趋正、扶衰返盛三种类型。王渔洋诗学原有兼综包容的倾向，且有格调诗学的底色，只不过神韵侧重于审美效果的追求，遂演变成一种印象主义的诗学。它对传统、对才性、对言情体物的全盘主张虽出于中正远大的美学追求，但终究陈义太高，常人很难把握，盲目学之，往往买椟还珠，流于空虚肤廓，从而引发雍、乾之际诗家对其流弊的反思和救治。事实上，被命名为格调、性灵、肌理的三派诗论尤不以救神韵论之弊为出发点：神韵诗学之失，在沈德潜看来是风格的单一化，故救之以兼综古今的多元风格，此谓革陈求新；在袁枚看来是无真性情，故救之以性灵的自由抒发，此谓惩弊趋正；在翁方纲看来是流于空腔肤廓，故救之以肌理切实之旨，此谓扶衰返盛。这三种诗学的对峙和交融，就迎来古典诗学一个全面的总结期。

　　如果按今天我们对文学理论的理解画出一个图式，那么神韵、格调、性灵、肌理再加上桐城派就分别占据了作者—读者、传统—世界四元的相应位置：

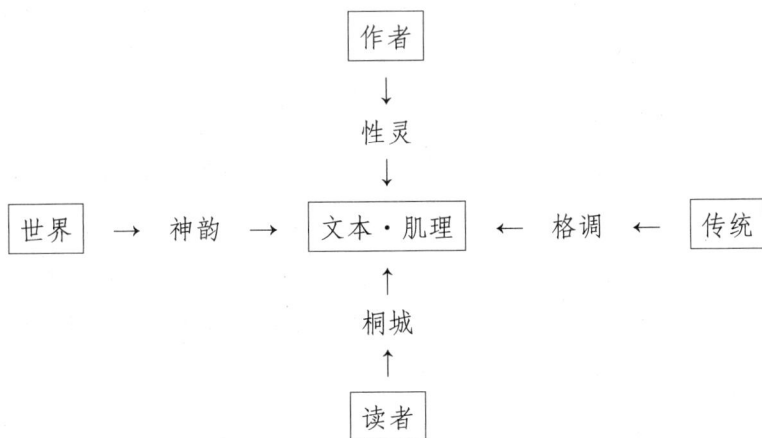

---

① 梁章钜：《退庵诗存》卷二五，《续修四库全书》，第 1499 册，第 662 页。

王渔洋的神韵诗学是一种印象主义诗学，侧重于审美效果的追求，所处理的是诗与客观对象的关系；沈德潜的格调诗学是一种规范的诗学，所处理的是作家写作与诗歌传统的关系，这是唐宋以后所有诗人都无法回避的首要诗学问题；翁方纲的肌理诗学是一种关于文本组织的诗学，所处理的是具体作品的表意与文法的问题，这是诗歌写作中最形而下、最直接面对的问题。在上面这个理论谱系中，读者一端在乾隆间其实还空缺——这是古典文学理论的共同缺陷，在中国要到桐城派后劲方东树论述学诗法，才有所弥补。经由常州词派的阅读理论，发展到近代《选》学名家李审言《杜诗证〈选〉》《韩诗证〈选〉》，从而开启从读者接受的角度研究古代作品影响的先河。因此不妨说，乾隆间流行的这几家诗学已共同构成了古典文学理论的基本框架，从这个角度来看各家的理论品格就很容易把握其独到贡献。

但这里还有一个较复杂的问题，就是无论在前人的论说还是在今人的划分中，对哪些论者属于哪一派，都常有不同的看法。各派内部往往也有异同之辨，如郭麐《灵芬馆诗话》卷八论乾隆三大家云：

> 国朝之诗，自乾隆三十年以来，风会一变，于时所推为渠帅者凡三家，其间利病可得而言：随园树骨高华，赋材雄鸷，四时在其笔端，百家供其渔猎，而绝足奔放，往往不免。正如钟磬高悬，琴瑟迭奏，极其和雅，可以感动天人，协平志气。然鱼龙曼衍，黎轩眩人之戏亦杂出其间，恐难登于夔、旷之侧。忠雅托足甚高，立言必雅，造次忠孝，赞颂风烈，而体骨应图，神采或乏。辟如丰容盛鬋，副笄六珈，重帘复帐，望若天人，欲其腾光曼睩，一顾倾城，亦不可得。瓯北禀有万夫，目短一世，合铜铁为金银，化神奇于臭腐，力欲度越前人，震骇凡俗。辟如阿修罗具大神通，举足搅海，引手摘月，能令诸天宫阙悉时震动，但恐瞿昙氏出世作师子吼耳。要皆各有心胸，各有诣力，善学者去其皮毛，而取其神髓可矣。[1]

这里指出的性灵派三大家的差异，有时会与其他派别的人物相交叉，在这种

---

[1] 郭麐：《灵芬馆诗话》卷八，嘉庆十二年家刊灵芬馆全集本。

情况下，对各派阵营的划分，或具体某些人物的归属，便会出现不同的判断。对此我发现一个很有趣的参照系：由取法的角度看，对杜甫、韩愈和黄庭坚的态度可以成为乾隆时代区划流派的一个依据。即根据是否宗杜，首先可将沈德潜、翁方纲、姚鼐与袁枚、高密三李划分开来；再根据是否学韩，又可将沈与翁、姚，袁与高密三李区分开来；最后根据是否学黄，从而将沈、袁、高密三李与翁、姚区分开来。如果看不到其间的差别，就很难理解各派诗论的旨趣所在。比如，翁方纲很推崇韩愈，应该与同样崇韩的高密派见解融洽，但事实如何呢？且看翁方纲《刘松岚诗序》的说法：

> 三十年前，予于方坳堂斋壁见李少鹤兄弟诗而异之。其后得交松岚，始见所为《二客吟》者，又见石桐重订《主客图》。及松岚官沈阳，又为黄仲则刊诗集于京师。然其所自为诗，天机清妙，寄托深远，初不限李氏兄弟之说。即于申、辕故里，亦不主沧溟之格调，抑且不专执渔洋之三昧也。予于松岚往复商略此事，迄今又将廿年矣。而其气骨日益高，取法亦日益上。往者李沧云视学盛京，予与别语，惟劝以与松岚研求作者之意。而去年李春湖为石桐锓《续主客诗》二卷，予亦为辨析学唐音必求杜法之所以然，又深以未得与松岚面质为感。①

这里出于尊题的需要，没有像在其他作品中那样明显表达对高密李氏的非议，但最后仍然曲折地流露出对三李昆季不学杜的不满。从上文的辨析看，翁方纲与姚鼐的诗学趋向最为接近，其中蕴含着清代中叶迄晚近诗学以杜甫、韩愈、黄庭坚为骨干的诗学主潮的苗头。格调、性灵两派在嘉、道之后渐趋消歇，而以学杜、韩、黄为主流的学人诗风却日渐高涨，最终发展为盛行一时的"同光体"。可见翁方纲和姚鼐两位的诗学对清代后期诗歌史的参与明显是更深的，诗学史的意义也更为重要。而相比翁方纲来，姚鼐又更为以往的研究所忽略，这就使近代诗歌的历史认知缺少了重要的一环。

按理说，无论是从诗学的理论水平还是从经验价值来看，沈德潜吸收神韵论

---

① 翁方纲：《复初斋集外文》卷一，第 636 页。按：文作于嘉庆十五年（1810）庚午。

而形成的新格调说和袁枚综合前代多种观念建构起来的性灵诗说，都是乾隆朝诗学中贡献最大、成就最高的学说，但正因为它们在嘉、道以后丧失了主流地位，后人的评价都大打折扣。文廷式《闻尘偶记》的论断乃是很有代表性的看法：

> 国朝诗学凡数变，然发声清越，寄兴深微，且未逮元明，不论唐宋也。固由考据家变秀才为学究，亦由沈归愚以"正宗"二字行其陋说，袁子才又以"性灵"二字便其曲诐，风雅道衰，百有余年。其间黄仲则、黎二樵辈尚近于诗，亦滔滔清浅。下此者，乃繁词以贡媚，隶事以逞才，品概既卑，则文章日下，采风者不能不三叹息也。①

文廷式眼高于天，于本朝诗文一向眇有许可，如此评价沈、袁两家诗学倒也不奇怪。但当代研究者的论著也多不予沈德潜、袁枚乃至乾隆间整个诗学以较高的评价，重蹈前人"风雅道衰，百有余年"的旧辙，就很难让人理解了。究其缘由，我觉得主要是当今文学研究中盛行的文化研究倾向，常仅限于将一个时期的文学或理论趋向与特定文化、思想背景相联系，给予一种学理性诠释，而不太愿意去深入研究其中的技术内容和理论细节。这样一种研究看似纵横捭阖，视野开阔，其实很空泛很表面。尤其是在清代诗学研究中，很容易导致历史视野的狭窄和关注问题的雷同。为此，本卷除了关注各派诗学的外部交流和内在关联，留意其间的时序和影响关系，还要特别注意这个时代诗学的公共话题、普遍性问题及其与学术文化、创作实践的多元关系，揭示其诗学理论的现实指向性、批评史意义上的当代性以及学术史意义上的总结性。由此构成的乾隆诗学将是一个比第一卷呈现更丰富的观念多样性和更具有学术史含量的历史过程。尽管它的时间跨度比第一卷要短三分之一，但涉及的内容只会更多。

---

① 参见庄建平主编《近代史资料文库》，第1卷，上海书店出版社2009年版，第56—57页。

# 第一章　沈德潜与诗歌正统的建构

## 第一节　沈德潜诗学之形成及命名

虽然我将清代诗学史第一卷的终结定于赵执信下世的乾隆九年（1744），但实际上从康熙五十年（1711）王渔洋病殁，诗坛就一直处于群龙无首的局面中。尽管朝内有以查慎行等渔洋门人为主的一批官僚诗人揄扬鸿业，歌舞升平，朝外有赵执信、厉鹗等赋闲的文士诗征酒逐，商榷风雅，但朝野上下像康熙中叶那般人才彬彬之盛，已不可复见。诗坛既缺乏一批众望所归、领袖群伦的风云人物，也罕见才识过人、卓荦不群的批评家。到乾隆初，南北诗坛竟只能由晚达的老名士沈德潜来支撑门户，向人们施放一个新朝右文的象征信号，不能不说是诗坛的异数，同时又像是历史长久的伏笔。

### 一　沈德潜诗学的理论渊源

沈德潜（1673—1769），字确士，号归愚，江苏长洲人。自幼习诗古文，十一岁即代父课徒。十七岁从施灿学时艺。康熙三十三年（1694）补县学生，二十六岁从叶燮学诗。十六度应乡试不售，是不折不扣的蹭蹬科场老名士。乾隆元年（1736）试博学鸿词报罢，值张廷璐（张英子）督学江苏，慰勉有加。三年科试擢第一，秋复应试，遂连捷乡、会试，中乾隆四年（1739）进士，年已67岁。

发榜后往会试总裁凌如焕邸拜谢，凌慨叹："我诸生时即诵子试牍，今乃出我门下！"① 选庶吉士，散馆授编修，高宗知为江南老名士，命和《消夏十咏》。九年（1744）与王居正同编《本朝应制和声集》六卷。数年间官至礼部侍郎，迄十四年（1749）予告还乡，后加礼部尚书衔。优游林下二十年，以九十七岁的高龄去世，是有清一代名诗人中享寿最高的一位。

沈德潜按年辈算赵执信（1662—1744）的学生辈，但年龄只比赵小11岁。他在康熙朝生活了四十九年，最初的诗学修习和批评活动也都是在康熙年间起步的。从康熙三十七年（1698）从叶燮学诗，四十六年（1707）与张岳未、徐龙友、陈匡九、张永夫等朋辈创立城南诗社，到五十四年（1715）编选《唐诗宗》，两年后编选《古诗源》，相当一部分诗学业绩在雍正改元前已完成。而《说诗晬语》《明诗别裁集》也分别在雍正九年（1731）和十二年（1734）编成。说沈德潜六十岁时"已是成就很高的诗人和诗学家"②，是完全没有问题的，我们有充足的理由将他放在康、雍诗学中讨论。事实上，除了《杜诗偶评》和《国朝诗别裁集》，沈德潜的主要诗学著述都应该放在第一卷论述，他最终没能成为康熙诗学灿烂的尾声，而成为乾隆朝诗学平凡而沉着的引子，只能归结于他的晚达。早年有精气神时没有地位和影响，到晚境位望隆盛时却又没想法、没精气神了。沈德潜的戏剧人生，由此可清晰地划分为四幕：青年求学时期、中年馆课时期、晚境腾达时期和暮年归田时期。

沈德潜生活的吴中，是个思想多元、讲学风盛的地方，同时有着深厚的诗学传统和广泛的习诗人众。沈德潜生当康熙前期，得接朱彝尊、尤侗尤珍父子、彭定求、宋荦、顾嗣立、张大受、杨宾、魏昭士等前辈名士游，这些前辈师友的德行风范影响到他毕生立身处世、进德修业的正统取向。在他的青年时代，有三个人物的影响特别值得注意，他们分别是叶燮、许廷镂和王士禛——一为师，一为友，一为精神偶像。

沈德潜自26岁受诗学于叶燮，故平生"论诗宗旨，全本横山叶氏"，但也有

① 沈德潜：《诰授资政大夫少司马座主凌公神道碑铭》，《沈德潜诗文集》，第3册，第1440页。
② 严迪昌：《清诗史》，下册，第654页。

稍异之处，前辈学者早已注意①。惟是沈德潜最得力于师处何在，尚有覆待发。潘务正、李言编《沈德潜诗文集》收入沈德潜早年所刊《一一斋诗》，让我们藉以窥见青年沈德潜从叶燮受诗学的一些具体内容。此集前有叶燮一篇短序，有云：

> 人但知作诗本性情，不知作诗全在眼界。眼界不能别是非，审雅俗，出入于源流正变，而得其宗，虽有成就，乌足以言诗？确士向刻《留饭草》，此确士于今人中辟门仞处；今刻《一一斋集》，此确士于古人中辟门仞处。②

叶燮这里对眼界的崇尚，也就是严沧浪之尚识，乃是格调派的常谈，不算什么创见。但叶燮重弹老调，却是出于对明代以来"诗以道性情"已成诗家之滥调而变得空洞化、失去实际指导作用的切实感受，通过强调眼界的重要，他希望诗坛能对诗歌的未来保持清醒的认识。沈德潜后来在《说诗晬语》中发挥师说曰："作文作诗，必置身高处，放开眼界，源流升降之故，瞭然于中，自无随波逐浪之弊。"③ 由此可见，所谓眼界就是判断力，也就是足以别是非、审雅俗、于诗史传统有正确的取舍能力。一般来说，这种能力只能由广泛考察古今诗歌获得。沈德潜早年所作《论诗绝句》，已可见对唐宋大家饶有心得④，《归愚诗钞》卷一古乐府、卷二新乐府、卷四《拟古诗十五章》（辛巳）、卷五《拟古》十一（丁酉）更记录了他潜心揣摩，研究乐府、古诗的经历，到中年陆续编纂历代诗选，沈德潜的诗学履迹确实践行了老师的训诫。唯其如此，他每以诗呈叶燮，辄获"工夫到，才力大"的赞许⑤。叶燮称赞《留饭草》在今人中已能自成一家，而《一一斋集》更是在古人中也足以自成一家，不用说是肯定了沈德潜的眼界。当然，他对诗歌的认识并没有仅停留在叶燮自成一家的主张上，同学张景崧说"确士偕余论诗，谓诗无问工拙，要得古风人之比兴之义"⑥。对比叶燮的主张："苟

---

① 郭绍虞：《中国文学批评史》，第 513 页。
② 《沈德潜诗文集》，第 2 册，第 645 页。
③ 《沈德潜诗文集》，第 4 册，第 1911 页。
④ 范建明《论沈德潜早年的论诗绝句及其诗学意义》（《厦门广播电视大学学报》2013 年第 2 期）一文有详细分析，可参看。
⑤ 张景崧：《一一斋集序》，《沈德潜诗文集》，第 2 册，第 645 页。
⑥ 同上。

于情、于事、于景、于理随在有得，而不戾乎风人永言之旨，则就其诗论工拙可耳，何得以一定之程格之，而抗言《风》《雅》哉?"① 沈德潜明显已将老师的得理事情景之工拙优先扭转到得风人之旨优先的方向上来，为他日后正统观念的高扬埋下了伏笔。

沈德潜少年交游中还有一个值得注意的重要人物，即与他齐名的同里才子许廷镁。廷镁（1677—1760），字子逊，是王渔洋诗友许虬从子。乾隆初被目为吴中诗人翘楚②。据法式善《梧门诗话》载："高文良公生平最赏许子逊廷镁诗，每于广座中吟其佳句。文良以诗商榷，有当改定者，子逊辄为弹指，曰：'我欲使公必传。'其负任之重如此。顾屡困公车，丁未榜后，以搜遗卷得闽之武平县令，实异数也。俄以事去官，享年八十余。与归愚尚书主盟吴中，人称'许沈'。子逊少时有'小青莲'之目。《别采石》云：'忆泛清秋月，宫袍淡卷烟。江山无太白，寥落一千年。予亦骑鲸客，来乘牛渚船。登楼人不见，春水上青天。'著《竹素园诗》八卷。"③ 乾隆二十一年（1756）沈德潜序《竹素园诗钞》，写道："竹素以过江王、谢子弟，天赋俊才，少岁与余定交。（中略）时吴中诗学祖宋祧唐，几于家至能户务观。予与二三同志欲挽时趋，苦无其力，竹素大声疾呼以排之。所为诗飞动凌空，有倚马万言之概，人莫与角。"④ 可见许廷镁是沈德潜青年时代的畏友，无论才情、气魄和影响力都不在沈德潜之下。有这么一位朋友及另一位不为南宋诗风气所动的陈耻庵在身边⑤，沈德潜独宗唐音的主张不可能与之无关。

另一个在沈德潜青年时代的学诗经历中留下深刻烙印的是前辈诗人王士禛。因倾慕王渔洋的名望才学，沈德潜三十多岁时两度驰书致意，蒙渔洋裁书作答⑥。康熙四十二年（1703）九月，七十七岁的王渔洋作札报谢叶燮寄《已畦

---

① 叶燮：《原诗·内篇上》，《清诗话》，上册，第567—568页。
② 陈兆崙《绮窗余事序》："今天下称诗人多矣，吾以为在吴当推子逊，在闽当推莘田。"《黄任集》，方志出版社2011年版，第352页。
③ 张寅彭、强迪艺：《梧门诗话合校》卷六，凤凰出版社2005年版，第195页。
④ 许廷镁：《竹素园诗钞》卷首，《清代诗文集汇编》，第238册，第227页。
⑤ 沈德潜：《陈耻庵遗诗序》，《沈德潜诗文集》，第3册，第1323页。
⑥ 沈德潜：《砚思集序》，田同之《砚思集》卷首，乾隆刊本。又见《沈德潜诗文集》，第3册，第1716页。

集》，提到"贵门人远书下问，陈义甚高"①。在寄尤珍的书札中，渔洋也称道"横山门下尚有诗人"，沈德潜闻之感奋自励。及闻渔洋之讣，曾感赋四律寄哀，有"三百年来久，风骚让此贤"之句②。后来他在科场最初的得意——雍正三年（1725）十月科试一等第一，也是王渔洋门人俞兆晟（曾刊《渔洋诗话》）所取。雍正十三年（1735），沈德潜得与步武渔洋诗学的田同之（田雯孙）游，为撰诗序，称："孔子论乐，首辨雅郑。新城之诗，雅宗也。"③ 沈德潜平生论诗以雅正为指归，被认为"作诗自汉魏至元明皆为别其流派，一归于和动顺成，得风雅之传之正"④，同这段与王渔洋的特殊渊源实有很大的关系。为此，他虽蹭蹬于场屋四十年，但尚为诸生时就被公认为王渔洋之后的诗坛盟主，甚至被加以神化⑤。三十年后，他终于成为王渔洋后又一位有影响力的诗坛宗师，成全一段"工于持论两尚书"的美谈⑥，这是后话。

## 二 中年的诗学沉潜和理论准备

年过而立的沈德潜，虽沉迹未达，但辗转馆课于名诗人尤珍、方蒉朔、魏荔彤之家，与彭定求、尤珍、费滋衡、沈用济、杜诏、李馥、翁照、周准等名诗人游，又与张岳未、徐龙友等结城南诗社，切磋诗文，诗才崭露，博得前辈名公尤侗、张大受、何焯称赞，愈益发愤自励，致力于诗学⑦。对王渔洋的感激和敬慕，更促使他决然以扶轮大雅为己任。他给时人的印象是"先生最尊阮亭"⑧，

---

① 王士禛书不见于渔洋诸集，唯载于国家图书馆藏《蚕尾集剩稿》，题作《答叶宝应星期》。系年详蒋寅《王渔洋事迹征略》，人民文学出版社 2001 年版。

② 沈德潜：《王新城尚书寄尤沧湄宫赞书中垂问鄙人云横山门下尚有诗人不胜今昔之感末并述去官之由云与横山同受某公中伤此新城病中口授语也感赋四章末章兼志哀挽》，《沈德潜诗文集》第 1 册，第 230 页。

③ 沈德潜：《砚思集序》，田同之《砚思集》卷首，乾隆刊本。又见《沈德潜诗文集》，第 3 册，第 1716 页。

④ 顾诒禄：《送沈归愚先生应博学宏词赴都序》，《吹万阁文钞》卷二，乾隆刊本。

⑤ 谢堃《春草堂诗话》卷一三："金司马泰宇南涧，居吴之察院里。其宅为前明周忠介公故第，有厅三楹，曰怀芬堂。乃司马缅怀忠介清芬意也。一日司马在厅事轩与友论诗，言国朝阮亭、竹垞之后应推谁为接迹，忽屏外应声曰：'沈德潜。'是时沈归愚宗伯尚属诸生。吁，诗虽小道，亦足以征一代文献焉。有鬼神而不先知之者邪？"道光刊本。

⑥ 朱彭年：《仿元遗山论诗绝句》，《道咸同光四朝诗史》乙集卷四，上海古籍出版社 2013 年影印本，第 301 页。

⑦ 沈德潜：《沈归愚自订年谱》，《沈德潜诗文集》第 4 册，第 2101 页。

⑧ 袁枚：《再与沈大宗伯书》，王英志主编：《袁枚全集》，江苏古籍出版社 1993 年版，第 2 册，第 285 页。

除了继承老师叶燮之说，沈德潜在诗学上主要取法于王渔洋，他所有的工作其实都是沿着王渔洋开辟的道路，继续完成前者未能实现的目标，包括重新确立雅正的艺术观念，重新塑造格调派的艺术理想，重新确立唐诗的典范地位，重新建构古典诗歌的传统和经典序列。这全方位多层面的努力，是通过撰写诗话、编纂选本、评点专书等多种形式全面展开、齐头并进的。在体得王渔洋诗学的兼综包容精神之余，沈德潜也没有忽略其趣味化的缺陷，这使他对王渔洋诗学能持一种理性的吸收、改造并举的态度——不是站在神韵诗学的立场上对它加以扩充和发展，而是立足于格调诗学的立场将神韵论吸收进来。台湾学者张健指出，"最高明的格调派是主张神韵不在格调外的，沈氏亦足以当之"①；胡幼峰认为沈德潜诗学"除了吸取七子论说中的精华，并深受阮亭先生神韵说的影响，在论体裁、音节之外，并且重学识，标风格，辨神韵"②，都注意到沈德潜与王渔洋的诗学渊源。但整体而言，沈对王的接受和改造主要集中于神韵论和诗律学两个方面。

沈德潜对神韵的接受和改造，接受表现在直接将神韵概念置顶，作为格调诗学的最高境界，这在后文还要详论；改造则表现在艺术趣味的拓展。在《说诗晬语》里他还只是揭示王渔洋编《唐贤三昧集》的旨趣所在："司空表圣云'不著一字，尽得风流'，'采采流水，蓬蓬远春'；严沧浪云'羚羊挂角，无迹可求'；苏东坡云'空山无人，水流花开'。至阮亭本此数语，定《唐贤三昧集》。"③ 到晚年重订《唐诗别裁集》，便发挥宋荦的看法，指出王渔洋以神韵为取舍的局限："新城王阮亭尚书选《唐贤三昧集》，取司空表圣'不著一字，尽得风流'，严沧浪'羚羊挂角，无迹可求'之意，盖味在酸咸外也，而于杜少陵所云鲸鱼碧海，韩昌黎所云巨刃摩天者，或未之及。余因杜、韩语意定《唐诗别裁》，而新城所取亦兼及焉。"④《唐诗别裁集》最终以更被广泛认可的包容性和经典性取代《三昧集》而成为清代最有影响力的唐诗选本。

---

① 张健：《中国文学批评》，(台湾)五南图书出版公司1992年版，第313页。

② 胡幼峰：《沈德潜诗论探析》，学海出版社1986年版，第2页。

③ 沈德潜：《说诗晬语》卷下，《沈德潜诗文集》，第4册，第1978页。

④ 沈德潜：《重订唐诗别裁集》序，乾隆二十八年教忠堂刊本。

沈德潜对王渔洋诗律学的接受，主要是在古诗声调说方面。《说诗晬语》卷上有云："歌行转韵者，可以杂入律句，借转韵以运动之，纯绵裹针，软中自有力也。一韵到底者，必须铿金镞石，一片宫商，稍混律句，便成弱调也。不转韵者，李杜十之一二（李如《粉图山水歌》，杜如《哀王孙》《瘦马行》类），韩昌黎十之八九，后欧、苏诸公，皆以韩为宗。"① 这显然是承其师叶燮之说，而又吸取了王渔洋论古诗声调的见解。

除了神韵论和古诗声调说之外，王渔洋一些具体的诗学见解也为沈德潜说承袭，只不过不为人注意罢了。比如王渔洋《跋门人黄从生梅花诗》写道："咏物之作，须如禅家所谓不黏不脱，不即不离，乃为上乘。"② 这是古来对咏物诗审美特征最经典的概括，而沈德潜可能是最早的响应者之一。《国朝诗别裁集》评徐夜和王渔洋《秋柳》之作，许其"萧瑟之音，不粘不脱，远胜渔洋名作"③，《明诗别裁集》评王安中《咏白雁》"夜月芦花看不定，夕阳枫叶见初飞"一联，又说"极不即不离之妙"④。凡此类暗袭王渔洋诗学之处，沈德潜诗话和评点中在在有之。

王渔洋诗学虽被门人和后学贴上神韵论的标签，但其诗学最突出的特征实际是兼综性和包容性，沈德潜诗学明显承传了这一倾向。晚清朱庭珍说沈德潜"门户依傍渔洋，而于有明前后七子之徒及卧子、竹垞诸公遗言绪论，亦多撷拾"⑤，铃木虎雄认为沈德潜兼采神韵和格调之长，可以说是温和的格调派⑥，郭绍虞认为"他既讲格调，又讲温柔敦厚，所以不致如神韵说之空廓，同时也不致如性灵说之浮滑"⑦。张健说"沈德潜总结了儒家诗学的以伦理价值为核心的理论，在此基础上他又直接继承了七子派的格调说和王士禛的神韵说，而对钱谦益、叶燮的诗学也有所吸收，确立了性情优先，兼容格调和神韵的新的诗学"⑧。近年甚

---

① 《沈德潜诗文集》，第 4 册，第 1938 页。

② 袁世硕主编：《王士禛全集》，齐鲁书社 2007 年版，第 3 册，第 1962 页。

③ 沈德潜辑：《清诗别裁集》卷一四，上海古籍出版社 2013 年版，上册，第 563 页。

④ 沈德潜、周准辑：《明诗别裁集》卷二，上海古籍出版社 2013 年版，第 51 页。

⑤ 朱庭珍：《筱园诗话》卷二，《清诗话续编》，第 4 册，第 2364 页。

⑥ 铃木虎雄：《中国诗论史》，（台湾）商务印书馆 1972 年版，第 168 页。

⑦ 郭绍虞：《中国文学批评史》，第 513 页。

⑧ 张健：《清代诗学研究》，北京大学出版社 1999 年版，第 511 页。

至有学者直接将沈德潜诗学的性格定位为调和①,可见学者们在这一点上是有共识的。如果说以明七子为代表的格调派是一种古典主义诗学的话,那么沈德潜诗学相对来说,就可以称为新古典主义,而且恰好与西方文学批评史上的新古典主义同时,都产生于18世纪初。从远说它是对明代格调诗学的改造和重建,从近说是对清初以来钱谦益、王士禛诗学流弊的矫正。

明代格调派的复古主张,因流于模拟而在清初遭到严厉的批评,为诗家所鄙弃,作为艺术典范的杜甫也不同程度地受到冷落,这是沈德潜所见诗道之衰中最触目惊心的事。其始源于钱谦益之倡宋诗,最终在王渔洋神韵诗学的流行中达到顶峰。他曾在《与陈耻庵书》中私下议论:钱谦益当公安、竟陵的衰敝之后,"于古体中揭出韩、苏,于近体中揭出剑南","然而推激有余,雅非正则,相沿既久,家务观而户致能,有词华无风骨,有队仗无首尾,甚至讥诮他人,则曰'此汉魏','此盛唐',耳食之徒有以老杜为戒者,弟弱冠时犹闻此语"②。后来《顾南千诗序》回顾康熙以来的诗坛风会,就公开将账算到钱谦益头上:

> 前三四十年,吴中谈艺家,或仿南宋,或摹《中州》、元人,或竟趋《才调》《香奁》《西昆倡和》之类,而于杜陵之沉雄激壮,比诸鲸鱼碧海者,屏不欲观。甚或取而相讥,目为粗豪之祖,云"吾得之钱牧斋尚书"云尔。③

这里只将矛头指向钱谦益,但我们不要忘了,赵执信说过王渔洋不喜杜甫诗,每引杨亿"村夫子"之讥以语客④,这也是诗坛周知的事实。沈德潜或许为尊者讳,未点渔洋之名,但"鲸鱼碧海"云云本自宋荦的误解,后来在《重订唐诗别裁集序》中也曾重复⑤,可信隐含着对王渔洋的批评。总之,杜甫正宗典范地位的逐渐丧失,在他看来是诗道沦替的一个重要表征:"夫学诗而废杜陵,犹学

---

① 孙纪文、葛亚敏:《沈德潜诗学思想的调和意味与文化内涵》,《四川文理学院学报》2014年第3期。

② 《沈德潜诗文集》,第3册,第1379页。

③ 沈德潜:《顾南千诗序》,《沈德潜诗文集》,第4册,第1834页。

④ 赵执信:《谈龙录》,《清诗话》,上册,第313页。

⑤ 参看蒋寅《王渔洋与康熙诗坛》第三章"《唐贤三昧集》与渔洋诗学之完成",凤凰出版社2013年版,第58—59、70页。

文而废《左》《史》，学书而废右军，虽有成就，其能免傍门曲径之诮耶？"① 造成这一趋势的主要责任人就是钱谦益和王渔洋，虽然他也清楚牧斋是本朝杜诗学的开辟者，"受之之意未尝云尔，而流弊则至于此也"②。

尽管这些问题在观念上早已厘清，但回顾以往的诗论史，他感觉诗学观念的破和立对于现实经常是乏力的，往往流于形式而无实际意义。就像医治衰弱的病人，"曾见有元气削弱，徒攻其疾，而不受伤者哉？"因此他很认同欧阳修"善医者不攻其疾，而务养其气，气实则病去"的理论，主张"诗道之实其气，在根柢于学"③。以唐人为例，"少陵之诗，穿穴经史；太白之诗，浸淫庄骚；昌黎之诗，原本汉赋"。推而广之，六朝名家若颜、谢、阮、陶、曹、刘诸人无不皆然。"盖能根柢于学，则本原醇厚，而因出之以性情之和平，将卓尔树立，成一家言，吾不受风气之转移，而可转移乎风气。"④ 这明显又是在发挥老师的思想，以能转移风气的伟大作家自期。由此出发，仍为一介诸生的沈德潜，不仅怀抱着与他身份不相称的雄大抱负，也将踏出一条异于前人的诗学路径——不是以批评和抨击时弊为主，而是以格物致知的自我修养和建设性的树立典范为主。不仅要重新确认杜甫的典范性，还要重整古代诗歌的传统和经典序列，为此他撰著《杜诗偶评》，编纂《唐诗别裁集》《古诗源》《宋诗别裁集》《宋金三家诗选》《明诗别裁集》等前代诗歌选集，编录《说诗晬语》，陆续刊行问世。这些业绩都完成于康熙后期至雍正间，在潜心研习的同时，也完成了诗学的自觉建构，形成他中年在诗学上的深厚积累，同时确立起他作为诗论家的声望。他序昆山朱受谷《四书思辨录》所谓"假使当时掇高第，升云衢，岂必无文采声华照耀于世？然亦当时则荣而已，问以圣贤血脉，恐茫然未有得也"⑤，也不妨视为自身诗学生长和培养的无意写照。他有关诗学的所有志向和雄心同时在这沉潜研讨中悄然生长，日渐明晰起来。长久的准备只为等待一个机会。

---

① 沈德潜：《顾南千诗序》，《沈德潜诗文集》，第 4 册，第 1834 页。
② 沈德潜：《与陈耻庵书》，《沈德潜诗文集》，第 3 册，第 1379 页。
③ 同上。
④ 同上。
⑤ 同上书，第 1296 页。

### 三 由边缘走向中心

到雍正末，沈德潜的诗学涵养和见识已具备成为诗坛盟主的条件，但他的社会身份还只是个年过花甲的老廪生。没有相应的政治地位，仅凭才名毕竟难以称雄诗坛。沈德潜的时来运转，据袁枚说是"西林鄂公为江苏布政使，刻《南邦黎献集》，沈归愚尚书时为秀才，得与其选。后此本进呈御览，沈之受知，从此始也"①。这应该是雍正三年（1725）的事。如果说白衣之时，还以"草野之士，有言不信，姑待诸有名位者"②，与同道相勉。那么到科举成功，以望七之龄深蒙宸眷，沈德潜就不能不感奋异常，亟欲有所报效。而一岁四迁、数年间升至礼部侍郎、编校御集、君和臣诗、御赐集序等等空前绝后的殊荣，也使他的政治地位和文学声望迅速达到顶峰，成为朝野诗家归向的诗坛盟主，长久酝酿的抱负终于得以施展。

雍正、乾隆之际，沈德潜作为"东南之鲁灵光"，诚可谓"诗坛耆硕谁与比"③，在朝中名位勉强能与他相埒的只有钱陈群。李调元《雨村诗话》载："钱文端公与归愚齐名，有和沈《山居杂咏》云：'吴下诗名大，声华圣主闻。衔恩归故里，闭户阐微文。每结渔樵侣，闲随湖海云。石公山畔路，烟月欲平分。'末二句隐然自命两宗主。"④ 但实际上无论是创作成就还是诗学声望，钱陈群都不能望沈德潜项背。为官京师十年间，他歌咏升平、赓和御制，乃至为高宗润色诗文，校正《御制诗集》，又与王居正同编《本朝应制和声集》等等，虽然并无特别引人瞩目的建树，但"四海尽知名下士，九重亲唤老诗翁"⑤，"五年之内，晋秩列卿，敕和殆无虚日"的优渥荣宠⑥，还是给他平添一轮诗坛宗师的光环，自然地成为台阁诗人的领袖和提倡风雅、维持诗教的盟主。一股不断增强的领袖

---

① 袁枚：《随园诗话》卷五，第101页。

② 沈德潜：《与陈耻庵书》，《沈德潜诗文集》，第3册，第1380页。

③ 嵇璜：《赠沈归愚尚书》，《锡庆堂诗集》卷三，嵇储申、嵇臻主编：《无锡嵇氏传芳集》，上海辞书出版社2012年版，第273页。

④ 詹杭伦、沈时蓉：《雨村诗话校证》，巴蜀书社2006年版，第284页。姚鼐《光禄大夫刑部尚书赠太傅钱文端公墓志铭》亦云："是时长洲沈文悫公在吴，公在嘉兴，天下以为齐名，虽上亦称为二老也。"《惜抱轩文集》卷一二，上海古籍出版社1992年版，第173页。

⑤ 盛锦：《奉送归愚先生予告还山》其一，《青嶂遗稿》卷下，乾隆二十六年刊本。

⑥ 傅王露：《矢音集序》，《沈德潜诗文集》，第2册，第975页。

意识，促使他将当年与陈培脉在书信中议论的看法拿出来公开发表，以君临诗坛的姿态对当代诗歌创作提出尖锐的批评。如《张无夜诗序》写道：

> 前此四五十年，言诗者俱称范、陆，求工队仗，风格沦胥；继又稗贩韩、苏，恢廓蹶张，意言俱尽；近更猎取《卮言》《说铃》，一切僻涩丛杂之语，以矜新奇，若宋以前之书不必更读者，滔滔日下也。①

这里指斥的对象包括从清初倡导南宋诗风的钱谦益到同辈中喜摭拾掌故丛说入诗的厉鹗。迨归田后所作《王凤喈诗序》又写道：

> 予慨诗教之坏，前此四十余年，祢宋祧唐，有队仗无意趣，有灵逸无蕴蓄，觉前人之情与景涵、才为法敛者，剗削不存。而近代称诗之家，又复喜轻佻，尚剽贩，粉黛篡组，百态呈妍。其他横逞胸臆者，则又荒幻险怪，同于跳丸掉竿、吞刀吐火者流，而少陵所谓"前辈飞腾""别裁伪体"，比于鲸鱼碧海者，或未之见焉。是亦吾党之忧也。②

这段话指斥的对象可能更推广到从康熙初期提倡宋诗的王渔洋直到乾隆初年煽起性灵诗风的袁枚。

乾隆十四年（1749）告老归吴后，沈德潜除了在高宗南巡时接驾、赓和御制，校订御制诗集之外，还在十六年出任紫阳书院山长，指授门生，提携后进，持续地发挥影响。是年秋间取门生钱大昕、王鸣盛、王昶、吴泰来、赵文哲、曹仁虎、黄文莲七子诗，编为《吴中七子诗选》行世③。乾隆十九年（1754）钱大昕、王鸣盛、王昶中同榜进士，隐然为汉学勃兴的一个标志。其他门人褚寅亮、吴泰来、赵文哲、曹仁虎也都在高宗南巡时召试录用，使沈德潜诗学宗师的地位愈益凸显。通过这些新隽入朝，他继续保持着对京师文学风气的影响力，成为诗坛不折不扣的山中宰相。

当然话也要说回来，沈德潜毕竟年届耄耋，尽管来自朝廷的恩宠络绎不绝，

---

① 沈德潜：《归愚文钞余集》卷一，《沈德潜诗文集》，第 3 册，第 1531 页。
② 沈德潜：《归愚文钞》卷一四，《沈德潜诗文集》，第 3 册，第 1359 页。
③ 陈小凤：《沈德潜〈七子诗选〉研究》，安徽师范大学硕士论文，2011 年。

他的诗学活动终究渐趋消歇。平生论诗之友二十余人，存者寥寥，常日仅与翁照、周准、盛锦唱和。乾隆二十年（1755）翁照殁于金陵，翌年周、盛亦下世，沈德潜茕茕孑立，虽仍不时有评友人诗集之举①，但回忆往昔吴中诗学之盛，终不免有"前辈敦槃如梦寐""风流云散欻转捷"之感②。与同年袁枚偶有往还，有两通论诗书简因涉及诗学观念的对立，夙为研究者所关注③。但这在沈德潜已不是什么重要的事，起码不如对袁枚那么重要。在诗学的舞台上，沈德潜已快谢幕，而春秋正富的袁枚还刚登场，他也未必知道年暮的沈德潜诗学观念中微妙的变化。乾隆三十一年（1766），九十四岁的沈德潜序郭家驹诗，表现出对独创性的高度推崇和对格调理想的淡化，称郭诗"皆抒写性情，不必追摹古人，而寄托之高，流韵之远，沈吟悽断，寥戾清空"④；而在乾隆三十四年（1769）五月即沈德潜下世前四个月作的《吹万阁集叙》中，更对诗歌提出新的要求："惟夫根柢载籍，发抒性灵，不庸妄，不空疏，不饾饤，韵流于声律奇偶之中，论行于正大光明之内。"⑤ 这与从前沈德潜所欣赏并推崇的境界明显已有一点距离，与其说是与时俱进的蜕变，还不如说是老境的归真。

暮年的沈德潜，除了评刻盛锦《青崚集》，为这位"搜奇天许作诗家"⑥ 的亡友谋求不朽，平居所努力从事的只有两件事，一是编纂《国朝诗别裁集》，二是修订《唐诗别裁集》。前者倾注着欲为本朝前辈诗家盖棺定论的历史责任感，后者凝聚了他晚年的艺术领悟和趣味澡雪，本来都是值得称道的业绩，孰料《国朝诗别裁集》却因选录钱谦益、钱名世诗，直称慎郡王名而犯忌，乾隆四十三年（1778）高宗借德潜撰徐述夔《一柱楼集》序有悖逆语，夺赠官并罢祠削谥，仆其墓碑。昔日当沈德潜告归之际，高宗有谕："朕与之以诗始，亦以诗终。"⑦ 不幸竟以这种结局应验。

---

① 如李惇《淀湖漫稿》有沈德潜评语，集中所收诗截止于乾隆二十九年（1764）甲申以后。
② 沈德潜：《今日行》，《沈德潜诗文集》，第 1 册，第 164 页。参看盛锦《青崚遗稿》卷首沈德潜序。
③ 王英志：《袁枚与沈德潜交游考述》，《古籍研究》2001 年第 2 期。
④ 郭家驹：《立斋遗诗》卷首，宣统三年舫楼活字印本。
⑤ 顾诒禄：《吹万阁集》，《清代诗文集汇编》，289 册，第 286 页。
⑥ 沈德潜：《盛青崚入蜀诗以忆之》，《沈德潜诗文集》，第 1 册，第 329 页。
⑦ 沈德潜：《沈归愚自订年谱》，《沈德潜诗文集》，第 4 册，第 2124 页。

### 四　格调派之命名

以沈德潜为代表的吴中诗派，以师法宗尚和艺术观念之异，分别被与厉鹗浙派及袁枚性灵派对举。前者有阮葵生的记载为证："记前辈慨诗道陵夷，厥分二派：一曰吴派，谓以盛唐为宗，起承转合，法一成而不易。（中略）一曰浙派，谓以南宋为宗，自度学识不能及人，于是爱僻耽奇，一字片语，分门收拾，自诩碎金。"① 后者有钱泳《履园丛话·谭诗》之说可据："沈归愚宗伯与袁简斋太史论诗判若水火，宗伯专讲格律，太史专取性灵。"② 浙派和性灵派一起于康熙末，一起于乾隆中，对应了吴派的前期和后期。后期吴派的沈德潜被称为格调派，有学者说起于袁枚③。而据陈国球考察，则源于日本学者铃木虎雄《支那诗论史》称沈德潜为"温和的格调派"④。后来郭绍虞、吴宏一径以格调说命名沈德潜的诗学⑤，很可能是受到铃木虎雄的影响。但如此定位恐怕是有问题的，正如邬国平、王镇远《清代文学批评史》指出的，沈德潜本人的诗论中并没有明确标举"格调"的话，承其衣钵的宗侄沈廷芳《李耕麓诗序》始标榜"论诗以风格为宗，而佐以神韵，斯为上乘"⑥，同时的诗论家郑方坤则说"是时江南盛诗社，又宗尚苏陆之学，硬语粗词，荆榛塞路。归愚独斤斤然古体必宗汉魏，近体必宗盛唐，元和以下视为别派"⑦；马国翰又说《说诗晬语》"大旨取风调音节规法唐贤，不离理而贵有理趣"⑧。到嘉庆以后，孙原湘《籁鸣诗草序》说："乾隆三十年以前，归愚宗伯主盟坛坫，其诗专尚格律。"⑨ 陈文述《舒铁云传》说："乾隆、嘉庆之际，诗人相望，归愚守宗法，随园言性灵，君以奇博创获，横绝一世。"⑩ 沈德潜诗学留给人们的印象，或曰风格，或曰风调，或曰格律，或曰宗

---

① 阮葵生：《茶余客话》卷一一，中华书局上海编辑所 1959 年版，第 311 页。
② 钱泳：《履园丛话·谭诗》，上册，第 204 页。
③ 李锐清：《沈德潜"格调说"的来源及理论》，《香港中文大学中国文化研究所学报》第 16 期，1985 年。
④ 陈国球：《明代复古派唐诗论研究》，北京大学出版社 2007 年版，第 323—331 页。
⑤ 吴宏一：《沈德潜的格调说》，（台湾）《幼狮月刊》第 44 卷第 3 期，1976 年；收入《清代诗学初探》，第六章"格调说"，第 211—219 页。
⑥ 沈廷芳：《李耕麓诗序》，《拙隐斋集》卷三九，乾隆二十二年则经堂刊本。
⑦ 郑方坤：《本朝名家诗钞小传》卷四竹啸轩诗钞小传，第 363—364 页。
⑧ 马国翰：《玉函山房藏书簿录》卷二五《说诗晬语》，山东图书馆藏钞本。
⑨ 孙原湘：《天真阁集》卷四一，嘉庆刊本。
⑩ 参见张维屏《艺谈录》卷上舒位条，咸丰间沈世良、倪鸿刊本。

法，多少有点出入，即使归纳而强名之格调派，也是一种新格调派，我更愿意称之为新古典主义。格调派这出自后人的命名非但不足以概括沈德潜诗学的主导倾向，甚至还会使某些更为本质的特征变得模糊。

我们知道，"格调"二字经明七子辈的尊崇和磨砺，在清初已与性情形成尖锐的对立。当诗人们在观念上明确了"夫真诗之在天地间，如日月之光，花草之色，与夫禽鱼之动荡活泼，俱生生而不能自止者，精神为之也"，则"每见攻诗者，徒言格调，惟古是摹。是舍自己之精神，以求合于人之面貌"的现象①，也就不会持续太久了。因此清初诗学的大趋势就表现为张健所说的由格调优先转向性情优先②。在这一过程中，格调说作为诗学的基础内容并未被弃置不讲。王渔洋诗学便暗中吸收了格调说而加以改造，如翁方纲所谓"合丰致、格调为一而浑化之"③，使炙手可热的格调在神韵论中淬了火，虽降了些温却变得更为坚韧。沈德潜诗学的发展没有脱离时代思潮的主流，只不过由主性情折向了重教化的方向，所以门人都说"归愚师论诗云去淫滥以归雅正"④，即以古典主义的正统价值观——雅正为旨归。这以沈德潜的政治地位来说本是很正常的，但《中国文学理论》的作者刘若愚教授由此视沈德潜为清代道学主义——与抒情主义、形式主义、妙悟主义并列的代表人物⑤，就未免过于简单化了。

事实上，沈德潜虽然名高望重，为当世所尊崇，但身后遭误解也很深。郑方坤称"归愚积学工文，古文词跌宕夷犹，谨守尧峰家法，无敢逸出范围"⑥。沈德潜明明师从叶燮，而叶燮与汪琬同时讲学吴中，乃是针锋相对的竞争对手，这里称沈德潜"谨守尧峰家法"，殊不解何谓。到清代后期，论者对沈德潜诗学多予好评，不像刘若愚那样以"语多老生常谈，鲜有创见"一语蔽之⑦。当代学者

---

① 朱之臣：《诗慰初集序》，陈允衡辑：《诗慰初集》卷首，康熙刊本。
② 参看张健《清代诗学研究》第三章"从格调优先到性情优先"，第104—118页。
③ 翁方纲：《石洲诗话》卷四，第3册，第1427页。
④ 胡道南：《风满楼诗稿》宋调元序，乾隆刊本。
⑤ 刘若愚：《清代诗说论要》，《香港大学五十周年纪念论文集》第一册，香港大学1964年版，第321页。
⑥ 郑方坤：《本朝名家诗钞小传》卷四，第363页。
⑦ 刘若愚：《清代诗说论要》，《香港大学五十周年纪念论文集》第一辑，第323页。

对沈德潜诗学的研究益趋细致，相关论著也明显多于清代其他诗论家①。除了批评史、诗学史的评述外，吴宏一将格调说归结为诗以载道、重比兴言法律、以才济学三点②，未出青木正儿的论断范围，倒是指出沈氏"继承其师叶燮以'才、胆、识、力'中的'识'为第一之说，而以'学'代替了'识'"，预示了乾隆学人诗风抬头的趋势③，颇有见地。胡幼峰将沈德潜论诗宗旨概括为倡诗教、明诗道、主含蓄、反浮艳④，从诗体论、创作论、风格论等方面一一做了梳理。近年的研究论著，如王顺贵在格调论的历史展开中讨论沈德潜诗学的意义，王炜对《国朝诗别裁集》编纂的深入研究，王宏林通过几部诗选对沈德潜诗学发展阶段的细致勾勒，特别是注意到沈氏晚年对宋诗的接受，都为我们深入剖析沈德潜诗学奠定了基础，同时也大大限定了本书所能开拓的学术空间。我略觉可进一步探讨的重要问题，是对沈德潜诗学理论品格和历史地位的论定。在这方面以往的结论还有一些值得重估的地方。

## 第二节　沈德潜诗学的文化品格

### 一　新格调派和新古典主义理想

沈德潜诗学的基本宗旨，概而言之就是，在诗的功能论上强调载道致用，在美学特征上要求温柔敦厚，在艺术表现上崇尚比兴含蓄。崇尚格调而不废性灵，

---

① 除前引陈岸峰《沈德潜诗学研究》外，还有胡幼峰《沈德潜诗论探研》，（台湾）学海出版社 1986 年版；朱自力《说诗晬语论历代诗》，（台湾）里仁书局 1994 年版；王顺贵《清代格调论诗学研究》，中国社会科学出版社 2010 年版；王炜《〈清诗别裁集〉研究》，上海古籍出版社 2010 年版；王宏林《沈德潜诗学思想研究》，人民出版社 2010 年版。学位论文尚有吴瑞泉《沈德潜及其格调说》，（台湾）东吴大学硕士学位论文，1981 年；林秀蓉《沈德潜及其弟子诗论之研究》，（台湾）高雄师范大学硕士学位论文，1985 年；郑佳伦《沈德潜〈唐诗别裁集〉之诗观研究》，（台湾）中央大学硕士学位论文，1999 年；郑芳丽《沈德潜〈古诗源〉研究》，台湾师范大学硕士学位论文，2002 年；李世显《沈德潜诗学研究》，安徽师范大学博士学位论文，2007 年；王玉媛《清代格调派研究》，苏州大学博士学位论文，2011 年。有关沈德潜诗学研究的综述，有王顺贵《沈德潜研究的回顾与展望》（《上海师范大学学报》2003 年第 5 期），可参看。

② 吴宏一：《沈德潜的格调说》，（台湾）《幼狮月刊》第 44 卷第 3 期，1976 年版。

③ 青木正儿：《清代文学评论史》，第 110 页。

④ 胡幼峰：《沈德潜诗论探研》，第 31—42 页。

主张性情又融入神韵之旨。重意尚法,却讲究天趣;博采去俗,以雅正为旨归,为诗歌树立一个包容性极大的恢闳的审美理想。在老师叶燮放弃了预设艺术目标的写作方式后,他没有像袁枚那样顺势滑向"诗有工拙,而无古今"①的方向,反而奉王渔洋诗学为"雅宗",吸收神韵诗学的精髓,重塑了格调派的诗歌理想,我称之为新格调派。如果将明代复古派的格调诗学目为古典主义的话,那么沈德潜诗学就典型地体现了一种新古典主义的特征。正如韦勒克所说,"理想,即便不把它设想得过于崇高,在许多新古典主义理论中仍为一大重要内容"②。沈德潜诗学的一切努力仿佛都是要印证这样一种论断。

一般来说,文学理想的确立通常基于两个几乎对立的立场,一是因断定文学在堕落而意欲振兴和拯救,希望恢复过去的辉煌;一是相信自己有能力去创造一个比前人更好或足以与之抗衡的文学。前者是明人的立场,后者是宋人的立场。在唐宋两大传统形成之后,基本只剩前一种立场可以选择,当然还有另一种立场,即从叶燮、袁枚发展出的绝对自我表现派,只不过他们根本就不在我们说的确立文学理想的范畴之内,他们完全取消了文学理想的概念。从这个意义上说,沈德潜可能是最后的、最坚决的理想主义者和古典主义者,表面上他承袭明代格调派的复古理想,强调"诗不学古,谓之野体",但同时又戒泥古而主通变,认定"泥古而不能通变,犹学书者但讲临摹,分寸不失,而己之神理不存也。作者积久用力,不求助长,充养既久,变化自生,可以换却凡骨矣"③。很显然,复古在他只是学习的路径,而并非艺术的终点,由此他将自己与明代格调派机械的目的论的复古主张区别开来。

历来将沈德潜诗学称为格调派,都着眼于沈德潜对"格调"的重视,这虽不能说错,但理由其实并不充分,下文还要专门论及。我对沈德潜诗学基本性格的认定,基于沈氏在乾隆十一年(1746)所撰写的《贞一斋集序》。《贞一斋集》的作者李重华是沈德潜同乡和翰林前辈,也是持格调派主张的名诗人,序文因此首先回顾了格调诗学的渊源:

---

① 袁枚:《小仓山房文集》卷一七,《袁枚全集》,第2册,第283页。
② 雷纳·韦勒克:《近代文学批评史》第1卷,杨岂深、杨自伍译,第23页。
③ 沈德潜:《说诗晬语》卷上,《沈德潜诗文集》,第4册,第1911页。

古来论诗家，主趣者有严沧浪，主法者有方虚谷，主气者有杨伯谦，主格者有高廷礼，而近代朱竹垞则主乎学。之五者，均不可废也。然不得才以运之，恐趣非天趣，法非活法，气非浩气，格非高格，即学亦徒见其汗漫丛杂，而无所归。盖诗之为道，人与天兼焉，而趣而法而气而格而学，从乎人者也；而才，则本乎天者也。人可强而天不可强，故从来以诗鸣者，随其所长，俱可自见；而诗人中之称才人者，古今来祇数余人，相望于天地之间。①

古来诗论家很多，这里独取严羽、方回、杨士弘、高棅、朱彝尊五人，都属于格调派同道，同以盛唐为宗，更重要的是，主趣、主法、主气、主格分别代表了格调诗学的四个支点，主学则是清初各派诗学的共识，五者构成了写作中后天习得的部分，加上他自己补充的非习得的先天之才，一个包融前代格调诗学基本观念的有关作用层面的理论框架就结构起来，再与文本层面的宗旨、体裁、音节、神韵诸概念相配合（详后），一个比前此任何诗学都更丰富而周密的新的诗学体系已呼之欲出。当然，这还只是个抽象的理论结构，还有待于具体的艺术典范来赋予它审美的有机性和生动性。

自宋代以降，唐诗已确立起它在古典诗学中的典范地位，迄于清初，诗家无不奉唐贤为宗，格调派更是毫无例外地崇尚盛唐之音。沈德潜取法的五家也都是独宗盛唐的名家，方回、朱彝尊时而出入唐宋，却未尝稍离杜甫，故仍不出格调派的范畴。可是作为格调派传人的沈德潜，却令人意外地未见他附和前人对唐诗的崇仰。相反，无论对唐诗本身还是后人学唐，他都认为存在很大的缺陷：

诗之为道，可以理性情、善伦物、感鬼神、设教邦国、应对诸侯，用如此其重也。秦汉以来，乐府代兴；六代继之，流衍靡曼。至有唐而声律日工，托兴渐失，徒视为嘲风雪、弄花草、游历燕衍之具，而诗教远矣。学者但知尊唐而不上穷其源，犹望海者指鱼背为海岸，而不自悟其见之小也。今虽不能竟越三唐之格，然必优柔渐渍，仰沂风雅，诗道始尊。②

---

① 沈德潜：《李玉洲太史诗序》，《沈德潜诗文集》，第3册，第1326页。又见乾隆十一年刊本李重华《贞一斋集》卷首，无"主法者有方虚谷"句及下文言法之语，当为初稿。

② 沈德潜：《说诗晬语》卷上，《沈德潜诗文集》，第4册，第1908页。

《说诗晬语》开宗明义的这段议论，包含两个核心概念——诗道与诗教，分别对应着两个基本话语——诗道始尊与诗教远矣，前者是作者对诗歌的理想，后者是他感受的现实。在首先祖述儒家传统的诗歌观念后，他在格调派退化论史观的视野中回顾了诗歌史，对诗教的沦替无比痛心，并以"托兴渐失"为理由将唐诗的典范性打了个折扣，由此揭示：后人但知尊唐而不上穷其源，是诗教日远的病根。他开出的处方是将师法的典范上溯到《诗经》，这应该说是对明代格调派古诗法汉魏、近体宗盛唐的狭隘观念的突破，尽管他并不是首越雷池者。联系到《乔慕韩诗序》所谓"始贵其气体，渐亲其神韵，既浃其性灵"①，或《顾缓堂传》的"应从开元、天宝上追汉京"② 来看，我们不难窥见沈德潜论诗远绍建安气骨、下采渔洋神韵的兼容并蓄的旨趣。这里的"既浃其性灵"不像是吸纳袁枚的主张，可能是晚明公安派乃至更古老的六朝诗学"标举性灵"之说的回响。沈德潜就这样以格调诗学为主干，吸收、融合历史上各家诗学之精髓，构建了一个具有广泛的包容性和总结性的诗学体系。这一体系在他最初的诗学专著《说诗晬语》中已具雏形，其中具体的理论和批评，都表现出面对诗教远矣的现实，而恪守上溯《风》《雅》的信念，以求实现诗道始尊之理想的远大志向。所谓新格调派就新在这里，新古典主义也新在这里，都源于一个有终结意义的理想。

"古典"一词出自《后汉书·儒林传》，王莽篡汉，"天下散乱，礼乐分崩，典文残落"。东汉光武中兴，"乃修起太学，稽式古典"③。这里的"古典"意味着一整套典章和礼仪，它是凭借于制度和文献为象征载体而得以存续的。沈德潜很清楚，自己恪守的诗歌理想也必须依托于一种具体的形式，绝非仅靠标举若干观念就能实现。他对此的意识已流露在乾隆三年（1738）的乡试题《道统》中："入德必有其功，致道必有其要，未有泛焉从事而可几圣贤之途者。"儒学的道统乃是宋代理学锐意建构的结果，"自宋儒辈出，而道灿如日星"④。同理，诗歌理想的确立乃至实现也必赖于自觉的建构。相对于叶燮放弃预设艺术目标的立场

---

① 《沈德潜诗文集》，第 3 册，第 1346 页。
② 同上书，第 1710 页。
③ 范晔：《后汉书·儒林传》，中华书局标点本，第 9 册，第 2545 页。
④ 沈德潜：《道统》，《沈德潜诗文集》，第 3 册，第 1224 页。

来说，沈德潜自觉从事诗歌理想的建构，是与老师诗学最大的差异所在。出于对明代模拟风气的厌恶，清初诗论家多连带摈弃明代格调派的艺术理论。如宋荦康熙二十九年（1690）在江西巡抚任上，就曾以《江西诗派论》为题试士；转任江苏巡抚后，又在康熙三十三年（1694）编选吴地文学作品为《吴风》，其中收入奚士柱、徐舒、周凤奕、龚秉直四人的《宋诗源流论》①。这四篇同题论文也应该是课士的成果，值得注意的是，徐舒一文已可见叶燮《原诗》的影响："愚谓论诗无分今古。诗本乎情，但取其真而已。能得其真则自出机杼，无事剽窃，不必学唐而自近于唐，不必避宋而不拘于宋。世之尊唐而黜宋者，固为徇俗之见；而嗜宋而厌唐者，亦属矫枉之过。苟能独撷性灵，不落窠臼，则《三百篇》之旨，当不外是。何有于唐，亦何有于宋哉！"② 就当时的语境看，这无疑是为学宋诗张本。有感于此，三年后 28 岁的沈德潜以《言诗》一首表明了自己的态度："五采纷纭各斗奇，朱弦三叹此声希。性情流露无今古，门户争衡有是非。强韵若为歌竞病，乐章谁肯学妃豨。最怜撼树蚍蜉辈，强袭虞山谩刺讥。"自注："时多尊宋黜唐者，故云。"③ 诗中不仅对当时盲从钱谦益祧唐尊宋之说、不知学古的风气提出批评，还表明了自己对门户之争的超然态度。事实上，宋诗风绵延数十年，最终并未撼动唐诗的正典地位，这从黄之隽的一段话也可略窥其消息："古诗必宗汉魏，今体必宗盛唐，不可视为恒谈套语，而徇世俗宋元之好。有明一代，迭有废兴，其正宗不可违也。旁门小乘尚于初中晚求新，未有奉宋元人诗为准的者。"④ 尽管如此，沈德潜还是像当时许多诗人一样，感觉有必要给宋诗风一个回应。此刻有两种思路可选择，重编唐诗选以揭示唐诗本来面目，或重编宋诗选以辨识宋诗与唐诗的渊源关系⑤。沈德潜选择了前者，在康熙五十四年（1715）编成《唐诗宗》，书中虽鲜明地持守唐诗立场，但心境平和，明显能超

---

① 此书为王兵《清人选清诗与清代诗学》首先注意到，见中国社会科学出版社 2011 年版，第 161—163 页。

② 宋荦辑：《吴风》卷上，《历代地方诗歌总集汇编》，国家图书馆出版社 2016 年影印本，第 59 册，第 223—224 页。

③ 《沈德潜诗文集》，第 2 册，第 662 页。按：诗作于康熙三十九年（1700）。

④ 黄之隽：《詹言》卷下，张潮辑：《昭代丛书》己集广编，上海古籍出版社影印本，第 2 册，第 1302 页。

⑤ 参看蒋寅《王渔洋与康熙诗坛》第二章"王渔洋与清初宋诗风之消长"，第 23—48 页。

脱清初以来唐宋诗之争的心态阴影，同时不乏折衷和包容。

《唐诗宗》是沈德潜对诗歌史认真加以反思的发轫之作，也是他注意并清理格调派诗学遗产的开始。翌年他写作了一组论诗诗《遣兴》，其六开陈自己兼收并蓄、陶熔古今的诗学观念："从来臭腐即神奇，决择熔陶在我为。何事尔曹谈墨守，少陵诗法已多师。"① 这组作品不只评论了杜甫、元结、李贺、李商隐、苏东坡、陆游等唐宋大家，引人注目的是其十二还论及明代何景明和李梦阳："何李诗篇复古人，后贤排击日纷纶。怜渠但识虞山派，恐与松圆作后尘。"诗中再度清算了钱谦益、程嘉燧提倡宋元诗的流弊，同时对钱谦益竭力贬抑的明代复古派给予一定程度的肯定，预示了后来《明诗别裁集》自序"宋诗近腐，元诗近纤，明诗其复古也"的大判断②。以明诗直接唐诗，乃至对明人复古给予基本的认可，意味着沈德潜已跳出清初以来唐宋、古今之争的窠臼，以一种长时段的历史眼光来审视诗歌史，从而能平心静气地看待明诗的意义。这种兼容并蓄的博大气象正是他建树新古典主义诗学不可或缺的前提。

沈德潜诗学对明代格调派的超越，不仅体现在接受传统和取法范围的扩大，还见于它在诗歌趣味和风格上相比明前后七子有更大的包容性，既推崇高明朗健之音，也不排斥迂僻之调③、古澹之思④。他尝辑遗民诗二卷，称"君子生濡首之时，值焚巢之遇，触物而含悽，怀清而激响，怨而怒，哀而伤，固其宜也"⑤。此外，明知王渔洋神韵诗学偏重于清空淡雅，于杜甫、韩愈式的雄奇险峻有所不逮，晚年重订《唐诗别裁集》仍兼取王渔洋赏味之作。这都显出他诗歌趣味的开放性和包容性。要之，沈德潜之于诗歌理想，乃至以唐诗为典范，与明七子辈最大的不同，是后者出于对能力与超越的绝望，像陈子龙说的"生于古人之后，其体格之雅、音调之美，此前哲之所已备，无可独造者也"⑥，故而只能以模拟为旨趣，以形似为归宿；而沈德潜则对创造力还抱有信心，对诗歌的前景抱有开

---

① 《沈德潜诗文集》，第 2 册，第 824 页。
② 《沈德潜诗文集》，第 3 册，第 1303 页。
③ 沈德潜：《周钦莱诗集序》，《沈德潜诗文集》，第 3 册，第 1342 页。
④ 沈德潜：《乔慕韩诗序》，《沈德潜诗文集》，第 3 册，第 1303 页。
⑤ 沈德潜：《吴不官诗序》，《沈德潜诗文集》，第 3 册，第 1311 页。
⑥ 陈子龙：《仿佛楼诗稿序》，《陈忠裕公全集》卷二五，嘉庆八年簳山草堂刊本。

放的态度，坚信"未必古今人不相及也"①，故一再警示人们："谓今人不及古人，其果然也？"②"必谓今人不及古人，非通论也！"③ 暮年为门人陈明善编刻《唐八家诗钞》作序，甚至宣言："习专家者，可成名家；习八家者，何不可成大家？"④ 这样一种信念，是绝不可简单地归结为广告语的，它是对老师叶燮的开放诗史观的重唱。事实表明，沈德潜的新古典主义诗学是在对明代格调诗学的反思之上形成的，正如《王东淑柳南诗草序》所说："夫诗道之坏，在性情、境地之不问，而务期乎苟同。"⑤ 苟同正是明代复古派表面化模仿的通病，以致于封闭狭隘，路越走越窄。有鉴于此，沈德潜论诗首先在意"有精神面目存乎其间"，或"有君形者存"⑥，用今天的话来说即将主体性放在首位。他甚至说过："诗之真者在性情，不在格律、辞句间也。"⑦ 以此来衡量，说沈德潜反对专讲格调也未尝不可，因为从根本上说，他是认同陆游"工夫在诗外"之说的。乾隆八年（1743）作《余园诗钞序》曾从反面重申这一见解："世之专以诗名者，谈格律，整队仗，校量字句，拟议声病以求言语之工。言语亦既工矣，而幺弦孤韵终难当夫作者。唯先有不可磨灭之概与抟注不尽之源蕴于胸中，即不必求工于诗，而纵心一往，浩浩洋洋，自有不得不工之势。无他，功夫在诗外也。"⑧ 比照袁枚"须知有性情，便有格律，格律不在性情外"的说法⑨，简直就是异曲同工！这也不奇怪，明代格调派宗师便是如此主张的。李梦阳《梅月先生诗序》所云"忧乐潜之中而后感触应之外，故遇者因乎情，诗者形乎遇"⑩，徐祯卿《谈艺录》所云"盖因情以发气，因气以成声，因声而绘词，因词而定韵，此诗之源也"⑪，康海《题紫阁山人子美游春传奇》所云"情有所激，则声随而

① 沈德潜：《侯秉衡诗序》，《沈德潜诗文集》，第 3 册，第 1328 页。
② 沈德潜：《周钦莱诗集序》，《沈德潜诗文集》，第 3 册，第 1342 页。
③ 沈德潜：《尤在京诗序》，《沈德潜诗文集》，第 3 册，第 1341 页。
④ 参看陈明善辑《唐八家诗钞》卷首，乾隆三十四年刊本。
⑤ 沈德潜：《唐诗别裁集自序》，《沈德潜诗文集》，第 3 册，第 1329 页。
⑥ 沈德潜：《宪副魏念庭诗文集序》，《沈德潜诗文集》，第 3 册，第 1336 页。
⑦ 沈德潜：《南园唱和诗序》，《沈德潜诗文集》，第 3 册，第 1352 页。
⑧ 参看缪沅《余园诗钞》卷首，乾隆间葆素堂刊本。又见《沈德潜诗文集》，第 3 册，第 1318 页。
⑨ 袁枚：《随园诗话》卷一，第 1—2 页。
⑩ 李梦阳：《空同集》卷五一，影印文渊阁《四库全书》，第 1262 册，第 471 页。
⑪ 何文焕辑：《历代诗话》，中华书局 1981 年版，下册，第 765 页。

迁"①，实质上都言说此理，只不过格调派的复古口号和模拟现象给人印象过于强烈，以致于这些声音都被主旋律覆盖了。

## 二　全方位的正统观念

"所有种类的诗歌都是旨在改善我们"②，这是新古典主义看待一切文学的基点，它因此在很大程度上与历史上的正统观念相出入，也包含两个方面的基本内容，一是伦理品格之善，二是艺术趣味之正。沈德潜诗学的核心理念不外如此，前者落实于诗教，后者则落实于格调。正如郭绍虞所说，"昔人之述归愚诗论者，或举其温柔敦厚，或称其重在格调，实则仅得其一端，归愚诗论，本是兼此二义的"③。从前引《说诗晬语》开篇的那段议论，我们已看到，诗道与诗教这两个核心概念其实有着互文关系："理性情、善伦物"云云既谓之诗道，那么"嘲风雪、弄花草"的相悖结果应该说是诗道之失，却归于诗教之远；越三唐而上溯《风》《雅》，原是亲近诗教，却偏说是尊诗道。可见诗道、诗教是一而二、二而一的概念。这样，我们对沈德潜推尊诗道的努力最终全落实在鼓吹诗教上，就不难理解了。

推原古人所见诗教之足贵，皆缘于自古相传的对文学治国乌托邦的向往。如元代王礼《长留天地间集序》所说：

> 三代明王之御天下也，化先于政，知诗之为教。本乎人心，契乎天理。虽赏所未易诱，罚所未易禁者，而诗能动化之。于是设采诗之官以观风，贡之朝廷而达之天下，使人咏叹之间，阴有所创艾感发。其功顾不远且大耶！周道衰，采诗旷厥官，而诗教废。由是专任赏罚以为政，而治不古若矣。治不古若，则诗日不如古宜也。④

六朝以降，朝廷采诗之制渐寝，私家编诗之风从而代兴。由观风俗以底于易风俗，始终是诗家追慕三代明王之治而身体力行的最高理想，沈德潜更没有理由自

---

① 王九思：《杜子美沽酒游春记》卷首，《重刻渼陂王太史先生全集》，崇祯十三年刊本。
② 雷纳·韦勒克：《近代文学批评史》第1卷，第230页。
③ 郭绍虞：《中国文学批评史》，第512页。
④ 王礼：《麟原后集》卷二，影印文渊阁《四库全书》，第1220册，第467页。

外于这个队伍。从编纂第一部诗选《唐诗别裁集》，他就宣称："人之作诗，将求诗教之本原也。"① 同时又沿着清初以来反省明代诗歌的思路，将明亡原因与诗学的堕落联系起来——"盖诗教衰而国祚亦为之移矣"②，在他看来，明代嘉靖、隆庆以来，"主复古者拘于方隅，主标新者俪而先矩"，"而时贤之竟尚华辞者，复取前人所编秾纤浮艳之习，扬其余烬"，这就是说，"诗教之衰，未必不自编诗者遗之也"③。为此，他遴选诗作首先着眼于伦理品格之善，将"分别去取，使后人心目有所准则而不惑"，视为选家的首要责任。

钱陈群为沈德潜撰神道碑，特别强调高宗的殊恩对沈德潜晚年诗学的影响，说"上之知公特深，至叙其所著书，为涑水后所仅见"，又说"世徒艳公以诗受知，顾上所以裁成之者，亦复无所不至"。在他看来，沈德潜的诗学成就实际是由两方面的因素合成的："非穷困积久则无以厚其植，非遭际文思天子则无以发其蕴。"再看高宗对沈德潜的褒嘉，"一则曰学有本原，一则曰道存风雅"④，道存风雅是伦理品格之善，学有本原则是艺术趣味之正。就连嫌沈德潜论诗有道学气的袁枚，为他撰神道碑也不能不肯定其"诗专主唐音，以温柔为教，如弦匏笙簧，皆正声也"⑤，将其诗学的正统性与温柔敦厚的诗教联系起来。确实，随着晚年逐渐步入王朝政治中心，沈德潜的诗学主张也愈益向与自己身份相称的政教观念靠近。在乾隆九年（1744）的湖北乡试策问中，他出了这样一个题目："诗者，用以厚人伦，美教化，移风俗，非如后世所云'缘情绮靡'已也。（中略）风骚以后，诗人代兴，上下艺林，四言何以独推韦孟？五言何以独推苏、李？阮籍何以擅长于魏代？陶潜何以卓绝于六朝？陈子昂、元结、李白、杜甫、韩愈何以高出于唐？苏轼、陆游何以高出于两宋？元好问何以高出于金源？岂其语言之工与？抑诗外别有事在也？"⑥ 其中很明显地表现出主人伦教化而排斥缘情绮靡的倾向，这也很正常，毋庸置论。倒是"诗外别有事在"是个颇为特殊的提法，

① 沈德潜辑：《唐诗别裁集》原序，上海古籍出版社 2013 年版，卷首。
② 沈德潜：《明诗别裁集序》，沈德潜、周准辑：《明诗别裁集》卷首，第 1 页。
③ 沈德潜辑：《唐诗别裁集》原序，卷首。
④ 钱陈群：《赠太子太师大宗伯沈文悫公德潜神道碑》，《香树斋文集》续集卷三，光绪十六年刊本。
⑤ 袁枚：《小仓山房文集》卷三，《袁枚全集》，第 2 册，第 52 页。
⑥ 沈德潜：《湖北乡试策问四道》其四，《沈德潜诗文集》，第 3 册，第 1234 页。

什么意思呢？我们不妨参照一下乾隆十五年（1750）所作的《四焉斋诗集序》：

> 古人之作诗者，求达其意而不惟语言之工，故诗之成，可以表性情，将忠敬，厚伦纪；而读其诗者，有以觇其人品之立，与风俗之盛。又其甚者，荐之庙朝，于以成政治，格人鬼，而导一世于和平之中：盖诗之教如此其大也。后之为诗者，不探作诗之旨，而惟求工于一章一句一字之间，稳顺体势，称量对偶，调和声律。极生平攻苦用心，非不戛戛焉异于众人；而生平之攻苦用心者，祇以诗人自鸣，而诗外初无事在，则其自待者亦已小矣。①

这段议论的核心自然是阐明诗教之大，但奇怪地略不及温柔敦厚之说，只是一味发挥《毛诗序》的诗歌功能论，显出一种要将《毛诗序》的政教论纳入诗教，质言之即整合儒家传统话语的倾向，正好与上文指出的诗道与诗教的互文相印证。更值得注意的是，沈德潜又在汉儒的教化论中提炼出一个"事"来，用以指称性情之外的事和物。这是对诗教专治性情的一个补充，可见沈德潜对社会生活内容的留意，它同时也满足了传统政教观念和王朝意识形态的要求。所以说，沈德潜诗学无论从官方的角度看，还是从个人的角度看，都有着全方位的正统观念。他早年论诗主性情，针对的是格调派的风格化倾向；到晚年关注"事"，针对的已是吴中正在高涨的性灵派自我表现的倾向。观念转变的背后是身份的变化，正如清初吴淇所说："古今诗人只有一志。所志维何？曰君喜臣起，成功一时，流名万世而已。"② 在这个意义上，沈德潜应该说是古今最成功的诗人。诗歌对于足不出乡里的一介儒生，或是对于皇帝的文学侍臣，意义自然是不同的，所谓在其位谋其政而已。

直到归田后沈德潜也没有放下诗教这杆旗帜，86 岁时为老师一门眷属撰写《午梦堂集序》，仍不忘记强调："诗教主于温柔敦厚，凡怨诽之音、兀傲之习，非诗之正也。"③ 从他留下的著述看，对诗教的推尊确实贯穿了他的一生。从早

---

① 《沈德潜诗文集》，第 4 册，第 2009 页。
② 吴淇：《六朝选诗定论·缘起》，广陵书社 2009 年版，第 15 页。
③ 《沈德潜诗文集》，第 4 册，第 1996 页。

年作《说诗晬语》称《燕歌》《凯风》之诗"温柔敦厚，斯为极则"①，到晚年重订《国朝诗别裁集》的凡例断言"诗之为道，不外孔子教小子教伯鱼数言，而其立言，一归于温柔敦厚，无古今一也"②，始终不易其旨。那么，他所理解的温柔敦厚，又具有什么样的内涵呢？仔细分析起来，当然像张健、刘奕所论，具有从道德到审美的丰富层次③，但概括地说也就像《施觉庵考功诗序》所述：

> 诗之为道也，以微言通讽谕，大要援此譬彼，优游婉顺，无放情竭论，而人裴徊自得于意言之余。《三百》以来，代有升降，旨归则一也。惟夫后之为诗者，哀必欲涕，喜必欲狂，豪则纵放，而戚若有亡，粗厉之气盛，而忠厚之道衰，其于诗教，日以偾矣。④

绎其旨趣不外乎性情之忠悃、抒写之含蓄、辞气之婉顺，与前人的理解和诠释无大出入，只不过背后的诗学语境已全然不同。

我们知道，复兴诗教本是清初诗学的一个重要话语，康熙诗坛对"温柔敦厚"的广泛推崇，不仅表现在魏裔介这样的重臣论诗"一准于发乎情止乎礼义，言有合温柔敦厚之旨"⑤，普通士人选本朝诗同样"必也本之以温柔敦厚之旨，出之以和平安雅之音"⑥，"诗取温柔敦厚之音，不列骂坐伤时之句"⑦。这都与易代之际士大夫恐干时忌的心态有关，而沈德潜之提倡诗教，则很大程度上可能与《顾南千诗序》提到的吴中诗坛排斥杜诗的风气有直接关系，最近刘奕从"生成情境"所作的考察也得出与吴地诗歌风气密切相关的结论⑧。沈德潜曾在《咏花轩诗集序》里提到："抑思古今之称诗者，必以少陵为归。而少陵所以胜人，每在

---

① 沈德潜：《说诗晬语》卷上，《沈德潜诗文集》，第 4 册，第 1914 页。

② 沈德潜：《国朝诗别裁集·凡例》，《清诗别裁集》卷首。《停云集序》亦称编《国朝》"惟取合乎温柔敦厚之旨，见《沈德潜诗文集》，第 4 册，第 2014 页。

③ 张健：《清代诗学研究》，第 519 页；刘奕：《生成情境与诗学意涵——以沈德潜"温柔敦厚"说为核心的考察》，《中华文史论丛》2014 年第 2 期，第 152 页。

④ 沈德潜：《归愚文钞》卷一一，《沈德潜诗文集》，第 3 册，第 1314 页。

⑤ 严沆：《溯洄集序》，魏裔介辑《溯洄集》卷首，顺治刊本。

⑥ 先著：《国朝诗的序》，陶煊、张璨辑：《国朝诗的》卷首，康熙六十年刊本。

⑦ 汪观辑：《清诗大雅·凡例》，康熙刊本。

⑧ 刘奕：《生成情境与诗学意涵——以沈德潜"温柔敦厚"说为核心的考察》，《中华文史论丛》2014 年第 2 期，第 120—170 页。

纲常伦理之重。故每饭不忘君父之外，凡弟妹之分张，家人之悬隔，念骥子于鸟道，怀朋旧于江东，简帙中三致意焉。"① 他晚年所撰《杜诗偶评》明显倾向于选录现实性强的作品，评点中对言外讽谕之意的揭示也远过于对艺术性的评价②。无怪潘承松所撰《凡例》云："读杜诗者，取其格之高，辞之典，气之昌，铺陈排比之伦叙，而作诗之旨莫窥，犹未尝读也。欲知人论世，当于许身稷契，致君尧舜，念松柏于邙山，哭故交于旅榇，与夫怅弟妹之流离，怀妻孥之阻绝，一切兴观群怨事父事君之处求之。先生所选所评，总之不失此意。"③ 如卷一《奉呈韦左丞丈二十二韵》评曰："抱负如此，终遭阻抑，然其去也，无怨怼之辞，有迟迟我行之意，可谓温柔敦厚矣。"《自京赴奉先县咏怀五百字》评曰："此种诗深得变雅之体。"《羌村三首》评曰："三章字字从肺腑镂出，又似人人所能道者，变风之义欤？汉京之音欤？"《新婚别》评曰："'君今往死地'以下，层层转换，皆发乎情止乎礼义之语，真得《国风》之旨。"卷二《兵车行》评曰："此诗为明皇用兵土蕃而作，会古乐府变雅之神。"为此后来竟有人称"近世选本，莫善于归愚先生之《偶评》"④，然而此书重风雅讽谕而轻艺术表现的缺陷还是相当明显的。

### 三　维护诗教与保守色彩

因为沈德潜特殊的政治和文学地位，他对诗教的提倡非常引人注目，他自己的写作和批评也常为人比照印证。法式善《梧门诗话》提到："作诗翻案，恐伤忠厚。沈文悫公《昭君图》两首，结句'君王不好色，遣妾去和亲'，'无金赏画手，妾自误平生'，弥觉温柔耐诵。"⑤ 从政治正确的角度说，两联归美于上、不暴君恶，当然很温柔敦厚，但衡以人情，未免过于作践王昭君，让人为之不平。到乾隆末，在性灵诗风炽盛的语境中，沈德潜这种正统性显得有些委琐和迂腐，以致李宪乔与袁枚书，提到："有一大老负当世重望，观其所著，庸琐卑靡，

---

① 《沈德潜诗文集》，第 4 册，第 1766 页。又见张廷璐《咏花轩诗集》卷首，乾隆刊本。

② 关于此书的研究，有袁志彬《沈德潜及其杜诗论》（上、续），《杜甫研究学刊》1995 年第 3、4 期；徐国能《沈德潜格调说论杜刍议》，（台湾）《淡江中文学报》第 11 期，2004 年 12 月版。

③ 沈德潜：《杜诗偶评》卷首，赋闲草堂刊本。下引沈德潜评语，均据此本。

④ 盛璋：《杜诗补选序》，盛钟岐纂《平江盛氏家乘初稿》卷九艺文，同治十三年吴县盛氏十贤祠活字本。转引自张廷银《族谱所见文学批评资料整理研究》，人民文学出版社 2012 年版，第 263 页。

⑤ 张寅彭、强迪艺：《梧门诗话合校》卷九，第 280 页。

而其选诗与持论也，必曰温柔敦厚。夫其所谓温柔者，乃涩讹也；敦厚者，乃□□也。后生小子既震乎其名，又见其称述之不谬于圣人也，遂翕然奉之，相率而成庸琐卑靡之习，而诗几亡矣。"① 这里所谓的大老显然就是沈德潜。李宪乔的见解不无过激色彩，同时也附带有境遇不同产生的本能的抵触，让人联想到赵执信对王士禛的肆意诋讥。袁枚没有响应其联手排击沈德潜诗学的要求，但平日论诗常以沈德潜为辩驳对象，《答沈大宗伯论诗书》乃是仅有的一次正面交锋。书中先说沈德潜"所云诗贵温柔，不可说尽，又必关系人伦日用，此数语有褒衣大袑气象，仆口不敢非先生，而心不敢是先生"②，然后以《诗经》为据反驳沈的拘执见解。沈德潜《明诗别裁集》曾选顾炎武《赋得秋柳》一首，评曰："小小题俱有关系，此杜陵咏物体。"③ 这是强调咏物以有寄托为尚，本无可非议，但《随园诗话》不无鄙夷地说："老学究论诗，必有　副门面语。作文章，必曰有关系；论诗学，必曰须含蓄。此店铺招牌，无关货之美恶。《三百篇》中有关系者，'迩之事父，远之事君'是也。有无关系者，'多识于鸟兽草木之名'是也。有含蓄者，'棘心夭夭，母氏劬劳'是也。有说尽者，'投畀豺虎''投畀有昊'是也。"④ 这段话正是《答沈大宗伯论诗书》的剪贴。在解构"有关系"和"含蓄"的绝对价值时，他已完全忘了自己也曾很绝对地断言："咏物诗无寄托，便是儿童猜谜。"⑤ 事情就是这样，沈德潜诗论因其正统色彩过于强烈，经常在遭人不满之余，其本旨也被误会。

但有一点是很清楚而不会被误解的，那就是他对名教的维护。《说诗晬语》卷下写道："《诗》本六籍之一，王者以之观民风，考得失，非为艳情发也。虽四始以后，《离骚》兴美人之思，平子有定情之咏；然词则托之男女，义实关乎君父友朋。自梁、陈篇什，半属艳情；而唐末《香奁》，益近亵嫚，失好色不淫之旨矣。此旨一差，日远名教。"⑥ 本着这种观念，《明诗别裁集序》高调标举

① 李宪乔：《与袁子才论诗教》（乾隆五十九年，1794），《山东文献集成》第三辑，第 47 册，第 181 页。
② 袁枚：《答沈大宗伯论诗书》，《袁枚全集》，第 2 册，第 283 页。
③ 沈德潜、周准辑：《明诗别裁集》卷一一，第 304 页。
④ 袁枚：《随园诗话》卷七，第 178 页。
⑤ 袁枚：《随园诗话》卷二，第 44 页。
⑥ 《沈德潜诗文集》，第 4 册，第 1972 页。

"雷同沿袭、浮艳淫靡，凡无当于美刺者屏焉"①，《疑雨集》的作者王彦泓因此而不得登一章半句。韦勒克曾指出，新古典主义一般满足于一种内容与形式的二分论，"一方面它的理论接受一种注重外在形式而无实在意义的形式主义，另一方面，按照庄重典雅和道德价值的尺度，它又无法改变脱离艺术作品本身来对题材评定等次的做法"②。由于艳诗在传统诗学中品位卑下，夙为正统文人鄙视，晚明以来艳诗写作虽蔚为风气，但在批评中尚难登大雅之堂。作为正统观念的代表，沈德潜在这一点上更显出特殊的保守色彩。

对于沈德潜诗学的正统性和保守色彩，严迪昌在辨析这位"横山门下高弟子"与乃师精神之悖离后，断言他恪守和鼓吹诗教加剧了诗坛的"褒衣大裾"之气③。的确，沈德潜坚执诗教的结果，不只是议论显得迂阔不合时宜，貌似主旋律的官方口径更给批评带来一种冠冕堂皇的客气，以致后人因这种"公家言"而将他的评价大打折扣④。一个例子是杜濬《又闻灯船鼓吹歌》，本是清初有绝大关系之作，《明诗别裁集》却目为"颓唐之尤者"⑤，被道光间张清标所驳："行文尚体要，气格声调次之。茶村扫去依傍，一灯船琐事，而衡其盛则推原江陵之当国，考其衰则归咎马阮之秉政，一篇中于理乱兴亡三致意焉。能使读者痛痒无端久之，歔嘘太息而不自禁，是谓能见其大。若但讲格律声调，则当时名士优为之，要不足以下铜仙之泪、脱缠臂之金也。"⑥ 更具反讽意味的是，沈德潜这块诗教招牌终究太老旧，完全缺乏刺激性和新鲜感，以致人们更多地被他的格调论所吸引，反而忽略了他的正统观念，甚至留下个"专主体裁，而性情反置不言"的印象⑦，这真是匪夷所思。

关于沈德潜诗学的正统色彩，尤其是温柔敦厚之说，当代学者已从不同角度

---

① 沈德潜、周准辑：《明诗别裁集》卷首，第2页。
② 雷纳·韦勒克：《近代文学批评史》，第1卷，第25页。
③ 参看严迪昌《清诗史》第三编第一章，第651—653页。
④ 崔旭《念堂诗话》卷一："翁覃溪《石洲诗话》前五卷论唐宋金元诸家，有明一代等诸自桧，持论精凿，皆从深心探索而出，不似《说诗晬语》多公家言。"民国二十二年崔氏海云书屋刊本。
⑤ 沈德潜、周准辑：《明诗别裁集》卷一二，第311页。
⑥ 张清标：《楚天樵话》卷二，光绪十八年汉川甑山书院刊本。
⑦ 洪亮吉：《读雪山房唐诗钞》序，《清诗话续编》，第3册，第1540页。

作了分析①。尤其是吴兆路从人格精神的诗化表现、关注反映现实人生、有悖于传统的选诗标准和不拘一格的评判尺度等角度重新诠释温柔敦厚的内涵，有助于我们理解其合理性，但恐怕尚未能扭转学界对沈德潜正统观念的评价。从今天的角度看，姑不论出于官方立场的需要，就是纯从个人立场说，诗学对道德之善的要求也是无可非议的。在任何时代，凡是正直的作家都不会推卸或弃置文学写作的伦理学承诺。在欧洲诗歌史上，就连崇尚"强烈感情的自发流溢"、很有点接近性灵派观念的英国诗人华兹华斯，也主张："一位伟大的诗人必须陶冶人的性情，予人以新的感情成分，使其感情变得更加健全、纯洁而恒久，总之，变得更合本性，即更合永恒的本性，以及万物伟大的原动力。"② 他认为诗歌应当描绘的感情是"那些所有人都可能产生共鸣的、那些有理由相信他们如果确实产生共鸣便会变得更加善良更有德性的感情"③。然则沈德潜对伦理之善的要求，正如乾隆二十五年（1760）门人王元文呈诗所谓"用之正性情，兼以达民瘼"，"文章如粟帛，其利斯为博"④，在理论上是无可非议的。问题是他将这种要求最终化约为诗教一端，像朱东润所说的"归愚论诗，主张最力者，则为其温柔敦厚之说"⑤，甚至将它绝对化，这就难免局限了诗歌本质和功能的实现。不过，我们也不必为此多虑：沈德潜本人既未迂腐到不顾诗歌的艺术特征，而将它沦为单纯的教化工具；他的这种观念也不曾对诗坛产生强有力的影响。诗坛是分层的，处在不同层次的作者总是以自己的方式写作。以为一两个人的主张就能左右天下的风气，可能是比较简单的想法。

---

① 吴兆璐：《沈德潜"温柔敦厚"说新解》，《文学遗产》1997 年第 4 期；贺严：《沈德潜在"诗教"原则下唐诗的历史定位》，《文史哲》2007 年第 4 期；刘奕：《生成情境与诗学意涵：以沈德潜"温柔敦厚"说为中心的考察》，《中华文史论丛》2014 年第 2 期。

② 参见雷纳·韦勒克《近代文学批评史》第 2 卷，杨自伍译，上海译文出版社1989 年版，第 172 页。

③ 同上书，第 173 页。

④ 王元文：《呈沈归愚师三首》其二，《北溪诗集》卷三，嘉庆十七年王氏随善斋刊本。

⑤ 朱东润：《中国文学批评史大纲》，第 306 页。

# 第三节　新格调论的理论内涵

## 一　格调论抑或格调派？

自近代以来，在批评史和相关论著中，沈德潜的名字从来都和格调联系在一起①，在近年出版的王顺贵《清代格调论诗学研究》中，沈德潜被定位为"清代格调论的集大成"②。这样，本来不打算专门讨论格调问题的笔者，也不能不对沈德潜与格调的关系做一番论述了。但藉此正好将格调诗学的问题做个总结，也不是没有意义的事。

虽然沈德潜一直被目为格调派而无异辞，但这一命名其实面临着一些对它不利的质疑。首要的就是格调在沈德潜诗学中的位置。研究者都清楚，沈德潜诗论中使用"格调"一词并不多。陈岸峰仅找出三例③，分别为《唐诗别裁集》卷六评李白《宣州谢朓楼饯别校书叔云》："此种格调，太白从心化出。"④《明诗别裁集》卷八评李攀龙《和许殿卿春日梁园即事》："三句一韵，末三句缠联而下，格调甚新。"⑤《国朝诗别裁集》卷二十二评缪沅《房中诗》："语语用韵，两韵一转，格调得自嘉州。"⑥ 这里再补充一个例子，即《金际和诗序》："尝闻作诗之道于先生长者矣，格调欲雄放，意思欲含蓄，神韵欲闲远，骨采欲坚苍，境界欲如层峦叠嶂，波澜欲如巨海渊泉，而一归于和平中正。"⑦ 仅此而已。我甚至怀疑，沈德潜是不是在有意回避这个被明人弄得名声不太好的概念。吴中前辈诗人潘耒《钱宛朱诗序》曾说："今人论诗专尚格调，格调可勉而能，才气不可袭

---

① 有关沈德潜与格调诗学的研究，可参看陈国球《明清"格调"诗说研究知见目录》，《中国诗学》第 8 辑，人民文学出版社 2003 年 6 月版。

② 王顺贵：《清代格调论诗学研究》第三章，中国社会科学出版社 2010 年版，第 90—217 页。

③ 陈岸峰：《沈德潜诗学研究》，齐鲁书社 2011 年版，第 19 页。

④ 沈德潜辑：《唐诗别裁集》，上册，第 200 页。

⑤ 沈德潜、周准辑：《明诗别裁集》，第 194 页。

⑥ 沈德潜辑：《清诗别裁集》，下册，第 878 页。

⑦ 《沈德潜诗文集》，第 3 册，第 1570 页。

而致。有才气不患格调不高，无才气而言格调，能成家者罕矣。"① 沈德潜《余园诗钞序》也曾从胸襟的角度申说这个意思："世之专以诗名者，谈格律，整队伍，校量字句，拟议声病以求言语之工。言语亦既工矣，而幺弦孤韵终难当夫作者。唯先有不可磨灭之概与挹注不尽之源蕴于胸中，即不必求工于诗，而纵心一往，浩浩洋洋，自有不得不工之势。无他，功夫在诗外也。"② 而袁枚《随园诗话》则有"须知有性情，便有格律，格律不在性情外"的说法③，都与潘耒之说如出一辙，言辞也很接近，但沈、袁两人不约而同地都不用格调而用了格律一词，颇令人玩味。或许他们都有意在回避格调？这也正是我不称沈德潜为新格调论，而称之为新格调派的理由。格调绝不是沈德潜喜欢谈论的诗学概念，而只是他秉持的一种观念。那么，作为沈德潜诗学观念的格调，又有着怎样的意涵呢？要弄清这一点，首先有必要做一番概念史的回溯。

## 二 "格调"溯源

格调一词原指格与声调，青木正儿将它溯源于王昌龄《论文意》的这段论述："凡作诗之体，意是格，声是律，意高则格高，声辨则律清，格律全，然后始有调。"④ 唐代诗论中不仅有殷璠《河岳英灵集》称"贞观末，标格渐高；景云中，颇通远调"，评储光羲"格高调逸"⑤，皎然《诗式》称赞谢灵运"其格高""其调逸"这样格、调对举的例子⑥，中唐时还可看到格调连用的复合词组，如姚合《喜览裴中丞诗卷》诗云"格调江山峻，工夫日月深"，秦韬玉《贫女》诗云"谁爱风流高格调，共怜时世俭梳妆"，都是较抽象地指一种美学趣味。《河岳英灵集》另有"鲜有此体调也"之说，将体与调对举，可知体就是格。宋元之际，格调成为概括诗歌艺术特征的概念。刘克庄《江西诗派小序》称"国初诗人如潘阆、魏野，规规晚唐格调"⑦，元代危素评廼贤《颖州老翁歌》"格调

---

① 潘耒：《遂初堂集》卷八，康熙刊本。
② 缪沅：《余园诗钞》卷首，乾隆间葆素堂刊本。又见《沈德潜诗文集》，第 3 册，第 1318 页。
③ 袁枚：《随园诗话》卷一，第 1 页。
④ 空海辑：《文镜秘府论·南卷》，张伯伟《全唐五代诗格校考》，江苏古籍出版社 2002 年版，第 160 页。
⑤ 殷璠辑：《河岳英灵集》卷中，《唐人选唐诗十种》，上海古籍出版社 1978 年版，上册，第 95 页。
⑥ 李壮鹰：《诗式校注》卷一，齐鲁书社 1986 年版，第 90 页。
⑦ 辛更儒：《刘克庄集笺校》卷九五，中华书局 2011 年版，第 4023 页。

则宗韩吏部,性情则同元道州"①,辛文房《唐才子传》卷六姚合传称"格调俱到,兴趣少殊"②,元末文人戴良《皇元风雅序》称"其格调固拟诸汉唐,理趣固资诸宋氏"③,不一而足④。直到明代复古派诗论中,格调才日益凸显其重要地位,成为总摄其诗学的核心概念。即便如此,他们对"格调"这一术语也没有清晰的界定,经常是在具体语境中让我们感觉到它的存在。如李梦阳《潜虬山人记》所谓"诗有七难,格古、调逸、气舒、句浑、音圆、思冲,情以发之。七者备而后诗昌也"⑤,是著名的一例。陈国球认为明七子并未用"格调"来标举自己的诗学主张,直到清人才以"格调"概括明代的复古思潮,是很有见地的⑥。

青木正儿据上引《论文意》一段文字,认为"格是意即关于诗的内容方面的东西,律是声即关于诗的外形方面的东西。就是说,格是思想表达的样式,律是文辞的声音所构成的旋律"。而在此基础上形成的"调","当指由内容及外形所产生的作风而言"⑦。这大约是唐人的理解和用法。到宋人的诗论中,意仍与格相连,但调却转而指声,如姜夔言"意格欲高,句法欲响","句意欲深欲远,句调欲清欲古欲和"⑧,是典型的例证。到李东阳那里,声分化为律与调,声律乃平仄之法,声调则是"通过声律的运用而产生的具有个人或时代特色的音调"。因此青木正儿认为:"东阳所说的'格律'就是空海所说的'格',东阳所说的'声调'就是空海所说的'律',东阳所说的'格调'则相当于空海所说的'调'。"⑨ 这一辨析无疑是很精辟的,尤其是指出宋人的"格"与意相关,很有见地。《诗话总龟》评钱昭度《灯》诗也有"意格清远"之说⑩,甚至到高楝诗

---

① 顾嗣立编:《元诗选》初集戊集,中华书局 1987 年版,第 1455 页。
② 傅璇琮主编:《唐才子传校笺》卷六,中华书局 1990 年版,第 124 页。
③ 戴良:《九灵山房集》卷二九,影印文渊阁《四库全书》,第 1219 册,第 588 页。
④ 据查清华《明格调派研究》考证,"格调"一词在宋代诗论中已多有用例,至元辛文房《唐才子传》始多用"格调"评诗,上海师范大学 1999 年博士学位论文,第 19 页。
⑤ 李梦阳:《空同集》卷四八,影印文渊阁《四库全书》,第 1262 册,第 446 页。
⑥ 陈国球:《明代复古派唐诗论研究》,第 328 页,
⑦ 青木正儿:《清代文学评论史》,第 121 页。
⑧ 姜夔:《白石道人诗说》,夏承焘校辑:《白石诗词集》,人民文学出版社 1959 年版,第 68 页。
⑨ 青木正儿:《清代文学评论史》,第 122 页。
⑩ 阮阅:《诗话总龟》卷一三,人民文学出版社 1987 年版,上册,第 151 页。

学，蔡瑜研究的结论仍然是：格是以诗意为主的批评术语，调是以声律为主的批评术语①。不过问题是，中国古代的诗学源远流长，文献又极其丰富，同样的术语，在不同的时代、不同作者的笔下常有不同的用法。比如"格"，在王昌龄的时代通常直接与"意"对等，有"意高谓之格高，意下谓之格下"的说法②；但到《金针诗格》论"诗有四炼"即炼字、炼句、炼意、炼格，格与意就有了区别："炼句不如炼字，炼字不如炼意，炼意不如炼格。"③ 格成为意的审美化存在，由主观意念向语言—文本形态转变。而再看王楙《野老记闻》所载："林季野观鲁直诗，绅绎再四，云：'诗未必篇篇佳，但格制高耳。'"④ 格与制连用，更显出格的含义向体制、结构方面倾斜的迹象。至于格与调连用，如袁文《瓮牖闲评》"自苏李以来，未见此格调也"⑤，在原文语境中又指字音平仄。可见格到宋代已是一个含义很复杂、用法多歧的诗学概念，近年已有学者注意到这一点⑥。

元人论诗，或谓"诗之作，夫焉有格律之可言，发乎情止乎礼义而已"⑦，似乎不太在意格调问题。明人因志在复古，诗论中才多关注格调，但外延似比唐宋有所缩小，基本上成了只适用于律诗的概念，一如"神韵"主要对应于短章。照徐师曾《诗体明辨》的说法，律诗之体"一篇之中，抒情写景，或因情以寓景，或因景以见情，大抵以格调为主"⑧。而格、调两字的含义也有了变异，李梦阳批点杨一清诗，评语所用格、调显出二元化的倾向，格与气相关，调与句、意相对⑨。到赵宧光《寒山帚谈》就概括为一个简洁的表述："夫物有格调。文

---

① 蔡瑜：《高棅诗学研究》，（台湾）大学出版委员会1990年版，第165—183页。
② 张伯伟：《全唐五代诗格校考》，第194页。
③ 同上书，第353页。
④ 王楙：《野客丛书》，中华书局1992年版，第356页。
⑤ 袁文：《瓮牖闲评》卷五，中华书局2007年版，第78页。
⑥ 查清华：《中国诗学的"格"论》，《人文杂志》2006年第3期；黄爱平：《宋诗话中"格"的复杂意蕴及其诗学意义》，《华南理工大学学报》2013年第1期。
⑦ 危素：《武伯威诗集序》，《危太仆文集》卷六，嘉业堂丛书本。
⑧ 叶生、汪淇：《诗体明辩笺评》卷四，顺治十五年刊本。
⑨ 李梦阳批《石淙诗稿》，藏台湾"中央图书馆"，简锦松《李梦阳诗论之"格调"新解》（《古典文学》第十五辑，台湾学生书局2000年版，第1—45页）对其评语有详细梳理，但以"杜格""杜调""杜体"互文而认为格、调的用法和意义都没有差别，"唐宋调杂、古今格混"是互文见义，似乎失之简单化。我玩其所引述的评语，觉得在当时语境中，格和调的指向还是不同的。

章以体制为格，音响为调。"① 这是最简明也最一般化的解释，今人所见略同于此②。但这很可能是偏离格调派本义的概括，因为将体制等同于格是不对的。照胡应麟的说法，格调对应于体格声调，所以有"体正格高，声雄调鬯"之说③，借助于叶燮的辨析可以更清楚地理解这一点。《原诗》外篇上写道："诗家之规则不一端，而曰体格，曰声调，恒为先务，论诗者所为总持门也。"这是说体格、声调是诗歌艺术性的总和，而体格又分为体和格两个层面："言乎体格，譬之于造器，体是其制，格是其形也。"④ 然则体即体制，即文体内在的规定性和艺术表现的总体要求，就像器物的结构，它是由用途和功能决定的；格是章句，即通过特定的语法和修辞构成的文本特征，好比器物的造型，取决于作者的趣味、才能和习惯。明代格调派所谓的"格"实际只取了这层含义，于是格调就成了排除体制要求而专指文本语言和声律构成的概念。

　　不过需要注意的是，到明代诗论中，格调已不再是个中性概念，而是像铃木虎雄所说的，成为专指理想性即带有特定风格乃至美学追求的某种格调，具有郑利华指出的双重意义："格调既是一种规范创作的明确标的，又是一种鉴识品味的重要尺度。"⑤ 如李梦阳《驳何氏论文书》所谓"高古者格，宛亮者调"⑥，只有这样的意度声情才被视为有格调。这么一来，格调就被价值化了——正像王国维讲意境之有无使意境由中性概念变成价值标准一样，意味着理想化的风格范型。王渔洋说："明诗本有古澹一派，如徐昌国、高苏门、杨梦山、华鸿山辈。自王、李专言格调，清音中绝。"⑦ 专言格调而致清音中绝，这不是意味着格调是带有强烈风格倾向的审美范畴吗？所以说，格调论的本质就是一种风格取向的诗学立场，其核心是要树立一个独立于情感表现之外的风格目标。就像冯琦序于慎行文集所指出的：

---

① 赵宧光：《寒山帚谈》卷二，崇祯刻本。
② 如台湾学者张健《中国文学批评》第二十章"沈德潜的诗学"，即言"格指体裁规格，调指声调韵律"，（台湾）五南图书出版公司1992年版，第312页。
③ 胡应麟：《诗薮》，上海古籍出版社1979年版，第100页。
④ 蒋寅：《原诗笺注》，上海古籍出版社2014年版，第253页。
⑤ 郑利华：《前后七子研究》，上海古籍出版社2015年版，第147页。
⑥ 李梦阳：《驳何氏论文书》，《空同集》卷六二，影印文渊阁《四库全书》，第1262册，第567页。
⑦ 王士禛：《池北偶谈》卷一二，《王士禛全集》，第4册，第3108页。

> 夫诗以抒情，文以貌事，古人立言，终不能外人情事理而他为异。而后之作者往往求之情与事之外，求之弥深，失之弥远。（中略）故知诗以抒情，情达而诗工；文以貌事，事悉而文畅。古人之言尽于此矣。而后之作者高喝矜步以为雄，多言繁称以为博，取古人之陈言比而栉之，以为古调古法。调不合则强情以就之，法不合则饰事以符之。①

这里"求之情与事之外"的目标就是格调，其具体内涵包括气派之雄、称说之繁、文辞之古及相应的声调和修辞。以此为界，持传统抒情观念的古人和持格调派艺术观念的后之作者被清楚地区分开来，用张健的说法也就是性情优先与格调优先的差别。

到后来"格调"不再作格和调的辨析，而逐渐被视为一个复合词，意味着整体性的美学风貌，同时其价值属性也回到了中性位置。就像近人徐英所阐明的："此云格调，不指体格之格、声调之调而言，乃谓其于法律之外，另有一种不可仿佛之风神格调在，此种非关人力，殆由天授。若体格声调，则在法律之中，尚有矩矱可寻者。喻若妇人，后者粉白黛绿，眉目姣好而已；前则风神秀朗，在眉目部位之外，所谓绝代佳人，遗世而独立者矣。"②

那么沈德潜在格调概念的演化史中占有什么位置呢？张健曾指出，沈德潜诗学的核心概念是宗旨、体裁、音节、神韵，而且其间还有一个调整、演进的过程③。他举出《唐诗别裁集》及重订本序、《七子诗选序》为证，这里还可以补上蒋重光《明诗别裁集序》。康熙五十六年（1717）沈德潜作《唐诗别裁集序》强调"既审其宗旨，复观其体裁，徐讽其音节"，但到乾隆四年（1739）蒋重光撰《明诗别裁集序》述其旨趣已变为"始端宗旨，继审规格，终流神韵，三长具备，乃登卷帙"④，引入了神韵。沈德潜乾隆元年（1736）曾馆于蒋家，切磋诗文甚乐，载于年谱，蒋氏的说法应是有根据的⑤。乾隆十八年（1753）德潜作

---

① 冯琦：《于宗伯集序》，《宗伯集》卷一〇，万历刊本。
② 徐英：《诗法通微》，黄山书社 2011 年版，第 244 页。
③ 张健：《清代诗学研究》，第 525 页。
④ 沈德潜、周准辑：《明诗别裁集》，卷首。
⑤ 这一点王宏林已注意到，参见《沈德潜诗学思想研究》第 107—108 页。

《七子诗选序》又变为："始则审宗旨，继则标风格，终则辨神韵。"① 在此前后所作《全唐诗钞序》还有"探取其性情，准则其体格，涵泳其神韵"的说法②，也可证明"神韵"的引入是有自觉意识的。及至乾隆二十八年（1763）所作《重订唐诗别裁集序》，最终定型为："先审宗指，继论体裁，继论音节，继论神韵，而一归于中正和平。"③ 宗旨、体裁、音节乃是明代格调派的本手（围棋行棋的正当步骤），但二十年后沈德潜的想法有了变化，吸收王渔洋诗学的精髓，而将规格和神韵看得比体裁和音节更重要了。规格后又换成风格。相比之下，音节终究是格调论的核心要素，也是神韵诗学的重要内涵，更何况体裁和音节比风格更明确而易把握，也更与传统诗学相契合相衔接。于是一个与作用层面的趣、法、气、格相对应的文本层面的主干概念系统——宗旨、体裁、音节、神韵就构建起来。宗旨指向正统观念，体裁和音节对应传统的格调观，神韵代表着新的艺术标准。这样一个理论构架，全方位地扩展了格调诗学的视野，可以说是沈德潜对格调观念最大的贡献，也是其新格调诗学完成的最重要的一环。

### 三　沈德潜的新格调观

自 20 世纪 80 年代以来，学界对格调诗学多从模拟和束缚性灵的角度给予较负面的评价④，这是不对的。格调诗学关注的是诗学的一般技术问题，带有工具论色彩⑤，是任何作者都不能回避或放弃的学问。在诗学中，也和所有学术一样，如果诗歌的本质中没有某些稳定的属性，那么就没有常识，没有有效的方法和理性的目标可言。格调诗学就是给人提供关于诗歌的一般知识的基础理论。沈德潜对明代格调诗学的改造，在这方面做得非常好。

首先，他的新格调诗学以融入神韵的理想而提升了它的理论品位，明确了对典范的模仿本身不是目的，而是到达理想境界的手段，这就超越了明代格调论的简单模拟意识。据查清华研究，明代格调派对于学古有个求同→求异→神似的思

① 《沈德潜诗文集》，第 3 册，第 1360 页。
② 吴景华辑：《全唐诗钞》卷首，乾隆刊本。
③ 沈德潜辑：《唐诗别裁集》，卷首。
④ 参看陈岸峰《沈德潜诗学研究》第 20 页对此的综述。
⑤ 毛先舒《诗辩坻》云："标格声调，古人以写性灵之具也。"（《清诗话续编》，第 1 册，第 12 页）正是如此理解格调学说的工具论意义的。

维模式①，陈文新则看到"作诗不可太切"的宗旨成为格调说和神韵说相沟通的基点②。前七子徐祯卿还偏重于求同，强调"诗贵先合度，而后工拙。纵横格轨，各具风雅"③；到晚明时期，胡应麟称"盖作诗大法，不过兴象风神、格律音调"④，已趋向于求异，显示出对超文本层面的审美要素——风神的重视。王渔洋的神韵论，摄取司空图、严羽诗论的空灵缥缈，将明代格调派着眼于字句、音节的模仿改造为摄取作品整体风貌的深度师古，从而使神韵概念获得一种统摄性的上位品格⑤，就像王挼所指出的，"盖自来论诗者，或尚风格，或矜才调，或崇法律，而公则独标神韵。神韵得，而风格、才调数者悉举诸此矣"⑥。这到乾隆间似已成为诗家共识。沈德潜的同门薛雪论诗之六妙，也有类似见解："何为六妙？即丰、神、境、会、气、韵也。丰者丰采，神者神理，境乃得境，会乃会心，气是气度，韵则该乎风韵温柔、音节悠扬、立意敦厚、体制停匀，非若运会之运，不由学力所造者也。"⑦ 由此可见，神韵已成为包举文本虚实两方诸概念的上位概念。神韵这种向上一路的旨趣，原本十分微妙，再被王渔洋常不免流于趣味化的论说所笼罩，更显得空灵缥缈，难以把捉。沈德潜论诗虽也以司空图、严羽、徐祯卿"不着迹象、能得理趣"为胜⑧，但对神韵的把握却由虚返实，将它与宗旨、体裁、音节并列，既涤除王渔洋点染的趣味化色彩，同时也拨开了后人涂抹的神秘光晕，使它由一种笼统的价值理想回归于诗歌文本的某个审美层次，这就给它一个清晰的定位：首先是一个构成性概念，然后是又比宗旨、体裁、音节更高级的上位概念。经沈德潜如此定位，神韵概念由玄妙虚空而落到实地，从此确立了它在古典诗学概念系统中的位置，同时也启发了翁方纲"新城

---

① 查清华：《格调论的思维模式》，《社会科学战线》2004 年第 6 期。

② 陈文新：《明代诗学》，湖南出版社 2000 年版。

③ 徐祯卿：《谈艺录》，《历代诗话》，下册，第 769 页。

④ 胡应麟：《诗薮·外编》卷一，第 126 页。

⑤ 王炜《格调对神韵的兼容——从〈国朝诗别裁集〉选王士禛诗看沈德潜的"格调说"》（《武汉大学学报》2007 年第 4 期）也从另一个角度涉及这一问题，可参看。

⑥ 王挼：《诰授资政大夫经筵讲官刑部尚书王公神道碑铭》，《王士禛年谱》，中华书局 1992 年版，第 102 页。

⑦ 薛雪：《唐人小律花雨集》赘言，乾隆十一年薛氏扫叶庄刊本。

⑧ 乔亿：《剑溪说诗》沈德潜序，《清诗话续编》，第 2 册，第 1065 页。

所云神韵，即何、李所云格调之别名也"① 及袁枚视神韵"不过诗中一格"的观念②。

在清初诗学做完清算明代格调派弊端的功夫之后，沈德潜放手开始正面立论，以老师叶燮"在我之四"（才胆识力）的学说阐发格调的主体蕴含，由此弥补明代格调论在这方面的欠缺。我们知道，明代格调派之倡导真诗，主要立足于情本论③，而沈德潜却主张"有第一等襟抱，第一等学识，斯有第一等真诗"④，这就在真诗与第一等真诗之间划出一条界线，避开了"真诗"论中隐藏的一个理论陷阱：性情＝真诗＝好诗。这种危险的简单逻辑在晚明以来的"真诗"论中若隐若现，后来在性灵诗学中成为常态思维。为了充实格调的主体蕴含，沈德潜《与陈耻庵书》曾从根本着眼，阐明培养诗学的元气之重要："盖能根柢于学，则本原醇厚，而因出之以性情之和平，将卓尔树立，成一家言，吾不受风气之转移，而可转移乎风气。"⑤ 这不能不说是古典诗学的治本之论，而承师说而来的"成一家言""转移风气"的创新志向，更从根本上划清了自己与明代格调派的界线。当然，从后设的角度看，沈德潜所主张的"诗道之实其气，在根柢于学"的矫枉策略，在某种意义上又成为从康熙诗坛以学问安顿诗学基础过渡到乾隆朝学人诗风的先声，这恐怕是他始料不及的。

相比明人的格调观，沈德潜在内容方面更突出了伦理性的要求。《桐城张公药斋诗集序》提到："古今之称诗者，必以少陵为归。而少陵之所以胜人，每在纲常伦理之重。"⑥ 将杜甫的成就和价值全归于伦理方面，这无疑是对明代格调派诗论的一个补充。另外，对以往一直评价不高的白居易，他在《说诗晬语》中已肯定："白乐天诗，能道尽古今道理。人以率易少之，然《讽喻》一卷，使言者无罪，闻者足戒，亦风之遗意也。"⑦ 到晚年重订《唐诗别裁集》，更给予极

---

① 翁方纲：《七言律诗钞》凡例，乾隆四十六年刊本。
② 袁枚：《随园诗话》卷八，第 204 页。
③ 参看廖可斌《明代文学复古运动研究》，商务印书馆 2008 年版，第 88—104 页；郑利华《前七子诗论中情理说特征及其文学指向》，王瑷玲主编《明清文学与思想中之情、理、欲——文学篇》，（台湾）"中央研究院" 文哲所 2009 年版，第 52—84 页。
④ 沈德潜：《说诗晬语》卷上，《沈德潜诗文集》，第 4 册，第 1910 页。
⑤ 《沈德潜诗文集》，第 3 册，第 1379 页。
⑥ 《沈德潜诗文集》，第 4 册，第 1766 页。
⑦ 同上书，第 1939 页。

大的重视，成为白居易经典化历程中十分重要的一环。当然，刻意重倡诗教、以伦理之善来诠评诗歌，也带来重风人之旨而轻视写景、体物形似之美的负面影响。他会属意于《诗·邶风·雄雉》末章"进君子以提身善世之道"，汉乐府《东门行》"今时清廉，难犯教言，君独自爱莫为非"数句"重言以丁宁之，去风人未远"①，而对"思君如流水""池塘生春草""澄江静如练""红药当阶翻""月映清淮流""芙蓉露下落""空梁落燕泥"这些六朝名句，虽也承认"情景俱佳，足资吟咏"，却终以为不如"南登霸陵岸，回首望长安"一联"忠厚悱恻，得'迟迟我行'之意"②。曹植《种葛》《蒲生行》《浮萍》等篇，也被视为"文藻有余而怨怼或甚，似非风人之旨"③，这样的偏颇之见很容易招致批评。

在方法论上，沈德潜秉持儒家传统的折衷观念，为古典诗学清理、重塑一个平正中庸的艺术理想，一个包容广大的历史传统，从而超越了明代格调派的极端主张和狭隘观念。已故台湾学者廖宏昌曾指出，沈德潜建构其诗学体系的理路主要是在反思明诗流弊的基础上，从性情、活法、学问三方面折衷七子与公安、竟陵诗学④，这是很有见地的。但需要进一步指出的是，观念层面的问题，经过清初诗学的自觉反思基本已厘清，沈德潜所处理的更多是操作层面的具体问题。包括在情感的表达上，要求分寸得当，不事夸饰："若小小送别，而动欲沾巾；聊作旅人，而便云万里。登陟培塿，比拟华、嵩；偶遇庸人，颂言良哲。以至本居泉石，更怀遁世之思；业处欢娱，忽作穷途之哭。准之立言，皆为失体。"⑤ 在诗料的取材上，坚持不走极端："不读唐以后书，固李北地欺人语。然近代人诗，似专读唐以后书矣。又或舍九经而征佛经，舍正史而搜稗史小说，且但求新异，不顾理乖。淮雨别风，贻讥蹐驳，不如布帛菽粟，常足厌心切理也。"⑥ 在艺术效果的追求上，主张生熟相济："隐侯云'弹丸脱手'，固是诗家妙喻。然过熟则滑，唯生熟相济，于生中求熟，熟处带生，方不落寻常蹊径。"⑦ 在诗歌传统

①　沈德潜：《说诗晬语》卷上，《沈德潜诗文集》，第 4 册，第 1913 页。
②　同上书，第 1932 页。
③　沈德潜：《种瓜篇》小序，《沈德潜诗文集》，第 1 册，第 8 页。
④　廖宏昌：《沈德潜诗学体系建立的思维理路》，《北京化工大学学报》2005 年第 4 期。
⑤　沈德潜：《说诗晬语》卷下，《沈德潜诗文集》，第 4 册，第 1961 页。
⑥　同上书，第 1971 页。
⑦　同上书，第 1967 页。

的取舍上，对清初以来全盘否定明诗的思潮有所矫正，这在后文还要专门讨论。贯穿于沈德潜诗学整体的折衷思维，不仅将自己与旧格调论区别开来，还保证他的论断有一定的弹性，不至于走向绝对和僵化。这是乾隆诗学整体上走向包容、融合、沟通的先声。唯其如此，我们常能在沈德潜、袁枚、翁方纲这些在以往的诗学史论述中近似水火不容的派别中听到类似的声音和相同的观念、主张。

尽管沈德潜看起来更重视格一意层面的内容，却也没有忽略声律的要素。只不过他在诗律学方面殊尠心得，《说诗晬语》论及声律、音节的条目都是因袭乃师叶燮和王渔洋之说。丁放等注意到沈德潜特别重视押韵①，如：“诗中韵脚，如大厦之有柱石，此处不牢，倾折立见。故有看去极平，而断难更移者，安稳故也。安稳者，牢之谓也。杜诗‘悬崖置屋牢’，可悟韵脚之法。”② 又引毛先舒之说曰：“诗必相韵，故险俗生涩之韵，可无作也。”③《唐诗别裁集》卷三评韦应物《春游南亭》也说：“人知作诗在句中炼字，而不知炼在韵脚。篇中‘拥’字、‘动’字、‘重’字，妙处全在韵脚也。”④ 这些议论同样是沿袭前人⑤，但其中毕竟凝聚着前辈研精诗律的真知灼见，仍足以弥补明代格调诗学在声律方面尚停留于朦胧意识的不足。另外，《晬语》论读诗说：“诗以声为用者也，其微妙在抑扬抗坠之间。读者静气按节，密咏恬吟，觉古人声中难写、响外别传之妙，一时俱出。”⑥ 这段话发挥宋代朱熹、真德秀的讽咏涵濡之旨，启发后学如何从诵读中体会前人声律之妙，的确是经验之谈，后人传为名言。

作为体现古典主义诗学理想的格调论，当然以放之四海而皆准的普遍性自期，要为诗歌建立一套艺术规范。在欧洲文学史上，法国古典主义批评家布瓦洛（1636—1717）的《诗的艺术》就是以宫廷艺术趣味为审美标准，“制定出各种文类的严格的文体规范”的一个典型，用了很多“应当”“必须”“不准”的句

---

① 丁放、朱欣欣：《元明清诗歌批评史》，安徽大学出版社 1995 年版，第 222 页。

② 沈德潜：《说诗晬语》卷下，《沈德潜诗文集》，第 4 册，第 1909 页。

③ 毛先舒《诗辩坻》卷三：“诗必相韵，故拈险俗生涩之韵及限韵、步韵，可无作也。”《清诗话续编》，第 1 册，第 65 页。

④ 沈德潜辑：《唐诗别裁集》，第 100 页。

⑤ 王宏林《说诗晬语笺注》已指出前则本自元杨载《诗法家数》论押韵：“押韵稳健，则一句有精神，如柱磉欲其坚牢也。”见《历代诗话》下册，第 728 页。

⑥ 《沈德潜诗文集》，第 4 册，第 1909 页。

法来说明规则①。沈德潜《说诗晬语》同样也表现出这种意识，提出许多规则，但这并不是他的注意所在。若比照蒙课诗学的水准，当然会以规则的归纳和条列为满足。但作为以神韵为旨归的精英诗学，并已意识到"诗道之坏，在性情、境地之不问而务期乎苟同"②，他就不能不摆脱规则的羁绊而追求对固定法则的超越。这也正是《南园唱和诗序》说"诗之真者在性情，不在格律辞句间也"③的部分旨趣所在。所以，沈德潜新格调诗学的终结点，就不是完型和建构，而必然是对此的警觉，从而与传统诗学的最高理念——至法无法相契合。《说诗晬语》有一节专门阐明此意：

> 诗贵性情，亦须论法。乱杂而无章，非诗也。然所谓法者，行所不得不行，止所不得不止，而起伏照应，承接转换，自神明变化于其中；若泥定此处应如何，彼处应如何（如碛沙僧解《三体唐诗》之类），不以意运法，转以意从法，则死法矣。试看天地间水流云在，月到风来，何处著得死法？④

很早就参透这一点的沈德潜，最终也步踵老师著《原诗》的足迹，从美学的高度讨论诗学的原理问题。这无形中提升了《说诗晬语》的理论品位，同时也使老师未曾触及的一些古典诗学基本问题续得论定。

**四　格调之外的理论发明**

格调诗学的主体既然是诗学的一般技术问题，它就必然关涉传统诗学的基本观念和核心问题；同时它又以唐诗尤其是盛唐诗为艺术典范，这就更牵涉一系列由历史上唐宋诗范式的冲突、对立所产生的问题，包括模仿与创新、诗与学、抒情与议论、含蓄与直露、咏物与寄托等等。沈德潜对这些重要观念都有阐述、辨析和理论总结，这使他的诗学触及众多普遍性问题，具有一种总结性的意义。这样的意识和工作在沈德潜之后很久都后继乏人，直到百余年后朱庭珍《筱园诗话》问世，才传其一脉。这是以往的研究较少注意的。

---

① 陶东风：《文体演变及其文化意蕴》，云南人民出版社 1994 年版，第 76 页。
② 沈德潜辑：《唐诗别裁集》自序，卷首。
③ 沈德潜：《南园唱和诗序》，《沈德潜诗文集》，第 3 册，第 1352 页。
④ 沈德潜：《说诗晬语》卷上，《沈德潜诗文集》，第 4 册，第 1910 页。

　　模仿与创新是古典诗学很古老的问题，沈德潜之所以还要提出来讨论，是因为清初诗家惩于明代格调派的失败经验，几乎不加思索地绝对否定了模仿的作用和意义。这显然有点矫枉过正了。为此，沈德潜首先肯定模仿的必要性，然后再诫人勿泥古不化，告诉学诗者："诗不学古，谓之野体。然泥古而不能通变，犹学书者但讲临摹，分寸不失，而己之神理不存也。作者积久用力，不求助长，充养既久，变化自生，可以换却凡骨矣。"① 对比姚鼐对模拟的全盘肯定②，沈德潜这段话前后逻辑似乎有点脱节：前面说一味模仿而不能通变，就会丧失自我；后面却说只要潜心师古，日久自生变化，脱换凡骨。这就留下一个惹人疑惑的问题：模仿到底会导致泥古呢，还是自然能达成通变呢？看来沈德潜对学古的深浅分寸有点难以拿捏而不无犹豫。不过具体到模仿的结果，是非是很清楚的，即："诗之宗法在神理，而不在形似。"③ 所以《高浒文诗序》说："每慨世之为诗者，疲精竭思，从事于规模追逐之途，在作者必求似是，而见者许为逼真。夫逼真即非真也，毋论东家效颦，只益之丑。即优孟为叔敖，胡宽营新丰，似矣，然究是真叔敖否，真新丰否？"至于临颖命笔之际的态度，更是非常明确："曾子固下笔时，目中不知刘向，何论韩愈！子固之文，未必高于中垒、昌黎也；然立志不苟如此。作诗须得此意。"④ 这正是叶燮论"在我之四"——才胆识力中的"胆"字。后来袁枚说"人闲居时，不可一刻无古人；落笔时，不可一刻有古人"⑤，同为此意。格调派与性灵派通常被视若水火，好像有着不可调和的尖锐对立，其实袁枚和沈德潜的议论经常如出一辙。这不只是袁枚钦佩、私淑叶燮的结果，也是沈德潜的新格调诗学在许多地方与传统诗学的根本宗旨和大方向相一致的缘故。

　　相比模仿的问题来，诗与学问的关系应该题无余义，没什么可讨论的内容。沈德潜在《与陈耻庵书》中提出的诗根柢于学问之说，也没什么可辩驳的余地。为避免崇尚神韵而造成歧义，他甚至在《许双渠抱山吟序》中补充提到，"诗虽

---

　　① 沈德潜：《说诗晬语》卷上，《沈德潜诗文集》，第 4 册，第 1911 页。
　　② 姚鼐《惜抱先生尺牍》卷八《与伯昂从侄孙》其三："学诗文不摹拟，何由得入？须专摹拟一家，已得似后，再易一家。如是数番之后，自能镕铸古人，自成一体。若初学未能逼似，先求脱化，必全无成就。譬如学字而不临帖，可乎？"宣统元年小万柳堂重刊本。
　　③ 沈德潜：《与陈耻庵书》，《沈德潜诗文集》，第 3 册，第 1379 页。
　　④ 沈德潜：《说诗晬语》卷上，《沈德潜诗文集》，第 4 册，第 1911 页。
　　⑤ 袁枚：《随园诗话》卷一〇，第 262 页。

超诣之难，而尤不根柢于学之足患"①，坚决地将诗歌写作安放在学的基础上。这个"学"在他心目中是广义的知识，或前人所谓书卷，所以说"以诗入诗，最是凡境。经史诸子，一经征引，都入咏歌，方别于潢潦无源之学（曹子建善用史，谢康乐善用经，杜少陵经史并用）。但实事贵用之使活，熟语贵用之使新，语如己出，无斧凿痕，斯不受古人束缚"②。如此理解"学"及其在诗中的运用，当然就不是任何诗都要援引典故，像《说诗晬语》说的："援引典故，诗家所尚。然亦有羌无故实而自高，胪陈卷轴而转卑者。假如作田家诗，只宜称情而言；乞灵古人，便乖本色。"③ 这无疑是很周到的见解，但问题是当时以厉鹗为代表的浙派诗人，写作中已显露出一股堆砌史事、炫富逞博的倾向，沈德潜因而在《说诗晬语》中指出："严仪卿有'诗有别才，非关学也'之说，谓神明妙悟，不专学问，非教人废学也。误用其说者，固有原伯鲁之讥；而当今谈艺家，又专主渔猎，若家有类书，便成作者，究其流极，厥弊维钧。吾恐楚则失矣，齐亦未为得也。"④《汪荼圃诗序》又重申其旨，说："作诗谓可废学，持严仪卿'诗有别才'之说而误用之者也。而反其说者，又谓诗之为道，全在征实，于是融洽贯串之弗讲，而剿猎僻书，纂组繁缛，以夸奥博，若人挟类书一部，即可以诗人自诩者。究之驳杂支离，锢其灵明，愈征实而愈无所得。"⑤ 参照袁枚《答沈大宗伯论诗书》说"先生诮浙诗，谓沿宋习、败唐风者自樊榭为厉阶"来看，上面两段话应该是针对浙派而言，但却像煞是对乾隆中叶以后以考据为诗的"学人之诗"的预警。

关于诗歌该不该议论及如何议论，诗家向来有不同看法。沈德潜在这个问题上仍是发挥师说，主张："人谓诗主性情，不主议论，似也，而亦不尽然。试思二《雅》中何处无议论？杜老古诗中，《奉先咏怀》《北征》《八哀》诸作，近体中《蜀相》《咏怀·诸葛》诸作，纯乎议论。但议论须带情韵以行，勿近伧父面目耳。戎昱《和蕃》云：'社稷依明主，安危托妇人。'亦议论之佳者。"⑥

① 《沈德潜诗文集》，第 3 册，第 1344 页。
② 沈德潜：《说诗晬语》卷上，《沈德潜诗文集》，第 4 册，第 1910 页。
③ 沈德潜：《说诗晬语》卷下，《沈德潜诗文集》，第 4 册，第 1962 页。
④ 《沈德潜诗文集》，第 4 册，第 1963 页。
⑤ 《沈德潜诗文集》，第 3 册，第 1328 页。
⑥ 沈德潜：《说诗晬语》卷下，《沈德潜诗文集》，第 4 册，第 1971 页。

《杜诗偶评》评杜甫《述古》也说："古今治乱判于此，此议论之纯乎纯者。谓作诗必斥议论，岂通论耶？"① 这应该说是较开通的见解。

在艺术表现的含蓄与直露的关系上，沈德潜不用说是崇尚比兴含蓄的。《说诗晬语》卷上第二则即言："事难显陈，理难言罄，每托物连类以形之。郁情欲舒，天机随触，每借物引怀以抒之。比兴互陈，反复唱叹，而中藏之欢愉惨戚，隐跃欲传，其言浅，其情深也。倘质直敷陈，绝无蕴蓄，以无情之语而欲动人之情，难矣！"② 将自己的观点表达得非常清楚。卷下又说："意主浑融，唯恐其露；意主蹈厉，唯恐其藏。究之恐露者味而弥旨，恐藏者尽而无余。"③ 虽然浑融、蹈厉正如所谓沉着、痛快，为诗家两种不可偏废的作用，但就艺术效果而言，沈德潜在藏、露两者间还是有取于藏。这固然与传统诗歌美学崇尚"言已尽而意有余"的主导倾向相一致，但正像前引论《雄雉》属意于"进君子以禔身善世之道"所流露的谨慎心态，其间还是有某种政治正确的考量。这在论讽刺之词时看得更清楚："讽刺之词，直诘易尽，婉道无穷。卫宣姜无复人理，而《君子偕老》一诗，止道其容饰衣服之盛，而首章末以'子之不淑，云如之何'二语逗露之；鲁庄公不能为父复仇，防闲其母，失人子之道，而《猗嗟》一诗，止道其威仪技艺之美，而章首以'猗嗟'二字讥叹之。苏子所谓不可以言语求而得，而必深观其意者也。诗人往往如此。"④ 这也很自然，同样是出于传统诗教温柔敦厚的要求。

再看与此相关的咏物诗的寄托问题。沈德潜曾指出："咏物，小小体也。而老杜《咏房兵曹胡马》则云：'所向无空阔，真堪托死生。'德性之调良，俱为传出。郑都官《咏鹧鸪》则云：'雨昏青草湖边过，花落黄陵庙里啼。'此又以神韵胜也。彼胸无寄托，笔无远情，如谢宗可、瞿佑之流，直猜谜语耳。"⑤ 这里区分了咏物诗的两种写作范式，一种是有寄托，以襟怀高迈为尚；一种是无寄托，以情韵悠远为尚。他对两者看上去无所轩轾，但就诗歌史而言，还是觉得有

---

① 沈德潜：《杜诗偶评》卷一，赋闲草堂刊本。
② 沈德潜：《说诗晬语》卷上，《沈德潜诗文集》，第 4 册，第 1908 页。
③ 《沈德潜诗文集》，第 4 册，第 1961 页。
④ 沈德潜：《说诗晬语》卷上，《沈德潜诗文集》，第 4 册，第 1913—1914 页。
⑤ 同上书，第 1965 页。

寄托更为常见。《说诗晬语》提到："《鹤鸣》本以诲宣王，而拉杂咏物，意义若各不相缀。难于显陈，故以隐语为开导也。汉枚乘《奏吴王书》本此。"① 这里的难于显陈、故为隐语与上文论讽刺之词的"直诘易尽，婉道无穷"适有潜通消息之处。也就是说，沈德潜的见解基本上是通达平正的，代表着古典诗学一般的美学和伦理取向。

上述沈德潜的诗学观念与其说是发展了格调派的学说，还不如说体现了古典诗学的一般观念，或者说"为中国古典主义诗学作了总结"②。经过沈德潜的阐发论述，这些问题基本形成定论，在乾隆诗学中自然为人接受而不再纠结争论。沈德潜诗学也因此被后人奉为诗学正宗，代表着古典诗学的主导倾向，后人问道于此不用担心会走向偏仄和异端之途。沈德潜诗学在他生前和身后的命运也与袁枚诗学截然不同，生前不曾大红大紫、风靡天下，身后也没有被弃若刍狗、饱受批评。乾隆中叶以后，沈德潜的格调诗学迅速被性灵诗学所取代，不是缘于自身的缺陷，而是这种正统诗学的门槛太高，不像性灵诗学门户广大，无人不可出入其中。钱泳《履园丛话·谭诗》说："自宗伯三种《别裁诗》出，诗人日渐日少；自太史《随园诗话》出，诗人日渐日多。"③ 无意中道出两家诗运升降的消息。然而袁枚身后备受诋諆，沈德潜诗学却像金庸笔下的少林功夫，始终为众望所归，有名门正派的气象，终有清之世安享百余年不衰的声名。即使偶尔有些论者给予差评，也难以动摇它的正宗典范地位。

## 第四节　古典诗歌传统最后的整体重塑

### 一　作为选家的沈德潜

在悠久的中国古代诗歌史上，虽然传统的建构一直不曾间断，但真正对后代的诗歌产生影响的活动只有这么几次：第一次是孔子删订《诗三百》，厘清了诗

---

① 沈德潜：《说诗晬语》卷上，《沈德潜诗文集》，第 4 册，第 1917 页。
② 丁放、朱欣欣：《元明清诗歌批评史》，第 227 页。
③ 钱泳：《履园丛话·谭诗》，上册，第 204 页。

的原则①，取舍标准则"惟取诗品之高也"，"惟祈合乎温柔敦厚之旨，不拘一格也"②。确实如张健所说，"沈德潜的诗史建构带有极强烈的价值厘定意味"③，清楚地表现出要建构一个完整诗统的雄心。

## 二 《唐诗别裁集》：中唐诗地位的提升

如前所述，《唐诗别裁集》是沈德潜最初编纂的古代诗歌选本，也是他经典化系列工程的开始。此书编成于康熙五十四年（1715），初名《唐诗宗》，原书有五十卷，现存有不分卷钞本和门人卢铉钞本十七卷各一种，分别收藏于中国社会科学院文学所和国家图书馆④。两年后，沈德潜与同里举人陈培脉重编为十卷，各撰序言，改名为《唐诗别裁集》，由陈培脉刻于广南。陈培脉（1670—1731），字树滋，生于经学世家，以治三家《诗》名⑤，与黄子云同被视为吴中"雄才健笔有巨轫摩天之势"的诗人⑥，是沈德潜终身的诗友。

《唐诗别裁集》的编纂，可能与《全唐诗》成书有一定关系。康熙四十六年（1707），由彭定求等编纂的钦定《全唐诗》由内府刊行，随后又有曹寅刻扬州诗局本问世，流传更广。这部"全"唐诗的问世为学者提供了空前完整的唐诗景观，以至于沈德潜能够以高屋建瓴的姿态，自信地断言："有唐一代诗，凡流传至今者，自大家名家而外，即旁蹊曲径，亦各有精神面目，流行其间，不得谓正变盛衰不同，而变者衰者可尽废也。"⑦ 然而"备一代之诗，取其宏博"，又不免正变、盛衰杂陈，给诗坛带来辨析源流的迫切要求，即所谓"学诗者沿流讨源，则必寻究其指归"⑧。书成两年后沈德潜撰写自序，首先开陈诗选的典范意义：

> 唐人之诗，有优柔平中顺成和动之音，亦有志微噍杀流僻邪散之响。由

---

① 沈德潜：《明诗别裁集序》，沈德潜、周准辑：《明诗别裁集》卷首。
② 沈德潜：《国朝诗别裁集序》，《沈德潜诗文集》，第 3 册，第 1305 页。
③ 张健：《清代诗学研究》，第 520 页。
④ 关于这两种钞本的情况，可参看王宏林《沈德潜诗学思想研究》，第 41—45 页。
⑤ 陈庆镛：《陈树滋齐诗翼氏学疏证序》，《籀经堂类稿》卷一一，光绪九年刊本。
⑥ 任兆麟：《清素堂诗集序》，《有竹居集》卷九，嘉庆二十四年两广节署刊本。
⑦ 沈德潜：《唐诗别裁集原序》，《唐诗别裁集》卷首。
⑧ 同上。

志微噍杀流僻邪散而欲上溯乎诗教之本原，犹南辕而之幽、蓟，北辕而之闽、粤，不可得也。即或从事于声之正者矣，而仍泛泛焉嘈囋丛杂之纷逐，犹笙镛琴瑟与秦筝羌笛之类并奏竞陈，而谓《韶》《英》之可闻，亦不得也。然则分别去取，使后人心目有所准则而不惑者，唯编诗者责矣。①

历来选唐诗者无不挟一种不证自明的典范性，而沈德潜却首先肯定，唐诗也有非典范性的一面，这就意味着遴选是价值实现及经典化过程的开始，从而为自己的重选提供了一个有力的理由；同时，秉持普世性的公共价值标准也作为首当其冲的问题被提到桌面上来，使前代诸选在"用意见自私，求新好异于一时，以自误而误人"的判词下显露其鄙陋无据的本质：

> 顾自有明以来，选古人之诗者，意见各殊。嘉、隆而后，主复古者拘于方隅，主标新者俪而先矩，入主出奴，二百年间，迄无定论。而时贤之竟尚华辞者，复取前人所编袯纤浮艳之习，扬其余烬，以易斯人之耳目，此又与于歧趋之甚。而诗教之衰，未必不自编诗者遗之也。②

王渔洋未及利用《全唐诗》来修订他的唐诗选本，从某种意义上说也是一个幸运。以《全唐诗》为渊薮，选家占有的文献空前地丰富，面对的诗歌现象也空前地复杂，从而面临裁量去取的困难。沈德潜最初标举其遴选宗旨是"既审其宗旨，复观其体裁，徐讽其音节，未尝立异，不求苟同，大约去淫滥以归雅正"③，除了强调趣味的雅正之外，着重突出了折衷的立场，至于编纂动机，研究者一致认为是要重新肯定唐诗的传统④，这固然不错，却并非如此简单。

我们知道，清初从钱谦益到王渔洋的提倡宋诗，其实并未能真正摇撼唐诗的

---

① 沈德潜：《唐诗别裁集原序》，《唐诗别裁集》卷首。

② 同上。

③ 同上。

④ 胡幼峰：《试论〈唐诗别裁集〉编选之得失》，《古典文学》第十集，（台湾）学生书局1988年版，第327—358页；陈新璋：《论沈德潜在唐诗学上的建树》，《华南师大学报》1998年第2期；章继光：《沈德潜的格调说以及对"四唐"诗流变的考察》，《五邑大学学报》2002年第2期；张丽华：《论沈德潜的宗唐诗学观》，《苏州大学学报》2006年第4期；武菲：《沈德潜〈唐诗别裁集〉的编选标准》，《成都大学学报》2007年第1期。

传统，只不过为诗坛提供了一种多样化的选择。真正的问题是唐诗传统自身有了变化，王渔洋神韵诗学对杜诗的淡化，在康熙后期开始产生影响，到雍正、乾隆初则出现前文提到的让沈德潜焦虑的现状。沈德潜自序虽然没有提到王渔洋的几种唐诗选本，但所言显然是针对王氏诸选而发。卢铉抄本《唐诗宗》卷首所钤"鲸鱼碧海"之印①，已暗示了对康熙以来批评《唐贤三昧集》"于杜之海涵地负，韩之鼇掷鲸呿，尚有所未逮"的认同②。因而此集选杜诗 255 首，以多出李白 140 首、王维 104 首的数量高居榜首，重新确认了杜甫自宋代以来就无可置疑的首席地位。我们知道，杜甫自宋代以来常处在与"唐"相对立的位置上，换言之即与时代风气所推崇的"唐诗"正宗不一致。南宋人喜欢中晚唐，杜甫被归为盛唐；明人推崇盛唐诗，杜甫又被归入开宋调先声的中唐。沈德潜此选既然是针对明代格调派及清代神韵派的标举盛唐，他的宗杜自然就偏向于中唐一边，而带有救正高棅《唐诗品汇》、李攀龙《古今诗删》独宗盛唐的狭隘倾向的意义。这一点已为研究者所注意并有所阐发③，但从经典化的角度说，此书更有影响也更值得讨论的是它的重订本，具体说是重订本编辑宗旨的一些调整。

大约就在乾隆二十四年（1759）《国朝诗别裁集》刻成后，年近九秩的沈德潜重订《唐诗别裁集》，将原本十卷增补为二十卷，并于乾隆二十八年（1763）八月刻成④，版心刻当时居所教忠堂，世称教忠堂本。此本增加了诗话和小传，改写了例言，补充了注释，并新增诗作 474 首，删削 141 首，使四唐诗选录的比例有所调整：初盛唐篇幅稍减，中晚唐诗章略增，增补了原本"恐途径多歧"而摈弃未录的初唐四杰、张籍、王建、李贺、白居易、温庭筠等人，从而使选目更突出了全面和综合的倾向。另外，为适应科举恢复试诗的需求，又增加了唐试律的篇幅。最引人注目的是，选诗最多的前十位诗人中，白居易位列第五，而孟浩然跌出了十名之外，王宏林认为这是对明代以来独宗盛唐轻视中晚唐风气的一

---

① 韩胜《清代唐诗选本研究》注意到这一点，见中国社会科学出版社 2010 年版，第 106 页。关于康熙以后对《唐贤三昧集》的批评，可参看蒋寅《王渔洋与康熙诗坛》第三章"《唐贤三昧集》与渔洋诗学之完成"，凤凰出版社 2013 年 11 月增订版。

② 宋荦：《漫堂说诗》，《清诗话》，上册，第 417 页。

③ 王宏林：《沈德潜诗学思想研究》，第 53—54 页。

④ 沈德潜：《沈归愚自订年谱》，《沈德潜诗文集》，第 4 册，第 2139 页。

个矫正①，很有见地。进一步推断，我想沈德潜这一调整可能是出于对两种影响的回应——除了对王渔洋诗学的扬弃外，主要是对高宗诗歌趣味的响应。后一点从《御选唐宋诗醇》列白居易为唐宋六大家之一，可略窥其消息。这同样是对包括王渔洋在内的轻视白居易倾向的一个反拨。唯其如此，重订本的选目诚如前辈学者所说，"能接受前人合理的论见，克服明显的偏颇"②，具有融会贯通的倾向。而从诗学史的角度说，提升中晚唐诗的地位意义更为重要。自宋代以来，除了王安石《唐百家诗选》稍微留意中晚唐，通常选本都主初盛唐，明代格调派主导的唐诗观更视大历后无诗。直到清初虞山二冯批《才调集》、康熙后期杜诏辑《中晚唐诗叩弹集》问世，世间始有言中晚唐诗者。沈德潜《重订唐诗别裁集》乃是对中晚唐诗的首次郑重定位，通过选本实现其价值重估，从而完成了四唐诗经典性的均衡，使它看上去更像是一部空前公允地看待四唐诗的经典选本。

唯其如此，到雍、乾之际，康熙以来流行的王渔洋诸选逐渐为《唐诗别裁集》所取代。蒙课诗学市场的重要选家朱琰曾说，《唐贤三昧集》立论太高，而《唐诗别裁集》"严于持择，辨格最正，一切旁门外道，芟除殆尽。以之导后学，是为雅宗"③。李调元也曾提到，"乾隆戊、己之间，长洲沈归愚德潜以诗受特达之知，天下翕然宗之，所选唐、明诗《别裁》，家有其书"④，可见《唐诗别裁集》在当时流行的盛况。古文名家朱仕琇提到这部选本，也肯定"其体视诸家为备，故学者重之"。当时还有台湾学官黄步春为之作注，朱仕琇称"其庶几嗣渊洽之风，而能以学识自见者"⑤。迨及道光年间，《唐诗别裁集》的经典性基本已有定评。梁章钜评述明代以来著名的唐诗选本，曾说：

> 唐诗前无好选本，高廷礼之《唐诗品汇》，可谓用心，而实启后来无抉之端、肤廓之弊。故虽终明之世，馆阁以此为宗，而迄不能行远。王渔洋不得谓非明眼人，其《古诗选》最传于世，然五言不录少陵、昌黎、香山、

---

① 王宏林：《沈德潜诗学思想研究》，第53—56页。
② 陈新璋：《论沈德潜在唐诗学上的建树》，《华南师大学报》1998年第2期。
③ 陆元铉：《青芙蓉阁诗话》卷上引，国家图书馆藏清稿本。
④ 詹杭伦、沈时蓉：《雨村诗话校证》卷一六，第362页。
⑤ 朱仕琇：《唐诗别裁集注序》，《梅崖居士外集》卷二，乾隆四十七年刊本。

东坡、放翁，七言不录香山；《唐贤三昧集》，则非惟昌黎、香山不载，即李、杜亦一字不登，皆令人莫测其旨。无已，而但求一平正通达之选，以为初学金针，则沈归愚之《唐诗别裁》，尚堪充数。此书规模初备，绳尺亦极分明。先熟复此书，而后博观御定《全唐诗》，以求初盛中晚之分合正变可矣。①

然而，正像沈德潜诗学多遭非议一样，后人对《唐诗别裁集》也颇有批评。除了个别作品的诠说不当外②，主要还有两点。一是选旨。洪亮吉《读雪山房唐诗选序》已指出："王文简、沈文悫以名工巨卿，手操选政，文简则专主神韵，而跕实或所未暇；文悫则专主体裁，而性情反置不言。其病在于以己律人，又强人以就我。"③范恒泰《唐人七律选小引》也断言沈德潜"所选七律详于初盛而略于中晚，与《唐诗鼓吹》之详中晚而略初盛者，均非善本"④。但这有可能是就初刻本而言，未能详悉重刊本的改动。二是选目。据胡幼峰考察的结果，"《唐诗别裁集》仍是以盛唐为重心，以李白、杜甫为主的唐诗选本"，"仍是一部代表个人诗观的选本，未必能客观的反应唐代诗歌的全貌"⑤。其实从根本上说，任何时代的选本都体现了一个时代或某个选家的趣味，没有一种选本可以适合所有人的口味、要求而无间言。我们只能说，《唐诗别裁集》在历代唐诗选本中，可能是后人认可度最高的一种吧。

### 三 《古诗源》：先唐诗歌的经典化

在写作《唐诗别裁集序》的康熙五十六年（1717），沈德潜也开始了《古诗源》的编选。他用两年时间完成这部先唐诗选⑥，后来成为流行程度仅次于《唐

---

① 梁章钜：《退庵随笔》，《清诗话续编》，第 4 册，第 1973 页。
② 谢轮《篋外录》指出沈德潜评葛鸦儿诗不解其中暗寓民俗内涵，盖"胡麻夫妇同种则茂盛，用意之妙在此"。
③ 《清诗话续编》，第 3 册，第 1540 页。
④ 范恒泰：《燕川集》卷四，嘉庆十四年重刊本。
⑤ 胡幼峰：《试论〈唐诗别裁集〉编选之得失》，《古典文学》第十集，第 346 页。
⑥ 沈德潜：《沈归愚自订年谱》，《沈德潜诗文集》第 4 册，第 2105—2106 页。

诗别裁集》、同样为学界重视的选本①。事实上，古诗一直没有较好的选本，明代流行的是李攀龙《古今诗删》和钟惺、谭元春《古诗归》，其选目和评说都有很浓厚的门户色彩，入清后虽有陈祚明《采菽堂古诗选》和吴文淇《六朝选诗定论》两种行世，但前者似乎不太流传，后者评说过于繁冗，且多借题发挥，无关诗旨，未必适合于初学。这就给沈德潜的《古诗源》留下了较大的提升空间。

　　沈德潜编选先唐诗歌的宗旨，是针对明人独宗盛唐的狭隘，拓宽学者对传统的接受视野。"有明之初，承宋、元遗习。自李献吉以唐诗振，天下靡然从风；前后七子，互相羽翼，彬彬称盛。然其敝也，株守太过，冠裳土偶，学者咎之。由守乎唐而不能上穷其源，故分门立户者得从而为之辞。"② 我们知道，明代格调派主张古诗学汉魏，近体法盛唐，也并不一味排斥先唐诗歌，但六朝确实不在其视野之内。除了杨慎之外，明代重视六朝诗者甚尠。为此，沈德潜编《古诗源》，首先是要完整地呈现先唐歌诗的全貌："溯隋陈而上，极乎黄轩，凡《三百篇》、楚《骚》而外，自郊庙乐章迄童谣里谚，无不备采。"③ 而且他秉承师说，也将盛衰和源流区分为两个层面的问题："诗至有唐为极盛，然诗之盛非诗之源也。"④ 然则论诗溯源流，就像祭川者先河后海，有必要"上自陶唐，下暨秦代，凡经、史、诸子中有韵语可采者，当歌咏之，以探其原"⑤。这首先使古代诗歌传统的源头变得更为丰富多彩。然后泛滥于六朝，于"齐梁之绮缛、陈隋之轻艳"⑥，皆择而取之，以见唐诗所由出，从而弥补了先唐诗歌经典化的缺如。

　　就先唐诗歌的全面遴选而言，《古诗源》不仅具有开拓性，同时也具有总结性的意义，全书选目的取舍明显胜过前人。王宏林根据逯钦立《先秦汉魏晋南北朝诗》的存诗数量，将《古诗源》与李攀龙《古今诗删》的选目进行对比，得出如下结论："《古今诗删》对古逸诗、宋诗的选录比例与其总量比较接近，选

---

　　① 专著有郑莉芳《沈德潜〈古诗源〉研究》，（台湾）花木兰文化出版社 2009 年版，论文有吕光华《沈德潜〈古诗源〉论评》，台湾彰化师范大学国文系编《第三届中国诗学会议论文集》，1996 年版；冯保善《沈德潜与〈古诗源〉》，《江苏大学学报》2005 年第 3 期。
　　② 沈德潜：《古诗源序》，《古诗源》，卷首，中华书局 1963 年版。
　　③ 同上。
　　④ 同上。
　　⑤ 沈德潜：《说诗晬语》卷上，《沈德潜诗文集》，第 4 册，第 1912 页。
　　⑥ 沈德潜：《古诗源序》，《古诗源》卷首。

录汉、魏、晋三代诗的比例远远大于创作实际，表现出明显的推崇之意，于梁代之后的诗作持比较明显的贬斥态度。"① 盖沈德潜自称"于古逸存其概，于汉京得其详，于魏晋猎其华，而亦不废夫齐梁后之作者"②，全书录汉诗三卷，魏诗二卷，晋诗三卷，宋诗二卷，齐梁诗二卷，陈北朝隋诗一卷，应该说比例还是合理的。主要作家，曹植选 35 首，阮籍 20 首，张华 13 首，陶渊明 82 首，颜延之 31 首，谢灵运 25 首，鲍照 43 首，谢朓 33 首，沈约 12 首，江淹 12 首，何逊 13 首，庾信 24 首，也符合人们的一般评价。汉诗、梁诗特详于《文选》所略的乐府诗和北方民歌，各朝诗后附以歌谣，虽属沿袭成例，也可见眼光的通达。唯不收晋人《子夜》、齐梁人《读曲》等南方民歌，终究显露他诗学观念中的保守色彩。

沈德潜诸选，尽管评语不多，但常有独到见地。若从讲诗的角度来评价，《古诗源》可能是最精彩的一种。其中对《古诗十九首》《古诗为焦仲卿妻作》《木兰诗》等作品的评论，都是常被后人引据的。这里再提出几点引起我注意的特点。

首先是沈德潜善于透过一层来揭示作品的意味。如评曹植《圣皇篇》："处猜嫌疑贰之际，以执法归臣下，以恩赐归君上，此立言最得体处。王摩诘诗云：'执政方持法，明君无此心。'深得斯旨。"又云："'何以为赠赐'一段，极形君赐之盛，若夸耀不绝口者，然其情愈悲矣。"寥寥数语，一下子就抓住了要害，使作者的心境和艺术表现的特点毕现无遗。论曹植《吁嗟篇》说："迁转之痛，至愿归糜灭，情事有不忍言者矣。此而不怨，是愈疏也。陈思之怨，为独得其正云。"虽尚未突破"诗教"的底线，但已充分肯定了"怨"的合理性。

其次是沈德潜善于通过一些细节来揭示具有范式意义的修辞倾向。如评《古歌》"离家日趋远，衣带日趋缓"一联，指出："'离家'二句同'行行重行行'篇，然'已'字浑，'趋'字新，此古诗、乐府之别。"③ 这是与《古诗十九首》

---

① 王宏林：《沈德潜诗学思想研究》，第 14 页。
② 沈德潜：《古诗源序》，《古诗源》卷首。
③ 沈德潜：《古诗源》卷三，第 81 页。按："已"原作"以"，疑为笔误，卷四《古诗十九首》亦作"已"。

第一首的"相去日已远，衣带日已缓"相对比，说"已"字浑朴，"趋"字新异，恰好体现了古诗和乐府语言风格的差别。鲍照《代淮南王》结尾"入君怀，结君佩，怨君恨君恃君爱。筑城思坚剑思利，同盛同衰莫相弃"，沈德潜评曰："怨、恨、爱并在一句中，是乐府句法；下'筑城'句，是乐府神理。"① 同样也指出了乐府句法新奇多变的特征。古乐府音乐既亡，明代格调派拟乐府遂专重字面，只有徐祯卿《谈艺录》"于神理、格韵、辞调间辨析甚微"②，沈德潜于前人诗说最推崇司空图、严羽、徐祯卿三家，清楚地显示出他扬弃明代格调派而兼取王渔洋神韵论的新格调论宗旨。

再次是凭藉独到的眼光，由作品的特殊现象揭示带有规律性的技法问题。如蔡邕《饮马长城窟行》，沈德潜评："前面一路换韵，联折而下，节拍甚急。'枯桑'二句，忽用排偶承接，急者缓之，最是古人神妙处。"③ 他认为散行诗作，中间忽插入对仗，会使通篇的节奏由快放慢，这是很有见地的。无独有偶，鲍照《代东门行》也属于同样的情形，正好拿来印证上述道理："'食梅常苦酸'一联，与'青青河畔草'篇忽入'枯桑知天风，海水知天寒'，一种神理。"④ 他将此理推广到唐诗，发现盛唐高适、岑参、王维、李颀四家也在"每段顿挫处，略作对偶，于局势散漫中求整饬也"⑤，这就使古诗中对仗与顿挫、与节奏的关系豁然浮现出来。与此相类似，他还在评谢灵运《游南亭》时提示过倒插法："起先用写景，第六句点出眺郊歧，此倒插法也。少陵往往用之。"⑥ 如此由点及面的批评往往带有诗法总结的意义，最能表现一个批评家的理论意识。

最后是能用文学史的眼光审视具体作品，看出某些作品的历史渊源。评班婕妤《怨歌行》，指出它对《诗经》的继承，即"用意微婉，音韵和平，《绿衣》诸什，此其嗣响"⑦；评张衡《四愁诗》，认为"心烦纡郁，低徊情深，风骚之变

---

① 沈德潜：《古诗源》卷一一，第253页。
② 乔亿：《剑溪说诗》卷上，《清诗话续编》，第2册，第1074页。
③ 沈德潜：《古诗源》卷三，第57页。
④ 沈德潜：《古诗源》卷一一，第250页。
⑤ 沈德潜：《说诗晬语》卷上，《沈德潜诗文集》，第4册，第1936页。
⑥ 沈德潜：《古诗源》卷一〇，第236页。
⑦ 沈德潜：《古诗源》卷二，第52页。

格也。少陵《七歌》原于此而不袭其迹，最善夺胎"①；评《西洲曲》，说它的结构"似绝句数首，攒簇而成，乐府中又生一体，初唐张若虚、刘希夷七言古发源于此"②；评薛道衡《昔昔盐》，指出"暗牖悬蛛网，空梁落燕泥"一联名句，是从张协《杂诗》"青苔依空墙，蜘蛛网四屋"化出，而其原型则是《诗·豳风·东山》"伊威在室，蟏蛸在户"，"但后人愈巧耳"③。这样的批评不仅需要熟悉历代作品，还要具备对文本互文性的意识，也可以说是中国古代文学批评的一个传统。

《古诗源》刊行后，不仅在普通读者中非常流行，也为诗家所重视。嘉、道间名诗人潘德舆曾批校此书，陈柱旧藏本六册今存北师大图书馆。前有嘉庆十六年（1811）潘德舆题记："确士选诗，专取规格而略才情，故不尽适人意。然较冯氏《诗纪》则已醇，较钟氏《诗归》则已正，故据为善本者亦多。"言简意赅地指出了《古诗源》的得失。对此书的具体批评，则有谢轮《箧外录》，曾指出卷十四江总《哭鲁广达》诗题下注"为韩擒虎所执遇害者"之误④。若非精读其书，是很难发现这种细微问题的。这也从一个侧面说明学者间并未将此书视为不足与庄语的坊间选本。

## 四 《明诗别裁集》：从翻案到定论

雍正三年（1725）末，沈德潜刻《古诗源》成，随即与门人周准同选《明诗别裁集》。选目的范围表明，它很可能是据朱彝尊《明诗综》再加甄录而成，但也下了很大功夫，直到雍正十二年（1734）八月才编竣⑤，乾隆三年（1738）七月序而梓之。朱彝尊《明诗综》及更早的钱谦益《列朝诗集》，篇幅都过于庞大，一般人很难购藏。《明诗别裁集》的篇幅当有这方面的考虑，所以刊行后与陈子龙《皇明诗选》并为市场占有率较高的明诗读本。

明诗经过清初诗家的全面声讨后，声誉扫地，虽然王渔洋对高启、边贡、高叔嗣以降迄李攀龙、徐祯卿辈格调派诗人都颇有好评，也无法整体上改变明诗给

---

① 沈德潜：《古诗源》卷二，第 55 页。
② 沈德潜：《古诗源》卷一二，第 290 页。
③ 沈德潜：《古诗源》卷一四，第 359 页。
④ 谢轮《箧外录》据《隋书·鲁广达传》，指出执广达者为贺若弼，不是韩擒虎。
⑤ 沈德潜：《沈归愚自订年谱》，《沈德潜诗文集》第 4 册，第 2109、2113 页。

人的复古、模拟印象。沈德潜编选《明诗别裁集》，一则是重新审视和反思明诗的得失，还明诗一个恰当的评价，一则也是出于格调派本能的亲近感，将其作为传统资源的一部分来接受。沈德潜本人的创作，夙有取于乡先辈高启。其《论明诗十二绝句》首言："青丘诗笔笼群英，鹦鹉才高累此生。唯有性情难灭没，天教《瓦缶》到今鸣。"[1] 连高宗也深知他对高启的偏爱，序其诗称"远陶铸乎李、杜，而近伯仲乎高、王"[2]。他对高启的态度已定下了对整个明代诗歌评价的基调。

众所周知，时代越近的诗歌越不好选，因为缺乏淘汰之功，经典化尚未完成。如果说朱彝尊踵钱谦益之后，已能较客观地审视明诗的历史，那么到乾隆时代，去明愈远而情绪化色彩益淡，沈德潜就更能以客观的眼光来考量明诗的得失了。他和周准编选《明诗别裁集》时，明显对前人选本有过仔细的参详，小传采用了《明诗综》的许多素材，评点引用了《皇明诗选》的评语，一些具体批评更借鉴了李东阳、王世贞、王士禛之说[3]，但入选作者和选目却多基于自己的研究，许多批评也是针对前人选本而发。王宏林认为此书完全不同于《列朝诗集》和《明诗综》的审美宗尚，一反清初以来否定七子的风潮，重新回归《皇明诗选》的立场，将七子派树为明诗创作的典范，"标志着格调理论经清初钱谦益等人大加抨击后，在清代中期的又一次全面复兴"[4]，应该说是很到位的评价。浏览沈德潜的自序，一个不同于前人所见的、以格调派为主流的明诗流变已展现在我们面前：

> 宋诗近腐，元诗近纤，明诗其复古也。而二百七十余年中，又有升降盛衰之别。尝取有明一代诗论之：洪武之初，刘伯温之高格，并以高季迪、袁景文诸人，各逞才情，连镳并轸，然犹存元纪之余风，未极隆时之正轨。永乐以还，体崇台阁，骹骸不振。弘、正之间，献吉、仲默，力追雅音，庭实、昌谷，左右骖靳，古风未坠。余如杨用修之才华，薛君采之雅正，高子

---

[1] 沈德潜：《论明诗十二绝句》，《沈德潜诗文集》第 1 册，第 422 页。
[2] 沈德潜：《归愚诗钞》卷首，《沈德潜诗文集》第 1 册，第 3 页。
[3] 王宏林《沈德潜诗学思想研究》对此已有很好的梳理，见第 125—130 页。
[4] 王宏林：《沈德潜诗学思想研究》，第 106—107、130 页。

业之冲淡，俱称斐然。于鳞、元美，益以茂秦，接踵曩哲，虽其间规格有余，未能变化，识者咎其鲜自得之趣焉；然取其菁英，彬彬乎大雅之章也。自是而后，正声渐远，繁响竞作，公安袁氏，竟陵钟氏、谭氏，比之自郐无讥。盖诗教衰而国祚亦为之移矣。此升降盛衰之大略也。①

别的不说，开篇"宋诗近腐，元诗近纤，明诗其复古也"一句已首先表明对明人"宋元无诗"论断的认同，肯定了明人复古的正当性。此后所举的重要作家，王渔洋欣赏的边贡、徐祯卿、薛蕙、高叔嗣、谢榛占了很大比重，让人感觉沈德潜对明诗的评价很大程度上暗袭了王渔洋的定位。这也恰好与蒋重光序所谓"始端宗旨，继审规格，终流神韵"，即吸收了渔洋神韵说的新格调观念相印证。

由这新格调论的眼光来看，前人的明诗选本不免存在这样那样的缺陷。陈子龙《皇明诗选》是"正德以前，殊能持择；嘉靖以下，形体徒存"；钱谦益《列朝诗集》是除高启、李东阳外，李梦阳、何景明、李攀龙、王世贞概为指斥，"且藏其所长，录其所短，以资排击。而于二百七十余年中，独推程孟阳一人"；至于朱彝尊《明诗综》，虽然能"泯门户之见，存是非之公"，然病在"备一代之掌故，匪六义之指归，良楛正闰，杂出错陈。学者将问道以亲风雅，其何道之由？"有鉴于此，沈德潜与周准编纂《明诗别裁集》，便在参考前人所选的基础上，"于洪、永之诗，删其轻靡；于弘、正、嘉、隆之诗，汰其形似；万历、天启以下，遂寥寥焉"；至于"胜国遗老，广为搜罗，比宋逸民《谷音》之选"。所持艺术标准则是"深造浑厚，和平渊雅，合于言志、永言之旨。而雷同沿袭、浮艳淫靡，凡无当于美刺者屏焉"，足见"以辅翼诗教"（周准序）的良苦用心。经过这番剔抉，他相信会让人对明诗产生新的认识，"诚见其陵宋跞元而上追前古"的成就，从而意识到它辅翼唐诗传统，即蒋重光序所云"除纤去滥，简严和厚，可续唐音"的价值。

相比三年前编定的《说诗晬语》来，《明诗别裁集》的批评明显更为深入，想是选诗之际品评愈细、续有所得。虽说评语也寥寥可数，但重要作家的小传都包含评论内容，足与自序相发明，更加具体地确定了作者的历史地位。如刘基传

———

① 沈德潜：《明诗别裁集序》，沈德潜、周准辑：《明诗别裁集》卷首。

先肯定："元季诗都尚辞华，文成独标高格，时欲追逐杜韩，故超然独胜，允为一代之冠。"具体落实到创作又断言："乐府高于古诗，古诗高于近体，五言近体又高于七言。"① 高启传也细论其诗"上自汉魏盛唐，下至宋元诸家，靡不出入其间，一时推大作手。特才调有余，蹊径未化，故一变元风，未能直追大雅"的得失②。相比明中叶以降，沈德潜对明初作品采录较少。他坦陈是鉴于"永乐以还，尚台阁体，诸大老倡之，众人靡然和之，相习成风，而真诗渐亡矣。故解大绅以下，李宾之以前，所收独略"③。此时他好像还没意识到李东阳的重要，后来作《论明诗十二绝句》，其三论李东阳云："三杨以后诗卑靡，崛起西涯号中兴。北地雄才经冶铸，漫将胜广比茶陵。"④ 已根据李梦阳《述志诗》，推论他曾受到李东阳的熏陶⑤，揭示了前七子兴起的重要外因。

李梦阳自清初以来遭钱谦益排击最酷，在沈德潜看来遭误解也最深，因于小传详为辨析：

> 空同五言古宗法陈思、康乐，然过于雕刻，未极自然；七言古雄浑悲壮，纵横变化；七言近体开合动荡，不拘故方，准之杜陵，几于具体。故当雄视一代，邈焉寡俦。而钱受之诋其模拟剽贼，等于婴儿之学语，至谓读书种子从此断绝，吾不知其为何心也！⑥

李梦阳诗共选 47 首，超出高启一倍多，评语也明显多于他人。五律《泰山》评："四十字有包络乾坤之概，可以作泰山诗矣。"⑦ 足见趣味所在。当然，他也承认李梦阳"追逐少陵，实有面目太肖处"，故"集中扫而空之，不欲使掊击前贤者得以借口"⑧。至于何景明诗，更选了 49 首，称"洪宣以后，诗教日衰，虽李西涯起而振之，终未能力挽流俗。向微李、何二家，蛙声紫色，窃据坛坫，流极何

---

① 沈德潜、周准辑：《明诗别裁集》，第 1 页。
② 同上书，第 14 页。
③ 同上书，第 75 页。
④ 沈德潜：《论明诗十二绝句》，《沈德潜诗文集》第 1 册，第 422 页。
⑤ 同上。
⑥ 沈德潜、周准辑：《明诗别裁集》，第 89 页。
⑦ 同上书，第 100 页。
⑧ 同上书，第 89 页。

所底耶?"① 《论明诗十二绝句》论何则云:"李何角立敬皇年,力扫纤秾障巨川。何事受之轻诋谰,一朝风雅许松圆?"② 在替何景明翻案的同时又捎带抨击了一下钱谦益阿私的程嘉燧。他的说法为乔亿所接受,在《剑溪说诗》中也肯定:"李、何大有功于诗教,断为风雅中兴之冠,而虞山钱氏非之,耳食之徒又群附和之,于今不息也,可胜叹哉!"③ 要之,明代格调派的创作虽然在清初就提出一些翻案意见,但尚有待于论定,沈德潜《明诗别裁集》最终使这些翻案之说成为定论,同时它也藉此获得作为明诗选本的经典性。

沈德潜的明诗评论固然不乏翻案之说,但在批评方法上却更多地显示出一种折衷色彩。徐祯卿是王渔洋特别欣赏的诗人,沈德潜也格外予以推崇,选其诗23首,并称"迪功诗,大不及李,高不及何,而丰骨超然,故应鼎足",不过同时又指出"钱牧斋左祖吴下,而排斥北地;王阮亭以文章江左、烟月扬州二语为吴体之卑卑者,彼此皆属偏见。北地自有异人,吴体非必卑卑也"④,由此可见沈德潜反思明诗得失的折衷态度。同样,对李攀龙的评价也是一个很好的例子:"历下诗,元美诸家推奖过盛,而受之掊击,欢呼叫呶,几至身无完肤,皆党同伐私之见也。分而观之,古乐府及五言古体,临摹太过,痕迹宛然;七言律及七言绝句,高华矜贵,脱弃凡庸。去短取长,不存意见,历下之真面目出矣。"⑤ 在这一总体判断下,他又具体对比了七律和七绝的得失,认为:"七言律已臻高格,未极变态;七言绝句有神无迹,语近情深,故应跨越余子。"⑥ 关于七律作品,评《杪秋登太华山绝顶》有云:"沧溟诗有虚响,有沉著,此沉著一路。"⑦ 《论明诗十二绝句》平章李攀龙和王世贞两家诗又云:"王李相高过诩夸,虞山掎摭太求瑕。批沙大有良金在,正格终难黜两家。"⑧ 凡此种种,都可见折衷、调停旧说的痕迹。最典型的例子是对程孟阳的评价:

---

① 沈德潜、周准辑:《明诗别裁集》,第112页。
② 沈德潜:《论明诗十二绝句》,《沈德潜诗文集》第1册,第422页。
③ 乔亿:《剑溪说诗》卷下,《清诗话续编》,第2册,第1105页。
④ 沈德潜、周准辑:《明诗别裁集》,第131页。
⑤ 同上书,第193页。
⑥ 同上。
⑦ 同上书,第198页。
⑧ 沈德潜:《论明诗十二绝句》,《沈德潜诗文集》第1册,第423页。

孟阳诗亦娟秀少尘，自钱牧斋訾謷李何、王李诸人，推孟阳为一代宗主，几与高季迪、李宾之前后相埒矣。而阳羡邵子湘有心矫枉，摘其累句云：（中略）等句，谓其秽亵俚俗，几于身无完肤矣。予录其气清格整去风雅未远者四章，见孟阳自有真诗，勿因牧斋之过许，而毛举其疵以掩之也。①

这是何等平和的态度！明代诗坛的门户之争经康熙诗坛的反思和扬弃，到乾隆诗坛总体上由对立、冲突走向调和、交融，沈德潜新格调诗学的包容性及诸选本的折中、平允态度在当时应有一定的示范意义。

尽管在作家的品评取舍上，《明诗别裁集》表现出折中平允的态度，但其评诗的趣味明显还是崇尚盛唐格调。像高启《送沈左司从汪参政分省陕西汪由御史中丞出》这样的作品，乃是沈德潜最心仪的佳什：

重臣分陕去台端，宾从威仪尽汉官。四塞河山归版籍，百年父老见衣冠。函关月落听鸡度，华岳云开立马看。知尔西行定回首，如今江左是长安。

沈德潜称此章"音节气味，格律词华，无不入妙。《青邱集》中为金和玉节"②，他最欣赏的就是这类"高浑""浑厚沉郁""气雄味厚"的作品。卷四沈周诗中特别选了《从军行》一首，称"忘世人有此悲壮之作，诸选本往往遗之"③，同样着眼于此。而近似盛唐常建那种风神清畅之作，他虽不排斥，有时却会将它们与一种负面印象联系起来。比如论杨基诗，说："孟载《春草诗》云'六朝旧恨斜阳里，南浦新愁细雨中'，诚为佳句，然大概近纤。他如'春风颠似唐张旭，天气和如鲁展禽'、'白鹭下田千点雪，黄莺上树一枝花'，殊乖大雅矣。"④ 看得出，在具体作品的评价上沈德潜还是不能摆脱趣味的局束。这只消看一看徐渭只选《怀陈将军同甫》一首："飞将远从戎，翩翩气自雄。椎牛千嶂外，骑象百蛮

---

① 沈德潜、周准辑：《明诗别裁集》卷十，第260页。
② 沈德潜、周准辑：《明诗别裁集》，第21页。
③ 同上书，第87页。
④ 同上书，第22页。

中。铜柱华封尽，昆池汉凿空。雁飞真不到，何处寄秋风？"① 我们也能强烈地感觉到这一点。

正统立场也是影响沈德潜公正判断作品价值的一个因素。卷三苏平小传提到"秉衡《咏绣鞋》诗'南陌踏青春有迹，西厢立月夜无声'，一时以此得名，然此种有累诗品不小"②，就不免有道学气。至于集中不选王彦泓诗，袁枚《再与沈大宗伯书》已有辩论，双方见识之高下不值一辨。有一些评语，与其说是囿于正统立场，还不如说是失之学识疏略。如论刘崧诗，说"子高诗辞采鲜媚，骨格未高，应是学温飞卿一派"③。若仅就所选《姑苏曲》等立论，容或有之；而从总体上看，刘崧诗实际上是典型的中唐格调。此外，书中偶有文献方面的疏误，后来马星翼《东泉诗话》卷四曾指出集中误收宋唐庚《咏池荷》"池塘一段荣枯事，都被沙鸥冷眼看"、元舒逊《咏太白》"目无高力士，心识郭汾阳"两首。

在乾隆时代，明诗仍然是有待论定的是非对象。以沈德潜日后不同寻常的地位和影响，《明诗别裁集》的论断取予不用说会受到诗坛的重视。所以，对沈德潜的明诗观，在乾隆中就出现了评议。"北随园"先生边连宝在《病余长语》中曾提到："本朝沈归愚德潜撰《古诗源》《唐诗别裁》二书，并平正有准则；至《明诗别裁》，则极贬公安、竟陵，而力扶王、李。余谓竟陵可贬，而公安必不可贬，王、李更必不可扶。"④ 道光间汪端编《明三十家诗选》，梁德绳序云："虞山蒙叟《列朝诗选》富矣，冗杂无次序；小长芦钓师《明诗综》较有次序，亦博而不精；沈归愚《明诗别裁》即《明诗综》约选之，沿袭皆前人旧说，无足观览。"⑤ 此言从作序的角度说固然有"尊题"之旨，但不屑之意还是非常明显的。论成就和水平，《明诗别裁集》恐怕是沈德潜所有诗选中最不满人意的一种。不过，我们仍不能不承认，有关明诗的许多争议到《明诗别裁集》始有结论，清初以来的许多翻案之说至此乃有定谳。这也是沈德潜重塑诗歌传统的重要功绩之一。

---

① 沈德潜、周准辑：《明诗别裁集》，第170页。
② 同上书，第74页。
③ 同上书，第33页。
④ 边连宝：《病余长语》卷五，天津图书馆藏稿本。
⑤ 汪端：《明三十家诗选》卷首，同治十二年蕴兰吟馆重刊本。

## 五　《国朝诗别裁集》：祛王朝色彩的当代诗史梳理

《国朝诗别裁集》编纂最晚，始于乾隆十九年（1754）五月，阅三年半成书，二十四年（1759）九月门人蒋重光刊成，翌年以蒋刻错字多而重梓[①]，最终选录诗家 996 人，诗 3952 首。全书三十二卷，大致按科第年辈排列，卷三十为旗籍及游从之辈，卷三十一闺秀，卷三十二方外，与通常诗选体例无异。作者各有小传，作品时附品评，略同前出各选。如果说明诗已因为缺乏淘汰之功、经典化尚未完成而难以抉择，那么切身相关的本朝诗就更难以下手了。虽然清人选清诗在沈德潜之前已有数十种之多，但通选顺、康、雍、乾四朝的大型选本，《国朝诗别裁集》还是空前之作。无论就时间而言，还是沈德潜的身份而言，此书都是清诗自开国以来最重要的一次经典化工程，具有不言而喻的意义。关于此书的内容及命运一直是学界关注的问题，已有很扎实的研究成果问世[②]，这里不再赘述，只拟就管见所窥略作一二补充性的论述。

首先，我要补充的是《国朝诗别裁集》是在田同之（1677—?）的怂恿下选编的，田同之有《与沈归愚庶常论诗因属其选裁本朝风雅以挽颓波》诗略云："殷殷雅意怜同调，停桡三日长河湄。（中略）扶轮大雅非君谁，屈直先自海岱讼。况君已到蓬莱墟，清华高占非难呼。选裁伪体君之分，莫教此事终模糊，千秋永赖老归愚。"[③] 诗次于六十四岁作《草草行》后，应作于乾隆五年（1740），时沈德潜方为翰林庶吉士，故诗题中称他庶常。其时沈德潜正受高宗特达之知，奉敕应制而不暇，可能没有余暇从事这一工程，但内心确有所动，并四处向友人搜讨文献，而着手编选则已在归田五年以后。

其次，我想指出的是，沈德潜选本朝诗的原则不同于选前代诗，其核心概念已变成"关系"。日本学者松村昂曾指出，"关系"是处于沈德潜文学理论中心位置的概念，选诗是运用这个概念的一个环节。从漫长的中国文学史看这不是什么新主张，只不过是唐代新乐府始发的多少次复古运动之一，但就清代诗歌史而

---

① 沈德潜：《沈归愚自订年谱》，《沈德潜诗文集》第 4 册，第 2131—2136 页。
② 王炜：《〈清诗别裁集〉研究》，上海古籍出版社 2010 年版；王宏林：《沈德潜诗学思想研究》，人民出版社 2010 年版；刘靖渊：《沈德潜〈国朝诗别裁集〉案略论》，《苏州大学学报》2006 年第 3 期。
③ 田同之：《砚思集》卷二，乾隆刊本。

言，则是新的动向①。我觉得这是个很引人思考的说法，但同时又不太赞同这位前辈的判断。"关系"一词，意谓关乎国计民生之大，虽然自清初以来诗家并不特别标举这个词，但实际写作却始终不离其意，选家更特别留意收录吟咏时事之作以存诗史一脉。这几乎是清代开国以来诗歌史中最引人注目的现象。

沈德潜选本朝诗，本来站在一个异于前人的特殊时点上。开国至此历114年，不要说明遗民，就是少年登第且享寿甚高的赵执信也已下世十多年。无论世间众生抑或沈德潜本人，早已踏踏实实地自居为大清子民，政治认同上不会再有首鼠两端的犹豫。同样，沈德潜选清诗也轻松摆脱了王朝认同的纠结，而得以冷静审视明末以来的诗歌流变。有了这种距离感，他不仅可以保持一个客观的政治立场，更可以超脱复杂的人际关系，完全以单纯的诗歌标准来判断、取予。为免于徇私顾旧的麻烦，他更将选录范围限定为已故作者，并在《停云集序》中特别提到："余选《国朝别裁》诗，与诸家略异，不操一律以绳众人，惟取合乎温柔敦厚之旨。顾以诗存人，不专主交游，所选者皆身后论定，而存者不与也。"②这里标举三条异于诸家的原则：一是不用一个标准衡量众人，二是恪守诗教之旨，三是不登生者。三条原则貌似很清楚，好像是持艺术标准宽，持道德标准严，选录范围则以幽明为界，无可商量。可结果是，第一条从自序所坦陈的选诗趣向就知道必打折扣："愚未尝斥宋诗，而趣向旧在唐诗，故所选风调音节，俱近唐贤，从所尚也。"第三条虽能严格做到，如番禺何纮初已选入，后知尚存，即削去③。然而即使专录亡故，也不能保证不徇交游之谊。传说《明诗别裁集》的合作者周准，也参与《国朝诗别裁集》选事，未毕而殁，临终含笑语亲友："我幸甚，我诗可入《别裁集》中矣！"④ 这么看来，较有可能做到的就只有第二条了，结果怎么样呢？

应该说，沈德潜深知古来选诗中社会因素的影响，《说诗晬语》卷下曾举唐代选家殷璠语："名不副实，才不合道，纵权压梁、窦，吾无取焉。"及芮挺章

---

① 松村昂：《沈德潜与〈清诗别裁集〉》，《名古屋大学教养部纪要》第23辑，1979年版。
② 顾宗泰辑：《停云集》，乾隆三十四年刊本。
③ 见吕善报《六红诗话》卷三、梁邦俊《小崖说诗》卷六。
④ 沈德潜：《国朝诗别裁集》卷三〇。又见廖景文《罨画楼诗话》卷五，乾隆三十六年刊清绮堂全集本。

语："道苟可得，不弃于厮养；事非适理，何贵于膏粱？"许为"真能特立不昧心语"①。他自己在"以诗存人"一点上也做得不错：既未收帝王之作，宗室也不单独成卷，冠于集首；所取作者遍及不同社会阶层，既有魏裔介、李霨、梁清标这样的达官，也有余怀、吴嘉纪、计默这样的布衣处士，甄录数量纯视成就高下而定，大体堪称允当，但就因心横"关系"二字，终不免惹上麻烦。

在封建专制下，与王朝认同或主流意识形态相抵触的政治意识固然不正确，而试图摆脱王朝认同或主流意识形态的祛政治意识化同样是不正确的。沈德潜对部分涉及明清易代时事之作的收录及对贰臣、遗民的不加区别、兼收并录，明显触犯了王朝"政治正确"的底线，遇到高宗这么个热衷文艺的君主，不遭雷霆之怒才是怪事！乾隆二十六年（1761）冬，沈德潜进呈《国朝诗别裁集》且乞御制序文，高宗宸览后大为不怿，十一月庚子谕：

> 沈德潜来京进所选《国朝诗别裁集》，求为题辞。披阅卷首，即冠以钱谦益，伊在前明曾任大僚，复仕国朝，人品尚何足论？即以诗言，任其还之明末可耳，何得引为开代诗人之首？又如慎郡王，以亲藩贵介，乃直书其名，至为非礼。更有钱名世，在雍正年间获罪名教，亦行入选。甚至所选诗人中，其名两字俱与朕名同音者，虽另易他字，岂臣子之谊所安？且又其间小传评注俱多纰缪。沈德潜身既老惯，而其子弟及依草附木之人怂恿为此，断不可为学诗者训，朕固可轻弁一辞乎？已命内廷翰林逐一检删，为之别白正定矣。②

后来高宗虽仍旧赐序，但通篇都作斥责之辞，举前谕所及诸谬一一数落之，最后说如果任其书行世，则德潜一生名节尽坏，因命内廷翰林重加删定，给人多有护惜老臣名节的仁厚感觉。其实他对沈德潜的不满是非常强烈的，在删定本以《钦定国朝诗别裁集》之名刊行的同时，还命销毁初刻三十六卷、重刻三十二卷两种板片，严禁民间流传。后又在乾隆三十四年（1769）、四十一年（1776）两度命

---

① 《沈德潜诗文集》，第4册，第1975页。
② 王嵩儒：《掌固零拾》卷二，彝宝斋印书局铅印本。

总督、巡抚查勘沈德潜家有无钱谦益集留存、原刻两种《国朝诗别裁集》板片是否销毁。日后沈德潜被夺官削谥，推毁墓碑，都与此书有关，为徐一夔集作序只不过是高宗发泄愤怒的一个借口罢了。有鉴于前车之覆，后来姚祖恩编录《静志居诗话》，原书所引钱谦益之说，名字都用虞山的谐音愚山。吴翌凤编《国朝诗》，选录钱谦益、屈大均诗，也都改换姓名以避人耳目①。

《钦定国朝诗别裁集》对沈德潜原本的删削是大面积的，据王宏林考察，顺康诗人被删削近 60 人，其中包括钱谦益、吴伟业、龚鼎孳等贰臣，钱名世、金圣叹、吴兆骞等罹罪之人及屈大均、冒辟疆、傅山等明遗民；雍乾诗人被删削约 90 人，可能多为诗作不合宸衷者，包括屈复、徐斑等②。松村昂认为这个钦定本让沈德潜自定本遭受三重打击：以当代诗再现当代史的最初一批诗人被抹杀，是自定本遭受的第一个打击；与朝廷政治直接相关的所谓"变雅"的"关系"被淡化至无形，是自定本遭受的第二个打击；实现采风采诗制度理想的热忱受到挫折，是自定本遭受的第三个，在松村昂看来也是最沉重的打击③。经受这次敲打，沈德潜应该体会到伴君如伴虎的风险，对君恩优渥的虚幻难恃有了切身的体认，诗文中没有留下相关的感触正是很自然的结果，而他对本朝诗歌批评的热情应该也幻灭了。

尽管《国朝诗别裁集》的编刊事实上演变成一个政治事件，但事起仓促，当时翰林诸臣的删改并不见得精细，"政治正确"也就贯彻得不那么彻底④，因此无论在当事人还是世间普通读者，都不会纯粹将此书视为一个政治文本，而忽略其中的诗歌史问题。沈德潜此选，不只高宗不满意，普通士人也啧有微词。主

① 吴翌凤嘉庆元年（1796）所编《国朝诗》收两位陌生诗人，一彭揭，字六吉，浙江常山人，选诗46 首；一翁绍隆，字骚余，广西临桂人，选诗 49 首，仅次于吴伟业之 51 首，二人实为钱谦益、屈大均之化名：揭寓谦，六吉亦为益。浙江无常山，盖寓常熟虞山耳。大均原名绍隆，号翁山，骚余则寓屈原字灵均，以切大均之名。

② 王宏林：《沈德潜诗学思想研究》，第 137—138 页。

③ 松村昂：《沈德潜与〈清诗别裁集〉》，《名古屋大学教养部纪要》第 23 辑，1979 年版。

④ 后来宗室昭梿在《啸亭杂录》续录卷三曾指出删定本尚有未及改正的错误："如闺秀毕著《纪事诗》，乃崇德癸未饶余亲王伐明，自蓟州入边，其父战死，故诗有蓟邱语，非死流寇难也。当其时，海宇未一，不妨属词愤激，归愚选入，已为失于检阅。而内廷诸公仍其纰缪，此与司牧《续纲目》滁州之战，书明太祖为贼兵同一笑柄。又黄子云诗以舒穆禄少宰阿尔稗为元人。盖野鸿未登朝籍，故引证或有所错误，而词臣辈亦沿其失，何其舛也。"中华书局 1980 年版，第 462 页。

要问题在于，面对尚未经典化和淘汰的本朝诗歌，以个人之力很难实现广泛而深入的公正遴选，因此，选目首当其冲遭到批评是可以预料的。李调元曾得王镇之赠其先公《楼中集》，阅之始知沈德潜所选《牧牛词》尤非佳作①。又称闺秀马士骐有《片石斋烬余草》五卷，《别裁》仅选《齐云楼》一首，未尽所长②。张清标《楚天樵话》所收金永森题辞自注更说："《别裁集》去取失当，可议处甚多，不独尊吴屈楚，有门户之见也。"③ 选目失当是水平问题，门户之见则是态度问题了。

如果说选目失当本是在所难免，同时也是很主观化，难有定论、难得一致见解的问题，那么篡改他人诗句，点窜原作文字，在学风严谨的清代就是难以宽恕的不良习气了。《国朝诗别裁集》严重地存在妄改原作的现象，已不是一两个人偶尔发现的问题。林昌彝《海天琴思续录》即已指出："竹垞老人《玉带生歌》结语云'俾汝长留天地间，墨花恣洒鹅毛素'，极为浑成，而沈归愚《别裁集》登此首，末句改为'忠魂墨气长凝聚'，以为砚与信国双收，则点金成铁矣。"④ 林昌彝还发现："王渔洋《文潞公》诗'天遣不同韩富没，姓名留冠党人碑'，归愚以潞公名列司马光之次，易'冠'为'重'，不知《党籍碑》初以文潞公为首，后乃改司马文公为首也；改'冠'为'重'，这第三句为无著语。崔不雕诗'丹枫江冷人初去，黄叶声多酒不辞'，句自浑成，归愚病其合掌，易'丹枫'为'白苹'，便无天趣矣。"⑤ 今人黄裳更是一再提到："沈氏最大的毛病，或云癖好，是改诗。大概除李杜外，在他看来，总有病句与未安之处，必改之而后快，有如三家村塾师之改卷子。"就连其祖父钦圻《晤书堂诗稿》也难逃此劫，故黄裳跋《诗稿》有云：

> 忆曾见德潜《清诗别裁》，亦录钦圻诗，而有改易字句处，不见原刻，不能发其覆也。德潜《别裁》选前人诗，往往窜易。有修饰字面处，病原

---

① 詹杭伦、沈时蓉：《雨村诗话校证》卷一一，第 264 页。
② 同上书，第 267 页。
③ 张清标：《楚天樵话》，光绪十九年汉川甑山书院刊本。
④ 林昌彝：《海天琴思续录》卷六，上海古籍出版社 1988 年版，第 419—420 页。
⑤ 林昌彝：《海天琴思录》卷四，上海古籍出版社 1988 年版，第 82 页。

作不成诗也；有删夷诗意处，则以为有违温柔敦厚之旨，惧干新朝之大忌也。于是悲歌慷慨之句，往往化为俯首帖耳之词。祖孙异趣，固亦常事。乃进而夺其素志，是亦过矣。①

他以此集校《别裁》所录，发现确有擅改原作甚至反失神韵者②。此外，长洲陈叶筼《含翠轩诗钞》入选《别裁集》的几首，也"意为点窜字句，不见原刻，不能发其覆也"③。这实在是沈德潜编诗选的通病，不只编选前人诗如此，选刻《七子诗选》，作者之一钱大昕亦有文论之，"虽未点出书名及选者名字，当即恨其改诗如村塾陋儒之改墨卷而发"④。另外，书中还有一些文献错误，谢轮《箧外录》等书屡有指摘。李树滋《石樵诗话》卷七也指出："沈归愚宗伯选《国朝诗别裁》，去取颇不满人意，其小注尤多错误。"⑤ 最明显的是施闰章《哭宋荔裳廉访》结句"张堪妻子愁难托，巢卵长抛虎豹丛"，德潜注："张堪卒于官，无托妻子事，系借用愿托妻子者。"林昌彝指出事见《后汉书·朱晖传》⑥，李树滋又补充《东观汉纪》《世说新语》两个出处。龚鼎孳《咏吴宫》诗用了"木"字，德潜注："木系隋伐陈事，此处不切。"林昌彝讥"归愚岂未见《三国志》'木蔽江而下'耶？"⑦ 周茂源《过张文忠故第》德潜注："以张禹柔媚，得君为比。"李树滋按："张禹乃安昌侯，非富民侯也。江陵骄亢，正与张禹相反。诗如果用张禹，亦不贴切矣。"沈德潜编纂《国朝诗别裁集》已是耄耋之年，昏眊多误，本不足责，但由此也可见他晚境欲从事本朝诗的经典化事业，以完成古典诗歌传统的整体塑造，确乎已力不从心了。

## 六 《宋金三家诗选》：宋元诗选未竟之业

沈德潜的历代诗选系列中唯独没有宋元诗，不编《宋元诗别裁》，并不表明他对宋元诗存有偏见或否认其艺术价值。乃师叶燮原是宋诗派的宗师，德潜承传

---

① 黄裳：《云烟过眼新录》，《翠墨集》，生活·读书·新知三联书店1985年版，第182页。
② 黄裳：《来燕榭读书丛札》（续），《东方早报·上海书评》2012年2月12日。
③ 黄裳：《前尘梦影新录》，齐鲁书社1989年版，第59页。
④ 黄裳：《来燕榭读书丛札》（续），《东方早报·上海书评》2012年2月12日。
⑤ 李树滋：《石樵诗话》，道光五年李氏湖湘采珍山馆刊巾箱本。下引李说，均见此书。
⑥ 林昌彝：《海天琴思录》卷四，第82页。
⑦ 同上。

师说，对宋诗也不乏公允的评价①。在致合作者陈培脉的《与陈耻庵书》中，沈德潜提到：

> 钱受之意气挥霍，一空前人，于古体中揭出韩、苏，于近体中揭出剑南。受之之学，高于众人，而又当钟、谭极衰之后，钱氏之学行于天下，较前此为盛矣。然而推激有余，雅非正则，相沿既久，家务观而户致能，有词华无风骨，有队仗无首尾，甚至讥诮他人，则曰此汉魏，此盛唐，耳食之徒，有以老杜为戒者。弟弱冠时犹闻此语。……今也不然，谓古体宜汉魏，某章不似汉魏，非诗也；近体宜盛唐，某句不似盛唐，非诗也。诗之宗法在神理，而不在形似。乃弃神理而取形似，执己见以齐人人。东坡之超旷，放翁之渊博，不可尽没也。或至取为诮让之词，与前时之贬汉魏盛唐者异途一辙。②

这里叙述了清初诗学的一段波折：钱谦益提倡宋元诗，导致了诗坛韩、苏、范、陆诗的流行，汉魏、盛唐乃至杜诗受到冷落；而经过骨子里吸取明代格调派的王渔洋神韵诗学的澡雪，诗家宗法又重新回归汉魏、盛唐。虽然师法的对象不同，但唯某个典范是宗的思想方法如出一辙。青木正儿是这么看待沈德潜的立场的："其论宛如于宋诗有所理解者，然而这是趁着议论口气的顺势之笔，其实他对崇尚汉魏盛唐，态度固执，而以宋元诗为莫大禁物，内心大约正在窃喜这一变迁。"③ 如果《与陈耻庵书》能确定作于早年，这么说还有点道理；若为晚年所作，如此推测就不太靠得住了。因为在《说诗晬语》中，沈德潜对宋代重要诗人已多有好评。如论苏东坡诗说："元遗山云：'只知诗到苏黄尽，沧海横流却是谁？'嫌其有破坏唐体之意，然正不必以唐人律之。"④《国朝诗别裁集》中评论陆次云诗又云："云士诗本真性情出之，故语多沈着。而所选诗转在宋、元，

---

① 近有曾贤兆《论沈德潜的宋诗观及其对叶燮诗学的接受》（《甘肃社会科学》2016 年第 1 期）一文专门就此做了研究，可参看。

② 《沈德潜诗文集》，第 3 册，第 1379 页。

③ 青木正儿：《清代文学评论史》，第 103 页。

④ 《沈德潜诗文集》，第 4 册，第 1951 页。

以之怡情，不以之为宗法也。"① 范建明敏锐地注意到，"不必以唐人律之"与
"不以之为宗法"两句正是沈德潜对宋诗的基本态度②。由于他的看法不同于前
人，甚至会觉得宋诗的真正价值尚未被人认识。《说诗晬语》卷下有这么一段
论述：

> 宋诗中如"卷簾通燕子，织竹护鸡孙""为护猫头笋，因编麂眼篱"
> "风来嫩柳摇官绿，云起奇峰涌帝青""远近笋争滕薛长，东西鸥背晋秦
> 盟"，皆卑卑者。至"若见江鱼应恸哭，此中曾有屈原坟"，则怪矣。"脚跟
> 头上两青天""月子湾湾照九州"，则俚矣。学宋人者，并无宋人学问，而
> 但求工对偶之间（如木上座、竹夫人，赵盾日、展禽风之类），曲摹里巷之
> 语，舍大声而爱《折杨》《皇华》，宜识者之不欲观也。扩清俗谛，以求大
> 方，斯真宋诗出矣。③

在他看来，今人学宋诗者都只得宋诗糟粕，只有廓清世俗见解，才能看到宋诗的
真面目。不过话虽这么说，他本人的趣味着实不在宋诗，《国朝诗别裁集》自序
曾坦然承认这一点："唐诗蕴蓄，宋诗发露，蕴蓄则韵流言外，发露则意尽言中。
愚未尝贬斥宋诗，而趣向旧在唐诗。"出于这种"不相菲薄不相师"（借袁枚论
王渔洋语）的态度，他一方面对当时沿袭宋人诗风的浙派厉鹗没什么好评，同时
对诗家自来相沿的唐宋诗之争则抱一种超然的态度，如《书剑南诗稿后》所谓
"宗唐祧宋非吾事"④。或许纯粹出于个人兴趣，晚年他竟在九十六岁时编选了一
部《宋金三家诗选》，选了苏诗 185 首，陆游诗 208 首，元好问诗 134 首，直到
去世前的七月方告成⑤，显得很不寻常。学界也因此颇为注目⑥，由此略窥其对

---

① 沈德潜辑：《国朝诗别裁集》卷一五，上册，第597页。
② 范建明：《论沈德潜早年的论诗绝句及其诗学意义》，《厦门广播电视大学学报》2013年第2期。
③ 沈德潜：《说诗晬语》卷下，《沈德潜诗文集》第4册，第1953页。
④ 沈德潜：《归愚诗钞》余集卷七，《沈德潜诗文集》第2册，第552页。
⑤ 沈德潜：《沈归愚自订年谱》，《沈德潜诗文集》第4册，第2142页。
⑥ 黄福康：《〈宋金三家诗选〉与沈德潜诗论》，《文史杂志》1988年第3期；王顺贵：《沈德潜与
〈宋金三家诗选〉》，《文学遗产》2006年第6期；侯本塔：《沈德潜〈宋金三家诗选〉探析》，《湖南科技
学院学报》2014年第2期；学位论文有谭卓培《沈德潜〈宋金三家诗选〉研究》，香港中文大学硕士学位
论文，1996年。

宋金诗的看法，聊补《别裁》诸选中宋元诗缺如的遗憾。

自明代以来，以遴选宋代大诗人的作品为标目的选本，除个人选集外，合选有清初周之麟、柴升的《宋四名家诗》，《四库提要》认为"较吴之振《宋诗钞》所录较多，而去取未能悉当也"[①]。此外就是乾隆初的《御选唐宋诗醇》。据王宏林考察，沈德潜所采苏诗185首中有142首见于《诗醇》，可见大体参照后者；陆游诗208首仅70首见《诗醇》，应是据《剑南诗稿》精心遴选；元好问诗134首有80首见于《御选宋金元明四朝诗》，也应该是主要以后者为参考依据[②]。虽然不及欧阳修，后人深以为憾[③]，但毕竟表明了一种兼取宋诗的态度。后来门人王昶编《湖海诗传》，也兼收宋调，不像袁枚门人王豫编《群雅集》独收唐音，恰好是个有象征意味的立场。

沈德潜《别裁》诸选盛行于世，直接影响了清代中叶以后学人的诗学取向。嘉道间诗坛巨擘潘德舆不仅手批《古诗源》，教儿子学诗，也嘱先看《古诗源》《唐诗别裁集》[④]。山西诗人李锡麟自述："洎补博士弟子，从范春山先生游，先生选唐五七言近体诗数百首，俾钞读，间有作，先生率以为不可。久之无得，几疑信有别才，非可学而能者。后于书肆得沈长洲诗话，观其讨风会，溯源流，上下千数百年，欣欣然若有得，急索古唐诸诗读之，质所作于先生。先生大喜称善，由是稍稍知于诗。"[⑤] 这样的例子不待枚举。当然，态度相反的批评意见也不是没有。晚清重要的诗论家朱庭珍就认为，沈德潜"所选诸集，今并盛行，惟《古诗源》一集，矜慎平允，可云公当。盖生平得力所自，用心良苦。他如唐、明诗及国朝诗之选，徒夸别裁之鉴，未脱门户之私。罔象失珠，滥收鱼目，荆山遗玉，浪采碔砆"[⑥]，但这种评价似乎不能代表世间公论。在今天的视点上回顾中国诗学史，我们更不能不肯定，沈德潜编纂的几种历代诗歌选本，是中国古代诗学史上最后一次大规模的经典化行为，相比前人习惯于从特定的价值观出发将

---

① 永瑢等纂：《四库全书总目》卷一九四，第2723页。
② 王宏林：《沈德潜诗学思想研究》，第76页。
③ 何曰愈：《退庵诗话》卷二，光绪九年刊本。
④ 潘德舆《养一斋家书》道光十年致男亮弼弼札，《潘德舆家书与日记》，凤凰出版社2015年版，第18页。
⑤ 李锡麟：《鹤栖堂诗集》自序，三晋出版社2011年版，第7页。
⑥ 朱庭珍：《筱园诗话》卷二，《清诗话续编》，第4册，第2365页。

诗歌传统锁定于有限的对象，沈德潜有意识地突破时代的藩篱，在最广阔的视域中对古典诗歌传统做了整体的塑造，重新确定其经典序列。在对诗歌传统这一空前同时也是绝后的接受和改造中，沈德潜不仅完成了自己新格调诗学的建构，同时也实现了古典诗歌经典序列整体上的重构，与他的诗歌理论一道对古典诗学进行了有意义的总结。

## 第五节　沈德潜的诗学成就及历史地位

沈德潜无疑是乾隆朝地位最高、声望最隆的文人，初接触有关文献都会被他的声望和恩遇所震慑，但研读其著述的结果，又往往会感觉其实际成就与名声、地位不太相称。沈德潜的诗歌创作，管世铭已说："近日北方诗人多宗蒲城屈征君悔翁，南方诗人多宗长洲沈宗伯确士。屈豪而俚，沈谨而庸，施朱王宋之风于兹邈矣。"①沈德潜的诗学同样给人平庸的感觉，似乎理论贡献和批评成就与他的宗师地位不符，姚范至谓"以帖括之余研究风雅"②。确实，《说诗晬语》中的诗史论断多为胡应麟、许学夷到叶燮、王渔洋等前辈诗论家已发，尠有新警独到的创说；而作为批评家的沈德潜，虽然有学者讨论他的诗歌批评模式，但似乎也没有归纳出有个人特色的倾向③，刘若愚甚至一言以蔽之曰老生常谈，鲜有创见。这样的评价对于沈德潜来说，我觉得是不太公平的。

由前文所述可见，沈德潜的格调观念及相关诗学理论，足以包括古典诗学的传统观念和一般倾向，这使他的诗歌理论像所编历代诗歌选本一样，自然地被视为代表古典诗学理想的正宗。这不仅是沈德潜毕生向往、长久努力的目标，同时也是高宗的文治所需要的意识形态代表和文学偶像。圣祖在天下平定的康熙十七

---

① 管世铭：《论文杂言》，《韫山堂文集》卷八，光绪二十年吴炳重刊本。
② 姚范：《援鹑堂笔记》卷四四，道光刊本。
③ 段宗社：《论沈德潜的诗歌批评模式》，《淮阴师范学院学报》2011 年第 3 期。

年（1678）开始崇尚文治，钦定王士禛为国朝诗人正宗①，示天下以锐意向用文学之士、崇兴文教的趣向。高宗也在登基四年后选定沈德潜作为御用诗歌侍臣，借此向天下释放右文的讯息。随后一系列旷古绝今的恩荣，既给沈德潜晚境带来无尚荣耀，也让他的诗学因被打上官样的烙印而变得面目模糊，最严重的误解就是像刘若愚教授那样的，完全漠视沈德潜诗论的理论价值和历史地位，这显然是出于先入为主的偏见。

### 一 有价值的理论命题

其实沈德潜诗学中，即使抛开前面提到的内容不论，也还是不乏有价值的理论命题的，但只有从观念史的角度考量才能发现。比如关于文体互参，这是一个很古老的问题，历来的相关讨论一直停留在"破体"的现象层面，直到沈德潜同辈文人王应奎依然如此。他在《柳南随笔》中写道："王实甫《西厢记》、汤若士《还魂记》，词曲之最工者也，而作诗者入一言半句于篇中，即为不雅，犹时文之不可入古文也。冯定远尝言之，最为有见，此亦不可不知。"② 这里提到了文体互参的方向性，即词曲不可入诗，时文不可入古文，理由是不雅。具体是什么道理呢？没有进一步的阐发。而沈德潜不同，《说诗晬语》卷下对同样的问题是这么阐述的：

> 乐府中不宜杂古诗体，恐散朴也，作古诗正须得乐府意。古诗中不宜杂律诗体，恐凝滞也，作律诗正须得古风格。与写篆八分不得入楷法，写楷书宜入篆八分法同意。③

乐府不可杂古诗体，古诗不可杂律诗体，这是前人旧说，但沈德潜以"恐散朴"和"凝滞"解释了理由，转而又提出古诗须得乐府意、律诗须得古风格，这就对前人之说有了发展；然后取书法中类似的现象做比况④，以见不同的艺术体裁

---

① 王士禛：《渔洋山人自撰年谱》卷下，《王士禛年谱》，第 37 页。
② 王应奎：《柳南随笔》卷三，中华书局 1983 年版，第 60 页。
③ 《沈德潜诗文集》，第 4 册，第 1963 页。
④ 借用书法喻文体互参，已见于许学夷《诗源辩体》卷三（人民文学出版社 1987 年版，第 50—51 页），但许氏此书在清代不甚传（详汪泓《许学夷〈诗源辩体〉清代流传不广探因》一文），沈德潜是否读到，还很难说。

皆同此理。同卷另一则又说：

> 诗中高格，入词便苦其腐；词中丽句，入诗便苦其纤，各有规格在也。
> 然腐之为病，填词者每知之；纤之为病，作诗者未尽知之。①

根据古人文体互参之际"以高行卑"的原则，诗高词卑，诗可入词而词不可入诗，这是正理，从清初曲论家李渔到近代词曲大师吴瞿庵先生都持此说②。然而沈德潜却注意到诗中高格入词便腐的一种例外情形，遂以独到的经验之谈揭示了诗词互参的一种复杂性，丰富了我们对问题的认识。这还没完，论及拟古咏怀时沈德潜还说：

> 拟古咏怀，断不宜入近世事与近世字面，锦葛同裘，嫌不称也。若本叙述近事，即方言谣谚，不妨引入，顾用之何如耳。③

这又从题材的角度将拟古、咏怀与吟咏时事作了体位高下的区分：吟咏时事如唐人新乐府之类不妨引用方言谣谚，而拟古、咏怀这样的传统类型绝不宜用近事与新词汇，以免锦葛同裘而致语体不一致。这一规则对文体互参中以高行卑原则的内涵和外延都有所扩充。

再举一个涉及解释学的例子。沈德潜论解诗，非常重视对作品语境的把握，反对穿凿附会，这由《说诗晬语》卷下一段议论可以看得很清楚：

> 朱子云："楚词不皆是怨君，被后人多说成怨君。"此言最中病痛。如唐人中少陵故多忠爱之词，义山间作风刺之语，然必动辄牵入，即偶尔赋物，随境写怀，亦必云主某事，刺某人，水月镜花，多成粘皮带骨，亦何取耶？④

---

① 《沈德潜诗文集》，第 4 册，第 1969 页。
② 参看蒋寅《中国古代文体互参中"以高行卑"的体位定势》，《中国社会科学》2008 年第 5 期；收入《古典诗学的现代诠释》，中华书局 2009 年增订版。
③ 《沈德潜诗文集》，第 4 册，第 1963 页。
④ 沈德潜：《说诗晬语》卷上，《沈德潜诗文集》，第 4 册，第 1964 页。

沈德潜虽然意识到寄托在咏物诗中所占的位置，但对后人穿凿附会的泛寄托观仍很不以为然。这里对"粘皮带骨"的批评已超出咏物写怀的寄托问题，而涉及古典诗歌的诠释原则及适用限度，应该有一定的现实针对性和解释学的理论意义。穿凿附会所导致的粘皮带骨，实质就是无视作品语境的过度诠释，是批评过于主观化的结果。它不仅出现在属于内容范畴的寄托上，同时也见于对表现手法的意识中。沈德潜曾指出：

> 《楚辞》托陈引喻，点染幽芬于烦乱督忧之中，令人得其悃款悱恻之旨。司马子长云："一篇之中，三致意焉。"深有取于辞之重、节之复也。后人穿凿注解，撰出提掣、照应等法，殊乖其意。①

这是说注家以后起的文法意识来解说《楚辞》的章法，全然不顾及作者的本意，同样也是一种穿凿附会。后来纪昀评诗，格外注重诗歌写作范式的历史性，不以后起的艺术观念来衡量和评价前代作品的表现手法②，正是有见于此。沈德潜在《唐诗别裁集·凡例》中提出：

> 读诗者心平气和，涵咏浸渍，则意味自出；不宜自立意见，勉强求合也。况古人之言，包含无尽，后人读之，随其性情浅深高下，各有会心，如好《晨风》而慈父感悟，讲《鹿鸣》而兄弟同食，斯为得之。董子云："诗无达诂。"此物此志也。③

诗无达诂之说出自董仲舒《春秋繁露·精华》，正如张隆溪指出的，其本义只是说"诗的语言不能照字面直解，而绝不是承认理解的历史性和多种解释的合理合法"，汉儒对于《诗》的内容和意义都有相当明确而固定的解释。可是，"一旦

---

① 沈德潜：《说诗晬语》卷上，《沈德潜诗文集》，第 4 册，第 1920 页。
② 如宋之问《登越台》"冬花扫卢桔，夏果摘杨梅"一联，方回《瀛奎律髓》卷一在卢、杨二字上加圈，纪昀评："当以二姓为巧耳。以此立制，诗法扫地矣。初唐诗格浑朴，用二姓为对，本自无心，虚谷以细碎求之，殊失古人之意。"详蒋寅《纪昀的批评理念与诗歌批评成就》（《求是学刊》2015 年第 6 期）一文。
③ 沈德潜辑：《唐诗别裁集》卷首，上海古籍出版社 1979 年版。

承认诗的语言不能照字面直解，也就不可避免地为各种解释打开了缺口"①。像杜甫、李商隐的偶尔赋物、随境写怀之作，注家动辄牵入忠爱之词、讽刺之语，正是这一解释传统自然衍生的结果。为此沈德潜告诫读者，首先要平心静气，勿立成见，随着沉吟涵咏，自然会根据自己的性情浅深高下而对诗意有所会心。这是对诗的意味的虚心体会，而不是强诗合己。将此言与前引《说诗晬语》中"读者静气按节，密咏恬吟"一段参看，就可看出沈德潜在诗歌诠释问题上的完整见解。沈德潜的一些诗学思想，每每需要将零星的议论放在一起比照、参观才能发现贯穿在其中的理论脉络。

## 二　通透的批评眼光

沈德潜的诗歌批评，给我印象最深的是对作品结构的细腻把握。自清初以来，学人讲诗多受文章学影响，更具体地说就是为八股文思维模式所左右。仇兆鳌讲杜诗章法结构，多着眼于承接分合的脉理，就是一个典型的例子。浦起龙《读杜心解》也遭到翁方纲"苦于索摘文句，太头巾酸气，盖知文而不知诗"的批评②。沈德潜的老师叶燮同样未能免俗，《原诗》里的议论时时流露出文章家的趣味。但沈德潜却没有这样的问题，他讲诗间亦取文法参照，却绝不拘泥于文法，这或许与他很少有古文家身份的意识有关。除了上引评《楚辞》能指出其章法有烦乱重复之处，不可以后世的文法来衡量、解说外，他还注意到"文姬《悲愤诗》，灭去脱卸转接之痕，若断若续，不碎不乱，读去如惊蓬坐振、沙砾自飞"③。这种从作品实际出发把握其文理的判断，最见胆识。

沈德潜学诗由杜甫入手，自称"予少喜杜诗，而未能即通其义，尝虚心顺理，密咏恬吟以求之，不逞泛滥，不蹈凿空，尤不敢束缚驰骤，惟于情境偶会，傍通证入处，随手笺释"④，沉潜既久，积有不少心得，晚年编为《杜诗偶评》一书。乾隆十二年（1747）八月所作自序云："窃见往时读杜诸家，贪多者矜奥博，事必泛引，语必掭撦，甚或伪造典故，以实其说。而一二钩奇喜新之士，意

---

①　张隆溪:《诗无达诂》,《文艺研究》1983 年第 4 期;曹顺庆编《中西比较美学文学论文集》,四川文艺出版社 1985 年版,第 71 页。

②　翁方纲:《石洲诗话》卷一,《清诗话续编》,第 3 册,第 1321 页。

③　沈德潜:《说诗晬语》卷上,《沈德潜诗文集》,第 4 册,第 1926 页。

④　沈德潜:《杜诗偶评》自序,《杜诗偶评》卷首,乾隆十八年赋闲草堂刊本。

主穿凿，辞务支离，即寻常景物，亦必牵涉讽刺，附会忠孝，而诗人之天趣亡焉。又其甚者，强题就法，刻舟求剑，一绳以后代制义之律，而少陵之穷三才、贯万象者，遽变为兔园邨夫子矣。"① 这里指出了前人治杜诗有三大缺陷，一是贪多矜博，二是穿凿附会，三是衡以时文之法。潘承松凡例又补充指出，前人注杜还有像李九我以王孟律杜，陈绎曾以李贺律杜，近来诗家以温庭筠律杜的习气。相比之下，沈德潜对杜甫的认识和评论则"不专一体，取其与风雅骚人相表里者，独得少陵性情面目"②。撇开过于重视伦理道德评价一点不论，沈德潜对杜诗的艺术成就还是有所发明的，特别是能通过具体作品揭示杜诗的结构特征。比如《说诗晬语》论杜甫五言长篇之胜场，有云：

> 五言长篇，固须节次分明，一气连属。然有意本连属，而转似不相连属者；叙事未了，忽然顿断，插入旁议，忽然连续，转接无象，莫测端倪，此运《左》《史》法于韵语中，不以常格拘也。千古以来，且让少陵独步。③

前人论杜五言长篇之法，多着眼于连，即承接缜密的笔致、层次清晰的脉理，而沈德潜独注目于断，即层次间的顿断，并且认为这同样是取法于史家文法，这是很独到的见解，也是他论诗一贯的趣向。他还将此意推广到七言歌行，归纳出杜诗四种别开生面的笔法：

> 少陵有倒插法，如《送重表侄王砅评事》篇中"上云天下乱"云云，"次问最少年"云云，初不说出某人，而下倒补云："秦王时在座，真气惊户牖。"此其法也。《丽人行》篇中，"赐名大国虢与秦"、"慎莫近前丞相嗔"，亦是此法。又有反接法，《述怀》篇云："自寄一封书，今已十月后。"若云"不见消息来"，平平语耳，此云"反畏消息来，寸心亦何有"，斗觉惊心动魄矣。又有透过一层法，如《无家别》篇中云："县吏知我至，召令习鼓鞞。"无家客而遣之从征，极不堪事也，然明说不堪，其味便浅，此云

---

① 沈德潜：《杜诗偶评》自序，《杜诗偶评》卷首。
② 潘承松：《杜诗偶评凡例》，《杜诗偶评》卷首。
③ 沈德潜：《说诗晬语》卷上，《沈德潜诗文集》，第 4 册，第 1933 页。

"家乡既荡尽，远近理亦齐"，转作旷达，弥见沉痛矣。又有突接法，如《醉歌行》突接"春光澹沲秦东亭"，《简薛华醉歌》突接"气酣日落西风来"，上写情欲尽未尽，忽入写景，激壮苍凉，神色俱王，皆此老独开生面处。①

这段议论有助于我们理解诗家所谓"顿挫"之说，顿挫正是借助于某种手法使意脉的驱动戛然而止或势头变缓，上述四种笔法都造成了作品节奏的改变，从而产生顿挫的感觉。像这样的见解，都出于对本文结构和修辞的细腻体会，"虚心顺理，密咏恬吟"八个字诚能道出功夫所在。沈德潜对于杜诗存在的缺陷还有一段很精彩的议论："杜诗别于诸家，在包络一切，其时露败缺处，正是无所不有处。评释家必代为辞说，或周遮征引以斡旋之，甚有以时文法解说杜诗，断断于提伏串插间者。浣花翁有知，必应齿冷。"② 明清以降，挦扯杜诗的拙字累句，常见于诗话、笔记中。沈德潜这段话之高明，不在于替杜甫辩解，而在于承认杜甫确实有这方面的问题，更指出这是大诗人所不可避免的问题，因为大诗人无所不包，正因为无所不包，所以不可能毫无缺憾。相比之下，反而二流名家因专擅某体而得以扬长避短，很少露出破绽③。沈德潜的见解无疑是很有启发性的。

再看《说诗晬语》卷上这一则："汉五言一韵到底者多，而'青青河畔草'一章，一路换韵联折而下，节拍甚急，而'枯桑知天风'二语，忽用排偶承接，急者缓之，是神化不可到境界。"④ 古诗《饮马长城窟行》"枯桑知天风，海水知天寒"两句，就像《古诗十九首》中"胡马依北风，越鸟巢南枝"一联，通常以俳偶的超前性为人注意，沈德潜独敏锐地觉察到对偶对语言节奏的改变，使得连续换韵所造成的急促节奏转而变缓，卓有见地。还有这一则：

> 乐府之妙，全在繁音促节，其来于于，其云徐徐，往往于回翔屈折处感人，是即"依永""和声"之遗意也。齐、梁以来，多以对偶行之，而又限

---

① 沈德潜：《说诗晬语》卷上，《沈德潜诗文集》，第 4 册，第 1937—1938 页。

② 同上书，第 1975 页。

③ 蒋寅《家数·名家·大家——有关古代诗歌品第的一个考察》(《东华汉学》第 15 辑，2012 年 6 月版)一文对这个问题有专门讨论，可参看。

④ 沈德潜：《说诗晬语》卷上，《沈德潜诗文集》，第 4 册，第 1925—1926 页。

以八句，岂复有咏歌嗟叹之意耶？①

这里同样从俳偶对节奏的改变来分析齐、梁以后的乐府诗与汉乐府的风格差异，促使我们进一步思考语体与作品节奏的关系。

由于对历代诗歌做过广泛的研究，沈德潜对诗歌史也有一些犀利的见解。比如关于乐府写作，《说诗晬语》卷上说：

> 乐府宁朴毋巧，宁疏毋炼。张籍《短歌行》云："曹蒲花开月常满。"伤于巧也。无名氏《木兰诗》云："朔气传金柝，寒光照铁衣。"后人疑为韦元甫假讬，伤于炼也。古乐府声律，唐人已失，试看李太白所拟，篇幅之短长，音节之高下，无一与古人合者，然自是乐府神理，非古诗也。明李于鳞句摹字仿，并其不可句读者追从之，那得不受人讥弹？②

他首先强调，乐府的语言风格以质朴本色为尚，造语一用巧思，有锤炼痕迹，便像是歌行和近体诗了。接着他提醒作者，乐府声调既已失传，写作乐府题便应放弃音乐的考量而转求神理。就像李白的乐府那样，篇幅和音节都和乐府古辞不同，但自有乐府的神理。李攀龙不明此理，一味照着汉乐府句摹字仿，以此求合于古，适足取貌遗神，如衣冠土偶。自从冯班由诗史源头说明，诗作为歌词入乐主要取决于乐工的改编，也就是说诗合乐与否与创作无关，而全在于乐工配曲；且魏晋间汉乐失传后，文士写作乐府题便不出赋题与拟词两端，这就彻底解除了乐府词与乐的关系，使后人对乐府的把握和写作不必再顾及音乐，而只需考虑风格或体制等其他方面的文体规定性。如近人陈天倪所谓："古之诗章，原以合乐，故当以声律为衡；今不合乐，则当以词采为主。"③ 沈德潜的论断正与冯班桴鼓相应，考虑到冯班的乐府论流传不广，直到晚近被丁福保辑入《清诗话》才广为人知，则乾隆以后诗坛就乐府写作达成共识，放弃音乐取向而走风格取向之

---

① 沈德潜：《说诗晬语》卷上，《沈德潜诗文集》，第4册，第1923页。

② 同上。

③ 陈天倪：《诗经别论》，《尊闻室賸稿》，中华书局1997年版，上册，第520页。

路①，可能更多地是缘于沈德潜的影响。毕竟《说诗晬语》版本甚多，为诗家所习知。更何况流行一时的《唐诗别裁集》，也将乐府题作品杂录于各体中，不另标乐府名目，凡例说明"唐人达乐者已少，其乐府题不过借古人体制，写自己胸臆耳，未必尽可被之管弦也"②，这直接给学者起了一个示范作用。

沈德潜的诗歌史论，最值得注意的还是明代部分。清初诗家出于亡国之痛，对明代学术和文学都有不少情绪化的过甚之辞，沈德潜则在距离拉开之后，能以较平和的态度对待明代诗歌，甚至给明代复古派以较正面的评价。除了前文论《明诗别裁集》所举诸说外，《说诗晬语》还指出："永乐以还，崇台阁体，诸大老倡之，众人应之，相习成风，靡然不觉。李宾之（东阳）力挽颓澜，李（梦阳）、何继之，诗道复归于正。"③ 相比钱谦益的全盘诋斥，已给了李梦阳肯定性的评价。不仅如此，他又进一步驳钱谦益之说云："李献吉雄浑悲壮，鼓荡飞扬；何仲默秀朗俊逸，回翔驰骤。同是宪章少陵，而所造各异，骎骎乎一代之盛矣。钱牧斋信口掎撅，谓其'摹拟剽贼，同于婴儿学语'。至谓'读书种子，从此断绝'。此为门户起见，后人勿矮人看场可也。"④ 他的论断为《四库提要》所采纳，后人亦多许其持论平允⑤。对于李攀龙，《说诗晬语》也将其拟古诗与七律区别对待，褒贬持平："李于鳞拟古诗，临摹已甚，尺寸不离，固足招诋諆之口。而七言近体，高华矜贵，脱去凡庸，正使金沙并见，自足名家。过于回护与过于掊击，皆偏私之见耳。"⑥ 起初他在《明诗别裁集》里评李攀龙七律"已臻高格，未极变态"，基本还是沿袭王世贞《艺苑卮言》之说⑦，至此已略有修正，足见经过仔细斟酌，绝非率尔轻发。

总体看来，沈德潜的诗歌史观和作家批评都出于深思熟虑，评价明显较前人客观公允，故多为后人所引重，逐渐奠定其经典地位。如果说诗歌史上许多重大

---

① 这个问题蒋寅《冯班与清代乐府观念的转向》（《文艺研究》2007 年第 8 期）有专门论述，可参看。

② 沈德潜：《唐诗别裁集》卷首，上海古籍出版社 2013 年版。

③ 沈德潜：《说诗晬语》卷下，《沈德潜诗文集》，第 4 册，第 1956 页。

④ 同上书，第 1957 页。

⑤ 参看苏文擢《说诗晬语诠评》卷下，台湾文史哲出版社 1985 年修订版，第 396—397 页。

⑥ 沈德潜：《说诗晬语》卷下，《沈德潜诗文集》，第 4 册，第 1958 页。

⑦ 王世贞《艺苑卮言》卷七云："守其俊语，不轻变化，故三首而外，不耐雷同。"《历代诗话续编》，中册，第 1065 页。

问题和重要作家的评价都以沈德潜的论断为定论，可能过于夸大了他的识力；但要说后人对诗歌史和历代重要诗人的认识都是由沈德潜的评价确立其最初的基准，大概是符合事实的。相比前代各种诗学和诗选，沈德潜历代诗选的包容性和《说诗晬语》议论的平正通达，无疑更赢得学人的信任。

### 三　沈德潜诗学的历史定位

尽管沈德潜诗学具有上述多方面值得肯定的价值，我们仍不能否认，沈德潜论诗也确有谫陋、迂腐的一面。当时不只袁枚痛摘其短，法式善《梧门诗话》也说："归愚宗伯虽诗坛老宿，而评骘诗文则时有谫陋处。唐贤诗'何应不归去，淮上有青山'，而沈评以淮上实无山。无论余山、八公、硖石皆夹淮而峙，即秦淮海之'知是淮流转处山'，亦一证矣。"① 近代杨香池《偷闲庐诗话》则指出："钮稼仙《题黄夫人寄杨升庵诗》有'万里梦生还'之句，沈归愚以为蜀中距滇无万里，易为'两地梦生还'。似此拘泥，则李白之'又不见高堂明镜悲白发，朝如青丝暮如雪'及'千里江陵一日还'等句，不亦应当改易乎？"② 为此自乾隆以降，诗坛对沈德潜诗学的评价，一直存在截然相反的结论。柳商贤诗云："岿然吴下旧诗翁，放黜淫哇赖折衷。独为后生标准的，起衰无愧廓清功。"③ 张晋诗云："别裁伪体有谁知，绮语淫词一删除。留得后人津逮在，江南一个老尚书。"④ 这是正面肯定其厘定正派、别裁伪体之功的意见，而认为沈德潜对后来诗学产生负面影响的，则如文廷式所说："本朝诗学，沈归愚坏之。体貌粗具，神理全无，动以别裁自命，浅学之士为其所劫，遂至千篇一律，万喙雷同。（中略）姚薑坞《援鹑堂笔记》谓归愚以帖括之余研究风雅，可谓助我张目者也。"⑤ 朱庭珍折衷两种评价，一方面肯定"沈归愚先生持论极正，持法极严，便于初学"，同时又遗憾"归愚自命起衰复古，未免力小任重，举鼎折脰"，"特才气短，未能副其志耳"。但"迹其生平，门户依傍渔洋，而于有明前后七子之

① 张寅彭、强迪艺：《梧门诗话合校》卷五，第 165—166 页。
② 杨香池：《偷闲庐诗话》第二集，张寅彭主编：《民国诗话丛编》，上海书店出版社 2002 年版，第 3 册，第 724 页。
③ 柳商贤：《莲庵诗钞》卷三，光绪十五年刊本。
④ 张晋：《仿元遗山论诗绝句六十首》卷二，嘉庆十七年刊本。
⑤ 文廷式：《琴风余谭》，《文廷式集》，中华书局 1993 年版，下册，第 785 页。

徒及卧子、竹垞诸公遗言绪论，亦多撷拾。故《说诗晬语》所论，虽未入三昧悟，精神微妙之旨，得未曾有，然古今诗家源流正变之别，及各体句调章法规格，则言之娓娓，大旨略具，亦初学发轫之一助。从其言，可望入正路，不致误于歧途，引人入门，此叟功也"①。这大概可以说是古典时代对沈德潜诗学的终审判决。

今人对沈德潜诗学更多地是以长时段的眼光来看待其总结意义，正如张健所断言的，"从宋末以来绵延数百年的回归传统的思潮到这里是一个总结，也是一个终结。此后再也没有能够形成一个大的回归传统的诗学运动。这一诗学价值体系实际上是传统诗学价值系统的整合与总结形态"②。这一定位无疑是非常准确的，如果在"传统诗学价值系统"上再加以"以唐诗为典范"的限定，意思会更清楚一点。沈德潜诗学正是以唐诗为典范的古典诗歌美学体系及其所依托的诗学传统的最后完成及终结。怀特海曾说，"观念以对于习惯的解释为起点，以建立新方法和新制度为终结"③。沈德潜新格调派诗学试图通过唐诗来解释和建构传统，但深入研究的结果却改变了初衷，达成一种包容广泛的诗歌观念。这本应说是很好的结果，然而历史的复杂就在于它的不可预见性。乾隆中叶勃兴的汉学带来浓厚的考据风气，对传统的诗歌观念形成有力的冲击，迫使当时的诗论家不得不面对一个新的现实，从而使嘉、道以后的诗学截然分流为二：一是坚决抗拒考据学风、将自我表现观念推向极致的后性灵思潮；一是接纳考据学风、从宋诗风发展出"同光体"的学人诗风。这两股诗潮都与沈德潜的新格调派分道扬镳，共同占据了清代中叶以后诗坛的主流。但这并不意味着沈德潜诗学被弃置不论，无人问津，相反它作为古典诗歌传统的正宗，仍被后学承传甚至规模越来越大地占据一般写作和阅读市场。古典诗学传统的终结只是学理意义上的，而不是现实中的竭源绝流，这是很容易理解的。事实上，在沈德潜身后，他的门弟子辈仍承传其诗学，并不断扩大它在诗坛的影响力。

① 朱庭珍：《筱园诗话》卷二，《清诗话续编》，第4册，第2365页。
② 张健：《清代诗学研究》，第511页。
③ 艾尔弗雷德·诺思·怀特海：《观念的历险》，第82页。

## 第六节　沈德潜门下的诗学

### 一　一个被忽视的群体

文坛一如武林，也是一个江湖。能占据崇高位置的大家、名家，不仅需要自身才学过人，还必须有一批得力的弟子门生传承其学，才能成就其宗师的地位。乾隆朝诗学所以能形成几个很有影响力的流派，由师门结成强大的诗人群体是不容忽视的重要因素。袁枚弟子如云固不待言，翁方纲也有一批以诗才著闻的门生。沈德潜姑不论数十年坐馆课授的弟子，就是告老还乡后栽培的门生后学，数量也非常可观，其中不乏兼擅文学、考据之才，负一时盛誉的名诗人，在沈德潜身后的诗坛发挥着举足轻重的影响。只消看看乡邦后学彭启丰的记载，就知道沈德潜门下诗学之盛及对承传、发扬沈德潜新格调诗学所起的作用：

> 国家景运郅隆，百余年来，能诗之士甚众。其尤著者，前则王新城、施愚山，近则吾乡沈文悫公，先后以诗导后进。而文悫之受知于圣主也独深，既跻高位，又享大年，故一时言诗者，虑无不出文悫之门。文悫诗与新城、愚山，其声律高下，不尽相同，要归于宽裕和平则一而已矣。文悫公既殁，及门诸子多欲以诗绍其传。如范景南父子、褚左峨、王祖锡、卞培基、顾景岳辈，皆先有闻于时；而王禹卿、任幼植，又数与诸子相游从。于是有同志者，集诸子之诗为十六卷，将以行之世。①

这里提到，沈德潜下世后，弟子辈都有意识地要以诗学绍继老师的学术传统，因而有《八家诗选》之刻。这八人其实还不算沈德潜最重要的弟子，大概只是最后从沈德潜游的一些门生，除王文治（禹卿）、顾宗泰（景岳）之外，余子名气都不大。沈德潜更著名的门人是紫阳书院的弟子，以盛锦、周准、顾怡禄、陈樾

① 彭启丰辑：《八家诗钞》自序，乾隆刊本。

为首，然后是乾隆十六年（1751）所编《七子诗选》的作者王鸣盛、吴泰来、王昶、黄文莲、赵文哲、钱大昕、曹仁虎，后继者还有褚寅亮、张熙纯等。据王昶说：

> 沈文悫门下承其指授者，以盛青嵝（锦）、周迂村（准）、顾禄百（怡禄）、陈经邦（樬）为最，其后则王凤喈（鸣盛）、钱晓徵（大昕）、曹来殷（仁虎）、褚左峨（廷璋）、赵损之（文哲）、张策时（熙纯）及予。后有考诗学源流为接武、羽翼之说者，不可不知。若企晋（吴泰来）虽曾亲风旨要，未尝有瓣香之奉也。①

此外，我知道的还有毕沅、段玉裁、袁景辂、宋调元、王庭魁、程际盛、胡道南②、曹锐③等，多为江南一带士人，也有像恒仁这样在京师执贽门下的，究竟有多少人，尚待细考。这些弟子在沈德潜身后，似乎很少以诗学名世及发扬老师的诗学，甚至还有背越门庭的。以至于乾隆五十九年（1794）李宪乔怂恿袁枚起而排击沈德潜诗学时，袁枚只有感慨："当归愚极盛时，宗之者止吴门七子耳，不过一时借以成名，而随后旋即叛去。此外偶有依草附木之人，称说一二，人多鄙之。此时如雪后寒蝉，声响俱寂。"④ 在他眼里，沈德潜根本已不是对手，现在抨击其学说，纯粹多此一举。话虽这么说，沈德潜这批弟子多为乾隆朝著名学者和诗人，他们的诗学见解还是值得关注的。轻信袁枚的说法，忽视这群人的存在，会在一定程度上影响到我们对沈德潜诗学的认识和评价。现有的研究虽然已触及恒仁和吴中七子的诗论⑤，但近年新搜集到的一些文献仍然可以充实我们对这一群体的认识。

## 二 恒仁、钱大昕和王鸣盛

在已知的上述弟子中，身份最尊贵的是恒仁，系英亲王阿济各四世孙。恒仁

---

① 周维德辑校：《蒲褐山房诗话新编》卷上，第40—41页。
② 胡道南《风满楼诗稿》宋调元序："南丰胡子湄村与余同出长洲沈宗伯门下。"乾隆刊本。
③ 张寅彭、强迪艺《梧门诗话合校》卷三："曹友梅锐曾学诗于沈文悫。"第114页。
④ 袁枚：《再答李少鹤尺牍》，《小仓山房尺牍》卷一〇，《袁枚全集》，第5册，第206页。
⑤ 吴宏一《清代诗学初探》第六章略提到恒仁、王昶、钱大昕三人的诗论，吴瑞泉《沈德潜及其格调说》（台湾东吴大学1980年硕士学位论文）第四章"格调说之影响及其反响"及林秀蓉《沈德潜及其弟子诗论之研究》（高雄师范学院1986年硕士学位论文）才述及恒仁和吴中七子的诗论。

（1713—1747），字育万，一字月山。袭封辅国公，以不应封失爵，专志于学。乾隆九年（1744）以诗执贽于沈德潜门下①，有《上沈归愚先生二首》，其二云："史才班马匹，诗格杜韩双。天子呼名士，何人意不降？高山欣可仰，寸莛辞敢撞。应似渔洋叟，从游有紫幢。"②考虑到赵执信乾隆九年去世象征着清代诗学史第一阶段的结束，恒仁此时执贽于沈德潜门下似乎也成了有意味的事件。恒仁在将沈德潜比拟为王渔洋的同时，也以从渔洋学诗的宗室前辈文昭自许，足见有着光大师门的志向。沈德潜授以《唐诗正声》，造诣日进，"吐属皆山水之清音"。法式善《八旗诗话》称其"志学不倦，尝以诗质沈归愚尚书、椒园（沈廷芳）侍御，俱称其体大思精，于红兰（岳端）、紫幢（文昭）不多让也。惜中年殂谢，未竟其志"③。身后留下的著述，除《月山诗集》外，还有《月山诗话》一卷，其中杂论古人诗，多驳议前人之说，大约是平日读书的心得札记。恒仁自称"平生服膺杜与苏"④，故对古来李杜优劣之争，左李而右杜，不无偏颇。然而折衷明人之说，每中肯綮，又非世间率尔操觚者流可比。又论王渔洋不喜杜诗，也能罗列王书中论杜之语证成其说，不像赵执信那样凭空指责。故翁方纲称赞他驳渔洋薄视白居易、讥杜甫《八哀诗》及说《李潮八分小篆歌》高出韩、苏之上等说法"诚诗家定案"⑤。其他如考证诗中本事用典，订正篇章作者之讹，纠驳渔洋笔记传述之误，也都言之有据，辨析精微，为谈艺者所未及，但就诗歌观念和理论而言则略无发明，大体属于考辨札记式的诗话。

沈德潜门人以钱大昕声名最著，戴震许为天下第二，第一是他自己，不过世论未必认可。钱大昕（1728—1804），字晓徵，号竹汀，江苏嘉定人。与惠栋、王昶、褚寅亮、李果、沈彤、赵文哲、曹仁虎为紫阳书院同学。乾隆十五年（1750）沈德潜告老归乡，大昕与王昶、曹仁虎等游其门⑥，为沈德潜所编《吴中七子诗选》的作者之一。他被视为清代最博学的人，以《廿二史考异》《十驾

---

① 沈德潜辑：《清诗别裁集》卷三〇恒仁小传，下册，第1253页。恒仁事迹见沈廷芳撰《宗室育万墓志铭》。

② 恒仁：《月山诗集》卷三，艺海珠尘本。

③ 法式善：《八旗诗话》，中国社会科学院文学所藏《梧门诗话》抄本附。

④ 恒仁：《寄答全谢山吉士》，《月山诗集》卷一。

⑤ 翁方纲：《月山诗稿序》，《复初斋文集》卷四，第43页。

⑥ 严荣：《述庵先生年谱》卷上，（台湾）商务印书馆1978年版，第9页。

斋养新录》著闻于世，但夙言对诗学兴趣不大，甚至宣称"予不喜作诗，尤不喜序人之诗"①。其实他也为友人作过一些诗序，只不过都没收入文集②，因而很少为人论及③。现在看来，他对诗坛的发展态势明显很关注，并有自己的看法。嘉庆三年（1798）七月题唐仲冕《陶山诗录》云："诗道之难久矣，言神韵者或流为优孟之衣冠，言性灵者或杂以参军之爨弄，彼此相笑，吾未知其孰贤也！陶山诗笔力横绝，字字心花结撰，不肯拾人余唾，而实无一字无来历；抒写怀抱，能达难显之情，而不入于俚鄙佻巧之习。"④ 如果说此言还折衷于神韵、性灵两派之间，那么《春星草堂诗集序》称作者"得古人之性情而不袭其面目，兼古人之门径而不局于方隅"⑤，就鲜明地表达了新格调派的艺术宗旨。在他看来，严羽"诗有别才"的说法及朱彝尊的批评，都属于只知其一，不知其二。"夫唯有绝人之才，有过人之趣，有兼人之学，乃能奄有古人之长，而不袭古人之貌，然后可以卓然自成为一大家。"⑥ 由此我们看到，他对诗人才能及实现途径的理解，相比师门之说吸收了性灵诗说的核心观念——趣；同时他重新将情拉进来，将刘知几的"史家三长"发展为才学识情的四分法：

> 昔人言史有三长，愚谓诗亦有四长，曰才曰学曰识曰情。放笔千言，挥洒自如，诗之才也。含经咀史，无一字无来历，诗之学也。转益多师，涤淫哇而远鄙俗，诗之识也。境往神留，语近意深，诗之情也。方其人心有感，天籁自鸣，虽村谣里谚，非无一篇一句之可传，而不登大雅之堂者，无学识以济之也。亦有胸罗万卷，采色富赡，而外强中干，读未终篇，索然意尽者，无情以宰之也。有才而无情，不可谓之真才。有才情而无学识，不可谓

---

① 钱大昕：《李南涧诗集序》，《钱大昕全集》，第 9 册，第 417 页。

② 孙利政《钱大昕集外诗文新辑》（《南京师范大学文学院学报》2016 年第 1 期）辑得钱大昕文集未收诗序八篇，为本文所参考。

③ 关于钱大昕文学理论和诗学的研究，有郭园兰《论钱大昕的文学思想》，《求索》2006 年第 7 期；郭园兰、钟秋明《论钱大昕的"四长"诗学观》，《求索》2012 年第 6 期。另有路新生《钱大昕的文论、史论与"理"论》（《华东师范大学学报》2004 年第 3 期）一文，基本未涉及文学理论问题。

④ 唐仲冕：《陶山诗录》卷首，嘉庆十六年刊本。

⑤ 《钱大昕全集》，第 9 册，第 421 页。

⑥ 钱大昕：《瓯北集序》，《钱大昕全集》，第 9 册，第 419 页。

之大才。①

这也与祖师叶燮的才胆识力四分法不同，体现了新格调说在新语境中的融合和变异。既然主体禀赋的构成存在如此复杂的关系，才情学识有一点不到，便不足以成就真正的诗人和诗歌作品，因此传统的不平之鸣和穷而后工之说在他看来是很可怀疑的。在《李南涧诗集序》中，他首先强调："诗者，志也。非意所欲言而强为之，妄也。"然后针对韩愈"物不得其平则鸣"之说，主张"鸣者出于天性之自然，金石丝竹、匏土革木，鸣之善者，非有所不平也。鸟何不平于春，虫何不平于秋？世之悻悻然怒、戚戚然忧者，未必其能鸣也"；又针对欧阳修"诗非能穷人，殆穷者而后工"之说，断言"诗之最工者，周文公、召康公、尹吉甫、卫武公，皆未尝穷。晋之陶渊明穷矣，而诗不常自言其穷，乃其所以愈工也"。这意味着诗歌最重要的是出于性情之自然，只有自然产生的情感才是真实的，只有基于这一前提才谈得上有无表现力的问题。"若乃前导八驺而称放废，家累巨万而叹窭贫，舍己之富贵不言，翻托于穷者之词，无论不工，虽工奚益？"他所以盛推李文藻诗"读之似近而远，似浅而深，中有所得，而不徇乎流俗之嗜好"，正是认为"此非有不平而鸣者也，此不言穷而工者也，此真合乎古诗人之性情而必传之诗也！"②从中看到了自己理解的诗歌本质。这样，他在给前人带有特殊语境的命题加以必要限定的同时，也为己侪台阁诗人的写作做了必要的辩护，免得他们的起评分被压得很低。以前这个问题不太严重，通常论诗别为山林、台阁两派，貌似各占一片天地，分庭抗礼，其实山林依托"高尚其事"的传统价值观而一直享有傲视台阁的优越感，台阁一方也只能默认。但问题是自乾隆以来，著名文学家越来越麋集于达官群体之中，并且直到晚清显出愈演愈烈的趋势，成为清代文学独异于前代的一个醒目景观。说官人更占有话语优势也好，说他们更拥有文化资源也好，一个不容置疑的现实是，文学越来越依赖于自然禀赋之外的东西。这是一个时代的博雅风气造成的衡鉴标准，就像钱大昕说的，仅凭天籁自鸣，无学识以济之，终究难登大雅之堂。钱大昕虽不喜论诗，也不以论

---

① 《钱大昕全集》，第 9 册，第 421 页。
② 钱大昕：《李南涧诗集序》，《钱大昕全集》第 9 册，第 417—418 页。

诗名，但此言无意中道出清代中叶诗学的一个核心问题，**即诗歌中性情与学问的关系**，或者说性情与学问在诗歌中各占的分量。在过去，这个问题根本就不需要回答，但此刻却似需要认真掂量了。

王鸣盛（1722—1797），字凤喈，一字礼堂，别字西庄，晚号西沚。江苏嘉定人。幼有神童之目，从惠栋游，知训诂必以汉儒为宗。乾隆十九年（1754）中进士，累官侍读学士、内阁学士兼礼部侍郎、光禄寺卿。以壮年告归，著述终老。其著作以《尚书后案》《十七史商榷》《蛾术编》名世，另有《西庄始存稿》《西沚居士集》等。他是钱大昕内兄，也是声名相埒的学者，沈德潜许为"学可以贯穿经史，识可以论断古今，才可以包孕余子"①。他不像钱大昕那样不喜论诗，甚至很得意地夸耀"予于诗无专功，而四方士谬使序其诗者众矣"②，只因这些序文多作于晚年，未编入文集③，很少有人注意。其实他有些见解是很值得重视的，最重要的莫过于对情、才、境、格等范畴间相互关系的辨析。这首先导源于《王憨思先生文集序》对学问的划分："夫天下有义理之学，有考据之学，有经济之学，有词章之学。譬诸木然，义理其根也，考据其干也，经济则其枝条，而词章乃其花叶也。譬诸水然，义理其原也，考据其委也，经济则疏引溉灌，其利足以泽物，而词章则波澜沦漪，潆洄演漾，足以供人玩赏。"这里对学问的划分，相比桐城派多了一个经济，或许与沈德潜门下多官人身份、留心政事有关。但王鸣盛也承认古今无四者兼能之人，那么以何者为重呢？当然是义理之学。"天下未有无根之木、无原之水而能久长者也"。所以在他看来，"义理之与考据，常两相须也。若夫经济者事为之末，词章者润色之资，此则学之绪余焉已尔"④。这种以文学为学问绪余的看法，反映了当时文士间的主流观念，同时也使他本人的诗学成就只限于对诗坛的流行思潮做出被动的回应，而不是对诗学本身进行积极的思考。比如《张少华诗集序》讨论的才与情的关系问题，可能就是对性灵派诗歌观念的回应：

---

① 沈德潜：《西沚居士集序》，《嘉定王鸣盛全集》，第 11 册卷首。又见沈德潜《归愚文钞》卷一四。
② 王鸣盛：《松花庵诗集序》，《嘉定王鸣盛全集》，第 11 册，第 454 页。
③ 陈鸿森《王鸣盛西庄遗文辑存》卷下辑录诗序多至 17 篇，附录于《嘉定王鸣盛全集》第 11 册。
④ 王鸣盛：《西庄始存稿》卷一六，《嘉定王鸣盛全集》，第 10 册，第 300 页。

忧悲愉喜，夫人而有之；光景物色，随所处而遇之。惟工于言者，为能极其所至而传之。若此者，才为之乎？情为之乎？情不深则无言，或强言之，人弗感也。然则情者，言之本也，才将缘是而萌苗焉。虽然，请言其用。夫邃古之谣谚，憋嚗而不能成声，才未开也。小夫女子，片言极致，而无以与乎文章之观，才有所囿也。即使烂然具体，入著作之林矣，而犹或甘辛异宜，丹素各适，无他，其才偏至而止也。是则能达其情者，非才不为用。有深于情而绌于才者矣，未有才之至而无情者也。①

王鸣盛论诗虽也秉承乃师的正统观念，认定"诗之为教，原本性情，故必有得乎温柔敦厚之意，始可与言诗"②，但相对于性情，他显然更强调才的重要，所以开宗明义肯定情为诗之本，才缘情而发后，随即撇开情，而着力从体用的角度阐说才的重要，最终断言：只有情深而苦于乏才的人，哪有才高而无情的作者？从历史的阶段性来看，早期歌谣佶屈聱牙，不能上口，是因为诗才尚未开化的缘故；从作者的身份来看，匹夫女子偶出一言，虽也不无可观，但终究难成大手笔。对比王昶所谓"《诗》之为教，虽小夫妇人，一语称工，辄能传世。而论其极，则学士大夫，穷老尽气，剪刻规橅，而往往不逮"③，以及后来袁枚《随园诗话》的说法："须知有性情，便有格律；格律不在性情外。《三百篇》半是劳人思妇率意言情之事，谁为之格，谁为之律？而今之谈格调者，能出其范围否？"④ 可见王、袁二人都是将才吸收到性情中，用性情取代了才，而王鸣盛则是将情吸纳到了才中。才虽也属于主体属性，但比起性灵来不属于体而属于用，更多地与构造形式的能力相关，在王鸣盛看来更直接与学问有关。所以他论诗"必以多读书为胜"，说"杜陵千古诗圣，其言下笔有神，必以读书万卷为本，然则性灵虽妙，非书卷不足以发之。彼谓诗有别才，非关学问者，聊饰词以文俭腹耳"⑤。从实践的角度说，这不仅表明了王鸣盛形式优先的格调派诗学立场和

① 王鸣盛：《西庄始存稿》卷一七，《嘉定王鸣盛全集》，第 10 册，第 303 页。
② 王鸣盛：《梦草书堂诗钞序》，《嘉定王鸣盛全集》，第 11 册，第 464 页。
③ 王鸣盛：《王琴德诗集序》，《西庄始存稿》卷一七，《嘉定王鸣盛全集》，第 10 册，第 304 页。
④ 袁枚：《随园诗话》卷一，第 1—2 页。
⑤ 王鸣盛：《吴诗集览序》，《嘉定王鸣盛全集》，第 11 册，第 447 页。

崇尚书卷的学人诗倾向，更隐含着庙堂文人的文学观念。对他们来说，诗歌首先是应世的工具和手段，所谓"士君子生逢盛际，苟具能赋之才，即其异日之对扬明廷，敷陈绝业，可卜焉"。为此王鸣盛不但将才和学放在首位，顺便对传统的"诗穷而后"工之说也从政教观的层面做了消解："盖声诗之道，本乎风教，关乎家国君父之大，非独山林长往、幽忧佗傺不得志者所能工也。"① 因为对这种身份的特殊意识，他不仅重视才，也重视阅历及境遇，所谓"诗之道大矣，非才与境相遭，则无以发之"。他评价赵翼诗，特别强调得力于丰富的阅历，"夫在廊庙台阁，则有应奉经进、颂祷密勿之诗；在军旅封圻，则有赠酬告谕、纪述扬厉之诗；在山林田野，则有言情咏物、闲适光景之诗。兹数境者，人鲜克兼之，若耘崧既兼之矣。承恩优渥，扬历中外，出处两得，有境以助其才，有才以写其境，而耘崧之诗出焉，能不为近时一大宗哉！"② 这自然不是性灵派的观念，却也不是格调派的本色，应该说是仕途仅囿于馆阁的王鸣盛对诗歌写作经验的独特体会，是折衷了性灵、格调两派精神的主张，《果斋诗钞序》括其意为"持之以风格，而畅之以才情"。尽管如此，他也很欣赏果斋那种"意不必凿之使深，格不必抗之使高，当其有动于中而形于言，绵绵乎，洋洋乎，畅其意之所欲出而格自合"③。这种主才尚意的观念同样可以说是乾隆间格调诗学的新变之一，其动因正源于沈德潜诗学的兼综包容性格。王鸣盛曾在《树萱诗草序》中谈到自己辑刊《今诗苔岑集》的宗旨，是以兼收并蓄破除诗坛的门户之见："夫诗诚不当画分宗派，瓜区而芋畴之。予采会同异，以为斯编，意欲力破拘墟耳。"这既是对时代思潮的响应，同时也是对沈德潜诗学包容性格的继承和发扬。王鸣盛在沈德潜门人中虽不以诗名，却对新格调诗观有着深刻的领会和新的拓展，难怪四方求序者众，他显然被视为对诗有深刻认识且见解犀利的学者。

## 三　王昶和赵文哲

王昶（1725—1806），字德甫，号述庵，又号兰泉，江苏青浦人。四岁即从父受《三体唐诗》，长而博学多能，诗文兼长，精于金石鉴赏，著书甚富。乾隆

---

① 王鸣盛：《魏生诗序》，《西庄始存稿》卷一七，《嘉定王鸣盛全集》，第 10 册，第 312 页。
② 王鸣盛：《瓯北诗钞序》，《赵翼全集》，第 4 册卷首，第 9 页。
③ 王鸣盛：《果斋诗钞序》，《嘉定王鸣盛全集》，第 11 册，第 453 页。

十九年（1754）中进士，官至刑部右侍郎。乾隆二十五年（1760），寓赵吉士故居寄园，题曰蒲褐山房。后辑《湖海诗传》，即以名其诗话。平生编有《明词综》《国朝词综》《湖海诗传》《湖海文传》多种文学选本，著有《春融堂集》。《湖海诗传》三十六卷，收生平游从的前辈故交凡六百余人，是继沈德潜《国朝诗别裁集》之后第一种较重要的本朝诗选。乾隆五十八年（1793）七十岁时成稿，至嘉庆三年（1798）而编竣①。嘉庆八年（1803）冬《诗传》《文传》刻成，王昶已是风烛之年，耳目俱废。赵翼《稚存说述庵侍郎近状尚无恙喜赋》诗云："落落江天大蠢身，骚坛犹欲独扶轮。诗文采到新先辈，聋瞀几成活死人。"② 因此这两部选集某种意义上可视为乾隆朝诗文创作的一个总结。洪亮吉曾说："侍郎诗派出于长洲沈宗伯德潜，故所选诗一以声调格律为准，其病在于以己律人，而不能各随人之所长以为去取，似尚不如《箧衍集》《感旧集》之不拘于一格也。"③ 钱仲联也认为此选"选录标准，略同于《别裁集》，代表格调派的观点"④。但近年的研究却得出略微不同的结论，认为《湖海诗传》兼取神韵与格调，以宗唐为主，兼取宋元⑤，已反映融合唐宋的趋势。我觉得这是更接近事实的，也是很自然的事。王昶论诗本无门户之见，于古于今都能兼容并蓄。对乃师与其他诗派的分歧，也毫无党同伐异的习气。比如沈德潜不太欣赏厉鹗，《蒲褐山房诗话》却称厉鹗"所作幽新隽妙，刻琢研炼。五言尤胜，大抵取法陶、谢及王、孟、韦、柳，而别有自得之趣。莹然而清，窅然而邃，撷宋诗之精诣，而去其疏芜"。并承认"时沈文悫公方以汉魏、盛唐倡于吴下，莫能相掩也"⑥，较为客观地肯定了厉鹗的成就和影响。

王昶论诗秉持乃师的宗旨，"一以诗教厉天下"⑦，尝言"凡采风于列国者，皆将因诗而验其政之美恶、俗之良楛，有功于诗义。盖身在承明著作之庭，宜以

---

① 严荣：《述庵先生年谱》卷下，第87页。
② 赵翼：《瓯北集》卷四六，《赵翼全集》，第6册，第938页。
③ 洪亮吉：《北江诗话》卷一，第8页。
④ 钱仲联：《怎样研究清代诗文》，《梦苕庵论集》，中华书局1993年版，第170页。
⑤ 王兵：《清人选清诗与清代诗学》，中国社会科学出版社2011年版，第227—231页。
⑥ 周维德辑校：《蒲褐山房诗话新编》卷上，第6页。
⑦ 吴泰来：《春融堂集》序，《春融堂集》卷首，嘉庆十二年塾南书舍刊本。

雅颂为职志者"①。这无异于夫子自道，可见对文臣身份及其政治义务有着自觉的意识，故编纂《青浦诗传》明确表示"凡叫嚣躁突者汰之，空疏陈腐者去之，留连光景、羌无故实者裁之。牵率应酬、庸俗鄙倍，一切剗削"②。而对诗歌写作的基本素质，又以学、才、气、声四者概之，尝自道：

> 吾之言诗也，曰学，曰才，曰气，曰声。学以经史为主，才以运之，气以行之，声以宣之。四者兼而弇陋生涩者，庶不敢妄厕于坛坫乎?③

相比上引钱大昕诗有四长之说，王昶的学、才、气、声明显比钱大昕的才、学、识、情更接近格调派的观念。

《蒲褐山房诗话》以纪事和评论为主，几乎不涉及理论内容。倒是朱桂《岩客吟草》卷首所录王昶《诗说》八则④，系乾隆五十二年（1787）作于云南，为答后学所问各种诗体的作法和艺术特征，表达了他的一些诗学见解。如论七律云：

> 七言律诗难于高华沉实，通体完善，前不突，后不竭，八句中浅深次第，一气旋转，每句七字中又须一气贯注，对工而切，调响而谐。其间使事精确，立言有体，兼以慷慨磊落出之，方为合作。若游览寄忆诸诗，即景会心，天然神妙，不可凑泊者，别为一格，与五言古同其旨趣。

这正是典型的格调派家数，与其他几则论五言古律、七言古风、绝句一样，大体属于老生常谈，不算什么独到见解。只有第一则论学古诗，提出了一种异于前人的思路：

> 汉魏六朝五言古诗，妙处全在神理，千百年来转辗相仿，蹊径已穷，妙谛几尽。惟陶、谢、王、孟、韦、柳诸家，清腴高秀中兼以神悟，虽经严羽

---

① 王昶：《张太夫人培远堂诗序》，《春融堂集》卷四〇。
② 周维德辑校：《蒲褐山房诗话新编》卷下，第6页。
③ 吴泰来：《春融堂集》序引，《春融堂集》卷首。又见施朝干《述庵诗钞序》引述，唯"声"作"调"。
④ 朱桂：《岩客吟草》，中国社会科学院文学所藏清青丝栏钞本。

仪、王渔洋诸公拈出，而兴趣在不思议间，世有妙解人，正堪寻究。先宜以萧闲真澹，养其性情标格，然后反覆涵泳以几自得，未可沾沾摹仿字句，袭貌而遗神也。

无论是明代格调派还是沈德潜的新格调派，汉魏终究是学古诗的不祧之宗，但王昶在此却告诫后辈，汉魏古诗已被学滥，毫无出新的可能，只有六朝至中唐的古诗尚有未发的余蕴可深入探究。这不失为可行的师法策略，实际上揭示了王渔洋一派作古诗的不传之秘。另外，在对待古诗声调的态度上，他明显属于折衷派，一方面承认"五七言古诗俱有自然音节，而杜、韩、苏、陆诸大家又各自为音节"，同时又认为王渔洋、赵秋谷《声调谱》"尚是刻舟求剑耳"，要人自己熟读深思，"使其诗起承开阖、转接断续之妙，悬于心目，信手拈来，如瓶泻水，则应用之平上去入，皆不烦绳削而自合"，这显然是比较通达的见解。最后他提到"学诗先博学，博而取约，举古人诗反覆循玩，融洽于心胸间，下笔自然吻合"，但作诗则"又宜先学一家，不宜杂然并学"，这也是前辈论学诗文乃至书法、绘画、乐器口口相传的心法。大体上说，王昶持论略同于沈德潜，但又有细致入微之处，的确是老于辞章的经验之谈。

赵文哲在吴中七子中名气不大，但诗获得的评价最高。袁枚曾称七子中"赵文哲损之诗笔最健"[1]，王鸣盛更称"今日江左诗人，当以赵损之为第一"[2]。七子中也只有他作有一部《媕雅堂诗话》。赵文哲（1725—1773），字损之、升之，号璞函，江苏上海人。乾隆二十七年（1762）高宗南巡召试，赐内阁中书。后出入军幕，足迹遍及西南、西北。随军征金川，殉木果木之难。著有《群经识小录》《媕雅堂集》《畂隅集》[3]。文哲早年与吴省钦、张少华同从事于王渔洋、朱彝尊诗学，后承教于沈德潜。论诗大旨略近于沈之融神韵于格调，但眼界甚宽，凡历代名家都有所取资，故持论平允。王昶曾述赵文哲作词之旨，"谓当为古人

①　袁枚：《随园诗话》卷一〇，第254页。
②　张寅彭、强迪艺：《梧门诗话合校》卷六，第193页。
③　赵文哲传记，见王昶《春融堂集》卷五三《恤赠光禄寺少卿前户部河南司主事赵君墓志铭》、吴省钦《白华前稿》卷二二《赠中宪大夫光禄寺少卿前户部河南司主事赵公墓碑》。

子孙，不当为古人奴隶"①，洵为名言。

《嬹雅堂诗话》的体裁，很接近王渔洋、翁方纲与门生、后学的学诗答问，也是着眼于指示初学门径，分体列论古今诗家，最终归结于可学不可学。这是很典型的格调派路径。比如说古诗十九首、苏李诗"皆当熟读深思，然却规模不得"；曹植以降魏晋诸名家"并宜讽诵，然其境诣犹非初学所易津逮也"；又诫人陶诗不宜多学；对古今盛推的陈子昂《感遇》，则谓"以理胜、格胜而乏风采可玩，学之者最易成赝体，故虽人人推重，而鄙意不取"；五古虽推杜甫为"诗家之极轨"，但后人无其襟抱、笔力，也学不得，"故流连光景，涵泳性情之作，只宜以王、韦为准的"②。这种观念在思想方法上多半承传于太老师叶燮，叶燮《原诗》在论取法于古诗时曾告诫学者：

> 吾愿学诗者，必从先型以察其源流，识其升降。读《三百篇》而知其尽美矣，尽善矣，然非今之人所能为；即今之人能为之，而亦无为之之理，终亦不必为之矣。继之而读汉魏之诗，美矣，善矣，今之人庶能为之，而无不可为之；然不必为之，或偶一为之而不必似之。又继之而读六朝之诗，亦可谓美矣，亦可谓善矣，我可以择而间为之，亦可以恝而置之。又继之而读唐人之诗，尽美尽善矣，我可尽其心以为之，又将变化神明而达之。又继之而读宋之诗、元之诗，美之变而仍美，善之变而仍善矣，吾纵其所如，而无不可为之，可以进退出入而为之。此古今之诗相承之极致，而学诗者循序反复之极致也。③

这是一种切实可行的取法原则，比那种好作大言，动辄教人学汉魏、《三百篇》的英雄欺人之语，尤为浅切实在，其背后实际上有一种厚今而不薄古的判断在支撑。而关于各种诗体的取法路径，他又各有所取，如五律以王维为正宗，孟浩然、岑参为辅，"太白逸矣，工部大矣，句语不无利病，择之须精"，这很像是

---

① 王昶：《与赵升之书》，《春融堂集》卷四〇。
② 本节所引《嬹雅堂诗话》，均据张寅彭《清诗话三编》，上海古籍出版社 2014 年版，第 3 册，第 1815—1820 页，不再一一注出。
③ 蒋寅：《原诗笺注》，第 224—225 页。

本自王渔洋绪论。而对明诗人高启、李梦阳、何景明、高叔嗣、杨巍、华察及四皇甫的肯定，则明显比沈德潜更多地显出对王渔洋评价的认同。最引人注目的是，他将王渔洋也添加到可取法宗师的廊庑中来，而且无体不佳，无体不可学，这是王渔洋还未曾有过的崇高礼遇：

> 本朝五古断以王渔洋士禛为正宗。初年纯是王、韦，入蜀诗具体少陵，佳在格正词纯，韵远趣足，洵无遗议；
>
> 本朝王渔洋七古全学韩、苏，稍嫌清薄，然无可瑕摘，究为初学所宜取法；
>
> 五律，"本朝王渔洋初学王、孟，中学老杜，皆有至处，故当推为第一"；
>
> 七律，"本朝王渔洋全以神韵擅绝，其不对处，断非所宜，若《登金山》《晚登虁府城》《荥泽渡河》《渡河西望》《寄李邺园》诸首，直逼古人，毫发无憾"；
>
> 五七绝，"若王渔洋之婉约轻妍，其风致全学北宋人，故是神品"。

王渔洋诗歌的成就及典范性，自雍正以来诗家的评价始终有所保留，但到赵文哲笔下，却像韩愈在叶燮眼中一样成了完美的诗人。这无疑是王渔洋诗歌评论史上的一个重要环节，除了个人趣味之外，我们从中也可以看到一种对当代诗歌的自信。

赵文哲对历代诗家成就、特色的论析，颇多胜解，见识似不亚于沈德潜。如论王维、韦应物五古，说王佳处去六朝已远，韦之设色微近六朝，确为深造有得之言。谢灵运诗，人皆见其工于雕刻，赵文哲独称其"妙在仍出以自然"；王渔洋七绝，世皆赏其得唐人神韵，赵文哲偏说"其风致全学北宋人"，无不独树新义而精当可取。论七律一段，以为崔颢《黄鹤楼》非律诗、李白《凤凰台》属强作、杜甫《秋兴》多病句而皆不足法，当以王维、李颀、岑参数篇为准的，褒贬之际足见胆识。又说"七律以雄浑整丽为主。惟是高格必须大题，如登临、怀古、时事等题方足发挥。若偶然即景，而亦务为高格，便成客气"，见识尤为通达。只不过因为专主于学诗，去取之间不无功利色彩。论七古说"此体集中亦不可不存一二，然必择题而施之，亦不必多"，未免有三家村冬烘习气。

《婷雅堂诗话》篇幅不长，但论明人所占分量远较宋人为重。论五古、七律，都不取宋、元而酌取明人，以为"宋之七律失之俚，元之七律失之靡，惟明号称复古"，略近于沈德潜"宋诗近腐，元诗近纤，明诗其为复古"之说，不免滑落到"宋元无诗"的老生常谈中。不过，就他对明代诗人的具体评价来看，倒可信是自出手眼，而并非矮人观剧。大体说来，到乾隆年间，诗家对明诗的判断已能摆脱清初那种情绪化色彩，而平允地品骘其得失。赵文哲也是当时对明代诗学流变颇有见识的论者之一。

沈德潜晚年教授乡里，吴中后学从游者极众，传承其诗学的绝不只是以上这些诗人，有关诗学文献尚有待发掘。这里仅举一例：吴江袁栋，字漫恬，曾编有《唐音拔萃》，传有沈德潜手批本。乾隆十四年（1749）序云："余尝论云，时不论初盛中晚，格不论平奇浓淡，惟其是而已。是者何？理明、格高、调响、韵胜，四者是已。"① 这段话前半直到"惟其是而已"，正是叶燮诗学的要义，但后半的"四者是已"又印证了沈德潜晚年论定的宗旨、体裁、音节、神韵四要素，恰好是沈德潜新格调诗学的路向。由此可见袁栋也是原原本本承传沈德潜诗学的学人，体现了沈氏折衷和包容的艺术理想。无奈这些后学人微言轻，都没能振起沈德潜的新格调诗学。陆元铉说："沈归愚宗伯诗，规格有余，未能变化。论者或以唐临晋帖少之，然终不失为正声。当主持风雅之时，门下士如王礼堂鸣盛、钱竹汀大昕、曹习庵仁虎、赵璞函文哲、王兰泉昶诸君，亦皆别裁伪体，彬彬乎大雅之音。自公殁后，窃据坛坫者谬主性灵之说，于是胡钉铰、张打油纷然竞响矣。"② 这一结局不能说与沈德潜身后门下无人、诗学不振没有关系。

总体说来，沈德潜门下的诗论家都不是以诗学见长的学人，也没有什么专门的诗学研究著作，他们的成就主要是在经史方面，诗学方面的造诣非常有限。唯一颇有建树的赵文哲也因英年早逝，未尽所学。以致今天我们考究乾隆一朝的诗学，很难听到沈德潜门生辈的声音，这与沈德潜在当时的巨大影响很不相称。不过这些学者的有限论述依然传达了格调派的诗歌主张，让我们看到这些诗家对诗歌的一般看法，其中不乏闪光精到的见解。其实，从中国诗学整体来看，能提出

① 孙琴安：《唐诗选本提要》，上海书店出版社 2005 年版，第 380 页。
② 陆元铉：《青芙蓉阁诗话》卷上引，国家图书馆藏清稿本。

一套独创性见解的诗论家毕竟是很少的，多数诗人只能凭着偶尔的感悟贡献一点零星心得。但正是这小分贝的多数，交织成一个时代诗学的主旋律，让我们看到在貌似平庸少创见的沈德潜背后，站立着一批学识不凡的人物，从而理解格调诗学对于传统诗学体系建构的基础意义和普适性价值。

## 第七节　格调诗学的真正传人——乔亿

### 一　乔亿其人及其诗学

在沈德潜的门人之外，还有一个值得注意的后辈，那就是宝应才子乔亿。他未入沈德潜之门，但就诗学而言，一定是乾隆间格调诗学最重要的传人。

乔亿（1702—1788），字慕韩，号剑溪。江苏宝应人。祖莱号石林，康熙十八年（1679）举博学鸿词，官翰林侍读，是江淮间声望仅次于冒辟疆的诗人。乔亿初为太学生，应试不第，遂弃举业，肆力于诗。尝客游山西，主讲猗氏书院、郇阳书院。晚归教授乡里，从游者有著名学者刘台拱、朱彬，可惜都以经学名世，未传其诗学。乔亿著作有多种诗集及《剑溪文略》，又有《剑溪说诗》二卷又编一卷、《杜诗义法》二卷、《大历诗略》六卷，后人汇刊为《乔剑溪遗集》[①]。乾隆初，沈德潜执东南坛坫牛耳，海宁查氏群从以诗鸣于浙西，乔亿游于其间而能自树一帜。同郡后学焦循跋《大历诗略》，惋惜乔亿"以诗名江淮间，与长洲沈归愚宗伯之名相埒而不相下。宗伯晚年遭遇特隆，而剑溪以太学生老，故其名不甚彰显"[②]。这可能有点夸大了乔亿的声望，姑不论沈、乔两人名声显晦，仅就年辈而言也是有明显差距的，沈德潜长乔亿近30岁，所以朱彬提到乔亿早年与沈德潜、沈起元的交往，称忘年交[③]。

考乔亿与沈德潜的交往始于乾隆六年（1741）。是年乔亿入京，秋间以诗投

---

① 乔亿事迹见朱彬《剑溪先生墓表》，《游道堂集》卷四，光绪刊本。
② 焦循：《书乔剑溪选大历诗后》，《焦循诗文集》，广陵书社2009年版，上册，第331—332页。
③ 朱彬：《剑溪先生墓表》，又见《游道堂集》卷二《兰言集序》。

赞，请沈德潜为撰诗序，沈德潜以古澹许其诗。乔亿有《寄沈归愚先生》报谢，略云："学诗二十载，敢叹无知音。昨以芜集投，获命如南金。谓多复古作，意象超凡今。"乾隆十六年（1751）冬，乔亿上京，沈德潜过访寓所，观其诗稿及《剑溪说诗》，为《说诗》作序。乔亿有《沈归愚先生过访奉呈十六韵》致意，沈德潜以四言古体三首作答，称："诗道波流，滔滔何底？雕斲伤真，绮靡乖体。不图今日，复闻正始！"① 言下流露出对乔亿诗学观念的由衷赞赏，当时因视乔亿为沈德潜诗学的传人。吴本锡《狂歌呈乔五丈慕韩》有云："当今风雅孰宗主，国老尚书沈先生。海内英俊待甲乙，人人自拟登龙门。尚书汲引无不可，心眼所照惟髯卿。"② 但就沈、乔两人诗学的交集而言，似乎更多是同道相应而非师弟承传。

乔亿的诗学观念集中表述于《剑溪说诗》一书，乾隆十六年刊行时，除冠有沈德潜序与题诗，还附有是年十一月邱谨札，翌年四月、二十一年（1756）十月方观承札，可见其友朋间切磋、商榷之勤。乔亿对诗歌的看法，很多地方都与沈德潜的见解相近。这也很自然，沈德潜诗学多承王渔洋之说，乔亿最服膺的同样是王渔洋，书中取渔洋之说甚多。乔亿论诗难得用"格调"概念，却多用"格韵"一词，似乎直接将神韵融入其中。总之，在他的诗论中明显可见新格调诗学与神韵诗学一以贯之的精神。

首先我们看到，乔亿持论颇为闳通，这正是王渔洋、沈德潜论诗的共同特点。朱彬述其师平生诗学进阶，"始学汉魏、六朝、中唐人，中岁肆力于杜，晚年泛滥于韩、苏、白、陆诸家"③。虽然中年以后致力于杜诗，但我们读《李白论》《书元稹李杜优劣论后》，都见议论很持平，没有一般宗杜者那种对李白的偏见。乔亿论诗首重品，"品居上，才次之"④，然后观以气象。故最推重陈子龙、归子慕、顾炎武一辈忠烈、高士，曾打算编纂元明清三代大儒、名臣、节烈、高士之诗为《道学诗钞》《名臣诗钞》《忠义诗钞》《逸民诗钞》而未果。

---

① 《沈德潜诗文集》第 1 册，第 46 页。乔亿《剑溪说诗》附录载沈德潜诗，题作《壬申冬日乔君慕韩自白田至感旧言怀出示近诗并剑溪说诗二卷未远风骚欣然成咏》，壬申纪年似有误。

② 吴本锡：《寄云楼诗集》卷二，嘉庆二十五年刊本。按：诗作于乾隆三十五年（1770）庚寅之前。

③ 朱彬：《剑溪先生墓表》，又见《游道堂集》卷二《兰言集序》。

④ 乔亿：《剑溪说诗》卷下，《清诗话续编》，第 2 册，第 1104 页。

他对诗歌创作的基本观念源于中唐白居易一派，主张"诗必有为而作"①，故独能表彰韦应物诗多恤人之意，发抉《睢阳感怀》《经函谷关》二诗丰富的现实内容。吴本锡《狂歌呈乔五丈慕韩》云："今人执笔求好句，强为哀乐终无情。先生作诗必有为，率尔驰骋谢不能。"这种意识也贯穿在《大历诗略》中，卷六评戎昱《苦哉行》云："昱此诗深得乐府叙事法，亦诗史也。'去年'二句谓史思明陷河阳怀州，'今秋'以下谓仆固怀恩进克东京，回纥肆行杀掠。"② 又评《闻颜尚书陷贼中》云："鲁公授命，唐人无诗，何慕义者寥寥也。读此可以知人。"戎昱诗历来不太为人注意，严羽《沧浪诗话》甚至说"戎昱在盛唐为最下"③，而乔亿独注意到戎昱对时事的关注，注意到《苦哉行》揭露唐朝向回纥借兵平叛带来的恶果，注意到《闻颜尚书陷贼中》对颜真卿被李希烈拘羁的特殊关切。这种眼光绝非沈德潜所能及。

乔亿论诗之根柢，主张根于经史，积学知道，大处着眼。所谓"洞悉源流，指陈利病，既显示以坦途，复微参以绝诣"④。尤其注重阐明体制，区别家数，厘清源流，示人以诗学正途。《说诗》泛论古代诗家，都能抉其独到之境，裁量短长，品第高下，要言不烦，辄中肯綮。这都很接近沈德潜的批评手眼。台湾学者张健注意到书中有关对立观念的诠释，认为"在传统的诗论之外，发展出一套二元论的诗学理论来"⑤。经他整理，计有十六项，分别为诗文与学、诗与文、轻与重、奇与平、著力与不著力、意与景、洁与拉杂、风韵与性情、有我与无我、用事与用意、才气与识见、雄壮与绵至、高浑与精切、真与伪、品与才、古体与近体。其实远不止这些，起码还可以加上率与炼、气象与骨力、折落与稳顺、规矩与天成、粗硬与温醇、全篇与好句以及多寡、繁略、丰约、离合、顺逆、疏密、疾徐等。这也与沈德潜对传统诗学观念的省思一脉相承。尤其是论音节与读诗，说"性情，诗之体；音节，诗之用"，"凡读诗宜沉缓而悠圆，其滋

---

① 乔亿：《剑溪说诗》卷下，《清诗话续编》，第2册，第1096页。
② 乔亿辑《大历诗略》，乾隆三十六年居安斋玩之堂刊本。以下引用此书，均据此本。
③ 严羽《沧浪诗话·诗评》，相关讨论见蒋寅《作为批评家的严羽》，《文艺理论研究》1998年第3期。
④ 邱谨书札，《剑溪说诗》卷首，《清诗话续编》，第2册，第1067页。
⑤ 张健：《〈剑溪说诗〉的诗论探究》，《诗话与诗评》，（台湾）文津出版社2006年版，第182页。

味自出，音节亦自有会心"①，与沈德潜的主张桴鼓相应。后人因此认为乔亿"论诗之旨犹是长洲《晬语》之例"②，这大致不错。但真正体现乔亿格调派立场的是对"切"的排斥，他引《仕学规范》之说曰："古人作诗，正以风调高古为主，虽意远语疏，皆为佳作。后人有切近的当气格凡下者，终使人可憎。"③ 进而指出："后人赋物每苦于太切，不及古人高浑。如柳吴兴《捣衣诗》五首，直至第三首末方到题，第四首言捣衣。其前后数首，多言秋闺愁思之态，岂语皆泛设？盖正写捣衣时情景也。从来空中有力，远处传神，多类此。"④ 这明显是出于格调派崇尚浑沦之美的趣味，神韵诗学在这一点上与格调派实有相同取向。

尽管如此，乔亿对诗歌的趣味，仍有异于沈德潜之处。比如，他虽也以性情为本体，却主张"不必义关乎伦常、意深于美刺，但触物起兴，有真趣存焉耳"⑤。又引述陈白沙"论诗当论性情，论性情先论风韵，无风韵则无诗"之说，一方面批评"至近代名家，专尚风韵，不问性情"，一方面又警惕"宋以来学《击壤集》者多涉学究语，又或以书为诗，以文为诗"而致诗乏风韵的倾向⑥。如果说沈德潜已开学人诗风的先声，那么乔亿此说则可视为引发性灵论之端绪。还有，他论诗虽首重品，但诗品在他看来又是可拟托的："寓言诗如海市蜃楼，空中结撰，凡点缀景物，不妨侈言之。昭提、道馆、园林、斋舍等作，须即景抒情，景或不真，情焉得实？虽词句清美，气味恬雅，可以充高品，不可为真诗。"⑦ 既然诗品可以虚拟伪托，真诗也就成了底线，同时也是更高的标准。那么，又如何判定一首诗是不是真诗呢？他的原则是："能感人便是真诗，不能感人便是伪体。"⑧ 将是非判断的着眼点由动机转移到效果，虽摆脱了逻辑上的困顿，无意中却又滑到性灵派的言说路径上去了。再者，沈德潜不太注意诗中的情景问题，乔亿则对诗中的情景关系作了深入探讨。首先他将景区分为虚拟和目接

---

① 乔亿：《剑溪说诗》卷下，《清诗话续编》，第 2 册，第 1098 页。
② 康发祥：《伯山诗话》三续集卷一，咸丰间刊本。
③ 乔亿：《剑溪说诗》卷下，《清诗话续编》，第 2 册，第 1102 页。
④ 同上。
⑤ 同上书，第 1098 页。
⑥ 同上。
⑦ 同上书，第 1130 页。
⑧ 同上书，第 1128 页。

两类："景有神遇，有目接。神遇者，虚拟以成辞，屈宋已下皆然，所谓五城十二楼，缥缈俱在空际也。目接则语贵徵实，如靖节田园、谢公山水，皆可以识曲听真也。"① 他引述姜夔"意中有景，景中有意"之说，认为"意中有景固妙，无景亦不害为好诗。若景中断须有意，无意便是死景"。也就是说，言意之句有自足性，而写景之句不具有独立的意义。所以他诫人"勿写无意之景"②，凡诗中"景物所在，性情即于是焉存"③。这一方面是对景物写意化倾向的有意识强调，同时从某种意义上说，也是要为末世写作树立信心。他感慨"景物万状，前人钩致无遗，称诗于今日大难。惟句中有我在，斯同题而异趣矣"④，这意味着主体意识的投射是使景物摆脱雷同、富于变化，从而保证诗歌艺术生生不息的先决条件："节序同，景物同，而时有盛衰，境有苦乐，人心故自不同。以不同接所同，斯同亦不同，而诗文之用无穷焉。"⑤ 这种想法在理论上无疑是有前瞻性的，但同时也会导致写意的绝对化，再与传统的比兴观念相融合，就会不适当地压抑赋笔的合理空间，使纯粹的风景诗在中国诗歌中难以立足，一如纯粹写实的风景画在中国古代绘画中同样很少。

《剑溪说诗》的议论，整体上感觉比沈德潜《说诗晬语》更有深度。除了诗歌体制和范式的研究更为全面和具体，写作技巧层面的揣摩也更加细腻和深入，从而以更具体深入的阐述充实了格调派的学说。以下三条无疑是包含独到发明的见解：

> 古诗云者，托兴古，命意古，格古，气古，词古，色古，音节古也。后人古诗不古，直可谓之拗字体耳。
>
> 转韵无定句，过意转、气转、调转，而韵转亦随之。⑥
>
> 音节难言也，近体在字句轻重清浊，古体在气调舒疾低昂。音节不但四

---

① 乔亿：《剑溪说诗》卷下，《清诗话续编》，第 2 册，第 1097—1098 页。
② 同上书，第 1097 页。
③ 同上书，第 1098 页。
④ 同上书，第 1097 页。
⑤ 同上。
⑥ 同上书，第 1092 页。

声，必兼喉舌腭齿唇。①

唐人对古诗的把握原本于体制、声调无所偏倚，宋代以后开始关注古诗的声调规则，清初诗家对古诗声调的细致揣摩使古诗写作愈益朝声调取向倾斜。乔亿有感于此，从托兴到音节全方位强调古诗的诗性特征，重塑了格调派的古诗观念。前人讲转韵，只包括韵、意两个要素，乔亿这里又补充气、调两个要素，丰富了对诗歌意脉层次的认知。音节则将近体、古体分而论之，近体讲究字音的轻重清浊，古体则讲究韵律的舒疾低昂，这是远比前人深刻的见解。自从唐代近体格律定型后，讲声律都着眼于平仄谐和，顶多顾及上去入三声的调配，乔亿提出音节的讲究不只限于四声，还要兼故喉舌腭齿唇五音，接近词曲的声律要求，是对诗歌声调的进一步细化，开了乾隆时代新一轮诗歌声律学研究热潮的先声。

另外，乔亿诗歌评点之细腻同样使沈德潜相形逊色。沈德潜《别裁》诸选，不仅评语寥寥，措辞也极其简略。乔亿《大历诗略》的批评却细致到与翁方纲的肌理批评堪有一比。如卷五选皇甫冉《三月三日义兴李明府后亭泛舟》诗：

> 江南烟景复何如，闻道新亭更可过。处处艺兰春浦绿，萋萋藉草远山多，壶觞须就陶彭泽，风俗犹传晋永和。更使轻桡徐转去，微风落日水增波。

乔亿在首句旁批"义兴"，次句批"后亭"，五句批"李明府"，六句批"三月三日"，七句批"倒出泛舟"②，全诗的脉络剖析得一清二楚。卷六刘复《春雨》，乔亿批："刘水部诗肌理细腻，气味恬雅，殆无一字类唐人，真绝尘品也。"这里正巧也用了"肌理"一词，说是偶然却又像有着某种必然。乔亿的《剑溪说诗》虽然比袁枚、翁方纲的诗话更早写成，但其中却似已综合了两家的思想，或者说蕴含了性灵、肌理说的部分观念。这一方面可认为乔亿诗学具有某种兼综色

---

① 乔亿：《剑溪说诗》卷下，《清诗话续编》，第 2 册，第 1098 页。
② 乔亿辑：《大历诗略》卷五，乾隆三十六年居安乐玩之堂刊本。

彩，另一方面又可说反映了乾隆诗学的特点，各家诗学都是你中有我、我中有你。乔亿仿佛站在三家诗学的交叉点上，比同时代的其他诗论家具有更多的可能性。而比起沈德潜来，后者的精深博厚固能仿佛之，而其迂腐肤廓也未能避免，并且时而流露出明代格调派那种画地为牢的武断习气，如称"六朝诗音无不善，唐音有善有不善，宋以下率皆有声无音"①，又言"五言盛于汉魏，大衍于晋，衰于齐梁，杂于唐，亡于宋"②，或干脆断言"长庆后无五言诗"③。这就像叶燮说的，"其取资之数，皆如有分量以限之"④。沈德潜基本上已没有这种毛病，但乔亿仍时常好作大言，是其一病。

## 二　大历诗研究与格调派批评话语

以享寿八十七而言，《剑溪说诗》只能说是乔亿中年的著作，二十年后他又刊行了一部《大历诗略》。据书前乾隆三十七年（1772）所作自序，本书始创于乾隆二十二、二十三年间，历十四年四易其稿而成。这个六卷本的大历诗选评应该集中了他晚年的诗学见解。由于大历诗歌历来不受重视，乔亿这部评选也一直不入研究者视野，直到近年才成为学位论文的选题，为学界所关注⑤。

关于乔亿诗学的根基，朱彬说是"始学汉魏六朝中唐人"，乔亿自己则称"习复于杜而涉猎于李"⑥，焦循读过他《小独秀斋诗》等五种诗集，也说"不专主大历家数"⑦。但我细读《剑溪说诗》，仍感觉乔亿对中唐诗曾下过很深的功夫。那么，在中年学杜之后，是什么原因促使他又转而重治大历诗呢？我推测可能出于现实的取法策略。他训导后学确实说过：

> 大历诸子力虽不厚，而体制轻圆，血脉动荡，可为发轫标准。⑧

---

① 乔亿：《剑溪说诗》又编，《清诗话续编》，第 2 册，第 1127 页。
② 同上书，第 1117 页。
③ 乔亿：《剑溪说诗》卷上，《清诗话续编》，第 2 册，第 1084 页。
④ 叶燮：《原诗》外篇上，《清诗话》下册，第 590 页。
⑤ 郝润华：《乔亿及其〈大历诗略〉》，《文献》1996 年第 2 期；吴小娟：《乔亿〈大历诗略〉研究》，西北师范大学硕士学位论文，2012 年。
⑥ 乔亿：《书元稹李杜优劣论后》，《剑溪说诗》又编，《清诗话续编》，第 2 册，第 1119 页。
⑦ 焦循：《书乔剑溪选大历诗后》，《焦循诗文集》，上册，第 332 页。
⑧ 乔亿：《郇阳书院条约十二则》，《剑溪文略》，乾隆刊本。

这虽是就试帖而言，但包含了他对大历诗的总体认识和基本定位。对于一个成熟的诗人来说，趣味和师法途径的不一致，正如理想和现实的差异，是自然而然的事。王渔洋诗学标举盛唐，但实际取法多从中唐入手。这自宋以降实在是很常见的现象，晚唐、南宋桃李不言，下自成蹊；明人自闽中十子、泰和派直到前后七子，虽言必称盛唐，实际多从钱起、刘长卿、刘禹锡入手，上溯于王维、李颀。乔亿钻研杜诗后发现不易入门，退而取径于大历，也是很自然的结果。

但问题是，自格调派的鼻祖严羽在《沧浪诗话》中将唐诗划分为初唐体、盛唐体、大历体、元和体、晚唐体，大历诗就不曾获得较高的评价。明七子独宗盛唐，"大历积衰，至于元、宋极矣"①，几成世间定论。以至于钱谦益感叹："近世耳食者至谓唐有李、杜，明有李、何，自大历以迄成化，上下千载，无余子焉。"② 入清以来，虽有王渔洋推崇刘长卿七律和韦应物古诗，一些唐诗派名家也颇学钱起、刘长卿，但对大历诗的整体评价并无改观。在这种情况下，要确认大历诗"可为发轫标准"，首先面临一个提升其价值品位的问题。《大历诗略》卷首"说诗五则"首先揭示"为诗者不祖开元、大历有故，一为格韵高，非后人易到……一为语清省，无以展拓才思"，将大历与开元相提并论，等于将大历纳入了盛唐的范畴，这便将大历诗评价置于一个较高的平台上，所有后续的言说从而顺理成章。众所周知，对于大历诗，诗家向来有两个负面印象，一是边幅狭窄，二是面目雷同。乔亿虽不反对这种看法，但从内外两方面做了点修正。这就是《剑溪说诗》又编所说的：

> 大历诗品可贵，而边幅稍狭。长庆间规模较阔，而气味逊之。③
> 大历诸子诗，相似处如出一手，及细玩之，自有各家面目在。④

从外部纵向比较，大历诗虽边幅稍狭，但较后来的长庆诗品格为高，气味较胜；从内部横向比较，大历诸子虽有相似之处，但谛审之面目各有不同。这样，大历

---

① 胡应麟：《诗薮》续编卷一，第341页。
② 钱谦益：《列朝诗集小传》丙集李梦阳传，上海古籍出版社2008年版，上册，第311页。
③ 乔亿：《剑溪说诗》又编，《清诗话续编》，第2册，第1127页。又见于《大历诗略》卷首"说诗五则"之三。
④ 乔亿：《剑溪说诗》又编，《清诗话续编》，第2册，第1127页。

诗人就有了一个新的定位——境界虽不算阔大，却是颇有品格和特色的一群诗人。

针对历史上有关大历十才子记载的分歧，乔亿根据现有文献，去掉作品不传的吉中孚、苗发和夏侯审，增入皇甫冉，重为编排，"以钱、郎、三李、皇甫分列中四卷为之冠，卢、韩、司空、崔、耿及冉弟曾各缀于其下。而首卷独刘长卿，体气开大历之先也。刘方平以下十九人，先后翱翔于天宝、贞元之际，不皆与钱、郎诸家接席，而散峡清华之气，湛若方新，无弗同也。惟刘复气韵尤高，顾况歌词骏发踔厉而外，录其能类似者。戎昱、戴叔伦尚存雅调，都为末卷，以尽大历之体制无遗"[1]。入选作者凡 32 人，计刘长卿 85 首、钱起 72 首、卢纶 21 首、郎士元 30 首、韩翃 33 首、司空曙 20 首、崔峒 6 首、李益 44 首、李端 26 首、耿沣 16 首、李嘉祐 23 首、皇甫冉 44 首、皇甫曾 15 首、刘方平 14 首、柳中庸 7 首、蒋涣 1 首、秦系 1 首、张继 7 首、严维 6 首、顾况 12 首、郑锡 3 首、戎昱 9 首、姚伦 1 首、戴叔伦 11 首、于良史 1 首、张众甫 2 首、章八元 1 首、张南史 6 首、刘商 2 首、刘复 3 首、冷朝阳 1 首、朱放 3 首，总计诗 526 首。其中不但收录了一些很少为人注意的诗人，如卷六之刘商、刘复等；各体作品的比例，也把握了大历诗的特长，其中收五古 56 首、七古 33 首、五律 202 首、七律 78 首、五绝 42 首、七绝 66 首、五排 50 首、六言 1 首，抓住了大历诗工于五言的特点，又显示了大历诗人写作七律的兴趣。具体到各位作者，除了卢纶、李嘉祐、顾况三家收录偏少，其余大体与各人成就相称；又能关注其个人特色，如李益多采录边塞之作。刘方平、柳中庸存诗无多而入选不少，足见乔亿对二人才华的爱重，他的眼光显然是不错的。

相比选目来，《大历诗略》更值得重视的是评点，其体例是句中有评点，诗后有总评，重要作家尚有总论。如卷一论刘长卿："文房古体概乏气骨，就中歌行情调极佳，然无复崔颢、王昌龄古致矣。"卷二论钱起："此公惯用颎色字，殆无一不澹雅自然。"都显出独到的批评眼光。卷二评卢纶《宴席赋得姚美人拍筝歌》："其纤丽元人能之，恐无此矜贵也。唐人擅场在此，只六朝乐府烂熟

---

① 乔亿：《大历诗略》自序，乾隆三十六年居安乐玩之堂刊本。

耳。"又显示出对唐人诗学渊源的独到见识。

格调派论诗首重体制,严羽言"论诗之法有五",第一就是体制。乔亿评诗也以体制为先,既包括扣题,如卷二评卢纶《夜中得循州赵司马侍郎书因寄回使》:"如题起止,无一语溢出。"也包括风格的相称,如卷四评李益《北至太原》:"有唐发迹太原,此诗微婉郑重,最为得体。"或声韵的妥帖,如同卷评李益《效古促促曲为河上思妇作》:"兴调古,节拍又甚急,乃为肖题,真乐府也。"有些批评非常微妙,足见玩味作品之细。如卷五评皇甫曾《早朝日寄所知》,肯定"此亦早朝佳制,第四妙丽绝伦,结复轩举有致",但同时指出"起句失势,似专为寄所知,与早朝微隔也"。按此诗首联作"长安雪后见归鸿,紫禁朝天拜舞同",系扣紧寄所而言,点明时令兼寓"人归落雁后"的感慨,倒也寄意微婉,但相对早朝的主题来说就显得有点游离,而且未能烘托出早朝的堂皇气象,乔亿谓之"失势"即气势低落,切中其微瑕。最有意味的是卷二评钱起《东皋早春寄郎四校书》"穷达恋明主,耕桑亦近郊"一联:"三四得立言之体,亦几于敦厚矣。"就连诗教在这里也是从体制而不是作为创作原则来把握的,足见乔亿是个纯粹立足于格调派立场的批评家。

凡格调派诗家都主气象,严羽将气象作为论诗的五个要素之一,许学夷也以气象"概论唐律"①。乔亿论诗则每用气象来概括作品或作家的整体风貌。如卷一评刘长卿《新息道中作》"七字画出离乱惨悽气象",卷二评钱起《寄郢州刺史郎士元》"气象好,结尤高浑",评钱起《和李员外扈驾幸温泉宫》"清丽是右丞一派,但气象未能浑阔耳",评柳中庸《幽院早春》"《玉台》佳境,前六句具有娇贵气象,结殊不称",卷三评韩翃《寒食》"气象词调居然江宁、嘉州作",卷四评李益《送人归岳阳》"放笔阔远,亦青莲气象",卷五评皇甫冉《同温丹徒登万岁楼》称与孟浩然、王昌龄登楼诗"气象并皆浑阔",卷六评刘方平《寄陇右严判官》"无开宝宏深气象,而章法次第井井"。从这些用例不难看出,乔亿对作品的把握通常是整体性的。他偶尔也用"格调"一词,如卷三评郎士元《宿杜判官江楼》:"格调绝类孟襄阳。"但更多的时候是用相近的概念,如卷三

---

① 许学夷:《诗源辩体》,第 337 页。

评崔峒《题桐庐李明府官舍》："格韵自好。"这里的韵基本也就是调，格韵就是格调。

相对"格调"这专门术语来，乔亿经常将格、调分开来使用。比如他经常称许一些诗人笔下仍保留着不同寻常的高格，如卷三评韩翃《题仙游观》："诗格平正，忽涮去佻小之习。"又评韩翃《送中兄典邵州》："此一结浑雅有远致，稍见品格。"卷四评李益《五城道中》："诗格严整，亦如军行，偏伍弥缝而不可攻。"卷五评李嘉祐《与从弟正字从兄兵曹宴集园林》："格制平正，结复有情有态，良佳。"卷六评张南史《陆胜宅秋暮雨中探韵同作》："季直五言高格，可匹懿孙，非戎昱诸人所及。"与"格"相近的是"风格"，也经常使用。如卷一评刘长卿《北归次秋浦界清溪馆》："风格苍然，不减孟六。"卷三评韩翃《送客游江南》："风格忽高。"又评韩翃《题慈恩寺振上人院》："颔联亦风格仅高。"又评韩翃《送刘评事赴广州使幕》："此篇风格稍上。"卷六评顾况《小孤山》："以下二诗，风格并高。"又评顾况《奉同郎中韦使君郡斋雨中宴集》："亦风格仅高。"

在评价作品的声律方面，乔亿使用的概念则基本是围绕着调、韵二字来构词。单用"调"字之例，有卷四评李益《山鹧鸪词》："平调，古意。"卷五评李嘉祐《赠别严士元》："五六神彩飞动，调亦高朗。"卷六评张南史《奉酬李舍人秋日寓直见寄》："结体清华，调亦高朗。"这里的"调"都指声调，而用"调"构成的复合词，如"风调"和"兴调"，就评语的语境来看，也多与声律相关。用"风调"之例，如卷三评韩翃《送故人赴江陵寻庾牧》等四首："属对太工，伤浑雅之气，而风调仍佳。"卷四评李益《边思》："本色，有风调。"至于"兴调"，已见于前举评李益《效古促促曲为河上思妇作》"兴调古"，还有卷三评司空曙《长安晓望寄程补阙》："颔联亦兴调绝佳。"卷四评李益《宫怨》："兴调已是龙标，又加沉着。"将调与兴组成一个复合词，可能是他的独特用法，是用以表达他的某种趣味的概念。还有卷三评韩翃《赠别华阴道士》"歌行诸制笔力不高，而调态新颖动人"，也是一个很罕见的特殊例子，以新颖动人来形容"调态"，显然指神情而非音律。

"韵"字通常不单用，与声律相关的复合词有音韵和韵调。前者如卷二评钱起《送毕侍御谪居》:"音韵弥清。"卷五评皇甫冉诗《与张补阙王炼师……》:"音韵酷似何仲言。"后者如卷一评刘长卿《自夏口至鹦鹉洲夕望岳阳寄元中丞》:"不矜才,不使气,右丞东川以下无此韵调也。"卷三评司空曙《送程秀才》:"情思绵绵,当于韵调转换处求之。"卷五评皇甫冉《同温丹徒登万岁楼》:"此诗韵调绝佳。"这里的"韵调"大体负荷了"调"的内涵,不过当"韵"与"气"合成"气韵"概念时,它就与音韵无关,而只与艺术表现相关了。卷二评钱起《裴迪书斋玩月》:"刻划不伤气韵。"卷三评郎士元《鳌屋县郑礒宅送钱大》:"气韵高绝。"卷三评韩翃《送长史李少府入蜀》:"锻炼无迹,而气韵犹存也。"卷四评李端《赠康洽》:"气韵高极不见。"卷五评皇甫曾《送少微上人东南游》:"稍具气韵。"卷六评刘复《出东城》:"气韵在典午之世,唐五言及此者亦不多见。"都是很明显的例子。由卷五评李嘉祐诗"逊钱郎气韵,而情彩音格居然妙品"来看,气韵与音格即格调也不是同一级次的概念,气韵应是更高位的概念,与作品的整体有机性相关,这是由"气"本身的内涵决定的。

气作为构成性概念,在乔亿的诗歌批评中通常与作品的有机性相关联。卷三评司空曙《喜外弟卢纶访宿》"惜落句气尽,不为完璧",最清楚地表明了这一点。基本上,气无论与什么概念构成复合词,最终都偏重于格的一面。卷二评卢纶《晚次鄂州》:"有情景,有声调气势,亦足大历名篇。"以声调与气势对举,气势即意味着格。卷二评钱起《送王季友赴洪州幕下》:"稍具气骨,非仲文本色。"气骨也偏重于格的方面。卷四评李益《临滹沱见蕃使列名》"有气焰",则有点接近于卷五评皇甫冉《送李录事赴饶州》的"对仗有光焰",有英气勃勃之义。但殊觉意外的是,气+调构成的复合概念——气调,涵义却偏向了声律方面。如卷二评钱起《早下江宁》:"气调高朗,不减右丞。"卷六评顾况《宿昭应》:"气调忽似龙标。"又评刘商《秋夜听严绅巴童唱竹枝歌》:"弦急柱促,张王乐府无此气调。"由卷四评李益《从军北征》引李攀龙云:"全是王龙标气调。"可知这是沿袭明代格调派的概念。

总体看来,在乔亿的批评中,格、调两个字各有独立性,并不互相依存。既有卷六戴叔伦《女耕田行》等乐府"诸篇风格未上,雅调犹存"的反差情形,也有卷四卢纶《夜投丰德寺谒海上人》"起结俱乏风调，而品格自高"的不一致状况。但相对来说，格显然比调要更为基础。这应该反映了体格、声调两方面在格调派诗家心目中的权重。说来虽然格调派是诗学史上很重要的流派，其理论和批评素来为诗家所重，属于格调派的诗歌选本也不少，但以评点著名的选本却不多见。在我寓目的范围中，乔亿《大历诗略》应该算是较有代表性的一种，书中对体、格、调、韵、气等概念的运用，是格调派评点的批评风格和批评话语的一个集中展示。无论从哪方面看，乔亿都是一个很典型的格调派批评家，虽然不如沈德潜的影响那么大，但他的诗论更典型地体现了格调派的艺术倾向，他的诗歌批评也更全面、系统地展示了格调派的批评话语。如果要从乾隆时期格调派诗论家中选择一位有代表性的人物，我觉得乔亿或许比沈德潜更合适。

沈德潜诗学自近代以来一直被命名为格调派，但就其包容和综合的性格及以独创性为旨归的理论倾向来说，已和明代格调派相去甚远。沈德潜借助于格调派的理论框架，融入王渔洋神韵说的精髓，并通过一系列选本建构起一个具有包容性的诗歌理想及相应的经典序列。如果非要与格调派挂钩的话，也不妨称之为新格调派。它同时具有伦理品格之善和艺术趣味之正这两种古典主义的基本品格，同时对明代格调派的古典主义又有所改造，具有新古典主义的色彩。沈德潜在建构其诗学观念的同时，还通过诗教的重申和强调，将《毛诗序》代表的政教观念纳入"温柔敦厚"的诗教中，形成"诗道"与"诗教"的互文，实现了儒家传统诗学话语的整合。这使他在获得正统性之余，也不可避免地被涂上一层保守的底色。无论从哪方面来看，沈德潜都是中国诗学史上最后的古典主义者，他的新格调诗学是对儒家传统诗学观念的全面总结和最后建构，也是古典诗学体系的终结，就像是诗学史上的明长城。他身后的诗学史，就成了袁枚代表的反传统诗学的解构倾向和夹杂着或多或少异端色彩的近代诗学纷争变幻的舞台，而沈德潜的新古典主义也因此日益显出其保守和迂腐色彩来。但只要我们冷静地回顾诗学的历史，省察当下关于诗歌史和诗学史的一般知识及其来源，就会深深地体会到沈德潜的贡献，正像我们通常总是由现存的明长城去感知和想象华夏文明的疆域及历史。

# 第二章　纪昀与试帖诗学的勃兴

历史叙述的最大苦恼就在于线性的文字无法同时展现空间中并存的人事。只要不是采用编年体的方式，历史也无法将时间中继起的事件按次序来叙述。在沈德潜正统诗学因其老耄而渐趋低落的乾隆二十年代初，诗坛最重要的事件其实不是性灵派的崛起，而是朝廷功令试诗带来的试帖诗学的勃兴。它让纪昀在《四库全书》所象征的官方诗学的操控者之外多了一个角色——开辟试帖诗学的畅销书作者，由此从长久隐没的幕后蓦然现身于诗学的时尚前沿。而我们认识乾隆朝诗学的演进也得到一个不同于前人著作的视角，并对乾隆中期的诗学史形成新的论述。

在被"铁齿铜牙"地传奇化、娱乐化及《四库全书》的普及化、夸张化之后，纪晓岚就像当代学者中的钱锺书一样，已成为清代学人中的神话人物。如今来谈他的诗学，也仿佛是一种朝泰山而捡片石似的愚拙行为。但纪昀在清代诗文评研究中的重要性，仍日益凸显出来，近二十年间研究成果层出不穷①，学位论

---

① 有关纪昀学术、文学方面的研究论著，较为重要的有周积明《纪昀评传》，南京大学出版社1997年版；张维屏《纪昀与乾嘉学术》，台湾大学出版委员会1998年版；张健《清代诗学研究》第十二章第四节"纪昀对古代诗歌传统的总结"，北京大学出版社1999年版，第592—604页；杨子彦《纪昀文学思想研究》，中国社会科学出版社2015年版。论文则有赖芳伶《浅谈纪昀的诗文观》，《中外文学》4卷第10期；张晖《论纪昀文学批评的成就和不足》，《吉林大学学报》1988年第2期；魏明安《纪昀前期的诗和诗论》，《西南师范大学学报》1990年第2期；关道雄《纪昀的宋诗优劣说——兼及他的论诗主张》，《文学遗产增刊》第十七辑，中华书局1991年版；黄琼谊《浅论纪昀的文学观——以四库提要与简明目录为中心》，（台湾）《"国立编译馆"馆刊》第20卷第2期。关于纪昀文论研究的综述，有王鹏凯、黄琼谊《廿一世纪以来纪昀文学与文论研究的现况与趋势》（《东海大学图书馆馆讯》第66期，2007年3月版）一文可参考。

文也不乏对其诗学的专门探讨①。应该说，除了编纂《四库全书》，诗学仍不能不说是纪昀生平学术最重要的成就所在，放在乾隆这个清代诗学史的特殊时代中看，更有着特殊的意义。他对试帖诗的开创性研究乃至整个诗学平正折衷的学术立场与精准独到的批评手眼，都对乾隆中叶以后的诗学产生了不可低估的影响。在谈论这些问题之前，我们不能不先触及纪昀诗学发生的具体背景，即乾隆二十二年（1757）功令恢复试诗对诗坛及诗学造成的巨大冲击。

## 第一节　功令试诗与试帖诗学的勃兴

细致梳理乾隆朝诗学的源流，广泛考察清代中叶的诗学文献，让我感觉到试帖诗学的兴起是清代中期诗学的一个不可忽略的重大问题。它与乾隆朝历史上一次影响深远的科举考试改革相联系，由此催生一大批与试律有关的出版物问世，这也促使我们重新思考科举制度与文学的复杂关系。有关科举与文学的关系问题，历来的研究多着眼于唐宋时期，而鲜及明清两代。实则在明清两代的文学生态中，科举仍然是对诗歌创作施加重要影响的环境因子。清初卫既齐曾说："自制科以经义取士，士皆以全力用之经义，而余力乃及于诗。夫诗未易言也，虽有别才异趣，非多读书穷理则不能极其至。今世儒者咕哗为举子业，往往以羔雁所资，生平精锐之气于焉毕竭。及其寻诸诗也，譬犹镞南山之竹，洞胸穿札之余，辞鲁缟而饮石，其难为劲也必矣。"② 科举这种导向作用，使明清时期的文学教育完全笼罩在八股文的阴影中，士人只有科举成功才能丢弃这块敲门砖，从事诗古文辞写作，而此刻其创造力旺盛时期早已过去，这不能不使操觚搦管之士对自己的诗文难与古人竞争而深感绝望。事实上，沉重的八股文研习对士人文学教养

---

① 杨桂芬：《纪昀诗学理论研究》，台湾中山大学硕士学位论文，2001 年；邓艳林：《论纪昀的诗学观与诗歌批评》，湖南师范大学硕士学位论文，2004 年；宫存波：《纪昀诗歌批评研究》，四川大学硕士学位论文，2005 年；徐美秋：《纪昀评点诗歌研究》，复旦大学博士学位论文，2009 年。

② 卫既齐：《魏陶庵踵芳堂诗序》，《廉立堂文集》卷四，《清代诗文集汇编》，第 165 册，第 268 页。

形成乃至创造力发挥的影响，无论如何高估也不会过分的①。而作为科举的另一种导向，乾隆二十二年（1757）科场恢复试诗，同样也对清代诗学产生了难以估量的影响。近年学者对此已有关注②，但多集中于诗歌创作方面，对诗学涉及较少。而诗学所受到的影响或许是更为深远，更值得我们注意的。围绕功令试诗带来的试帖诗研究，不只是以纪昀为代表的台阁诗人独自留意的功课，也是一个时代学人和出版商共同关注的焦点，异常醒目地占据了乾隆中叶诗学史的中心。

## 一　乾隆二十二年功令试诗的影响

清王朝与胜朝有一个很大的不同，就是历朝帝王在万机余暇，无不雅好文艺。自圣祖以迄高宗，盛世诸帝对文学活动的关注和参与，更是远过于前代任何王朝，其文学趣味也莫不由御制诗文集、钦定总集及序跋乃至诏谕、言谈，对文坛施予举足轻重的影响。即以诗歌而言，经明末程嘉燧、钱谦益始倡，康熙初王士禛再倡，清初诗坛一度盛行宋元诗风，引起圣祖和一批庙堂重臣的不满。康熙十八年（1679）博学鸿词试后，圣祖在保和殿试诸翰林诗，诗有宋调的编修钱中谐被抑置乙卷③，在馆阁引起震动。这一事件导致王士禛等宋诗风的倡导者悄然改辙，回归唐音，从此唐诗风遂成为诗坛不可撼动的主流导向。康熙四十六年（1707），《全唐诗》编竣，圣祖御制序文，谕曰："诗至唐而众体悉备，亦诸法备该。故称诗者必视唐人为标准，如射之就彀率，治器之就规矩焉。"④ 诗必宗唐作为正统观念不可动摇地重新确立起来。康熙五十四年（1715），圣祖欲革科举之弊，"特下取士之诏，颁定前场经义性理，次场易用五言六韵排律一首，刊去判语五道。以五十六年我始，永著为例"⑤。由是一大批教材性质的唐人试帖

---

① 这一问题可参看蒋寅《科举阴影中的明清文学生态》（《文学遗产》2004 年第 1 期），又见《中国古代文学通论·清代卷》中编第六章"清代文学与科举制度"，辽宁人民出版社 2004 年版。

② 高津孝：《琉球诗课与试帖诗》，《科举与诗艺》，潘世圣等译，上海古籍出版社 2005 年版，第 93—198 页；王兵：《清人选清诗与清代诗学》第四章第二节"清代试律选本与清代官方诗学话语"，第 266—294 页；杨春俏：《清代科场加试试帖诗之始末及原因探析》，《东方论坛》2005 年第 5 期；杨春俏、吉新宏：《清代会试试帖诗题目出处及内容类型分析》，《晋阳学刊》2007 年第 2 期；孙琴安：《乾隆年间的科举改革与诗歌繁荣》，《探索与争鸣》2007 年第 5 期；唐芸芸：《清代科举加试试帖诗之探析》，《南阳师范学院学报》2010 年第 4 期；马强才：《科考律诗新政与清代中后期杜诗学的新变》，《中国诗学》第 17 辑，人民文学出版社 2013 年版。

③ 事见毛奇龄《西河诗话》卷五，乾隆间萧山毛氏书留草堂刊西河全集本。

④ 彭定求等编：《御定全唐诗》卷首，中华书局 1979 年版，第 1 册，第 5 页。

⑤ 陶煊：《唐五言六韵分类排律选》序，康熙五十五年刊本。

诗选和唐诗选本应运而生。像叶忱、叶栋《唐诗应试备体》、鲁之裕《唐人试帖细论》、臧岳《应试唐诗类释》、吴学濂《唐人应试六韵诗》、钱人龙《类释全唐诗律》、胡以梅《唐诗贯珠笺》、花豫楼主人《唐五言六韵诗豫》、牟钦元《唐诗五言排律笺注》、卞之锦《唐诗指月》等，都刊成于康熙五十四年①，不会是无意的巧合。朝廷以诗取士不用说会更加强化和推广以唐诗为正宗的观念。沈德潜正是在本年编成了《唐诗宗》（后改名《唐诗别裁集》），序言提到："德潜于束发后，即喜钞唐人诗集，时竞尚宋元，适相笑也。迄今几三十年，风气骎上，学者知唐为正轨矣。"②暗示了康熙后期诗坛在君主趣味的主导下唐诗风彻底压倒宋诗风的现实。降及乾隆朝，热衷艺文的高宗在听政之余，不仅颁行了《御选唐宋诗醇》，重新划定诗歌的"正轨"，更在乾隆二十二年（1757）恢复科举试诗，为诗坛步循"正轨"提供了制度保证。

尽管自康熙以来，两度博学鸿词科都以诗赋试士，馆阁也有诗课和考试③，对士大夫的诗歌才能一直有特殊要求，但那毕竟是翰林们的事，就像何刚德《春明梦录》所说的："盖馆阁重试帖，人皆于得翰林后始练习，平时专习八股，于试帖则无暇求工也。"作者的友人陈懋侯以名翰林叠掌文衡，以能诗自喜，而其乡试所赋《月过楼台桂子清》诗，"玉露涓涓冷，金风阵阵轻"一联殊为稚拙，后每逢其高谈阔论，何刚德必诵此联相嘲讽④。这虽是晚清的事，以今例昔，清初的情况可以想见。翰林名公犹且如此，一般士子的诗才更不用说。况且，即有一二兼能诗赋的士子，也未必遭考官待见。《儒林外史》第三回写到一个童生交卷，说："童生诗词歌赋都会，求大老爷出题面试。"那学道就变了脸色道："'当今天子重文章，足下何须讲汉唐。'像你做童生的人，只该用心做文章，那些杂览，学他做甚么？况且本道奉旨到此衡文，难道是来此同你谈杂学的么？"⑤吴敬梓此书虽是小说，却可作雍、乾之际的文化史读，其中的情节无不可见当时

---

① 参阅韩胜《清代唐诗选本编年简表》，《清代唐诗选本研究》附录，中国社会科学出版社 2010 年版，第 265—279 页。

② 沈德潜辑：《唐诗别裁集》卷首，乾隆二十八年教忠堂重刊本。

③ 如赵翼《瓯北集》卷十二还保留着乾隆十九年（1754）应中书试之作，题为《赋得红叶当阶翻》。

④ 何刚德：《春明梦录》卷上，民国十一年刊本。

⑤ 吴敬梓：《儒林外史》，人民文学出版社 1958 年版，第 32 页。

士风世情。小说中这一细节，也足以让我们窥见彼时的科场习气。

虽然学者们已从政治和科举自身的改革多方面对科场加试排律的原因作了探析①，但自康熙中期以后，士人作诗水平的普遍下降，这仍应是最直接的原因。这也是朝野上下共同觉察的问题，而究其所以，人们又往往归结为举业所妨。叶之荣《应试唐诗类释序》慨言："自胜国八股之制定，操觚者皆以诗为有妨举业，概置不讲。虽海内之大，不乏好学深思，心知其义，而穷乡僻壤且有不知古风歌行、近体绝句为何物者。风气至此，亦诗运之一厄也！"②为功令所抑者，仍只能靠功令振拔。于是到乾隆间便有了御史袁芳松请于二场经文之外加试排律一首的奏议，并蒙高宗谕允。乾隆二十二年（1757）上谕：

> 前经降旨，乡试第二场止试以经文四篇，而会试则加试表文一道，良以士子名列贤书，将备明廷制作之选，声韵对偶，自宜留心研究也。今思表文篇幅稍长，难以责之风檐寸晷，而其中一定字面或偶有错落，辄干贴例，未免仍费点检。且时事谢贺，每科所拟不过数题，在淹雅之士，尚多出于夙构，而倩代强记以图侥幸者，更无论矣。究非核实拔真之道。嗣后会试第二场表文，可易以五言八韵唐律一首。夫诗，虽易学而难工。然宋之司马光尚自谓不能四六，古有能赋诗而不能作表之人，断无表文华赡可观，而转不能成五字试帖者。况篇什既简，司试事者得从容校阅，其工拙尤为易见，其即以本年丁丑会试为始。③

乡、会试既改，以下各级考试自不得不随之改易，而且诗作的水平成为录取的重要标准。据素尔讷等撰《钦定学政全书》卷十四载：

> 乾隆二十三年议准，嗣后岁试减去书艺一篇，用一书一经；科试减去经义一篇，用一书一策。不论春夏秋冬，俱增试律诗一首，酌定五言六韵。学

---

① 可参看杨春俏《清代科场加试试帖诗之始末及原因探析》、唐芸芸《清代科举加试试帖诗之探析》两文的论述。

② 臧岳辑：《应试唐诗类释》卷首，康熙五十四年刊本。

③ 《高宗实录》乾隆二十二年正月庚申，中华书局 1987 年版，第 15 册，第 694—695 页；《清史稿》卷一〇八，中华书局排印本，第 12 册，第 3151 页。

臣命题，遵照乡试题定之例，期于中正雅驯，不得引用僻书私集。其应用韵本，令学政官为备办，临期给发，酌量足用，以便士子检阅。如诗不佳者，岁试不准拔取优等，科试不准录送科举。①

最后特别强调，诗欠佳者岁试不得取为优等，科试不准录送科举，这等于是将试诗当成了科举的门槛，诗不合格就不能取得乡试资格。面对这一改革，有人欢喜有人愁。少数能诗之士自是欢欣鼓舞。袁枚作《香亭自徐州还白下将归乡试作诗送之》诗，送弟回浙应乡试，有"圣主崇诗教，秋闱六韵加；今年得科第，比我更风华"之句②，欣愉之情如沐春风。而那些素昧吟咏、不知平仄为何物的广大经生，则如闻晴天霹雳，惶悚莫名。从前为父兄禁习的诗歌，忽然成了应试必修的程课，这突如其来的变故，令许多世代以举业自豪的书香家族茫然不知所措，而寒素之士更是进退失据，不知如何应对。一时间科场出现的混乱，透过李元复《常谈丛录》卷五"令初试诗"条的记载还可略窥一斑：

> 乾隆二十四年己卯科，始于乡闱试以排律五言八韵诗。令初下，士多未习诗者。是科江西乡试诗题为《赋得秋水长天一色》，得天字。有士人全不解所谓，遍询诸同号舍者，或告以此限韵，当押之。遂于十六句作叠韵，尽押天字，其可笑有如此者。自是岁，科试生童于文后亦用排律诗。然每苦其难，尤不识四声平仄，虽极力揣摩，卒未能通。有先以别纸创定格式，然后逐字循格填写，起草犹时从联坐者频频絮问不休，令人增厌。有别构文一篇，愿与他人互易一诗者。又有日中而文已誊正，摇体矍眉，吟声哀苦，律成而日已暮，仓促完卷者。至其诗句之俚拙可哂，又不待言也。盖乾隆以前，老师宿儒恒专精于八股时艺。四子书及专精之外，以翻阅他书为大禁戒，教法相传，故弇鄙至是也。至嘉庆初年，尚有不能诗者，专仰资于亲识代草，予试童子时犹间见之。今数十年来，馆阁体裁，束发讲肄，真不啻家弦户诵矣。③

① 素尔讷等纂：《钦定学政全书》，乾隆三十九年武英殿刊本。
② 袁枚：《小仓山房诗集》卷一五，《袁枚全集》，第1册，第280页。
③ 李元复：《常谈丛录》，清敦本堂刊巾箱本。

这段文字描绘乾隆二十四年（1759）试诗行于乡试在举子间产生的震动及其拙于应对的种种可笑情形，具体而生动，可信是当时科场实录。科举试诗首先使士人诗歌写作能力普遍欠缺的现实凸显出来。

众所周知，科举试诗始于唐初，体裁规定为六韵或八韵排律。当时明经考试，有裁纸为帖，掩其两端用以填空的项目，称为"试帖"，后人不知就里，统将专用于考试的排律称为"试帖诗"①，也作试律、试体、帖括诗、帖体诗等。贴切的说法应是"试律"，但前人习称试帖，本文姑仍之。科举试排律虽颇为风雅，但究于政事隔了一层，用作取士的主要依据自然是有缺陷的，而且试律属于命题作文，在内容、辞令、篇幅、押韵各方面都有严格规定，尠有杰作脍炙人口，因而自施行以来一直遭到批评，迄北宋熙宁间终于退出科举场屋。到明清时期，诗家目试帖为诗中八股，所作都弃而不录。但乾隆二十二年（1757）恢复试诗，很大程度上改变了这一传统观念。文人开始将应试之作收入诗集，与文集不收时艺程文形成了鲜明的对照。赵翼《瓯北集》卷十二收有乾隆二十六年（1761）应会试之作，题为《赋得贤不家食》；随后的《千章夏木清》《野含时雨润》《薰风自南来》《律中蕤宾》《天子始绨》《平秩南讹》《五月斯螽动股》《竹箭有筠》《月中桂树》《寒流聚细文》《春蚕作茧》《玉水方流》《德车结旌》《蚁穿九曲珠》等篇，都是应殿试及翰林馆课之作。姚鼐《惜抱轩诗集外集》也收有乾隆二十八年（1763）应会试之作《从善如登》及同年朝考《大禹惜寸阴》四首。王文治《梦楼诗集》卷八、卷九则收有丙戌典云南乡试技痒拟作的《赋得万里共清辉拟试帖》《赋得五月鸣蜩效试帖体示郡中诸生》《赋得千里驹》《赋得腐草为萤》几首，陶澍集中收录试律多至二百多首，潘奕隽《三松堂集》收试帖更多至十八卷！金甡诗原以古体为主，高中状元后应翰林馆课而常作排律，至任教习每见后学以作诗为难，遂示以排律与制义无异之说，又编集历年所作为《今雨堂诗墨》，当时奉为圭臬②。王芑孙为诸生时非考试不作试帖，入京后"始

---

① 叶抱崧《说叩》："西河毛氏选唐人试诗，目曰试帖。按：《通典》称明经先帖文，然后行试帖经之法，以所习经揜其两端，中间唯一行，裁纸为帖，凡帖三字，随时增损，或得四，或得五，或得六为通。试帖之名，盖与诗赋无涉。"张潮辑《昭代丛书》，上海古籍出版社影印本，第 2 册，第 1305—1306 页。

② 金甡：《今雨堂诗墨》自序，乾隆三十四年家刊本。

觉此事为当今所重"①，及召试入一等，负诗赋才名，转而热衷于此道，终为一代作手。这都不是绝无仅有的例子，至于将试帖编为专集乃至笺注行世者更不乏其人②。看得出，作者对其试律之作颇为珍视。毕竟，比起八股文来，试帖不只是一次性的敲门砖，"后至于庶常馆课、大考翰詹，皆以是觇其所学"③。因而在人们眼中，试帖的体格也远高于八股文，某种程度上甚至予人以揄扬盛世、润饰鸿业的尊贵感觉。事实上这类作品的写作，对于文人来说通常也意味着一种荣耀，类似于当今创作主旋律作品的荣宠感觉。有些作者虽退身江海之上，遭逢朝廷大事仍必付之赓歌，想来正出于要分享这种感觉的渴望。

而从朝廷这方面说，试诗也是一个难得的歌舞升平的机会，故而在行之二十五年以后，再度提升其级别。乾隆四十七年（1782）依御史觉罗包彦学奏，"将二场排律诗一首移至头场试义后"④，一直沿用到清季。清代乡会试原本就沿明代旧习，"名为三场并试，实则首场为重，首场又四书艺为重"⑤。试帖移到首场之后，越发突出了试诗在科举中的重要性。这不仅直接提升了试帖诗的地位，同时也间接地影响到清代中叶以后的诗歌创作和诗学研究。

在诗学方面，它首先使君主的诗学观念得到直接而广泛的传播。皇帝对诗歌的见解和趣味不用再像康熙年间那样通过近臣传达到济济朝士，而可以通过学使和教官直接传达到广大士人。科举恢复试诗所暗示的君主崇尚诗学的意向及艺术观念，无论对整个社会还是诗坛都是极为重要的信息，其中所蕴含的诗学问题很快便出现在乡试的策问中。钱载所撰《乾隆二十四年广西乡试策问三首》其二问道：

> 兹蒙钦定，科制第二场试以唐律，则夫诗学源流，正士林所宜熟讲。
> 《三百篇》风、雅、颂、兴、比、赋之义若何？方夫子正乐时，而雅、颂始

---

① 梁章钜辑：《试律丛话》卷三引，上海书店出版社 2001 年版，第 576 页。

② 不只是纪昀、金甡、吴锡麒、聂铣敏一辈试帖名家刊有试帖诗集及注释，就是一些不太出名的人物也刊其课稿，如吴文俊有《薇云小舍试帖诗课》二卷续编二卷，吴楷有《十杉亭帖体诗笺注》五卷续编二卷，均为六也楼发兑。

③ 吴廷琛：《试律丛话序》，梁章钜辑《试律丛话》卷首，第 493 页。

④ 见《钦定大清会典事例》卷三三一、金武祥《粟香随笔》卷八、《清史稿》卷一〇八选举志三。

⑤ 《清史稿》卷一〇八，第 12 册，第 3149 页。

各得其所，盖诗有入乐不入乐之分，则六义当先别识之矣。且周公大圣人也，周公大制作之列于篇者，可得而陈其概与？五言既兴，遂推汉魏，汉之古诗、乐府，犹有壹倡三叹之遗。古体、今体，至唐始备。顾自晋以后，组织之文词居多，而自然之元音益少。诸生试取汉、魏、两晋、南北朝、三唐、两宋、辽金元、明逮我本朝诸诗家，沿流讨源，第代举其大者论列之，已足以观师法。倘其融贯《三百》之大义，切于治道者以为言，斯固朝廷期待士子实学，如授之以政，使于四方者也，则尤有厚望焉。①

我们看到，二场所考的八韵、六韵排律，在谕旨和策问中都称为"唐律"，可见崇诗和尊唐两种意志已通过试诗而融为一体。不仅如此，高宗《御选唐宋诗醇》唐宋并举的诗学趣味也同时得到了阐发和推广，给诗坛的印象明显比圣祖来得更开放、更具包容性。而且，将熟讲诗学源流作为前者的辅助手段来提倡，要求诸生能"取汉、魏、两晋、南北朝、三唐、两宋、辽金元、明逮我本朝诸诗家，沿流讨源"，这对于乾隆朝诗学走向折衷、融合的趋势无疑也会起到推波助澜的作用。我在第一卷的导论中曾指出，清代诗学异于前代的一大特征，也是其最显著的优点，就是拥有一种能以超越门户之见的胸襟对待诗学遗产的包容性②，并举杨际昌《诗法指南序》的说法为证："昭代右文，巨公林立，执牛耳于骚坛者，虽各有指归，总异于前代之水火。"③ 自明末以来，唐宋之争就一直主导着诗坛的话语主流，分唐界宋，出主入奴，让学诗者无所适从。直到乾隆时期，唐宋之争始告平息，走上折衷调和的道路。朝廷功令的影响，正是促成这一结果的重要外因之一。

在创作方面，试帖毕竟是用于科举应试和馆阁考课的特殊诗体，有特定的意识形态导向和不同于日常写作的特殊规范，这些内容同样也通过功令的倡导和官私的教学，在写作实践中逐渐培养起来。钱载典广西乡试时，还撰有《广西乡试告示》训诫应试士子，第六则写道：

① 钱载：《箨石斋文集》卷四，下册，第 897 页。
② 蒋寅：《清代诗学史》第 1 卷，第 28—29 页。
③ 蔡钧辑：《诗法指南》卷首，乾隆二十三年匠门书屋刊本。杨际昌《国朝诗话·例言》亦云："国家百数十年来，声教覃敷，风雅之盛，远轶前代，坛坫巨公，又无明人水火相射之习。"

> 诗体以和平庄雅为擅场，其用俚俗不典及一切萧飒字句者，断难合格；且词义必须层次贴切，不宜混浮。平仄务须谐协，毋致失黏。对仗即不甚精工，而字义之虚实、单双，在所必辨。韵虽别刊一纸随题分给，而检点仍须细心，毋致出韵。①

这段文字对试帖诗的各个技术层面包括诗体、语言、声律、对仗和押韵都提出了严格且不同于一般诗歌的要求。这些要求在许多地方都与一般诗歌写作的规则不同，在前代并无相关的论说可供参考。在这种情况下，纪晓岚的试帖诗学应运而生，而在他的背后则等待着一个巨大的社会需求群体。

## 二　功令试诗与试帖诗的编纂、出版

试帖诗废置数百年而重现科场，对大多数举子来说完全是个陌生的东西，再加上这些严苛的限制，场屋出现李元复《常谈丛录》所述的种种笑谈是可以预料的。也正因为如此，一大批迎合应试需求的试帖诗教材纷纷上梓，在功令初下的几年间迅速占据出版市场。

最初的出版物多半是旧书的翻刻本，这也很自然。康熙五十四年（1715）诏令科举二场加试五言六韵唐律，曾催生一批唐人试律选本。贺严、韩胜的著作中都曾列出若干种，我另外还有知见，包括：

叶忱、叶栋辑注《唐诗应试备体》十卷，康熙五十四年最古园刊本；

臧岳辑《应试唐诗类释》十九卷，康熙五十四年刊本；

吴学濂辑《唐人应试六韵诗》四卷，康熙五十四年刊本；

牟钦元辑，牟融笺注《唐诗排律》七卷，康熙五十四年紫兰书屋刊本；

鲁之裕《唐人试帖细论》，康熙五十四年刊本；

蒋鹏翮《唐人五言排律》三卷，康熙五十四年刊本；

花豫楼主人辑《唐五言六韵诗豫》四卷，康熙五十四年刊本；

赵冬阳辑《唐人应试》二卷，康熙五十四年桐邺书屋刊本；

黄六鸿《唐诗筌蹄集》四卷，康熙五十四年刊本；

---

① 钱载：《萚石斋文集》卷一九，下册，第1084页。

恽鹤生、钱人龙辑《全唐试律类笺》十卷，康熙五十四年刊本；*

毛张健辑《试体唐诗》四卷，康熙五十五年刊本；

陶煊《唐五言六韵分类排律选》，康熙五十五年刊本。①

其中臧岳辑《应试唐诗类释》、花豫楼主人辑《唐五言六韵诗豫》两种是康熙前期的出版物，此时应运重版。此外，清初还有一些刊行更早的唐人试帖诗选本，如：

毛奇龄辑《唐人试帖》四卷，康熙四十年刊本；

王锡侯辑《唐诗试帖课蒙详解》十卷，康熙刊本；

陈讦笺评《唐省试诗》十卷，康熙刊本。

由于康熙诏令最终未付诸实行，这些试帖诗选本也就不曾流行开来。乾隆二十二年（1757）功令会试加试诗，两年后又推广到乡试，书坊迅速抓住商机，纷纷翻刻这些书籍。毛奇龄的选本因出自国初硕学名师之手，首先被重印，畅销于市。乾隆二十六年（1761）何国泰序毛奇龄诗赋集，称："丁丑岁，天子诏乡会场易表判以排律，始其事于岁科童试，而先生向所选唐试帖及七律一时纸贵。"② 然而翻刻旧书似乎仍不足以应付突如其来的旺盛需求，更主要的是，这些书籍并不都是应试诗法，内容和体例往往不合时宜。比如署明代王世贞编的《圆机活法》、清初游艺编的《诗法入门》，都是坊间翻印畅销的书，但正如朱琰所说："夫所谓《诗法入门》者，兢兢于平仄之间，以求合律而师法不古，是治维楫而忌游泳也。若《圆机活法》，则拈调而缀字，但取通融而不复求作诗之旨，是持篙拥棹而不知所适何方也。"③ 鉴于这种情形，一些老师宿儒"应坊客之请"④，迅即着手编纂各种供举子揣摩诵习的试帖诗选和诗法，以应对巨大的市场需求。

---

① 这里所举的书名，系参考陈伯海、朱易安《唐诗书录》（齐鲁书社 1988 年版）、孙琴安《唐诗选本提要》（上海书店出版社 2005 年版）、贺严《清代唐诗选本研究》（人民出版社 2007 年版）、韩胜《清代唐诗选本研究》（中国社会科学出版社 2010 年版）四书的著录开列，薛亚军《清人选评笺注唐人试帖》（《中国典籍与文化》2001 年第 2 期）一文也搜罗了 17 种书籍。有 * 号之书系笔者所补。唯笔者所见著录，书名、作者偶有异同。盖此类书籍翻刻极繁，书名、作者及卷数每为书坊改易，不足较也。

② 毛奇龄：《毛西河先生全集》卷首，乾隆间萧山毛氏书留草堂刊本。

③ 朱琰辑《学诗津逮》乾隆二十五年（1760）自序云："场屋功令用诗，学官弟子皆以诗为课，坊间有《诗法入门》《圆机活法》二书，初学者乐其简便，奉为圭臬，一时纸贵。"（朱琰辑《诗触》，嘉庆三年重刻本）

④ 吴瑞荣：《唐诗笺要》自序，乾隆二十三年刊本。

当时坊间究竟出版了多少试帖诗选和诗法类书籍，现在已很难确知，相信是个很可观的数字。旧籍不断被翻印的同时，新著也层出不穷，包括本朝人所撰所拟的试帖范作。以致在乾隆二三十年代，试帖类书籍的重刊和新梓络绎相踵。迄今我们所能知道的，功令试诗当年起码就刊行了七种，未刊一种，都是取法于唐的选本：

张尹辑《唐人试帖诗钞》四卷，刊本；

王宝序、周京等辑《唐律酌雅》七卷，恭寿堂刊本；

毛张健辑《试体唐诗》四卷，原刊于康熙间；后毛氏又于乾隆四十一年重刊；

徐曰琏、沈士骏辑《唐人五言长律清丽集》六卷，许翼周刊本；

蒋鹏翮辑释《唐诗五言排律》三卷，寒三草堂刊本；

梁国治辑《唐人五排选》五卷，梅堂藏板本；

朱琰辑《唐试律笺》二卷，写刻本[①]；

盛百二《唐诗式》卷数不详，序见《柚堂文存》卷二。

乾隆二十三年（1758）达到高潮，已知有十五种，包括四种本朝试帖选和一种诗法：

赵曦明辑《唐人试帖雕云集》，清刊本；

秦锡淳辑《唐试帖笺林》八卷，清刊本；

吴瑞荣辑《唐诗笺要》八卷，金陵三乐斋刊本；后又于乾隆六十年重刊；

马钦远辑《唐应制诗分类注释详解》，清刊本；

陈讦笺评《唐省试诗笺注》十卷，学海楼据康熙本翻刻；

王锡侯辑《唐诗试帖详解》十卷，九经堂刊本；

沈廷芳辑注，张廷举编次《唐诗韶音笺注》五卷，赐书堂刊本；

沈廷芳辑，吴寿祺、吴元诒注《唐诗韶音笺注》五卷，吴氏刊本；

牟钦元辑，牟瀜笺注《唐诗排律》七卷，据康熙五十四年紫兰书屋刊本重印；*

---

① 彭国忠：《〈唐人试律说〉：纪昀的试律诗学建构》，《文艺理论研究》2014 年第 5 期。

朱琰辑《唐试律笺》二卷，明德堂刊本；

胡本撰，潘作枢笺注《试帖新拟》五卷，清刊本；*

姚光缙辑《盛朝律楷》十二卷，迎晓书屋刊本；①

阮学浩、阮学濬辑《本朝馆阁诗》二十卷，困学书屋刊本；*

杜定基辑《国朝试帖鸣盛》，刊本；*

蔡钧辑《诗法指南》六卷，匠门书屋刊本。*

乾隆二十四年（1759）又有四种，最引人瞩目的是本年乡试主考官纪昀的著作：

纪昀撰《唐人试律说》一卷，清刊本；

李因培评选，凌应增编注《唐诗观澜集》二十四卷，李因培刊本，后于乾隆三十七年重刊；

臧岳辑《应试唐律类释》十九卷，重订清初刊本；*

顾龙振辑《诗学指南》八卷，敦本堂刊本。*

乾隆二十五年（1760）也有四种，纪书立即重版，足见市场销路看好：

纪昀撰《唐人试律说》一卷，重刊本；

谈苑《唐诗试体分韵》，清刊本；

陶元藻辑《唐诗向荣集》三卷，衡河草堂木活字印本；

朱琰辑《学诗津逮》八种，桐乡沈氏香雪书舍刊本。*

乾隆二十六年（1761）仍有六种，旧籍不断翻刻，纪昀又梓新著：

纪昀辑《庚辰集》五卷，纪氏家刊本；*

陶元藻辑《唐诗向荣集》三卷，衡河草堂刊本；

苏宁亭《应试唐诗说详》，清刊本；

臧岳辑《应试唐诗类释》十九卷，三乐斋藏板本；*

恽鹤生、钱人龙辑《全唐试律类笺》十卷，恽宗和刊本；*

王锡侯辑《唐诗试帖课蒙评解》十卷，文德堂刊本。*

乾隆二十七年（1762）仅知有一种翻刻，出版势头显出渐弱迹向：

臧岳辑《应试唐律类解》十九卷，积秀堂重订康熙刊本。*

---

① 王兵：《清人选清诗与清代诗学》附录"清人选清诗著录简表"，中国社会科学出版社2011年版。

乾隆二十八年（1763）也只有两种，出版势头继续放缓：

　　任福佑辑《新锓应试唐诗灵通解》四卷，清刊本；*

　　许英辑注《本朝五言近体瓣香集》十六卷，心逸堂刊本。*

尽管如此，本年沈德潜《重订唐诗别裁集》，也增选了若干首试帖诗，自序特别提到："五言试帖，前选略见。今为制科所需，检择佳篇，垂示准则，为入春秋闱者导夫先路也。"① 这表明在坊刻选本之外，诗坛高层人物的精英选本对试帖写作也相当关注。另外，乾隆间还有刊刻年月不详的范文献、黄达、王兴谟辑注《唐人试帖纂注》四卷，张希贤、李文藻《全唐五言八韵诗》四卷，张桐孙《唐人省试诗笺》三卷、喻端士《唐诗帖约》二卷、钟兰枝《唐律试帖笺释》、方德辉《唐诗矩簸》等，很可能也是顺应这股应试风潮的出版物。这些书籍并不是一刷即已，只要有销路，一套书版按常识至少可以刷印五千部。乾隆二十七年（1762）以后新编之书渐稀，正是前几年梓行的书籍已占有很大市场份额的缘故。迄至乾隆后期，这批书籍经过市场淘汰，能获得重刊机会的已非常有限。比如任福佑《新锓应试唐诗灵通解》便是其中之一，自乾隆二十八年（1763）梓行后，致和堂分别在乾隆五十二年（1787）、嘉庆二年（1797）重刊，嘉庆二十三年（1818）又有三让堂重刊本。最流行的则应是臧岳《应试唐诗类释》，每首诗题下都有题解、附考，诗后又有音注、质实、疏义、参评、阙疑，内容最为详尽且实用，于是成为翻刻版次最多的畅销书。在上面提到的版本外，还有乾隆元年（1736）三乐斋刊本、三十八年（1773）重刊本、三十九年刊本、四十年刊本，四十三年（1778）三乐斋又改名《闻式堂唐诗类释》重刊，此后更有嘉庆五年（1800）刊本、立本堂刊本，可见其书在清代中叶一直为坊间所青睐。这只是试律选本，为应试举子编纂的相关书籍还包括韵书，如乾隆二十三年三月刊行的刘文蔚《诗韵含英》就是较著名的一种。至于诗法、诗话一类书籍后面还要专门讨论。此类书籍的盛行，意味着士人的诗歌教育自幼就被应试诗法所主导，意味着试帖诗学成为他们诗学启蒙的初阶。这一事实将在多大程度上改变传统诗学的承传和发展路向，一时还难做定谳，但它无疑是研究清代中叶诗学首先要考虑的

---

　　① 沈德潜辑：《重订唐诗别裁集》卷首，乾隆二十八年教忠堂刊本。

问题，老辈学者一向也注意于此①。

### 三 功令试诗与蒙学诗法的旺势

作为朝廷功令，科举试诗对诸生的诗歌写作乃至官学、书院、家塾的教育必将产生巨大影响。试帖诗写作既然成为举子必修的课程、必须研练的才能，就势必会彻底消除明代以来世俗对作诗妨害举业的顾忌②，激励广大士人热心学诗、写诗③，从而普遍提升诗学修养和写作能力，最终推动诗歌艺术的发展，这是不言而喻的。需要考究的倒是试帖诗学自身如何以功令试诗为契机在教学实践中完成其理论总结和建构的过程。以往的研究，因鄙视科举应试类写作而一概将它们排除在学术视野之外，很少注意到八股文和试帖诗对传统文学教育的影响。今天我们面对上文列举的众多试帖文献，再也不能不思考试帖诗与一般诗歌写作的关系问题。

阅读当时的文献，我首先获得的印象是，虽同为应试文体，制义和试帖在人们心目中的价值是完全不同的。人们对八股文往往抱着无奈甚至于仇视的态度，而对试帖诗却青眼有加，不敢稍为轻忽。清人估量本朝的诗歌创作，绝不敢凌越古人；但于试帖诗却每自信有出蓝之胜。林联桂《见星庐馆阁诗话》自序云："唐诗各体俱高越前古，惟五言八韵试帖之作不若我朝为大盛，法律之细，裁对之工，意境日辟而日新，锤炼愈精而愈密，虚神实义，诠发入微，洵古今之极则也。"④ 这种盛况又一概被归结于功令试诗，如刘鸿翱《缪主政薇初试帖序》所说："事苟为一代风尚之所在，必有穷工极能，精前人所不能精者，以信今而传后。众人忽焉，达者知之，如今之试帖是已。（中略）古文莫盛于汉，赋莫盛于楚，字莫盛于晋，诗莫盛于唐，制义莫盛于明。而诗之试帖，唐以之取士，历宋

---

① 钱仲联先生讲课中即曾提到这一点，见魏中林整理《钱仲联讲清诗》，苏州大学出版社 2004 年版，第 71 页。

② 毛张健《试体唐诗》序："近代制科专尚时文，（中略）间有一二瑰异之士，欲从事于诗者，父兄必动色相戒，以为疏正业而妨进取。"康熙五十四年刊本。明清两代此类记载触目皆是，可参看蒋寅《科举阴影中的明清文学生态》（《文学遗产》2004 年第 1 期）一文。

③ 李鸿达《馆律萃珍序》云："至乾隆丁丑以后，则乡会岁科之试，皆益以五言帖律，著为功令。由是偏乡下邑，亦知研意覃思，比律析韵。"（姚集芝辑《馆律萃珍》卷首，清刊本）此适与前引叶之荣语形成鲜明的对照。

④ 林联桂：《见星庐馆阁诗话》卷首，道光三年与赋话、词稿合刊本。

元明千余年，莫盛于我朝。"① 正是出于对本朝试帖诗的肯定，试帖诗的编集和刊行出现了前所未有的繁荣景象，它反过来又更加刺激和促进了试帖诗的写作和研究。这就是张拜赓序《汇纂诗法度针》所说的："岁丁丑会试届期，圣谕于二场改试唐律八韵，又先后允廷臣议，自乡闱及郡县举试以诗，用以侦淳风而厉实学也。（中略）夫风行自上而应之，诗由是兴焉。"② 各方面的文献史料都提醒我们，功令试诗已使试帖诗学成为清代诗学史上一个不容忽视的存在。

考察清代的试帖诗，首先引起我注意的就是各种类型的选本之多。余集《试律偶钞序》曾提到："我朝自乾隆己卯奉诏于乡会两试各试八韵诗一首，至今垂四十年。承学之士莫不从事声律，馆阁诸公又首先赓唱，近日选家总集无虑数百十种。"③ 现知存世的只有前文所列姚光缙辑《盛朝律楷》等几种及张九钺辑《五言排律依永集》（乾隆三十一年），程琰辑《稻香楼试帖》（乾隆三十三年），张日珣、邱先德辑《国朝五言长律赓扬集》（刊年未详），法式善辑《同馆试律汇钞》，马大亨辑《国朝试帖典林》（乾隆六十年）等不多的几种。这类书籍因不入收藏家之眼，除纪昀《庚辰集》这一最著名的选本及王芑孙编《九家试帖》、张熙宇编《七家试帖》翻刻不绝，多数都已失传，只能由清人别集中保存的众多序跋窥豹一斑。桑调元初掌教中州书院时，曾选有《大梁试帖》；乾隆二十二年再度莅任，值功令初改，又编刻《大梁试帖新选》，自序提到："顷复入中州主旧席，适皇朝兼以诗取士，诸生益加镞砺，斌斌然有和声鸣盛之概。旧从唐人常格，限以六韵，（中略）功令定限八韵，足舒群彦才藻，视唐常格有加焉。"④ 由此可见，书院原本是有试帖诗课程的，用五言六韵的格式。这是因为，乡会试虽不试诗，但中书考试及翰林馆课却要作诗，于是书院教学也相应地设有试帖之课。不过这与功令试诗对广大士子的影响是不可同日而语的。功令试诗首先改变了他们学诗的体裁，由六韵增为八韵；其次也是更主要的是，试帖诗的研习由此变得普遍化、日常化，凡有志于科举之士都必须研练这种诗体的写作才

---

① 刘鸿翱：《绿野斋前后合集》卷四，道光二十四年刊本。
② 徐文弼辑：《汇纂诗法度针》卷首，乾隆间聚盛堂刊本。
③ 余集：《秋室学古录》卷五，《续修四库全书》影印本，第1460册，第342页。
④ 桑调元：《大梁试帖新选》，《弢甫集》卷五，兰陔草堂刊本。

能。为此,适应各种类型、各阶层作者研习需要的试帖诗选便如雨后春笋般涌出了。桑调元后来主教泺源书院时,又编有《泺源书院试帖》。这并不是偶然的例子。

有了创作研习的需求,相应的理论指导和介绍写作技巧的书籍便自然有人编纂。不过自清初以来,本朝人的试帖写作毕竟经验积累还少,有关规则与技巧只能求之于前人作品。毛奇龄《唐人试帖》作为试帖诗研究的发轫之作,后人嫌其"详于论诗而略于疏义"①,初学之士每苦于不得头绪。在这种情况下,一批带有写作范本性质的唐试帖诗选迅速涌入市场。据陈伯海先生考察,唐人试帖诗选本,清代以前只知有宋佚名辑《唐省试诗集》,明吴勉学辑《唐省试诗》,佚名辑《唐科试诗》及吴汶、吴瑛辑《唐应试诗》四种②。而前面提到的清初诸选仍处于草创阶段,虽不能说全是粗率的急就章,但就写作指导而言就不够专业了。新编的唐人试帖诗选,首先在体例上非常明确是供应试学习之需。吴县徐商徵、仁和沈文声同辑《唐律清丽集》是现知第一部这类唐人试律选,题沈德潜审定,乾隆二十二年冬许翼周刊,扉页有"是集专选唐五言长律,备场屋、馆阁之用,评注详悉,校订无讹,翻刻必究"的字样。沈德潜序称:"丁丑春,皇上念科场论判雷同之敝,命改试五言八韵唐律,作人雅化,云汉昭回,海宇喁喁,讲求声韵之学。而长律专选顾无善本,学者患之。徐中翰商徵、族孙文声荟萃《全唐诗》,录其尤者,辑《清丽集》六卷,分应制、应试、酬赠、纪述四门,自六韵至百韵咸具,不独资场屋揣摩,亦以备馆阁用也。"既然说明是据《全唐诗》选录,在文献来源与依据方面就有了绝对的权威性,不同于以往取材较随意的选本。李文藻编《全唐五言八韵诗》四卷,收录唐人八韵五言诗四百余首,也是基于对唐代试帖诗文献的全面考察而编成的选本,序称:"今皇帝御极二十有二年春,特谕立法程材,无贵剿袭,嗣后礼部会试可黜论表判勿用,而易以五言八韵唐律一首。会试后台臣请行之乡试,复俞其奏。于是海内之士,闻风兴起,谓此宋元明数百年所不能行而我圣祖仁皇帝欲行而未果者,不意得于今日而

---

① 观保:《试帖诗集序》,彭元瑞编《试帖诗集》卷首,乾隆六十年刊本。

② 陈伯海:《清人选唐试帖诗概说》,《古典文学知识》2008 年第 5 期。

真见其行也。"① 可见此书也是针对功令试诗带来的社会需求而编纂的。

这些全面而审慎的选集或总集，不仅仅意味着学人郑重对待试帖诗文献的开始，它们附录的有关试帖诗写作的初步知识和一般规则，直接给面对功令试诗茫然失措的广大士子以实际的指导。比如《唐律清丽集》所附《论试体诗七则》，即属于入门级的知识，类似毛奇龄《唐人试帖》以破题、承题、中比、后比等制义概念来提示章法，臧岳《应试唐诗类释》卷首"应试唐诗备考"论及"押韵有用韵字不同韵字或平仄之不同"一样，都是诗家老生常谈。这里备引原文，以见其内容和旨趣。其一论篇章结构：

> 八韵作法，前人未有明言之者。虞山冯氏曰：律诗两句一联，四句一截，自四韵以至百韵，亦止如此。窃以此指推之，首两联浑冒全题，点清字面，与六韵同。三联四联正写题面，五联六联或补写题面，或阐发题意，或旁衬，或开合。末后一截，或就题中收住，或从题外推开，或映切本题，以寓怀抱，以申颂扬，此两联尤须一气衔接。质之近日玉堂馆课、丁丑春闱，无弗印合。若神明变化，出奇无穷，固不拘此板法。

这里讲八韵试帖的结构，已不是传统的起承转合之法，而是类比八股文法式的章法论。它除了承袭冯班的说法外，还参照了近日翰林馆课和首次试诗的实例，显示出试帖诗相比一般近体诗来，一直是缺乏成法而处于摸索中的诗型。其二论敬语抬头书写的格式：

> 诗中宜有抬头字面，或高一格，或高二格，应依表文之例。

这一则说明书写格式，清楚地表明试帖诗属于庙堂文字的范畴，书写格式严格区别于普通诗歌，而同于章表，再次暗示了试帖与文章的亲邻关系。其三论试帖之作凡取意、造语、使事等皆以稳惬为首要原则：

> 应试之作，以稳惬为第一义。彼失粘失韵，误解题旨，字犯不祥，言涉违

---

① 孙葆田等纂：《山东通志》卷一四六艺文志著录，台湾文海出版社影印本。

碍，有一于此，固在必斥。或意寓干请则卑，过存身分则亢，使事奥僻则晦，著语旖旎则佻，此类皆谓之不稳。能于稳惬中复精警出色，斯真万选钱耳。

因为试帖的读者是君主或考官，不仅不能有悖于政治正确，还必须注意风格的庄重和得体，这是试帖最不同于一般诗体之处，属于试帖独有的文体规定。其四阐明声律宁谐勿拗、对仗宁整勿散的原则：

律句不可入古诗，而古句入律，弥见其健。唐人诗往往如此。然在场屋中，宁谐声协律，勿用拗句。除首联末联外，中六联宁对仗工整，勿用散句。

这同样是出于庄重风格的考量，以保证通篇文字、声律无瑕可摘，中规中矩，通体透着恭敬和谨重，这实在是为人臣最重要的禀赋。其五论自古相传的"八病"：

沈约所标律诗八病，其蜂腰、鹤膝、大韵、小韵、正纽、旁纽，但使句不失粘，六者尚非所重，惟平头上尾不可不知。二病所指甚广，今举其易犯者：平头谓上联首二字或并实并虚，或一虚一实，而下联首二字亦然。虽下三字变换，已犯平头也。若四句下二字虚实相同，即为上尾。又四句中，两出句末字同上或同去入声，亦上尾也。又如上联韵押冬字，下联即宜押同中崇等字，若再押冻蛛，亦上尾也。又两联每句之第三字，同用虚字，或同用实字，亦在禁例。要而言之，贵于句法变化而已。

传为沈约所揭示的"八病"是针对齐梁体提出的，唐代近体诗定型以后，八病中最要紧的"平头""上尾"所意味的禁忌已被格律规则吸收，盛唐以后遂不再讲究。这里却重新拈出，作了含义更宽泛的阐说：先将两联的首二字虚实字结构相同指为平头，末二字虚实字结构相同指为上尾，已属独标新义；然后又沿袭旧说，将两出句末二字同声定为上尾；最后更将押同音字也称为上尾，其说愈繁。至于中间一字，虽无病犯名目，但两联虚实字相同，也是一种病，因为它导致句法雷同，缺少变化，这是近体诗学所没有的说法。其六论用韵：

韵书流传甚多，应试总归划一。唐初则陆法言《切韵》，天宝后有孙愐

《唐韵》，在宋则国子监刊行《礼部韵略》，皆士子赴科举者所用也。今惟《佩文诗韵》，系钦定颁行，薄海遵守。此外一切韵本，互有异同，概不可用。

要求一概遵守本朝颁行的《佩文斋诗韵》，以免古今韵书互有异同，易淆视听。其七论用字须注意音读正确：

> 字音平仄，今人误用甚多（如揆字、综字作平声用之类），而不害其文之工。以时文阐发义理，不尚音节也。若施之诗律，即属失粘。又字有两韵兼收，而音义迥别者（如一东之钆，古红切，车毂中铁也；三江之钆，古双切，灯也。此类不胜举），场中韵书无注释，设或误押，更于义不通，凡此并须平时究心。

通过例证说明有些字音误读，在八股文无关紧要，但出现在诗中就会导致格律错谬。有些多音字收在不同的韵部，如果不明音义训诂，更会出现文义不通的恶果。有了这些规则和训诫，写作合乎规矩应无问题。

浦起龙可能没见到《唐律清丽集》，也可能出于商业广告的需要，乾隆二十四年（1759）为顾龙振《诗学指南》撰序，还遗憾地提到"我国家中和化洽，自上而下，奉诏自今取士兼用诗，一时选帖四起，然未有以条别宜忌为世正告者"[1]。曾几何时，一批诗法、诗话就迅速填补了这方面的空白。除了前列试帖诗选本所附的诗法、诗话外，几种清代中叶流行的诗法可信都与功令试诗有关。比如诸生蔡钧所辑《诗法指南》六卷，乾隆二十三年（1758）由匠门书屋刊行，前有是年四月任应烈序，称"今天子春秋试士，诏二场尚用经义及诗，一时诗学之兴，遂与制义、对策同为举子要业"，又提到"戊寅春适丁子崖以蔡子易园所编《诗法指南》示余，并邀余一言以行世"[2]，可知其书成于客岁功令下后。书前开列参校者姓氏多达 96 人，足见该书的编纂在当时多么引人注目。现在看来，功令初下几年内刊行的类似汇辑诗话，如李畯《诗法囊说》、顾龙振《诗

---

① 顾龙振辑：《诗学指南》卷首，乾隆间敦本堂刊本。
② 蔡钧辑：《诗法指南》卷首，乾隆二十三年匠门书屋刊本。

学指南》、朱琰《学诗津逮》、徐文弼《汇纂诗法度针》、吕德本《诗法辨体说》、时钧辙《应制诗规》、潘松《问竹堂诗法》、陆祚《诗法丛览》乃至王渔洋《律诗定体》、赵执信《声调谱》的重版等,相信都是同一背景下的产物。顾书前七卷汇辑前人旧著,只有卷八为自撰,专论应制诗式、应试诗,择唐人应制、应试佳作一一评讲,揭其体制、意匠以示初学,从一个侧面反映出试帖专门诗法的缺乏。当时尚未中举的海盐诸生朱琰,"取古今诗话之可为法者八种,汇而刊之,以疏壅导滞,题曰《学诗津逮》"①,不用说也是针对科举试诗而编,由桐乡沈氏香雪书舍刊刻行世已是乾隆二十五年(1760)的事。后屡有增刻,到乾隆二十九年(1764)芸经堂所刊之本,收书已达十五种,改名为《诗触》,想来销路很好。

在试帖诗法阙如的情况下,上述蒙学诗法正是很好的补充。其中最大规模的编纂工程是山东钜野人李其彭所编《诗诀》十卷,乾隆四十一年(1776)徐子素刊行。李氏编著有《论诗尺牍》《唐试帖分韵选》《四声韵贯》等多种诗学书籍,都成书于乾隆二十三年至二十八年间。《诗诀》汇集古今诗话二十一种,其中若干种包括《试帖定式》在内是李氏本人所辑。广采前人论诗之语,包括体制、声律、篇章、病犯、诗体、技法等内容,既便于初学,同时对传统诗学资料也是一个大规模的整理和总结。这类书籍通常被视为广义的蒙学诗法,与试帖诗学尚有区别,但此刻却因功令试诗的机缘大量编辑出版。这提醒我们,功令试诗对诗坛和诗学的影响已远远超出了试帖诗学的范围。这不是三言两语即可概述的问题,现在首先需要究明,功令试诗对试帖诗学的影响究竟在多大程度上带动了试帖诗学的研讨?最近已有学者触及这一问题②,但相关研究仍处于草创阶段。因为试帖诗学的真正开创者也是奠定清代试帖诗学基础的人物——纪昀,有关他的文学研究还很少触及试帖诗学。而纪昀在试帖诗学上的贡献不清楚,要全面把握他在清代诗学史上的意义和影响也就很难了。

---

① 朱琰:《诗触》自序,嘉庆三年重刊本。

② 贺严《清代唐诗选本研究》(南京大学博士学位论文,2005年)、韩胜《清代唐诗选本研究》(南开大学博士学位论文,2005年)中都有专门章节讨论这个问题。

# 第二节　试律诗学的奠基人

纪昀（1724—1805），字晓岚，一字春帆，晚号观弈道人。直隶河间府（今河北献县）人。父容舒（1685—1764），康熙五十二年（1713）举人，官至云南姚安知府，有贤声。治考据之学，有《唐韵考》五卷、《杜律疏》八卷、《玉台新咏考异》十卷传世①。纪氏至容舒家道由衰而复兴，更加重视读书，遗训尚有"贫莫断书香"之语。纪昀24岁中顺天府乡试解元，丁母忧，七年后的乾隆十九年（1754）方与朱筠、王昶、王鸣盛、钱大昕等同榜中进士，选翰林庶吉士，由编修升至侍读学士。三十八年诏修《四库全书》，任总纂官。书成迁礼部尚书，终于协办大学士，卒谥文达。著有《阅微草堂笔记》《纪文达公遗集》，另有《史通削繁》及《文心雕龙》《李义山诗》《才调集》《陈后山集钞》《瀛奎律髓》诸书评点。纪昀有关试帖诗的著述有《唐人试律说》《庚辰集》《我法集》三种，它们在今人的研究中最不被注意，但现在我们讨论纪昀诗学却必须从这三部书开始。有关三书的版本异同和流传情况，邱怡瑄已有细致梳理②，除了必要的交代，我将不在这方面花费篇幅，而直接进入其诗学内容的讨论。

## 一　《唐人试律说》：向唐人寻求法度

纪昀学问之广博，仅讨论试帖诗学绝不足以尽其所蕴，甚至通盘考论其诗学也只触及冰山一角。乾隆五十八年（1793）七月，古稀之年的纪昀如此总结平生为学经历："三十以前，讲考证之学。所坐之处，典籍环绕如獭祭。三十以后，以文章与天下相驰骤，抽黄对白，恒彻夜构思。五十以后，领修秘籍，复折而讲考证。"③ 由于他的著述留传有限，学术上不易评估，今人论及他与乾、嘉学术

---

① 纪容舒《玉台新咏考异》，著录于徐世昌辑《大清畿辅书征》卷十六。当代学者或认为出于纪晓岚手笔，参看隽雪艳《〈玉台新咏考异〉为纪昀所作》，《文史》第二十六辑，中华书局1986年版。

② 邱怡瑄：《纪昀的试律诗学》，台湾政治大学硕士学位论文，2009年。

③ 纪昀：《阅微草堂笔记》卷一五《姑妄听之》自序，上海古籍出版社1980年版，下册，第359页。

的关系，常不免夸大其学术成就及领袖地位。事实上，若就纪昀个人的学术著作看，确实也没什么特别骄人的成就①。他走的是一条独特的学术道路，与他平生为官多任两类职事关系密切：一是主试科举，曾两为乡试考官，六任文武会试考官，由是格外留意举业文字；二是编纂书籍，先后出任武英殿、三通馆纂修官，方略馆总校官，功臣馆、国史馆、胜国功臣殉节录、四库全书馆总纂官，实录馆、会典馆副总裁官，职官表、八旗通志馆总裁官等，因而博览群书、淹贯古今学问。

讨论纪昀诗学，试帖诗学是不能不提的重头戏。纪昀步入文坛之际，正值科举恢复试诗，据他自己说，当时"试帖多尚典赡，余始变为意格运题。馆阁诸公每呼此体为纪家诗"②。他在试帖诗方面的成就，后来常被与吴锡麒相提并论。嘉庆九年（1804）戴亨衢序聂铣敏《寄岳云斋试帖》，有云："夫试帖之道，始盛于唐。然唐人当日所作试帖，称全璧者殊不多觏。我朝人文蔚起，诗学昌明，乡会试俱尚八韵。学使按临，博采风雅，士生其时，莫不和其声，以鸣国家之盛。迩来专刻甚多，纪晓岚、吴谷人两前辈均有试帖行世，皆可为后学之圭臬。"③ 许多类似的记载表明，纪昀和吴锡麒是清代影响最大的两位试帖诗作家④。吴锡麒的八韵试帖诗时称神品⑤，是创作上的典范，嘉庆八年（1803）即有泾县吴抡、吴敬恒《有正味斋试帖详注》行世，"都人士争相购售"，坊间翻版不绝；纪昀则不但是理论和批评方面的开拓者，同时也是典范作家，所纂著的

---

① 李慈铭即言"今言四库者，尽归功文达。然文达名博览，而于经史之学实疏，集部尤非当家"。见由云龙编《越缦堂读书记》，上海书店出版社 2000 年版，第 557 页。

② 纪昀：《题从侄虞惇试帖》自注，孙致中等编校《纪晓岚文集》，河北教育出版社 1991 年版，第 1 册，第 495 页。

③ 张学苏：《寄岳云斋试帖详注》卷首，嘉庆十六年刊本。

④ 如徐继畬《松龛全集》文集卷一《茹古山房试帖序》云："试帖一体，唐人所创，其时规模初具，研炼未工。如《月中桂》《湘灵鼓瑟》等篇称为超诣，余则多失之疏拙。至我朝而馆阁诸公始多名篇巨制。乾隆中乡会场增试帖诗，于是操觚之士人人学之。金雨叔侍郎、纪晓岚相国，求其法至详且备；吴谷人、王惕甫两先生，以唐贤五律之音节气味运入试帖，海内风趋，而试帖之精华毕洩矣。"山右丛书本。方濬师《蕉轩续录》卷二"海上生明月诗"条："我朝自乾隆间，乡、会试增五言八韵，一时应试者妥章适句，钩心斗角，几于家隋珠而户卞璧。嘉、道以前，献纪文达公（昀）启之，钱塘吴谷人（锡麒）祭酒继之，歙鲍双五（桂星）侍郎、大兴王楷堂（廷绍）员外又继之，类皆撷三唐之精英，而上承汉魏六朝风旨，融会法则，谨严格调。盛矣哉，足以空前而绝后矣！"

⑤ 吴敬恒：《有正味斋试帖详注》序，嘉庆八年刊本。长山诸生安曰润也撰有《有正味斋试帖浅说》，马桐芳曾为撰序，见马著《憨斋诗话》卷一，然未见传本。

《唐人试律说》《庚辰集》《馆课存稿》《我法集》诸书，举世奉为师范。晚清吴仰贤《论诗》合论二公云："数峰江上句传名，锁院抽毫少正声。近代功臣得二老，前惟宗伯后司成。"① 这应该是本朝人的定论。然而随着 20 世纪初科举制度的寿终正寝，试帖诗也似已陈之刍狗，无人顾视，纪昀的有关著述及诗学意义直到近年才有人注意，从纪氏生命历程、治学态度及清代科举恢复试诗的背景加以探讨②。我虽然很早就看过《唐人试律说》和《我法集》，也买到过《庚辰集》，但直到我研究纪昀与乾隆朝诗学的关系，才意识到试帖诗学不仅是纪昀诗学的重要组成部分，同时也是他与乾隆朝诗学的一个接触点。

试帖诗自唐代以来，文人官僚都要学习，以备应制赓和之用。清代异于前代之处，是翰林官员仍有馆课常试，故试帖不像八股文，中式后即弃如敝屣，释褐通籍后仍须不断研练，通称馆阁体或院体诗③。乾隆二十二年（1757）功令试诗，在朝野产生强烈的震动，不仅引发大量试帖诗选、蒙学诗法的编纂和出版，更直接导致这些书籍所包含的诗学内容在蒙学教育中的普及和对初级写作的决定性影响。功令初下之际，诗家所传的试帖诗写作门径，只有类似毛张健《试体唐诗》卷首"杂说"、《唐律清丽集》所附《论试体诗七则》那样的初级条规，基本属于一般写作守则。这些内容固然因其实用性而为后学所遵奉④，但对于提高试帖写作的艺术水平来说，是远远不够的。更多的理论细节和艺术经验还有待于深入钻研唐人留下的大量作品，同时总结本朝以还写作和批评所积累的成果。这两项工作都历史性地成就于纪昀之手。

前文提到，功令初下之时，坊间因无适当教材，亟翻印旧籍以应士子之求。纪昀有感于"迩来选本至夥，大抵笺注故实，供初学者之剽窃"⑤，乾隆二十四年（1759）春在指授门人经学之余，"偶取其案上唐试律，粗为别白，举其大

---

① 吴仰贤：《论诗》其五，《小匏庵诗存》卷三，光绪刊本。

② 除了邱怡瑄的硕士论文外，还有杨春俏《诗赋取士背景下的诗国风貌》，光明日报出版社 2009 年版；徐美秋《纪昀评点诗歌研究》，复旦大学博士学位论文，2009 年；彭国忠《〈唐人试律说〉：纪昀的试律诗学建构》，《文艺理论研究》2014 年第 5 期。

③ 张问陶《船山诗草》补遗卷五《五月二十四日庶常馆陪英煦斋少宗伯大课即席有作并呈周石芳系英蔡生甫之定两编修》有"绕席看吟院体诗"之句，下册，第 687 页。

④ 吴抡、吴敬恒《有正味斋试帖详注》凡例对有关问题的看法即大体相同。

⑤ 纪昀：《唐人试律说》自序，《纪晓岚文集》，第 3 册，第 11 页。

凡"①，外甥马葆善集而录之，于六月授梓。书名没有沿用毛奇龄《唐人试帖》之说，而改称《唐人试律说》，寓有正本清源之意，但仍不免为后人所误会②。据马葆善记载："于时科举增律诗，舅氏授经之余，亦时以是督葆善，且告之曰：'试律固诗之流也，然亦别试律于诗之外，而后合体裁；又必范试律于诗之中，而后有法度格意。'"由此不仅可知纪昀此书是为指导门人应试而作，也可窥见他对于试律体裁的把握——既是诗又不是一般的诗。自序谦称"余于此事，亦所谓揣骨听声者也"，因述所闻于师友之绪论曰：

> 为试律者，先辨体。题有题意，诗以发之。不但如应试诸诗，惟求华美，则餖饤之病可免矣。次贵审题，批窾导会，务中理解，则涂饰之病可免矣。次命意，次布格，次琢句，而终之以炼气炼神。气不炼，则雕镂工丽，仅为土偶之衣冠；神不炼，则意言并尽，兴象不远，虽不失尺寸，犹凡笔也。大抵始于有法，而终于以无法为法；始于用巧，而终于以不巧为巧。此当寝食古人，培养其根柢，陶熔其意境，而后得其神明变化自在流行之妙，不但求之试律间也。③

这里论述了辨体、审题、命意、布格、琢句、炼气炼神的写作步骤，从有法到无法、从用巧到不巧的技巧观以及培养能力和素质的过程，囊括了试帖诗写作的基本原理。而核心思想则是将试帖作为诗歌的一个分支来把握，两者同源别派，"其法实与诗通"④，所以试帖诗写作绝不能只就其自身求之。事实上他在《与陈梅垞编修书》中确实说过："试帖为诗之支流，然非深于诗者，试帖必不工。犹之不能行、草，则楷字无生韵；不能写意，则钩勒皆俗格。"⑤ 这种认识决定了他虽然承认"诗至试帖而体卑"，但同时仍像普通诗歌一样郑重地对待它，认真地钻研它。关于《唐人试律说》，彭国忠《〈唐人试律说〉：纪昀的试律诗学建

---

① 纪昀：《唐人试律说》自序，《纪晓岚文集》，第 3 册，第 11 页。
② 林传甲《筹笔轩读书日记》："试帖见《通典》举人条例，云《论语》《孝经》为之翼助，诸试帖一切请停云云，盖指《说文》六帖、《字林》四帖、《九章》三帖之类而言。纪文达号称博洽，乃以试帖之名专归于诗，亦何陋哉？"，民国三年商务印书馆排印本，第 59 页。
③ 纪昀：《唐人试律说》自序，《纪晓岚文集》，第 3 册，第 11 页。
④ 同上。
⑤ 《纪晓岚文集》卷一二，第 1 册，第 278 页。

构》一文已从试律体的定位与格的提升、具有生命精神的试律诗整体观、试律诗法的建立与超越三方面缜密地论述了该书对于试帖诗学的建构意义，同时让我们看到试帖诗学与传统诗学基本观念的关联。这里再就试帖诗学的特殊性，对书中涉及的主要问题略作提示。

纪昀因视试帖为诗的一个分支，论写作同样首重辨体。不过试帖诗作为类型，其体制之要实际上仅在于扣题和结题两点。扣题决定了章法，结题决定了颂美或干求之意，归根结底仍在于如何扣题。为此，纪昀讲析诗作，除了就元积《数赏》指出"试帖原有关合时事之体"外①，几乎没怎么触及体的问题，基本上都在讲如何扣题。例如吴融《雨夜帝里闻猿声》诗："雨滴秦山夜，猿闻峡外声。已吟何逊恨，还赋屈平情。暗逐哀鸿唳，遥含禁漏清。直疑游万里，不觉在重城。霎霎侵灯乱，啾啾入梦惊。明朝临晓镜，别有鬓丝生。"纪昀解曰：

> 题有三层，一层不同脱略。"雨滴秦山夜"，点"雨夜帝里"；"猿闻峡外声"，点"闻猿"。"已吟何逊恨"，承雨夜；"还赋屈平情"，承猿声；"暗逐哀鸿唳"，写猿声；"遥含禁漏清"，写雨夜，兼写帝里。因上三句但写雨夜闻猿，恐"帝里"字竟脱，故急挽合之。"直疑"二句，即剔醒"帝里"字。"霎霎"，雨也；"侵灯乱"，则夜雨。"啾啾"，猿也；"入梦惊"，则夜猿。"明朝"二句，结"夜"字，结"闻"字，而以求名未遂为祈请，并"帝里"亦暗结矣。②

如此分析作品，明显让人感到题是首要因素，扣题是当务之急。当然，题型不同，处理的方式也各异。像陆贽《晓过南宫闻太常新乐》这样的题目，"贡举人谒先师闻雅乐，则先师为题之主宰也，不可略。南宫闻乐，则南宫别无意旨，不妨一点即过矣"③。若遇有出典的题目，如何扣题又别有讲究："凡题有应顾本旨者，如'风雨鸡鸣'，必不可不切君子；有可不拘本旨者，如'春草碧色'，可

---

① 纪昀：《唐人试律说》，《纪晓岚文集》，第3册，第13页。
② 同上书，第15页。
③ 同上书，第60页。

不必切送别，各以意消息之。"① 总之，"言各有当，惟善审题意而已"。如此看来，他对审题的重视其实已超过了辨体，后人正由此得到启示，直接将审题奉为试帖诗写作的第一义。

审题一关既过，接着考虑的问题是作品的完整性，彭国忠论纪昀试帖诗学具有生命精神的整体观，谈的就是这个问题。纪昀评论具体作品，首先着眼于作品的整体感。评蒋防《秋月悬清辉》特别指出："虽无奇语，要自不失法度。人必五官四体具足而后论媸妍，工必规矩准绳不失而后论工拙。佳句层出而语脉横隔，反不如文从字顺，平易无奇。"随后从正反两方面各举了一个例子："李嘉祐'野树花争发，春塘水乱流'句，宋人以为至佳，然上联曰'年华初冠带，文体旧弓裘'，下联曰'使君怜小阮，应念倚门愁'，十字横亘其中，竟作何解？孟公《晚泊浔阳望庐山》诗，无句可摘，神妙乃不可思议，可悟诗法矣。"② 钱起《湘灵鼓瑟》，世皆赏其"曲终人不见，江上数峰青"一结缥缈入神；纪昀更抉其章法之妙，道"此诗之佳，世所共解。惟三句随手注题，浑然无迹；四句扬醒眼目，通篇俱纳入听字中，运法之密，读者或未察也"③。以新颖的补充阐释对其经典地位作了确认。

纪昀对声律问题也有讨论。《唐律清丽集》所附《论试体诗七则》强调"宁谐声协律，勿用拗句"。而纪昀细绎唐人试律，却发现唐人每用拗调，于是在评殷寅《玄元皇帝应见贺圣祚无疆》时，就"言因六梦接，庆叶九龄传"一联指出："凡律句无孤平，'言因'二字皆平声，故'六梦接'可以三仄，此律句定格，不须下句互救者。若'言因'字再用一仄声，则为孤平失调，下句更无救法矣。俗有一三五不论之说，其言固陋；谨守声韵，不考唐人变例者，又以三仄为失调，皆非也。"④ 正常情况下，要说平平仄仄仄是律句定格，不须下句互救，会让人难以相信，但此处证之以声律讲求严格的唐人试律，便很有说服力了。

在此之前，试帖诗写作只有一些最粗浅的守则，经过纪昀对唐人试帖的细

① 纪昀：《唐人试律说》，《纪晓岚文集》，第 3 册，第 13 页。
② 同上书，第 23 页。
③ 同上书，第 36 页。
④ 同上书，第 16 页。

讲，就总结出若干带有规则意义的经验之谈。首先是试帖的修辞要求与一般诗体不同，如马戴《府试开观元皇帝东封图》"粉痕疑检玉，黛色讶生苔"一联，"以诗法论之，点缀纤巧，所谓下劣诗魔也；在试律则不失为好句。文各有体，言各有当，在读者善别择之"①。其次是险韵易于藏拙，评喻凫《监试夜雨滴空阶》谈到："作诗最藏拙者莫过于险韵。唐人试律限险韵者至少，盖主者深知甘苦，不使人巧于售欺。且如柳诗限'青'字，鹭诗限'明'字，皆非难押，而惠崇五易其稿，始得'栖烟一点明'句；莱公四押'青'字不倒，竟至搁笔。难易之故了然可悟矣。"② 其说为门人梁章钜所称述③。还有古今情势不同，有的地方需要因时制宜，不能一味盲从古人。如评韩浚《清明日赐百官新火》提到"结寓祈请，唐试律类然，亦一时风气如是，今则不必"④；评陆复礼《中和节诏赐公卿尺》说"第一句'令'字用仄，平仄失调，唐人起结原不拘，如文昌《反舌无声诗》并二四亦不谐是也，今则不可，必不得已，下句当以平仄平救之"⑤；评殷寅《玄元皇帝应见贺圣祚无疆》提到"北阙心超矣，南山寿固然"一联"虚字自然，凡诗押虚字最难，苟非限韵，可不必作茧自缚"⑥。这些地方最显出纪昀持论的通达。

需要说明的是，纪昀评唐人试帖也像评其他诗体一样，多指摘其弊病⑦。他的许多精彩见解都贯穿在负面批评中。自序解释说："持论颇刻覈，欲初学知所别择，非与古人为难也。"⑧ 这其实是他的一贯作风。他的评析对当代试帖诗写作无疑具有重要的指导意义，同时对试帖诗的理论总结也有一定的贡献。事实上自唐代以来，"顾知诗体者皆薄视试律，不肯言；言试律者又往往不知诗体"⑨。直到纪昀《唐人试律说》问世，关于试帖诗的理论与技巧才有较全面的总结和

---

① 纪昀：《唐人试律说》，《纪晓岚文集》，第 3 册，第 20—21 页。
② 同上书，第 58 页。
③ 梁章钜：《退庵随笔》，《清诗话续编》，第 3 册，第 1996 页。
④ 纪昀：《唐人试律说》，《纪晓岚文集》，第 3 册，第 18 页。
⑤ 同上。首句原作"□乎令初吉"，据《全唐诗》应为"春仲令初吉"。
⑥ 纪昀：《唐人试律说》，《纪晓岚文集》，第 3 册，第 16 页。
⑦ 这一点邱怡瑄已注意到，并指出纪昀评唐人和本朝作品宽严不同的态度，见《纪昀的试律诗学》（台湾政治大学硕士学位论文，2009 年），第 133—134 页。
⑧ 纪昀：《唐人试律说》，《纪晓岚文集》，第 3 册，第 18 页。
⑨ 马葆善：《唐人试律说跋》述纪昀语，《纪晓岚文集》，第 3 册，第 61 页。

阐发。此书因而被后世公认为有发凡之功的经典著作,标志着试帖诗学的形成与深入,并引发乾隆间唐人试帖诗的编选、普及乃至士人群体对试帖诗学的广泛钻研①。

## 二 《庚辰集》:基于当代实践的理论深化

乾隆二十四年(1759)七月中旬,也就是《唐人试律说》授梓不久,纪昀就受命为山西乡试主考官,启程典试。就清代文学而言,考官和学政是两个不可忽视的重要角色,他们的策试、取予往往直接影响一时一地的文学风气。上文所引钱载的乡试告示、策问,已让我们看到君主的诗歌趣味如何通过考试制度蔓延于士绅阶层。纪昀的《乾隆己卯山西乡试策问三道》同样也表明了这一点,只不过他的问题更具体而微。为了看起来更清楚一点,这里将第三道策问分节排列:

> 《唐书·文艺传》称:"沈佺期、宋之问,回忌声病,约句准篇。"故世言律诗始沈、宋,然杨慎《五言律祖》一书,所载六朝诸作,皆通篇谐律,则大辂之椎轮,又别有在欤?能略数一二欤?

> 以古人成语命题,说者谓沈约"江蓠生幽渚"一篇,本陆机《塘上行》句,以是为始。然欤?否欤?

> 唐人诸集,近体虽至百韵,亦总曰律诗。高棅《唐诗品汇》乃创立"排律"之名。说者谓本元微之"铺陈始终,排比声韵"之语,其立名果是欤?抑强造欤?

> 唐人帖经不中式者,许以诗赎,故《吕温集》有赎帖诗。不谓诗为帖也。毛奇龄刻《唐人试帖》其说果有据欤?抑臆造欤?

> 唐重诗赋,实自高宗调露中,而《文苑英华》所录者,省试、奉试、吏部试、监试、州试、府试诸诗,乃皆开、宝以后。王维诸人之作,其削而不载欤?抑作始未工皆不传欤?

---

① 陈志扬《清代对试律诗艺的探索》(《社会科学辑刊》2007年第6期)一文从试律三要素(诠题、限韵、君权在场)、试律与时文的关系、试律与诸体诗的关系三个方面对清代试帖诗学著述中涉及的理论问题作了扼要的梳理,可参看。

　　唐人试律多六韵，然《迎春东郊》诗则八韵，《明堂火珠》诗则四韵，《终南积雪》诗乃至二韵。说者谓八韵、四韵乃临时官限，祖咏二韵之诗，乃意尽而出，未终卷也。然欤？否欤？

　　其韵率用题中平声字，然《莺出谷》诗乃用"真"韵。其所用之韵，必于诗中押出。然《求自试》诗，乃不出"求"字。果可不拘欤？抑别有说欤？

　　其以古语命题者，如"风雨鸡鸣"之类，固恪遵注疏矣。《生刍一束》诗，参用邹长倩书，犹别一解也。《玉水记方流》诗，不全用颜延年意，犹未离宗也。《山川出云》诗，乃与《礼记》经旨不相关；《玉卮无当》诗，乃与韩非本意大相反。果可随意立说欤？亦究为疏谬欤？

策文结尾勉励考生："科场试诗之命，行之三年矣，必有潜心声律，和声以鸣国家之盛者，其悉对无隐。"① 尽管功令试诗已三年，但己卯年毕竟是乡试正式试诗的首科，如此专门的题目，别说临时抱佛脚才两年的普通生员，就是平素留意诗学的人，恐怕一时也难以应对，山西乡试的结果是可以预料的。

　　山西典试的经历让纪昀看到了士人普遍对诗学浅陋无知的现实，更激发起编纂试帖诗评选的热情。翌年他取《唐人试律说》勘订一过，于九月重刊行世；七月间闭户养病，又取近人所编选本为儿辈讲析，半年下来积有二百余首，编录为《庚辰集》，意谓收录康熙三十九年（1700）庚辰科到乾隆二十五年（1760）庚辰科一个甲子间登第者之作②，并与子弟门生辈共作笺注，于乾隆二十六年（1761）十月序而行世。相对于探索前人写作奥秘的《唐人试律说》来说，《庚辰集》意味着对本朝试帖诗写作经验的初步总结。虽然自序坦陈此集只是讲授所及，非操选政，但其体例之完善、讲析之透彻、注释之详赡，非但坊间选本不可同日而语，也胜过两年前的《唐人试律说》。故而吴抡、吴敬恒《有正味斋试帖详注·凡例》列举本朝试帖诗选本，盛推《庚辰集》"引证衍博，辨晰详明"③。

---

　　① 《纪晓岚文集》卷一二，第1册，第266—267页。
　　② 但其实界限并不严格，作者世次也有先后颠倒的情况，详邱怡瑄《纪昀的试律诗学》，第100—101页。
　　③ 吴抡、吴敬恒：《有正味斋试帖详注》，嘉庆八年刊本。

《庚辰集》的评语比《唐人试律说》简略，主要是勾勒章法、层次，视角较为单一。这是因为本朝试帖诗，本身缺乏经典性和权威性，难以像评唐人试律那样横说竖说，头头是道；同时，作者多为前辈亲故或当世名公，也不便像评唐诗那样横加非议。所以纪昀的讲法，主要是在串解章法之余，以鉴赏的方式指出作品的独到之处，由此揭示某些题型的写作要领。关于体制方面的，如：

蒋溥《日浴咸池》评："咸池无典可征，不得不从浴字落墨。然刻画纤巧，又不称题；浑写大意，雄阔绝伦，此题须有此气象。"[1] 这是写神话传说题材需要掌握的原则。

蒋宗海《庄周梦蝴蝶》评："透抉《南华》本意。正面只'栩栩'二句一点，笔墨绝高。此种题最忌拖泥带水。"[2] 这是示人作哲理题目的要诀。

曹一士《知仁山水德》评："沉闷题难得如此清切。"[3] 这是示人作理学语题须力求清切，避免流于陈腐。雷铉《千潭一月印》评："九句十句清湛而自然，余亦清洒。凡理题宜如此作。"[4] 意同。

陈锷《高树早凉》评："妙处在一归字，中幅能不负题。"[5] 这是示人如何写出题中应有之义，因为本题的出处是沈佺期《酬苏员外味道夏晚直省归中见赠》"小池残暑退，高树早凉归"，题中虽无归字，但作者须知会此意而写得出。

关于取材方面的，如：

阿克敦《河源飞鸟外》评："坊刻试帖，往往互易姓名，独此诗未遭移掇。文勤两使西域，不能假借他人也。"[6] 这是说明适当地植入个人经历可加强作品的真实感和不可替代的唯一性。

余栋《诗书至道该》评："佳在隐含得'道'字，不泛咏诗书。或疑'严徐'与诗书无涉，不知题本集贤院诗。'专门'句收足题面，'待诏'句转合题意，'搜讨'、'补苴'皆稽古论思中事也。"[7] 这是示人如何抓住诗题的核心字

---

① 纪昀：《庚辰集》卷一，《纪晓岚文集》第3册，第94页。
② 纪昀：《庚辰集》卷五，《纪晓岚文集》第3册，第235页。
③ 纪昀：《庚辰集》卷二，《纪晓岚文集》第3册，第102页。
④ 同上书，第104页。
⑤ 纪昀：《庚辰集》卷五，《纪晓岚文集》第3册，第230页。
⑥ 纪昀：《庚辰集》卷一，《纪晓岚文集》第3册，第74页。
⑦ 纪昀：《庚辰集》卷二，《纪晓岚文集》第3册，第99页。

眼，敷衍事类时不脱题意。

赵青藜《好雨知时节》评："题本春雨，诗作夏雨，此等诗可不拘出处。"① 这是说无特定意向的题目，不必拘泥于原诗所咏的对象。

关于结构方面的，如：

甄锚《锥处囊》评："处囊，题面也；脱颖，题意也。起四句先名题意，次四句正写题面，次四句透发题意，末以余意作结，布置虽善。"② 这是就具体作品说明题面、题意、余意的关系及处置的技巧。

关于艺术表现方面的，如：

刘统勋《巨灵擘太华》评："句句切定擘字，又能切定太华，虚实并到。"③ 这是强调"切"对于试帖诗的重要。

郑虎文《清露点荷珠》评："细意刻画，妙造自然，凡摹形写照之题，固以工巧为尚，然巧而纤，巧而不稳，巧而有雕琢之痕，皆非其至者也。"④ 这是说明刻画工巧应掌握的原则和尺度。

德保《梅花》评："不点梅字，而非梅不足以当之。此题久成尘劫，行以禁体，耳目乃清。结虽用事，妙于翻入一层，故不归窠臼。"⑤ 这是示人如何处理陈熟咏物题目。

梁诗正《恭和御制得山气日夕佳元韵》评："不规规于点缀，而生气宛然，此为传神之笔。凡空旷萧瑟之题，最忌铺排饾饤。"⑥ 这是作空旷萧瑟之题的要领。

刘纶《山空气相合》评："题境极难摹写，泛咏秋山无当也。实从空字做出气字，从气字做出相合字，泓嶒萧瑟，老笔森然。"⑦ 这是教人如何处理一些空虚难以把捉的题目。

王昶《乐出虚》评："'虚'字、'出'字，一一精到，尤妙于切定'乐'

---

① 纪昀：《庚辰集》卷二，《纪晓岚文集》第 3 册，第 122 页。
② 同上书，第 138 页。
③ 纪昀：《庚辰集》卷一，《纪晓岚文集》第 3 册，第 92 页。
④ 纪昀：《庚辰集》卷四，《纪晓岚文集》第 3 册，第 194 页。
⑤ 同上书，第 205 页。
⑥ 纪昀：《庚辰集》卷一，《纪晓岚文集》第 3 册，第 92 页。
⑦ 纪昀：《庚辰集》卷二，《纪晓岚文集》第 3 册，第 129 页。

字，不泛作杳杳冥冥语。"① 这是教人极虚之题尤其要做得切实而不空泛。

关于用字用韵方面的，如：

吴宽《润物细无声》评："有声易写，无声难写，穷形尽相，可谓传神手矣。'重'字、'苏'字、'静'字、'腴'字，俱炼得好。"② 这是教人刻画之题须讲究炼字。

陈兆仑《迎岁早梅新》评："或疑'艳情'近乎桃李，不似咏梅，然昌黎咏梅用'彩艳'字，齐己咏梅用'素艳'字，朱文公咏梅并用'绝艳'字，则以艳咏梅，未为不可。"③ 这是示人用字没有绝对的禁忌，只要情调相宜即可，有前人用例为根据则更好。

王式丹《菊残犹有傲霜枝》评："'干'字颇险，然岑嘉州有'踏地叶声干'句，李义山有'霜野物声干'句，是此句所本。凡押险韵，须有根据。"④ 这是示人押险韵的原则。

沈德潜《春蚕作茧》评结联"冰弦成五色，清庙奏韶咸"："'韶咸'字去题颇远，借'冰弦'二字转关，遂天然凑泊，此为引韵之法。"⑤ 这是指示押韵的技巧。

经过这一番细致的梳剔，试帖诗写作的原则和技法反而比《唐人试律说》揭示得更为细腻、更为丰富，这也反映出清人后出转精的写作成就。纪昀的评语显示，清和切是试帖诗最重要的价值，清意味着清新、通脱，有清洒、清湛、清切等用法，与陈腐、呆板相对；切意味着扣题和周密，有清切、警切等用法，与浮泛、散漫相对。卷二评介福《黄钟宫为律本》的"自然清切"⑥，便是试帖诗理想的审美境界。其中，自然和清乃是古典诗歌美学的核心概念，而切则是试帖诗独特的美学要求。毛张健《试体唐诗·杂说》提到："诗气格取高古，次体制取端庄，又神味取深远，又辞章取典雅。然在应试之作，有不可以此说拘者。盖

---

① 纪昀：《庚辰集》卷五，《纪晓岚文集》第3册，第241页。
② 同上书，第240页。
③ 纪昀：《庚辰集》卷二，《纪晓岚文集》第3册，第130页。
④ 纪昀：《庚辰集》卷一，《纪晓岚文集》第3册，第68—69页。
⑤ 纪昀：《庚辰集》卷二，《纪晓岚文集》第3册，第148页。
⑥ 同上书，第111页。

试道多采古人成语或集事为题，则一句中便有数义，最难简括。如《夜雨滴空阶》，雨是主意，又要切阶，又要切夜；《尚书都堂瓦松》，松是主意，脱瓦不得，脱堂不得，势必交互串插为工，故有巧而不伤雅者。"① 这已由试帖体裁的独特性，约略指出切的重要。纪昀的评点更是每每着眼于此来讲说艺术表现的关键，如卷五评钱大昕《野含时雨润》云："第一句便切时雨二字，二句便紧切野字含字润字，一切喜雨肤词无从阑入矣。三四句先描润字，五六句七八句妙写含字，而五六是天上之景，是远景，是乍时之景；七八是地下之景，是近景，是既晴之景，层次亦最分明。"② 从头到尾处处都关系着"切"字。

顺便提到，此书的注释既博且精，极见功力。各诗首先追溯题目出处③，出典既得，题旨即明，批评每有纲举目张之势。如金甡《仁寿镜》首四句云"昔传仁寿殿，镜彩耀重檐。唐室呈金鉴，巴山贡宝奁。"纪昀评："仁寿镜有二事，先以陆士衡所言仁寿殿陪起，折入唐之仁寿镜，眉目最清。又借张九龄千秋金鉴，衬托镜字，点明天宝初事尤明晰。"注（一）溯题之所出，引唐无名氏《仁寿镜赋》："天宝初，有献书阙下者，言巴蜀之间，有石镜见于岩之半，仁寿之字，昭然可观。仆深奇之，因而为赋。"注（二）释仁寿殿，引陆机《与弟云书》："仁寿殿前有大方铜镜，高五尺余，广二尺三寸，立于庭中，向之便写入，形体了了，亦可怪也。"④ 注（四）再引张九龄《进千秋节金镜表》，使金诗首四句的意涵得到阐明，同时印证了评语的精到。纪昀诗歌评点的眼光和力量，常得益于腹笥的渊博，这在夙遭鄙视的试帖诗的评点中也毕现无余，足见他于此道不是一般地用心。

《庚辰集》作为本朝试帖诗的第一部重要选本，对后来的试帖诗写作和批评影响深远。其中对写作技巧的细腻评析和高度肯定，与《唐人试律说》中随处可见的对唐人作品纰颣的指摘，正好形成鲜明的对照。这对本朝试帖诗写作无疑是莫大的肯定和激励，有助于提升人们对本朝试律的自信。前文所引林联桂语，

---

① 毛张健：《试体唐诗》卷首，乾隆二十二年刊本。
② 纪昀：《庚辰集》卷五，《纪晓岚文集》，第 3 册，第 212 页。
③ 惟卷四郑虎文《松柏有本性》一题未注明出自刘桢《赠从弟》"岂不罹凝寒，松柏有本性"，可能是偶尔疏忽。
④ 纪昀：《庚辰集》卷二，《纪晓岚文集》，第 3 册，第 180 页。

称"唐诗各体俱高越前古，惟五言八韵试帖之作不若我朝为大盛"①，正是这种自信的自然流露。林联桂还提到，纪昀《庚辰集》一出，前人《近光集》《唐人试帖》诸刻及《瀛奎律髓》等书一时俱废，可见此书在当时多么风靡流行。它同时也对当代试帖诗选的编纂产生了直接影响。陈来泰《寿松堂诗话》提到："唐人以诗赋取士，创为试律。乾隆间场屋增试律诗，士子素不习，殊以为苦，纪文达公乃以《我法集》《庚辰集》示以矩矱，于是踵事增华，《九家诗》《七家诗》各擅其胜。"② 王芑孙编《九家试帖》、张熙宇编《七家试帖》是嘉、道以后最为流行的两种试帖诗选，其评选方式都明显可见《庚辰集》的影子。

## 三 《我法集》：基于个人经验的现身说法

纪昀不仅以评选唐人、时人之作，为试帖一代宗师，他自己也身体力行，毕生写作不辍。除文集所收《馆课存稿》72 首外，晚年课孙应乡试，"因令日作两三篇，亲为点论。其屡改不惬者，即自作一篇示之"③。第三孙树馨录其稿 105 首，编为《我法集》二卷。时纪昀年已七十二，距离《馆课存稿》的写作也将近三十年。尽管艺术上可能更炉火纯青，但才力在后辈眼中已不免有"老手颓唐"之憾④。当然，以纪昀的崇高声望和《唐人试律说》《庚辰集》奠定的试帖宗师地位，书的市场前景肯定是可观的。果然，《我法集》在乾隆六十年刊刻问世后，"一时风行海内"⑤，嘉庆四年（1799）文锦堂就刊行了魏景文编纂的注释本。魏氏还撰有《庚辰集参评》，显然对纪昀所编试帖多有钻研，也是纪昀的市场推广人之一。

作为晚年最后一部试帖著述，《我法集》正如邱怡瑄所说，"是纪昀自开始写作试律诗起，五十六年创作及评阅试律诗的经验结晶，更是一部结合了创作理论与创作实践的试律诗学著作"⑥。好比大国手改行当教练，理论之外必更多基于个人经验的心得，更多针对性和实践品格。的确，纪昀仿佛是一个久经攀缘、

① 林联桂：《见星庐馆阁诗话》自序，高凉耆旧遗书本。
② 陈来泰：《寿松堂诗话》卷一，咸丰四年刊本。
③ 纪昀：《我法集》自序，乾隆六十年家刊本。
④ 梁章钜：《试律丛话》例言："夫《我法集》成于晚年，间有老手颓唐之处。"
⑤ 梁章钜：《试律丛话》卷五，第 594 页。
⑥ 邱怡瑄：《纪昀的试律诗学》，第 180 页。

历尽险峰的登山家，以他丰富的实地经验，以他真正感到艰难的"难写之题"向后辈展示了试帖诗最夐绝的境界，这也是邱怡瑄论文注意到的最有意思的问题。比如，卷二《赋得臧三耳》一题，纪昀告诉他们这种不着边际的题目最难写：

> 此无题面之可写，直以议论为诗矣。诗家有此一格，试帖亦当有此一格。然此非汝所能，故不令汝作，而作此诗以示汝。此亦诡说之有理者。

这无异是在演示一桩无处可用的屠龙之术，所以只做个表演，不让他们操练。又如卷一《秋色从西来》，纪昀告诉他们为什么这个看似寻常的题目，实际上却是极难作的"棘手之题"：

> 此题与《鱼戏莲叶东》同，除却刻画"西"字，再无别法。小题有小题作法，不能以大题作法行之也。若抛却"西"字，铺排"秋"字，直是一首《赋得秋色》诗，不如不作矣。（中略）秋色岂必定从西来？然题是西来，不得不讲出道理，故以迎春东来为比。（中略）遇此种棘手之题，须如此斡旋之法。

至于卷三的《赋得心如秤》，貌似坦易之途，实则布满陷阱，就连纪昀自己也丧失信心，坦白承认难以驾驭：

> 题甚宽，韵亦甚宽，而韵与题相悖最甚，遂偏侧不能转。又，题意虽宽，题字却窄，除却权衡二字，别无替身；除轻重、低昂等字，亦别无词藻，遂反成一难题。此诗亦仅止腾挪成篇而已。汝试操笔自为，即知腾挪亦大不易也。

就凭这段话揭示的难点及他自知勉强成篇、聊以自慰的解嘲，我们也能体会到他对试帖诗世界深不可测的懔然感觉，体会到他作为半生驰骋翰苑的老诗匠面对这等难题缺乏自信的颓丧情态。这就是试帖诗写作与一般诗体截然不同的地方，试帖是有严格规则的公正标准的真正意义上的竞赛，所以它成为诠选人才的一种考试形式。因为有严格的规则限制和客观的评判标准，试帖诗写作更接近于围棋或武术那样的智力、体能竞赛，尤其与体操、跳水运动中的规定动作相仿佛，作者能力和作品表现所达到的境界也更清晰可感。在这些难题的演绎中，纪昀证明了自己的段位，也赢得了无数学诗士子的臣服和膜拜，将他的论说奉为圭臬。

但这只是问题的一个方面。兴许是孙辈太不开窍，《我法集》的现身说法，整体上其实远较《唐人试律说》和《庚辰集》的开示路径为浅近，多数诗作的讲析是浅显的。论写作大义，首先是有规矩而后成方圆："大抵欲学纵横，先学谨严；欲学虚浑，先学切实；欲学刻画，先学清楚，方有把鼻在手。"① 然后是用好虚字，所谓"凡作试帖，须从虚字上求路，不可在实字上铺排，是第一关键"②。还有须知变体，讲《赋得百川灌河》一题云："此竟就题论题，更不论其本意，试帖亦有此一格。今作一篇以示汝，知有此变体而已，非以为训。"③ 这都是些初级阶段的粗浅道理，没什么惊人之处。好处只是从作者的角度谈论自己的创作，得失寸心，剖白于孙辈，言语自然，无所顾忌而已。据邱怡瑄考察，《我法集》体例的新特点是增强了示范的功能。具体表现在，《庚辰集》同一题目只选录不同作者的作品以供参照，《我法集》则同一题目并列几首不同韵的作品，如卷一《赋得高山流水》一题收有琴、高、山、流四韵之作，以示同样内容押不同的韵会产生不一样的效果。类似的用意，还见于连章式的命题，如《赋得以鸟鸣春》《赋得以雷鸣夏》《赋得以虫鸣秋》《赋得以风鸣冬》，以示如何以有限的章法、构思应付诗题的变换。显然，这已不是像《唐》《庚》两书那样，通过作品讲绎法度，使学者藉以隅反；而是直接以具体作品为范例，教学人照葫芦画瓢。所以出此下策，只有一个解释，老纪家的灵气全都钟于晓岚一身，子孙辈都不足观了。自序说改来改去不如人意，只好自己作一篇给他们看，已然透露其中消息。所以，《我法集》的内容绝不像我们期待的那么高，即便是邱怡瑄提出的题型丰富和评语有特色两点，在全书中也只占很小的比例，提升不了全书整体的品位。对于专业读者来说，《我法集》最终是以讲骨格而获得共鸣的。《茅洲诗话》的作者李长荣说："近人试律全不讲骨格，用字琐碎，竟有至于不通

---

① 纪昀：《我法集》卷一《赋得野竹上青霄》，乾隆六十年家刊本。
② 纪昀：《我法集》卷二，乾隆六十年家刊本。
③ 同上。

者。惟纪大司马晓岚《我法集》足继唐轨，以国朝论，洵一大宗。"① 但门人辈出于维护师道之意，仍旧推崇《我法集》为纪昀试帖诗学的巅峰。梁章钜教人学试帖，"先读纪文达师之《唐人试律说》，以定格局，其花样则所选《庚辰集》尽之。晚年又有《我法集》之刻，其苦心指引处，尤为深切著明。时贤所作，惊才绝艳，仅有前人所不及者，而扶质立干，不能出吾师三部书之范围也"②。此说随着梁氏的专著《试帖丛话》传播于诗坛，无形中造成一种舆论，论者纷纷响应。聂铣敏《寄岳云斋与及门论试帖十则》也说《我法集》讲析作品层次，比《庚辰集》更为透彻：

> 作诗必先讲层次，须得深浅、虚实、反正、开合之妙，方有做头。不讲层次，则开口一两联已将正意说尽，毋怪入后窘手，因之眉目不清。正意作旁意，旁意作正意，每联可以互换。虽有佳句，亦不足观。此毛西河先生以八比法论试帖为不易之定则。金雨叔先生《今雨堂诗墨》尝引述之，今大宗伯纪晓岚先生《我法集》所为特举以示人也。晓岚先生《庚辰集》每首评论甚明，《我法集》所论更为推广尽致。③

山东名士牟庭曾于嘉庆十四年（1809）以此书课孙，日置案头，又拟作一卷与角胜④。直到晚清，诞叟所著小说《梼杌萃编》还写到"厉尚书屡掌文衡，爱的是清真雅正，大约时文能揣摩《仁在堂》，试帖能揣摩《我法集》，功夫深些的总合得这位尚书的法眼"⑤，可见此书之典范性着实深入人心。

鉴于纪昀试帖三书对当代写作的指导意义，后人无不推崇纪昀在试帖诗学方面的贡献。正如前文所述，清人论及本朝试帖之盛，称颂科举之余，必赞美纪昀、吴锡麒两人的成就，他们显然是本朝公认的对试帖诗学贡献最大的两位作家。吴锡麒的贡献主要是以创作树立典范，纪昀则更在研究和批评上取得空前同时也是绝后的成就。后门人林昌辑其说为《河间试律矩》，梁章钜撰《试律丛

① 李长荣：《茅洲诗话》卷一，光绪三年重刊本。
② 梁章钜：《退庵随笔》，郭绍虞辑《清诗话续编》，第 4 册，第 1995 页。参看《试律丛话》序。
③ 张学苏：《寄岳云斋试帖详注》卷首，嘉庆十六年刊本。亦见林联桂《见星庐馆阁诗话》卷上引。
④ 牟房辑：《雪泥屋遗书目录》，山东省图书馆藏民国间钞本。
⑤ 诞叟：《梼杌萃编》，上海古籍出版社 1997 年版，第 22 页。

话》也阐扬其学说，推崇备至。无论就批评还是写作而言，纪昀都无可争议地是清代试帖诗学的第一人，其试帖三书对试帖诗学不仅有发凡起例之功，更将清代对试帖诗的研究提高到一个空前的水平，对嘉、道以后的试帖诗批评产生了深远的影响，其重要意义是无论如何评价也不会高估的。

## 第三节　纪昀诗学的核心理念

就现有的研究论著来看，无论是对纪昀本人的诗歌理论、批评还是与《四库提要》文学思想的关系，学界都已有较充分的研究，但对纪昀诗学的评价大体不出于儒家意识形态的捍卫者和官方文艺思想的宣传者这一角色定位，未注意到纪昀诗学话语背后的特定语境及他对儒家正统诗学的重新诠释和改造，这多少与纪昀"酌中"即折衷的学术理念未受到重视有一定关系。

### 一　"酌乎中"的学术理念

年深历久的编纂经历，尤其是多年编纂《四库全书》及撰写、删定《总目提要》的体会，让纪昀在饱览古今典籍之余，也对学问和著述形成一种独特的态度："自校理秘书，纵观古今著述，知作者固已大备。后之人竭其心思才力，要不出古人之范围。其自谓过之者，皆不知量之甚者也。故生平未尝著书。"① 不过他的学术见解和心得都融入《四库全书总目》中，后学尚镕曾"于娄郑州（谦）署中见纪文达公分修草本，其再三涂改，体例颇与此不侔"②。为此历来都视《提要》为窥测纪昀学术思想的一个窗口，同时逐渐认识到他讨论问题立足于折衷群言的平允立场，即阮元精当概括的"盖公之学在于辨汉宋儒术之是非，析诗文流派之正伪"③。这被后人称为"四库提要派"的学术倾向，贯穿在纪昀的学术思想和文学评论中。其《嘉庆丙辰会试策问五道》的第三道，即向学人

---

① 陈鹤：《纪文达公遗集序》，《纪晓岚文集》，第 3 册，第 729 页。
② 尚镕：《赠萧公子序》，《持雅堂文集》卷三，道光刊持雅堂全集本。
③ 阮元：《纪文达公遗集序》，《纪晓岚文集》，第 3 册，第 727 页。

提出了折衷新安学派与永嘉学派之得失、"平心而决从违"的要求①；而第五道
质问古代诗歌史的一些问题，更直接宣示了一种"酌中"的理念：

> 齐、梁绮靡，去李、杜远甚，而杜甫以阴铿比李白，又自称颇学阴、
> 何，其故何也？苏、黄为元祐大宗，元好问《论诗绝句》指为"沧海横
> 流"，其故又何也？王、孟清音，惟求妙悟，于美刺无关，而论者谓之上乘；
> 元、白讽喻，源出变雅，有益劝惩，而论者谓之落言诠、涉理路。然欤？否
> 欤？《击壤》流为《濂洛风雅》，是不入诗格者也，然据理而谈，亦无以难
> 之；《昌谷集》流为《铁厓乐府》，是破坏诗律者也，然嗜奇者众，亦不废
> 之。何以救其弊欤？北地、信阳以摹拟汉、唐流为肤滥，然因此禁学汉、
> 唐，是尽偭古人之规矩也；公安、竟陵以茸甲新意流为纤佻，然因此恶生新
> 意，是锢天下之性灵也。又何以酌其中欤？②

这里举出诗歌史上一系列一般评价与具体评价相悖的案例让举子平章其说，最后
提到的"酌其中"是纪昀笔下一再出现的关键命题③。"酌乎中"也就是折中，
按钱大昕的解释即"中之所在，善之所在也，故亦谓之择善"④。原是很古老的
传统学术理念，贯穿于刘勰的文学理论和批评中⑤。纪昀批《文心雕龙·奏启》
恰有"酌中之论"的评语，可见其思想与刘勰确有桴鼓相应之处⑥。但他再度标
举酌中，很可能与明代以来特定的文学语境有关。尽管经过清初诗家的严厉抨
击，明代盛行的门户气焰有所压抑，但在纪昀眼中仍甚嚣尘上，故而为朝鲜诗人
洪良浩作《耳溪集序》抑制不住地流露出"文章之患莫大乎门户"的深恶痛

---

① 《纪晓岚文集》卷一二，第 1 册，第 270 页。

② 同上书，第 271 页。

③ 《纪晓岚文集》卷九《云林诗钞序》："李、杜、韩、苏诸集岂无艳体，然不至如晚唐人诗之纤且
裹也。酌乎其中，知必有道焉。"第 1 册，第 199 页；卷十一《书韩致尧翰林集后》："就短取长，而纤靡
鄙野之习则已去太去甚焉，庶几乎酌中之制耳。"第 1 册，第 251 页。

④ 钱大昕：《中庸说》，《钱大昕全集》，第 9 册，第 39 页。

⑤ 参看周勋初《刘勰的主要研究方法——折衷说述评》，《古代文学理论研究丛刊》第 11 辑，上海
古籍出版社 1985 年版，收入《文史探微》，上海古籍出版社 1987 年版。

⑥ 《纪晓岚评注文心雕龙》，江苏广陵古籍刻印社 1997 年影印本，第 218 页。廖宏昌已有《〈文心雕
龙〉纪评的折中思维与接受》（《文史哲》2006 年第 6 期）一文讨论这个问题，可看。

绝①。《瀛奎律髓刊误》也一再指摘方回党援门户的习气，折衷前人出于门户之见的偏颇见解成为他批评的核心问题。他自己的诗学观本出入于神韵、格调、性灵之间，气格与声调兼求，才情与学问并重。《清艳堂诗序》提出："善为诗者，其思浚发于性灵，其意陶熔于学问。"② 批《瀛奎律髓》又说："诗论神韵，不在字句。"③《赋得镜花水月》《题法时帆祭酒诗龛图》两诗也颇赞扬严羽的妙悟④，但实际评论中又多从字句讲求格调，格调二字连用或分用，随处可见；并说"诗未有不用工者，功深则兴象超妙，痕迹自融耳"⑤，这又表明兴象超妙最终仍落实于字句功夫，显示出折衷神韵、格调的倾向。对待批评史上的一些纷争，如二冯对宋调的拒斥、冯班对严羽的抨击，《南齐书》《诗品》对谢朓的评价，王渔洋与赵执信论诗之分歧，有关李商隐《无题》的争议，等等，纪昀都能平心折衷其得失，给出较为公允的论断。

纪昀主于折衷的立场也体现在具体的作家批评和作品评点中。针对前人论陈师道"誉者务掩其所短，毁者并没其所长"的分歧，他特别选编陈师道诗文为《后山集钞》，序言逐体评价后山诗得失，又推崇其文章"简严密栗，可参置于昌黎、半山之间"，欲论者"核其是非短长之实，勿徒以门户诟争，哄然佐斗"⑥。《瀛奎律髓刊误》的评点同样贯穿着平章旧说的精神，有关张九龄、孟郊、黄庭坚诗歌的评价都对前人的评价加以商榷。书中对方回的见识少所许可，虽然方回言之有理处他也会表示赞同，但终究是驳正处多。如方回评杜荀鹤《经废宅》云："荀鹤诗首首相似，定是颔联作一串，景（颈）联体物。"纪昀补充道："晚唐习径如是，不但荀鹤也。"⑦ 非常中肯。宋祁《长安道中怅然作三首》，虞山派诗家都喜其有西昆之风，冯舒称"所谓西昆体者如此，真高妙"，陆贻典称"西昆本于温、李，此三首尤似义山学杜"，纪昀的看法则殊有不同："三诗

①《纪晓岚文集》卷九，第 1 册，第 213 页。

② 同上书，第 202 页。

③ 李庆甲辑：《瀛奎律髓汇评》卷二四崔涂《旅舍别故人》评，上海古籍出版社 1986 年版，中册，第 1050 页。

④《纪晓岚文集》诗集卷一六、卷一二，第 1 册，第 646、553 页。

⑤ 李庆甲辑：《瀛奎律髓汇评》卷一〇梅尧臣《春寒》评，上册，第 344 页。

⑥ 纪昀：《后山集钞序》，《纪晓岚文集》卷九，第 1 册，第 185 页。

⑦ 李庆甲辑：《瀛奎律髓汇评》卷三，上册，第 88 页。

俱有杜意，冯氏引为西昆体，以张其军。宋公固西昆派，此三诗则非西昆体也。"① 对纪昀批评与前人见解的差互，后人往往左袒纪昀②。如门人梁章钜《退庵随笔》云："方虚谷氏《瀛奎律髓》一书，行世已久，学诗者颇奉为典型。吴孟举至悬诸家塾以为的。海虞冯氏尝有批本，方氏左袒江西，冯氏又左袒晚唐，负气诟争，矫枉过正，亦未免转惑后人。若非得纪师批本，则谬种蔓延，何所底止？"③ 后来钱泰吉论及《瀛奎律髓刊误》，也肯定"此评于虚谷、二冯间多持平之论"④。所谓持平之论，当然不是无原则的调停，各打五十大板，而是在理解前人言说的前提下做出平允而有诠释意义的评价。比如方回沿袭周弼《唐诗三体家法》的虚实说⑤，常讲中两联前景后情，评杜甫《登岳阳楼》曰："中两联，前言景，后言情，乃诗之一体也。"冯班斥之为"小儿家见解"，"全是执己见以强缚古人，以古人无碍之才、圆通因变之学，曲合于拘方板腐之辈，吾见其愈议论而愈多其戾耳"⑥。纪昀虽总体上认可冯班的评断，但同时指出他未理解方回的用心："晚唐诗多以中四句言景，而首尾言情，虚谷欲力破此习，故屡提唱此说。冯氏讥之，未尝不是，但未悉其矫枉之苦心，而徒与庄论耳。"⑦ 如此看问题，比简单地讥斥其拘滞显然更有深度。可以说，作为学者和批评家的纪昀，无论平章学术还是品论诗文，都是他自己在《爱鼎堂遗集序》中赞赏的那种"不沿颓敝之习，亦不欲党同伐异，启门户之争，孑然独立，自为一家，以待后人之论定"的人⑧，这是我们评价纪昀的诗歌观念首先必须注意的。

折衷的另一面其实就是包容和开放。张健已指出，"纪昀的诗学带有非常突出的折中特性，情与理、儒与道佛、传统与新变，这些在他的诗学中都处于一种

---

① 李庆甲辑：《瀛奎律髓汇评》卷三，上册，第 92 页。

② 也有菲薄纪昀评点的，如钱振锽《星影楼壬辰以前存稿·诗说》云："论诗系翰苑见解，所评虚谷《瀛奎律髓》，两不通人争执耳，无谓无谓。"光绪十八年刊本。

③ 梁章钜：《退庵随笔》，《清诗话续编》，第 4 册，第 1989 页。

④ 钱泰吉：《甘泉乡人稿》卷六，同治十一年刊本。

⑤ 方回多次引周弼此书，有批评有因袭，详陈斐《南宋唐诗选本与诗学考论》第三章，大象出版社 2013 年版，第 234 页。

⑥ 李庆甲辑：《瀛奎律髓汇评》卷一，上册，第 6 页。

⑦ 同上书，第 8 页。

⑧ 《纪晓岚文集》卷九，第 1 册，第 188 页。

对立统一状态，这种折中态度使得他的诗学具有较强的包容性"①。纪昀曾自述其学诗取径："余初学诗从《玉溪集》入，后颇涉猎于苏、黄，于江西宗派亦略窥涯涘。尝有场屋为余驳放者，谓余诋諆江西派。意在煽构，闻者或惑焉。及余所编《四库全书总目》出，始知所传为蜚语，群疑乃释。"② 唯其具有包容开放的胸襟，故能对前代诗学资源有更丰富的汲取，获致更深广的理解与认识，并常借诗序发表一些高屋建瓴的诗史通论，或对诗学中一些原理问题加以阐发。如《抱绿轩诗集序》写道：

> 《书》称"诗言志"，《论语》称"思无邪"，子夏《诗序》兼括其旨曰"发乎情，止乎礼义"，诗之本旨尽是矣。其间触目起兴，借物寓怀，如"杨柳""雨雪"之类，为后人所长吟而远想者，情景之相生，天然凑泊，无非六义之根柢也。然风会所趣，质文递变，于是乎咏物之作起于建安，游览之篇沿于典午，至陶、谢而标其宗，至王、孟、韦、柳而参其妙，至苏、黄而极其变。自唐至今，传为诗学之正脉，不复能全宗《三百篇》矣。饴山老人作《谈龙录》，力主"诗中有人"之说，固不为无见，要其冥心妙悟，兴象玲珑，情景交融，有余不尽之致，超然于畦封之外者，沧浪所论与风人之旨，固未尝背驰也。③

这里非但将中国诗歌传统的嬗变梳理出清楚的脉络，而且肯定变化的合理性，将诗中有人的主体精神与情景交融的审美特征相结合而不偏废，从内容和表现两方面对中国诗歌的艺术传统作了很全面的说明。如此通达的见地，不光需要见识，也要具备平允折衷的学术态度。

从包容和开放的意义上说，折衷也就是融通，意味着不执着于某种观念。的确，如果不通盘认识纪昀的诗学而只看某些议论，我们甚至会觉得他持论很有点接近袁枚，也总是在破除那些执着于一端的诗家常谈。比如，关于诗歌内容，他曾指出："际遇不同，悲愉自异。必矫语隐逸之乐，乃为诗家之正声，则《三百

---

① 张健：《清代诗学研究》，第 604 页。
② 纪昀：《二樟诗钞序》，《纪晓岚文集》卷九，第 1 册，第 200 页。
③ 《纪晓岚文集》卷九，第 1 册，第 204 页。"无非六义之根柢也"，"无"字原脱，据刊本补。

篇》愁怨之作皆将黜为外道乎？"① 关于师法途径，他断言："盛唐、晚唐各有佳处，各有其不佳处。必谓五律当学某，七律当学某，说定板法，便是英雄欺人。"② 关于周弼提出的四虚四实之说，他认为："四实四虚之说固拘，必不主四实四虚之说亦拘。诗不能专主一格，亦不能专废一格。"③ 关于诗中的情景关系，方回评杜甫《因许八奉寄江宁旻上人》说："看前辈诗，不专于景上观，当于无景言情处观。"纪昀按："虚谷此评，对晚唐装点言之，不为无见。然诗家之妙，情景交融，必欲无景言情，又是一重滞相。"④ 评陈师道《别负山居士》又提到："晚唐诗敷衍景物，固是陋格。如以不黏景物为高，亦是僻见。古人诗不如此论。"⑤ 关于乐府题，评苏轼《襄阳古乐府三首》云："乐府音节失传，不过摹其字句。不似何取乎拟，太似何取乎拟？少陵纯制新题，自是斩断葛藤手；太白虽用古题，多是不敢明言，亦非以此体为高。"⑥ 凡此种种，乍一看也都是在破除那些传统观念，但骨子里思想方法是不同的。袁枚的思维方式有点接近佛家的"中道"观，要在破除一切观念的绝对性，往往两可而不执着于一端；纪昀的思维方式则仍是儒家的中庸之道，往往是两不可而取其中行，所谓"酌乎中"本旨正在这里。于是相对袁枚诗学的破而不立，纪昀的诗学就显得既要破又要立，这不仅使他清楚地与性灵派区别开来，同时也明白地烙上格调派的印记。当代学者认定"其诗论主张务在折衷，不仅反映了他个人对文学的认识，而且作为官方的文艺标准表现在《四库全书总目提要》的论述之中，其基本的主张与沈德潜较为接近，故归入沈氏一派"⑦，是颇得要领的。

其实，纪昀的正统观念早已预示了他论诗的格调派立场，格调派与正统观念天生就是孪生兄弟，其基本倾向都在于建立并恪守某种既定的审美理想、价值标准和艺术目标。当性灵诗学解构掉传统诗学几乎所有的价值观念和写作规则后，最后退守的底线只有三点——新、真和切。新指向独创性，真指向作者意图表达

① 李庆甲辑：《瀛奎律髓汇评》卷四七，下册，第1627页。
② 同上书，第1735页。
③ 同上书，第1626页。
④ 同上书，第1736页。
⑤ 李庆甲辑：《瀛奎律髓汇评》卷二五，中册，第1113页。
⑥ 曾枣庄主编：《苏诗汇评》卷二，四川文艺出版社2000年版，上册，第47页。
⑦ 邬国平、王镇远：《清代文学批评史》，上海古籍出版社1995年版，第430页。

的自主性，切指向作品艺术表现的精确度。对性灵派诗人来说，诗歌写作具备这三点就足够了。然而从纪昀的格调派观念来看，新在很多时候根本就没有价值。魏仲先《冬日书事》纪评："三四刻意求新，然无格也。"① 格在此是优先于新的要素。赵昌父《次韵叶德璋见示》纪评："真力不足，而欲出奇以求新，势必至此。"② 真在此也是优先于新的要素。然而真同样只是创作成功的必要条件，而不是充分条件。白居易《卜岁日喜谈氏外孙女孩满月》一诗纪昀评："直写真情，尚不涉俚。语华而情伪，非也；情真而语鄙，亦非也。"③ 可见真也不能保证诗一定好。纪昀评苏轼《去岁九月二十七日在黄州生子（下略）》"涨乳已流床"句"情真而语太俚"④，白居易《过元家履信宅》"情真而格调太卑，五句尤俚"⑤，《喜敏中及第偶示所怀》"自是真语，然格力卑靡太甚"⑥，张籍《游襄阳山寺》"三四真语，然不佳"⑦，杜荀鹤《南游有感》"三四语真而格卑"⑧，陆游《戏遣老怀》"自是真语，然亦太尽"⑨，姚合《过天津桥梁晴望》"五句是真景，然小样"⑩，项斯《边游》"六句景真而语纤"⑪，马戴《塞下曲》"五句景真语拙"⑫，张蠙《宿山寺》"三四真景而语不工"⑬，贺铸《丙寅舟次宋城作》"四句真景，然不成语"⑭，唐子西《江涨》"四句景真而语俚"⑮，王建《县丞厅即事》"三四境真语鄙"⑯。可见即便是真情、真语、真景、真境，也不能保证不流

---

① 李庆甲辑：《瀛奎律髓汇评》卷一三，上册，第 476 页。
② 同上书，第 498 页。
③ 李庆甲辑：《瀛奎律髓汇评》卷四一，下册，第 1477 页。
④ 曾枣庄主编：《苏诗汇评》卷二三，中册，第 1036 页。
⑤ 李庆甲辑：《瀛奎律髓汇评》卷四九，下册，第 1805 页。
⑥ 李庆甲辑：《瀛奎律髓汇评》卷四〇，下册，第 1473 页。
⑦ 李庆甲辑：《瀛奎律髓汇评》卷四七，下册，第 1652 页。
⑧ 李庆甲辑：《瀛奎律髓汇评》卷三，上册，第 89 页。
⑨ 李庆甲辑：《瀛奎律髓汇评》卷九，上册，第 317 页。
⑩ 李庆甲辑：《瀛奎律髓汇评》卷三四，下册，第 1389 页。
⑪ 李庆甲辑：《瀛奎律髓汇评》卷三〇，下册，第 1326 页。
⑫ 同上书，第 1319 页。
⑬ 李庆甲辑：《瀛奎律髓汇评》卷四七，下册，第 1673 页。
⑭ 李庆甲辑：《瀛奎律髓汇评》卷一六，中册，第 590 页。
⑮ 同上书，第 672 页。
⑯ 李庆甲辑：《瀛奎律髓汇评》卷六，上册，第 249 页。

于鄙俚、卑靡、纤拙、直露和小家子气。在纪昀的意识中，"境真则情味自深"①，这样的命题大概是不成立的。再看切，他首先就用事强调："凡用事不切，不如不用；切而不雅，亦不如不用。"② 方回评杜荀鹤《旅泊遇郡中叛乱示同志》诗云："不经世乱，不知此诗之切。虽粗厉，亦可取。"纪昀很不以为然，说："但取其切，则无语不可入诗矣。"③ 方回评杜荀鹤《山中寡妇》结句"也应无计避征徭"，"语俗似诨，却切"，纪昀又驳道："虽切而太尽，便非诗人之致。"④ 又评苏舜卿《春睡》"身如蝉蜕一榻上，梦似杨花千里飞"一联"三四极切，亦有意境，而终觉不佳"⑤。如此看来，切虽有精当、准确的优长，却也不能完全避免粗厉、直露的缺点。甚至性灵派指称完成度的概念"工"，在纪昀诗学中也不是充分自足的正价概念。王安石《次韵平甫金山会宿寄亲友》诗，纪昀指出"三句意工而语拙"⑥；苏轼《游博罗香积寺》诗，纪昀认为"后半语虽工，而意则未协"⑦。由此可见，意工与语工两者并无必然联系，更何况在两者之上还有格调。从这些方面可以清楚地看出纪昀的格调派批评立场，当然，是比较开放和包容的格调派。事实上，经过沈德潜改造的格调派，本来就具有了包容的品格。在这一点上，纪昀诗学也可以说是与沈德潜一脉相承的。但在此更值得我们注意的，不是纪昀对沈德潜格调论的继承，而是对其正统观念的发扬。

## 二　对儒家传统诗学话语的重描

纪昀不仅以《四库全书》总纂官的身份获得崇高的学术地位，更以《提要》的扎实通达赢得学林真诚的尊崇，他的诗学也由此备受诗坛瞩目。前人认为纪昀诗学有两大贡献："厘正文体，辨别诗律，化襞积堆垛之习，一归于清真雅正；有专集以评藻前修，出绪余以津逮后学，岂非炳然一代文章之府乎?"⑧ 前一层

---

① 苏轼《少年时尝过一村院见壁上有诗云（下略）》汪师韩批，曾枣庄主编《苏诗汇评》卷二〇，中册，第 843 页。
② 李庆甲辑：《瀛奎律髓汇评》卷四十五，下册，第 1605 页。
③ 李庆甲辑：《瀛奎律髓汇评》卷三十二，下册，第 1363 页。
④ 同上书，第 1362 页。
⑤ 李庆甲辑：《瀛奎律髓汇评》卷十，上册，第 370 页。
⑥ 李庆甲辑：《瀛奎律髓汇评》卷一，上册，第 35 页。
⑦ 曾枣庄主编：《苏诗汇评》卷三十九，下册，第 1649 页。
⑧ 白熔：《纪文达公遗集序》，《纪晓岚文集》卷首。

意思说正本清源，为诗坛树立典范，指明正路；后一层意思说，承前启后，总结历史经验，引导初学。这两方面基本概括了纪昀诗学的业绩和影响，而前一方面似乎更为当时看重，道光间李兆元即认为："纪文达公校定《四库全书》，所见既广于前人，所论诗法源流，靡不究悉。故其文集中为人所作诸诗序，皆能辨别源流，指陈得失，直可作先生诗话观。"①

乾隆诗坛可以说是空前地热闹，其盛况甚至超过康熙诗坛。但同时一个令人窘涩的事实也日益暴露出来：虽然诗人众多，但真正杰出的诗人却很少，于是热闹中又不可避免地显现一种平庸。除了袁枚这种以编撰诗话渔利的角色，一般诗论家或多或少都对诗坛现状感到不满。朱琰曾说乾隆间诗有两种俗体：一是为考试起见，读试帖，作排律，如剪彩刻绘，全无生趣；一是为应酬起见，翻类书，用故事，如记里点鬼，绝少性情②。应试习诗和世俗应酬毕竟是等而下之的底层写作，那些基于特定艺术观念的王渔洋神韵诗风、沈德潜格调诗风、新兴的性灵诗风以及高密诗派的中唐诗风所导致的流弊，才是更为诗坛忧虑的问题。于是格调派看到流荡淫靡，性灵派看到虚假板滞，学究派看到平易浅薄，高密派看到浮华空洞……这些诗风的兴起和蔓延主要都在乾隆二三十年代，自乾隆十四年（1749）沈德潜告老还乡后，始终在翰林任职，处于京师学术、文学中心的纪昀被推到维护风雅正统的教主位置上。

纪昀平生自命为恪守古典传统之士，与朝鲜洪良浩（耳溪）书尝表示："昀才钝学疏，本未窥作者之门径，徒以闻诸师友者，谓文章一道传自古人，自应守古人之规矩，可以神而明之，不可以私而改之。是以暧暧姝姝，守一先生之言，不欲以侧调幺弦新声别奏。"③ 此所谓"守古人之规矩"应包括儒家观念和文学传统两个方面，可以视为其平生论文宗旨，也是"酌乎中"的基点。《瀛奎律髓刊误》对方回以降的评论家都少所许可，而独推崇沈德潜一人。张祜《金山寺》向来论者都赞不绝口，纪昀独举"沈归愚谓此诗庸下，所见最高。末二句殆不成

① 李兆元：《十二笔舫斋杂录》卷八，道光二年刊本。
② 朱琰批点《唐诗别裁集》，陆元铉：《青芙蓉阁诗话》引，国家图书馆藏清稿本。
③ 《纪晓岚文集》卷一二，第1册，第275页。

语。"① 杜甫《登高》更是被尊为唐律第一的经典之作，纪昀也说"归愚谓落句词意并竭，其言良是"②。评雍陶《崔少府池塘鸳鸯》又云："此诗及郑谷《鹧鸪》、崔珏《鸳鸯》，皆词意凡近，而格调卑靡。虽以此得名，要是流俗之论，非作者之定评也。沈归愚宗伯始力排之，其论甚伟。"③ 由此不难逆料纪昀论诗将倾向于沈德潜的正统派和格调派一路。

作为乾、嘉间政治地位最高的汉族文人，拥有比沈德潜更荣耀的履历和官职，纪昀论诗文秉持正统观念乃是很自然的事。虽然不曾点名道姓地指斥，但当时诗坛各派的流弊他都很清楚，并一一提出针锋相对的主张，这历来并未受到世人注意，因为这些主张都隐含在具体的作品评点中。

首先是针对神韵派末流的浮泛空洞，持论必归于言之有物。评王安石《登大茅山顶》一诗，极肯定"其言有物，必如是乃非空腔"，并主张"凡初学为诗，须先有把握，稍涉论宗亦未妨，久而兴象深微，自能融化痕迹。若入手但流连光景，自诧王孟清音、韦柳嫡派，成一种滑调，即终身不可救药矣"④。许印芳敏锐地看出，"此说盖为近代学渔洋神韵流为空滑者痛下针砭，虽为一时流弊而发，实至当不易之论，学诗者宜书诸绅"⑤。此言可与《瀛奎律髓》怀古类小序纪昀评"此序见解颇高，可破近人流连光景、自矜神韵之习"⑥ 互相印证。

其次是针对性灵派的浅薄油滑，重新厘清性灵与性情的关系。纪昀的一生大体与性灵诗风相终始，举世风靡的性灵诗风他不可能无所知觉。在《冰瓯草序》中他首先肯定："举日星河岳，草秀珍舒，鸟啼花放，有触乎情，即可以宕其性灵。是诗本乎性情者然也，而究非性情之至也。"⑦ 这就将性灵定位为灵感，与性情相比处于较次要的位置。然后他又抽去性灵派"性情"概念的自然属性，宣称："夫在天为道，在人为性，性动为情，情之至由于性之至，至性至情，不过本天而动。而天下之凡有性情者，相与感发于不自知，咏叹于不容已，于此见

---

①　李庆甲辑：《瀛奎律髓汇评》卷一，上册，第14页。

②　李庆甲辑：《瀛奎律髓汇评》卷一六，中册，第633页。

③　李庆甲辑：《瀛奎律髓汇评》卷二七，中册，第1181页。

④　李庆甲辑：《瀛奎律髓汇评》卷一，上册，第31页。

⑤　同上。

⑥　李庆甲辑：《瀛奎律髓汇评》卷三，上册，第78页。

⑦　《纪晓岚文集》卷九，第1册，第186页。

性情之所通者大，而其机自有真也。"① 由于这里"本天而动"的天不是自然之天性，而是天道，所谓至情之性便具有了天赋的伦理属性，甚至可以说"彼至情至性，充塞于两间、蟠际不可澌灭者，孰有过于忠孝节义哉！"② 在他看来，这种与儒家伦理相一致的至情至性正是诗的本原。《书韩致尧翰林集后》论韩偓诗云："致尧诗格，不能出五代诸人上，有所寄托，亦多浅露。然而，当其合处，遂欲上躏玉溪、樊川，而下与江东相倚轧，则以忠义之气发乎情而见乎词，遂能风骨内生，声光外溢，足以振其纤靡耳。然则诗之原本不从可识哉！"③ 然而问题在于后人往往看不到这一点，以致流于表面化："晚唐诗但知点缀景物，故宋人矫之，以本色为工。然此非有真气力，则才薄者浅弱，才大者粗野，初学易成油滑，老手亦致颓唐，不可不慎也。"④ 这应该是针对性灵派末流的浅薄油滑而言，如果说神韵派的流弊是流连光景而乏真性深情，那么性灵派的流弊则是沉溺于浅俗之情而无高情至性。

再次是针对高密派的矫激怨怼，重申温柔敦厚的诗教。纪昀评方干《僧喻凫》诗曾提到："矫语孤高之派，始自中唐，而盛于晚唐。由汉魏以逮盛唐，诗人无此习气也。盖世降而才愈薄，内不足者不得不嚣张其外。"⑤ 当时大力提倡中唐诗的高密诗派，论诗倾向正是矫语孤高，尤其推崇韩孟、姚贾的奇晸瘦硬之风，这种艺术倾向显然不是纪昀所喜好的。他在《俭重堂诗序》中曾感叹："夫欢愉之辞难工，愁苦之音易好，论诗家成习语矣。然以龌龊之胸，贮穷愁之气，上者不过寒瘦之词；下而至于琐屑寒乞，无所不至，其为好也亦仅。甚至激忿牢骚，怼及君父，裂名教之防者有矣。兴观群怨之旨，彼且乌识哉？"⑥ 高密诗派虽不至于灭裂名教，但对沈德潜以"诗教"训人极为不满⑦，且偏爱寒瘦之词，却是事实。纪昀对"穷愁之气""激忿牢骚"的批评明显是针对这种倾向而言。

---

① 《纪晓岚文集》卷九，第 1 册，第 186—187 页。
② 同上书，第 187 页。
③ 《纪晓岚文集》卷一一，第 1 册，第 251 页。
④ 李庆甲辑：《瀛奎律髓汇评》卷一〇杜甫《曲江陪郑八丈南史饮》纪昀评，上册，第 360 页。
⑤ 李庆甲辑：《瀛奎律髓汇评》卷四二，下册，第 1495 页。
⑥ 《纪晓岚文集》卷九，第 1 册，第 186 页。
⑦ 袁枚《小仓山房尺牍》卷八《答李少鹤书》提到："来札忧近今诗教，有以温柔敦厚四字训人者，遂致流为卑靡庸琐，属老人起而共挽之。"即指沈德潜而言。见《袁枚全集》，第 5 册，第 169—170 页。

不仅如此,《月山诗集序》还提到:"三古以来,放逐之臣、黄馘牖下之士,不知其凡几;其托诗以抒哀怨者,亦不知其凡几。平心而论,要当以不涉怨尤之怀,不伤忠孝之旨,为诗之正轨。昌黎《送孟东野序》称'不得其平则鸣',乃一时有激之言,非笃论也。"①韩愈的"不平则鸣"之说,因概括了诗歌创作的一种普遍状态,赢得后人广泛的赞同。但纪昀却认为这只是韩愈一时有感而发,不足为定论,由此表明了他有意排斥"诗可以怨"的精神,单纯崇尚清真雅正之音的终极立场。

不平则鸣向来是与"穷而后工"之说相联系的,纪昀既然否定了前者的绝对性,对后者自然也不无保留:

> 诗必穷而后工,殆不然乎?上下二千年间,宏篇巨制,岂皆出山泽之癯耶?然谓穷而后工者,亦自有说。夫通声气者骛标榜,居富贵者多酬应,其间为文造情,殆亦不少;自不及闲居恬适,能翛然自抒其胸臆,亦势使然矣。惟是文章如面,各肖其人。同一坎坷不偶,其心狭隘而刺促,则其词亦忧郁而愤激。"东野穷愁死不休,高天厚地一诗囚。"遗山所论,未尝不中其失也。其心淡泊而宁静,则其词洒脱轶俗,自成山水之清音。元次山《箧中》一集,品在令狐楚《御览诗》上,前人固有定论矣。②

这等于是给穷而后工的命题附加了一个条件,即穷者只有超脱于穷通的意识才有工的可能。就像《月山诗集》的作者恒仁,贵为宗室,"其寄怀夷旷,如春气盎盎,而草长莺飞,水流花放,以为别有自得之乐,不复与宠辱为缘者,而固命途坎壈,盛年坐废者也。此其所见为何如,所养为何如耶?斯真穷而后工,又能不累于穷,不以酸恻激烈为工者。温柔敦厚之教,其是之谓乎?"③《俭重堂诗》也称伯父迈宜(偲亭)"以不可一世之才,困顿偃蹇,感激豪宕,而不乖乎温柔敦厚之正,可谓发乎情止乎礼义者矣。穷而后工,斯其人哉!"④再看《云林诗钞

---

① 《纪晓岚文集》卷九,第1册,第196页。
② 同上书,第195页。
③ 同上。
④ 同上书,第186页。

序》《袁清悫公诗集序》《鹳井集序》《二樟诗钞序》《鹤街诗稿序》《诗教堂诗集序》，令人惊讶的是，纪昀的诗序几乎都以温柔敦厚之旨称许作者；诗评也以此为裁量作者的重要标准，评罗隐《曲江有感》谓"在晚唐颇见风格，惟出语太激，非温柔敦厚之教"①，评点苏诗更屡指其"太激"处，且谓《送曾子固倅越得燕字》"愤激太甚，宜其招尤，即以诗品论，亦殊乖温厚之旨"②，《张安道见示近诗》"'荒林'四句太激。古人虽不废讽刺，然皆心平气和，乃不失风人温厚之旨"③，显出一种执拗地以诗教来规范诗歌的姿态，格外引人注目④。联系到乾隆后期性灵诗风对正统观念的猛烈冲击，高密诗派对沈德潜"以温柔敦厚四字训人"的厌薄抨击，乃至于袁枚宣称"孔子论诗可信者，兴观群怨也；不可信者，温柔敦厚"的耸人听闻之说⑤，我们不难体会纪昀刻意强调诗教所寄予的深心。当代研究者或将此理解为"纪昀立身于儒家传统价值再度被重视的时代"的结果⑥，我的看法正好相反。当一种价值需要刻意强调的时候，通常意味着它正在丧失自己的身份及意义。诗教的坠落在沈德潜的时代还不是问题，所以他也不需要刻意强调，而到纪昀的时代，这已是摆在他面前的严峻现实。作为身居庙堂最高位置的汉族文化官员，汉学阵营的领袖人物，儒家正统观念的承传者，维护诗教在他正是义不容辞的责任。只不过他没有用口号式的激烈言辞来表达这种信念，而是诉诸理论阐述和历史回溯，将自己的观念表达为言之有理同时又持之有故的价值主张而已，顾炎武"鉴往训今"的学术理念在其中仍清晰可辨⑦。这正是清代诗学最突出的学术特征。

只要读一读《纪晓岚文集》卷九所收的诗序，就可以清楚地看到，纪昀持

---

① 李庆甲辑：《瀛奎律髓汇评》卷三，第 121 页。

② 曾枣庄主编：《苏诗汇评》卷六，上册，第 178 页。

③ 曾枣庄主编：《苏诗汇评》卷一七，上册，第 719 页。

④ 杨桂芬《纪昀诗学理论研究》第二章"纪昀以儒家正统诗学为体的诗学理论"即分论温柔敦厚、知人论世、以意逆志三个问题，台湾中山大学硕士学位论文，2002 年；杨子彦《纪昀文学思想研究》第二章"正：纪昀的诗学观"也讨论了纪昀对儒家诗教观的重新诠释，中国社会科学出版社 2015 年版，第67—102 页。

⑤ 袁枚：《再答李少鹤尺牍》，《小仓山房尺牍》卷十，《袁枚全集》，第 5 册，第 206 页。

⑥ 杨桂芬：《纪昀诗学理论研究》，第 33 页。

⑦ 关于顾炎武"鉴往训今"学术理念对清代诗学的影响，参看蒋寅《清代诗学史》第一卷，第369—374 页。

论都立足于儒家诗论的传统话语，带有强烈的回归儒家经典的反本意向，但绝非原教旨主义的，而是在折衷的基础上加以改造、发挥的。诗教本是儒家诗学的核心观念，向来被论诗者奉为圭臬，清初以来更被学者从多种角度做了大量的阐释和发挥①，唯其如此，治丝益棼，多歧亡羊，其本旨反致模糊不清，在纪昀看来大有反本溯源的必要。方回评王平甫《假寐》"尾句无怨言，诗人当行耳"，看似并无问题，纪昀却觉得过于简单化，指出："凡作诗人，皆知温厚之旨，而矢在弦上，牢骚之语，摇笔便来。故和平语极是平常事，却极是难事。虚谷此言未免看得轻易，由其平日论诗只讲字句，不甚探索本原。"② 为此他作《诗教堂诗集序》，因集名所涉顺便回顾了诗教的源流：

> 夫两汉以后，百氏争鸣，多不知诗之有教，亦多不知诗可立教。故晋、宋歧而玄谈，歧而山水，此教外别传者也，大抵与教无裨，亦无所损。齐梁以下，变而绮丽，遂多绮罗脂粉之篇，滥觞于《玉台新咏》，而弊极于《香奁集》。风流相尚，诗教之决裂久矣。有宋诸儒起而矫之，于是《文章正宗》作于前，《濂洛风雅》起于后，借咏歌以谈道学，固不失无邪之宗旨，然不言人事而言天性，与理固无所碍，而于"兴观群怨"、"发乎情止乎礼义"者，则又大相径庭矣。③

前面的文字提到诗教，多从言说方式着眼，以文辞风格的温柔敦厚保证"政治正确"；而本文论诗教，首先着眼于人品，肯定诗"终以人品心术为根柢，人品高则诗格高，心术正则诗体正"④，然后辨析诗歌史上玄言诗、山水诗、艳情诗、理学诗与诗教的关系，又突出了情志内容的正当性。这与诗教的本义是不尽吻合的，但恰好显示了纪昀诗学的折衷特点。将杜甫忠爱悱恻的伦理色彩和《诗教堂诗集》作者王敬禧"不为巉岩陡绝之论，亦不为奇怪惶惑之态"的风格特征统一在诗教温柔敦厚的旗帜下，同时又将它们安顿在人品心术的基点上，这便将诗

---

① 参看蒋寅《清代诗学史》第一卷，第 102—110 页。
② 李庆甲辑：《瀛奎律髓汇评》卷十，上册，第 368 页。
③ 《纪晓岚文集》卷九，第 1 册，第 209—210 页。
④ 同上书，第 209 页。

教问题纳入了儒家思想的传统理路——不是直接从道德角度对诗歌提出特定的伦理要求，而是将外在的仪礼规范内化为人性的欲求。也就是说，诗教不再是来自传统观念的约束，而是品性修养的自然结果。这对传统的诗教观念是个很大的改造，同时也是适应新的诗学语境的一个蜕变。

不难理解，像纪昀这么一位通达的学者，当然是不会用固执僵化的教条来衡量诗歌的。他的正本清源工作，目的也不在于回到儒家原典，而在于通过概念的剖析、源流的梳理，弄清问题出在什么地方，以便矫枉返正。比如诗本于性情，是老生常谈的传统观念，但明清以来言人人殊。纪昀作《冰瓯草序》，首先将诗的社会意义划分为公私两个层面："诗本性情者也。人生而有志，志发而为言，言出而成歌咏，协乎声律。其大者和其声以鸣国家之盛，次亦足抒愤写怀。"①从公的方面说，可以咏歌盛世太平；从私的方面说，也可以抒写一己悲欢，这就肯定了诗歌功能的两重性。既然个人情感抒写的正当性得到肯定，就带来一个如何防止自我表现走到极端的问题。若诗人"发乎情思，抒写性灵"，只言一时悲欢，而不及至情至性，忠孝节义；或只图情感表达的自主性，而不顾艺术传统和美学规则，则不陷入卑靡琐屑，便流于鄙俚怪诞。这正是诗教在文辞风格之外包括情志内容的正当性以及维护其约束力的理由。

又如《诗大序》的"发乎情，止乎礼义"，《云林诗钞序》由辨析诗人之诗与辞人之诗入手，反思其得失缘故。纪昀首先参照扬雄诗人之赋、辞人之赋的区分，将诗歌史自源头区分为诗人之诗与辞人之诗两派："分支于《三百篇》者，为两汉遗音；沿波于屈宋者，为六朝绮语。上下二千余年，刻骨镂心，千汇万状，大约皆此两派之变相耳。末流所至，一则标新领异，尽态于江西；一则抽秘骋妍，弊极于《玉台》《香奁》诸集。"②他认为《诗大序》"发乎情，止乎礼义"已揭示诗学的根本宗旨，争奈后人各主一义，遂导致两种偏颇："一则知止乎礼义，而不必其发乎情，流而为金仁山《濂洛风雅》一派，使严沧浪辈激而为不涉理路、不落言诠之论；一则知发乎情而不必其止乎礼义，自陆平原'缘情'一语引入歧途，其究乃至于绘画横陈，不诚已甚与！"只有真正伟大的作家

---

① 《纪晓岚文集》卷九，第 1 册，第 186 页。
② 同上书，第 198 页。

才能避免陷落于两个极端境地,比如"陶渊明诗时有庄论,然不至如明人道学诗之迂拙也;李杜韩苏诸集岂无艳体?然不至如晚唐人诗之纤且亵也"。所以"酌乎其中,知必有道焉"①。他认为伊朝栋《云林诗钞》"以温柔敦厚之旨,而出以一唱三叹之雅音"正是折衷于"道"的成功范例,因而许为"真诗人之诗,而非辞人之诗矣"。所谓诗人之诗,也就是评《瀛奎律髓》反复提到的"诗人之笔"。杜甫《客亭》"圣朝无弃物,老病已成翁"②,王禹偁《病起思归》其二颔联"明时遇主谁甘退,白发侵人自合休"③,梅尧臣《春寒》"蝶寒方敛翅,花冷不开心"④,张耒《送杨补之赴鄂州支使》"涕泪两家同患难,光阴一半属分离"⑤,陈与义《次韵无敩偶作》结联"圣朝无弃物,与子赋归哉"等句⑥,都曾得到这一评价,核心仍不外是温柔敦厚的诗教之旨。陆游《书直舍壁》"渠清水马健,屋老瓦松长"一联,方回称许"水马、瓦松诗人罕用",纪昀则鄙其"总搜索此种以为新,而诗之本真隐矣。夫发乎情止乎礼义,岂新字新句足谓哉?"⑦再度印证前文所指出的,新在纪昀诗学中并不是一个充分的价值,距诗教的核心宗旨更远。

出自《周易》的拟议、变化之说,宋元以前不为人注意,直到明代格调派才发挥其义。纪昀在《鹤街诗稿序》中特别加以阐述,反思了这一对概念的诗学意义。回顾诗歌衍生、发展的历史进程,纪昀很是感慨:上古朴素的抒情在"心灵百变,物色万端"的交相作用下,演变为后世工巧的文字,"体格日新,宗派日别,作者各以其才力学问智角贤争,诗之变态遂至于隶首不能算。然自汉魏以至今日,其源流正变、胜负得失,虽相竞者非一日,而撮其大概,不过拟议、变化之两途"。也就是说,诗歌史的演进,不外乎模拟、创变两种运动模式。可是他发现这两种模式如何协调得当、理想的结果,竟是很难的事。尤其是明代的诗歌史,呈现在他眼中的是一系列失败的例子。除了众所周知的"王、李之

① 《纪晓岚文集》卷九,第 1 册,第 199 页。
② 李庆甲辑:《瀛奎律髓汇评》卷一四,上册,第 503 页。
③ 李庆甲辑:《瀛奎律髓汇评》卷四四,下册,第 1592 页。
④ 李庆甲辑:《瀛奎律髓汇评》卷一〇,上册,第 344 页。
⑤ 李庆甲辑:《瀛奎律髓汇评》卷二四,中册,第 1088 页。
⑥ 李庆甲辑:《瀛奎律髓汇评》卷四三,下册,第 1550 页。
⑦ 李庆甲辑:《瀛奎律髓汇评》卷六,上册,第 253 页。

派，有拟议而无变化，故尘饭土羹；三袁、钟谭之派，有变化而无拟议，故偭规破矩"①，他还举出两个更著名的诗人为例：

> 从拟议之说最著者无过青丘。仿汉魏似汉魏，仿六朝似六朝，仿唐似唐，仿宋似宋，而问青丘之体裁如何？则莫能举也。从变化之说最著者无过铁崖。怪怪奇奇，不能方物，而不能解文妖之目，其亦劳而鲜功乎?②

高启模仿能力虽强，但终究失去自家面目，没能创造出属于自己的风格；杨维桢始终在探索新异的风格，一变再变，却流于邪魔外道，被目为诗妖。纪昀折衷古今作者得失，最后总结出：只有"能抒其性情，戛戛独造，不落因陈之窠臼"，同时又"意境遥深，隐合温柔敦厚之旨，亦不偾古人之规矩"，才能"自言其志，毅然自为一家"③。而对古人的规矩，又"必心灵自运而后能不立一法，不离一法，所谓神而明之，存乎其人也"④。这就有力地回答了江西诗派"活法"说带来的要不要规矩、如何运用规矩的根本问题，从而对性灵派作用于传统诗歌理论的瓦解力量有所消解。

当然，作为博通古今学问、淹贯历代诗歌的批评家，纪昀也深知诗歌创作绝非只受主观意识主导，来自外部环境的影响同样不可忽视。《爱鼎堂遗集序》特别指出，诗歌的变化是由两个外部因素决定的：

> 三古以来，文章日变。其间，有气运焉，有风尚焉。史莫善于班、马，而班、马不能为《尚书》《春秋》；诗莫善于李、杜，而李、杜不能为《三百篇》：此关乎气运者也。至风尚所趋，则人心为之矣。其间异同得失，缕数难穷。大抵趋风尚三途：其一厌故喜新，其一巧投时好，其一循声附和，随波而浮沉。变风尚者二途：其一乘将变之势，斗巧争长；其一则于积坏之余，挽狂澜而反之正。⑤

---

① 纪昀：《四百三十二峰草堂诗钞序》，《纪晓岚文集》卷九，第1册，第207页。
② 《纪晓岚文集》卷九，第1册，第206页。
③ 同上书，第207页。
④ 纪昀：《四百三十二峰草堂诗钞序》，《纪晓岚文集》卷九，第1册，第207页。
⑤ 《纪晓岚文集》卷九，第1册，第188页。

将文学变化的动力归结于气运和风尚，不是什么创见。纪昀的过人之处在于清楚气运是无法讨论的，可以谈论的只有风尚，因此用心对风尚做了细致的分析，将追逐风尚的主观动因概括为三点，将扭转风尚的主观动因概括为两点，不无见地。

总体来看，纪昀诗学没有提出什么新的理论命题，但对传统诗学的核心观念都有所反思，有所阐发。那些已有点黯淡无光的古老概念和命题，经他重描并发挥和运用，相信会重新引起诗家的注意，如门人梁章钜论诗即推本于《三百篇》，以"思无邪"为《三百篇》之宗旨，以"兴观群怨"为《三百篇》之门径，以"温柔敦厚"为《三百篇》之性情，诚学人"但就此三层上用心，源头既通，把握自定"①。但问题是太老的招牌，即便散发出新油漆的气味，也终究改变不了旧的框架，更不可能用以范围百变日新的写作实践。纪昀们的所有努力，就像他们在西方的同道，"三百年来人们翻来覆去说的是亚里士多德和贺拉斯的看法，辩来辩去还是这些看法，而且把它们编入教材，铭记在心——而实际的文学创作却完全独立地走着自己的路"②，只不过再度印证了这个具有普遍意义的规律："文学史上始终存在着理论与实践的巨大鸿沟。"③ 倒是一些晚起的概念，经纪昀使用后，逐渐进入后人的批评视野，重新活跃于诗论中。比较典型的如"兴象"，这个唐代诗论所孕育的概念，后人很少沿用，但纪昀评点苏诗却一再使用，《瀛奎律髓刊误》评王维《登辨觉寺》也说："五六句兴象深微，特为神妙。"以致许印芳特别提醒读者："晓岚论诗主兴象，即此可见。"④"意境"一词，前人使用得更少。吴之振重刊《瀛奎律髓》序有云"作者代生，各极其才而尽其变，于是诗之意境开展而不竭，诗之理趣发泄而无余"⑤。纪昀评点其书，或许灵犀心印，不仅评点中（包括《唐人试律说》《庚辰集》）屡屡使用，所纂《四库全书总目》集部提要中也反复出现。随着《四库全书总目》作为钦定之书

---

① 梁章钜：《退庵随笔》，《清诗话续编》，第 3 册，第 1949 页。
② 雷纳·韦勒克：《近代文学批评史》第一卷，杨岂深、杨自伍译，上海译文出版社 1987 年版，第 7 页。
③ 雷纳·韦勒克：《近代文学批评史》第一卷，第 7 页。
④ 李庆甲辑：《瀛奎律髓汇评》卷四七，下册，第 1628 页。
⑤ 李庆甲辑：《瀛奎律髓汇评》附录一，下册，第 1813 页。

一再翻刻，颁行天下，"意境"一词也广为传播，深入人心，逐渐成为诗家常用的概念。不过其义涵通常不外乎指作品的"立意取境"，偶尔也有专指作者意趣的，如《与陈梅垞编修书》所云"李邺侯披一品衣，抱九仙骨，其意境不在形骸间也"①，评苏轼《和子由记园中草木十首》所云"纯乎正面说理，而不入肤廓，以仍是诗人意境，非道学意境也"②，要之都属于古典诗学的范畴，比起王国维以降作为现代美学概念的流行用法远为狭窄③。值得提到的还有"情景交融"，学界虽用为常语，却不知其来历，《比兴物色与情景交融》一书的作者蔡英俊教授也未考究这一说法的出处。我所见到的最早用例仍是在纪昀的诗评中，除前引《挹绿轩诗集序》有"兴象玲珑，情景交融"的说法④，《瀛奎律髓》评语中也有两个用例⑤。嘉、道之后的诗话和诗评中，"情景交融"的用例就多了起来，很可能也是受到纪昀的影响。这尚有待于进一步考察。

## 第四节　纪昀的诗歌批评业绩

### 一　作为诗评家的纪昀

与古代大多数诗论家一样，纪昀与其说是个诗歌理论家，还不如说是批评家更合适。据他自己说，"余少时阅书，好评点，每岁恒得数十册"⑥，其中于诗学尤为用功。这种兴趣自然与家学渊源相关。晓岚曾祖坤即能诗，有《花王阁賸稿》一卷，著录于《四库全书》。父容舒笃嗜杜诗，撰有《杜律详解》八卷，后

---

① 《纪晓岚文集》卷一二，第1册，第278页。
② 曾枣庄主编：《苏诗汇评》卷五，上册，第147页。
③ 关于"意境"概念古今内涵的差异，可参看蒋寅《原始与会通：意境概念的古与今》，《北京大学学报》2007年第3期，收入《古典诗学的现代诠释》，中华书局2009年增订本。
④ 《纪晓岚文集》卷九，第1册，第204页。
⑤ 见杜甫《送韦郎司直归成都》《因许八奉寄江宁旻上人》评语，李庆甲辑：《瀛奎律髓汇评》，中册，第1026页；下册，第1736页。
⑥ 纪昀：《瀛奎律髓刊误》跋，嘉庆五年刊本。

改名《杜律疏》，著录于《四库全书总目》集部存目①。晓岚幼秉庭训，成年后一直热衷于诗学，曾说"余初学诗从玉溪入，后颇涉猎于苏黄，于江西宗派亦略窥涯涘"②。这最初的诗学跋涉，留下了乾隆十五年（1750）所纂的《玉溪生诗说》二卷，这是目前所知纪昀最早的诗歌评点，与苏东坡及江西诗派诗集的批阅一道，在培养起他诗歌趣味的同时，也为日后的批评积累了诗学资源。

此外，纪昀的评点著作都成于乾隆二十四年（1759）到三十八年（1773）这十多年间。二十四年夏，纪昀指点学生马葆善读书，为举唐人试律为例，解说试律诗法，由马葆善记录编辑为《唐人试律说》一卷。同年他还重订了张为《诗人主客图》。之后两年间，又选国初以来试帖诗二百多首逐一评说，编为《庚辰集》五卷，后又与生徒辈同作评注，津逮初学。其间还点阅《八唐人集》。二十六年（1761），开始评点方回《瀛奎律髓》，阅十年成《瀛奎律髓刊误》四十九卷，其间又曾编订《删正方虚谷瀛奎律髓》四卷。二十七年（1762）编纂《删正二冯评阅才调集》二卷、《点论李义山诗集》三卷，近人李审言曾见申兆定过录纪批朱鹤龄《李义山诗集注》四册，批语较刊本为多③，未详是否为一本。是年又编成《后山集钞》。三十一年（1766），着手批点苏轼诗集，阅五年成《纪批苏文忠公诗集》五十卷。三十四年（1769），在疆曾校《玉台新咏》。三十六年（1771），结束三年谪戍乌鲁木齐的流放生涯回到京师，闲居多暇，评点了元好问选《唐诗鼓吹》并过录赵执信评语，其手批本，汪康年馆张之洞署中时，曾在其从曾孙香骢案头见过④；又评阅韩偓《翰林集》和《香奁集》，两阅《玉台新咏》，编竣《纪批苏文忠公诗集》和《瀛奎律髓刊误》。值得注意的是，本年他还评点了《文心雕龙》，多年的诗歌评点经验终于在此得到理论的升华。三十七年（1772）正月，重阅昔日所校《玉台新咏》，十二日有跋。二月完

---

① 纪容舒《杜律详解》八卷有传钞本，乾隆三十七年纪昀题识。见雷梦水《古书经眼录》，齐鲁书社 1984 年版，第 134 页。

② 纪昀：《二樟诗钞序》，《纪晓岚文集》卷九，第 1 册，第 200 页。

③ 李审言：《媿生丛录》卷二，《李审言文集》，江苏古籍出版社 1989 年版，上册，第 458—459 页。

④ 汪康年：《汪穰卿笔记》卷七，《近代稗海》，四川人民出版社 1988 年版，第 11 册，第 543 页。今西安交通大学图书馆藏古讲堂坊刊本《唐诗鼓吹笺注》十卷，有清佚名墨笔过录纪昀评点。

成《玉台新咏校正》十卷①，残稿本二卷今存台湾"中央图书馆"②，后其弟子梁章钜曾本其说撰为《玉台新咏读本》十卷③；三十八年（1773）正月，完成《玉台新咏》评点。三月出任四库全书馆总纂官，编校繁剧，遂无暇评点诗歌，而专事校雠典籍。直到乾隆六十年（1795），为督课孙辈应试，才又编撰《我法集》二卷，现身说法，以示津梁④。

除以上有年月可考的批评之外，他还曾手批《全唐诗》，后藏陈望之家⑤；手批方世举纂《韩昌黎诗编年笺注》，见载于梁章钜《退庵随笔》⑥。所有这些批点今天虽已不能尽见，但由此已略可窥知纪昀诗歌批评涉猎之广。据乾隆三十六年（1771）苏诗评本自序："余点论是集，始于丙戌之五月。初以墨笔，再阅改用朱笔，三阅又改用紫笔。交互纵横，递相涂乙，殆模糊不可辨识。友朋传录，各以意去取之。续于门人葛编修正华处得初白先生手批本，又补写于罅隙之中，益镂鞬难别。今岁六月自乌鲁木齐归，长昼多暇，因缮此净本，以便省览，盖至是凡五阅矣。"可知他批点苏诗自乾隆三十一年（1766）起，历时五年，凡五次订补而毕。这其实也是他批点诗集的常态：《玉台新咏》批校同为五次；《唐诗鼓吹》批阅三次，对注解也有评点；《瀛奎律髓》则批至六七次，都是反复批点、增订而成书。傅刚认为纪昀通过批校《玉台新咏》，对书中每篇作品和作者都作了细微的考察，解决了不少素来悬而未决的学术问题，堪称运用乾、嘉考证方法从事文学评点的典范⑦。可以肯定地说，纪昀这些评点绝非偶有所见，随笔

---

① 孙德祖《寄龛甲志》卷三："纪晓岚手笺《玉台新咏》，入宛委山民藏，世无传本，当时拟校刻而未果。"光绪二十年刊本。

② 此本为乌丝栏旧抄本，存二卷四册，有乾隆三十四年（1769）纪昀朱墨批校并跋："玉台新咏旧乏佳刻，此本出吴江吴氏，钞胥潦草，讹不胜乙。暇日偶为点论，□以家藏宋刻互校之，□宋刻之讹更甚，冯钝吟跋谓宋刻乃麻沙本，故不佳，诚笃论也。而冯默庵□校□，执宋本以为据，宜其疏矣。然孝穆所录诸诗，□非隐僻，他集□在，可以互勘□□。因旁证诸书，定为此本，虽疑误之处尚所不免，□较诸□之牴牾，似为清整矣。其注久踳驳，则尚未暇举正也。乾隆壬辰上元前三日，河间纪昀记。"台湾"中央图书馆"编《标点善本题跋集录》，台北"中央图书馆"1992年版，下册，第668页。有关此本的批点情况，可参看傅刚《〈玉台新咏〉版本补录》（《文史》2004年第3辑）一文。

③ 梁章钜：《退庵随笔》，《清诗话续编》，第4册，第1973页。

④ 此处对纪昀批评各书的介绍，曾参考徐美秋《纪昀评点诗歌研究》，复旦大学博士学位论文，2009年。

⑤ 钱泰吉：《曝书杂记》卷上，同治七年刊本。

⑥ 梁章钜：《退庵随笔》，《清诗话续编》，第4册，第1976页。

⑦ 傅刚：《略论纪昀的〈玉台新咏〉研究》，（香港）《人文中国学报》第14期，2008年10月版。

所施，它们全都是出于潜心沉吟、深思熟虑的心得，值得后人珍视，认真揣摩。

如果说《玉台新咏》的批点是承传家学，李商隐、苏东坡诗的评点是出于青年时代的趣味，那么他批点韦縠《才调集》、方回《瀛奎律髓》这两种历来不被人看重的唐宋诗选本，便可能与诗坛风气相关了。这也使他从一个普通的诗歌爱好者晋身为对诗坛有举足轻重的影响的诗论家和批评家。

随着步入文坛中心，见多识广，他日益感受到诗坛"自北宋以来，谈诗者各有门户，往往为流派所拘"的现实①，从而追本溯源，最后发觉当代诗坛的一些纷争实与《才调集》《瀛奎律髓》二选有关，或者说这两种选本便是当今的两大门户。我在陆元镜《青芙蓉阁诗话》中确曾看到，说当时诗坛"取法于古，各立门仞，亦有两体：其从《瀛奎律髓》入手者，多学山谷江西一派，或失之俚；从二冯所批《才调集》入手者，多学晚唐纤丽一派，或失之浮"②。《才调》《律髓》两选，康熙间即已流行，前者有二冯批点本刊行，后者吴之振曾予翻刻，某种程度上成了虞山派晚唐诗风和京师宋诗风的风向标。纪昀学诗由李商隐、苏黄、江西派入手，也可能最初就是读这两部选本。乾隆二十六年（1761），值《唐人试律说》《庚辰集》两部试帖诗评选刊竣行世，"必工诸体诗而后可以工试帖"③的体会正驱使他返回一般诗学的研究，因此，当他切身感受到诗坛的风气，就更萌发进一步拓展诗学研究，细批李商隐、苏东坡诗，同时对《才调集》《瀛奎律髓》施加批点的念头。已故台湾学者廖宏昌认为纪昀对诗坛现实的关注正是由西昆、江西正争切入的④，很有眼光。反过来也可以表述为，纪昀受到诗坛风气的刺激，希望通过《才调》《律髓》这两种选本的批评，在批判与否定中宣示和确立起自己的诗歌理想。

由于宗尚玉溪诗风的虞山二冯对诗体会比较细腻，且有扎实的学术功底，纪昀给予相当的肯定："二冯《才调集》海内风行，虽自偏锋，要亦精诣，其苦心

---

① 纪昀：《李参奉诗钞序》，《纪晓岚文集》卷九，第 1 册，第 212 页。

② 陆元镜：《青芙蓉阁诗话》，国家图书馆藏清稿本。

③ 纪昀：《嘉庆丙辰会试策问五道》，《纪晓岚文集》卷一二，第 1 册，第 271 页。

④ 廖宏昌：《清代宋诗之争的另一种类型：西昆、江西之争与纪昀的思维》，《文与哲》9，2006 年版，第 357—376 页。

不可没也。第主张太过，欲举一切而废之，是其病耳。"① 而方回就没这么幸运了，纪昀将自己的批点本题作《瀛奎律髓刊误》，已等于宣判了对它的否定结论。据门人李光垣说，纪昀从乾隆二十六年（1761）辛巳到三十六年（1771）辛卯，前后批点过六七次，最后一次是辛卯冬自乌鲁木齐放归后②，批阅底本为吴之振翻刻本。自序指出方回选诗之大弊有三："一曰矫语古淡，一曰标题句眼，一曰好尚生新。"其论诗之弊又有三：一曰党援，一曰攀附，一曰矫激。而最根本的是，"虚谷置其本原而拈其末节，每篇标举一联，每句标举一字。将率天下之人而致力于是，所谓温柔敦厚之旨，蔑如也；所谓文外曲致、思表纤旨，蔑如也"。他觉得这些谬误如不亟加刊正，都会疑误后生，瞀乱诗学。然而前人对方书的驳正他只见有二冯批本。因同样不免门户之见，"顾虚谷左祖江西，二冯又左祖晚唐，冰炭相激，负气诟争，遂并其精确之论，无不深文以诋之。矫枉过直，亦未免转惑后人"。因此他再加批点，平章其说，自信虽"牴牾亦难自保，而平心以论，无所爱憎于其间，方氏之僻，冯氏之激，或庶乎其免耳"③。此书的评定已在入四库馆的前夕，基本已是纪昀诗歌评点的尾声，因此集中体现了他对诗歌的最终看法和对批评理念的深入思考。

据纪昀自述，他对文学感兴趣主要是在 30—50 岁之间，大致也可以说止于入四库馆之前。他对诗学的投入，虽然于前贤未必能及许学夷、王渔洋，在后学中未必过于方东树、陈衍，但其诗歌理论和批评在形式上却颇有一些独到的尝试。比如小说中托鬼魅之口批评诗歌，日本学者吉川幸次郎已注意到。他曾就《滦阳消夏录》卷三载魅论王、赵诗趣异同，指出纪昀"每托月旦于志怪，此条亦然，其编《四库提要》宗旨略同也"④。这还属于唐传奇旧有的伎俩，纪昀更引人注目的是在乡会试策问中一再以诗学史问题试士。潘焕龙《卧园诗话》卷一载：

> 东坡才笔横绝一代，而元遗山《绝句》乃云："苏门果有忠臣在，肯放

---

① 纪昀：《书八唐人集后》，《纪晓岚文集》卷一一，第 1 册，第 251 页。
② 纪昀：《瀛奎律髓刊误》李光垣跋，嘉庆五年刊本。
③ 纪昀：《瀛奎律髓刊误序》，《纪晓岚文集》卷九，第 1 册，第 182—184 页。
④ 吉川幸次郎：《清雍乾诗说》，《吉川幸次郎遗稿集》第 3 卷，筑摩书房 1995 年版，第 419 页。

坡诗百态新。"又曰："奇外无奇更出奇，一波才动万波随。只言诗到苏黄尽，沧海横流却是谁?"纪晓岚宗伯壬戌典会试，以此条发策。揭晓前一夕，得余师朱咏斋士彦侍郎卷，曰："南宋末年，江湖一派，万口同声，故遗山追寻源本，作惩羹吹齑之论。又南北分疆，未免心存畛域。其《中州集》末题云：'若从华实论诗品，未免吴侬得锦袍。'又曰：'北人不拾西江唾，未要曾郎借齿牙。'词意晓然，未可执为定论。"宗伯谓其洞见症结，补入榜中。①

潘焕龙提到的《嘉庆壬戌会试策问》保留在《纪文达公遗集》卷十二，涉及元好问诗的内容见于第五道：

> 屈宋以前，无以文章名世者。枚、马以后，词赋始多；《典论》以后，论文始盛。至唐、宋而门户分、异同竞矣。齐、梁、陈、隋，韩愈以为"众等作蝉噪"；杜甫则云"颇学阴、何苦用心"。李白触忤权幸，杜甫忧国忠君，而朱子谓李、杜只是酒人。韩愈《平淮西碑》，李商隐推之甚力，而姚铉撰《唐文粹》，乃黜韩而仍录段文昌作。元稹多绮罗脂粉之词，固矣；白居易诗如"十首《秦吟》近正声"者正自不乏，杜牧乃一例诋之。苏黄乃宋代巨擘，而魏泰《东轩笔录》诋黄为"当其拾玑羽，往往失鹏鲸"。元好问《论诗绝句》亦曰："只知诗到苏黄尽，沧海横流却是谁?"凡此作者、论者皆非浅学，其抵牾必有故焉。多士潜心文艺久矣，其持平以对。②

古代试策内容原本极广，元人旧题刘锦文辑《答策秘诀》分治道、圣学、制度、性学、取材、人才、文章、形势、灾异、谏议、经疑、历象十二类，共六十六个子目③，文学也是重要的门类。但纪昀文集所存乡会试策问四篇，文学内容所占比重空前之大。《乾隆己卯山西乡试策问三道》和《乾隆甲辰会试策问三道》分别为经学、史学、文学（语言），《嘉庆丙辰会试策问五道》和《嘉庆壬戌会试

---

① 高洪钧编：《明清遗书五种》，北京图书馆出版社2006年版，第137页。按：潘氏此说应本自纪昀《四百三十二峰草堂诗钞序》，《纪晓岚文集》卷九，第1册，第208页。
② 《纪晓岚文集》卷一二，第1册，第274页。
③ 永瑢等《四库全书总目》卷一九七，第1798页。

策问五道》则为经学、史学、理学、经义史和诗歌史，而《嘉庆壬戌会试策问五道》前四道为经学、史学、音韵学和礼学，最后一道竟是"论文"：在简单回溯诗文批评的历史后，历举批评史上若干著名公案，让应试举人持平判断。朱东润由此论定"晓岚对于文学批评之贡献，最大者在其对于此科，独具史的概念"①，方孝岳也认为《四库提要》设"诗文评"类是中国文学批评有系统的标志②。两位前辈由此认定纪昀在中国文学批评史上的地位，不用说是很有眼光的，但我们同时也要意识到，这首先是功令试诗的直接后果。即纪昀所说的，"功令以诗试士，则试帖宜讲也。然必工诸体诗而后可以工试帖，又必深知古人之得失而后可以工诸体诗"③。功令试诗在激励士人锐意钻研试帖诗的同时，也带动了一般诗学及诗学史的研讨。至于说批评史意识的自觉，我认为更多地还是体现在《四库提要》中，这在后文还要专门讨论。

## 二　纪昀的批评理念和批评原则

纪昀的诗歌批评，无论是范围之广还是留下的文本之多，都足以触发多方面的研究兴趣。事实上研究者对此已多有触及④，不过多停留于对具体评点的评述，未能注意到纪昀诗歌批评的基本理念和一些批评主张，更未注意到这些有理论意义的见解主要体现在《瀛奎律髓刊误》的批点中。这里就以此书为中心来做一番抉发。

纪昀的批评理念首先是坚持艺术标准第一。这从他正统文人的立场来说有点出人意外，但事实的确如此。针对方回评朱子《登定王台》诗，许其可入老杜、后山集中，纪昀先断言："以大儒故有意推尊，论诗不当如此。诗法、道统，截

---

① 朱东润：《中国文学批评史大纲》，第 323 页。
② 方孝岳：《中国文学批评》，第 4 页。
③ 纪昀：《嘉庆丙辰会试策问五道》，《纪晓岚文集》卷一二，第 1 册，第 271 页。
④ 今人对纪昀诗歌批点的研究，有项楚《读〈纪评苏诗〉》，《东坡诗论丛》，四川人民出版社 1983 年版；王友胜《论纪昀的苏诗评点》，《中国韵文学刊》1999 年第 2 期；詹杭伦《纪昀〈瀛奎律髓刊误〉的得与失》，《北京化工大学学报》2004 年第 4 期；张蕾《诗教法则的严守与变通——纪昀评点〈玉台新咏〉管窥》，《武汉大学学报》2007 年第 5 期；廖宏昌、誉高槐《方回与纪昀评点杜甫沉郁顿挫诗风的不同视野》，《武汉大学学报》2012 年第 2 期；徐美秋《论纪昀批解〈玉台新咏〉的文献和诗学价值——以王文焘过录本为考察文本》，《中国韵文学刊》2013 年第 1 期；邓煜《论纪昀对〈二冯先生评阅才调集〉的"删"与"正"》，《琼州学院学报》2014 年第 4 期。有关研究综述可参看徐美秋《论纪昀的诗歌评点及其研究现状》（《殷都学刊》2012 年第 3 期）一文。

然二事，不必援引，借以为重。"然后具体指出"中四句有古迹山川处便可用，最为滥套"①。卷五评韩琦三首，也认为："三诗皆平钝，虚谷特以昼锦佳事、魏公名人存之耳。然选诗只合论诗：诗不可废，虽宋之问之邪佞，不能删而不存；诗苟不佳，虽名臣大儒，不宜迁就标榜，使后学循名而误效也。"② 类似的例子还有俞退翁《题三角亭》，方回说："退翁名在《隐逸传》，不可不取。"纪昀同样指出："但当论诗，不当论人，此选诗，非修史也。"③ 凡此都可见纪昀论诗，毫不含糊地以艺术水平为唯一标准，既继承了"不以人废言"的传统，又修正了"有德者必有言"的观念。出于同样的认识，纪昀论诗也不迁就题材和风格。像《早朝大明宫》之类，在他这样的庙堂文人乃是最重要的题材，可他偏说"此种题目无性情风旨之可言"④。在纪昀心目中，诗以意味为本，题材和风格都是末，没有什么题材或风格天生就重要。因此，"凡诗只论意味如何，浓淡平奇，皆其外貌。若偏主平淡，则外强内干，亦成伪体，与西昆弊等"⑤。同理，偏主豪壮亦然。崔颢《题潼关楼》纪昀评："气体自壮，然壮而无味，近乎空腔。"⑥ 这种认识保证了他在任何情况下都能保持清醒的判断力。

纪昀论诗与论学一样，不仅对原理问题有清晰的意识，同时对历代诗学源流也有高屋建瓴的洞见，因此从不一般化、教条化地谈论诗法，而总能紧扣作品的具体语境来把握作者的意图，从范式的高度来判断作品写作的得失。《田侯松岩诗序》开篇即指出：

> 同一书也，而晋法与唐法分；同一画也，而南宋与北宋分，其源一而流别也。流别既分，则一派中自有一派之诣极，不相摄亦不相胜也。惟诗亦然，两汉之诗缘事抒情而已，至魏而宴游之篇作，至晋、宋而游览之什盛，故刘彦和谓"庄老告退，山水方滋"也，然其时门户未分，但一时自为一风气，一人自出一机轴耳。钟嵘《诗品》阴分三等，各溯根源，是为诗派

---

① 李庆甲辑：《瀛奎律髓汇评》卷一，上册，第 19 页。
② 李庆甲辑：《瀛奎律髓汇评》卷五，上册，第 216 页。
③ 李庆甲辑：《瀛奎律髓汇评》卷三五，下册，第 1417 页。
④ 李庆甲辑：《瀛奎律髓汇评》卷二，上册，第 58 页。
⑤ 李庆甲辑：《瀛奎律髓汇评》卷三〇，下册，第 1324 页。
⑥ 李庆甲辑：《瀛奎律髓汇评》卷三五，下册，第 1413 页。

之滥觞。张为创立《主客图》，乃明分畦畛。司空图分为二十四品，乃辨别蹊径，判若鸿沟。①

这就是说，每个时代的艺术都有自己的范式，历史上的流派也各有自己独特的追求，在唐代以前流派意识尚不清楚，从晚唐开始流派意识和不同的美学追求成为诗坛明显的事实。然则讨论唐代前后的诗歌，必须出以不同的眼光。既不能用后人的趣味来衡量前人，也不能因末流的泛滥而抹杀创始者的价值。

基于这种认识，他通过对一些作品写作意图和写作特点的独到揭示，提出三个有理论指导意义的批评原则。其一，对前人有意识的风格戏仿，应该在理解作者意图的前提下给予评价。岑参《夜过盘石隔河望永乐寄闺中效齐梁体》纪昀评曰："中四句本为小巧，然题自明言效齐梁体，则竟以齐梁体论，不以盛唐法论矣。文各有体，言各有当。不以一例拘也。"② 表明他评价仿拟型作品将风格的统一性和完整性放在首位，而不考虑后世的一般审美评价。其二，对诗歌写作有历史的认知，不以后起的艺术观念来衡量和评价前代作品的表现手法。评岑参《宿关西客舍寄山东严许二山人时天宝高道举征》指出："燃字、捣字开后来诗眼之派，严子、许由开后来切姓关合之派。皆别派也，而已全见于开、宝之时。盖盛极而衰即伏焉，作者亦不自知也。"③ 纵观炼字、用典切姓的源流，纪昀认为岑参之始作俑，只是无心的偶然。对这样的例子，若以后世的写作意识来衡量，便很无谓。比如唐太宗《守岁》，方回在首联"暮景斜芳殿，年华丽绮宫"斜、丽二字上加圈，评曰："起句有两字为眼，殊不苟也。"纪昀就不以为然，因驳道："诗眼之说，不可施之初唐。且斜字、丽字亦无须锻炼而得之，标以为眼，尤属强坐。"④ 同样的例子是，宋之问《登越台》"冬花扫卢桔，夏果摘杨梅"一联，方回在卢、杨二字上加圈，纪昀认为："当以二姓为巧耳。以此立制，诗法扫地矣。初唐诗格浑朴，用二姓为对，本自无心，虚谷以细碎求之，殊

---

① 《纪晓岚文集》卷九，第 1 册，第 201 页。

② 李庆甲辑：《瀛奎律髓汇评》卷七，上册，第 278 页。

③ 李庆甲辑：《瀛奎律髓汇评》卷二九，中册，第 1263 页。

④ 李庆甲辑：《瀛奎律髓汇评》卷一六，中册，第 571 页。

失古人之意。"① 也就是说，评价作品的表现手法应顾及作者的写作意识和当时文学的一般情形，否则便如隔靴搔痒，说不到点子上。其三，对艺术技巧和表现手法的评价须放在历史语境中看，不能以后代摹拟泛滥的结果来抹杀创始者的价值。卷一杜审言《登襄阳城》纪昀评："此种初出本佳，至今日辗转相承，已成窠臼，但随处改换地名，即可题遍天下，殊属便捷法门。"② 同卷李白《秋登宣城谢脁北楼》评："五六佳句，人所共知。结在当时不妨，在后来则为窠臼语，为浅率语，为太现成语。故论诗者当论其世。"③ 这意味着，对一个表现手法的评价同时可有两个视角，一是历史的，一是现时的。由历史视角看很新颖的东西，在现时的视角下或许已陈腐不堪。为此，对待诗歌史上所有表现手法的态度就应该一分为二：在评价上承认其价值，在创作上又不可蹈袭。这正是卷二评沈佺期《酬苏味道夏晚寓直省中》末句"明朝题汉柱，三署有光辉"所强调的："此种典故，在今日为腐烂语矣。因后来用滥而并议古人，此不论其世之过；因古人尝用而据以借口，又不通其变之过也。"④ 纪昀要说明的是，评价前人须"知人论世"，清楚前人的独创性所在；而创作则须识"通变"之道，多一重避复的意识。卷二十二评杜甫《十六夜对月》"金波、玉露之类，在当日犹非滥套，今则触目生厌矣。不得以此诋古人，亦不得以此借口"⑤，卷二十九评张九龄《初发道中寄远》"此在当时为雅咏，在后世辗转相摹，已为习调。但当学其气韵，不可复袭其意思。读盛唐诗，须知此理，方不堕入空腔"⑥，都重申了同样的意思。乃至《四库提要》论姚合诗，称"其自作则刻意苦吟，冥搜物象，务求古人体貌所未到"，"至南宋永嘉四灵始奉以为宗，其末流写景于琐屑，寄情于偏僻，遂为论者所排。然由摹仿者滞于一家，趋而愈下，要不必追咎作始，遽惩羹而吹虀也"⑦；论刘崧诗，称"崧诗正平典雅，实不失为正声，固不能以

---

① 李庆甲辑：《瀛奎律髓汇评》卷一，上册，第 21 页。
② 同上书，第 4 页。
③ 同上书，第 10 页。
④ 李庆甲辑：《瀛奎律髓汇评》卷二，上册，第 46 页。
⑤ 李庆甲辑：《瀛奎律髓汇评》卷二二，中册，第 914 页。
⑥ 李庆甲辑：《瀛奎律髓汇评》卷二九，中册，第 1257 页。
⑦ 永瑢等纂：《四库全书总目》卷一五一《姚少监诗集》提要，第 1297 页。

末流放失，并咎创始之人矣"①，也是同样观念的体现。推而广之，举凡某种风格、某个流派的历史评价无不可作如是观。提要评骘明初台阁体的功过时指出："凡文章之力足以转移一世者，其始也必能自成一家，其久也亦无不生弊。微独东里一派，即前、后七子，亦孰不皆然。不可以前人之盛，并回护后来之衰，亦不可以后来之衰，并掩没前人之盛也。"② 正是对上述宗旨的概括和总结，可以参看。

纪昀提出的这些原则，都与文学批评的客观标准相关，涉及艺术评价的历史性、评价的准则，以及如何看待作品的独创性、在历史上给它定位等问题，纪昀在这些问题上显示出清楚的理论意识。他的基本立场是由作者意图来检验和审视艺术效果，这到今天仍是值得我们思考的问题。现代文化的多元化倾向和美学中的相对主义，正使批评日益丧失其客观标准，如何有效地重建文学批评的美学原则、价值标准和判断方式，已是当代文学批评不可回避的尖锐问题。纪昀的意见是可以给我们一些启发的。

### 三　纪昀的诗歌批评成就

纪昀论诗非常重视类型和体制的把握，评点中对作品分类这样的细节也不放过。评柳中庸《愁怨》："此闺情诗，非边塞诗也。缘误看五六句，故收于此耳。"③ 李商隐《隋宫守岁》："此是咏古，不宜入怀古类。"④ 这都是从体制来辨析类型，例子多不胜举。宋庠《闰十二月望日立春禁中作》，方回断为昆体，纪昀谓"此非昆体，乃初唐应制体耳"⑤。这是从风格来辨析体制。王安石《次韵仲卿除日立春》，冯班许其"毕竟大样"，纪昀则指出颔联"物以终为始，人从故得新"两句"乃试帖刻画小样，入诗碍格"⑥。这是由笔调来辨析类型。

严格对待具体作品的归类，是重视作品类型、体制意识清晰的表现。始终从体制入手把握作品，使纪昀对诗歌作品的理解明显比前人通达，对批评尺度的掌

---

① 永瑢等纂：《四库全书总目》卷一六九《槎翁诗集》提要，第 1467 页。
② 永瑢等纂：《四库全书总目》卷一七〇《杨文敏集》提要，第 1484 页。
③ 李庆甲辑：《瀛奎律髓汇评》卷三〇，下册，第 1324 页。
④ 李庆甲辑：《瀛奎律髓汇评》卷三，第 104 页。
⑤ 李庆甲辑：《瀛奎律髓汇评》卷一〇，第 367 页。
⑥ 李庆甲辑：《瀛奎律髓汇评》卷一六，中册，第 577 页。

握也更有分寸。贾至、王维、杜甫、岑参的《早朝大明宫》唱和，方回虽承认"俱伟丽可喜"，但同时对其粉饰现实的倾向又颇有微辞："京师喋血之后，疮痍未复，四人虽夸美朝仪，不已泰乎？"纪昀不同意他的看法，认为"此说似是而迂，文章各有体裁，即丧乱之余，亦无不论是何题目，首首皆新亭泣对之理"，他的见解后来得到许印芳赞同①。《瀛奎律髓》卷一所收孟浩然《临洞庭湖》，虽是脍炙人口的名篇，但自清初以来也有一些负面评价，如王夫之《夕堂永日绪论内编》说"孟浩然以'舟楫'、'垂钓'钩锁合题，却自全无干涉"②，查慎行评此诗也说"后半首全无魄力，第六句尤不着题"，冯舒略为回护，说"后四句似但言情，却是实做'临'字"，何义门也说"后四句全是洗发'临'字"。纪昀首先指出冯舒之说似是而非，"首四句若不临湖，如何看出？何待另出'临'字？后四句求荐，正是言情，如何云实做临字"？关键在于几位论者都错会了题旨，而错解题旨又缘于不知道此诗标题下原有"献张相公"四字。纪昀首先肯定此诗为求荐之作，"原题下有'献张丞相'四字，后四句方有着落，去之非是。作《岳阳楼》更非是"；又说明"前半望洞庭湖，后半赠张相公，只以望洞庭托意，不露干乞之痕"，寥寥数语，势如破竹，不仅解明题旨，而且从类型学的角度指出此诗属于干谒诗而非登览诗，托意于望洞庭，未必是写实。针对方回将孟诗与刘长卿《岳阳馆中望洞庭湖》"叠浪浮元气，中流没太阳"、杜甫《岳阳楼》"吴楚东南坼，乾坤日夜浮"两联作对比，纪昀又表示："'叠浪'二句似海诗，不似洞庭。工部'乾坤日夜浮'句，亦似海诗，赖'吴楚'句清出洞庭耳。"③ 这一番析论，足以表现纪昀的批评眼光远出前人之上④，非但见多识广，并更娴于体制，裁量各家得失，正如前人所谓老吏断狱，片言中肯。

　　前文提到，性灵派作为最后退守底线的真、切、工在纪昀的诗学中都不视为作品成功的充分条件，但这并不意味着纪昀就不重视这些要素，它们仍然是必要条件，对于诗歌不可或缺。其中，"切"或许与他精研试帖养成的习惯有关，还

---

　　① 李庆甲辑：《瀛奎律髓汇评》卷二，上册，第 61 页。

　　② 戴鸿森：《姜斋诗话笺注》卷二，人民文学出版社 1981 年版，第 74—75 页。

　　③ 李庆甲辑：《瀛奎律髓汇评》卷一，上册，第 5 页。

　　④ 方孝岳《中国文学批评》论及《瀛奎律髓刊误》，认为"他所刊误的，自然也有些地方可补救方回的，但实在远不及方回之精辟独到"（生活·读书·新知三联书店 2007 年版，第 192 页），笔者不敢苟同。

成为判断作品完成度的重要尺度。比如,他很称赞王安石《登大茅山顶》"后半切茅山生情,方非浮响"①;又评《钟山西庵白莲亭》"次句'白帝留花'四字点缀却俗,三四凑砌不自然",但"结二句点化渊明事,既切白莲,又切庵,又切退居,可谓玲珑巧妙"②,这是正面肯定"切"的例子。评包何《裴端公使院赋得隔帘见春雨》"但赋帘外雨耳,隔字见字春字俱未到"③,姜梅山《岁暮直舍感怀》"清浅之作,不失雅饬,但直舍意未免太脱"④,魏知古《春夜寓直凤阁怀群公》"五六但填凤阁故事,与春夜寓直怀人俱无涉"⑤,则是负面否定其不"切"的例子。杨公济《陪润州裴如晦学士游金山回作》一首,方回认为其"夜深灯火见扬州"句胜过王安石《次韵平甫金山会宿寄亲友》的"烟中沙岸似西兴","尤切题,非外来也";纪昀承认它"气象雄阔,到底不懈",而"惟陪裴学士意未周到⑥",仍不能说是完全切题。《夏日陪提刑彭学士登周襄王故城》一首,方回赞赏"五六平淡之中有滋味,亦工缀",纪昀则觉得"五六即'无名江上草,随意岭头云'意,但于题不切。虚谷赏之,非是。虽有佳句,于题无涉,即不佳"⑦。可见所谓"切",核心意思就是扣题,也就是前文讨论试帖诗法所提到的"诂题"。说起来,对"切"的讲求似乎是乾隆间诗家共同的倾向,不只为纪昀关注,性灵派诗人也很重视。但性灵派讲究切是破除一切格调派的框框后退守的底线,而纪昀讲究切却有可能缘于试帖诗观念的影响。如前所述,试帖诗与学人诗有密切关系,因而作为学人诗代表人物之一的钱载,论诗也很重视切。评翁方纲《闵子庙十六韵》曾诫道:"是要切庙,不可多切闵子。即切闵子,亦须简洁。总要切宿州故里之古典而运用之。"又评"一径松楸古"句曰:"此俱不切。"⑧ 纪昀论诗重"切",同样也与试帖诗学紧扣诗题和主旨的意识相关,这在后文还要专论。

---

① 李庆甲辑:《瀛奎律髓汇评》卷一,上册,第31页。
② 李庆甲辑:《瀛奎律髓汇评》卷三五,下册,第1423页。
③ 李庆甲辑:《瀛奎律髓汇评》卷一六,中册,第655页。
④ 李庆甲辑:《瀛奎律髓汇评》卷二,上册,第57页。
⑤ 同上书,第48页。
⑥ 李庆甲辑:《瀛奎律髓汇评》卷一,上册,第37页。
⑦ 李庆甲辑:《瀛奎律髓汇评》卷三,上册,第96页。
⑧ 潘中华、杨年丰:《钱载批点翁方纲诗整理》,《古代文学理论研究》第36辑,华东师范大学出版社2013年版,第266页。

　　总而言之，纪昀的诗歌批评不仅具有清晰的理论意识，同时也表现出不同寻常的穿透力和出色的判断力。因主编四库全书，阅古今诗集极夥，历代诗歌源流罗列胸中，批评具体作品自见通识。如评包佶《秋日过徐氏园林》云："佶盛唐人，而诗已逗漏晚体。风会渐移，机必先兆。"① 包诗颈联"鸟窥新罅栗，龟上半敧莲"，状景幽细，用字新异，的确是晚唐诗专工小巧的先声，纪评一语中的。刘禹锡《西塞山怀古》，汪师韩评曰："金陵之盛，至吴始著，至孙皓而西藩既摧，北军飞渡，兴亡之感始盛。假使怀古者取三国、六代事，衍为长律，便一句一事，包举无遗，岂成体制？梦得之专咏晋事，盖尊题也。"而纪昀只说："第四句但说得吴。第五句七字括过六朝，是为简练。第六句一笔折到西塞山，是为圆熟。"② 寥寥数语将作品的章法和作者的功力讲得十分到位。梁章钜对比两家评语，也肯定纪评"似较汪评更为显豁"③，这是无可置疑的。翁方纲说"前四句洵是杰作，后四则不振矣。此中唐以后所以气力衰飒也"④，也未见识其微妙之处。评李商隐《筹笔驿》云："起二句斗然抬起，三四句斗然抹倒，然后以五句解首联，六句解次联，此真杀活在手本领，笔笔有龙跳虎卧之势。"⑤ 也赢得后人的赞许，梁章钜说"李义山《筹笔驿》一律，脍炙人口，而其章法之妙，则罕有能言之者。自纪文达师一批，而精神毕见，真学诗者之宝筏也"⑥，许印芳也叹赏"笔法之妙，纪批尽之！"⑦ 的确，纪昀的批点都要言不烦，非常精练，往往三言两语便点明作品的要害和作者的本领，这同时也显示了批点者自己的批评本领。

　　其实就纪批总体而言，更多的是否定性的批评，指摘作品的缺陷。无论是多么受人尊崇的作家，或他自己欣赏的作家，都不假贷。而这些批评也更能显示纪昀论诗眼光的锐利。这只要对比一下《苏诗汇评》所收各家评语即可知。他人批苏诗，多褒美之词，纪昀是褒贬参半。他人推崇备至的作品，经纪昀一批即见

① 李庆甲辑：《瀛奎律髓汇评》卷一二，上册，第 426 页。
② 李庆甲辑：《瀛奎律髓汇评》卷三，上册，第 102 页。
③ 梁章钜：《退庵随笔》，《清诗话续编》，第 3 册，第 1958 页。
④ 翁方纲：《石洲诗话》卷二，《清诗话续编》，第 3 册，第 1385 页。
⑤ 李庆甲辑：《瀛奎律髓汇评》卷三，上册，第 106 页。
⑥ 梁章钜：《退庵随笔》，《清诗话续编》，第 3 册，第 1956—1957 页。
⑦ 李庆甲辑：《瀛奎律髓汇评》卷三，上册，第 106 页。

破绽。即便是赵翼这样的杰出批评家,其评语与纪昀对照也相形逊色。一些历来脍炙人口的唐诗名篇,一经他指摘,疵颣顿出。如杜甫《恨别》,纪昀评"思家步月清宵立,忆弟看云白日眠"一联:"六句是名句,然终觉'看云'不贯'眠'字。"① 岑参《早朝大明宫》后半首"花迎剑佩星初落,柳拂旌旗露未干。独有凤凰池上客,阳春一曲和皆难",纪昀指出"五六句方说晓景,末二句如何突接,究觉仓皇少绪"②。参照他的意见复玩原诗,马上感觉有缺陷。韦应物《寄李儋元锡》历来传为名作,而明李攀龙、王世贞辈谓"格调非正"③,然未详其旨,纪昀则以为"上四句竟是闺情语,殊为疵累"④,一针见血。今玩"去年花里逢君别,今日花开又一年。世事茫茫难自料,春愁黯黯独成眠",岂不的确是闺情诗的语体么?朱熹《择之诵所赋拟进吕子晋元宵诗因用元韵二首》,纪昀认为"作意翻案,但觉迂阔不情,语亦多杂腐气,不必以文公之故为之词"⑤,复观其诗也不能不承认他的看法很有道理。纪昀的一些评点,对比他人的评论来看,尤其显出见其解的犀利精审。如杜荀鹤《南游有感》:"杜陵无厚业,不得驻车轮。重到曾游处,多非旧主人。东风千岭树,西日一洲蘋。又度湘江水,湘江水复春。"方回许其"三四有无穷之味",纪昀则觉得一无是处:"次句笨,三四语真而格卑,后四句太滑,末复字、又字亦复。"⑥ 自然是纪昀的评价到位。又如白居易《喜张十八博士除水部员外郎》:"老何殁后吟声绝,虽有郎官不爱诗。无复篇章传道路,空留风月在曹司。长嗟博士官犹屈,亦恐骚人道渐衰。今日闻君除水部,喜于身得省郎时。"方回称"五十六字如一直说话,自然条畅",后人或认可"方批尽此诗之妙",或以为"香山诗笔健而神远者为贵,此其一也",但纪昀却说"此诗便嫌薄弱",为什么呢?"首句称呼杜撰,次句及中二联凡五用虚字装头,未免犯复,且气格亦因之不健";"三四承次句而衍之,殊为

---

① 李庆甲辑:《瀛奎律髓汇评》卷三二,下册,第 1360 页。
② 李庆甲辑:《瀛奎律髓汇评》卷二,上册,第 61 页。
③ 王世贞《艺苑卮言》卷四:"韦左思'身多疾病思田里,邑有流亡愧俸钱',虽格调非正,而语意亦佳,于鳞乃深恶之。"《历代诗话续编》,中册,第 1009 页。
④ 李庆甲辑:《瀛奎律髓汇评》卷六,上册,第 255 页。
⑤ 李庆甲辑:《瀛奎律髓汇评》卷一六,中册,第 585 页。
⑥ 李庆甲辑:《瀛奎律髓汇评》卷三,上册,第 89 页。

支缀。此处自应拍合文昌，乃紧健"①。事实上，次句感叹何逊之后郎位无诗人，意思已尽，再以"无复"一联渲染毫无必要，徒使节奏松弛，词意冗蔓。还有唐子西《江涨》："秋来雨似浇，雨罢水如潮。市改依高岸，津喧救断桥。云阴哭鸠妇，池溢走鱼苗。天意良难测，前时旱欲焦。"方回盛赞："工不可言，'市改'、'津喧'之联尤精选。"冯舒评："新倩。"冯班评："妙似唐人。"查慎行评："第四生新，第六句确。"众口一词，略无非议。纪先驳方评："诗殊不佳，此评未是。"又具体指出"首句俚，四句景真而语俚，结二句自可"②。三复其诗，一、四两句不仅俚，也颇生硬，是宋诗体调，但非上乘。

纪昀学诗由李商隐入手，讲究字句的锤炼精严，故而对宋人的粗率生硬尤为反感。《瀛奎律髓》卷二十所收宋人梅诗，纪评指摘殆遍，从中略可见其对宋诗的态度③。他所批苏诗，门人梁章钜盛称"尤为度人金针"④，而后人却不认可。近人王礼培《小招隐馆谈艺录》"论宋代诗派"一则提到：

> 文廷式《芳荪室谈录》讥纪评苏诗，未脱学究气，卓识确论，不随风会为转移。余谓纪评《瀛奎律髓》，亦只知从字句间寻其起伏照应之迹。晚唐之旨如是，南宋之旨亦如是，纪晓岚、何义门、冯定远、吴修龄亦如是。方虚谷创为诗眼之说，有以启之也。北宋并不如是炼字炼句，自然有眼，标一眼字，不伤于巧，便流于细。⑤

王氏的见解似有点混乱。文廷式的说法是否的当，已大可斟酌；又将纪昀与单纯主晚唐的虞山派诗家何义门、冯定远、吴修龄相提并论，且归结于方回启之，更是源流不明。总体看来，纪昀论诗虽字斟句酌，但绝非只拘于一字一句之工，相反他最不满意方回评诗的地方正是只见局部，不识大体，所以断言《瀛奎律髓》"每以一联一句之佳而取诗，此书所以终非正派"⑥。他追求的诗学理想是由局部

---

① 李庆甲辑：《瀛奎律髓汇评》卷二，上册，第65页。
② 李庆甲辑：《瀛奎律髓汇评》卷一七，中册，第672页。
③ 关道雄：《纪昀的宋诗优劣说——兼及他的论诗主张》，《文学遗产增刊》第十七辑，中华书局1991年版。
④ 梁章钜：《退庵随笔》，《清诗话续编》，第3册，第1978页。
⑤ 王礼培：《小招隐馆谈艺录》卷二，民国二十六年湖南船山学社排印本。
⑥ 李庆甲辑：《瀛奎律髓汇评》卷二三，中册，第981页。

的精工达至整体的浑成，他推崇宋诗的老境既非粗率也绝不是雕琢，而是经锤炼而归于平淡的浑成。王维《终南别业》诗，纪昀评曰："此诗之妙，由绚烂之极归于平淡，然不可以躐等求也。学盛唐者，当以此种为归墟，不得以此种为初步。"又曰："此种皆镕炼之至，渣滓俱融，涵养之熟，矜躁尽化，而后天机所到，自在流出，非可以摹拟而得者。无其镕炼涵养之功，而以貌袭之，即为窠臼之陈言、敷衍之空调。矫语盛唐者，多犯是病。"① 由此可见其论诗着眼点所在。许印芳对纪昀的见解深为赞同，称"晓岚此等议论，凡学诗者皆当铭诸座右"②。许印芳是清代晚期最渊博而有见识的少数诗学家之一，他的评价是值得我们重视的。

正如前文所引钱泰吉、钱振锽的对立评价所示，近代以来对纪昀的诗歌批评一直存在截然不同的看法。许印芳不用说是极力推崇的，在他心目中："乾隆以来论诗最公允者，首推纪晓岚先生。其评点前人诗文集多所发明。"③ 其高足弟子朱庭珍也赞同老师的评价，认为：

> 纪文达公最精于论诗，所批评如杜诗、苏诗、李义山、陈后山、黄山谷五家诗集，及《才调集》《瀛奎律髓》诸选本，剖晰毫芒，洞鉴古人得失，精语名论，触笔纷披，大有功于诗教，尤大有益于初学。有志学诗者，案头日置一编，反覆玩味，可启发聪明，销除客气，自无迷途之患。盖公论诗最细，自古大才槃槃，未有不由细入而能得力者。但须看公批点全本，观其圈点之佳作以为法，观其抹勒之不佳作以为戒，方易获益。④

要说纪昀是乾隆以后最杰出的批评家，我是非常赞同的，本章用这么大的篇幅来讨论他的诗学，本身已说明他的重要。但即便如此，我们也不能忽视纪昀论诗的若干缺陷。许印芳曾就杜甫《奉济驿重送严公》一诗指出纪昀的批评有时过于苛刻："晓岚谓后半平直，未免苛刻。纪公评诗最严细，然太严细则有苛刻之病，

---

① 李庆甲辑：《瀛奎律髓汇评》卷二三，中册，第930—931页。
② 同上书，第931页。
③ 许印芳：《古夫于亭诗问跋》，《诗法萃编》卷一一，民国三年云南图书馆刊云南丛书初编本。
④ 朱庭珍：《筱园诗话》卷一，《清诗话续编》，第4册，第2347页。

此类是也。"① 汪康年《汪穰卿笔记》卷七论及纪昀的批评，也称"其评骘诗文，掎摭利病，如老吏断狱，使人不寒而栗"②，虽然意主称许，肯定其鉴识精审，但言外也不无太史公称商鞅刻薄少恩的感觉。文廷式甚至说纪昀批苏诗"逞我臆谈，损人天趣，风雅道丧"③，这大概就是王礼培所谓的"学究气"。至于钱振锽《快雪轩诗话》说"纪昀之才作小说且不可，况乎作文，作试帖且不可，况乎作诗？其论诗亦略足以欺盲人"，又说"纪昀论诗，非无所见，如学浅何？"④ 则近乎无的放矢。纪昀论诗即使有什么缺陷，也绝不会是学浅的问题，而只与正统观念和艺术趣味的局限有关，即钱泰吉《曝书杂记》指出的"文达评苏诗视初白较严，凡涉禅悦语及风议太峭激处，咸乙之"⑤。正统观念局限了他对感激不平之音的涵容，这已在前文论述他对诗教的维护时触及；艺术趣味的局限则主要表现在反感宋诗中的理趣，他称为禅偈诗。他评点苏诗动辄以"此真偈子矣""亦是偈子""偈颂气"加以指摘，甚至一些传诵千古的名篇也在排斥之列。如《题西林壁》即曰："亦是禅偈，而不甚露禅偈气，尚不取厌，以为高唱则未然。"⑥这种艺术趣味的偏执也造成他对宋诗尤其是江西诗派的偏见，每斥之粗、野、鄙、俚、滑、俗。除此之外，纪昀对前人诗学的论断偶尔也有失误之处。比如《镂冰诗钞序》论及康熙间王士禛主盟诗坛，一时文士莫不攀附门墙，借齿牙余论，惟庞垲与田雯"则不相攻击，亦不相附和，故渔洋说部于山姜有微词，于雪厓仅称其'切防美人笑跛者，春来不过平原门'一二小诗，殆门户之见，贤者亦不免欤？"又说田雯序庞垲《丛碧山房集》"仅许为香山、剑南之遗，殊不甚推重"⑦。这里评价三人之间的关系，全不得要领。王士禛与田雯的关系相当深厚，以出道较早，在康熙初已为京师诗坛翘楚，故虽平交田雯，而田雯始终谦居弟子辈行；与庞垲则晚年有过从，交不甚深，或许未阅全集，不作全面评论也有

---

①　李庆甲辑：《瀛奎律髓汇评》卷二四，中册，第 1029 页。

②　《近代稗海》，四川人民出版社 1988 年版，第 11 册，第 543 页。

③　文廷式：《琴风余谭》，汪叔子编《文廷式集》，中华书局 1993 年版，下册，第 785 页。

④　钱振锽：《快雪轩诗话》卷下，《快雪轩文集》附，光绪十八年木活字本。

⑤　钱泰吉：《曝书杂记》卷上，同治七年刊本。

⑥　曾枣庄主编：《苏诗汇评》卷二十三，中册，第 1007 页。王友胜《论纪昀的苏诗评点》（《中国韵文学刊》1999 年第 2 期）一文对此有详细的指摘，可参看。

⑦　《纪晓岚文集》卷九，第 1 册，第 205 页。

可能。至于田雯以白居易、陆游比拟庞垲，更绝非泛泛，乃是极高的推崇，因为这两位正是田雯最倾倒的诗人，他们的成就和地位也是《山姜诗话》极力推崇、首次给予很大篇幅阐扬的。这种非常专门的诗学史问题，没有深入研究是很难切中肯綮的。纪昀虽号为淹博，终究不可能无所不知，偶尔言不及义，也可以谅解，钱振锽责以学浅，未免恃才放胆，目空一切，盖不足与庄论。

## 第五节　纪昀与《四库全书总目》的诗歌批评

乾隆四十七年（1782），经营十年的《四库全书》终于告竣，计收四部典籍三千四百六十种，七万九千三百三十九卷。《四库全书》的编纂，以抽毁、改窜的形式重抄古籍，固然如孟森所说"乃高宗愚天下之书，不得云学者求知识之书也"①。但许多秘藏于天府琳琅或私室的古书藉此得以流通，也是值得庆幸的事。相对古籍文本而言，《四库全书》真正对学术产生重要影响的其实是纪昀删润定稿的《总目》，它以"千秋之公论"（凡例）的名义推行了事实上的权力话语，包括诸多有关文学的言说②。那么，纪昀作为删定全书的总纂官，其中的文学批评内容与他又有什么样的关系呢？

### 一　纪昀与《四库全书总目》的关系

关于纪昀与《四库全书》总目提要的关系，历来有不同说法。即以其中的文学观而言，或以为属于纪昀个人见解，或以为代表四库馆臣的集体意见，或以为出于高宗钦定③。但据今存《提要》分纂稿及相关文献来看，当代学者认为《总目》成于众手，属于官修而非私撰，体现的是官方集体意志而非个人意志④，

---

① 孟森：《选刻四库全书评议》，《明清史论著集刊》，中华书局 2006 年版，下册，第 682—685 页。
② 参看曾守正《权力、知识与批评史图像》第一章绪论，（台湾）学生书局 2008 年版，第 1—46 页。
③ 有关论述可参看龚诗尧《〈四库全书总目〉之文学批评研究》的综述，（台湾）花木兰出版社 2005 年版。
④ 黄爱平：《四库全书纂修研究》，中国人民大学出版社 2001 年版，第 311—320 页；司马朝军：《〈四库全书总目〉编纂考》，武汉大学出版社 2005 年版，第 724—725 页。

应该说是较稳妥的。当时分纂四部的负责人，经部为戴震，史部为邵晋涵，子部为周永年，集部由纪昀自己兼任。即便是集部，现有资料也说明，纪昀只是责任人而非撰稿人，现在仍可考知某些提要出自谁手①。而且，根据《四库全书》编纂流程，提要的撰写也分为分纂提要、汇总提要、刊本提要、库本提要、总目提要五种文本。据江庆柏考察，在分纂提要（分纂官所撰）、库本提要（各阁藏本书前所列）、总目提要（《总目》及《简明目录》所收）之间，"除少数相同、或可以看到相互之间的承袭关系外，大部分并不相同，有些甚至是毫无关系。分纂提要与库本提要、总目提要之间，缺乏明显的过渡"②。这说明分纂提要完成后，经总纂官润色，再送总裁等审核，其间屡有删润。纪昀作为集部负责人，所有集部提要应是经他删定的，其内容和评价为他所认可。甚至《总目提要》凡二百卷也是他亲手删定的③，可以肯定体现了他的观念，这是不言而喻的。所以从朱自清《诗文评的发展》一文就认定："《四库全书总目提要》集部各条，从一方面来看，也不失为系统的文学批评，这里纪昀的意见为多。"这一见解为当今的研究者所赞同④。

其实我们还可以举出更直接的证据来坐实朱先生的推断，除了当代学者已提到的《后山集钞序》与《四库提要》相似等证据外⑤，我曾注意到其中"意境"概念使用频繁的现象，如卷一四九《东皋子集》提要称王绩《石竹咏》"意境高古"，卷一五九《竹洲集》提要称吴儆诗文"皆意境劖削"，同卷《东塘集》提

---

① 比如卷一五四《山谷集注》提要即为翁方纲所撰，其原稿尚存于《翁方纲撰四库提要稿》中，又见树经堂刊本《黄诗全集》卷首谢启昆跋引述。《提要》文字有润饰，补引赵与峕《宾退录》一则评论。其他如姚鼐、余集、邵晋涵等所撰提要也都有存稿可考。

② 江庆柏：《〈四库全书初次进呈存目〉研究》，《中国典籍与文化论丛》，凤凰出版社2014年版，第261页。

③ 四库馆同僚朱珪《知足斋文集》卷五《经筵讲官太子少保协办大学士礼部尚书管国子监事谥文达纪公墓志铭》云："公绾书局，笔削考核，一手删定，为《全书总目》，袤然巨观。"卷六祭文亦称："生入玉关，总持四库，万卷提纲，一手编注。"丛书集成初编本，第114页。陈垣《四库提要中之周亮工》："民国十年秋，余得四库馆精缮提要底本六十册，不全，中有纪昀涂改笔迹，所改多与今本同，而凡遇周亮工名，必行涂去，审为乾隆五十二年以后删改之底本。"《陈垣史学论著选》，上海人民出版社1981年版，第386—387页。

④ 王镇远：《纪昀文学思想初探》，《古代文学理论研究》第十一辑，上海古籍出版社1986年版。

⑤ 黄琼谊：《浅论纪昀的文学观念——以四库提要与简明目录为中心》，《"国立"编译馆馆刊》第20卷第2期，1991年12月版；杨桂芬：《纪昀诗学理论研究》，台湾中山大学2002年硕士学位论文，第11页；杨子彦：《纪昀文学思想研究》，中国社会科学出版社2015年版，第38—39页。

要称袁说友"五七言古体，则格调清新，意境开拓"，卷一六一《梅山续稿》提要称姜特立"意境特为超旷"，卷一八七《众妙集》提要称"师秀之诗，大抵沿溯武功一派，意境颇狭"，卷一六七《礼部集》提要称吴师道诗"风骨遒上，意境亦深"，卷一六八《北郭集》提要称许恕诗"格力颇遒，往往意境沉郁"，卷一六九《翠屏集》提要称张以宁"五言古体意境清逸"，卷一七一《整庵存稿》提要称罗钦顺"意境稍涉平正"，同卷《华泉集》提要称边贡诗"意境清远不及徐祯卿、薛蕙，善于用短"，卷一八九《文氏五家诗》提要称"（文）征明诗格不高，而意境自能拔俗"，等等，全书凡用"意境"一词 24 次，全都见于集部。纪昀评《瀛奎律髓》曾使用意境一词 29 次，文集、《唐人试律说》《庚辰集》《玉溪生诗说》、评苏诗也再三使用，不遑缕举，是古来罕见的频繁使用"意境"概念的批评家①。其用法也与《四库全书总目》相同，这难得的巧合，很自然地让人考虑两者间可能存在的渊源关系。再从纪昀批评文字与《总目》提要的相似来看，我们更有理由相信提要最终成于他手。比如对韩偓的评价，纪昀《书韩致尧翰林集后》云："以忠义之气，发乎情而见乎词，遂能风骨内生，声光外溢，足以振其纤靡耳。"又云："然必一切绳以开宝之格，则由是以上将执汉魏以绳开宝，执《诗》《骚》以绳汉魏，而《三百篇》以下，且无诗矣，岂通论哉？"②《总目》卷一五一《韩内翰别集》提要则云："忠愤之气，时时溢于语外。性情既挚，风骨自遒，慷慨激昂，迥异当时靡靡之响。其在晚唐，亦可谓文笔之鸣凤矣。变风变雅，圣人不废，又何必定以一格绳之乎？"③ 两相比照，其语意如出一辙。又如对方回的评价，纪昀《瀛奎律髓刊误序》称"虚谷乃以生硬为高格，以枯槁为老境，以鄙俚粗率为雅音"④，卷二十三评梅尧臣《闲居》又云"以枯寂为平淡，以琐屑为清新，以楂牙为老健，此虚谷一生病根"⑤，而《总目》论《瀛奎律髓》则说："其说以生硬为健笔，以粗豪为老境，以炼字为

---

① 蒋寅：《原始与会通：意境概念的古与今》，《北京大学学报》2007 年第 3 期。
② 《纪晓岚文集》卷一一，第 251 页。
③ 永瑢等纂：《四库全书总目》卷一五一，第 1301 页。
④ 纪昀：《瀛奎律髓刊误》卷首，嘉庆五年刊本。
⑤ 李庆甲辑：《瀛奎律髓汇评》卷二三，中册，第 970 页。

句眼，颇不谐于中声。"① 评价近似，如出一手。据《瀛奎律髓刊误》李光垣跋："乾隆丁未夏，余以编修分校文源阁《四库全书》，约斋弟与编摩事，代校《瀛奎律髓》，签改最多。时纪晓岚师为总裁，覆勘称善。"② 无论提要是否出自门人李光云、光垣昆季之手，相信最后是为纪昀所认可的。又如对黄任诗的评价，门人梁章钜曾记载："纪文达师云：'黄莘田诗从温、李入，不从温、李出，往往刻露清新，别深怀抱，非可以《香奁》体概之。'"③ 而《总目》卷一八四《秋江诗集》提要云："其诗源出温、李，往往刻露清新，别深怀抱。"④ 梁章钜所述师言直接就是《总目》之文。这可以有两种解释，一是梁所述师说就是据《总目》此言，一是纪昀将他的评价写入了《总目》。即使是前一种情形，也表明梁章钜认为《总目》的评价就是老师的意思。还有，纪昀《乾隆己卯山西乡试策问三道》有一问："以古人成语命题，说者谓沈约'江蓠生幽渚'一篇，本陆机《塘上行》句，以是为始。然欤？否欤？"⑤ 答案后来也见于《总目》卷一六三《须溪四景诗集》提要："考晋宋以前，无以古人诗句为题者。沈约始有《江蓠生幽渚》诗，以陆机《塘上行》句为题，是齐梁以后例也。沿及唐宋科举，始专以古句命题。"⑥ 总之，集部提要与纪昀的见解是密切相关的，很大程度上体现了他个人的文学观和论诗文的折衷立场。确定了这一点，我们就可以通过《总目》的提要来间接地了解纪昀对诗歌史和诗学史的一些看法。

## 二　《四库提要》的学术史意义

关于《四库提要》的文学观，学者们已有很好的总结，主要是：（一）坚持汉学正统观念，恪守温柔敦厚、平淡中和的诗教和美刺传统，推崇典雅和平，反对纤仄叫嚣⑦；（二）知人论世、考镜源流、文品如人品的评价方式；（三）兼具史家视角，文史兼备，批评中注重形象性，反对征实，反对臆测，主张顾及全

---

① 永瑢等纂：《四库全书总目》卷一八八《瀛奎律髓》提要，第 1707 页。
② 纪昀：《瀛奎律髓刊误》卷末，嘉庆五年刊本。
③ 梁章钜：《退庵金石书画跋》卷一〇，道光二十五年刊本。
④ 永瑢等纂：《四库全书总目》卷一八四，第 1668 页。
⑤ 《纪晓岚文集》卷一二，第 1 册，第 266 页。
⑥ 永瑢等纂：《四库全书总目》卷一六三，第 1410 页。
⑦ 杨松年：《中国文学评论史编写问题论析》，（台湾）文史哲出版社 1988 年版，第 107 页。

篇；同时又主理尚用，有补于世，服务于现实政治①。至于《四库提要》的诗歌批评，近年也多有研究②。曾守正《权力、知识与批评史图像》一书，从朋党与正典、赝古与本色、祖宋与神韵三组命题总摄《总目》关于南朝至元、明代和清代前期的批评史景观，对其背后的文学思想作了提纲挈领的概括和揭示③。这里不再重复学者已有的论述，只就《四库提要》与乾嘉诗学的关系来谈两点《提要》的学术史意义。

首先值得我们重视的当然是诗文评类的设立。众所周知，图书目录将文史批评类著作由总集中析出，昉于唐代吴兢《西斋书目》。至宋代公私目录中立"文史"一类，郑樵《通志·艺文略》又在"文类"二十二目中专设"诗评"一目，标志着诗学在目录学中的确立。不过这只是私家著述，官修目录直到《四库全书总目》才反映这种认识④。《总目》著录诗文评专书64部730卷，存目85部524卷，其中包含南朝4种（含后世注释本一种）、唐代2种、宋代39种、元代4种、明代6种、清代9种，存目唐代4种、宋代17种、元代8种、明代40种、清代16种，每书条举得失，后世服其精审。当代学者更肯定"《总目》诗文评类提要考辨精微，评价公允，基本构成古典形态文学批评学术史的雏形，大致体现出封建社会诗文评研究的学术水平。它既可以说是传统诗文评研究的集大成之作，也是现代形态文学批评史学科形成的基础"⑤。这一定位无疑是非常准确的。实际上，一读诗文评类小序，我们便不能不折服于作者对诗文评发展及目录学归

---

① 龚诗尧：《〈四库全书总目〉之文学批评研究》，（台湾）花木兰文化出版社2005年版；张传峰：《〈四库全书总目〉学术思想研究》，学林出版社2007年版；廖栋梁：《〈四库全书总目·诗文评类叙〉对文学批评的认识》，《辅仁国文学报》第9期，1993年6月版；曾圣益：《从〈四库全书总目·诗文评类〉看中国诗文论著之特性》，《"国立中央图书馆"台湾分馆馆刊》第2卷第2期（1995年12月）、第3期（1996年3月）；吴承学：《读〈四库全书总目〉诗文评类提要》，《清代学术论丛》第六辑，台湾中山大学清代学术研究中心编，（台湾）文津出版社2001年版；郑明璋：《论〈四库全书总目提要〉的文学批评学》，《唐都学刊》2005年第3期。

② 孙纪文：《〈四库全书总目〉对本朝诗歌的批评》，《宁夏社会科学》2005年第3期；孙纪文：《〈四库全书总目〉对历代诗歌的批评》，《内蒙古社会科学》2005年第5期；陈美朱：《析论纪昀对王士禛之诗学与结纳标榜之批评》，《东华人文学报》第8期，2006年1月；孙云英：《风雅为宗：从〈四库全书总目提要〉看纪晓岚评价唐诗的艺术标准》，《沧州师范专科学校学报》2007年第4期。

③ 曾守正：《权力、知识与批评史图像》，（台湾）学生书局2008年版。

④ 傅刚：《"文史"与"诗文评"——论文学批评的分类》，《新史学》第1辑，大象出版社2003年版，第213—221页。

⑤ 吴承学：《论〈四库全书总目〉在诗文评研究史上的贡献》，《文学评论》1998年第6期。

类历史的清晰梳理:

> 文章莫盛于两汉,浑浑灏灏,文成法立,无格律之可拘。建安、黄初,体裁渐备,故论文之说出焉,《典论》其首也。其勒为一书传于今者,则断自刘勰、钟嵘。勰究文体之源流,而评其工拙;嵘第作者之甲乙,而溯厥师承,为例各殊。至皎然《诗式》,备陈法律;孟棨《本事诗》,旁采故实;刘攽《中山诗话》、欧阳修《六一诗话》,又体兼说部。后所论著,不出此五例中矣。宋、明两代,均好为议论,所撰尤繁。虽宋人务求深解,多穿凿之词;明人喜作高谈,多虚悄之论。然汰除糟粕,采撷菁英,每足以考证旧闻,触发新意。《隋志》附总集之内,《唐书》以下则并于集部之末,别立此门。岂非以其讨论瑕瑜,别裁真伪,博参广考,亦有裨于文章欤?[①]

这段论述在回溯诗文评发展史的同时又将古来的诗文评著作分为五类,即文体学角度的创作批评、风格学角度的鉴赏品第、写作学角度的格式法律、传记学角度的本事考证、寓批评于漫话的随笔形式,包括了理论、批评及其依托的文体形式。他对诗文评范围及历史的理解显然是全面而清晰的,可以说是中国古代文学批评史学科意识的初步确立和完整表达。

其次,《四库全书总目》所见诗学观念同样表现出鲜明的折衷倾向,给乾、嘉以降的诗学以方法论的启示。清代立国之初,君主在文化上就表现出一种开放和包容的气象,力图以一个继承者、总结者和裁量者的姿态来对面对深厚广博的华夏文化传统。《四库全书》正是显示这种意识最有效的载体,我们只要看《总目》卷一九〇《御选古文渊鉴》提要,就能凛然感觉到那股雍容中透露的逼人气势:

> 所录上起《春秋左传》,下迄于宋,用真德秀《文章正宗》例;而睿鉴精深,别裁至当,不同德秀之拘迂。名物训诂,各有笺释,用李善注《文选》例;而考证明确,详略得宜,不同善之烦碎。每篇各有评点,用楼昉

---

①　永瑢等纂:《四库全书总目》卷一九五,第1779页。

《古文标注》例；而批导窾要，阐发精微，不同昉之简略。备载前人评语，用王霆震《古文集为》例；而搜罗赅备，去取谨严，不同霆震之芜杂。诸臣附论，各列其名，用五臣注《文选》例；而夙承圣训，语见根源，不同五臣之疏陋。至于甲乙品题，亲挥奎藻，别百家之工拙，穷三准之精微，则自有总集以来，历代帝王未闻斯著，无可援以为例者。①

既包括前人编选的总集的所有体例，集古今之大成；同时又避免前人的弊陋，精核远迈前人。圣祖的评品更是独步千古，令往古所有贤君圣主黯然失色。如此高调的定位，使钦定《四库全书》自然立足于一个居高临下的裁判位置，使体现官方学术评价的《总目》提要俨然表现为公正持平的裁量结果。事实上，在任何国度任何时代，权力为维护其公信力，都会竭力显示其公正立场。在纪昀裁定的《总目》提要中，反门户之见也是明确标举的首要原则。经部总序开宗明义即提出：

> 国初诸家，其学征实不诬，及其弊也琐。要其归宿，则不过汉学、宋学两家，互为胜负。夫汉学具有根柢，讲学者以浅陋轻之，不足服汉儒也。宋学具有精微，读书者以空疏薄之，亦不足服宋儒也。消融门户之见，而各取所长，则私心祛而公理出，公理出而经义明矣。盖经者非他，即天下之公理而已。②

汉宋之争是当时学界最大的门户之争，论经学而首先调停汉宋之争，决然显示出"消融门户之见"的鲜明立场。盖天下之公理与门户私心最不相容，所以子部儒家类总案断言"儒者之患莫大于门户"③，我们在前引纪昀《耳溪集序》中已听到类似的慨叹。我想这绝不只是属于纪昀个人的观念，它应该是乾隆中叶

---

① 永瑢等纂：《四库全书总目》卷一九〇，第 1725 页。同卷《御选唐诗》提要云："自明以来，诗派屡变，论唐诗者亦屡变。大抵各持偏见，未协中声。惟我圣祖仁皇帝学迈百王，理研四始，奎章宏富，足以陶铸三唐。故辨析瑕瑜，如居高视下，坐照纤微。既命编《全唐诗》九百卷，以穷其源流；复亲标甲乙，撰录此编，以正其轨范。博收约取，瀹液镕精。譬诸古诗三千，本里闾谣唱，一经尼山之删定，遂列诸六籍，与日月齐悬矣。"（第 1727 页）可与此参看。
② 永瑢等纂：《四库全书总目》卷首，第 1 页。
③ 永瑢等纂：《四库全书总目》卷九四，第 800 页。

学术思想趋于融合的时代潮流的反映。通读全部提要，随处可见反门户朋党之争的案断。曾守正指出的"'尊元祐'不蕴涵'抑熙宁'的机械反应"①，正是一个很典型的例子。其中最突出的，是由纪昀本人撰小序的《诗经》类②，摈斥门户之见成为贯穿于提要中的主要宗旨。如欧阳修《毛诗本义》提要："盖文士之说《诗》，多求其意；讲学者之说《诗》，则务绳以理。互相捃击，其势则然，然不必尽为定论也。"③ 贺贻孙《诗触》提要："贻孙所说，似是而非。盖迂儒解《诗》，患其视与后世之诗太远；贻孙解《诗》，又患其视与后世之诗太近耳。"④ 倒是名气不大的顾镇《虞东学诗》，提要许其"盖于汉学、宋学之间，能斟酌以得其平。书虽晚出，于读《诗》者不无裨也"⑤。《总目》卷十六的按语，也有可能出自纪昀之手，写道：

> 诸经之中，惟《诗》文义易明，亦惟《诗》辨争最甚。盖诗无达诂，各随所主之门户，均有一说之可通也。今核定诸家，始于《诗序辨说》，以著起衅之由，终于是编，以破除朋党之见。⑥

历来崇尚家法的经学尚且如此，论文学就更无皈依门户、入主出奴的道理了。集部总序因而在历史反思的基础上更严肃地重申了破除门户之见的立场：

> 大抵门户构争之见，莫甚于讲学，而论文次之。讲学者聚党分朋，往往祸延宗社。操觚之士，笔舌相攻，则未有乱及国事者。盖讲学者必辨是非，辨是非必及时政，其事与权势相连，故其患大。文人词翰，所争者名誉而已，与朝廷无预，故其患小也。然如艾南英以排斥王、李之故，至以严嵩为察相，而以杀杨继盛为稍过当，岂其扪心清夜，果自谓然？亦朋党既分，势不两立，故决裂名教而不辞耳。至钱谦益《列朝诗集》，更颠倒贤奸，蚩良

---

① 曾守正：《权力、知识与批评史图像》第一章"绪论"，第 94—107 页。
② 纪昀《周易义象合纂序》："余向纂《四库全书》，作经部《诗》类小序。"《纪晓岚文集》卷八，第 1 册，第 154 页。
③ 永瑢等纂：《四库全书总目》卷一六，第 121 页。
④ 永瑢等纂：《四库全书总目》卷一七，第 143 页。
⑤ 永瑢等纂：《四库全书总目》卷一六，第 137 页。
⑥ 同上书，第 137 页。

泯绝,其贻害人心风俗者,又岂鲜哉! 今扫除畛域,一准至公,明以来诸派之中,各取其所长,而不回护其所短。盖有世道之防焉,不仅为文体计也。①

这里由讲学推及论文,再由论文提升到世道人心,决意扫除门户之见的情态溢于言表。

在集部的提要中,我们的确看到,作者一再指出前人出于门户之见的偏颇论断,如《后山集》提要指出:"方回论诗,以杜甫为一祖,黄庭坚、陈与义及师道为三宗,推之未免太过。冯班诸人肆意诋排,王士祯至指为钝根,要亦门户之私,非笃论也。"② 其理据正是纪昀《后山集钞》对陈师道诗文各体逐一品评的结论。更多的场合,提要虽未断言前人的论断出于门户之见,但平章旧说仍出以折衷的学术立场。比如论柳开,既肯定他于宋代"变偶俪为古文"的开辟之功,同时又指出"体近艰涩,是其所短",继而平章旧说:"盛如梓《恕斋丛谈》载开论文之语曰:'古文非在词涩言苦,令人难读,在于古其理,高其意。'王士祯《池北偶谈》讥开能言而不能行,非过论也。又尊崇扬雄太过,至比之圣人,持论殊谬。要其转移风气,于文格实为有功,谓之明而未融则可,王士祯以为初无好处,则已甚之词也。"③ 论及邵雍之诗,认为"毁之者务以声律绳之,固所谓谬伤海鸟,横斥山木;誉之者以为风雅正传,庄昶诸人转相摹仿,如所谓'送我一壶陶靖节,还他两首邵尧夫'者,亦为刻画无盐,唐突西子,失邵子之所以为诗矣。况邵子之诗不过不苦吟以求工,亦非以工为厉禁。如邵伯温《闻见前录》所载《安乐窝》诗曰:'半记不记梦觉后,似愁无愁情倦时','拥衾侧卧未欲起,帘外落花撩乱飞',此虽置之江西派中,有何不可? 而明人乃惟以鄙俚相高,又乌知邵子哉!"④ 如此折衷群言、去泰去甚的平允态度,正是《总目》提要最突出的特色。其间论及唐宋诗,固然与《御选唐宋诗醇》唐宋并举的观念相呼应,与诗坛融合唐宋的潮流并激荡,秉持折衷调和的态度;而论及明代以来的诗歌,也能不徇国初以来议论,平情裁量。对自明末就被公安派斥为赝古的李

---

① 永瑢等纂:《四库全书总目》卷一四八,第 1267 页。
② 永瑢等纂:《四库全书总目》卷一五四,第 1329 页。
③ 永瑢等纂:《四库全书总目》卷一五二《河东集》提要,第 1305 页。
④ 永瑢等纂:《四库全书总目》卷一五三《击壤集》提要,第 1322 页。

攀龙，虽承认其乐府割剥字句，难免剽窃之讥，"诸体诗亦亮节较多，微情差少"，但同时肯定"其才力富健，凌轹一时，实有不可磨灭者。汰其肤廓，撷其英华，固亦豪杰之士。誉者过情，毁者亦太甚矣"①。对本朝厉鹗的评价，也与袁枚、姚鼐等的否定很不一样，这样一种折衷的批评立场始终贯穿在《四库提要》的诗歌批评中。

### 三　《四库提要》的批评成就

纪昀自言对文学的兴趣集中在30—50岁之间，乾隆三十七年（1772）入四库馆之际，他所有的诗歌评点除《我法集》之外，都已完成。他得以凭借至此积累的诗学修养从事有关提要的编纂，而许多论断也得益于此前对前代诗集的深入品评。在前文对他的诗歌批评做过详细讨论之后，这里没有必要再罗列他对具体书籍或作家的评价，只补充指出一点，即《提要》平章前人之说能揭示其文学立场从而知其所蔽。关于诗人，如《孟东野集》提要云："郊诗托兴深微，而结体古奥，唐人自韩愈以下莫不推之。自苏轼诗空螯、小鱼之诮，始有异词。元好问《论诗绝句》乃有'东野穷愁死不休，高天厚地一诗囚'之句。当以苏尚俊迈，元尚高华，门径不同，故是丹非素。究之郊诗品格，不以二人之论减价也。"② 关于诗评家，如《笺注评点李长吉歌诗》提要云："辰翁论诗，以幽隽为宗，逗后来竟陵弊体。所评杜诗，每舍其大而求其细，王士禛称之。好恶之偏，殆不可解。惟评贺诗，其宗派见解乃颇相近，故所得较多。"③ 又如朱存理诗文集提要云："何良俊《四友斋丛说》记当时盛推其'万事不如杯在手，一年几见月当头'句，其事今载附录中。然二语格意殊卑，不审何以传诵？'折杨皇荂，嗑然而笑'，殊不足为存理重。盖成、弘之际，大抵沿台阁旧体，故见一本色之语，遽觉耳目一新，而不知实非其至也。"④ 这正类似纪昀在乡会试中策问举人的问题，不仅要知道批评史上存在这样的分歧评价，还要明白它们产生的根源，《提要》在此分别揭示了苏尚俊迈、元尚高华、刘尚幽隽、何尚本色，是他们评

---

① 永瑢等纂：《四库全书总目》卷一七二《沧溟集》提要，第1507页。
② 永瑢等纂：《四库全书总目》卷一五〇，第1292页。
③ 同上书，第1293页。
④ 永瑢等纂：《四库全书总目》卷一七〇《楼居杂著野航诗稿野航文稿》提要，第1491页。

价前人的立足点，同时也是导致其批评偏颇的趣味局限。这是典型的批评史研究案例。

《四库提要》因为是书籍的叙录，通常着重于篇目多寡、版本异同等校雠学内容，文学批评并不是重心所在，更兼集部提要的编纂向来被认为最草率，以程功所限，凡作者事迹不详之书便退入存目①，因此集部提要在宋代以前像钱起集提要论大历诗变那样的精辟议论还不多见②，但从宋元以后明显加重了文学批评的分量。朱东润先生曾说，"晓岚论析诗文源流正伪，语极精，今见于《四库全书提要》，自古论者对于批评用力之勤，盖无过纪氏者"③。仅就突出提要的批评功能这一点而言，朱先生的评价也是确不可易的。我们只消看一看姚鼐《惜抱轩书录》卷四所收的《牟氏陵阳集》提要稿，汇总提要《四库全书初次进呈存目》文字还大体相同，但到乾隆四十三年（1778）二月编成的《四库全书荟要》，就多了"王士禛《居易录》谓其诗有坡、谷门风，杂文皆典实详雅，今观所作，知士禛之论非诬矣"一节，想来是总纂官纪昀所增，后为乾隆四十六年（1781）十月校定的文渊阁《四库全书》《四库全书总目》沿用。江庆柏首先注意到这个细节，指出"在姚稿与《初目》中，并未涉及对牟巘作品的评价，《荟要提要》借助王士禛之说，概括了牟巘诗文著作的艺术成就，弥补了原提要的不足，使得提要更为完整、充实"④。所谓完整、充实，其实就体现在一句文学评价上，而这正是凸显纪昀的批评意识之处。事实上《提要》涉及的诗歌评论远不止是这样零星的片言只语，其中对唐宋元明各代诗史源流都有提纲挈领的评说，张传峰《〈四库全书总目〉学术思想研究》一书已有细致梳理，毋庸重复，兹仅举元谢宗可《咏物诗》提要来看作者从类型学角度所做的述论：

> 昔屈原颂橘，荀况赋蚕，咏物之作，萌芽于是，然特赋家流耳。汉武之

---

① 参看张舜徽《学林脞录》卷一"四库全书馆中撰述总目提要之草率"条，《爱晚庐随笔》，第23—24 页。

② 永瑢等纂：《四库全书总目》卷一五○《钱仲文集》提要："大历以还，诗格初变，开、宝浑厚之气，渐远渐漓。风调相高，稍趋浮响。升降之关，十子实为之职志。"成为当代唐诗研究者常征引的经典论断。

③ 朱东润：《中国文学批评史大纲》，第 323 页。

④ 江庆柏：《〈四库全书初次进呈存目〉研究》，《中国典籍与文化论丛》，第 270—272 页。

《天马》，班固之《白雉》《宝鼎》，亦皆因事抒文，非主于刻画一物。其托物寄怀，见于诗篇者，蔡邕咏庭前石榴，其始见也。沿及六朝，此风渐盛。王融、谢朓，至以唱和相高，而大致多主于隶事。唐宋两朝，则作者蔚起，不可以屈指计矣。其特出者，杜甫之比兴深微，苏轼、黄庭坚之譬喻奇巧，皆挺出众流。其余则唐尚形容，宋参议论，而寄情寓讽，旁见侧出于其中，其大较也。中间如"雍鹭鸶""崔鸳鸯""郑鹧鸪"，各以摹写之工得名当世。而宋代"谢蝴蝶"等，遂一题衍至百首，但以得句相夸，不必缘情而作。于是别岐为诗家小品，而咏物之变极矣。宗可此编凡一百六首，皆七言律诗，如不咏燕、蝶，而咏睡燕、睡蝶，不咏雁、莺，而咏"雁字""莺梭"，其标题亦皆纤仄，盖沿雍陶诸人之波，而弥趋新巧。①

这段文字不啻是一篇咏物诗史论，其中涉及咏物的起源、范式的演进、历代代表作家的艺术特征、规模的形成及社会影响诸多内容，在这样高屋建瓴的诗史眼界中，谢宗可咏物诗的独到探索即赋予对象以典型情境的特征凸显出来，"如不咏燕、蝶，而咏睡燕、睡蝶；不咏雁、莺，而咏雁字、莺梭。其标题亦皆纤仄，盖沿雍陶诸人之波，而弥趋新巧"。这无疑是极有眼光的发现。就我有限的阅读所见，元代咏物诗在取材和艺术表现上多有开拓，《提要》指出的"弥趋新巧"就是很值得重视的趋向，至今尚未被学界注意。

如果说唐宋以前的诗文集因年代久远、版刻众多，《提要》不得不对版本流传之迹作更多的校雠学述论，那么明清两代正好相反，提要的重心渐向诗歌批评和诗学反思倾斜，从而显示作者非凡的洞察力。高启《大全集》提要云：

启天才高逸，实据明一代诗人之上。其于诗，拟汉魏似汉魏，拟六朝似六朝，拟唐似唐，拟宋似宋，凡古人之所长，无不兼之。振元末纤秾缛丽之习，而返之于古，启实为有力。然行世太早，殒折太速，未能镕铸变化，自为一家，故备有古人之格，而反不能名启为何格，此则天实限之，非启过也。特其摹仿古调之中，自有精神意象存乎其间，譬之褚临襖帖，究非硬黄

———————————

① 永瑢等纂：《四库全书总目》卷一六八，第1453页。

双钩者比，故终不与北地、信阳、太仓、历下同为后人诟病焉。①

这段议论不仅指出高启诗歌的主要特征和在明代诗歌史上的地位，同时解释了这一结果的成因和他不同于后来复古派的基质，是对高启诗歌极为透彻的评价。类似的批评眼光不只见于著名诗人的评价，也闪现在对一些不著名诗人的表彰中。如李昱《草阁集》提要云："昱诗才力雄赡，古体长篇大抵清刚隽上，矫矫不群。近体亦卓荦无凡语，虽为高、杨、张、徐诸人盛名所掩，实则并驾中原，未定孰居先后也。"② 袁华《耕学斋诗集》提要云："明之初年，作者林立，华为诸家盛名所掩，故人与诗皆不甚著，实则衔华佩实，具有典型，非后来伪体所能及，固未可以流传未广轻之。"③ 童轩《青风亭稿》提要云："其人品本为高洁，其诗亦雅淡绝俗，然在明代不以诗名，殆正德以后，北地、信阳之说盛行，寥寥清音，不谐俗尚故耶？"④ 吴俨《吴文肃公摘稿》提要云："诗格亦复娴雅，往往因题寓意，不似当时台阁流派，沿为肤廓。虽名不甚著，要与东阳肩随，亦足相羽翼也。"⑤ 张羽《东田遗稿》提要云："诗亦规摹盛唐，不落纤巧之习。盖弘治、正德之间，去明初前辈犹为未远，流风余韵，往往尚存。而羽之淡静峭直，又出天性。虽其博大富健不及李东阳诸人，排奡巨丽亦不及李梦阳诸人，而不为旧调之肤廓，亦不为新声之涂饰，肖心而出，务达所见而止。在诸作者中，亦可以自为一队矣。"⑥ 朱朴《西村诗集》提要云："其近体格调清越，超然出群。古诗差逊，然亦不坠俗氛，以不为王世贞等所奖誉，故名不甚著。然当太仓、历下坛坫争雄之日，士大夫奔走不遑，七子之数，辗转屡增，一时山人墨客，亦莫不望景趋风，乞齿牙之余论，冀一顾以增声价，盖诗道之盛，未有盛于是时者；诗道之滥，亦未有滥于是时者。朴独闭户苦吟，不假借嘘枯吹生之力，其人品已高，其诗品苕苕物表，固亦理之自然矣。"⑦ 这都不是人云亦云、随声吠影的议

---

① 永瑢等纂：《四库全书总目》卷一六九，第 1471 页。
② 同上书，第 1474 页。
③ 同上书，第 1475 页。
④ 永瑢等纂：《四库全书总目》卷一七〇，第 1488 页。
⑤ 永瑢等纂：《四库全书总目》卷一七一，第 1495 页。
⑥ 同上书，第 1498 页。
⑦ 永瑢等纂：《四库全书总目》卷一七二，第 1504 页。

论，需要独立的判断力，且确实研读过其作品，才能如此抉发其特殊的诗歌史意义和历史地位。即如颇遭非议的庄昶理学诗，《庄定山集》提要也给出颇为平允的评价："其文多阐《太极图》之义，其诗亦全作《击壤集》之体，又颇为世所嗤点。然如《病眼》诗'残书楚汉灯前垒，草阁江山雾里诗'句，杨慎亦尝称之。其他如'山随病起青逾峻，菊到秋深瘦亦香'，'土屋背墙烘野日，午溪随步领和风'，'碧树可惊游子梦，黄花偏爱老人头'，'酒盏漫倾刚月上，钓丝才扬恰风和'诸句，亦未尝不语含兴象。盖其学以主静为宗，故息虑澄观，天机偶到，往往妙合自然，不可以文章格律论，要亦文章之一种。譬诸钓叟田翁，不可绳以礼貌，而野逸之态，乃有时可入画图。"①

集部提要的诗歌批评，最突出的特征仍是以折衷群言的方式作出论断。如《眉庵集》提要论杨基诗云："其诗颇沿元季秾纤之习。都穆《南濠诗话》摘其佳句十二联，其所品题得失参半。李东阳《怀麓堂诗话》谓孟载《春草》诗最传，然'绿迷歌扇'、'红衬舞裙'，已不能脱元诗气习。至'帘为看山尽卷西'，更过纤巧，'春来帘幕怕朝东'，直艳词耳。故徐泰《诗谈》谓其'天机云锦，自然美丽，独时出纤巧，不及高启之冲雅'。王世贞《艺苑卮言》谓其'情至之语，风雅扫地'。朱彝尊《静志居诗话》亦摘其诗语类词者至数十联，而独推重其五言古体。然近体之佳者，亦自清俊流逸，虽不能方驾青丘，要非余子所及也。"② 当前人纷议太多、不遑缕举时，作者便直接表达自己的看法。这时，往往以一个惯用句"平心而论"，表明折衷群言所得出的结论。如李梦阳《空同集》提要写道：

> 平心而论，其诗才力富健，实足以笼罩一时，而古体必汉魏，近体必盛唐，句拟字摹，食古不化，亦往往有之，所谓武库之兵利钝杂陈者也。③

又如王士禛《精华录》提要写道：

---

① 永瑢等纂：《四库全书总目》卷一七一，第 1492 页。
② 永瑢等纂：《四库全书总目》卷一六九，第 1472 页。
③ 永瑢等纂：《四库全书总目》卷一七一，第 1497 页。

平心而论，当我朝开国之初，人皆厌明代王、李之肤廓，钟、谭之纤仄，于是谈诗者竞尚宋、元。既而宋诗质直，流为有韵之语录；元诗缛艳，流为对句之小词。于是士禛等以清新俊逸之才，范水模山，批风抹月，倡天下以"不著一字，尽得风流"之说，天下遂翕然应之。然所称者盛唐，而古体惟宗王、孟，上及于谢朓而止，较以《十九首》之惊心动魄，一字千金，则有天工、人巧之分矣。近体多近钱、郎，上及乎李颀而止，律以杜甫之忠厚缠绵，沈郁顿挫，则有浮声切响之异矣。故国朝之有士禛，亦如宋有苏轼，元有虞集，明有高启。而尊之者必跻诸古人之上，激而反唇，异论遂渐生焉。此传其说者之过，非士禛之过也。是录具存，其造诣浅深可以覆案。一切党同伐异之见，置之不议可矣。①

又赵执信《因园集》提要写道：

平心而论，王以神韵缥缈为宗，赵以思路劖刻为主，王之规模阔于赵，而流弊伤于肤廓；赵之才力锐于王，而末派病于纤小。使两家互救其短，乃可以各见所长，正不必论甘而忌辛，好丹而非素也。②

我统计了一下，"平心而论"在《总目》提要中总共出现了 29 次，大多是在集部，出现 19 次。评西昆诸公、惠洪、杨荣、李东阳、何景明、王世贞这些常引起争议的人物，都用它来引出作者的论断。这绝不是个偶然的语言现象，它显然是一个表明批评立场折衷持平的习惯用语。

当然，需要指出的是，纪昀虽怀抱着去门户、求折衷的志向，但实际临文也很难完全超脱于观念和趣味的局限，就像在编纂《总目》时删削、摒弃宋学代表人物姚鼐所撰初稿一样③。提要中也不时可见出于正统观念的偏见，如论王夫之《诗经稗疏》憾其"赘以《诗译》数条，体近诗话，殆犹竟陵钟惺批评《国风》之余习，未免自秽其书"④，即为一例。诗文评类提要对大多数书籍都没什

① 永瑢等纂：《四库全书总目》卷一七三，第 1521 页。
② 同上书，第 1527 页。
③ 参看王达敏《姚鼐与乾嘉学派》第五章"桐城文统"，学苑出版社 2007 年版，第 103—139 页。
④ 永瑢等纂：《四库全书总目》卷一六，第 131 页。

么好评，尤其是诗格类著作，在文献学考究之余，基本忽视其诗学内容。如贾岛《二南密旨》提要斥"其论总例物象一门，尤一字不通"[①]，亦属于对唐人诗学不甚了了，不知其书虽出于伪托，其议论却实有依据。叶燮《原诗》提要谓其"词胜于意，虽极纵横博辨之致，是作论之体，非评诗之体也。亦多英雄欺人之语，如曰宋诗在工拙之外，其工处固有意求工，拙处亦有意为拙，若以工拙上下之，宋人不受也。此论苏黄数家犹可，概曰宋人，岂其然乎？"[②] 作论之体正是《原诗》异于一般诗话诗评之散漫而独具理论品格的重要前提，而《提要》言下似颇为不屑；《原诗》提出："汉、魏诗不可论工拙，其工处乃在拙，其拙处乃见工，当以观商周尊彝之法观之。六朝之诗，工居十六七，拙居十三四，工处见长，拙处见短。唐诗诸大家、名家，始可言工，若拙者则竟全拙，不堪寓目。宋诗在工拙之外，其工处固有意求工，拙处亦有意为拙。若以工拙上下之，宋人不受也。"这本是叶燮对历代诗歌写作意识的重要阐发，极有见地，而《提要》斥为英雄欺人，足见其眼界远不及前人[③]。刘履《风雅翼》提要末提到："叶盛《水东日记》称祭酒安成李先生于刘履《风雅翼》尝别加注释，视刘益精。安成李先生者，李时勉也。其书今未之见。然时勉以学问醇正、人品端方为天下所重，诗歌非其所长，考证亦非其所长，计与履之原书亦不过伯仲之间矣。"[④] 这是未见其书而以臆度语作推断，在当时无征不信的朴学风气中更不能说是严谨的学术态度。实际上，学者间对《四库提要》一直是有看法的，但慑于钦定官书，嘿不敢议，直到清末皇权式微，学人才敢肆意讥评。李慈铭曾特别指出"集部颇漏略乖错，多滋异议"[⑤]。的确，《总目》中容易引起争议的内容，在集部提要里大概是最多的。这固然与论者的文学趣味和立场相关，但实在也是为文学批评自身的主观性质所决定的。在评判《总目》文学批评的得失时，我们首先应该意识到这一点。

① 永瑢等纂：《四库全书总目》卷一九七，第 1796 页。
② 同上书，第 1806 页。
③ 参看蒋寅《原诗笺注》外篇下，上海古籍出版社 2014 年版，第 346—349 页。
④ 永瑢等纂：《四库全书总目》卷一八八，第 1711 页。
⑤ 由云龙编：《越缦堂读书记》，第 557 页。

# 第六节　后纪昀时代的试帖诗学

## 一　别是一格与八股化

经过乾隆中叶广大士人的用心揣摩，唐人留下的试律得到深入钻研，积累了更多的理论细节和艺术经验，同时本朝以还的创作和批评实践也得到认真的评估和细致的总结。就前者而言，纪昀《唐人试律说》无疑是最重要的一部著作；就后者而言，则乾隆末彭元瑞编《试帖诗集》及所附题王金英、蒋士铨、彭元瑞、裘麟同辑的诗话一卷，辑录唐以来文献有关试帖的记载和前辈的议论，可以说是较有代表性的工作。这些业绩为试帖诗学的理论总结提供了丰富的经验土壤，使试帖诗学在纪昀之后仍有所发展，并结出可观的理论果实。

随着揣摩、研习和批评的深入，试帖诗学首先凸显的问题是辨体观。自宋人提出"省题诗自成一家，非他诗比也"[①]，后人都认同此说。纪昀也视试帖诗为另类，评元稹《赋得春雪映早梅》曾说"此试帖体，不以诗论"[②]，但总体上仍恪守诗的底线，不将试帖诗的文体属性和写作技巧排除在诗歌之外。所以《嘉庆丙辰会试策问》诫士子："功令以诗试士，则试帖宜讲也。然必工诸体诗而后可以工试帖。"[③]纪昀对试帖诗体的认识可以"别是一格"四字概之，这也是乾隆间试帖诗学的主导观念。任应烈《诗法指南序》即说："顾体崇试帖，初学之士多揣摩排体，以为应试先资，而于他格，或有未遑。岂知试帖之于诗，特众体中之一耳，诗固未有一体不备而可号工诗，亦未有众体不备而可工试帖者也。"[④]他还以王维、杜甫为例，说明两者虽一擅应制，一擅长律，而读其全集，则各体皆工。尽管这种观念主导着当时人们对试帖诗的一般认识，但同时另一种倾向也

---

① 葛立方：《韵语阳秋》卷三，何文焕辑《历代诗话》，中华书局1981年版，下册，第508页。
② 李庆甲辑：《瀛奎律髓汇评》卷二〇，中册，第751页。
③ 《纪晓岚文集》卷一二，第1册，第271页。
④ 蔡钧辑：《诗法指南》卷首，乾隆二十三年匠门书屋刊本。

在悄然滋长，那就是人们在愈益重视和强调试帖诗特性的同时，又将这种特性与八股文的体性、作法相联系、相比拟，从而形成一种八股化的试帖诗观。这种观念可溯源于毛奇龄的《唐人试帖》，后来虽为纪昀试帖三书所压抑，但一直有学者承传其说。试帖名家金甡告诫后学说："君等勿以诗为异物也，其起承转合、反正浅深，一切用意布局之法，真与时文无异，特面貌各别尔。"① 桑调元也是一个很典型的例子，其《大梁试帖序》用很大的篇幅来阐发八股化的试帖诗观念：

> 唐试帖为八比权舆，驳题有法，西河毛氏既觇缕之矣。仆来大梁书院，课日四书题二道，更诗题一道，与唐帖经日试诗同例。以五言六韵、韵得题字为宗，蹈其常也。间有官限韵则遵之。其驳题法，谨操绳尺，不使或轶。唐近体，凡酬赠登临，引韵无离题发义者。题繁重则四句、通首完题不等。逸才不耐故常，时或破格。至试帖，必无不合格者，谓之破题。颈联腹尾，分赋合赋，要以兼综变化为能。不兼综则题意割裂，中无变化则板耦如泥塑，且滋合十之病。落韵或颂飏归美，或善祷摅忠爱之忱，或负其异于众，或自鸣不遇以寓悲惋。试帖多讳忌，无讽刺，或激昂所至，亦不自禁。古人最重干请，试帖未免有情，惟克占地步，斯可矣。若就题单阐一义作结，或补题所缺，或以背为向，要无泛设。其冲澹夷犹，独写远致，则自得之妙也。其法多与今八比合。"②

作者从唐人试帖与八股文的关系着眼，来总结试帖篇章结构和取意修辞的要领：起首破题，需扣题发义；颈联、腹联、尾联或分赋或合赋，以兼综变化为能；结句以正面歌颂为主，干请须自占地步，若就题单阐一义作结，则必多方生发，含优游不尽之意，而又要避免浮泛。总之，其作法与八股文多有相通之处。对试帖诗体性的这种八股化诠释，后来颇为讲试帖诗法的人所认同，就连纪昀门人梁章钜《退庵随笔》也主张："凡作诗，不可有时文气，惟试帖诗，当以时文法为

---

① 金甡：《今雨堂诗墨》自序，乾隆三十四年家刊本。
② 桑调元：《大梁试帖序》，《弢甫集》卷五，兰陔草堂刊本。

之。"① 这是后纪昀时代试帖诗学的一个新趋向，在嘉道之际遂形成别是一格和八股化两种试帖诗辨体观。

乾隆一朝的试帖诗学基本是在纪昀试帖三书的主导下发展的，论者多倾向于从体制、功用乃至命题方式上将试帖诗同八股文区别开来。首先在功用上强调试帖诗不像八股文只用于科举考试，它日后还与漫长的仕途相伴。因此程含章《教士习》谆谆督责士子："诗学宜急讲也。国朝取士，八股以外，最重律诗。迨登第后，月课、散馆、大考，则置八股不用，唯试诗赋。一字未调，一韵未叶，即罢斥不用，何等干系？诸生童可毋急学之哉？"② 试帖的这一特殊身份，促使人们更深入地思考其体用特征，逐步确立起试帖诗别是一格的艺术观念。其首要一点，仍是桑调元《大梁试帖序》提到的"试帖多讳忌"，故文辞取意专主揄扬颂美，力避讽刺和违碍。洪亮吉《北江诗话》卷二专门有一则论及这一问题：

> 应制应试皆例用八韵诗。八韵诗于诸体中又若别成一格，有作家而不能为八韵诗者，有八韵诗工而实非作家者。如项郎中家达、贵主事征，虽不以诗名家，而八韵则极工。项壬子年考差题为"王道如龙首"，得龙字，五六云："讵必全身现，能令众体从。"贵己酉年朝考题为"草色遥看近却无"，得无字，五六云："绿归行马外，青入濯龙无。"可云工矣。吴祭酒锡麒诸作外复工此体，然庚戌考差题为"林表明霁色"，得寒字，吴颈联下句云："照破万家寒。"时阅卷者为大学士伯和珅，忽大惊曰："此卷有破家字，断不可取。"吴卷由此斥落，足见场屋中诗文，即字句亦须检点。③

这里所举的诗例，项家达一联极得颂美之体，贵征一联也以濯龙暗寓尊君之意，而吴锡麒一句则殊有衰飒气象，正属于前引《论试体诗七则》其三的"字犯不祥"，有悖于"颂飏归美"的规范。

桑调元和洪亮吉论试帖还是混应试与日后的应制而言的，乾隆六十年（1795）观保序彭元瑞编《试帖诗集》，又就应制与试帖的体制作了辨析："试帖

---

① 《清诗话续编》，第4册，第1995页。参看《试律丛话》序。
② 程含章：《程月川先生遗集》卷七，民国三年刊本。
③ 洪亮吉：《北江诗话》，第42页。

之为体，与应制微异，应制博大宏深，义主乎颂美，试帖则为题所束，格欲其有序而不凌，意欲其有条而不紊，气欲清而不实，词欲丽而不浮。"① 这种辨体意识发展到极点，就是对试帖诗属性的重新定位。如华伯玉所说：

> 侧闻文之精者为诗，诗之精者为律，顾有骚人之作，有学人之作。骚人之为诗也，为涵咏性情之具而已。天材纵逸，兴会来集，飚举云行，文成法立，使读者莫知其起讫，而诗乃妙，严沧浪所谓"诗有别裁，非关学也"。学人之为诗则不然，或献之朝廷，或成于明试，句栉字比，按部就班。清和谐畅，流于文翰之表；高下疾徐，应乎规矩之内。又或一语诠疏，一韵关合，如射覆之偶中，即哀然举首，而法律之精确，体格之高下，无多论矣。是以杜、韩巨手，往往见屈于拙目，其他更可概见。"②

这里虽未明言试帖诗属于骚人之诗，抑或学人之诗，但"献之朝廷"或"成于明试"不正是试帖之用？因此，试帖属于学人之诗是不言而喻的③。这个定位一方面明确了试帖诗学的基本属性，同时也使其理论从精英诗学（相对于蒙学诗法）中区分出来。其标志性人物就是学人之诗的代表纪晓岚，翁方纲、梁章钜则身跨两方。

## 二 试帖诗学第一要义——切

理论定位的清楚自然会促进有关知识的系统化和全面深化。对于试帖诗的具体技法和修辞要求，论者也提出一些切实的见解。其中最值得注意的是对"切"的重视和深入诠释。我们在上文的讨论中，已指出纪昀论一般诗歌和试帖诗都很重视"切"的效果，但纪昀未就"切"本身做过任何理论阐发，这方面的空白是在体制的进一步辨析上填补的。

朱琰《唐试律笺》凡例谈到试帖诗写作，指出它与一般诗体的根本不同，在于"诗家感触，都由兴象。即事成章，因诗制题。试律则先立题而后赋诗，大

---

① 彭元瑞编：《试帖诗集》卷首，乾隆六十年刊本。
② 余集：《试律偶钞序》，《秋室学古录》卷五，续修四库全书影印本，第1460册，第342页。
③ 王兵《清人选清诗与清代诗学》已注意到这一点，参看第293—294页。

要以比附密切为主"①，简明扼要地抓住了试帖诗的独特品格及修辞特征。郑光策又进一步说明，试帖诗写作的要义在于诂题：

> 试律为诗之一体，而其法实异于古近体诸诗。其义主于诂题，其体主于用法，其前后起止、铺衍诠写，皆有一定之规格、浅深之体势。而且题中有一字，即须照应不遗；题意有数重，又须回环钩绾。尺寸一失，虽词坛宗匠亦不入程式焉。②

寥寥数语便将试帖诗的写作要领解说得非常透彻，其"诂题"之说尤其抓住作试帖的要害。"诂"即阐释、发明之谓，意指诗的正文应该是对题旨的演绎和诠释，题中的每个字每层意思，诗都要写到，所以说"题中有一字，即须照应不遗"。为此，试帖诗学相比一般诗学尤其重视一个"切"字。

陶元藻《唐诗向荣集序》剖析试帖诗的美学特征，特别指出："为此诗者亦有道焉，曰清曰雅曰切。得其道，即急就亦有名篇；失其道，虽倖获终非佳构。"③ 这里所举的清、雅、切三字，虽然一般论诗也少不了，但对于试帖诗显然更为重要。清意味着结构清晰，无冗字累句；雅意味着语词有来历，庄重不轻佻；切意味着语意妥帖，确当而不浮泛。其中"切"字尤其触及试帖诗的美学品格，这个夙为神韵派排斥而格调派又不屑于追求的艺术理念，尽管曾被以工拙论诗的性灵诗学所标举④，但并不引人注目。试帖因属于命题之作，从而突出了朱琰所谓"比附密切"的紧要，论者无不特别强调"以刻画确切为上"的功夫，而不像通常论诗崇尚"随意遣兴之不著色相，以超脱为贵"⑤。甚至连苏东坡"作诗必此诗，定知非诗人"的名言，也被判定为"不可以律试帖"⑥。

那么，什么样的艺术表现才算"切"呢？梁章钜《试律丛话》卷七有两个很好的例子可供讨论：

---

① 朱琰：《唐试律笺》卷首，乾隆刊本。

② 梁章钜：《试律丛话》卷一，第 512 页。

③ 陶元藻辑：《唐诗向荣集》卷首，衡河草堂木活字印本。

④ 如王渔洋论诗主"不切"，袁枚论诗则主"切"，详见蒋寅《王渔洋"神韵"的审美内涵及艺术精神》（《中国社会科学》2012 年第 3 期）及本书第三章第二节"袁枚性灵诗学的要义"的相关讨论。

⑤ 马鲁：《南苑一知集·论诗》卷二，同治十二年敦伦堂刊马氏丛刻本。

⑥ 刘遵陆：《试帖说》，梁章钜辑《试律丛话》卷 1 引，第 532 页。

郑涵山邑侯振图精于诗律。忆乾隆乙卯与余同留京，联为试律之课。一日以"棋声花院静"为题，同人率多铺写景物，描成一幅"清簟疏帘看弈棋"小照，独涵山谓此当紧切闻声者说，与两人对弈情事毫不相干。因撰句云："漏箭从容午，晶帘淡荡晴。桔中谁对著，竹外想移枰。丈室僧初定，空廊客独行。日长怀阒寂，风细听分明。"纯于空际盘旋，而题妙毕该，同人咸为之阁笔。

一夜以"京兆画眉"为题，同人皆已脱稿，（游光绎）侍御曰："诸作并佳，但于'京兆'二字尚欠周到耳。"因自出其稿相示，同人乃心服。承联云："官临三辅贵，意到一弯痴。"后幅云："政本贤能擅，家应静好宜。"结句云："伯鸾自高节，所乐只齐眉。"①

前例题旨落在听者的感觉，因而表现的重心不在于对弈情景而在于整个环境之静。郑氏全不摄取弈棋人物，却给了空廊幽客一个特写，遂烘托出满院阒寂的静谧气氛。后例咏张敞画眉的故事，他人概就画眉着笔，游氏独以"官临"句扣京兆之职，"政本"句赞其贤能，"伯鸾"句衬托张敞的夫君身份，使京兆尹张敞为妻画眉的风情韵致毕现无遗。前例的"切"是通篇切题，后例的"切"则是局部切题，总之都要求题中之义面面俱到。这也就是郑光策所谓"其义主于诂题"的要领所在。其实，若按郑氏"题中有一字，即须照应不遗"的要求，两诗还是有明显差距的。游诗照应了"京兆"，而郑诗写到第四联尚未照应"花院"，若后文没有相应文字的刻画，便不入程式了。这种讲究实际上一般诗学中也有，吴见思《杜诗论文》凡例说"唐人作诗，于题目不轻下一字，亦不轻漏一字"②，论《刘九法曹郑瑕丘石门宴集》说"古人作诗，结构严密，题面字字照还"③，都是讲这个问题。后人概括为一个词叫尽题，如赵翼《瓯北诗话》论杜诗曾说：

---

① 梁章钜：《试律丛话》卷七，第631页。
② 吴见思：《杜诗论文》凡例，《四库全书存目丛书》，集部第7册，第18页。
③ 吴见思：《杜诗论文》卷一，《四库全书存目丛书》，集部第7册，第42页。

一题必尽题中之义，沉著至十分者，如《房兵曹胡马》，既言"竹披双耳""风入四蹄"矣，下又云"所向无空阔，真堪托死生"。《听许十一弹琴》诗，既云"应手锤钩""清心听镝"矣，下又云"精微穿溟涬，飞动摧霹雳"。以至称李白诗"笔落惊风雨，诗成泣鬼神"，称高、岑二公诗"意惬关飞动，篇终接混茫"，称佺勤诗"词源倒流三峡水，笔阵独扫千人军"。《登慈恩寺塔》云："俯视但一气，焉能辨皇州？"《赴奉先县》云："朱门酒肉臭，路有冻死骨。"《北征》云："夜深经战场，寒月照白骨。"《述怀》云："摧颓苍松根，地冷骨未朽。"此皆题中应有之义，他人说不到，而少陵独到者也。①

当然，赵翼这里论杜诗的"一题必尽题中之义"，既不一定出自试帖诗学的"诂题"之说，也绝非"诂题"所能包含。但两者的宗旨是相通的，也可能存在交相影响的关系。尽题对于一般诗学不算重要问题，但在试帖诗学中因关系到"切"，就成为非同小可的原则。不仅纪昀《庚辰集》的评点重视"切"字，浏览各种试帖诗笺评，都可以感觉到，论者最用意的地方就是讲析各类切题的技法。这不由得让我推想，"切"这一审美概念可能主要是在试帖诗学中确立并普及开来的。由此推广开去，或许应该考虑，古典诗歌美学的基本价值范畴，大概颇有一部分是在试帖诗学中传承和光大，同时通过试帖诗学所占据的蒙学教育渠道广泛传播的。这么说来，研究乾隆以后的诗学，无论是精英诗学还是蒙课诗学，都不能不关注一般诗学与试帖诗学的关联，注意两者间的互动。

## 三　试帖诗学与一般诗学的互动与合流

试帖诗理论在以"别是一家"自我界定的同时，也一直处在与一般诗学的对话和互动之中。作者历经严酷磨砺之余，甚至萌生一种颇足提升品位、自大其体的信念："杂体之诗驱题就我，试帖之作束我就题。稍或纵放，语虽奇丽，与题无著矣。是天下诗之难作，未有过于试帖者。试帖一工，何所不可！"② 这种信念不仅成为激励写作的正能量，事实上也使纪昀《唐人试律说》、梁章钜《试

---

① 赵翼：《瓯北诗话》卷三，《赵翼全集》，第 5 册，第 28 页。
② 王锡侯：《唐诗试帖详解》凡例，九经堂刊本。

律丛话》所标志的试帖诗学一直与游艺《诗法入门》、徐文弼《汇纂诗法度针》所代表的蒙学诗法共同主宰和瓜分着嘉、道以还初等诗歌教养的市场，直到科举制度寿终正寝。与此相关的文献，不只限于我在《清诗话考》中列举的几十种诗法及数量尚不清楚的众多试帖选本，还包括部分精英诗话中夹杂的试帖诗论说（如冒春荣采辑前人诗说编成的《葚原说诗》中便有论试帖技艺的文字）及随笔、札记（如金武祥《粟香随笔》之类）中涉及试帖诗技巧的零星议论。其间的消息升降还有待于深入考察，但经过乾隆中后期几十年间的群体研习，士人对试帖诗的认识已有长足的发展和深化，则是可以肯定的。梁章钜《试律丛话》便是反映这一趋势的集成性著作，保存了丰富的试帖诗学资料。其中提到刘遵陆所撰《试帖说》"博取近代名流所作，分别评题，有足豁人心目者"，并摘录若干则：（1）凡试帖须先讲起结；（2）试帖中有以人姓名押韵者，尤见力量；（3）试帖体当多用实字而少用虚字，便味厚而气健；（4）对仗之工缀者，莫如吴锡麒；（5）诗中用支干字作对，须兼正用、旁用、虚用，法始备；（6）题有数目字者，不可抛荒，但要运以巧思；（7）题有方向字，亦须刻画；（8）诗忌平庸，然亦不可过火；（9）应试诗体最宜吉祥，凡字不雅驯、典非祥瑞者，断不可轻涉笔端；（10）凡阔大题不但寒俭非宜，即清丽题而配色选声亦必须相称；（11）凡遇琐细题，能不为题所窘，而以大雅之笔出之，斯称能手①。相比《唐律清丽集》所附的《论试体诗七则》，这显然是在总结本朝前辈试帖写作经验的基础上提出的建议，较前者提示的一般规则更丰富了许多细节。

在梁书提到的文献之外，嘉庆初聂铣敏《寄岳云斋试帖》所附《与及门论试帖十则》也是值得注意的一篇试帖诗论，所论审题、层次、押韵、出处、忌平朴、对仗、用典、虚字、起结、雕琢诸节②，已不再是一般写作规则，其中多有甘苦之言、经验之谈。纪昀论试帖写作，首重辨体，贵审题，然后是命意、布格、琢句，终归于炼气炼神③。而聂铣敏却取消辨体一目，将审题提升到首要位

①　梁章钜：《试律丛话》卷三，第565—568页。
②　《寄岳云斋试帖详注》卷首戴亨衢嘉庆九年（1804）序称"今年春其伯仲两兄来京供职，寄试帖一册并与及门论诗十则示予"，知撰于嘉庆八年之前。
③　纪昀：《唐人试律说》自序，《纪晓岚文集》，第3册，第11页。

置。这就试帖诗的写作方式来看,无疑是有道理的。且不说清代试帖诗的命题方式和范围有其独特之处,不同于前代①;即以试帖作为一种诗歌类型而言,其"体"也是由题决定的。纪昀论"辨体"即紧扣题目而言,后面论"审题"反而语焉不详;聂铣敏开宗明义论审题,不仅显出思路的清晰,内容也多含深入透澈的见解。

他特别强调审题的要领在"看题中着眼某字",这关键字眼称为"题珠"。就拿咏竹诗来说,《修竹引薰风》一题,须从"修"字做出"引薰风",题珠在一"引"字;《多竹夏生寒》一题,须从"多竹"做出"生寒",题珠在"多"字、"生"字;《修竹不受暑》一题,须从"修竹"做出"不受",见得风节超然,题珠在"不受"二字。遇到有数目字的题,则须以刻画完题,而且"刻画不得含糊了事"。比如,《一月三捷》,不切"三"字,便成了屡捷;《望衡九面》,不切"九"字,便是面面;《上农挟五》,不切"五"字,则与挟三挟四有何区别?又如《秧针》《蒲剑》等题,"不得单做上一字,又不得呆做下一字,不粘不脱,似是而非,最为大雅"。至于《雷乃发声》《桃始华》等题,"不做'乃'字、'始'字,虽有丽句清词,买椟还珠,与题何涉?"最后他又强调:"诗贵回题,题系朝堂,着不得草野风景;题系山林,着不得台阁气象;布衣入朝,冠佩游山,均非所直。其他宜补干,宜双关,宜平列,宜侧串,因题制局,要自有定法也。"这一番分疏,所涉及的写作知识已远远超出审题的界限,也不限于试帖诗的范畴,而与咏物诗、抒情诗的取景布局都相关联。

细按聂铣敏所讨论的《十则》,我认为各方面都较纪昀之说有所深入和细化。而纪昀的炼气炼神之说,相比之下显得过于缥缈,难给初学者以切实的教益。当然,聂铣敏自己也不讳言,他的学说原本就依据纪昀的试律学著作,在论述试帖不可回避的颂圣问题时,他曾提到这一点:

> 试帖原以应制,遇可以颂圣题,即当颂圣,不可过于别致。亦不可抬头

---

① 梁章钜《试律丛话》例言特别提到:"制义及经义之题以四子书及五经为范围,试律之题则不拘何书皆可用。唐人试律之题皆考官所命,而本朝会试及顺天乡试试律各题悉由钦命,至有轶出四部书之外者,如'灯右观书'、'南圳北涨'等题是也。故本朝试律相题之法、押韵之宜,有非唐人格式所能尽者。"第495页。

过多，致使题意蒙糊不清。如《一意同欲》《立中生正》《天临海镜》《正谊明道》等题，中间宜语语稳贴，或起处点题，收处颂圣；或收处点题，起处颂圣；或用压题法，于颂圣处带出，细切本旨，引入颂扬，不纤不滥，方为合法。如讲到草木，便云"宸衷勤茂对"；讲到雨露，便云"圣朝多厚泽"，此最取厌。矫此弊而走入尖巧一路，亦为大雅所讥。至题有难于作圣者，须善用意，如晓岚先生《指佞草》起句云："盛世原无佞，孤芳自拔忠。"戈蕴园先生《绕屋树扶疏》结句云："倘令生盛世，肯许恋悬匏？"措词可谓得体。此类《庚辰集》中曾详言之，学者其细绎焉。

除了力戒腐滥之外，聂铣敏还谈到点题圣颂的位置变化，而对提到君上的"抬头字面"，则诫人勿多用，以免一再提行而致意思不连贯明晰。这也明显比《论试体诗七则》仅言"诗中宜有抬头字面"更进了一步。将书写格式与意义的表达联系起来，确实是深造有得的经验之谈。

聂铣敏工试帖，据说他"初刻试帖，湘南人士几乎家弦户诵，流传都下，亦有称赏者"[①]，但当时他年方 26 岁，尚未进士及第，居然就能用这么一套论说开示生徒，可见纪昀、吴锡麒等前辈的创作经验和研究成果为他这一辈后学提供了有关试帖知识的丰厚积累。是故年纪轻轻，对试帖技艺的娴熟和精通程度就已超越前人，足以课徒为生。他论虚字的运用，更可见不仅对乾隆间的诗歌创作（不只限于试帖）相当熟悉而且有自己的评价：

> 近来诗多喜用虚字，意亦期于流丽动自（疑讹）。然过多则失之薄，以作诗原有异于为文也。每首中或间以一二联则可，必须出自成语，方有隽味，不可任意杜撰。（中略）迩来有通首全用虚字者，绝不似诗家口吻。破律莫此为甚，初学戒之。

乾隆间上自高宗、下迄钱载辈宋调诗人，诗中都喜欢以虚字掉转，蔚为风气[②]。聂铣敏对此自然不敢直接批评，但言下已表明自己的保留态度。值得提到的是，

---

① 龙汇川：《汇川诗话》卷二，民国二十三年龙氏家塾石印本。
② 参看钱锺书《谈艺录》，中华书局 1984 年增订本，第 179—182 页。

聂铣敏不仅以试帖擅名，他同时也是一位留意当代诗歌创作的批评家，撰有《蓉峰诗话》十二卷。这样的人物当时绝非仅有，嘉庆前期刊有《我法集注释》《庚辰集参评》的江西新都人魏景文，同时也是《古诗声调细论》的作者。在他们身上，很典型地体现了试帖诗学与一般诗学的互动关系。

在迄今所知清代试帖诗学著述中，嘉庆二十二年（1817）刊行的《分类诗腋》是论述试帖诗法最详尽的一种。编者李桢将试帖诗的写作分为押韵、诠题、裁对、琢句、字法、诗品、起节、炼格八个部分，并"各采名句，以示准则"，无论是体例或内容都吸收了前出书籍的优点，有着很强的实用性。关于此书的内容和特点，王兵已有细致讨论①，这里不再重复。我想补充指出的是，此书的理论系统是在纪昀的诗论上发展起来的，但每个部分都吸收后出成果而愈加充实和细化。比如论琢句，不仅诫人"清易于淡，奇易于险，华易于俗，正易于平"的流弊，还列举几种特殊句型，供人参考。一是横担句，即中一字贯穿上下二字，如"执中如执一，持正即持衡"，须取义浑成乃佳。二是折腰句，即上下句意相反而不粘，中用虚字作转折，如"君王能遣将，闺阁亦英雄"。三是逆挽句，即今所谓倒装，如"宫墙今日望，桃李昔年恩"。四是流水句，即前人所谓流水对或十字贯穿句，按有无虚字分为两类，用虚字者忌平庸，如"古今相照耀，李杜有文章"；无虚字者须自然，如"不疑抛玉尺，正道选青钱"。这就比前人只讲原则性问题更具体深入了一步。此外，李桢将押韵作为试帖写作的首要问题，"未求句工，先求韵稳"，也值得注意。阐论虽承纪昀之说，但教人一个诀窍，遇到专有名词难押时，因韵或倒或顺拆开用之，如"香山人忆白，圯上石传黄"，相当实用。最值得提出讨论的当然是诗品，仿司空图《二十四诗品》将试帖诗的风格类型划分为十七类：华贵、阔大、悲壮、感慨、浑脱、奇辟、新逸、秀炼、绮丽、潇洒、工细、疏通、隽爽、神韵、俊拔、大雅、流利。这些品目与《二十四诗品》出入甚大，虽然它们在前人的诗歌批评中也常出现，但作为一个系统，明显可见着眼于试帖所讲究的气象和笔墨功夫，而不全是风格的多样化。尤其是将华贵置于首要位置，以李炜《元夕观灯》"和丰天子乐，绮靡太

---

① 王兵：《清人选清诗与清代诗学》，第282—285页。

平歌"为范例，突出体现了试帖诗政治修辞的核心要义。但其中没有一般诗学推崇的自然、含蓄、温厚、高古、省净，这且不说，甚至连试帖诗学很崇尚、作者论"诠题"也曾提到的清真也没有，作为试帖诗学的美学总结未免是个不小的缺陷。然则此书可说是论试帖诗法最详尽的一种，但未必是最有见识的一种。

此后试帖诗学就没什么值得注意的著作。道光间翁昱所撰《试律须知》一卷，系十则试帖诗入门常识，除了论上尾之病以四句上二字、下三字同虚实为忌，较前人之说愈苛外，整体显出愈益将试帖诗与八股文相比附的倾向，成为道光间将试帖诗八股化的代表作品。其论中腹云："中权之必与切实发挥也。三联譬如八股之起比，四五联譬如中比，六七联譬如后比。或实做正面，或补写题面，或阐发题意，或用旁衬，或用开合，或从题外推开，或就比题映切，是在作者相题立局，变化从心，其法与八股大略相同，惟题中字至此不可露出。"① 这乃是当时试帖诗学的惯常思路，麓峰居士辑评《试帖仙样集》卷首所载"裁诗十法"也提到："律诗之法，有起承转合四字；应试之法，亦不外此。要以八比篇法例之，尤易学。"② 照这种思路发展下去，试帖诗学无疑将走进一条死胡同。幸而它没有沿着这个方向走下去，甚至关于试帖诗的专论也尟有续貂。嘉、道以后的试帖诗学，实际上是逐渐融入了蒙学诗法当中。起初，诗家讲试帖诗学往往着眼于其独特性，强调它与一般诗学的分流，但随着科举试诗的刺激而引发士人群体的锐意钻研，人们逐渐确立起试帖诗学属于诗学一个门类的观念，又回到纪昀"别是一格"的认识上来，从而思考两者的沟通。王芑孙《试帖诗课合存序》曾就此表述过总结性的看法："予闻讲试帖者皆谓与他诗异，能试帖不必兼能他诗。予以为与他诗同，且必他诗悉工而后试帖可工。必由韩、杜百韵之风力，而后有沈、宋八韵之精能。"③ 虽然他谦称不敢自是其说，但这种观念显然已是诗坛所认同的主流见解，所以试帖诗学与一般诗学自嘉、道以降不是呈现分化而是呈现合流的趋势。除了梁章钜《试律丛话》、翁昱《试律须知》等少量著作以试

---

① 翁昱：《试律须知》，道光二十八年黄秩模刊逊敏堂丛书本。
② 麓峰居士辑评：《试帖仙样集裁诗十法》卷首，咸丰六年刊本。
③ 王芑孙：《试帖诗课合存序》，《惕甫未定稿》卷二，《续修四库全书》影印本，第1480册，第634页。

律标目外，多数为应试编纂的课蒙诗法仍以一般诗学的面目行世。这些诗法，尽管主要是为士人习试帖而编，但其中多辑录前代诗论菁华，选录各体名作，对前人诗学成果实在是很好的整理和总结，由此带动了诗法研究的整体复兴和繁荣，并且一直延续到光绪三十二年（1906）诏停乡会试，试帖伴随八股文最终退出历史舞台。今天，将清代数量众多的蒙学诗法作一番梳理，会让我们清楚地看到：乾隆二十二年功令试诗不仅激发了清代诗歌创作的普遍风气，同时也以试帖诗艺的细致揣摩促进了一般诗学的全面繁荣和加速发展。要想了解有清一代诗学在士人阶层的传承和接受状况，不考察科举试诗和试帖诗学的影响，是很难获得全面认识的。

# 第三章  袁枚与性灵诗学的流行

## 第一节  乾隆前期性灵思潮的萌动

　　沈德潜希望通过诗歌传统的重塑，在道德和风格两方面为诗歌写作确立新典范的努力，虽然赢得一部分后辈诗人的拥戴，并在乾隆前期产生局部的影响，但事实证明这种修正过的新古典主义理想终究未得诗坛广泛认同，甚至在江南一带也遭到抵触。江南自清初以来一直是诗学最发达和活跃的地区，虽然自康熙后期贺裳、吴乔、汪琬、叶燮等下世后，一度略显沉寂，但到乾隆前期又涌现出一批有成就的诗论家。而叶燮诗学逐渐在"破"的方面显出影响，他的另一个学生薛雪尽管远没有沈德潜那么大的名声，但传播了老师的学说，并发展了它所蕴含的解构倾向，成为江南诗坛引人注目的诗论家。此外，较活跃的诗论家还有黄子云、吴雷发等，其共同倾向是面对神韵诗学的流弊，希望寻求一个解决之道。

　　康熙诗学出于对明代的复古模拟之风的反拨，急于解决师法的宗旨问题，寻找合乎理想的艺术目标。神韵最终作为审美理想确立起来，它虽是个新的美学范畴，但立足点却仍不出古来规范诗学的思维模式，即设立一个明确的理想目标，辅以一套可践行的诗学法则，使人有路径可寻，有标的可跻攀。不只是神韵诗学，甚至后来被命名为格调派或肌理派的沈德潜、翁方纲诗学都不逸出于这一思维模式。但叶燮诗学彻底解构了这种诗学模式，它在被沈德潜引向正统化方向的同时，其中蕴含的强烈的独创性品格也被薛雪所发挥，传播于江南诗家中，在黄子云、吴雷发、郑板桥的诗论中发展为强烈的自我表现倾向，形成一股强调性灵摅发、追求独创性的创作思潮。其基本立场是不预设艺术理想，解除传统诗教的道德约束，同时也放弃目的论的审美规范，不模仿古贤，唯自我表现是尚，以自成一家为指归。虽然他们沿用了古老的"性灵"概念，但对待传统的态度和艺术目标都与前人相去甚远，从本质上说其实是一种反规范性或去规范性的诗学思潮，其现实的针对更可能是当时沈德潜的新格调诗学。

"性灵"无论作为概念还是观念都不是一个新的东西①，焦循已指出二字见于钟嵘《诗品》和《颜氏家训·文章》②，古来比较重要的批评家几乎都使用过这个概念。钟嵘《诗品》卷上称阮籍"《咏怀》之作，可以陶性灵，发幽思"。《文心雕龙》三次用性灵，《原道》称："仰观吐曜，俯察含章，高卑定位，故两仪既生矣，惟人参之，性灵所钟，是为三才。"《颜氏家训·文章》云："文章之体，标举兴会，发引性灵。"庾信集中也屡言性灵，如《答赵王启》曰"年发已秋，性灵久竭"，《谢赵王示新诗启》曰"八体六文，足惊毫翰；四始六义，实动性灵"③。唐代则有杜甫《解闷十二首》之七的"陶冶性灵存底物，新诗改罢自长吟"，孟郊《老恨》的"小大不自识，自然天性灵"，《怨别》的"居贫难自好，沉忧损性灵"。或许这一概念过于笼统而缺乏规定性，迄于明代中期，诗论中提到"性灵"只限于说明它在主体意念中的地位而已，如王世懋《李惟寅贝叶斋诗序》称李惟寅"稍稍纵其性灵，时复翛然自得"④，李维桢《王吏部诗选序》说："田野闾阎之咏，宗庙朝廷之制，本于性灵，归于自然，无二致也。"⑤ 在王世贞《弇州山人四部稿》及续稿中，更能检索到 14 个性灵的用例，足见它也是格调派通用的概念。但到公安派标举性灵，就开始显出反对一切定法，向性情的自由表现倾斜的趋向，即《四库提要》所谓"抒写襟抱，不落窠

---

① 杨有山：《性灵诗派源头考辨》，《中国文学研究》2009 年第 2 期。

② 焦循：《易余籥录》卷十二，《焦循诗文集》，下册，第 815 页。

③ 倪璠：《庾子山集注》卷八，中华书局 1980 年版，第 2 册，第 562、563 页。

④ 王世懋：《李惟寅贝叶斋诗序》，《王奉常集》卷六，《四库全书存目丛书》影印本。

⑤ 李维桢：《王吏部诗选序》，《大沁山房集》卷一三一，《四库全书存目丛书》影印本。

白之意"①。如袁宏道《叙小修诗》称弟中道诗"大都独抒性灵，不拘格套，非从自己胸臆流出，不肯下笔"，②《答李元善书》又云："文章新奇，无定格式。只要发人所不能发，句法、字法、调法，一一从自己胸中流出，此真新奇也。"③追清初贺贻孙推崇唐诗，标举"性灵"，主张"做诗当写性灵"④，梅庚《论诗绝句》言"此事由来具性灵"⑤，更与反传统、反规范的意识联系起来。当时胡世安《韦念莪诗序》有云："观于时岁，无齐候也；征诸物地，靡恒品也。独于诗文执一格绳之，曰如此秦汉，如此六朝，如此唐宋，舍若性情闻见，概置勿问。尸奉陈言，傅弄吹息，则亦持论者过也。（中略）今昔之心思异触，彼此之耳目殊经，必欲比而同之，而性灵诎矣。"⑥要之，到明、清之际，"性灵"已成为诗学中通用的概念。比如清初唐孙华论诗主性灵与学问的统一："以为性灵、学问缺一不可，有学问以发抒性灵，有性灵以融冶学问，而后可与言诗。"⑦甚至沈德潜《明诗别裁集》评李流芳诗也用了"性灵"一词⑧。但此时"诗以写发性灵"只是"鄙人之论"，诗家通论仍标举"标格声调，古人以写性灵之具"⑨，即以格调来呈现性灵，最终性灵被格调所范围。这实质上仍是明代格调派的家数。到雍正、乾隆初，不只性灵，甚至神韵、格调都已是诗家习用的概念，仅凭概念的使用很难判断论者的理论归属，必须具体考察其论诗旨趣。实际上，"性灵"在乾隆间被用以指称某些诗人的创作和主张，也不在于他们标榜这个概念，而实在于秉持一种自摅感触、无所依傍的诗歌观念。就像承传王渔洋神韵诗学的惠栋，序吴企晋《古香堂集》，称"以其性灵发为诗歌"，而最终归结于"卓然自成一家"⑩。由此审视康、乾间的诗学史，就会发现，乾隆中期风靡天下的性灵

① 《四库全书总目》卷一八○朱师孔《性灵稿》提要，第1625页。
② 钱伯城：《袁宏道集校笺》卷四，上海古籍出版社2008年版，上册，第187页。
③ 钱伯城：《袁宏道集校笺》卷二十二，下册，第786页。
④ 贺贻孙：《诗筏》，《清诗话续编》，第1册，第139页。
⑤ 梅庚：《论诗绝句十首》其七，《漫与集》，《清代诗文集汇编》，第157册，第5页。
⑥ 胡安世：《秀岩集》卷二八，《四库存目丛书》影印本，集部第196册，第607页。
⑦ 郑方坤：《本朝名家诗钞小传》卷三，第202页。
⑧ 沈德潜《明诗别裁集》卷一○："嘉定四君中，以檀园为上，虽渐染习气，而风骨自高，不能掩其真性灵也。"岳麓书社1998年版，第188页。
⑨ 毛先舒：《诗辨坻·总论》，《清诗话续编》，第1册，第12页。
⑩ 惠栋：《松崖文钞》卷二，《东吴三惠诗文集》，第326页。

诗学思潮，并不是一朝一夕而勃发、而突然盛行起来的，它源于叶燮诗学中的一股暗流，逐渐汹涌而为诗坛的主潮。

尽管从 20 世纪 80 年代以来，自周勋初老师《中国文学批评小史》（长江文艺出版社，1981）以降，批评史、诗学史著作对叶燮《原诗》的理论价值都给予极高的评价，但相关讨论都集中在诗史观念、诗人资质论和创作论方面。近年出版的葛惠玮《〈原诗〉与〈一瓢诗话〉之比较研究》①，也未触及前辈学者指出的叶燮对性灵派诗学的启迪意义。曾专门论述清代性灵诗学话语形成过程的李剑波《清代诗学话语》，只举出钱谦益、黄宗羲、尤侗标举性情的议论，就直接谈袁枚了，未注意到叶燮与薛雪还有其他一些江南诗人对性灵诗学话语的形成所起的直接作用。只有日本前辈学者青木正儿和台湾学者司仲敖追溯性灵诗说的渊源，将叶燮作为袁枚论诗不拘唐宋和重识的源头②，但尚未触及问题的核心。事实上，早在袁枚登上诗坛之前，叶燮及随后的一些诗人已在江南诗坛营造了相应的舆论环境，并与天津查为仁、杭州桑调元等标举性灵者相呼应，为性灵诗学的盛行做好了理论准备。

## 一　乾隆初性灵诗学的先声——薛雪

薛雪（1681—1770），字生白，号一瓢道人。江苏吴县人。诸生，从叶燮学。乾隆元年（1736）与沈德潜、袁枚同膺博学鸿词之荐，但未与试。后感受生计艰难，曾有诗曰"悔不沾微禄，常嗟事浪游"（《寓舍青楼不寐》）。最终以医名世，与叶天士、缪宜亭齐名，曾集注《医经原旨》③。薛雪颇富才艺，工画墨兰，诗学也很有造诣，所作乐府有李贺遗意，五律写景似孟浩然，叙物情似杜甫。著有《周易粹义》《斫桂山房诗存》《一瓢斋诗存》《抱珠轩诗存》，还辑有《诗词韵该》《唐诗正雅集》《唐人七律花雨集》《旧雨集》《吾以吾鸣集》等，但为医名所掩，夙不为人注意。

薛雪曾祖曾注杜诗，天启间刊有《杜律薛注》，秉承家学的薛雪自幼熟读杜诗，也最推崇杜诗。其学艺之广异于常人，自称"曾受韬钤之法于蹇翁，揣摩久

---

① 葛惠玮：《〈原诗〉与〈一瓢诗话〉之比较研究》，（台湾）花木兰文化出版社 2008 年版。
② 司仲敖：《随园及其性灵诗说之研究》，（台湾）文史哲出版社 1988 年版，第 108—111 页。
③ 薛雪生平，可参看张志远《薛雪生平小考》，《浙江中医学院学报》1991 年第 1 期。

之，虽变化无穷，不出奇正二字；后受诗古文辞之学于横山，讨论之下，亦不越正变二字"①。后来他论诗大体传承、发挥叶燮之说，并像老师一样善于沟通诗、文、书、画乃至医道、兵法之理，多方取譬，互相发明，的确可称为"横山嫡派"②。不过其论诗宗旨像沈德潜一样，与师说也是同中有异。叶燮论诗颇重宋诗，而薛雪独宗唐人，不喜宋诗，从他对韦应物、刘长卿、李商隐、温庭筠及晚唐诸家诗的评论，不难看出他于中晚唐诗用功颇深。叶燮论诗重古体轻近体，薛雪则很重视律诗的功夫，认为"近今诗家侈谈古诗而薄近体，欲为藏拙计也"，尝选《唐诗正雅集》《唐人小律花雨集》二卷，示学者准的。他的诗论主要见于《一瓢诗话》，乾隆五年（1740）徐士林序《抱珠轩诗存》，提到薛雪以诗集与诗话相赠③，诗话应作于乾隆初，时薛雪年近六十。

　　薛雪与沈德潜同出叶燮门下，因而常被视为格调派同道④，其实两人诗学倾向有很大的不同。薛雪不像沈德潜有那么高的文坛和政治地位，不免为身份所局限，总端着正统的架子，他日常是以名医的身份行走于世的，借医道得与一些政界和诗坛的重要人物往来，最终也成为众所尊重的诗坛名角。他没有像沈德潜那样承传叶燮诗学的格调基因，而是发挥了他自成一家的性灵倾向。葛惠玮比较《原诗》与《一瓢诗话》论诗宗旨的异同，很有眼光地指出，"《原诗》是在诗人以外立下一个标准，要求诗人符合这个标准。虽然这个标准的达成，也要诗人向自身探求，所谓才、胆、识、力等主观条件，但标准还是外在于诗人的。至于《一瓢诗话》，则直接要求诗人从人品出发，并且实现诗人一己的才情，这些是诗人之内的，不同于《原诗》在诗人之外建立标准"⑤。这一向内转的思路正是将叶燮自成一家的独创性要求与性灵派排斥一切外在规范的宗旨连接起来的关键，而薛雪这种观念的形成，很可能与他在广泛的交游中所受到的复杂影响有关。其中很值得注意的一个影响源，是雍正二年（1724）罢浙江巡抚流寓吴门的福建名士李馥（1666—1749）。薛雪在雍正十年（1732）至十三年（1735）间与

---

① 薛雪：《一瓢诗话》，《清诗话》，下册，第686页。后引《一瓢诗话》均据此本，仅注页码。
② 龚显宗：《横山嫡派薛一瓢》，《诗话初探》，（台湾）凤凰城图书公司1984年版，第136页。
③ 薛雪：《抱珠轩诗存》卷首，乾隆刊本。
④ 如王顺贵《清代格调论诗学研究》第四章"沈德潜的同调"第一位即论薛雪，第218—231页。
⑤ 葛惠玮：《〈原诗〉与〈一瓢诗话〉之比较研究》，第120页。

他保持着频繁的唱和。乾隆元年（1736）李馥启程归闽时，薛雪有《送陇西公还闽》《陇西公临河话别即席再呈》送别，后又有寄怀诗多首。前诗云"廿载相依处，论才不论官"，可见相交之深。李馥诗学由中唐浅易一派阑入宋调，有《吟诗》一首云："吟诗消岁月，本以抒性灵。"① 作于雍正四年（1726）。这种观念是否会影响到薛雪呢？现在不易断言，但薛雪在叶燮诗学的多种可能性中只取了与性灵诗学相近的一部分，则是可以肯定的。当今的研究者似乎更注意他与沈德潜格调派的相通之处，而没有意识到他与格调派诗论的出发点是有所不同的②。

首先，薛雪直接继承了叶燮力主自成一家的观念。叶燮在《原诗·内篇上》说："大抵古今作者，卓然自命，必以其才智与古人相衡，不肯稍为依傍，寄人篱下，以窃其余唾。窃之而似，则优孟衣冠；窃之而不似，则画虎不成矣。故宁甘作偏裨，自领一队，如皮、陆诸人是也。"薛雪《一瓢诗话》第二则即发挥此说：

> 学诗须有才思，有学力，尤要有志气，方能卓然自立，与古人抗衡。若亦步亦趋，描写古人，已属寄人篱下；何况学汉魏，则拾汉魏之唾余，学唐宋则啜唐宋之残膏。非无才思学力，直自无志气耳！昔吾师横山先生云："窃古人窃之似，则优孟衣冠；不似，则画虎不成。与其假人余焰，妄自僭王称霸，孰若甘作偏裨，自领一队。"不然，岂独风雅扫地，其志术亦可窥矣。

后来袁枚《随园诗话》卷三也曾称道此说，先引王文治之语云："诗称家数，犹

---

① 李馥：《居业堂诗稿·丙午》，江苏古籍出版社 2000 年影印本，第 2 册，第 656 页。
② 有关薛雪诗学的研究，期刊论文有王英志《薛雪〈一瓢诗话〉初探》，《学术月刊》1982 年第 2 期；王英志《清人诗学概念、命题发微——读沈德潜、薛雪诗论札记》，《江汉论坛》1992 年第 4 期；毕桂发《论〈一瓢诗话〉的理论价值》，《河南教育学院学报》1997 年第 2 期；邢永革《略评叶燮、薛雪、沈德潜师生三人的诗话》，《菏泽师专学报》2002 年第 3 期；朱祥麟《薛雪诗观论——读〈一瓢诗话〉札记》，《鄂州大学学报》2003 年第 1 期；王顺贵《沈德潜与薛雪格调论诗学观辨析》，《徐州师范大学学报》2009 年第 5 期；周晓燕《简论薛雪〈一瓢诗话〉的诗学思想》，《浙江外国语学院学报》2010 年第 4 期。学位论文有吴晓佩《薛雪诗学研究——兼论与叶燮、沈德潜诗论之关系》，台湾大学中国文学研究所硕士学位论文，2000 年；王西《薛雪诗歌研究》，暨南大学硕士学位论文，2011 年。

之官称衙门也。衙门自以总督为大，典史为小。然以总督衙门之担水夫，比典史衙门之典史，则亦宁为典史，而不为担水夫，何也？典史虽小，尚属朝廷命官；担水夫衙门虽尊，与他无涉。今之学杜、韩不成，而矜矜然自以为大家者，不过总督衙门之担水夫耳。"然后又引叶燮语云："好摹仿古人者，窃之似，则优孟衣冠；窃之不似，则画虎类狗。与其假人余焰，妄自称尊，孰若甘作偏裨，自领一队？"① 观此则性灵诗说与叶燮诗学一脉相承之迹再清楚不过。

叶燮诗学的核心理念是崇尚独创性，以自成一家为指归，故反对任何前设的艺术目的，摈弃一切固定的法则和技巧。如《原诗·内篇下》所说："若夫诗，古人作之，我亦作之。自我作诗，而非述诗也。故凡有诗，谓之新诗。若有法如教条政令，而遵之必如李攀龙之拟古乐府然后可，诗末技耳。必言前人所未言，发前人所未发，而后为我之诗。"② 但由于过分重视自我表达，自我表达有时又会挤占独创性的位置，甚至使独创性的概念流失，如内篇上所说的："我之著作与古人同，所谓其揆之一；即有与古人异，乃补古人之所未足，亦可言古人补我之所未足，而后我与古人交为知己也。"③ 这正是性灵论主张的极致。但薛雪尚未走到那一步，他只是具备了性灵诗学的一些基本要点，表现在以下几个方面。

一、诗必有为而作。《一瓢诗话》云："诗不可无为而作，试看古人好诗，岂有无为而作者，无为而作者，必不是好诗。"（681）又云："无所触发，摇笔便吟，村学究之流耳，何所取裁？横山先生有云：必先有所触而兴起，其意、其辞、其句劈空而起，皆自无而有，随在取之于心；出而为情、为景、为事，人未尝言之，而自我始言之。故言者与闻其言者，诚可悦而永也。"（686）

有为而作主于自我表现，必反对模拟。故《诗话》云："拟古二字，误尽苍生。声调字句，若不一一拟之，何为拟古？声调字句，若必一一拟之，则仍是古人之诗，非我之古诗也。轻言拟古，试一思之。"（687）又云："范德机云，吾平生作诗，稿成读之，不似古人，即焚去。余则不然，作诗稿成读之，觉似古人，即焚去。"（692）

---

① 袁枚：《随园诗话》，第53页。
② 叶燮：《原诗》，《清诗话》，下册，第577—578页。
③ 同上书，第580页。

分题拈韵有碍于自我表现，亦予以否定。《诗话》云："分题拈韵，诗家之厄也。题与诗必须相配，才有好诗。看此题宜作何体，然后据体构思，庶几当行。一遭牵合，未免捉襟露肘。"（709）

二、作诗唯求得体，不讲固定法则。《诗话》云："得体二字，诗家第一重门限，再越不得。"（685）又云："人之才情，各有所近。或正或变，或正变相半，只要合法，随意所欲，自成一家。如作书不论晋唐宋元，只要笔笔妥当，便是能书。余故曰：不妨如快剑砍阵，骏马下阪，又不妨如回风舞絮，落花萦丝。"（692）

轻法度而反对程式。《诗话》云："格律声调，字法句法，固不可不讲，而诗却在字句之外。"（681）又云："作诗非应举，何必就程式，热赶名场之人，岂有好诗好文哉？元遗山云：纵横正有凌云笔，俯仰随人亦可怜。"（693）

不拘泥于修辞技巧的常格。《诗话》云："近体旨意，虽在章句字法之间，却不印定。故唐人有通首不对者，有通首全对者，非有意为之。"（685）又云："对仗之法，古人读书多，用法备，常有不似对而实对者。"（681）又云："人云起要平直，戒陡顿；承要从容，戒迫促；转要变化，戒落魄；合要渊永，戒断送。起处必欲突兀，承处必不优柔，转处不致窘束，合处必不致匮竭。此是担板汉参却死语，腊月三十日，依旧手忙脚乱。"（692）

但薛雪尚讲究病犯，认为："唐释齐己作《风骚旨格》，六诗、六义、十体、十势、二十式、四十门、六断、三格，皆系以诗，不减司空表圣。独是十势，立名最恶，宛然少林棍谱，暇日当为易去，乃妙。"（707）又说："四平头、四实、四虚、前后轻重、蜂腰、鹤膝，诗中之粗病，极易犯而极不宜犯。"（708）

三、不傍门户，兼收并蓄。《诗话》云："有志学诗，不必定取某人终日刻画，只将古人诗游咏久之，动笔便合。"（682）又云："家数不必画一，但求合律，便可造进。"（679）又云："篇中炼句，句中炼字，炼得篇中之意工到，则气韵清高深渺，格律雅健雄豪，无所不有，诗文之能事毕矣。"（703）

反对偏嗜及确立具体的典范。《诗话》云："从来偏嗜最为小见。如喜清幽者，则缠绵痛快淋漓之作为愤激，为叫嚣；喜苍劲者，必恶宛转悠扬之音为纤巧，为卑靡。殊不知天地赋物，飞潜动植，各有一性，何莫非两间生气以成此？理有固然，无容执一。横山先生云：天道十年而一变，无事无物不然，岂独诗乎？"（685—686）又云："论诗略分体派可也，必曰某体某派当学，某体某派不当学；某人某篇某句为佳，某人某篇某句为不佳，此最不心服者也。人之诗犹物之鸣，莺鸣于春，蛩鸣于秋，必曰莺声佳可学，使四季万物皆作莺声；又曰蛩声佳当学，使四季万物皆作蛩声。是因人之偏嗜，而使天地四时皆废，岂不大怪乎？"（690）又云："论唐人切不可分初、盛、中、晚，论宋人切不可分南、北。"（707）

四、务去陈言，力避腐俗。《诗话》云："昌黎先生言，陈言务去，可知不去陈言，终无新意。能以陈言而发新意，终是大雄。古今来能有几人？若以饾饤为有出，拾掇为摹神，已落前人圈阓，岂能自见性情？"（687）又云："人知作诗避俗句，去俗字，不知去俗意尤为要紧。"（681）又云："有一种故实字句入不得诗者，如稊稗相似，断宜拔去，方不败苗。"（681）

五、戒掊撦故实，用事尚活。《诗话》云："作诗能不隶事而浑厚老到，方是实学。若掊撦故实，翻腾旧句，或故寻僻奥，以炫丑博，乍可潜形牛渚，终遭温峤燃犀。"（680）又云："用事全在活泼泼地，其妙俱从比兴中流出，一经刻画评驳，则闷杀才人，丧尽风雅也。"（688）杜诗用事浑然无迹，最为杰出："杜浣花炼字蕴藉，用事天然，若不经意，粗心读之，了不可得，所以独超千古。余子皆如烧青接绿矣。"（705）又云："作诗用事，要如释语水中著盐，饮水乃知。杜少陵以锦襁传人，人自不能承当。"（704）

不难看出，这些见解大都本自叶燮诗学的基本观念，同时又与后来袁枚性灵诗学的主张相近。如果说叶燮诗学意味着自成一家意识的萌生，那么在清初唐宋之争的诗学背景中，它的声音还是比较微弱的，被淹没在各种诗学观念的多元纷争中。到乾隆初经过薛雪这一番伸张宣扬，它就发展为一个顺应时代潮流的强劲的主旋律。虽然薛雪没有打出性灵的旗帜，但在他的这些主张中性灵论已呼之欲出了。青木正儿将他视为叶燮和袁枚之间的桥梁，是很有眼光的。

## 二　江南诗论家的性灵鼓吹

如果我们不带先入为主的成见去阅读清代中叶的诗话，会发现江南一批生活在康熙末至乾隆前期的诗论家，已在用不同的话语鼓吹性灵论的观念。

吴雷发，字起蛟，号夜钟，又号寒塘。江苏震泽人。雍正、乾隆间县学生，著书十余种,有《香天谈薮》《琴余集》等。《国朝松陵诗征》采其诗,说他"以才人自命,负气凌厉,几于目无一世",这种性格表现于诗学,可以想见是决不甘于随人短长的。吴雷发撰有《说诗菅蒯》凡三十九则,泛论诗法诗理。龚显宗注意到他论诗"才识为先""先镕人而后自然""自成一家""养气与洗心"等问题①。而最值得我们作为性灵派先驱加以注意的就是他强烈地坚持独创性的主张,力求不拘一格,自成一家:

> 诗格不拘时代,惟当以立品为归,诚能自成一家,何用寄人篱下?但古来诗人众矣,安必我之诗格不偶有所肖乎?今人执一首一句,以为此似前人某某,殊为胶柱之见。夫一人之诗,平奇浓淡,未必每首每句俱限一格,何得执一斑以定全豹耶?②

这种论调已隐含后来的绝对自我表现论者那种不求与古人同,同时也不嫌与古人同,总之唯自我表现是尚的观念。他关于诗歌的一系列看法都体现了这一根本思想。开宗明义论写作动机便强调:

> 作诗固宜搜索枯肠,然着不得勉强。故有意作诗,不若诗来寻我,方觉下笔有神。诗固以兴之所至为妙,唐人云"几处觅不得,有时还自来",进乎技矣。(897)

论情感表现则主宣泄而反对节制:

> 诗本性情,固不可强,亦不必强。近见论诗者,或以悲愁过甚为非,且谓喜怒哀乐俱宜中节,不知此乃讲道学,不是论诗。诗人万种苦心,不得已而寓之于诗。诗中之所谓悲愁,尚不敌其胸中所有也。《三百篇》中岂无哀怨动人者?乃谓忠臣孝子贞夫节妇之反过甚乎?金罍兕觥,固是能节情处,然惟怀人则然。若乃处悲愁之境,何尝不可一往情深?(905)

---

① 龚显宗:《〈说诗菅蒯〉述要》,《诗话初探》,(台湾)凤凰城图书公司1984年版,第157—164页。
② 吴雷发:《说诗菅蒯》,《清诗话》,下册,第897页。下文引此书,只注页码。

论风格则主张各言其性情，反对树立门户，党同伐异：

> 诗以道性情，人各有性情，则亦人各有诗耳。俗人党同伐异，是欲使人
> 之性情，无一不同而后可也。（897）

论表现手法则以自然为贵，不求备体：

> 尝见论人诗者，谓赋体多而兴比少。此世俗之责人无已也。诗岂以兴比
> 为高而赋为下乎？如诗果佳，何论兴比赋；设令不佳，而谬学兴比，徒增丑
> 态耳。况诗在触景生情，何必先横兴比赋三字于胸？今必以备体为工，无乃
> 陋甚。（897）

论历代诗史则反对崇古非今，分唐界宋：

> 论诗者往往以时之前后为优劣，甚而曰宋诗断不可学。彼盖拾人唾余，
> 钝者以之自欺，黠者以之欺人。且诗学之源，固宜溯诸古。至于成功，则无
> 论其为汉、魏、六朝，为唐，为宋、元、明，为本朝也。一代之中，未必人
> 人同调。岂唐诗中无宋，宋诗中无唐乎？一人之诗，或有似汉、魏、六朝
> 处，或有似唐、宋、元、明处；必执其似汉、魏、六朝者，而曰此大异唐、
> 宋、元、明；执其似唐、宋、元、明，而曰此大异汉、魏、六朝，何其见之
> 左也？使宋诗果不可学，则元、明尤属粪壤矣；元、明以后，又何必更作诗
> 哉？（900）

论师法前人则不主故常，唯善是取：

> 善学者，不论何代，皆能采其菁华；惟能运一己之性灵，便觉我自为
> 我。夫效颦者非即谓之西子，然不得谓西子之外无美人也；戴折角巾者非即
> 谓之林宗，然不得谓林宗之外无良士也。（900）

总之，吴雷发自成一家的主张，激烈地表现为对传统诗学所有规范、价值的彻底
颠覆，最后的底线只有两点，消极言之是忌凡、忌俗，积极言之则"文辞一道，

惟其是而已矣"（900）。吴雷发自称"余凡诸立论，断不肯拾人牙慧，宁为人所讪笑，而人云亦云，终有所不能为也。惟从来至当不易之论，则虽人云亦云，有所不辞"（904）。现在看他所取的至当不易之论，就明显包括叶燮《原诗》的说法，与叶燮诗学的核心观念一脉相承。叶燮论诗的底线正是去俗，曾说："诗无一格，而雅亦无一格，惟不可以涉于俗。俗则与雅为对，其病沦于髓而不可救，去此病乃可言诗!"① 杨复吉跋《说诗菅蒯》，称"持论中正和平，无少偏畸，洵可称诗家津筏，非复老生常谈"（907）。的确，吴雷发的观念在当时看来肯定是很新警的，因为中正和平就是乾隆诗学的主导特征。清初诗学因处于拨乱反正的转折期，破与立的急迫感使诗人们的主张都带有强烈的情绪色彩和矫枉过正的倾向。到乾隆间，一切都尘埃落定，一种以折衷融和为主导意识的诗学思潮逐渐成为诗坛主流。当时的诗学只可根据确立典范和解构典范而分为两派。沈德潜是前一派的代表，袁枚则是后一派的代表。《说诗菅蒯》虽只提到"性灵"一次，但其精神却绝对是解构典范派的，后来性灵诗学教主袁枚的主张，基本都包含在上面举出的几方面里了。最后，还有一点可以指出，性灵派诗家大都厌恶道学气，对男女之情和艳情诗持肯定态度。吴雷发在《香天谈薮》中曾说："《香奁》艳体至王次回《疑雨集》而极，实度越温、李，耳食者每讳言之，且故讥其纤巧，有伤大雅，直登徒子耳。余酷爱其不由熟径，仍入人心坎中，悉评跋之，丹铅不啻再四。嗜痂之癖，恐莫余同矣。"② 这也是作为性灵诗论前驱的重要标志。无论从哪方面看，青木正儿将他归入性灵派都是判断很准确的。

从解构典范的角度来看，黄子云也可以视为性灵诗学的前驱③，虽然在近年新刊的论著中他被归入格调派诗家④。黄子云（1691—1754），字士龙，号野鸿。江苏昆山人，居吴县。少有俊才，师从徐昂发。以布衣终生，但阅历相当丰富。康熙五十五年（1716）曾应陈梦雷之招入其《古今图书集成》馆助其编纂，三年后随徐葆光出使册封琉球。雍正十三年（1735）沈德潜赴京应博学鸿词试时，

---

① 叶燮：《汪秋原浪斋二集诗序》，《已畦集》卷九，二弃草堂刊本。
② 杨复吉辑：《昭代丛书》丁集，第 1 册，第 674 页。
③ 吴文治《黄子云及其诗论〈野鸿诗的〉》一文已指出"黄子云关于诗歌方面的一些理论，可以说是袁枚'性灵说'的先驱之一"，《吴文治文存》，凤凰出版社 2013 年版，第 413 页。
④ 王顺贵：《清代格调论诗学研究》第四章"沈德潜的同调"第四节论黄子云，第 271—282 页。

有"经术何惭前席对，风光正好上林探"之句赠行①，乾隆元年（1736）朝廷重开博学鸿词，当道以其名荐，坚不应试，但岁末还是忍不住技痒，写作了《拟赋山鸡舞镜应制》②，诗话里也谈到了写作这个题目的关键所在。乾隆七年（1742）有《恭和御制消夏十咏》，乾隆十三年（1748）又有《沈学士德潜于京师见贻佳什久阙裁答兹次来韵即以奉赠》云"屡进崇班真异数，细吟好句答明时"③，可见也属于身在江海之上，心存魏阙之下的名士。诗名甚著，晚清批评家朱庭珍将他与吴嘉纪、徐兰、张锡祚并推为本朝四大布衣④。著有《四书质疑》《诗经评勘》《野鸿诗稿》《长吟阁诗集》及诗话《野鸿诗的》。

黄子云阅历既广，气概不凡，是个极有个性的诗人和诗评家。萧翀序其诗集，称"野鸿隽才天拔，诗凡三变，少业益于金海门先生，标新领异，出入钱、刘间，既而北达燕蓟，南历楚粤，泛沧海，游中山，胸眼并扩，心手相称，吐锦纳霞，纵横排奡，不可以一格拘矣。及壬子岁避喧灵岩山麓，键户苦吟，峝以少陵为宗，雄浑沉着，可兴可观，论者比诸少陵入蜀后也"⑤。而巨川江序则称子云此集"有不可及者，不傍前人墙壁，又不袭陈言腐语，洋洋滚滚，自成一家规范，想其落笔时伸眉矫首，有凌轹古今之意"⑥。为此，他论诗每凌轹时辈，"于时吴中诗极盛，然先生一以弟畜之，若无与抗行者。论诗一以杜子美为宗，非子美俱不屑意。见人诗无他语，唯痛诋而已"⑦。他虽同沈德潜有交往，论诗主旨却不同。袁枚说他曾"以论诗忤沈归愚，故吴人多摈之"⑧，暗示了他的诗论与沈德潜格格不入。今人或将他引为沈德潜的同调⑨，我却更倾向于将他视为性灵派的前驱。

黄子云的诗论主要见于《野鸿诗的》。沈德潜《国朝诗别裁集》称此书作于中年，书前有乾隆二年（1737）自序，当成于四十七岁前。当时沈德潜位未达，

① 黄子云：《送沈秀才德潜入都应宏博试》，《长吟阁诗集》卷三，乾隆刊本。
② 黄子云：《拟赋山鸡舞镜应制得山字》，见《长吟阁诗集》卷四，乾隆刊本。
③ 黄子云：《长吟阁诗集》卷九，乾隆刊本。
④ 朱庭珍：《筱园诗话》卷二，《清诗话续编》，第4册，第2372页。
⑤ 黄子云：《长吟阁诗集》卷首，乾隆刊本。
⑥ 同上。
⑦ 汪缙：《吴黄两先生传》，《汪子文录》卷九，道光三年张杓刻本。
⑧ 袁枚：《随园诗话》卷六，第129页。
⑨ 王顺贵：《沈德潜与其同调黄子云格调论诗学观辨析》，《西南交通大学学报》2011年第6期。

袁枚名未成，诗坛群龙无首。尽管存在着艺术观念的差异，但尚无公然标举某种诗学理论、主导诗坛风气的领袖人物，当无疑问。黄子云有鉴于此，首先于《诗的》自序发难，倡言："天下学士名流，援枹鼓于骚坛之上者，重趼而立，卒未闻有高异成一家言者，岂余观听之未远欤？抑风会之未至欤？于戏，惜无有以风雅之的告之也。余既衰谢，不能有用以彰明其说，大惧斯的之不传，以蹈私己戾愆，用是摭其所得，公之同志。噫，是编也，我其为盛世元音之前导乎哉！"①殊有欲为天下先的意气。书中又云："孟子殁千有余年而退之出，曰：'轲之死不得其传焉。'明以道为己任也。浣化殁亦千有余年矣，而今得其传者谁与？"隐然也有以诗统为己任的志向。但终究人微言轻，难以耸动视听。他的诗论非常精彩，除了以精、气、神三字论诗理，以真、新、朴、雅、浑五字论诗趣，以曹植、庾信、杜甫三家为宗，建立起自己诗学的理论框架，所论古今体制要领，见解极深；述诗史源流、前贤得失，也最见特识，每有造微之论。因此连沈德潜也不能不承认"多创论"②。而从今天的眼光看，他对性灵诗学的启迪作用更是不容忽视的。

首先我们看到，黄子云发挥了叶燮对"胆"的强调。叶燮论作家资质分才、胆、识、力四元，以为才必待胆扩充之而后得发挥，无胆则笔墨畏缩，才不得伸展。如黄子云《野鸿诗的》所说："眼不高不能越众，气不充不能作势，胆不大不能驰骋，心不死不能入木。此四者，作诗之大旨也。"以此为立足点，他力主诗必出自真诚的自我表现，说："诗犹一太极也，阴阳万物于此而生生变化无穷焉。故一题有一义，一章有一格，一句有一法；虽一而至什，什而至千百，毋沿袭，毋雷同。如天之生人亿万，口鼻耳目方寸间，自无有毫发之相似者。究其故，一本之太极也。太极诚也，真实无伪也。诗不外乎情事景物，情事景物要不离乎真实无伪。一日有一日之情，有一日之景，作诗者若能随境兴怀，因题著句，则固景无不真，情无不诚矣。不真不诚，下笔安能变易而不穷？"③ 由于强调诗歌表现的原发生成性，他除了真诚之外，几乎取消了所有的法度概念。

---

① 黄子云：《野鸿诗的》，《清诗话》，下册，第 847 页。
② 沈德潜：《怀人绝句》注，《归愚诗钞》卷六，乾隆刊本。
③ 黄子云：《野鸿诗的》，下册，第 857 页。

在对待传统的问题上，他主张学而能化，不以具体的人物和风格为典范，说："学古人诗，不在乎字句，而在乎臭味。字句魄也，可记诵而得。臭味魂也，不可以言宣。当于吟咏时，先揣知作者当日所处境遇，然后以我之心，求无象于窅冥恍惚之间，或得或丧，若存若亡，始也茫焉无所遇，终焉元珠垂曜，灼然毕现于我目中矣。现而获之，然后纵笔挥洒，却语语有古人面目。"① 这里说的古人面目不是拟似前人家数，而是能得古人意味神理。从师法的角度说，他除了推崇杜甫，并不确立具体的对象，倒是更主张有针对性地学习，取前人之长以补自家之短："凡诗有不足之病，即以前人对病之法治之：病在怯弱，疗之以陈思；病在蒙晦，疗之以记室；病在清癯，疗之以光禄；病在陈腐，疗之以宣城；病在沾滞，疗之以参军；病在鲁钝，疗之以简文；病在浅率，疗之以开府。若此者不可悉数，在学者审择所处而已。"② 这些主张无疑都倾向于性灵派诗人，因而后来颇得袁枚称赞。黄子云论诗主旨与薛雪相似，应该说趣味会比较接近，但事实却并非如此。薛雪诗学得力处在晚唐，黄子云得力在六朝和杜甫，入手处完全不同；又，两人虽同为布衣身份，薛雪较少正统色彩，而黄子云却有浓厚的正统观念，故两人的诗论显出有趣的差异。

后来颇为袁枚推崇的郑板桥（1693—1765），也是性灵派去经典化理论的倡导者，迄今为止他只以书画家著称，批评史著作虽将他视为袁枚的同道，给予较重要的地位，但多强调其现实性，而对他诗论中的个人主义倾向及开风气意义尚未给予足够的重视③。板桥未遇时有"闲吟聊免俗，极贱到为儒"之句④，不幸日后以书画掩其诗文名，由传统眼光视之较为儒更贱，因而诗中随处流露出丧失崇高感的自嘲，但诗论中也时有极大胆的宣言，最惊人的是《后刻诗序》："古人以文章经世，吾辈所为，风月花酒而已。逐光景，慕颜色，嗟困穷，伤老大，虽刻形去皮，搜精抉髓，不过一骚坛词客尔，何与于社稷生民之计、《三百篇》

---

① 黄子云：《野鸿诗的》，下册，第847—848页。

② 同上书，第852页。

③ 有关郑板桥的研究，有沈贤恺《郑板桥研究》，（台湾）新文丰出版公司1988年版；王建生《郑板桥研究》，（台湾）文津出版社1999年增订本。关于郑板桥的文学理论，有邬国平、王镇远《清代文学批评史》，上海古籍出版社1995年版，第471—477页。

④ 郑燮：《寄许生雪江三首》之二，卞孝萱编：《郑板桥全集》，齐鲁书社1985年版，第38页。下引此书，只注页码。

之旨哉! 屡欲烧去,平生吟弄,不忍弃之。"(30)《前刻诗序》更承认"余诗格卑卑,七律尤多放翁习气,二三知己屡诟病之",但仍听从好事者的怂恿而付梓(30),无非意在表明,文章不必经世,诗无关乎社稷民生,无关乎诗教,也自有其存在的价值。尽管《板桥自序》首先肯定"叹老嗟卑,是一身一家之事;忧国忧民,是天地万物之事",但实际上他很清楚,"文关国运尤其小"(《贺新郎·述诗》),故而更强调诗歌写作的个人意义。我们看到,即便是袁枚,凡立论也要搬出《诗经》来,拉大旗做虎皮,而郑板桥竟敢公然表示无视诗教,好大的胆量! 然则他还有什么议论不敢发,什么新不敢创?《偶然作》写道:

> 英雄何必读书史,直摅血性为文章。不仙不佛不贤圣,笔墨之外有主
> 张。纵横议论析时事,如医疗疾进药方。名士之文深莽苍,胸罗万卷杂霸
> 王。用之未必得实效,崇论闳议多慨慷。雕镂鱼鸟逐光景,风情亦足喜且
> 狂。小儒之文何所长,抄经摘史饾饤强。玩其词华颇奕赫,寻其义味无毫
> 芒。初惊既鄙久萧索,身存气盛名先亡。(35)

在此列论的英雄、名士、小儒之文中,英雄之文显然是他的理想所在,这是一种不依违于前贤往圣,不依赖于经史书卷,纯任自我表现的文学主张,在作品内容和艺术风格上都必然导向空诸前古、自成一家的目标,如《板桥自序》所宣称的:"板桥诗文,自出己意,理必归于圣贤,文必切于日用。或有自云高古而几唐宋者,板桥辄呵恶之,曰:'吾文若传,便是清诗清文;若不传,将并不能为清诗清文也。何必侈言前古哉!'"(241)从叶燮提出"就其诗论工拙",不以"一定之程格之"的论诗宗旨,到郑板桥以清诗清文自命,性灵派的自我表现观念可以说已然定型并正式确立。而参照乾隆七年(1742)板桥题慎郡王允禧诗曰:"紫琼道人读书多而不骛博,诗则自写性情,不拘一格,有何古人?何况今人?"(279)至迟到乾隆朝第一个十年,性灵派的核心观念已鲜明地活跃在诗歌批评中。就板桥个人而言,这也是他生平论文艺一以贯之的主张。《赠潘桐冈》云:"作文必欲法前古,婢学夫人徒自苦。"(56)《题画》云:"掀天揭地之文,震电惊雷之字,呵神骂鬼之谈,无古无今之画,原不在寻常眼孔中也。未画之前,不立一格;既画之后,不留一格。"这里已包含了性灵派不师前古、不预设

艺术目标的基本观念、基本立场。

以上几位都是文学史和批评史上有名的人物，这里再举两位很少为人提到的作者。第一位是陈祖范（1676—1754），字亦韩，号见复，江苏常熟人。雍正元年（1723）举人，会试中试后以病未与殿试。乾隆十五年（1750），荐举经学通儒，名居首列，以年老不任职，赐国子监司业衔。有《陈司业集》。其文集卷二《李芥轩诗稿序》《汪西京诗集序》①，批评当时为文造情，拘牵格调，而主张以己作古。《顾武若诗词序》又云："盖诗之为道，通之上下，不主故常。伶工寺人、贱妾弃妇之作，得与周公、召公、吉甫、卫武公之制同编，贞淫杂厕，细大不捐。若必执《三百篇》以律后世之诗，则《三百篇》已极不同之致，又何说以律之？窃谓诗本不必深求也，深求乎诗者，争工拙于毫芒，定短长于一字，是犹妄凿垣墉而守藩篱，徒见孔穴而不观乎昭广者也。"这种"不主故常"的精神，尤其是将伶寺妾妇之作与周召并举的价值观，已是典型的性灵派主张。《诗集》自序写道："大抵诗之作出于无心，则其情真，又必各有所为，故其义实情真。（中略）后之诗人则异是，彼既以诗自命，人亦以诗相属，于是外物为主而诗役焉，诗为主而心役焉。以诗役心则心非其心，特牵于诗耳，诗于是无真性情。以外物役诗则作如不作，特缘于外耳，诗于是无真比兴。（中略）余于斯事，不求甚解，而窃好反寻其本，收拾旧稿，其无为而作者去之，其为人而作者又去之，止存其自吟自止、用适己事者，工拙所不计也。"这种创作思想也无异于性灵派的论调。陈祖范虽不以诗名，但治经讲学，名重一时，他的文学主张相信会对江南后学产生一定的影响。

另一位是邱赓熙，字南怀，号悔斋，又号篛帽山人。江苏吴县人。乾隆元年（1736）恩贡生，久应举不第，终老场屋。有《詹詹集》等，刊有《篛帽山人诗草》，又有稿本《游艺集》七卷、《漫与集》四卷附诗余一卷，藏中国社会科学院文学所。从他诗中有《读已畦集偶题即用集上韵》及读沈德潜诗的感兴之作来看②，像是横山门下嫡派，或是沈德潜门弟子，但他对诗歌的理解却截然异

---

① 陈祖范：《陈司业集》，乾隆二十九年日华堂刊本。下引陈文均据此本。
② 邱赓熙：《游艺集》卷五，中国社会科学院文学所藏稿本。

趣。吴庄序邱赓熙诗，说他早年不言诗，"其视诗亦谓可无学而能也"①。乾隆十一年（1746）所作《戏学元遗山论诗十五首》②，其一仍表达这个意思，放言诗本性情，不学而能。说诗本性情是对的，本立则道生，但要说诗可以不学而能，则很有问题。钱大昕《李南涧诗序》驳韩愈不平则鸣的说法，专门发明此理，提醒人们"世之悻悻然怒、戚戚然忧者，未必其能鸣也"③。邱氏这一想法很可能误解了王渔洋的神韵说，他在《客邸思亲寄示观儿用王荆公诗韵》诗中曾这样点拨其子："神韵悟从糟粕外，新奇端在性灵中。"④ 这里的"神韵"不用说是承王渔洋而来，但"性灵"不太可能本自袁枚，只能是沿用自古流传的概念。《戏学元遗山论诗十五首》中更有"痛诋描摹贵性灵"之句，可见他是将性灵奉为诗之核心价值的。他的不学而能诗的看法，也是后来性灵派的重要观念之一。幸而他默默无闻，如果名满天下，很可能也会招致尖锐的批评。当然，邱赓熙也未偏执到要将诗与学对立起来，后来在《稷契篇》里终究承认："作诗须才又须学，试问万卷人读无？挼青妃白剪彩花，以名作诗如是夫？诗无性情无书卷，纵有长篇累牍不过呼呜呜。"⑤ 此诗题名本自杜诗"自比稷与契"句，通篇大意以杜甫为宗，可见最终还是杜甫拉住了他。

### 三 江南以外的性灵诗论

如果只有江南几位诗人的鼓吹，性灵诗学可能还不足以造成席卷天下的局面，风靡诗坛的思潮往往有着比我们所知道的更为广大的社会基础。这需要更广泛细致的文献考察，在此我只能举例性地提出两个值得注意的人物。一个是查为仁，一个是桑调元，前者是有影响的诗人和评论家，后者也是颇有名气的诗人和学者。

查为仁（1693—1749），一名成苏，字心谷，号莲坡居士。直隶宛平人。查慎行侄。康熙五十年（1711）解元。因查嗣琏之案系狱，八年方脱。遂绝意仕

---

① 吴庄：《箬帽山人诗草序》，《箬帽山人诗草》卷首，乾隆四年刊本。
② 邱赓熙：《箬帽山人诗草》卷三，乾隆四年刊本。又见于稿本《游艺集》卷，系于乾隆十一年（1746）丙寅。
③ 钱大昕：《李南涧诗集序》，《钱大昕全集》，第9册，第417—418页。
④ 邱赓熙：《箬帽山人诗草》卷三，乾隆四年刊本。
⑤ 邱赓熙：《游艺集》卷六，中国社会科学院文学所藏稿本。

进，于天津经营盐业，筑水西庄，多聚异书，广交天下名士。著有诗词集多种，汇为《蔗塘未定稿》《蔗塘外集》及《莲坡诗话》。①《莲坡诗话》三卷，前有乾隆六年（1741）三月杭世骏序，又有同年二月自序云："仆少遭忧患，放弃以后，酷嗜声诗，凡从游先辈以及石交襟契所有赠答倡酬之作必加甄录，用备遗忘。今年春二月，人事少暇，搜诸箧衍，共得若干条，稍加诠次，厘为三卷，题曰莲坡诗话。若方外闺秀杂流之句，亦附入焉。回忆三十年来，酒边烛外，论议所及，足以资暇启颜者，正复不少，并为述其颠末，以助谈柄。盖是书得于见者七八，得于闻者二三也。"书中引及雍正九年（1731）成书的《说诗晬语》，则此书应撰于雍正九年至乾隆六年之间，也是清初诗学与乾隆诗学过渡时期的一种著作。此书有乾隆八年（1743）刊《蔗塘外集》本，又被丁福保辑入《清诗话》，比较常见，但历来治诗学的人很少注意它。

查为仁是雍正、乾隆间真正有影响的一位批评家，他在天津的水西庄曾是当时闻名天下的文艺沙龙。袁枚《随园诗话》载："升平日久，海内殷富，商人士大夫慕古人顾阿瑛、徐良夫之风，蓄积书史，广开坛坫。扬州有马氏秋玉之玲珑山馆，天津有查氏心谷之水西庄，杭州有赵氏公千之小山堂，吴氏尺凫之瓶花斋。名流宴咏，殆无虚日。许珮璜刺史赠查云：'庇人孙北海，置驿郑南阳。'（中略）不四十年，风流顿尽！"②后文提到乾隆四十九年（1784）甲辰过九江的经历，则所记四十年前的事正是乾隆初的流风余韵。查为仁的《莲坡诗话》是他招邀天下名流的真实记录，保存了许多诗家逸闻和篇章本事，多有不见于他书的珍贵记载。令人感兴趣的是，他好像喜欢用"性灵"的概念。曾称释元宏《重上长安秋日怀旧》诗三十首"铅华扫尽，独出性灵"③，又称胡捷"其诗清润和婉，时出性灵"④，又云："作诗好用经语，亦是一病。老杜诗'致远思恐泥'，东坡写诗到此句，云：'不足为法。'家初白老人有《秋花》诗云：'雨后秋花到眼明，闲中扶杖绕阶行。画工那识天然趣，傅粉调朱事写生。'此诗可与前意参

---

① 查为仁生平见《碑传集补》卷四九所收传记，钱仪吉等辑《清代碑传全集》，上海古籍出版社1987年影印本。

② 袁枚：《随园诗话》卷三，第69页。

③ 查为仁：《莲坡诗话》卷上，《清诗话》，上册，第506页。

④ 同上书，第492页。

看。宋时或有言今人作诗多要有出处，朱子曰：'关关雎鸠'，出在何处？程子亦云：'古之学者，惟务养情性。若今之为文者，专务章句，悦人耳目，既务悦人，非俳优而何？'知此可以言性灵。"① 又举谈汝龙诗"诗惟写意随唐宋，酒借陶情任圣贤"，喜其诗"不衫不履，多自得之趣"②，这正是性灵的要义。

但总的来说，查为仁论诗没有什么门户之见，对开国以来名诗人都有好评，既推崇王渔洋，也不薄赵执信，诗话中提到沈德潜，也相当推崇："长洲沈确士编修德潜，有《说诗晬语》二卷，推论历代风雅源流，一一抒其心得。其自为诗，有《竹啸轩》《归愚》等集，专宗三唐，文质相丽。五言及乐府，尤为擅场。《明妃词》云：'毳帐琵琶曲，休弹怨恨声。无金酬画手，妾自误平生。'"③我们不妨假设，在乾隆前期，他是使用并传播"性灵"概念的一位重要诗家。

桑调元很少为人注意，更没有人将他当作诗论家来讨论，但他的诗歌主张却明显有着与性灵诗学相通的倾向，性灵派诗论家李调元也很欣赏他，目为奇人④。桑调元（1695—1771），字伊佐，一字弢甫。浙江钱塘人。以孝子著闻。曾师从劳史，通易象性理之学。雍正四年（1726）与马维翰、朱嵩龄同举于乡，一见莫逆，互以千古相期许。雍正十一年（1733）中进士，授工部屯田司主事，后引疾归，主讲于涑源书院、道山书院、大梁书院。撰《论语说》《躬行实践录》行世，《四库提要》称其"持论极为醇正"⑤，又许其"诗文纵横排奡，摆落蹊径，毅然自为一家"⑥。曾赋杭州镇海楼诗七言排律二百韵，名震一时。调元好与人论诗，尝与刘凡说诗最相契合；张学林按察河南时，每与论诗弥日⑦。瞿世瑛《清吟阁书目》卷三著录其批顾有孝《唐诗英华》，今不传。作品汇刻为《弢甫集》，乾隆七年（1742）自序云："少爱山水，登眺适兴，时时发为歌诗。此景历苍素发不变，涉世怀古，亦尝振笔抒所郁塞，本不知古作者意，亦不遵模

---

① 查为仁：《莲坡诗话》卷上，《清诗话》，上册，第514页。
② 同上书，第481—482页。
③ 同上书，第516页。
④ 詹杭伦、沈时蓉：《雨村诗话校证》卷八，第198页。
⑤ 永瑢等纂：《四库全书总目》卷九八，第832页。
⑥ 永瑢等纂：《四库全书总目》卷一八四，第1677页。
⑦ 张寅彭、强迪艺：《梧门诗话合校》卷七、卷六，第213、192页。

古作者。"① 明白地打出绝对自我表现的旗帜。为此，他使用"性灵"的概念，就更清楚地与自我表现联系起来。他为景星杓作《拗堂诗集序》称"先生之诗，绝空依傍，直吐性灵"（卷三），《朱排山诗序》称"诗思清而腴，日益豪上，由怡养天和，倾性灵而出之也"（卷三），连编选《大梁试帖》也说"欲诸生娴格律，以次及诸体，陶冶性灵，不专事试帖也"②。性灵显然是他很喜欢并认为能够概括自己论诗主张的概念。

而且我们可以看到，他的性灵与真诚密不可分。比如他称朱嵩龄诗文"磊砢不群，流真挚于行间，读者可想见其人"（卷三），序朱嵩龄父《鹤洲残稿》称"诗无真可写，敝敝焉以雕绘为事，虽卷轴塞穿壤，其中固无诗也。匪微无诗，抑无人"（卷三），《张圗东诗序》称"夫惟情之真者不腐，此掇皮皆真矣，彼驰骛一时、猎取浮名者，能与之共千古耶？"（卷四）所谓"可想见其人"，所谓"无人"，都与康熙间冯班"诗中有人"的主张有渊源关系，其直接的影响则很可能是赵执信。因为他在崇尚真诚的同时，还不放弃伦理的规范。像《南皋生诗序》说："观其缥写性灵，根元孝友，语无吊诡，可骇可愕而肫谆浓至，其情真，其词和而爽，其幽思郁结，亦了了可见缕脉，绝去蒙暧黢昏之状。既正厥志，而言非无自而摅，卒为绨章绣句者之所莫能掩其工。"（卷四）但同时又强调，"诗言志，志不存乎伦理，而徒摛风云月露之词，岂足以称诗哉？"《张圗东诗序》也回到《诗大序》的传统观念："昔苏子瞻序王定国诗，以发乎情止乎忠孝为诗之正，若变风变雅，则发乎情止乎礼义而已。夫舍忠孝无所谓礼义，顾可区为二之耶？乌得以之言正变。（中略）惟礼义本乎性生，形而为忠孝，各极其正变之旨，而得其情之真，斯则《三百》之根源也。"（卷四）《空同诗钞序》似乎可以看作他诗歌观念的完整表达：

　　诗本陶冶性灵，而性灵触拨，一时或横溢莫可制，圣人欲授之范也，故曰发情止义。若千古伟人之生，心胸皎若雪日，根元忠孝，世俗鬼琐之见不入乎其中，一有感于伦理世故，缠绵菀结，若有物焉蓬勃不可按抑，宣为声

---

① 桑调元：《㢸甫集》卷首，兰陵草堂刊本。下引《㢸甫集》均据此本，仅注卷数。
② 桑调元：《大梁试帖新选》，《㢸甫集》卷五，兰陵草堂刊本。

诗，瀚然蒸浮，如山川出云，弥漫碧落，自然回薄万状。古今作者，浅深各有所得，而统宗笼盖，万舌同声，首推少陵杜氏。盖酝酿深厚，忠义形见，忽不自知。倾注所至，其妙跻巅奥，何尝不由才雄学赡？顾原本发皇自性情之正，为之所由，与雕虫篆刻、羞壮夫之颜者异矣。（卷三）

这样的主张几乎已接近沈德潜的正统派论调了，但桑调元不应被视为沈德潜的同路人。乾隆二十年（1755）他应福建道山书院之聘，将赴闽，浙江学使雷翠庭向他盛赞黄任，《槐塘诗话》的作者汪沆也称黄为闽中巨才长德，诗非今所多有。调元甫抵闽即访黄任，促席论诗，一见即成衿契，常相往来。不久，调元以水土不服告归，临别黄任以诗集属订。翌年六月蒇事，调元作《香草斋诗集序》曰："君才思滔滔，多师为师，清丽绵芊，而风骨凝然，独超众嫮。其缫抒性灵，自溢其清真于洒落之余，不模陶、韦而合。"① 多年过去他仍执拗地使用性灵的概念。这时离袁枚称雄诗坛已为时不远了。他与查为仁都应该被视为乾隆初期传播性灵概念的诗人。

### 四 袁枚与几位前辈诗论家的渊源

文学史经验证明，一种文学思潮的兴起，总有一段时间的酝酿，一些作家在观念上或以创作实践做好了铺垫，一些作家在概念上为新思潮的命名做好了准备。像查为仁、桑调元这类使用概念的先行者，是比较醒目的②；而观念或创作的奠基者，则不那么一目了然，需要做一番细致的知识考古工作。

当康、乾之际，颇有一些诗人，虽不标举性灵之说，但其观念明显是后来性灵诗学的先声。比如四川著名诗人彭端淑（1697—1777），雍正十一年（1733）进士，官至广东按察使。晚年主讲成都锦江书院，与弟肇洙、遵泗以诗古文名蜀中，时号三彭。著有《白鹤堂诗文集》《雪夜诗谈》《明人诗话补》《国朝诗话补》等。其《文论》有云："作文之道有三，曰学曰识曰才。才所以辅吾之学识以达于文者也，有学有识而才不至，则无以达其所见，以行于自然之途，使天下

---

① 陈名实、黄曦点校：《黄任集》卷首，方志出版社 2011 年版，第 6 页。
② 至于零星使用性灵的例子，还有如乾隆十一年（1746）王祖晋序仝轨《真志堂诗集》："古来里巷歌谣及儿童牧竖信口所出之语，皆可传世而行远，何则？其性灵不可磨灭也。凡言之抹煞性灵者总摘藻扬华，雕绘骸髊，终属牛鬼蛇神之技，精气既漓而糟粕未有不腐者。"

后世厌心而悦目。顾才有小大，授于天而不可强者也。"① 这种尚才的观念正是后来性灵诗学的先声，类似的例子还有待我们去发掘。

与袁枚同膺乾隆元年博学鸿词之征的"北随园"边连宝（1700—1773），自称"余自结发学诗，自汉魏以下多所窥览。其于酸咸甘辛，薰莸菫饴之味，无不备尝"②，也是个对文学理论有深入思考的人，文集中有些篇目是专论文理的论文，如《盗解》其实是一篇模仿论，《谢彝民离骚注序》是一篇注释论。其诗歌创作，挚友戈涛序称，"余尝论随园诗以韩、孟为宗，七言歌行兼有李青莲、卢玉川子；今更读之，以为不然。随园之诗自成为随园而已矣"，又说"随园诗纵横排奡，不可方物，而各有一随园者存"，边连宝许其"非知余之深者不能道也"。这正是传承和发挥叶燮"自成一家"的观念并使之更具体化的宣言。乾隆三十五年（1770）作《论诗》四首，其一云："逃禅难并抛文字，学古愁仍落臼窠。体貌循声天趣减，云飞川涌化机多。"其二云："纷纶古籍腹中藏，百炼千研化为霜。懒向陈人拾剩唾，直从灵府发奇光。"其四云："先生问俗采风诗，心画心声近转疑。但说鹗身无凤喙，也防媸骨里妍皮。少陵忠孝真千古，太白风流亦一时。谩讶钤山文体变，渠家底里是青词。"③ 这里虽未使用"性灵"一词，但对天趣、真趣的推崇，旨趣通于袁枚的性灵论。《病余长语》卷六针对当代诗家一笔抹倒公安和竟陵的倾向，大声为公安派正名，同时完成了性灵思潮与前代诗学渊源的衔接："王李而后，一变而为袁公安，再变而为钟竟陵。竟陵从鬼窟蛇穴中寻觅活计，断断不可为训。至公安一派，虽未为风雅之极则，然皆从一点性灵中疏瀹披剔而出，自未可厚非。乃论者欲与竟陵同类而共讥之，且谓竟陵之谬兆自公安，不知两家分道扬镖，各不相涉，以竟陵之狱府于公安，可乎？本朝沈归愚德潜撰《古诗源》《唐诗别裁》二书，并平正有准则。至《明诗别裁》，则极贬公安、竟陵，而力扶王李。余谓竟陵可贬，而公安必不可贬，王、李更必不可扶也。"④ 他又指出："归愚所病于公安者，以其谐耳。余谓白、苏、陆三家

---

① 彭端淑：《白鹤堂文稿》，同治六年丹林彭效宗重刊本。
② 边连宝：《五言正味集序》，刘崇德主编《边随园集》，中华书局2007年版，第3册，第841页。
③ 刘崇德主编：《边随园集》，第3册，第647页。
④ 边连宝：《病余长语》卷六，《边随园集》，第5册，第1575页。

皆不免于谐。太谐故伤雅，谐而不甚，反有以助其天趣。"①边连宝足不出乡里，年届古稀始因侄廷抡观察京口，促使他"垂老幡然作壮游"②，故影响仅限于河北一带，近代以来更是很少为人注意。

对于诗学史的建构来说，例子的多少在有些问题上并无特别重要的意义，像乔伊斯、T. S. 艾略特、伍尔芙这样读者不过数百人、纯属"代表少数人的潮流"的作家，却代表着英国的现代主义文学风潮③；孟郊、韩愈、白居易、元稹四个人的诗歌也足以宣告一个新的诗歌时代的来临。文学风气的变化或思潮的迭兴的确不是由持某种观念的作家数量决定的，重要的是某些人物产生的实际影响——这种影响有时甚至不是可计量意义上的多数，而只是在某种形式上使现存秩序发生变化。从这个意义上说，以上论及的诗人都是对乾隆中叶的性灵诗风产生影响的人物。如果我们承认袁枚诗学主导或者说代表了性灵诗风的趋向，那么上面这些诗人都是袁枚熟识的前辈，他们的议论都可能成为袁枚汲取的理论资源。

袁枚与薛雪的交往，从乾隆元年（1736）同膺博学鸿词之荐，就埋下了伏笔，但薛雪未与试，推迟了两人结交的时间。现知他们往来的最早材料是《小仓山房诗集》卷七《病中谢薛一瓢》，诗云："先生七十颜沃若，日剪青松调白鹤。开口便成天上书，下手不用人间药。口嚼红霞学轻举，兴来笔落如风雨。（中略）故人忽罹二竖灾，水火欲杀商丘开。先生笑谓双麻鞋，为他破例入城来。十指据床扶我起，投以木瓜而已矣。咽下轻瓯梦似云，觉来两眼清如水。先生大笑出门语，君病既除吾亦去。一船明月一钓竿，明日烟波不知处。"诗作于乾隆十五年（1750）庚午，自称"故人"，则两人前已相识。《随园诗话》卷五说薛雪"公卿延之不肯往；而予有疾，则不招自至"，言下颇引以自矜。翌年五月十二日，35 岁的袁枚作为后辈髦俊厕身于薛雪宅的诗酒唱和，有《薛征士一瓢招同许竹素汪山樵李克三叶定湖俞赋拙虞东皋集扫叶庄各赋一诗》《诗成后自嫌曼衍别呈一律》诗。乾隆二十二年（1757）乙亥春、三十年（1765）乙酉冬，薛雪两度为袁枚抢救厨人性命，且曰："我之医，即君之诗，纯以神行。所谓'人居

---

① 边连宝：《病余长语》卷六，《边随园集》，第 5 册，第 1757 页。
② 边连宝：《扬州》，《边随园集》，第 3 册，第 666 页。
③ 参看盛宁《对"现代主义"在中国影响的再思考》，《文学评论》2012 年第 1 期，第 14 页。

屋中，我来天外'是也。"《随园诗话》备载其事，且称"先生诗亦正不凡"，举《夜别汪山樵》："客中怜客去，烧烛送归桡。把手各无语，寒江正落潮。异乡难跋涉，旧业有渔樵。切莫依人惯，家贫子尚娇。"《嘲陶令》："又向门前栽五柳，风来依旧折腰枝。"咏《汉高》："恰笑手提三尺剑，斩蛇容易割鸡难。"《偶成》："窗添墨谱摇新竹，几印连环按覆盂。"① 《诗话》补遗卷五又载："庚辰余就医薛生白家，遇赵君曾益，谈甚洽。"② 庚辰是乾隆二十五年（1760），正是袁枚名声大振、对诗坛产生影响力之际。他与薛雪的密切往来使他有机会了解叶燮师门的诗学见解，虽然他在薛雪逝世后写的《祭薛一瓢》中不曾提到薛雪的诗学成就。

除了《随园诗话》所引叶燮诗论之外，还有一些地方可以看出他受到薛雪的影响。比如王彦泓诗，沈德潜斥其"最足害人心术"（《国朝诗别裁集·凡例》），而薛雪独喜之，曾说："王次回云'诗家窠臼宜翻洗，人日慵拈薛道衡'，次回团香缕雪手也，乃有此金针度人之语。不落窠臼，始能一超直入，若拖泥带水，终是土气息、泥滋味。"③ 袁枚《随园诗话》卷十四也说："王次回诗，往往入人心脾。余年衰无子，宾朋来者，动以此事相询，貌为关切。余深厌之，有诗云：'厌听人询得子无，些些小事不关渠。逍遥公有儿孙累，未必云烟得自如。'后见次回句云：'最是厌人当面问：凤凰何日却将雏？'余评女以肤如凝脂为主。次回亦有句曰：'从来国色玉光寒，昼视常疑月下看。'"④ 薛雪于体裁主扬长避短，不求体备，云："今人诗稿，必首先乐府，次古诗长诗，拟古咏史，五七律，五七绝，歌行铭颂，无一不有，冠以大老之序，名手所书，何其秽也！人各有能有不能，岂可强作，以体备为荣？试观一稿之中，可是篇篇佳句，体体传作？"⑤ 袁枚《随园诗话》也有类似的说法：

　　乐府二字，是官监之名，见霍光、张放两传。其《君马黄》《临高台》等乐章，久矣失传。盖因乐府传写，大字为辞，细字为声，声词合写，易至

① 袁枚：《随园诗话》卷五，第 103 页。
② 袁枚：《随园诗话》补遗卷五，第 508 页。
③ 薛雪：《一瓢诗话》，《清诗话》，下册，第 686 页。
④ 袁枚：《随园诗话》卷一四，第 361 页。
⑤ 薛雪：《一瓢诗话》，《清诗话》，下册，第 708—709 页。

舛误。是以曹魏改《将进酒》为《平关中》，《上之回》为《克官渡》，共十二曲，并不袭汉。晋人改《思悲翁》为《宣受命》，《朱鹭》为《灵之祥》，共十二曲，亦不袭魏。唐太白、长吉知之，故仍其本名，而自作己诗。少陵、张、王、元、白知之，故自作己诗，而创为新乐府。元稹序杜诗，言之甚详。郑樵亦言："今之乐府，崔豹以义说名，吴兢以事解目，与诗之失传一也。《将进酒》而李余乃序烈女，《出门行》而刘猛不言别离，《秋胡行》而武帝云'晨上散关山，此道当何难'，皆与题无涉。"今人犹贸贸然抱《乐府解题》为秘本，而字摹句仿之，如画鬼魅，凿空无据；且必置之卷首，以撑门面，犹之自标门阀，称乃祖乃宗绝大官衔，而不知其与己无干也。①

对照袁枚与薛雪论诗的相似之处，推断其诗学出于同一渊源，甚或有着某种影响关系，绝不是毫无根据的。

黄子云见于《随园诗话》卷三："苏州黄子云，号野鸿。布衣，能诗。有某中丞欲见之，黄不可，题一联云：'空谷衣冠非易觏，野人门巷不轻开。'《郊外》云：'村角鸟呼红杏雨，陌头人拜白杨烟。'《上王虚舟先生》云：'两晋而还谁翰墨，九州之内独声名。'皆佳句也。子云于城外构一草屋，客至则具鸡黍，夜留榻焉。父子终夜读书。客叹其好学，曰：'非也。我父子只有一被，撤以供客，夜无以为寝，故且读书耳。'"②

郑板桥事迹也数见于《随园诗话》，最详细的一则见于卷九："兴化郑板桥作宰山东，与余从未识面；有误传余死者，板桥大哭，以足蹋地。余闻而感焉。后廿年，与余相见于卢雅雨席间。板桥言：'天下虽大，人才屈指不过数人。'余故赠诗云：'闻死误抛千点泪，论才不觉九州宽。'板桥深于时文，工画，诗非所长。佳句云：'月来满地水，云起一天山。''五更上马披风露，晓月随人出树林。''奴藏去志神先沮，鹤有饥容羽不修。'皆可诵也。"③

---

① 袁枚：《随园诗话》卷一，第6页。
② 袁枚：《随园诗话》卷三，第71页。
③ 袁枚：《随园诗话》卷九，第237页。

查为仁事迹除前引一条外，还见于《随园诗话》卷四："余宰江宁时，查宣门居士开赠《蔗塘诗》一集，盖其族人心谷先生为仁所作。本籍海宁，寓居天津，十九岁即经患难，在狱八年，始得释归；怜才爱士，置驿通宾。其诗清妙，盖深得初白老人之教者。《同友集空谷园》云：'郊居尘埃少，幽访共沿回。柳下孤篷泊，花间白版开。高人还掩卧，稚子识曾来。小立窥鸥鹭，忘机客不猜。'《秋夜病中》云：'巷尾迢迢报柝声，虚堂如水断人行。云移一朵月吞吐，竹啸几声风送迎。不向枚生求《七发》，只凭曲部觅三清。调糜煮药经旬卧，白发萧萧又几茎。'他如：'酒无千日醉，事有百年忙。''风愁撼树响，鼠厌数钱声。''为问亭边三五树，春来花发几多枝？'皆可诵也。己未余乞假归娶，杭堇蒲前辈为余通书。先生命其子俭堂礼登船厚赆，至今未敢忘也。"① 又说："先生有《莲塘诗话》，载初白老人教作诗法云：'诗之厚在意不在辞，诗之雄在气不在句，诗之灵在空不在巧，诗之淡在妙不在浅。'其言颇与吾意相合，特录之。"②

桑调元见于《随园诗话》卷十，详载其孝节，称"性孤癖，能步行百里，弃主事官，裹粮游五岳"，录其《留别袁石峰》《过华山》《嵩洛杂诗》诸作，以为"非深于游山者不能言"③；卷三还引称其讥王士禛论诗一绝④，足见袁枚对他的作品相当熟悉。

以上这几位前辈诗人，袁枚不仅与之有交往或得其资助，还读过他们的作品和诗话，对其诗文和艺术观念显然是很了解的，认为袁枚的性灵派观念有可能受其影响，不是没有根据的推测。20 世纪末，钱仲联、严明发表《袁枚新论》，"从诗坛盟主影响一代诗风"的角度，提出在乾嘉之际"以袁枚为主帅，赵翼、张问陶、孙原湘等人为羽翼的性灵诗派风起云涌，称雄诗界"的说法⑤，代表着今人对性灵派诗学历史展开的一般认识。近年有学者认为"此说高估了袁枚诗派的影响力"，并从被列于性灵派的诗人的创作旨趣及对袁枚的评价之异，以及判

① 袁枚：《随园诗话》卷四，第99—100页。
② 同上书，第100页。
③ 袁枚：《随园诗话》卷一○，第271—272页。
④ 袁枚：《随园诗话》卷三，第60页。
⑤ 钱仲联、严明：《袁枚新论》，《文学遗产》1994年第2期。

断具体诗人归属的尺度不统一等方面，指出今人论性灵派谱系所存在的理论缺陷①。我觉得，袁枚性灵诗派的影响力是无论如何高估也不会过分的，诗派内部个体的观念差异也很正常，需要认真考究的倒是性灵思潮兴起的历史过程。从袁枚的早期经历看，他虽受知于不少达官贵人，但于前辈名诗人却很少接触，而能对他产生直接影响的诗人就更少了。《随园诗话》中提到的这些诗人，我们有理由推断就是他性灵观念的直接来源。

## 第二节　袁枚性灵诗学的要义

### 一　群体的理论突围

乾隆初年的诗坛，以吴、浙两地最为世所瞩目。浙江虽拥有钱载、厉鹗等一批有全国声望的诗人，但在诗歌理论方面没有自己的主张，或者说没有引人注目的理论建树，吴下则沈德潜和薛雪承传的叶燮诗学正持续发挥着影响。袁枚（1716—1797）以浙人而长期生活在江宁，深受江南诗学的浸染，同时在地域传统的渊源上又承继查慎行一路的清软诗风，因而于当时流行的浙派诗殊无好感。《答沈大宗伯论诗书》提到：“先生诮浙诗，谓沿宋习、败唐风者，自樊榭为厉阶。枚浙人也，亦雅憎浙诗。”② 不过他与沈德潜持论的一致也仅限于此，毕竟两人都以唐诗为宗，超出这一界限就分道扬镳了。沈德潜的诗学被称为格调派，袁枚的诗学被称为性灵派，格调派是后人命名的，而性灵派却是当时即有此名。据我考察，袁枚开始在诗坛扬名立万，是在乾隆二十五年（1760）前后。此时不要说王渔洋的神韵诗学风头已弱，就是沈德潜亦届风烛残年，不足与之分庭抗礼。袁枚本来已没有必要去触动那些已成刍狗的诗学观念，但问题是，神韵、格调这些观念的式微，不仅让他看到诗学阶段性的观点与普遍性的目标之间的差

① 邹鹏：《“性灵派”谱系的理论缺陷及就宗派立论的误区》，《社会科学家》2011 年第 11 期。
② 袁枚：《小仓山房文集》卷一七，《袁枚全集》，第 2 册，第 283 页。《文集》卷一一《万柘坡诗集跋》亦有类似看法。

异，更让他深刻地意识到一个理论的危机，或者说传统诗学的一个双重困境：就创作而言，它一方面要遵循一定的规则，同时又不能照规则机械地复制；就理论而言，它一方面要标举某种具有普遍意义的审美理想，但同时个人才能和实践又不能完全相符。前一点，他由叶燮对"法"的冷处理，应已有所体会；而后一点，他从"一代正宗才力薄"的王渔洋的创作实践，也看得很清楚。要解决这双重的吊诡，必须彻底摆脱习惯的思路，另辟蹊径。或许这正是人们所面临的共同的元理论问题吧，他的思路最终竟同康德一样，选择以天才论为突破口[①]，将传统的客观性问题断然转化为一个主观性问题，或者说将外在的技术要求内化为才性问题，重新祭出"性灵"这面古老的旗帜，希望借助于这一理论转向超越艺术宿命中的悖论。

　　袁枚的理论困惑及所选择的突围方式显然集聚了那个时代诗学的焦虑，因而他作为新诗学的代表人物很快成为诗坛关注的焦点，他的诗作和评论乃至日常生活作风都被视为引领风气的时尚，一些不甘于平庸而有所追求的诗人都被吸引到他的身边，而袁枚的诗学活动的始末也就自然地成为乾隆朝诗学的时间表。然而历史的建构和叙述总需要找到某些有意义的事件作为划分历史时期的象征性界标。对于清代诗学史的第二个阶段来说，乾隆十九年（1754）甲戌实在是个很适合的分界点。这也是清代文化史上具有重要意义的年份。就经学史而言，它是汉学勃兴的序幕。当年的礼部试史称"最号得人"，乾隆朝最重要的汉学家中有五人同榜登第，他们是钱大昕、王鸣盛、王昶、朱筠、纪昀，当时正编纂《五礼通考》的礼部侍郎秦蕙田迅即将钱大昕及二王延入邸中，使其味经窝成为英才荟萃之所。时已成名的卢文弨、翁方纲、王安国等同在京中任职，戴震也适在此时入都，京师学林一时盛况空前。钱大昕及二王受业于惠栋，为吴学菁英；戴震为江

---

　　① 张隆溪《道与逻各斯》第一章"对书写文字的非难"论及这一问题："审美判断面临着它的私人性，个体性和它所内涵的普遍性之间的矛盾，因为审美判断虽然并不是没有合理的基础，但却是一种建立在个人趣味之上的判断并因而不可能具有普遍的可运用性。（中略）要使这种个人陈述具有普遍的有效性，就必须使它建立在一个人人所共有和人人都接受的概念之上（这个概念所代表的东西超越了有限的个人主观性）。然而，为了显然有别于逻辑判断（逻辑判断不作任何审美价值的评估），它又不能建立在逻辑概念之上。要想走出这一两难困境，就必须把趣味判断建立在一种既不是概念，又能使审美判断具有有效性的东西之上。（中略）康德说，天才拥有再现'审美理念'的特殊才能，这些审美理念超越了一切概念，同时又仍能为审美判断的有效性提供必要的基础。"冯川译，四川人民出版社1998年版，第40页。

永入室高弟，乃皖学翘楚，咸集京城，顿使汉学声势大壮。王达敏将乾隆十九年视为"清代学术起变的标志性年份"，认为从此"道问学掩过尊德性，成为学坛主流"①，无疑是独具眼光的。与此直接相关的就是京城学人诗风的兴起，随着汉学考据之风的日益炽盛，一种与考据癖相联系的学人诗风也在以京师为中心的诗坛弥漫开来。

而从后设的角度看，这一年也是诗歌史上的"乾隆三大家"初通声气的年份。当时袁枚三十九岁，赵翼二十八岁，蒋士铨三十岁。春间，袁枚有江北之行，经过金陵燕子矶宏济寺，看到蒋士铨题壁诗，击节叹赏而不知作者之名。后来他在《随园诗话》卷一记载："余甲戌春，往扬州，过宏济寺，见题壁云。(诗略)末无姓名，但著'苕生'二字。余录其诗，归访年余。熊涤斋先生告以苕生姓蒋，名士铨，江西才子也。且为通其意。苕生乃寄余诗云：'鸿爪春泥迹偶存，三生文字系精魂。神交岂但同倾盖，知己从来胜感恩。'"② 当时尹继善正驻节清江，袁枚往谒，为其子雨林书诗一册。而此刻蒋士铨正同赵翼一道在京应会试，并相识于闱中。榜发虽同漫落不遇，但四月一同考授内阁中书，士铨钦取第四名，赵翼为第九名。蒋士铨后来序赵翼诗集，还提到这段缘分③。不久赵翼南归，途经江宁，也去拜谒尹继善，得见袁枚诗册而题诗五首。后袁枚在《随园诗话》卷十记载此事："乾隆癸酉，尹文端公总督南河，赵云松中翰入署，见案上有余诗册，戏题云：'八扇天门诀荡开，行间字字走风雷。子才果是真才子，我要分他一斗来。'"不过今赵集所存《尹制府幕中题袁子才诗册》已删去这一首，而仅存四首。其二云："曾传丽句想风流，今读新诗笔更遒。始叹知君殊太浅，前番犹是蔗梢头。"又言"今日艺林谈此事，教人那得不推袁"④，可见赵翼之前已读过袁枚一些诗作，此度获见诗册，益深钦佩。翌年袁枚见到赵翼题诗，回赠七律一首，有句云："海内芝兰怜臭味，钧天丝竹奏《箫韶》。何时同作萧郎客，君夺黄标我紫标。"并记其事于《题庆雨林诗册》小序："甲戌春，在清

---

① 王达敏：《姚鼐与乾嘉学派》，第 12 页。
② 袁枚：《随园诗话》卷一，第 11 页。
③ 蒋士铨《赵云松观察诗集序》："予于甲戌会试，识君闱中。下第后，乃同考授中书。"邵海清、李梦生校笺《忠雅堂集校笺》，第 4 册，第 2005 页。赵翼《瓯北诗钞》卷首所收文字略异。
④ 赵翼：《瓯北集》卷三，《赵翼全集》，第 5 册，第 46 页。

江为雨林公子书诗一册。隔年，公子随宫保渡江，余病起入见，见瓯北赵君题墨衿宠，不觉变惭颜为欣瞩，重书长句呈公子，并呈赵君。"① 袁枚、赵翼、蒋士铨三人自此结下数十年的文章交谊，以后诗书往来唱和不绝，当世推为三大家。有桐乡人程拱字，绘《拜袁揖赵哭蒋图》，非三人之诗不读，传为韵事②。

袁、赵、蒋三人本以诗齐名，而才学实各有所擅。袁枚古文、骈文俱工，却不能词曲；赵翼学问最博，兼工书法，而不喜作文；蒋士铨则"自古文辞及填词度曲，无所不工"③。李调元曾说，论词曲袁、赵俱不及蒋，论诗则蒋不及袁、赵，大体为当世定论④。三家论诗莫不持性灵派观念，但又都有各自的诗歌趣味、各自的艺术追求，蒋、赵两家论诗更始终与袁枚保持着一定的距离。钱锺书在《谈艺录》中对三人"殊耐寻味"的关系及三家诗学之异趣，都有细致的辨析⑤，但仅限于个人的师法好尚。实质上三人论诗的离合，乃是性灵派诗人之间个体差异复杂性的反映，象征着性灵诗学内部和而不同的群体风貌。性灵诗学及其主要理论家始终是在这样的出入离合之间展开其思想进程的，其间的历史复杂性需要仔细辨析才能清楚地认识。而一旦我们厘清了性灵诗学群体内部的复杂差异，其流派的总体精神和理论同一性也就自然地凸显出来。

## 二　自我表现的诗学

袁枚诗学在当时就被贴上性灵的标签。性灵本是诗家习用的概念，刘熙载即已指出"钟嵘谓阮步兵诗可以陶写性灵，此为以性灵论诗者所本"⑥。晚明文人尤其崇尚性灵，焦竑《雅娱阁集序》云："诗非他，人之性灵之所寄也。苟其感不至，则情不深；情不深，则无以惊心而动魄，垂世而行远。"⑦ 公安、竟陵两派诗人都以性灵为诗歌的核心要素，如袁中道《阮集之诗序》称中郎"其志以发

---

① 袁枚：《小仓山房诗集》卷一一，《袁枚全集》，第 1 册，第 208 页。
② 袁枚：《随园诗话》卷四，第 97 页。程拱字，"字"原误作"宇"。
③ 王昶：《翰林院编修蒋君士铨墓志铭》，《蒋士铨研究资料集》，江西人民出版社 1985 年版，第 83 页。
④ 詹杭伦、沈时蓉：《雨村诗话校证》，第 42 页。按：陆元铉对此说颇不以为然，谓非定论，见邱璋《诸花香处诗集》卷首载陆元铉札。
⑤ 钱锺书：《谈艺录》，第 137—141 页。
⑥ 刘熙载：《诗概》，《清诗话续编》，第 4 册，第 2446 页。
⑦ 焦竑：《澹园集》卷一五，中华书局 1999 年版，上册，第 155 页。

抒性灵为主"①，谭元春《诗归序》称"真有性灵之言，常浮现纸上，决不与众言伍"②。不过他们使用性灵一词，内涵与传统用法相去不远。而到袁枚笔下，古老的"性灵"概念经叶燮独创性观念的触发，又吸收诸多前辈诗家的学说，已发展为一个具有特殊指向性和丰富意蕴的诗学范畴。

历来有关性灵的含义，论说虽多而大体接近③。日本学者早就注意到袁枚"性灵"概念与"性情"的紧密联系，释为"性情灵妙的活用"④，称其诗学为"性灵的性情说"⑤。中国学者顾远芗认为性灵是内性的灵感，而"所谓内性的灵感，是内性的感情和感觉的综合"⑥。美国学者刘若愚则以为："性情是指一个人的个性，而性灵是指一个人天性中具有的某种特殊的感受性。"⑦ 此说颇为后人所赞同。台湾学者有的将"性灵"二字分开来讲："性是指性情真挚自然，灵是表达灵活灵妙"⑧；或者说："袁枚的'性灵'包括'空'、'灵'，和生气勃勃的活力"⑨。而有的学者又将性灵与其他概念联系起来讲，认为："性灵两字，最明快的解释就是'才情'，同时它又含求真、自然、有我（有个性）、坦易、活泼、新鲜、有神韵等旨趣。"⑩ 大陆学者王英志也认为性灵包含真情、个性、诗才三个要素⑪。简有仪《袁枚研究》将性灵的含义概括为诗本性情、诗要有我、诗求存真、诗贵神韵、诗尚自然、诗须平易、诗崇心意、诗重鲜活等命题，认为性灵的含义"实际上是包括着'我的'与'真的'两种主要的概念，因为有个

① 袁中道：《阮集之诗序》，《珂雪斋文集》卷二，中国文学珍本丛书本。
② 钟惺、谭元春辑：《诗归》卷首，湖北人民出版社1985年版。
③ 迄今学界对性灵的界说可归纳为四种看法，即性情说、性情与灵感统一说、灵感说及真情、个性、诗才三要素说，参见张燕瑾、吕薇芬主编《清代文学研究》，北京出版社2001年版，第136页；石玲《袁枚诗论》，齐鲁书社2003年版，第141—142页。
④ 铃木虎雄：《中国诗论史》第三篇第五章"论性灵说"，洪顺隆译，（台湾）商务印书馆1972年版。青木正儿《清代文学评论史》作"灵妙之力"。
⑤ 松下忠：《江户时代的诗风诗论》，范建明译，学苑出版社2008年版，第865页。
⑥ 顾远芗：《随园诗说的研究》，商务印书馆1936年版，第51页。
⑦ 刘若愚：《中国的文学理论》，江苏教育出版社2006年版；张简坤明：《再论"性灵"一词的涵义——"袁枚性灵诗论"为例》，《清代学术论丛》第六辑，台湾中山大学清代学术研究中心编，（台湾）文津出版社2001年版。
⑧ 杜松柏：《袁枚》，（台湾）"国家出版社"1982年版，第189页。
⑨ 王建生：《袁枚的文学批评》，（台湾）圣环图书公司2001年版，第255页。
⑩ 张健：《中国文学批评》第二十章"沈德潜的诗学"，（台湾）五南图书出版公司1992年版，第319页。
⑪ 王英志：《清人诗论研究》，江苏古籍出版社1986年版，第197页。

我在，即可独抒自己的胸臆，专写自己的怀抱；而所谓的'真'，是指真情感，只要是作者兴趣所到，性灵中所要说的话，都不是虚伪的，造作的"。因此，性灵与性情的不同用法，在他看来乃是同一个意思①。这实际上又回到了日本学者最初的解释，但并未抓住实质问题。事实上，从与性情的关联来说明性灵，固然触及性灵的部分含义，但却模糊了问题的根本：性情可以直接抒发，也可以通过写物而显现，更接近于刘若愚所说的个性，包含理性和伦理观念；而性灵却只能直接摅写，因而更接近顾远芗所谓"内性的感情和感觉的综合"，质言之就是内心的情感体验或人生体验。

"性灵"一词在《随园诗话》中出现 25 次，且让我们看几则用"性灵"论诗的例子：

> 啸村工七绝，其七律亦多佳句。如："马齿坐叨人第一，蛾眉窗对月初三。""卖花市散香沿路，踏月人归影过桥。""春服未成翻爱冷，家书空寄不妨迟。"皆独写性灵，自然清绝。腐儒以雕巧轻之，岂知钝根人，正当饮此圣药耶？②

> 戊寅二月，过僧寺，见壁上小幅诗云："花下人归喧女儿，老妻买酒索题诗。为言昨日花才放，又比去年多几枝。夜里香光如更好，晓来风雨可能支？巾车归若先三日，饱看还从欲吐时。"诗尾但书"与内子看牡丹"，不书名姓。或笑其浅率。余曰："一片性灵，恐是名手。"③

> 余丙辰入都，胡稚威引见徐坛长先生，己丑翰林，年登大耋，少游安溪李文贞公之门，所学一以安溪为归。诗不求工，而间有性灵流露处。《赠何义门》云："通籍不求仕，作文能满家。坐环耽酒客，门拥卖书车。"真义门实录也。《幽情》云："酒伴强人先自醉，棋兵舍己只贪赢。"《安居》云：

---

① 简有仪：《袁枚研究》，（台湾）文史哲出版社 1988 年版，第 121 页。
② 袁枚：《随园诗话》卷一〇，第 269 页。
③ 袁枚：《随园诗话》卷一二，第 315 页。

"入坐半为求字客，敲门都是送花人。"亦《圭美集》中出色之句。①

> 余与香岩游天台，小别湖楼，已一月矣。归来几上堆满客中来信，花事都残。香岩有句云："案前堆满新来札，墙角开残去后花。"又《别西湖》云："看来直似难忘友，想去还多未了诗。"一片性灵，笔能曲达。②

在这四个用例中，性灵都指向某种生活情境，不属于景物描写而属于人生体验的感悟与触发，简单地说也就是性情＋灵机，即人生体验的生动表现。由《钱屿沙先生诗序》说"今人浮慕诗名而强为之，既离性情，又乏灵机，转不若野氓之击辕相杵，犹应《风》《雅》焉"③，可以清楚地看出性灵概念的两层义涵。而当它被与"怀抱"相对举时④，更显出偏指即时性感触的倾向。

袁枚诗学中类似性灵的概念还有情韵。《钱竹初诗序》提到："余尝谓作诗之道，难于作史。何也？作史三长，才、学、识而已。诗则三者宜兼，而尤贵以情韵将之，所谓弦外之音、味外之味也。"⑤ 情韵既是提摄才学识三长的要素，也可置换为性灵。按袁枚的习惯，情本与性通，韵又与趣通，也就是灵。《随园诗话》补遗卷七又发挥道：

> 《学记》曰："不学博依，不能安诗。"博依，注作譬喻解。此诗之所以重比兴也。韦正己曰："歌不曼其声则少情，舞不长其袖则少态。"此诗之所以贵情韵也。古人东坡、山谷，俱少情韵。今藏园、瓯北两才子诗，斗险争新，余望而却步，惟于情韵二字，尚少弦外之音。能之者，其钱竹初乎？⑥

他所以不标举传统的"性情"概念，是因为前人的性、情之别，在他眼中根本就毫无意义。首先，他认为"宋儒分气质之性、义理之性，大谬。无气质，则义

---

① 袁枚：《随园诗话》补遗卷二，第444页。
② 袁枚：《随园诗话》补遗卷五，第516—517页。
③ 袁枚：《小仓山房续文集》卷二八，《袁枚全集》，第2册，第487页。
④ 袁枚《与李宪乔书》称汪为霖诗"独抒怀抱，自写性灵"，见李宪乔《与袁子才论诗教》，《山东文献集成》第三辑，第47册，第177页。
⑤ 袁枚：《小仓山房续文集》卷二八，《袁枚全集》，第2册，第492页。
⑥ 袁枚：《随园诗话》补遗卷七，第565—566页。

理何所寄耶？"① 其次，性作为内在的品质又不可端倪，只能以情为其表见，即《书复性书后》所谓"夫性，体也；情，用也。性不可见，于情而见之"，"孔子之能近取譬，孟子之扩充四端，皆即情以求性也"②。他在《牍外余言》中还曾专门阐析这个道理：

> 火隐于石，非敲不见；泉伏于地，非掘不流。倘无敲掘之者，则亦万古千秋伏于石中、地中而已矣。凡人喜怒哀乐之未发，亦犹是也。此处无可着力，而李延平教人认喜怒哀乐未发时气象，岂非捕空索隐，即禅僧教人认父母未生以前之面目乎？须知性无可求，总求之于情耳。③

这等于将传统观念中意味着稳定、善良，处于上位的"性"悬置了起来，意谓性既不可自现，也就没有讨论的意义，只能求之于情。因此，他在一些场合确实只谈情，如《答蕺园论诗书》云："诗者，由情生者也。有必不可解之情，而后有必不可朽之诗。"④《随园诗话》卷三云："诗以言我之情也，故我欲为之则为之，我不欲为则不为。"又卷十云："余最爱言情之作，读之如桓子野闻歌，辄唤奈何。"补遗卷七云："文以情生，未有无情而有文者。"但问题是，情素来与欲望相联系，且已被明人用滥，此时再加以标举，既缺乏新鲜感也不会有号召力，或许有鉴于此，他转而标举"性灵"这个同样有着古老的渊源而又一度遭冷遇的概念来作为自己的旗号。

以性灵为标志性的概念来命名一种诗歌理论，其实很难提示什么理论内涵，不如说更像是提出一个倾向于主观表现的创作主张。如果性灵真是这样一个诗学概念，那又有什么新奇之处，又怎么会耸动诗坛、风靡天下呢？很显然，袁枚的性灵绝不是那么简单的概念，无论从哪个角度看，它都应该包含了丰富的社会意识和特定的诗学内涵。我们先来看看《随园诗话》第二则，这是论及袁枚的性灵说必举的材料：

---

① 袁枚：《牍外余言》第二十一则，《袁枚全集》，第5册，第7页。
② 袁枚：《小仓山房文集》卷二三，《袁枚全集》，第2册，第395页。
③ 袁枚：《牍外余言》第七十则，《袁枚全集》，第5册，第26页。
④ 袁枚：《小仓山房续文集》卷三〇，《袁枚全集》，第2册，第527页。

> 杨诚斋曰:"从来天分低拙之人,好谈格调,而不解风趣,何也?格调是空架子,有腔口易描;风趣专写性灵,非天才不办。"余深爱其言。须知有性情,便有格律,格律不在性情外。《三百篇》半是劳人思妇率意言情之事,谁为之格,谁为之律?而今之谈格调者,能出其范围否?况皋、禹之歌,不同乎《三百篇》;国风之格,不同乎雅、颂,格岂有一定哉?许浑云:"吟诗好似成仙骨,骨里无诗莫浪吟。"诗在骨不在格也。①

这段议论代表着袁枚对诗歌的基本看法,堪称是一个纲领性的宣言。他在此表达的见解是:(一)作诗最重要的是有诗的风趣、性灵,两者都与天才相关;(二)有风趣、性灵,便自然有格调、格律;(三)风趣、性灵不是文人才士独有的品质,劳人思妇也能具备;(四)骨子里没有诗性的人,不必作诗。

这些论点自然不是袁枚的独创发明。第一点就不用说了,只不过将性情与风趣、性灵打通。杨万里原用性灵,袁枚却换成性情,显见得并不特别在意"性灵"的概念。关于第二点,尤侗《曹德嵋诗序》已有类似说法:"诗云至者,在乎道性情。性情所至,风格立焉,华采见焉,声调出焉。"② 第三点尤属老生常谈,李东阳《麓堂诗话》已言之在先:"诗有别材,非关书也;诗有别趣,非关理也。然非读书之多明理之至者,则不能作。论诗者无以易此矣。彼小夫贱隶、妇人女子,真情实意,暗合而偶中,固不待于教。而所谓骚人墨客、学士大夫者,疲神思,弊精力,穷壮至老而不能得其妙,正坐是哉!"③ 后来嘉靖间吴子孝论诗④、清初吴之振《长留集序》都持同样的看法⑤。就观念而言,袁枚这些见解几乎说不上有什么独特之处。德国学者卜松山研究袁枚诗论,所得结论便

---

① 袁枚:《随园诗话》卷一,第1—2页。
② 尤侗:《西堂杂俎》三集卷三,康熙刊本。
③ 《历代诗话续编》,下册,第1378页。
④ 姚祖恩编《静志居诗话》卷一二载吴氏语曰:"世之莠童牧竖,矢口而成章;田翁野妪,发声而中节。彼盖不知何者之为诗,况诗之何以妙。何也?天地之机,洩之于人者,不知其所以然而然也。"人民文学出版社1990年版,上册,第336页。
⑤ 孔尚任、刘廷玑《长留集》卷首载吴序曰:"夫诗者,无论学士大夫、野老士女,即景即事,称心成语,有情有理,矢口叶韵,闻者莫不感发,和者无不畅遂。以之被笙歌则合乎声律,可以召八风,通万籁,所谓率其天真,诚能动物也。非谓别有门庭,自号曰诗人,招致生徒,传授衣钵,俟其面壁久参,一言印证,微笑相视,不许门外汉窥其半字,然后曰此大家也,此正派也。"中国书店1991年影印康熙刊本。

是："袁枚既没有作出重大的革新，也没有提出统一的诗学理论，他仅仅是重复了前人提出的一些观点。"① 这无疑是事实，但问题在于，重复不等于无所创新。尤其在中国，思想表达的习惯，历来就是在重复和诠释古典中寄寓自己的意旨。《渔洋诗话》列举前人若干诗论，无非是老生常谈，但集合在一起，就表达了王士禛的神韵诗说②。袁枚对许浑、杨万里诗论的引述，也具有类似的功能。

其实自明代以来，从前后七子的格调到王渔洋的神韵，再到沈德潜的格调，莫不对前人学说有着不同程度的接受和吸纳，只不过着眼点不同而已。袁枚"性灵"说与前代诗学的关系也是如此，历史上与性灵概念有关的人物，像南朝钟嵘、宋代杨万里，明代公安三袁、李贽等一直都为研究者所注意③。张健指出公安派的性灵说系建立在心学基础之上，而袁枚的性灵说则建立在才性论基础之上④，尤其给人启发。由此引出的问题是，袁枚的性灵说既然将诗归结于才性，将诗的核心问题还原到诗人的主体方面，那么就无法回避一个问题，正如心学的明心见性不足以保证致良知之必然，立足于才性论的"性灵"又如何能维持诗歌的品格呢？看来，袁枚需要为他的性灵开出更具体有力的保险条款。

袁枚显然是意识到这一点的。他的性灵说既不是对明代性灵派的全盘接受，也不是简单的重复，它是在广泛吸收与综合前代诗学的基础上形成的一种诗学理论，其中起码包含了以下这些与自我表现相关的观念。

一是祖莹的自出机杼，成一家风骨。《随园诗话》有云："为人不可以有我，有我则自恃很用之病多，孔子所以'无固'、'无我'也。作诗不可以无我，无我则剿袭敷衍之弊大，韩昌黎所以'惟古于词必己出'也。北魏祖莹云：'文章

① 卜松山：《中国的美学和文学理论》，向开译，华东师范大学出版社2010年版，第337页。
② 王士禛《渔洋诗话》："戴叔伦论诗云：'蓝田日暖，良玉生烟。'司空表圣云：'不著一字，尽得风流。''神出古异，淡不可收。''采采流水，逢逢远春。''明漪见底，奇花初胎。''晴雪满林，隔溪渔舟。'刘蜕《文冢铭》云：'气如蛟宫之水。'严羽云：'如镜中之花，水中之月。''如羚羊挂角，无迹可求。'姚宽《西溪丛语》载《古琴铭》云：'山高溪深，万籁萧萧；古无人踪，唯石嶕峣。'东坡《罗汉赞》云：'空山无人，水流花开。'王少伯诗云：'空山多雨雪，独立君始悟。'"《清诗话》，上册，第213页。
③ 铃木虎雄：《中国诗论史》第三篇第五章"论性灵说"，第170—174页；胡明：《袁枚诗学述论》，黄山书社1986年版，第84—89页；王建生：《袁枚的文学批评》第二章"袁枚文学批评思想的渊源"，第93—133页；王英志：《袁枚评传》，南京大学出版社2002年版，第382—393页。
④ 张健：《清代诗学研究》第十六章"古典与近代之间：袁枚的性灵说"，第726页。

当自出机杼，成一家风骨，不可寄人篱下。'"① 不难看出，这段议论与清初冯班的"诗中有人"之说也有一定的渊源。袁枚《续诗品·著我》更断言："不学古人，法无一可。竟似古人，何处著我？"与明代性灵派心学立场不同的是，他的主张渊源于北魏祖莹。

二是韩愈的"惟陈言之务去"，即《随园诗话》所云："司空表圣论诗，贵得味外味。余谓今之作诗者，味内味尚不能得，况味外味乎？要之，以出新意、去陈言，为第一着。《乡党》云：'祭肉不出三日；出三日，则不食之矣。'能诗者，其勿为三日后之祭肉乎！"② 这是强调必除故方能创新，此意叶燮、薛雪都再三强调过。

三是陆龟蒙的"题目佳境，言不可刊置别处"。《随园诗话》云："陆鲁望过张承吉丹阳故居，言：'祐善题目佳境，言不可刊置别处。此为才子之最也。'余深爱此言。自古文章所以流传至今者，皆即情即景，如化工肖物，着手成春，故能取不尽而用不竭。不然，一切语古人都已说尽；何以唐、宋、元、明，才子辈出，能各自成家而光景常新耶？即如一客之招，一夕之宴，开口便有一定分寸，贴切此人、此事，丝毫不容假借，方是题目佳境。若今日所咏，明日亦可咏之；此人可赠，他人亦可赠之，便是空腔虚套，陈腐不堪矣。"③ 当前人胜处难以逾越时，欲与前人争胜，就只有追求艺术表现的妥帖和分寸感。这便是古人所谓"切"，也是袁枚破除一切诗家规条后退守的艺术底线。

四是杨万里的风趣，如前引《随园诗话》所说，诗发自性灵，则天机活泼，光景常新，这是袁枚性灵诗学的核心内容之一，已有学者专门讨论④。

五是陈白沙的风韵。陈献章《与汪提举》写道："大抵论诗当论性情，论性情先论风韵，无风韵则无诗矣。今之言诗者异于是，篇章成即谓之诗，风韵不知，甚可笑也。性情好，风韵自好；性情不真，亦难强说。"⑤ 这个说法非常有名，在明代即为王世贞所叹赏，到清初又经尤侗《历代诗发序》为之倡说。虽

---

① 袁枚：《随园诗话》卷七，第 163 页。
② 袁枚：《随园诗话》卷六，第 139 页。
③ 袁枚：《随园诗话》卷一，第 15 页。
④ 林纯祯：《袁枚诗中"趣"的研究》，台湾彰化师范大学硕士学位论文，2003 年。
⑤ 吴文治主编：《明诗话全编》，江苏古籍出版社 1997 年版，第 2 册，第 1386 页。

然后来也遭受批评①，但自康熙以后不断有人响应。尤珍《访濂连日论诗有契辱赠佳篇次韵奉酬二首》其一云："叹服江门言，大雅得正统。性情及风韵，天机自拈弄。"自注："白沙云论诗当论性情，论性情先论风韵，无风韵则无诗矣。"②又其《介峰札记》卷三亦云："或问：有一言而可尽千古诗文之妙者乎？曰：其真乎？诗文从真性情流出，乃为极至。陈白沙云：'论诗当论性情，论性情当论风韵，无风韵则无诗矣。'予谓有真性情乃有真风韵，性情风韵皆不可以伪为也。"③

六是王阳明的真诚说。《随园诗话》曾说："王阳明先生云：'人之诗文，先取真意。譬如童子垂髫肃揖，自有佳致；若带假面，伛偻而装须髯，便令人生憎。'顾宁人与某书云：'足下诗文非不佳。奈下笔时，胸中总有一杜一韩放不过去，此诗文之所以不至也。'"④又云："熊掌、豹胎，食之至珍贵者也；生吞活剥，不如一蔬一笋矣。牡丹、芍药，花之至富丽者也；剪彩为之，不如野蓼、山葵矣。味欲其鲜，趣欲其真，人必知此，而后可与论诗。"⑤真意是本色之真，真趣是表现之真，两者相合方为性灵之"真"。

七是李贽的童心说。《随园诗话》云："余尝谓：诗人者，不失其赤子之心者也。沈石田《落花》诗云：'浩劫信于今日尽，痴心疑有别家开。'卢仝云：'昨夜醉酒归，仆倒竟三五。摩挲青莓苔，莫嗔惊着汝。'宋人仿之，云：'池昨平添水三尺，失却捣衣平正石。今朝水退石依然，老夫一夜空相忆。'又曰：'老僧只恐云飞去，日午先教掩寺门。'近人陈楚南《题背面美人图》云：'美人背倚玉阑干，惆怅花容一见难。几度唤他他不转，痴心欲掉画图看。'妙在皆孩子语也。"⑥这明显是发挥李贽《童心说》之意："夫童心者，真心也"，"天下之至文，未有不出于童心焉者也"⑦。由此可见袁枚与公安派是出于同样的思想渊源。

---

① 周寅清：《典三滕稿》卷一〇《岭南论诗绝句》："白沙欲学香山派，到底何如长庆篇。未到简明归浅率，寥参终是老婆禅。"咸丰七年刊本。
② 尤珍：《沧湄诗稿》卷一六，康熙刊本。按：访濂，彭定求字。
③ 尤珍：《介峰札记》，《沧湄诗稿》附，康熙刊本。
④ 袁枚：《随园诗话》卷三，第52—53页。
⑤ 袁枚：《随园诗话》卷一，第15页。
⑥ 袁枚：《随园诗话》卷三，第55—56页。
⑦ 李贽：《焚书》卷三，中华书局1975年版，第98—99页。

八是陈祚明的深情说。《采菽堂古诗选》卷十一评潘岳："安仁情深之子，每一涉笔，淋漓倾注，宛转侧折，旁写曲诉，刺刺不能自休。夫诗以道情，未有情深而语不佳者。"何承燕凤以情种自命（自序），袁枚评其《春巢诗钞》，"凡诗以情胜者为真诗，以文胜者为伪体"，又称赞"春巢之诗深于情者也"①。光有真情还不够，还要有深情，这是袁枚不同于一般性情论者的地方。袁枚《读白太傅集三首》其一云："天性多情句自工。"②《随园诗话》又说："凡作诗，写景易，言情难。何也？景从外来，目之所触，留心便得；情从心出，非有一种芬芳悱恻之怀，便不能哀感顽艳。然亦各人性之所近：杜甫长于言情，太白不能也；永叔长于言情，子瞻不能也。王介甫、曾子固偶作小歌词，读者笑倒，亦天性少情之故。"③ 于此可见袁枚论诗主深情的立足点。

九是周亮工的自然抒发。《随园诗话》云："最爱周栎园之论诗曰：'诗以言我之情也，故我欲为则为之，我不欲为则不为。原未尝有人勉强之，督责之，而使之必为诗也。是以《三百篇》称心而言，不著姓名，无意于诗之传，并无意于后人传我之诗。嘻！此其所以为至与！今之人，欲借此以见博学，竞声名，则误矣！'"④ 周亮工的说法是自我表现论的一个经典表述，王渔洋的"伫兴"说与之相通。如果说袁枚性灵诗学与王渔洋神韵论有什么相通点的话，大概就在这里。

十是黄宗羲的清气说，也见于《随园诗话》："黄梨洲先生云，'诗人萃天地之清气，以月露、风云、花鸟为其性情。月露、风云、花鸟之在天地间，俄顷灭没；惟诗人能结之于不散。'先生不以诗见长，而言之有味。"⑤ 论诗主清，是古典诗学一个源远流长的传统观念⑥，但袁枚却是由黄宗羲的议论获得启发的。这再次提醒我们：传统，总是离我们最近的部分对我们影响最大。

十一是王彦泓的风情。风情，原如日本作家永井荷风所说，"是那种只有经

---

① 何承燕：《春巢诗钞》卷首，清刊本。
② 袁枚：《小仓山房诗集》卷三〇，《袁枚全集》，第 1 册，第 708 页。
③ 袁枚：《随园诗话》卷六，第 138 页。
④ 袁枚：《随园诗话》卷三，第 55 页。
⑤ 同上书，第 56 页。
⑥ 详蒋寅《古典诗学中"清"的概念》，《中国社会科学》2000 年第 1 期，收入《古典诗学的现代诠释》，中华书局 2009 年增订版。

受艺术洗练的幻想家的心灵才可体味，而无法用言语表达的复杂而丰富的美感的满足"①。但在明清之际，它常与男女艳情联系在一起，王彦泓的风情更被目为亵靡淫艳。沈德潜《国朝诗别裁集·凡例》宣称："诗必原本性情，关乎人伦日用及古今成败兴坏之故者，方为可存，所谓其言有物也。若一无关系，徒办浮华，又或叫号撞搪以出之，非风人之指矣。尤有甚者，动作温柔乡语，如王次回《疑雨集》之类，最足害人心术，一概不存。"② 袁枚寄书论辩，劈头便说："闻《别裁》中独不选王次回诗，以为艳体不足垂教，仆又疑焉。"又说："艳诗宫体，自是诗家一格。孔子不删郑、卫之诗，而先生独删次回之诗，不已过乎？"③ 在《答蕺园论诗书》中，袁枚更截然断言："夫诗者由情生者也。有必不可解之情，而后有必不朽之诗。情所最先，莫如男女。"④ 男女之情是袁枚生活和创作中的一个重要主题，没有风情，袁枚的性灵说就会少很多个性色彩。

综上所述，袁枚的性灵乃是一个涵摄前代诸多诗学命题的范畴，这些诗学命题全都指向一个核心——自我表现；而在话语层面，它又与生动和风趣联系在一起。这也是它给人印象较深的一点。《随园诗话》补遗卷二云："有人以某巨公之诗，求选入《诗话》。余览之倦而思卧，因告之曰：'诗甚清老，颇有工夫；然而非之无可非也，刺之无可刺也，选之无可选也，摘之无可摘也。'孙兴公笑曹光禄'辅佐文如白地明光锦，裁为负版袴；非无文采，绝少剪裁'是也。或曰其题皆庄语故耳，余曰不然。笔性灵，则写忠孝节义，俱有生气；笔性笨，虽咏闺房儿女，亦少风情。"⑤ 袁枚的性灵就是这样，有着多样的面向和趣味。那么是否可以说，它就是传统诗学观念的一大综合，是一个融合旧有理论而成的仿古范畴呢？那又不然。袁枚的性灵说截然不同于上述所有旧说之处在于，它主张"有性情，便有格律，格律不在性情外"⑥，这就使外在的技术要求内化为才性问题，而格律概念遂溶解于"性灵"之中。如此一来，性灵论就非但不具有理论

① 永井荷风：《永井荷风散文选》，陈德文译，百花文艺出版社1997年版，第115页。
② 沈德潜辑：《清诗别裁集》，中华书局1975年影印本，第3页。
③ 袁枚：《再与沈大宗伯书》，《小仓山房文集》卷一七，《袁枚全集》，第2册，第285—286页。
④ 袁枚：《小仓山房续文集》卷三〇，《袁枚全集》，第2册，第527页。
⑤ 袁枚：《随园诗话》补遗卷二，第464页。
⑥ 袁枚：《随园诗话》卷一，第1页。

建构的意义，甚至还很典型地符合德里达的解构观念，成了一个明显带有解构倾向的概念。因为正如下文将要说明的，袁枚性灵说在融合古来诸多有关自我表现的观念的同时，也否定、排斥了其他所有价值观念和技巧规则，显示出一种破而不立的理论姿态。

德里达认为，"一个体制（institution）于其创建之时刻中的悖论，即是一方面它开辟了某种新的东西，另一方面它也继承了某种东西，它忠于过去的记忆，忠于传统，忠于我们从过去、前人和文化那里所承继的遗产"。两者由此形成一种解构之势："在记忆、忠诚、保存所继承的遗产之时——同时——异质性、全新的事物、与过去决裂也在起作用，这二者之间有着不可混同的张力。"① 性灵正是如此，它一方面在诸多传统观念中提取一种有限的同一性，同时又坚决地抛弃那些相关的外在规范，即德里达特别强调的阻止同一性自我封闭的那些因素②。这正像解构决不否定同一性，但会警惕，"把优越地位赋予同一性、整体性、各种有机的整体以及同一化的社会对于独立责任、自由选择、伦理和政治都是威胁"。无论从什么意义上说，性灵都是个解构性的概念，它不仅如下文所显示的，具有颠覆和消解一切传统观念的势能，同时也有着阻止同一性自我封闭的机制。不是么？所有传统的诗学观念，都因有特定的美学目标而不可避免地走向同一性的自我封闭状态，唯独性灵是个例外。这是由其唯自我表现论的本质所决定的。一如德里达所处理的解构和正义的难题，法律可以被解构，但正义是不能被解构的，因为正义永远与自身保持差异。同理，性灵可以被解构，但自我表现是不能被解构的，自我表现同样也与自身保持差异。差异在于自我表现本质上是不可重复的。

### 三 "性灵"说的解构倾向及其理路

由于袁枚诗论随处折射着前代诗说的回响，很容易被视为杂糅各种诗说的折中和混合体。前辈学者常有这种看法，如朱东润说"他接受以前一切诗论，同时又破除以前一切诗论，这是他性灵说所以能组成系统的主要原因"，郭绍虞说他

① 德里达：《解构与思想的未来》，夏可君译，吉林人民出版社2006年版，第42页。
② 同上书，第48页。

的诗论"四面八方处处顾到，却是无懈可击"①。钱锺书论袁枚诗不可以朝代分的主张，觉得他时而认为唐诗较宋诗佳，时而又持相反的立场，略显矛盾②。这些结论对今人理解袁枚诗学的主导倾向产生一定影响③。其实，袁枚并不是没有自己的趣味和标准，他的楷模是白居易、杨万里。但这两位诗人在当时是提不上台面的，他既不能拿白居易来压倒李、杜，也无法让杨万里凌驾于苏、黄之上，于是他只有采取将前代偶像全部推倒、将唐宋扯平的策略，这样他就可以顺理成章、理直气壮地拈出他心爱的香山、诚斋二公了。

其实，类似袁枚"《三百篇》半是劳人思妇率意言情之事，谁为之格，谁为之律？而今之谈格调者，能出其范围否"的说法，在元代已被元好问所修正。其《陶然集诗序》首先举《诗经》"匪我愆期，子无良媒""自伯之东，首如飞蓬""爱而不见，搔首踟蹰""既见复关，载笑载言"等句，以为虽系"小夫贱妇满心而发，肆口而成"，但"见取于采诗之官，而圣人删诗，亦不敢尽废；后世虽传之师，本之经，真积力久而不能至焉"。为什么古今作诗难易如此不侔呢？"盖秦以前，民俗醇厚，去先王之泽未远。质胜则野，故肆口成文，不害为合理。使今世小夫贱妇，满心而发，肆口而成，适足以污简牍，尚可辱采诗官之求取邪？"这是说，古今作诗难易所以不同，民俗醇漓之别固然是重要原因，但归根结底还在于有无规范的限制。古人作诗无定规，文成法立，自然高妙。后人创作，首先便面临一系列规范，而这种规范在不同时代又表现为不同的艺术意志：

> 故文字以来，《诗》为难；魏、晋以来，复古为难；唐以来，合规矩准绳尤难。夫因事以陈辞，辞不迫切而意独至，初不为难。后世以不得不难为难耳！古律、歌行、篇章、操引、吟咏、讴谣、词调、怨叹，诗之目既广；而诗评、诗品、诗说、诗式，亦不可胜读。大概以脱弃凡近，澡雪尘翳，驱驾声势，破碎阵敌，囚锁怪变，轩豁幽秘，笼络今古，移夺造化为工，钝滞

---

① 郭绍虞：《中国文学批评史》，第566页。
② 参看钱锺书《谈艺录》，第215页。
③ 司仲敖也说："其性灵诗说，集前代神韵、格调、性灵诸说之长，折衷调和，截长补短，成一家之论，其立论周全完整，举凡天分与学力，内容与形式，自然与雕琢，平淡与精深，学古与师心，一切矛盾冲突之观点，皆双管齐下，不稍偏倚。"《随园及其性灵诗说之研究》序，第1—2页。

僻涩，浅露浮躁，狂纵淫靡，诡诞琐碎，陈腐为病。①

为了使自己的趣味更加合理化，袁枚干脆取消了对以往诗歌史的价值评判：古今历代之诗只有相对的差异，而没有绝对的高下之分。他曾在《与沈大宗伯论诗书》里亮出这一观点：

> 尝谓诗有工拙，而无古今。自葛天氏之歌至今日，皆有工有拙，未必古人皆工，今人皆拙。即《三百篇》中，颇有未工不必学者，不徒汉、晋、唐、宋也。今人诗有极工极宜学者，亦不徒汉、晋、唐、宋也。然格律莫备于古，学者宗师，自有渊源。至于性情遭际，人人有我在焉，不可貌古人而袭之，畏古人而拘之也。②

取消诗史认知中的价值判断，就等于推倒历来形成的经典体系。这不只是对传统诗史评价系统的彻底解构，同时也意味着对一切艺术规范的放逐。他晚年的议论尤其显示出这种倾向：

> 孔子论诗，但云兴、观、群、怨，又云温柔敦厚，足矣！孟子论诗，但云以意逆志，又云言近而指远，足矣！不料今之诗流，有三病焉：其一填书塞典，满纸死气，自矜淹博；其一全无蕴藉，矢口而道，自夸真率；近又有讲声调而圈平点仄以为谱者，戒蜂腰、鹤膝、叠韵、双声以为严者，栩栩然矜独得之秘。不知少陵所谓"老去渐于诗律细"，其何以谓之律，何以谓之细，少陵不言。元微之云："欲得人人服，须教面面全。"其作何全法，微之亦不言。盖诗境甚宽，诗情甚活，总在乎好学深思，心知其意，以不失孔、孟论诗之旨而已。必欲繁其例，狭其径，苛其条规，桎梏其性灵，使无生人之乐，不已傎乎！唐齐己有《风骚旨格》，宋吴潜溪有《诗眼》，皆非大家真知诗者。③

---

① 姚奠中主编：《元好问全集》卷三七，山西人民出版社 1990 年版，下册，第 45 页。
② 袁枚：《小仓山房文集》卷一七，《袁枚全集》，第 2 册，第 283 页。
③ 袁枚：《随园诗话》补遗卷三，第 469 页。

除了孔子的兴观群怨、温柔敦厚，孟子的以意逆志、言近而指远，诗家一切法则条规都在否定之列。我们知道，历史上对诗法、诗格的鄙斥，在在都有，但尚未见如此激烈和绝对的否定态度。当然，性灵若只能容纳孔、孟这些古老的信条，那就不过是陈腐不堪的老生常谈而已，又岂是袁枚这样的人所乐道？事实上，当性灵作为新诗学观念的核心范畴，作为新思潮的旗帜高扬起来时，其自身的派生能力已演绎出若干有明确的方向性、明显不同于前人看法的命题。即使在貌似推衍清初以来调和唐宋、泯灭初盛中晚之辨的反复论辩中，我们也能清晰地分辨出属于他个人的声音，那就是极力推崇天性和天才，甚至断言"诗文之道，全关天分"①。正因为如此，铃木虎雄论性灵说的要点，说："性灵派所贵，一言以蔽之，曰才。"②

袁枚晚年曾在《南园诗选序》中倡言："诗不成于人，而成于其人之天。其人之天有诗，脱口能吟；其人之天无诗，虽吟而不如其无吟。同一石，独取泗滨之磬；同一铜，独取商山之钟：无他，其物之天殊也。舜之庭，独皋陶赓歌；孔之门，独子夏、子贡可与言诗：无他，其人之天殊也。"③ 所谓天，即天生的禀赋。如李白《怀素草书歌》所谓"古来万事贵天生，何必公孙大娘浑脱舞？"赵翼《论诗》所谓"到老始知非力取，三分人事七分天"④。作诗既然依赖于先天禀赋，那就绝不是人们普遍可以拥有的东西。于是今日诗人之众多，非但不是诗家美谈，而适足为诗歌的堕落和灾难："予往往见人之先天无诗，而人之后天有诗。于是以门户判诗，以书籍炫诗，以叠韵、次韵、险韵敷衍其诗，而诗道日亡！"⑤

所谓先天、后天之"诗"，乃是指人天赋的诗性，在袁枚看来也就是人掌握诗歌的天赋才能，是诗歌写作的首要资质。它无法于后天获得，即"诗文自须学力，然用笔构思，全凭天分"⑥。《随园诗话》中曾一再强调这一点，而且总是以

---

① 袁枚：《随园诗话》卷一四，第365页。

② 铃木虎雄：《中国诗论史》，第208页。

③ 何士颙：《南园诗选》卷首，《袁枚全集》，第7册，第1页。又见《小仓山房续文集》卷二八，第2册，第494页。

④ 袁枚：《随园诗话》卷一五，第394页。

⑤ 何士颙：《南园诗选》卷首，《袁枚全集》，第7册，第1页。

⑥ 袁枚：《随园诗话》卷一五，第394页。

天分与学力对举，如：

> 诗如射也，一题到手，如射之有鹄，能者一箭中，不能者千百箭不能
> 中。能之精者，正中其心，次者中其心之半，再其次者与鹄相离不远；其下
> 焉者，则旁穿杂出，而无可捉摸焉。其中不中，不离"天分学力"四字。
> 孟子曰："其至尔力，其中非尔力。"至是学力，中是天分。①

天分就其表现于诗而言也就是才，袁枚曾引刘知几"有才无学，如巧匠无木，不
能运斤；有学无才，如愚贾操金，不能屯货"之语，而更推衍道："余以为诗文
之作意用笔，如美人之发肤巧笑，先天也；诗文之征文用典，如美人之衣裳首
饰，后天也。至于腔调涂泽，则又是美人之裹足穿耳，其功更后矣！"② 参照上
文，可知作意用笔是诗歌创作最重要的环节，也是最需要先天之才的地方，这是
袁枚晚年确信不疑的定论。顺便提到，《随园诗话》卷三云："作史三长：才、
学、识，缺一不可。余谓诗亦如之，而识最为先；非识，则才与学俱误用矣。北
朝徐遵明指其心曰：'吾今而知真师之所在。'其识之谓欤？"③ 这里举刘知几之
说，将识放在才之上，似乎以识为先。然而我们看到，几年后所撰蒋士铨诗序已
改为："作诗如作史也，才学识三者宜兼，而才为尤先。造化无才，不能造万物；
古圣无才，不能制器尚象；诗人无才，不能役典籍、运心灵。才之不可已也如是
夫！"④ 在前文所引《钱竹初诗序》中，他以"情韵"凌驾于三长之上，而此刻
他又以才颠覆了以识为先的传统观念⑤，足见尚才是他晚年经过深思熟虑的定论。

在这个问题上，袁枚甚至与他诗学直接师承的叶燮看法也有所不同。叶燮是
承认诗可学而能的，但对于"多读古人之诗而求工于诗而传焉"则有所保留，
认为："诗之可学而能者，尽天下之人皆能读古人之诗而能诗，今天下之称诗者

---

① 袁枚:《随园诗话》补遗卷六，第546页。
② 同上书，第536页。
③ 袁枚:《随园诗话》卷三，第65页。
④《忠雅堂集校笺》，第4册，第2497页。
⑤ 据《随园诗话》卷八载，乾隆四十九年三月过南昌，晤士铨，当时心余病风，手持诗集廿卷相
付，云："知交遍海内，作序只托随园。"但考序末"同时赵云松观察，服君最深，适以诗来索序。余老
矣，思附两贤以传，遂两序之而两质之"。则两序为同时写作，今考《瓯北集序》落款署乾隆五十年夏五，
则忠雅堂集序亦作于是年。

是也；而求诗之工而可传者，则不在是。"① 在他看来，诗的工拙除了取决于天资人力外，最重要的是有无胸襟，其次才是取材、装饰、变化的能力。而袁枚则说："诗境最宽，有学士大夫读破万卷，穷老尽气，而不能得其阃奥者。有妇人女子、村氓浅学，偶有一二句，虽李、杜复生，必为低首者。此诗之所以为大也。作诗者必知此二义，而后能求诗于书中，得诗于书外。"②《随园诗话》中记载这类例子很多，如薛中立幼时见蝴蝶，咏诗云："佳人偷样好，停却绣鸳鸯。"大为其父薛雪所赏。且道："宋时某童子有句云：'应是子规啼不到，致令我父不还家。'都是就一时感触，竟成天籁。"③ 正是出于这种认识，袁枚引述陶元藻语曰："与诗近者，虽中年后，可以名家；与诗远者，虽童而习之，无益也。磨铁可以成针，磨砖不可以成针。"④ 依此类推，就自然会导向一个不免极端的论断：天性无诗之人有作如无，天性有诗之人不作如作。王鸣盛曾说："所谓诗人者，非必其能吟诗也。果能胸境超脱，相对温雅，虽一字不识，真诗人矣。如其胸境龌龊，相对尘俗，虽终日咬文嚼字，连篇累牍，乃非诗人矣。"袁枚很欣赏这个说法，称其"深有得于诗之先者"⑤ 又说："皋陶作歌，禹、稷无闻；周、召作诗，太公无闻；子夏、子贡可与言诗，颜、闵无闻。人亦何必勉强作诗哉？"⑥

这么说来，所谓天分，所谓诗才，归根到底就是一种诗的悟性，近似于严羽的"妙悟"，而更具自足性。有了这种诗性，作诗便不待外求："但肯寻诗便有诗，灵犀一点是吾师。夕阳芳草寻常物，解用都为绝妙词。"⑦ 在这个意义上，称袁枚为彻底的写意论者也未尝不可，他的创作纯粹是一种师心自用的主观表现方式，不待外求景物的奇致伟观；在理论上则将诗歌的技术内涵都内化为天分的问题，从而导致对外在规范的轻视。事实上，性灵派与格调派诗学最鲜明的差异，就是破与立的相反路径。判断一个诗人的倾向是性灵派还是格调派，最简单的方法，就是看他是破还是立。凡论诗教人应该如何如何的大多是格调派，而皆

---

① 叶燮：《原诗》内编上，《清诗话》上册，第 572 页。
② 袁枚：《随园诗话》卷三，第 66 页。
③ 袁枚：《随园诗话》卷一〇，第 250 页。
④ 袁枚：《随园诗话》卷四，第 93 页。
⑤ 袁枚：《随园诗话》卷九，第 235 页。
⑥ 袁枚：《随园诗话》卷五，第 124 页。
⑦ 袁枚：《遣兴》其七，《小仓山房诗集》卷三三，《袁枚全集》第 1 册，第 807 页。

言不须如何如何的便常是性灵派。举例来说，宋代理学家邵雍《击壤集》自序说："所作不限声律，不沿爱恶，不立固必，不希名誉。"① 这就是性灵派的话语。又如杨慎《丹铅杂录》卷二"音韵之原"条云："大凡作古文赋颂，当用吴才老古韵；作近代诗词，当用沈约韵。近世有倔强好异者，既不用古韵，又不屑用今韵，惟取口吻之便，乡音之叶，而著之诗焉，良为后人一笑刺尔。"② 这里教人当如何如何用韵，正是格调派的话语。嘉、隆年间被列为后七子之一的谢榛，也对诗歌用韵多有要求。《四溟诗话》卷三曾有"作诗宜择韵审音，勿以为末节而不详考"的说法，属于典型的格调派言说。直到沈德潜的新格调诗学，论诗法仍是这种腔调："五言古，长篇难于铺叙，铺叙中有峰峦起伏，则长而不漫；短篇难于收敛，收敛中能含蕴无穷，则短而不促。又，长篇必伦次整齐，起结完备，方为合格；短篇超然而起，悠然而止，不必另缀起结。苟反其位，两者俱慎。"③ 继格调派之后登上诗坛的袁枚，不仅要推倒格调派树立的规范，还要悉数破除传统诗学的准则，这就使他的诗学整体上给人以否定一切诗派的印象。早在近一个世纪前，铃木虎雄即已注意到这一点，在《中国诗论史》中专立"随园对诸派的攻击"一节，论述袁枚"对于其他传承诸派皆加以排斥"的情形，列举袁枚所攻击的敌手有格调派、神韵派、温和格调派、典故派、声调派，顺便提到的还有矢口派④。现在看来，后三派严格地说都不能称为诗派，只是某种写作倾向。要谈论袁枚对前人诗学的"破"，还是按问题的性质来列论比较清楚，下文我将尝试如此展开分析。

## 四　破而不立的诗论

梳理袁枚的诗论，总让我感受到一股强烈的批判精神贯注在其诗学的所有层面中。他留给我的最深刻的印象，就是破字当头，并且破而不立。

首先，在美学层面上，袁枚诗学的基本倾向便是颠覆传统的审美理想，抛弃传统诗学的旧有观念。其矛头所及，"格调"首当其冲。《随园诗话》卷十六针

---

① 邵雍：《击壤集》卷首，台湾广文书局1987年影印本。
② 杨慎：《丹铅杂录》，国学基本丛书本，第12页。
③ 沈德潜：《说诗晬语》卷上，《沈德潜诗文集》第4册，第1924页。
④ 铃木虎雄：《中国诗论史》，第178—189页。

对格调说带来的负面影响，曾感叹："自格律严而境界狭矣，议论多而性情漓矣。"此言很可能是受到汪楫之说的影响。《随园诗话》卷三提到："汪舟次先生作《周栎园诗序》，曰：《赖古堂集》欲小试神通，加以气格，未必不可以怖作者；但添出一分气格，定减去一分性情，于方寸中，终不愉快。"① 所谓格律、所谓气格，都是格调诗学的核心观念，在此被视为性情的克星，成为性情抒发的障碍。值得注意的是，"格调"在格调派那里本来并不是一个中性的词，而是特指某一种格调，但在袁枚笔下，却变成普遍意义上的格调。在《瓯北集序》中，袁枚提到："或惜云松诗虽工，不合唐格，余尤谓不然。大诗宁有定格哉？国风之格不同乎雅颂，皋禹之歌不同乎《三百篇》，汉魏六朝之诗不同乎三唐。谈格者将奚从？善乎杨诚斋之言曰：'格调是空间架，拙人最易藉口。'周栎园之言曰：'吾非不能为何、李格调以悦世也。但多一分格调者，必损一分性情，故不为也。'"② 这里的"格调"虽系引证周亮工之说，但已转变成一般意义上的格调，它既与性情不相容，自然就意味着它作为主流审美趣味的固有价值已被彻底否定。

其次是诗教。在清初诗学的理论建构中，诗教曾被用以奠定诗学的伦理基础，成为诗家热衷于阐释和发挥的话题。但到袁枚手中，诗教的"温柔"和"敦厚"却分别被褫解其神圣性③。关于温柔，《随园诗话》从含蓄的角度立论，说："老学究论诗，必有一副门面语。作文章，必曰有关系；论诗学，必曰须含蓄。此店铺招牌，无关货之美恶。《三百篇》中有关系者，'迩之事父，远之事君'是也。有无关系者，'多识于鸟兽草木之名'是也。有含蓄者，'棘心夭夭，母氏劬劳'是也。有说尽者，'投畀豺虎'、'投畀有昊'是也。"④ 这段议论的潜在批评对象应该是沈德潜，类似的意思也见于《答沈大宗伯论诗书》中⑤。至于敦厚，袁枚也一反崇厚鄙薄的传统观念，说："今人论诗，动言贵厚而贱薄，此亦耳食之言。不知宜厚宜薄，惟以妙为主。以两物论，狐貉贵厚，鲛绡贵薄。

---

① 袁枚：《随园诗话》卷三，第 66 页。
② 袁枚：《赵云松瓯北集序》，《小仓山房续文集》卷二八，《袁枚全集》，第 2 册，第 489 页。
③ 随园弟子宁楷《修洁堂集略》卷八《书随园诗后》："温柔敦厚诗之教，何以先生一扫空。要建好牙扬大纛，因羞觍说避雷同。达摩面壁原无佛，元帅张天自有蓬。寄语后贤休妄拟，先生才大本夔龙。"
④ 袁枚：《随园诗话》卷七，第 178 页。
⑤ 《袁枚全集》，第 2 册，第 284 页。

以一物论，刀背贵厚，刀锋贵薄。安见厚者定贵，薄者定贱耶？古人之诗，少陵似厚，太白似薄；义山似厚，飞卿似薄：俱为名家。"① 后来朱庭珍颇不认同此言，驳之曰："不知诗非物比，以厚为贵，绝无贵薄之理。不惟少陵、玉溪诗厚，太白、飞卿其诗亦厚，自来诗家，无以薄传者。"② 他没注意到，袁枚其实并非专以薄为贵，他只不过要抹去厚薄固有的价值色彩而已，"宜厚宜薄，惟以妙为主"才是核心所在。

再次是豪放和阳刚气质。这原是传统美学所崇尚的风格倾向，然而袁枚在《随园诗话》中对此也提出驳议："元遗山讥秦少游云：'有情芍药含春泪，无力蔷薇卧晚枝。拈出昌黎《山石》句，方知渠是女郎诗。'此论大谬。芍药、蔷薇，原近女郎，不近山石，二者不可相提而并论。诗题各有境界，各有宜称。杜少陵诗，'光焰万丈'，然而'香雾云鬟湿，清辉玉臂寒'，'分飞蛱蝶原相逐，并蒂芙蓉本是双'。韩退之诗，'横空盘硬语'，然'银烛未销窗送曙，金钗半醉坐添春'，又何尝不是女郎诗耶？《东山》诗：'其新孔嘉，其旧如之何？'周公大圣人，亦且善谑。"③ 这同样不是弃阳刚而专取阴柔，而只是要为阴柔张目，"诗题各有境界，各有宜称"，是其主旨所在。

又次是无一字无来处。这是江西诗派奉行的家数，虽曾遭严羽抨击，但元明以来仍是格调派诗家遵循的准则。袁枚在《随园诗话》中曾提到："宋人好附会名重之人，称韩文杜诗，无一字没来历。不知此二人之所以独绝千古者，转妙在没来历。元微之称少陵云：'怜渠直道当时事，不着心源傍古人。'昌黎云：'惟古于词必己出，降而不能乃剽贼。'今就二人所用之典，证二人生平所读之书，颇不为多，班班可考；亦从不自注此句出何书，用何典。昌黎尤好生造字句，正难其自我作古，吐词为经。他人学之，便觉不妥耳。"④ 今按：此论发自叶燮，类似的意思已见于《原诗》外篇，强调自我作古，肯定生造的合理性。袁枚承

---

① 袁枚：《随园诗话》卷四，第88—89页。《小仓山房续文集》卷三一《何南园诗选后序》亦云："或嫌何诗境太薄，又答之曰：'以一物而论，剑脊贵厚，剑锋贵薄。以两物而论，裘贵厚，鲛绡贵薄。诗之佳否，不在厚与薄也。'"

② 朱庭珍：《筱园诗话》卷二，《清诗话续编》，第4册，第2352页。

③ 袁枚：《随园诗话》卷五，第112页。

④ 袁枚：《随园诗话》卷三，第73—74页。

之，更翻尽诗家大案。由此也可看到袁枚诗学与叶燮诗学观念的一脉相承之处。

复次是排斥理语。在传统诗学中，理与情一直是相对立的概念，崇尚性情的诗家大多反对以理语入诗。当时有胥绳武赠诗云："扫除理障言皆物，游戏文心唾亦珠。"① 其实根本就是误解，袁枚虽主性灵，却意外地不排斥理语，这是很耐人寻味的。《随园诗话》写道："或云诗无理语，予谓不然。《大雅》'于缉熙敬止'、'不闻亦式，不谏亦入'，何尝非理语，何等古妙！《文选》：'寡欲罕所缺，理来情无存。'唐人：'廉岂活名具，高宜近物情。'陈后山《训子》云：'勉汝言须记，逢人善即师。'文文山《咏怀》云：'疏因随事直，忠故有时愚。'又宋人：'独有玉堂人不寐，六箴将晓献宸旒。'亦皆理语，何尝非诗家上乘？至乃'月窟'、'天根'等语，便令人闻而生厌矣。"② 这再度表明，袁枚诗学从来不执着于任何观念，即便是常为诗家拒斥的理语，也毫不拘泥地加以包容，同时又注意适当的限度，以防堕于枯燥迂腐。

最后，甚至连最负面的"伪"，袁枚也能在某种意义上承认其特定的价值。谁都知道，尚真辟伪历来是传统诗学的基本立场，自清初以来对"真诗"的崇尚更成为诗坛普遍的追求③。沈德潜《高浒文诗序》说："每慨世之为诗者，疲精竭思，从事于规模追逐之途，在作者必求似是，而见者许为逼真。夫逼真即非真也，毋论东家效矉，祗益之丑。即优孟为叔敖，胡宽营新丰，似矣，然究之是真叔敖否，真新丰否？"④ 这一议论看似义正辞严，无可辩驳，然而袁枚在真伪问题上，并不一味地"绝假纯真"⑤，他在诗话中引述王昆绳（源）的说法，道是："诗有真者，有伪者，有不及伪者。真者尚矣，伪者不如真者；然优孟学孙叔敖，终竟孙叔敖之衣冠尚存也。使不学孙叔敖之衣冠，而自着其衣冠，则不过蓝缕之优孟而已。譬人不得看真山水，则画中山水，亦足自娱。今人诋呵七子，而言之无物，庸鄙粗哑，所谓不及伪者是矣。"⑥ 这是说模拟毕竟也能保存典型

---

① 袁枚：《随园诗话》补遗卷五，第 533 页。
② 袁枚：《随园诗话》卷三，第 71 页。
③ 参看蒋寅《在传统的阐释与重构中展开》，《中国社会科学》2006 年第 6 期。
④ 《沈德潜诗文集》，第 3 册，第 1767 页。
⑤ 石玲：《袁枚诗论》，第 94 页。
⑥ 袁枚：《随园诗话》卷八，第 211—212 页。

之约略，相比一无是处的本色，终胜一筹。由此引申开去，今人庸鄙粗哑而又言之无物的作品，比起明七子的模拟自是更等而下之。参照清初对明诗的全盘否定，这不能不说是一个新颖而独到的见解。

以上是美学层面对传统观念的颠覆，迨及师法层面，袁枚《再答李少鹤》书对前人取法乎上的观念也提出了异议①，说"足下用力于杜、韩二家，以为取法乎上，仅得其中，此外可一切决舍。此是学究常谈，不可奉为定论"②。他首先举出历史上的反面例证："当时燕哙取法乎尧舜，王莽取法乎周公，向栩、扬雄取法乎孔子，亦可谓上之上矣，不图求为下下而不可得者，何也？王安石一生大病，总要上法夔皋，下斥姚宋，误国误民，皆为取法乎上所累。"在文学中，固然也有"杜初学庾、鲍，后取法乎二《雅》；昌黎以文为诗，初学李、杜，后得力于三《颂》"的成功典范，但如果仅限于一隅，以门户自拘，就像"泰岳居五岳之首，一登可以小天下矣。然有人焉，终其身结茅篷于泰山之顶，而其余武夷之幽深、罗浮之奥妙，至死不知，其得谓之善游山者乎？"所以他发挥《尚书》"德无常师，主善为师"之说，提醒李宪乔，"圣人师蝼蚁而立战阵，师蜘蛛而制网罟。蝼蚁、蜘蛛，可谓下之下矣，而圣人不曰姑舍是者"，不正是主善为师之意么？袁枚自称"即后生小子、女流末学，有一言之善，一句之佳，仆必师之"，这种学无常师的取法宗旨，正是与反门户之见的立场、主诗无定格的观念相表里的。诗歌写作既定的风格理想和艺术目标已被叶燮取缔，袁枚再摈弃取法乎上的师法目标，就使诗无格的观念真正树立起来。

在素材层面，袁枚诗学虽不能说完全抛弃学问，但明显已不放在突出的重要位置上。自清初以来，无论哪个诗派都讲究学问和读书，即便是神韵派也不例外，认为性情有待于学力来发挥。郎廷槐曾请教王渔洋说："作诗，学力与性情必兼具而后愉快。愚意以为学力深，始能见性情。若不多读书，多贯穿，而遽言性情，则开后学油腔滑调，信口成章之恶习矣。近时风气颓波，唯夫子一言以为砥柱。"渔洋答："司空表圣云'不著一字，尽得风流'，此性情之说也；扬子云

---

① 严羽《沧浪诗话·诗辩》："学其上，仅得其中；学其中，斯为下矣。"何文焕辑《历代诗话》，下册，第687页。

② 袁枚：《小仓山房尺牍》卷十，《袁枚全集》，第5册，第208—209页。

云'读千赋则能赋'，此学问之说也。二者相辅而行，不可偏废。若无性情而侈言学问，则昔人有讥点鬼簿、獭祭鱼者矣；学力深，始能见性情，此一语是造微破的之论。"① 而唐孙华论诗说得更清楚："学问性灵不可缺一，有学问以发摅性灵，有性灵以融冶学问，而诗可庶几也。"② 这可以说是诗坛通行的观念③。然而袁枚在性灵和学问之间却偏有取舍，明显排斥用事，对当时炫学逞博的风气更是屡有抨击。针对诗坛喜好堆垛故实的习尚，他发出质问："人有满腔书卷，无处张皇，当为考据之学，自成一家；其次则骈体文，尽可铺排，何必借诗为卖弄？"④ 并且肯定，"自《三百篇》至今日，凡诗之传者，都是性灵，不关堆垛"。纵观诗史，"惟李义山诗，稍多典故；然皆用才情驱使，不专砌填也"。所以他仿元好问作《论诗绝句》，末一首即云："天涯有客号诇痴，误把抄书当作诗。抄到钟嵘《诗品》日，该他知道性灵时。"⑤ 这一般都认为是针对翁方纲而发，不是没有道理。针对当时好用杂事僻韵的风气，他又指出："古无类书，无志书，又无字汇；故《三都》《两京》赋，言木则若干，言鸟则若干，必待搜辑群书，广采风土，然后成文。果能才藻富艳，便倾动一时。洛阳所以纸贵者，直是家置一本，当类书、郡志读耳；故成之亦须十年、五年。今类书、字汇，无所不备；使左思生于今日，必不作此种赋。即作之，不过翻摘故纸，一二日可成。可抄诵之者，亦无有也。今人作诗赋，而好用杂事僻韵，以多为贵者，误矣！"⑥ 当然，他也不是没有说过："诗难其真也。有性情而后真，否则敷衍成文矣。诗难其雅也。有学问而后雅，否则俚鄙率意矣。"⑦ 他也要人博览，曾说："文尊韩，诗尊杜，犹登山者必上泰山，泛水者必朝东海也。然使空抱东海、泰山，而此外不知有天台、武夷之奇，潇湘、镜湖之胜，则亦泰山上之一樵夫，海船上之舵工而已矣。学者当以博览为工。"⑧ 但这种老生常谈，人们通常不会注意，而只会记住

① 郎廷槐辑：《师友诗传录》，《清诗话》，上册，第 125 页。
② 纳兰揆叙：《东江诗钞序》，唐孙华：《东江诗钞》卷首，上海古籍出版社 1979 年影印康熙刊本。
③ 李调元《雨村诗话》卷一六引唐孙华语，称"淘艺苑家之金丹大药也"，见詹杭伦、沈时蓉《雨村诗话校证》，第 356 页。
④ 袁枚：《随园诗话》卷五，第 110 页。
⑤ 同上书，第 111 页。
⑥ 袁枚：《随园诗话》卷一，第 6 页。
⑦ 袁枚：《随园诗话》卷七，第 177 页。
⑧ 袁枚：《随园诗话》卷八，第 199—200 页。

那些抨击卖弄学问的话。同样的道理，他虽然也讲苦吟，讲多修改，但他给人的印象还是重视才情，轻视技法，率尔成诗，不用功夫，以致造成"学者恃天分废学力，下笔空滑"的影响①。

的确，在技巧层面上有意无意地冷落诗法，乃是袁枚论诗的明显倾向。自唐代以来，讲求诗法一直是诗学的核心。格调派自不待言，就是其他的家数，学诗也必落实到字句上。如查慎行就曾说："诗以气格为主，字句抑末矣。然必句针字砭，方可进而语上。"② 但袁枚诗学却似乎放逐了诗法，他的基本理论是："能为文，则无法如有法；不能为文，则有法如无法。"③ 这正是天才论的必然归宿。《随园诗话》写道：

> 《宋史》："嘉祐间，朝廷颁阵图以赐边将。王德用谏曰：'兵机无常，而阵图一定；若泥古法，以用今兵，虑有偾事者。'"《技术传》："钱乙善医，不守古方，时时度越之，而卒与法会。"此二条，皆可悟作诗文之道。④

为此，他在诗话中很少谈论技法，倒是采录了很多成功的例子，看上去更像是鉴赏派的批评。归根结底，学诗在他看来只能依赖于具体作品的鉴赏，并无一定格式可遵循。因此他虽承认"后之人未有不学古人而能为诗者也"，但同时强调"善学者，得鱼忘筌；不善学者，刻舟求剑"⑤。由于轻视诗法，他对于诗法似乎也没花什么心思琢磨，偶尔论诗法时，甚至不得要领。如《随园诗话》卷十四论咏史有三体："一借古人往事，抒自己之怀抱，左太冲之《咏史》是也。一为隐括其事，而以咏叹出之，张景阳之《咏二疏》、卢子谅之《咏兰生》是也。一取对仗之巧，义山之'牵牛'对'驻马'、韦庄之'无忌'对'莫愁'是也。"⑥ 细玩之，前两体倒也不错，但最后将对仗之巧举为一体，就很成问题了，自古以来也没这么说的。

---

① 汪瑬：《答门人徐玉卿书》，《雅安书屋文集》卷二，道光二十四年刊本。
② 李庆甲辑：《瀛奎律髓汇评》卷一，第 1 页。
③ 袁枚：《书茅氏八家文选》，《小仓山房续文集》卷三○，《袁枚全集》，第 2 册，第 536 页。
④ 袁枚：《随园诗话》卷五，第 124 页。
⑤ 袁枚：《随园诗话》卷二，第 37 页。
⑥ 袁枚：《随园诗话》卷一四，第 350 页。

相比这些零星的议论，乾隆五十九年（1794）与李宪乔论诗的两通书札，可以说是袁枚晚年诗学观念最集中的表达。高密诗人李宪乔"忧近今诗教，有以温柔敦厚四字训人者，遂致流为卑靡庸琐"，致书袁枚希望他起而共挽之①。袁枚感觉李宪乔持论过执，不由得开导他："《礼记》一书，汉人所述，未必皆圣人之言。即如'温柔敦厚'四字，亦不过诗教之一端，不必篇篇如是。二雅中之'上帝板板''下民卒瘅''投畀豺虎''投畀有北'，未尝不裂眦攘臂而呼，何敦厚之有？故仆以为孔子论诗可信者，兴观群怨也；不可信者，温柔敦厚也。或者夫子有为言之也，夫言岂一端而已，亦各有所当也。"② 以《诗经》中的激烈言辞来质疑温柔敦厚之说，乃是清初以来诗家常谈③，论者往往多方曲解以证成其无可怀疑的权威性。而袁枚竟断然否定它作为孔子诗论的可靠性，暗示了性灵诗学解构一切传统观念的逻辑起点。由此出发，袁枚对李宪乔来书提到的诗学命题逐一作了剖析、辩驳，包括：

> 来札所讲"诗言志"三字，历举李、杜、放翁之志，是矣。然亦不可太拘。诗人有终身之志，有一日之志，有诗外之志，有事外之志，有偶然兴到、流连光景、即事成诗之志：志字不可看杀也。谢傅之游山，韩熙载之纵伎，此岂其本志哉？多识于鸟兽草木之名，亦夫子余语及之，而夫子之志岂在是哉？
>
> 足下论诗讲体格二字，固佳；仆意神韵二字尤为要紧。体格是后天空架子，可仿而能；神韵是先天真性情，不可强而至。木马泥龙，皆有体格，其如死矣，无所用何？
>
> 足下用力于杜、韩二家，以为取法乎上，仅得其中，此外可一切决舍。此是学究常谈，不可奉为定论。（中略）圣人师蝼蚁而立战阵，师蜘蛛而制网罟。蝼蚁、蜘蛛，可谓下之下矣，而圣人不曰姑舍是者，何也？以故仆论诗，岂特不敢薄古人哉？即足下有一篇之善，一句之佳，仆必师之，而终身

---

① 袁枚：《答李少鹤书》，《小仓山房尺牍》卷八，《袁枚全集》，第 5 册，第 169—170 页。又见李宪乔《与袁子才论诗教》，《山东文献集成》第三辑，第 47 册，第 177 页。
② 袁枚：《再答李少鹤尺牍》，《小仓山房尺牍》卷一〇，《袁枚全集》，第 5 册，第 206 页。
③ 参看蒋寅《原诗笺注》内篇上一之六，第 50—55 页。

不敢忘也。又岂特如足下之大贤哉，即后生小子、女流末学，有一言之善，一句之佳，仆必师之，而亦终身不敢忘也。到落笔时，却处处有我在。

这里从诗言志、体格到取法乎上，袁枚逐一驳正李宪乔的固执之见，从而阐明诗无定格、学无常师的道理，同时也将杜甫、韩愈的绝对典范性解构掉。最后，又针对李宪乔在体格意识上的拘执，从体制的角度阐说了诗无定格的道理："从古诗家，原无一定体格：《卿云》之歌，《竹弹》之谣，与《三百篇》不相似；《三百篇》中之雅颂，与国风亦俱不相似。此后降而为《离骚》，为乐府，皆是仪神夺貌，无沾沾砭守一家者。在古人，清奇浓淡，业已成名而去，我辈独树一帜，则不得不兼览各家，相题行事。"他具体举例，"如登清庙明堂，当用高文典册；如过竹篱茅舍，便宜味淡声希；如经历山危海险，自当硬语盘空；如偶然宠柳骄花，必须惊才绝艳。或半吞半吐，专收弦外之音；或可歌可泣，痛写悲欢之事；或咏商盘周鼎，自当诘屈聱牙；或闻流管清丝，忍不音情顿挫？或苦思力索，心从天外归来；或水到渠成，竟是《黄庭》初揭。凡此妙境，全在书卷富足，方寸灵明"。最后归结于积学运才，实为性灵说的核心，虽然在袁枚诗学中积学一点常为人忽略。

除了在艺术技巧方面破除执念外，袁枚在内容的层面上还表现出鄙弃士大夫阶层的名教礼法和道学气的鲜明态度。《随园诗话》有云：

> 近有某太史恪守其说，动云诗可以观人品。余戏诵一联云："'哀筝两行雁，约指一勾银。'当是何人之作？"太史意薄之，曰："不过冬郎、温、李耳！"余笑曰："此宋四朝元老文潞公诗也。"太史大骇。余再诵李文正公昉《赠妓》诗曰："便牵魂梦从今日，再睹婵娟是几时？"一往情深，言由衷发，而文正公为开国名臣，夫亦何伤于人品乎？①

总之，我们在诗论中看到的袁枚，就是这样一个随时在颠覆传统观念、随处在翻诗家旧案的角色。翻案的目的并不是要否定传统观念的正确性，或提出一个对立

---

① 袁枚：《随园诗话》卷二，第26—27页。

的论点，而只是要取消传统观念的绝对性，使它们变成只是可能性之一。这就消解了一些观念导向极致、形成宗派倾向的可能，从而改变自晚明以来诗坛宗派林立、观念冲突，水火不容的格局。林衍源《颐素堂诗钞序》说："国朝诗学振兴，新城王尚书实为巨擘，吾乡沈宗伯继之，论诗以温柔敦厚为教，随园后起，尽反两公之所为，轻佻浮艳，而雅音于是乎亡矣。"① 不管是肯定也好，否定也罢，诗学到袁枚为一大变，是谁也无法否认的。而这大变的核心，就在于解构一切传统价值和观念的绝对性和唯一性，取消一切既有规范和技法的必然性和强迫性，使诗歌写作进入一个自由的境地。这无形中也淡化了诗人的资格，降低了作诗的门槛，使诗歌由一种贵族的风雅事业降格为平民化的文艺活动。

其实，从强调独创性和解构经典开始，袁枚诗学就注定要走向摆脱诗歌的贵族气而赋予其平民化品格的方向。作诗本来是有门槛的，所谓"他文皆可力学而能，惟诗非诗人不能作"②。但问题是袁枚面临的社会，正值科举恢复试诗后，凡有志于举业者都必须学诗，就像社会转型后人们都必须重新进行职业培训一样，士人对诗歌的急切要求，使诗坛执牛耳者不能不给他们一个承诺，使之树立信心。正像心学里有讲"人皆可为圣人"的泰州学派，佛教里有讲"一阐提人皆可成佛"的马祖禅，袁枚的性灵诗学首先充当了诗歌大乘教的角色。前文提到的所谓"诗境最宽""诗之所以为大"，便是人皆可为诗人的真谛所在。因此，尽管袁枚自称"余论诗稍苛"③，《随园诗话》还是处处显出大力表彰平民诗人，努力发掘普通人诗性的姿态。卷六载："余游南岳，往谒衡山令许公。其仆人张彬者，沅江人，年二十许，见余名纸，大喜，奔告诸幕府，以得见随园叟为幸。既而许公招饮，命彬呈所作诗，有'湖边芳草合，山外子规啼'、'远岫碧云高不落，平湖萤火住还飞'之句，果青衣中一异人也。"④ 又补遗卷九载："以诗受业随园者，方外缁流，青衣红粉，无所不备。人嫌太滥。余笑曰：'子不读《尚书大传》乎？东郭子思问子贡曰：夫子之门，何其杂也？子贡曰：医门多疾，大

① 顾禄：《颐素堂诗钞》卷首，道光刊本。
② 沈廷芳：《拙隐斋集》郑江序，乾隆二十二年则经堂刊本。
③ 袁枚：《龚旭开诗序》，《小仓山房文集》卷一一，《袁枚全集》，第 2 册，第 192 页。
④ 袁枚：《随园诗话》卷六，第 146 页。

匠之门多曲木,有教无类,其斯之谓欤?'近又有伶人邱四、计五亦来受业。王梦楼见赠云:'佛法门墙真广大,传经直到郑樱桃。'布衣黄允修客死秦中,临危,嘱其家人云:'必葬我于随园之侧。'自题一联云:'生执一经为弟子,死营孤冢傍先生。'"① 其他如卷五的抄书匠黄之纪,卷六的织匠徐溥、青衣张彬,卷七的青衣许翠龄,卷八的箍桶匠老人,卷十的儿医徐爽亭,补遗卷二的刘铁匠,卷四的贾人朱坤、青衣郑德基,卷八的面筋师、裁缝,等等,不一而足。赵翼门人祝德麟《阅随园诗话题后六首》其二曰:"宏奖风流雅意深,更从广大识婆心。"② 时流眼中的袁枚,就是当时诗坛的一个广大教化主。

刘沅《家言》说:"诗以道性情,人心自然之音不可遏抑,非特流连光景,务为工巧而已。近来诗道益盛,名人益多。然过于苛求,必分时代雅俗,将诗道说得太难。"③ 这准确地说只适用于乾隆中叶以前的诗坛,自从袁枚诗学流行于世,诗道就不再称难了,而诗歌的神圣性和贵族品格也大为褪色,人们对前代之诗与自家之诗明显都持较以往更宽容的态度。欧永孝序江昱诗说:"《三百篇》:《颂》不如《雅》,《雅》不如《风》。何也?《雅》《颂》,人籁也,地籁也,多后王、君公、大夫修饰之词。至十五《国风》,则皆劳人、思妇、静女、狡童矢口而成者也。《尚书》曰:'诗言志。'《史记》曰:'诗以达意。'若《国风》者,真可谓之言志而能达矣。"而江昱自序其诗则说:"予非存予之诗也;譬之面然,予虽不能如城北徐公之面美,然予宁无面乎?何必作窥观焉?"④ 难怪钱泳《履园丛话·谭诗》说:"沈归愚宗伯与袁简斋太史论诗判若水火,宗伯专讲格律,太史专取性灵。自宗伯三种《别裁诗》出,诗人日渐日少;自太史《随园诗话》出,诗人日渐日多。"⑤ 比照刘克庄"自四灵后,天下皆诗人"的说法⑥,我们也可以说,自袁枚后,天下皆诗人。袁枚对古典诗学价值观念的全面解构,最终归于对诗人自身身份的解构,这是很自然的事。对诗人身份的解构,

---

① 袁枚:《随园诗话》补遗卷九,第605页。
② 祝德麟:《悦亲楼诗集》卷二四,嘉庆二年刊本。
③ 刘沅:《拾余四种》卷下,道光二十五年刊本。
④ 袁枚:《随园诗话》卷三,第57页。
⑤ 钱泳:《履园丛话·谭诗》,上册,第240页。
⑥ 刘克庄:《跋何谦诗》,《后村先生大全集》卷一○六,《四部丛刊初编》本。

在某种意义上意味着诗歌创作的一个解放。性灵诗学最重要的诗史意义或许就在于此，如果我们同意说，一种诗学的价值最终取决于它在多大程度上推动了诗歌创作。袁枚作为乾隆诗坛的广大教化主，对当时诗歌风气的倡导和影响，无人可以比拟。传为舒位所撰的《乾嘉诗坛点将录》将及时雨宋江的首座给予袁枚，实在是实至名归。

### 五 性灵诗学的实践品格

性灵诗学的解构倾向，在理论和观念上表现为取消绝对的价值和典范，在创作和批评实践上则体现为放逐诗家通行的法则和要求，无适无莫。相比之下，后者更代表着性灵诗学处理问题的方式，也更清楚地体现了性灵诗学的实践品格。

从唐代开始，一种诗学的基本品格就不再取决于论者标榜什么样的审美理想，而在于接受何种诗歌传统。对诗歌传统的态度及其具体取舍决定了诗人的写作方式和批评立场。时代越往后这种趋向就愈明显，到清代基本已成为固定的事实。但到袁枚诗学，对待传统的态度出现了一个截断众流的陡转，提出一个"诗有工拙，而无古今"的口号①。这颇有点耸人听闻的宣言，既是袁枚论诗的基本立场，也是他的诗史观，决定了他对古今诗歌的根本看法。袁枚由此在理论上解构了绝对的价值和经典，诗史上某些时代的典范性由此丧失其成立的依据而无所附丽，而明清以来作为典范的唐宋诗之争在他眼里也从而变得无足轻重："论诗区别唐、宋，判分中、晚，余雅不喜。"② 不要说唐宋，诗歌史上各个时期都有不同的特点，自然都无须区别，这便导出一个与叶燮观念相印证的诘问："夫诗宁有定格哉？《国风》之格，不同乎《雅》《颂》；皋、禹之歌，不同乎《三百篇》；汉、魏、六朝之诗，不同乎三唐。谈格者，将奚从？"③ 在这种情况下，学者决不能固守一家，自以为是，而必须广收博采，荟萃不同作家的独特造诣："须知王、孟清幽，岂可施诸边塞？杜、韩排奡，未便播之管弦。沈、宋庄重，到山野则俗；卢仝险怪，登庙堂则野。韦、柳隽逸，不宜长篇；苏、黄瘦硬，短于言情。悱恻芬芳，非温、李、冬郎不可；属词比事，非元、白、梅村不可。古

① 袁枚：《与沈大宗伯论诗书》，《小仓山房文集》卷一七，《袁枚全集》，第 2 册，第 283 页。
② 袁枚：《随园诗话》卷七，第 182 页。
③ 赵翼：《瓯北诗钞》卷首，《赵翼全集》，第 4 册，第 6 页。

人各成一家，业已传名而去。后人不得不兼综条贯，相题行事。虽才力笔性，各有所宜，未容勉强。"蒋士铨《题随园集》称赞袁枚："古来只此笔数枝，怪哉公以一手持。"袁枚谦称"余虽不能当此言，而私心窃向往之"①，教后辈学诗曾说："古风须学李、杜、韩、苏四大家；近体须学中、晚、宋、元诸名家。"人问其故，答："李、杜、韩、苏才力太大，不屑抽筋入细，播入管弦，音节亦多未协。中、晚名家，便清脆可歌。"② 这与王渔洋指点门人学诗，强调择善而从，得各体之宜，诚有异曲同工之致。正因为如此，针对世间对他诗学渊源的议论，他在《遣性》其六回应说："独往独来一枝藤，上下千年力不胜。若问随园诗学某，三唐两宋有谁应？"③

尽管如此，诗有工拙而无古今毕竟只是袁枚性灵派的立场，举世为诗者仍多为根深蒂固的门户结习所束缚。对此，袁枚也曾有一番颇为形象的比拟：

> 抱韩、杜以凌人而粗脚笨手者，谓之权门托足。仿王、孟以矜高而半吞半吐者，谓之贫贱骄人。开口言盛唐及好用古人韵者，谓之木偶演戏。故意走宋人冷径者，谓之乞儿搬家。好叠韵、次韵，刺刺不休者，谓之村婆絮谈。一字一句，自注来历者，谓之骨董开店。④

据我考察，韩愈诗自康熙中叶开始，日益为诗家所重，急剧地加快了经典化的速度⑤。面对乾隆以来诗坛杜、韩并重的趋势，袁枚在《与稚存论诗书》中劝诫洪亮吉说："足下前年学杜，今年又复学韩。鄙意以洪子之心思学力，何不为洪子之诗，而必为韩子、杜子之诗哉？无论仪神袭貌，终嫌似是而非。就令是韩是杜矣，恐千百世后人，仍读韩、杜之诗，必不读类韩类杜之诗；使韩、杜生于今日，亦必别有一番境界，而断不肯为从前韩、杜之诗。"⑥ 这种态度与叶燮取消典范、独主创新的意识无疑是一脉相承的。自来诗家，无论怀有多么激进的创新

---

① 袁枚：《随园诗话》卷五，第 113 页。
② 袁枚：《随园诗话》卷七，第 185 页。
③ 袁枚：《小仓山房诗集》卷三三，《袁枚全集》，第 1 册，第 807 页。
④ 袁枚：《随园诗话》卷五，第 112 页。
⑤ 参看蒋寅《韩愈诗风变革的美学意义》，台湾政治大学中文系《政大中文学报》第 18 期，2012年 12 月版。
⑥ 袁枚：《小仓山房续文集》卷三一，《袁枚全集》，第 2 册，第 565 页。

欲求，都不敢宣称不学古而可创新。即便是叶燮，也还推杜甫、韩愈、苏轼为古今三大家，而袁枚却自称"余于古人之诗，无所不爱，恰无偏嗜者"①。当有人问他本朝诗谁为第一时，他反问其人："《三百篇》以何首为第一?"其人不能答，他更晓喻之曰："诗如天生花卉，春兰秋菊，各有一时之秀，不容人为轩轾。音律风趣，能动人心目者，即为佳诗；无所为第一、第二也。有因其一时偶至而论者，如'不愁明月尽，自有夜珠来'一首，宋居沈上；'文章旧价留鸾掖，桃李新阴在鲤庭'一首，杨汝士压倒元、白是也。有总其全局而论者，如唐以李、杜、韩、白为大家，宋以欧、苏、陆、范为大家是也。若必专举一人，以覆盖一朝，则牡丹为花王，兰亦为王者之香。人于草木，不能评谁为第一，而况诗乎?"②

事实上，且不说他根本不认为古今诗人可以简单地论甲乙，就是举世公认的大家，在他看来也都各有短处，学之不善必致流弊横生："学汉、魏、《文选》者，其弊常流于假；学李、杜、韩、苏者，其弊常失于粗；学王、孟、韦、柳者，其弊常流于弱；学元、白、放翁者，其弊常失于浅；学温、李、冬郎者，其弊常失于纤。"只有"能吸诸家之精华，而吐其糟粕，则诸弊尽捐"。然而，限于才力，十之八九以失败告终，"大概杜、韩以学力胜，学之，刻鹄不成犹类鹜也。太白、东坡以天分胜，学之，画虎不成反类狗也"。最后他引佛祖"学我者死"的名言，断言"无佛之聪明而学佛，自然死矣"③。这就使得问题又被引向否定典范和师法前人之必要性的方向，其实质仍不外是要扭转人们的思维方式，消解传统和经典的绝对价值。

当一切绝对的价值和观念被弃捐之后，诗学的所有问题就有了一定的结论。涉及具体艺术表现和技巧问题，袁枚同样持一种不执一端的中道观，有时甚至可以说是对立统一的辩证观。这方面的例子简直举不胜举，比如关于"巧"，他有这样一些议论：

> 诗宜朴不宜巧，然必须大巧之朴；诗宜淡不宜浓，然必须浓后之淡。譬

①　袁枚：《随园诗话》卷四，第93页。
②　袁枚：《随园诗话》卷三，第52页。
③　袁枚：《随园诗话》卷四，第77页。

如大贵人，功成宦就，散发解簪，便是名士风流。若少年纨裤，遽为此态，便当笞责。富家雕金琢玉，别有规模；然后竹几藤床，非村夫贫相。①

萧子显自称："凡有著作，特寡思功；须其自来，不以力构。"此即陆放翁所谓"文章本天然，妙手偶得之"也。薛道衡登吟榻构思，闻人声则怒；陈后山作诗，家人为之逐去猫犬，婴儿都寄别家：此即少陵所谓"语不惊人死不休"也。二者不可偏废：盖诗有从天籁来者，有从人巧得者，不可执一以求。②

用巧无斧凿痕，用典无填砌痕，此是晚年成就之事。若初学者，正要他肯雕刻，方去费心；肯用典，方去读书。③

沈存中云："诗徒平正，若不出色，譬如三馆楷书，不可谓不端整；求其佳处，到死无一笔。"此言是也。然求佳句，诗便难作。戴殿撰有祺句云："但得闲身何必隐？不耽佳句易成诗。"④

这四段议论分别就巧与朴、人巧与天籁、巧与雕琢、局部与整体的关系论述了用巧的原则，从不同层次说明求朴不可遗巧、求天籁不必绝人巧、求天然不得废雕刻、尚端整不可无佳句的道理，颇具辩证色彩。值得注意的是，惯于解构一切价值和通行见解的倾向，几乎使袁枚放弃了正面立说的方式，即使表达自己希望的内容，也惯于使用否定式的表达："诗有干无华，是枯木也。有肉无骨，是夏虫也。有人无我，是傀儡也。有声无韵，是瓦缶也。有直无曲，是漏卮也。有格无趣，是土牛也。"⑤ 这不就等于说，诗须有干有花、有肉有骨、有人有我、有声有韵、有直有曲、有格有趣吗？但他偏不正面立说。如果那么说，就是格调派的

---

① 袁枚：《随园诗话》卷五，第 114 页。
② 袁枚：《随园诗话》卷四，第 95—96 页。
③ 袁枚：《随园诗话》卷六，第 132 页。
④ 袁枚：《随园诗话》卷一二，第 297 页。
⑤ 袁枚：《随园诗话》卷七，第 167 页。

家数了；性灵派的家数是要告诉你，诗学中没有什么必须固守的法则，也没什么一成不变的技巧，执着于任何观念都是固陋而愚蠢的。

可是，取消了一切固有的价值观念和表现手法，作诗还有什么规则和目标可遵循呢？在这种情况下，如何保证诗歌仍是一种高雅的、值得尊重的艺术，就成了性灵诗学首先要面对的问题。现在看来，袁枚正是以"工拙"来划定其艺术底线的，即朱东润先生所说的，"随园论诗之骨干，在有工拙而无古今一语"①。"工拙"是指涉艺术表现完美程度的一对抽象概念，古代文论中更常用以指称其衡量标准的概念是"切"——这是夙为神韵派排斥而格调派又不屑于追求的境界②。袁枚《随园诗话》论题咏之诗曾说：

> 陆鲁望过张承吉丹阳故居，言："祐善题目佳境，言不可刊置别处。此为才子之最也。"余深爱此言。自古文章所以流传至今者，皆即情即景，如化工肖物，着手成春，故能取不尽而用不竭。不然，一切语古人都已说尽，何以唐、宋、元、明，才子辈出，能各自成家而光景常新耶？即如一客之招，一夕之宴，开口便有一定分寸，贴切此人、此事，丝毫不容假借，方是题目佳境。若今日所咏，明日亦可咏之，此人可赠，他人亦可赠之；便是空腔虚套，陈腐不堪矣。③

题咏某地某人某事，必紧扣其地其人其事而出以最适当的艺术表现，这就是诗家所谓"切"，它是衡量诗歌艺术表现最初步同时也是最终极的标准。因为它是着眼于完美度的概念，没有具体的规定性，所以又显得有点空泛。袁枚在谈到自己的选诗宗旨时曾这么说：

> 选诗如用人才，门户须宽，采取须严。能知派别之所由，则自然宽矣；能知精采之所在，则自然严矣。余论诗似宽实严，尝口号云："声凭宫徵都

---

① 朱东润：《中国文学批评史大纲》，第 332 页。
② 王世贞《艺苑卮言》卷四转述严羽言"诗不必太切"，若非误记即系假传圣旨，查严羽《沧浪诗话》无此言。但这确实是格调派的主张，谢榛《四溟诗话》卷二曾说："诗不可太切，太切则流于宋矣。"胡应麟《诗薮》内编卷五也说："工而不切，何害其工？切而不工，何取于切？"王渔洋神韵诗学对"切"的排斥，可看看《清代诗学史》第一卷，第 660—665 页。
③ 袁枚：《随园诗话》卷一，第 15 页。

须脆，味尽酸咸只要鲜。"①

的确，表面看上去似乎标准很宽泛，只要声脆味鲜即可，但究竟什么样的声是脆，什么样的味是鲜，是有着他独特的理解和要求的。因此，类似"其言动心，其色夺目，其音悦耳，便是佳诗"② 这样看似简单的标准，从某种意义上说其实是一种更严苛的要求。就像某些朋友择偶，没什么具体条件和要求，只说看着顺眼就行。可这"顺眼"是多么高的要求啊！若要个子高，要眼睛大，要身材好，都很简单，但要能让人看着顺眼就不容易了。即便世所通行的审美标准全都满足，也难保他看着顺眼呀！性灵诗学的本质正是这样的，它是一种极其主观的、着眼于效果的诗学，所有技术要素都服从于艺术的目标。所谓"诗写性情，惟吾所适"的意思③，就是条条大路通罗马，只要能到达目的地，走什么路都行。而一旦有什么说法可能阻碍艺术目标的实现，则任它是多古老多经典的理论，也毫不犹豫地抛弃或拒绝之。

在创作方面，我们可以看到，袁枚力图摒除一切有碍于自我表现的习气。比如，正像王渔洋不喜叠韵唱和一样，袁枚也说："余作诗，雅不喜叠韵、和韵及用古人韵。以为诗写性情，惟吾所适。一韵中有千百字，凭吾所选，尚有用定后不惬意而别改者，何得以一二韵约束为之？既约束，则不得不凑拍；既凑拍，安得有性情哉？"④ 江苏巡抚胡云坡在任颇礼遇袁枚，入京任刑部尚书后，寄《扈从纪事诗》十二首属和，而袁枚终以"诗贵清真，目所未瞻，身所未到，不敢牙牙学语，婢作夫人"⑤ 而辞之。对于咏古、咏物诗的用典，他又说："余每作咏古、咏物诗，必将此题之书籍，无所不搜；及诗之成也，仍不用一典。尝言：人有典而不用，犹之有权势而不逞也。"⑥ 至于当时学者间流行的喜用古今字和异体字的风气，袁枚在《答洪华峰书》中提到："《上笥河学士一百十韵》搜尽僻字，仆尤不以为然。诗重性情，不重该博，古之训也。然而如足下诗，不足以

---

① 袁枚：《随园诗话》卷七，第 168 页。
② 袁枚：《随园诗话》补遗卷一，第 423 页。
③ 袁枚：《随园诗话》卷一，第 3 页。
④ 同上。
⑤ 袁枚：《随园诗话》卷一一，第 282 页。
⑥ 袁枚：《随园诗话》卷一，第 15 页。

为博。何也？古无类书、志书、韵书，故《三都》《两京》各矜繁富。今三书备矣，登时阑入，无所不可，过后自读，亦不省识，即识之，亦复何用？"① 此外，如《随园诗话》卷五诫人不要写长诗，不要强作不擅长的诗体，《陶怡云诗序》诫作诗勿求体备，"唐人五言工，不必七言也；近体工，不必古风也"，凡此等等，无不出于崇尚自我表现、主张独抒性灵的宗旨，而与诗家通行的观念相左。

就我所见，在诗歌的所有要素中，袁枚只有一点不曾放弃，那就是声律。曾说："千古善言诗者，莫如虞舜。教夔典乐曰：'诗言志。'言诗之必本乎性情也。曰：'歌永言。'言歌之不离乎本旨也。曰：'声依永。'言声韵之贵悠长也。曰：'律和声。'言音之贵均调也。知是四者，于诗之道尽之矣。"② 又说："音律、风趣，能动人心目者，即为佳诗。"③ 且曾引宋曾致尧谓李虚己曰："子诗虽工，而音韵犹哑。"及《爱日斋诗话》称"欧公诗如闺中孀妇，终身不见华饰"之语，称"味此二语，当知音韵、风华，固不可少"④。但即便如此，他对康熙以来诗家热心探讨的古诗声调之学也不以为然，说："近有《声调谱》之传，以为得自阮亭，作七古者，奉为秘本。余览之，不觉失笑。夫诗为天地元音，有定而无定，到恰好处，自成音节。此中微妙，口不能言。试观《国风》《雅》《颂》《离骚》、乐府，各有声调，无谱可填。杜甫、王维七古中，平仄均调，竟有如七律者；韩文公七字皆平，七字皆仄；阮亭不能以四仄三平之例缚之也。倘必照曲谱排填，则四始、六义之风扫地矣。此阮亭之七古所以如杞国伯姬，不敢挪移半步。"⑤ 最终他将诗人对古诗声调的敏感仍归结于天才，以为"诗有音节清脆，如雪竹冰丝，非人间凡响，皆有天性使然，非关学问。在唐则青莲一人，而温飞卿继之。宋有杨诚斋，元有萨天锡，明有高青丘。本朝继之者，其惟黄莘田乎？"⑥ 归结于天才，等于是将问题悬置起来，置于一个不可讨论的位置，这无异于在学理上为这个自康熙以来纷争不绝的问题画上了句号。袁枚的性灵诗学的

① 袁枚：《答洪华峰书》，《小仓山房文集》卷一九，《袁枚全集》，第 2 册，第 337 页。
② 袁枚：《随园诗话》卷三，第 67 页。
③ 同上书，第 52 页。
④ 袁枚：《随园诗话》卷五，第 125 页。
⑤ 袁枚：《随园诗话》卷四，第 92 页。
⑥ 袁枚：《随园诗话》卷九，第 243—244 页。

确具有这样的品格，如果我们将诗学史上的重要论争都做一个问题史的梳理的话，就会发现，许多问题到袁枚这里，冲突和争议就化解了，没有再争论的必要。这正是性灵诗学之解构性质的表征之一。

在批评方面，袁枚同样反对一切妨碍自我表现的写作习惯，将其诗学的解构倾向贯彻于批评中。《随园诗话》提到的这类习气主要有三种，一是写作乐府旧题模拟古辞：

> 盖因乐府传写，大字为辞，细字为声，声词合写，易至舛误。是以曹魏改《将进酒》为《平关中》，《上之回》为《克官渡》，共十二曲，并不袭汉。晋人改《思悲翁》为《宣受命》，《朱鹭》为《灵之祥》，共十二曲，亦不袭魏。唐太白、长吉知之，故仍其本名，而自作己诗。少陵、张、王、元、白知之，故自作己诗，而创为新乐府。元稹序杜诗，言之甚详。郑樵亦言："今之乐府，崔豹以义说名，吴兢以事解目，与诗之失传一也。《将进酒》而李余乃序烈女，《出门行》而刘猛不言别离，《秋胡行》而武帝云'晨上散关山，此道当何难'，皆与题无涉。"今人犹贸贸然抱《乐府解题》为秘本，而字摹句仿之，如画鬼魅，凿空无据；且必置之卷首，以撑门面，犹之自标门阀，称乃祖乃宗绝大官衔，而不知其与己无干也。①

二是赋题：

> 无题之诗，天籁也；有题之诗，人籁也。天籁易工，人籁难工。《三百篇》《古诗十九首》，皆无题之作，后人取其诗中首面之一二字为题，遂独绝千古。汉、魏以下，有题方有诗，性情渐漓。至唐人，有五言八韵之试帖，限以格律，而性情愈远；且有"赋得"等名目，以诗为诗，犹之以水洗水，更无意味。从此，诗之道每况愈下矣。余幼有句云："花如有子非真

① 袁枚：《随园诗话》卷一，第6页。同书补遗卷九亦云："尝读《古诗纪》，而叹六朝之末，诗教大衰：凡吟咏者，皆用古乐府旧题，而语意又全不相合。甚至二陆之仿《三百篇》，傅长虞之《孝经诗》《论语诗》《周易》《周官诗》，编抄经句，毫无意味。其他《饮马长城窟》，而并无一字及马，《秋胡行》，而反称尧、舜，尤可笑也！至于'妃呼豨'、'伴阿那'，则本来有音无乐矣。初唐陈子昂起而扫空之。杜少陵、白香山创为新乐府，以自写性情。此三唐之诗之所以盛也。"

色，诗到无题是化工。"略见大意。①

三是补亡：

> 凡古人已亡之作，后人补之，卒不能佳，由无性情故也。束皙补《由
> 庚》，元次山补《咸英》《九渊》，皮日休补《九夏》，裴光庭补《新宫》
> 《茅鸱》，其词虽在，后人读之者寡矣。②

这些都是古来诗歌写作中的惯例，补亡甚至在《文选》中专列一门，可在袁枚眼中它们都是妨碍性情表现的写作习惯，大可不必尝试。类似这类议论，虽都属批评前人和时人，却也等于是在表明自己的态度，可视为他自己的创作宣言。事情就是这样，作家的批评，其取舍好恶通常就是自己创作宗旨的间接表达。当他说什么不好时，就意味着同时在表明自己不会那么做。因此，我们研究袁枚的诗歌批评，也就是在深入理解他的诗学。

当我们将袁枚的诗歌批评作为独立的整体来考察时，它异于前人的一个鲜明特征就清晰地浮现出来。袁枚曾说："宋以后，诗话日繁，门户日多。张一论者，多树一敌。若再扼腕而谈体例，不又惧乎？"③ 树立门户和谈论体制在他看来是诗歌批评所面临的双重危险，前者为自己制造论敌，后者则将自己逼入作茧自缚的境地。那么，如何才能避免这种结局呢？只有破除所执，虚心应物。批评家从来都是依据一种美学标准遴选和评价作品，而袁枚却是不带先入为主的成见，到古今诗作中去寻找称心合作。事实上，褪除各种预设的艺术规则和标准后，袁枚的诗歌批评就变成了一种鉴赏式的批评。像《随园诗话》中如下这些条目，正是很典型的袁枚式批评：

> 富贵诗有绝妙者。如唐人："偷得微吟斜倚柱，满衣花露听宫莺。"宋
> 人："一院有花春昼永，八荒无事诏书稀。""烛花渐暗人初睡，金鸭
> 无烟却有香。""人散秋千闲挂月，露零蝴蝶冷眠花。""四壁宫花春宴罢，满床牙

---

① 袁枚：《随园诗话》卷七，第 172 页。
② 袁枚：《随园诗话》卷二，第 26 页。
③ 袁枚：《所知集序》，《小仓山房文集》卷一〇，《袁枚全集》，第 2 册，第 180 页。

笏早朝回。"元人:"宫娥不识中书令,问是谁家美少年。""袖中笼得朝天笔,画日归来又画眉。"本朝商宝意云:"帘外浓云天似墨,九华灯下不知寒。""那能更记春明梦,压鬓浓香侍宴归。"汤西崖少宰云:"楼台莺蝶春喧早,歌舞江山月坠迟。"张得天司寇云:"愿得红罗千万匹,漫天匝地绣鸳鸯。"皆绝妙也。谁谓欢娱之言难工耶?①

贫士诗有极妙者。如陈古渔:"雨昏陋巷灯无焰,风过贫家壁有声。""偶闻诗累吟怀减,偏到荒年饭量加。"杨思立:"家贫留客干妻恼,身病闲游惹母愁。"朱草衣:"床烧夜每借僧榻,粮尽妻常寄母家。"徐兰圃:"可怜最是牵衣女,哭说邻家午饭香。"皆贫语也。常州赵某云:"太穷常恐人防贼,久病都疑犬亦仙。""短气莫书赊酒券,索逋先畏扣门声。"俱太穷,令人欲笑。②

诗有现前指点语最佳。香树尚书《题红叶》云:"一夜流传霜信遍,早衰多是出头枝。"程鱼门《观打渔》云:"旁人束手休相怪,空网由来撒最多。"张哲士《观弈》云:"笑渠敛手推枰后,始羡从旁拢袖人。"宋人诗云:"无事闭门防俗客,爱闲能有几人来?"哲士《月夜》云:"恐有闲人能见访,满庭凉影未关门。"两意相反,而皆有味。③

善写客情者,昔人诗,如:"只因相见近,转致久无书。""近乡心更怯,不敢问来人。"善写别情者,如:"可怜高处望,犹见故人车。""相看尚未远,不敢遽回舟。"④

这类批评都是从丰富的阅读中撷取相似题材或表现加以比较,以见其得失高下,属于一种鉴赏式的品评,论者的趣味和判断力在举例和比较中自然地流露出来。

---

① 袁枚:《随园诗话》卷三,第53—54页。
② 同上书,第54页。
③ 袁枚:《随园诗话》卷七,第163—164页。
④ 袁枚:《随园诗话》卷九,第243页。

司仲敖说"随园以为鉴赏无一具体标准，论诗工拙之外不复问，而所谓工拙则又系依据内心之判断"①，可谓一语中的，抓住了袁枚诗歌批评的基本倾向。参照《随园诗话》卷十："余幼居杭州葵巷，十七岁而迁居。五十六岁从白下归，重经旧庐，记幼时游跃之场，极为宽展；而此时观之，则湫隘已甚，不知曩者何以居之恬然也。偶读陈处士古渔诗曰：'老经旧地都嫌小，昼忆儿时似觉长。'乃实获我心矣。"②"实获我心"不正是取舍出自主观感觉之义吗？这里值得注意的还有第三则的"现前指点"四字，什么是现前指点呢？法式善《梧门诗话》卷八的一段文字可作注脚："诗有趣悟语，所谓'静通还原，深入智地'，非浅学人所能领解。袁子才有'青苔避日葵争日，同领春风各性情'，又'青苔问红叶，何物是斜阳'，方子云'西下斜阳东上月，一般花影有寒温'，皆现前指点。"③玩其意，现前指点就是由眼前实景中提炼出一种人生感悟，它不同于理趣诗，事先设定主旨，然后从自然景象中取象，而是随机地将人生哲理赋予眼前的景象，在心灵与物象相对的刹那间触发妙悟。法式善在《诗话》卷三又说："袁子才谓方子云闭门工索句，余谓子云好句有不从思索来者。如'夕阳不管天将晚，一角自明湖上山'，又如'栏杆影落春江底，万里桃花一夜潮'。眼前光景，写来自然入妙。"④这两句严格地说与上面举的方句有点不同，但同属于性灵的表现，即刹那间的独特感受。

这么说当然绝不意味着袁枚的批评全然出于偶然随意的主观感受，没有稳定的立场作为支点。袁枚当然是有自己的立场的，那就是崇尚自我表现，重言情。《随园诗话》坦陈"余最爱言情之作，读之如桓子野闻歌，辄唤奈何"，并录汪可舟《在外哭女》《过朱草衣故居》、沙斗初《经亡友别墅》、厉太鸿《送全谢山赴扬州》、王孟亭《归兴》、宗介帆《别母》、某妇《送夫》为例⑤。又说"凡作诗，写景易，言情难。何也？景从外来，目之所触，留心便得；情从心出，非有

① 司仲敖：《随园及其性灵诗说之研究》，第193页。
② 袁枚：《随园诗话》卷一〇，第267页。
③ 张寅彭、强迪艺：《梧门诗话合校》，第246页。
④ 同上书，第91页。
⑤ 袁枚：《随园诗话》卷一〇，第268页。

一种芬芳悱恻之怀，便不能哀感顽艳"①。铃木虎雄早就注意到这一点，他概括性灵说的要点，其六曰相比自然风景，贵于咏人事；其七曰与其咏风景，宁贵咏人情②。据我的粗略统计，《随园诗话》中除纪事类条目外，摘句褒贬的佳句多集中于言情一类。写景句仅百则左右，而言情句将近八百则，景语与情语的比例几乎是1：8，足以显示袁枚论诗眼光之所注。晚年他对此也曾专门作过说明：

> 诗家两题，不过写景、言情四字。我道：景虽好，一过目而已忘，情果真时，往来于心而不释。孔子所云兴、观、群、怨四字，惟言情者居其三。若写景，则不过"可以观"一句而已。因取闲时所录古人言情佳句，如《哭某》云："平生不得意，泉路复何如？"《赠友》云："乍见还疑梦，相悲各问年。"《寄远》云："路长难计日，书远每题年。无复生还想，还思未别前。"七言如："相见或因中夜梦，寄来都是隔年书。""重来未定知何日，欲别殷勤更上楼。""凉月不知人散尽，殷勤还下画帘来。""饯虽难忍临期泪，诗尚能传别后情。""三尺焦桐七条线，子期师旷两沉沉。""最怕酒阑天欲晓，知君前路宿何村？""愿将双泪啼为雨，明日留君不出城。""垂老相逢渐难别，大家期限各无多。""若比九原泉路隔，只多含泪一封书。"③

他晚年针对前贤老耄饶舌之病，又有诗曰："我意欲矫之，言情不言景。景是众人同，情乃一人领。"④ 很显然，他之所以最注重"情"，是因为其中包含着最个性化的人生体验。对袁枚来说，诗歌最高的境界和最低的要求都在于表现个人化的情感体验。只有基于这样的观念，"性情之外本无诗"⑤ 的绝对主张才能够成立。

以往的论者谈到性灵，都侧重于强调其主灵动、风趣的一面，这当然是有道理的，《随园诗话》中确实有相当多的例子可以证明这一点。如卷五云：

---

① 袁枚：《随园诗话》卷六，第138页
② 铃木虎雄：《中国诗论史》，第207页。
③ 袁枚：《随园诗话》补遗卷一〇，第614—615页。
④ 袁枚：《人老莫作诗》，《小仓山房诗集》卷二五，《袁枚全集》，第1册，第509页。
⑤ 袁枚：《寄怀钱玙沙方伯予告归里》，《小仓山房诗集》卷二六，《袁枚全集》，第1册，第567页。

人畏冷，卧必弯身。高翰起司马《宿明港驿》云："灯昏妨睡频移背，衾薄愁寒屡曲腰。"野行者尝见牛背上负群鸟而行。鲁星村云："春田牛背鸠争落，野店墙头花乱开。"船小者，人不能起立。程鱼门云："别开新样殊堪哂，跪着衣裳卧读书。"①

又卷八云：

古渔《路上》诗云："年来一事真堪笑，只见来船是顺风。"戴喻让云："莫羡上流风便好，好风也有卸帆时。"荣方伯名柱者，有句云："风自横来无顺逆，水当涨处失江湖。"余则云："东窗关后西窗启，犹喜风无两面来。"②

这类随时触发的生动感受，的确属于性灵的内容，但袁枚讲性灵决不限于风趣一点，在许多时候他更注重人生体验的深度。那种深度既能体现于儿童、老妪都能领略的浅俗歌诗，也能体现于人所共知、人所同感的格言警句，袁枚统谓之"全首在人意中"。如：

门生蔡家璋《舟中》云："孤客心情急去旌，榜人带月趁宵征。去舟时共来舟语，残梦依稀听不明。"汪舟次《田间》云："小妇扶犁大妇耕，陇头一树有啼莺。儿童不解春何在，只向游人多处行。"此种诗，儿童老妪都能领略。而竟有学富五车者，终身不能道只字也。他如汤扩祖之"事当失路工成拙，言到乖时是亦非"，方子云之"优孟得时皆贵客，英雄见惯亦常人"，"酒常知节狂言少，心不能清乱梦多"，吴西林之"贫士出门非易事，豪门投刺岂初心"，皆使闻者人人点头。③

不过在袁枚看来，真正展现了人生体验深度的反而是那些貌似平淡浅易的诗句：

---

① 袁枚：《随园诗话》卷五，第107页。
② 袁枚：《随园诗话》卷八，第193页。
③ 袁枚：《随园诗话》卷一二，第293页。

陈后山吟诗最刻苦,《九日》云:"人事自生今日意,寒花只作去年香。"郑毅夫云:"夜来过岭忽闻雨,今日满溪都是花。"此种句,似易实难。人能知易中之难,可与言诗。①

诗有极平浅,而意味深长者。桐城张征士若驹《五月九日舟中偶成》云:"水窗晴掩日光高,河上风寒正长潮。忽忽梦回忆家事,女儿生日是今朝。"此诗真是天籁。然把"女"字换一"男"字,便不成诗。此中消息,口不能言。②

不难体会,无论是前一则的似易实难还是后一则的平浅而意味深长,其艺术感染力都源自深刻的人生体验。在这个意义上说,性灵的灵就是心有灵犀的灵,是直接洞达心灵深处的感触。这样的感触需要一种纯朴乃至痴情的质地,所以袁枚有"诗情愈痴愈妙"之说③,太透彻太超脱的人反离之愈远。他批评"东坡诗有才而无情,多趣而少韵"④,"无情"之说恐怕很难令人首肯,但我们却可由此理解其立论的出发点。

由于性灵诗学专注于人生体验的表达,写景非其所重,故袁枚的诗歌批评也不像一般的诗论家那样留意写景的佳句,与前辈诗人"诗家写景,是大半工夫"的共识截然相反⑤。《随园诗话》卷十三论李啸村诗,提到:

《却人写真》云:"有影正嫌无处匿,不才尚觉此身多。"此是啸村最佳诗,而归愚《别裁集》只选《上巳忆白门》一首,云:"杨柳晚风深巷酒,桃花春水隔帘人。"不过排凑好看字面,最为下乘。舍性灵而讲风格者,往往舍彼取此。⑥

在这里,袁、沈两人的不同取舍,明明是重写意还是重写景的趣味问题,但袁枚

---

① 袁枚:《随园诗话》卷四,第83页。
② 袁枚:《随园诗话》卷八,第209页。
③ 袁枚:《随园诗话》卷六,第133页。
④ 袁枚:《随园诗话》卷七,第183页。
⑤ 李重华:《贞一斋诗说》,《清诗话》,下册,第921页。
⑥ 袁枚:《随园诗话》卷一三,第330页。

偏说成是判断力的问题，足见他固执地以表现性灵为诗歌的天职，写景只是次要的事。他最推崇的景句属于即时所见的速写一类，比如宋人"忍冻不禁先自去，钓竿常被别人牵"及默禅上人"水藻半浮苔半湿，浣纱人去不多时"两联，道是"俱眼前语，而余韵悠然"①。这两联严格地说并不全是写景，人物活动在其中占了主要的位置，但袁枚所欣赏的风景正是这类含有人物活动甚至仅作为背景的景物。比如：

> 人人共有之意，共见之景，一经说出，便妙。盛复初《独寐》云："灯尽见窗影，酒醒闻笛声。"符之恒《湖上》云："漏日松阴薄，摇风花影移。"女子张瑶英《偶成》云："短垣延月早，病叶得秋先。"郑玑尺《雪后游吴山》云："人来饥鸟散，日出冻云升。"顾文炜《立夏》云："病骨先愁暑，残花尚恋春。"女子孙云凤《巫峡道中》云："烟瘴寒云起，滩声骤雨来。"沈大成《登净慈寺》云："花气随双屐，湖光纳一窗。"姜西溟《野行》云："桥敧眠折苇，槛倒坐双凫。"②

相比人人共见之景，人人共有之意似乎是更为前提的要素。风景只是因人而存在，而收入诗人视野的，自然也是人生体验的对象，构成体验的一部分。正因为袁枚如此看待风景，他所欣赏的写景佳句也就很少前人喜欢的纯风景描写或形似之言。而且，他赏爱的咏物佳句，也不着眼于体物之工，而是有感于其中寄寓的某种生命情调。《随园诗话》卷三论及咏杨花句云："杨花诗最佳者，前辈如查他山云：'春如短梦初离影，人在东风正倚阑。'黄石牧云：'不宜雨里宜风里，未见开时见落时。'严遂成云：'每到月明成大隐，转因云热得佯狂。'薛生白云：'飘泊无端疑白也，轻盈真欲类虞兮。'王菊庄云：'不知日暮飞犹急，似爱天晴舞欲狂。'虞东皋云：'飘来玉屑缘何软？看到梅花尚觉肥。'意各不同，皆妙境也。近有人以此命题，燕以均云：'小院无端点绿苔，问他来处费疑猜。春原不是一家物，花竟偏能离树开。质洁未堪污道路，身轻容易上楼台。随风似怕

---

① 袁枚：《随园诗话》卷二，第35页。
② 袁枚：《随园诗话》卷一二，第293页。

儿童捉，才扑阑干又却回。'蔡元春云：'沾裳似为衣添絮，扑帽应怜鬓有霜。''似我辞家同过客，怜君一去便无归。'李葵云：'偶经堕地时还起，直到为萍恨始休。'杨芳灿云：'掠水燕迷千点雪，窥窗人隔一重纱。''愿他化作青萍子，傍着鸳鸯过一生。'方正澍云：'春尽不堪垂老别，风停亦解步虚行。'钱履青云：'风便有时来砚北，月明无影度墙东。'"① 可以说，袁枚的诗歌批评，最突出的特点就是善于用自己赏心的佳句来呈现诗歌所能揭示的人性的丰富蕴含及其美感形式。这种艺术境界的发现和创造，在他看来都出自诗人的天才，而天才是不可究极的，只能由其创造的艺术效果来观摩和学习，于是批评到头来就只能是一种鉴赏式的品评。对于这样的批评来说，一切既有的观念和规则确实是可有可无的，袁枚破而弃之实在是很自然的事。

　　鉴于上述认识，我将袁枚的性灵诗学称作解构的诗学。解构的目的不是取消意义和价值，而是取消固定的、绝对的意义和价值。这就决定了袁枚诗学区别于其他诗学的一个特征，即破而不立。历来所有文学思潮和流派的兴起，都以破肇始而以立终结，立中有破，破中有立，但袁枚的破却未导致立。事实上，袁枚的学说决不是要否定传统诗学的一切观念和技法，而只是不将它们视为绝对的价值和强制性的规范，无适无莫，毋固毋必，就是他一以贯之的宗旨。不理解这一点，我们就会觉得他的学说充满矛盾，"难免有依违两可，前后不一的现象"②。比如他崇尚天籁，可是《诗话》卷五又引叶书山语："人功未极，则天籁亦无因而至。虽云天籁，亦须从人工求之。"③ 他重生趣，可是又诫人勿轻下笔，《箴作诗者》诗曰："倚马休夸速藻佳，相如终竟压邹枚。物须见少方为贵，诗到能迟转是才。清角声高非易奏，优昙花好不轻开。须知极乐神仙境，修炼多从苦寒来。"④ 这种对立和制衡在才与学、才与情、情与法等一系列关系上都可以看到。他的态度基本是，只有更重视哪一方，而决不会否定另一方。唯其如此，性灵诗学给人的感觉是一种极通达的诗学，因为它基于袁枚

① 袁枚：《随园诗话》卷三，第 54 页。
② 邬国平、王镇远：《清代文学批评史》，第 504 页。
③ 袁枚：《随园诗话》卷五，第 113 页。
④ 袁枚：《小仓山房诗集》卷二三，《袁枚全集》，第 1 册，第 477 页。

对人性的通达理解。

行文至此，可以顺带辨析一下性灵说与神韵说的关系。前辈学者都注意到性灵与神韵的相通，如郭绍虞先生说："性灵和神韵是比较接近的。在神韵诗中虽不易见其个人强烈的感情，却易见其个人的风度。神韵说与性灵说同样重在个性，重在有我，不过程度不同：神韵说说得抽象一些，性灵说说得具体一些罢了。"① 如此辨析，看似微细，其实反而容易混淆两者的区别。其实两者的区别不在于抽象与具体，而在于间接与直接。神韵诗学经常是通过环境、景物或两者与人的互动来间接地表现一种美感体验，而性灵诗学则往往直接地表达某种人生体验。写景句在两者的批评中占有截然不同的比重，正是这个缘故。袁枚《答李少鹤》写道："足下论诗讲体格二字，固佳；仆意神韵二字尤为要紧。体格是后天空架子，可仿而能；神韵是先天真性情，不可强而至。"② 他虽然也重视神韵，但将神韵看作真性情，而在王渔洋那里，神韵首先是与景物或环境而非与人的性情有关的。由此可以很方便地将神韵说与性灵说区分开来，神韵论是一种基于趣味的诗学，而性灵说则是一种人性论的诗学。袁枚对待神韵说，正像对待其他所有诗说一样，一方面消解它的绝对性，一方面又不像边连宝那样排斥它，而只是将它视为诗歌的一种境界。正如《随园诗话》卷八所说："严沧浪借禅喻诗，所谓'羚羊挂角'，'香象渡河'，有神韵可味，无迹象可寻。此说甚是，然不过诗中一格耳。阮亭奉为至论，冯钝吟笑为谬谈，皆非知诗者。诗不必首首如是，亦不可不知此种境界。如作近体短章，不是半吞半吐、超超玄箸，断不能得弦外之音、甘余之味；沧浪之言，如何可诋？若作七古长篇、五言百韵，即以禅喻，自当天魔献舞，花雨弥空，虽造八万四千宝塔，不为多也；又何能一羊一象，显渡河、挂角之小神通哉？总在相题行事，能放能收，方称作手。"③ 袁枚对神韵的态度，可以说是典型地体现了其诗学的解构精神。

① 郭绍虞：《中国文学批评史》，上海古籍出版社 1979 年版，第 567 页。
② 袁枚：《小仓山房尺牍》卷一〇，《袁枚全集》，第 5 册，第 208 页。
③ 袁枚：《随园诗话》卷八，第 204—205 页。

## 第三节　袁枚对女性诗歌的倡导

在性灵观念之外，袁枚诗学最值得注意是对女性诗歌写作的倡导。袁枚平生人谓有两善，一是好为人师，一是好褒扬女子。宁楷《喜晤简斋先生话旧》诗云："惯说名流皆捧赞，喜谈才媛为开筵。"① 前句自注"先生好为人师"，后句自注"先生好奖女子"，正是最好的写照。这不只是其个人兴趣使然，也与明末以来的社会风气有关。

随着明代社会意识的变革，士大夫阶层对女性的价值观念悄然发生变化。不仅公然标榜女性美貌的价值，"女子无才便是德"的传统观念也被抛弃，才学和文艺教养作为提升女性品位的重要因素普遍受到重视。徐增《许夫人吴冰仙诗序》云："今人称风流胜韵，辄曰佳人才子，其所谓佳人者，大率是珠翠班头，其所谓才子者，大率是文坛领袖。如是则佳人才子离而为二矣。殊不知才子不佳，不得为才；佳人无才，亦不得为佳也。必佳如潘安，殆为才子；才如道韫，方是佳人，断断然也。"② 美国学者曼素恩的研究也显示，进入康、乾盛世，一度处于女性文学中心位置的青楼文化一去不复返，同时士大夫家族的女性文学却活跃起来。她认为这与当时新的妇女典范的出现有关：朝廷和官僚虽强调妇女的家庭责任，却并不排斥女性的文学写作。对于许多上层家庭来说，女性的文学才能与成就不仅不与儒家的伦理规范相冲突，甚至能成为显示家族文化的标志。因此士大夫阶层一方面强调妇女的道德责任，同时又将女性的文学才能视为妇女典范不可或缺的部分，从而树立起一个以才、德为中心的新的女性典范。她举出康、乾时代士大夫对班昭、谢道韫的普遍推崇来证实这一点③。事实上，自清初以来，主盟诗坛数十年的王渔洋就热心于表彰女诗人，在诗话和笔记中再三称赏

---

① 宁楷：《修洁堂集略》卷九，嘉庆间家刊本。
② 徐增：《九诰堂全集》第16册，湖北省图书馆藏清抄本。
③ 曼素恩：《缀珍录：18世纪及其前后的中国妇女》，定宜庄译，江苏人民出版社2005年版。

才女的诗作，为后人所乐道。到乾隆年间，女性写作及其作品的可贵已普遍受到士大夫群体的重视。蒋士铨《石兰诗传》曾感叹："古人编年载诗，后人得考订以为年谱，因得详其事业游迹，尚论而思慕之，是诗即可为作者本传。学士大夫丰功伟烈，大名奇节，焕然纪诸史册者，无借乎诗；而后人寻绎其轶事，犹不能无借彼专集以为参稽。矧抱用世之才，负凌寒之质，极穷困幽忧，终其身于闺闼中，苟无一编以存之，百世之下，其怨悱结于空山风雨间者，曷其有极！"① 正是这种观念及其所形成的社会氛围，为乾隆间女性诗歌写作的繁兴提供了适宜的温度和土壤。对此，从事文学活动的女性自己也很清楚。乾隆五十九年（1794）马素贞序王琼《爱兰书屋诗钞》，提到："我朝文化之盛，无以复加，不特文人学士为能踊跃向风，即闺阁奇才，往往究心诗学。此虽山川灵秀所钟，要亦赖有人焉提倡之耳。"② 经历中国历史上最漫长的王朝，一个闺秀能出此言，应该说是发自内心的感触，言下对女性诗歌写作的境遇不无庆幸之意，而她所感受的现实就是以袁枚为代表的士大夫群体对女性诗歌的大力表彰和提倡。

袁枚对女性诗歌写作的鼓励和倡导，体现在热衷于表彰女诗人和招收女弟子两个方面。两者本是有因果关系的，正因为他对女性诗歌显出极大的兴趣，热衷于表彰女诗人，这才吸引众多的女诗人争相请益，执贽于门下。在女性文学研究日益兴盛的近年，这一现象已为研究者所关注并积累了一些成果③，使文学史上这一开风气的韵事有了较清晰的呈示。

---

① 《忠雅堂集校笺》，第 4 册，第 2167 页。
② 任兆麟辑：《吴中女士诗钞》附，乾隆五十四年刊本。
③ 除王英志先生《随园第一女弟子——常熟女诗人席佩兰略论》（《吴中学刊》1995 年第 3 期）、《随园"闺中三大知己"略论——性灵派研究之一》（《文学遗产》1995 年第 4 期）、《随园女弟子概论》（《江海学刊》1995 年第 6 期）、《随园女弟子考述》（《江南社会学院学报》2000 年第 4 期）、《关于随园女弟子的成员、生成与创作》（《井冈山师范学院学报》2002 年第 1 期）外，还有刘咏聪《"曲园不是随园叟，莫误金钗作赘人"——袁枚与俞樾对女弟子态度之异同》，《岭南学报》1999 年新第 1 期；沈金浩《论袁枚的男女关系观及妇女观——兼谈两者与其文学活动、文学创作间的关系》，《深圳大学学报》2001 年第 3 期；黄仪冠《园林空间与女性书写——论清代随园与随园女弟子的诗歌创作》，《第六届中国诗学会议论文集》，（台湾）万卷楼 2002 年版；陈昱志《至情只可酬知己——袁枚与随园女诗人开启的性灵诗观》，（台湾）《鹅湖月刊》第 28 卷第 1 期，2003 年）；祝伊湄《章学诚对〈随园诗话〉的批评》，《华侨大学学报》2006 年第 4 期；石旻《阻隔的一时双璧——关于〈随园诗话〉忽略清溪吟社之分析》，《苏州大学学报》2007 年第 5 期；李德伟《论袁枚〈随园女弟子诗选〉呈现之诗学观及其在清代文学史上之意义》，《东华汉学》第 10 期，台湾东华大学中文系 2009 年 12 月版。学位论文有施幸汝《随园女弟子研究——清代女诗人群体的初步探讨》，（台湾）淡江大学硕士学位论文，2004 年。

### 一 对闺秀诗歌的表彰

袁枚招收女弟子与他对女性写作的态度有关，而他对女性写作的态度又植根于他的女性观。通过研究袁枚的传记，学者们都注意到，袁枚自幼生活在一个较少约束的女性圈子里。祖母的宠溺、母亲的呵护、姑母的教养，都使他的个性得到自由、健康的发展，思想上较少通常家庭教养形成的封建观念，同时对女性有较亲近的了解，没什么重男轻女的观念①。

袁枚的童年是在姑母的教养下度过的，情感和观念上受姑母的影响也最大。姑母青年丧夫，依兄而居，在郁郁寡欢中消磨后半生，直接让年幼的袁枚体认女性的不幸命运，以致青年时代咏歌古代列女即有"美人只合一生愁"的慨叹②，在日后长久的岁月中更始终对女性的命运抱有悲悯情怀，而最终在《金纤纤女士墓志铭》中尽情倾吐："余阅世久，每见女子有才者不祥，兼貌者更不祥，有才貌而所适与相当者尤大不祥。纤纤兼此三不祥，而欲其久居人世也不亦难乎！余三妹皆有才，皆早死。女弟子中，徐文穆公之女孙裕馨最有才，最早死；其他非寡即贫……"③ 自古以来，在女性狭窄的生活空间中，写作实在是有限的娱乐方式之一，也是难得的足以发挥才智的生命活动。不难想象，如果没有那些宴集分题赋诗或联句，大观园中的女子将失去多少生活乐趣，而《红楼梦》一书又将会如何的黯然失色！袁枚显然是清楚这一点的，26 岁时便有《上官婉儿》诗，盛称"簪花人是大宗师"，且质问："至今头白衡文者，若个聪明似女儿？"④ 后来针对女子不宜为诗的世俗陋见，更在《金纤纤女士墓志铭》《听秋轩诗集序》中驳斥道："目论者动谓诗文非闺阁所宜，不知《葛覃》《卷耳》首冠《三百篇》，谁非女子所作？"⑤ 晚年在《随园诗话》补遗中又畅述此旨，说：

> 俗称女子不宜为诗，陋哉言乎！圣人以《关雎》《葛覃》《卷耳》，冠《三百篇》之首，皆女子之诗。第恐针黹之余，不暇弄笔墨，而又无人唱和

---

① 参看石玲《袁枚诗论》，第41—45 页。
② 袁枚：《西施》其二，《小仓山房诗集》卷二，《袁枚全集》，第 1 册，第 28 页。
③ 袁枚：《小仓山房续文集》卷三二，《袁枚全集》，第 2 册，第 588 页。
④ 袁枚：《小仓山房诗集》卷二，《袁枚全集》，第 1 册，第 30 页。
⑤ 骆绮兰：《听秋轩诗集》卷首，乾隆六十年金陵龚氏刊本。

而表章之，则淹没而不宣者多矣。家龙文弟妇黄氏雅宜、香亭簉室吴氏香宜，俱有窈窕之容，同居一室，互相切磋。黄咏《灯花》云："银钌夺月吐光华，影入窗棂透碧纱。未忍轻挑私问汝，不知何喜报吾家。"吴咏《梅》云："为爱春寒花放迟，游人偏采未开时。依心恰爱天然好，不忍临风折一枝。"《春晴》云："细雨连宵湿软尘，今朝晴放一窗春。柳丝低舞花添笑，都似风前得意人。"皆清妙可诵。又有淑端内史者，见二人诗而爱之，赠一绝云："诵君佳句爱君才，未对菱花卷已开。想是瑶池曾结伴，诗仙逃下一双来。"余按荀奉倩云："女子以色为主，而才次之。"李笠翁则云："有色无才，断乎不可。"有句云："蓬心不称如花貌，金屋难藏没字碑。"龙文候补粤西，家无担石，而家信来，诡云娶妾。雅宜答以诗云："郎君新得意，志气入云骄。未置黄金屋，先谋贮阿娇。"盖揶揄之也。香宜知余采其诗入《诗话》，以诗谢云："有志红窗学咏诗，绛帷深幸侍良师。微名也许登《诗话》，荣似儿夫及第时。"戏香亭也。雅宜名桢，香宜名蕙，淑端姓孟，名楷。①

这段诗话不仅记载了自家女眷中的几位作者及其唱和，也表明了自己对女性写作的肯定态度。袁枚首先搬出经典的权威说法，肯定女性诗歌源远流长，为古圣贤所重视，由此确立女性写作的合法性。然后引用荀彧和李渔的说法，再次强调女性才华的可贵，并认为女性作品流传不易，如果得不到表彰，很难免于湮没不传的命运。为此他身体力行，在诗话里用很多篇幅记录闺秀的诗作，彰显其才情。由王建生《随园诗话中清代人物索引》可知，诗话共提到人物 1991 名②，而闺秀诗人竟有近 200 人，提到女诗人诗作 209 人次。这对于闺秀诗坛而言，无疑是空前的盛事！由吴蕙（香宜）谢诗也能看出，闺秀对能够师从袁枚学诗，作品被采入诗话，莫不视为难得的幸运。男诗人招女弟子始于毛奇龄，这确实是清代文坛的新生事物；而"微名也许登《诗话》，荣似儿夫及第时"，则意味着诗话的记录和表彰对女诗人来说，不仅是使作品得以留存和传播的保证，更是获得成

---

① 袁枚：《随园诗话》补遗卷一，第 442—443 页。
② 王建生：《随园诗话中清代人物索引》凡例，（台湾）文津出版社 2005 年版。

就感的一种极为重要的激励。

正如后人提到袁枚热心表彰女诗人，常说是老来风流之举，今存袁枚论及女诗人的诗文确实都是晚境所作。除了不易确定写作年月的《随园诗话》有关条目外，最早可系年的作品是乾隆四十八年（1783）所作骈体《陈淑兰女子诗序》，后文将专门论及，这里先看乾隆五十年（1785）所作《题浣青夫人诗册》五首。浣青夫人即钱孟钿（1739—1806），其夫崔龙见时任富平知县，孟钿随任跋涉秦蜀，故诗有蜀道秦岭山川气象。袁枚题诗中有两首除了称赞其才华外，特别提到山川行旅的丰富阅历对女诗人创作的滋养：

> 绝妙金闺咏絮才，一生诗骨是花裁。分明拥髻挥毫际，别有心从天外来。

> 尺五真疑戴皂纱，风裁不似女儿家。也因气得江山助，簪尽秦关蜀岭花。①

所谓"气得江山助"本自刘勰《文心雕龙·物色》论屈原语，历来引申为山水奇景能丰富诗歌的艺术表现，袁枚在此借以指旅行阅历淘洗了浣青诗风的女性色彩，遂为后人称赞女子诗风的一个口实，欣赏女子诗歌的一个视角②。说来袁枚题钱孟钿诗集，并非出于偶然。孟钿父维城（1720—1772），号稼轩，系乾隆十年（1745）状元，官至刑部尚书，诗画均负当世盛名。曾于乾隆二十二年（1757）过访随园，袁枚有诗纪事③。据《随园诗话》卷五载，袁枚与钱孟钿还别有一段因缘：

> 钱稼轩司寇之女，名孟钿，嫁崔进士龙见，为富平令。严侍读从长安归，夫人厚赠之。严问："至江南，带何物奉酬？"曰："无他求，只望寄袁太史诗集一部。"其风雅如此。因诵其五言云："啼鸟空绕树，残梦只随

---

① 袁枚：《小仓山房诗集》卷三一，《袁枚全集》，第1册，第760页。
② 包兰瑛《锦霞阁诗词集》自序："先君子见其稿，谓昔者浣青夫人得江山之助，故其诗有逸气，儿岂其后身耶？何丰神毕肖也！"宣统刊本。
③ 袁枚：《钱稼轩少司空奉命栖霞画山过访随园》，《小仓山房诗集》卷一三，《袁枚全集》，第1册，第238页。

钟。"有《浣青集》行世。其号浣青者，欲兼浣花、青莲而一之也。夫人通音律，尝在秋帆中丞座上，听客鼓琴，曰："角声多，官声少，且多杀伐之音。何也？"问客，果从塞外军中来。余庚申夏，乘舟北上，遇稼轩南归，时未中状元也。见其手抱幼女，才周晬，今四十八年矣。在杭州见夫人，谈及此事。夫人笑云："所抱者，即年侄女也。"余故题其诗册有云："尔翁南下赋归欤，值我新婚北上初。水面匆匆通数语，怀中正抱女相如。"

庚申为乾隆五年（1740），袁枚方 25 岁，到题浣青诗册的乾隆五十年，他已 70 岁。起初为浣青题册，多半是出于世谊，但浣青从此执贽为女弟子，对他却不能不是个触动，让他预感到前辈冯班、毛奇龄、尤侗、沈大成招女弟子的韵事将要在自己身上光大。由是他越发热心地表彰才女，两年后又有《题漪香夫人采芝图》诗，这位漪香夫人是毕沅侧室周月尊。

《随园诗话》所载的女性作者，固然以豪门眷属、大家闺秀居多，但也有一定数量的普通士女。如卷二载：

> 莆田有吴荔娘者，庖人之女也。性爱洁，而能诗。陈豹章聘为旁妻，未二年卒。豹章为写其《兰坡剩稿》，有《春日偶成》云："曈曈晓日映窗疏，荏苒韶光一枕余。深巷卖花新雨后，开门插柳嫩寒初。莺儿有语迁乔木，燕子多情觅旧庐。那用踏青郊外去，芊芊草色上阶除。"又："深院不知春色早，忽惊墙外卖花声。"

此外，像同卷的苕溪女子姚益鳞、竹筠，卷三的金陵徐氏女、鲁月霞，卷四的松江张氏女、桐城方筠仪，卷八的青田才女柯锦机，卷十的闺秀李金娥、湖州高氏女，卷十三的合肥才女许燕珍，等等，实在不少。从补遗卷七所载张瑶英谢其索诗稿句"露沾桃柳千株树，次第春风到女萝"来看，袁枚晚年显然很留意搜集女性的诗作，甚至主动去求。因此诗话补遗十卷中论及女作者尤其多，地域范围也更广，至卷三的湖南布政使叶佩荪一门而极其至，称"吾乡多闺秀，而莫盛于叶方伯佩荪家。其前后两夫人、两女公子、一儿妇，皆诗坛飞将也"。其中最值得注意的是对长媳陈长生的记载：

其长媳长生，吾乡陈句山先生之女孙也。《春晓》云："翠幕沉沉不上钩，晓来怕看落花稠。纸窗一线横斜裂，又放春风入画楼。"《太真春睡图》云："秘殿春寒倚绣茵，君前底事效横陈？马嵬更有长眠处，也傍梨花一树春。"《寄外》云："弱岁成名志已违，看花人又阻春闱（两上春官，以回避不得与试）。纵教裘敝黄金尽，敢道君来不下机？""频年心事托冰纨，絮语烦君仔细看。莫道闺中儿女小，灯前也解忆长安。"《春日信笔》云："软红无数欲成泥，庭草催春绿渐齐。窗外忽闻鹦鹉说，风筝吹落画檐西。"《春园偶赋》云："卖饧声里日初长，春满闲庭花事忙。楼外软风莺梦暖，篱边疏雨蝶衣凉。碧桃重似垂头睡，红药残如半面妆。看尽韶光应不倦，题诗长倚小回廊。"其佳句如《硖石道中》云："树远作人立，山深疑雨来。"《春夜》云："湿云压树暝烟重，淡月入帘花气幽。"《闻家大人旋里》云："去郡定多遮道吏，还山已是杖乡人。"

陈句山名兆仑，与袁枚同应乾隆元年博学鸿儒之试中式，有时文选本《陈太仆制义体要》流行于世。其孙女陈长生诗名虽不甚著，但如果我们知道她是长篇弹词《再生缘》作者陈端生的三妹，这条记载就有了特殊的意义。它将我们的想象引入另一个著名的女性文学家族，使我们理解陈端生的出现并不是孤立的，背后交织着一个头绪繁多的亲族文学网络。这就是《随园诗话》大量记载女性作者的意义之一，展现了清代女性诗歌写作背后的家族文学背景和社交网络。受其影响，以法式善《梧门诗话》为代表的一批嘉、道间诗话更注意记载女性文学家族的盛况，使隐然存在的女性文学场域日益清晰地凸显出来。

从后设的角度说，《随园诗话》记载的一些看似不起眼的女诗人，其实是乾、嘉间非常重要的女作家。比如如皋女子熊琏，补遗卷三在记载始创剪彩贴绒花鸟的如皋闺秀石学仙事迹后，又提到"又有熊澹仙者，幼颖悟，妙解声律，适陈氏。配非其偶，郁郁不乐之意，时形诸吟咏"，并录其《见蝶》《村女》《红树》《感旧》四诗及《蝶恋花·咏刺绣美人》一词。熊琏字商珍，号澹仙，又号茹雪山人，是清代女作家中不多见的诗文词及评论兼擅的全才，著有《澹仙诗钞》《词钞》《文集》及《澹仙诗话》四卷，当时尚未刊行，但袁枚已高度重视她的作品。补遗卷四续载：

> 熊澹仙女子，不止能诗，词赋俱佳。以所天非解事者，故咏《萤火》
> 云："水面光初乱，风前影更轻。背灯兼背月，原不向人明。"作《广怨赋》
> 云："文采遭伤，久矣人皆欲杀；蛾眉致妒，何能我见犹怜？"《闻笛赋》
> 云："三更不寐，遥知思妇情深；十指俱寒，想见高楼独倚。"

这里对熊琏的关注已超出诗歌而涉及赋作，貌似很全面，但不可否认的是，这种关注细究之下，与其说是对女性文学的重视，还不如说是一种猎奇，一种因女性写作成就超出自己预期的惊讶和好奇，当时男性批评家对妇女文学的关注大体停留在这个程度上。袁枚虽然记载了许多女作者的作品，却始终吝于给予一些认真的、具体的批评，同时他还有意无意地忽略了一个著名的女诗人群——清溪吟社①。这都不免让人对《随园诗话》热衷于表彰女诗人的动机产生一些怀疑和揣测。钟廷瑛《阅随园诗话题后》云："词坛跌宕老袁丝，尘话翩翩亦自奇。红药含春薇晚卧，只多标榜女郎诗。"② 这里用"标榜"一词来指称袁枚对女性诗歌的表彰，很值得玩味。所谓标榜，通常指一种并非出自诚意而仅仅是要做出一种姿态的心理和行为。钟廷瑛何以会认为袁枚多载女性诗作是出于标榜，并且他在什么意义上使用"标榜"这个词，现在虽然难以断言，但相信这种看法是有一定代表性的，是当时对袁枚表彰女性诗歌多有非议的一个典型例证。

## 二 "一代红妆立雪多"

袁枚对女性诗歌创作的提倡和表彰，更多地体现于广招女弟子一事，其社会影响也更大。吴兰雪赠袁枚诗，特别赞叹的是两点："三朝白发题襟遍，一代红妆立雪多。"③ 上句说经历三朝，交际广泛；下句说一时闺秀，多慕名执贽于门下。袁枚晚年声名远播，倡导性灵诗风与表彰闺秀诗歌，使他在女性作者中拥有最广泛的崇拜者，许多女诗人自幼诵习他的诗集，并通过各种渠道将自己的作品

---

① 石旻：《阻隔的一时双璧——关于〈随园诗话〉忽略清溪吟社之分析》，《苏州大学学报》2007 年第 5 期。

② 钱仲联、王蘧常编：《万首论诗绝句》，人民文学出版社 1991 年版，第 2 册，第 577 页。

③ 袁枚：《随园诗话》补遗卷八，第 577 页。

呈请批评，更希望执贽于门下，从他受业学诗。门人陈基的发妻金纤纤的拜师经过说来最为凄惋，袁枚撰《金纤纤女士墓志铭》载其事云：

> 纤纤论诗于唐宋诸名家无不宣究。尤酷嗜余诗，得《小仓山房集》，伏而诵之，尽四昼夜毕；寄书谆谆乞为弟子。余感其意，今春往访，则病已笃；强扶起，呼先生，再拜。余旋往西泠，逾月归，则纤纤死矣。临死，语竹士曰："吾与先生一见，已足千秋。所悁悁而悲者，吾闻先生来，即具门状，招十三女都讲作诗会于蒋园。画诺者已九人，而吾竟不得执笔为诸弟子先，此一憾也。我尚有书中疑义，欲面质先生，而今亦复不及，此二憾也。欲释此二憾，须先生怜我，肯铭我墓，则我虽死犹不死也。"余闻而泣。①

据《随园诗话》补遗卷七载，纤纤上袁枚书有云："此日碧云秋雁，奉一函于明月楼中；他时绛帐春风，当双拜于海棠花下。"孰料一拜遂成永诀，袁枚痛惜之余，吊以一联云："双拜花前，已偿负笈从游愿；五年灯下，未了抽簪劝学心。"②他原即追慕毛奇龄、沈大成招收女弟子的流风余韵③，鉴于金纤纤之故，到乾隆末在提倡"性灵"说的同时，便有了广招女弟子之举。

袁枚一改前辈诗人仅偶尔招收一两位女弟子的做法，先后在南京、苏州及原籍杭州等地招收女弟子多达五十余人，并专门选刻《随园女弟子诗选》，今其名可考者尚有金逸、钱孟钿、席佩兰、孙云凤、骆绮兰、张玉珍、廖云锦、孙云鹤、陈长生、严蕊珠、钱琳、王玉如、陈淑兰、王碧珠、朱意珠、鲍之蕙、王倩、张绚霄、周月尊、毕慧、卢元素、戴兰英、屈秉筠、归懋仪、吴琼仙、袁淑芳、汪玉轸、鲍印、汪缵祖、汪姆、金兑、孙云鹏、徐秀芳、张秉彝、徐裕馨、袁棠、袁机、袁杼、张钰、张瑶娍、庄焘、陶善、叶令仪、葛秀英、潘素心、蒋

---

① 袁枚：《小仓山房续文集》卷三二，《袁枚全集》，第 2 册，第 587—588 页。

② 袁枚：《随园诗话》补遗卷七，第 561 页。

③ 袁枚《与汪顺哉世妹》："昔汉之夏侯胜传经于长信宫中，本朝毛西河授诗于昭华女子，至今士论荣之。以古较今，于斯为盛。"又《随园诗话》卷二载："沈学子有女弟子徐瑛玉，字若冰，昆山人，嫁孔氏，能诗，早亡。与王兰泉夫人许云清，及吾乡方宜照之女芷斋，唱和甚多。和学子《送春》云：'春光心事两蹉跎，愁见飞花槛外过。漫说穷愁诗便好，算来诗不敌愁多。'《病起》云：'重开鸾镜施膏沐，卷上珠帘怯晓风。病起不知秋几许，飞来黄叶满庭中。'《七夕》云：'银汉横斜玉漏催，穿针瓜果钉妆台。一宵要话经年别，那得工夫送巧来？'"

心宝、王蕙卿、曹次卿、马翠燕、悟桐、袖香、月心等①，首开成批培养诗媛弟子的先例。不怪后人有诗道："随园老去独多情，降格徒思引后生。当日过江弦索冷，尽教红袖逞诗名。"② 言下不无暗示袁枚晚年欲借招收女弟子来造声势，以维持其诗坛影响力之意。如果留意《金纤纤女士墓志铭》的叙述，我们就不难体会，袁枚晚年招收女弟子的动因，与他对女性命运的哀悯有深刻的关系，而乾隆五十九年（1794）金纤纤的玉殒更激发了他广招女弟子的热忱。

至于现存文献中涉及女弟子的作品，首先是乾隆四十九年（1784）陈淑兰《谢随园夫子诗序》："果然含笑过新年，已得名传太史篇。侬作门生真有幸，碧桃花种彩云边。"题下注："时甲辰新正二日。"诗序即《小仓山房外集》卷七所收的骈体《陈淑兰女子诗序》，然则陈淑兰在乾隆四十九年之前已列在门墙。此后是乾隆五十年的钱孟钿，再往后是五十四年（1789）的孙云凤。袁枚《答碧梧夫人》小序云：

> 夫人名云凤，字碧梧，吾乡令宜观察之长女。余年十四，与其曾祖讳陈典者同赴己酉科试，今六十年矣。夫人自称女弟子，和余《留别杭州》诗见寄，来札云："前岁星槎回里，怅叩谒之无缘；恰喜锦句传来，幸芳尘之可步。曾和短章，恭求钩诲，窃谓先生炼金点石之才，必有启聩发矇之赐。乃闻贮于案头，将欲登诸集上。得冒丹砂，云凤虽为一时之幸；混收鱼目，先生恐低千古之名。且崔、汪二夫人，久已联珠合璧，安敢杂以秕糠。而闺阁诸女伴，亦有碎玉遗金，何堪并收瓦砾？云凤得蒙清训，已列门墙，忝在弟子之列，妄窃诗人之号。自顾弥增惭汗，问世益觉厚颜。务祈先生，即加针砭，附便掷还，万勿灾诸梨枣，徒滋贻笑方家。"③

孙云凤是袁枚六十年前旧交孙陈典的曾孙女，因通家之谊，自称女弟子，寄其和袁枚《留别杭州》诗来求正，得知袁枚拟刊入《随园女弟子诗选》，又报书以客套语逊谢。这基本上是袁枚女弟子拜师的常规。袁枚既欣然承认，也就像其他弟

---

① 王英志：《随园女弟子考述》，《江南社会学院学报》2000 年第 4 期。
② 宋翔凤：《芝生女士以诗本索题因书二绝》其一，《洞箫楼诗纪》卷二五，道光刊本。
③ 袁枚：《小仓山房诗集》卷三二，《袁枚全集》，第 1 册，第 783 页。

子一样，属其为题《随园雅集图》。集中因有《谢女弟子碧梧兰友题随园雅集图》之作，后两首写道：

> 扫眉才子两琼枝，自署门生远致辞。不怕程门三尺雪，儿家情愿立多时。
>
> 惹得袁丝喜欲惊，千秋佳话在门庭。河汾讲席公侯满，可有天边织女星？[①]

前诗写孙云凤、云鹤姊妹以书来拜师，"儿家情愿立多时"拟其娇誓口吻；后诗写自己得信的惊喜，以千秋佳话自期且傲视门下多出唐开国名臣的文中子王通。袁枚显然意识到，诸多女弟子罗拜门下的韵事流传于后，绝不亚于自己的诗文之寿世久远。

与袁枚师生关系最亲近的女弟子骆绮兰，是乾隆五十六年（1791）自己通书请求列于门墙的，蒙允许后登门拜师，绮兰有《随园谒袁简斋夫子》二绝纪事。此后袁枚往来金陵、苏州之间，道经京口皆主其家，绮兰司起居饮食，"虽孝息之事其所生无以过之"[②]。《随园诗话》补遗卷三载其事迹，云：

> 句容骆氏，相传为右丞之后，故大家也。有秋亭女子名绮兰者，嫁于金陵龚氏，诗才清妙。余《诗话》中录闺秀诗甚多，竟未采及，可谓国中有颜子而不知。辛亥冬，从京口执讯来，自称女弟子，以诗受业。《游西湖》云："渺渺平湖漠漠烟，酒楼斜倚绿杨前。南屏五百西方佛，散尽天花总是莲。"《春闺》云："春寒料峭乍晴时，睡起纱窗日影移。何处风筝吹断线？飘来落在杏花枝。"《云根山馆题壁》云："寂寂园林日未斜，一庭红影上窗纱。主人难免花枝笑，如此开时不在家。"《对雪》云："登楼对雪懒吟诗，闲倚阑干有所思。莫怪世人容易老，青山也有白头时。"四首一气卷舒，清机徐引，今馆阁诸公能此者，问有几人？

---

① 袁枚：《小仓山房诗集》卷三二，《袁枚全集》，第 1 册，第 788 页。
② 骆绮兰：《听秋轩诗集》袁枚序，乾隆六十年金陵龚氏刊本。

平心而论，这里选录的四首诗实在并没什么出色之处，起码比起前引陈长生的作品来是有些逊色的。第一首比喻牵强少灵动，第二首落句造语笨拙，第三首第三句句式突兀，第四首前后两联意思不属，结体、造语都不无缺陷，而袁枚却许为"一气舒卷"，甚至不惜贬低馆阁文士来抬举骆绮兰，不免让人觉得其褒贬之间明显杂有私心，失之轻率。不过这丝毫不影响其评论嘘枯吹生的魔力，一经他揄扬，骆绮兰诗名鹊起，"当代名公巨卿无不视等参苓，争收药笼"①，往来金陵的名士无不渴欲一识。至今《听秋轩赠言》所收袁枚友朋书信中，还留有为王昙、陈用光引见的介绍信。

袁枚在《随园诗话》中虽未一一记述所有女弟子拜师的经过，但也记载了一个颇有戏剧性的场面。补遗卷七云："甲寅三月，余游华亭，张梦喈先生饮余古藤花下。其郎君兴载耳语曰：'家姊愿见先生。'余为愕然。已而搴帘出拜，执弟子之礼，方知《诗话》补遗第一卷中，曾载其所作'秋信'等诗故也。貌亦庄姝。其母夫人汪佛珍诗，久采入《诗话》第四卷中。始信风雅渊源，其来有自。其姑佛绣嫁姚氏，亦才女也。"② 甲寅是乾隆五十九年（1794），距补遗卷一记载张玉珍诗的时间不会太久，但年且八十的袁枚显然记忆已不佳，忘记曾写过："秋霜初下，木叶未凋，而浮萍先悴。松江张梦喈之女玉珍有句云：'梧阴尚覆阶前草，秋信先残水面花。'虽眼前景，无人道过。又《赠归燕》云：'空巢为汝殷勤护，重到休迷故主楼。'真仁人之言。玉珍嫁太仓秀才金瑚，有孝子之称。"③ 既悟张玉珍诗已见前录，他记甲寅年事后没有再录她的作品，而是补充说"貌亦庄姝"——这是袁枚称道女弟子一般不会忽略的，并顺便称赞其一门风雅，录其姑佛绣《不寐》一绝及两联佳句，又一个闺秀诗人家族被记载下来。

随着袁枚年届八十，执贽于门下的女弟子越来越多。嘉庆元年（1796）冬游苏州、松江，竟一举收了五名女弟子，归江宁后有《昨冬下苏松喜又得女弟子五人》诗纪其事："夏侯衰矣双鬓皤，桃李栽完到女萝。从古诗流高寿少，于今闺

---

① 《听秋轩赠言》之《三伯舅云若书》，《听秋轩诗集》附，乾隆六十年金陵龚氏刊本。
② 袁枚：《随园诗话》补遗卷七，第562页。
③ 袁枚：《随园诗话》补遗卷一，第431页。

阁读书多。画眉有暇耽吟咏，问字无人共切磋。莫怪温家都监女，隔窗偷觑老东坡。"① 中两联的自我调侃，有助于我们了解他何以在晚年愈富女弟子缘：从自己这方面说，老耄可稍避男女之嫌；从女弟子一方面说，则闺秀读书普遍而独学无友是一个重要原因，由此可以窥见乾隆以降闺秀拜师成风的社会背景。末联自得复自喜，言外不无知己之感，也很值得注意。人到老境，常希求超出以往任何时候及程度的尊敬，以维持自己的存在感。而袁枚钟意于这些女弟子，似乎很大程度上就是出于同这种尊敬有关的知己感。来自女性诗人的景仰及由此产生的知己感，对于他来说，丝毫不亚于他在男性社会获得的成就感。补遗卷八载："王孔翔秀才自都中归，有添香女史马翠燕者，托其带寄手札一函，诗词三种。不料三千里外，闺阁中犹爇随园一瓣香，尤足感也。"② 一如他感铭于金纤纤的爱戴，马翠燕的千里求师也让他感动不已。应该说，所有女弟子在他的心目中都是闺中知己。而其中最称心的是金纤纤、席佩兰、严蕊珠三人，被他称作闺中三大知己。《随园诗话》在终卷记载：

> 吴江严蕊珠女子，年才十八，而聪明绝世。典环簪为束脩，受业门下。余问："曾读仓山诗否？"曰："不读不来受业也。他人诗，或有句无篇，或有篇无句。惟先生能兼之。尤爱先生骈体文字。"因朗背《于忠肃庙碑》千余言。余问："此中典故颇多，汝能知所出处乎？"曰："能知十之四五。"随即引据某书某史，历历如指掌。且曰："人但知先生之四六用典，而不知先生之诗用典乎？先生之诗，专主性灵，故运化成语，驱使百家，人习而不察。譬如盐在水中，食者但知盐味，不见有盐也。然非读破万卷、且细心者，不能指其出处。"因又历指数联为证，余为骇然。因思虞仲翔云："得一知己，死可无恨。"余女弟子虽二十余人，而如蕊珠之博雅，金纤纤之领解，席佩兰之推尊本朝第一，皆闺中之三大知己也。③

读这段文字，其师生问答让我回忆起自己当年博士生面试的情景：主试的周勋初

---

① 袁枚：《小仓山房诗集》卷三七，《袁枚全集》，第 1 册，第 916 页。
② 袁枚：《随园诗话》补遗卷八，第 591 页。
③ 袁枚：《随园诗话》补遗卷一〇，第 626 页。

老师问我，既然投考程千帆先生的博士生，先生的著作都读过吗？我列举自己阅读过的几种程先生著作，一一陈述读后感，并略呈管窥所见程先生学术研究的独到之处，程先生欣然首肯。严蕊珠的回答显示，她不仅读过袁枚诗集，能说出其诗兼有隐秀的独擅之处，还能背诵袁枚骈文，略知典故出处，并由其骈文用典之工谈到诗中用事之浑然无迹。"如盐在水"又暗引传说出自杜甫的比喻，具见学识兼备，造诣不凡。今日研究生考试，考生能如此回答，导师也该满意了吧？同卷也补记了金纤纤的"领解"，有问："当今诗人，推两大家，袁、蒋并称，何以袁诗远至海外，近至闺门，俱喜读之，而能读蒋诗者寥寥？"纤纤答："乐有八音，金、石、丝、竹、匏、土、革、木，皆正声也。然人多爱听金、石、丝、竹，而不甚喜听匏、土、革、木。子试操此意，以读两家之诗，则任、沈之是非，即邢、魏之优劣矣。"人以为知言。纤纤又语其夫君云："圣人曰《诗》三百，一言以蔽之，曰思无邪。余读袁公诗，取《左传》三字以蔽之曰：'必以情。'古人云情长寿亦长，其信然耶？"① 这两则诗话让我们看到袁枚师生间文学交流的一个侧面，同时再度表明：随园女弟子对于袁枚来说，既是学生，同时也是一群理想读者和闺中知己。

当然，类似的深入交流在随园师弟间恐怕也是不多的。那些远道寄诗来拜师的女弟子，基本上无缘谋面，所谓受业和指授仅仅是书翰往来而已。只有那些居住在金陵、苏州、杭州一带的女弟子才有面谒请益的机会。乾隆六十年（1795），袁枚八十大寿，黄臣燮献诗有"门人坐厕闺中秀"之句②，可知师门集会中也有女弟子列座。但这种场合不会太多，而真正属于袁枚与众女弟子的单独聚会，据金逸《随园先生来吴门招集女弟子于绣阁余因病未曾赴会率赋二律》诗来看，也是常有的事，其中有两次特别有影响。一次就是著名的湖楼大会，《随园诗话》补遗卷一载其事："庚戌春，扫墓杭州，女弟子孙碧梧邀女士十三人，大会于湖楼，各以书画为贽。余设二席以待之。"乾隆五十五年（1790）庚戌三月，袁枚赴杭州扫墓，寓世交孙嘉乐位于西湖畔的宝石山庄。女弟子孙云凤、云鹤就是嘉乐之女，遂邀集随园众女弟子共十三人，于四月十三日大会于湖楼，一时传

---

① 袁枚：《随园诗话》补遗卷一〇，第 622 页。
② 黄臣燮：《祝袁师简斋太史八十即次自寿韵》之八，《平泉诗稿》卷三，道光十四年刊本。

为盛事。袁枚有《庚戌春暮寓西湖孙氏宝石山庄临行赋诗纪事》之作，其四云："从游两个女云仙（云凤、云鹤），得信呼车拜榻前。多谢朝朝送清供，湘莼带露笋含烟。"其十一又云："红妆也爱鲁灵光，问字争来宝石庄。压倒三千桃李树，星娥月姊在门墙。"自注："女公子张秉彝、徐裕馨、汪姻等十三人以诗受业，大会于湖楼。"① 十三诗媛的送别诗册，后来袁枚曾嘱钱琳、戴兰英、吴琼仙为题诗，均载《女弟子诗选》。

另一次是乾隆五十七年（1792）壬子春，袁枚游天台归，招女弟子七人会于西湖，孙云凤等分韵赋诗送别，孙云凤撰序②。事见《随园诗话》补遗卷五："今年，余在湖楼，招女弟子七人作诗会。太守明希哲先生保从清波门打桨见访，与诸女士茶话良久，知是大家闺秀，与公皆有世谊，乃留所坐玻璃画船、绣褥珠帘，为群女游山之用，而独自骑马还衙。少顷，遣人送华筵二席、玉如意七枝，及纸笔香珠等物，分赠香闺为润笔。一时绅士艳传韵事。"诗话还载，明保侍妾悟桐、袖香、月心三人已在前日执贽门下。袁枚有《到杭州》二首，其二述及此事："感旧空吟潘岳赋，传经又画伏生图。宋家姊妹多才思，争把新诗质老夫。"这次诗会虽没有庚戌之会的人数多，但有知府参与接见，声势反而更大。两年后袁枚还有《寄怀前杭州太守明希哲先生》诗，回忆诗会的盛况。

这两次湖楼诗会，对于晚年的袁枚无疑是意义重大的，既密切了与女弟子的关系，同时也传播了随园女弟子的影响。从此他更乐于表彰女弟子，除严蕊珠之外，孙云凤和席佩兰看来是他尤为欣赏的。乾隆五十八年（1793）作《二闺秀诗》云："扫眉才子少，吾得二贤难。鹫岭孙云凤，虞山席佩兰。天花双管舞，瑶琴九霄弹。定是嫦娥伴，风吹落广寒。"③ 对这两个女弟子显然是十分得意。在随后编刻的《随园女弟子诗选》中，席佩兰排第一，孙云凤排第二，也可见两人在随园女弟子中的重要地位。另外，鉴于湖楼诗会在社会上传为韵事，他觉得有必要绘为图卷，使之流传久远。于是在嘉庆元年（1796）属太仓画家尤诏、

① 袁枚：《小仓山房诗集》卷三二，《袁枚全集》，第1册，第793页。
② 孙云凤《随园先生再游天台归招集湖楼送别分得归字》《湖楼送别序》，均见袁枚辑《随园女弟子诗选》卷一，孙云鹤《随园先生再游天台归招集湖楼送别分韵得临字》见卷三。
③ 袁枚：《小仓山房诗集》卷三四，《袁枚全集》，第1册，第847页。

侨寓常州的休宁画家汪恭合绘《随园十三女弟子湖楼请业图》长卷，孙云凤撰序。此图原作后不知下落，今传有民国十八年（1929）上海神州国光社影印本。据陈康祺《郎潜纪闻二笔》载，第二次湖楼诗会袁枚也请老友崔君补写小幅①，王文治题签。王英志曾对两篇跋文加以考证，注意到其中所记湖楼诗会的年月和与会人员都与实际情况不符，认为这"只能归咎于八旬老人的记忆力出了问题"②，但我怀疑事情没这么简单，两篇题跋乃至图卷很有可能都出于后人伪托，已非袁枚原藏图卷。而原图当年是曾流传于世的，诗家也有题咏③。

《随园十三女弟子湖楼请业图》流传于世，当然更使湖楼诗会的韵事广为传播，为世所艳称，甚至涂上一抹香艳色彩。如李调元《雨村诗话》卷四所载：

> 墨庄弟癸丑南游，谒袁简斋于随园，始知近日于西湖收女弟子甚众，皆能诗。袁日登坛讲诗，女弟子围侍，其善解悟者，袁乃抚摸而噢咻之，众女以为荣。女悉宦家良子也。因录其诗寄余，言庚戌春暮，袁子才回杭拜祭先茔，寓西湖孙氏宝石山庄，女公子张秉彝、徐裕馨、汪婶等十三人以诗受业，大会于湖楼。子才以《随园雅集图》遍令题之，临行赋诗纪其事。④

袁枚生平风流好色，纳妾招妓，放浪形骸。广收女弟子，聚会于公共场所，本已悖于礼法，遭道学之士侧目，李调元添油加醋的记载使袁枚与女弟子的关系更显得暧昧，最终招致章学诚的严厉抨击，这是后话。

但袁枚终究是袁枚，世俗的非议他向来是不在乎的。垂暮之年他不仅更频繁地在诗文、诗话中表彰、推奖女弟子，更在乾隆六十年（1795）八十岁时选刻了一部《随园女弟子诗选》，成为文学史上开风气的创举。这部六卷本的诗选，作品多来自女弟子们的投赠。据刊刻者汪谷说，"随园先生风雅所宗，年登大耋，行将重宴琼林矣。四方女士之闻其名者，皆钦为汉之伏生、夏侯胜一流，故所到处，皆敛衽扱地以弟子礼见。先生有教无类，就其所呈篇什，都为拔尤选胜而存

① 陈康祺：《郎潜纪闻二笔》卷二，中华书局1984年版，下册，第341—342页。
② 王英志：《袁枚题〈十三女弟子湖楼请业图〉二跋考》，《中国典籍与文化》2008年第1期。
③ 何焕《梅庄诗钞》卷下有题诗。
④ 詹杭伦、沈时蓉：《雨村诗话校证》卷四，第89页。

之，久乃裒然成集，携过苏州，交谷付梓"①。胡文楷《历代妇女著作考》著录此集"共选二十八人，惟归懋仪有目无诗"。但今传本仅存席佩兰、孙云凤、金逸、骆绮兰、王倩、廖云锦、陈长生、归懋仪、严蕊珠十九人诗作，收录诗作五百余首。

关于《随园女弟子诗选》，已有学者细致分析了它肯定男女情诗、论诗专主性情、自然成韵为佳、肯定唱和题诗、诗观兼容开放的倾向，认为它"建立了一个女性文学的书写场域，呈现女性作家的创作图谱，保存女作家的生活纪录，深具建构女性文学史的意图"②；同时，其中多收录男女情诗，也"深具反封建礼教的积极意义"③。的确，《随园女弟子诗选》通过集中展示一批秉持共同诗歌观念的女诗人的创作，推动了女性诗歌写作的社会化。作为清代女性文学发展的一个重要契机，它在清代文学发展史上的里程碑意义是不用说的。但我觉得这部诗选最重要的意义还是展示了女性诗歌活动的一种新的形态，即不再局限于家族、闺密间等传统的女性文学场域，而进入了由男诗人主导的公共场域，女性写作及其与男诗人的诗歌交往揭开了私密性的外衣，袒陈于公众眼前。男性社会因这韵事的盛传，不得不认真面对女性写作对诗歌这原属于男性活动的传统场域的介入，由此引发种种出自道学气或变态心理的偏见，而这部诗选在诗坛的风行更直接刺激了社会对女性作品的兴趣和需求，使当代女性诗歌的编集在嘉庆以后的书籍出版中蔚为风气。

### 三 袁枚招女弟子的社会反响

正因为袁枚晚年广招女弟子甚至让女弟子列座于师门集会的张扬作风，明显带有蔑视传统礼法、违悖世俗观念的反封建色彩，所以在当时社会引起很大的震动，为道学之士所侧目。更兼袁枚为人不拘形迹，往来金陵与苏、杭之间，常居停女弟子家，并且形于诗咏。如下榻于骆绮兰家，为题《秋灯课女图》；下榻于归懋仪家，为题《兰皋觅句图》《天平揽胜图》。这自然要招致主流社会的非议。

---

① 袁枚：《随园女弟子诗选》汪谷序，《袁枚全集》，第7册，第1页。

② 李德伟：《论袁枚〈随园女弟子诗选〉呈现之诗学观及其在清代文学史上之意义》，（台湾）《东华汉学》第10期，2009年12月版，第223页。

③ 同上书，第199页。

就在袁枚游苏州、松江，又喜得五名女弟子的嘉庆元年（1796），史学家章学诚在《丙辰劄记》中写道：

> 近日号为大家闺阁，但知仰慕一纤佻不学、心术倾邪之无品文人，求其标榜题品，非礼相见，屈身称女弟子，无复男女嫌疑。不知无品文人为之夸饰矜诩，其心实大不可问。所为标榜之名，不但不足为荣，而实足为辱。①

此言主旨虽是批评闺阁诗人，但矛头所指却端在袁枚，直斥其奖誉闺秀作者动机不纯。书中另一段文字更具体地指斥袁枚及其门下女弟子败坏了江南士女的闺阁风气：

> 近有无耻妄人以风流自命，蛊惑士女，大率以优伶杂剧所演才子佳人惑人。大江以南，名门大家闺阁多为所诱，征诗刻稿，标榜声名，无复男女之嫌，殆忘其身之雌矣。此等闺娃，妇学不修，岂有真才可取，而为邪人播弄，浸成风俗。人心世道，大可忧也。乃更有痴妄无知妇女，自题其诗为《浣青集》，谓兼浣花、青莲之长，则不必更问其诗，其为无知无耻之妄人不待言矣。为之夫婿，不但不知禁约，而反若喜之。呜呼！彼之所喜，正君子之忧也。②

这里除了抨击随园女弟子"妇学不修"，师生之间"无复男女嫌疑"，还举《浣青集》为例大加挞伐。《浣青集》的作者是随园女弟子钱孟钿，归崔龙见，"素以诗名，士大夫多推称之"③。其表字浣青合浣花、青莲为一，只能说是倾慕李白、杜甫，而绝非自诩能兼两家之长吧？章实斋的批评明显有过于吹求之嫌。不过，袁枚再三纳妾、纵情声色的风流行迹，固已给人"从来才子多贪色，自古诗人必好名"的印象④，再与广招女弟子扯在一起，就难免予人口实，使他好誉闺秀诗人、多收女弟子的韵事在传闻中滋生色情的联想。

---

① 章学诚：《丙辰劄记》，中华书局 1986 年版，第 58 页
② 同上书，第 98 页
③ 张寅彭、强迪艺：《梧门诗话合校》卷一五，第 415 页。
④ 王玮庆：《题袁子才太史集后》，《蒲唐诗集》卷二，嘉庆刊本。

当然，袁枚招收女弟子的始末，毕竟是光明磊落的，无论其自述还是他人记载都没什么涉及狎邪轻薄的可鄙之处。因而后人对此事，终究是欣羡者多，非议者少。即便是态度有所保留的人，对章学诚的诋斥也不能无所驳议。如佚名撰《悔逸斋笔乘》即曾列举章说，谓之"偏宕急迫，非儒者气象"。在作者看来，"其实随园门下诸女弟子，兼以学著者。其苦节自贞者，更属不鲜，非纯属弄月嘲风之比也。此老所为，诚不足为训。以责随园，则咎实无可辞；一概抹煞，并谥以不贞之大恶，岂惟失实，抑且有损盛德。意者实斋于随园，本有夙嫌，挟义气以为阳秋，自不觉其言之太过耳。然实斋之言妇学也，以读书守礼为本，以文词技艺为末，非如守旧顽固者流，执无才是德之说，欲屏女子于学问之外者也"①，确乎为平情之论。

无论当时对袁枚招女弟子一事如何评价，随园女弟子在诗坛的名声和影响之大是不用怀疑的。乾隆末到嘉庆间的一些联吟题咏活动中，常能看到她们的身影。著名藏书家袁廷梼母亲亡故后所编刻的《霜哺遗音》六卷②，作者悉为一时名公，卷六专录10位闺秀之作，其中孙云凤、孙云鹤、汪玮祖、张秉彝、金兑五人为随园女弟子。相对男性社会来说，袁枚及随园女弟子在闺秀间更俨然是一时的明星，其创作和批评直接激励了广大女性的写诗热情。台州闺秀项薷《夜读随园女弟子诗》有句云："年来雅有耽吟癖，翻尽随园几卷诗。"③ 吴县闺秀吴清蕙《读随园女弟子诗有作》有句云："怅我迟生难识面，却从诗里想芳姿。""戏将狂语骄夫婿，秀气于今属女流。"④ 沈韵兰《读随园集心有所慕》有云："古今多名师，吾慕袁夫子。及门皆秀彦，闺中亦桃李。如君之爱才，千古能有几?"深以不能同时追随为憾："倘生同君时，得侍绛帷里。新诗写性灵，或荷先生喜。倘选女弟诗，定不遗荠菲。惜我生已迟，天不成人美。画舫游西湖，临流想风旨。"⑤ 我们不得不承认，嘉庆以后女性诗歌创作的繁荣，与袁枚《随园诗话》

---

① 《清代野史》第七辑，巴蜀书社 1988 年版，第 148 页。
② 此书刊行于嘉庆初，收作者 170 人，诗文 200 余篇，详刘鹏《清藏书家袁廷梼生平发覆——一个苏州家族的兴衰》，《天一阁文丛》第 12 辑，浙江古籍出版社 2015 年版，第 37—56 页。
③ 黄瑞辑：《三台名媛诗辑》卷三，光绪元年周氏刊本。
④ 吴清蕙：《写韵楼吟草》，光绪十七年彭氏活字印本。
⑤ 沈韵兰：《倚梅阁诗集》卷四，宣统元年活字印本。

对女性诗歌的奖掖、提倡是有很大关系的。风气所开，随园弟子也继续招女门生，且乐于表彰女性作者。宁楷即有女弟子钟睿姑①。王炘题《河东君小影》称"衣冠端不愧男儿"，读江珠诗文叹为须眉不逮②，绰有乃师之风。至于后来任兆麟门下"吴中十子"及汪玉轸、金逸（汪、金后又从袁枚学诗）、马素贞、刘芝、周澧兰、王拈华、叶兰、陶善、周佛珠等女弟子，陈文述碧城仙馆众多女弟子，更是追慕袁枚流风余韵最有名的例子③。

## 第四节 《随园诗话》的撰著方式及影响

### 一 袁枚著述中的诗话

袁枚一生的文学成就是多方面的，作为诗家宗师对诗坛的影响更是无人可比。袁枚的诗论和诗评固然值得研究，而《随园诗话》的写作本身也很值得注意。但迄今为止，我只见到王英志先生《袁枚评传》曾对《随园诗话》的选诗倾向与记事特点加以论述④，加拿大学者施吉瑞（J. D. Schmidt）《随园：袁枚的人生、文学批评与诗学》一书曾提到赵翼和章学诚对袁枚撰诗话牟利的讥评，但对其事之有无持存疑态度⑤。此外，台湾学者王镱容的论文从传播和性别角度对袁枚诗话作了文化分析⑥。他们的研究对认识袁枚的诗歌批评颇有参考价值，但也留下了从文学社会学的角度考察其写作方式的余地，而这在我看来是谈论《随园诗话》不可回避的问题。质言之，如果我们不了解袁枚诗话的写作方式，不了解其取材和编撰的过程，而径将它当作纯粹的文学批评活动来推原其批评标准与

---

① 袁枚：《随园诗话》补遗卷二，第 450 页。

② 王炘：《呈碧岑女史》序，《吴淞草堂诗稿》卷一，乾隆六十年刊本。

③ 钟慧玲：《陈文述与碧城仙馆女弟子的文学活动》，（台湾）《东海中文学报》第 13 期，2001 年 7 月。

④ 王英志：《袁枚评传》第十一章第四节"《随园诗话》的选诗与记事"，第 459—478 页。

⑤ J. D. Schmidt, *Harmony Garden*: *The Life*, *Literary Criticism*, *and Poetry of Yuan Mei*, London: Routledge Curzon, 2003, pp. 153 - 161.

⑥ 王镱容：《传播·声誉·性别——以袁枚〈随园诗话〉为中心的文化研究》，台湾暨南大学硕士学位论文，2002 年。

得失，就会忽略其诗话中非文学因素的影响，而不能对清代中叶以降的诗话写作获得较为现实的认知。

袁枚自 33 岁辞官居江宁，到 82 岁谢世，优游林下近五十年。以一个仅从政七年的辞官知县，能坐拥占地广袤的仓山随园，安享五十年盛名和富裕生活，不能不说是治生有术。60 岁以前，他周旋于尹继善、鄂尔泰等大僚和王孟亭、庄容可等地方官之间，自能得其荫庇；迨及垂暮之年，他仍能维持自己在诗坛举足轻重的地位，持续地发挥影响力，则端赖招收女弟子和撰写《随园诗话》两件事。有点巧合的是，两者都开始于乾隆五十年（1785）以后，是年袁枚 70 岁。广招女弟子让他隐然的诗坛盟主身份更增添一抹风流韵度，而编撰《随园诗话》则足以使他挟四海宗盟三十年的余势紧握诗坛的话语权。

在清代以前，诗话写作原是很随意的，或主于评赏，或主于考据，或主于纪事，或主于纠驳，尽管篇幅不断扩张，但"辨句法，备古今，纪圣德，录异事，正讹误"（许𫖮《彦周诗话》）的传统功能依然如故。内容则多以评论前人为主，偶有主要评论本朝诗歌，如吴开《优古堂诗话》"凡一百五十四条，多论北宋人诗，亦间及唐人"[1]，实在难得一见。可是，从王士禛《渔洋诗话》肇端，"集以资闲谈"（欧阳修《六一诗话》）的动机中，更平添了一层自我标榜的意味。读他的诗话，等于就是在浏览他平生值得夸耀于人的韵事。其诗话也因此而带有当代诗歌批评的色彩，嘉庆间诗人已注意到《渔洋诗话》"专取时贤佳句表扬称道，论者谓有酒垆夜驿之感焉"[2]。这种写作风格极大地影响了后来的诗话写作风气，开诗话转向当代诗歌批评的先声。袁枚于诗学虽不甚尊崇王渔洋，但撰著诗话却吸收了渔洋的一些思想[3]，同时更直接地继承了《渔洋诗话》风流自赏的品格，更加露骨地自我吹嘘和自我神化。我们从《随园诗话》里读到的袁枚，是一个少年以才华出众见重于前辈，中年以诗品超群为侪辈所拥戴，晚年更以德高望重为后生膜拜的殿堂级偶像。更有性情倜傥、见识过人、风流好事种种可爱

---

① 永瑢等纂：《四库全书总目》卷一九五，第 1782 页。

② 邓枝麟：《海粟诗话》黄湘南序，清刊巾箱本。

③ 黄庭坚《山谷集》卷二六《题意可诗后》："宁律不谐而不使句弱，用字不工而不使语俗，此庾开府之所长也，然有意于为诗也。至于渊明，则所谓不烦绳削而自合。"王士禛在《师友诗传录》袭其意曰："宁律不谐，而不得使句弱。宁用字不工，而不可使语俗。"即为袁枚所发挥。

的秉性流露其中，让人不能不倾倒折服。然而，所有这些迷人的叙述，都不能掩蔽其性情文字背后的世俗诉求和牟利的机心。诗话写作到清代，如同各种总集、选集的编纂一样，作为前报刊时代的大众传播媒体，已因写作人口与发表机会的不成比例而形成令人瞩目的权力。到乾隆二十二年功令试诗后，更随着广大士子加入诗歌写作行列，并制造出日益膨胀的官僚作者群体，诗歌发表和宣传的需求愈益增长，从而使诗选编纂和诗话编撰或多或少地沾染一些商业色彩。无名作者的诗话有点像今日的自媒体，而有名作者的诗话则无疑会成为传播力巨大的广告平台，使诗话写作直接与各种物质利益挂上钩。在这方面，袁枚《随园诗话》正是一个很极端很典型的例子。

袁枚《随园诗话》的写作始于何时，没有明确记载①。乾隆四十一年（1776）他有《题宋人诗话》诗云："我读宋诗话，呕吐盈中肠。附会韩与杜，琐屑为夸张。如有倚权门，凌轹众老苍；又如据泰华，不复游潇湘。丈夫贵独立，各以精神强。千古无臧否，于心有主张。肯如辕下驹，低头傍门墙。"② 这很像是自己写作诗话的宣言。在前一年他刚编成六十岁自定的诗文全集，大概就在这前后，他开始整理素材，为编撰《随园诗话》作准备，到乾隆五十二年（1787）编成稿本二十卷。其写作过程，除了回忆或记录一些往事之外，就是将以往积累的笔记、书札、序跋中的诗论加以订补润色，王士禛作《渔洋诗话》也是如此。但袁枚不同的是，他还有意识地采集素材。诗话在他手中已明显是有意经营的写作，而且带有获取各种利益的动机。这是他的诗话写作与前人最大的不同，意味着清代诗话写作的一个重要转型。如果考虑到袁枚辞官后的交游圈，除了官僚还有淮扬、苏杭一带的盐商，"亦营陶朱财"的商贾文化意识已成为其诗文化形态的核心因素之一③，我们就很容易理解袁枚诗话写作的这种牟利动机和经营手段。

## 二　《随园诗话》的素材来源

袁枚尝自陈其写作诗话的动机是出于爱诗的天性，说："枚平生爱诗如爱色，

---

① 日本学者松村昂认为袁枚至迟在43岁时已开始撰写诗话，但未说明证据和理由。见氏撰《〈随园诗话〉的世界》，《中国文学报》第22册，京都大学中国文学研究室，1968年4月。

② 袁枚：《小仓山房诗集》卷二五，《袁枚全集》，第1册，第511页。

③ 这一问题为严迪昌《清诗史》第三编第三章首先指出，见第728—733页。

每读人一佳句,有如绝代佳人过目,明知是他人妻女,于我无分,而不觉中心藏之,有忍俊不禁之意。此《随园诗话》之所由作也。"① 在他自己的笔下,这种对诗歌的热爱似乎导致两个有点矛盾的结果,一方面是对诗歌作品的宽容的珍惜,就像他曾经说的:"李穆堂(绂)侍郎云,凡拾人遗编断句,而代为存之者,比葬暴露之白骨,哺路弃之婴儿,功德更大。何言之沉痛也!余不能仿韦庄上表,追赠诗人十九人。乃录近人中其有才未遇者诗,号《幽光集》,以待付梓。"② 为此他四处游览,每到一地,见诗辄录。洵如许善长所说,"大凡文字之知遇,必推乡会座师,最为感恩知己","别有一种爱才若命者,到处物色。绝无一面之缘,若有三生之契。得一字一句而叹为奇才,永矢勿谖者,其感涕固不待言,而荣幸不啻赋《鹿鸣》宴琼林也。袁子才诗名倾海内,每于店壁僧寮,在在留意"③。另一方面则是严厉的淘汰,乾隆五十五年(1790)夏作《选诗》云:"消夏闲无事,将人诗卷看。选诗如选色,总觉动心难。"④ 袁枚似乎希望示人一个严格而又富有人情味的批评家形象。严格是保证诗话质量的广告,富于人情味是鼓励投稿的必要宣传。这无疑都出于一种自我推广的需要,在诗话写作还葆有文学批评的纯粹品格时,没有必要做类似的告白,这很容易理解。但问题是,《随园诗话》果真是严格筛选 + 广搜博采的结果吗?

诗话写作不同于一般的诗歌批评,有诗无话或有话无诗都不足以为诗话,因此素材的蒐集是首要问题。据我看,《随园诗话》的资料,只有很少一部分是袁枚自己搜采,多数源于他人投赠。自己搜集之例,如《诗话》卷八所载:

> 戊申春,余阻风燕子矶,见壁上题云:"一夜山风歇,僧扫门前花。"又云:"夜闻柝代声,知有孤舟泊。"喜其高淡,访之,乃知是邵明府作。未几,以诗见投,长篇不能尽录。记《竹枝》云:"送郎下扬州,留侬江上住。郎梦渡江来,侬梦渡江去。""若耶湖水似西泠,莲叶波光一片青。郎唱吴歌侬唱越,大家花下并船听。"又梦中得句云:"涧泉分石过,村树接

---

① 袁枚:《答彭贲园先生》,《小仓山房尺牍》卷八,《袁枚全集》,第 5 册,第 168 页。
② 袁枚:《随园诗话》卷一三,第 320 页。
③ 许善长:《谈麈》卷三,光绪四年碧声吟馆刊本。
④ 袁枚:《小仓山房诗集》卷三二,《袁枚全集》,第 1 册,第 796 页。

烟生。"皆妙。邵名帆，字无恙，山阴人。①

又卷十二载：

> 余游览久，得人佳句，必手录之。过安庆，见司狱许健庵扇上自题云："权支薄俸初成阁，自爱闲曹好种花。"到黄公垆杏花村，见陈省斋太守有对云："至今村酿黄公酒，依旧花开杜牧诗。"庐山开先寺见程巨山有对云："树里月光才露影，山中云气不分层。"小姑山有俞楚江对句云："入寺恍疑雨，终宵只觉寒。"②

这都是见诗辄录的例子。有些诗作可能得于人所传诵，如卷八有云："闽人崔众十三岁，有《遇雨》一绝云：'叶香乱打冷霏霏，舆梦寻秋雁影稀。烟雨满溪行不了，渡头扶伞一僧归。'雅有画意。"③ 至于友朋亲故为述他人佳作，如补遗卷四载姚鼐说国初怀宁逸老汪梅湖诗格甚高，而本朝诸选均未及，因录其《田家杂咏》等篇，也是诗话中常见的情形。

他人投稿则分本人投赠与他人介绍两种情况，诗话中通常都有说明。前者之例如："秦中诗人杨子安鸾见访，适余外出；归后见贻一册。《雪霁》云：'寒瘦自性情，苦吟工未能。晚晴窗上日，先晒砚池冰。'《闻砧》云：'满院苔痕合，重门树影深。'"④ 后者之例如："溧阳彭贲园先生，因余有《诗话》之选，寄其友京江许乃扬介山诗来。"⑤ 他人介绍看来比本人投稿更多。毕竟就传统观念而言，说项胜于自媒。求序基本上等于投稿，卷十四曾记载："如皋张乾夫有《南坪集》八卷。其子竹轩太守，托其宗人荷塘明府索序于余。余适撰《诗话》，为摘一二，以志吉光片羽之珍。"⑥ 在当时，有人编撰诗话就像今天创办一份期刊，会立即引来众多的投稿者。像袁枚这样有影响的批评家，其诗话就更为诗坛所瞩望。以乾隆朝社会之升平富足，海内文咏之盛，这也是很自然的事。袁枚晚年曾

---

① 袁枚：《随园诗话》卷八，第 201 页。
② 袁枚：《随园诗话》卷一二，第 318 页。
③ 袁枚：《随园诗话》卷八，第 202 页。
④ 袁枚：《随园诗话》卷九，第 215 页。
⑤ 袁枚：《随园诗话》补遗卷八，第 590 页。
⑥ 袁枚：《随园诗话》卷一四，第 376 页。

感叹，"升平日久，海内殷富，商人士大夫慕古人顾阿瑛、徐良夫之风，蓄积书史，广开坛坫。扬州有马氏秋玉之玲珑山馆，天津有查氏心谷之水西庄，杭州有赵氏公千之小山堂，吴氏尺凫之瓶花斋，名流宴咏，殆无虚日。许巩璜刺史赠查云：'庇人孙北海，置驿郑南阳。'其豪可想。此外，公卿当事，则有唐公英之在九江，鄂公敏之在西湖，皆以宏奖为己任……"① 如此繁荣的诗歌生活，必然带来巨量的发表和传播需求，《随园诗话》不过是这一创作背景下的自然产物，其卷帙之丰富首先与当时盛行的诗会、社集有关②。卷六提到"余在杭州，杭人知作《诗话》，争以诗来求摘句者，无虑百首"③；补遗卷九又记载："昆圃外孙访戚于吴江之梨里镇，有闻其自随园来者，一时欣欣相告，争投以诗，属其带归，采入《诗话》。"④ 可见当时作者投稿是何等踊跃！

纷至沓来的投稿也让袁枚疲于应付，倒不是艰于别择，而是诗话不同于诗选，自有其体裁。《随园诗话》补遗卷五曾谈道："自余作《诗话》，而四方以诗来求人者，如云而至。殊不知诗话，非选诗也。选则诗之佳者，选之而已；诗话必先有话，而后有诗。以诗来者千人万人，而加话者，惟我一人。搜索枯肠，不太苦耶？松江太守李宁圃先生寄三友人诗来，余以此言复之。"话虽这么说，但文人结习，不能自已。过后取看，见实有佳句，遂取张翔《夜泊》《过商州》、李东皋《早发》《舟中》四首入诗话，而上面一段议论也就自然地成了"话"⑤。

由于所谓"话"多半基于来稿者与自己的关系，这就决定了袁枚撰写诗话主要取材于同时作者，也使《随园诗话》成为我所知道的第一部评论本朝作家的分量超过前代作者的诗话。当吴镇寄所刻国初张晋、许珌两家诗集请入诗话时，袁枚未予应允，且针对吴镇讽其文人相轻，重申了自己的诗话主张："两贤诗业已刻集，自然流传，无藉鄙人表章。其诗格律清老，实有工夫，然皆唐人皮壳，无甚出色处，以故不甚动心。所谓'食肉不食马肝，未为不知味也'。且诗

---

① 袁枚：《随园诗话》卷三，第 69 页。
② 关于这一点，松村昂《〈随园诗话〉的世界》(《中国文学报》第 22 册，京都大学中国文学研究室，1968 年 4 月) 一文已有论述，可参看。
③ 袁枚：《随园诗话》卷六，第 139 页。
④ 袁枚：《随园诗话》补遗卷九，第 599 页。
⑤ 袁枚：《随园诗话》补遗卷五，第 518—519 页。

话与选诗不同，选则诗之平头正脸者，受人之托，选之而已。诗话则必有几句话头，以配其诗。现在四方之以诗来者，千人万人，而专仗老翁一人为之搜索枯肠，添造话头，加此差徭，作何办治？"① 后来在诗话补遗卷八里，他又将自己诗话取材的原则表述为："采诗如散赈也，宁滥毋遗。然其诗未刻稿者，宁失之滥。已刻稿者，不妨于遗。"② 通览《随园诗话》，我们确实可以看到，他将更多的篇幅留给了亡故的作者。尤其是投赠诗稿，有时尚未翻阅而其人遽殁，他更会怀着遗憾与歉疚交织的心情，载其始末，以存其人。如卷九载：

> 余过京口，丹徒宰徐天球，字天石，贵州人，见示诗集。一别之后，遂永诀矣。余爱其《风筝》一绝云："谁向天边认塞鸿？但凭一纸可腾空。任他风信东西转，百丈游丝在掌中。"③

类似的例子是卷十六的同年杨大琛。凡此之类，与后文将论及的受人托请，诚然有着李绂所谓拾人遗编断句，功德大于掩埋暴露之白骨、哺育路弃之婴儿的仁厚用心。若《随园诗话》都是这样的记录，那就会充满感人至深的文字，然而事实并非如此。《随园诗话》的内容绝不像袁枚夫子自道的那样，出于诚恳的采录和严肃的筛选，倒不如说充斥着滥收的平庸之作。与袁枚并列为乾隆三大家之一的赵翼即已讥讽他"有百金之赠，辄登诗话揄扬"，"结交要路公卿，虎将亦称诗伯"④。另一位同时的诗论家李怀民对比袁枚和王渔洋推奖寒士的方式，也说："今子才所至，拜往酬应，忙扰已极。士有闻名投呈诗稿者，率不暇细检，使其丽人随意滥加圈点，以悦作者。"⑤ 这都是熟人间的看法，应不会是空穴来风，难道袁枚撰诗话果真到如此庸俗不堪的地步么？我们不禁要问。

## 三　打秋风的道具

道光间诗论家谢堃说，诗话到渔洋一变，到随园又是一变。渔洋《五代诗

---

① 袁枚：《答吴松厓太守》，《小仓山房尺牍》卷七，《袁枚全集》，第 5 册，第 154 页。
② 袁枚：《随园诗话》补遗卷八，第 579 页。
③ 袁枚：《随园诗话》卷九，第 220 页。
④ 梁绍壬：《两般秋雨盦随笔》卷一，上海古籍出版社 1982 年版，第 3 页。
⑤ 李怀民：《论袁子才诗》，《紫荆书屋诗话》，《山东文献集成》第三辑，第 47 册，第 104 页。

话》之变是半属类书①，而《随园诗话》之变如何他未加说明，我推想大概是指诗话变成打秋风的道具罢。这确实是王渔洋之后诗话写作的一大变异。王培荀《听雨楼随笔》卷八载："绵州何人鹤，字九皋，在吴江唐陶山署。袁子才来游，方颐大耳，目如曙星，口若悬河，年八十二如少壮。从弟子十余人，席间陶山与诸客多以诗请教，九皋独不肯。及行，主人送来酒食物，又去而之他。未久以函报云：'诸君诗皆入诗话矣。'翻阅，悉已改窜，其实皆弟子评骘，子才未尝入目也。陶山喟然叹曰：'何三不落随园。'"② 不知还有多少类似的故事可以坐实袁枚如此写诗话，但后人对《随园诗话》的印象多半来自这类传闻。

诗话虽向来不被视为有分量的著述，但却是一种握有话语权的写作，诗话作者也成为附庸风雅的权贵或追求闻达的士人所亟欲结纳的对象③。而袁枚既"负推倒一世之才，海内言诗家群奉为指南之针、栖皮之鹄，经品题者，如龙门游"④，当然就更有号召力。后辈诗人吴文溥赠诗云："一时豪俊随车后，到处诸侯扫榻迎。"⑤ 活画出袁枚当时为时俗所追捧、炙手可热的气焰。袁枚对自己一言九鼎的能量自然也是很清楚的，晚年格外明显地利用诗话招邀世俗的逢迎。祝德麟《阅随园诗话题后六首》其四说："老去翻为汗漫游，名山到处足句留。逢迎东道非无谓，只要仓山只字收。"⑥ 正道出袁枚晚年诗话写作中的市侩习气。其实袁枚本人也毫不讳言这一点，《随园诗话》卷二即载：

> 余过袁江，蒙河督李香林尚书将所坐船亲送渡河。席间读尚书诗，《野行》云："香闻春酒熟茅店，红惜秋花开野塘。"《宿永平》云："树树鸟相语，山山水上看。"皆佳句也。又见赠二律，已梓入集中矣。其尊人湛亭尚书，先督南河，《遥湾夜泊》云："风雪荆山道，春帆滞水涯。几声深夜犬，知近野人家。"《赴南河》云："过颡应知因搏致，彻桑须及未阴时。"用

① 谢堃：《春草堂诗话》序，道光刊本。
② 王培荀：《听雨楼随笔》卷八，巴蜀书社 1987 年版，第 529 页。
③ 这个问题笔者曾在《清诗话的写作方式及社会功能》(《文学评论》2007 年第 1 期)一文中有过论述，可参看。
④ 张云璈：《西轩诗草序》，《简松草堂文集》卷四，燕京大学图书馆 1941 年影印本。
⑤ 詹杭伦、沈时蓉：《雨村诗话校证》卷一六，第 364 页。
⑥ 祝德麟：《悦亲楼诗集》卷二四，嘉庆二年刊本。

《孟子》语，而治河之道，思过半矣。①

这是蒙达官照拂所给予的回报。如下一则记载也无疑是打秋风的报偿：

> 海阳令邱公学敏，闻余到端州，即驰书与香亭，必欲一见。果不远千里，假公事到省，畅谈竟日，馈遗殊厚。记其佳句云："山连齐鲁青难了，树入淮徐绿渐多。"②

卷十记广东之游的条目，类似情形尤夥，如陪同游山又送过梅岭的大庾知县袁镜伊，在端州以诗来谒的丰川知县彭骞，在端江频馈束脩的高要知县杨国霖，在广州病中常来探视的乐昌知县吴世贤，都是曾受惠而以文字回报的对象。最有意思的是卷三这一段文字：

> 吾乡吴修撰鸿，督学湖南。壬午科，湖南主试者为嘉定钱公辛楣、陕西王公伟人。诸生出闱后，各以闱卷呈吴。吴所最赏者，为丁甡、丁正心、张德安、石鸿翥、陈圣清五人，曰："此五卷不售，吾此后不复论文矣。"榜发日，吴招客共饮，使人走探。俄而抄榜来，自第六名至末，只陈圣清一人。吴旁皇莫释。未几，五魁报至，则四生已各冠其经，如联珠然。吴大喜过望。一时省下传为佳话。先是，陈太常兆仑在都中，以书贺吴云："今科楚南得人必盛。"盖预知吴、钱、王三公之能知文，能拔士也。吴首唱一诗，云："天鼓喧传昨夜声，大宫小徵尽含鸣。当头玉笋排班出，入眼珠光照乘明。喜极转添知己泪，望深还慰树人情。文昌此日欣连曜，谁向西风诉不平？"一时和者三十余人。后甲辰三月，余游匡庐，遇丁君宰星子，为雇夫役，作主人，相与序述前事，彼此慨然。且曰："正心管领庐山七年，来游者先生一人耳。"③

这位丁正心虽高中湖南乡试举人，却显然天性无诗才，既无酬赠之作，也无诗册

---

①　袁枚：《随园诗话》卷二，第 35 页。
②　袁枚：《随园诗话》卷一〇，第 265 页。
③　袁枚：《随园诗话》卷三，第 57 页。

呈请采录。但袁枚既得丁为东道，安排庐山之游，无诗也不能不凑上一段"话"，以答谢其殷勤，于是便借其座师吴鸿诗作药引子，敷衍出一则很少见的有话无诗的"诗话"。至于清楚写明接受馈赠的诗话，已见上引海阳知县邱学敏一则。非唯于己有恩必报，有时连家人眷属受惠于人，也有报施。如甥汪兰圃赴肇庆缺路资，附金陵商人严翰鸿以行，诗话补遗卷四载其事，录严氏一绝："酒旗挑出屋檐斜，古木萧疏挂落霞。吹笛牧童归竞渡，满头多插野山花。"① 词意陈熟如此，竟也登载！诗话写到这步田地，实在已近乎交易，换成旁人，多半会消隐其受馈报施之迹。但袁枚毫不在乎，一再记载这类"适俗韵"（借用陶渊明语），道理说穿了很简单，不过是替诗话做广告，示人交易诚信度及报酬比量。一如王渔洋笔记中再三记人以名椠珍玩之馈求为先人撰写墓志或诗序之事，无非都是别样的润例，世俗交易的风雅文饰。

当时高密诗人李怀民曾说，"子才历游天下名山大川，到处以才名打取赆仪，穷奢极欲，非真诗人本色也"，又说"子才所到处，大吏小官，争以诗投，而子才因以攫利，壮夫不为也"②。袁枚在时人眼中就是这么一个形象！一个很世故、很用心治生、很善于利用诗名来敛财的人。他既然能在盐商的筵席上为主人赋诗失误圆场以获利，那么借撰写诗话牟利就是再自然不过的事了。否则，以他一个中年辞官的知县，拿什么养活一个妻妾成群的大家庭，维护一个占地百二十亩、"一造三改，所费无算"的偌大园林呢？③ 伍拉纳之子批《随园诗话》道："一部诗话，助刻资者，岂但毕秋帆、孙稆田二人？有替人求入选者，或十金或三五金不等；虽门生寒士，亦不免有饮食细微之敬。皇皇巨帙，可择而存者，十不及一。然子才已致富矣。"④ 黄一农注意到，袁枚编撰《随园诗话》，"其运作方式颇近似现今的《世界名人录》（*Who's Who in the World*），后者期望被收录之人能提供内容及赞助（透过购买的方式，但其价不菲），而《诗话》所提及的数百位

---

① 袁枚：《随园诗话》补遗卷四，第 487 页。

② 李怀民：《北归日记摘录》，《紫荆书屋诗话》，《山东文献集成》第三辑，第 47 册，第 91 页。

③ 张其昀：《清代南京之随园》，《张其昀先生文集》，（台湾）中国文化大学出版部 1988 年版，第 5 册，第 2352—2361 页。

④ 袁枚：《袁枚全集》，第 3 册，第 828 页。

人物，其亲朋故旧还会是潜在的购书者"①。这看来并非厚诬，袁枚的诗话有着远为丰富的世俗色彩，远为浓厚的市侩习气，其写作兴趣很大程度上或许就是经济利益所驱动的。

### 四　报恩与自我标榜

《随园诗话》随处可见世俗逢迎之迹，是谁也无法否认的。其写作中素遭后人诟病的非文学因素，除了打秋风之外，还包括谀誉达官和受人托请。就连袁枚称道不已、许为"老作家"的祝德麟，在《阅随园诗话题后六首》中也不免讥诮："三代而还尽好名，达官偏爱博诗声。望山才调弇山笔，直得先生一品评？"② 意谓像尹继善（望山）、毕沅（弇山）这等根本不入流的诗才，也值得你老先生为之浪费笔墨？的确，《随园诗话》中，类似李之芳、尹继善、于耐圃、张廷玉、托庸、孙士毅、高其倬、毕沅、鄂尔泰、高晋、张廷璐、豫亲王、宗室瑶华主人、红兰主人、檀樽主人、英和、铁保、庆桂、奇丽川一辈达官贵人及其子弟、眷室反复出现，络绎不绝，不能不给人拉大旗作虎皮的印象。此风晚年愈盛，缕述与宗室、权贵的酬唱往来，以炫耀自己与权贵的亲密关系、权贵对自己的仰慕，已成为袁枚后期诗话的重要内容。

袁枚应试受知于尹继善，直到中年深交的高官也只有这位四督江南的尹望山，于是尹氏就成了《随园诗话》中出现频次最高的人物。随着袁枚年高望重，慕名纳交的贵胄权臣越来越多，诗话中出现的达官贵人也就日渐增多，尤其是最后写作的补遗十卷。因而伍拉纳之子批《诗话》至此，忍不住鄙斥："一部诗话，将福康安、孙士毅、和琳、惠龄诸人说来说去，多至十次八次，真可谓俗，真可谓频！"③ 这是以前的诗话中从未有过的现象，不能不给读者留下好阿谀达官的印象。

明清两代士人出仕必由科举，故官僚无不能诗文。如果达官确有诗才，诗话论及也不失为当代诗歌批评；问题是诗才从来不与爵位成正比，许多大僚的诗作

① 黄一农：《袁枚〈随园诗话〉编刻与版本考》，（台湾）《台大文史哲学报》第 79 期，2013 年 11月。
② 祝德麟：《阅随园诗话题后六首》其三，《悦亲楼诗集》卷二四，嘉庆二年刊本。
③ 袁枚：《袁枚全集》，第 3 册，第 831 页。

实在乏善可陈,以致袁枚对权贵诗歌的臻录和评价都像是出于阿谀奉承的过甚之辞。《随园诗话》卷一录满人宰相托庸《送人赴陕》诗:"潞河冰合悲风生,欲曙不曙鸟飞鸣。寒山历历路不尽,班马萧萧君独行。公孙阁下正延士,博望关西方用兵。此去知君未即返,月明空有相思情。"通篇陈词滥调,略无可圈可点之处,而袁枚评曰"音节可爱"①,不能不教人服其善谀。补遗卷七又说:"近日满洲风雅,远胜汉人,虽司军旅,无不能诗。"② 这恐怕连满族文人听了也要忸怩不安。至于卷十四称"本朝高文良公,诗为勋业所掩,不知一代作手,直驾新城而上",就连伍拉纳之子也看不下去,道:"子才此语太觉荒唐,高诗如何驾新城而上?"③ 卷十一起首数则,连篇累牍录毕沅一门诗句,伍氏批:"此等诗话,直是富贵人家作犬马耳。(中略)毕太夫人诗既不佳,事无可记,选之何为?所以郑板桥、赵云松斥袁子才为斯文走狗,作记骂之,不谬也。"④ 满人权贵之子犹且如此,一般汉人读者会怎么看,不难想见。

《随园诗话》之阿谀权贵,已到如此露骨的地步,而卷三偏偏还有一则专论应酬:"予在转运卢雅雨席上,见有上诗者,卢不喜。余为解曰:'此应酬诗,故不能佳。'卢曰:'君误矣!古大家韩、杜、欧、苏集中,强半应酬诗也。谁谓应酬诗不能工耶?'予深然其说。后见粤西学使许竹人先生自序其《越吟》云:'诗家以不登应酬作为高。'余曰:'不然。《三百篇》行役之外,赠答半焉。逮自河梁,泊李、杜、王、孟,无集无之。己实不工,体于何有?万里之外,交生情,情生文;存其文,思其事,见其人,又可弃乎?今而可弃,昔可无赠;毋宁以不工规我?'"⑤ 朱庭珍《筱园诗话》卷四曾举其说,按曰:"考袁枚一生,最工献谀时贵,其集具可覆按,直藉诗以渔利耳,乃故作昧心之语,以饰己过,亦可丑也。后生勿受其愚。"⑥ 这么说不为无见,但事情又绝非如此简单,因为袁枚也有他的理由和用心。

---

① 袁枚:《随园诗话》卷一,第 5 页。
② 袁枚:《随园诗话》补遗卷七,第 557 页。
③ 袁枚:《袁枚全集》,第 3 册,第 823 页。
④ 同上书,第 820 页。
⑤ 袁枚:《随园诗话》卷三,第 58 页。
⑥ 朱庭珍:《筱园诗话》卷四,《清诗话续编》,第 4 册,第 2406 页。

从《随园诗话》的一些记载可以看出，袁枚热衷于记述达官贵人之作，是出于报恩的目的。如补遗卷一写道：

> 余十二岁，受王交河先生兰生知，入学；十五岁，受李安溪先生清植知，补增；十九岁，受帅兰皋先生念祖知，食饩。感知己之恩，求王、李二公诗不可得。近在汪松萝《清诗大雅》中，得帅公《春园》云："群香多扑鼻，空翠总沾衣。良以得春趣，因之忘世机。径幽当晓寂，禽小见人飞。我意适如此，看云何处归。"又，《秋信》云："柳残池受月，花落径添泥。"《弹琴》云："耳边犹有韵，空外绝无声。"①

滴水之恩必以涌泉相报，原是古代士人奉行的处世之道。乾隆二十四年（1759）袁枚有《诸知己诗》，历数平生所遇恩公十三人，"仿少陵《八哀》聊志寸心"②，其情殷切可感。后人因而对《随园诗话》中类似文字也表示谅解，以为"子才于生平受恩知己，念念不忘，故其惓惓于金震方中丞，溢于言表。即于其房师邓逊斋亦然，此是子才性情厚处"③。只不过袁枚实在做得太过分了些，不只对赏识、提携他的师长、贵人，凡生平曾受其恩惠者，如浙江学使帅念祖，资助其赴广州的柴氏兄弟，试鸿词报罢而蒙青盼的吴应莱、张鹭洲、唐绥祖，丁巳流落长安时馆其家的高怡园，在都中蒙其垂青的满洲学士春台，等等，莫不一概罗入，不惜齿牙；对晚年为他刻诗话的当朝重臣毕沅、孙慰祖，为他刻尺牍六卷的扬州后进洪锡豫，更亟称其诗，以为报偿，终致颇招物议。后辈诗人李调元在其广东学政任所选刻袁枚诗五卷，得弟鼎元见告："前见简斋，闻吾兄为彼搜诗上刻，甚感，伊已觅得《粤东皇华集》入彼诗话，为相报之意。"④看来，将诗话当作世俗筐篚酬应之具，在袁枚的确是有自觉意识的。

应该提到的是，《随园诗话》所诔颂的权贵有些并不属于有恩者之列，晚年所撰补遗十卷中尤多。诗话中记述与此辈的交往，与其说是誉之，还不如说是自

---

① 袁枚：《随园诗话》补遗卷一，第431页。
② 袁枚：《小仓山房诗集》卷一五，《袁枚全集》，第1册，第281—285页。
③ 伍拉纳氏批，《袁枚全集》，第3册，第833页。
④ 詹杭伦、沈时蓉：《雨村诗话校证》卷一一，第257—258页。

誉。梁章钜说,"袁简斋《随园诗话》所录,非达官即闺媛,大意在标榜风流"①,可谓一语中的。诗话标榜风流,最典型且有影响者,非《渔洋诗话》莫属。袁枚之于王渔洋,内心虽不无相轻之意,但言诗持论却多相近,更有着同样风流自赏的天性,唯独少个高门贵仕的身份,故作诗话终不能像王渔洋那般顾盼自如,非要拉扯许多达官贵胄来支撑台面,以其倾倒之情来衬托、抬高自己。然则《随园诗话》中的这类文字,实在并非要博得权贵垂荫,倒适足是挟以自重,终极目的仍是自我标榜。像补遗卷六所载:"余与和希斋大司空,全无介绍,而蒙其矜宠特隆。在军中与福敬斋、孙补山两相国,惠瑶圃制府,各有寄怀之作,已刻《仓山集》中。(中略)《寄随园》诗自注云'当在弟子之列',与小松札中又有'久思立雪'之语。虞仲翔得此知己,真可死而无憾。"② 又卷九载:"余哭鄂制府虚亭死节诗云:'男儿欲报君恩重,死到沙场是善终。'乙酉天子南巡,傅文忠公向庄滋圃新参诵此二句,曰:'我不料袁某才人,竟有此心胸。闻系公同年,我欲见之,希转告之。'余虽不能往谒,而心中知己之感,恻恻不忘。第念平生诗颇多,公何以独爱此二句?后公往缅甸,受瘴得病归,薨。方知一时感触,未尝非谶云。"③ 伍拉纳氏批这一则,诘问道:"傅文忠本不识字,何由知诗?子才诗话中之与鄂文端、傅文忠论交,皆借以嚇骗江浙酸丁寒士,以自重声气耳。"④ 不能不说是诛心之论。他甚至揭露袁枚诗话中还有虚构欺世的情节。如补遗卷八提到:"余壬戌外用,走辞首相鄂文端公,蒙公留饭,论当代名臣,公少所许可。"伍氏批曰:"鄂公留子才饭,断无之事。乾隆二年以后,上令鄂公专在御园静养,日赐人参三钱,除计划大事外,从不与外人交结。虽内外大臣,且不能一面,子才一外用知县,何从留饭?更何从有此深谈,造言欺留人,一何可笑!"⑤ 我们虽不敢断定伍氏此说确凿无疑,但作为同时人的看法,还是值得倾听的。

---

① 梁章钜:《退庵随笔》卷二〇,《清诗话续编》,第4册,第1956页。
② 袁枚:《随园诗话》补遗卷六,第548页。
③ 袁枚:《随园诗话》卷九,第226页。
④ 袁枚:《袁枚全集》,第3册,第819页。
⑤ 袁枚:《袁枚全集》,第3册,第833页。

### 五 托请之弊

《随园诗话》所录达官贵人诗之多，也不全出于袁枚主动搜集，部分倒是别人转寄，属其采入诗话的。如卷十一载毕沅寄示惠龄诗云："近日秋帆尚书总督两湖，适蒙古惠椿亭中丞来抚湖北，致相得也。尚书知余作《诗话》，因寄中丞诗见示，读之钦为名手。"① 即便如此，也应该承认，这类由达官寄示的诗册，往往多出自寒素作者之手。如：

> 奇丽川方伯，笃友谊而爱风雅。辛亥清明后三日，寄札云："有惠山侯生，名光第，字枕渔者，尝携之同至黔中。诗多清妙，而身亡后，散失无存，向其家搜得古今体一卷，特撰函寄上。倘得采录入《诗话》中，则鲰生附以不朽，而余亦有以报故人也。"余读之，颇近中唐风格。②
>
> 礼亲王世子汲修主人能诗念旧，近致书王梦楼太史，以故人贾虞龙孝廉诗，属其转寄随园，刻入《诗话》，因梦楼与贾君本系旧交故也。③
>
> 吴太史竹桥寄鲍铭山诗来。其人幕游客死，属余采数语入《诗话》中。④

类似的出于念旧或珍惜诗人毕生心血、不愿让其湮灭不传的善意，无论在谁都是很难拒绝的。诗话补遗卷二载，武陵胡蔚老于幕府，死后云南友人知县彭竹林刊其《万吹楼遗稿》，付袁枚曰："此少霞一生心血，先生为存其人，可乎？"这样的故事、这样的请求，与封建社会晚期士人普遍绝望于功名后的一种"以诗为性命"的价值寄托相关联。它在改变传统写作观念的同时，无形中也带来批评意识的变化。质言之，即诗歌写作和批评都指向作为生命活动的终极价值，留传成了主要的甚至是唯一的目标⑤。袁枚不是这种观念的发明者，但肯定是最引人瞩目的践行者。《随园诗话》中所接受的托请多半属于此种功德，如补遗卷八所载"长洲秀才蒋砚畬耕堂，少有才名，惜不永年而卒。临终以诗稿三册，付其门人

---

① 袁枚：《随园诗话》卷一一，第278页。
② 袁枚：《随园诗话》卷三，第79页。
③ 袁枚：《随园诗话》补遗卷一〇，第622页。
④ 袁枚：《随园诗话》补遗卷六，第540页。
⑤ 这个问题，我在《中国古代对诗歌之人生意义的理解》(《山西大学学报》2002年第2期)一文中曾有专门论述，收入《古典诗学的现代诠释》(中华书局，2009)，可参看。

陈竹士,中多佳句"①。这里虽未言及托请,但可以相信袁枚采录蒋氏诗作,一定是出于金纤纤夫君陈基(字竹士)的请求,这是显而易见的。凭藉《随园诗话》的这类记载,许多位卑无名的作者得以传其诗句、姓氏于天壤间而不至于澌灭。为此,袁枚的诗话写作不仅让许多被记录的诗人感戴,也赢得了当时诗坛的广泛尊崇。诗人邵葆琪读到《随园诗话》,即赠诗赞叹:"赖有奚囊收拾尽,世间多少未招魂!"②

袁枚是个自我意识很强的人,也是能反省和正视自己思想和行为的人。他在检讨当时编选近人诗、撰时贤诗话中存在的弊端时,也没讳言自己的问题。最后提到徇情受托请一点:

> 选家选近人之诗,有七病焉;其借此射利通声气者无论矣。凡人全集,各有精神,必通观之,方可定去取;倘捃摭一二,并非其人应选之诗,管窥蠡测,一病也。《三百篇》中,贞淫正变,无所不包;今就一人见解之小,而欲该群才之大,于各家门户源流,并未探讨,以己履为式,而削他人之足以就之,二病也。分唐界宋,抱杜尊韩,附会大家门面,而不能判别真伪,采撷精华,三病也。动称纲常名教,箴刺褒讥,以为非有关系者不录;不知赠芍采兰,有何关系?而圣人不删。宋儒责蔡文姬不应登《列女传》,然则十七史列传,尽皆龙逢、比干乎?学究条规,令人欲呕,四病也。贪选部头之大,以为每省每郡,必选数人,遂至勉强搜寻,从宽滥录,五病也。或其人才力与作者相隔甚远,而妄为改窜,遂至点金成铁,六病也。徇一己之交情,听他人之求请,七病也。末一条,余作《诗话》,亦不能免。③

其实接受托请不能简单地说好或不好,关键看对象、内容及对它们的评价是否持同样标准,是否因利贿而改变。我们知道,尽管袁枚在诗话中不曾提到接受托请的获利情况,但日记中是有清楚记载的。乾隆五十九年二月十四日载:"佩香出

① 袁枚:《随园诗话》补遗卷八,第585页。
② 袁枚:《随园诗话》补遗卷七,第559页。
③ 袁枚:《随园诗话》卷一四,第348—349页。

女史孟文晖诗二卷、元二定，求入《诗话》。"① 这是女弟子骆绮兰为闺友代求采诗入《诗话》，并以银元宝两锭为贽，结果孟诗被收入《补遗》卷二，采其《秋日》和《秋夜》二诗。这倒也罢了，袁枚的问题不在于接受托请，而在于拒绝无利可图的托请。尽管他曾为十五省中独缺甘肃诗人而遗憾，但后来甘肃诗人吴镇寄所刻国初乡先辈张晋、许珌二集来请入诗话时，他在答杨芳灿书中，却以"纯是唐人皮壳，毫无新意，其才远不及松厓与足下，且有诗无话，难以采取"为理由而加以拒绝，不肯给予前贤一点篇幅②。这虽与他多录未刊稿、少采已刊稿的宗旨相符合，但未免轻看了许珌诗，同时也让人觉得有点世故。他可以滥收许多权贵的滥作，却不肯采入前辈名家一语，这无论怎么辩解也是难以服人的。

## 六　滥收与疏误

可以肯定地说，《随园诗话》不仅在批评方式上将传统的品第式批评转变为鉴赏式批评，同时在写作方式上也将前人的闲适书写转变为自觉经营的事业。其中有感恩的报偿，有射利的应酬，有标榜风流的自我吹嘘，也有谀权贵、通声气的廉价称颂，还有以诗存人的慈悲心怀。如此多样的动机汇集于袁枚的诗话写作，最终使《随园诗话》负荷了前所未有的丰富功能包括若干非文学意义的社会功能，同时成就其空前庞大的卷帙。事实上，在《随园诗话》之前，除了朱彝尊《静志居诗话》、陶元藻《全浙诗话》之类带有断代或地域诗歌志色彩的著述，还从未出现过卷帙如此富赡的诗话。尽管袁枚宣称："选诗如用人才，门户须宽，采取须严。能知派别之所由，则自然宽矣；能知精采之所在，则自然严矣。余论诗似宽实严，尝口号云：'声凭宫徵都须脆，味尽酸咸只要鲜。'"③ 然而采录既宽，篇幅既富，就难免鱼龙混杂，泥沙俱下，为此他的诗话写作在当时也没少遭人诟病。

据他自己说："余至吴门，四方之士送诗求批者，每逢佳句，必向人称说，非要誉于后进也。掌科许穆堂嫌太丘道广，见赠一律云：'先生天下望，眉宇照

---

①　王英志：《手抄本〈袁枚日记〉（一）》，《古典文学知识》2009 年第 1 期。

②　袁枚答杨芳灿佚札，见郑幸《袁枚佚札四通考述——兼及袁枚、杨芳灿交游考》，《苏州大学学报》2008 年第 6 期。

③　袁枚：《随园诗话》卷七，第 168 页。

人清。老至通姻娅，儿时识姓名。风流苏玉局，书卷郑康成。可惜怜才过，揄扬误后生。'余道：史称庞士元称许人才，往往有过其分。老人竟犯士元之病，行将改之。"① 此所谓"揄扬误后生"，还是很委婉的劝诫，意思是说过分的奖誉会宠坏年轻作者；而更直接的批评则说他收取太滥，袁枚曾在补遗卷四中辩解道：

> 人有訾余《诗话》收取太滥者。余告之曰："余尝受教于方正学先生矣。尝见先生手书《赠俞子严溪喻》一篇云：'学者之病，最忌自高与自狭。自高者，如峭壁巍然，时雨过之，须臾溜散，不能分润。自狭者，如瓮盎受水，容担容斗，过其量则溢矣。善学者，其如海乎？旱九年而不枯，受八州水而不满：无他，善为之下而已矣。'（中略）然则《诗话》之作，集思广益，显微阐幽，宁滥毋遗，不亦可乎？"②

与前引"采诗如散赈"之说一样，这里也坦陈自己撰写诗话的宗旨是"显微阐幽，宁滥毋遗"。这么说并非不对，只不过在很多时候适足成为自我开脱的冠冕堂皇的理由，而不符合诗话的实情而已。

除了滥收之外，《随园诗话》的另一个缺点是文笔草率，记载无章法。如卷八一则云：

> 许太监者，名坤，杭州人，在京师颇有气焰，而性爱文士。尝过杭太史董浦家，采野苋一束去，报以人参一斤。欲交郑太史虎文，郑不与通。人疑郑故孤峭者，然其咏《红豆》诗，颇有宋广平赋梅花之意。词云："记取灵芸别后身，玉壶清泪血痕新。伤心略似燃于釜，绕宅何缘幻作人？一点红宜留玉臂，十分圆欲上樱唇。只嫌不及榴房子，空结团圆未了因。"梁瑶峰少宰和云："采绿何曾胜采蓝？猩红端合摘江南。且看沉水星星活，得似灵犀点点含。秋汉可烦桥更驾，朝云应有梦同甘。石榴消息分明是，朱鸟窗前仔

---

① 袁枚：《随园诗话》补遗卷七，第550—551页。
② 袁枚：《随园诗话》补遗卷四，第492页。

细探。"按红豆生于广东，乾隆丙戌郑督学其地，梁为粮道，故彼此分咏此题。①

这段文字从太监许坤性爱文士写起，述其与杭世骏往来逸事，牵引出郑虎文，举其咏红豆诗，再扯到梁瑶峰的和作。一段文字，主题不知道是写太监还是写郑虎文，是写郑虎文的耿介节操还是写其与梁瑶峰的交谊。又如卷九一则云：

> 征士王载扬，吟诗以对仗为工，有句云："百五正逢寒食节，十千谁醉美人家？"爱余《滕王阁》诗"阿房有焦土，玉楼无故钉"一联。湖州徐阶五先生《赠沈椒园》诗云："诗派同初白，官情共软红。"以沈乃初白先生外孙故也。王亦爱而时时诵之。徐知予于未遇时。记其《关山月》一首云："大牙旗卷夕阳残，旋见城边涌玉盘。鼓角无声霜气肃，山河流影镜光寒。白头汉将占星立，红泪胡姬倚马看。净扫烟尘天阙迥，清辉多处是长安。"先生名以升，雍正癸卯翰林，官臬使。②

称道王载扬诗以对仗为工，举其所爱己句却非以工对取胜，不知他要表达什么意思。之后突然转引徐以升《赠沈椒园》句，并说王载扬亦爱诵之，这是因为同属工于对仗而涉及吗？没有说明，却解释"诗派同初白"意指沈乃查慎行外孙。再往下看，才知原来徐氏于袁枚有知遇之恩。既然如此，干脆写成两则便是，何必非牵扯到一起呢？这就是袁枚写作中行文草率、不讲章法之处。《随园诗话》中这类无足观的文字相当不少，从而使全书的质量和价值大打折扣，招致"所采诚多猥滥"的评价③。英国学者阿瑟·韦利《袁枚传》甚至说"欲观恶诗，须阅《随园诗话》"，钱锺书《谈艺录》许其殊具识力，并进一步指出："自有谈艺以来，称引无如随园此书之滥者"，"子才非目无智珠，不识好丑者，特乞食作书，声气应求，利名扇荡，取舍标准，自不能高"④。因而他对袁枚诗话的评价，一

---

① 袁枚：《随园诗话》卷八，第210页。
② 袁枚：《随园诗话》卷九，第236—237页。
③ 徐世昌：《晚晴簃诗汇》卷七六，第3162页。
④ 钱锺书：《谈艺录》，第195—196。

言以蔽之曰"无补诗心，却添诗胆"①。话虽刻薄，却深中袁枚病根。

最后还要提到，《随园诗话》在文献上也存在不少问题。袁枚读书虽勤，然而不事考据，诗文引书记事时有疏误。卷四将金陵朱文炳妻张季琬号月鹿侍史，误作黄任妻，梁章钜《闽川闺秀诗话》卷一曾予辨正。补遗卷二将舒城闺秀钟睿姑籍贯误记为芜湖，门人宁楷《覆胡元峰》已提到②。卷六称："刘梦得《金陵怀古》，只咏王濬楼船一事，而后四句，全是空描。当时白太傅谓其'已探骊珠，所余鳞甲无用'，真知言哉！"③ 这是误记刘禹锡《西塞山怀古》诗题，梁章钜《退庵随笔》曾指出④。昭梿《啸亭杂录》更批评"其诗话、随笔中，错误不一而足"。尤疵谬者，如诗话载舒文襄公奏庆云语，昭梿说："文襄舅氏，以谏阻征缅，谪贬伊犁。庚寅岁朝，谪居绝域，焉能敷陈殿廷？记同时人之事，乃舛错至此，何也？"⑤ 孙志祖《读书脞录》也纠其记载之误数则。以后不断有论者指摘其诗话中的错误，前人没注意到的，还有卷三载方世举改诗佚事，世举为方观承族叔，袁枚误为族兄。同卷引唐诗僧皎然答李季兰诗"禅心终不动，还捧旧花归"，误作宋人诗；卷六记顾鉴沙宦粤购得叶小鸾小照，误叶小鸾为粤人；卷七记檀萃事，误其姓为谭；卷六引顾炎武"《三百篇》无不转韵者，唐诗亦然，惟韩昌黎七古，始一韵到底"之说，按曰："《文心雕龙》云：'贾谊、枚乘，四韵辄易；刘歆、桓谭，百韵不迁，亦各从其志也。'则不转韵诗，汉、魏已然矣。"⑥ 今按：刘勰语见《章句》篇，原文作"贾谊、枚乘，两韵辄易；刘歆、桓谭，百句不迁；亦各有其志也"。袁枚不仅引述全误，而且将论赋之语误解为论诗，足见其读书及议论之粗——当时哪有百韵的诗呢！

综上所述，袁枚《随园诗话》的写作明显存在不少问题。有些问题严格地说并不属于诗学的范畴，但对诗学史来说却是不容忽视的。因为《随园诗话》无论流传之广还是影响之大，都堪称清诗话甚至清代出版和阅读史上的一个奇

---

① 钱锺书：《谈艺录》，第 205 页。
② 宁楷：《修洁堂集略》卷一三，嘉庆间家刊本。
③ 袁枚：《随园诗话》卷六，第 141 页。
④ 梁章钜：《退庵随笔》卷二〇，《清诗话续编》，第 4 册，第 1959 页。
⑤ 昭梿：《啸亭杂录》卷四，第 494 页。
⑥ 袁枚：《随园诗话》卷六，第 126 页。

迹，不仅于乾隆诗学，就是从整个清代诗学来看，它都代表着诗话写作的一个重大转型，即首先重视当代诗歌的批评，论当代诗歌的分量远远超过论古代诗歌，这为诗话编撰带来一股新的风气，同时也使这一传统诗歌批评的主要形式渗入许多非文学的因素，不再是纯粹意义上的文学批评。可以肯定地说，嘉、道以后诗话写作风气的所有变化，诸如由探究理论转向记录诗事，由研究技巧、规则转向欣赏式的品鉴，由艺术批评转向自我标榜，等等，无不肇始于《随园诗话》。只要读一读以李调元、法式善、凌霄、郭麐、吴嵩梁、王僖、潘焕龙等为代表的清代中叶诗话，我们就会知道此书对后来诗话的诱导和影响之力，无论如何估量都不会过分的。

## 第五节　袁枚诗学的历史意义及影响

### 一　对学人诗的反思

袁枚性灵诗学在乾隆后期的广泛影响，使当时诗坛无论是推崇者也好，排诋者也好，都不能无视它的存在。它鲜明的独创性与反传统色彩，更形成后世截然对立的正负两种评价，这在王建生《袁枚的文学批评》中已有详细列举①。现在需要进一步思考的是袁枚诗学在明清诗论史上的意义。

日本学者松下忠曾从补古文辞格调说之短，救公安、竟陵派矫枉过正之弊，弥缝神韵说的弱点三个方面概括袁枚诗学的历史意义，认为三家诗说的对立到袁枚这里趋于缓和，形成交汇融合的特征②。台湾学者张健思考袁枚诗学的时代特征，认为明代以来的宗唐派诗学到沈德潜是一个结穴，主宋派诗学到翁方纲是一个结穴，无论是宗唐还是主宋，都是趋古，而袁枚则跳出了宗唐主宋的樊篱，其审美趣味具有鲜明的时代性。他觉得，袁枚的思想倾向及审美趣味从古典诗学的

---

① 王建生：《袁枚的文学批评》第五章"当时人及后人对于袁枚和他的文学批评的批评"，第445—474页。

② 松下忠：《江户时代的诗风诗论》，范建明译，学苑出版社2008年版，第864页。

立场看确有其俚俗色彩，是对古典诗学主流精神的一种叛逆，显示出古典传统的蜕变，但还不属于近代的范畴，不具有真正意义上的近代性，只能说是古典到近代的过渡①，这一论断无疑很给人启发。但我还是觉得袁枚诗学是有划时代意义的，他天才论的思想方式，将诗学的关注由外在规范和技巧引向内在的主观条件，同时也使批评由基于客观标准的得失评价转向出于主观趣味的鉴赏。这不仅是中国文学批评的重大转型，也标志着文学的时代划分。W. J. 贝提在他的《批评阐要》中划分西方文学批评史之古典和现代的依据，正是 18 世纪末浪漫主义思潮的立足点由外在的绝对标准转向内在的主观条件，即柏拉图的"理念"为卢梭的"情念"所取代，从而开了主观主义批评的先河②。中西文学思想、批评史在此出现惊人的相似，同样是在 18 世纪的乾隆末年，袁枚的性灵诗学开启了中国批评史的一个新时代。

不过这些对袁枚来说都太遥远了，不光他本人不能预见，就是生活在后一个世纪的论者也不会理解，袁枚嵌入古典诗学乃至文化史竟会如此之深。

还是让我们回到乾隆时代。根据我的考察，袁枚成为诗坛重镇并产生重要影响是在乾隆二十五年（1760）前后。学界一般都将袁枚的性灵诗学视为对沈德潜诗学的反拨，说"袁枚与沈德潜论诗的根本分歧，其性质实际上是一场创新与守旧之争"③，从后设的角度或许也可以这么看，但如果回到历史过程中，则袁枚与沈德潜的交锋只能说是虚晃一枪，略比划两下就收手了。他清楚风烛残年的沈德潜已不足以成为他的对手。所以到乾隆五十九年（1794），高密诗人李宪乔"忧近今诗教有以温柔敦厚四字训人者，遂致流为卑靡庸琐"，希望袁枚与他一起挺身而出，共挽狂澜时，袁枚根本不认可他的想法，说："夫温柔敦厚，圣人之言也，非持教者之言也。学圣人之言，而至庸琐卑靡，是学者之过，非圣人之过也。足下必欲反此四字以立教，将教之以北鄙杀伐之音乎？"在袁枚看来，诗教本身并无错，只不过被一群歪嘴和尚把经念歪了。他最担忧的是，"近今诗教

---

① 张健：《清代诗话研究》，第 781 页。

② Watler Jackson Bate, ed. *Criticism: The Major Texts*. Enlarged ed. San Diego: Harcourt Brace Jovanovich, 1970.

③ 严明：《中国诗学与明清诗话》，第 419 页。

之坏，莫甚于以注疏夸高，以填砌矜博，捃撦琐碎，死气满纸。一句七字，必小注十余行，令人舌挢口哕而不敢下，于性情二字，几乎丧尽天良。此则二千年所未有之诗教也，足下何不起而共挽之？"① 时已七十九岁的袁枚，亲历乾隆诗坛由格调诗风渐趋于学人诗风的转变，对乾隆后期流行的以考据入诗的风气深恶痛绝，将力摒这种习气视为挽救诗教的当务之急。当时学人之诗的代表不光有翁方纲等一批京师达官，还有承继厉鹗余风，活动在江浙一带的浙派。学界都认为袁枚对"夫己氏"的批评是指翁方纲，却很少注意到袁枚对浙派诗的不满。《随园诗话》提到其乡人的浙派诗，从来都没有好评，如卷四言："陆陆堂、诸襄七、汪韩门三太史，经学渊深，而诗多涩闷，所谓学人之诗，读之令人不欢。"② 是以当李宪乔复函挑明前札是针对沈德潜而发时，袁枚更觉得很无谓："当归愚极盛时，宗之者止吴门七子耳，不过一时借以成名，而随后旋即叛去。此外偶有依草附木之人，称说一二，人多鄙之。此时如雪后寒蝉，声响俱寂，何劳足下以摩天巨刃，斩此枯木朽株哉！"③ 相比赵执信之于王渔洋，落水狗勿打固然是袁枚宅心仁厚之处，但根本在于，他认为学人诗才是一代诗运隆替所系。近日诗教之坏的焦点——"于性情二字，几乎丧尽天良"意味着明代以来流行的"诗以道性情"之说已失去规范诗歌本质的力量，"性情"概念更是已陈之刍狗，毫无内涵的空洞概念。因此他重新拂拭"性灵"这一同样古老的概念，以取代"性情"。从这个意义上说，袁枚与乾隆前期的性灵派诗家，虽然都用性灵论诗，基本观念相通，但两者所处的诗学语境、所面临的对立面是不一样的。后者面对的是神韵诗风和格调诗风，而袁枚面对的却是翁方纲所代表的学人诗风。袁枚的性灵诗风应该比学人诗风兴起得更早，但《随园诗话》作为性灵派的理论总结，写作、出版却远在学人诗风兴起之后。它于乾隆五十五年（1790）刊行十六卷本，五十七年刊行补遗四卷，嘉庆元年（1796）刻完补遗八卷，直到袁枚下世后家人才陆续刻成二十六卷足本④。这一过程正是袁枚与李宪乔论诗的前后几年，

---

① 袁枚：《答李少鹤书》，《小仓山房尺牍》卷八，王英志主编《袁枚全集》，第 5 册，第 169—170 页。又见李宪乔《与袁子才论诗教》，《山东文献集成》第三辑，第 47 册，第 177—179 页。

② 袁枚：《随园诗话》卷四，第 89 页。

③ 袁枚：《再答李少鹤尺牍》，《小仓山房尺牍》卷十，《袁枚全集》，第 5 册，第 206—209 页。

④ 黄一农：《袁枚〈随园诗话〉编刻与版本考》，（台湾）《台大文史哲学报》第 79 期，2013 年 11 月。

其中对"性灵"的诠释体现了乾隆末袁枚对学人诗流弊的反思及理论对策。这是我们谈论袁枚诗学及乾隆朝诗学的历史展开首先必须意识到的问题。

## 二 对并世诗家的影响

袁枚门人孙原湘曾说:"吴中诗教五十年来凡三变。乾隆三十年以前,归愚宗伯主盟坛坫,其时专尚格律,取清丽温雅近大历十子者为多。自小仓山房出而专主性灵,以能道俗情、善言名理为胜,而风格一变矣。至兰泉司寇以冠冕堂皇之作倡率后进,而风格又一变矣。近则或宗袁,或宗王,或且以奇字僻典阑入风雅,而性灵、格律又变而为考古博识之学矣。"① 这里将袁枚主导诗坛的时间定在乾隆三十年(1765),与我的结论相去不远。从孙原湘的叙述可见,性灵说最初只是在江南流行的诗学思潮,但很快就成为当时诗坛的主潮。而到他写作该文时,袁枚诗学"专主性灵,以能道俗情、善言名理为胜",已成为诗坛的一致看法。何承燕说"近代谈诗者好尚不同,彼此龃龉,各持偏见,惟简斋太史论诗最为得中"②,应该代表着诗坛相当一部分作者和读者的看法。关于当时及后来拥趸及响应性灵说的著名诗人,王英志先生曾举出蒋士铨、黄景仁、李调元、陈文述、宋湘、法式善等人③,这里还可以补充杭世骏、程晋芳、洪亮吉、张问陶、方薰、吴文溥等。王文治也被袁枚引为论诗同调④,虽然他形诸文字的议论不多。事实上,并不是所有的性灵派诗人都像袁枚这样喜欢宣扬自己的诗歌主张,比如胡天游就绝口不谈诗,偶为人作诗序,也只是叙交谊,从不标榜其诗歌观念,但这不妨碍他以性灵派的作风来写诗。又如程晋芳,洪亮吉称其"性灵句实逼香山",但他也只承认己诗"多平易近情语"⑤,并未提到过近似性灵的概念。

其实在许多时候,我们根本就不需要根据某个诗人是否言必称性灵来判断他是否属于性灵派。正如前文提到的,性灵派和格调派的差别在于论诗立场的破与

---

① 孙原湘:《籁鸣诗草序》,《天真阁集》卷四十一,嘉庆刊本。

② 何承燕:《春巢诗钞》自序,嘉庆二年刊本。

③ 王英志:《袁枚于乾嘉诗坛的影响》,《扬州大学学报》2000 年第 3 期;程美华:《乾嘉之际诗风的异动——以孙原湘与袁枚关系为例》,《安徽大学学报》2011 年第 4 期。

④ 袁枚《随园诗话》曾再三引述王文治论诗语,其中"诗称家数"一则,袁枚举同叶燮语相提并论,最见其见解共鸣处。

⑤ 程晋芳:《卧云山人诗序》,《勉行堂诗文集》,黄山书社 2012 年版,第 733 页。

立，凡论诗必诫人应如何如何的多为格调派，而论诗诫人无须如何如何的多为性灵派。如陶元藻《凫亭诗话》卷上云："余生平最不喜回文、双声、叠韵等诗。盖作诗者词以就意，故能自抒己见；若此等诗，皆以意就词，则必不能畅所欲言，而性灵晦矣。"又云："学江西勿就，必槎枒不材；学西昆勿成，必饾饤难化。吾劝作诗者，只须就自己本色写去，到得佳处，亦无不传，何苦别求宗派。"① 这都是诫人作诗无须如何如何，即便他不提性灵二字，也知道是性灵派。陶元藻是袁枚很欣赏的诗人，《随园诗话》再三称道不置，程晋芳也许其诗"出语必自己，雕刻万物情"②，视之为性灵派同道是不用怀疑的。又如桐城吴询，其《画溪草堂论诗》谓"做文字而无本者非也，做文字而必求有本者亦非也"；又谓不读书不可为诗，然"读书万卷而不识一破字，则下笔必有魔"；又谓论诗忌道学气固非也，然如《击壤集》又过矣。这都很像袁枚，持论不执一偏，力破执着之见。至于说"观饮食男女之情，可以知王道之本；听草野鄙俚之曲，可以悟正始之音"；"宋人知诗言志而不知歌永言，唐人知永言而言志则未足，故曰正心诚意者，诗之命脉也；风雨露雷者，诗之鼓吹也；饮食男女、或歌或泣、愚不肖之性情话言，皆诗之妙境也"③，更清楚地表明了他的性灵派立场。

　　谈到袁枚对乾隆诗学的影响，除了性灵派内部外，还有两个很重要的群体与他密切相关，但历来的研究者都未予注意。一个是高密诗派，一个是桐城派。高密诗派之出名，首先与袁枚对李宪乔兄弟的表彰有关，这个问题在后文论述高密诗派时将专门讨论。桐城派表面看来与袁枚关系不大，姚鼐的诗学观念似乎也与袁枚异路，但我们不能忘记，姚鼐是为袁枚撰写墓志铭的作家，他们的关系会一般吗？近年已有学者注意到袁枚和桐城派的关系④，这也是需要专门讨论的问题。如果我们考虑到袁枚在乾隆后期无远弗届的影响，就可以将一些看似无关的议论与袁枚的性灵诗学联系起来。但这需要广泛地阅读，更深入地发掘史料。

### 三　在清代后期诗学中的余响

　　一个挑战各种流行学说并且与传统观念为敌的艺术家，最终通常也会沦为后

---

① 陶元藻：《全浙诗话》附，浙江古籍出版社 2015 年版，第 5 册，第 1377、1386 页。
② 程晋芳：《邗上酬陶篁村六十韵》，《勉行堂诗文集》，第 285 页。
③ 吴询：《画溪草堂论诗》，《画溪诗集》附，乾隆刊本。
④ 周新道：《袁枚诗论初探——兼论与桐城派的关系》，《江淮论坛》2001 年第 6 期。

辈敌视的异类。法国印象派画家莫奈晚年，当属于新时代的画家们众叛亲离纷纷弃他而去时，他却怀着喜悦和深深的满足说："我的自豪仅此而已——当今这个新时代的人，以我为敌。"袁枚幸运地没看到举世以他为敌的那一天。在他生前，除了一些正统文人对他的生活作风有所不满，有些规劝甚至要给予某种制裁外，没有人否定他的诗歌成就。其性灵诗学在乾隆后期更是风靡一时，就像郭绍虞先生说的，"在当时，整个的诗坛上似乎只见他的理论；其他作风，其他主张，都成为他的败鳞残甲"①。随着《随园诗话》的陆续刊行，袁枚诗学的影响在乾隆末嘉庆初达到顶峰。近年学界已注意到，《随园诗话》一书乃是清代版刻史上的一个奇迹，竟然刊行不久即出现翻印本。袁枚在乾隆五十六年（1791）作《余所梓尺牍诗话被三省翻板近闻仓山全集亦有翻者戏作一首》诗云："自梓诗文信未真，麻沙翻板各家新。左思悔作三都赋，枉是便宜卖纸人。"②《诗话》补遗卷三也提到，"余刻《诗话》《尺牍》二种，被人翻板，以一时风行，卖者得价故也"③。嘉庆九年（1804）即日本文化元年，神谷谦、柏昶就根据乾隆五十七年刊十六卷补遗四卷本，重编《随园诗话同补遗》十二卷，去行世仅十三年，可见行销、流播之速。道光末李树滋撰《石樵诗话》，曾提到："近日诗话之盛行宇内，无如袁简斋《随园诗话》，几乎家有其书矣。"④ 晚清吴趼人所著小说《二十年目睹之怪现状》第25回也提到袁书是"人人都看见过的"。迄止清末，《随园诗话》至少已刊行三十多种版本，另有多种钞本、改编本传世。其版本之多，在经书之外，堪与《三国志演义》《红楼梦》《聊斋志异》并列为清代四大畅销书⑤，无可争议地是清代影响最大、流传最广的诗话。其影响不只限于中土，也波及邻国。《随园诗话》补遗卷四已载朝鲜史臣朴齐家以重价购《小仓山房集》，其性灵诗说也随之流传于朝鲜，对朝鲜诗话产生一定影响⑥。

---

① 郭绍虞：《中国文学批评史》，上海古籍出版社1979年版，第566页。

② 袁枚：《余所梓尺牍诗话被三省翻板近闻仓山全集亦有翻者戏作一首》，《小仓山房诗集》卷三三，第1册，第811页。

③ 袁枚：《随园诗话》补遗卷三，第472页。

④ 李树滋：《石樵诗话》卷三，道光二十九年湖湘采珍山馆刊巾箱本。按：书中曾记道光二十六年（1846）晤李湘山事，知撰于道光末。

⑤ 王学泰：《随园诗话趣谈：清代中叶畅销书趣谈》，《人民日报》2010年6月14日。

⑥ 袁枚诗学对朝鲜的影响，崔日义《韩国朝鲜后期诗坛接受袁枚诗学之状况》（《苏州大学学报》2010年第2期）一文曾涉及，可参看。

但同时袁枚也是身后遭受唾骂最烈的文人，钱锺书《谈艺录》曾专门摘举清人对他的批评。凌廷堪《绝句四首》有云："自怯空疏论转严，儒林文苑岂能兼？不闻卢骆王杨辈，朴学曾将贾马嫌。"① 这是批评袁枚鄙薄从事经学考订之士。戚学标《祛惑》也有"人品不足齿，诗文亦何论。况观所论著，无一究根源"的叱责②。刘广智甚至曾撰诗话一卷专诋袁枚，见王昶《湖海诗传》。此外，像查梅史斥之为风雅罪人，谭献斥之为文妖，不一而足。就连一生追慕袁枚的俞樾，《春在堂随笔》卷十论及袁枚纪游册，也很不以狎亵为然，遑论他人。晚清朱庭珍概括袁枚性灵诗学流行的原因，说：

> 袁既以淫女狡童之性灵为宗，专法香山、诚斋之病，误以鄙俚浅滑为自然，尖酸佻巧为聪明，谐谑游戏为风趣，粗恶颓放为雄豪，轻薄卑靡为天真，淫秽浪荡为艳情，倡魔道妖言，以溃诗教之防。一盲作俑，万瞽从风，纷纷逐臭之夫，如云继起。因其诗不讲格律，不贵学问，空疏易于效颦。其诗话又强词夺理，小有语趣，无稽臆说，便于借口。眼前琐事，口角细言，拈来即是诗句。稍有聪慧之人，挟彼一编，奉为导师，旬月之间，便成诗人；钝根人多用两月工夫，亦无不可。于彼教自雄，诚为捷径矣。③

其影响波及之久，直到朱庭珍评述性灵派名家之得失，犹不能不深恶痛绝，视同仇雠，称"学者于此等下劣诗魔，必须视如砒毒，力拒痛绝，不可稍近，恐一沾余习，即无药可医，终身难湔洗振拔也。予固知今人多中彼法之毒，其徒如林，此论未免有犯众忌，将为招尤之鹄。然为诗学计，欲扶大雅，不能不大声疾呼，痛斥邪魔左道，以警聋瞆而挽颓波！"④ 感觉其恐惧仇视之甚，绝不亚于当年长老之严诫子弟不许接近金圣叹。对袁枚的思想、文学、诗论给予好评，甚至封为意识超前的进步思想家，都是民国以后的事了。这对袁枚恐怕也是不虞之誉，当其撰著诗文诗话时所始料不及的。

---

① 凌廷堪：《校礼堂诗集》卷七，《凌廷堪全集》，黄山书社2009年版，第4册，第94页。
② 戚学标：《景文堂诗集》五古，乾隆刊本。
③ 朱庭珍：《筱园诗话》卷二，《清诗话续编》，第4册，第2366页。
④ 同上书，第2367页。

# 第四章　性灵诗学思潮的回响

## 第一节　诗坛对性灵论的响应

相对于少数精英人物的特立独行，世俗永远是盲从的，芸芸众生既不具有矫俗立异的勇气，也没有相应的见识，于是就形成了时尚。时尚的本质，即少数人希望显得与众不同而大众却不成全他们，群起而用巨量的模仿淹没他们的独创性。袁枚最初用叶燮自成一家的观念激活古老的性灵概念，就像刚发布一款新异的时装，而随着它的风靡于世，就满街都是穿着仿品的人了。袁枚以性灵诗学名世后，诗家竞相搬弄性灵的概念，遂演成乾隆中叶诗坛一股强劲的流行时尚。虽然这近乎是个常识问题，但迄今的批评史研究并未认真地梳理这一段历史。

### 一　"性灵"概念的流行

大约自乾隆二十五年（1760）前后，袁枚开始声名鹊起，逐渐在诗坛产生较大影响。不仅生平行事为人欣赏[①]，诗才也备受推崇，并且被挂上"性灵"的招牌。孙星衍（1753—1818）还是秀才时赠袁枚诗即已称："等身书卷著初成，绝

---

① 徐长发《戏题随园诗话》其三"如此平生有几人"，《寒玉山房诗》卷七，乾隆六十年刊本。

地通天写性灵。我觉千秋难第一，避公才笔去研经。"① 赵怀玉《寄袁丈》也说："举世共推文福备，先生独占性灵多。"② 迨至晚年，江藩《呈简斋先生》云："作诗写性灵，何必立门户。"③ 和琳赠诗也说："数卷仓山集，先生道性灵。"④ 迨袁枚下世，洪亮吉嘉庆五年（1800）由新疆入关，有《道中无事偶作论诗截句二十首》，以"性灵句实逼香山"称赞袁枚⑤。足见"性灵"不同于沈德潜的格调，并非后人建构，而是当时即被命名的诗学祈向。但性灵之说最终风行于世，则显然是从袁枚身边开始，由门弟子辈而逐渐波及整个诗坛的。

首先，门生作为最接近袁枚的师承者，对老师的诗歌创作和理论都深有体会。被袁枚目为闺中三大知己之一的女弟子金逸，有《喜简斋夫子枉过里门奉呈》诗云："格律何如主性灵，早闻持论剧清新。"⑥ 女弟子戴兰英有《祝随园夫子八十寿即步原韵》其二云："除却性灵无笔墨，广收罗绮在门墙。"⑦ 而另一位列名于闺中三大知己的女弟子严蕊珠，则如此表达自己对袁枚诗歌特色的独到体会："先生之诗，专主性灵，故运化成语，驱使百家，人习而不察。譬如盐在水中，食者但知盐味，不见有盐也。然非读破万卷、且细心者，不能指其出处。"⑧ 正像门人及后辈的推崇促成王渔洋对"神韵"的自我认同一样，随园弟子们对"性灵"的体认和发扬也让晚年的袁枚愈益以"性灵"教主自居，并在不同场合加以鼓吹。《随园诗话》补遗卷十写道："方大章秀才诗，初学明七子，后受业门下，幡然改辙，专主性灵，可谓一变至道。"⑨ 由是门人辈无不发挥其性灵之说，如王炘有《答问诗者》云："但写性灵休别派，不空经史莫言诗。"⑩ 这是发

---

① 袁枚《随园诗话》卷一六："余向读孙渊如诗，叹为奇才。后见近作，锋铓小颓。询其故，缘逃入考据之学故也。孙知余意，乃见赠云：'等身书卷著初成，绝地通天写性灵。我觉千秋难第一，避公才笔去研经。'"

② 赵怀玉：《亦有生斋集》诗集卷一一，《续修四库全书》（影印本），第1469册，第384页。

③ 漆永祥整理：《江藩集》，第213页。

④ 袁枚：《小仓山房诗集》卷三五，《袁枚全集》，第2册，第981页。

⑤ 洪亮吉：《洪亮吉集》，中华书局2001年版，第3册，第1244页。

⑥ 袁枚辑：《随园女弟子诗选》卷一，《袁枚全集》，第7册，第41页。

⑦ 袁枚辑：《随园女弟子诗选》卷五，《袁枚全集》，第7册，第135页。

⑧ 袁枚：《随园诗话》补遗卷一〇，第626页。

⑨ 同上书，第622页。

⑩ 王炘：《吴淞草堂诗稿》卷一，乾隆六十年刊本。

挥袁枚"著作与考订两家，鸿沟界限"①、经史考据妨害诗兴之意。女弟子王倩《论诗八章》云："宇宙皆诗，本乎天真。灵机妙悟，无陈非新。不物于物，斯能感人"（其一），"要其神妙，不主故常"（其二）②。席佩兰《胡智珠夫人相端抱月楼稿题词》云："始知绝妙传神句，不在辞华在性灵。"③ 这是发挥袁枚以性灵为本的诗歌观念。骆绮兰《听秋馆闺中同人集》自序云："女子之诗，其工也难于男子；闺秀之名，其传也亦难于男子。何也？身在深闺，见闻绝少，既无朋友讲习，以瀹其性灵……"④ 这又是用性灵的概念论诗。当时韩廷秀《题刘霞裳两粤游草》说："随园弟子半天下，提笔人人讲性情。"⑤ 看来并非夸张之辞，这里的"性情"也就是"性灵"的同义词，袁枚自己也是通用的。

在门弟子相与鼓吹性灵的同时，与袁枚往还的诗人也桴鼓相应，群起而张扬之，共同营造了一个高唱性灵的舆论空间。首先是亲故间追随者的响应，如乾隆五十九年（1794）春毕沅序陶元藻《全浙诗话》称其书"零烟碎雨，断锦残纨，感触性灵，披豁心目"⑥。而钱大昕又称毕沅"诗文下笔立成，不拘一格，要自运性灵，不违大雅之旨"⑦。又如法式善《梧门诗话》卷九载：

> 王葑亭婿陶怡云秀才涣悦，持随园书造诗龛相访，人甚倜傥。翌日，饮葑亭寓斋，陶以所著《自怡轩诗》见贻，专主性灵。《咏月》云："天上一轮月，照愁复照欢。清光原一样，人做两般看。"《小睡》云："小睡得好梦，客到惊我醒。忘却闭山窗，落花堆满枕。"佳句如"经风云似辞家客，向日花如得意人"、"高檐向日难留雪，小室藏花易聚香"，真得随园衣钵者。⑧

涣悦为袁枚同年陶京山之孙，其岳翁王友亮又是袁枚的密友，他尤其笃好袁枚诗，

---

① 袁枚：《随园诗话》卷六，第140—141页。
② 袁枚辑：《随园女弟子诗选》卷五，《袁枚全集》，第7册，第116页。
③ 席佩兰：《长真阁集》卷四，嘉庆刊本。
④ 胡文楷：《历代妇女著作考》附录二，上海古籍出版社1985年版。
⑤ 袁枚：《随园诗话》补遗卷八，第589页。
⑥ 陶元藻：《全浙诗话》卷首，浙江古籍出版社2015年版。
⑦ 钱大昕：《毕公墓志铭》，《钱大昕全集》，第9册，第725页。
⑧ 张寅彭、强迪艺：《梧门诗话合校》卷九，第278页。

自家所作也专主性灵，屡为《随园诗话》称道，卷十四许其诗有"剑南风味"。

其次是袁枚所提携的诗人，自然地成为性灵阵营中的一员。为袁枚所嘉许的女诗人熊琏，在她的《澹仙诗话》中写道：

> 诗本性灵，如松间之风、石上之泉，触之成声，自成天籁。古人用笔，各有佳处，岂可别执一见，弃此尚彼？或云法宋元，或云宗三唐，究竟摹仿不来，空失本来面目。

> 余谓有性灵者，可以加人工，有人工愈以养性灵。譬如碧空澄澈，霁日晴云，明霞朗月，点缀更佳。①

上一则发挥袁枚反对分唐界宋之说，下一则对性灵与人工的关系作进一步的阐发，持论自有见地。乾隆四十二年（1777）以诗稿谒袁枚，被许为"一代清才，江东无卿比"的吴文溥②，所著《南野堂笔记》中一再以性灵评论当时诗家，如卷四称顾樊桐诗"别裁伪体，总具性灵"③，卷九称龚绍京"诗才清妙，善写性灵"，林述曾"性灵真挚，才笔清丽"④。乾隆四十九年（1784）因受袁枚赏识而声名腾跃的李宪乔，虽为格调诗学传人，但与袁枚论及当时以考据为诗的风气，也认同袁枚"无关于性灵，无当于风雅"的论断⑤，论侄约言诗更感慨"学诗全在性灵，渠等胸中各有数千卷书，而难一句合者，不得窍也"⑥，完全接受性灵的概念。

最后是诗坛众多的崇拜者。袁枚在《随园诗话》补遗卷八记载："余老矣，年来多不识面之交。今秋，山右茹纶常容斋、陕西崔仰舜悟梅是也。复有京江杜童子克俊者，以诗见寄，云：'大雅于今孰典型？德星兼是老人星。编成文字五千卷，名著乾坤一草亭。北固江声流月去，南徐山色向人青。荷衣此日来趋谒，

---

① 刘声木：《苌楚斋五笔》卷八，《苌楚斋随笔》，中华书局 1998 年版，下册，第 1048 页。
② 张金镛《书携李诸前喆集·吴明经文溥南野堂集》注作"一代清才江东无"，《躬厚堂集》卷一，清刊本。
③ 吴文溥：《南野堂笔记》卷四，嘉庆刊本。
④ 吴文溥：《南野堂笔记》卷九，嘉庆刊本。
⑤ 李宪乔：《与袁子才论诗教》，《山东文献集成》第三辑，第 47 册，第 182 页。
⑥ 李宪乔：《凝寒阁诗话》，《山东文献集成》第三辑，第 47 册，第 264 页。

敢望高人启性灵?'"① 袁枚暮年，同辈凋零，他以鲁灵光巍然独存于世，公卿纳交，后学景仰，举世奉性灵论为圭臬。有如孙韶那样，论诗"本之以性情，扩之以游历"，"动必曰随园吾师也"的后辈诗人②，在在多有。远至边省云南，也有王宝书者撰《味灯诗话》，手眼全似《随园诗话》，卷上载张训铭"诗专主风格，余喜性灵，尝戏呼余为随园大弟子"③。至于论诗本性灵之说者，更难以历数。乾隆四十五年（1780），黄立世撰《柱山诗话》，即主性灵之说，谓"近世诗人矜言开宝，其实皆皮肤耳。夫为假唐诗，何如真宋诗之犹见性灵也?"④ 史震林《松槐双荫初稿序》记曹震亭语云："诗，瀹性灵也，汰俗套。溃汉魏之糟粕，锢唐宋之桎梏，摹拟愈工，性灵愈蚀，非解脱法也。"⑤ 袁守定《佔毕丛谈·谈文》也说："为文纡朱拖紫，有何性灵? 缀玉装金，究属尸气。"⑥ 袁景辂《国朝松陵诗征》例言则说："五古有三种：阮籍、陈子昂、张九龄为一体，宜于比兴；陶渊明后，韦苏州、柳柳州为一体，宜于山水闲适；杜子美为一体，宜于叙事。而其要总贵气骨坚苍，词句浑成。近日漫称《选》体，剿袭潘、陆、颜、谢字句敷衍一番，初看似有古色，按之不见用意所在，本来性灵反被汩没矣。"⑦ 这都是以无性灵批评近时创作的例子。王昶《湖海诗传》卷十三称梁敦书"诗得文庄家学，抒写性灵，研深工力"⑧，钱大昕嘉庆五年（1800）序施朝干《正声集》，八年（1803）序鳌图《彭门诗草》，都用了"陶冶性灵"一说⑨，王芑孙《陈受之诗序》称"其始受学于吾乡沈先生德潜，然自能不没其性灵"⑩，洪亮吉《三山僧诗合刻序》称"其清远绝俗，若出一辙，又加以性灵"⑪，《苏门山

① 袁枚：《随园诗话》补遗卷八，第588页。
② 阮元：《孙莲水春雨楼诗序》，《揅经室集》，中华书局2006年版，下册，第684页。
③ 《云南丛书》，中华书局2009年影印本，第50册，第26854页。
④ 黄立世：《柱山诗话》，高氏辨洞居辑钞《齐鲁遗书》本，山东省博物馆藏。前有乾隆四十五年（1780）十二月薛辅世序。
⑤ 史震林：《华阳散稿》卷下，乾隆三十二年松槐书屋刊本。
⑥ 袁守定：《佔毕丛谈》卷五，光绪刊本。
⑦ 袁景辂：《国朝松陵诗征》，乾隆三十二年爱吟斋刊本。
⑧ 周维德辑：《蒲褐山房诗话新编》卷上，第44页。
⑨ 施朝干：《正声集》卷首，嘉庆五年刊本；鳌图《彭门诗草》卷首，嘉庆刊本。
⑩ 王芑孙：《惕甫未定稿》卷二，《续修四库全书》影印本，第1480册，第630页。
⑪ 洪亮吉：《洪亮吉集》，第3册，第972页。

人诗钞序》称"又独写性灵，别抒酝酿"①，吴锡麒《陈师竹春草堂诗序》称
"观其性灵独发，华液相滋，澡雪精神，疏沦结辖，泠泠乎，清清乎，可谓能自
通其学者矣"②，白让卿称赵莲城诗"古今杂诗，发写性灵，直登香山之堂"③。
这又是以有性灵赞扬同时诗家的例子，其中评论和被评论者甚至包括沈德潜门人
钱大昕、王昶、陈受之。而管世铭《读雪山房唐诗·序例》云："五言律诗，有
性灵人可以顿悟；七言则非积学攻苦，不能至也。"④ 则属于用性灵来评论前代
诗歌的例子。回顾以前的诗歌批评史，我还未见过有什么审美概念像性灵这样频
繁地被使用在评论中，这只能说明它是当时诗学中处于主宰位置的核心观念，或
者说是乾隆朝诗学的最强音。

　　参照同时大量的诗学文献，我相信这么说是大致不错的。约为嘉庆元年
（1796）刊行的陶元藻《凫亭诗话》，强调学诗有四恶宜屏："一曰油滑，二曰空
疏，三曰无性灵，四曰时文气未除。"⑤ 其中油滑、空疏、时文气都是否定性的
审美概念，只有性灵是不可或缺的正面价值，足见性灵已被公认为决定诗歌美学
价值的核心要素，虽乡曲隐士，皆知"诗由性灵流出，规规古人，虽工非余诗
矣"⑥；甚至宣称"诗以道性灵，无关性灵之作，拉杂摧烧之"⑦。流波所及，嘉、
道之际的诗坛一直都涌动着崇尚性灵的思潮（尽管同时也有质疑的声音）。嘉庆
初年沈端论诗云："以性灵为本，卷轴为辅，责之声响之间，辨之神味之外。"⑧
冠有嘉庆二十年（1815）自序的袁洁《蠡庄诗话》，卷一称"伯生诗专主性灵，
涉笔成趣"，又云"清隽之句，出于性灵，不假典实，转觉天然"⑨。几乎同时成
书的延君寿《老生常谈》也将性灵作为诗歌的灵魂，说："韩门张籍、孟郊、皇
甫湜辈，自是不如韩，亦不似韩。然正以不如不似，能自成家数。古人虽同时一

① 此序不见于《洪亮吉集》，为李金松据《四库未收书辑刊》第十辑影印《苏门山人诗钞》辑出，
见氏著《洪亮吉年谱》（人民出版社 2015 年版）第 531 页。
② 吴锡麒：《有正味斋文集》，嘉庆十三年刊全集本。
③ 赵莲城：《豹隐堂集》，光绪间杏花村舍刊本。
④ 郭绍虞辑：《清诗话续编》，第 3 册，第 1552 页。
⑤ 陶元藻：《凫亭诗话》卷下，嘉庆元年刊本。
⑥ 顾诒禄：《周隐君传》，《吹万阁文钞》卷三，乾隆刊本。
⑦ 蒋浩：《思无邪斋诗钞》跋，嘉庆二十四年刊本。
⑧ 周维德辑：《蒲褐山房诗话新编》，第 161 页。
⑨ 袁洁：《蠡庄诗话》卷一，嘉庆二十五年刊本。

堂,不相依傍如此。后人摩仿古人,酷肖陶谢,酷肖韩柳,自家之真面目性灵在何处?"① 嘉庆间周衣德《太玉山房诗集自序》称"比来湘南事务忙迫,绝少闲暇,思欲抒写性灵,因复拈韵为之"②。嘉庆二十五年(1820)李振钧《检诗稿偶成》云:"假我韶年悦性灵,候虫时鸟发新声。"③ 道光十八年(1838)王发越序张晋诗,称"其周游历览,兴到必书,即境怀古,有触斯动,莫不自写性灵,以抒怀抱"④。道光间诗人姚福均《书各家诗集后》题张问陶诗云:"性灵触处见天真,爽朗何来一点尘。"⑤ 道光二十六年(1846)女诗人潘素心序梁德绳《古春轩诗集》,称:"山川云物,荡涤性灵,烟墨所染,自成馨逸。"⑥ 甚至其他文类,如吴鼒刊行于嘉庆三年(1798)的《八家四六文钞》,凡例所举"综为骈俪之则",其一即主张骈文应突出表现作者的"性灵",而不可为隶事、辞藻所掩⑦。所有这些性灵论激荡起的回响,都提示我们,一场前所未有的诗歌观念的重大变革正在发生。

## 二 诗歌观念的转变

我暂时还不能清楚地开列出乾隆间诗歌观念转变的时间表,但可以指出,这场由性灵诗学主导的观念变革最核心的内容是对传统诗学理念的颠覆,它首先表现在反对模仿前人和放弃对特定艺术目标的追求。

一些身份特殊的作者在当时引起的话题及相关表现是很有趣的。比如,当世公认学问最渊博的学者兼诗人钱大昕,是沈德潜《吴中七子诗选》中的作者,本应是格调派旗下骁将,然而他在乾隆五十五年(1790)为同样是名学者的赵翼的诗集作序,却主张"唯有绝人之才,有过人之趣,有兼人之学,乃能奄有古人之长,而不袭古人之貌,然后可以卓然自成为一大家",从而盛赞赵翼"非汉

① 《清诗话续编》,第 3 册,第 1795 页。此书的撰写当在嘉庆二十年(1815)前后,考证详蒋寅《清诗话考》,中华书局 2007 年版增订本。
② 杨安利点校:《周衣德集》,黄山书社 2009 年版,第 427 页。
③ 李振钧:《味灯听叶庐诗草》卷上,光绪十五年刊本。
④ 董在琴、魏晓红编:《张晋诗集》,三晋出版社 2012 年版,第 277 页。
⑤ 姚福均:《补篱遗稿》卷八,光绪三十年活字印本。
⑥ 梁德绳:《古春轩诗集》卷首,道光二十九年刊本。
⑦ 吴鼒:《八家四六文钞》卷首,嘉庆三年刊本。

魏，非齐梁，非唐非宋，而独成为耘菘之诗也"①。另一位学者兼诗人吴省钦序则从别一角度发挥此意，道是："有如海之才，而又深之以学，读万卷行万里，耳目睹记之所及，心思智计议论之所发皇，推倒开拓，惟我所向。一编既出，使人不名我以家而不得，亟名我以家而不得，而家于是乎成，成于是乎大，"② 两人之论共通的一点是都将才放在第一位，并以最终所成不名一家为成功的标志。赵翼门人祝德麟的序言更直接挑明："夫诗本性情，不尚流派。"针对当时认为赵翼诗学宋人，祝德麟不屑地反驳："不斤斤求合古人而自无不合，且有超古人之意表者，何必汉魏、六朝、三唐，何必不汉魏、六朝、三唐也？"③ 这与康熙间宋荦的"汉魏亦可，唐亦可，宋亦可，不汉魏、不唐、不宋亦可，无暇模古人，并无暇避古人"的极端口号④，实际是一个意思，已开嘉、道间极端自我表现论的先声⑤。

洪亮吉虽不能说是袁枚的追随者，甚至还对袁枚持一定的批评态度，但他论诗却仍立足于性灵派的立场，在《北江诗话》中提出：

> 诗文之可传者有五：一曰性，二曰情，三曰气，四曰趣，五曰格。诗文之以至性流露者，自六经四始而外，代殊不乏，然不数数觏也。其情之缠绵悱恻，令人可以生，可以死，可以哀，可以乐，则《三百篇》及《楚骚》等皆无不然。"河梁""桐树"之于友朋，秦嘉、荀粲之于夫妇，其用情虽不同，而情之至则一也。至诗文之有真气者，秦、汉以降，孔北海、刘越石以迄有唐李、杜、韩、高、岑诸人，其尤著也。趣亦有三：有天趣，有生趣，有别趣。庄漆园、陶彭泽之作，可云有天趣者矣；元道州、韦苏州亦其次也。东方朔之《客难》，枚叔之《七发》，以及阮籍《咏怀》、郭璞《游仙》，可云有生趣者矣。《僮约》之作，《头责》之文，以及鲍明远、江文通之涉笔，可云有别趣者矣。至诗文讲格律，已入下乘，然一代亦必有数人，

---

① 赵翼：《瓯北诗钞》卷首，《赵翼全集》，第 4 册，第 9 页。
② 同上书，第 12 页。
③ 同上书，第 15 页。
④ 宋荦：《漫堂说诗》，丁福保辑《清诗话》，下册，第 416 页。
⑤ 关于嘉、道间诗学在自我表现上的极端化倾向，可参看蒋寅《乾嘉之际诗歌自我表现观念的极端化倾向——以张问陶的诗论为中心》（《复旦学报》2014 年第 1 期）一文的讨论。

> 如王莽之摹《大诰》，苏绰之仿《尚书》，其流弊必至于此。明李空同、李于鳞辈，一字一句，必规仿汉魏、三唐，甚至有窜易古人诗文一二十字，即名为己作者，此与苏绰等亦何以异！①

在这里性虽处于首要位置，但基本是被悬阁的概念，或者可视为与情合而为一，因为最高的经典《诗》《骚》也只能从情开始谈论。至于真气和天趣、生趣、别趣更全是性灵派所崇尚的与自我表现密切相关的概念；格被置于末位，与模仿联系在一起，而模仿正是独创性最大的敌人，也是性灵派最鄙薄的。由是他从另一个角度，也对王士禛、方苞这两位"一代正宗"表示了不满："本朝邵子湘、方望溪之文，王文简之诗亦不免有此病，则拘拘于格律之失也。"其《北江诗话》中反对模仿乃至学习古人的议论，后文还要专门论及。在反模拟观念的主导下，诗家表现出前所未有的不甘寄人篱下的群体意识及勇于创新的普遍风气。王文治宁为典史衙门之典史而不做总督衙门之担水夫的譬喻，因被《随园诗话》（卷三）引述而广为流传。许春山也用一个类似的比喻表明同样的态度："宁为古人之子孙，勿为古人之奴仆。盖子孙虽微弱，而苟能支立门户，而人亦无敢议其伪。奴仆则全假虎威，虎走窘矣。"② 浏览乾隆间的诗论，时时让我感觉到，前人所尊崇、模仿的"古"或"古人"，正在丧失其绝对价值和不祧楷模的地位，性灵派诗论只不过是这股潮流表面的浪花，下面涌动着强劲的自我表现的激流。

我们知道，自我表现的意识通常蕴含着两种可能的发展方向：一是重视内在感受的自然表达，一是追求风格和技巧的鲜明个性。以易堂魏氏的议论为例，魏礼说："古人言诗须有谓而作。有谓者，我之真意，所谓发乎情是也。流连山水，点缀花月，亦必有我一时之情之意，则此乃为我作之诗。古人已作，我可更作；我作之，他人又可更作。千万作而境不穷者，有谓故也。古人、他人情与我合，而我竟不作者，有谓故也。"③ 这是走向前一方向的主张。而魏禧说："若夫学古人而极似古人，既已先自似之，而何贵乎吾之代之，增其篇幅乎？"④ 这却是走

---

① 洪亮吉：《北江诗话》卷二，人民文学出版社 1983 年版，第 22 页。
② 周镐：《春山诗序》，《犊山类稿》，嘉庆二十二年启秀堂刊本。
③ 魏礼：《答杨御李书》，《魏季子文集》卷八，道光二十五年谢若庭绂园书塾重刊宁都三魏文集本。
④ 魏际瑞：《与周公书》，《魏伯子文集》卷二，道光二十五年谢若庭绂园书塾重刊宁都三魏文集本。

向后一个方向的主张。大体说来，历史上的自我表现论主要是在后者即追求独创性的前提下加以主张的，无论要表达的内容或藉以表现的形式都力求创新，也就是说没有创新就没有真正意义上的自我表现。这也是传统的文学信念。然而到乾隆时代，诗坛风气大变，人们不仅在超越前人的创新意义上实现自我表现，更开始在单纯自我表达的意义上主张诗歌的自足性。

在此之前，叶燮自成一家的主张虽确立了不模拟古人、与前人立异的正当性和必要性，但并不等于主张不学古人乃至无视古人的存在。乾隆十四年（1749）春，沈德潜在《秋泉居士集序》中说："潜尝观近日诗文之弊，一在求同古人，一在求异古人。求他者循涂轨，传声色，如优孟之拟孙叔、胡宪之营新丰；又其甚者，等于婴儿学语，惟惧弗类，而己之真性不存：此袭焉而失者也。求异者征引拗僻，造作梗涩，句读不分，声律不谐，穷其伎俩，求为樊绍述、卢仝、马异、刘叉诸人而止：此矫焉而尤失者也。"① 这里求同、求异的表现虽然不同，但袭和矫都有"古人"在意识中，因而写作也各有预设的艺术目标，前者是"古"，后者是"新"。如果说格调派的理想更近于尚古，那么性灵派就代表着当时求新的趋向。麇集在性灵派旗帜下的诗人们，不只怀抱着自我表现的共同意识，更为普遍的创新焦虑所困扰。袁枚推倒一切传统价值和理论规则，破格调的壁垒而出，固然激发了诗人们的写作热情，甚至一定程度上提升了他们的自我意识，但问题是，性灵说除了强化自我表现的欲求外，并没有什么建设性的理论构想。在赵翼否定了前代诗歌遗产的永恒价值之后，除了"新"就再没什么可追求的目标。但他诗歌中弥漫的"影响的焦虑"，很大程度上适足表明创新方向的迷失。虽然他最终凭藉过人的才华和学识蹚出了自己的诗歌道路，但并不是所有的诗人都有这种创辟能力的。结果自我表现的欲求就不可避免地滑向单纯的自我表达方向，使写作变成既与古人无关、也与他人无关的纯粹个人化的表达行为。其弱者，以性情的绝对表现为退守的底线，甘于屈居人下，如江昱自序其诗说："予非存予之诗也。譬之面然，予虽不能如城北徐公之面美，然予宁无面乎？何必作窥观焉？"② 其强者，则更以绝去依傍、自作我诗傲视于人，如崔迈《寸心

---

① 汪士铋：《秋泉居士集》卷首，《清代诗文集汇编》影印本，第 201 册，第 8 页。
② 袁枚：《随园诗话》卷三，第 57 页。

知诗集》自序写道:"吾之诗何作?作吾诗也。吾有诗乎?吾有性情,则安得无诗?古之作诗者众矣,其品格高下将何学?吾无学也。世之论诗者众矣,其优劣去取将何从?吾无从也。吾自作吾诗云尔。马祖曰即心是佛,吾于吾诗亦云。吾之诗与古今同乎?吾不得而知之也;吾之诗与古今异乎?吾不得而知之也;吾之诗为汉魏乎?六朝乎?李杜韩白乎?欧黄苏陆乎?吾皆不得而知之也。非特不知也,吾亦不问。是与非悉听之人,吾自作吾诗云尔。"两者的共同点是放弃与前人竞争的想法,不要说不学古人,甚至懒得关心自己与古人、今人的同异。什么工拙、什么个性、什么创新、什么自成一家,这些古典诗学最核心甚至也是为性灵派诗人重视的观念,全都不在他们的意识之内。这种弃绝依傍、以自我表达为唯一目标的极端倾向,到嘉、道间愈演愈烈,终于演漾为一股绝对化的自我表现思潮,成为诗坛不可忽视的声音。

## 第二节　赵翼:唯新论的滥觞

赵翼历来是乾隆诗论家中较受关注的一位,因为他的史学甚至比他的诗歌创作更出名,就不要说诗论了。有关赵翼诗学的研究,其创新精神一直为学界所注目,朱东润先生称"此种精神,实为吾国文学史中所仅见"[1];张健在《清代诗学研究》中也着重论述了赵翼的创新理论,认为它"最突出的特点是把创新价值作为一种独立的审美价值来对待,而且把创新做为最重要的审美价值标准"[2]。后来的专门研究,王建生讨论了实际批评,而未涉及其诗学主张[3]。周明仪将赵翼论诗主张概括为诗本性情,不拘格调;以才运学,才学并济;诗贵创新,忌荣

---

① 朱东润:《中国文学批评史大纲》,第 336 页。
② 张健:《清代诗学研究》,第 777 页。相关研究还有张明曙《论赵翼的诗歌创新主张》(《上海师范大学学报》1991 年第 3 期)、毕桂发《赵翼论诗的宏观视野和创新精神》(《河南大学学报》1998 年第 1期)等多篇论文。
③ 王建生:《赵瓯北研究》,台湾学生书局 1988 年版。

古虐今①。丁履譔通过梳理赵翼对前代作家的看法，指出他的批评虽取传统诗话的形式，但能用归纳、排比、演绎的方法，且能从文学流变上着眼，宏观与微观并用，优点与缺点并举，富于批评精神，对于后代读者仍有深入启示②。近年又有学者对赵翼的诗歌批评作了更具体的研究③，赵翼与同时代批评家的异同也受到关注④。这些研究对于我们认识和理解赵翼诗学无疑都很有启发，不过就赵翼这样一位诗论家而言，无论是把握其诗学理论还是理解其批评特征，究明两者的关系及对其学术加以整体的观照都是十分必要的。因为从根本上说，与其说赵翼是诗论家，还不如说是一位诗歌研究者，并且他从事的是诗人＋史学家式的诗歌研究，他的诗学正是乾隆实证学风在诗学领域中的反映。我希望能由此重新审视赵翼诗学的丰富内涵及重要价值。

## 一　唯新的焦虑

赵翼（1727—1814），字云崧，号瓯北。江苏武进人。初官军机中书，乾隆二十六年（1761）中进士，三十七年（1772）由贵州兵备道辞归，讲学著书，享耄寿而终。赵翼因幼赋异禀，对才名的渴望尤为急切，曾有诗云："少年意气慕千秋，拟作人间第一流。"⑤ 然而青春年少的抱负，历经宦海沉浮，只留下"从军无奇功，作吏无奇绩。始知天下事，不能任其责"的落寞感觉，最终在理想的幻灭中萌生恬退之思："不能立勋业，及早奉身退。书有一卷传，亦抵公卿贵。"⑥ 像袁枚一样早早地退归林下后，赵翼所有的人生期求都转向文章学术。

---

① 周明仪：《赵瓯北诗及其诗学研究》，（台湾）花木兰文化出版社 2008 年版，第 87—97 页。

② 丁履譔：《赵翼的文学思想》，《清代学术论丛》第六辑，（台湾）文津出版社 2001 年版，第 67—80 页。

③ 王英志：《赵翼诗论述评》，《江汉论坛》1982 年第 2 期；王殿明：《从〈瓯北诗话〉看赵翼的诗学思想》，《社科纵横》2004 年第 5 期；梁结玲：《略论〈瓯北诗话〉论诗的先进性与保守性》，《社会科学论坛》2009 年第 5 期；吴兆路：《赵翼诗学思想述论》，《中国文学研究》2011 年第 1 期。学位论文有黄昱凌《赵翼诗论研究》，（台湾）辅仁大学硕士学位论文，1995 年；李成玉《赵翼诗学思想研究》，安徽师范大学硕士学位论文，2011 年；王继承《赵翼诗歌理论研究》，齐齐哈尔大学硕士学位论文，2012 年；李铮《赵翼性灵诗论探究》，宁夏大学硕士学位论文，2012 年。有关赵翼研究的概况，可参考吕会玲《赵翼研究综述》，《现代语文》2009 年第 4 期。

④ 陇兴龙、王洁：《从〈江北诗话〉和〈瓯北诗话〉看洪亮吉和赵翼的诗学观之相似性》，《教育交流》2008 年第 10 期；李永贤、吕会玲：《赵翼、袁枚诗学观异同初探》，《南京师范大学文学院学报》2009 年第 3 期。

⑤ 赵翼：《七十自述》其三十，《赵翼全集》，第 6 册，第 724 页。

⑥ 赵翼：《偶书》其二，《赵翼全集》，第 5 册，第 387 页。

同时诗中也经常流露出一种不甘和无奈:"士有名世才,出手爆雷电。远夷争购诗,达官求识面。必待史策传,其传已有限","千人万人中,有我七尺身。千年万年中,有我数十春。白首自照镜,塌然暗伤神"①。到晚年,赵翼所有的生活乐趣和希望,更全然寄托于文学。相比乾隆中初归田时撰著的《陔余丛考》和嘉庆元年(1796)编成的《廿二史札记》,嘉庆六年(1801)七十五岁所撰《唐宋以来十家诗话》,显然是他晚年倾注心力的大著作,绝不同于《随园诗话》那种浮光掠影、道听途说的信笔闲谈。而此时他对诗歌的观念也与早年有所不同。

赵翼虽与袁枚、蒋士铨齐名并称,但他与袁、蒋两人有个很大的不同,就是他首先以学者立身处世,自青年时代就对学术抱有很大的志向。《瓯北集》开篇之作《古诗二十首》,其三论经学曾说:"俗儒识拘墟,硁硁守故纸。或言古制非,攻者辄蜂起。岂知穷变通,圣人固云尔。是古而非今,一步不可履。"② 诗系于乾隆十一年(1746),作者年方二十,而一股突破故常、走自己道路的创变之志已勃然于胸中。在《补邹衍》其一中,他又写道:"人情每厌故,数见辄不鲜。天亦似好新,寒暑辄互迁。春来桃李艳,冬来冰霜坚。其实总陈迹,如文袭旧篇。惟其四时嬗,一候一改观。遂使人耳目,常换景色妍。"③ 这虽是借邹衍谈天的题目,讲自然运化之理,但人情厌旧、天意好新之旨岂不正是王渔洋论诗所说的"物情厌故,笔意喜生"么?④ 寒暑互迁如文袭旧篇、无非陈迹的说法,流露出对文学生命的一种终极的悲观态度:没有常新的美景,没有永恒的价值,只有变化本身是不变的,物候因这变化给人带来新的景象。循此理反观文学,也同样是唯有变化才能给人以新鲜感。这虽说不上是什么深刻过人的见解,但已决定了青年赵翼的道路,他未来的史学和诗学都将朝着这唯新主义的方向前进。

然而,作为生于唐宋之后、面临古典文学末世情境的清代才人,更经受举业对才华、精力的磨耗,要想超越古人,谈何容易!他早年的写作洋溢着不拘一格

---

① 赵翼:《寓斋独坐作》其二,《赵翼全集》,第6册,第572页。
② 赵翼:《瓯北集》卷一,《赵翼全集》,第5册,第1页。按:《瓯北诗钞》删"是古而非今,一步不可履"二句。
③ 赵翼:《瓯北集》卷一一,《赵翼全集》,第5册,第168页。
④ 俞兆晟:《渔洋诗话》序,《清诗话》,上册,第163页。

的豪迈之情，"乃知卓荦人，胸次固不羁。吟咏出兴会，万物供驱驰"①。入仕后辗转中外，簿书鞅掌，笔墨应酬，明知"诗非苦心作不成，佳处又非苦心造"，"偶于无意为诗处，得一两句自然好"，但现实却是"如何一管秋兔毫，立课分程日起草，腕脱抄胥不停笔，口授堂吏各成稿。此是供役官文书，就中赏心固自少"。这不能不让深谙"言情篇什贵隽永，岂比宿逋可催讨"的诗人②，三省自己写作的命运。乾隆五十七年（1792），一组题目很长的七律《有以明人诗文集二百余种来售余所知者乃不及十之二三深自愧闻见之陋而文人仰屋著书不数百年终归湮没古今来如此者何限既悼昔人亦行自叹也感成四律》道尽物伤其类的悲慨："不知曾费几敲推，无限精灵付劫灰。传不传真皆有命，想非想岂尽无才？"③ 又有《连日翻阅前人诗戏作效子才体》云：

> 古来好诗本有数，可奈前人都占去。想他怕我生同时，先出世来抢佳句。并驱已落第二层，突过难寻更高处。恨不劫灰悉烧却，让我独以一家著。有人掩口笑我旁，世间美好无尽藏。古人宁遂无余地，代有作者任取将。④

诙谐的语言终究难以掩饰"影响的焦虑"和创新的渴求，如果说"恨不劫灰悉烧却"代表着焦虑的自我，那么"代有作者任取将"就是对创新充满期待的自我。这正是赵翼创作人格的两面，前者是现实的自我，后者是理想的自我。65岁的赵翼犹然雄心勃勃，饶有与古人争长之志；但到耄耋之年，"归田已历三十年，著书未满二百卷"，便不得不正视那个现实的自我了。《呼匠刷印所著诗文戏作》由是自哂道："恨不借祖龙火，烧尽好诗独剩我；恨不借黄虎刀，杀尽才士让我豪。笑问此心赧不赧，要显我长幸人短。果能置身万仞冈，何山敢与争低昂？乃欲临深作高寨，固知所挟本浅浅。"⑤ 究竟有无创新的能力和成功，是踌躇满志还是茫然失落？只怕他自己也不清楚。

---

① 赵翼：《古诗二十首》，《赵翼全集》，第5册，第3页。
② 赵翼：《连日笔墨应酬书此一笑》，《赵翼全集》，第5册，第157页。
③ 《赵翼全集》，第6册，第652页。
④ 同上书，第654页。
⑤ 《赵翼全集》，第6册，第883页。

当然，凭赵翼的才学禀赋，是足以与前人争胜的。友人序赵翼诗集，无不对其才华赞叹不已。王鸣盛称"耘菘之才俊而雄，明秀而沉厚，所得于天者高，又佐以学问，故言之短长与声之高下皆宜，略言之不见其促，繁言之不见其碎，浅言之不见其轻浮，深言之不见其郁闷"①。袁枚则说"耘菘之于诗，目之所寓，即书矣。心之所之，即录矣。笔舌之所到，即奋矣"②，显然引为性灵同调。但平心而论，赵翼诗比袁、蒋两家路子要窄，唯以议论犀利见长，好辩驳③。袁枚甚至视此为扬长避短，以掩饰不长于古文的弱点："古文家多论古以抒己见，瓯北乃移其法于韵语，便觉斩新开辟，此正其狡狯处。然立论精确，自是不磨。"④这种种不同的看法最终造成对赵翼评价的戏剧性变化：生前才名震耀一世，身后却颇招贬议。就连推崇"瓯北才气直在随园之上"的崇拜者，也不能不承认其诗歌写作存在明显的缺陷："贪多务得，结少含蓄，一憾也；鸣谦太过，未能免俗，二憾也；好用俚语，格不谨严，三憾也。"⑤ 朱庭珍更是恶其"诙谐戏谑，俚俗鄙恶"，直斥为"风雅之蠹，六义之罪魁"⑥。参观正负两方面的评价，大致可知赵翼诗歌的得失。这不是我要讨论的问题，我更关注的是赵翼诗学的理论倾向和得失。

## 二　与性灵诗论的离合

赵翼平生论诗宗旨，概见于《书怀》"力欲争上游，性灵乃其要"一联⑦，袁枚引他为同调是很自然的。比起蒋士铨来，他明显与袁枚的诗学趣味更加接近，也更能互相欣赏和分庭抗礼（蒋士铨与袁枚晤对明显落下风）。晚年两人在扬州相见，赵翼有《子才过访草堂见示近年游天台雁荡黄山匡庐罗浮诸诗流连竟夕喜赋》四章纪事，其三云："我最爱君诗，君亦爱我句。他人岂不赏，不著痛痒处。惟此两老翁，交融水投乳。"又形容两人论诗的较量是"徐夫人匕首，不

---

① 赵翼：《瓯北诗钞》卷首，《赵翼全集》，第 4 册，第 7 页。
② 同上书，第 5 页。
③ 祝德麟《瓯北诗钞序》借客之口曰："瓯北之诗，好论驳。"《赵翼全集》，第 4 册，第 9 页。
④ 《赵翼全集》，第 4 册，第 8 页。
⑤ 赵莲城：《书瓯北集后》卷上，《豹隐堂集》，光绪间杏花村舍刊本。
⑥ 朱庭珍：《筱园诗话》卷二，《清诗话续编》，第 4 册，第 2366—2367 页。
⑦ 赵翼：《书怀》其三，《赵翼全集》，第 5 册，第 418 页。

待血如注。赏奇意也消，中病手无措"。其四历数从前文人相轻之例，坦言"茫茫大宇宙，听人各千秋。盖棺论自定，睽睽有万眸"，最后结以"君才驭飚轮，我力破浪舟。一代诗人内，要自两蛟虬"①，大有天下英雄，使君与操的气概。

尽管如此，两人论诗仍有枘凿不合之处。除了研究者指出的思想观念的差异之外②，其诗歌趣味也有细微的不同。比如，两人都喜欢白居易、陆游，于本朝独推查慎行为巨擘，但评价的着眼点却有所不同。以查慎行而言，袁枚较欣赏其白描，说"查他山先生诗，以白描擅长，将诗比画，其宋之李伯时乎！"③ 又称他"是白描高手，一片性灵，痛洗阮亭敷衍之病"④；而赵翼却认为"初白好议论，而专用白描，则宜短节促调，以遒紧见工，乃古诗动千百言，而无典故驱驾，便似单薄"⑤，又说"初白诗又嫌其白描太多，稍觉寒俭，一遇使典处，即清切深厚，词意兼工"，显见得两人对查慎行白描功夫的评价颇有出入。总体看来，赵翼对前代诗歌的接受范围更广，钱锺书先生称"《瓯北诗话》中论李、杜、昌黎、遗山、青丘诸家，皆能洞见异量之美"⑥，实能道着赵翼的长处和特点。此外，赵翼对待诗歌技法的态度也与袁枚不同。周春阅二十五年七易其稿成《杜诗双声叠韵谱括略》一书，自负"此事成绝学"，自信其说甚精。赵翼题诗称"允作杜功臣，艺苑更绳尺。《音签》《韵府》外，另树一帜赤"⑦；可袁枚却诋諆其说，周春在《耄余诗话》曾提及⑧。说到底，正如赵翼《偶阅小仓山房诗再题》所意识到的："老我自知输一着，只因不敢恃聪明。"⑨ 他对许多问题的看法，包括诗学，都是有底线的。有底线即有顾忌，而袁枚没有。他不及袁枚处在此，胜过袁枚处也在此。

赵翼论诗虽以自抒性灵为要旨，但并不像袁枚那样以性灵为目的。性灵在他

①　《赵翼全集》，第 6 册，第 551 页。

②　有关这方面的比较，李永贤、吕会玲《赵翼、袁枚诗学观异同初探》（《南京师范大学文学院学报》2009 年第 3 期）、李铮《赵翼性灵诗论探究》（宁夏大学 2012 年硕士学位论文）都有较细致的梳理。

③　袁枚：《随园诗话》卷八，第 194 页。

④　袁枚：《答李少鹤》，《小仓山房尺牍》卷一〇，《袁枚全集》，第 5 册，第 208 页。

⑤　《赵翼全集》，第 6 册，第 141 页。

⑥　钱锺书：《谈艺录》，第 133 页。

⑦　赵翼：《题周松霭杜诗双声叠韵谱括略》，《赵翼全集》，第 6 册，第 768 页。

⑧　周春：《耄余诗话》卷二，国家图书馆藏葛继常钞本。

⑨　《赵翼全集》，第 6 册，第 1022 页。

只不过是企求创新的手段，背后的动力是超越前人的渴望。所以，赵翼诗学最核心的观念即是由影响的焦虑所激发的创新意识。门人李保泰深知这一点，序老师的诗集，着力阐发一个"新"字："天地之运，积而不穷。风气之新，推而日出。试以《三百篇》律汉魏，则汉魏异矣；又以汉魏、六朝律唐宋作者，则唐宋又异矣。日月终古。光景常新，新之一言，亦文章气运之不得不然者也。"① 友人张舟跋《瓯北诗钞》，也盛赞"奇思壮采，惊心动魄，无一意不创，无一语不新，信古来未辟之诗境也！"② 我们知道，"若无新变，不能代雄"（萧子显《南齐书·文学传论》），历来是中国文学的传统观念。但自从明代格调派的复古模拟之风盛行，求同于古人反倒更像是传统习尚，而求异于古人成了诗学的新动向，其表征就是以叶燮为代表的主张自成一家的创作思潮。到清代中叶，"新"已在不同层面、不同意义上被反复强调。前辈诗人如卫既齐说："体制惟旧，情性惟新。"③ 后辈诗家如延君寿说："诗无新意，读之不能发人性灵。"④ 但这些批评家似乎没有意识到，任何创新都在使前人相形见旧之余，带来新的影响焦虑，产生新的压抑，从而激发新的改写。这是一个永无结局的竞争。杜牧翻前人旧案作《题乌江亭》，到宋代又被王安石《乌江亭》再度翻案："百战疲劳壮士哀，中原一败势难回。江东子弟今虽在，肯与君王卷土来？"赵翼却洞见了这一层，在他的意识中，翻案甚至不是什么值得肯定的求新手段："诗家欲变故为新，只为词华最忌陈。杜牧好翻前代案，岂如自出句惊人？"⑤ 但问题是，自出新句又能怎样？每一篇新作、每一次创新，都只是焦虑的暂时缓释，表现空间的缩小更给后人带来新的焦虑，而且随着时代的推延，这种焦虑到明清之际已越来越沉重，多数作者默默地承受着巨大的压抑，只有少数大胆的批评家形之于公开的观念化表述。

美国学者哈罗德·布鲁姆认为，失去写作的优先权，给后来诗人的写作带来

---

① 李保泰：《瓯北诗钞序》，《赵翼全集》，第 4 册，第 16 页。
② 张舟：《瓯北诗钞跋》，《赵翼全集》，第 4 册，第 18 页。
③ 卫既齐：《沈平远诗稿序》，《廉立堂文集》卷四，《清代诗文集汇编》影印本，第 165 册，第 268 页。
④ 延君寿：《老生常谈》，《清诗话续编》，第 3 册，第 1843 页。
⑤ 赵翼：《杜牧诗》，《赵翼全集》，第 6 册，第 1105 页。

强烈的焦虑，他称之为"影响的焦虑"。中国古代的批评家很早就注意到这个问题。胡应麟说"大概杜（甫）有三难：极盛难继、首创难工、遭衰难挽"①，其中"极盛难继"正是"影响的焦虑"产生的根源。这与其说是杜甫的焦虑，还不如说是盛唐之后所有诗人的焦虑。毛奇龄揭示中唐元、白诗风创变的动因，即说："盖其时丁开、宝全盛之后，贞元诸君皆怯于旧法，思降为通俗之习，而乐天创之，微之、梦得并起而效之，（中略）不过舍密就疏，舍方就圆，舍官样而就家常。"②"怯于旧法"正是面对前辈巨大遗产而不甘被其范围的焦虑。赵翼对韩愈诗风的变革也表达了类似的看法："至昌黎时，李、杜已在前，纵极力变化，终不能再辟一径。惟少陵奇险处，尚有可推扩，故一眼觑定，欲从此辟山开道，自成一家。"③ 下及宋代，则像王安石说的，"世间好语言，已被老杜道尽；世间俗言语，已被乐天道尽"④，以至于诗学宋调的蒋士铨也不得不感慨："宋人生唐后，开辟真难为！"⑤ 在对前人的同情中，又何尝不饱含着同病相怜的自叹呢！

从根本上说，赵翼认为自然本与人相待而交发其蕴，因此人的创造必日新无已。这就是《园中即事》所说的"天地有至文，花鸟与山水。当其生机妙，巧画弗能拟。亦必有解人，乃不虚此美"。既然"化工日眼前，触处无非是"⑥，那么诗文也必日新月异，像陆游的创作那样"直罄造物无尽藏，不许天公稍自秘"⑦。但他由此不仅未激发起创造的自由和豪迈感，反而无奈地体认了艺术生命的短促及其悲剧性。因为"诗文无尽境，新者辄成旧"⑧，在自然的无尽藏和创造的无尽境面前，个别作品的"新"终究是短暂而有限的。这样一种悲观意识在乾隆四十九年（1784）那组著名的《论诗》中达到了顶峰：

---

① 胡应麟：《诗薮》内篇卷五，第91页。
② 毛奇龄：《西河诗话》卷七，《西河合集》，乾隆间萧山毛氏书留草堂刊本。
③ 赵翼：《瓯北诗话》卷三，《赵翼全集》，第6册，第1105页。
④ 胡仔：《苕溪渔隐丛话前集》卷一四引《陈辅之诗话》，人民文学出版社1962年版，第90页。
⑤ 蒋士铨：《辨诗》，《忠雅堂集校笺》，第2册，第986页。
⑥ 《赵翼全集》，第5册，第388页。
⑦ 赵翼：《读陆放翁诗题后》，《赵翼全集》，第5册，第446页。
⑧ 赵翼：《删改旧诗作》其二，《赵翼全集》，第5册，第413页。

满眼生机转化钧，天工人巧日争新。预支五百年新意，到了千年又
觉陈！①

唯其如此，"新"变得愈益需要追求，就像当今时尚更替的速度加快、周期缩短
以后，人们不是放弃追逐时尚，而是制造更多的时尚。在袁枚颠覆所有文学经典
的可模仿性之后，赵翼进一步对经典的永恒价值作了否定性的判决。仍是那组
《论诗》，其二写道："李杜诗篇万口传，至今已觉不新鲜。江山代有才人出，各
领风骚数百年。"② 乍看一派前无古人、舍我其谁的豪迈气概，细味之也夹杂一
丝悲观无奈的弦外之音。置身于生生不息的自然运化中，没有人能够永葆艺术生
命常青，顶多只能引领一时的风骚。这听起来颇有点时尚理论的味道。的确，赵
翼诗学的核心理念便是唯新，而唯新正是时尚的本质属性。我们在《瓯北诗话》
中看到的赵翼，是清楚地将"新"放在首要位置的，如卷五论苏东坡，提到元
好问《论诗绝句》"苏门若有功臣在，肯放坡诗百态新"，颇不以为然："此言似
是而实非也。新岂易言？意未经人说过，则新；书未经人用过，则新。诗家之能
新，正以此耳。若反以新为嫌，是必拾人牙后，人云亦云；否则抱柱守株，不敢
逾限一步。是尚得成家哉？尚得成大家哉？"③ 严格地说，以新为尚也算预设了
艺术目标，与性灵派的宗旨已有距离。不过，这终究不是赵翼诗学的理论归宿。
享寿甚高且悠游林下多年的赵翼，晚年平心读书治学，不仅论学意气尽消，对诗
歌的观念也有较大变化。

乾隆四十一年（1776），赵翼年五十，辞归里居已逾三载，有《杂题》九
首。其九云："有明李何辈，诗唐文必汉。中抹千余年，不许世人看。毋怪群起
攻，加以妄庸讪。宋儒探六经，心源契一贯。亦扫千余年，注疏悉屏窜。《书》
疑古文伪，诗斥小序乱。理虽可默通，事岂可悬断。竹垞西河生，所以又翻案。
吾言则已赘，一编聊自玩。"④ 诗中对明七子的文必秦汉、诗必盛唐和宋儒论学
废弃注疏、独主心源的狭隘偏执作风，都作了批判，表明自己为文论学将立足于

① 《赵翼全集》，第 6 册，第 510 页。
② 同上。
③ 《赵翼全集》，第 5 册，第 53 页。
④ 同上书，第 396 页。

一个兼收博采、折中持平的立场。在赵翼讲学扬州期间"得晨夕过从，从容谈艺，与闻扬挖之旨"的门人李保泰，这样概括老师为诗之旨："先生综括源流，默识神理，大指在自出新意，不斤斤于格调。"又述其论诗三言曰："句中有意，句外有气，句后有味。"① 这是乾隆五十六年（1791）赵翼六十五岁时的事，既主自出新意，又意、气、味并重，显出兼容综合的倾向。钱锺书先生说"瓯北晚年论诗，矜卓都尽"，"温然见道，慕古法先，非如随园、藏园、船山辈之予知自雄，老而更狂也"②，也注意到赵翼晚年诗学的变化。那么这变化是怎么发生的呢？

赵翼晚年朋辈凋零，诗中弥漫着浓重的寂寞感觉。七十四岁所作《遣寂》云："少陵在成都，结交到朱老；东坡在海南，符秀才亦好。由来索居者，藉以慰枯槁。余性本落落，晚更少将迎。同辈已死尽，末契期后生。后生有才者，方自高其声。仰而不能俯，谁肯就老成？以兹绝裾展，默作孤掌鸣。惜哉得佳句，无人共欣对。欲起古人看，古人已无在；欲俟后人赏，我又不及待。终朝块独处，嗒焉一长嘅。"③ 晚境体会到这种前不见古人、后不见来者的寂寞，不禁使平生争名之心尽息。翌年夏日所作《批阅唐宋诗感赋》云："历朝诗帙重披寻，掩卷苍茫感不禁。千古真如飞鸟过，四时何限候虫吟。子云著述玄仍白，逸少胸怀后视今。赢得老夫长敛手，剩夸惜墨贵如金。"④ 此时的赵翼，阅历千古犹如一瞬，历史上所有的作家、著述都如过眼浮云，而诗史生生不息，各色诗人如鸟鸣春、虫吟秋一般应时而起，各写其诗。什么是经典？什么是成功？甚至"新"都失去了往日的光泽。"诗家径路都开尽，只有求工稍动人。"⑤ 诗的问题只剩下好不好，别的全都不重要了。于是他对诗的艺术追求同袁枚一样，最终也归结于一个"工"字。嘉庆九年（1804）78岁所作《论诗》云：

> 作诗必此诗，定知非诗人。此言出东坡，意取象外神。羚羊眠挂角，天

---

① 赵翼：《瓯北诗钞》卷首，《赵翼全集》，第4册，第16页。
② 钱锺书：《谈艺录》，第132页。
③ 《赵翼全集》，第6册，第836页。
④ 同上书，第851页。
⑤ 同上书，第952页。

马奔绝尘。其实论过高，后学未易遵。诗文随世运，无日不趋新。古疏后渐密，不切者为陈。（中略）是知兴会超，亦贵肌理亲。吾试为转语，案翻老斫轮。作诗必此诗，乃是真诗人。①

这里由苏东坡诗论兴感，涉及严羽"羚羊挂角"、王渔洋"伫兴"、翁方纲"肌理"诸说，主旨落实于"切"。这正是袁枚推倒前人所有论说退守的底线，赵翼晚境竟然也归结于此。其论诗尚新的出发点虽不近于袁枚，但始离终合，最后仍与袁枚的性灵诗学同归一辙。

的确，直到生命的最后年头，赵翼的诗歌观念仍有微妙的变化。在他再三写作的《论诗》中，他虽仍嗤斥"拾残牙慧"，但更厌恶掉书袋（满地撒钱难人贯）和用意刻苦（汲泉垂绠漫钩深），而相信"祇应触景生情处，或有空中天籁音"②。到下世的前一年，又有《称诗》一首说："称诗何必苦争新，无意为诗境乃真。"③ 在发挥前诗崇尚自然的前提下，他似乎放弃了"争新"的执念，《遣兴》也有"老境诗篇不斗新"的自白④。尽管平生最后一首《论诗》，仍以争新为前提否定了诗必汉唐的胶固⑤，但我们终究能够感觉到他晚年唯新意念的动摇。这除了与万念俱灰的垂老心态相关外，还应该与诗传不传全凭运气的体认有关⑥。放弃争新意味着放弃独创性的追求，这在赵翼不过是晚境无聊之思，但无意中却呼应了诗坛正涌动的自我表现极端化、绝对化趋向，成为新潮流的先声。考察嘉庆以后诗学中的绝对自我表现论，赵翼晚年对争新的扬弃，应该视为其理论渊源的一个分支。

### 三　出入于诗学与史学之间

如果赵翼的诗学仅限于上述内容，那么他的重要性和影响力还是有限的，真

---

① 《赵翼全集》，第 6 册，第 938 页。
② 同上书，第 1055 页。
③ 同上书，第 1078 页。
④ 赵翼：《遣兴二首》其二，《赵翼全集》，第 6 册，第 1097 页。
⑤ 赵翼：《论诗》："词客争新角短长，迭开风气递登场。自身已有初中晚，安得千秋尚汉唐？"《赵翼全集》，第 6 册，第 1104 页。
⑥ 赵翼：《佳句》："诗从触处生，新者辄成故。多少不传人，岂尽无佳句？"《赵翼全集》，第 6 册，第 1079 页。

正决定赵翼诗学重要地位的是《瓯北诗话》。年谱嘉庆六年（1801）记载，"是岁作唐宋以来十家诗话，共十卷"。这只能理解为成书时间，其撰写应该有个时间过程，而且做了相应的学术准备。我们知道，在前一年他编成《陆放翁年谱》，有关陆游的研究正是在此基础上完成的。诗话成稿后曾求正于洪亮吉，自称本着"论人且复先观我，爱古仍须不薄今"的宗旨①，表明其中也伴有自己人生的反思和当时诗歌创作的参照。后人赞许它"沿波溯源，间得其心力独至之处"，"抉摘精微，语多切当，要非局方隅之见横使议论也"②。而今天则应该说，在贺裳《载酒园诗话》之后，我们终于迎来一部具有典范意义的作家研究专著。学界对中国古代诗歌批评一直有一种偏见，说它印象化、零碎化、缺乏系统性。其实只要读一读贺裳《载酒园诗话》的唐代诗人评论，就会知道，诗话的散漫形式也可以负载很有系统、很有条理、很周密的批评。我在《清代诗学史》第一卷论贺裳诗学时没意识到这一点，在此补充提到，顺便向贺裳表示歉意。现在我想通过赵翼《瓯北诗话》来说明，诗话作为传统的诗歌批评形式，发展到清代也具备了系统、深入和细腻的特征。

根据前文的考察，诗话编成的嘉庆六年（1801）恰好是赵翼与性灵诗学合辙之际，因此书中随处可见属于性灵派的议论也就毫不奇怪了，对才华和天分的强调乃是最醒目的一点。我们知道，袁枚论诗主才而不废学，赵翼则主学而仍强调才，诗话卷十论查慎行提到，"诗之工拙，全在才气、心思、工夫上见"③，才气被置于首要地位。并且在他看来，才是由性灵所发，明代格调派对杜甫的推崇乃是过分强调了杜甫的学力："明李崆峒诸人，遂谓李太白全乎天才，杜子美全乎学力，此真耳食之论也。思力所到，即其才分所到，有不如是则不快者。此非性灵中本有是分际，而尽其量乎？出于性灵所固有，而谓其全以学力胜乎？"④ 正像青木正儿指出的，赵翼不满于历来将杜甫的长处归结为学力之集大成的看法，"主张杜甫不仅具有学力，同时还具有杰出的性灵"⑤。基于对思力、才分、性灵

---

① 赵翼：《稚存见题拙著瓯北诗话次韵奉答》其一，《赵翼全集》，第6册，第874页。
② 王藻、钱林：《文献征存录·赵翼传》，《赵翼全集》附录二，第6册，第35页。
③ 赵翼：《瓯北诗话》，《赵翼全集》，第5册，第128页。
④ 赵翼：《瓯北诗话》卷二，《赵翼全集》，第5册，第12页。
⑤ 青木正儿：《清代文学评论史》，第135页。着重号为原文所有。

关系的这种理解，赵翼也突出地强调性情的意义。诗话中对韩、孟与元、白的比较和评价完全立足于性情的立场，与前人的着眼点颇为不同。这一点下文还要论及。此外，还有上文提到的论诗主"切"，也与袁枚论诗宗旨接近。他举论杜诗可议之处，正是从"不切"着眼的：

> 至岳阳楼之"吴楚东南坼，乾坤日夜浮"，古今无不推为绝唱。然春秋时洞庭左右皆楚地，无吴地也。若以孙吴与蜀分湘水为界，则当云"吴蜀东南坼"。且以天下地势而论，洞庭尚在西南，亦难指为东南。少陵从蜀东下，但觉其在东南故耳。又七律中"五更鼓角声悲壮，三峡星河影动摇"，"锦江春色来天地，玉垒浮云变古今"，亦是绝唱。然换却"三峡""锦江""玉垒"等字，何地不可移用？[①]

类似这样的议论，让王渔洋看到必斥为"记里鼓"[②]，但性灵诗学区别于神韵、格调说的要义却正在这里[③]。唯其如此，赵翼对黄庭坚以"工巧"推许韩愈《南山》颇不以为然："凡诗必须切定题位，方为合作。此诗不过铺排山势及景物之繁富，而以险韵出之，层叠不穷，觉其气力雄厚耳。世间名山甚多，诗中所咏，何处不可移用，而必于南山耶？而谓之工巧耶？"[④] 在这些问题上，赵翼的批评立场都接近于袁枚，但他的批评水平，尤其是作家研究的深度就绝非袁枚所能企及了。他缜密的论述使诗话由"辨句法、备古今、纪圣德、录异事、正讹误"[⑤]的漫笔升格为依托于文学史研究的作家批评，体现为刘知几所谓史家三长——才学识的高度融合。

先说史才，尤见于缜密的分析和严谨的论证两方面，堪称古代作家研究和批

---

① 赵翼：《瓯北诗话》卷二，《赵翼全集》，第 5 册，第 13 页。

② 王士禛《皇华纪闻》卷二："香炉峰在东林寺东南，下即白乐天草堂故址；峰不甚高，而江文通《从冠军建平王登香炉峰》诗云：'日落长沙渚，层阴万里生。'长沙去庐山二千余里，香炉何缘见之？孟浩然《下赣石》诗：'暝帆何处泊？遥指落星湾。'落星在南康府，去赣亦千余里，顺流乘风，即非一日可达。古人诗只取兴会超妙，不似后人章句，但作记里鼓也。"袁世硕主编《王士禛全集》，第 4 册，第 2688 页。

③ 有关神韵诗学对"切"的排斥和性灵诗学对"切"的重视，可参看蒋寅《王渔洋"神韵"的审美内涵和艺术精神》(《中国社会科学》2012 年第 3 期) 及本书第三章对袁枚诗学的相关讨论。

④ 赵翼：《瓯北诗话》卷三，《赵翼全集》，第 5 册，第 128 页。

⑤ 许顗：《彦周诗话》，《历代诗话》，上册，第 378 页。

评的典范。首先，书中对十位作家的论述，角度和方式各有不同，俱有匠心。李、杜两家论者如鲫，赵翼只就历来纷争的问题论定结案；韩愈、白居易、苏东坡三家论者虽也不少，但只集中于某些问题，赵翼遂拿出整体性的思考和分析；陆游历来研究薄弱，赵翼先做年谱考实生平，再论其诗作，因陆集庞大，批评以摘句为主；元好问、高启两家成就稍逊前人，可论无多，合为一卷；吴梅村诗多隐含时事，故赵翼倾力于考覈作品本事和注释；论查慎行同样以摘句为主，但五七古仅举题名，又有变化。凡此都足以显示赵翼把握问题的能力和处理材料的匠心。

其次，相比前人之作，《瓯北诗话》每则的篇幅明显较长。文字繁复不是因为堆砌材料，而是剖析细致。以论韩愈为例，赵翼首先就前人对韩愈的误解，指出韩愈对奇险的追求乃是出于"影响的焦虑"，不得已而另辟蹊径。卷三开篇这段文字常为后人引用：

> 韩昌黎生平所心摹力追者，惟李、杜二公。顾李、杜之前，未有李、杜，故二公才气横恣，各开生面，遂独有千古。至昌黎时，李、杜已在前，纵极力变化，终不能再辟一径。惟少陵奇险处，尚有可推扩，故一眼觑定，欲从此辟山开道，自成一家。此昌黎注意所在也。然奇险处亦自有得失。盖少陵才思所到，偶然得之，而昌黎则专以此求胜，故时见斧凿痕迹，有心与无心异也。其实昌黎自有本色，仍在文从字顺中，自然雄厚博大，不可捉摸，不专以奇险见长。恐昌黎亦不自知，后人平心读之自见。若徒以奇险求昌黎，转失之矣。①

这里不仅揭示了韩愈诗歌艺术的出发点、艺术特征及与杜甫的区别，最后还点明韩愈的本色所在及评价韩愈应有的着眼点，见地十分透彻。卷三论韩愈共计14则诗话，随后分别讨论韩愈与孟郊的关系、诗歌语言多样化、用韵特点、联句诗创体、章法创格、独创句法、《元和圣德诗》的铺陈、《南山》铺排的得失、韩诗的晦涩俚俗、五七律写作得失、与人交谊之厚道、与释老二教的关系、训子

---

① 赵翼：《瓯北诗话》卷三，《赵翼全集》，第 5 册，第 22 页。

诗，其中论韩诗艺术渊源 2 则，论艺术特点及独创性 5 则，重要作品 2 则，成就得失 2 则，为人处世 3 则，大体覆盖了作家研究的基本视域。

白居易是赵翼心仪的前辈诗人，对白居易的论述尤见其批评眼光的锐利和内容安排的匠心，这在近年的研究中似乎未受到注意①。白居易诗历来评价不太高，人们在欣赏乐天为人的同时常不免轻看其诗。像王渔洋、叶燮这样的重要批评家都不看好白居易，只有毛奇龄《唐七律选》推尊为"中唐一大手笔"②。直到康熙四十三年（1704）杜诏编《中晚唐诗叩弹集》，将白居易与杜甫相提并论，称杜为泰山乔岳，白为长江大河③，白居易这才获得很高评价。但即便如此，喜欢白居易诗的人通常也说不出什么门道。只有赵翼用一番缜密的论证，抉发了白居易诗歌诸多为人忽略的独创性。细玩卷四 27 则论白居易的文字，足以让我们对传统诗话形式的批评能力刮目相看。开宗明义，赵翼首先指出，元、白的坦易诗风同样是中唐诗风变革的一部分，只不过走向了异于韩、孟的另一个方向：

> 中唐诗以韩、孟、元、白为最。韩、孟尚奇警，务言人所不敢言；元、白尚坦易，务言人所共欲言。试平心论之，诗本性情，当以性情为主。奇警者，犹第在词句间争难斗险，使人荡心骇目，不敢逼视，而意味或少焉。坦易者，多触景生情，因事起意，眼前景、口头语，自能沁人心脾，耐人咀嚼。此元、白较胜于韩、孟。世徒以轻俗訾之，此不知诗者也。④

基于性灵诗学的观念，赵翼认为尚坦易的元、白诗原本更具抒情性，更能打动人，因而也更耐人玩味，然而世俗却每因其浅易而以轻俗目之。这在以专业批评家自居的赵翼看来，完全是不懂诗的误解。而且，元、白胜过韩、孟还不只是个以抒情见长的问题，"大凡才人好名，必创前古所未有，而后可以传世"⑤，同样

---

① 近年有关赵翼作家论的研究有王友胜《简评赵翼的苏诗观》，《湘潭师范学院学报》1997 年第 1 期；丁恩全、朱留霞《赵翼论韩愈》，《周口师范学院学报》2005 年第 1 期；潘殊闲《简论〈瓯北诗话〉的李白研究》，《西华大学学报》2007 年第 5 期；吴中胜《赵翼论杜诗》，《钦州学院学报》2008 年第 4 期。

② 毛奇龄：《唐七律选》卷三，康熙四十一年刊本。

③ 杜诏：《中晚唐诗叩弹集》自序，康熙刊本。

④ 赵翼：《瓯北诗话》卷四，《赵翼全集》，第 5 册，第 29 页。

⑤ 同上书，第 31 页。

的意思也表达在《读杜诗》中，关键在于如何认识和揭示前人的独创性及成就所在。他对杜诗也是到晚年才有所见的，故有"杜诗久津逮，今始识神功"的感叹①。作品丰富而保存完整的白居易集为赵翼施展他博而能约、思理缜密的史才提供了便利。随后他就从白集的编集谈起，涉及白居易诗歌的流传和影响，再由《长恨歌》《琵琶行》的脍炙人口谈到白居易驾驭长篇的能力，由歌行旁涉排律、次韵、格诗等体式问题；第9则开始讨论具体作品，或探溯白居易诗歌的艺术渊源，或发掘历来忽视的杰作，或考究作品本事，都能推导出启人深思的结论；第13则开始转向对白居易生平行事的探讨，以细密的分析推考其出处之迹和人生态度的转变，对两《唐书》的记载提出有力的辩驳；最后4则为无可归附的杂考，其中第24则论"东坡似乐天"，第27则记白居易寄存各处的五本诗集的下落，都与卷十二论"南宋人著述未入金源"一样，属于当今文学研究中很热门的影响和传播研究。虽然当时尚未有这样的理论和概念，但赵翼的批评实践已体现了类似的意识。

在白居易的整个创作中，对诗体的开创能力和驾驭能力是赵翼尤为欣赏的，诗话中再三致意，展示了赵翼细致深入的分析能力。第7则论"香山于古诗律诗中又多创体，自成一格"，所举计有以下几种。（1）如《洛阳有愚叟》五古、《哭崔晦叔》五古"连用叠调"作排比之体。（2）《洛下春游》五排连用五"春"字作排比之体。（3）和诗与原唱同意者，则曰和；与原唱异意者，则曰答。如和元稹诗十七章内有《和思归乐》《答桐花》之类。（4）五言排律"排偶中忽杂单行"，如《偶作寄皇甫朗之》中忽有数句云："历想为官日，无如刺史时。"下又云："分司胜刺史，致仕胜分司。何况园林下，欣然得朗之。"（5）五七言律"第七句单顶第六句说下"，如五律《酒库》第七句"此翁何处富"忽单顶第六句"天将富此翁"说下，七律《雪夜小饮赠梦得》第七句"呼作散仙应有以"单顶第六句"多被人呼作散仙"说下。（6）五排《别淮南牛相公》自首至尾，每一句说牛相，一句自述，自注："每对双关，分叙两意。"（7）以六句成七律，李白集中已有，而白居易尤多变体。如《樱桃花下招客》前四句作两

① 赵翼：《读杜诗》，《赵翼全集》，第6册，第756页。

联，后两句不对；《苏州柳》前两句作对，后四句不对；《板桥路》通首不对，也编在六句律诗中。(8) 七律第五、六句分承第三、四句，如《赠皇甫朗之》："一岁中分春日少，百年通计老时多。多中更被愁牵引，少里兼遭病折磨。"这种种创格在赵翼看来，都属于"诗境愈老，信笔所之，不古不律，自成片段，虽不免有恃老自恣之意，要亦可备一体也"①。在丰富的举证和分析之外，这一论断对我们理解诗人创作至老境的自由率性也是很有启发意义的。

应该说，赵翼论白居易所显示的资料丰富、考订周密、分析细致、论断审慎的特点，不只是他作为诗歌评论家或研究者的才能与资质的体现，很大程度上也是乾嘉之学严谨风格和实证精神的反映。但上文的梳理，仍让我对赵翼的批评能力留下深刻的印象。这种能力无疑是与他史学家的身份和素质相关的，是思维能力、判断能力和语言表达能力的综合体现。我们再来看一段论苏东坡、陆游高下的文字：

> 宋诗以苏、陆为两大家。后人震于东坡之名，往往谓苏胜于陆，而不知陆实胜苏也。盖东坡当新法病民时，口快笔锐，略少含蓄，出语即涉谤讪。"乌台诗案"之后，不复敢论天下事。及元祐登朝，身世俱泰，既无所用其无聊之感；绍圣远窜，禁锢方严，又不敢出其不平之鸣。故其诗止于此，徒令读者见其诗外尚有事在而已。放翁则转以诗外之事，尽入诗中。时当南渡之后，和议已成，庙堂之上，方苟幸无事，讳言用兵，而士大夫新亭之泣，固未已也。于是以一筹莫展之身，存一饭不忘之谊，举凡边关风景、敌国传闻，悉入于诗。虽神州陆沉之感，已非时事所急，而人终莫敢议其非。因得肆其才力，或大声疾呼，或长言永叹，命意既有关系，出语自觉沉雄。此其诗之易工一也。东坡自黄州起用后，敭历中外，公私事冗，其诗多即席即事随手应付之作；且才捷而性不耐烦，故遣词或有率略，押韵亦有生硬。放翁则生平仕宦，凡五佐郡、四奉祠，所处皆散地，读书之日多，故往往有先得佳句，而后标以题目者。如《写怀》《书愤》《感事》《遣闷》以及《山行》《郊行》《书室》《道室》等题，十居七八，而酬应赠答之作，不一二焉。即

① 赵翼：《瓯北诗话》卷四，《赵翼全集》，第 5 册，第 33 页。

如《纪梦》诗，核计全集共九十九首。人生安得有如许梦？此必有诗无题，遂托之于梦耳。心闲则易触发，而妙绪纷来；时暇则易琢磨，而微疵尽去。此其诗之易工二也。由斯以观，其才之不能过于苏在此，其诗之实能胜于苏亦在此。试平心以两家诗比较，当不河汉其言矣。①

这真是一篇有理有据的作家比较论。先提出陆不如苏的传统看法是慑于东坡之名而致，然后分别从客观环境和自身遭际两方面对比其写作态度和写作方式，最终得出苏才虽胜陆，但诗却逊陆一筹的结论。其史事人事之精熟，形势判断之到位，加上层次清晰的分析，使这篇议论具有不容辩驳的说服力。同样，随后论陆游古诗之炼一则，寥寥几行，也说得透彻之至，不仅见识过人，语言更是明快犀利，在诗话这种被章学诚目为"挟人尽可能之笔，著惟意所欲之言"的文体中实在难得一见②。即使说赵翼是以史笔作诗话，我想也是不过分的。

史学品格是《瓯北诗话》最鲜明的特色，作者渊博的历史知识为诗歌批评"知人论世"的传统注入了新的活力。相比袁枚和其他性灵派批评家的诗话，赵翼此书不以寻章摘句为能事，而致力于诗人的创作研究，并且是整体性的研究，涉及诗人思想倾向、艺术风格、创作习惯、作品流传各个方面，用当代的文学研究来衡量应该说是综合性的作家研究。但很显然，赵翼的诗人批评主要立足于传记研究。毕竟是史学家，撰著诗话也近于史家之学，史实考辨在书中占了颇大篇幅。像李白从永王璘始末、《蜀道难》本意、杜甫与严武的关系、《长恨歌》故事情节之虚实、陆游为韩侂胄撰《南园记》、高启死因、吴梅村之出处等，这些历来聚讼不已的公案书中悉有考辨，且资料翔实，案断平允，结论足可采信。尤其是论吴梅村，多纠正靳荣藩笺注之误，发其诗史之覆。众所周知，自宋代开始，"诗史"意识就一直主导着古代诗歌的评论和注释，作家的年谱编纂和作品编年成为诗人研究的基础手段和重要内容③。身为史学家的赵翼更具有这方面的自觉，鉴于陆游"身阅六朝，历官中外"，且正值"战与和局亦数变"之际，却

① 赵翼：《瓯北诗话》卷六，《赵翼全集》，第 5 册，第 67—68 页。
② 章学诚：《文史通义·诗话》，吴兴嘉业堂刊章氏遗书本。
③ 对这个问题的研究，可参看浅见洋二《学的历史学——论宋代的诗人年谱、编年诗文集及"诗史"说》，金程宇、冈田千穗译《距离与想象》，上海古籍出版社 2005 年版。

夙无年谱,诗话卷七专门为陆游编纂了年谱,而卷六的陆游诗话正是基于年谱而发的。年谱为认识和了解陆游的生平出处提供了完整的背景知识,诗话从而得以深入探讨陆游生平与创作的重大问题,甚至修正早年显得轻率的议论。比如,陆游为韩侂胄撰《南园记》一事,向来颇遭物议。赵翼47岁时也有诗哂之,曰:"放翁一代才,落笔见瑰异。从军陕蜀间,不忘恢复志。如何一著错,轻作《南园记》?"并将原因归结为"显赫在目前,未免艳荣利"①。然而撰诗话时,既弄清当时"侂胄特以其名高而起用之,职在文字,不及他务;且藉以报孝宗恩遇,原不必以不就职为高。甫及一年,史事告成,即力辞还山,不稍留恋",于是转而肯定"其进退绰绰,本无可议"。就是为韩侂胄撰《南园记》《阅古泉记》,也认为"一则勉以先忠献之遗烈,一则讽其早退,此亦有何希荣附势、依傍门户之意?"② 这与早年的讥讽态度简直判若两人。

这样一种基于实证研究的客观态度,正是《瓯北诗话》史学品格最突出的表现。尽管书中所论的十位诗人都是赵翼最崇敬的作家,但他始终秉持史家"不虚美,不隐恶"的实录精神,冷静地审视其生平行事。尤其是对杜甫、陆游这两位历来处于道德评价巅峰的诗人,赵翼首先褫除唐宋以来笼罩在他们头上的神圣光环,将他们还原为一介文士,从而洞见其人格和思想意识上的缺陷,作出自己的评价。比如他论杜甫的干谒诗:

> 士当穷困时,急于求进,干谒贵人,固所不免。如李白《上韩荆州书》、韩退之《上宰相书》,皆是也。杜集如赠汝阳王及韦左丞诗,因其有知己之雅,故作诗投赠,自无可议。至其《赠翰林张垍》云:"倘忆山阳笛,悲歌在一听。"《上韦左相见素》云:"为公歌此曲,涕泪在衣襟。"《赠田舍人》云:"扬雄更有《河东赋》,惟待吹嘘送上天。"《送田九判官》云:"麾下赖君才并入,独能无意向渔樵。"《赠沈八丈》云:"徒怀贡公喜,飒飒鬓毛苍。"几于无处不乞援。然张垍等犹皆同气类之人也。鲜于仲通,则杨国忠之党,并非儒臣,而赠诗云:"有儒愁饿死,早晚报平津。"歌舒翰,

---

① 赵翼:《偶得九首》其七,《赵翼全集》,第5册,第355页。
② 赵翼:《瓯北诗话》卷六,《赵翼全集》,第5册,第81页。

武夫也，高适为其掌书记，杜送高诗："请君问主将，安用穷荒为？"是固已薄翰之贪功邀宠矣。而赠翰诗则又诛之以"开府当朝杰，论兵迈古风"，末又云"防身一长剑，将欲倚崆峒"，若不胜其乞哀者。可知贫贱时自立之难也。①

虽然最终归结于士人处贫贱难以维持自尊的感慨，但相比李白、韩愈，指出杜甫"几于无处不乞援"，甚至滥及鲜于仲通、哥舒翰之辈，则鄙薄之意不言而喻。赵翼给我的印象是颇为注意作家思想意识方面的弱点，即便是夙被目为诗人之达者的白居易，在他看来也不能算是真正豁达（《读香山集》）。先后读杜甫、白居易、陆游、元好问、吴梅村等人诗集，他都有题诗述说一时的感想，而评价无不集中于思想意识方面，足与诗话互相发明。

特别引人注目的是，他和袁枚一样，都对前人诗中的淑世之语不以为然。《偶得九首》其六写道：

> 杜陵厦万间，白傅裘万丈。后人读其诗，肃然起敬仰。谓虽一身穷，不忘天下想。吾观拾遗老，身世困抢攘。固无藉手处，为民筹教养。香山历官多，所至文酒赏。未闻康济略，政绩著天壤。区区浚六井，小惠亦未广。诗人好大言，考行或多爽。士须储实用，乃为世所仗。不可无此志，隔瘼视痛痒。不可徒此言，虚名窃标榜。②

杜甫"安得广厦千万间，大庇天下寒士俱欢颜"（《茅屋为秋风所破歌》）和白居易"争得大裘长万丈，与君都盖洛阳城"（《新制绫袄成感而有咏》）所表现的民胞物与之情，历来无不给予无上的赞美和推崇，而赵翼却冷峻地提醒我们：士固然不可无此志，但重要的是付之践行，流惠于民；若徒托之空言，即无异于欺世盗名。晚年作《苦寒》诗，仍发挥此意③，甚至觉得杜甫的自比稷卨、陆游的不忘恢复，都不免有大言欺世的味道：

---

① 赵翼：《瓯北诗话》卷二，《赵翼全集》，第5册，第20页。
② 《赵翼全集》，第5册，第355页。
③ 赵翼《苦寒》："白傅大裘长万丈，杜陵广厦拓千间。书生开口论康济，纸上空谈祇汗颜。"《赵翼全集》，第6册，第1061页。

杜陵布衣老且拙，许身自比稷与卨。南宋偷安仇不报，放翁取之作诗料。设令一旦任事机，安知不败陈涛溃符离?①

照这么说，陆游濩落不遇的遭际不等于是上天成全了他?《书放翁诗后》更直接说:"放翁志恢复，动慕皋兰鏖。十诗九灭虏，一代书生豪。及开禧用兵，年已八十高。设令少十年，必亲与戎韬。是役出即败，轻举千古嘲。公若在其间，亦当带汁逃。天特善全之，仕隐皆奇遭。无事则恤纬，有事已善刀。"② 唯其如此，他在诗话中对陆游诗歌的推崇纯粹着眼于艺术表现，而不像古今许多论者那样着眼于其中炽热的情感。今天我们或许难以接受和认可类似这样的诛心之论，会觉得对前贤过于刻薄，但如果唯言是信，前人说什么就信什么，那不也显得很幼稚么? 事实上作者真实的内心，他人根本无从知道，所以赵翼也不根据诗歌来评判作者的道德感。诗歌在他看来只是一种话语，只能在话语层面上评判其意义与价值。这种观念似乎与当代现象学美学的立场相一致，但赵翼的认识却是基于史学家对历史和人性的深刻洞察。

由于淹贯载籍，精熟史事，对古来世运风俗之变了然于胸中，赵翼论人论事无不贴合时世，出以平情。《廿二史札记》《陔余丛考》中这样的例子比比皆是。《诗话》论诗考史，同样也通透练达，尠有迂阔论调。前文提到的卷三论韩愈各则，即颇具知人论世之鉴，如韩愈训儿诸诗，一向颇遭物议，赵翼平章其说曰:"《示儿》诗自言辛勤三十年，始有此屋，而备述屋宇之垲爽，妻受诰封，所往还无非公卿大夫，以诱其勤学，此已属小见。《符读书城南》一首，亦以两家生子，提孩时朝夕相同，无甚差等，及长而一龙一猪，或为公相，势位赫奕;或为马卒，日受鞭笞，皆由学与不学之故。此亦徒以利禄诱子，宜宋人之议其后也。不知舍利禄而专言品行，此宋以后道学诸儒之论，宋以前固无此说也。观《颜氏家训》《柳氏家训》，亦何尝不以荣辱为劝诫耶?"③ 这就从思想史的角度阐明了唐宋之际士风和时俗的变化，不只有助于理解韩愈而已。

---

① 赵翼:《论诗》，《赵翼全集》，第 5 册，第 461 页。
② 《赵翼全集》，第 6 册，第 834 页。
③ 赵翼:《瓯北诗话》卷三，《赵翼全集》，第 5 册，第 28 页。

古来论史家三长都将识放在第一位，叶燮以才、胆、识、力论作家才能，也说"要在先之以识"①，"惟有识则是非明，是非明则取舍定，不但不随世人脚跟，并亦不随古人脚跟"②。要之，"识为体而才为用"大体代表了古代批评家在这个问题上的共识。《瓯北诗话》之所以迥出于清代众多的泛滥百家、浮光掠影的诗话之上，也正缘于"绝顶聪明不患才"和"胸中别有四千年"外③，还有卓荦过人的史识，突出地表现于独到的批评眼光和出色的判断力两个方面。

以赵翼的才性，自然亲近于李白的诗风。事实上他也极推崇李白的天才，认为太白"作奇句警语"也都以挥洒出之，不同于杜、韩作狮子搏兔之状。这已不是常人所能望见，但还不是最见识力之处。能从平中见奇，才显出他的见识不凡。比如说，他注意到李白诗中也有一些用思深刻的艺术表现：

> 其他刻露处，如"长风入短袂，两手如怀冰"（《新平少年》），"客土植危根，逢春犹不死"（《树中草》），"螻蛄啼青松，安见此树老"（《拟古》），"罗帏舒卷，似有人开；明月直入，无心可猜"（《独漉篇》），"莫卷龙须席，从他生网丝；且留琥珀枕，或有梦来时"（《白头吟》），皆人所百思不到，而入青莲手，一若未经构思者。后人从此等处悟入，可得其真矣。④

这里列举的"刻露"之例，给人的感觉倒像是"未经构思者"，属于用意深刻而造语平常，不细玩很难体会其取意的刻苦。赵翼认为这是李白的真本领所在，必由此悟入才能把握李白诗歌的艺术特色。前人论李白诗，往往因其才高，又为其"清水出芙蓉，天然去雕饰"的夫子自道所迷惑，漫以为其诗都出于自然天成，赵翼独注意到这些用思深刻的作品，其见识不能不说是过人一等。

因为见识独到，赵翼也像袁枚一样喜做翻案文章。黄庭坚曾说杜甫夔州以后诗不烦绳削而自合，赵翼认为这是惑于老杜"晚节渐于诗律细"之说，而妄以为其诗愈老愈工。"今观夔州后诗，惟《秋兴八首》及《咏怀古迹五首》，细意

---

① 叶燮：《原诗》内篇下，《清诗话》，下册，第584页。
② 同上书，第580页。
③ 舒位：《奉和赵瓯北先生八十自寿诗原韵八首》其六、二，《瓶水斋诗集》卷一二，上海古籍出版社1991年版，下册，第508—509页。
④ 赵翼：《瓯北诗话》卷一，《赵翼全集》，第5册，第2页。

熨贴，一唱三叹，意味悠长；其他则意兴衰飒，笔亦枯率，无复旧时豪迈沉雄之概。入湖南后，除《岳阳楼》一首外，并少完璧。即《岳麓道林》诗为当时所推者，究亦不免粗莽；其他则拙涩者十之七八矣。"为此，他引朱子的说法："鲁直只一时有所见，创为此论。今人见鲁直说好，便都说好，矮人看场耳。"从而断言"斯实杜诗定评也"①，他的评价应该说大体是符合事实的。

我注意到，赵翼许多精彩见解都是在比较中形成的，文学批评的本质原本就是在比较中见出差异。由于对十位大诗人都作了相当深入的研究，他通过比较得出的判断往往不同于诗家通行之说，却又很有说服力。诗话卷五论苏东坡，是在前与韩愈后与陆游的比较中把握其艺术特色的：

> 昌黎之后，放翁之前，东坡自成一家，不可方物。昌黎好用险韵，以尽其锻炼；东坡则不择韵，而但抒其意之所欲言。放翁古诗好用俪句，以炫其绚烂；东坡则行墨间多单行，而不屑于对属。且昌黎、放翁多从正面铺张；而东坡则反面、旁面，左萦右拂，不专以铺叙见长。昌黎、放翁使典亦多正用；而东坡则驱使书卷入议论中，穿穴翻簸，无一板用者。此数处似东坡较优。然雄厚不如昌黎，而稍觉轻浅；整丽不如放翁，而稍觉率略。此固才分各有不同，不能兼长也。②

这不能不说是很精彩的论断，切中东坡诗歌的长短得失。卷十论查慎行，先是在与吴梅村的比较中展开议论，剖析两家艺术表现的主导倾向："吴梅村好用书卷，而引用不当，往往意为词累。初白好议论，而专用白描，则宜短节促调，以遒紧见工，乃古诗动千百言，而无典故驱驾，便似单薄。故梅村诗嫌其使典过繁，翻致腻滞，一遇白描处，即爽心豁目，情余于文。初白诗又嫌其白描太多，稍觉寒俭，一遇使典处，即清切深稳，词意兼工。此两家诗之不同也。"③吴、查两家本分别以用典和白描擅名，但结果各累于所长；偶尔弃长用短，反得意外之喜。赵翼此说不仅指出一个现象，更蕴含着启人深思的艺术辩证法。随后，他又就律

---

① 赵翼：《瓯北诗话》卷二，《赵翼全集》，第 5 册，第 16 页。
② 赵翼：《瓯北诗话》卷五，《赵翼全集》，第 5 册，第 53 页。
③ 赵翼：《瓯北诗话》卷一〇，《赵翼全集》，第 5 册，第 141 页。

诗比较了查慎行和陆游写作方式的差异及其结果："以初白律诗与放翁相较，放翁使事精工，写景新丽，固远胜初白；然放翁多自写胸膈，非因人因地，曲折以赴，往往先得佳句而足成之；初白则随事随人，各如其量，肖物能工，用意必切。其不如放翁之大在此，而较放翁更难亦在此。"① 寥寥数语，竟涉及两家的成就、高下、艺术倾向、写作习惯、难度等诸多层面的问题，不仅切中两家诗风的肯綮，更树立了一个多角度理解和评价前人创作的批评模式。我们说，一个杰出的批评家，不仅要善于揭示文学现象背后的因果关系，还应该能通过具体的批评给人以理论思考的启发，赵翼正是这样的一位批评家。

准确而深刻的判断力，背后是渊博的史学修养和上下千古的文学史眼光。赵翼的历史眼光不仅照灼于古代诗人批评，更在本朝诗人的批评中闪烁。我想，将本朝吴梅村、查慎行与李、杜、苏、陆等并列为十家，应该是基于他对本朝诗歌的自信。他的《检阅近人刻集再题》一诗曾有"江南落落几儒英，博物工词总老成"，"突过黄初虽未必，斯文已迥胜元明"的评价②，表明他心目中的本朝诗歌是足以超迈元、明，与唐、宋分庭抗礼的。而将查慎行与唐宋以来大家相提并论，虽不无个人趣味在起作用，但相信也经过审慎的掂量。考溯查慎行的经典化过程，乾隆三十二年（1767）刊行的刘执玉《国朝六家诗钞》是个重要的界标。迨赵翼《瓯北诗话》以查慎行为殿军，基本就确立了查慎行的大家地位。时人认为："其论列近代诸家，梅村后独举初白，盖查诗空灵变化，瓯北性与之近也。然如王渔洋之高秀、朱竹垞之深厚，衡之初白，实所未逮。惟当两家并峙之时，独能陶冶性灵，自开门径，此初白所以为不可。则瓯北之论诗，亦可云独具只眼矣。"③ 在论及韩愈联句之冗长时，赵翼曾取朱彝尊、查慎行之作加以对比："以《城南》为题，景物繁富，本易填写，则必逐段勾勒清楚，方醒眉目。乃游览郊墟，凭吊园宅，侈都会之壮丽，写人物之殷阜，入林麓而思游猎之娱，过郊坛而述禋祀之肃，层叠铺叙，段落不分，则虽更增千百字，亦非难事，何必以多为贵哉？近时朱竹垞、查初白有《水碓》及《观造竹纸》联句，层次清澈，而

---

① 赵翼：《瓯北诗话》卷一〇，《赵翼全集》，第 5 册，第 142 页。
② 《赵翼全集》，第 6 册，第 934 页。
③ 王藻、钱林：《文献征存录·赵翼传》，《赵翼全集》附录二，第 6 册，第 35 页。

体物之工、抒词之雅，丝丝入扣，几无一字虚设，恐韩、孟复生，亦叹以为不及也。"① 由此我不禁想到 T. S. 艾略特《传统与个人才能》一文所提出的著名论断："诗人，任何艺术的艺术家，谁也不能单独的具有他完全的意义"，"现存的艺术经典本身就构成一个理想的秩序，这个秩序由于新的（真正新的）作品被介绍进来而发生变化。"② 文学史历来就是一个生生不息的动态链环，古今作家都只能在一种互文关系中参照定位。赵翼评价古今作家实质上正秉持类似的原则，以陆游的"大"和"易"相形查慎行的"切"和"难"，又以查慎行的加入改变韩愈的评价。这种古今贯通的文学史眼光最终成就了赵翼的史识。

尚镕《三家诗话》称赞"云松《十家诗话》，最为具知人之识，持千古之平"，这固然不错，但须知这"识"是与批评能力的整体相关的，概言之就是学以养其识，才以运其学，识以张其才，达到才学识三长的完美融合。黄培芳比较赵翼、袁枚两家诗话，说："瓯北、子才一时并称，就二家论诗观之，固以瓯北为优。瓯北所著《十家诗话》能不失矩镬，不致贻误后生，胜于《随园诗话》矣。"③ 这应该说代表着当时的诗家定论。当然，具体到个别问题，除了俞大纲指出的"颇为偏嗜所蔽，未尽公允之处"④，昭梿《啸亭杂录》也认为考订每患疏漏。"如诗话中载吴梅村《送人之闽》诗有'胡床对客招虞寄，羽扇挥军逐吕嘉'之句，盖谓当时制府李日芃、赵廷臣辈，而先生乃以姚启圣收功当之。按：梅村卒于康熙辛亥，去姚少保灭郑氏尚有十四年之久，何能预祝其成功也？至谓汤若望、南怀仁至乾隆初年尚存。按：怀仁谥法已见王文简《谥法考》，其早死不待言。若望乃崇祯末人，焉能越百年而尚存？其与呓语何异？真堪令人喷饭也！"⑤ 今人周明仪也指出《诗话》若干考证未谛、引用各家诗题诗文屡有改动、立论有失公允、过于拘泥考据四点不足。第三点举出论王安石专好与人立异、苏东坡以禅语入诗、杨万里喜以俚语俗语入诗三个例子⑥。在这三个问题上，大概

① 赵翼：《瓯北诗话》卷三，《赵翼全集》，第5册，第25页。
② 艾略特：《传统与个人才能》，王恩衷编译：《艾略特诗学文集》，国际文化出版公司1989年版，第2页。
③ 黄培芳：《香石诗话》卷二，嘉庆十六年刊黄氏家集本。
④ 俞大纲：《寥音阁诗话》，《俞大纲全集》，台湾幼狮文化事业公司1987年版，第229页。
⑤ 昭梿：《啸亭杂录》卷五，第516页。
⑥ 周明仪：《赵瓯北诗及其诗学研究》，第154—157页。

古代诗论家的看法都不外如此，盖出于传统的政治和文学观念，并非赵翼所独有。

乾隆年间的诗论家，除了以诗歌观念区分出流派，在诗歌批评方面也同样显示出不同的倾向性，最显著的一点是格调派诗论家都注重古代诗歌研究，而性灵派则留意于当代诗歌创作——这几乎是性灵派诗论家的独特标识。自袁枚以降，后文将要论述的洪亮吉、李调元乃至嘉、道间的诗论家法式善等等，都是引领一时风气的人物。赵翼的批评兴趣主要集中在古代作家，同时也不排斥当代诗人，就像他的诗学观念之于性灵派，乃在依违离合之间。当然，他才学识兼长的批评才能则远超其他性灵诗家，足以与他的史学相提并论，同居清代学术第一流的位置。

## 第三节　蒋士铨：和而不同的性灵论者

蒋士铨（1725—1785），字心余，一字苕生，号清容，又号藏园。江西铅山人。乾隆二十二年（1757）进士，官翰林院编修，充国史馆修纂官。博雅多能，兼擅诗文词曲、院本杂剧，是一位有多方面成就的文学家，学界的研究也比较多，专著即已出版数种，其中对蒋士铨的诗学都有所涉及①。

关于蒋士铨的诗学观念，虽然钱锺书认为"与袁、赵议论风格大不相类"②，但后来的研究者看法大体接近，都归为性灵派诗学。简有仪将蒋士铨的诗歌理论概括为八点：（1）以文为诗，扩大诗歌境界；（2）诗主性灵，崇尚温柔敦厚；（3）诗以载道，提倡忠孝节烈；（4）诗宗唐宋，反对剽窃模拟；（5）诗善用典，充实诗意内涵；（6）诗尚白描，容易流露真情；（7）诗排神韵，讲求言中有物；

---

① 赵舜：《蒋士铨研究》，台湾师范大学国文研究所集刊 20 号，1969 年；王建生：《蒋心余研究》，（台湾）学生书局 1996 年版；简有仪：《蒋士铨及其诗文研究》，（台湾）洪叶文化事业有限公司 2002 年版，第 291—311 页；徐国华：《蒋士铨研究》，上海古籍出版社 2010 年版，第 103—109 页；吴中胜：《蒋士铨诗学思想研究》，《上饶师范学院学报》2007 年第 4 期。

② 钱锺书：《谈艺录》，第 173 页。

(8) 诗斥格调，避免流于空疏①。这八点应该说相当全面，只不过其中有的是创作特点，与理论混为一谈殊觉不妥；有些特点又互相矛盾，细究起来颇为复杂，不是三言两语所能解释清楚的。值得注意的是，简氏觉得蒋士铨还不能被看作性灵派诗人，因为他对性情的诠释与袁枚有很大的出入。袁枚将性情看作个人情感的流露，而蒋士铨则目为"忠孝节烈之心，温柔敦厚之旨"，是故其诗中常流露出浓厚的礼教气息②。这不能不说是一个相当细致的观察，可惜的是他没有注意到蒋士铨前后论诗观念的变化，以致判断略有偏差。这也是蒋士铨研究中尚未被触及的地方，需要略作阐发。

## 一 蒋士铨诗论的本色

蒋士铨自幼受学于母亲钟令嘉，长而随父南北游历读书，年甫弱冠遇到一位影响他毕生的老师，以诗、书名世的乾隆元年（1736）状元金德瑛（1701—1762）。自乾隆十一年（1746）蒋士铨以应童子试受知，"十七年中，或从游使车，或依侍京邸，昕夕承謦咳者既深且久，故于公雅言绪论，与闻最详"③。后来他又在金德瑛任主考的乾隆二十二年（1757）中进士，因此师生情分至深④。金氏的天怀清旷和诗学旨趣都对他产生很大的影响。

金德瑛初为诗出入于杜、韩、苏、黄之间，中年以后贯穿百家，自出机杼。曾说："予四十后，始刻意篇什，手录汉、魏、唐、宋人诗数本，荟萃研究，贯穿裁择者且十载，于是豁然领悟古人诗法，知所取舍。大约墨守者多泥而窒，诡遇者则肆而野。自古作者本诸性识，发为文章，类皆自开生面，各不相袭。变化神明于规矩之间，使天下后世玩其讴吟，可以知其襟怀品诣之所在，人与言乃因之而不朽。其斤斤于皮相派别者，未尝不雄视一时，迨声势既尽，羽翼渐衰，不待攻击而自归澌灭，亦可哀已。"⑤ 蒋士铨受老师影响，起初也究心于唐宋诸大家，但并不预设艺术目标，而力求表现自我。后来他在《钟叔梧秀才诗序》中

---

① 简有仪：《蒋士铨及其诗文研究》，第 310 页。
② 同上书，第 128 页。
③ 蒋士铨：《金桧门先生遗诗后序》，《忠雅堂集校笺》，第 4 册，第 2000 页。
④ 蒋士铨《金桧门先生遗像藏祀于家敬题帧尾》："窃比终身慕，平生一瓣香。遗诗不忍读，没齿岂能忘。"《忠雅堂集校笺》，第 2 册，第 804 页。
⑤ 蒋士铨：《金桧门先生遗诗后序》，《忠雅堂集校笺》，第 4 册，第 2000 页。

回顾早年的写作，曾说："曩与同学二三子论诗，首戒蹈袭，唯务多读书以养其气，于古人经邦致治之略，咸孜孜焉共求其故，取李杜韩欧苏黄诸集熟读深思之，不自逆他日所作何似。及有所作，则不复记诸贤篇什，庶几所作者皆我之诗。苟传诸后世，而尚论之士，皆得有以谅其心。"① 迨及中年，他也像老师一样，脱弃前人而自出机杼。晚年士铨曾撰《学诗记》，总结平生学诗经历，自述："予十五龄学诗，读李义山爱之，积之成四百首而病矣，十九付之一炬；改读少陵、昌黎，四十始兼取苏、黄而学之；五十弃去，惟直抒所见，不依傍古人，而为我之诗矣。"② 这里在李、杜、韩、欧、苏、黄之外又提到一个新的师法对象——李商隐，由此我们知道他学诗是由李商隐而入杜甫、韩愈，更兼取苏轼、黄庭坚，最终归结于自抒胸臆，不傍前人。

由杜、韩而及苏、黄的师法路径，本是乾、嘉以后诗坛的主流，其最终结果就是晚清的"同光体"。不过，蒋士铨因从义山入手，打下了绵密精工的底色，便于质朴诚挚中更显出长于抒情的特点，略近于北宋的陈师道，而且还不免崇尚苦吟。他曾有《王澹人雨中见过出桧门先生诗卷相示澹人作五言一首见寄次韵奉答》诗云："文辞比稼穑，艰苦成美好。又如毫末树，岂易到合抱？纬言贵经物，植意必根道。敛实为古干，敷荣发春藻。天风入呼吸，作者迹如扫。吾师贱浮名，把笔压诸老。窃怜贵人诗，望秋各枯槁。篇成使我读，藉心作梨枣。师如韩退之，我郊汝则岛。"而具体说到自己与王澹人之诗，又说："君诗具国色，靥笑尽闲宛。我诗挺枯林，萦蔓绝藤茑。求师果同心，稽首证了了。不知千载下，谁附桧门草？"③ 通篇将自己的诗歌观念与对师门的自豪表达得淋漓尽致。

与袁枚的不傍门户、不立宗旨不同，蒋士铨既然有门户有宗旨，就不能不对诗歌提出特定的要求，而论诗的门槛也自然较袁枚为高。乾隆二十年（1755）所作《书何鹤年在田秀才诗本》曾批评当时的风气："时贤困流俗，溷浊为唱酬。竞此无益名，败纸成高丘。颓波日荡激，百怪同喧啾。"同时称赞何鹤年"汝驾万斛舟"于滚滚浊流中，"洒然脱倚傍，跌宕筋力遒。风刺各有体，善喻成冥

① 《忠雅堂集校笺》，第 4 册，第 2013 页。
② 蒋士铨：《学诗记》，《忠雅堂集校笺》，第 4 册，第 2060 页。
③ 《忠雅堂集校笺》，第 1 册，第 490 页。

搜。自写哀乐情,中人如饵钩。俯首韩杜间,刻苦为刚柔"①。大约在三十岁以前,蒋士铨论诗还是倾向于刻苦用功的,但此后情况就有了变化。乾隆二十一年(1756)夏,有《题南昌闵照堂进士钟陵草后》四首,末一首写道:"历下公安祖述均,我如麋鹿未能驯。近来束缚浑难脱,李杜韩苏太苦人。"② 三十二岁的蒋士铨开始觉得,追随唐宋大家终究难免拘束,从而萌发摆脱前贤的意识,经过十多年的挣扎,最终到达"五十弃去"杜、韩、苏、黄的境地。但在这过程中,宋诗也在他的创作中留下深刻的烙印,他甚至很喜欢效仿宋人的次韵唱酬。秦朝钎《消寒诗话》载:"江西蒋翰林士铨诗笔奇秀,语必惊人。在京与顾侍御光旭为邻,诗词唱和,一韵至十数往复,僮奴递送,晨夕疲于奔命。曹庶常锡宝室宇相对,亦与焉。"③ 在《王谷原比部又曾三月某日卒于里篛石先生于闰五月八日为位法源寺邀同人哭之》诗中,蒋士铨还曾追忆乾隆二十一年(1756)丙子王又曾来南昌,两人"叠韵屡酬答,险僻誓为难"的情景④。这和袁枚拒绝叠韵酬唱的态度恰好形成有趣的对照。

## 二 对袁枚性灵论的倾倒

虽然袁枚早在乾隆十九年(1754)就看到《过燕子矶书宏济寺壁》诗而欣赏蒋士铨的才华,并于二十三年(1758)以《寄蒋绍生太史》诗纳交,但直到乾隆二十九年(1764)士铨乞假归里,暂居金陵,两人才在尹继善座上相见。士铨有《喜晤袁简斋前辈即次见怀旧韵》云:"未见相怜已十分,江山题遍始逢君。"⑤ 此后三个月间,两人有一段游从往来的经历,得以谈诗校艺。尽管两人交往的具体细节我们并不清楚,但事实证明这段经历对蒋士铨的诗歌观念影响很大。

本来蒋士铨的诗歌趣味与袁枚是有一段距离的。袁枚曾说:"蒋苕生与余互相推许,惟论诗不合者:余不喜黄山谷,而喜杨诚斋;蒋不喜杨,而喜黄:可谓

---

① 《忠雅堂集校笺》,第 1 册,第 427—428 页。
② 同上书,第 483 页。
③ 秦朝钎:《消寒诗话》,《清诗话》,下册,第 1049 页。
④ 《忠雅堂集校笺》,第 2 册,第 770 页。
⑤ 同上书,第 953 页。

和而不同。"① 实际上两人的差异远不止这一点。袁枚不太尊崇王渔洋，而蒋士铨则不然，反而很鄙薄讥诮王渔洋的赵执信："前贤典则亦纷纶，要与新城作替人。却笑《谈龙》枉饶舌，饴山何处付传薪？"② 袁枚颇推崇查慎行，而蒋士铨《论诗杂咏》评查慎行却谓："惜非贵重人，枉现优施态。"③ 这种论诗取向与乾隆诗坛流行的批评王渔洋而尊崇查慎行的时尚，与袁枚的趣味都很不一致。这乃是性灵派诗人的普遍倾向，他们虽在艺术观念上主张一致，但具体到诗歌趣味又各有所好。袁枚不喜欢厉鹗，程晋芳却嗜之最笃，也是一个例证。蒋士铨论诗取舍虽与袁枚不尽相同，但终因根于主深情，便埋下了性灵诗学的种子。

性灵诗学不名一体、自成一家的宗旨虽源于叶燮，但叶燮论诗主性情是着眼于见自家面目，而性灵派所言的性情则落实到真情和深情上。在这一点上，蒋士铨开始显出性灵派的倾向。在《胡秀才简麓诗序》中，他称胡诗"或奇逸纵恣，或幽峭深远，如风发泉涌，水流花开，盖能变化古人诗法，而独抒其性真之所至"，而这性真最终又归结于"盖俊杰之士而深于情者也"④。这就将对诗歌本质的把握由论情之真伪转向论情之深浅。深浅，换个说法也就是厚薄。在他看来，人之用情有厚薄，薄情者无以见情；至于奸贼，则都是无情之人。他曾在戏曲《香祖楼·录功》中借末之口说：

> 大凡五伦百行，皆起于情。有情者，为孝子忠臣，仁人义士；无情者，为乱臣贼子，鄙夫忍人。尔等听著：这情字包罗天地，把三才穿贯总无遗：情光彩是云霞日月，情惨戚是雨雪风雷，情厚重是泰华嵩岳摇不动，情活泼是江淮河海挽难回。情变换是阴阳寒暑，情反覆是治乱安危，情顺逆是征诛揖让，情忠敬是夹辅维持，情刚直是臣工龙比，情友爱是兄弟夷齐。情中伦是颜曾父子，情合式是梁孟夫妻，情结纳是绨袍墓剑，情感戴是敝盖车帷。

---

① 袁枚：《随园诗话》卷八，第 211 页。
② 蒋士铨：《题南昌闵照堂进士钟陵草后》其三，《忠雅堂集校笺》，第 1 册，第 483 页。
③ 袁枚《小仓山房尺牍》卷八《答李少鹤》："蒋心余痛诋阮亭，专主初白。"而据周寿昌《思益堂日札》卷六载："蒋心余将查初白全集痛加诋斥，谓是山歌村唱。蒋评无刻本，予有一册，是蒋手书。"钱锺书《谈艺录》已指出这一点，见中华书局 1984 年补订本第 133 页。
④ 《忠雅堂集校笺》，第 4 册，第 2014—2015 页。

> 情之正有尧舜轩羲，情之变有桀辛幽厉，情之正有禹稷皋夔，情之变有廉来
> 罴羿……①

　　不过对写作而言，光有深情还不够，还要有真诚的并且是个性化的表达。诗以道性情的传统命题，到明清之际已被充实了很多内容，因为人们逐渐意识到，虽说诗终究是情感的表现，但从情感发生到写作完成，其间还有很长的距离，而各种诗学的不同主张也就出于对这个过程的不同理解。袁枚的性灵诗学所以要破除所有传统规范的绝对性和强迫性，就是希望最大限度地减少写作过程中妨碍情感表现的环节，使人们的各种生命体验最畅快地表达出来。蒋士铨与袁枚接触后，想必对性灵诗学的宗旨有所体会并且十分认同，观念马上就变得清楚起来。

　　就在与袁枚别后不久，他写了《文字》三首，其三明确地宣示了自己的诗学观："文章本性情，不在面目同。李杜韩欧苏，异曲原同工。君子各有真，流露字句中。气质出天禀，旨趣根心胸。诵书见其人，如对诸老翁。后贤傍门户，摹仿优孟容。本非伟达士，真气岂能充？各聚无识徒，奉教相推崇。之子强我读，一卷不克终。先生何如人，细绎仍空空。"② 几年前对追摹唐宋大家略觉拘束、视为畏途的犹豫态度，至此已彻底抛弃。自抒胸臆真情，自成一家面目，成了理直气壮的口号。其一更洋溢着经历艺术观念的蜕变而焕然一新的精神状态："心与文字会，飘飘其春云。又如春江流，波澜了无痕。篇成觉微妙，其故亦难云。改念蹊径别，再为工拙分。平时读书力，酝酿即渐醇。此境不易到，可为知者论。"③ 曾有的焦虑和迷惘都云消雾散，内心澄明的愉快感觉甚至激起热切渴望表达的冲动，写下集中第一首正式的论诗诗《辩诗》：

> 唐宋皆伟人，各成一代诗。变出不得已，运会实迫之。格调苟沿袭，焉用雷同词？宋人生唐后，开辟真难为。一代只数人，余子故多疵。敦厚旨则同，忠孝无改移。元明不能变，非仅气力衰。能事有止境，极诣难角奇。奈何愚贱子，唐宋分藩篱。哆口崇唐音，羊质冒虎皮。习为廓落语，死气蒸伏

---

① 蒋士铨：《香祖楼》卷上，《红雪楼九种曲》，（台湾）艺文印书馆 1971 年影印本，第 33—34 页。
② 《忠雅堂集校笺》，第 2 册，第 986 页。
③ 同上书，第 985 页。

尸。撑架陈气象，桎梏立威仪。可怜馁败物，欲代郊庙牺。使为苏黄仆，终
日当鞭笞。七子推王李，不免贻笑嗤。况设土木形，浪拟神仙姿。李杜若生
晚，亦自易矩规。寄言善学者，唐宋皆吾师。①

诗中不仅重申了《文字》反对门户摹仿的主张，更从诗歌史的角度说明了唐宋
不相袭的道理，大胆肯定了宋诗的创辟和元明两代因袭的无奈，最后以李杜再生
必易规矩肯定了创新的必然趋势，以"唐宋皆吾师"打破分唐界宋的藩篱，成
为值得注意的标志性口号，成为乾嘉之际诗坛调和唐宋的先声。乾隆三十一年
（1766）他在《沈生拟古乐府序》中更断言："苟执唐宋之说，强为低昂，互为
诋诮，是皆不能自立之士所恃以张皇欺世者，虚车无物，势尽名灭，殊可悯
恻。"② 看得出，此时的蒋士铨已大有一种跳出三界外，不在五行中的超脱态度
及相应的优越感。在这个问题上，他确实同"论诗区别唐、宋，判分中、晚，余
雅不喜"的袁枚一样③，站在一个较高的理论立足点上。他这种态度是否受到袁
枚的启发，还难以断言。袁枚折衷唐宋的说法见于晚年所撰《随园诗话》，而且
自清初以来这也算不上独绝的见解。现在我们只要知道，四十岁的蒋士铨与袁枚
晤游之后，观念明显发生变化，如钱锺书所说的"适与瓯北相反，而与随园渐
合"④，就足够了。

　　不过，有一点是可以肯定的，士铨早年论诗虽也言及性灵⑤，但远不如会晤
袁枚之后多。《忠雅堂集》中所见，如《怀袁叔论》诗云："性灵独到删常语，
比兴兼存见《国风》。"⑥《阮见亭诗序》云："皆自写性灵，非循墙和响之比。"⑦
《尹文端公诗集后序》云："其所为诗，专主性灵，兰荃满怀，冰雪在口，倚俪
淡澹，切迮稽诟，不袭古人一字，而世俗诗人肺腑中物，更无铢发犯其笔端。"⑧

---

① 《忠雅堂集校笺》，第 2 册，第 986 页。
② 《忠雅堂集校笺》，第 4 册，第 2018 页。
③ 袁枚：《随园诗话》卷七，第 182 页。
④ 钱锺书：《谈艺录》，第 139 页。
⑤ 如《张廉船仲子舟北来喜而有作》其二："寄我诗篇好，愁颜藉一开。性灵多慧语，文彩自天
来。"《忠雅堂集校笺》，第 2 册，第 623 页。
⑥ 《忠雅堂集校笺》，第 2 册，第 995—996 页。
⑦ 《忠雅堂集校笺》，第 4 册，第 2016 页。
⑧ 同上书，第 2024—2025 页。

《江西南康都丞槐庵何公继配蒋宜人生传略》云："间作小诗，皆本之性灵，不事修饰。"① 这是不是蒙受袁枚的启发呢？无论答案如何，都不妨碍我们将他视为性灵派批评家了。

### 三 蒋士铨的批评兴趣

蒋士铨留下的著述显示他本是一位评点兴趣浓厚的批评家。现知他评点的诗文集，起码有查慎行诗集一册、王槐植《毅堂诗钞》一卷、袁守定《说云诗钞》二卷、叶尚琏《石林楼诗钞》十五卷、潘素心《不栉吟》二卷、胡慎容《玉亭女史红鹤山庄诗词合稿》二卷、杨琼华《绿窗吟草》一卷、薛守廷《洛间山人文钞》二卷八种②，此外他还评选过骈文选集《四六法海》，"以开阖生动论俪体"③，在读书人中很有市场。他的诗论很多场合也是诗歌批评，晚年有《说诗一首示朱缃》，主体部分是对本朝诗歌的反思：

> 傅山起明季，高节文章随。国朝多学人，风雅亦未稀。雁门列三冯，于古皆庶几。峥嵘陈泽州，南人敢盱睢？性情出本真，风格除脂韦。虽非《三百篇》，老苍具威仪。北方有学者，未能或先之。同时王新城，俗士群相推。声色岂不佳？但袭毛与皮。秋谷撰《谈龙》，嫚骂颇有宜。乃观《饴山集》，边幅亦可嗤。鼷鼠入牛角，束缚泯设施。空浮与窘迫，其失堪等夷。李杜韩苏黄，芥子藏须弥。舒卷成波澜，比兴无支离。人亡其诗存，生气何淋漓。岂如优孟容，摹仿攀人篱。余子各自矜，浅俗或难医。依草附木间，标榜徒尔为。后世五百年，识者无所私。④

诗中除了重申以前诗作中流露的反摹仿倾向外，还有两点可注意。首先是将"李杜韩苏黄"并举，透露出自清初以来韩愈、黄庭坚与宋诗同步被经典化的消息⑤。其

---

① 《忠雅堂集校笺》，第 4 册，第 2159 页。
② 徐国华：《蒋士铨研究》，第 212—221 页。查慎行诗集徐书未载，见周寿昌《思益堂日札》卷六，钱锺书《谈艺录》曾征引。
③ 谭献：《复堂日记》，河北教育出版社 2001 年版，第 122 页。
④ 《忠雅堂集校笺》，第 3 册，第 1245 页。
⑤ 参看蒋寅《韩愈诗风变革的美学意义》，《政大中文学报》第 18 辑，台湾政治大学中文系，2012年 12 月。

"诗好近耽黄鲁直"①，不仅见于七律拗调痕迹宛然，《陈仲牧员外新刻山谷诗集拈韵示苏圃》四首对黄诗"书家谁解绵里针"功夫的揭示，也是山谷诗风光大的重要步骤，以至于后来曾国藩要将他与姚范、姚鼐叔侄的宋诗趣向牵合到一起，作为同光体共同的诗学渊源②。其次是对本朝诗歌少所许可，论王渔洋、赵秋谷诗实能切中两家之短。参照他晚年论诗组诗，明显可见他对明清以来的诗歌，几乎一无首肯，而对江西诗家则不无优容。难怪钱锺书先生说"心余服膺者，皆为其同乡声名寂寥之士"③。这除了出自地域文化的亲近感外，看来也与他对宋诗的态度有关。迨至清代中后期，江西几乎已成为宋诗的代名词。尽管如此，从他对江西诗家的评论中，也可以察知他为什么推崇这些朋友。比如称赞何鹤年诗，道是"鞭辟刻削，不袭古人一字。凡世俗诗人肺腑中物，无锱铢犯其笔端。廉悍倜杰，生面独开，杂之唐、宋人集中，虽智者莫辨，非作者亦不知君诗之迥异乎时人所为也"④。这里的"不袭古人"三句与《尹文端公诗集后序》几乎完全一样，而后者极称尹氏"其所为诗，专主性灵"，则其论何鹤年的旨归不言而喻。

不过，直到晚年，蒋士铨论诗都坚持以道为本，如《胡秀才简麓诗序》所言："康节云，近世诗人，穷蹙则职于怨怼，荣达则专于淫佚，身之休戚，发于喜怒，时之否泰，出于爱恶，殊不以天下大义为言，大率溺于情好也。夫道之散于万物者无穷，而心之感于万境者不已，以物观物，则日进于道矣。以心观心，则不累于境矣。诗之为用，微之可以格鬼神而享天祖，显之可以移风俗而厚人伦，雅颂得所，人心和平，则天地之道通焉。若斤斤与前贤论宗门，守绳墨，较工拙，讲声病，虽极尽能巧，而其中无物焉，是亦苟作而已矣。"⑤ 在这一点上，蒋士铨与袁枚论诗旨归殊有不同。黄培芳《香石诗话》已注意到："蒋心余亦与子才齐名，声气相孚，而其持论有与子才不同者。作某诗序云：'诗，上通

---

① 蒋士铨：《十八夜露坐柬谷原》，《忠雅堂集校笺》，第 2 册，第 499 页。
② 曾国藩《憩红诗课戏作》："铅山不作桐城死，海内骚坛委寒灰。"参看钱锺书《谈艺录》，第 140 页。
③ 钱锺书：《谈艺录》，第 138 页。
④ 蒋士铨：《何鹤年遗集序》，《忠雅堂集校笺》，第 4 册，第 2010 页。
⑤ 《忠雅堂集校笺》，第 4 册，第 2015 页。

乎道德，下止乎礼义。放其言之文，君子以兴，循其道之序，圣人以成。此非半山之言欤？自俗说尚摹拟袭取之术，但求工于声律字句间，而昧咏歌之本，性情日谕，粉饰益伪。界画时代，割据宗门。不知古人外异中同，犹之书家肥瘦好丑虽殊，而笔锋腕力则一也。甚至荣辱挠其外，得丧戕其中，虽极于妍丽，欧公所谓草木荣华之飘风，鸟兽好音之过耳，极心力之劳，迟速之间，同归泯灭。'观此言不逾，则亦异乎恃其笔舌放言高论者矣。"① 这里提到的诗序就是乾隆四十年（1775）初为边连宝所作的《边随园遗集序》，士铨称赞边连宝诗，虽主要着眼于"脱绝町畦，戛然独造，才识邃衍，气力宏放，不名一家"，但终究不离乎"其言有物，诚有合乎风骚之旨"的本根②。职是之故，蒋士铨持论就不至于像袁枚那样恣肆无忌，在一些场合终究有所保留。如《杜诗详注集成序》有云："守故而泥，标新而诞，皆未可与言诗也。"③ 这种话就是袁枚说不出来的：他既不守故，自然就不会有"泥"的问题；既然推陈出新，百无禁忌，也就不存在"诞"的顾虑。由此说来，蒋士铨虽可视为性灵派中人，但他的一只脚其实还在圈子外。青木正儿称"他的主张是一种稳健的性灵说"④，相当有见地。

## 第四节　李调元：性灵派的接受与传播

李调元（1734—1802），字羹堂，号雨村，四川罗江人。少学诗于海宁查虞昌，又曾得钱陈群、陈沨、施沧涛、黄证孙等诸多名士指授，转益多师，故自称"回蜀捷文战，花样自南来"⑤。乾隆二十八年（1763）中进士后，在京又与赵翼、王文治、曹仁虎、吴冲之、沈初、赵损之、宋铣、程晋芳、韦谦恒、毕沅、

---

① 黄培芳：《香石诗话》卷二，《黄培芳诗话三种》，广东高等教育出版社1995年版，第38页。
② 《忠雅堂集校笺》，第4册，第2002页。
③ 同上书，第2033页。
④ 青木正儿：《清代文学评论史》，第134页。
⑤ 李调元：《和程鱼门索余所刻函海原韵》，《童山诗集》卷二三，嘉庆李氏万卷楼刊本。

吴省钦、吴鉴、祝德麟、姚鼐等江南文士游，深受江南诗学的影响①。时正值袁枚名重之际，调元望风向慕，亦步亦趋，笃信之忱，至老愈切。袁枚晚岁获悉此情，深感知己，在《随园诗话》补遗卷九记载："昔曹子桓以金币购孔融文章，韩昌黎以光芒夸李、杜，皆追慕古人，非生同时者也。四川李太史雨村先生，名调元，与余路隔七千里，素无一面，而蒙其抄得随园诗，爱入骨髓。时方督学广东，遂代刻五卷，以教多士。生前知己，古未有也。"② 李调元出任广东学政在乾隆四十二年（1777）至四十六年（1781）年，他选刻的这五卷诗应该是袁枚作品的首次大规模传播，对袁枚全国性声望的提升无疑有重大作用。是以袁枚深怀知己之感，在诗话中详载其事并称道其《观钱塘潮》《登峨眉》诗以为报答。嘉庆三年（1798）四月接到袁枚讣闻，李调元南向恸哭，用袁枚寄诗韵为挽诗二章，内有"瓣香遥奉是吾师，望断龙门百尺枝"之句③，由是后世论者都将李调元归为性灵派。这当然不能说没有道理，但稍失之简单化。我们只要读一下李调元《雨村诗话》，就会看到，李调元虽再三记述袁枚诗作和佚事，但更多的是平视的欣赏，而非仰视的膜拜。卷一指其诗好为大言，亦是一病，笔致相当冷峭。书中再三称道乾隆三大家，同时述及他们与自己的交往，言下隐然有欲厕其间而为四家之意。卷七提到张雨山"论诗尝以袁子才、蒋心余、赵云松及余为首，昔尝欲同玉溪（按：雨山兄，即调元婿张怀溎）选为《林下四老诗》，有志未成"④，正是皮里阳秋的一个典型例证。

## 一　亦步亦趋的追随者

李调元的诗论主要见于《雨村诗话》，分为两卷本和十六卷补遗四卷本两个系统。两卷本专论古人，收入调元于乾隆四十七年（1782）编成的丛书《函海》中，应该是作者五十岁以前的论诗札记。自序略云：

---

　　① 李调元：《童山自记》，赖安海：《李调元文化研究述论》附录，现代教育出版社 2008 年版，第91—97 页。参看杨万里《江浙诗学对巴蜀诗风的改造》，《四川省第二届李调元学术研讨会论文汇编》，四川省民俗学会秘书处编，2014 年 9 月。

　　② 袁枚：《随园诗话》补遗卷九，第 601 页。

　　③ 詹杭伦、沈时蓉：《雨村诗话校证》卷一六，第 374 页。

　　④ 詹杭伦、沈时蓉：《雨村诗话校证》卷七，第 173 页。

> 古人诗话类多摘句，以备采取，唐宋而降，指不胜屈矣。余非敢然也，但自念生平于诗有酷嗜，而以日以月，总觉前此之非。古人云医，三折肱为良医，不知于此道究何如也？积习未忘，尝以为诗法不出乎诸大家，每于同人多谆谆论辩。今择摘可以为法者，略举一二以课儿，与俗殊酸咸，在所不计也。①

这两卷诗话，卷上论先秦至隋，卑之无甚高论。唯独论古今诗乐之分合，通于词曲，极是明晰；诠说乐府也不无胜解，然而以五言配五音，称七言为变调，终觉牵强。卷下论唐至明，多评说李、杜、韩、苏几大家，大约以独创为旨归，主和易而反险怪，以"句平而意奇"为高格，因此颇推崇中唐张、王、元、白乐府，而对宋诗少所许可，唯独倾倒苏东坡一人；论学诗又以为必从李白入手，方能长人才识，发人心思，似不无桑梓之私在焉。总体看来，李调元评前人诗，持论常异于通行评价。比如认为李白诗本自陶渊明；特别尊崇柳宗元，许其诗在王维、孟浩然、韦应物之上；又称杨万里理学、经学俱不可及，独于诗非所长；又举《何将军山林》为杜甫五律之冠，《感愤》为陆游《渭南》《剑南》二集压卷，都与诗家常谈异趣，即便不是英雄欺人，也只能说是好奇之过。值得注意的是，其中多引沈德潜的说法，显见得对沈氏诗学是相当尊崇的。然而十六卷本中提到沈德潜的创作，却批评他"描头画角，微带苏人习气，而模仿太过，反失性情，此其失也"，并且说"余雅不喜读其集，以其台阁气重也"②，明显降低了评价的高度，这很可能与他晚年愈益倾向于性灵派的主张有关。

《雨村诗话》另一种十六卷本专论今人，有乾隆六十年（1795）六月自序，云：

> 诗者，天地之花也，花阅一春而益新，诗阅一代而益盛。秾桃繁李，比艳斗妍，而最高尚者为梅兰竹菊；（中略）高则高矣，而艺圃者不遍植奇花，非圃也；李杜韩苏大则大矣，而谈诗者不博及时彦，非话也。兹之作

---

① 詹杭伦、沈时蓉：《雨村诗话校证》，第2页。
② 詹杭伦、沈时蓉：《雨村诗话校证》卷一六，第362页。

也，上自名公巨卿、高人宿士，下逮舆台负贩，道释闺媛，无论只字单词，莫不口记手录。譬之于花，可谓四时俱备，五方并采矣。夫花既以新为佳，则诗须陈言务去。大率诗有恒裁，思无定位，立言先知有我，命意不必犹人。诗衷于理，要有理趣，勿堕理障；诗通于禅，要得禅意，勿堕禅机。言近而指远，节短而韵长，得其一斑，可窥全豹矣。[1]

这篇序言在告诉我们作者论诗兴趣发生转移的同时，也传达了一个消息，即当时社会对诗歌批评关注当代创作的要求。前人写诗话，大多是随感而发，随意而写，不在意评论什么对象。而此时人们的意识有了变化，写诗话不论及时彦，似乎便不像"话"。这种关注现实的要求，往大里说与明清以来对诗歌之生命意义的重视有关[2]，往小里说则与性灵诗学推动的诗歌写作热潮有关。李调元这十六卷诗话的记载，大抵与乾隆三大家袁枚、蒋士铨、赵翼的活动相终始，评论涉及乾隆间诗家逾千人，尤以川、粤两省诗人居多。其中涉及许多齐名并称的群体，有的是引述时人的说法，有的是他本人命名，体现了他对乾嘉诗坛流别和格局的关注，作为当代人评当代诗的原始记录，值得我们重视[3]。另外，书中还记载了他自己与朝鲜诗人徐浩修、柳琴的交往，是中朝文学交流的珍贵资料。而这些内容与论古人诗的两卷本判然区分，可以看作乾隆后期当代诗歌批评意识日益清晰和强化的标志。两卷和十六卷，不止是古与今的划分，同时也是批评分量的比照，暗示着一个对当代诗歌的关注和评论开始超过古代的新的批评时代的到来。在袁枚《随园诗话》中，这种批评意识表现得已很清楚，但李调元《雨村诗话》才赋予它明确的形态。方薰《山静居诗论》和《山静居诗话》两书的分工，很可能是较早的影响者。

诗话一旦关注当代诗歌，与日俱增的作品便成了取之不尽的素材。十六卷完成后，不几年又积累一批素材，在嘉庆六年（1801）编定为补遗四卷。自序写道：

---

① 詹杭伦、沈时蓉：《雨村诗话校证》，第 26 页。

② 参看蒋寅《中国古代对诗歌之人生意义的理解》，《山西大学学报》2002 年第 2 期；收入《古典诗学的现代诠释》，中华书局 2009 年增订本。

③ 王宏林：《〈雨村诗话〉并称群体及其对乾嘉诗史的建构》，《四川省第二届李调元学术研讨会论文汇编》，第 152—174 页。

乾隆乙卯六月，余已著有《雨村诗话》刊行矣，一时求之者颇盛，海内以诗见投者日踵于门，每有佳句，存之箧笥，爱不忍释，韫椟而藏，今又七年矣。嘉庆五年二月，忽遭烽火，避寇锦城，因得与当道诸公及四方流寓交接往来，几及半载，于是所积益夥。秋后回绵，稍有余闲，拣金择玉，又得百十余篇，乃分为四卷，名曰《雨村诗话补遗》，非谓我用我法，不失古规矩，亦云予取予求，聊以自怡悦耳。①

通过这篇序言我们不难感受到当时诗坛的风气。就像袁枚，撰写诗话的消息一传出，四方作者竞相投稿。李调元诗话的刊行也为他吸引来更多的投稿。这种情形未见于清初诗话的记载，更像乾隆间始流行起来的风气。

当然，更值得注意的是，三篇序言中点出了作者论诗旨趣的变化。从"尝以为诗法不出乎诸大家，每于同人多谆谆论辩"，到主张"大率诗有恒裁，思无定位，立言先知有我，命意不必犹人"，再到"非谓我用我法，不失古规矩，亦云予取予求，聊以自怡悦耳"，清楚地显示出由取法古人进而到追求自立，最终达到毋固毋必、取予随心之境界的艺术历程，这正是性灵派诗学的必然归宿。

李调元《雨村诗话》向来被认为"有折衷格调和性灵两说的倾向"②。联系前文所述对沈德潜评价的变化来看，这么说无疑是有根据的，但总体上看，仍以归属于性灵派为宜。这不仅因为书中于袁枚佚事津津乐道，同时也像袁枚那样惯于自我标榜，且热衷于表彰闺秀诗人乃至皂吏、青衣、梓匠之属，人称"由来姓名怜才切，一句忘收便不安"③；最根本的是，李调元论诗也注重人生体验的个性化表达，反对模仿，更排斥一切妨碍性情表达的因素，与袁枚之说如出一辙。他明确主张："作诗须自成一家言，若徒东摹西仿，千百世后，又安知我为谁乎?"④ 在这样的宗旨下，他论诗取径很接近袁枚，比如：

> 诗须体贴人情。鄞县施瞻山句云："欠伸妻劝睡，盥洗仆嗔烦。"此情逼真。⑤

---

① 詹杭伦、沈时蓉：《雨村诗话校证》，第380页。
② 转引自詹杭伦、沈时蓉《雨村诗话校证》前言，第5页。
③ 詹杭伦、沈时蓉：《雨村诗话校证》补遗卷四，第408页。
④ 詹杭伦、沈时蓉：《雨村诗话校证》卷七，第179页。
⑤ 詹杭伦、沈时蓉：《雨村诗话校证》卷一，第33页。

眼前话，拈出便入神妙。息园《病中》云："药炉茶灶结清缘，赚得闲身整日眠。不忍家人知客病，裁书只说健于前。"与黄石牧《病中》句云"家书姑妄语，依旧写平安"同工。①

像袁枚一样，李调元也认为最好的诗歌就是人生经验的深刻表达，所以诗只要能体贴人情，哪怕是眼前事、口头语，也能成为言情达意、细腻传神的好诗。在这个意义上，对人生体验的深刻把握远比表现手法和技巧更加重要。他曾说"欲知作诗之法，莫过于宋徐师川之言"，引宋曾敏行《独醒杂志》所载："汪彦章为豫章幕官，一日，会徐师川于南楼，问师川曰：'作诗法门当如何入？'师川答曰：'即此席间杯盘果蔬，使令以至目力所及，皆诗也。君但以意剪裁之，驰骤约束，触类而长，皆当如人意，切不可闭门合目，作镌空凿实之想也。'彦章颔之。逾月复见师川曰：'自教后，准此程度，一字亦道不成。'师川喜，谓之曰：'君此后当能诗矣。'故彦章每谓人曰：'某作诗，句法得之师川。'"② 这段诗话所传达的意思是，日常生活中的所有现象无不是诗的素材，就看作者如何剪裁取舍，根本原则是要表达人们的普遍感受，即张戒论元白诗歌所谓"以道得人心中事"为工，而不能一味向壁虚构，只追求出人意料的奇异趣味。这种注重捕捉和表达日常生活感受的写实倾向，体现了宋人在接受、发扬唐代元、白一派诗歌趣味的基础上形成的艺术精神，是宋诗占主导地位的审美意识和时代特征。清初以来，虽然从程孟阳、钱谦益就开始鼓吹宋诗，以苏东坡、陆游诗风提倡于诗坛，王渔洋又推出黄庭坚和江西诗派，但无非都是风格层面的接受和模仿，艺术精神还扎根于唐诗中。只有袁枚的性灵诗学，才真正植入了宋诗注重表达日常生活体验的艺术精神。虽然看上去袁枚的诗歌趣味好像更接近唐诗，其实骨子里乃是宋诗，与钱谦益、王渔洋在风格层面上师法宋诗而骨子里仍是唐诗，恰好形成鲜明的对照。在这一点上，亦步亦趋追随袁枚的李调元，也同样如此。这倒印证了其婿张怀湔所说的："今人学唐，终只是宋。"当然，李调元本心是认为今人诗

---

① 詹杭伦、沈时蓉著：《雨村诗话校证》卷八，第189页。
② 詹杭伦、沈时蓉著：《雨村诗话校证》补遗卷四，第415页。

"非唐非宋,亦只是今人诗而已"①,但从根本上说,也不一定非唐非宋不可。他在观念上同样放弃了分唐界宋的固见,认识到"宋人一切绮语皆入词曲,而诗家专以理胜,以趣行,若律以唐调,曰是为合作,何异痴人说梦。即如汉魏六朝,自当以《文选》为正,若执是以律唐人,则无一诗矣,况宋元明各有一代之诗,岂可尽以唐人律律乎?"② 这种诗史观与袁枚不是一脉相承吗?

事情就是这样,只要坚持以人生体验的表达为本位,就必然会步踵袁枚的理论取向。所以《雨村诗话》的基本立场,同样是摈弃一切妨碍自我表现的习气,与袁枚持论如出一辙,有时还明显可见因袭的痕迹。比如关于诗料,李调元曾说:

> 近人每作诗,辄翻书寻诗料,不知诗料只在目前。嘉庆陈梅岑熙有《暮春》句云:"误除野草伤新笋,偶检残书得旧诗。"钱塘袁梓斋腾句云:"棋残因客至,书草为花忙。"皆眼前诗料也。③

又如论及用事,他主张:

> 诗不可用僻事,亦如医家不可用僻药。善医者不得已而用药,必择其品之善、用之良,如参苓、耆术可以久服而无害者,必无不验;善诗者不得已而用事,必择其典之雅、词之丽,如经史、诸子可以共知而无晦者,必无不精。④

我们知道,袁枚针对诗坛喜好堆垛故实的习尚,曾发出质问:"人有满腔书卷,无处张皇,当为考据之学,自成一家;其次则骈体文,尽可铺排,何必借诗为卖弄?"⑤ 并且肯定,"自《三百篇》至今日,凡诗之传者,都是性灵,不关堆垛"。纵观诗史,"惟李义山诗,稍多典故;然皆用才情驱使,不专砌填也"。所以他仿元好问作《论诗绝句》,末一首即著名的:"天涯有客号詅痴,误把抄书当作

---

① 詹杭伦、沈时蓉:《雨村诗话校证》补遗卷四,第409页。
② 同上书,第411页。
③ 詹杭伦、沈时蓉:《雨村诗话校证》卷一三,第302页。
④ 詹杭伦、沈时蓉:《雨村诗话校证》卷一,第40页。
⑤ 袁枚:《随园诗话》卷五,第146页。

诗。抄到钟嵘《诗品》日，该他知道性灵时。"① 李调元以善用眼前诗料为高，诚人勿用僻事，正本自袁枚之说。而论及用字，认为"诗不可用替代字，如以风为巽二、雪为滕六等类，虽宋人多有之，大是低品"②，也与袁枚的看法相近。论及用韵，又说：

> 古人作近体诗，必先选韵，一切晦涩者不用。如葩即花也，而葩字不亮；芳即香也，而芳字不响，诸如此类。间有借用者，皆谓之不善选韵。尹文端公继善论诗，选韵最细，有句云："得天厚只论诗刻，待客丰惟自奉廉。"③

这一段所论选韵之说，原系糅合《随园诗话》卷六两则而成，不过误将申笏山句当成了尹继善句④。其取意则与袁枚另一段批评时人好用杂事僻韵的议论相通，袁枚指出："古无类书，无志书，又无字汇；故《三都》《两京》赋，言木则若干，言鸟则若干，必待搜辑群书，广采风土，然后成文。果能才藻富艳，便倾动一时。洛阳所以纸贵者，直是家置一本，当类书、郡志读耳；故成之亦须十年、五年。今类书、字汇，无所不备；使左思生于今日，必不作此种赋。即作之，不过翻摘故纸，一二日可成。可抄诵之者，亦无有也。今人作诗赋，而好用杂事僻韵，以多为贵者，误矣！"⑤ 李调元论及谒祠诗，极强调语切时地，不可失之空泛：

> 谒祠诗须语无泛设，若一字落空，则他祠亦可用矣。⑥

---

① 袁枚：《随园诗话》卷五，第146页。

② 詹杭伦、沈时蓉：《雨村诗话校证》卷七，第187页。

③ 詹杭伦、沈时蓉：《雨村诗话校证》卷六，第150页。

④ 袁枚《随园诗话》卷六："欲作佳诗，先选好韵。凡其音涉哑滞者、晦僻者，便宜弃舍。'葩'即'花'也，而'葩'字不亮；'芳'即'香'也，而'芳'字不响。以此类推，不一而足。宋、唐之分，亦从此起。李、杜大家，不用僻韵；非不能用，乃不屑用也。昌黎斗险，掇《唐韵》而拉杂砌之，不过一时游戏，如僧家作盂兰会，偶一布施穷鬼耳。然亦止于古体、联句为之。今人效尤务博，竟有用之于近体者。是犹奏雅乐而杂侏儒，坐华堂而宴乞丐也，不已慎乎！"又云："尹文端公于近体诗，推敲最细。尝招陈太常星斋、申副宪笏山小集。申和'廉'字云：'得天厚只论诗刻，待客丰惟自奉廉。'余按宋人亦有句云：'诗律伤严似寡恩。'"第140、136页。

⑤ 袁枚：《随园诗话》卷一，第7页。

⑥ 詹杭伦、沈时蓉：《雨村诗话校证》卷一二，第289页。

这也就是《随园诗话》卷一引述的陆龟蒙称赞张祜"善题目佳境，言不可刊置别处"之意。"即如一客之招，一夕之宴，开口便有一定分寸，贴切此人、此事，丝毫不容假借，方是题目佳境。若今日所咏，明日亦可咏之；此人可赠，他人亦可赠之，便是空腔虚套，陈腐不堪矣"①。古人论诗有所谓"切"，正是此意，袁枚破除一切诗家规条后退守的艺术底线也止于此。

袁枚性灵诗学褪解了所有传统观念、规则、技法的绝对性，唯独于音乐性情有独钟，不敢稍懈。李调元论诗也独重声调，《雨村诗话》卷一开篇即言："诗有三字诀，曰：响、爽、朗。响者，音节铿锵，无沉闷堆塞之谓也；爽者，正大光明，无嗫嚅不出之谓也；而要归于朗，朗者，冰雪聪明，无瑕瑜互掩之谓也。言诗者不得此诀，吾未见其能诗也。"② 这不能不说是很独特的见解，比宋人论诗重"响字"更丰富、更深入了一层。

总体上看，李调元持论近于袁枚，但取舍之际也微有不同。袁枚论诗标举性灵，李调元则不言"性灵"，倒是偏爱性灵说的分支概念"风趣"，诗话中摘句每以"风趣"许人；袁枚不喜欢黄庭坚，李调元却许其戛戛独造，终成江西一派③，可见两家的诗歌趣味是略有差异的。不过在此之外，就很少看到李调元独出手眼之处了。《雨村诗话》中巨细无遗地缕述袁枚毕生行事，对其诗学更是由衷地再三叹赏。难怪后来黄培芳要说李调元虽"时有辨正子才处，要之其心摹手追只在子才，宗旨同也"④。嘉、道以后，像刘声木那样肯定其"于诗学研究甚深，确有心得之语"⑤ 的学者，固然不能说绝无仅有，但大多数诗论家对《雨村诗话》都无甚好评。嘉庆六年（1801）续编四卷寄给赵翼，赵翼题诗称"意在多收不在删"⑥，就微讽其收录之宽，后林昌彝更径以"滥收"斥之⑦。此外，以下三点非议李调元恐怕也难以置辩：一是多拾袁枚唾余，人目为随园唾壶⑧；二

① 袁枚：《随园诗话》卷一，第 15 页。
② 詹杭伦、沈时蓉：《雨村诗话校证》卷一，第 27 页。
③ 詹杭伦、沈时蓉：《雨村诗话校证》卷三，第 94 页。
④ 黄培芳：《香石诗话》卷二，《黄培芳诗话三种》，第 39 页。
⑤ 刘声木：《苌楚斋五笔》卷二，下册，第 930 页。
⑥ 赵翼：《雨村观察自蜀中续寄诗话比旧增多戏题于后》，《赵翼全集》，第 6 册，第 866 页。
⑦ 林昌彝：《射鹰楼诗话》卷二三，上海古籍出版社 1988 年版，第 558 页。
⑧ 胡曦：《湛此心斋诗话》卷一，兴宁先贤丛书影印守先阁藏传钞本。

是记袁枚事过多，几成传叙，正如梁九图说的，"大抵雨村所欲言而子才已言之，雨村所欲为而子才已为之，故不觉津津有味。然子才长处，雨村未及其一；子才短处，雨村已逾其数"①；三是不脱经生迂腐气，潘清撰称李调元诗"颇有性灵而局于边幅，即其《诗话》亦囿于帖括而有头巾气"②，就是这个意思。大概清代著名诗话中，还没有哪一种像《雨村诗话》这样遭人鄙薄过。朱庭珍对李调元的评价是："专拾袁枚唾余以为能，并附和云松，其俗鄙尤甚，是直犬吠驴鸣，不足以诗论矣。"③ 语虽刻薄，却的确触及李调元论诗的病根。《雨村诗话》十六卷中，虽然也像袁枚那样多取深刻表达人生体验之作，但通观全书，非但比袁枚更少理论阐发，采录的人物与作品也多不足观，清楚地显示出他与袁枚评诗手眼的高下悬殊。

## 二 五代诗歌研究的奠基者

谈论李调元的诗学，还有一个不能不提到的业绩是《全五代诗》的编纂，这是诗歌史上首次由个人编纂断代诗歌全集，在此之前编成的《全唐诗》《全金诗》都是官修的书，而明代胡震亨、清初季振宜编纂的全唐诗则未成书。因此，李调元编成《全五代诗》也是诗史上的一个创举，尽管其篇幅与《全唐诗》不能相提并论。

就整个学术背景而言，李调元此书也是清代编纂历代总集风气下的产物。到乾隆年间，先唐古诗、唐、宋、金、元、明历代诗歌都已有较大规模的总集，唯独五代这个在历史上属于"闰余"的时期，向来或附于唐末，或附于宋初，很少有人将它视为一个独立的诗史时段，更不要说为它编纂一部诗歌总集了。清初王渔洋辑《五代诗话》，稿本藏于家，直到乾隆十三年（1748）才由门人黄叔琳刊行于世，但五代留传下来的诗歌作品仍无人专门加以纂辑。这也很正常，在当时诗家的眼中，"五代人诗虽不乏情致，然薄脆已极，所谓亡国之思、靡靡之音也。即宋初如徐骑省辈，犹卑弱无气势"④。李调元虽然不否认这一美学判断，

① 梁九图：《十二石山斋诗话》卷七，道光间梁氏十二石山斋刊本。
② 潘清撰：《挹翠楼诗话》卷二，同治二年自刊巾箱本。
③ 朱庭珍：《筱园诗话》卷二，《清诗话续编》，第 4 册，第 2239 页。
④ 李宪乔：《与众家论诗》，《凝寒阁诗话》，《山东文献集成》第三辑，第 47 册，第 232 页。

但从历史的角度看到了历来将五代或附于唐或附于宋的不合理:"梁、唐、晋、汉、周历五代十三君,共五十二年。其间或缙绅,或隐逸,代不乏人。然各事其主,判若町畦。如梁初或可附之唐末矣,晋、汉、周则去唐较远。周末或可附之宋初矣,唐、晋、汉则距宋稍遥。况兼以十国各据疆土,即五代之君亦不能隶其版图而属之,而况乎唐、宋,所谓风马牛不相及者,以之附入,岂不谬乎?"① 基于这种认识,他将五代作为一个独立的诗歌时代来对待,从乾隆四十年(1775)二月开始了《全五代诗》的编纂工作,至四十三年(1778)正月成稿。据《雨村诗话》说,此书的编纂是出于程晋芳的怂恿②。在此后的编纂过程中,程晋芳也常寄材料给他。及其编就,晋芳有诗索书,称:"子诚有心人,采掇弗惮劳。全体若单词,理之俾有条。考核必精诣,注释连昏朝。"李调元答诗曰:"五代本无诗,多附唐末朝。亦或入宋初,九牛才一毛。譬如采兰菊,弥望皆烟苕。况复蒿与艾,其品益不高。我生好吟咏,嗜古如甘醪。自汉魏以还,钞校不惮劳。唐宋各全集,汇疏颇有条。中间五十年,缺略匪一朝。思欲勤补缀,日夜笔自摇。丛书获只字,喜若逢琼瑶。只取备文献,不在格卑超。手录垂三年,几脱十瓮毫。鸡窗耿灯火,牙签风雨飘。遗文遭断简,聚讼空相誉。"③ 由此我们也可窥见其编纂动机及经过。

李调元编成的《全五代诗》共九十卷补遗一卷,刊于乾隆四十三年,收入李调元编刻的丛书《函海》中,缺最后十卷荆南大半和北汉。这部分诗《全唐诗》里都有,李调元本已编定,属弟鼎元校正,但李调元卒后鼎元未果其事,只是订正原刊本的一些错误,于嘉庆间重镌。直到道光五年(1825),才由调元子朝夔增补为一百卷补遗一卷本。全书除无名氏外,收诗人559人,作品7461首,逸句417句。其宗旨是"意在备收,为五十二年典故之征",故作者不论身份,遇历仕数朝者,"唯按其事实于何代最著,则断以某代。至有唐人而入五代,五代而入宋者"④。又考虑到"五代中,十国多有奉五代正朔者,如吴越、闽、荆

---

① 李调元:《全五代诗》自序,巴蜀书社1991年版,上册,第1页。
② 詹杭伦、沈时蓉:《雨村诗话校证》,第60页。
③ 李调元:《程鱼门以诗乞余所编全五代诗依韵奉答兼索异书》附程晋芳原诗,《童山诗集》卷二三。
④ 李调元:《全五代诗》凡例,上册,第1页。

南、楚、南唐，时叛时附，故抄五代之诗而不附十国，则无以观其全"①，故以十国诗附之。作者小传"先叙字、爵、里居、谥法，再缀以事迹"；作者编次"必先官爵，次隐逸，次道释，次闺媛，次神仙鬼怪"；作品编次"每一人必先乐府，次四言，次五古，次七古，次五律，次五排，次七律，次七排，次五绝，次六绝，次七绝"。又将采用书目近三百种列于卷首，"以便考订者互相查对"②，再将五代十国帝王世系及年号、谥号、庙号另编一谱于卷首，体例堪称严谨而完善，至今编纂古代文学总集仍不过如此。

评价李调元的《全五代诗》，离不开《全唐诗》的参照。此前七十年彭定求等编订的《全唐诗》，因仓促藏事，现在看来编校质量颇有问题。李调元的《全五代诗》，虽非以订补《全唐诗》为目标，但实际上对其五代部分有相当的订补和完善。首先值得称道的是根据诗人的经历重新定其国属，这绝不是"根据诗人的经历将他们分配于五代十国"这么简单的事③，因为他注意到：

> 五代年间，易姓僭窃，如翻鏊上饼，以致官爵益滥。小人乘君子之器，富贵出于非意，视国家安危如秦越不相谋，故其时将相大臣有一人而事一二朝者，有一人而事四五朝者。如后唐之冯道，所向称臣；后梁之王易简，几遍五代；后汉之王仁裕，历事八君，似处处皆可拦入。当附入何代乎？④

这么说来，五代十国诗人的国属判定实在是相当复杂的事。李调元的原则是"唯于其人核其生平，将受知必有最深之地，功名必有最显之时，本其时其事，以定其为何代之人，亦愧其不安之意也"。于是考核作者的生平出处之迹就成为他编纂工作中的一项重要内容，自称"数年来于趋署直宿之余，辄坐拥诸书，详加翻核。有五代诗而为前人附入唐末宋初者，俱一一归还之。或应入某代，或应入某国，各按其时其事。而更于每人姓氏之下，缀以小传，皆据各书采录，非臆说也。盖不如是则不足以成五代之诗也"⑤。这番工作为纷纭复杂的五代诗坛梳理

---

①  李调元：《全五代诗》凡例，上册，第1—2页。
②  同上书，第2页。
③  今井清：《关于〈全五代诗〉》，《东方学报》第41册，日本京都大学人文科学研究所1970年版。
④  李调元：《全五代诗》自序，上册，第1页。
⑤  同上。

出一个较为清晰的线索和格局，不能不说是有功于诗史。顺便提到，李调元生活的时代，运用文献已比王渔洋编《五代诗话》时方便很多。《诚鉴录》《唐摭言》《吴越备史》《玉壶清话》《唐语林》这些书在王渔洋的时代还都是珍稀秘籍，有时只能向朱彝尊商借①。而到李调元此时，许多唐宋秘籍已藉《四库全书》的编纂得到普及流通，他可以从容地翻检考证，更兼置身于乾隆朝浓厚的学术风气中，《全五代诗》在传记文献的考订上胜过《全唐诗》几乎是不用怀疑的事。

李调元做的另一项工作是将作品重新编排，形成自己的编纂方式。它在文献价值上超过《全唐诗》之处，是对作品出处的说明远为丰富和清楚。《全唐诗》于断章、佚句一般都注明出处，但完整作品则较少注明。《全五代诗》作为正文收录的诗作，遇到作品较少的作者，都尽量注明所据，比《全唐诗》更为严谨。小传注中引用的诗句一般也出书名，录其佚事。但因为是小传的注，也每有不清楚的地方。作品数量稍富的作者看来多据别集收录，不过小传所引的诗句每采自各种典籍，虽都标出书名，却因诗与佚事一起照录，检索和统计诗作不太方便。例如，卷八黄巢只收《自题像》一首，而"堪与百花为总首"一联与脍炙人口的"飒飒西风满院栽"、"待到秋来九月八"二绝，都在小传后附录的《贵耳集》一条中②，不如《全唐诗》那样，将所有诗作都列入正文看起来更为清楚。如果《全五代诗》也能像《全唐诗》那样，将与诗无直接关系的佚事作为小传附录，诗的出处及相关佚事列于作品之后，眉目就会清楚得多。据今井清统计，《全五代诗》引用《全唐诗》仅12处，作品仅24篇，非常有限，看来李调元对《全唐诗》的编法不是很欣赏，也不想受它的拘束，于是自创一种体例，以便从心所欲地开展工作，但他的方案显然不比前人更好。

作为五代诗全编的草创之作，不可避免地也存在一些缺点，主要表现在收录作家作品的时代断限不清，像陈黯、曹松、黄巢、王涣、杜荀鹤、聂夷中、赵光远等人，均未入五代，而作品全部收入；郑谷、司空图已入五代却未见收；已收诗人所录作品不全，如韩偓、杜荀鹤、贯休等所录数量反不及《全唐诗》；误收他朝的亦不在少数，如将唐末诗人唐彦谦列入后唐，沿《全唐诗》之误将唐末

---

① 蒋寅：《王渔洋与康熙诗坛》第六章"王渔洋藏书与诗学的关系"，第141、145页。
② 李调元：《全五代诗》卷八，上册，第182页。

张泌、陈陶误作南唐张佖、陈陶，误将宋人杜常、元人唐温如（唐珙）收入等；编次亦有欠严谨处，如卷二十四至三十九为南唐，其后接前蜀、后蜀，至卷六十一又是南唐。此外收入不少后人笔记、志怪里的诗歌材料，实非五代人撰作，所录诗篇文字及有关资料仍有舛误①。

相对录文来说，《全五代诗》在文献考订方面殊乏贡献。书中对《全唐诗》收录之误的厘正，只有据《五代诗话》辨李贞白《咏蟹诗》应为王贞白作这一个例子。在校勘方面，李调元采纳了《全唐诗》对重出之作的一些说明，甚至还偶有超出《全唐诗》之处，但《全唐诗》所校出的大多数重出作品，《全五代诗》都未注明，更不要说《全唐诗》随处可见的异文校勘了。有关《全五代诗》编纂中的问题，日本学者今井清已有很綦详的考论。根据他的研究，可以确信，用李编《全五代诗》来研究五代时期的诗歌创作是靠不住的。我们仍然要参照《全唐诗》，遇到文字和作者归属的异同问题，则只能根据自己的见识来判断了——对一个见识不能过人的编纂者，我们又怎能寄予更多的期望呢？

## 第五节　洪亮吉：提升当代诗歌批评的品位

乾隆一朝学术风气浓厚，以学者而兼擅文学如钱大昕、孙星衍、孔广森、焦循、凌廷堪之类，或文学家而精于学术如赵翼、纪昀、王鸣盛、王昶之类，在当时都是习见不鲜的。这个时代或许也可以说是中国历史上的文艺复兴时代，当时享有盛名的人物都是伏尔泰、狄德罗一辈百科全书式的博学家和艺术家，而其中在文学和学术两方面都达到很高成就的，赵翼之后就要数洪亮吉了。

洪亮吉（1746—1809），字礼吉，号稚存；又字君直，号北江，晚号更生居士。江苏阳湖人。乾隆五十五年（1790）进士，授翰林编修，官至贵州学政。平生以博学工诗兼擅骈体文辞著称。著述多达百余种，后人汇刊为《洪北江全

---

① 陈伯海、李定广：《唐代总集纂要》，上海古籍出版社 2016 年版，第 821 页。

集》。洪亮吉生长于江南，置身于乾隆后期的诗歌氛围中，后又与赵翼、张问陶等人为至交，论诗不能不受到性灵派的影响。他45岁中进士时，袁枚已75岁，视他为后辈翘楚，深加器重，更通过他与京师诗坛保持一线联系，而洪亮吉同样也很敬重这位翰林前辈，坦言袁枚在诗学上"于亮吉有师友渊源之益"①。但两人的文学倾向，从立足点开始即已异趣：袁枚薄考据，尚诗文，以文人自立于世；而洪亮吉却尊崇学问，鄙薄文人，说"人不可自命为文人，不得已为文人，亦当鉴于草木之华、鸟兽之羽毛，而不自炫奇鬻异"②。尽管洪亮吉在当代一直被当作学者来研究③，但今人撰写的评传都会述及他的文学评论，青木正儿《清代文学评论史》，邬国平、王镇远《清代文学批评史》也用专节评述了他的诗论④。关于洪亮吉的诗学，严明认为他的理论渊源于杨维桢，论诗主性情，尚真气，理论建树突出地表现在对文学创作中主体因素的重视上⑤；而龚显宗讨论洪亮吉的诗学观念，则列举出"不相师袭，各臻其极""不能以己律人""诗人不可无品""诗文兼美者寡"等命题⑥。这些命题无疑都近于性灵派的观念。然而洪亮吉诗学整体上却绝非性灵论所可涵盖，其中有一些属于他个人的东西，更值得我们注意。

## 一 与袁枚性灵论的离合

洪亮吉的诗论主要见于《北江诗话》六卷，与赵翼撰写诗话同在嘉庆初，成书在嘉庆九年（1804）以后⑦。这是一部颇具传统诗话品格的作品，非但许颛所言"辨句法，备古今，纪圣德，录异事，正讹误"（《彦周诗话》）等无所不有，甚或评议经史，杂述见闻，记载掌故，考证名物，乃至评骘美食，无关于诗

---

① 洪亮吉：《答随园前辈书》，《续同人集·文类四》，《袁枚全集》，第5册，第354页。

② 洪亮吉：《意言·文采篇》，《洪亮吉集》，第1册，第27页。

③ 除了经史之学外，洪亮吉在政治方面也受到学界的关注，有关研究有苏珊·马恩《洪亮吉：十八世纪后期政治难题的观察和分析》，斯坦福大学博士学位论文，1972年。

④ 邬国平、王镇远：《清代文学批评史》，上海古籍出版社1995年版，第515—521页；青木正儿：《清代文学评论史》，第145—151页。

⑤ 严明：《洪亮吉评传》，（台湾）文津出版社1993年版；陈金陵：《洪亮吉评传》，中国人民大学出版社1995年版；蔡静平：《论洪亮吉北江诗话》，《中国文学研究》1996年第4期。

⑥ 龚显宗：《洪亮吉诗观》，载《诗话初探》，（台湾）凤凰城图书公司1984年版，第146—156页。

⑦ 洪亮吉《更生斋集》卷四有嘉庆五年《赵兵备翼以所撰唐宋金七家诗话见示率跋三首》自注云："余时亦作《北江诗话》，第一卷泛论，自屈子起。"参看蒋寅《清诗话考》中《瓯北诗话》、《北江诗话》叙录。

的文字时时阑入。卷二论藏书家有五等一条，治文献者传为名言。尤其是出语简洁，清言可味，最见才学。如"臧洪之节，过于鲁连。弘演之忠，逾于豫让。高渐离之友谊，青萍子之后劲也。栾布之义烈，王叔治之先声也"（24）①。"东汉人之学，以郑北海为最。东汉人之文，以孔北海为最。东汉人之品，以管北海为最。"（28）至于卷二所载与张问陶饮酒佚事："余在翰林日，冬仲大雪，忽同年张船山过访，遂相与纵饮，兴豪而酒少，因扫庭畔雪入酒足之。曾有句云：'闲中富贵谁能有？白玉黄金合成酒。'"（23—24）与《船山诗草》卷五《十二月十三日与朱习之石竹堂钱质夫饮酒夜半忽有作道士装者入门视之则洪稚存也遂相与痛饮达旦明日作诗分致四君同博一笑》《稚存闻余将乞假还山作两生行赠别醉后倚歌而和之》两诗对读，最见作者的性情。在我寓目的近六百种清诗话中，《北江诗话》未必是最有价值的一种，但却是最见性情、读来最愉快的一种。作者的才情趣味俱见于书中，好恶分明，褒贬由衷，毫无清代中叶以后诗话惯有的标榜声气、风流自赏、诙谀权贵、秋风牙市之类的习气。

无论从哪方面看，洪亮吉与其说是个理论家，还不如说是个批评家，而且是个有着明确的理论意识的批评家。他首先提出，"诗文之可传者有五：一曰性，二曰情，三曰气，四曰趣，五曰格"，然后用他学者式的周密分析加以阐释，说：

> 诗文之以至性流露者，自六经四始而外，代殊不乏，然不数数觏也。其情之缠绵悱恻，令人可以生，可以死，可以哀，可以乐，则《三百篇》及《楚骚》等皆无不然。"河梁""桐树"之于友朋，秦嘉荀粲之于夫妇，其用情虽不同，而情之至则一也。至诗文之有真气者，秦、汉以降，孔北海、刘越石以迄有唐李、杜、韩、高、岑诸人，其尤著也。（22）

这段文字阐释性、情、气三个概念，各加了一个定语，变成至性、缠绵悱恻之情、真气，以示为终极标准。至性主要是经书表现的内容，后代虽时而有之，但不多见；缠绵悱恻之情则以《诗》《骚》迄汉魏诗歌为典范，以人伦情感为中心；真气最为普遍，自汉魏以迄盛唐都不乏杰出代表。三个概念所对应的典范依

---

① 下文凡引《北江诗话》，均据人民文学出版社 1983 年版，仅注页数。

时代而降，很大程度上暗示了相位的高下。"趣"经李调元对"风趣"的运用，也成为性灵论的重要分支概念，洪亮吉进而将它析为三类："有天趣，有生趣，有别趣。庄漆园、陶彭泽之作，可云有天趣者矣；元道州、韦苏州亦其次也。东方朔之《客难》，枚叔之《七发》，以及阮籍《咏怀》、郭璞《游仙》，可云有生趣者矣。《僮约》之作、《头责》之文，以及鲍明远、江文通之涉笔，可云有别趣者矣。"（22）这是很独到的分析，虽然举例未加以阐说，让人不易确知其意指，但已可见"趣"的概念在他意识中所占有的分量。最后讲格，不免带有负面色彩："至诗文讲格律，已入下乘，然一代亦必有数人，如王莽之摹《大诰》，苏绰之仿《尚书》，其流弊必至于此。明李空同、李于鳞辈，一字一句，必规仿汉魏、三唐，甚至有窜易古人诗文一二十字，即名为己作者，此与苏绰等亦何以异！本朝邵子湘、方望溪之文，王文简之诗，亦不免有此病。则拘拘于格律之失也。"（22）这里将"格"等同于格律，明显是针对格调派而言，而将方苞和王士禛举为古文和诗的反面典型，不能不让人联想到袁枚"一代正宗才力薄"的批评。相比前人对诗歌要素的各种概括，洪亮吉的性、情、气属于主观要素，趣介乎主客观之间，既可以指动机，也可以指效果，只有格属于客观要素，足见其持论明显向主观方面倾斜，这正是性灵派诗学的基本倾向。事实上，他评价古今诗人都以有无性情为衡量标准，最典型的莫过于论晚唐七律，历举罗隐之感慨苍凉、韩偓之沉丽、司空图之超脱，次则吴融之悲壮、韦庄之凄艳，"孰云吟咏不以性情为主哉！"（99）而相反"皮、陆诗，能写景物而无性情，又在唐彦谦、崔涂、李山甫诸人之下"（100）。

但我将洪亮吉归于性灵派诗论家，除了上述引文表达的主性情、主真气、主趣外，还基于他力主独创、自成一家的观念。他曾指出："杜牧之与韩、柳、元、白同时，而文不同韩、柳，诗不同元、白；复能于四家外，诗文皆别成一家，可云特立独行之士矣。韩与白亦素交，而韩不仿白，白亦不学韩，故能各臻其极。"（3）反过来，不成功的例子则是，"宋初杨、刘、钱诸人学'西昆'，而究不及'西昆'；欧阳永叔自言学昌黎，而究不及昌黎；王荆公亦言学子美，而究不及子美；苏端明自言学刘梦得，而究亦不能过梦得。所谓棋输先著也"（27）。很显然，他是认为前人不必学，一学就注定不能超过前人。为此，他反对攀附前贤、寄人篱下的宗派观念，《西溪渔隐诗序》曾说："诗至今日，竞讲宗派，至讲宗派，而诗之真性情真学识不出。"① 同时，洪亮吉也并不厌薄风情，甚至称赞友人汪端光诗"如著色屏风，五采夺目，而复能光景常新。同辈中鲜有其偶。艳体诗尤擅场，尝有句云：'并无歧路伤离别，正是华年算死生。'描摹尽致，《疑雨集》不能过也"（10）。对《疑雨集》的褒贬原是袁枚和沈德潜诗学观念冲突的焦点之一，洪亮吉对《疑雨集》的肯定，表明他是站在袁枚一边的。

但洪亮吉诗学的理路又是不同于袁枚的。虽然同样以性情为旨归，袁枚浑言"性情"二字，实际等同于性灵；而洪亮吉判性、情为二，性高于情，并且完成自我表现的途径也不一样。相对于"诗文之可传者有五"，《庄达甫征君春觉轩诗序》还提出了保证其实现的五个条件：

> 品之不端，则无以立其干；气之不盛，则无以举其辞；性情之不挚，则无以发其奇；心思之不沉，则无以扶其奥；学术之不赡，则无以极古今上下屈伸变化之方。五者具而始足以言诗，始足以言诗之传。②

换成正面表达，即以端正的品格树立骨干，以旺盛的气势调运文辞，由诚挚的性情生发奇思妙想，以深沉的心思穷尽技艺的精微，最后以富赡的学养穷极体制、风格的变化。只有具备这五个方面，才能写得出足以传世的诗作。这五个方面虽仍属主观因素，但已不是主才主趣的袁枚性灵论所能包括。尤其是品端一说，最与主瞬间情思和偶然感触的性灵论异趣，突出了人的品格，即稳定的人性。更值得注意的是，品为洪亮吉心目中诗人的首要素质："诗人不可无品，至大节所在，更不可亏。"③ 在谈到咏物诗时，他曾说："雕虫小技，壮夫不为。余于诗家咏物亦然。然亦有不可尽废者。丹徒李明经御，性孤洁，尝咏佛手柑云：'自从散罢天花后，空手而今也是香。'如皋吴布衣，性简傲，尝咏风筝云：'直到九霄方

---

① 《洪亮吉集》，第 1 册，第 218 页。

② 《洪亮吉集》，第 3 册，第 1146 页。"扶其奥"义不可通，疑"扶"为"抉"之讹。

③ 洪亮吉：《北江诗话》卷四，第 65 页。其具体体例证为："杜工部、韩吏部、白少傅、司空工部、韩兵部，上矣。李太白之于永王璘，已难从讳。又次则王摩诘。再次则柳子厚、刘梦得。又次则元微之。最下则郑广文。若宋之问、沈佺期，尚不在此数。至王、杨、卢、骆及崔国辅、温飞卿等，不过轻薄之尤，衰检则有之矣，失节则未也。"

驻足,更无一刻肯低头。'读之而二君之性情毕露。谁谓诗不可以见人品耶!"
(7)咏物诗之不可废,就在于它也展露作者的性情,并由此透现其人品。品是
性情的质地,是更深刻的内涵,所以也是更首位的要素。

正因为洪亮吉将品放在第一位,相对袁枚论诗多着眼于言情之巧,他论诗更
注重深切感人的伦理内涵,并且欲"借之以垂劝戒"(80),故而在性情两者中
又明显偏重于性,曾说:"写景易,写情难;写情犹易,写性最难。若全椒王文
学鳌诗二断句,直写性者也:'呼奴具朝餐,慰儿长途饥。关心雨后寒,试儿身
上衣。''儿饥与儿寒,重劳慈母心。天地有寒燠,母心随时深。'实能道出慈母
心事。"(32)又举他认为最感人的诗句曰:

> 明御史江阴李忠毅狱中寄父诗:"出世再应为父子,此心原不间幽明",
> 读之使人增天伦之重。宋苏文忠公《狱中寄子由》诗:"与君世世为兄弟,
> 又结他生未了因",读之令人增友于之谊。唐杜工部送郑虔诗:"便与先生
> 成永诀,九重泉路尽交期",读之令人增友朋之风义。唐元相悼亡诗:"惟
> 将终夜长开眼,报答平生未展眉",读之令人增伉俪之情。孰谓诗不可以感
> 人哉?(3)

偶见这类作品的取予,会让人觉得与袁枚论诗之旨接近,但实际上洪亮吉的出发
点更落在人伦情感上,而且更重视那些与诗教精神相吻合的正统观念。比如,他
很喜欢钱起"穷达恋明主,耕桑亦近郊"、韦应物"身多疾病思田里,邑有流亡
愧俸钱"这两联唐诗,理由便是"读之觉温厚和平,去《三百篇》不远"(17)。
而论及唐人谪官诗,又认为王维"执政方持法,明君无此心"一联,"不特善则
归君,亦可云婉而多风矣";相比之下,刘长卿《将赴岭外留题萧寺远公院》直
说"此去播迁明主意,白云何事欲相留?"便"殊伤于婞直也",至于孟浩然的
"不才明主弃",在他看来"亦同此病,宜其见斥于盛世哉!刘、孟之不及王,
亦以此"(96)。对一个曾有过因言事谪戍新疆经历的诗人来说,这样的议论真
不知道是出于谨慎,还是发自内心的真实看法。

还是由于重品,洪亮吉论诗更在意诗歌所表现出的人物或自然景物的内在气
质,他称之为气象。陶渊明是获得他很高评价的诗人,其过人之处即在妙于传达

自然景物的内在气质，所谓"陶彭泽诗，有化工气象。余则惟能描摹山水，刻画风云，如潘、陆、鲍、左、二谢等是矣"（24）。他表示："余最喜观时雨既降、山川出云气象，以为实足以窥化工之蕴。古今诗人，虽善状情景者，不能到也。陶靖节之'平畴交远风，良苗亦怀新'，庶几近之。次则韦苏州之'微雨夜来过，不知春草生'，亦是。此陶、韦诗之足贵。他人描摹景色者，百思不能到也。"（1）对日常生活情景，他同样重视内在气质的表现。比如，论及富贵气象，有云：

> 作富贵语，不必金、玉、珠、宝也，如"夜深斜搭秋千索，楼阁冥濛细雨中"，及"夜深台殿月高低"，仅写雨及月，而富贵气象宛然。然尚有楼、台、殿、阁字也。温八叉诗云："隔竹见笼疑有鹤，卷帘看画静无人"；韦端己诗："银烛树前常似昼，露桃花里不知秋。"第二等人家，即无此气象。近人诗，则"天气清凉人好睡，阑干闲在月明中"，及"路暗迷人百种花"亦是。余前有《送春》诗云："三面水亭帘不卷，百花香里度残春。"又《初夏》云："居然一服清凉散，不啖荷珠即露珠。"正不必用八宝丹，自尔不寒俭也。（54—55）

这里强调描写大户人家的富贵气象，不在于堆砌金玉珠宝字面，铺陈楼台殿阁形制，只消以虚笔暗示空间之大，景致之雅洁幽深，富贵气象便自然呼之欲出。最根本的是，这种气象全出于作者的感知和营造，环境的气象实质上是作者自身的内在气质的投射。他曾在另一则类似主题的诗话说明这个道理："诗有自然超脱，虽不作富贵语，而必非酸寒人所能到者。冯相国英廉《咏雪》诗：'填平世上崎岖路，冷到人间富贵家'；毕尚书沅《喜雨》诗：'五更陡入清凉梦，万物平添欢喜心'之类是也。"（42）归根结底，诗的气象本自人的胸次，是人的胸次决定了诗的气象。还有一则对比孟郊和杜牧的诗话也可以印证这一点："孟东野诗：'出门即有碍，谁谓天地宽！'非世路之窄，心地之窄也。即十字而跼天蹐地之形，已毕露纸上矣。杜牧之诗：'蓬蒿三亩居，宽于一天下。'非天下之宽，胸次之宽也。即十字而幕天席地之概，已毕露纸上矣。一号为'诗囚'，一目为'诗豪'，有以哉。"（70）凡此均可见洪亮吉论诗异于袁枚的性灵论而将品、性放在首位的倾向。

当然，这么说绝不意味着洪亮吉论诗对艺术性有所轻忽。他虽然给予"格"以负评，但诗话关注的中心仍是艺术表现。在这一点上同样可见他与袁枚同中有异的细微差别。比如说，他也像袁枚一样推崇唐人而贬抑宋诗，但不同的是，袁枚从抒情性的角度尊唐抑宋，而他却是从表现手法的角度来轩轾唐宋诗的。他显然赞同元、明以来肯定唐诗长于比兴的看法，认为"唐诗人去古未远，尚多比兴，如'玉颜不及寒鸦色'、'云想衣裳花想容'、'一片冰心在玉壶'及玉溪生《锦瑟》一篇，皆比体也。如'秋花江上草'、'黄河水直人心曲'、'孤云与归鸟，千里片时间'以及李、杜、元、白诸大家，最多兴体。降及宋、元，直陈其事者十居其七八，而比兴体微矣"(2)。袁枚于唐诗推崇中晚唐，是基于中晚唐诗善道人心中事的特点；洪亮吉也明显心仪中唐诗，但却着眼于其艺术表现手法的成熟，如论七律，他认为开、宝诸贤如王维、李颀虽号为正宗，"然门径始开，尚未极其变也"。要到大历十才子，"对偶始参以活句，尽变化错综之妙"，如卢纶"家在梦中何日到？春来江上几人还"，刘长卿"汉文有道恩犹薄，湘水无情吊岂知"，刘禹锡"怀旧空吟闻笛赋，到乡翻似烂柯人"，白居易"曾犯龙鳞容不死，欲骑鹤背觅长生"等，"开后人多少法门"。后人作七律，"究当以此种为法，不必高谈崔颢之《黄鹤楼》、李白之《凤凰台》及杜甫之《秋兴》、《咏怀古迹》诸什也。若许浑、赵嘏而后，则又惟讲琢句，不复有此风格矣"(99)。

洪亮吉论诗还很强调咏物诗的正面铺写，这其实是从叶燮到翁方纲这类宋诗派诗人很重视的表现手法，但尊唐贬宋的洪亮吉同样也很在意。诗话中提到："古今咏雪月诗，高超者多，咏正面者殊少。王右丞'洒空深巷静，积素广庭闲'，可云咏正面矣。吾友孙兵备星衍《终南山馆看月》诗：'空里辉流不定明，烟中影接多时绿。'亦庶几近之。"(13—14)在谈到古今咏牡丹诗时，他注意到前人诗有比体，如李正封句"国色朝酣酒，天香夜染衣"；有讽喻体，如白居易句"一丛深色花，十户中人赋"。此外如"看到子孙能几家"，"一生能得几回看"，"皆是空处著笔，能实诠题面者实少"。若不得已而求其次，则唐李山甫"数苞仙艳火中出，一片异香天上来"，宋潘紫岩"一缕暗藏金世界，千重高拥玉楼台"，还勉强能形容尽致。他自己"自少至今，牡丹诗不下数十首，然实诠题面者，亦殊不多"，略举《三月十五日在舍间看牡丹》"得天独厚开盈尺，与月同圆到十分"、《京邸国花堂看牡丹》"纵教风雨无寒色，占得楼台是此花"、《培园看牡丹》"十里散香苏地脉，万花低首避天人""当画午舒千尺锦，殿春仍与十分香"及《腾光馆看牡丹》"调脂金鼎侪同味，承露玉盘饶异香"数联，自谦"不知可有一二语能仿佛花王体格否？"（44—45）其实表明他很用工夫于正面铺写。这是一种运用赋笔的才能，唐宋两代长于文章的作家莫不工于此道，而到清代则多为宋派诗家或倾向于所谓学人诗者所措意，由此显出洪亮吉诗学杂出于性灵主调之外的一二不谐和音。

其实也很自然，洪亮吉本来就是以渊博著名的学者及骈文名家，其诗话和诗论不时显露学人本色。论诗重视声韵、训诂，不过是很典型的一例。他指出："《三百篇》无一篇非双声叠韵。降及《楚辞》与渊、云、枚、马之作，以迄《三都》、《两京》诸赋，无不尽然。唐诗人以杜子美为宗，其五七言近体，无一非双声叠韵也。间有对句双声叠韵，而出句或否者，然亦不过十分之一。中唐以后，韩、李、温诸家亦然。至宋、元、明诗人，能知此者渐鲜。"（2）他似乎还不知道周春（1729—1815）多年前即已撰成《杜诗双声叠韵谱》，后几易其稿删为《括略》八卷。《诗话》开卷即言，"汉文人无不识字，司马相如作《凡将篇》、扬雄作《训纂篇》是矣。隋、唐以来，即学者亦不甚识字，曹宪注《广雅》以'饧'为'饼'，颜师古注《汉书》以'汶'为'浼'是也"（1）。又云："诗人之工，未有不自识字读书始者。即以唐初四子论，年仅弱冠，而所作《孔子庙碑》，近日淹雅之士，有半不知其所出者。他可类推矣。以韩文公之颓视一切，而必谆谆曰：'凡为文辞，宜略识字。'杜工部，诗家宗匠也，亦曰'读书难字过。'可见读书又必自识字始矣。"（47）在这方面，洪亮吉不免让人感到有旁衍于学人之诗的倾向，虽然他并不喜欢翁方纲那样以考证入诗（15）。

## 二　第一位致力于本朝诗歌批评的诗论家

尽管有这许多旁逸侧出之处，洪亮吉终究是一个典型的性灵派诗论家。这么说不只基于他崇尚自我表现，更重要的是他诗歌批评中表现出的敏锐的艺术感觉。相对格调派诗人之精于诗理，性灵派诗人明显更长于鉴赏和批评，而且普遍重视当代诗人评论，对当代诗歌批评投入更多的热情。袁枚正是在这两方面都有出色表现的成功典范。洪亮吉也以《北江诗话》展示了他卓越的批评才华，往往寥寥数语，即抓住作者的艺术特征，切中问题的要害："李青莲之诗，佳处在不著纸。杜浣花之诗，佳处在力透纸背。韩昌黎之诗，佳处在'字向纸上皆轩昂'。"(35) 李白之飘逸，杜甫之深沉，韩愈之强悍，仅围绕一个纸字立论，便鞭辟入里，确不可移。如此精警如格言似的议论，不是谁都能道一二的。除了具备良好的艺术判断力之外，还须有才情，这两者尤其是从事当代诗歌批评所必需的素质。

袁枚《随园诗话》在诗话写作史上一个划时代的意义，就是极大地提升了当代诗歌批评的地位。自《随园诗话》以降，诗话中论当代诗歌的分量渐渐超过前代。李调元《雨村诗话》话古和话今的卷帙为 2：20，恰是一个有意味的象征。洪亮吉《北江诗话》的诗歌批评继续向当代倾斜。秉持性、情、气、趣、格五要素论诗的他，见地独异，少所许可，不仅对同时的沈德潜格调、袁枚性灵及翁方纲学人之诗三派均有不满，对国初以来名家如吴梅村、王渔洋、朱竹垞、邵青门、厉樊榭等也都有不同程度的非议。

对一代诗宗王渔洋，洪亮吉首先拿他创始的声调之学开刀，说："王新城尚书作《声调谱》，然尚书生平所作七言歌行，实受声调之累。唐、宋名家、大家，均不若此。"(38) 又说："王文简之学古人也，略得其神，而不能遗貌。"(78) 但总算还承认，"王文简诗，律体胜于古体，五、七言绝句又胜于五、七律。余最爱其《国士桥》一篇云：'国士桥边水，千秋恨不穷。如闻柱厉叔，死报莒敖公。'《蠡矶夫人祠》一篇云：'霸气江东久寂寥，永安宫殿莽萧萧。都将家国无穷恨，分付浔阳上下潮。'以为此非诗人之诗，可与知人论世矣。"(56) 至于王渔洋同辈的名家，他也都有微词：

> 吴祭酒伟业诗，熟精诸史，是以引用确切，裁对精工。然生平殊昧平仄，如以长史之"长"为平声、韦杜之"韦"为仄声，实非小失。(20—21)
>
> 朱检讨彝尊《曝书亭集》，始学初唐，晚宗北宋，卒不能熔铸自成一家。(21)
>
> 余颇不喜吾乡邵山人长蘅诗，以其作意矜情，描头画角，而又无真性情

与气也。晚年，入宋商丘幕，则复学步邯郸，益不足观。（43）

这些批评，除了吴梅村音讹是微眚不足道，余都不能不说是入木三分的确评。清初名家中，博得他好评的只有顾炎武和吴嘉纪，"顾宁人诗，有金石气。吴野人诗，有姜桂气。同时名辈虽多，皆未能臻此境也"（78）。金石气应指刚劲的骨力，姜桂气似指淳厚的林野气息，都是清初甚至遗民诗中也不多见的气质。为此，这两位作者在清初众多的名诗人中至今都让人另眼相看。

论前辈严苛如此，论及乾隆朝的名诗人他也毫不宽贷。对沈德潜的评价是与王渔洋对比而给出的："沈文悫之学古人也，全师其貌，而先已遗神。"（78）提到沈氏门人王昶的《湖海诗传》，则认为："侍郎诗派出于长洲沈宗伯德潜，故所选诗，一以声调格律为准。其病在于以己律人，而不能各随人之所长以为去取，似尚不如《箧衍集》、《感旧集》之不拘于一格也。"（8）作为性灵派诗家，对格调派无所许可是很自然的事，但他对性灵派同调也不予好评就很令人意外了。诗话卷一有一则说：

> 怪可医，俗不可医。涩可医，滑不可医，孙可之之文、卢玉川之诗，可云怪矣。樊宗师之记，王半山之歌，可云涩矣。然非余子所能及也。近时诗人，喜学白香山、苏玉局，几于十人而九，然吾见其俗耳，吾见其滑耳。非二公之失，不善学者之失也。（8）

这里所谓的"近时诗人"虽是个泛指的复数，但相信包括袁枚在内，理由不仅在于袁枚诗风近于香山、东坡一路，更因为证之卷二所云"商太守盘诗似胜于袁大令枚，以新警而不佻也"（43），"滑"与"佻"正潜通消息，再联系随后的"诗固忌拙，然亦不可太巧。近日袁大令枚《随园诗集》，颇犯此病"（9）一则来看，二者又都是与"巧"伴生的习气。拙即涩即重，绝无流于滑、佻之理，唯有巧则佻则滑。更何况他还说"袁大令枚诗，有失之淫艳者"（60），就更不在佻、俗、滑三界内了。

由此看出洪亮吉的批评立场是很独特的，就鄙薄格调派一点看像是性灵派，而就批评袁枚诗失之淫艳一点看又像是格调派。其实他对两派都不满意，诗话卷四曾说：

> 或曰：今之称诗者众矣，当具何手眼观之？余曰：除二种诗不看，诗即少矣。假王、孟诗不看，假苏诗不看是也。何则？今之心地明了而边幅稍狭者，必学假王、孟；质性开敏而才气稍裕者，必学假苏诗。若言诗能不犯此二者，则必另具手眼，自写性情矣。(81)

略知清代诗歌史的人都不难理解，假王孟是说王渔洋神韵诗派余裔，假苏诗是指随园性灵一派末流。不仅如此，他自己虽治考据之学，作诗也喜欢订正史实（如庾公楼、文选楼、邵陵王庙之类），却并不喜欢翁方纲的学人诗风，曾误信翁方纲下世的传闻，作挽诗云："最喜客谈金石例，略嫌公少性情诗。"并解释说："盖金石学为公专门，诗则时时欲入考证也。"(15)他也不欣赏浙派诗人的领袖厉鹗，称"近来浙中诗人，皆瓣香厉鹗《樊榭山房集》。然樊榭气局本小，又意取尖新，恐不克为诗坛初祖"(21)。在篇幅不算太长的六卷诗话中，他几乎攻击了国朝以来所有的诗歌流派，与袁枚对诸派的攻击如出一辙①。这也正是性灵派批评破除一切观念和规范的基本倾向，由于所见敏锐到位，后人许其论断"俱精确不磨，固不同文人相轻积习"②。

然则他对本朝诗歌的评价就苛刻到一无所取吗？那倒也不是，他有自己青睐的对象。嘉庆五年（1800）新疆放归途中作的《道中无事偶作论诗截句二十首》（《更生斋诗》卷二），其中就论及不少他欣赏的诗人。严明注意到洪亮吉尤其推崇钱载和黎简，的确如此，不过对两人的评价尺度是不一样的。钱载仅是就朝堂大僚而言，所谓"近时九列中诗，以钱宗伯载为第一，纪尚书昀次之。宗伯以古体胜，尚书以近体胜"(19)。而黎简却被与姚椿并视为自成一家的诗人："余于近日诗人，独取岭南黎简及云间姚椿，以其能拔戟自成一家耳"(8)，并且强调："作诗造句难，造字更难。若造境、造意，则非大家不能。近日顺德黎明经简，颇擅此长。惜年甫四十而卒。然所存诸诗，尚足以睥睨一世。"(54)洪亮

---

① 铃木虎雄《中国诗论史》曾列举袁枚所攻击的敌手，有格调派、神韵派、温和格调派、典故派、声调派，顺便提到的还有矢口派，见第178—189页。

② 伍崇曜：《北江诗话》跋，粤雅堂丛书本。

吉并不认识黎简，如此慷慨地给予最高评价，只能说是出于阅读其作品的真实感受。他的评价或许不易得到多数评论者的认可，但只要我们认真读一读黎简《五百四峰草堂诗钞》，就会同意洪亮吉的看法。我也曾将黎简推选为清代十大诗人之一，其诗作的语言功力和艺术成就至今尚未得到应有的评价。

当然，洪亮吉在另一则诗话中确实也曾将钱载与施朝干、钱澧、任大椿并推为当代最杰出的四位诗人：

> 乾隆中叶以后，士大夫之诗，世共推袁、王、蒋、赵矣。然其诗虽各有所长，亦各有流弊。好之者或谓突过前哲，而不满之者又皆退有后言。平心论之，四家之传，及传之久与否，亦均未可定。若不屑于传与不传，而决其必可不朽者，其为钱、施、钱、任乎。宗伯（载）之诗精深，太仆（朝干）之诗古茂，通副（澧）之诗高超，侍御（大椿）之诗凄丽，其故当又求之于性情、学识、品格之间，非可以一篇一句之工拙定论也。今四家俱在，试合袁、蒋等四家并观之，吾知必有以鄙言为然者矣。(84)

这无疑是很惊人的论断，我在清代的诗歌批评中还未见到过类似的提法。施朝干、任大椿两人之名，到今天已在若存若亡之间，今人编的清诗选中都不见他们的名字。这不能不让我们认真考究洪亮吉立论的根据。钱载前文已提到，不必再议。关于施朝干，洪亮吉是这么说的：

> 太仆诗，以四言、五言为最，次则歌行，即近体亦别出杼轴，迥不犹人。读其诗可以知其品也。五言《哭亡妇》云："白水贫家味，红罗旧日衣。"七言《志感》云："委蛇岁月羞言禄，寂寞功名称不才。"何婉而多风若此！(84—85)

首先说明其四言、五言诗最长，可知绰有古风；继而强调其近体别出机杼，具有鲜明的独创性；最后举五七言各一例，以见其品格。七言一联虽能道出冷官况味，但"羞言禄"对"称不才"终究欠工稳，若作"不称才"倒是平仄合而对仗工，但意思变成怨艾，了无"婉而多风"的味道。仅以这两联作为当代四大家的示例，似乎还缺乏说服力。关于任大椿，则说：

> 侍御于三《礼》最深，所著《深衣考》等，礼家皆奉为矩度。故其诗亦长于考证，集中金石及题画诸长篇是也。然终不以学问掩其性情，故诗人、学人，可以并擅其美。犹记其《送友》一联云："无言便是别时泪，小坐强于去后书。"情至之语，余时时喜诵之。(85)

任大椿既长于考证，自然不离学人诗的路子，但洪亮吉强调他不因学问而掩没性情，反而兼有诗人之诗与学人之诗的妙趣，所举《送友》一联确实是工于言情的佳句，深造性灵诗的至境。至于钱澧，诗话中有一则专论其诗，给予特别的推崇：

> 昆明钱侍御澧，为当代第一流人。即以诗而论，亦不作第二人想。五言如"寒渚一孤雁，烟篱五母鸡"；"风连巫峡动，烟入洞庭宽"；七言如"夜不分明花气冷，春将狼藉雨声多"；"晓簾才卷燕交入，午睡欲终蝉一吟"；"拆皆成字蒸新麦，望即生津饤小梅"；"门接山光来异县，墙分花气与芳邻"，皆戛戛独造。至五言古《长风》三首及《还家》三首、七言长短句《赴随州》一篇，无意学古人而自然入古，其杜老《北征》、元叟《春陵行》之比乎！(4)

这段评论不足二百字，却已是《北江诗话》中最详细的一则作家论，洪亮吉对钱澧的格外重视由此可见。钱澧以忠谅正直见重于世，故洪亮吉许之当代第一流人物，诗则更可目为第一人，随即摘其佳句六联，举其佳作七篇为例，冠以戛戛独造之评，称其五古及歌行无意学古人而自然与古人合，有杜甫、元结之风，这是多么高的评价！而且有点逸出性灵派范畴，接近格调派的理想。当然，也不妨理解为是将性灵派的自我表现观念推到了极致，即自为己诗，不求与古人合，也不介意与古人同，开嘉、道间极端性灵论者的先声。玩几联摘句，大体也是洪亮吉钟情的中唐情调，与施朝干诸句一样，算不上一流名作。总之，他所推举的这四位诗人，相信读者们会有截然不同的评价，而时间也会改变一时的价值评估，但这不妨碍我们仍信任并肯定洪亮吉作为批评家的胆识，因为这些议论展现了作者公正无私的磊落襟怀，以及锐利而渊博的批评见识。

众所周知，黄景仁是洪亮吉自幼相知的生死之交，他的诗歌后人评价越来越高，甚至被推许为乾隆六十年间第一。洪亮吉在《北江诗话》中虽然也再三论及这位挚友的诗作，提到："黄二尹景仁，久客都中，寥落不偶，时见之于诗。如所云'千金无马骨，十丈有车尘'；又云'名心澹似幽州日，骨相寒经易水风'。可以感其高才不遇，孤客酸辛之况矣。"（9）又举仲则名句加以点评云：

> 黄二尹景仁诗："太白高高天尺五，宝刀明月共辉光"；"独立市桥人不识，一星如月看多时"：豪语也。"全家都在风声里，九月衣裳未剪裁"；"足如可析似劳薪"：苦语也。"似此星辰非昨夜，为谁风露立中宵？"；"买得我拚珠十斛，赚来谁费豆三升"：隽语也。（19—20）

又记载："余友黄君仲则，方盛年，忽作一诗云：'茫茫来日愁如海，寄语羲和快着鞭。'余窃忧之，果及中岁而卒。"（96）但从未特别给予很高的评价，更未像钱载等四人或黎简那样给他一个诗坛定位。事实上，对黄景仁评价的高涨更多地是源于读书人群体对他诗中深刻表达的对自身命运的绝望和悲剧性体认的共鸣，而不是其他。英年早逝使他的诗歌艺术未臻于炉火纯青的境地，停留在不可限量而又难以论定的不确定中。也许正因此，洪亮吉只为这位最亲密的诗友勾画了一幅素描肖像，留待后人去着色。

从根本上说，当代诗歌批评是一种有很大局限的价值评估，"不识庐山真面目，只缘身在此山中"（苏轼《题西林寺壁》）。置身时代中的批评家既不能了解诗歌创作的全部状况（这在古代有更大的局限），也不能超脱时代的局限。洪亮吉自信地认为，读者只要将袁、蒋、赵三家诗集与钱载等四家比观，定会同意他的判断。迄今三百年过去，他的预期仍未得到验证。人们只知道乾隆三大家，不知道他四大家的说法。不过，这绝不意味着他的论断没有意义。当代批评的价值很大程度上在于留下最原初的阅读经验和审美反应，为日后的文学史研究留下一个参照系，告诉后人哪些作家在当时获得读者认可，其认可的理由便是文学史评价的一个依据。从这个意义上，当代诗歌批评有着不同于古典研究的特殊难度，即没有前人积累的审美判断可以参照，需要批评家拿出第一时间的判断，这显然是很考验审美判断力的。批评家素质的优劣于此毕现，无所遁逃。我之所以认为，洪亮吉作为批评家的胆识值得信任和肯定，是因为这种能力的获得，除了天赋的艺术感受力和表达能力之外，还需要丰富的阅历和见识。而洪亮吉正是一位对当代诗歌有着广泛的阅读并有心得的批评家。

迄止于此，我还没有提到《北江诗话》卷一那段篇幅最长的诗话。它是仿敖陶孙《诗评》而作的长达一千五百余字的当代诗评，以意象批评之法，为104位当代诗人包括诗僧和闺秀，各画了一幅诗歌艺术的速写，堪为一时诗坛点将录，其中只有他极为推崇的黎简未曾晤面。青木正儿《清代文学评论史》论及洪亮吉的批评，确实将这段文字与《乾嘉诗坛点将录》相提并论，盛赞其评语"清新切实"，具有极高的鉴赏识别能力和文藻才华①。这组当代诗人群像向我们展示了洪亮吉对当代诗歌的广泛研究，同时也堪称是前所未有的细致研究。这则诗话是清代诗歌批评中罕觏的一个绝妙文本，为了方便评说，我将它全文转录于此：

> 钱宗伯载诗，如乐广清言，自然入理。纪尚书昀诗，如泛舟苕、霅，风日清华。王方伯太岳诗，如白头官监，时说开、天。陈方伯奉兹诗，如压雪老梅，愈形偃强。张上舍凤翔诗，如伥鬼哭虎，酸风助哀。冯文肃英廉诗，如申、韩著书，刻深自喜。蒋编修士铨诗，如剑侠入道，犹余杀机。朱学士筠诗，如激电怒雷，云雾自塞。翁阁学方纲诗，如博士解经，苦无心得。袁大令枚诗，如通天神狐，醉即露尾。钱文敏维城诗，如名流入座，意态自殊。毕官保沅诗，如飞瀑万仞，不择地流。舅氏蒋侍御和宁诗，如宛、洛少年，风流自赏。吴舍人泰来诗，如便服轻裘，仅堪适体。钱少詹大昕诗，如汉儒传经，酷守师法。王光禄鸣盛诗，如霁日初出，晴云满空。赵光禄文哲诗，如宫人入道，未洗铅华。王司寇昶诗，如盛服趋朝，自矜风度。严侍读长明诗，如触目琳琅，率非己有。王侍读文治诗，如太常法曲，究系正声。施太仆朝干诗，如读甘泉鼎铭，发人深省。任侍御大椿诗，如灞桥铜狄，冷眼看春。鲍郎中之钟诗，如昆仑琵琶，未除旧习。张舍人埙诗，如广筵招客，间杂屠沽。程吏部晋芳诗，如白傅作诗，老妪都解。曹学士仁虎诗，如

---

① 青木正儿：《清代文学评论史》，第147—148页。

珍馐满前，不能隔宿。张大令鹤诗，如绳枢瓮牖，时发奇花。汤大令大奎诗，如故侯门第，樽俎尚存。张官保百龄诗，如逸客游春，衫裳倜傥。舅氏蒋检讨蘅诗，如长孺戆直，至老益坚。汪明经中诗，如病马振鬣，时鸣不平。钱通副澧诗，如浅话桑麻，亦关治术。李主事鼎元诗，如海山出云，时有奇采。姚郎中鼐诗，如山房秋晓，清气流行。吴祭酒锡麒诗，如青绿溪山，渐趋苍古。黄二尹景仁诗，如咽露秋虫，舞风病鹤。顾进士敏恒诗，如平空鹤唳，清响四流。瞿主簿华诗，如危楼断箫，醒人残梦。高孝廉文照诗，如碎裁古锦，花样尚存。方山人薰诗，如独行空谷，时逗疏香。赵兵备翼诗，如东方正谏，时杂诙谐。阮侍郎元诗，如金茎残露，色晃朝阳。凌教授廷堪诗，如画壁蜗涎，篆碑藓蚀。李兵备廷敬诗，如三齐官服，组织轻巧。林上舍镐诗，如狂飙入座，花叶四飞。曾都转燠诗，如鹰隼脱韝，精采溢目。王典籍芑孙诗，如中朝大官，老于世事。秦方伯瀛诗，如久旱名山，尚流空翠。钱大令维乔诗，如逸客飡霞，惜难轻举。屠州守绅诗，如栽盘红药，蓄沼文鱼。刘侍读锡五诗，如匡鼎说诗，能倾一座。管侍御世铭诗，如朝正岳渎，卤簿森严。方上舍正澍诗，如另辟池台，广饶佳丽。法祭酒式善诗，如巧匠琢玉，瑜能掩瑕。梁侍讲同书诗，如山半钟鱼，响参天籁。潘侍御庭筠诗，如枯禅学佛，情劫未忘。史文学善长诗，如春云出岫，舒卷自如。黎明经简诗，如怒猊饮涧，激电搜林。冯户部敏昌诗，如老鹤行庭，举止生硬。赵郡丞怀玉诗，如鲍家骢马，骨瘦步工。汪助教端光诗，如新月入簾，名花照镜。杨大令伦诗，如临摹画幅，稍觉失真。杨户部芳灿诗，如金碧池台，炫人心目。杨布政揆诗，如沧溟泛舟，忽得奇宝。孙兵备星衍少日诗，如飞天仙人，足不履地。吕司训星垣诗，如宿雾埋山，断虹饮渚。张检讨问陶诗，如骐骥就道，顾视不凡。何工部道生诗，如王、谢家儿，自饶绳检。刘刺史大观诗，如极边春色，仍带荒寒。吴礼部蔚光诗，如百草作花，艳夺桃李。徐大令书受诗，如范睢宴客，草具杂陈。赵大令希璜诗，如麋鹿驾车，终难就范。施上舍晋诗，如湖海元龙，未除豪气。伊太守秉绶诗，如贞元朝士，时务关心。方太守体诗，如松风竹韵，爽客心脾。张司马铉诗，如凿险缒幽，时逢异境。张上舍鋆诗，如倪迂短幅，神韵悠然。刘孝廉嗣绾诗，如荷露烹茶，甘香四彻。金秀才学莲诗，如残蟾照海，病燕依楼。吴孝廉嵩梁诗，如仙子拈花，自饶风格。徐刺史嵩诗，如神女散发，时时弄珠。吴司训照诗，如风入竹中，自饶清韵。姚文学椿诗，如洛阳少年，颇通治术。孙吉士原湘诗，如玉树浮花，金茎滴露。唐刺史仲冕诗，如出峡楼船，帆樯乍整。张大令吉安诗，如青子入筵，味别百果。陈博士石麟诗，如晴云舒红，媚此幽谷。项州倅墉诗，如春草乍绿，尚存冬心。邵进士葆祺诗，如香车宝马，照耀通衢。郭文学麐诗，如大堤游女，顾影自怜。张上舍问簪诗，如秋棠作花，凄艳欲绝。胡孝廉世琦诗，如涉险骅骝，攫空鹰隼。罗山人聘诗，如仙人奴隶，曾入蓬莱。僧慧超诗，如松花作饭，不饱猕猴。僧巨超诗，如荇叶制羹，藉清牢醴。僧小颠诗，如张颠作草，时觉神来。僧果仲诗，如郭象注《庄》，偶露才语。僧寒石诗，如老衲升坛，不碍真率。闺秀归懋昭诗，如白藕作花，不香而韵。崔恭人钱孟钿诗，如沙弥升座，灵警异常。孙恭人王采薇诗，如断绿零红，凄艳欲绝。吴安人谢淑英诗，如出林劲草，先受惊风。张宜人鲍莖香诗，如栽花隙地，补种桑麻。余所知近时诗人如此，内惟黎明经简未及识面。或问君诗何如？曰：仆诗如激湍峻岭，殊少回旋。(4—7)

这篇风格独特的批评文字，论及每位作者都包括这样几方面内容：姓名、社会身份、诗歌特色的象喻式概括和说明。这种传统目为"立象以尽意"(《易·系辞上》)的言说方式，被当代学者称为意象批评，或拟象式批评①、形象批评②。它萌生于汉魏以来的人物品评，由书论波及诗文评，在唐、宋时期得到迅速发展，成为中国文学批评中独具民族特色的批评方法③。就诗歌评论而言，历史上最著名的文本当然是敖陶孙《诗评》，此外较重要的还有《诗人玉屑》卷十二所引芸叟评本朝诸人诗，佚名《竹林诗评》评汉魏六朝诗人，明王世贞《艺苑卮

---

① 龚鹏程：《书法艺术的品鉴》，《文化·文学与美学》，(台湾)时报出版公司1988年版。
② 廖栋梁：《六朝诗评中的形象批评》，《文学评论》第8期，(台湾)黎明文化事业公司1984年版，第21页。
③ 黄维梁：《诗话词话的印象式批评》，《中国诗学纵横论》，(台湾)洪范书店1977年版；张伯伟：《中国古代文学批评方法研究》，中华书局2002年版。

言》卷五论本朝诗人，朱庭珍《筱园诗话》卷二说明古今诗家造诣的境界，等等。关于意象批评的功能，一般认为是"以具体的意象，表达抽象的理念，以揭示作者的风格所在"①。而据我考察，意象批评的要义虽然首先在于表达审美印象，但对象却不只限于风格，而是涉及文学活动和文本的各个层面。当然，洪亮吉这篇文字基本限于用意象化的语言来传达每位诗人的风格特征给人的审美印象。

人物排列似较随意，既非按存殁，亦非按官爵，更非按地域，除了诗僧和闺秀按传统惯例列于最后，看不出什么规则。他心目中四大名家之首的钱载排在第一位，但施朝干、任大椿、钱澧却都列名于 20 位以后，不能与舒位《乾嘉诗坛点将录》的顺序相提并论。倒是对许多作者的评价，可与诗话中的论述参看。比如，"袁大令枚诗，如通天神狐，醉即露尾"；"翁阁学方纲诗，如博士解经，苦无心得"；"赵兵备翼诗，如东方正谏，时杂诙谐"；"黎明经简诗，如怒猊饮涧，激电搜林"；"姚文学椿诗，如洛阳少年，颇通治术"；"汪助教端光诗，如新月入帘，名花照镜"等，相比诗话中的评论更简洁有力，一针见血。有些人物诗话中未载其事，这里的意象批评让我们了解洪亮吉对其诗的看法，如另一位挚友张问陶诗，"如骐骥就道，顾视不凡"；粤东三子之一的冯敏昌诗，"如老鹤行庭，举止生硬"；嘉庆间擅一时才名的郭麐诗"如大堤游女，顾影自怜"。有些评语提供了另外的视角，如他所谓四大家："钱宗伯载诗，如乐广清言，自然入理"；"施太仆朝干诗，如读甘誓鼎铭，发人深省"；"任侍御大椿诗，如灞桥铜狄，冷眼看春"；"钱通副澧诗，如浅话桑麻，亦关治术"，启发我们从其他角度去理解他对四大家的独到评价。有些评语因形象生动，更深刻地突出了作者特有的气质，这方面最典型的例子是"黄二尹景仁诗，如咽露秋虫，舞风病鹤"，活画出青年诗人黄景仁诗多抑塞悲苦语的特征。有的评语寓贬于褒，像"法祭酒式善诗，如巧匠琢玉，瑜能掩瑕"，明里说他善于藏拙，皮里阳秋是讥其才力不足。有些评语则明显指出作者的缺陷所在，如"钱大令维乔诗，如逸客飧霞，惜难轻举"；"潘侍御庭筠诗，如枯禅学佛，情劫未忘"；"杨大令伦诗，如临摹画幅，

---

① 张伯伟：《中国古代文学批评方法研究》，中华书局 2002 年版，第 198 页。

稍觉失真"等。最后，还评论了五位闺秀的诗，提醒我们重视女性诗歌也是性灵派诗论家的长处和传统之一。所评论的全部 104 位作者中，著名诗人固多，迄今已不为人知的作者也不少。以桐城派宗师名世的古文家姚鼐列名其中，足以提醒我们，桐城派诗歌创作在乾嘉诗坛也是占有一席之地的。还有些诗人如郭麐、吴嵩梁，当时才名还未盛，洪亮吉的评论预示了他们蜚声诗坛的未来。评论结束处附有一句自评，殊不讳言所短，说"仆诗如激湍峻岭，殊少回旋"，很有自知之明。通篇所评不仅为日后的诗歌史研究储蓄了当代的审美反应，也为当代诗歌批评积累了经验。而其评论之生动形象，出语奇巧，更见非凡的才情，即便从批评语言的独创性来说，也值得高度评价①。

这篇文字全面展示了洪亮吉的批评实力，也提升了当代诗歌批评的水平，这一点三百年来一直未受到注意。其实，在洪亮吉之前，边连宝就曾效敖陶孙《诗评》之体，品评从杨维桢到王渔洋九家诗，董元度和纪晓岚也拟之评论近人诗，于边连宝曰："边肇畛如千年老柏僵卧路旁，虽不无剥蚀之痕，而体魄自大。"②然而这都是零星作业，没有洪亮吉这么大的篇幅和魄力。就我所知，古往今来也只有王世贞《艺苑卮言》卷五一则本朝诗论，字数略多，可与洪亮吉这段文字相颉颃而已。这不能不让我们在清代诗学史上为洪亮吉的当代诗歌批评补上一笔，给他的成就打出更高的分数。排除偶尔的记载之误、议论之粗③，《北江诗话》应该说是一部价值很高的诗话，伍崇曜许其"目光如炬，上下千古，龙子作事，固自不凡"④，实在是很恰当的。而李慈铭说"稚存于诗，本非专门，故所论多未确"⑤，钱振锽说"《北江诗话》不免强作解事，觉一付老鬈脾气活现纸上"⑥，则应该说是出于偏见的苛刻评价。

---

① 只有"舅氏蒋侍御和宁诗，如宛、洛少年，风流自赏"，是套敖陶孙评曹植诗的"曹子建如三河少年，风流自赏"。
② 边连宝：《病余长语》卷八，第 261 页。
③ 详蒋寅《清诗话考》下编卷二《北江诗话》提要，第 458—460 页。
④ 伍崇曜：《北江诗话跋》，粤雅堂丛书本。
⑤ 李慈铭：《越缦堂诗话》卷中，商务印书馆 1925 年版。
⑥ 钱振锽：《星影楼壬辰以前存稿·诗说》，光绪间刊本。

## 第六节　诗画兼擅的方薰诗论

方薰无疑也是一位性灵派的重要诗论家，但迄今很少为人注意，部分原因是他的《山静居诗论》长久被误作佚名《静居绪言》传世①，虽被收入郭绍虞先生《清诗话续编》中，但不曾与方薰的名字联系到一起。

方薰（1737—1799），字兰士、兰坻，号樗庵。浙江石门人。出身于书香门第，父雪屏兼长诗画，著《雪屏诗存》，吴文溥称其"为诗不宗一家，绝去畦町，独标性灵"②，方薰的诗歌观念当有家学渊源。但方薰在当时主要以书画闻名于世，画兰与奚冈齐名。乾隆三十五年（1770）入赘于梅里王氏③，以布衣终身。曾客金德舆桐华馆多年，得遍仿其所购项元汴所藏古贤名迹，艺事益精。乾隆四十五年（1780）高宗第五次南巡，金德舆以方薰所绘《太平欢乐图》进，甚蒙宸赏，由是名益重。他也能诗，著有《兰如集》四卷，曾请洪亮吉点定，法式善称"皆似不食烟火人语"④。他的传记虽有多种，包括《清史稿》卷五〇四本传，但述其事迹都很简略，倒是同时人诗文中偶而载其行迹，尤其是吴翌凤辑《怀旧集》卷九、朱为弼《蕉声馆诗集》卷二《哭先友方兰士先生》所述，约略可见其生平。方薰的著述除《山静居题画诗》《山静居遗稿》《山静居书论》《山静居画论》外，还有《山静居诗论》《山静居诗话》各一卷。《诗论》论古人，内容相对较完整；《诗话》论今人，仅寥寥 24 则，疑似未完之稿。两者很可

① 张寅彭《新订清人诗学书目》推断《静居绪言》为方薰所著，中国社会科学院文学所藏陆杏孙抄本方薰《山静居诗论》，与《山静居画论》合订，文字与《静居绪言》略同，知《静居绪言》即方薰《山静居诗论》，偶佚其名耳。

② 吴文溥：《南野堂笔记》卷七，嘉庆刊本。

③ 赵怀玉《亦有生斋集》文卷一二有《方兰士妻王氏行略》，谓乾隆三十一年（1766）丙戌始识方薰，时犹未娶，后入赘梅里王氏，妻二十二岁。乾隆四十五年（1780）庚子妻卒，年三十二，则方薰入赘在乾隆三十五年（1770）。

④ 张寅彭、强迪艺：《梧门诗话合校》卷九，第 289 页。

能是同一部书的两卷①，一如李调元《雨村诗话》论古论今别为两集。《诗话》引及陶元藻《凫亭诗话》，其写作应在乾隆末乃至嘉庆之后②，盖为晚年所著，准袁枚《随园诗话》之例，可视为乾隆诗学的产物。

方薰是一个真正的艺术家，也是一位有见识的理论家。丰富的创作经验和艺术修养，赋予他通达的见识和理论眼光，决定了他的诗论立足于独自的立场，不会轻易接受和附和别人的说法，人云亦云，而且抱着"作者既难其人，而解人尤不易得"的敬慎态度③。赵怀玉赞许他能"以俯视一世之才，为折衷百家之论"④，只有从这个角度去理解，才能把握其精神。

粗粗一看，方薰论诗并称性灵、格调，似乎有平章两派的架势，一方面肯定"志感情兴而诗所作，古诗人在乎辞达其志，情见乎辞而已"⑤，一方面又强调"诗之为道曰'思无邪'，为教曰'温柔敦厚'，后世虽有不逮，乌可舍是而学？舍是而学，不将陋而诞欤？"⑥ 对诗教的强调或许有对袁枚性灵说的影响防微杜渐之意，但另一处文字提到："论者概以温柔敦厚、语意含蓄为法则，不悟《三百篇》亦惟二《南》有之，余皆非一格矣"⑦，又像是针对沈德潜而言的。这不是有点折衷性灵、格调的架势吗？但从主导倾向看，方薰论诗的基本立场还是性灵派的，而且明显可见追随袁枚的踪迹。他显然也以"性灵"为评诗的标准，评晋二陆说"机、云并患才多，性灵少见"⑧，评时人蒋初阳称"其诗若文一本性灵"⑨，均为其例。而他对性灵的理解，与《山静居书论》参看，可得到清楚的界定："作书之道，要将自己性灵，生发古人法度，然后行止自我，神机流利。若一味循墙而走，正似搔他人皮肉，于我全不知痛痒。"又云："或曰作

---

① 吴仰贤等纂：《光绪嘉兴府志》卷八十一经籍志著录方薰《山静居诗话》二卷，疑即含《诗论》一卷在内。

② 陶元藻《凫亭诗话》记事晚至乾隆五十四年（1789），嘉庆元年（1796）刊行，参看蒋寅《清诗话考》（中华书局2007年版）第409页的叙录。

③ 方薰：《静居绪言》，《清诗话续编》，第3册，第1630页。

④ 同上书，第1629页。

⑤ 同上书，第1630页。

⑥ 同上书，第1630页。

⑦ 方薰：《山静居诗话》，《清诗话》，下册，第964页。

⑧ 方薰：《静居绪言》，《清诗话续编》，第3册，第1632页。

⑨ 方薰：《山静居诗话》，《清诗话》，下册，第959页。

书虽得古人面目，要有自己性灵。仆曰不然，实须要自己面目，有古人性情，乃为妙。"① 两段文字对照，突出了性灵与性情的差异：性灵是与创作冲动相伴的动态的即时感触，而性情则是与普遍价值相联系的稳定的高尚情感。相比袁枚常将性灵、性情混用，他将两者作了清晰的区别，性灵成了性情的下位概念。于是性灵只意味着创作的开始，而性情才是创作实现的目的。并且，性情的实现也不在于自身，而需要依托于个性化的艺术表现。尽管作书、作诗性质微有差异，但借古人面目寓自己性灵，与由自己面目合古人性情，孰更合理还是很清楚的，没有了自己的面目，像明人学唐那样，还有自己的性灵可言吗？艺术的根本问题毕竟在于形式，书法和诗歌的成功最终都取决于有无自己面目。方薰丰富的艺术才能和创作经验，使他在这个问题上见识十分透彻，毫不含糊。

除此之外，方薰的诗歌观念都与性灵派相一致。其主要倾向，首先是主天资，认为"作诗虽曰学力，然天资妙者，所见不大，亦别有风致，非笨伯语，使人可厌"②。钞本《山静居诗论》末多一则，云："绝艺虽由工夫，识见本乎天受，诗文妙诣，底在觉有后先，不因学之迟早。高达夫五十始能诗，韦应物四十后有著作，苏老泉三十而工文，皆名垂不朽。此特气禀不凡耳。如质本庸下，虽童而习之，耄而攻之，能殊俗乎？"这不是很典型的性灵派天才论观念吗？而且方薰还有点像洪亮吉，虽尚才但犹主气。曾说"人以李、杜为才大，未也。李、杜之高凌八代，俛视一切者，气之大也。气大则宏中肆外，致广尽微而有余"。所谓气大不是矜才使气，是孟子养而充实的浩然之气，韩愈气盛言宜的盛气，"使气之气也浮躁，气盛之气也从容；使气之气鼓激而有之，气盛之气得之自在者也"③。其次是肯定男女之情为诗道之始："诗，人情也。人道以夫妇始，故多帏房燕婉之辞。"这简直就是袁枚《答蕺园论诗书》"情所最先，莫如男女"的翻版④。袁枚因尚情而轻写景，说"诗家两题，不过写景、言情四字。我道景虽

① 方薰：《山静居书论》，中国社会科学院文学所藏陆杏孙钞本，与《山静居诗论》合订。
② 方薰：《山静居诗话》，《清诗话》，下册，第958页。
③ 方薰：《静居绪言》，《清诗话续编》，第3册，第1638页。
④ 袁枚：《小仓山房续文集》卷三〇，《袁枚全集》，第2册，第527页。

好，一过目而已忘；情果真时，往来于心而不释"①。方薰也持同样的见解，认为："诗发乎情，故能感人之情。欢娱疾苦之词，皆情之所不可假者，非若嘲风弄月，可以妆点而成也。"② 这很像是针对王渔洋神韵论而发，但他的主张有点过于崇尚真实感受，而近于自然主义。言性灵而竟至于欣赏王曾祥《患疥》之作③，未免矫枉过正，这或许与他对诗歌的趋新意识有关。

方薰也反对蹈袭模拟而力主创新。《山静居诗论》反对"蹈常习故，矙栝揣摩"，发挥《礼记》"无剿说，无雷同"之旨，自然推导出求新的趣向。但他并不像赵翼那般刻意求新，因为在他看来，出新乃是艺术自然而然的品性，那种刻意求新的主张其实是未加深思的率尔之说。基于这样的判断，甚至韩愈"惟陈言之务去"的名言也遭到质疑：

> "惟陈言之务去"，蕲至乎新也。诗有恒裁，情无定位，新固在焉。云霞丽天，草木斑地，有常体而无常态，亦其不思而已。④

由于情无定位，为诗日新自是必然的结果，就像自然界的光景、草木，虽有恒定的体质却无固定的样态。如此说来，求新实质上就是个毫无意义的虚假命题。因此，他在求新的问题上与赵翼的看法截然不同，丝毫没有那种悲观无奈的焦虑，无论对历史上的创变还是当前的推陈出新，都抱着乐观从容的态度。倒是什么样的新方值得追求，才是他慎重考虑的问题，所谓"'诗之不可不变，不得不新'，其言旨哉！陶、谢之诗变极矣，新至矣。然不悖物理，不乖人情，无戾乎辞而正其气，斯为善变者也"⑤。然则他的结论是，变应以"不悖物理，不乖人情"为原则。陶、杜两家在他心目中是"为诗之极至"，陶的"自得之趣"，谢的"深于自得"，价值都体现于创新；更推而广之，"观唐人所作，知诗道如蝉脱异形，布种得获，未常不推陈出新，不失本性也"⑥，所谓不失本性，我想大体也就是

---

① 袁枚：《随园诗话》补遗卷一〇，第614—615 页。
② 方薰：《山静居诗论》，《清诗话》，下册，第961 页。
③ 同上书，第962 页。
④ 方薰：《静居绪言》，《清诗话续编》，第 3 册，第1630 页。
⑤ 同上书，第1632 页。
⑥ 同上书，第1635 页。

不悖物理、不乖人情的意思。他通过考溯诗史，为创新找到了应当恪守的界限。《诗话》中曾引叶凤占之言曰："诗固病在窠臼，然须知推陈出新，不至流入下劣。"① 正是出于同样的旨趣，都是针对性灵诗风唯我唯新而流荡无归的弊端而发。如此看来，方薰在性灵派中的地位与格调派的乔亿颇有点相似，如果说乔亿是格调派中的右派，那么方薰就是性灵派中的左派。

　　方薰论诗反对蹈袭故常的基本趣向，同样也走向取缔一切传统诗学观念之绝对性的方向，在新的问题上，他表现得甚至比赵翼更为彻底。这样的例子在他的诗论中并非绝无仅有，即便是含蓄这古典诗歌最基本的审美特征，他也不加意坚守：

> 或曰诗惟含意，不在尽言。然《国风》辞多蕴藉，变雅则语类尽情。盖所遇不同，虑关近远，或冀闻声之可悟，或慨枉志之难伸，义有固然，诗非漫与。②

至于一向为诗家排斥的议论，他却又不一味拒绝：

> 诗有议论者，有含意者，只在其诗之当与否。以谓诗必不可着议论，则便有坏堑造作之伪。③

这种态度与袁枚论诗的立场如出一辙，乃是性灵派诗学最根本的品格所在。袁枚褫除一切既有观念的绝对性后，论诗的底线停留在"工"字上。方薰也差不多，主达意尚切，《诗话》曾说："诗贵有不尽意，然亦须达意。意达与题清切而不模糊，措语妙者，则曲折如意，头头是道。"他很欣赏的溧阳诗人彭光斗，特点便是"诗最达意，人所不能状之情景，极会出之笔下"④。这种以清切为特征的表达能力与袁枚及性灵派诗人对"切"的讲究是一致的。

　　方薰的性灵派立场，在诗史观的方面可以看得更清楚。诗歌史在他眼中同样是个代新不已的过程，但只有淹贯古今，明诗史流变，才能认识到这一点：

---

① 方薰：《山静居诗话》，《清诗话》，下册，第 957 页。
② 方薰：《静居绪言》，《清诗话续编》，第 3 册，第 1631 页。
③ 同上书，第 1650 页。
④ 方薰：《山静居诗话》，《清诗话》，下册，第 964 页。

> 黄涪翁曰:"不知三代以上更读何书",真慧人语。仆始阅萧《选》,窃反其语,谓不知汉魏、六朝以下更作何语。及见唐人诗集,乃知尚有如许文字,却又思向未见汉魏、六朝诗,不得不作涪翁设想。观唐人所作,其气象有余,才思振作,然后悟造物不已,文字无穷,宋元诸家,皆必有不同处。诗之为道,其由风气之升降乎!或以仆为真愚汉可也,然视拟唐、宋立门户者,不又为解人欤?①

不读唐诗,想不到汉魏、六朝以后还能有怎样的开拓;读了唐诗,悟"造物不已、文字无穷"之理,就可以想见宋元之后仍必有新境。从方薰的议论看,他对宋元诗也未必有多少研读,此言更多地是依理推之,相信古今皆然。这种信念在唐诗派看来,或许会觉得幼稚盲目,但方薰却自信比那些分唐界宋、依傍门户者肯定更有理解,更为通达。我们知道,调和唐宋也是性灵派诗学的基本宗旨之一,而且性灵派诗家多崇尚中晚唐,由中晚唐衍及宋诗。但方薰却不同,非但独主盛唐,而且颇尚格②。同时他对格的崇尚,又不像桐城派那样落实到字句,而是着眼于超越性的方面,强调"诗人有法在音韵格律之外,学者尤当知之。此法古人各有所得,而成一家则者,须将名篇巨著,熟玩自得"。因为就像易牙之庖、欧冶之锻,虽不外五味、五金,但杯羹起疾、利器通神,则"有独得之奇也"③。这听起来颇近似严羽的"熟参"和"悟入",上面提到方薰可以说是性灵派中的左派,除了讲温柔敦厚之外,也可以从尚格这方面注意他与格调派的关联。

由于方薰诗学如此与格调派潜气暗通,在唐宋诗的评价上便与性灵派诗家略有出入,最显著的莫过于毫不含糊地尊唐抑宋。袁枚论诗只有具体作品、字句的评骘,而没有笼统的抽象水平的甲乙之判。方薰却断然判定:"唐诗之高于宋时,犹汉魏之高于唐代,此何待言论。"然而其用意并不在于表明这个判断,而旨在标举"不知宋诗,焉知唐诗"的诗史认知原则。因为他迫切感觉

---

① 方薰:《静居绪言》,《清诗话续编》,第3册,第1635页。
② 方薰《静居绪言》评高适、岑参、李颀三家诗,称"平正有余,出奇不穷,诗工矣,格尚矣,好奇务新者,宜于三家参之"。《清诗话续编》,第3册,第1637页。
③ 方薰:《静居绪言》,《清诗话续编》,第3册,第1643页。

到，时人在对待唐宋诗的态度上明显存在一个问题："诗以体裁格律而别唐宋乎？若仅于体裁格律论诗，亦难矣。时人学唐学宋，标榜门户，入主出奴，甚而指唐诗之摆脱者嗤为近宋，宋诗之庄雅者恶其类唐，何异因噎废食。"①《诗话》又述蒋绍辉语曰："人每以气格论诗，是以尊汉唐而薄宋元；若以世风言诗，则代有其诗。平心读之，自知其乘除运会之变。"② 在这里，"气格"是格调派带有特定风格指向的审美概念，以此衡量汉唐和宋元，就出现或高或卑的价值判断；"世风"则是各时代的时尚，以此衡量汉唐和宋元，只会得出各有特色的事实判断。出于对诗史事实的尊重和通达的发展眼光，方薰对宋元的诗歌史地位甚至提出了一个有悖于其艺术趣味和价值观的论断："余尝谓诗盛于唐，至宋元以来，格法始备。"③ 这是说诗虽以唐诗为顶峰，但格（律）法（度）却要到宋元诗中才发展完备。如此大胆的论断，此前我还想不起谁有类似的说法。这一判断需要换个角度去看问题，最关键的是要从宋诗的立场去看，即他说的"须另具心眼，得有玄解，乃知宋诗妙处。一以唐人格律绳之，却是不会读宋诗"④。很显然，这种读法也只有到乾隆时代才会有，更具体地说，只有性灵派的诗史观才能产生类似的见解，更只有兼通不同门类艺术史的论者才能洞悉类似的问题。《山静居画论》有云："法派不同，各有妙诣。作者往往以门户起见，互为指摘，识者陋之。不知王、黄同时，彼此倾倒；韩、孟异体，相与推崇。惟其能知他人之工，则己之所造也深矣。"⑤ 诗画理出一辙，只有能认识到他人所长，自己的造诣才能深化。而要想认识他人的长处，又须不存先入之见，虚心应物。这就是他论画所主张的："作画论画可伸己意，看画独不可参己意。若参己意论之，则古人有多少高于己处，先见不到。"⑥ 读诗何独不然？读宋诗而绳以唐人格律，恰似看画参己意，宋人有多少好处便也看不见。

---

① 方薰：《静居绪言》，《清诗话续编》，第 3 册，第 1644 页。
② 方薰：《山静居诗话》，《清诗话》，下册，第 959 页。
③ 同上书，第 964 页。
④ 方薰：《静居绪言》，《清诗话续编》，第 3 册，第 1646 页。
⑤ 方薰：《山静居画论》，中国社会科学院文学所藏陆杏孙钞本，与《山静居诗论》合订。
⑥ 同上。

参照方薰的画论，就不能不特别提到他论诗的一个独到贡献，即沟通诗画之理。准确地说，它不是出现在诗话中，而是表达在画论中。读《山静居画论》，可见其中也不时涉及诗歌，都着眼于诗画两者的关系。比如："读老杜入峡诸诗，奇思百出，便是吴生、王宰蜀中山水图。自来题画诗，亦惟此老使笔如画，人谓诗中有画，未免一丘一壑耳。"自苏东坡以来，人们惯以"诗中有画"推崇王维。在杜诗中发现画笔，同样也始于苏东坡，有"少陵翰墨无形画"之说①。朱子曾称赞杜甫自秦州入蜀诸诗"分明如画"②，董其昌则说"诗有宜于画者，杜工部宜古松、良马，如《丹青引》《薛稷鹤》等皆兼得用笔之意"③。杜甫《暮春题瀼西新赁草屋五首》其三"细雨荷锄立"一句，谢榛许以"宛然如画"④。这些批评都只关注杜诗局部描写的逼真，而方薰独以画家的眼光，指出杜甫入峡诸诗似吴道子、王宰的蜀中山水图，意谓有咫尺千里、包笼万象之势。相比之下，前人所谓诗中有画，只能说是一丘一壑的片断风景，不可相提并论⑤。这是由诗观画。若由画观诗呢，则是"画境异乎诗境，诗题中不关主意者，一二字点过；画图中具名者，必逐物措置；惟诗有不能状之类，则尽能见之"。⑥ 这里刻意强调了画境异于诗境的独特之处：诗叙写有主次，与主题无关的部分可捎带略过；而画则不分主次，哪个部分都必须细致交代。诗有其无法描摹的情景，而画却能表现得异常生动，如在眼前。这种判断，因系《画论》所及，显然是立足于画家立场的议论，有点像是画家的尊体之说，抑诗而扬画。但就诗画的艺术表现特点而言，还是颇有启发性的，历代诗论中也鲜有类似的探讨。方薰在这方面的理论贡献也值得我们注意和总结。

---

① 《王直方诗话》引，郭绍虞《宋诗话辑佚》，中华书局 1980 年版，上册，第 41—42 页。

② 黎靖德编：《朱子语类》卷一四〇，中华书局 1986 年版，第 8 册，第 3326 页。

③ 缪曰藻：《寓意录》卷四载董其昌自题《仿宋元山水》，道光二十年上海徐氏寒木春华馆刊本。

④ 谢榛《四溟诗话》卷二："子美曰：'细雨荷锄立，江猿吟翠屏。'此语宛然入画，情景适会，与造物同其妙，非沉思苦索而得之也。"《历代诗话续编》，下册，第 1171 页。

⑤ 参看蒋寅《古典诗学的现代诠释》第九章"诗中有画——一个被夸大的批评术语"，中华书局 2009 年增订版。

⑥ 方薰：《山静居画论》，中国社会科学院文学所藏陆杏孙钞本，与《山静居诗论》合订。

## 第七节　乾隆朝性灵诗学的殿军——吴文溥

　　吴文溥比方薰更不为人所知，方薰的《山静居诗话》毕竟收入丁福保所辑《清诗话》中，近代以来为治诗学者所熟悉，吴文溥撰有《南野堂笔记》十二卷，没有读过的人都不知道它是性灵派的一部重要诗话。书前有嘉庆元年（1796）五月自序，取材和写作也应该是在乾隆末年，全书定稿则在嘉庆四年以后①。这部诗话与乾、嘉之际诗坛风会有密切的关系，可以作为乾隆朝性灵诗学的殿军来看。

　　吴文溥（1740—1801），字澹川，号南野堂主人。浙江嘉兴人。诸生，"始读书吴泾，思有用于时，不治帖括，惟以考据经史为务"，曾辑兵农礼乐四种书为《吴氏辑要》。迫于生计，长年客游四方。乾隆五十二年（1787）曾随学使陆耳山渡海至台湾，主讲海东书院。晚岁归里，在阮元幕中协助编纂书籍。诗古文俱工，诗源出陶谢，出入王孟，阮元推为两浙诗人之冠。据其自述，客金氏桐溪馆时，与方薰交而得诗格之正②，可见其诗学的性灵派倾向与方薰的影响有一定关系。著作有《汉唐石刻目录》《南野堂诗集》及笔记《慎余编》《少见录》《师贞备览》《苗疆指掌》等。事迹见陈文述《颐道堂文钞》卷三《吴澹川传》。

　　乾隆年间，浙江诗人达官以钱载为最，布衣以厉鹗为雄。吴文溥继之而起，声名著于乾、嘉之际。吴仰贤《小匏庵诗话》云："吾浙当乾嘉之际，号称诗数，而澹川一老明经睥睨其间，无与抗行。尝以诗谒袁随园，随园赏其'底事春风欠公道，儿家门巷落花多'句，徒以其有性灵耳。澹川意有所动，偶作小诗，

---

　　①　此书无刊刻年月，以其不讳"宁"字，知为嘉庆间刊本。刘声木《苌楚斋书目》著录有嘉庆元年诗洞天刊本，殆据书前自序定。今观卷九有云"嘉庆四年冬同在武林节园追话前事，不胜惓惓。明年春，玉华往歙展墓毕，复来武林"，又书中称阮元为司农，又云"嘉庆四年芸台司农师巡抚浙江，仆与曼生同在幕中"。据李元度《阮文达公事略》，阮元嘉庆四年调户部侍郎，充经筵讲官，翌年授浙江巡抚，则书作于嘉庆五年（1800）之后矣。诗洞天本可能是原刊本，板片后转入味兰居，中国社会科学院文学所藏巾箱本扉页署味兰居藏板。又，《中国善本书目》著录有南野堂续笔记五卷，未见。
　　②　吴文溥：《南野堂笔记》卷一〇，嘉庆刊本。下引此书皆据此本。

时时染指袁派。"① 吴文溥乾隆四十二年（1777）入陕，经苏州与袁枚、沙维杓论诗投契，遂于翌年九月以诗稿六卷求正于袁枚。袁枚阅其诗，深喜乡里后起有人，有"一代清才，江东无卿比"之誉②，又采其诗入《随园诗话》卷五，使文溥感铭至深。因于袁枚身后举世集矢之际，独能力排众议，推崇袁枚不置。《笔记》卷三录袁枚诗达十页之多，书中更反复引称其论诗之语，反对模拟古人，力主推陈出新，表现出鲜明的性灵派立场。但这只是问题的一个方面，通观他的全部诗论，就可以知道，他也绝非一味地祖述袁枚，拾其牙慧，而是常有独到的发挥。最值得注意的是，他开始将性灵诗学的自我表现主张推向绝对化的方向。袁枚晚年论诗有云：

> 人闲居时，不可一刻无古人；落笔时，不可一刻有古人。平居有古人，而学力方深；落笔无古人，而精神始出。③

这两句话本是很圆融周到的，要人平时沉潜于古人诗书，下笔则目空一切放胆直书，很辩证地阐明了积学和放胆的关系。在答李宪乔论诗书中，他又从取法的角度重申了这一主张：

> 圣人师蝼蚁而立战阵，师蜘蛛而制网罟。蝼蚁、蜘蛛，可谓下之下矣，而圣人不曰姑舍是者，何也？以故仆论诗，岂特不敢薄古人哉？即足下有一篇之善，一句之佳，仆必师之，而终身不敢忘也。又岂特如足下之大贤哉，即后生小子、女流末学，有一言之善，一句之佳，仆必师之，而亦终身不敢忘也。到落笔时，却处处有我在。④

但吴文溥舍弃"平居有古人，而学力方深"的前提，独取"落笔无古人，而精神始出"之说，对互文性范畴涉及的袭与避两个对立的概念加以阐发，就更强化了自我表现的绝对意义。《笔记》卷一有云：

---

① 吴仰贤：《小匏庵诗话》卷四，光绪八年刊本。
② 张金镛《书樵李诸前喆集·吴明经文溥南野堂集》注作"一代清才江东无"，《躬厚堂集》卷一，清刊本。
③ 袁枚：《随园诗话》卷一○，第262页。
④ 袁枚：《再答李少鹤》，《小仓山房尺牍》卷一○，《袁枚全集》，第5册，第209页。

> 诗固以不落前人窠臼为佳，顾亦有性之所近，或随笔所到，偶似前人，亦安得尽避之哉？但不合有意袭之耳。盖有意袭之者，必不如其所袭之作也；有意避之者，又必不如其所避之作也。古人不逆知后人之袭之避之也，而先为其不必袭与避焉，后人乃以袭之避之之心，求离合乎古人，而先苦其袭与避焉，所以去古人愈远也夫！

吴文溥首先肯定诗以避免重复前人为上，但同时又承认，有时性情相近或信笔所到，偶合于前人，也是难免的，只要不是有意蹈袭就行。在他看来，有意蹈袭和有意规避，结局其实一样，比起前人无所袭、无所避的自然状态来，都陷于一种不自然、不自由的写作状态中，如此写作是绝无可能企及古人的。换言之，要想与古人一争高下，就只有回到那种"先为其不必袭与避"、不"求离合乎古人"的自由状态中去。这样一种态度，即使不能说是漠视前人，也是主张写作之际要置前人于度外，无古诗在心中。正因为如此，《笔记》卷十甚至对重复前人也很宽容，说：

> 前人诗句相类，用意各佳，不嫌调复。如"商女不知亡国恨，隔江犹唱后庭花"，"庭树不知人去尽，春来还发旧时花"，"梁燕不知人事改，雨中犹作一双飞"。又如"春光白下无多日，夜月黄河第几湾？""高楼明月清歌夜，知是人间第几回？""不知今夜秦淮水，送到扬州第几桥？"此类甚多，略举其例，亦兴到之言，不必求异耳。

用意各佳，固然不嫌句调蹈袭；若属兴到之言，更不必求异。这就完全放弃了对因袭和规避的要求，使写作彻底成为无拘无束的自适行为。从后设的角度看，这正是性灵派的自我表现观念走向极端化、绝对化很关键的一步，也是嘉、道间绝对自我表现思潮兴起的标志。

袁枚晚年倡导性灵诗学，鄙薄经术，推崇词章，矛头直指当时盛行的学人诗风。他平章著作、考订两家的高下，认为："天下先有著作，而后有书；有书而后有考据。著述始于三代'六经'，考据始于汉、唐注疏。考其先后，知所优劣矣。著作如水，自为江海；考据如火，必附柴薪。'作者之谓圣'，词章是也；

'述者之谓明',考据是也。"① 此说直接为吴文溥所引申发挥。朱琦《与汪孟慈农部书》提到,"近自袁简斋重辞章而薄考据,从之游者往往倡言考据为非。嘉兴吴澹川至云经术俗人可勉,诗非俗人可能,而以公孙弘、张禹、马融、刘歆为证"②。《南野堂笔记》卷三论施朝干也曾对学人诗表示彻底的否定:"真州施铁如先生论诗,以温柔敦厚为宗,好尽贪多为累,真探本之说,得其解者盖亦寡矣。抑近今所称能者,考据博辩,动辄百韵五十韵,了无余味,谓之无诗也可。"吴文溥非但以性灵为评判同时诗人的标准,还极言诗以活趣为尚,《笔记》卷一有云:"盈天地间,皆活机也,无有死法。推之事事物物,总具活相,死则无事无物矣。所以僧家参活禅,兵家布活阵,国手算活著,画工点活睛,曲师填活谱。乃至玉石之质,理活则珍;山水之致,趣活则胜。故曰:'鸢飞戾天,鱼跃于渊',操觚之士,文心活泼,水流花开,难以喻其微妙。"卷十一举前人咏严陵钓台诗,也感叹"诗家意匠出奇无穷,所谓活泼泼地者也",都与袁枚所谓风趣、赵翼所谓生机骨子里有相通之处。因主活趣,在美学上当然持"诗以自然为宗"(卷一)的态度,但又不流于轻率随意,而颇重锻炼的功夫。卷一有云:"诗以自然为宗,故谢胜于颜,陶胜于谢。自然者,非率直之谓也,乃凝炼到极处也。即如陶诗,真朴处却又委婉,孤劲处却又忠厚,平淡处却又酰粹,不经意处却又他人千百构思所不能及者。大约他人凝炼在字句之间,陶诗凝炼在字句之外,此其所以至也。"如此取径便与袁枚多少有些不同。

作为诗话,《南野堂笔记》的取材和写法也明显继踵袁枚。自序这样说明自己的写作宗旨:"《笔记》者,澹川子自言其生平作诗甘苦得失之所在。而未已也,则又深思夫古人蕴含微妙之旨,求得其归趣而指陈焉。而未已也,则又集当世才人学人之佳篇隽句而赞叹之,而纂录之,而论次其为人。忝风雅之博徒,作名流之裨贩。"今观其书,大部分篇幅是谈论同时的诗人,涉及古人者十不及一二。从这点来说,吴文溥也可视为撰诗话完全集中于当代诗歌批评的先行者之一。开卷即从家世叙起,历数曾祖逊庵、祖竹轩、父纫茝诸先人诗,然后即谈到自己的创作,云:"吴门沙斗初丈维构见仆《吴泾草》及《江淮编》,寓书于仆

① 袁枚:《随园诗话》卷六,第140—141 页。
② 朱琦:《小万卷斋文稿》卷七,光绪十一年嘉树山房刊本。

曰：'足下浸淫古风，力追正始，赋景状物，必探化本于群汇之先；陈事言情，必根至性于伦类之赜。恬咏则空山流水，月落花开；放歌则天海青苍，风飞涛立。盖天机精到，符采自然，见道之言，别深渊悟。今之作者，未见有过足下者也。老人钝拙，自应韬笔矣。'"又屡言己诗为名公称赏之事，连篇累牍，简直像是一部吴文溥诗歌影响史，如此公然自我标榜，就连惯于风流自赏的王渔洋、袁随园也瞠乎其后，实开嘉、道以后诗话写作的一种风气。

《笔记》中提到的乾、嘉间名诗人甚多，每记载他们相互切磋诗学的佚事，尤其可见袁枚及周边性灵派诗人的作诗旨趣。如：

> 仆以管窥眇见，从金陵袁太史论文，执疑而问者数矣。仆谓诗文之道有三足，曰理足，曰意足，曰气足。理足则精神，意足则蕴藉，气足则生动。而理与意皆辅气而行，故必以气为主，请看世间万事万物，何莫非气机之所鼓荡洋溢而为之者？有气即生，无气即死。太史曰："是固然矣，但气有大小分际，不能一致，操觚家当自得之。有若春空之云，舒卷自然，变灭无迹者；有若清涧之泉，曲折便利，不达不已者；有若勒奔轶之马，截然而止者；有若削太华之峰，苍然而起者；有若天风海涛，飘飘泪泪而来，百灵万怪，恍惚浮动，薄乎扶桑而注乎沃焦者，此气之不同者也。"（卷五）
>
> 御儿方兰坻处士，擅诗书画三绝，与仆定交于桐溪金比部家之桐华馆中。阅岁相见，无他语，但索近作。仆为诵《山塘春思》句云："春二月时红雨过，秋千院里绿阴多。"又"惯看入户双双燕，不见乘潮六六鱼"。兰坻曰："句甚巧，抑何格之卑耶？"再诵《重游石湖》句云："依然流水孤帆影，终古青山一磬声。"曰："风调佳矣。"复诵"秋风先我至，江上落芙蓉"，"雨霁幽禽觉，春归老树知"，兰坻极其赏叹。仆于此得诗格之正，实赖良友之勖我者多也。（卷十）
>
> 杭董浦太史著作闳富，诗以闳大为宗，粗辣为胜，然最赏仆五言律诗，如《题沧浪室》句云："鸟飞风未定，人语月初生。"《江头早梅》云："寺门初见月，江渚未逢人。"《游南湖》云："荷香收薄暮，雨意作新秋。"谓此数联真是莲华化身，一尘不染者也。故知通人无门户之见，惟其是而已矣。（卷一）

书中多述自家学诗经历，其甘苦之言所诣甚深，非一般率尔操觚者可到。如卷一云："仆初学律诗，易于作起结四句，而难于中间两对句；其后易于作中间两对句，而难于起结四句。今则不知起结及两对之难，而难于一气浑成，自然位置；又莫难于意外有意，声外有声，味外有味也。知其难者，昔推枫桥沙老，今唯简斋太史欤？"这类经验之谈，让我们亲切地感受到乾隆间诗家热心于切磋诗学的风气。

乾隆间诗歌批评开始重视闺秀的创作，自袁枚以降，作诗话者留意表彰女子蔚成风气。吴文溥显然也是得风气之先的批评家，《笔记》卷十二专门留给闺秀诗人，为的是"本朝闺阁之才，远轶前代，凡仆所见所闻，采其尤清丽者，积而成帙，欲使览者触目尽琳琅珠玉"。卷中涉及当时闺秀诗人，自方芳佩、张令仪、颜嗣微、杭筠圃、张绚霄、毕智珠、骆绮兰、吴雪岣、胡石兰、孔传莲、钱孟钿、江碧岑、归懋仪、王琼、黄皆令、朱柔则以下共 95 人，江浙间巾帼之才大体网罗。其中虽未尽载袁枚十三女弟子，但也有一些鲜为人知的女诗人，包括满族钮呼鲁氏。其中记载张绚霄、毕智珠母女合选《全唐诗》行世，及"石兰嫁骆氏，早寡，为女学究，有名都下"，都是考究当时闺秀文学生活有用的资料。吴文溥认为："闺阁诗之可传诵者有三，曰幽致，曰怊怅，曰有巧思。"这是古代诗歌批评中较早提出，并且是由男性批评家提出的女性诗歌评价标准，具有特别的意义。幽致、怊怅、巧思三个概念分别指向诗歌的审美趣味、情感倾向和表现特色，是对女性诗歌美学性格的初步概括，虽然出自男性批评家的看法，或许带有男性欲望对象化的色彩，但是作为正面的肯定，却意味着承认闺秀诗歌自有其特殊的审美价值及相应的评判标准，无论闺秀诗人是否认同他的概括，作为男性视角的一种审美判断，都会对闺秀诗人的自我意识和自我认同给予一定的影响，成为后来女性诗歌观念确立的一个潜在的参照系。

《南野堂笔记》以论今人诗为主，但不多的古代诗人评论中，也有精彩可取之处。如卷一论杜甫《岳阳楼》："少陵《岳阳楼》诗云：'昔闻洞庭水，今上岳阳楼。'两扇破题。'吴楚东南坼'，岳阳形胜也；'乾坤日夜浮'，洞庭气象也。混茫包举，以下更无从措手矣。忽接'亲朋无一字'，则因登高望远而思家；'老病有孤舟'，仍在洞庭湖畔也。又接'戎马关山北'，则因身废时危而忧国；

'凭轩涕泗流'，仍在岳阳楼中也。此等开阖排奡，掷之万里之外，收之指掌之间，乃少陵所独。结构用意，还是一层深一层，学杜者自能领悟。"寥寥数语，将诗的层次关联和笔势收放讲得非常到位。

《笔记》卷六自言："仆生平不喜妄议人得失，至于诗之为教，虽义取讽喻，而意存忠厚，尤不敢以刻深为文，不欲以矫厉求胜。夫刻深者摘瑕而掩瑜，矫厉者骄己而凌物，此心术所以大坏，风雅于焉道丧者也。"所以他的诗话像袁枚一样也以表彰为主，鲜有指摘之辞，但因寄人篱下，不免俯仰应世。如偶尔逢迎府主，本也情有可原，但结果便是放弃了审美判断力。如卷六载惠中丞弟长懋亭九岁作《中秋对月绝句寄兄》："今夕中秋节，哥哥在热河。家中好月色，别处又如何。"而称其"不烦刻划，自擢灵根"，与唐七岁女子寄兄诗同一风人意趣。今按唐女童诗云："别路云初起，离亭叶正飞。所嗟人异雁，不作一行归。"两诗相较，长懋亭诗之浅白幼稚，相去真不可以道里计。作为出色的批评家，仅因逢迎上司，也不免流于曲学阿世，以致丧失其审美判断力。这不能不引人深思。

通过以上列论不难看出，这些诗人虽被目为性灵诗家，但他们的诗学与袁枚多少都有些差异，仅在自我表现这一点上立足于同一理论平台。张贴着自我表现标志的性灵论仿佛是一个诗家的集散地，一个诗学巴士的总站，每一位从性灵论出发的论者最后抵达的目的地都不相同。这意味着性灵论在拥有巨大的包容性的同时，也埋伏着多种缺陷，论者的不同取径暗示了对此的警觉。尽管前文指出，袁枚的性灵论不立宗旨、不树规范，将诗歌批评转化为一种鉴赏式的称赞，化解了观念的冲突，使其学说圆融通达，无懈可击，但他本人创作的某些习气终究不能避免负面影响的滋生，从而招致来自各种立场的非难和异议。上述性灵派诗人与袁枚诗学的同源异流，其实也正是这种现实的反映，他们在认同、发挥和传播性灵论的同时都有不同程度的修正和限定。但随着性灵论思潮的日益盛行，细流衍成巨派，自我表现的观念愈益强化乃至极端化，他们微弱的声音便逐渐湮没无闻，而嘉、道间对袁枚性灵论非议蜂起的时代也随之到来。

# 第八节　性灵诗学的理论收获

性灵诗学整体上具有对传统诗学观念加以解构的"破"的性格，但包括如此众多优秀诗人和学者的性灵派诗学也不会没有任何理论收获。我们知道，文学乃至艺术的全部问题，就是 T. S. 艾略特那篇著名论文的标题所概括的《传统和个人才能》的关系。在叶燮之前，各种诗学的论争都集中于如何在两者间取得平衡。自叶燮取消艺术理想的预设，袁枚整体上颠覆传统诗学的基本观念后，诗学的核心问题便由如何实现理想的艺术目标转移到如何发挥个人才能上来，由此产生的骨牌效应在诗学理论中产生强烈震动，引发若干与重新认识传统和个人才能相关的焦点话题。这些问题虽曾有学者提到，但并未注意到它们与乾隆间性灵诗学的关系。

## 一　唐宋诗之争的消泯

自宋代以后，唐、宋作为诗歌史上不可逾越的两大高峰，被诗家尊奉为古典诗歌的两大传统，而诗家对唐、宋诗之异同及褒贬则从宋代就开始各执己见，争议纷纭，历元、明而加厉[①]。入清以来，康熙间对宋诗的拂拭和肯定，曾引发折衷唐、宋的趋向，黄宗羲、王士禛、吴之振、宋荦、邵长蘅都是众所周知的代表人物。名声稍亚的，还有魏礼一辈，认为："唐人之诗尚风格而次脉络，足以移人情；宋人之诗工切而整妥，足以敦吾学。合唐宋之诗之佳，正可兼收也，而杜少陵能之。要之在吾有自得之妙而已。"[②] 不过具体到对乾隆诗坛的影响，起重要作用的可能有两位诗人，宋荦和吴之振。宋荦在任江苏巡抚期间，编纂吴中文人作品为《吴风》。其中所收不同作者的《宋诗源流论》，很像他在江西任上所

---

① 有关历史上的唐宋诗之争，已有齐治平《唐宋诗之争概述》（岳麓书社 1984 年版）、戴文和《"唐诗""宋诗"之争研究》（台湾文史哲出版社 1997 年版）两种专著作了详细梳理，可看。

② 魏礼：《答沈仲孚胡若木欧上闲书》，《魏季子文集》卷八，道光二十五年谢若庭绥园书塾重刊宁都三魏文集本。

试《江西诗派论》，可能也是课士之题①。但用意已由表彰宋诗转向反思宋诗得失及与唐诗的关系，这也是他日常论诗的趣向，否则徐舒一篇不会那么明显地表现出折衷唐宋的倾向，并约略可见叶燮《原诗》的影子：

> 愚谓论诗无分今古。诗本性情，但取其真而已。能得其真，则自出机杼，无事剽窃，不必学唐而自近于唐，不必避宋而不拘于宋。世之尊唐而黜宋者，固为徇俗之见；而嗜宋而厌唐者，亦属矫枉过正。苟能独撷性灵，不落窠臼，则《三百篇》之旨，当不外是。何有于唐，亦何有于宋哉！②

这里的"论诗无分今古""独撷性灵"，都是袁枚性灵诗学的先声。更值得注意的是，另一篇奚士柱之作也提到"舒写性灵"，直接将调和唐、宋与"性灵"联系到一起，预示了后来性灵诗学在这个问题上的基本立场。吴之振则在重刊《瀛奎律髓》序里指出：

> 时代虽有唐、宋之异，自诗观之，总一统绪相条贯。如四序之成岁功，虽寒暄殊致，要属一元之递嬗尔。而固者遂画为鸿沟，判作限断，或尊唐而黜宋，或宗宋而祧唐，此真方隅之见也。③

这一说法随着《瀛奎律髓》流行于世而颇有影响，纪昀批其书，尝称"此论最通"④。要之，从康熙末到乾、嘉之间，论诗不以古今朝代为限，已成为诗家通识。正如郭伊云诗所云："句有劝惩均可取，义归兴比即堪思。性情不以今古异，吟咏岂缘世代歧？"⑤ 由此出发，"汉魏六朝可以续《三百》，宋明之诗不可以续三唐乎？"正是很自然的认识。

不过，一种观念要成为流行的主张和普遍性认识，往往需要有重要批评家加以倡导，将它推到众所关注的焦点位置上。纪昀也曾主张"唐、宋诗各有门径，

---

① 参看王兵《清人选清诗与清代诗学》，第148—185页。
② 宋荦辑：《吴风》卷一，康熙三十三年刊本。
③ 李庆甲辑：《瀛奎律髓汇评》附录一，下册，第1813页。
④ 同上书，第1814页。
⑤ 王奂曾：《郭伊云诗稿序》引，《旭华堂文集》卷四，乾隆十六年刊本。

不必以一格拘也"①，并且在实际批评中对唐音、宋调无所偏爱，于其是非得失各有批评②。但他终究不以诗名，在诗坛不具有号召力。须待袁枚打出调和唐、宋的旗帜，性灵派诗家群起而响应，这才在乾隆中叶掀起一股折衷唐、宋的诗学思潮。乾隆二十四年（1759）秋，袁枚在《答沈大宗伯论诗书》中，针对沈德潜的唐宋诗观表达了自己对诗歌因革的看法：

> 唐人学汉、魏变汉、魏，宋学唐变唐。其变也，非有心于变也，乃不得不变也。使不变，则不足以为唐，不足以为宋也。子孙之貌，莫不本于祖、父；然变而美者有之，变而丑者有之。若必禁其不变，则虽造物有所不能。先生许唐人之变汉、魏，而独不许宋人之变唐，惑也。且先生亦知唐人之自变其诗，与宋人无与乎？初、盛一变，中、晚再变，至皮、陆二家，已浸淫乎宋氏矣。风会所趋，聪明所极有不期其然而然者。故枚尝谓变尧、舜者，汤、武也；然学尧、舜者，莫善于汤、武，莫不善于燕哙。变唐诗者，宋、元也；然学唐诗者莫善于宋、元，莫不善于明七子。③

在阐明变的必然趋势以及宋、元之变的反常合道之后，袁枚又断然指出："唐、宋分界之说，宋、元无有，明初亦无有，成、弘后始有之。其时议礼讲学皆立门户以为名高。七子狃于此习，遂皮傅盛唐，扼腕自矜，殊为寡识。"④ 按理说这一论断并不符合诗史实际。唐、宋之纷争明明起于宋代，戴复古从孙戴昺即有《有妄论宋唐诗体者答之》云："不用雕镂呕肺肠，辞能达意即文章。性情元自无今古，格律何须辨宋唐？"⑤ 到严羽诗论中乃发展为明显的尊唐黜宋论调。这本是尽人皆知的常识，但袁枚有意忽略这一点，而将唐、宋门户之启直接与明七

① 纪昀：《删正方虚谷瀛奎律髓》，《丛书集成三编》，台湾新文丰出版公司 1997 年影印镜烟堂十种本，第 422 页。

② 如《纪批苏文忠公诗集》卷三《郿坞》评："太涉轻薄，便入晚唐五代恶趣中。"指出晚唐五代诗格调卑下。卷十四《望云楼》评："纯用宋格，然较胜唐装面空腔。"肯定其为宋格，但承认胜于唐诗的肤廓空腔。

③ 袁枚：《小仓山房文集》卷一七，《袁枚全集》，第 2 册，第 284 页。

④ 袁枚：《小仓山房文集》卷一七，《袁枚全集》，第 2 册，第 284 页。此札的写作年月，据范建明《清代诗人施兰垞及其文学活动考论——兼谈袁枚〈答沈大宗伯论诗书〉的写作时间问题》（《苏州大学学报》2015 年第 1 期）一文的考证成果。

⑤ 戴昺：《东野农歌集》卷四，影印文渊阁《四库全书》本。

子辈联系起来，从而使沈德潜格调派观念的根源与早已为诗家唾弃的陈腐见解捆绑在一起，毋须再贴标签，即已满眼臭腐。在随后的《答施兰坨论诗书》中，袁枚更进一步剖析："夫诗无所谓唐、宋也。唐、宋者，一代之国号耳，与诗无与也。诗者，各人之性情耳，与唐，宋无与也。若拘拘焉持唐、宋以相敌，是子之胸中有已亡之国号，而无自得之性情，于诗之本旨已失矣。"① 针对施谦来书提到的"唐诗旧，宋诗新"问题，袁枚反诘道："夫新旧可以年代计乎？一人之诗，有某首新，某首旧者；一诗之中，有某句新，某句旧者。新旧存乎其诗，不存乎唐、宋。且子之所谓新旧，仆亦知之。前有人焉，明堂奥房，襜襜焉盛服而居；后又有人焉，明堂奥房，襜襜焉盛服而居。子虑其雷同而旧也，将变而新之。则宜更华其居，更盛其服，以相压胜矣。乃计不出此，而忽窭居窟处，衣昌披而服蓝缕，曰吾以为新云尔。其果新乎？抑虽新而不如其不新乎？"② 后来他又将此意发挥于《随园诗话》中："诗分唐、宋，至今人犹恪守。不知诗者，人之性情；唐、宋者，帝王之国号。人之性情，岂因国号而转移哉？"③ 如此一来，唐宋与新旧、工拙的对应关系洒然冰解，"诗有工拙，而无古今"的宗旨从而确立④。

袁枚曾说："杨龟山先生云：'当今祖宗之法，不必分元祐与熙丰也。国家但取其善者而行之，可也。'予闻人论诗，好争唐、宋，必以先生此语晓之。"⑤ 他本人的诗歌批评中也随处可见不拘唐宋的论说：

> 论诗区别唐、宋，判分中、晚，余雅不喜。尝举盛唐贺知章《咏柳》云："不知细叶谁裁出，二月春风似剪刀。"初唐张谓之《安乐公主山庄》诗："灵泉巧凿天孙锦，孝笋能抽帝女枝。"皆雕刻极矣，得不谓之中、晚乎？杜少陵之"影遭碧水潜勾引，风妒红花却倒吹"；"老妻画纸为棋局，稚子敲针作钓钩"：琐碎极矣，得不谓之宋诗乎？不特此也，施肩吾《古乐

---

① 袁枚：《小仓山房文集》卷一七，《袁枚全集》，第 2 册，第 286 页。
② 同上书，第 287 页。
③ 袁枚：《随园诗话》卷六，第 148 页。
④ 袁枚：《与沈大宗伯论诗书》，《小仓山房文集》卷一七，《袁枚全集》，第 2 册，第 283 页。
⑤ 袁枚：《随园诗话》卷七，第 168 页。

府》云："三更风作切梦刀，万转愁成绕肠线。"如此雕刻，恰在晚唐以前。耳食者不知出处，必以为宋、元最后之诗。①

在袁枚看来，诗只有艺术表现的工拙之分，而没有笼统的时代高下之分。他这种不拘唐、宋的观念，固然与乾、嘉之际学风融会的大背景有关，但同时也与他诗歌趣味中的一对矛盾相表里。袁枚论诗，注重人生体验和日常生活感受的表达，明显更接近宋诗的精神，可他偏不喜欢宋诗筋骨粗硬的艺术特征，在语言风格上明显倾向于流丽和匀的唐风。口头上不分唐、宋，骨子里其实还是扬唐抑宋，尤其不满于走宋诗路子的浙派②。只不过这种倾向完全被时人"古人所有公尽有，三唐两宋皆前型"的评价所掩盖③，在当时的流行思潮中毫不引人注意而已。调和唐宋的话语实在是太强大了。

《随园诗话》卷十六有一段记载幽默而耐人寻味：

> 徐朗斋嵩曰：有数人论诗，争唐、宋为优劣者，几至攘臂。乃授嵩以定其说。嵩乃仰天而叹，良久不言。众问何叹，曰："吾恨李氏不及姬家耳！倘唐朝亦如周家八百年，则宋、元、明三朝诗，俱号称唐诗，诸公何用争哉？须知论诗只论工拙，不论朝代。譬如金玉，出于今之土中，不可谓非宝也；败石瓦砾，传自洪荒，不可谓之宝也。"众人闻之，乃闭口散。余谓诗称唐，犹称宋之斤、鲁之削也，取其极工者而言；非谓宋外无斤、鲁外无削也。④

由这则诗话可以知道，当时持类似论调者实夥其人，而且并非都出于袁枚的启迪。袁枚不过借其影响力及《随园诗话》的流行，张扬和传播了这种观念，使论诗只究工拙、不拘唐宋成为诗坛流行一时的时髦话语。程晋芳《邗上酬陶篁村六十韵》写道："风诗道歇绝，剽窃以市名。选字必六朝，取格希三唐。试观宋

---

① 袁枚：《随园诗话》卷七，第182—183页。
② 参看《小仓山房文集》卷一一《万柘坡诗集跋》，《袁枚全集》，第2册，第201页。
③ 法式善：《读随园先生全集赋呈》，《续同人集》，《袁枚全集》，第6册，第59页。
④ 袁枚：《随园诗话》卷一六，第402页。

金元，一一标奇英。底肯学优孟，衣冠貌行藏。"① 曹廷栋句又云："诗真岂在分唐宋，语妙何曾露刻雕。"② 王文治《题杭州朱青湖抱山堂诗集后》也感慨："桃唐祖宋谁作俑，如水趋下无由旋。"③ 乾隆五十八年（1793）张问陶作《论诗十二绝句》，其十称："文章体制本天生，只让通才有性情。模宋规唐徒自苦，古人已死不须争。"④ 至于蒋士铨乾隆三十年（1765）所作的《辨诗》，更是一篇彻头彻尾的唐宋调和论，首先肯定"唐宋皆伟人，各成一代诗。变出不得已，运会实迫之。格调苟沿袭，焉用雷同词？宋人生唐后，开辟真难为。一代只数人，余子故多疵"，继而抨击分唐界宋的拘虚之见，倡言兼取唐宋："奈何愚贱子，唐宋分藩篱。哆口崇唐音，羊质冒虎皮。习为廓落语，死气蒸伏尸。撑架陈气象。桎梏立威仪。可怜馁败物，欲代郊庙牺。使为苏黄仆，终日当鞭笞。七子推王李，不免贻笑嗤。况设土木形，浪拟神仙姿。李杜若生晚，亦自易矩规。寄言善学者，唐宋皆吾师。"⑤ 袁枚有《除夕读蒋苕生编修诗即仿其体奉题三首》，其二云："俗儒硁硁界唐宋，未入华胥先作梦。先生有意唤醒之，矫枉张弓力太重。沧溟数子见即嗔，新城一翁头更痛。我道不如掩其朝代名姓只论诗，能合吾意吾取之。"⑥ 欣然引为同调。嘉庆七年（1802）焦循《答周己山》云"诗亦不必分唐、宋，只求其好可耳"⑦；嘉庆十一年（1806）赵翼作《论诗》云："宋调唐音百战场，纷纷唇舌互雌黄。此于世道何关系，竟似儒家辟老庄。"⑧ 可视为这种论调的回响。

袁枚和蒋士铨的议论在诗坛广为流传，或被后学引为口实。李宪乔《与秦希文书》提到：

> 仆所谓以古为法，法古人之气骨，非必侈言汉魏、盛唐也。谓诗必学汉魏、盛唐，不可落中晚、宋元者，此世俗猗抳道涂之言，仆不敢为是言也。

① 程晋芳：《邗上酬陶篁村六十韵》，《勉行堂诗文集》卷一〇，第285页。
② 袁枚：《随园诗话》卷二，第41页。
③ 刘奕点校：《王文治诗文集》卷二一，人民文学出版社2014年版，第475页。
④ 张问陶：《船山诗草》卷一一，第262页。
⑤ 《忠雅堂集校笺》，第2册，第986页。
⑥ 袁枚：《小仓山房诗文集》，第466页。
⑦ 焦循：《焦循诗文集》，下册，第632页。
⑧ 《赵翼全集》，第6册，第986页。

即本朝诗，最推阮亭，乃其诗云："元白张王皆古意，不曾辛苦学妃豨。"
是不以汉魏薄中晚也。又云："耳食纷纷说开宝，几人眼见宋元诗？"是不
以盛唐薄宋元也。近来能诗者，仆谓蒋心畬颇为杰出，其诗亦云："唐宋皆
伟人，各成一代诗。奈何愚贱子，唐宋分藩篱。侈口崇唐音，羊质蒙虎皮。
习为廓落语，死气蒸伏尸。"袁子才与沈确士论诗，亦力辟门户之说。仆谓
二子皆不无所见，至其所造之浅深，各随所得耳。①

汪瑔《答门人徐玉卿书》也称《随园诗话》"摘录见道语，亦颇增长识见。如谓
唐、宋者，历代之国号，与诗无与。诗者，各人之性情，与唐、宋无与。此种妙
论发前人所未发，未可磨灭"②。这不禁让我们推想，乾隆后期消弭唐宋诗之争
的意识可能与袁枚及同时性灵派主要诗人的共同主张大有关系。

当时影响所及，上至宰辅公卿，下逮青衿士子，言诗者多标举不拘唐、宋之
说。如法式善《梧门诗话》卷六引徐蝶园（满姓舒穆鲁）相国序陆鹤亭《春及
堂诗》曰：

> 今之士大夫竞言诗，或唐或宋，各执所尚，抗不相下。余曰诗以道性情
> 已耳。苟能出于性情，勿论唐可，宋亦可也。如其不出于性情，勿论宋非，
> 唐亦非也。③

同书卷八又载施安《旧雨斋集》自序云：

> 余幼读司空表圣《诗品》，犁然有会，辄为吟讽。世之饮井水者，或寻
> 味于酸咸之外，引为同调。如以唐宋派别绳我，则直以之覆瓿耳。④

方薰《山静居诗话》又记性灵派诗人蒋绍辉语曰："人每以气格论诗，是以尊汉
唐而薄宋元；若以世风言诗，则代有其诗，平心读之，自知其乘除运会之变。"⑤

---

① 李宪乔：《与秦希文书》，《山东文献集成》第三辑，第 47 册，第 144 页。
② 汪瑔：《答门人徐玉卿书》，《雅安书屋文集》卷二，道光二十四年刊本。
③ 张寅彭、强迪艺：《梧门诗话合校》，第 196—197 页。
④ 同上书，第 257—258 页。
⑤ 《清诗话》，下册，第 958—959 页。

一时识者韪之。

置身于这股思潮中，不仅接近性灵派的诗人如石蕴玉之类，为诗"破除唐宋门户"①，就是不属于性灵派阵营的诗家，也不能不受流行观念的影响。比如，王鸣盛本是沈德潜弟子，所作《碧霞书屋诗钞序》则云：

> 近日诗教大昌，诗家麻列，然嗜甘者忌辛，好丹者非素，唐音宋调，言人人殊。予尝疑之。盖诗体至唐为备，论诗者以唐为准的，是固然。顾或剽窃摹拟，袭貌遗神，斯学唐者之弊也；宋诗自欧、梅固已别开户牖，苏、黄辈出，遂乃掘尽唐人白科，守故方□□不可不参以新变。顾南渡以下，俚鄙粗俗，如村谣羌笛，杂出其间，尤而效之，去正声远矣。斯又学宋者之弊也。求其调剂两家，去短集长，洋洋乎会通于大雅者，繄何人乎？②

为此，他称赞《碧霞书屋诗钞》作者"或唐或宋，惟其所陶冶，而未尝拘于一格也。抑且非唐非宋，自写其心灵悟诣，而不必求离合于古人也。大约学唐而不失之板，学宋而不失之野。大雅之复作也，舍拜善其谁与归？"又如吴锡麒，师从杭世骏、吴颖芳，而尤其追慕乡贤厉鹗，本属浙派诗人。浙派自黄宗羲以降，夙以宋诗为宗尚；厉鹗诗时称"撷宋诗之精诣，而去其疏芜"③。但吴锡麒走的却是"熔汉魏、六朝、唐宋为一炉"的路子④，既对沈德潜固守格调派立场有所批评，说"宗伯论诗斩斩于唐宋之界，若毫发不能假借者"⑤，同时对浙派宋诗风也多有不满。这种不拘唐宋、融合会通的主张在嘉庆以后日渐成为诗坛的主流。伍宇澄论诗云："不本性求情而专主门户之见者，迂也；不好学深思而但持唐宋之说者，俱也。"⑥ 上句以性济情，下句折衷唐宋，足见二者本是相通的。这正体现了乾隆诗学在思维方式深处的一致性。

---

① 陶澍：《恩赏翰林院编修前山东按察使司按察使琢堂石公墓志铭》，《陶澍集》，岳麓书社1998年版，下册，第204页。

② 梁昌圣：《碧霞书屋诗钞》卷首，香港中国艺术家出版社2008年版。

③ 王昶：《湖海诗传》卷二，《续修四库全书》影印本。

④ 张维屏：《国朝诗人征略》卷四四引《听松庐诗话》，道光十年刊本。

⑤ 吴锡麒：《棕亭古文钞序》，金兆燕：《国子先生全集》，道光十六年赠云轩刊本。

⑥ 万之蘅：《伍既庭哀词并序》，伍承焕纂：《伍任宗谱》卷八，光绪二十年敦睦堂活字本。转引自张廷银《族谱所见文学批评资料整理研究》，人民文学出版社2012年版，第285页。

诚如张赓谟《论诗》所云："秋菊春兰各有姿，诗分唐宋亦犹斯。"① 至此，历数百年不息的唐宋诗门户之争终告消歇。这不是说以后再没有主唐主宋的不同立场，而只是说人们不需要再争辩唐宋诗的价值高下——主唐诗者无须傲视宋诗，主宋诗者也不必斤斤为它辩护提价，伸张可师法的理由。人们从此可根据自己的趣味出入取舍，而不必在审美价值上争辩其合法性。这意味着，清初以来折衷唐宋的思想苗头，经乾隆间性灵诗学催发，在当时汉宋融合的学术文化语境中，与文章学里的融合骈散相互映发，终于结出蕴含丰富的诗学理论果实，唐宋各擅其胜的诗歌传统观由此确立。当然，唐宋传统和门户之争的泯灭，同时也使诗学的钟摆晃到个人才能一面，使才情与学问的对立、冲突凸显出来，形成诗坛热烈讨论的另一个焦点话题。

## 二　才情与学问之争的泛起

置身于中国古代学术史上最烜赫的乾、嘉时代，所有的文人都无法回避如何对待学问的问题。它在两个层面上迫使人们做出选择：在广义文学的层面上，所谓学问在当时就是经学的同义词，选择治经或不治经，首先将戴震、姚鼐、洪亮吉、钱大昕那样的学者型文人与袁枚、蒋士铨、黄景仁这样的作家型文人区分开来；在狭义文学的层面上，学问意味着文学之外的所有知识，选择以学为诗或以才为诗，又将袁枚一辈性灵派诗人与翁方纲一辈考据派诗人区分开来。在乾隆文坛，不只治学路向是个困扰士人、经常带来观念冲突的动因；如何看待才情与学力的关系，也是诗学中难以回避的观念对立。

众所周知，天分与学力之争是个古老的话题，中外文论皆然。在中国文论中，葛晓音认为可以追溯到唐代自然、天真与苦思、修饰的提法②，在崇尚博学的宋代，黄庭坚对杜诗"无一字无来历"的推崇，造成一代诗风朝着以学问为诗倾斜，而"作诗当以学，不当以才。诗非文比，若不曾学，则终不近诗"③，遂成为文坛通行的看法。刘克庄有鉴于此，曾有"风人之诗"与"文人之诗"

---

① 张赓谟：《空斋寂坐万感俱来爰作消闲十二事诗以自遣时丁巳初夏也》，《菉园诗草》卷二，文清阁编：《稀见清人别集百种》，第 13 册，第 78 页。

② 葛晓音：《从历代诗话看唐诗研究与天分学力之争》，《汉唐文学的嬗变》，北京大学出版社 1990 年版。

③ 费衮：《梁溪漫志》卷七，上海古籍出版社 1985 年版，第 75 页。

的区判，所谓"以情性礼义为本，以鸟兽草木为料，风人之诗也；以书为本，以事为料，文人之诗也"①。严羽又将崇尚兴趣、妙悟的唐人与"以学问为诗"的本朝诸公对举，使问题愈益明朗化和历史化，由此引发长久的唐宋诗艺术品位之争。清初诗坛出于对明代空疏学风的反拨，一致鄙薄枵腹为诗，力主以书卷为诗歌之基石，从而使诗与学的关系，具体说就是"诗人之诗"与"儒者之诗"（钱谦益《顾麟士诗集序》），或"文人之诗"与"诗人之诗"（黄宗羲《后苇碧轩诗序》）的界限，再度成为诗家关注的热点，其核心其实就是性情与学问谁优先的问题。钱谦益《定山堂诗序》曾将性情和学问对举，辨析两者的关系：

> 诗之为道，性情学问参会者也。性情者，学问之精神也；学问者，性情之孚尹也。（中略）执性情而弃学问，采风谣而遗著作，舆讴巷諛，皆被管弦；《挂枝》《打枣》，咸播郊庙，胥天下用妄失学，为有目无睹之徒者，必此言也。②

这是从作家才能的角度阐发性情、学问两者相辅相成的关系，而徐乾学《南芝堂杂诗序》则直接将性情还原为才的问题，并与学相对而重新作了定义：

> 所谓才，非特文笔流便而已也；所谓学，非特记诵淹洽而已也。（中略）明达物务之谓才，练晓今古之谓学。两者虽不主于为诗，而非是无以为诗之根柢。③

他举杜甫为例，认为"少陵之诗雄压百代，岂特格律云尔哉？天宝以至大历，秦蜀以至衡湘，将吏之骄谨，边塞之安危，民物之贫阜，山川之险易，一一籍记而图列之，是之谓诗才，是之谓诗学"。这里将才、学的范围扩大到政治见解和社会知识，超越了前人的藩篱，足以说明才是包容性更大的上位概念，比性情更适合用来与学相对举。自陈宏谋以降，遂为论者所沿袭④。

---

① 刘克庄：《跋何谦诗》，《后村先生大全集》卷一〇六，《四部丛刊初编》影印本。
② 龚鼎孳：《定山堂诗集》卷首，光绪九年龚彦绪刊本。
③ 盛符升：《诚斋诗集·南芝堂杂诗》卷首，中国社会科学院文学所藏盛氏十贤祠抄本。
④ 陈宏谋《培远堂文集·培远堂偶存稿》卷二《张西清泛槎吟序》云："嗟乎，论诗者往往曰才曰学，然才非特声调流美，学非特记诵淹洽而已。盖明达物务谓之才，贯流古今谓之学，两者不主于为诗，而诗之根柢实在于是。"盖全袭徐氏之语，仅改易数字而已。

鉴于占据明代诗学主流位置的格调派观念与严羽有直接的渊源关系，清初诗论家多集矢于沧浪诗说，以正本清源。萧正模《施用文诗草序》云："吾未见夫诗之可以无学而工也。夫古人以所学尽资之为诗，谓诗不关学，严沧浪之此语其亦足疑误后生也。"① 朱彝尊《栋亭诗序》更断言："今之诗家空疏浅薄，皆由严仪卿'诗有别才，非关学'一语启之。天下岂有舍学言诗之理？"② 类似的批评还见于黄道周、毛奇龄、周容、汪师韩等人的议论中，现在看来很可能与世传《诗辩》"非关书也"误作"非关学也"有关。其实严羽并不是一味反对学问的，只不过不愿人堆砌书卷而已③。但这已无关紧要，对严羽的批评最终磨砻出唐孙华"学问、性灵缺一不可"的折衷之说："有学问以发抒性灵，有性灵以融冶学问，而后可与言诗。"④ 这是非常通达的见解，足以消解人们在才性和学问关系上的纠结。但遗憾的是，到乾隆诗坛为实证学风所笼罩，以考据为诗的学人诗风盛行一时，而引起诗坛对其流弊的警觉与反思，就不能不促使人们重新思考才与学的关系，从而导致新一轮才性与学力之争的勃兴。

在格调派主导诗坛的乾隆初，不只是沈德潜的诗学已冒出学人之诗的苗头，另外一些著名诗人在才学关系上也较偏重于学，如李重华说："人谓诗有别才，非关学力者，只就天分一边论之。究竟有天分者，非学力断不能成家。"⑤ 与袁枚有"南北随园"之目的边连宝⑥，论诗也主学力，认为学力终胜天分。其《病余长语》评骘李杜曾说："金、陈之时文似李杜，大士似太白，正希似子美，一以才胜，一以学胜。人定者胜天，故李不如杜，陈不如金。"⑦ 《示廷征》诗又云："所以严沧浪，言诗有别悟。又云非关学，此语乃大误。人生具夙慧，譬之地敏树。慧以植其根，学以勤灌注。恃慧而废学，究竟成蒿莱。王孟与韦柳，妙

---

① 萧正模：《后知堂文集》卷二二，康熙五十六年刊本。
② 朱彝尊：《曝书亭集》卷三九，康熙刊本。
③ 郭绍虞《试测沧浪诗话的本来面貌》一文对此已有辨证，见《艺林丛录》第五编，香港商务印书馆 1964 年 12 月版。
④ 郑方坤：《国朝名家诗钞小传》卷三引，龙威秘书本。
⑤ 李重华：《贞一斋诗说》，《清诗话》，下册，第 932 页。
⑥ 李銮宣《道出任丘县向邑令索得边随园诗集携至高阳旅舍挑灯展读率成二律题集后》："一时南北两随园，各有澜从舌本翻。瀛海诗人工乐府，仓山仙吏富词源。使才毕竟由天授，学舌谁能见道原。寄语骚坛后来者，莫教此事独推袁。"《坚白石斋诗集》卷一一，第 362 页。
⑦ 边连宝：《病余长语》卷八，天津图书馆藏稿本。

质标天素。实于淡寂中，藏有书四库。"① 后来桐城派宗师姚鼐论诗也崇尚诗中有学，曾于《敦拙堂诗集序》述其旨曰："文王、周公之圣，大、小《雅》之贤，扬乎朝廷，达乎神鬼，反覆乎训诫，光昭乎政事，道德修明，而学术该备，非如列国风诗采于里巷者可并论也。"② 但另一方面，就在乾隆初彭端淑的《文论》中，我们也看到对刘知几"史家三长"的重新思考，将三长并重引向独尚才情的方向："作文之道有三，曰学曰识曰才。才所以辅吾之学识以达于文者也。有学有识而才不至，则无以达其所见，以行于自然之途，使天下后世厌心而悦目。顾才有小大，授于天而不可强者也。"③ 到乾隆中叶，随着袁枚性灵诗说日益风行于世，论诗尚才的呼声也日益高涨。任瓣芸《诗人》写道："诗人如美人，倩盼天赋资。傅粉非不佳，涂抹从后起。所以随园诗，声声发清徵。读破万卷书，笔下无秽滓。"④ 任氏显然是袁枚诗论的响应者，认定诗人必有美才为质，然后济以学问，这才不至于满纸糟粕掩抑性灵。

袁枚性灵诗学尚才的主张，以及后来对学人之诗的抵拒，虽然将才学之辩重新推到诗坛关注的焦点，但并未形成一边倒的形势。像乾隆诗学中另一些论争一样，尚才和主学的观念之争最终也走向折衷和融合。以我目光所及，调停其说者起码有王昶、储秘书、王元文、任兆麟、吴锡麒等人。王昶论诗大旨曰学曰才曰气曰调，"学以经典为主，才以运之，气以行之，调以举之，四者皆备，然后可以成家"⑤。而储秘书则尚性情而辅以学问，主张"情寄为上，问学次之。不本之情寄，而但求问学，此律门之戒子守死威仪者也；不深于问学而只言情寄，此村醪之新熟，不能醉人也"⑥。这都是从才性、学力在创作中所起的作用着眼的，虽所主各别，但都强调才学相济，不可偏废。王元文在《史赤霞诗序》中曾肯定作诗以才为先："夫人同为一事则才者胜矣，诗歌之道何独不然？有情焉，非才不足以达之；有学焉，非才不足以运之。阴何之用心，非逊于陈思、康乐也；

---

① 边连宝：《随园诗集》卷二三，《边随园集》，中华书局2007年版，第2册，第414页。
② 姚鼐：《惜抱轩文集》卷四，《惜抱轩诗文集》，上海古籍出版社1992年版，第49页。
③ 彭端淑：《白鹤堂文稿》，同治六年丹林彭效宗重刊本。
④ 任兰陔等纂：《萧山任氏家乘》卷二〇《遗芳集》下，同治十三年任氏永思堂活字本。转引自张廷银《族谱所见文学批评资料整理研究》，第257页。
⑤ 盛大士：《竹间诗话》卷一，中国社会科学院文学所藏盛琪批稿本。
⑥ 史承谦：《青梅轩诗话》引，《史位存杂著六种》，乾隆六十年刊本。

皮陆之取材,非俭于嘉州、常侍也,而气象顿殊,风会遂别,即其人亦有不自主者。岂非造物之赋才有靳?其萎苶蓁塞,则无以生万物之光荣,人亦掉弃之而不顾。然则才之可贵,欧公况之凤鸣河清,讵不然乎?"① 但在《邱昆奇诗序》中,引严羽"诗有别才"之语盛称邱昆奇之余,又进一步指出:"夫古今来博学者不必工诗,工诗者不必博学,信有之矣。然亦未有不植于其本而能造乎其极者。"那么什么是本呢?还是一个"学"字。"非学何以拓其胸次,开其眼界,深其酝酿哉?太白之天才,犹读书匡庐十九年;少陵独有千古,亦曰读书破万卷。"② 针对前人有争论的才性、学力的作用问题,他强调了学力在作家才能养成中的基础作用。任兆麟《金寿人诗序》敏锐地指出严羽"别才""别趣"之说存在着缺乏外延限定的理论缺陷:"盖材必本于书,趣必本于理,材非书不雅,趣非理不真。"③ 相比之下,吴锡麒诗学更多体现了对后性灵时代流行观念的反应,在折衷唐宋、性情学问等问题上都曾表达自己的看法④。一方面批评世人误执严羽之说,"多泥于诗有别才,非关学问之说,沿袭空疏,辗转相误"⑤;一方面又诫人"学而不溺于学"。两相折衷,只有回到"发之以性情,辅之以学问"的传统观念上来。他甚至认为"学问积则性情生,其所以能感人者,皆其蕴蓄之深且厚者也"⑥,似乎将学问看作性情的本源。但这只是沿用了传统的言说策略,而并非主张学问为本、性情为末。因为"发之以性情,辅之以学问"的观念源自刘勰《文心雕龙·事类》"属意立文,心与笔谋,才为盟主,学为辅佐"之说⑦。纪昀评语指出,"才禀天授,非人力所能为,故以下专论博学",已洞见《文心雕龙》的论述策略。正像才法之争一样,才是不可讨论的问题,只能降而讨论法;在才学之争中,能讨论的同样也只有学。这样,在乾隆间特定的学术文化和诗学语境中凸显出来的才性与学问之争,最后就集中到对待"学"的态度上来,并与唐

---

① 王元文:《北溪文集》卷下,嘉庆十七年王氏随善斋刊本。

② 同上。

③ 任兆麟:《有竹居集》卷九,嘉庆二十四年两广节署刊本。

④ 刘欢萍《吴锡麒诗论与浙派诗学思想的深化与新变》(《苏州大学学报》2012 年第 3 期)曾列举吴锡麒诗学涉及的四个问题,另两个问题是诗能穷人、以禅喻诗,可参看。

⑤ 吴锡麒:《小画山房诗钞序》,团维墀:《小画山房诗钞》卷首,嘉庆十二年刊本。

⑥ 同上。

⑦ 《纪晓岚评注文心雕龙》,江苏广陵古籍刻印社 1997 年影印本,第 318 页。

宋诗之争相表里①，形成一种互为背景的理论言说，而发轫于宋代的"诗人之诗"与"学人之诗"之辨也自然地被借用为统摄历史上两大传统与现实中的两种观念之争的诗学话语。

### 三　学人之诗·才人之诗·诗人之诗

诗学中有关诗人之诗与学人之诗的区分，本质上起于对诗歌审美特性的反思和确认。其雏形已见于汉代扬雄对"诗人之赋"与"辞人之赋"的对举，托名白居易《金针诗格》"诗有二家"条因有"诗人之诗"与"词人之诗"之辨："诗人之诗雅而正，词人之诗才而辩。"② 在北宋作家对杜文、韩诗、苏词非"本色"的一派批评声音中，李复《与侯谟秀才》书中也论及："子美长于诗，杂文似其诗；退之好为文，诗似其文。退之诗，非诗人之诗，乃文人之诗也。"③ 诗人之诗与文人之诗的辨别，一直到乾隆间都没有停止④。但更值得注意的是南宋张栻对"诗人之诗"与"学者之诗"的分别：

> 有以诗集呈南轩先生，先生曰："诗人之诗也。可惜不禁咀嚼。"或问其故，曰："非学者之诗，学者诗读着似质，却有无限滋味，涵咏愈久，愈觉深长。"⑤

这里的学者之诗，正如学界一般认为的那样，应指邵雍一辈理学之士的诗风。张景阳序张夏诗集回应李复对诗人之诗与文人之诗的区别，将两者的特征概括为："诗人之诗精而深，文人之诗辨而理。"⑥ 后来刘克庄跋何谦诗又以风人之诗与文人之诗对举，作了总结性的表述："余尝谓以情性礼义为本，以鸟兽草木为料，风人之诗也；以书为本，以事为料，文人之诗也。"⑦ 此后，明代还有孙承恩辨

---

①　关于诗人之诗、学人之诗与唐宋诗型的对应关系，贺国强、魏中林《论"诗人之诗"与"学人之诗"》（《学术研究》2009 年第 9 期）一文已有专门讨论，可参看。

②　张伯伟：《全唐五代诗格校考》，陕西人民教育出版社 1996 年版，第 334 页。

③　李复：《与侯谟秀才》其三，《潏水集》卷五，影印文渊阁《四库全书》本，第 1121 册，第 51 页。

④　沈德潜《盛庭坚青嵝诗集序》："诗人之诗，异乎文人之诗。文人之诗，意在文而兼及焉者也；诗人之诗，意在诗而专及焉者也。"《沈德潜诗文集》，第 3 册，第 1347 页。

⑤　盛如梓：《庶斋老学丛谈》卷中，《丛书集成初编》本，中华书局 1985 年版，第 31 页。

⑥　陈应行：《吟窗杂录》卷三十四上，中华书局 1997 年版，第 947 页。

⑦　刘克庄：《何谦诗》，《后村先生大全集》卷一〇六，《四部丛刊初编》影印本。

析"儒者之诗"与"诗人之诗",为钱谦益所响应,但影响不大①。明末徐世溥《溉园诗集序》又提出一个"才人之诗"的概念:"诗本自然,要归至极。弗事乎此而能者,有圣贤之诗,有豪杰之诗,有隐士逸人之诗,有妇人女子之诗;事乎此而能者,有才人之诗,有词人之诗,有诗人之诗。而是数者,一人之集,一篇之中,亦各有之。"② 清初费经虞《雅伦》将"诗人之诗""才子之诗""笃学之诗""闲适之诗"并举③,成为"中国诗学史上最早将诗人之诗、才人之诗与学人之诗这三个诗学概念相提并论的诗学文献"④。应该说,有关三个概念的源流,先行研究已有细致梳理,不过乾隆间对三个概念的讨论,还留有需要进一步阐发的问题。

"诗人之诗"与"学人之诗"的辨析,之所以会在乾隆间成为众所关注的焦点,是因为这一话题虽远溯宋人,近承费经虞,但同时又的确是特定诗学语境中形成的理论命题。张健曾举杭世骏(1696—1772)《沈沃田诗序》⑤,认为杭氏从理论上正式提出了学人之诗的口号:

> 诗缘情而易工,学征实而难假。今天下称诗者什之九,俯首而孜孜于学者,什曾不得一焉。(中略)《三百篇》之中,有诗人之诗,有学人之诗。何谓学人?其在于商,则正考父;其在于周,则周公、召康公、尹吉甫;其在于鲁,则史克、公子奚斯。之二圣四贤者,岂尝以诗自见哉?学裕于己,运逢其会,雍容揄扬,而雅颂以作,经纬万端,和会邦国,如此其严且重也。后人渐昧斯义,勇于为诗,而惮于为学,思义单狭,辞语陈因,不得不出于稗贩剿窃之一途。前者方积,后随朽落。(中略)余特以学之一字立诗之干,而正天下言诗者之趋,而世莫宗也。⑥

如果就问题的提出而言,更早涉及学人之诗与诗人之诗论辩的人可能是方贞观

① 贺国强、魏中林《论"诗人之诗"与"学人之诗"》(《学术研究》2009 年第 9 期)一文对此有细致讨论,可参看。
② 黄宗羲:《明文海》卷二七六,中华书局 1987 年版,第 3 册,第 2863 页。
③ 费经虞辑:《雅伦》卷一六,康熙四十九年刊本。
④ 李金松:《诗人之诗、才人之诗与学人之诗划分及其诗学意义》,《文学遗产》2015 年第 1 期。
⑤ 张健:《清代诗学研究》,第 611—612 页。
⑥ 杭世骏:《道古堂文集》卷一〇,光绪十四年刊全集本。

（1679—1747），他在雍正十二年（1734）六月前撰写的诗话《辍锻录》①，开宗明义首揭诗分诗人之诗、学人之诗、才人之诗之旨：

> 才人之诗，崇论闳议，驰骋纵横，富赡标鲜，得之顷刻。然角胜于当场，则惊奇仰异；咀含于闲暇，则时过境非。譬之佛家，吞针咒水，怪变万端，终属小乘，不证如来大道。

> 学人之诗，博闻强识，好学深思，功力虽深，天分有限，未尝不声应律而舞合节，究之其胜人处，即其逊人处。譬之佛家，律门戒子，守死威仪，终是钝根长老，安能一性圆明！

> 诗人之诗，心地空明，有绝人之智慧；意度高远，无物类之牵缠。诗书名物，别有领会；山川花鸟，关我性情。信手拈来，言近旨远，笔短意长，聆之声希，咀之味永。此禅宗之心印，风雅之正传也。

方贞观教人"作诗未辨美恶，先辨是非"，是非者即诗性之谓，"会乎此可与入诗人之域"。考虑到地域小传统的有力影响，他的说法很可能又是本自邑先辈钱澄之。钱氏《说诗示石生汉昭赵生又彬》云：

> 文章之道，至于诗而才与学黜焉。非谓才与学不足以为诗，谓诗非才与学之可以为也，而有其才焉，有其学焉。有才人之才，有诗人之才；有学人之学，有诗人之学。才人之才在声光，诗人之才在气韵；学人之学以淹雅，诗人之学以神悟。声光可见也，气韵不可见也；淹雅可习也，神悟不可习也。是故诗人者，不惟有别才，抑有别学。②

他不仅发挥严羽"别才"之说，更提出学也有"别学"，这就顺理成章地导出一个结论："夫诗人之诗，何尝不以才为之？学为之？而决为诗人，非才人、学人之所可为！"③ 可见到清初，才人之诗、学人之诗、诗人之诗的名目都已见诸诗

---

① 此书通行之本无写作年月，复旦大学图书馆藏稿本册页末有"雍正甲寅六月为蜀泉老侄"落款，知撰于雍正十二年（1734）六月之前。
② 钱澄之：《田间文集》卷二六，黄山书社 1998 年版，第 506—507 页。
③ 钱澄之：《说诗示石生汉昭赵生又彬》，《田间文集》卷二六，第 507 页。

论,三者的分别也隐含在钱澄之的意识中,尽管还没有像方贞观那样清楚地加以辨析申说。与方贞观同时的太仓人沈起元(1685—1763)在《梅勿庵诗集序》里也提到:"昔之论诗者曰,有诗人之诗,有才人之诗,有学人之诗。余谓才人以气雄,学人以材富,诗人以韵格标胜。"① 这里既称是传述昔人之说,当然不会是受自方贞观,如果不是本之钱澄之,那也可能是受费经虞的启发,或综合了前人的说法。

《辍锻录》在方贞观生前并未梓行,稿本后为金楷购得,直到道光十四年(1834)才由广陵聚好斋刊刻行世。但他的学说在乡后学间已有影响,并通过他们传播于诗坛。自称"余之诗盖出于桐城两方,兼采其说而学焉"的程晋芳②,在《望溪集后》中写道:

> 夫诗有诗人之诗,有学人之诗,有才人之诗,而必以诗人之诗为第一;文有学人之文,有才人之文,而必以学人之文为第一。③

程晋芳此说很可能即本自方贞观。无论如何,才人之诗、学人之诗、诗人之诗的分别在乾隆诗坛已很流行,这是可以肯定的。当时论及这个问题的批评家,现知尚有数位。首先就是翁方纲,他在乾隆四十六年(1781)冬撰《七言律诗钞》凡例中提到:

> 有诗人之诗,有才人之诗,有学人之诗。齐梁以降,才人诗也;初盛诸公,诗人诗也;杜则学人诗也。然诗至于杜,又未尝不包括诗人才人矣。迨中晚诸家,而斯事又离而为三,至于晚唐五代,求其适于大道者,盖无有也。(中略)直至半山、东坡,乃能精微合拍,亦由建隆逮于熙、丰,郁积百年而发之。经曰:"温柔敦厚,诗教也。"又曰:"君子以言有物。"以此思之,岂其难乎!④

---

① 沈起元:《敬亭诗文》文稿卷二,乾隆刊本。
② 程晋芳:《南堂诗钞跋》,《勉行堂诗文集》,第797页。
③ 程晋芳:《勉行堂诗文集》,第771页。
④ 翁方纲:《七言律诗钞》卷首,乾隆四十六年刊本。

这段话的倾向性不是太清楚，只能就他对杜甫的尊崇而推知他以学人诗为尚，但他也承认杜甫实际也兼容诗人、才人的特征，这才是诗的"大道"。杜甫之后，诗家无力能兼三者，各得一体，所以说更无足以适大道者。直到宋代王安石、苏东坡庶几能企及，但他后文认为王安石还不及白居易、李商隐，则两家也难臻大道。总之，由此还不能得出翁方纲独尚学人诗的结论，应该说三者兼综才是他的理想吧？当时的论者尚有朱景英，其《萝村诗选序》云：

> 有学人之诗，有才人之诗，有诗人之诗。骈花俪叶，妃白偶青，獭祭心劳，鹤声偷巧，弓衣而织白傅，团扇而画放翁，既锢阏其性灵，徒求工于章句，此诗人之诗也。以观者为之目眩，以崇论闳议为奇横，以钩字棘句为博奥，险摄牛蛇之魄，丽蠖龙虎之皮，观者为之目眩，读者至于舌挢，此才人之诗也。若夫学人之诗，上薄风骚，根极理要，采经史子集之菁华，味兴观群怨之旨趣，必有为而作，无不典之辞，庶几司空表圣所谓"大用外腓，真体内充"者乎！[1]

作者的倾向明显推崇学人之诗，这在考据学风浓厚的乾隆时代也是很自然的事。同调有阳湖兼工诗的学者赵怀玉，其《焦里堂诗序》有云：

> 夫蕲于工而工者，斤斤于格律，屑屑于字句，殚精力而为之，以是专门名家，取誉传世，诗人之诗，世所同也。不蕲工而自工者，施之则有本，言之则有物，出余事而为之，以是畅怀舒愤，塞违从正，学人之诗，君是也。[2]

始终倾慕袁枚的性灵派诗人李调元，虽发挥严羽"诗有别才"之说，但同时也强调学问的重要，要人"多读书，多穷理"[3]，还称赞以制义著名的刘岩《贺楼村移居》诗"意真语挚，所谓学人之诗也"[4]，在性灵派诗人中可算是异数。后来对学人之诗的尊崇，还有孔宪彝《郑子斌诗序》："诗以言志，志存乎人。而

---

① 朱景英：《畬经堂诗文集》文集卷四，乾隆刊本。
② 赵怀玉：《亦有生斋文集》卷四，《续修四库全书》影印本，第1470册，第49页。
③ 詹杭伦、沈时蓉：《雨村诗话校证》卷八，第188页。
④ 詹杭伦、沈时蓉：《雨村诗话校证》卷一一，第259页。

人有才有学，故诗亦适如其人。尝以此衡当世之贤者，其空灵飘渺、望若神仙，则才人之诗也；其沈着痛快，华实并茂，则学人之诗也。然才人多而学人少，才人而能为学人者，尤不概见。"① 尽管他是在才人和学人两者间较量，但既然感叹学人之诗少，则其可贵不言而喻。

尽管不乏类似的尊崇学人之诗的说法，但终乾隆一朝以至清季，持这种立场的批评家终究是少数，反对者才是诗坛主流。约成书于乾隆三十六年（1771）前的阮葵生《茶余客话》卷十一有"诗人之诗"一则：

> 诗以理胜，不可有语录气；诗以情胜，不可有尺牍气；诗以识胜，不可有策论气；诗以韵胜，不可有《世说》气；诗以新胜，不可有词曲气。兼五者之长，而无其流弊，则诗人之诗矣。②

这里虽不是将诗人之诗与才人之诗、学人之诗相比论，但标举诗人之诗，且排斥语录、策论气和尺牍、小说、词曲气，已清楚表明了作者的立场。袁枚《随园诗话》刊行虽晚，但他毫无疑问是拒斥学人之诗的代表人物，《诗话》中再三流露出对学人之诗的厌恶。如卷四称："陆陆堂、诸襄七、汪韩门三太史，经学渊深，而诗多涩闷，所谓学人之诗，读之令人不欢。或诵诸诗：'秋草驯龙种，春罗狎雉媒。''九秋易洒登高泪，百战重经广武场。'差为可诵，他作不能称是。"③ 直说学人之诗读起来沉闷不堪，毫不宽假。补遗卷一又道：

> 近日有巨公教人作诗，必须穷经读注疏，然后落笔，诗乃可传。余闻之，笑曰："且勿论建安、大历，开府、参军，其经学何如，只问'关关雎鸠'、'采采卷耳'，是穷何经、何注疏，得此不朽之作？陶诗独绝千古，而'读书不求甚解'，何不读此疏以解之？"梁昭明太子《与湘东王书》云："夫六典、三礼，所施有地，所用有宜。未闻吟咏情性，反拟《内则》之篇；操笔写志，更摹《酒诰》之作。'迟迟春日'，翻学《归藏》；'湛湛江

---

① 孔宪彝：《韩斋集》，《清代稿钞本》，第37册，第27页。
② 阮葵生：《茶余客话》卷一一，第300页。
③ 袁枚：《随园诗话》卷四，第89页。

水'，竟同《大诰》。"此数言振聋发聩，想当时必有迂儒曲士，以经学谈诗者，故为此语以晓之。①

这是批评当时学人之诗以经学为诗的习气，由此引出如何对待考据题目的问题。他在另一段诗话里曾借圣人编《诗》先列《国风》的权威例证来申明诗以性情为尚的观念："考据之学，离诗最远；然诗中恰有考据题目，如《石鼓歌》《铁券行》之类，不得不征文考典，以侈侈隆富为贵。但须一气呵成，有议论、波澜方妙，不可铢积寸累，徒作算博士也。（中略）圣人编诗，先《国风》而后《雅》《颂》，何也？以《国风》近性情故也。"② 与此相应，他也没忘记通过特殊人物的具体诗作来张大"诗人之诗"的旗帜：

> 宜兴储氏多古文经义之学，少吟诗者。吾近今得二人焉：一名润书，字玉琴，《赠梅岑》云："一曲吴歌酒半醺，当筵争识杜司勋。天花作骨丝难绣，春水如情剪不分。话到西窗刚近月，人于东野愿为云。应知此后相思处，日日江头倚夕曛。"又句云："山气作寒啼鸟外，春阴如梦落花初。"其一名国钧，字长源。《梁溪》云："纸鸢轻扬午晴开，杂沓游人傍水隈。多半画船犹未拢，知从池上饲鱼来。"《即目》云："日午横塘缓棹过，风吹花气荡层波。依篷不肯轻回首，近水楼台茜袖多。"晚年飘泊，《六十自寿》云："谁言老去离家惯？转恐归来卒岁难。"窘状可想。他如："树凉宜散帙，梅尽始熏衣。""烟消松翠淡，雪堕柳枝轻。""酒旗翻冻雪，土锉燎征衣。""岚翠忽从亭午变，扇纨都向嫩晴开。""银筝度曲徐牵舫，镜槛悬灯不隔纱。"皆诗人之诗。③

作学人诗者自命为诗人，而所作离诗殊远；从事古文经义之家，却能作诗人之诗。然则学人之诗与诗人之诗，其辨几微。袁枚早年作《续诗品》，第三首《博习》也曾诫人作诗必根于博学，所谓"不从糟粕，安得精英？"后见近时作者

---

① 袁枚：《随园诗话》补遗卷一，第424—425页。
② 袁枚：《随园诗话》补遗卷二，第461页。
③ 袁枚：《随园诗话》卷四，第99页。

"全仗糟粕，琐碎零星，如剃僧发，如拆袜线，句句加注，是将诗当考据作矣"，深恐前言误人，又作《论诗》申明其立场云："天涯有客号詅痴，误把抄书当作诗。抄到钟嵘《诗品》日，该他知道性灵时。"① 这是当时对学人诗最严厉同时也最为人熟知的批评，前人多以为矛头指向翁方纲，虽难以坐实，但在当时确实反响很大。王玮庆《论诗八绝句》其二云："獭祭讥同字贯鱼，水中盐味悟何如。篇章笺释康成事，莫把吟诗当注书。"② 明显是在响应袁枚的论调。

在这种形势下，章学诚《韩诗编年笺注书后》各打五十大板的调停③，即使假定它体现了乾隆诗坛的多元化倾向，也很难相信会有多大的影响力。凤慕袁枚性灵诗学的法式善，在《容雅堂诗集序》比论学人之诗与才人之诗的不同旨趣，说"学人之诗，通训诂，精考据，而性情或不传"，明显是贬抑有加。袁枚门人孙原湘《黄琴六诗稿序》析论学人之诗与诗人之诗的不同特征，说："言志之谓诗，而所以文其言者殊焉。有诗人之诗，有学人之诗。同一言德行，而《抑》戒，学人之诗；《雄雉》，则诗人之诗。同一饮酒，而《伐木》，诗人之诗；《宾筵》，则学人之诗。此辨之于气息，辨之于神味，不当于字句间求之也。"④ 玩此四诗，《抑》《宾之初筵》为赋体，多议论；《雄雉》《伐木》，工于比兴，富于情味，高下不待缕析而立判。乾隆间有关才性与学问之争最终走向了融合，但学人之诗、才人之诗与诗人之诗的争辩却没有归于调停和并举。也就是说，论诗重视学问是一回事，而反对学人之诗又是一回事。毕竟，学人之诗不只是一种创作观念，更是一种有悖于诗歌本性的可疑实践，得不到诗坛的普遍认可，乃是很自然的结果。一个颇具反讽意味的例子是陈文述《顾竹峤诗序》，它也持诗人之诗、才人之诗、学人之诗三分之说以裁量古今诗流：

> 汉魏以来，陶之冲淡，鲍之俊逸，小谢之清华，王、孟、韦、柳之隽永澄澹，诗人之诗也；陈思之沉郁，康乐之生新，太白、东坡之旷逸朗秀，才

---

① 袁枚：《随园诗话》卷五，第111页。
② 王玮庆：《薖唐诗集》卷八，嘉庆二十五年蕉叶山房刊本。
③ 章学诚《韩诗编年笺注书后》："大抵学人之诗、才人之诗、诗人之诗各有所长，亦各有其流弊。但要酝酿于中，有其自得而不袭于形貌，不矜于声名，即其所以不朽之质。"邓实辑《古学汇刊》第四编下，民国二年国粹学报社排印本。
④ 孙原湘：《天真阁集》卷四一，嘉庆刊本。

人之诗也；韦孟之讽谏，张华之励志，少陵之时事，香山之讽喻，邵尧夫之温厚，陆放翁之忠爱，元遗山之眷怀故国，学人之诗也。国朝诗人辈出，踵武前代，亭林、梓亭为学人，愚山、渔洋为诗人，梅村、迦陵为才人。乾嘉以来，于斯为盛。并世诸贤，略可屈指：为诗人之诗者，则有我师仪征阮云台先生，无锡秦小岘司寇，蒙古法梧门祭酒，山左李石桐、少鹤兄弟，莱阳赵北岚，山阴邵梦余，嘉兴吴澹川，长洲王惕甫、彭秋士、吴枚庵，太仓彭甘亭，华亭姚春木，江西乐莲裳、吴兰雪，吴江郭频伽，海昌查梅史，钱塘厉樊榭、袁简斋、吴谷人、朱青湖、马秋药、钱谢庵东生、叔美兄弟、屠琴坞、从兄曼生；为才人之诗者，则有武进黄仲则，阳湖赵瓯北、洪稚存，湘潭张紫岘，会稽商宝意，大兴舒铁云，嘉兴王仲瞿，扬州汪剑潭、竹素、竹海父子，遂宁张问陶，金匮杨蓉裳、荔裳兄弟，金华周蒻云，丹徒严丽生，常熟孙子潇，吴江赵良夫；为学人之诗者，娄东萧樊村一人而已。①

此序意在表彰顾竹峤的学人诗，但能举出的同道仅萧樊村一人，即便说物以稀为贵，也与诗家的一般价值观相去太远。对清代诗论中这些有关学人之诗、才人之诗、诗人之诗的辨析，李金松给予很高评价，认为由此形成批评话语中的核心概念，给诗史认知带来新的诗学视野，我非常赞同，但同时对这些概念的实际批评功能也略有一点保留看法。这个问题似乎需要分开来看，学人、才人、诗人之诗作为诗歌创作理念的划分是有意义的，但若用来衡量诗人的整个创作，甚至以此来分群归类，就难免有方枘圆凿、削足适履之弊。尤其是用于前代诗人，差互更大。历数陈文述所论列的古今诗人，唐宋以前诸家，任何要在陶渊明、白居易、苏轼之间画出界线的理由都是很让人怀疑的；而并世诗人中，无论厉鹗、袁枚之合，还是阮元、赵翼，吴锡麒、洪亮吉之离，也都是难洽人意的。撇开前代作者不谈，陈文述这段评论的意义，与其说是用三个特制的模板区分了诗坛的不同群体，还不如说是根据他对不同诗人群体的了解给他们贴了一个未必合适的标签。其中，学人之诗他所认可的只有萧樊村一个人，如果他意在标举学人之诗，那就

---

① 陈文述：《颐道堂文钞》卷一，《续修四库全书》影印本，第 1505 册，第 553 页。湘潭，潭原误作谭。

明显自立于反普世价值的立场上了。文中所列举的师友，自阮元以降都麇集在诗人之诗的旗下，无论以什么理由，要将学人之诗高置于诗人之诗和才人之诗之上，都是很荒唐的。这正是我说此序的反讽之所在。

直到晚清，诗论中尚才尚学之争也未停息，但诗人之诗与学人之诗的高下得失已不待辩。朱一新《无邪堂问答》有曰："诗有别才，严沧浪之言诚然。专由学力入者，多工赋体，于比兴之义，终少妙悟，乃学人之诗，非诗人之诗也。"①按古来传统观念，从艺术表现上断言"于比兴之义，终少妙悟"，就等于是宣判了学人之诗不入流品。职是之故，尽管同光体作家力图折衷学人之诗与诗人之诗，将两者合而为一，却也不敢公然标举学人之诗的概念，而只能像沈曾植那样，将"雅人深致"与"风人之致"相并举，以暗推学人之诗的潮涌②。与此形成对照的是，学人之文在文章论中却占有明显强势的地位。王鸣盛《问字堂集序》称："夫学必以通经为要，通经必以识字为基。自故明士不通经，读书皆乱读，学术之坏败极矣，又何文之足言哉？天运循环，本朝蔚兴，百数十年来，如顾宁人、阎百诗、万季野、惠定宇，名儒踵相接，而尤幸《说文》之岿然独存，使学者得所据依，以为通经之本务。孙君最后出，精骛八极，耽思旁讯，所问非一师，而总托始于识字，于是一搦管皆与其胸怀本趣相值，洵乎学者之文，迥非世俗之所谓文矣。"③以汉学为依托的强大舆论使学者之文的主张在清代中叶以后明显呈一面倒的趋势，恰好与学人之诗的弱势形成鲜明的对照，这是我们在谈论乾隆朝诗学的观念之争时不可不知的。

乾隆诗坛的才、学之争，说不上有什么重要的理论成果，但重新明确了两点认识：一是才与学同为诗之根柢，即陈宏谋《张西清泛槎吟序》所云："论诗者往往曰才曰学，然才非特声调流美，学非特记诵淹洽而已。盖明达物务谓之才，贯流古今谓之学，两者不主于为诗，而诗之根柢实在于是。"④ 二是才受于天，学本乎人，二者交相为用。如吴镇《张玉厓集句序》云："夫作诗之根本，才与

① 朱一新：《无邪堂问答》卷二，光绪二十一年广雅书局刊本。
② 关于沈曾植"雅人深致"与学人之诗的关系，可参看贺国强、魏中林《论"诗人之诗"与"学人之诗"》(《学术研究》2009 年第 9 期) 一文的论述。
③ 孙星衍：《问字堂集》卷首，中华书局 1996 年版，第 3 页。
④ 陈宏谋：《培远堂文集·培远堂偶存稿》卷二，临桂陈氏培远堂刊本。

学而已，才赋于天不能增减，学则经史子集皆宜钻研。今第读诗而作诗，固无所为诗也；然未读诗而作诗，讵反有诗乎？"① 上引乾隆间诗人的议论，无论主才性辅以学问，还是主学问陶冶才性，其实都默认了一个前提：诗才本系天生，无天分不足为诗；然有天分而不济以学力，同样难以奏功。后来陈仅在答侄问性灵、学力之分时，清楚地阐述了这一辩证关系：

> 性灵，即性分也。学诗者，有天资颖悟，出手便高者，是性分中宿世灵根。摩诘所谓"宿世本辞客，前身老画师"，沧浪所谓"诗有别趣"，此种人学诗最易，然往往缺于学术，转至自误；其由学力进者，多不能成家，以性情不相入也。故两者必相须而成。②

结论虽然归于天分、学力相辅相成，但首要的显然还是天分，而且陈氏根本认为无天分而仅凭学力多不能成家。同时代人林寿图也说"诗才自天分中带来，有是种方有是树"③，这可以说是后人在这一问题上的最终结论。无论古今中外，毕竟学诗者多而杰出诗人少，这还不足以说明，诗绝不是光靠苦学就能写得好的？但确认这一点，并不能阻止许多没有天才的人继续写诗，尽管天才不可习得，人们所能希求的仍只有以学济才。于是乾、嘉之后诗学的主流观念就定型为主才而尚学，带有鲜明的折衷色彩。如梁章钜《退庵随笔》所记方长青之言曰："诗必以造语为工，而造语必以多读书善用事为妙。（中略）盖钟（嵘）严（羽）所言，专以性灵说诗，未为过也。乃言性灵而必以不用事、不关学为说，则非矣。"④ 李树滋《石樵诗话》卷一记邑前辈周伯孔语亦云："以才运书，则可道河源于腕底，规建章于砚北；以雅资博，则酌群言而攻瑕奏新，准至理而露文抒性。"⑤ 这是对的，在西方论文中，"诗人这个概念和成为诗人的必要条件历来就包括道德品质和学识造诣。尽管始终提到需要天才和灵感，但批评家坚定不移地

---

① 吴镇：《松厓文稿》，《松花庵全集》，乾隆刊本。
② 陈仅：《竹林答问》，周维德校注：《诗问四种》，齐鲁书社1985年版，第290—291页。
③ 林寿图：《榕阴谈屑》，中国社会科学院文学所藏钞本。
④ 梁章钜：《退庵随笔》，《清诗话续编》，第3册，第1953页。
⑤ 李树滋：《石樵诗话》，道光五年李氏湖湘采珍山馆刊巾箱本。

强调艺术（意即艺术手法）、科学和知识的作用"①。美国诗人兼批评家 T. S. 艾略特针对过多的学问会使诗人的敏感性变得迟钝或受到歪曲的问题，也肯定地回答："在他的必要的感受能力和必要的懒散不受侵犯的范围内，一个诗人应该知道的东西越多越好。"②

### 四　不粘不脱与不即不离

性灵诗学引发的焦点话题多数是对老问题的重新思考，也有一些是对旧有诗学命题的发挥，"不即不离"与"不粘不脱"显然属于后者。这两个命题一向被作为中国诗学乃至古典美学的一般命题来讨论，但实际上它们主要是与诗学中对咏物的理论反思相联系③，且与性灵诗学的重要概念"切"相表里，这才在特定的诗学语境中获得较大程度的理论充实和深化的。不考察性灵诗学引发的理论话题，不太容易注意到这一点。

性灵诗学因专注于人生体验的直接表达，原本将写景咏物搁置于不太起眼的位置，但让人意外的是，袁枚《随园诗话》也反复讨论过咏物诗的美学特征问题，如补遗卷六云：

> 咏物诗难在不脱不粘，自然奇雅。涧东（朱成）咏《玉簪花》云："瑶池昨夜开芳宴，月姊天孙喜相见。醉里遗簪只等闲，香风吹落堕人间。醒来笑向阿母索，起跨青天白羽鹤。移时搜到野人家，乃知狡狯幻作花。烟中便欲搔头去，翠袖纷披宝髻斜。"④

《诗话》卷三还记载："杭州周汾，字蓉衣，咏《春柳》云：'西湖送我离家早，北道看人得第多。'不脱不粘，得古人未有。"⑤ 不脱不粘在此明显是作为咏物诗

---

① 雷纳·韦勒克：《近代文学批评史》，第 1 卷，第 30—31 页。

② T. S. 艾略特：《传统与个人才能》，《艾略特文学论文集》，李赋宁译，百花洲文艺出版社 1994 年版，第 5 页。

③ 咏物诗研究自 20 世纪 80 年代以来颇为学界关注（详于志鹏《近二十年咏物诗研究综述》，《山东教育学院学报》2006 年第 5 期），但对咏物诗理论的探讨却寥若晨星。詹福瑞《中国古代咏物诗说的理论探索》（《河北大学学报》1986 年第 4 期）是第一篇对古代咏物诗理论加以总结的重要论文，涉及寓意、形神、不即不离等基本问题，后来论著大都不出该文范围。

④ 袁枚：《随园诗话》补遗卷六，第 549 页。

⑤ 袁枚：《随园诗话》卷三，第 61 页。

很高的艺术标准来使用的，只不过未就具体含义加以说明。倒是卷九有一段诗话可供我们参详：

> 张官詹鹏翀，受今上知最深。侍值乾清门，方宣召，而张已归。上以诗责之云："传宣学士为吟诗，勤政临轩未退时。试问《羔羊》三首内，几曾此际许委蛇？"命依韵和呈，聊当自讼。张奉旨呈诗，上喜，赐以克食。张进谢恩诗，有"温语更欣天一笑，翻教赐汝得便宜"之句。后数日，和上《柳絮》诗，托词见意云："空阶匀积似铺霜，忽起因风上玉堂。纵有别情供管领，本无才思敢轻狂。散来欲着仍难起，飞去如闲恰又忙。剩有鬓丝堪比素，蜂粘雀啄底何妨？"《嘲春风》云："封姨十八正当家，墙角朱幡弄影斜。扫尽乱红无兴绪，强将余力管杨花。"先生咏物诗，尤为独绝。如集中《泥美人》《雁字》《粉团》《玉环》诸题，皆能不脱不粘，出人意表。①

张鹏翀以太子詹事当值，帝尚未归宫，即已先还府。蒙君嗔责，故和御作《柳絮》，一味托物以陈唯勤唯谨、不敢张狂之意。"本无才思敢轻狂"一句暗用杜甫《绝句漫兴九首》"癫狂柳絮随风舞"和宋道潜《口占绝句》"禅心已作沾泥絮，不逐春风上下狂"之意，正是"聊当自讼"之语，可以说是不脱。而本该体物的"散来欲着仍难起，飞去如闲恰又忙"一联，若赋若比，不作刻画语，又可以说是不粘。《嘲春风》一首，同样出以拟人之体，给主题一个宽松的理解度，若即若离。从这几个例子不难体会，袁枚所谓的不脱不粘，具有两个特征：一是重白描而不堆砌典故，二是重传神而不一味摹写形容，总之要在体物上把握一个适当的度。

从体物的角度如此要求咏物诗，不算什么新颖见解。往远里说，咏物诗的源流本是赋，正如纪昀所说："建安以前，无咏物之诗，凡咏物者，多用赋。"② 这决定了咏物诗的体裁与赋有着直接的渊源关系，艺术表现也承袭赋的体性，以类事和体物为本色。从南朝到初唐，咏物诗的写作始终都秉持这一观念。只是从盛

---

① 袁枚：《随园诗话》卷九，第235页。
② 纪昀：《清艳堂赋序》，《纪晓岚文集》卷九，第1册，第203页。

唐开始，托物言志的范式逐渐流行，对咏物诗的艺术特征也随之出现新的理解。《王直方诗话》提出："作诗贵雕琢，又畏有斧凿痕，贵破的又畏粘皮骨，此所以为难。李商隐《柳诗》云：'动春何限叶，撼晓几多枝？'恨其有斧凿痕也；石曼卿《梅诗》云：'认桃无绿叶，辨杏有青枝。'恨其粘皮骨也。能脱此二病，始可以言诗矣。"① 这段话未必专论咏物，但所举李、石二诗既为咏物之作，则"贵破的又畏粘皮骨"也未尝不可视为咏物的原则。"破的"和"粘皮骨"都是宋代流行的禅宗话语②；前者指语言精当，能击中义理核心；后者指拘执于理性知见或语言文字，不见性空真如。在此分别比喻精切题旨和拘泥于文字，前者自是咏物要义，后者则是咏物易犯的毛病。王氏此说后为葛立方《韵语阳秋》卷三所承袭③，又为方回《瀛奎律髓》所发挥。《律髓》卷二十七咏物类按当时的习惯题作"着题"，小序云："着题类，即六义之所谓赋而有比焉，极天下之最难。石曼卿《红梅》诗有曰：'认桃无绿叶，辨杏有青枝。'不为东坡所取，故曰：'题诗必此诗，定知非诗人。'然不切题，又落汗漫。"④ 切题即王直方所谓破的，汗漫则是与粘皮骨相对的空泛，至此，咏物诗最基本的艺术要求——切题与禁忌（拘滞与空泛）都借助于佛教话语在理论上得到明确。事实上，咏物诗作为专门赋物的诗歌类型，取材和构思必然关系到作者对物象的感知方式，而中古时代人们对物象的感知方式又离不开佛教的影响，张宏生《佛禅思维方式与唐代咏物诗举隅》一文对此已有深入探讨⑤。不粘不脱和不即不离也是在这一思想背景下，由佛典移植到诗学中，成为咏物诗最重要的理论命题的。

　　不粘（黏）不脱之说，历来都认为出自佛典，但实际上佛教文献中常见的只是"不脱"，"不粘"与"不脱"连用的例子，目前只检索到《卍新纂续藏经》第六十八册所收《御选语录》一例：

① 郭绍虞辑：《宋诗话辑佚》，上册，第99页。
② 周裕锴：《法眼与诗心——宋代佛禅语境下的诗学话语建构》（中国社会科学出版社2014年版）第242—243页曾有讨论，可参看。
③ 《历代诗话》，下册，第504页。
④ 李庆甲辑：《瀛奎律髓汇评》卷二七，中册，第1151页。
⑤ 张宏生：《佛禅思维方式与唐代咏物诗举隅》，《古典文献研究》2003年，江苏古籍出版社2003年1月版，第300—316页。

或问于坦然居士曰：世尊千言万语，只要人见性。但这性字，却是佛与众生，一切有情无情，以至修罗非人等，普同共具的。随你上天下地，日生月落。明暗中边，前际后劫。那一处脱却，那一时粘住，一切众生，凡耳所闻，目所见，意念所触，观感所现，种种因缘空色。那一件不可见，那一件是可见，且道性字是如何，见时又如何。粘住则执缚，脱却无归著。不粘不脱，是粘是脱。又早成合头头活套，须直指一下落。

但不粘不脱作为诗学命题明代即已出现在诗话中，而且首先用于讨论咏物诗。"咏物诗贵乎寄托绵纱，不黏不脱，得言外远神，斯为能手。"这段议论相传出自蒋冕《琼台诗话》卷四，常被研究者作为咏物诗的经典论说加以引用，但来历却有疑问①。

相对而言，"不即不离"则常见于佛典，谓诸法相状虽异而性体则一。如《圆觉经》云："圆觉普照，寂灭无二，于中百千万亿阿僧祇不可说恒河沙诸佛世界，犹如空华，乱起乱灭，不即不离，无缚无脱。始知众生本来成佛，生死涅槃犹如昨梦。"② 唐释窥基《成唯识论述记》卷七云："但法生时，缘起力大，即一体上，有二影生，更互相望，不即不离。"作为佛家中道观的典型言说，后来尤为禅宗所习用。六祖慧能曾谕弟子："吾教汝说法，不失本宗。举三科法门，动用三十六对，出没即离两边，说一切法，莫离于性相。若有人问法，出语尽双，皆取法对，来去相因，究竟二法尽除，更无去处。"③ 他自己说无念之义，即用这种出没即离两边，不执着于一端的言说方式："何名无念？无念法者，见一切法，不著一切法，遍一切处，不著一切处，常净自性，使六贼从六门走出，于六尘中不离不染，来去自由，即是般若三昧，自在解脱，名无念行。"④ 其再传弟子百丈怀海的门人黄蘗禅师希运论认本心，也说："但于见闻觉知处认本心，然本心不属见闻觉知，亦不离见闻觉知；但莫于见闻觉知上起见解，亦莫于见闻

---

① 经张广绍博士检索，论者所引皆据赵永纪编《古代诗话精要》（天津古籍出版社1989年版，第588页），出处为《琼台诗话》卷四。但检吴文治《明诗话全编》和周维德《全明诗话》，所收蒋冕《琼台诗话》均为二卷，不见此段文字。
② 徐敏译注：《圆觉经》，赖永海主编：《佛教十三经》，中华书局2010年版，第30页。
③ 郭朋：《坛经校释》，中华书局1983年版，第92页。
④ 同上书，第60页。

觉知上动念，亦莫离见闻觉知觅心，亦莫舍见闻觉知取法。不即不离，不住不著，纵横自在，无非道场。"① 当代学者论及不即不离，一般都解释为审美活动中对客观事物保持一定的心理距离，如朱光潜所说的"惟其'不离'，所以有真实感；惟其'不即'，所以新鲜有趣"②。这就一般诗学而言大体也不错，但与有关咏物诗的理论言说尚有一定距离。

不即不离在唐代以后常见于文人笔下，如苏东坡《周文炳瓢砚铭》即云："不即不离，孰曰非道人之利器。"③ 晚明王骥德《曲律》"论咏物第二十六"已用来论曲，足见流行于世甚久：

> 咏物毋得骂题，却要开口便见是何物。不贵说体，只贵说用。佛家所谓不即不离，是相非相，只于牝牡骊黄之外，约略写其风韵，令人仿佛中如灯镜传影，了然目中，却摸捉不得，方是妙手。④

宋代诗话曾借助于禅宗的"言用不言体"来阐明咏物诗的艺术表现方式⑤，王氏因袭其见解，又糅入不即不离之说，显示出咏物诗的艺术经验在明代借助于禅宗话头迅速理论化的趋势。

到清初，凤喜以禅喻诗的王渔洋⑥，更取不粘不脱与不即不离相配，构成一套神韵论的象喻式言说。当门人刘大勤请问："《唐贤三昧集序》羚羊挂角云云，即音流弦外之旨否？间有议论痛快，或以序事体为诗者，与此相妨否？"渔洋答："严仪卿所谓'如镜中花，如水中月，如水中盐味，如羚羊挂角，无迹可求'，皆以禅理喻诗，内典所云不即不离，不粘不脱，曹洞宗所云参活句是也。熟看拙选《唐贤三昧集》自知之矣。至于议论叙事，自别是一体。故仆尝云，五七言

---

① 《筠州黄檗山断际禅师传心法要》，见《中国佛教思想资料选编》第2卷，第4册，中华书局1983年版，第212页。

② 朱光潜：《诗论·诗的境界——情趣与意象》，武汉大学出版社2008年版，第35页。

③ 苏轼：《周文炳瓢砚铭》，孔凡礼点校：《苏轼文集》，中华书局1986年版，第554页。

④ 《中国古典戏曲论著集成》，第4册；中国戏剧出版社1959年版，第134页。

⑤ 关于宋代诗学中"言用不言体"的讨论，可参看蒋寅《不说破——含蓄概念之形成及内涵增值过程》，《中国学术》2002年第3期，收入《古典诗学的现代诠释》，中华书局2009年增订版。

⑥ 关于王渔洋的佛门交游，可参看李圣华《王渔洋的佛门交游及其禅宗思想——厘清渔洋"诗""禅"关系之公案的必要阐释》，《中国诗学》第17辑，人民文学出版社2013年6月版。

有二体：田园丘壑，当学陶韦；铺叙感慨，当学杜子美《北征》等篇也。"① 这里讨论的虽是一般诗学问题，但咏物诗的宗旨实不出于此，是故渔洋《跋门人黄从生梅花诗》又云：

> 咏物之作，须如禅家所谓不黏不脱，不即不离，乃为上乘。古今咏梅花者多矣，林和靖"暗香""疏影"之句，独有千古。山谷谓不如"雪后园林才半树，水边篱落忽横枝"，而坡公"竹外一枝斜更好"，识者以为文外独绝，此其故可为解人道耳。②

此文收入《蚕尾文集》卷八，并不太引人注目，只因被张宗柟辑《带经堂诗话》编入卷十二赋物类③，遂广为人知。王渔洋《分甘余话》中论黄庭坚《和答钱穆父咏猩猩毛笔》一则也颇为论者所重，张载华辑查慎行诗说，即曾称引此则，并发挥道："盖咏物，诗家最难，妙在不即不离。若去题太远，恐初学从此入手，未免艰涩费解。"④ 从后来诗话中的议论来看，咏物诗言不即不离，多系衍申王渔洋之说。

咏物作为诗歌的一个类型，虽由来甚古，但诗家不甚重视。康熙四十六年（1707）编成的《御定佩文斋咏物诗选》四百八十六卷，诚如《四库提要》所说，"其全辑咏物之诗者，实始自是编"⑤，乃是古来第一部咏物诗选。王渔洋对咏物诗的关注比它更早，而他的评价尺度也被后辈用来反观其所作。沈德潜《国朝诗别裁集》评徐夜和王渔洋《秋柳》之作，许其"萧瑟之音，不粘不脱，远胜渔洋名作"⑥，换个角度可视为对渔洋原唱的批评。《明诗别裁集》评王安中《咏白雁》"夜月芦花看不定，夕阳枫叶见初飞"一联，又说"极不即不离之妙"⑦。同时代的顾奎光编《元诗选》，前列陶瀚、陶玉禾撰总论，也主张："咏

---

① 刘大勤记：《师友诗传续录》，《清诗话》，上册，第149—150页。
② 《王士禛全集》，第3册，第1962页。
③ 张宗柟辑：《带经堂诗话》卷一二，人民文学出版社1963年版，上册，第305页。
④ 李庆甲辑：《瀛奎律髓汇评》卷二七，中册，第1164页。
⑤ 永瑢等纂：《四库全书总目》卷一九〇《御定佩文斋咏物诗选》提要，第1716页。
⑥ 沈德潜辑：《清诗别裁集》卷一四，上册，第563页。
⑦ 沈德潜、周准辑：《明诗别裁集》卷二，第51页。

物高处，须是寄托深微，不粘不脱。"① 但这些书的影响都不能和《随园诗话》相提并论，只有经袁枚一再使用，不粘不脱才成为论咏物诗的专有命题，与不即不离同为性灵派诗论家所沿用，日渐活跃在乾、嘉间的咏物诗批评中。

首先，我们在李调元《雨村诗话》中看到作者引述黄之隽语云："花者，天之诗也，梅花，诗之高者也。作梅花诗，须不粘不脱，于言外托出，方可与化工争权。此意唯林和靖知之，高青丘远不及也。尝见严海珊云：'自入山来皆雪意，最无人处有烟痕。'许幼文尚质云：'平桥十里天如水，僧磬三更月在门。'为得此法。然至赵云松云：'一到岁寒谁识我，每逢月落便思君。'则更目空一世矣。"② 同书补遗卷二又载杨荔裳"尤爱咏物诗，不着声色，而言外传神，得不黏不脱之法，《白桃》《红柳》尤为得名"③。陶元藻《全浙诗话》卷四十一也称赞许尚质《忆昌园梅花》、严遂成《梅花》"同一不粘不脱之妙，胜于高青丘远矣"④。他的另一部《凫亭诗话》还谈到：

> 袁景文《白燕》诗"月明汉水初无影，雪满梁园尚未归"，与郑谷"雨昏青草湖边过，花落黄陵庙里啼"同一鼻孔出气，此所谓神来之笔。余尝言崔鸳鸯不及郑鹧鸪者，盖崔只写得题面，郑则能取题神。景文《白燕》亦犹是耳。余生平雅不喜瞿宗吉、谢宗可咏物诗者，嫌其笔无灵气也。⑤

瞿佑、谢宗可的咏物诗，沈德潜就已给予"胸无寄托，笔无远情"，"直猜谜语"的评价⑥，后来王普《诗衡》也说："余最不喜瞿宗吉咏物，纵使象形惟肖，亦属泥塑木雕，毫无解悟。每忆双野（金镆）《咏莲蓬》云：'何事凄凉心独苦，为谁憔悴首如蓬？'灵活非常，才是白描高手。"⑦ 胡如瀛《海屿诗话》则称赞任炎"咏物则不脱不粘，扫尽瞿宗吉、谢宗可习气"⑧。王、胡两家之说都被陶元

---

① 顾奎光辑：《元诗选》，乾隆十六年无锡顾氏刊本。
② 詹杭伦、沈时蓉：《雨村诗话校证》，卷七，第171页。
③ 同上书，第390页。
④ 陶元藻：《全浙诗话》卷四一，第4册，第998页。
⑤ 陶元藻：《凫亭诗话》卷上，《全浙诗话》附，第5册，第1387页。
⑥ 沈德潜：《说诗晬语》卷下，《沈德潜诗文集》，第4册，第1965页。
⑦ 陶元藻：《全浙诗话》卷四九引，第5册，第1251页。
⑧ 陶元藻：《全浙诗话》卷四九引，第5册，第1262页。

藻引为同调，辑入《全浙诗话》。这些批评资料提醒我们，对咏物诗的评论虽早见于前代诗话，但不粘不脱的修辞要求却是在性灵派诗人的评论中流行起来的。

当不粘不脱的说法在人们意识中生根之后，对咏物诗的批评就每着眼于此，并以相关话语来评论得失。纪昀曾指出李商隐《槿花》"有粘皮带骨之病"①，但张采田反认为"正说更痛于婉言，可为争宠附党者深警，意最透彻，不嫌粘皮带骨也"②。两家的判断虽针锋相对，着眼点却相同。李调元《雨村诗话》批评"近人咏物诗，皆太粘滞，以未见前辈法律也"③，同样也着眼于粘滞之病。粘固不可，脱亦非宜。周镐《吴谔廷诗序》专门就此辨析，说："风骚以降，递汉魏以讫元明，诗之道备矣。天之所生，地之所长，耳目之所闻睹，讵必尽殊，而变化不穷者，恃有性灵故也。泥物求物，人以物滞；脱物言物，物以人废。二者均无当焉。"④ 这里清楚地点明不粘不脱之说与性灵论的关系，可为上文的推论作一佐证。后来闺秀袁萼仙为周曰蕙《绿凤仙花》诗征和章，序言也强调："诗之咏物本难，至咏风仙而拘以绿色，则难之尤难。若过于数典，失之穿凿；过于高超，失之脱离。意在不凿不离之间，方称妙手。"⑤ 周镐言滞、脱均无当，此则言凿、离两失之，总之既不能拘泥穿凿，又不可泛滥无归。类似的意思换个说法，也就是不即不离。

不即不离是与不粘不脱相关而又取意微别的另一个命题，无论在禅宗典籍中还是诗话中都更为常见，并且因与古典美学的审美距离说相关而为研究者所关注⑥。但论者没有注意到，它在诗学中的流行是与乾隆间性灵诗说有关的。乾隆初青年诗评家马位在《秋窗随笔》中率先针对范摅《云溪友议》的看法指出：

> 云溪子曰："杜舍人牧《杨柳诗》云：'巫娥庙里低含雨，宋玉堂前斜带风。'滕郎中迈云：'陶令门前胃接离，亚夫营里拂旌旗。'俱不言'杨

---

① 纪昀：《玉溪生诗说》，《丛书集成续编》影印本，（台湾）新文丰出版公司1988年版，第199册，第316页。

② 张采田：《李义山诗集辨正》，《玉谿生年谱会笺》附，上海古籍出版社1983年版，第411页。

③ 詹杭伦、沈时蓉：《雨村诗话校证》卷五，第142页。

④ 周镐：《犊山类稿》，嘉庆刊本。

⑤ 周曰蕙：《树香阁遗集》附，咸丰二年刊本。

⑥ 皮朝纲：《"不即不离"说的美学意蕴》，《四川师范大学学报》1987年第6期；廖宏昌：《古代文论中的"不即不离"说》，《中山人文学报》第5期，台湾中山大学中文系1997年1月版。

柳'二字，最为妙也。"如此论诗，诗了无神致矣。诗人写物，在不即不离之间。"昔我往矣，杨柳依依。"只"依依"两字，曲尽态度。太白"春风知别苦，不遣柳条青"，何等含蓄，道破"柳"字益妙。若云溪所论，则是晚唐人《咏蜻蜓》云："碧玉眼睛云母翅，轻于粉蝶瘦于蜂。"石曼卿《红梅》诗："认桃无绿叶，辨杏有青枝。"①

范摅称赞杜牧、滕迈两联用敷演典故加描摹状态的方式咏柳，而规避指称其名，是出于晚唐咏物诗"不犯题字"的体制意识。马位认为必以不说破为咏物指归未免过执，因而用不即不离来折衷其旨。后来陶元藻《全浙诗话》便直接以不即不离为咏物诗的妙境：

> 《越风》：王霖《杨花》诗："才看飞雪杨花似，又见杨花似飞雪。总与白头相映发，可怜老眼只依稀。乱随行迹铺苔径，故傍吟身透薄帏。念汝无情尚漂泊，天涯羁宦几时归？"黄居堂："不宜雨里宜风里，未见开时见落时。"为是题正写。刘凤冈诗："乳燕池塘烟淡淡，雏莺庭院日迟迟。"为是题旁写。终不若查初白"春如短梦初离影，人在东风正倚阑"二语，有不即不离之妙。②

《越风》以王霖、黄之隽咏杨花诗为此题正面描写，刘凤冈诗为侧面描写，都是在谈论如何表现所咏对象，而说查慎行"春如短梦初离影，人在东风正倚阑"一联"有不即不离之妙"，则属于如何表现主题的问题——两句所表达的人生的短暂和漂泊之感，与随风轻飏的柳絮构成一重象征关系：柳絮既是倚阑人眼中之景，同时也因人的观照而被赋予生命的况味，诗的主题从而向生命之喻的方向倾斜。方薰《山静居诗话》中对这一段公案曾有后续讨论：

> 凫亭《诗话》载松江黄居堂《杨花》诗云："不宜雨里宜风里，未见开时见落时。"以为虽工尚不离题境。惟初白老人"春如短梦初离影，人在东

---

① 马位：《秋窗随笔》，《清诗话》，下册，第828页。按：马氏所引范摅《云溪友议》之说，见古典文学出版社1957年版，第66页。

② 陶元藻：《全浙诗话》卷四八，第1211页。

风正倚阑"乃得"羚羊挂角，无迹可寻"之妙。吾友鲍以文云："黄诗特佳，查句须出题面，方见其妙。"余因记故人陈仁山芥舟氏句云"莫乱春愁飘远道，错看别泪上征衣""有风不似飞花态，无力还同病酒情"，周少穆之"一年春事抛流水，半醉心情付别筵"，未知谁得颔下珠也？①

照方薰的理解，黄句为不离题境，那么查句就属于离开题境了。而意脉一旦离题就无所归着，不知所云，因此鲍廷博说黄句自见其妙，查句须知道题目方见其妙。这就是体物和寄托实现功能的方式之异。陈仁山两联介乎黄、查之间，以拟人笔法为主，体物之意少于黄，而寄托之思不及查；周少穆一联写法略同查作，而寄托之思又不如查作密切。若论韵致则两者都不及查作有不即不离之妙。由此论之，不粘不脱与不即不离要说有什么差别的话，那就在于体物和寄托的分别上。不脱不粘旨在说明作品的语言、事类与所咏对象的关联程度，着眼于咏物诗如何表现对象；而不即不离则旨在说明作品的主题与所咏对象的关联程度，着眼于咏物诗如何表达主题。这一辨析若能够成立，那么前述张鹏翀和御作《柳絮》属于托物言志，其实是更适宜用不即不离来讨论的。相反，郑光策指出的："凡体物诗以不即不离为妙，试律亦然。唐人《月映清淮流》诗云：'遥塘分草树，近浦写山城。'十字极蕴藉，不必用清淮故事，何尝非淮上真景。若下联'桐柏流光远，玭珠逐景清'，语愈切而气愈窒矣。"②则又适宜用不粘不脱来衡量，看来古人于此也难免有不求甚解之处。

《越风》的编者商盘是袁枚推崇的诗人，陶元藻、方薰也是性灵派的批评家，可见不即不离同样是在性灵派的诗学中被演绎发挥的。当然，这么说也有可能过于绝对。在乾隆后期，高密诗人李怀民评弟宪暠《奉谢少荀雪中赠梅并惠蒲鞋言为如君手制》"澹泊孤山况，寒梅气味亲"一联云："起二语一字不着，尽得风流。须知不是没黄梅故实，作者有意为如君渲染，故借用孤山妻梅清况耳。"又云："定说二句是有意比托，便非诗人矣。但不即不离，是梅是人，正难执

---

① 方薰：《山静居诗话》，《清诗话》，下册，第958页。
② 梁章钜：《试律丛话》，第524—525页。

一。"① 按：这两句谢赠梅而用林和靖梅妻故事，是因为蒲鞋系谢妾手制牵连而及。这样，人和梅便构成暗喻关系，但是梅是人又不可拘执，由此形成一种不即不离的微妙张力。李怀民对袁枚是持严厉批评态度的，其诗学立场和性灵派有着根本的对立。他对不即不离的认同，或许也可解释为不自觉地接受了时尚话语的结果。

由于不即不离着眼于所咏对象与主题表达的关系，有关讨论最终不能不落实到寓意的问题上来，亦即所谓的"寄托"。到乾隆时代，以有无寓意来划分咏物诗的类型已是诗家常谈。袁枚所尊敬的前辈诗人李重华曾说，"咏物诗有两法，一是将自身放顿在里面，一是将自身站立在旁边"②，便是阐明这一问题。自唐代陈子昂在《与东方左史虬修竹篇书》中提出著名的"兴寄"之说，杜甫以《房兵曹胡马》《病马》《画鹰》《病柏》《枯棕》《萤火》《孤雁》等诸多名作树立起托物寓怀的新范式，"咏物之诗，要托物以伸意"③，便成为诗家不可动摇的宗旨，寓意寄托也成为咏物诗写作的主导倾向④。袁枚甚至断言："咏物诗无寄托，便是儿童猜谜。"⑤ 李重华还将咏物的两种动机与传统的表现手法赋比兴相比附，主张："咏物一体，就题言之，则赋也；就所以作诗言之，则兴也比也。"⑥ 后来陈仅更主张"咏物诗寓兴为上，传神次之。寓兴者，取照在流连感慨之中，《三百篇》之比兴也。传神者，相赏在牝牡骊黄之外，《三百篇》之赋也"；又说"古人之咏物，兴也；后人之咏物，赋也"⑦，这就从理论上明确了咏物诗写作的两种范式及价值品位，并将其历史化。

当然，将古代咏物诗的写作动机全归于比兴，肯定是过于绝对化的，不过无形中却突出和强化了咏物诗的抒情性，像刘熙载所说的"昔人词咏古咏物，隐然

---

① 李怀民：《紫荆书屋诗话》，《山东文献集成》第三辑，第47册，第83页。
② 李重华：《贞一斋诗说》，《清诗话》，下册，第930页。阮葵生《茶余客话》卷一一"咏物诗二派"亦有类似说法，见第310页。
③ 杨载：《诗法家数》，《历代诗话》，下册，第734页。
④ 薛雪《一瓢诗话》："咏物以托物寄兴为上。"施补华《岘佣说诗》："咏物诗必须有寄托，无寄托而咏物，试帖体也。"
⑤ 袁枚：《随园诗话》卷二，第44页。
⑥ 李重华：《贞一斋诗说》，《清诗话》，下册，第930页。
⑦ 陈仅：《竹林答问》，周维德辑：《诗问四种》，第325页。

只是咏怀，盖其中有我在也"①。而问题也随之产生，即寓意的绝对化，明显与不即不离的原则相冲突，同时也与性灵诗学的解构立场不相容。为此，在性灵派的诗论中，不即不离的命题也被从寓意的角度作了深入的思考。吴雷发《说诗菅蒯》有很长一段文字专门就此加以辨说。作者首先指出：

> 咏物诗要不即不离，工细中须具缥缈之致。若今人所谓必不可不寓意者，无论其为老生常谈，试问古人以咏物见称者，如郑鹧鸪、谢蝴蝶、高梅花、袁白燕诸人，彼其诗中寓意何处，君辈能一一言之否？夫诗岂不贵寓意乎？但以为偶然寄托则可，如必以此意强入诗中，诗岂肯为俗子所驱遣哉？总之，诗须论其工拙，若寓意与否，不必屑屑计较也。②

在吴氏看来，咏物诗固然贵有寄托，但偶然为之、适题而已则可，若无论何种题目都强作寄托，塞入某种寓意，就未免过于教条了。所以他提出的原则是咏物只论工拙，不必计较寓意之有无。盖"大块中景物何限，会心之际，偶尔触目成吟，自有灵机异趣。倘必拘以寓意之说，是锢人聪明矣"。我们知道，寄托之说无论在诗学中还是在词学中，都是一个强有力的文学主张。但正像许多主张通行日久便滋生弊端一样，吴雷发也感慨：

> 近见咏物诗，时时欲以自命不凡之意寓乎其中。且无论其诗之工拙，即其为人，腥秽之气，已使人难近；纵诗中作大话，谁则信之？又其甚者，必以己之境遇强入诗中，尘容俗状，令人欲呕。③

这种局面使问题变得愈加复杂，咏物诗要不要寓意，寓什么意，重新成为需要斟酌的问题，而不是简单地就可以拿寓意来做评价咏物诗的主要标准。性灵派诗家对咏物诗审美特征的理论反思，或许与现实中创作观念的困惑有关。

我曾指出，清代诗学异于前代的最大特点，就是任何诗歌理论的提出，都不是表达为一个判断或一种主张，而总是以顾炎武那种"以古训今"的方式，推

---

① 王气中：《艺概笺注》卷四，贵州人民出版社1986年版，第347页。
② 《清诗话》，下册，第901页。
③ 同上。

导出一个在经典中有价值依据、在历史上有经验支持的理论命题。吴雷发的结论正是依据丰富的诗歌史经验提出的,从某种意义上也可以说是诛心之论:

> 古人咏物诗,体物工细,摹其形容,兼能写其性情,而未尝旁及他意,将以其不寓意而弃之耶?彼以此绳人者,盖为见人有好句,以此抹煞之耳。即不然,亦自欺以欺人耳。试取咏物数题,令彼成诗,方求肖乎是物之不暇,尚敢言寓意否?①

这段议论道出一个显而易见的事实,即历来写作咏物诗首先着意于肖物,也就是通常说的"体物"。刘勰尝谓:"体物为妙,功在密附。故巧言切状,如印之印泥。"② 这里强调的"切状",不用说是六朝尚"形似"艺术观念的反映。后来经过从体物到禁体物、从遗貌取神到形神兼备的写作实践及理论的发展,"切状"最终锁定为内外两重义涵,借屠隆《论诗文》的话说就是"体物肖形,传神写意"③。外在的层面要求形容毕肖,内在的层面要求传神阿堵。查为仁《莲坡诗话》分别用工笔和写意来代指二者④,但在实际批评中,着眼于艺术效果时往往不再分析,而仅以一个"切"字统而言之。

到明清诗论中,"切"已成为一个抽象而空洞、意义稀薄的诗学概念,如果硬要给它找个比喻,似乎只能说是性灵诗学倒完药汁后罐里仅剩的药渣。在性灵诗学放逐了所有传统价值观念和艺术理想之后,"切"成为诗歌抒情能力退守的底线。但就咏物诗而言,"切"却几乎是艺术要求的全部。咏物诗的艺术特性所以会成为性灵诗学关注的内容,很可能就与其艺术表现的核心观念——"切"同时也是性灵诗学的根本立足点有关。

纵观古代诗歌批评史,以"切"来审视咏物诗,可能始于明代。胡应麟曾说:"咏物著题,亦自无嫌于切。第单欲其切,易易耳。不切而切,切而不觉其

---

① 《清诗话》,下册,第 901—902 页。

② 范文澜:《文心雕龙注·物色》,人民文学出版社 1958 年版,下册,第 694 页

③ 屠隆:《论诗文》,《鸿苞集》卷一七,万历四十八年刊本。

④ 查为仁《莲坡诗话》:"咏物有二种,一种刻画,如画家小李将军,则李义山、郑谷、曹唐是也;一种写意,工者颇多。"《清诗话》,下册,第 513 页。

切，此一关前人不轻拈破也。"① 以胡应麟这么渊博的学者，对自己的说法如此自负，可见他是自信发前人所未发的。在他看来，"切"虽是咏物的基本要求，却也是容易企及的初级品格，"不切而切，切而不觉其切"才是较高级的境界。后来王渔洋《分甘余话》反过来阐说此意，云："咏物诗最难超脱，超脱而复精切，则尤难也。宋人咏猩猩毛笔云：'生前几两屐，身后五车书。'超脱而精切，一字不可移易。"② 王渔洋的神韵诗观，对"切"本是持排斥态度的，但于咏却意外地提出了"精切"的目标，足见咏物在神韵诗学中也被视为一个拥有独特艺术旨趣的诗歌类型。众所周知，黄庭坚的《和答钱穆父咏猩猩毛笔》历来评价截然相左，褒之者许其用事浑成，贬之者则谓之猜谜。王渔洋独称其既超脱又精切，明显是折衷了两派的评价。他的论断原是针对宋人离形取神的体物观念，强调超脱不能以牺牲精切为代价，但在乾隆诗学特定的语境中，却被作为不粘不脱和不即不离的补充性论述来接受，并发展为完整的咏物诗艺术观，对后来的咏物诗批评产生深远影响。《瀛奎律髓》卷二十曾几《岭梅》一诗，纪昀评曰："无一字切梅，而神味恰似，觉他花不足以当之。"③ 无一字切梅固然是超脱，但神味恰似、不可移咏他花则又是精切，超脱与精切看似为问题的两端，实则相辅相成，不可偏废，就看作者如何把握一个适当的度。所以黄立世《柱山诗话》说："咏物诗最难工，忌不切，又忌太切，高手写照，全在即离之间。"④ 明乎此就不难理解，谈论咏物诗的不粘不脱、不即不离，为何最终归结于切与不切的问题。李调元《雨村诗话》正是由此入手讨论咏物诗之体要的：

> 咏物体，方万里以为着题一类，然语忌太切，切则尽，尽则少味。昔贤所谓"作诗必此诗，定知非诗人"是也。庄周不云乎："以马喻马之非马，不若以非马喻马之非马也；以指喻指之非指，不若以非指喻指之非指也。"譬如射然，射者虎也，徐而察之，则石；贯者风也，不知其视若车轮也。气

---

① 胡应麟：《诗薮》内编卷五，第 100 页。
② 王士禛：《分甘余话》卷四，《王士禛全集》，第 6 册，第 5031—5032 页。
③ 李庆甲辑：《瀛奎律髓汇评》卷二〇，第 763 页。诗曰："蛮烟无处洗，梅蕊不胜清。顾我已头白，见渠犹眼明。折来知韵胜，落去得愁生。坐入江南梦，园林雪正晴。"
④ 黄立世：《柱山诗话》，山东省博物馆藏高氏辨洞居齐鲁遗书钞本。

足以盖之，才足以驭之，不为事缚，不为韵拘，而能事毕矣。①

他所举出的正面例子有费锡璜《杜鹃》"断送落花三月后，惊回残梦五更前"，张清夜《芦花》"两岸花明残月夜，一滩霜近薄寒天"，马士骐《落花》"六代铅华蝴蝶梦，一林风雨鹁鸪啼"，李宕山《梅》"远寺僧归烟满壑，小桥人去雪封苔"，郭于藩《夕阳》"红挂树头喧鸟雀，黄迷村口下牛羊"，赵子明《咏砚》"赖尔相随消日月，磨人到老是云烟"，胡一山《秋草》"饭余宁戚牛应老，猎罢曹丕兔正肥"，以为"皆得不粘不脱之法"②。这些都是近于体物的例子，意趣在切与不切之间。同书前一则还提到海宁诗社赋《松球》《柳带》《竹粉》《榆钱》诸题，"一时诸作，非不雕肝刻肾，譬诸七窍凿而混沌死，诗之生气无存矣"；只有丁孟勤《松球》、姚安伯《柳带》、诸锦《竹粉》、张铁珊《榆钱》等，"殆所谓意行彀中，神游象表，触于物而不滞于物者乎？"③ 这又是不即不离之意，是近于寄托的例子。另一位通常归入性灵派的名诗人钱泳，也在《履园丛话·谭诗》中就"切"的问题阐述了咏物诗的修辞要求：

> 咏物诗最难工，太切题则黏皮带骨，不切题则捕风捉影，须在不即不离之间。汪春亭《咏灯花》云："影摇素壁梦初回，一朵花从静夜开。想到春光终易谢，搅残心事欲成灰。青生孤馆愁同结，红到三更喜乱猜。颇觉窗前风露冷，斯时那有蝶飞来？"吴野渡《咏红蓼花》云："如此红颜争奈秋，年年风雨历沧州。一生辛苦谁相问，只共芦花到白头。"吴信辰《咏虞美人花》云："怨粉愁香绕砌多，大风一起奈卿何？"高桐邨《咏牵牛花》云："莫向西风怨零落，穿针人在小红楼。"皆妙。④

类似这样由切入手的咏物诗批评，分别以不粘不脱、不即不离来评判体物和寄托两种表现意向及其完成度，在乾隆诗学中已可见较明确的意识和普遍的实践。这不能不归功于性灵诗学对此的关注和发挥，前代作家借用的两个抽象命题经性灵

---

① 詹杭伦、沈时蓉：《雨村诗话校证》卷六，第164—165页。
② 同上书。"两岸"原误作"雨圻"。
③ 同上书，第164页。
④ 《清诗话》，下册，第889—890页。

派诗家广泛运用于实际批评，被赋予丰富的内涵和相对明晰的界限，为咏物诗的审美特征做了很好的理论总结，而性灵诗学也藉此拓展了自身的理论容量，弥补了它对体物、描写手法探讨的不足，从某种意义上说是袁枚全面解构传统诗学理论和技法的价值后一个无意识的自我救赎，使乾隆间性灵诗学留给后辈的遗产不全是解构的勇气，也有一些建构的成果。

嘉、道以后，论咏物而持不粘不脱、不即不离之说，更成为老生常谈。论者既有著名诗人，也有不知名的作者。苏州大学图书馆藏佚名《杂录》册子有云："咏物诗须不粘不脱，有神无迹，方不类泥塑木雕。刘光泮先生咏物最佳，《碧筒》云：'纳凉闲步小塘东，携得郫筒贮碧筒。竹叶香浮珠错落，梨花春透玉玲珑。沾唇早觉寒生齿，照眼还疑绿染瞳。无当玉卮偏得似，由来直外且中通。''荷花深处酒民来，雅制新题称意裁。曾共罗裙摇玉佩，还同郁邑注金罍。暗通关节如钻隙，曲鼓咙胡当举杯。幕府一时传戏法，欢场何事绮筵开。'"① 龙汇川《汇川诗话》云："诗莫难于咏物。咏物之妙，贵乎不即不离。"② 乾、嘉之交主盟京师诗坛的法式善，则在《梧门诗话》用了一个将不粘不脱、不即不离合而为一的说法：

> 赋物诗不脱不离最难。全椒张明经龙光院试《艾人》诗曰："抱病七年常忆尔，多情五日又逢君。"昭文王秀才介祉《牡丹》诗曰："相公自进姚黄种，妃子偏吟李白诗。"可谓工矣。又有咏胭脂者云："南朝有井君王辱，北地无山妇女愁。"隶事亦工。③

由不粘不脱、不即不离到不脱不离，似乎不能说是个随意的概念简约。它意味着咏物诗观念中的不粘不脱、不即不离愈益向不脱和不离倾斜，换言之，即尚"切"的意识在进一步强化。事实上，嘉、道以后的诗论家经常是在"切"的前提下谈论咏物诗的。如俞俨《生香诗话》论咏物，强调"须细腻风光，不粘不

---

① 佚名撰：《杂录》，苏州大学图书馆藏旧钞本。
② 龙汇川：《汇川诗话》卷一，民国二十三年龙氏家塾石印本。
③ 张寅彭、强迪艺：《梧门诗话合校》卷一，第54页。

脱",并为东坡的名言下一转语:"作诗非此诗,亦非知诗人。"① 力图将宋人的超脱拽回到精切的平台上来。许印芳继纪晓岚之后评曾几《岭梅》,也说:"凡咏物诗太切则黏滞,不切则浮泛。传神写意在离合间,方是高手。此诗虽未造极,已得不切而切之妙矣。"② 刘熙载更出妙语曰:"东坡《水龙吟》起云:'似花还似非花。'此句可作全词评语,盖不离不即也。时有举史梅溪《双双燕·咏燕》、姜白石《齐天乐·赋蟋蟀》,令作评语者,亦曰:'似花还似非花。'"③ 就连最刻板的试帖诗写作,也持同样的态度。嘉庆初聂铣敏《寄岳云斋与及门论试帖十则》,首论审题,提到:"如《秧针》《蒲剑》等题,不得单做上一字,又不得呆做下一字。不粘不脱,似是而非,最为大雅。"④ 看来,有关咏物的诗学命题像许多老生常谈一样,也经历了一个由精英诗学下放到蒙学诗法的理论旅行。只不过咏物在试帖中不是重头戏,不粘不脱和不即不离这样的精英诗学命题还不至于太泛滥罢了。

唐宋诗之争和才学之争及由此衍生的诗人之诗、才人之诗、学人之诗的分辨,乃至咏物诗的审美特征的理论反思,虽都是古老的诗学话题,但直到乾隆年间才在性灵诗学语境下引发深入的讨论。性灵诗学整体解构传统诗学观念带来的强烈震动,促使诗坛对传统诗学的基本问题及现实的取法路径重新加以思考,由此形成乾隆诗学的焦点问题。许多重要诗人都参与到讨论中来,一些持续久远的论争即使未得出完满的结论,彼此的对立和冲突也得到消解。各种诗学立场在交流、沟通中达成理解和融合,推动了乾隆诗学由对立、冲突走向吸收、融合的历史进程。性灵诗学引发的上述焦点话题,只有放到乾隆诗学的特殊语境中,才能理解其背后的诗歌史和诗学史背景,看清它们在新的历史层面和理论平台上展开的过程,从一个侧面认识古典诗学在乾隆时代获得的深化和成熟。

---

① 俞俨:《生香诗话》,嘉庆刊本。
② 李庆甲辑:《瀛奎律髓汇评》卷二〇,中册,第763页。
③ 王气中:《艺概笺注》卷四,第349页。
④ 张学苏:《寄岳云斋试帖详注》卷首,嘉庆十六年刊本。

# 第五章　翁方纲的学人诗观念

　　自门捷列夫发明化学元素周期表后，就不断有化学家发现新的元素，甚至有科学家宣称他是根据美感的有序性原则来推断物质结构在某个相应的位置应该有某个元素。这听起来似乎很神奇，但我觉得人文、社会科学中有时也有类似的情形存在。文学理论就其旨趣而言，经常是成对地出现的，结构主义—解构主义，伦理主义—形式主义，文本中心论—互文性理论，接受美学—影响的焦虑……因为新的理论总是针对旧理论的根本缺陷提出的，两者自然形成对立和互补的关系。我们已看到，乾隆诗学整体是在对王渔洋神韵诗学流弊的反拨和补救中展开的①：沈德潜新格调诗学在风格层面上以一种丰富性和多样性来弥补神韵诗流于趣味化的狭隘；袁枚性灵诗学在自我表现的层面上，以人生经验的丰富性和深刻性来弥补神韵诗的浮浅和空洞；高密诗派在艺术表现层面上以中晚唐的质实真切弥补神韵诗的空腔高调。这些矫枉的努力主要发生在超文本或文本负载的经验内容上，就理论系统的框架来看，还应该有一些诗学从文本自身的层面补救神韵诗学的空泛不切，只有这样，乾隆朝诗学的理论模型才是完整的。不是吗？为此，翁方纲诗学一开始就被我从这个角度期待和认识，更不要说他还有个很为当今学者关注的诗学概念"肌理"了。

　　但在今日着手翁纲诗学研究，有必要先袪除一些历史成见。相比同时代各家诗学，翁方纲的诗学趣向本来就最为复杂，研究者的结论也最多分歧，当今对

---

② 邬国平《赵执信〈谈龙录〉与康雍乾诗风转移》(《徐州师范大学学报》2012年第1期) 一文曾谈到这一问题，笔者也有《"神韵"与"性灵"的消长》(《北京大学学报》2012年第3期) 一文专门讨论。

翁方纲诗学的认识和定位更是蒙上不少似是而非的判断。首先是善于翁方纲诗学的主旨，今人撰著的批评史或诗学专著都将肌理说视为翁方纲诗学的核心，与王士禛神韵说、沈德潜格调说和袁枚性灵说并列为清代四大流行诗说①。这既不符合历史事实，同时也夸大了"肌理"的影响。就渊源而论，格调说和性灵说是明代旧有的诗论，神韵说和肌理说是清代形成的学说；就影响而论，前三家诗说当时即有其名流行于世，而肌理之说虽为翁方纲门人所标榜，但诗坛未见响应，直到 1933 年施蛰存用"肌理"对译英文 texture 一词，才引起学界关注。钱锺书在四年后发表的论文中提出：

> 翁方纲精思卓识，正式拈出"肌理"，为我们的文评，更添上一个新颖的生命化名词。古人只知道文章有皮肤，翁方纲偏体验出皮肤上还有文章。现代英国女诗人薛德蕙女士（Edith Sitwell）明白诗文在色泽音节以外，还有它的触觉方面，唤作"texture"，自负为空前的大发现，从我们看来"texture"意义上、字面上都相当于翁方纲所谓"肌理"。②

钱锺书这一比附未必准确，因为照兰色姆的说法："一首诗的肌质就是这首诗的细节所具有的复杂异质的特点。"③ 质言之，即诗歌中无法用散文转译的特质。随后陆续出现几篇有关"肌理"的文章④，都属于一般诗歌理论的探讨。郭绍虞 1946 年发表《肌理说》一文⑤，将肌理坐实为翁方纲诗学的主旨，极大地影响了后来的研究者。可是当我们仔细考究乾隆时代的诗学文献，不要说肌理说在当时有无影响还是个疑问，就是翁方纲诗学是否被视为一家之言也很难说。翁氏门生张际亮固然说过，"自诗道之衰，南则袁子才，北则翁覃溪，咸自命风雅，以收

---

① 如吴宏一《清代诗学初探》第八章"肌理说及清中叶以后的诗论"，第 253—262 页；黄保真、蔡钟翔、成复旺《中国文学理论史》第六编第三章"清代的诗论"，北京出版社 1987 年版，第 484—512 页；邬国平、王镇远《清代文学批评史》第七章"清代中期的诗论"，上海古籍出版社 1995 年版，第 525—542 页。论文有李哲理《清代四大诗说论略》，《沈阳师范学院学报》1998 年第 6 期；梁结玲《论清代诗学思想的建构：以清代四大诗学流派为主要考察对象》，《江西社会科学》2013 年第 12 期。

② 钱锺书：《中国固有的文学批评的一个特点》，《文学杂志》1937 年 1 卷 4 期。

③ J. C. 兰色姆：《新批评》，王腊宝、张哲译，江苏教育出版社 2006 年版，第 108 页。

④ 参看江弱水《诗的八堂课·肌理第四》，商务印书馆 2017 年版，第 79—83 页。

⑤ 郭绍虞：《肌理说》，《国文月刊》第 43、44 期合刊，1946 年 6 月版，第 27—35 页。

召后进，后进者名能诗而不染其流弊者寡矣"①。但翁方纲的影响力主要限于北方，像陶梁所说的，"乾隆中畿辅前辈，以宏奖风流为己任，首推朱文正、纪文达两相国，而覃溪先生鼎峙其间，几欲狎主齐盟，互执牛耳"②。南方虽有梁章钜、张维屏等门人张扬其说，但诗坛未必承认翁方纲的诗学地位。时常从翁方纲问学的法式善③，在《朋旧及见录例言》中列举当时的诗学巨子，有袁枚、梁同书、赵怀玉、王鸣盛、王文治、赵翼、姚鼐，而独不提翁方纲，是个很可玩味的事实。当然，这么说绝不意味着翁方纲诗学就不重要。从后设的角度看，格调、神韵、性灵三家诗说都与明代诗学有着密不可分的血肉关联，只有肌理说是在清代诗学的土壤上生长起来的理论话语。它形成于乾隆时代绝不是偶然的，它是当时特殊诗学语境中生发的言说，无论从学术史或诗歌史的角度看都有着复杂的背景等待我们去揭开。

应该肯定，近年对翁方纲的研究呈现全面深入的态势，一批有见地有开拓的论著相比旧有成果有了很大的超越④。但这些论著仍存在一个共同的问题，即信从郭绍虞《肌理说》，先入为主地将肌理作为翁方纲诗学的核心观念，在肌理说与其他诗学范畴的对立中来看待和诠释不同层面的诗学问题；或者相反，认为理、格调、肌理、神韵这些概念在翁方纲诗学体系中并没有本质的区别，"它们共同指向诗歌的核心价值，都可以作为这一核心价值的代名词"⑤。也有学者认

---

① 张际亮：《刘孟涂诗稿书后》，《张亨甫文集》卷四，《清代诗文集汇编》，第 601 册，第 457 页。

② 陶梁：《国朝畿辅诗传》卷三九，《续修四库全书》，第 1681 册，第 486 页。

③ 法式善：《翁覃溪先生临文待诏书跋》，《法式善诗文集》，人民文学出版社 2015 年版，下册，第 1100—1101 页。

④ 魏中林、宁夏江：《翁方纲诗学基本思想：正本探原，穷形尽变》，《内蒙古大学学报》2008 年第 4 期；韩胜：《翁方纲的诗歌选评与"肌理"说的形成》，《中国文学研究》2009 年第 3 期；吴中胜：《翁方纲"肌理说"与宋明理学》，《中国诗学》第 15 辑，人民文学出版社 2011 年版；黄立一：《论翁方纲"肌理说"的体系》，《华侨大学学报》2012 年第 1 期；唐芸芸：《未刊稿〈石洲诗话〉卷十与翁方纲"肌理"说的完成》，《中国诗学》第 18 辑，人民文学出版社 2014 年版；梁结玲：《论翁方纲诗学思想的内在超越》，《苏州大学学报》2015 年第 4 期。学位论文有李丰楙《翁方纲及其诗论》，台湾政治大学硕士学位论文，1974 年；杨淑玲《翁方纲肌理说研究》，台湾成功大学硕士学位论文，2001 年；张然《翁方纲诗论及其学术源流探析》，华南师范大学博士学位论文，2007 年。关于翁方纲诗学研究的综述和反思，可参看郑才林《肌理派研究述评》（《中国韵文学刊》2005 年第 4 期）、唐芸芸《翁方纲"肌理"说研究现状思考》（《井冈山大学学报》2012 年第 6 期）两文。

⑤ 莫崇毅：《翁方纲诗学体系再认识》，《古代文学理论研究》第 30 辑，华东师范大学出版社 2010 年版，第 182 页。

为"肌理说的理学背景只反映了当时的官方立场，并非深入研究理学或诗学的结果"①。这些见解对翁方纲诗学的诠释存在很大分歧，迫使我不得不重新梳理翁方纲的大量著述，将他的诗论放到乾隆中叶以后的诗学潮流中去审视，还原其理论思维和批评意识，以避免问题流于平面化和简单化，导致诗学史整体的判断偏差。对于翁方纲诗学，我觉得首先要弄清这样一些前提性的问题：（1）翁方纲诗学的立足点；（2）翁方纲诗学的理论渊源；（3）翁方纲诗学与王渔洋的具体关系；（4）"肌理"在翁方纲诗学中的位置；（5）翁方纲诗学与学人诗、宋诗观的确立。只有将这几个问题梳理清楚，翁方纲诗学的理论内涵、学术价值及诗学史意义才能得到较清晰的认识和恰当的评价。

## 第一节　翁方纲诗学的学术品格

### 一　质厚与肉采：翁方纲诗学的理路与渊源

翁方纲（1733—1818），字正三，号覃溪、苏斋。直隶大兴人。乾隆十七年（1752）进士，由翰林编修累官至内阁学士、鸿胪寺卿，曾任广东、江西、山东学政，又曾充江西、湖北、江南、顺天乡试副考官。才学博赡，诗文书画兼长，又精于金石鉴赏，今人张舜徽将他与姚鼐、章学诚并称为三通儒②。他的著述固然多涉及经学或金石学，但这并不妨碍他在乾隆朝名列诗学著作数量第一，堪称是乾、嘉时期在诗学上用功最深的人。他不仅像袁枚那样撰有诗话，像沈德潜那样编过诗选，还整理王渔洋诗学著作，编刊为《小石帆亭著录》，诗集中留下大量的论诗诗，文集里也收录了数量可观的诗学专题论文，我在清人别集中至今未见俦比。

翁方纲诗学的路径和他的学问路数关系密切，有着浓厚的学术气。他的经学

---

① 张然：《"盛世"情节：肌理说的生成背景》，《嘉应学院学报》2015 年第 4 期。
② 张舜徽：《学林脞录》卷九，《爱晚庐随笔》，第 215 页。

向来认为笃宗汉人，其实是汉宋兼取。乾隆五十四年（1789），他在江西与诸生论汉宋学之别，曾说："愚意专守宋学者固非矣，专骛汉学者亦未为得也。至于通汉宋之邮者，又须细商之。盖汉宋之学有可通者，有不可通者。以名物器数为案，而以义理断之，此汉宋之可通者也；彼此各一是非，吾从而执其两用其一，则慎之又慎矣。"① 这种态度决定了他的学术具有兼收并蓄、持论通达的特点及相应的折衷色彩，力主以考订求义理，既不赞同一概反对考订的钱载、蒋士铨，也不认可必于典制名物求义理的戴震②。具体落实到治学宗旨，则归结于"质厚"二字。乾隆五十三年（1788）尝作《刻黄诗全集序》，自述年十九诵浙浒陈苏庵辑《汉书》，辄奉黄庭坚"质厚为本"四字为问学职志，"今将四十年，所与学侣敬申修辞立诚之训者，不外乎此"③。《渔洋先生精华录序》又说："愚在江西三年，日与学人讲求山谷诗法之所以然，第于中得二语，曰：'以古人为师，以质厚为本。'"④ 江西所作《题盱江书院壁》诗有"质厚以为本，箴铭诵山谷"之句，足以为证⑤。后来他毕生的学术、艺文祈向全然植根于此，不仅论文论诗而已。《石洲诗话》提到宋代科举改革，称"时齐、鲁、河朔之士，往往守先儒训诂，质厚不能为文辞"⑥，好像质厚不算什么通达之才。再看《送曹俪笙典湖北乡试三首》其二："今古文章柄，持衡在六经。熊刘二老子，江汉一英灵。质厚为之本，雄夸肯谩听。"自注："近有学熊、刘二家文而致流弊者，盖不知以质厚为本耳。"⑦ 即可知质厚是被他视为文辞之本的，自然也是评诗衡文立论的基石。

质厚并不是一个常见的概念，翁方纲的用法是将质、厚两个词叠合成一个复

---

① 翁方纲：《书别次语留别西江诸生》，《复初斋文集》卷一五，《清代诗文集汇编》，第382册，第159页。下引《复初斋文集》均据此本，仅注码页。

② 翁方纲：《与程鱼门平钱戴二君议论旧草》，《复初斋文集》卷七，第81页。

③ 翁方纲：《刻黄诗全集序》，《复初斋文集》卷三，第31页。《贵溪毕生时文序》也提到："吾尝宝山谷二言曰：'以古人为师，以质厚为本。'三十年来与天下贤喆论文，不出此语。"《复初斋文集》卷四，第47页。

④ 翁方纲：《渔洋先生精华录序》，《复初斋文集》卷三，第34页。《七言诗三昧举隅》亦有类似说法，参看《清诗话》上册，第303页。

⑤ 翁方纲：《复初斋诗集》卷三八，第349页。

⑥ 翁方纲：《石洲诗话》卷三，《清诗话续编》，第3册，第1408页。

⑦ 翁方纲：《复初斋诗集》卷五二，第478页。

合概念。质谓真实有据，他曾在《重刻吴莲洋诗集序》发明其旨：

> 昔渔洋先生每谓开元、天宝诸作全在兴象超诣。然如王右丞之作，则句句皆真实出之者也。即王少伯《斋心》一诗，空洞极矣，而按之具有实地，如画家极空濛烟雨之致，而无一笔不可寻其根源，此诗之所以为诗也。唐人惟白香山处处着实，转有求其著实而过者，如言音声之真而譬诸笔墨，岂有不类于滞？是以渔洋先生极不劝人学之。然民之质矣，日用饮食，布帛菽粟，皆至鄙浅，而可以充人饥寒之用；若所谓五城十二楼弹指即见者，则即之转已远矣。①

这里阐明三层意思：空灵必出于真实，但过于求实又必至于滞；要之，与其失之空虚，毋宁先求质实；毕竟质实为安身立命之本。厚相对质的内涵属性来说，则有量的充沛稳定感。乾隆四十七年（1782）所作《前数日与鱼门林汲同直论诗意若有未罄者密云道中赋此归以呈二君》云："渊乎文之心，其气浩塞空。意会前夕言，道贵厚所充。"②《石洲诗话》也称"盛唐诸公之妙，自在气体醇厚"，汪藻诗"深厚密丽"，叶梦得诗"深厚清隽"③。那么厚的能量来自哪里呢？嘉庆十六年（1811）作《粤东三子诗序》有云："吾学侣宜博精经史，而后其诗大醇。诗必精研杜、韩、苏、黄以厚根柢，而后其词不囿于一偏。"④ 这是说诗外欲淹贯经史，诗内欲精研四家，然则所谓质厚之说，也就是藉通经学古为诗歌奠定扎实稳重的根基。因此，当翁方纲看到高密诗派欲取中唐五律来矫当世七律浮滥之弊，自然就觉得很无谓。在他看来"先以治经为本，穷理养气为之根柢"，这才是正道⑤。治经是为质，养气是为厚。对质厚的追求使他论文辞首先立足于学问之上。

这也很自然，因为他同样接受了戴震论学的三分法。《吴怀舟诗文序》写

---

① 翁方纲：《复初斋文集》卷三，第 37 页。
② 翁方纲：《复初斋诗集》卷二五，《清代诗文集汇编》，第 381 册，第 226 页。下引《复初斋诗集》均据此本，仅注页码。
③ 翁方纲：《石洲诗话》卷一、卷四，《清诗话续编》，第 3 册，第 1370、1430、1431 页。
④ 翁方纲：《复初斋集外文》卷一，第 639 页。又见《岭海楼黄氏家集》卷首，广州富文斋刊本。
⑤ 翁方纲：《书李石桐重订主客图后二首》，《复初斋文集》卷一八，第 195 页。

道："有义理之学，有考订之学，有词章之学。三者不可强而兼也，况举业文乎？然果以其人之真气贯彻而出之，则三者一原耳。"① 不仅如此，《蛾术集序》又言："士生今日经学昌明之际，皆知以通经学古为本务，而考订诂训之事，与词章之事未可判为二途。"② 这也与戴震以义理为考证、词章之源的观念同出一途。不过，正如他在某些方面对戴震的评价有所保留一样，这里对戴震的说法也有所修正。既然强调三者末异本同，其中有真气存焉，问题自然就引向了治经培质、养气致厚的方向。翁方纲不同于钱谦益、王渔洋一辈掌故派学人，也不同于沈德潜、袁枚一辈诗文作家之处，正在于毕生都将治经放在为学、为文、为诗的首位，直到嘉庆十四年（1809）所作《论诗家三昧十二首》，其十还特加小注："盖未有不研经义而仅执不著理路、不落言诠之说以为三昧者。"③ 持有这样的信念，论诗焉得不着眼于细节，将所有问题都落实到实处？但这毕竟只是一种学理上的可能性，实际发生于诗学则或许与他致力于诗学之初，受到一位诗人的强烈影响有密切关系。这位诗人就是堪称翁方纲诗学导师的钱载。

钱载（1708—1793）字坤一，号萚石，浙江秀水人。乾隆十六年（1751）翁方纲与他相识于钱陈群座上，翌年两人同科中进士。当时翁方纲只是年未及冠的后生才俊，而钱载已是 45 岁的成名诗人，所以翁方纲在诗学上一直虚心师事钱载。乾隆二十四年（1759）春，钱载自藜光桥移居宣南坊，与翁方纲居相邻近，自此往来切磋，乐数晨夕，每有诗成，相互评赏。是秋两人更以主、副考官的身份出典江西乡试④，一路上少不了切磋、酬唱，但集中所存最早的酬唱之作是来年春钱载《春日偕朱明府垣编修筼翁编修方纲朱编修荣元游王氏园翁编修有诗载和之而以务辍笔夏日足成五首奉简诸君》⑤，可见翁方纲根本不认为之前的诗有保存价值。此后两人游从唱和之作便往来不绝，还同订王渔洋五七言诗钞。翁方纲平素"于近人中颇许樊榭、萚石两家"⑥，尝自言"方纲与萚石相知在通

① 翁方纲：《复初斋文集》卷四，第49页。
② 同上书，第48页。
③ 翁方纲：《复初斋诗集》卷六二，第589页。
④ 福格：《听雨丛谈》卷一○，中华书局1984年版，第183页。
⑤ 钱载：《萚石斋诗集》卷二二，上册，第359页。
⑥ 张寅彭、强迪艺：《梧门诗话合校》，第55页。

籍之前，而谭艺知心，于同年中为最"①。但钱载生性耿直，且主宋学，戴震初入词馆，士林倾倒，钱载独谓之破碎大道，激起戴震的强烈反击。又偶于王昶斋中与朱筠论戴震经学，意有不合，头领俱赤，力争不已②。他与翁方纲虽为至交，"每相遇必话杜诗，每话必不合，甚至继而相搏"③，足见两人论诗其实存在很大的分歧。钱载近年颇为学界关注④，他与翁方纲的诗学交涉也有学者讨论，指出他的诗论是翁方纲肌理诗说的一个当世渊源⑤，很有见地。

钱载父炘学举业于陆奎勋，受经学于朱彝尊，能传秀水之学。钱载诗学早年受父亲影响，由陆游入手，而宗法杜甫、韩愈、黄庭坚，不仅以古文章法为诗，而且以古文句调入诗，以章句变化著称于诗坛，深为晚清同光体诗人推崇。陈衍曾说"有清一代诗宗杜、韩者，嘉、道以前，推一钱萚石"⑥，"造语盘崛，专于章句上争奇，而罕用僻字、僻典，盖学韩而力求变化者"⑦；钱仲联则称"同光以后，宋派盛行，未始非萚石、衍石有以启其先已"⑧。同时，在这些优长之外，其诗中滥用语助、堆砌典事、过度散文化的弊病，也非常明显，有时会给同辈留下"率然而作，信手便成，不复深加研炼"的印象⑨。其实钱载的创作实况绝非如此，因为他后来受到金德瑛很大影响。金德瑛以独嗜黄庭坚而首变秀水诗风，钱载也力学山谷，讲究字句研炼，成为乾隆间秀水诗派的代表人物⑩。

钱载为人多才艺，诗书画俱工，论诗也常沟通多种艺术原理。评元好问"马蹄一蹴荆门空"诸篇"有间架，有声调，有色泽"，能融合诗书画各种艺术因素而论赏。但他的论诗文字不多见，除黄培芳《香石诗话》所辑存的之外，就是

① 翁方纲：《萚石斋诗钞序》，《复初斋文集》卷三，第40页。

② 周维德：《蒲褐山房诗话新编》，第53页。

③ 姚元之：《竹叶亭杂记》卷五，第125页。

④ 有关钱载诗歌的研究，可参看程日同《盛世的变微与正声——清代诗人钱载研究》，岳麓书社2014年版。

⑤ 潘中华：《从诗文看钱载与翁方纲交往》，《新美术》2008年第1期；程日同：《钱载诗学是"肌理说"的一个当世渊源》，《河北学刊》2010年第7期。

⑥ 陈衍：《近代诗钞述评》，钱仲联编校：《陈衍诗论合集》，上册，第879页。

⑦ 陈衍：《石遗室诗话》卷四，人民文学出版社2004年版，第56页。

⑧ 钱仲联：《梦苕庵诗话》，齐鲁书社1986年版，第217页。

⑨ 王昶：《湖海诗传》卷一四，周维德辑：《蒲褐山房诗话新编》，第53页。

⑩ 严迪昌：《清诗史》，下册，第869—872页。

杜甫、白居易、黄庭坚、虞集、厉鹗、翁方纲诸家诗集的批点①。正赖研究者对这些批点的不懈研讨，让我们约略窥知翁方纲诗学与钱载的渊源关系。首先，钱载批翁方纲诗说："第一原要气厚。"② 参照他评杜诗所说："词场祖述，必取则于先贤，此亦三王祭川之义也。山谷亦曰：'以古人为师，以质厚为本。'"③ 不禁让我们推想，钱载诗学观念的根基既然同于翁方纲，翁方纲对他的说法就很容易认同并接受。现知钱载最初批点翁方纲诗是在乾隆三十年（1765），当时翁方纲正在广东学政任上，每每编集近作寄京求正。钱载批评得非常细致，且对翁方纲喜欢自注的习气提出了警诫。从以后翁方纲服善而改的结果来看，钱载对翁方纲诗学观念的影响是深远的。其中有一段论述骨力、肉采的关系，研究者都没注意到肉采一词与肌理说的交涉：

> 诗以骨力成，胜于浮词浮采固已。但骨力太过，露了出来，亦非必该如此，终以肉采相附者为妙。但头路清楚，根据结实，则必挺挺然见骨力也。要于此随其吞吐，自生肉采。实难实难！惟其难，所以要观古人诗多，要书卷多，要路头开阔得多，则无一字无来历，而仍自兴会飙举，宽然有余，伸缩自如，读之令人生趣勃勃，津乎其有味焉。此所以无尽境也。④

与骨力相对的肉采一词像是钱载个人化的用法，从浮词浮采的说法可知就是指词采。理想的境界是骨力和词采达成平衡，即内含骨力，外附肉采。可是传统观念常倾向于崇尚骨力，而使词采受到压抑。钱载有鉴于此，给肉采一端增添了砝码，而且毫不担心肉采会掩没骨力，坚信只要"头路清楚，根据结实"，骨力自然挺拔可见。玩上下文字，头路看来是指构思取意，根据则指语词的来历，前者近于翁方纲所谓质厚的质，后者近于厚。再看另一处论七古："七古依经傍注，则路在亲切一边矣。然骨胜则必至乏味而后矣，所以原要有肉采，原要是七古之

---

① 潘中华、杨年丰：《〈钱载批点翁方纲诗〉整理》，《古代文学理论研究》第 36 辑，华东师范大学出版社 2013 年版，第 265 页。

② 《钱载评覃溪诗》不分卷，国家图书馆藏稿本，转引自程日同《盛世的变徵与正声——清代诗人钱载研究》，第 113 页。

③ 《钱载评杜工部集》卷九，转引自程日同《盛世的变徵与正声——清代诗人钱载研究》，第 132 页。

④ 潘中华、杨年丰：《〈钱载批点翁方纲诗〉整理》，《古代文学理论研究》第 36 辑，第 274 页。

正调，不可多用文章之虚字眼，而纵笔长短以凑势。"① 这同样是在申说骨力和肉采的辩证关系，其实也就是质与厚的相辅相成。参照《送杨钝夫掌教惠州书院得日字》之评："句中质直，乃句句清腴，肉之必傅于骨，不可少也。"② 骨肉和质厚的对应关系清晰可见。而如前文所述，钱载既然将求得两者平衡的艰难任务托付于书卷和前贤的经验，那么归纳、揭示各种类型、体裁的体制要求就不能不归结于博学：

> 一题本一题之情景与取材，吐属不死于句下。一体本一体之宗法格局，布置剪裁。而取材、生发总以有来历为主，杜话从不许也。生发是第一，不能则宁可靠定取材之博、取材之典、取材之雅；无一字无来历为主，然须参活句，不死于句下。如此亦足自拔一队矣。③

在这里，生发即是头路，即是骨，取材即是根据，即是肉，对应于翁方纲诗学的概念，正是质与厚的含义。由此不难看出，钱载是如何在诗学观念的深层次上影响了翁方纲对诗歌的理解。不过钱载的学问取向毕竟近于宋人，又不事考订，翁方纲《冯鱼山诗集序》曾提到"予与箨石共灯烛研声律尺黍，而箨石酒酣以往，颇不耐考证之烦"④，因此两人论诗在以学问入诗一站分道扬镳，乃是很自然的结果。

## 二 杜韩苏黄元：取法之途与终极理想

上文提到，翁方纲与钱载对杜诗的看法分歧很大。分歧究竟在哪里，今已不得而知，只知道自乾隆三十年（1765）视学广东起，翁方纲的诗学倾向就发生了转变。翁方纲虽然科举成名甚早，但诗学活动要到乾隆三十年（1765）出任广东学政才开始活跃，是年他在广州度岁，与选拔诸生在药洲亭论诗，撰有《药洲诗话》若干则。三十二年（1767）八月，在雷州看《全唐诗录》，钱、刘之后，随手取五古；李杜以前，以《唐贤三昧集》《唐诗选十种》相印证。十二月，又读

---

① 潘中华、杨年丰：《〈钱载批点翁方纲诗〉整理》，《古代文学理论研究》第 36 辑，第 286 页。
② 同上书，第 285 页。
③ 同上书，第 274 页。
④ 翁方纲：《复初斋文集》卷四，第 45 页。

黄庭坚诗，自觉至此才于各家各体略见真径路，所以心得较往年稍多。这种认识的飞跃很可能是由黄庭坚与唐诗的对比中获得的，两种截然不同的诗风让他感受到唐宋两大诗学传统的差异，同时体会到两者的异量之美，逐渐由独尊唐诗转向唐宋兼师①，从而以杜为宗确立起杜韩苏黄的宗法谱系。

宋以后人学唐诗的得失及其与唐诗的异同一直是南宋以来诗家热议的话题。翁方纲的看法是，"宋人精诣，全在刻抉入里，而皆从各自读书学古中来，所以不蹈袭唐人也。然此外亦更无留与后人再刻抉者，以故元人只剩得一段丰致而已，明人则直从格调为之。然而元人之丰致，非复唐人之丰致也；明人之格调，依然唐人之格调也。孰是孰非，自有能辨之者，又不消痛贬何、李始见真际矣"。② 如此说来，宋以后学唐者分为三路，一为宋人之深刻，二为金元之丰致，三为明人之格调。其中明人的格调是他极力排斥的——他评价诗人通常就按是否模拟格调来褒贬进退；宋人的深刻则为他所宗尚；金元的丰致他也有所取法，盖丰致又可称风调，"大约自元遗山而降，才气化为风调，逮乎杨廉夫、顾仲瑛之属，一唱百和，残膏剩馥，一撇一拂，几于人人集中有之。即后来西泠、云间诸派风调所沿，其源何尝不出自唐贤，讵可以相承相似而废之耶？"③ 此后可取者只有国初前辈中由唐人入手而出入于宋元的王渔洋和朱竹垞，这两家也是他心目中最能独辟蹊径的诗人。王渔洋讲神韵，尤系"合丰致、格调为一而浑化之"。但这样一来，一个尖锐的问题就摆在包括他自己在内的乾隆诗人面前："渔洋先生则超明人而入唐者也，竹垞先生则由元人而入宋而入唐者也。然则二先生之路，今当奚从？"他的答案是："吾敢议其甲乙耶？然而由竹垞之路稳实耳！"④王渔洋的超明人而入唐，即仍走学唐的道路，只不过绝非停留在明人那种字句摹仿的表面，而是要深度体得唐诗的美学精神；朱彝尊的由元人而入宋而入唐则是改由宋、元入手，由宋、元上溯唐人的境界。翁方纲权衡斟酌的结果是朱彝尊更值得取法，或者说在今日走朱彝尊的路更容易成功，而这就不可避免地又触及融

---

① 韩胜：《清代唐诗选本研究》，第 127 页。
② 翁方纲：《石洲诗话》卷四，《清诗话续编》，第 3 册，第 1427 页。
③ 同上书，第 1468 页。
④ 同上书，第 1427 页。

合唐宋的问题，必须考虑如何在唐宋之间找到一些沟通点。

到乾隆时代，经过从叶燮迄袁枚等人的有力论辩，唐宋诗的艺术价值之争已被超越，剩下的问题是从师法策略得出的对唐宋诗典范性的不同判断。清初钱谦益、王士禛之提倡宋诗，曾让唐诗的典范性受到很大冲击，尤其是杜甫有些被冷落，这是沈德潜和翁方纲都深切感受到的。于是，如何使唐宋诗的艺术精神得以沟通，如何维护杜甫的典范性不至失坠，成为翁方纲诗学的一个基本出发点。

翁方纲清楚地看到，诗坛对唐宋两大诗歌传统的认识明显存在着偏差："今论者不察，而或以铺写实境者为唐诗，吟咏性灵、掉弄虚机者为宋诗。"① 这样的区分当然是不靠谱的，甚至恰好说反了唐宋诗的特征。应该说写实境才是宋诗所长，而这种长处又是从杜甫、韩愈诗中发展出来的。于是朱彝尊的由元而入宋而入唐，就被翁方纲具体化为由元好问而入苏、黄，由苏、黄而入杜、韩。《苏斋笔记》卷九有云：

> 诗必以杜为万法归原处，诗必以杜为千古一辙处，学者皆知此义也。而无如博稽古今，见《选》体以上，若似乎五言必力追杜以前矣；又见宋元以后诸家格调之变、家数之不同，若似乎未能专以杜为定程者。是以诗道纷歧，无又率循也。②

针对这两个使人犹豫不定的疑惑，他举出"杜以叙述乱离为长"和"杜不长于绝句"这两个最典型的议论，说明诗不可貌取而必须从精神上领会。"惟不以貌取，而后知上而风雅颂之典则，即皆杜诗也；下而宋元明之流别，即皆杜诗也。于是乎真诗学出焉！"③ 不只是杜甫，继杜甫开宗立派的苏东坡，也只有如此理解，才能透悉他和杜甫的血脉相通之处："宋之有苏诗，犹唐之有杜诗，一代精华气脉全泄于此。苏亦初不学杜也，然开卷荆州五律何尝不从杜来？其后演迤宏肆，令人不能识其诣所至耳。"④ 为此，他不无自得地启发后学说："窃尝为喜

---

① 翁方纲：《石洲诗话》卷四，《清诗话续编》，第 3 册，第 1429 页。
② 翁方纲：《苏斋笔记》卷九，《复初斋文稿》，《清代稿本百种汇刊》，第 8657 页。
③ 翁方纲：《苏斋笔记》卷九，第 8658 页。
④ 翁方纲：《苏斋笔记》卷一〇，第 8687 页。

读苏诗者进一辞，曰：能知杜法，则苏诗皆真诗矣，皆无一处之滋弊矣。持此说以读苏、黄，皆此义也；持此说以上下千古，该遍百家，皆此义也。"① 这样，他就建立起杜韩苏黄元这一祖四宗的宗法谱系。其中元好问是他素为心仪、一再推崇的七古大家，韩愈是被叶燮与杜甫、苏东坡相提并论的古今三大家之一，惹人注目的只有黄庭坚的入围②。

翁方纲对黄庭坚诗的评价本来是有所保留的，总体看法是："诗至坡公，才力之雄肆，风格之深厚，殆无可以复变矣。是以山谷用逆笔矫变出之，实即坡诗之小变，遂以苏黄并称。又，其使事工于运用，无□辅之迹而肌理所从出，则实仍杜法也。一变而为陈后山，则与杜又远；再变而为陈简斋，乃又若于杜稍近，皆非其真也。吾所以最服遗山论诗曰：'古雅难将子美亲，精微全失义山真。论诗宁下涪翁拜，未作江西社里人。'此其不欲以黄诗侪诸西江派，而于论义山之精纯连类及于山谷，乃真知山谷者也，乃真善言杜法者也。"③ 但问题是，对于翁方纲这样的诗人来说，诗的难处不在于妙悟，而在于铺陈、排比，更难的是铺排而后能化。化是与"大"相联系的概念，也是区分天工和人巧的境界，所谓"大，可为也；化，不可为也，其李（白）之谓也"④。在他心目中，李白五律是"自然入化"的代表，此外还有苏东坡《夜泛西湖五绝》"以真境大而能化，在绝句中，固已空绝古人矣"⑤。以善写真境而达到化的境地，苏东坡所以成就其超越古今的大家地位，也成为翁方纲终极的理想。事实上，能不能超越时代，的确是大家、名家所以成立的重要标志⑥。翁方纲谈到宋人不祖苏而祖黄的现象，曾指出："宋诗之大家无过东坡，而转桃苏祖黄者，正以苏之大处，不当以南北宋风会论之。舍元祐诸贤外，宋人盖莫能望其肩背，其何从而祖之乎？"⑦ 他不仅看出苏东坡在宋代正像杜甫在唐代一样，有着难以定位的超越性，而且更认定

---

① 翁方纲：《苏斋笔记》卷一〇，第 8690 页。
② 有关翁方纲对黄庭坚诗歌的接受，可参看邱美琼《由求同到证异：翁方纲对黄庭坚诗歌的接受》，《江西社会科学》2007 年第 10 期。
③ 翁方纲：《苏斋笔记》卷一〇，第 8693 页。
④ 翁方纲：《石洲诗话》卷一，《清诗话续编》，第 3 册，第 1373 页。
⑤ 翁方纲：《石洲诗话》卷三，《清诗话续编》，第 3 册，第 1408 页。
⑥ 这个问题我曾在《家数·名家·大家——有关古代诗歌品第的一个考察》（台湾《东华汉学》15 辑，2012 年 6 月版）一文中略有阐述，可参看。
⑦ 翁方纲：《石洲诗话》卷四，《清诗话续编》，第 3 册，第 1426 页。

这样的大家必有难以效法的独绝之处，因而只能退而求其次，仿效王渔洋之取道于山谷。郭绍虞曾说："渔洋虽不废宋诗，却不宗宋诗中之江西诗派，而覃溪所得则于山谷为多。"① 这里指出翁方纲多得力于黄庭坚，大体不错；但要说王渔洋不宗江西派，却又不尽然。王渔洋恰恰是清代最早力挺黄庭坚诗的重要人物，门人查慎行更是使黄诗流行于世的重要推手，曾宣称："涪翁生拗锤炼，自成一家，值得下拜。江西派中无第二手也！"② 其难弟嗣瑮也有诗响应："后五百年谁再到，香留一瓣待涪翁。"③ 由此黄庭坚的声价扶摇日上，稳踞宋诗的代表诗人之位。不过，要说黄庭坚诗的典范性在哪里，他与杜诗的渊源在哪里，其实还不太清楚。翁方纲对黄庭坚的研究和推崇，不仅阐明和提升了黄庭坚诗的典范性，还在文本的具体层面揭示了他与杜甫的共同特征，以"逆笔"说接通了他们的渊源，使黄庭坚顺理成章地与杜、韩并列为清代后期诗坛的不祧之宗。

现在看来，翁方纲之倾倒于黄诗，似乎不是由钻研王渔洋诗学而窥入山谷境界，倒像是受到钱载的启迪。前人论文章向有用逆之说，清初文章批评家吕留良曾说："文之一气呵成者，必用逆不用顺。盖用逆势，则一句磬一句，一层剥一层，洄翻云涌，势不可遏，读至终篇，恰如一句方佳。"④ 沈曾植也说过："木相摩而火生，人相摩而智生，惟诗亦然。有逆缘而后生逆笔，胸中磊块皆声中金石也。棘栗蓬、金刚圈，皆以逆得之；顺流而下，乃无物也。"⑤ 钱载论诗，最忌顺滑而重视逆笔，为的就是严防笔轻滑之弊。他批翁方纲《七榕行》"此珠当已历百年，百年前事凭谁溯"一联曰："此句放手即不入调，软而俗、轻而滑矣。"批《春日药洲杂咏十首》其一又曰："此首顺而滑，删之。"⑥ 参照批《题朱竹幛子》"少逆笔，则轻滑不免"之说可见⑦，顺滑之弊是缘于无筋骨，因此他批《王右丞画江南初冬欲雪时歌》有"熟极而清泻，无钩勒之筋骨"的说法⑧。翁

---

① 郭绍虞：《中国文学批评史》第七十三节"翁方纲肌理说"，第 592 页。

② 查慎行：《初白庵诗评》卷下，乾隆四十二年张氏涉园观乐堂刊本。

③ 查嗣瑮：《送同年陈秋田之官长宁三首》其二，《查浦诗钞》卷一〇，乾隆刊本。

④ 曹鋪辑：《吕晚村先生论文汇钞》，俞国林编：《吕留良全集》，中华书局 2015 年版，第 2 册，第 597 页。

⑤ 周树模：《沈观斋诗稿》第四册卷末，民国二十二年影印周氏抄本。

⑥ 均见潘中华、杨年丰《〈钱载批点翁方纲诗〉整理》，《古代文学理论研究》第 36 辑，第 276 页。

⑦ 潘中华、杨年丰：《〈钱载批点翁方纲诗〉整理》，《古代文学理论研究》第 36 辑，第 277 页。

⑧ 同上书，第 282 页。

方纲《七言诗歌行钞》曾引钱载说"山谷纯用逆笔"①，他很可能就是由此受到启迪，而专门写作《黄诗逆笔说》一文，将逆笔解释为李后主的拨镫法：

> 逆者意未起而先迎之，势将伸而反蓄之。右军之书势似欹而反正，岂其果欹乎？非欹无以得其正也。逆笔者，戒其滑下也。滑下者顺势也，故逆笔以制之。长澜抒泻中时时有节制焉，则无所用其逆矣。事事言情，处处见提掇焉，则无所庸其逆矣。然而胸所欲陈，事所欲详，其不能自为检摄者，亦势也。定以山谷之书卷典故，非襞积为工也。比兴寄托，非借境为饰也。要亦不外乎虚实乘承、阴阳翕辟之义而已矣。②

陈伟文研究清代前中期黄庭坚诗接受史，曾论及逆笔，就其节制笔势的作用作了很好的阐发，唐芸芸也续有发明③。但张健指出逆笔的节制意在蓄势，也是很值得重视的意见④。翁方纲曾经在《与友论太白诗》中，以李白《圮桥》为例阐明逆笔"势蓄而不泻"的原理。在翁方纲看来，黄庭坚的逆笔源于学杜。他认为历来学杜"不必与杜合而不容不合"者，只有李商隐和黄庭坚两人，而两人得力处又各有不同："义山以移宫换羽为学杜，是真杜也；山谷以逆笔为学杜，是真杜也。"⑤ 关于逆笔，他除了在评论山谷诗时提到之外，还曾与法式善交流过自己琢磨黄庭坚诗用逆法的心得，见于法式善《陶庐杂录》记载：

> 覃溪先生告余云："山谷学杜所以必用逆法者，正因本领不能敌古人，故不得已而用逆也。若李义山学杜，则不必用逆，又在山谷之上矣。"此皆诗家秘妙真诀也。今我辈又万万不及山谷之本领，并用逆亦不能。然则如之何而可？则且先咬着牙忍性，不许用平下，不许直下，不许连下，此方可以入手。不然，则未有能成者也。⑥

---

① 翁方纲：《七言诗歌行钞》卷一〇，苏斋丛书本。
② 翁方纲：《复初斋文集》卷一〇，第105页。
③ 陈伟文：《清代前中期黄庭坚诗接受史研究》，中国人民大学出版社2012年版，第105—108页；唐芸芸：《逆笔：翁方纲论黄庭坚学杜》，《云梦学刊》2011年第1期。
④ 张健：《清代诗学研究》，第707—708页。
⑤ 翁方纲：《同学一首送别吴谷人》，《复初斋文集》卷一五，第158页。
⑥ 法式善：《陶庐杂录》卷二，第31页。

在此，翁方纲不仅注意到黄庭坚喜用逆法，而且试图揭示其背后的动机，经与李商隐对照，他颇有说服力地阐明了前人技巧上师法承传的复杂情形。这的确是心得之谈，对认识、比较杜甫、李商隐、黄庭坚诗歌艺术的异同很有启发。值得注意的是，翁方纲其实看到了李商隐"微婉顿挫"在晚唐是个异数①，只不过觉得他学杜的重心不在用逆一点上。但后人却不认同他的看法，认为李商隐也很善用逆笔。姚莹曾指出：

> 七言律诗，五六两句最难工，以上四句雄骏直下，至此力竭，气难转运故也。昔人论此，推义山《马嵬》一首，其五六云："此日六军同驻马，当时七夕笑牵牛。"盖用逆挽法也。然此法亦本少陵。《诸将》第一首云："见愁汗马西戎逼，曾闪朱旗北斗殷。"第二首云："胡来不觉潼关隘，龙起犹闻晋水清。"义山实本于此。盖以锁上斗转，更开收结，章局既变化，而气骨益见开拓。②

这并不是姚莹一个人的看法，其他诗论家也有类似的见解。许印芳评杜甫《奉济驿重送严公》"几时杯重把，昨夜月同行"一联，即指出："第四句乃逆挽法，老杜惯用此法，学杜者亦多用之，不独温、李二家。"③ 这里的逆挽法就是逆笔。逆笔无论怎么说，只是章句调运的一种模式，即便能营造独特的艺术魅力，与大家之"大"也无必然联系。翁方纲再三推崇黄庭坚的逆笔，无非是寻觅可觅的路径，借鉴可鉴的艺术手法，可以视为现实的取法策略。但他这一论说客观上起到通过黄庭坚沟通唐宋两代诗学的作用，坐实了黄庭坚作为杜甫正宗传人的地位。

事实上，王渔洋提倡黄庭坚诗虽有助于其地位的提升，但还不足以赋予黄诗以典范的品位，可与杜、韩、苏相提并论。乾隆前期秦武域称边连宝"以杜为主，韩、苏为辅，斯道未坠，必有英绝领袖之，舍先生其谁与?"④ 黄庭坚还没

---

① 翁方纲：《石洲诗话》卷二，《清诗话续编》，第 3 册，第 1394 页。
② 姚莹：《识小录》卷五，黄山书社 1991 年版，第 143—144 页。
③ 李庆甲辑：《瀛奎律髓汇评》卷二四，中册，第 1028—1029 页。
④ 边连宝：《病余长语》卷七，第 256 页。

有进入宗师行列中。要经过翁方纲的具体阐发、剔抉，乃至在不同场合的一再表彰，他才得与杜、韩、苏共享俎豆。前引翁方纲《粤东三子诗序》告诫后学"吾学侣宜博精经史，而后其诗大醇。诗必精研杜、韩、苏、黄以厚根柢，而后其词不囿于一偏"①，虽然宗旨仍不离质厚二字，但已填充了具体的典范谱系和取法路径，与蒋士铨、姚鼐对黄庭坚的推崇相呼应，最终奠定乾隆中叶以后诗歌取法的基本走向②。这到乾隆末年，在崇尚抒发性灵的袁枚眼中已是很无奈的现实："今之士大夫，已竭精神于时文八股矣；宦成后，慕诗名而强为之，又慕大家之名而挟取之。于是所读者，在宋非苏即黄，在唐非韩则杜，此外付之不观。"③ 不光是他不理解，至今我也觉得很难说清，究竟是一股什么样的力量，将清代诗歌的趣味和艺术取向推到了这一方向。

### 三 事境：翁方纲诗学的理论支点

如果说杜、韩、苏、黄为质厚的美学提供了一个取法的路径，那么接着产生的问题就是从哪个层面去学这些作家，或者说取法的落脚点在什么地方。替翁方纲想想，这的确是个问题。翁方纲所景仰的前辈王渔洋，因反拨格调派而讲求神韵。对诗艺的探究，用功于体制和声调为多，对表现技法较少开陈，尤其疏于语言层面的探讨。沈德潜的新格调诗学致力于重新塑造传统，却于诗歌艺术无所建树，以至于陆廷枢序翁方纲诗，不得不感叹"格调流于空疏，神韵沦于寥阒"④；而几乎与翁方纲同时在江南崛起的袁枚性灵说，又将诗学讨论引向内心体验的表现方面，另辟一条鉴赏式的批评之路……这些具有全国性影响力的诗学似乎都走在陆游所谓"功夫在诗外"的道路上，如果我们从文本的意义上来把握"诗"的话。不知不觉中，诗学仿佛来到一个岔路口，在通向文本的方向，有一个概念像盏灯在迷茫中亮起，它就是"切"。

我注意到，乾隆诗坛不约而同地开始关注"切"的问题，像前文提到的鲍

---

① 《岭海楼黄氏家集》卷首，广州富文斋刊本。
② 这一点陈伟文已指出，见《清代前期黄庭坚诗接受史研究》，第104—105页。关于翁方纲对苏、黄的具体评价，可参看张高评《翁方纲〈石洲诗话〉论宋诗宋调——以苏轼、黄庭坚诗为核心》，（台湾）《文与哲》第22期，2013年6月，第403—440页。
③ 袁枚：《随园诗话》卷四，第93页。
④ 翁方纲：《复初斋诗集》卷首。

桂星、金德瑛、袁枚等人。唐陆龟蒙称赞张祜"善题目佳境，言不可刊置别处，此为才子之最"一说，当时常被人讨论。翁方纲也认可"此段论诗极有见"，但随即又加以拓展道：

> 所谓不可刊置别处，非如今日八股体，曲曲钩贯之谓也。乃言每一篇，各有安身立命处耳。如太白《远别离》《蜀道难》等篇，极其迷离，然各篇自有各篇之归宿收拾。即如乐府各题，各自一种神气。以此易彼，则毫厘千里矣。①

他将"切"的含义由紧扣题咏对象推广为紧扣题旨，显示出对艺术表现的整体关注，这就使诗学又回归于诗歌表达功能的实现上来。事情本来如此，无论你持什么样的艺术观念，诗的完成最终还是落实于表现手段。翁方纲在精研王渔洋诗学后，不由得深有感触："诗家之难，转不难于妙悟，而实难于'铺陈终始、排比声律'。此非有兼人之力、万夫之勇者，弗能当也。"② 如果说王渔洋神韵论是回到诗歌魅力本身，是关于诗美构成的诗学，那么翁方纲的诗学则可以说是回到诗歌写作过程，是关于意图实现的诗学。它首先基于这样一个追问：诗歌之成立始于何处？结论是言有物；如何方为有物？结论是切于事境。

翁方纲一方面欣赏陆龟蒙题善切境的主张，一方面却又认为他本人的创作实开晚唐松浮之渐。问题出在"不揣其本而齐其末"，"后之不从事于大本大原，而专以捃扯斗凑为事者，实此一种启之"。何以这么说呢？"此事必要从源头打出，方是真境，即圣人所谓言有物也"③。这里给出三个关键词：源头、真境、言有物。源头即所谓大本大原，从广里说是"六经"，往狭里说是《三百篇》，即《苏斋笔记》所述儒家返本之说："圣人言礼乐必返诸本始，则文章岂有不返本者乎？班孟坚言赋者古诗之流，是即赋家崇本之言，诗则根本于《三百篇》。"④ 又曰："文必根本六经，诗必根本《三百篇》，盖未有不深探经学而能言

---

① 翁方纲：《石洲诗话》卷二，《清诗话续编》，第3册，第1396页。
② 翁方纲：《石洲诗话》卷一，《清诗话续编》，第3册，第1373页。
③ 翁方纲：《石洲诗话》卷二，《清诗话续编》，第3册，第1399页。
④ 翁方纲：《苏斋笔记》卷一二，第8775页。

诗文者。治经以义理为主，固不可以后世诗文例之，然未有不深究《三百篇》之理而能言诗者，亦未有不深究于诗教原流正变而能读《三百篇》者。此诗家最上第一义。"① 源头既明，真境也就不难理解：

> 诗所以分别雅郑，所以分别正体伪体者何？在乎言者心之声，声者谁之声欤？文以意为主，意者谁之意欤？持身立品，因时切地，全恃乎诗中有我而已，未有不真而可云诗者也。上而敷陈雅颂，远而咏史论古，迩之人伦赠酬，大之山川境域，细之一名一物、一卉木虫鱼，每有托兴，必切此身所处分际，乃所谓不苟为炳烺也。即如一贺祝之艮词，必其中有关赠言之真谊，乃谓之言有物也。不然，则幕客拜缄之套子耳，何取于诗乎？②

针对王渔洋神韵派的空洞和沈德潜格调派的肤廓，翁方纲强调诗不仅要有情感内涵，更要有因时切地、切身所处的具体内容。这一主张似乎又由追求真切而回到了康熙诗学"诗中有人"（真情感）和"诗中有我"（真面目）的命题。但我们知道，这绝不会是简单的重复。旧命题的重新使用，总会在新语境中注入不同的义涵。翁方纲显然加强了"必切此身所处分际"即切合作者身份、境遇的权重——让人联想到沈德潜对立言失体的批评③，这是当时诗论家特别注意的问题，涉及对诗歌抒情方式的基本理解。翁方纲也曾尝试用传统诗学的本末观来阐述同样的问题：

> 人之性情无古今一也，至于赋事写景，则有日出不穷者，有百变不一者。若以本性求情，作忠教孝，亦必缘所赋之事、所即之境以达之。是故千花万叶皆可以寻其根，千涂万辙胥所以适于道也。不揆其本，则末将焉附？不究其末，则本亦不能孑然独立。斯则华实相需，意言互发，非可尽以心声天籁，藉口于诗有别才，非关学矣。④

---

① 翁方纲：《苏斋笔记》卷九，第 8649 页。
② 翁方纲：《苏斋笔记》卷一一，第 8763 页。
③ 沈德潜《说诗晬语》卷下："若小小送别，而动欲沾巾；聊作旅人，而便云万里。登陟培塿，比拟华、嵩；偶遇庸人，颂言良哲。以至本居泉石，更怀遁世之思；业处欢娱，忽作穷途之哭。准之立言，皆为失体。"《沈德潜诗文集》，第 4 册，第 1961 页。
④ 翁方纲：《苏斋笔记》卷一一，第 8746 页。

在肯定性情永恒和事景无常的前提下，必缘所赋之事、所即之境以道性情，成为诗歌创作的核心问题。又基于本同末异的辩证关系，诗学的关注点于是落实到事、境这两个概念上，同时又与学问联系起来。

事境对举绝不是翁方纲偶然的灵机，它们多次出现在翁方纲的论诗文字中，而且与许多重要概念发生关联。首先是与"理"相关联，见于《言志集序》："理者，民之秉也，物之则也，事境之归也，声音律度之矩也。"① 其次是与"法"相关联，见于《延晖阁集序》："泥于言法者，或为绳墨所窘；矜言才藻者，或外绳墨而驰。是皆不知文词与事境合而一之者也。"② 再次是与风格相关联，见于《朱草诗林集序》："予尝论古淡之作，必于事境寄之；放翁亦言绝尘迈往之气，于舟车道路间得之为多。"③ 翁方纲将诗的构成分析为文词和事境两部分，前者即诗的语言形式，后者为诗的素材。《神韵论下》在辩说神韵非空寂之意时写道：

> 渔洋之诗，虽非李、何之滞习，而尚有未尽化滞习者。如咏焦山鼎，只知铺陈钟鼎款识之料；如咏汉碑，只知叙说汉末事。此皆习做套语，所以事境偶有未能深切者，则未知铺陈排比之，即连城玉璞也。

这里的铺陈、排比，在翁方纲诗学中是有特殊含义的，指正面叙写对象。王渔洋咏焦山鼎只铺陈款识等内容，咏汉碑只叙述汉末历史，都未正面触及鼎和碑本身。这就让翁方纲对赵执信不切事境的非议也不能不承认"亦何尝不中其弊乎？"④ 在他看来，题咏之作就应该紧扣对象本身，鼎的形制和碑的内容是事，观摩、玩赏的过程及感想是境，两者既然在特定的时空融合为诗歌的素材，这就意味着事、境也可添加"时"以凸显其在场性，如《诗法论》所谓"同一时同一境同一事之作，而其用法之所以然，父不能得之于子，师不能传之于弟；即同一在我之作，而今岁不能仿昨岁语，今日不能用昨日之语"⑤。很显然，这种以

---

① 翁方纲：《志言集序》，《复初斋文集》卷四，第53页。
② 翁方纲：《复初斋文集》卷四，第52页。
③ 同上书，第44页。
④ 翁方纲：《复初斋文集》卷八，第87页。
⑤ 同上书，第82—83页。

时、事、境为核心要素的诗学观念，不同于传统的以情、景、事、理为核心要素的道性情诗观，它完全抛开情—景、意—象这些基于抒情的意象化表现而形成的诗学话语，将诗学的美学关注转移到纪实性上来，同时将具体的、日常化的生活内容当作诗歌的主要素材。换言之，即以诗歌来提升日常生活的品位、渲染日常生活的诗意，这样一种动机成了诗学的核心问题。这很容易让人联想起白居易式的诗歌美学，与杜甫诗中萌生，后在中唐诗里日益凸显的日常生活审美化的发展趋势联系起来。尽管我们的确看到，翁方纲称"白公之妙，亦在无意，此其似陶处也"[1]，给予很高的评价，但翁方纲对诗歌的态度更像是源自宋人的书房趣味，可能也与韩愈的写作意识相通。程千帆先生论韩愈，曾说："韩愈是要将不是诗的东西硬做成诗，而且要人承认它是诗。"[2] 程先生主要说的是韩愈处理素材的方式，到翁方纲则变成选择素材的倾向，一种宋代之前所没有的，与士大夫日常生活的变化——由诗征酒逐、歌台舞榭到赏玩骨董、书画，考订金石、文史——相关的内容作为新素材进入了诗中，这会对诗歌观念和写作意识产生什么样的影响呢？

我们看到，相对于传统诗学讲比兴，翁方纲论诗以赋笔为主，推崇正面表现[3]，以求获得切己的效果而避免浮泛。晚年所撰《咏物七言律诗偶记跋》论及体物的工切问题，更强调人、地、事、境的贴切，从而另辟不同于唐诗家数的蹊径：

> 以愚往复研求作者利弊，则凡题人写照者，不惟工于写景，必期惬当其人，岂惟惬当其人，必期于在我之交谊亲疏，与见在之时地际遇。或赠酬之际，喻申忠孝之箴；或劝惩之间，矢结韦弦之佩。皆于寄兴，灼见指归，而叙景之工切，第于此中相依而出，不止缘情绮靡也。[4]

不过，他虽然喜欢在诗中叙写古书画器物考论的内容，却不涉议论，尝自称"予

---

① 翁方纲：《石洲诗话》卷二，《清诗话续编》，第 3 册，第 1391 页。

② 蒋寅：《立学私记》，《学术的年轮》，中国文联出版社 2000 年版，第 217 页。

③ 张健：《清代诗学研究》，第 700—701 页；唐芸芸：《翁方纲"正面实作"诗学观研究》（《中国诗学》第 23 辑，人民文学出版社 2017 年版）对此均有专门论述，可参看。

④ 翁方纲：《咏物七言律诗偶记》，嘉庆十一年刊本。

于文学从来不为史题史论之作"①，这又不合于宋诗家数。他似乎要在唐宋两大传统之间维持一个平衡。赋笔最宜于七言古诗，翁方纲的写作尤其是居京期间的大量题咏之作，体裁多为七言古体，可见对诗体的功能有清楚的意识。至于律诗，则多用于应酬的场合，同样以切己为旨归，以区别于拟古、效古之类的代言体。《唐人律诗论》曾以文章为参照来说明诗的体性："若作诗则切己言志，又非代古立言之比；至于律诗，则更非衍拟古、效古之比矣。"② 相比前人的"诗中有人"和"诗中有我"，翁方纲更强调"切己"，即重视具体的在场感，也就是事—境之"境"，它意味着一个超脱于世俗尘氛的诗意之境。在翁方纲看来，真正的诗就诞生于此。在谈到曹学闵晚年以理趣入诗时，他曾说："夫诗之涉应酬者，不必言也，即其工声律者，亦非尽由己出也。若夫陶冶性灵，以恬澹闲适为诗者，斯近于诗味矣。"汲汲于应酬者俗，耽于声律者迷，都不足以言切己；只有像曹学闵那样不为文饰，"所发皆有用之言，而非所谓理过乎辞者也"，才算是"见道切己"③。这种超脱世俗功利、达致恬澹闲适的境界，最接近翁方纲心目中的诗的本质。也正是基于切己的要求，这才有《诗法论》反对"隔时地分古今而强我以就古人之法，强执古人以定我之法"的宗旨。法由此被分为两类："法之立也，有立乎其先、立乎其中者，此法之正本探原也；有立乎其节目、立乎其肌理界缝者，此法之穷形尽变也。"前者可知是既定的成法，后者是随机应变的活法。成法固然必求诸古人，就是活法，"大而始终条理，细而一字之虚实单双，一音之低昂尺黍，其前后接笋、乘承转换、开合正变，必求诸古人也"④。

不仅如此，更重要的是，当事和境成为诗的基本素材后，不能就再像传统的诗歌写作那样言情状景，走不著一字、不落言筌的空灵路子，而必须用事（事由、对象）和境（活动、背景）填充作品，尤其是当"事"主要对应于翁方纲及其周围文士日常生活中的风雅之事时，它就格外地与学问关系密切起来。乾隆

---

① 翁方纲：《与谢蕴山论咏史诗》，《复初斋集外文》卷二，第641页。
② 翁方纲：《复初斋文集》卷八，第88页。
③ 翁方纲：《慕堂诗钞序》，《复初斋集外文》卷一，第633页。
④ 翁方纲：《复初斋文集》卷八，第82—83页。

五十九年（1794）八月，翁方纲为门人谢启昆作《谢蕴山诗序》，给诗下了这样一个定义："夫诗合性情卷轴而一之者也。"① 不是从习惯的功能论（道性情）角度，而是从本质论角度下的这个定义，没有用"学问"而用了"卷轴"，并不是仅指风雅生活。从他将徐祯卿学古未臻大成归结于未能"由性情而合之学问"②，可知这个定义也不纯然是就学人之诗而言。尽管《谢蕴山咏史诗序》将诗的家数分为才人和学人两路，但学问是两者都不可偏废、不可或缺的：

> 有才人之诗，有学人之诗，二者不能兼也。山谷云以古人为师，以质厚为本，然吾尝见山谷手迹，荟萃史事，巨细不遗。自后山以下得其隶事之法，而所以学其学者，知者盖罕矣。③

这里在学问与质厚之间划了一条连线，前文指出的进入翁方纲诗学的路径终于接近了中心。历来论者都认为，翁方纲是为纠正神韵说之空虚而提倡学人之诗的，现在看来还有着迁就自己典型的学人生活的意图。细味《苏斋笔记》卷九这段议论，其实说得很清楚：

> 有学人之诗，有才人之诗，有专取兴象、专取性灵之诗。若以诗言志论之，则性灵为主，而兴象佐之，古人原以天籁为真诗也。然而世运与学问相乘而生焉，若必尽效祖咏春雪四句，意尽辄足，则渔洋所谓三昧者，直若举古今学者皆归于空中之音，作禅房入定之兴象，以为超诣。渔洋固云举一而反三也，吾则为拟一语云举一而废百也。再若必尽推伫兴而就之灵妙，则又恐启陈白沙、庄定山之流弊矣。所以诗家竞言才矣，曰才思，曰才力，曰才藻，思与力皆自己出，藻则资学矣。因时因地，□古宜今。士生今日，百年以前尚沿明朝人貌袭古人之弊。惟我国朝考订之学，博洽则追东汉，精研则兼南宋，际此通经稽古之会，则其为诗也，必以学人之诗为职志，乃克有以自立耳。④

---

① 翁方纲：《徐昌谷诗论一》，《复初斋集外文》卷一，第635页。
② 翁方纲：《复初斋文集》卷八，第89页。
③ 翁方纲：《复初斋集外文》卷一，第635页。
④ 翁方纲：《苏斋笔记》卷九，第8655—8656页。

举古往今来天下之诗不外乎三类：才人之诗、性灵之诗和学人之诗。才人之诗是自古以来的传统，王渔洋为其宗匠；性灵之诗是当今流行的时尚，袁枚独领风骚。两者各擅胜场，但都主于天性，逞才思而易至局促，纵才力而不免流荡。至于学人之诗，则寄托于学问，独富文藻，因时因地，各适其宜。尤其是正值举世崇尚通经学古、博洽覃思之际，学人之诗正可附丽世运，润色鸿业。因此翁方纲断言为诗必以学人之诗为职志，乃能有所成就。从内心说，他其实是瞧不起性灵诗的，只有王渔洋代表的才人诗堪为值得一驳的对手，故而他甚至不惜点名批评这位一向敬慕的前辈。非但如此，他还特地将学人之诗与才人之诗又做了一番比较：

> 山川草木之变态，图书载籍之奇赏，宣泄不尽，而千枝万叶皆见根源，所以千途万辙皆适正路，此为学人诗也。若夫才人之诗，第骋奇于句调字声，则自李长吉、杨廉夫之徒启之。长吉皆非无本也，奈后人以无本之学学之，则其弊□不可胜诘矣。[1]

至此，以质厚为归的学人诗论终于到达它的终点，其中包括的理论命题和经验之谈也呈现出纲举目张的系统结构。不过在翁方纲看来，自己系统建构的工作还没有完成，他意识到有必要对学人诗的理论边界做一些限定。

这无疑是很有必要的，学人诗尚学的主张推到极致，很容易在诗歌基本观念上造成一些偏见。首先面临的问题就是如何对待学问和书卷，他历数诗学史上有代表性的看法，然后表明自己的态度：

> 且如严沧浪谓诗有别才，非关学也，何尝不是？但后人□执此语，遂可以性灵谈诗，其流为陈白沙、庄定山之徒矣。乃若渔洋竟拈妙悟以言诗，岂不亦开学者束书不读之弊乎？杜少陵则曰"法自儒家有"，曰"读书破万卷"，所以为学第一不可畔程朱，然却非执理语以为诗也；次则最不可薄视考订之学，然却又非呈博辨以为诗也。[2]

---

① 翁方纲：《苏斋笔记》卷一一，第8760页。
② 同上书，第8759页。

这就为学人诗划定了底线，既不能以理语为诗，也不能以考据为诗。比起洪亮吉、汪中、孙星衍等学者兼作家来，翁方纲明显是更开通的人，论诗力主创新，提倡多样化，偶尔还讲"情景脱化"①，并认为诗人不一定非得从事考证。《考订论》甚至说："诗文家竟有不事考订者，此固无害其为专长。秀水钱载，诗人也，不必善考订也。"② 但问题是他本人长年的书斋生活，使日常诗歌写作无法摆脱与学问的关联③，不仅崇尚学问，更常常以学问为作诗的素材。以致论者每将金石考据入诗视为翁方纲诗的特点，甚至径将袁枚"天涯有客号詅痴，误把抄书当做诗"一绝，坐实为批评翁方纲，这无疑是非常表面化的看法。且不说当时人们并不将翁方纲喜以考据入诗的作风视同抄书，也不认为袁枚批评的对象就是翁方纲④。就是对这种以学问、考据入诗的倾向，也必须联系时人的写作意识来理解其背后的动机。我觉得恽敬《坚白石斋诗集序》的说法是很值得玩味的：

> 自乾隆以来，凡能诗者，不得不自辟畦径，各尊坛坫，是故秦权汉尺以为质古，山经水注以为博雅，牦轩竭陀以为诡异，街谈春相以为真率，博徒淫舍以为纵丽，然后推为不蹈袭，不规摹。⑤

这段话提醒我们，以学问内容入诗，不只是当时作者普遍的学术兴趣对诗歌写作的自然影响，也是他们试图以此求变的自觉努力。换言之，学人诗风也应该放到清代中叶独创性焦虑的心态背景下来加以理解。当时的情况是，不仅学者们的诗歌喜欢阑入考据和题咏古物，就是胡天游、黄景仁一辈性灵派诗人也乐此不疲，让人感觉到确实是一时风气如此。乘运而起的翁方纲，试图为这种新鲜的诗歌经验建立一套理论，也是不难理解的，无非是想借此确立其正当性。但事、境两个概念毕竟只涉及写作的素材层面，要构筑起完整的理论基础，他还需要更多的概念、范畴。

---

① 翁方纲：《石洲诗话》卷三，《清诗话续编》，第3册，第1423页，
② 翁方纲：《考订论》中之二，《复初斋文集》卷七，第78页。
③ 郭康松、郗韬：《论乾嘉学人诗：以翁方纲诗为中心》，《中南大学学报》2013年第2期。
④ 邢澍《与张叔未书》："袁随园尝以詅痴、钞书嘲近日诗人，不知指谁，然犯此病者实不少。"漆子扬：《邢澍诗文校释》，甘肃文化出版社2011年版，第157页。
⑤ 李銮宣：《坚白石斋诗集》，山西人民出版社1991年版，第526页。

## 四 翁方纲对诗学基本概念的还原

翁方纲晚年在嘉庆十四年（1809）写过一组《论诗家三昧十二首》，其十一写道："扫除何李让徐高，神韵奚烦格调操。真放精微非貌袭，箭锋巧力在秋毫。"① 这是针对王渔洋表彰明代徐祯卿、高叔嗣诗而发。徐、高两家在明代格调派中略具风神，渔洋见猎心喜，独选两家诗刊刻行世。翁方纲借题发挥，说神韵何须凭藉格调以求，只消摆脱表面化的模拟，就能深度体得唐诗的精神，其得失在几微间。尽管他的议论貌似要摒弃神韵、格调概念，但实际上无论是诗坛还是他本人的言说，都离不开这两个概念。既然不能摆脱它，还不如加以改造为我所用。翁方纲的策略是取还原的路径，将已被明人和王渔洋价值化即带有特定风格倾向和美学意蕴的格调、神韵还原为中性概念。用当代学者的话说，即实现了这些概念的一般化②。这一过程是通过重新辨析概念的含义而完成的，郭绍虞认为翁方纲对格调和神韵的辨析都出于肌理说的立场③，我看未必。

翁方纲在《格调论上》开篇即断言："诗之坏于格调也，自明李、何辈误之也。李、何、王、李之徒泥于格调而伪体出焉。非格调之病也，泥格调者病之也。"④ 这是断定格调一词被明人用坏了，事实上在翁方纲的诗论中格调经常是作为贬斥的对象出现的，肯定性的评价则往往是对超越格调的种种努力的赞赏⑤。在《格调论》中，他有意识地将格调还原为通用概念。其步骤是首先肯定格调是诗歌都有的要素，本无特定的美学指向："夫诗岂有不具格调者哉？（中略）是则格调云者，非一家所能概，非一时一代所能专也。"所以"古之为诗者皆具格调，皆不讲格调"，直到明李、何辈"乃泥执《文选》体以为汉魏六朝之格调焉，泥执盛唐诸家以为唐格调焉"，这样就赋予格调以特定的美学内涵，将它风格化了。其结果是"上下古今只有一格调而无递变递承之格调矣"。无独有偶，将神韵趣味化的王渔洋也陷入同样的窠臼。在这个意义上，似乎也可以说

---

① 翁方纲：《复初斋诗集》卷六二，第589页。
② 黄保真等：《中国文学理论史》，北京出版社1987年版，第4册，第486页。
③ 郭绍虞：《中国文学批评史》，第592—597页。
④ 翁方纲：《复初斋文集》卷八，第83页。
⑤ 翁方纲：《石洲诗话》卷一，《清诗话续编》，第1370页。

"王渔洋变格调曰神韵，其实即格调耳"①。为此，翁方纲断言"化格调之见而后词必已出也，化格调之见而后教人自为也，化格调之见而后可以言诗，化格调之见而后可以言格调也"②。超越格调之见而言格调，就意味着格调已由价值、趣味概念回归于中性的构成概念的位置。

关于神韵，翁方纲明确表示，将神韵等同于格调，"特专就渔洋之承接李何、王李而言之耳"，其实神韵无所不该："有于格调见神韵者，有于音节见神韵者，亦有于字句见神韵者，非可执一端以名之也；有于实际见神韵者，亦有虚处见神韵者，有于高古浑朴见神韵者，亦有于情致见神韵者，非可执一端以名之也。"③神韵甚至还与理相通，《神韵论上》说杜甫"下笔如有神"的神，"熟精《文选》理"、韩愈"周诗三百篇，雅丽理训诂"的理，都是神韵之义。这样，神韵就获得一种本体意义："神韵者，彻上彻下，无所不该。其谓羚羊挂角，无迹可求，其谓镜花水月、空中之象，亦皆正此神韵之正旨也，非堕入空寂之谓也。"同时，神韵也被视为一个高位概念，具有不可质疑的统摄性，所谓"神韵者，是乃所以君形者也"。当他发现神韵常遭误解、让人觉得虚幻不可把捉时，又将它与一个很实在的概念"肌理"进行沟通，说："今人误执神韵，似涉空言，是以鄙人之见，欲以肌理之说实之。其实肌理亦即神韵也。"④显然，他不仅要将格调、神韵还原为通用的诗学概念，还希望实现神韵、格调和肌理的沟通。

当然，他并没有忘记强调神韵的超越性，曾引《孟子·尽心上》"君子引而不发，跃如也；中道而立，能者从之"一句而发挥道：

> 道无边际之可指，道无四隅之可竟，道无难易远近之可言也。然而其中其外，则人皆见之。中道而立者，言教者之机绪引跃不发，只在此道内，不能出道外一步，以援引学者，助之使入也。只看汝能从我否耳，其能从者，自能入来也。道是一个大圈，我只立在此大圈之内，看汝能入来与否耳。此

---

① 翁方纲：《格调论上》，《复初斋文集》卷八，第83页。
② 同上书，第84页。
③ 同上书，第86页。
④ 翁方纲：《复初斋文集》卷八，第85页。

即诗家神韵之说也。①

在翁方纲看来，神韵就像孟子的道，并不是格调那样的具体目标，而是一种境界。仿佛一个圆圈，接引者立在中央，示意你进入，却不伸手来拉你，就看你自己能不能进得去。因此论诗讲神韵，就是立据上游。什么意思呢？用作文之理来说明，即"置身题上"，如黄鹄一举见山川之纤曲，再举见天地之圆方，于是文之心、文之骨、法外之意一应俱得。不过，置身题上的前提是又须身入题中，于是问题重新回到切实上来：

> 诗必能切己切时切事，一一具有实地，而后渐能几于化也。未有不有诸己，不充实诸己，而遽议神化者也。是故善教以规矩焉，（中略）吾故曰先于肌理求之也。知于肌理求之，则刻刻惟规矩彀率之弗若是惧，又奚必其言神韵哉？②

这段话也表达了三层意思，一是神韵的化境只能从实地渐行企及；二是实地既主于切己切时切事，则必善循规矩；三是既知规矩必于肌理求之，则神韵可置而不论。置神韵而讲肌理，是放弃对抽象的艺术目标的执着，而着眼于具体的艺术目标，无论人们是否认同他的意见，神韵应理解为接引的境界而非美学趣味，已得到有力的说明。我们不能不承认，道圈之喻对于神韵的本质是很有解释力的。

以上的论述表明，诗学被翁方纲细致地分析为三个层次。底层是肌理，中间是格调，上层是神韵，或者说表层是肌理，中间是格调，核心是神韵。总之，从肌理到神韵就是一个由下而上或由表及里的剖析过程。除了增加一个肌理的层面，他的理论建构几乎和沈德潜异曲同工，在格调、神韵概念的还原上他也许只是顺应了当时诗坛的潮流，并没有什么独到的理论发明。但他的论述方式是很学术化的，看来得益于研经考史的学术功底，其条理清晰的辩驳体现了乾嘉时代的严谨学风，也将他的理论建构推向更深入和周密的境地。

翁方纲对诗学概念的还原绝不仅限于格调和神韵，无论从文本或形式上说，

① 翁方纲：《神韵论中》，《复初斋文集》卷八，第85—86页。
② 同上书，第86页。

在肌理、格调和神韵之间，都存在若干个层面交叉的理论问题。最显赫的有体格、家数、音节，翁方纲在《苏斋笔记》中阐明它们是诗中交相为用的三个基本要素：

> 如五言古诗以阮嗣宗《咏怀》、陈伯玉《感寓》诸篇为效古之作，此则与七言歌谣之类皆谓之古风。其不知者，以七言古诗，皆目为古风，则误矣。如七言绝句即唐人乐府也，故同一七言四句，有《竹枝词》，有《杨柳枝词》，有《桔枝词》，有《宫词》，有《阳关曲》。若概以七言绝句目为《竹枝》《杨柳枝》，其可乎？七言古诗，若杜、韩以下，对句多用末三平者，此为七言古诗之正调。若作初唐四子之七古，则有谐平仄似律之句，此皆有一定之节奏。所以音节必从家数定之，体格亦必从家数定之。此中亦实有随题立制、所以各适其宜者，不可以大布之衣忽凑补以绫帛者也。①

他举出古风不可以声律为标准，也不可以字数为标准；七言四句之体也不可概目为七绝；七言古诗杜甫、韩愈以三平调为正调，初唐四杰却字句多谐于近体格律。这就意味着音节必须根据家数来决定，体格也要依据家数来决定。至于随题立制之作，更需要各适其宜，不可淆乱其间的界线。由此可见，翁方纲对体格、家数、音节也作了中性化的还原，体格不是偏向格调，而是接近体制；家数也不意味着特定的个人风格，而是指一般技巧、修辞倾向；音节更不代表某些体派的声律特征，而只指一般声律意识。这表明翁方纲意识到诗歌的复杂性，知道诗歌的本质和现象需要从一与多的辩证关系中把握。诚如《苏斋笔记》所言：

> 既知万法一源、千途一辙矣，而又不得不剖辨时代，剖辨家数，剖辨体格，剖辨音节。一则人之质地不同，所谓学焉而得其性之所近，不可强者也；一则事境所处，因而分家数、格调之正变，亦不可强者也。天质之自然与师资之讲习、书卷之膏沃，则所谓地有肥硗，雨露之养、人事之不齐也。②

---

① 翁方纲：《苏斋笔记》卷一一，第 8747 页。
② 翁方纲：《苏斋笔记》卷九，第 8655 页。

时代、家数、体格、音节几个文体要素，与己、事、境等素材要素相交叉，构成愈益复杂的张力关系。人的资质不同，所学各近其性，都有定数不可勉强；所处事境各异，因而家数、格调之正变也各有定数不可勉强。只有作者的资质本身，与师承讲学、读书积累关系密切，言下之意不外乎是说，学者所应该用心的地方只在这里。这一来岂不是将诗学可以努力的范围压缩得很有限，将门槛低至性灵派的尺度？性灵派诗人王文治也曾有类似的见解：

> 人之所得于天者，其已定者也。然必得古人之书以培养之，又必得名山大川及世间可喜可怖可爱可恶之事以淬厉之，又得良师友相与讨论而辨难之，而后所得于天者日出而不穷。①

这不奇怪，翁方纲原是乾隆朝著名诗论家中最致力于学术研究、最具有学者色彩的一位，他的诗学也是当时最具有学术性的。学术研究的原则，就是从最基础最表面的东西开始。沈德潜在传统的格调论中引入神韵，这是向上一路；翁方纲在格调上引入肌理，是向下一路，同样也是一个新的思路，开拓一个新的观察阈界。诗歌文本的结构层次由此变得清晰而有秩序，学人从此得到一套理解诗歌文本的完整理论。这对于那些悟性高超、学识透达的才人来说不算什么，但对于功令试诗后急于补习诗艺的普通士人就很重要了。我很赞同张然的论断，翁方纲的诗学是一套定位于技术经营层面的知识，"提供了具有较强实用性的中才诗人的学诗指南"②。具体说来，就是以质厚为艺术理想，以事境为核心，以杜韩苏黄元为师法典范，初步建立起一套更具操作性和技术含量的诗学理论。

在这个理论系统中，肌理概念并不占据核心位置，翁方纲也不曾以它为主干来构建其理论框架，称之为肌理诗学是明显不合适的，更准确的名称应该是学人诗论。因为它的理论旨趣以学问为基本内容，艺术典范指向杜韩苏黄元这些历来被视为以文字为诗、以议论为诗的诗人，这都直接影响到嘉道以后的学人诗观念，成为清代后期学人诗风的理论号角。相对来说，肌理虽以概念的新颖而为人

---

① 王文治：《梦楼诗集》自序，刘奕点校：《王文治诗文集》，第3页。
② 张然：《肌理说：中才诗人的学诗指南》，《文学评论》2009 年第 4 期。

注意，但它只处于翁方纲诗学理论的底层，还不足以成为支撑学人诗理论的骨干概念。它的意义只在于弥补了向来诗学对文本组织层面关注的不足，以一个形象的概念阐明了文理与句法、修辞的关系，从而将若干传统文法概念包括正面铺叙、逆笔、笋缝等统摄起来，使古典诗学在文本层面获得一组清晰合用的概念群。这样来看翁方纲诗学的理论框架和实用品格，也可以说肌理与清翁方纲诗学的现实意义和历史定位并无必然的联系，但问题是毕竟翁方纲自称以肌理之实救神韵之虚，这就容易让人轻信肌理说是他诗学的出发点和理论核心。要澄清这个问题，光凭上面的概括论断是没有说服力的，我们不能不再对肌理说作一番剖析，以求更清晰地理解它的内涵及其自身的理论展开。

## 第二节　肌理说：更迫近的文本观察

### 一　诗理与肌理

如果光从《石洲诗话》看，翁方纲诗论给人的感觉是重视整体印象，多以风致、风格、气味、气象、气格、格调等概括性的术语论诗。这或许是诗话写作的乾隆三十三年（1768）前他论诗的路数，也是明清以来诗话写作的主流倾向，格调派、神韵派莫不如此，批评都着眼于整体艺术效果。以此接引后人，类似悬鹄而射，期于中的。但这种方式过于抽象概括，初学很难理解其中的窍奥。翁方纲论诗既以指示学诗门径为宗旨，所有步骤就不得不落到实处。要说论诗文落到实处，乾隆间并非仅翁方纲如此，格调派、桐城派、高密派都有这种倾向，只不过实处落在哪里，不同的诗派各有讲究。格调派主于声调句法，桐城派主于因声求气，而翁方纲则主于研求肌理。他为门人曹振镛作的那篇《延晖阁集序》，常被人引为肌理说的纲领性文件，其中提到："诗必研诸肌理，而文必求其实际，夫非仅为空谈格韵者言也，持此足以定人品学问矣。"[1] 但并未就肌理的含义加

---

① 翁方纲：《复初斋文集》卷四，第52页。

以说明。门人乐钧将赴扬州,翁方纲赠诗有"分刌量黍尺,浩荡驰古今"之句,自谓"言诗之意尽在是矣",可是乐钧却茫然不解,他只好解释说:"分刌黍尺者,肌理、针线之谓也。"这又是什么意思呢?

> 遗山之论诗曰:"鸳鸯绣出从君看,不把金针度与人。"此不欲明言针线也。少陵则曰:"美人细意熨贴平,裁缝减尽针线迹。"善哉乎!究言之长言之,又何尝不明言针线?白香山曰:"劚石破山,先观镵迹;发矢中的,兼听弦声。"而昌黎曰:"将军欲以巧伏人,盘马关弓故不发。"然则巧力之外,条理寓焉矣。昔李何之徒空言格调,至渔洋乃言神韵,格调、神韵皆无可著手也,予故不得不近而指之曰肌理。少陵曰:"肌理细腻骨肉匀。"此盖系于骨与肉之间,而审乎人与天之合,微乎艰哉,智勇俱无所施,则惟玩味古人之为要矣。①

照翁方纲的解释,针线和肌理都指文章组织的连接:针线是布片之间的连接,肌理是骨与肉之间的连接。它们都是比喻性概念,其核心是诗理,即诗歌的内在关联、内在秩序。

翁方纲对诗理的重视,从《书诗钞小传后》所谓"吾读是编,爱其大局,服其公论,所憾者诗理之所以然未能以示后学"②,也能够体会。他专门作有一篇《杜诗"熟精文选理"理字说》,其中写道:"理者,治玉也。字从玉,从里声。其在于人则肌理也,其在于乐则条理也。《易》曰君子以言有物,理之本也;又曰言有序,理之经也。天下未有舍理而言文者。"③ 借助于训诂的引申,他成功地将动词"理"转化为名词,由纹理之理实现与生理、乐理的沟通,从而与《易》关于言说的古老命题衔接起来。肌体、音乐、文辞之理由是获得象喻层面的一致性,为更深入的理论展开奠定了哲学基础。

近代以来最早研究翁方纲诗学的郭绍虞《肌理说》一文,根据《言志集序》

---

① 翁方纲:《仿同学一首为乐生别》,《复初斋文集》卷一五,第158页。
② 翁方纲:《复初斋文集》卷一八,第195页。
③ 翁方纲:《复初斋文集》卷一〇,第102页。按:此文题中"熟精"原作"精熟",据台湾文海出版社影印本《复初斋文稿》卷一〇改,第2086页。

有关理的言说，如"在心为志，发言为诗，一衷诸理而已。理者，民之秉也，物之则也，事境之归也，声音律度之矩也"；"义理之理，即文理之理，即肌理之理也"；"为学必以考证为准，为诗必以肌理为准"；"检之于密理，约之于肌理"；等等①，将肌理区分为义理与文理，义理针对内容而言，文理针对形式而言。又将翁方纲诗学中其他概念两两对应，整合在"肌理"二字之下：与义理相对应的是"以质厚为本"，为"正本探原"之法；与文理相对应的是"以古人为师"，为"穷形尽变"之法。经郭先生这么一阐释和整合，肌理就成了统摄翁方纲诗学的概念。而如此把握肌理及肌理对神韵、格调的补救之说，后来也多为研究者所接受②。以至于后出的成果只限于推演郭著的见解而使之系统化，进而提出翁方纲诗学体系包含着神韵和肌理两方面的内容："肌理强调作诗的基础，强调'针线'，神韵则突出遵循诗法进行创作后作品所自然呈现出的艺术美"③，由此构成义理、文理、神理三环相扣、层层递进的诗歌创作与批评审美层面④。这种诠释思路对翁方纲诗学的理论系统固然是很有条理的建构，但它同时也带来一个问题：这样一个理论结构是不是还适合用肌理说来命名？或者说肌理作为一个核心概念还能不能笼罩翁方纲诗学的主要理论层面？但我关心的主要不是这些问题，我感觉学界对肌理概念的诠释还有一些值得推敲的地方。

## 二　肌理之"理"辨析

首先我想指出，肌理虽然是翁方纲爱用的诗学概念，但在其诗学中未必处于核心地位。唐芸芸的博士学位论文曾专门论述这一点⑤，我很赞同她的判断，觉得还可以用历时性的考察做一些补充。翁方纲论诗的旨趣，曾跟他学诗三年的梁章钜最为清楚，在《退庵随笔》中有过传述：

> 苏斋师论诗最严，有口授之二语，则谓手腕必须灵活，喉咙必要宽松。

① 翁方纲：《志言集序》，《复初斋文集》卷四，第53页。
② 邬国平、王镇远《清代文学批评史》说："所谓的肌理，就是要以义理、考据等内容来充实诗歌的写作。"第430页。
③ 莫崇毅：《翁方纲诗学体系再认识》，《古代文学理论研究》第30辑，第179页。
④ 同上书，第195页。
⑤ 唐芸芸：《未刊稿〈石洲诗话〉卷十与翁方纲"肌理"说的完成》，《中国诗学》第18辑，人民文学出版社2014年版，第89页。

盖喉咙乃众妙之门，百味皆可茹入。王渔洋喉咙最宽，所以一发声即奄有诸家之长。又云：作诗言大章法，固是要义；然学者多熟作八股，都羡慕大章法之布置，而不知五字七字之句法，至要至难。句法要整齐，又要变化，全在字之虚实双单，断无处处整齐之理。能知变化，方能整齐也。①

这是及门弟子听受的最亲切的心法，应该触及翁方纲诗学的核心理念。两段话前说学诗取法要广，这是出于研究王渔洋诗学的体会；后言做诗须用力于字句，看来是出于对格调派炼句之说的不满，并未提到肌理二字。但翁方纲的另外两个门人，乐钧在《论诗九首和覃溪先生》之一曾提到："苏斋论肌理，抉奥示学徒。"② 张维屏在《国朝诗人征略》卷三十四翁方纲传也说："生平论诗，谓渔洋拈神韵二字固为超妙，但其弊恐流为空调，故特拈肌理二字，盖欲以实救虚也。"③ 据翁方纲自己说，肌理是研究王渔洋诗学，针对其后学的流弊提出的补充性概念。《神韵论》说得很清楚："今人误执神韵，似涉空言，是以鄙人之见，欲以肌理之说实之。"④ 那么这种想法是什么时候产生的呢？肌理又是怎么被引入翁方纲诗学中的呢？

韩胜曾提到，翁方纲以肌理论诗见于乾隆三十六年（1771）批点程可则《海日堂诗集》，如《同邱曙戒王震生梁药亭过海钟寺访阿字澹归二师》评曰："此诗语虽不多，而已带铅汞气，肌理空疏而不能清奇。"⑤ 但我们知道，撰写于乾隆三十年（1765）至三十三年间的《石洲诗话》前五卷已屡用"肌理"评判诗人，参照前文所述钱载诗论对他的影响，我们不妨认为肌理概念的使用至少在乾隆三十年后已很自觉。当时他正在广东学政任上，潜心于诗学，又得钱载切磋商量，深有所得，因而得到钱载"诗境亦是与年俱进"的称许。但同时钱载也叮嘱他要"随时随地随题取书卷灌注之"，"不可纯将虚实字转换出清新尖薄之趣，是要字字有来历"。联系另一处又说"兄近诣自然更进，而太纤、太新处，

---

① 梁章钜：《退庵随笔》，《清诗话续编》，第4册，第1961页。
② 乐钧：《青芝山馆诗集》卷二〇，嘉庆二十二年刊本。
③ 张维屏：《国朝诗人征略》卷三四，道光刊本。
④ 翁方纲：《复初斋文集》卷八，第85页。
⑤ 韩胜：《清代唐诗选本研究》，第139—140页。

亦不可。总要心心念念，将古书灌注，而得大家风范、老成口气"来看①，我怀疑钱载的批评正与掉弄肌理之说、专注于文字趣味有关。因为梁章钜传述师说，即谓诗家难事最在于句法，而句法之奥妙又"全在字之虚实双单"的变化。钱载担心翁方纲沿这个方向走下去，会有误入歧途的危险，所以恳劝他要将书卷灌注放在首位。翁方纲是否虚心接受钱载的意见不得而知，但他的诗歌观念确实发生了转变，逐渐由独尊唐诗转为唐宋兼师，而论诗则由重肌理转向重骨。重骨正如韩胜所说，应该是受钱载的影响，而肌理概念的淡化也可以和学人诗观念的高扬联系起来思考。下文还要提到，在《石洲诗话》之后，他就很少用肌理论诗了，这说明肌理在他的诗学中只是一个阶段性的概念，代表着早年的诗学思想。不过让我好奇的是，这一概念当时是怎么被引入他的诗学中的呢？

　　如果说翁方纲最初使用肌理一词可能是因袭传统批评概念的话，那么后来他对这个概念有所斟酌和反思，将它用作个人化的诗学概念，则或许同他商榷戴震对"理"的诠说有关。戴震《孟子字义疏证》针对朱子"性即理也"之说，提出"理者是密察条析之谓，非性道统辖之谓"的论断，意谓理是事物的逻辑性和内在秩序，而非统摄性与道的本体，因而"理者，察之而几微，必区以别之名也，是故谓之分理。在物之质，曰肌理，曰腠理，曰文理，得其分则有条而不紊，谓之条理"②。这明显是要将理与本体论、伦理性剥离，还原其作为一般秩序、规则的意义。翁方纲似乎不太理解戴震解构"理"的本体属性的意图，或者说，戴震"由字以通其词，由词以通其道"的汉学理念③，与他倾向于宋学的立场格格不入。因而他对戴震的分析很不以为然，认为"夫理者彻上彻下之谓，性道统辖之理，即密察条析之理，无二义也。义理之理即文理、肌理、腠理之理，无二义也。其见于事，治玉治骨角之理，即理官理狱之理，无二义也。事理之理即析理整理之理，无二义也"④。当代学者因袭郭绍虞对"肌理"的解释，

①　潘中华、杨年丰：《钱载批点翁方纲诗整理》，《古代文学理论研究》第 36 辑，第 291—292 页。
②　戴震：《孟子字义疏证》，第 1 页。
③　戴震：《与是仲明论学书》，《戴震文集》，中华书局 1980 年版，第 140 页。
④　翁方纲：《理说驳戴震作》，《复初斋文集》卷七，第 81 页。

多认为肌理包含义理、文理，可能是误解了《言志集序》"义理之理，即文理之理，即肌理之理也"的意思，将原文着重于"理"的相通即（义理之）理 =（文理之）理 =（肌理之）理当成了义理 = 文理 = 肌理①，这样就扩大了肌理的内涵，使它附着了伦理色彩。这也难怪，翁方纲本人的阐说有时确实有点含混，容易招致误解。晚年作《苏斋笔记》时可能看法有了变化，卷九提到理的问题是这么说的：

> 范蔚宗云："文以意为主。"此意字即理路之谓也。杜云"熟精文选理"，杜牧之谓李长吉诗若加之以理，奴仆命骚可矣。此理字非专言义理，然而义理之理即文理之理，即肌理之理，即治玉治骨角之理，无二理也。以圣贤途径言之，则不得不有形上形下之分。故精义入神与洒扫应对，本一事也。由程朱以上溯孔孟，由今时文以上窥六经，由今五七言古体近体以上溯汉魏六朝唐宋，因以上溯《三百篇》，无二事也。然则杜韩苏黄以后之诗，与三谢以上之诗无二途也，而奚其区别畛界也欤？②

本来，义理之理即文理之理，即肌理之理，意指逻辑性和内在秩序③，意思是很清楚的，但翁方纲这里非要将它纳入体用不二的传统思维的窠臼，非要追求形而上与形而下的相通，以沟通宋儒的本体论来提升理的品位，这就使它与具有伦理内涵的"义"、具有内容属性的"意"产生交叉，反而模糊了原本清晰的界线，招致后人不必要的误解。为厘清这一问题，有必要像研究乾隆间其他诗学概念一样，先做一番概念史的回溯。翁方纲的肌理，虽是个人化的概念，同样也需要放到观念史的脉络中去理解。

### 三 肌理的渊源及理论定位

肌理作为文论概念，来历也很古老，出自《文心雕龙·序志》"擘肌分理，

---

① 这一点唐芸芸《未刊稿〈石洲诗话〉卷十与翁方纲"肌理"说的完成》已指出。

② 翁方纲：《苏斋笔记》卷九，第8653—8654页。按：《苏斋笔记》卷十稿本题识称"此函甲戌夏间所记"，知作于嘉庆十九年（1814）甲戌。

③ 翁方纲《七言诗三昧举隅》："三昧有山水语，有禅悦语，有边塞语，要之其理则一也。"（《清诗话》，上册，第299页）这里的"理"，则指规则而言，取义稍别。

唯务折衷"一语。而"擘肌分理"四字又出自《东京赋》。刘勰在《文心雕龙》中常将肌和理用作文论概念，如《附会》："夫才量学文，宜正体制，必以情志为神明，事义为骨髓，辞采为肌肤，宫商为声气。"又云："夫能悬识腠理，然后节文自会，如胶之粘木，石之合玉矣。"《养气》："常弄闲于才锋，贾余于文勇，使刃发如新，腠理无滞。"这里的"腠理"一词出自《黄帝内经》，《韩非子·喻老》《史记·扁鹊传》也用过。《后汉书·郭玉传》："腠理至微。"李贤注："腠理，皮肤之间也。"《集韵》释腠为"肉理分际也"，可见原指皮下肌肉之间的间隙。但《仪礼·乡射礼》郑注："腠，肤理也。"则又指皮肤的纹理，杜甫《丽人行》"肌理细腻骨肉匀"即用此义。从南北朝以后，肌肤就成为文论中常用的概念。《颜氏家训·文章》曾引辛毗之说曰："文章当以理致为心肾，气调为筋骨，事义为皮肤，华丽为冠冕。"① 后宋吴沆《环溪诗话》也有类似的说法："诗有肌肤，有血脉，有骨格，有精神。无肌肤则不全，无血脉则不通，无骨格则不健，无精神则不美，四者备然后成诗。"② 理就更常用了，一般指文本的内在秩序和意义的逻辑力量，如于祉《澹园诗话》所说："诗有文理，如木有文理，一丝乱不得，乱则通体不谐矣。此等处最宜留心，《文心雕龙》所谓内义脉注者也。"③ 到明清两代，肌理成为论诗常用的概念，如屠隆《王茂大修竹亭草稿序》云："士不务养神而务工诗，刻画斧藻，肌理粗具，气骨索然。"④ 钱谦益《定山堂诗集序》云："今之论诗者，刌度格调，列铢肌理，奇神幽鬼，旁行侧出，而不知原本性情。"⑤ 《郑圣允诗集序》称郑之惠"有志于左氏、太史公、班固之书，久而其学大成，肌劈理解，浸渍演迤，虽通人大儒，未必或之先也"⑥。曾灿《过日集》论七古体制说："余谓乐府、七古之妙，全在一断字。乐府断而不连，合之自成章法；七古连而能断，寻之自具肌理。"⑦ 乔亿评刘复

---

① 王利器：《颜氏家训集解》，上海古籍出版社1980年版，第248页。

② 吴沆：《环溪诗话》卷中，学海类编本。

③ 于祉：《澹园诗话》，咸丰刊本。

④ 屠隆：《白榆集》文集卷三，汪超宏主编：《屠隆集》，浙江古籍出版社2012年版，第3册，第249页。

⑤ 龚鼎孳：《定山堂诗集》卷首，光绪九年龚彦绪刊本。

⑥ 钱谦益：《牧斋初学集》，上海古籍出版社1985年版，中册，第966页。

⑦ 曾灿：《过日集》卷首诸体评论，康熙六松草堂刊本。

《春雨》云："刘水部诗肌理细腻，气味恬雅。"① 《四库全书总目》卷一七五曾荣《西墅集》提要云："往往才气用事，而按切肌理，不耐推敲，是亦速成之过也。"② 古来类似的说法，其实都是一种关于作品构成层次的譬喻性言说。肌理也一样，由于使用者没有给它下个定义，后人往往觉得不好捉摸，故解说各异。台湾学者李丰楙说："肌理说就是融合文理、义理二义，把性情、事境微妙组合的秩序，透过由意象、音调等各部分技巧组成的秩序，作最完美的表现。"与王渔洋神韵说源诸禅宗不同，肌理是将儒家理学的体系移用于文学，本质上就是同时重视具体的和抽象的秩序、条理的诗歌结构论③。台湾另一位学者张健则认为"肌理是最细腻的结构现象，亦是神韵的具体表现"，并且其涵意有广狭之分。最广义的肌理 = 义理 + 文理 + 藻绘 + 音律，次广义的肌理 = 结构（狭义的文理）+ 藻绘 + 音律，最狭义的肌理就等于结构④。宋如珊指出格调注重文字效果，诉诸读者的视觉及听觉，神韵注重领悟，诉诸读者之想象，两者都是从欣赏者着眼的；肌理则欲以金针度人，"指引创作者一条入手门径"⑤。这些解释，若就翁方纲诗学整体而言都符合其基本宗旨，但对于肌理这一概念来说，则尚隔一层，主要是过于泛化，未触及核心旨趣。

从迄今发表的论著来看，不能不说还是日本学者青木正儿的诠说最为切近翁方纲的思路。他认为肌理正如杜甫《丽人行》"肌理细腻骨肉匀"的用法，原指"皮肤纹理""肤感"，翁方纲也是在这个意义上使用的⑥。在传统美学的气、形、神三个环节中，形是艺术创造中最重要的部分。在这最重要的部分仅言形，未免过于简单化，大可以再做更进一步的细致分析。翁方纲肌理说的意义就是增添了皮肤，青木正儿谓之"实质的东西"，但这实质的东西究竟对应于诗歌的哪个层面呢，他也没说明，在我看来就是诗歌形式的表面——语言组织。注意到诗歌语言组织层面的问题，就不仅是对神韵论的充实，同时也是对格调论的细化。传统

---

① 乔亿:《大历诗略》卷六，乾隆三十六年居安乐玩之堂刊本。

② 永瑢等纂:《四库全书总目》，第 1553 页。

③ 李丰楙:《翁方纲及其诗论》，台湾政治大学 1978 年硕士学位论文，第 52 页。

④ 张健:《明清文学批评》，第 238—239 页。

⑤ 宋如珊:《翁方纲诗学之研究》，（台湾）文津出版社 1993 年版，第 34 页。

⑥ 青木正儿:《清代文学评论史》，第 144 页。

格调诗学的内容，基本不出严羽《沧浪诗话·诗辩》"诗之法有五"即体制、格力、气象、兴趣、音节的范围。除了音节，明代王廷相《与郭价夫学士论诗书》曾将它们具体落实于"四务"：

> 何谓四务？运意、定格、结篇、炼句。意者，诗之神气，贵圆融而忌阐滞。格者，诗之志向，贵高古而忌芜乱。篇者，诗之体质，贵贯通而忌支离。句者，诗之肢骸，贵委曲而忌真率。①

这只是四务追求的目标，至于具体内涵，王廷相是这么阐说的："超诣变化，随模肖形，与造化同工者，精于意者也；摅情古始，侵《风》匹《雅》，不涉凡近者，精于格者也；比类摄故，辞断意属，如贯珠累累者，精于篇者也。机理混含，辞少意多，不犯轻佻者，精于句者也。"虽然这一解释已更为具体，但以翁方纲的眼光看，仍显得太笼统、粗糙，不仅对格的研讨太表面，需要鞭辟入里，对调的揣摩更是肤浅和缺漏甚多，许多地方有待补充、深入。肌理正是针对格调派在文本分析上的不足而提出的概念，加强了对字与句、句与句之间的意义关联的关注，可以说是格的深入和细化。至于调的方面，他通过对王渔洋诗律学的深入钻研也确立起新的观念和原则。

任何新的概念，作为针对某些流行说法提出的矫枉措施，对原有之说必定具有某种补救意义，弥补了以前说法的漏洞。照翁方纲自己说，肌理是为了弥补神韵说流于空虚而提出的，我觉得它与其说是一种理论，还不如说是看待诗歌文本的一个视角。翁方纲使用肌理一词远没有格调那么多，但肌理代表着一种新的文本分析观念，一种更迫近地观察本文的方式。相比格调之落实于词汇和声调，肌理更落实到文法和语句。不是讲求语义、文字风格，而是讲求篇章的脉理即诗句的连接方式，准确地说是构成意义层次的语言组织形式。伍崇曜称"先生论诗宗旨，殆如施愚山所称如作室者瓴甓木石——就平地筑起，固迥异华严楼阁也"②，施闰章所说的诗法正是王渔洋神韵诗的

---

① 王廷相：《与郭价夫学士论诗书》，《王氏家藏集》卷二八，明刊本。
② 伍崇曜：《石洲诗话跋》，粤雅堂丛书本。

对立面①，伍氏将翁方纲论诗宗旨与施闰章之说相沟通，以另一种方式说明了翁方纲要以肌理救神韵之空虚的策略。这么看来，所谓肌理的广义、狭义之分，同样也未触及翁方纲的本意。翁方纲晚年回顾自己对杜甫"熟精文选理"与韩愈"雅丽理训诰"的"理"字的讨论，总结说："义理之理即条理、肌理之理，无二理也；事理伦理与理财理刑之理，无二理也。所以凡为文者，其文之心、其文之骨，千古万古惟一，由程朱上溯孔孟之理而已。"② 这里讲的无二"理"，如前所述，并不是说肌理等于义理、条理、事理、伦理；而上溯到孔孟之理的主体则是文，也不是肌理。所以，无论是包含义理的广义肌理，还是只限于结构的狭义肌理，都不符合翁方纲原意。我们从翁方纲诗歌批评中的用例，也可以清楚地看出这一点。《石洲诗话》批评王令"诗学韩孟，肌理亦粗"，唐庚"格力虽新，而肌理粗疏，逊于苏黄远矣"，周密"肌理颇粗"，元好问"自不免肌理稍粗"，李俊民"肌理亦粗"，杨维桢拟杜《秋兴八首》"肌理颇粗"；《七言律诗钞凡例》评王逢"虽生动有余，而肌理深密或不足"；《杜诗附记》评《八月十五夜月二首》《十六夜玩月》《十七夜对月》"三夜四诗中皆有通宵不昧（寐）之老人在焉，而此首更为沈著。凡此四诗，其肌理芒彩若有凹凸，与三夜之月相因而出者，斯亦奇矣。非若后来胶执刻画以为贴切者也"③，等等，肌理都与骨、格、芒彩对举，足见其含义偏重于文辞一方面，既与义理无关，也与篇章意义上的结构无涉。二十年后，即乾隆五十八年（1793）批门人曹振镛诗稿曰："藻韵有余，而肌理不密。"④ 两年后复看，又题曰："肌理之所以照，则非一语能尽。"⑤ 这时他使用肌理的概念，已排除辞藻、风韵而落实到文理层面，由此也发展出一套独特的理论话语。

---

① 施闰章语出《渔洋诗话》卷中："洪昇昉思问诗法于施愚山，先述余凤昔言诗大指。愚山曰：'子师言诗，如华严楼阁，弹指即现；又如仙人五城十二楼，缥缈俱在天际。余即不然，譬作室者，瓴甓木石，一一须就平地筑起。'洪曰：'此禅宗顿、渐二义也。'"《清诗话》，上册，第199页。

② 翁方纲：《复初斋文稿》，《清代稿本百种汇刊》，第8562页。

③ 翁方纲：《杜诗附记》卷一七，《续修四库全书》，第1704册，第590—591页。

④ 曹振镛：《曹文正公诗集》，转引自沈津《翁方纲年谱》，台湾"中央研究院"中国文哲研究所2002年版，第319页。

⑤ 同上书，第329页。

#### 四　笋缝：肌理说的重要概念

肌理的本义是皮下肌肉之间的缝隙，因此自然可转喻诗歌意义单位之间的缝隙，引而申之则转而指连接。翁方纲很喜欢用一个词叫笋缝，笋即木工所谓榫头。《杜诗附记》自序陈述写作原则，提到：

> 其中用事人所共知者，不复写入也；其事所系、其语所出，苟非寔有关于此篇笋缝、节族者，概弗录也。且吾所欲读杜者何为也哉？非欲考史也，非欲缀缉词藻也，唯欲知诗之所以为诗而已。①

讲诗脱离考史，搁置辞藻，诗的重心就落到脉理上来。笋缝、节族就是指涉脉理的概念，笋缝指字句之间的间隙，节族则指段落之间转换的关节②。《论例》也强调"篇中情境虚实之乘承，笋缝上下之消纳，是乃杜公所以超出中晚宋后诸千百家独至之诣"，故卷三评《行次昭陵》指出："'寂寥'二字似与'开国日'三字不接者，此正以'寂寥'二字幽咽到极处，乃忽然'开国日'三字一声飞出，方是惊心动魄之笔也。"③ 又曰："上接'瞻'字'立'字，下接'流恨'，则'恨'字即从'开国日'流出，正以无笋缝为笋缝也。"④ 这是说结尾四句"松柏瞻虚殿，尘沙立暝途。寂寥开国日，流恨满山隅"，"寂寥"两字的惨淡看似与"开国日"的盛况不匹配，但却是从瞻、立二字的凭吊低徊引出的，物是人非的寂寥、对现实的失望，更激发对盛世的追怀，于是流恨无穷汩汩而出。在第三句中，"寂寥"与"开国日"之间并无直接的修饰关系，寂寥只是杜甫的感觉，这样它与"开国日"之间就出现了隙缝，即所谓笋缝；而"开国日"与"恨"之间也没有因果关系，只不过与现实的巨大反差使人产生感伤，于是让本无关联的事物发生了关系，因此说以无笋缝为笋缝。同卷评《彭衙行》云："结'弟昆'对上'出妻孥'，'誓将'对下'露心肝'，则此二句自指孙宰之誓言

---

① 翁方纲：《杜诗附记》卷首，《续修四库全书》，第 1704 册。
② 陈广忠译注：《淮南子·泰族训》："今夫道者，藏精于内，栖神于心，静漠恬淡，讼缪匈中，邪气无所留滞；四枝节族，毛蒸理泄，则机枢调利，百脉九窍，莫不顺比。"中华书局 2012 年版，下册，第 1175 页。
③ 翁方纲：《杜诗附记》卷三，《续修四库全书》，第 1704 册，第 289 页。
④ 同上书，第 289—290 页。

也。且借'唤起'字神气联贯而下，更不消复醒出眉目矣。此皆自然神理合拍，无烦解诂。然近日名流或转高谈杜之神韵，而不肯向笋缝处用意，则又安得不剖析言之！"① 卷四评《曲江对雨》引钱载云："首二句叠起，已有雨意，三句点出雨。四句风字乃是对雨也，而风字亦是雨中之风。经字重字皆可以验作诗之笋缝。"② 由此看来，笋缝的含义就是意识到字句意义单位的间隔而对衔接方式做出相应的处理，其核心不在于间隔而在于衔接。所以翁方纲论白居易七古乐府，特别称赞"其钩心斗角、接笋合缝处，殆于无法不备"③，直接就用了接笋合缝的说法。从《彭衙行》的评语可知，他细析笋缝之说乃是针对当时高谈杜诗神韵的名流，这就意味着笋缝也是他用肌理之实救神韵之空虚的诗学话语之一。而《曲江对雨》评语引用钱载之说，再度证实翁方纲的诗学话语与钱载诗论有着直接的渊源关系。

笋缝或者直接说肌理都是诗歌文本最小的结构单位，它不像章法贯穿在片段之间、句与句之间，而是包含在句法之中，成为可以弥补神韵之疏的细密组织。因此翁方纲评杜甫《宗武生日》说："精微期诧，全在一'理'字，似非渔洋所知。"④ 他虽然毕生崇敬王渔洋，但对渔洋不在意"理"字却一直不以为然。有一个很好的例子，可以让我们看到他和王渔洋对"理"的截然不同的态度。《杜诗附记》卷五评《留花门》曰：

> 王新城《居易录》云：楼攻媿《答杜仲高书》云，杜《留花门》"连云屯左辅，百里见积雪"，以赵次公之详且博，略不注释。盖花门即回鹘，尝考回鹘之俗，衣冠皆白，故连屯左辅，百里如积雪然也。此条新异可喜。愚按：此条非新异也。上句连云虚而此句积雪实也，上句左辅实而此句百里虚也。有此积雪之实致形容，乃觉上句连云之虚写为有著也。即此上下句云雪之参差蹉对，而句法之理在焉。此之谓熟精《选》理也，渔洋先生乃目楼攻媿语为新异。故其答门人问"熟精《文选》理"，谓理字不必深求其解者

---

① 翁方纲：《杜诗附记》卷三，《续修四库全书》，第1704册，第290—291页。
② 翁方纲：《杜诗附记》卷四，《续修四库全书》，第1704册，第300页。
③ 翁方纲：《石洲诗话》卷二，郭绍虞辑：《清诗话续编》，第3册，第1391页。
④ 翁方纲：《杜诗附记》卷一四，《续修四库全书》，第1704册，第503页。

也，而何以训诗学乎？①

同一句诗，王渔洋通过考史来解释，翁方纲则通过诠析文理来解释，他这里说的"句法之理"部分等同于肌理，意谓句子组织的规则和条理。这样一种着重在句法层面考察意义表达的意识，使作为诗学概念的肌理既不同于格调、神韵那样的整体性审美要求，也不同于性灵那样的合目的性的审美理想，而只是一个带有浓厚技术色彩的理解和剖析文本构成的角度。

因此，肌理说不只是用于指点写作的一种技法，也是引导阅读的一种读法，同时包含本文的内部构成和外部效果两个层面的意义。它让我联想到方东树的"文法"概念②。张健认为翁方纲与姚鼐往复论诗，桐城义法对他思考诗学问题产生了影响，肌理说与义法说是在同样的理论框架中形成的③，我觉得这一推论是有道理的。两者有一个内在相通之处，就是特别适用于杜甫式的绵密诗风或韩愈开启的以文为诗的作风，恰好与乾隆以后奉杜、韩、黄为宗主的宋诗风乃至学人诗风的趋向相一致。这在写作和阅读上是互为表里的事，写作观念的变化历来是与阅读和批评观念的变化相呼应的。翁方纲研究王渔洋诗学，批杜诗，在总结历史经验的基础上提出肌理之说，明里宣称要以肌理之实救神韵之虚，暗中却是以肌理说为方兴未艾的学人诗风扶轮。其实他很清楚，自从王渔洋以神韵解决了美学理想层面的问题，神韵论就成为古典诗学最后一个有体系的学说，此后再无建立新理论体系的可能。他的诗学正如"质厚"的概念所显示的，已不再将理论的核心寄托于一个整体性的审美理想或艺术目标，而是寄托于一种质量、境界的程度概念。相比神韵、格调、性灵来，质厚显然不是判断诗歌某个层面或角度，而是从各个层面和角度判断其完成度的概念。它看似与某种风格倾向有联系，而实际并非如此，质与厚都是与质量相关的概念，而决定两者成败的关键，在翁方纲看来就在于肌理。这正是翁方纲与以前各种艺术观念的根本差异所在。为此，他将杜甫"熟精《文选》理"的"理"看得格外紧切，绝不会像王渔洋

---

① 翁方纲：《杜诗附记》卷五，《续修四库全书》，第1704册，第319—320页。
② 关于方东树的"文法"概念，可参看蒋寅《诗学、文章学的话语沟通与桐城派诗歌理论的系统化》，《复旦学报》2016年第5期。
③ 张健：《清代诗学研究》，第668页。

那样轻漫看过。他曾再三提到王渔洋因不懂诗理的重要，以致流于空洞浮泛，而他的肌理说也正是在深入反思神韵诗学流弊的基础上萌生并逐渐清晰和丰富起来的理论。因此，要想深入理解翁方纲的诗学，就不能不考究它与王渔洋诗学的关系。历来对此不是没有关注，严迪昌先生甚至称翁方纲肌理说为神韵说的金石改造本①，但具体的、全面的考察仍有待于我们付出努力。

## 第三节　对王渔洋诗学的接受与扬弃

### 一　孜孜不倦的钻研

　　翁方纲与王渔洋的渊源说起来颇不寻常，非仅乃父尝从渔洋门人何世璂、黄叔琳游，最初赏识他的李正甫也是黄叔琳门人。方纲自己后来也亲炙于黄叔琳，得闻渔洋绪论，由景仰膜拜而潜心钻研，平日将渔洋著述读得极熟。到乾隆三十五年（1770）答后学问诗时，他对王渔洋诗学已有全面的判断："大抵古诗宜守定渔洋所选而熟之复之，可万无一失"，绝句"必以渔洋先生《唐人万首绝句选》为归也"，五七言律诗则须知《唐贤三昧集》"与杜之道不同，盖杜则下笔重，《三昧集》之诗下笔皆轻"②。他最初辑《渔洋杜诗话》，就是由《王渔洋遗书》及其他评选诸书采掇而成。《复初斋集》中与王渔洋有关的诗文多至 63 题，内容涉及读王渔洋诗作、诗话的感想，题咏王渔洋著述、手稿和画像，记录有关渔洋生平事迹的材料。《石洲诗话》提到王渔洋之处也很多，除了卷六摘记渔洋评杜、卷八附说渔洋论诗绝句，今传卷十稿本也是对何世璂《然灯记闻》所述渔洋诗论的商榷。看得出，凡是王渔洋论诗之语，片言只字他都认真揣摩；凡是王渔洋欣赏的诗人，他都三复其诗，用心玩味。而王渔洋评论过的作者他也常会提到，如渔洋推崇的明徐祯卿、高叔嗣、边贡三家诗，他曾一一批读③。像他这样

---

① 严迪昌：《清诗史》，下册，第 695 页。
② 翁方纲：《论诗》，湖北省图书馆藏清影抄本。
③ 黄裳：《前尘梦影新录》，第 173 页。

用功钻研本朝前辈诗学著作的人，我还没见到过第二个！除了个人的学术渊源之外，应该还有别的原因。

就我阅读所见，从康熙末王渔洋下世到乾隆初沈德潜主盟京师坛坫的四十年间，是清诗中衰的一个前兆。当时诗坛只有浙派势头稍劲，其领袖人物查慎行虽出于王渔洋门下，诗风却已肇新变。查慎行下世后厉鹗继起，诗风愈变，且以预兆新时代到来的某些元素吸引了诗坛的注意力。但令人意外的是，无论是格调派、性灵派还是翁方纲，都不太赞赏厉鹗诗歌中醒目的时尚元素。值友人程晋芳南归，翁方纲作序赠别，曾举两人论学之异相质正。关于诗学他提到：

> 今日言诗，不可仿效新城明矣，然亦不可议新城也。海宁查氏之诗，继王朱而起则有余，遽言驾之则未也。且诗以道性情，读查诗则机械日出矣，读王诗则和平可几矣。以圣门学诗之道言之，未知当孰取也。初白之妙则至矣，但惜未深厚耳。有谓东坡已开其流弊者，慎勿以知言许之。①

毕生崇敬、宣传苏东坡的翁方纲并不看好查慎行的学苏，同时也不看好既不学杜也不学盛唐，“一生精力多在南宋而以铁厓乐府神趣行之”的厉鹗，认为“以樊榭之精诣一似可追道园，而其实与铁厓较量已露单窘之状”。在他看来，“诗家之韵味与考订家之研覈，途不同也。乃樊榭复有文集以及辽史所摭、城东所记、院画所编，勤且博矣。且诗之韵味又夐绝时流，而反若微露单窘者，无他也，仍于杜未深耳”②。他的感觉和沈德潜完全一致：杜甫在师法典范中的缺席，导致康熙末年以降诗歌不断退步，几十年过去，王渔洋仍是无可逾越的高峰。这使他在重返杜诗的同时，与同时代各派诗家一样，也以对王渔洋诗学的反思和扬弃作为自己的出发点。不同的只是，多数诗家都从否定渔洋诗学开始，并且常停留在对渔洋诗内容空洞和趣味化的指责上，而翁方纲却由肯定王渔洋诗学发轫，并且整体上做了深入的研究和多方面的修正。

事实上，即使不知道翁方纲的师承，浏览其著述也可知王渔洋是他毕生关注

① 翁方纲：《同学二首赠鱼门别》，《复初斋文集》卷一五，第157页。

② 翁方纲：《同学一首送别吴谷人》，《复初斋文集》卷一五，第158页。

的对象。《复初斋诗集》开卷即见乾隆二十年（1755）所作《书杜偶题诗后》和《书渔洋先生唐诗十选后三首》，后者已注意到《十选》"微言处处要重拈"的倾向，且为渔洋"晚年不见官刊本，空记胡家十样签"，即未见《全唐诗》而惋惜①。这可能是他最初涉猎王渔洋诗学著述的记录，当时他还认识不到渔洋诗学的深度。据乾隆三十二年（1767）作《刻渔洋杜诗话成寄内四百八十字题卷上》说：

> 昔思追老杜，近始识渔洋。上下千古事，平生一瓣香。与君拈五字，取法自三唐。律敢夸今细，言从旧叙长。是书裒集日，及在蠹吾乡。纸上寻师苦，灯前点句忙。筌蹄时未悟，训诂事方将。博士驴书卷，天吴凤倒裳。忆初辞帖括，何处得门墙？②

由此我们知道，他学诗最初是由杜甫入手的，因为整理王渔洋的杜诗评论而接触其诗学。那应该是以新翰林身份出典江西乡试途经博野县时的事，所以诗中有"忆初辞帖括，何处得门墙"之句。到八年后在广东作此诗，他对渔洋诗学已有一定的认识。翌年作《药洲冬日读诸家集七首和王文简公韵》，虽是读历代诗歌引发的随感，却是拟渔洋论诗绝句而作，看得出对渔洋诗论已有悟入。

除了情感和学术渊源上的亲近外，编校《四库全书》时他恰好分任王渔洋集也是一个机缘③，让他对王渔洋的著述有了更全面的了解。迨乾隆末年，他有鉴于"今日高才嗜古者，稍有所得辄往往讪薄先生，渐且加甚矣；其墨守先生之论者，尚知闻謦欬而爱慕之，得其片纸只词以为拱璧"④，愈益感觉只有王渔洋才是"真知诗之正法者"⑤，排斥渔洋诗学可能比信从渔洋弊病更大，于是从此"急以阐扬先生言诗之大指为要务"⑥。在序新城县学新刊《古诗平仄论》之后，又校订、阐说渔洋诗学数种，编为《小石帆亭著录》，于乾隆五十八年（1793）

---

① 翁方纲：《复初斋诗集》卷一，第 7 页。
② 翁方纲：《复初斋外集》卷五，第 403 页。
③ 翁方纲：《石洲诗话》卷八，郭绍虞辑：《清诗话续编》，第 3 册，第 1510 页。
④ 翁方纲：《复初斋文集》卷三，第 36 页。
⑤ 翁方纲：《续禅智唱和集序》，《复初斋文集》卷三，第 37 页。
⑥ 翁方纲：《小石帆亭著录序》，《复初斋文集》卷三，第 36 页。

刊行于世，有力地推广、传播了王渔洋诗学，以至于我们今天接触到的王渔洋诗学著述，竟然多与翁方纲的名字联系在一起。他不只是一个田同之那样的崇拜者，更是一个认真的研究者，他对王渔洋诗学的研究，体现了清代诗学的学术品格和学术深度。

## 二　对王渔洋诗学观念的扬弃

正如前文所述，翁方纲对王渔洋诗学的扬弃，与对格调诗学一样，都是以对神韵、格调概念的还原为逻辑起点的，他并不是认为这两个概念不可用，而是不将它们视为带有风格倾向的诗美概念，仅作为一般的概念来使用。他甚至还要取消两者之间的级次差别，将它们放在同一文本层次上。即所谓"空同、沧溟以格调论诗，而渔洋变其说曰神韵。神韵者，格调之别名耳"①。为此，甚至有学者认为他的"神韵者，格调之别名耳"是个混淆概念的结论，"实质上不是修正而是取消了'神韵说'和'格调说'"②。站在翁方纲的立场上看，实质的确是这样的。但就王渔洋诗学而言，翁方纲也清楚神韵与格调不是一回事：

> 神韵者非风致情韵之谓也，今人不知，妄谓渔洋诗近于风致情韵，此大误也。神韵乃诗中自具之本然，自古作家皆有之，岂自渔洋始乎？古人盖皆未言之，至渔洋乃明著之耳。渔洋所以拈举神韵者，特为明朝李、何一辈之貌袭者言之。此特亦偶举其一端，而非神韵之全旨也。诗有于高古浑朴见神韵者，亦有于风致见神韵者，不能执一以论也。③

他首先指出神韵不等于所谓风致情韵，即讲究风致情韵的那种风格倾向。神韵是诗歌固有的深层特质，自来作家无不具有，有的体现于高古浑朴的风格，有的体现于清秀优雅的风格。将王渔洋诗一概归于风致情韵，固然不对；而认为渔洋讲神韵，是概以风致情韵要求诗歌，同样也不对。在他看来，王渔洋以神韵论诗，实际是针对明代格调派表面化的模仿，提出了一种深度师古即在美学精神上体得古人真髓的创作原则。这无疑是符合事实的正解。但他继续发挥，将王渔洋的取

---

① 翁方纲：《石洲诗话》卷六，《清诗话续编》，第 3 册，第 1476 页。
② 严明：《中国诗学与明清诗话》，（台湾）文津出版社 2003 年版，第 394—395 页。
③ 翁方纲：《坳堂诗集序》，《复初斋文集》卷三，第 38 页。

予一概归于格调，再引申出神韵实即格调之别名，在逻辑上就有问题了。如《唐五律偶钞》凡例云："杜公五律全在沉郁顿挫，开辟万古。此与阮亭先生所讲神韵，迹似不同，而其实则一。所谓神韵，非音调摇曳、缥缈铿锵之谓也。"①《七言律诗钞》凡例云："昔新城司寇每戒人勿看白诗，此以格调论耳。愚故曰：新城所云神韵，即何、李所云格调之别名也。是以新城又曰东坡七律不可学，亦与此同旨。"又云："新城司寇论七律，于唐则数右丞、东川、少陵、义山，于宋则数放翁，此后则遂数及空同、沧溟。可见新城时时有盛唐格调在心目间也。"②在这里，前一则是将格调提升到神韵的层次，后两条是将神韵降低到格调的层次，明显出现了解释的混乱。不过他试图沟通格调和神韵、重新整理和诠释王渔洋诗学体系的意图，还是很清楚的。

讲格调和神韵的翁方纲比起讲肌理的翁方纲来就像是另一个人，这时他的意识中只有整体性概念，对作者的要求也更偏重于天才的方面。《题乐莲裳莲隐图》曾说"学杜者多学李少，学力易到天难争"③，通篇以渔洋门人翘楚吴雯来映衬乐钧的才华；嘉庆三年（1798）作《送曹俪笙典湖北乡试》云"三昧诗家秘，舟车鞍马间。神来非假力，意到不容删"④，又近于王渔洋的"伫兴"之说，两者都与着眼于文本的肌理说相去甚远。事实上，神韵虽与格调同为把握诗歌的一种方式，但它是更高级更内在的境界，只能像严羽那样用品第概念而不能用风格概念来定位。更由于它作为抽象境界玄妙而难以把握，只好化整为零，用分体分人的方式来落实。王渔洋自己评选古人、今人如徐祯卿、高叔嗣等都不外如此，翁方纲从而效之，评价诗歌也不离这种方式。《谢蕴山诗序》提到："予束发为诗，辄思与吾学侣共证斯义，尝为浮山张氏论次莲洋集矣，丹壑集则欲删存其什一而未暇。"⑤在这篇序里，他同样用自己曾披阅的渔洋门人吴雯、李孚青诗来比拟江西所得二士杨钝夫、谢蕴山的创作，着眼于整体成就的评价而不是具体的风格特征。

---

① 稿本藏上海图书馆，转引自陈伯海编《历代唐诗评论选》，河北大学出版社 2003 年版，第 941 页。
② 翁方纲：《七言律诗钞》，乾隆四十六年刊本。
③ 翁方纲：《复初斋诗集》卷四五，第 412 页。
④ 翁方纲：《送曹俪笙典湖北乡试三首》其二，《复初斋诗集》卷五二，第 478 页。
⑤ 翁方纲：《复初斋集外文》卷一，第 635 页。

要说翁方纲从王渔洋那里继承的最大特点，就是由广泛涉猎而形成的包容性。他很少以自己的趣味裁量古今诗人，这正是王渔洋评诗的特点。翁方纲在《七言诗三昧举隅》里曾提到，"渔洋与道园不同调，而亦能真知之；与山谷亦不同调，而能真知之，视竹垞之讥黄诗者何如矣！"① 又，渔洋极不喜欢诗写得太尽，而陆游诗全以淋漓尽致为能事，渔洋也未尝不有所取则②。所以翁方纲感叹："即此具见渔洋诗眼之不可及！"③ 当然，他深入钻研渔洋诗学，也发现一个内在的深刻矛盾，即抽象的诗境与具体师法对象的悖论。乾隆五十九年（1794）为门人谢启昆作《谢蕴山诗序》，有云：

> 昔渔洋先生与海内士大夫论诗，独于莲洋、丹壑二人发代兴之叹。而先生平日拈取唐贤三昧，所谓羚羊挂角，不著一字者，遂以二子当之耶？夫渔洋论诗，上下千古之秘，盖不得已而寄之于严沧浪，其于时辈也盖又不得已而属之莲洋、丹壑耳。④

他觉得，王渔洋神韵的理想似乎苦于在现实中找不到适当的体现者，不得已在前贤中只能取严羽，在时辈中只能取吴雯、李孚青来充数。但抽象的理想一旦与一个具体的对象相对应，其内涵必有一定程度的压缩。同时对象本身，无论古人或今人，也必遭到一定程度的剪裁。翁方纲认为渔洋论诗不免强古人就我，正缘于这一结果，它同时又与神韵的趣味化形成合流："窃谓一人自有一人神理，须略存其本相，不必尽以一概论也。阮亭三昧之旨，则以盛唐诸家，全入一片空澄澹泞中，而诸家各指其所之之处，转有不暇深究者。"⑤ 在辩驳渔洋对《八哀诗》"最冗杂不成章，亦多呓语"的批评时⑥，翁方纲又具体指出渔洋的问题所在："盖渔洋为诗，多择乐府中清隽之字；不则年号、地名亦选其清隽悦目之字。如是则诗人止当用'清扬'、'婉娈'之字，而不当用'簠簋'、'戚施'之字矣。

---

① 《清诗话》，上册，第 304 页。
② 同上书，第 299 页。
③ 同上书，第 303 页。
④ 翁方纲：《谢蕴山诗序》，《复初斋集外文》卷一，第 634—635 页。
⑤ 翁方纲：《石洲诗话》卷一，第 1370 页。
⑥ 王渔洋语见《渔洋诗话》，《清诗话》，上册，第 174 页。又见《居易录》卷五。

说诗正不当如此也。"① 这不禁让人联想到赵执信"朱贪多，王爱好"的诛心之论②。"爱好"正是翁方纲这里指出的趣味化倾向，其实是格调的另一种说法，只不过其趣味不同于明代格调派而已。它同样存在着耽于修饰而损害真性情的缺陷。翁方纲评说渔洋论徐祯卿，曾指出："夫迪功所少者，非化也，真也。真则积久能化矣，未有不真而可言诗者。渔洋论诗所少者，亦正在真字。"③ 这个"真"字触及了问题的核心。因为渔洋诗学讨论的问题都集中于技术层面，目标指向特定的艺术效果。因此，其取法原则"从性之所近，就各体之宜"④，都着眼于扬长避短，最大限度地发挥个人才性和诗体本身的魅力，这难免要牺牲一些具体语境的真切感。翁方纲晚年愈加清楚地看出了这一问题，在嘉庆五年（1800）前后作《杜诗附记》论例中指出：

> 言者心之声，心之声则人之全体具见焉。岂有以迷离惝恍见真者乎，岂有以奇特超悟见真者乎？奇特超悟偶一见之，则称善者有之，未有时时处处以奇见者也；迷离惝恍亦偶一见之，未有时时处处以变眩为主者也。（中略）读杜诗则句句见真，步步皆实地也。（中略）即所谓羚羊挂角三昧之旨，亦必从此得之。此乃八面莹澈之真境也。苏诗之酣放，本极精微，然已不能如此矣。是故专学韩则每有意于造奇，学白每有意于闲旷平直，学李太白每有意于超纵，学李义山每在意趋藻饰，即使专主王、韦三昧，亦每在意存冲淡。凡专立一路者，其路非不正也，然而意有专趋则易于渐滋流弊，未有若杜之得正得真者。⑤

从个人才性、感觉的方面说，人不能总是处于迷离惝恍或奇特超悟之境，然则诗中一味追求此种境界就必有悖于真实；同理，从作品风格说，诗也不能写得篇篇雷同，如刻板印出，是则专学一家而不知变通，必致单调重复而缺少变化。所以他认为，只有杜诗那种"句句见真，步步皆实地"的境界才是值得学习的。句

---

① 翁方纲：《石洲诗话》卷六，《清诗话续编》，第 3 册，第 1488 页。
② 参看蒋寅《清代诗学史》第 1 卷，第 727—728 页。
③ 翁方纲：《石洲诗话》卷八，《清诗话续编》，第 3 册，第 1511 页。
④ 参看蒋寅《清代诗学史》第 1 卷，第 695—699 页。
⑤ 翁方纲：《杜诗附记》卷首，《续修四库全书》，第 1704 册，第 228—230 页。

句见真是随时表达真实感受，步步皆实地则是处处紧扣所表现的对象，也就是前面所说的事、境双切。捋清这一点，对于翁方纲来说是学理、识见上的胜利，可是在情感上却未必适意舒畅。

再没有像翁方纲对王渔洋这么复杂的情感了，一方面充满敬仰之情，极力回护其学说；一方面意识到前贤的缺陷，又不能隐忍不发。诚如《七言诗三昧举隅》所说："盖渔洋先生岂无一二未定之论，而后人一概奉为圭臬，则失之矣。"① 这种实事求是的态度正是乾、嘉学术科学精神的体现，与希腊哲学家亚里士多德"吾爱吾师，吾更爱真理"的名言息息相通。为此，我们在翁方纲的议论中处处可见对渔洋的回护，即使指出神韵诗学的趣味化之弊，仍要"学人固当善会先生之意，而亦要细观古人之分寸，乃为两得耳"②。对白居易的评价，尽管已断言"唐人诗至白公，自不当尽以阮亭先生所讲第一义绳之"，终究不能不肯定"阮亭先生独标神韵，言各有当耳"③。最典型的是评杜，对渔洋批抹杜诗，虽一再判定其无理，仍婉转为之开脱：

> 即以近日王渔洋标举神韵，于古作家，实有会心。然诗至于杜，则微之《系》说，尚不满于遗山，后人更何从而措语乎？况渔洋于三唐虽通彻妙悟，而其精诣，实专在右丞、龙标间，若于杜则尚未敢以瓣香妄拟也。惟是诗理，古今无二，既知诗，岂有不知杜者？是以渔洋评杜之本，于诗理确亦得所津逮，非他家轻易下笔者比矣。④

这一段话绕了几道弯，先肯定王渔洋批评古代作家确有会心，不比他人；然后说杜甫评价历来就差异很大，连元好问都不认同元稹的赞辞，更遑论他人。王渔洋平生用功专在王维、王昌龄一路，杜甫当然不是他心仪的诗人，从心所欲地批抹在所难免。最后又强调诗理古今无二，像王渔洋这样深于诗学的人，又岂能不懂杜甫，所以他批杜的见解终究是有助于后学理解诗理的，绝非世间那些信口雌黄

---

① 翁方纲：《七言诗三昧举隅》，《清诗话》，上册，第 294 页。
② 翁方纲：《石洲诗话》卷一，《清诗话续编》，第 3 册，第 1370 页。
③ 翁方纲：《石洲诗话》卷二，《清诗话续编》，第 3 册，第 1391 页。
④ 翁方纲：《石洲诗话》卷六，《清诗话续编》，第 3 册，第 1493 页。

者可同日而语。由这一段曲折的评说不仅可见他内心对王渔洋诗学的矛盾态度，更可见一种难以割舍的仰慕、崇敬之情。这深厚的情感促使他长年浸润于渔洋诗学中，审慎地琢磨、玩味王渔洋的诗论和批评，不断获得新的感受、新的印证。

迨晚年诗学益深之际，翁方纲对渔洋神韵之说似有更深的理解，反而渐趋于认同，起码不再像以前那样公然揭短。嘉庆二十年（1815）作《书何端简公然灯纪闻后》云："初揭三昧旨，然灯与授记。然否秋窗间，试拈第一义。深之造平淡，浅矣言风致。平淡而非真，尚涉虚夸事。学古岂貌古，一本于言志。性情与学问，处处真境地。法法何尝法，佛偈那空寄。且莫矜忘筌，妙不关文字。"① 诗里基本是在演绎神韵论的要旨，看不出明显的批评意味，仅"平淡而非真，尚涉虚夸事"一联微涉讽诫而已。吴宏一曾举刘大櫆《论文偶记》、姚鼐《与张阮林尺牍》论文法之语，推断"所有这些谈法而不拘于法的诗论与文论，都可能影响了翁氏的诗法说"②。然而据此诗所说，则知翁方纲对法的意识仍然是承王渔洋诗学而来。当然，尽管翁方纲晚年对王渔洋诗学表现出更多的认同，两人之间的沟堑并未填平。尤其是对渔洋取法的具体路径，翁方纲依然有所保留和折衷。稍后所作的《跋然灯纪闻六首》其四云："瓣香且莫效文房，七子登坛最擅场。屠沽犹然目元白，何知世更有苏黄？"③ 王渔洋指点后学，七律以李颀、刘长卿、刘禹锡三家为楷式，翁方纲这里却说刘长卿不能学，因为明七子模仿他最拿手，言外之意是刘长卿已被明人学滥，再学就一派陈词滥调了。

## 三 对王渔洋诗律学的订补

从乾隆二十年（1755）二十三岁时读《唐诗十选》起④，翁方纲就开始了对渔洋诗学数十年的钻研，其间评价虽有起伏，但研究的热情持续不衰。据《坳堂集序》说："乾隆辛未予始从香树钱先生论诗，先生于北方学者首推宋蒙泉、戈芥舟二君，时蒙泉与吾同年纪晓岚邻居，芥舟与晓岚同里，故予知二君诗最早。"⑤ 由此我们知道，翁方纲从乾隆十六年（1751）入京应试起，在诗学方面

---

① 翁方纲：《复初斋诗集》卷六七，第 638 页。
② 吴宏一：《清代诗学初探》，第 260—261 页。
③ 翁方纲：《复初斋诗集》卷六七，第 645 页。
④ 翁方纲：《书渔洋先生唐诗十选后三首》，《复初斋诗集》卷一。
⑤ 翁方纲：《复初斋文集》卷四，第 50 页。

最初接触的师友是钱陈群、纪昀、宋弼、戈涛等人，其中宋弼（1703—1768）是山东承传王渔洋诗律学的重要人物，乾隆二十二年（1757）主讲泺源书院，撰《声调汇说》二卷、《通韵谱说》一卷，取王渔洋《律诗定体》、赵秋谷《声调谱》改订简化，刊为《诗说二种》，为书院课徒之本。翁方纲接触这些师友，自然会引起他对诗律学的关注，一如他从钱载论诗培养起重视本文细节的习惯。所以有关古诗声调的学说，他在乾隆三十几年即已耳熟能详。

诗歌声律学原是王渔洋诗学独到的创辟，翁方纲既然认识到："夫诗有家数焉，有体格焉，有音节焉，是三者常相因也，而不可泥也；相通也，而不可紊也。"① 对诗律学就更是特别地重视，始终不懈地用功于《声调谱》。晚年撰《杜诗附记》，评《水宿遣兴奉呈群公》有云："琏字必仄，是转是开是接，读者须于此参悟章法。此在全篇内为才过前半，而此句第三字平，第四字仄，合之末句老字以仄收者，愈见章法之回合也。近日杭人翟晴湖误读此句琏为平声，反谓杜公误用，盖不知诗中音节为章法所关耳。"② 这段话指出翟灏的失误，足见他在用心揣摩《声调谱》之余，也很留意时贤新刊的著作。

清代的古诗声调学，自王渔洋发轫，就是一种基于经验的归纳法研究。没有前人传承的规则可依，只能靠自己去揣摩作品而提出一些假说。当乾隆间的学人以治经的严谨态度来复核王渔洋、赵执信的古诗声调研究，就难免会感觉粗略。翁方纲为新城县学官审订所刊《王文简古诗平仄论》，将它与赵谱比读，也感觉两家之说犹有未尽，遂发旧稿刊于《小石帆亭著录》中。相比同时或后来学者的研究，翁方纲对王渔洋古诗声调学的研究有三点值得我们注意。

首先是他对王渔洋古诗声调反律化的基本观点提出了有力的质疑。《王文简古诗平仄论》举苏东坡《送刘道原归觐南康》，多注"别律句"，翁方纲认为："其实古人并非有意与律句相别也。且推其本言之，古诗之兴也，在律诗之前，虽七言古诗大家多出于唐后，而六朝以上已具有之，岂其预知后世有律体而先为此体以别之耶？是古诗体无别律句之说审矣。"③ 他在《赵秋谷所传声调谱》中

---

①　翁方纲：《新城县新刻王文简古诗平仄论序》，《复初斋文集》卷三，第 35 页。
②　翁方纲：《杜诗附记》卷一八，《续修四库全书》第 1704 册，第 624 页。
③　翁方纲：《王文简古诗平仄论》，《清诗话》，上册，第 229 页。

针对赵谱对律句、拗律句、古句的区别，指出："凡为古诗必无有意与律体相拗之理。"① 在此基础上，他对"平韵到底者断不可杂以律句"这条最根本的，也是最为人肯定的规则提出了非议，认为它"过泥"②。这无疑是对反律化理论取向的根本反拨，从原理的层面对王渔洋的论点提出了质疑。及晚年读到何世璂所述《然灯记闻》，他曾专门就渔洋"古诗要辨音节，音节须响，万不可入律句"之说，对古诗可入律句与否做了更深入的辨驳：

> 谨按：古诗音节，岂一端而已？姑勿论初唐四子体，张、王、元、白诸体，不能概以"不可用律句"绳之，即以杜、韩古体，其中险峻劲放之极，更必以谐和似律之句间插其间，所谓筋摇脉转处，正未可尽屏去似律之句也。此自在善于酌剂，岂得泥执曰"万不可入律句"乎？③

他强调古诗音节有不同的讲究，排斥律句的规则就是衡之初唐四杰和中唐新乐府作家的作品也不适合，更何况杜甫、韩愈古体的险峻劲放本来就需要间以律句斡旋调节，又怎能一概摒除律句呢？在他看来，律句是否可入古诗根本就不是问题，如何用律句才需要考究，而这完全取决于具体语境，即"此视其篇上下音节相承，有必不可用谐句者，亦有其势不得不用谐句者，非可一概论也"。他举了三个例子来说明这一点：

> 尝见渔洋评杜诗《醉歌行》，末句"生前相遇且衔杯"，批云："结似律，甚不健。"殊不知此篇末一段，"先生早赋归去来"以下三平之调，叠唱作收场，若不束以相谐之句，则鼓声叠拍、马逸不能止之势，将何以结束乎？此则必有平仄相谐之一联拍节而往，方见收场之妙，必无此处复用三平之句者也。先生误执谓古诗必不可用律句，其弊遂至于误评杜诗。且如元遗山《西园诗》，开首云"西园老树摇清秋"，三平作起句矣，第二句"画船载酒芳华游"又以三平之句承之，此下第三句似应五六七字有一换仄者间

---

① 羊士谔：《息舟荆溪入阳羡南山游善权寺呈李功曹》翁方纲按语，《清诗话》，上册，第246页。
② 翁方纲：《王文简古诗平仄论》，《清诗话》，上册，第229页。
③ 翁方纲：《石洲诗话》卷一○，收入《苏斋存稿》，上海图书馆藏稿本。此据龙野：《〈石洲诗话〉卷十手稿的内容与价值》，《中国诗学》第18辑，人民文学出版社2014年版，第52页。

之，以起全篇之势矣。乃其第三句"登山临水销烦忧"又用三平之句接之。此开篇一连三句皆末三字用三平，叠鼓之节，一往直前，试问此下何以转身？乃其第四句"物色无端生暮愁"却以相谐之律句，移宫换羽而出之，夫然后起下通篇大章法也。此则着一相谐之律句而益加劲放也，岂得曰似律不健乎？总视全局上下衔接应如何耳。至若杜诗"东西南北更谁论，白首扁舟病独存"以下一连七八句皆相谐似律句，而其气纵横雄肆，较之末三字皆平者更加古健，是又须按拍细论者矣。总之，五言则对句之三四五字，七言则对句之五六七字，自必以纯用三平为正调，而亦视其上第四字（五言视其上第二字）之平仄如何，抑又视其通篇乘承变转之势如何，岂得尽以不可入律句一语概之？①

他的立场异于王渔洋之处，在于不是先验地给律句定性，而是根据上下文的声律脉络给它定性，即基于一种有机的整体观。他在驳难反律化理论的"有心与律相异"时曾说："有心与律相异，而不深求古诗所以抗坠抑扬之故，则终于不得其解也。故愚意惟欲讲古诗音节上下合拍相生相应之所以然，则自然合节矣。"②《王文简古诗平仄论》于欧阳修《圣俞会饮时圣俞赴湖州》按语也说："古人一篇之中，句句字字，皆是一片宫商，未有专举其一句以见音节者，则焉有专于某句特有意别律句者乎？"③针对当时对赵执信《声调谱》论古诗专举唐人篇章而不及汉魏六朝之作的不满，他编撰《五言诗平仄举隅》，从阮籍《咏怀》开始举例，于"平生少年时"一首按曰："阮亭先生以五言出句第三字与对句第三字相乘，然对句第三字之平仄，亦必兼合上句煞尾一字节拍定之。其似变调而实非变调者以此。有谓五平之句对必五仄，五仄之句对必五平者；有谓对句全似律则其出句必极拗，出句全似律则其对句必极拗者，此皆阅历之言，而究非平心定气之论。"④很显然，他对平仄的理解已超越王、赵两家专于一联一句

---

① 翁方纲：《石洲诗话》卷一〇，龙野《〈石洲诗话〉卷十手稿的内容与价值》，《中国诗学》第18辑，第52页。按：《醉歌行》应作《醉时歌》。
② 孟浩然：《夏日南亭怀辛大》翁方纲按语，《清诗话》，上册，第252页。
③ 翁方纲：《王文简古诗平仄论》，《清诗话》，上册，第229页。
④ 翁方纲：《五言诗平仄举隅》，《清诗话》上册，第261页。

中论平仄的局限，而顾及通篇的音节关联，与同时代山东诗论家李锳的有机声律观可谓异曲同工。这也是他对声律的一贯理解，不只论古诗，论律诗音节也持同样观念："二四六之关纽，全在一三五为之节拍。此非必板立呆法者，总视其上下篇章、上下句字之节奏而定之，所谓一片宫商是也。虽拗律亦然，拗体者乃其断处于不得不然，则变而不失其正也。断无有心立异以为拗体者也。"① 通过对声律与音节关系的有机性诠释，翁方纲令人信服地修正了王渔洋的论断。这是翁方纲古诗声调论值得注意的第二点，即诠释音节与声律关系的有机性观念。

当然，《然灯记闻》所述王渔洋语，很可能出于何世璂简单化的理解。从其他学生的记载来看，王渔洋并不认为古诗绝不可入律句，只是强调七古"若平韵到底者，断不可杂以律句"，至于"七言古平仄相间换韵者多用对仗，间似律句无妨"②，这是为后人一致认同的见解。尽管如此，翁方纲的辨驳仍是有贡献的，因为它同时对律句调剂古诗韵律的可能性做了给人启迪的发明。将律句视为调剂音节的手段，且系根据需要使用，这就使律句摆脱了声律的规定性，可以说是翁方纲又一个独到的论点。他在《七言诗平仄举隅》中明确肯定："古诗中所插平仄适均之句，亦原是恰好应尔，原皆不可谓之律句。"③ "古诗音节以律句为抽放，凡有长句、叠句者皆然，而《柏梁》体尤不可和转筋脉。"④ 故王昌龄《箜篌引》"深入匈奴战未休"句、苏轼《书韩干牧马图》"奇姿逸态隐弩顽"句，原本都是律句，而翁方纲说"此以似律之句作开宕"；苏诗"颜色饥枯掩面羞"则说"此非律句"；杜甫《丽人行》"箫鼓哀吟感鬼神"句，又说"此亦非律句也，须细看其筋摇脉转之妙"。由书中所引钱载的说法来看⑤，他这种见解也可能本自钱氏。将古诗中出现的律句视为自然音节，等于在古诗中取消了律句概念，泯灭了律句与非律句的区别，这就解决了古诗声调论者最难自圆其说、最难

---

① 翁方纲：《苏斋笔记》卷一一，第 8751 页。
② 郎廷槐记：《师友诗传录》，《清诗话》上册，第 135 页。按："间似律句无妨"，《诗问》本"似"作"从"。
③ 翁方纲：《七言诗平仄举隅》，《清诗话》，上册，第 282 页。
④ 同上书，第 271 页。
⑤ 翁方纲《七言诗平仄举隅》引钱载语曰："初唐古诗多谐，似律句，然不可以律句目之。盛唐诸公不肯谐，所以健。然其谐者亦是恰应如是。"《清诗话》，上册，第 274 页。

处理的律句问题。总体上说，翁方纲对王渔洋诗学的研究，在音律方面最有成就，给学人的印象也最深。陈用光《吴兰雪游武夷诗序》云："翁覃溪先生言诗最严，余向尝患其言音节缭绕而不可解，（吴）兰雪曰先生之言音节最佳，吾有领之于语言之外者。"① 他那些细致的考辨未必能被人们熟悉和理解，但他对古诗声律的基本判断却深入人心。

不可否认，翁方纲作为北方人，对音韵终究不够敏感，论音节常停留在较表面的层次，这从《苏斋笔记》卷十一因袭唐孔颖达之说，以平声为发语之本，故七言古诗每以平声唱起，每一联对句的末三字也多用平声②，即可知晓。他取先唐作品论古诗平仄，破除王渔洋论七言平韵之作对句末用三平为正之说，还古诗声调的本来面目，无疑是很有见地的。但他又接受了王、赵两家古诗讲平仄的基本观念，这样，他的学说就不可避免地出现许多矛盾牴牾之处。王、赵两家举唐人之诗论平仄之法，犹能自圆其说；翁方纲持唐人之法衡量先唐之诗，便不免方枘圆凿。"夜中不能寐"一首，谓"清风吹我襟"之"我"字、"忧思独伤心"之"独"字皆须用仄，这是为避免五平相连的弱调而发，自有道理。但"步出上东门"一首按语又说："即五平五仄之句，亦各自有变化归宿。如前篇'西游咸阳中'是出句，则筋脉在咸字中字；此篇'凝霜沾衣襟'是对句，则筋节全在一霜字，不可一概而论也。"并说："霜字平声，在第二字尤劲。"既然同样的句子，上面"我"字、"独"字都必须用仄，那么这里"阳"字、"沾"字为何又不用仄？他这自相矛盾处被一句"不可一概而论"轻松地掩饰过去。但既然不可一概而论，研究规则还有什么意义呢？翁方纲本人的古诗声调研究确实也没什么规则的意识，他更致力于寻求古诗在声调运用上的经验和诀窍。他自己的写作，则如王昶所说，"虽尝仿赵秋谷《声调谱》，取唐、宋大家古诗，审其音节，刊示学者，然自作亦不能尽合也"③。尽管如此，以他对王渔洋诗律学用力之深，足以和李瑛并列为乾隆间对古诗声调学贡献最大的学者。两人的学术思路也如出一辙，似乎体现了那个时代对古诗声调的另一种理解。在这种思想指导

---

① 陈用光：《太乙舟文集》卷六，道光二十三年重刊本。
② 翁方纲：《苏斋笔记》卷一一，第 8751 页。
③ 周维德辑校：《蒲褐山房诗话新编》卷上，第 59 页。

下的古诗声调研究，与其说是补充《声调谱》，还不如说是在解构《声调谱》。如果古诗声调学说沿着这个方向发展下去，那么到乾隆后期就会提前走到末路。可惜在古代，书籍的流传与被接受有着很大的偶然性。李锳的《诗法易简录》到嘉庆中才刊行，翁方纲编《小石帆亭著录》刊行于乾隆五十七年（1792），在诗坛产生一定影响，但尚不足以颠覆《声调谱》系统的古诗声调学说，只是在一定程度上影响了后人的七古写作。据朝鲜诗人金永爵《次六一韵走笔赠宗人伯伦龙和用小石帆亭著录古诗平仄法》诗来看[1]，朝鲜诗人了解的古诗声调说也是由此书传播于东国的。

## 四　对王渔洋诗论的商榷

翁方纲对王渔洋诗学的接受是整体性的，并非只限于某个方面；接受态度也是实事求是的，扬长不避短。对渔洋诗学精彩之处，固然发扬光大，对其可疑未确之处也必商榷厘正，在最大程度上显示了一个学者的公正立场。

翁方纲对渔洋著述钻研极深，对渔洋诗学的商榷不拘洪细。按重要程度来说，首先应注意的是取法途径。王渔洋指示后学，七律要学李颀、王维、刘长卿。这基本上是明代格调派的家数，尤其是特重李颀，更可看出与李攀龙的直接渊源。而翁方纲却认为：“东川七律，自杜公而外，有唐诗人，莫之与京。徒以李沧溟揣摹格调，几嫌太熟。然东川之妙，自非沧溟所能袭也。”[2] 由此可见他对明代格调派的评价有异于王渔洋之处。由于对格调派诗学有隔阂，他对王渔洋以格调观念批评作家作品也不尽认同。王渔洋曾说：“为诗总要古，吴梅村先生诗尽态极妍，然只是欠一古字。”翁方纲按：

> 诗无貌古之理。古必天然神到，自然入古，亦犹平淡之不可以强为也。岂可云诗必求其古哉？若学者相率而效为貌古，则蹈袭之弊，竟趋于伪体。是乃诗之大蠹，所以李空同、何大复辈之伪体，渔洋唯恐人讥议之。此则渔洋先生之好买假古董，实不能为先生讳矣。吴梅村诗，浓艳是其本色。即浓

---

① 金永爵：《邵亭诗稿》卷一，同治六年活字印本，文清阁编：《稀见清人别集百种》，燕山出版社2007年影印本，第14册，第455页。
② 翁方纲：《石洲诗话》卷一，《清诗话续编》，第3册，第1369页。

艳之体，亦自有极至处，初何伪哉？梅村作古体，一有心仿杜，则伧气毕露矣。人之造诣各有专长，奚其貌古之云耶？渔洋劝人勿学白诗，亦犹是此等貌古之见耳。①

这里"诗无貌古之理"的论断，让我们联想到叶燮"就其诗论工拙"，而不"以一定之程格之"的主张②，也让我们看到，就在对格调派的态度上，翁方纲与王渔洋划清了界线。"古"虽不同于明七子的秦汉、盛唐，但同样是一种预设的艺术目标，是另一种趣味的格调派。这种观念被叶燮打破，再经袁枚的解构，在乾隆诗坛已没有决定性的影响力。翁方纲用质量追求替代风格追求，也是基于同样的信念——只要能达到质厚的境地，什么样的风格都能产生优秀作品。即使是历来带有负面色彩的浓艳，在吴梅村笔下也可臻于极致之美，前提是与古一样都必须出于自然。因此，当吴梅村离开他的本色而模仿杜甫时，在翁方纲看来就不免流于粗鄙。如果将翁方纲和王渔洋的艺术立场比拟为表演，则翁方纲是本色派，而王渔洋既有本色派又有性格派——"从性之所近"是本色派，"就各体之宜"是性格派。以翁方纲的眼光看，吴梅村自写其浓艳即可；但在王渔洋看来，梅村若作古诗还是应当学杜。这便是两人论诗的立场分歧所在，翁方纲的看法可能更符合后世的一般见解。

　　王渔洋诗学内容极为丰富，翁方纲的批评虽是全方位的，但不能不落实到几个点上。诗歌评选是王渔洋诗学的重要组成部分，尤其《唐贤三昧集》是渔洋神韵诗学的完成。鉴于它是在《唐诗十选》的基础上编成的，翁方纲也从《唐诗十选》开始推敲，最终得出结论："阮亭先生《十选》，以应付彼十家则有余，不可以概三唐作者也。"③ 至于《唐贤三昧集》，更指出"阮亭《三昧》之旨，则以盛唐诸家，全入一片空澄澹泞中，而各家所之处，转有不暇深究者"④。这就釜底抽薪式地否定了渔洋选唐诗的经典性。同时，他在批评中也看出一个端

---

① 翁方纲：《石洲诗话》卷一〇；龙野：《〈石洲诗话〉卷十手稿的内容与价值》，《中国诗学》第18辑，第53页。
② 叶燮：《原诗》内篇上，《清诗话》，上册，第567页。
③ 翁方纲：《石洲诗话》卷二，《清诗话续编》，第3册，第1393页。
④ 翁方纲：《石洲诗话》卷一，《清诗话续编》，第3册，第1370页。

倪，即王渔洋这部总结性的唐诗选本虽仅选录盛唐诗，但指示后生学律诗，却阑入中唐。针对这一倾向，他特地写作《唐人律诗论》，对渔洋"单举刘文房七律以教后学"，"乃至言五律者专习为大历十子，以为五律之正也；乃至近日言七律者，亦自中晚唐作者言之"提出批评①，同时也不点名地捎带贬斥了拈举姚贾的高密诗派。他并不是认为中晚唐诗人绝不可学，而是觉得首先应该学王维、杜甫。杜甫尤其堪称近体诗的典范，学诗必以杜为宗，就像入塾就学必先读孔孟之书一样！这不禁让我想起沈德潜提到的杜诗自康熙末以来遭受的前所未有的冷遇，沈德潜、翁方纲对杜诗经典地位的竭力维护，在某种意义上正暗示了杜诗典范性的流失。

正如我曾指出的，明、清之际的诗坛曾洋溢着浓厚的贬杜风气，王渔洋叔祖象春及西樵、渔洋兄弟对杜诗的批抹正是当时酷评的代表②。翁方纲在乾隆前期步入诗坛，还能感受到杜甫在神韵诗风中遭到冷遇的现实，他的第一个诗学作业就是整理王渔洋批杜资料，编为《渔洋杜诗话》，不会与此无关。他发现通行的海盐张宗柟辑《带经堂诗话》杜诗评论中，讹入许多西樵之说，于是不得不一一考辨，再加讨论。如《示从孙济》评："'所来为宗族'二句，笑柄。"翁方纲按："此是渔洋评。其意以超逸语为古雅，故见此等句若近质率者，辄笑之。其实论诗不应如此。"③ 又《醉时歌》评："'相如'二句应删。结似律，不甚健。"翁方纲按："此却是渔洋评，而实谬误。'相如'、'子云'一联，在'高歌'一联下，以伸其气，乃觉'高歌'二句倍有力也。此犹之谢玄晖《新亭渚别范云》诗'广平'、'茂陵'一联，必借用古事，以见两人心事之实迹也。渔洋乃于玄晖诗亦欲删去'广平'一联，以为超逸，正与评杜诗此二句之应删，其谬同也。"④ 虽然经他甄别，许多非议是西樵的看法，不能代表渔洋的杜诗观，但大量无可辩驳的材料仍然表明王渔洋对杜诗很大程度上持批评态度。这让他无论是出于捍卫杜诗的典范性还是出于维护渔洋诗学的荣誉，都不能不对这些批评做一

① 翁方纲：《唐人律诗论》，《复初斋文集》卷八，第87页。
② 蒋寅：《杜甫是伟大诗人吗？——历代贬杜论的谱系》，《国学学刊》2009年第3期。
③ 翁方纲：《石洲诗话》卷六，《清诗话续编》，第3册，第1478页。
④ 同上书，第1476页。

番平章，于是就有了《杜诗附记》的撰述。书中一再列举渔洋之说进行商榷，如卷九《越王楼歌》评："八句之中七句谐，四句粘联，岂必其异于初唐哉？即阮亭先生甄录初唐七古，必唯短章是取，以为有气格者，由通人观之，则亦所不必也。"① 又如卷八指出："《石笋》以下三篇皆非杜之至者，在集中偶存。此等亦不必似近日所流传偶为誊写新城二王先生评本率尔举笔抹之也。惟至渔洋之议《八哀诗》，则渔洋之误耳。"②《八哀诗》虽从宋代起就受到批评，但历来多视为杜甫晚年力作，因而王渔洋对它的批评就非常引人注目。翁方纲论《八哀诗》又特别提到："《渔洋诗话》竟评其冗杂不成章，又以嘐呓语目之，盖渔洋于诗专取轻圆俊利之句，于杜法无当也。如是则《三百篇》变雅中亦颇似多后人不可尽晓之句，又当如何？愚尝附记于《渔洋诗话》条下详言之。渔洋《八哀诗》之论，寔不可以为训者耳。"又曰："七言如'蜀江如线徐缭穗'等句，渔洋岂果能解耶？而怵其气焰，未敢轻议。"③ 应该肯定，他对王渔洋评杜诗的感觉和判断还是吃得很透的，但就对杜甫作品的具体评价而言，无论是囿于尊杜的情结，还是囿于艺术感觉的粗糙，他的判断都不及王渔洋精准，这从两人论《八哀诗》的分歧可以清楚地感知。

正如研究者所指出的，翁方纲论诗与王渔洋根本的不同在于主切④，认为"诗必能切己切时切事，一一具有实地，而后渐能几于化也。未有不有诸己，不充实诸己，而遽议神化者也"⑤。他对神韵诗学以王维等盛唐诸公为艺术典范持保留意见，但又不便于正面批评，于是就采取了王渔洋的方式——直接标举自己的艺术典范来正面立论。在《舟中夜雪有怀卢十四侍御弟》评语中，他指出："阮亭所谓羚羊挂角，无迹可求者，岂必尽于三昧诸家得之乎？杜公之大，已自无义不包矣。"⑥ 这就以杜甫大家的包容性消解了渔洋三昧特有的趣味倾向。其门人梁章钜深谙此义，跋《杜诗附记》云："读诗难，读杜诗尤难。世之注杜

---

① 翁方纲：《杜诗附记》卷九，《续修四库全书》，第 1704 册，第 401 页。
② 同上书，第 381 页。
③ 翁方纲：《杜诗附记》卷一四，《续修四库全书》，第 1704 册，第 491—492 页。
④ 邬国平、王镇远：《清代文学批评史》，第 535 页。
⑤ 翁方纲：《神韵论中》，《复初斋文集》卷八，第 86 页。
⑥ 翁方纲：《杜诗附记》卷二〇，《续修四库全书》，第 1704 册，第 650 页。

者，非失之散碎即失之穿凿，惟新城尚书能窥其深秘。然新城论诗专求神韵，先生则阐发肌理，研精覃思，前后凡三十年始成此册。"① 经学家有六经注我，诗家则有杜诗注我。王渔洋批杜未必有心，但翁方纲批渔洋却绝非无意，这也是他以肌理充实神韵的一个环节。

由于王渔洋论诗先有一个趣味标准横在胸中，对一些著名作家的评价往往与世论相左，最明显的是论白居易和苏东坡。白居易诗向来评价不高，只因为高宗喜欢，沈德潜《重订唐诗别裁集》补选其作，数量列第五位。翁方纲早年纂《唐人七律志彀集》还说："白公自有妙处，而究非高格。"② 但在《石洲诗话》中已改变了看法："唐人诗至白公，自不当尽以阮亭先生所讲第一义绳之。盖白公诗，格调声音之皆不事也。阮亭力戒人看《长庆集》，但取其一二小诗。此在阮亭先生，固当如此。阮亭独标神韵，言各有当耳。阮亭先生意中，却非抹杀白公之妙也。看《十选》中所取自见。"③ 这里还有为渔洋开脱之意，而到后来作《七言律诗钞·凡例》已改为："诗至白公，无一笔不提，无一笔不变，而皆于平实出之。"此时白居易在他眼中已无缺陷，只是好处了。文字虽未涉及王渔洋，但态度不言自明。至于苏东坡就更不用说了，那么推崇东坡的他，当然不会认同王渔洋的批评，而肯定要维护苏诗的价值。他明确表示："宋人七律，精微无过王半山，至于东坡，则更作得出耳。阮亭尝言东坡七律不可学，此专以盛唐格律言之，其实非通论也。"④ 同样指出王渔洋以盛唐格调衡量宋诗的问题，"非通论"已是对王渔洋最不留情面的批评。

翁方纲不只对王渔洋的某些否定批评不能认同，对他一些肯定评价也有所质疑。比如高叔嗣、徐祯卿，众所周知是王渔洋欣赏的明代诗人，但翁方纲觉得有拔高之嫌。《次韵甘啸严兼呈冶亭朗峰四首》二自注写下了保留意见："渔洋先生论五言诗，直以明之高、徐上接六朝三唐，愚所未敢必也。"⑤ 为此，他甚至

---

① 翁方纲：《杜诗附记》卷末，《续修四库全书》，第 1704 册，第 663 页。
② 翁方纲：《唐人七律志彀集》凡例，稿本藏上海图书馆，转引自陈伯海《历代唐诗评论选》，第 999 页。
③ 翁方纲：《石洲诗话》卷二，《清诗话续编》，第 3 册，第 1391 页。
④ 翁方纲：《石洲诗话》卷四，《清诗话续编》，第 3 册，第 1437 页。
⑤ 翁方纲：《复初斋诗集》卷三二，第 295 页。

专门作《徐昌谷诗论》两篇，细论对徐祯卿的评价①。要之，翁方纲对王渔洋诗学的认识是全面而整体的，对具体问题的判断常基于总体结论，足以丰富和深化整体认识，而不至于改变或颠覆他对王渔洋诗学的总体评价。所以《神韵论下》对渔洋诗学的论述最终能超脱具体的得失而从诗学史的高度来认识和评价：

> 诗自宋金元接唐人之脉而稍变其音，此后接宋金元者全恃真才实学以济之。乃有明一代，徒以貌袭格调为事，无一人具真才实学以副之者。至我国朝文治之光乃全归于经术，是则造物精微之秘衷诸实际，于斯时发泄之。然当其发泄之初，必有人焉先出而为之伐毛洗髓，使斯文元气复还于冲淡渊粹之本然，而后徐徐以经术实之也。所以赖有渔洋首倡神韵，以涤荡有明诸家之尘滓也。其援严仪卿所云镜中之花、水中之月者，正为涤除明人尘滓之滞习言之。即所谓诗有别才，非关学之一语，亦是专为骛博滞迹者偶下砭药之词，而非谓诗可废学也。②

在翁方纲看来，使诗歌由明代的貌袭格调回归于"冲淡渊粹之本然"，即自然的抒情性，就是王渔洋神韵诗学的贡献，这与他本人的学人诗艺术理想固然还有一段距离，但神韵诗学之以真才实学为本，已为他铺好通向目的地的道路，只待实之以经术，即可驱驰而往。这种观念正是乾隆时代艺术意志的体现。乾隆诗歌的两个核心理念——学术与性情，都是在扬弃王渔洋神韵说的基础上发展起来的，翁方纲发展了前者，袁枚发展了后者；袁枚明显占据了诗坛的主流，翁方纲则为一股暗流。嘉、道以后袁枚的影响渐告消歇，翁方纲的影响便日益在学人诗风中凸显出来。

　　总之，翁方纲对王渔洋诗学的钻研，不仅是后人认识王渔洋神韵诗学的重要参照，同时也是理解翁氏本人诗学的直接途径。他很早就认识到神韵诗学的缺陷，想要用肌理说之实来弥补神韵论之虚。通过他对渔洋诗歌观念的接受与扬

---

① 翁方纲：《复初斋文集》卷八，第 89 页。
② 翁方纲：《神韵论下》，《复初斋文集》卷八，第 87 页。

弃，对渔洋诗律学的钻研、对渔洋诗歌批评的商榷，我们同时看到翁方纲诗学自身的演进和深化。因此，只有从翁方纲诗学与渔洋诗论的这种对话关系入手，了解翁方纲对王渔洋诗学的全部看法，我们才能完整地理解他自己的诗歌理论，从诗学史的角度给予较为全面的阐释和价值评判。

## 第四节　翁方纲的诗歌批评

身兼学者和文人双重身份的翁方纲，同时也是个诗歌批评家，他在诗学方面的著述之多、形式之多样，在乾隆诗坛名列前茅。除了传统的诗话、诗选、笔记之外，校订、笺评前贤的诗学著述是他开的先例，数量丰富的专题论文更是翁方纲论诗的独到之处。但翁方纲的诗学著作也有一个缺陷，那就是多系研究某些专书的札记，而非广泛阅读、研讨的心得。如《石洲诗话》八卷，前两卷论唐人，可能是研读王渔洋唐诗选本的札记；三、四两卷论宋人，像是读吴之振《宋诗钞》所记；卷五论金、元人诗，又像是读元好问《中州集》、顾嗣立《元诗选》所记；卷六为渔洋评杜摘记，系据海盐张宗柟辑《带经堂诗话》摘录；卷七为元好问《论诗绝句三十首》中十八首笺说；卷八为王渔洋《戏仿元遗山论诗绝句三十五首》中十六首笺说。全书既没有先唐诗歌评论，也没有明代（高叔嗣、徐祯卿是例外）及本朝诗歌批评，说明他的诗歌批评更接近学者式的钻研而非诗论家的批评。学者式的钻研给他的诗话带来浓厚的专业色彩，而非诗论家的批评则又造成讨论问题的非系统性和偶然性。

就翁方纲对王渔洋诗学的研究来看，其用功之专精体现了真正的学术精神。前人读诗都是为了资吾操觚之用，往往囿于一定的价值观，凭一己好恶或时论褒贬为去取，眼界常有局限。翁方纲则以一种研究的精神读诗，不论大家小家都能认真对待，讨论特定时代的作家，数量每逾前人。在宋诗方面，他曾评厉鹗《宋诗纪事》，原本十五册还藏于上海图书馆。本朝诗人虽然《石洲诗话》不曾涉及，但现知翁方纲除了批点《渔洋山人精华录》外，还批评过曹正镛《曹文正公诗集》一卷，只不过他对当代诗坛确实不像沈德潜、袁枚、法式善等诗论家那么关注。梁章钜在谈到王渔洋对王孟、韦柳的推崇时，曾说："窃谓王孟、韦柳之诗，只须就选本读之，只须遇相称之题学之。此外初盛中晚各有名家，皆须研究。苏斋师《石洲诗话》言之详矣。若专守一家之言，而尽束诸名家不观，其能免固陋之诮乎？"① 门生终究是了解老师的，这段议论传达了翁方纲论诗不专守一家一格、转益多师的基本倾向。

## 一　对杜诗与宋诗关系的清理

对于尊崇杜甫的翁方纲来说，主张转益多师乃是很自然的事，我更关注的是他对学古而至融化之境的强调，这也是他最倾服于杜甫之处："杜五言古诗，活于大谢，深于鲍照，盖尽有建安、黄初之实际，而并有王、孟诸公之虚神，不可执一以观之。"② 这寥寥数语，已使元稹"尽得古今之体势，而兼人人之所独专"的评价③，更加具体充实了不少，但大体还在前人评价的框架之内。另一段诗话说："自初唐至开、宝诸公，非无古调。但诸家既自为体段，而绍古之作，遂特自成家。如射洪、曲江是也。独至杜公，迺以绍古之绪，杂入随常酬酢布置中，吞吐万古，沐浴百宝，竟莫测其端倪所在。"④ 这就独到地揭示了杜甫以绍古之绪"杂入随常酬酢布置中"的新变，从诗歌史的角度指出了杜诗首开日常应酬之风的趋向。中唐以后，以元白为代表的一批诗人变本加厉，继续向日常化、生活化、口语化的方向发展，直到宋诗而极其至。以至于相比清奇雅正的唐诗主流，宋诗的日常化之风就仿佛带有与生俱来的原罪。自明末钱谦益倡导宋元诗风，就不断招致诗坛的抵斥。时人断言："诗必袭唐，非也。然离唐必伧。"⑤ 伧也就是粗野，在内容上意味着与文雅相对的鄙俗，在风格上意味着与细腻相对的粗糙。事实表明，学宋元诗的确难免流于伧即鄙俗粗糙的结果。但问题是，这些"伧"的苗头都是在杜诗中萌生的。翁方纲虽也注意到杜诗的这种世俗色彩，出于对杜甫的尊崇，他并未对这部分诗作提出批评，反而有意识地要将杜甫与宋元

---

① 梁章钜：《退庵随笔》，《清诗话续编》，第 3 册，第 1794 页。
② 翁方纲：《石洲诗话》卷一，《清诗话续编》，第 3 册，第 1376 页。
③ 元稹：《唐故工部员外郎杜君墓系铭》，《元稹集》卷五六，中华书局 1982 年版，第 601 页。
④ 翁方纲：《石洲诗话》卷一，《清诗话续编》，第 3 册，第 1374 页。
⑤ 孙廷铨：《梁苍岩蕉林近稿序》，《沚亭文集》卷下，康熙刊本。

诗的"伧"剥离开来。

在翁方纲眼中,"伧"仿佛是宋元时代诗歌的通病,从苏舜卿"尚不免于屦气伧气"①,到元代杨维桢等玉山唱和诸作"纵集妍丽,皆不免伧俗气耳"②,"伧"字成为他论宋元诗很常用的评语③:

> 评张耒:气骨在少游之上,而不称着色,一着浓绚,则反带伧气,故知苏诗之体大也。④
>
> 评唐庚:其诗有"满引一杯齐物论"之句,然新而带伧气矣。⑤
>
> 评陈与义:盖同一未得杜神,而后山尚有朴气,简斋则不免有伧气矣。⑥
>
> 评周必大:未能免于伧俚,已入杨诚斋法门矣。⑦
>
> 评范成大:《巫山图》一篇,辨后世媟语之诬,而语不工。且云"玉色媟赪颜元不嫁",此更伧父面目矣。⑧
>
> 评杨万里:(咏秦桧诗)篇末用杜语,亦带伧父气。⑨
>
> 评杨万里:(进退格寄张功甫姜尧章)叫嚣伧俚之声,令人掩耳不欲闻。⑩
>
> 评陈唐卿:亦有打浑处,然伧俚矣。打浑最要精雅。⑪
>
> 评王彧:《和二宋落花诗》,颇伧劣。⑫
>
> 评刘因:纯是遗山架局,而不及遗山之雅正,似觉加意酣放,而转有伧气处。⑬

---

① 翁方纲:《石洲诗话》卷三,《清诗话续编》,第 3 册,第 1403 页。
② 翁方纲:《石洲诗话》卷五,《清诗话续编》,第 3 册,第 1472 页。
③ 有关翁方纲诗论中的"伧",张然《说"伧"气——从一个角度谈翁方纲的诗论与创作》(《江汉论坛》2006 年第 10 期)一文已有专门论述,可参看。
④ 评翁方纲:《石洲诗话》卷三,《清诗话续编》,第 3 册,第 1422 页。
⑤ 评翁方纲:《石洲诗话》卷四,《清诗话续编》,第 3 册,第 1431 页。
⑥ 同上书,第 1432 页。
⑦ 同上书,第 1434 页。
⑧ 同上书,第 1435 页。
⑨ 同上书,第 1436 页。
⑩ 同上书,第 1437 页。
⑪ 同上书,第 1440 页。
⑫ 评翁方纲:《石洲诗话》卷五,《清诗话续编》,第 3 册,第 1445 页。
⑬ 同上书,第 1448 页。

伧既然意味着内容的鄙俗、风格的粗糙，那么翁方纲目为粗的评价，也等于是伧的另一种说法。如《石洲诗话》卷三云：

> 清江三孔，盖皆学内充而才外肆者，然不能化其粗。正恐学为此种，其弊必流于真率一路也。言诗于宋，可不择诸！①

清江三孔博学多才，自然不会有鄙俗之气，所不能消除的粗只能是肌理之粗，联系前文所举王令"肌理亦粗"、唐庚"肌理粗疏"、周密"肌理颇粗"之类的批评②，可信他所感觉到的宋元诗之"伧"很大程度是和肌理之粗相联系的。这其实是宋元诗的通病，而且很大程度上与学杜不当有关，清初冯班即已断言："今人学杜甫者，只欠细润。"③到乾隆间纪晓岚评《瀛奎律髓》中宋诗，更不离粗、野、鄙、俚、滑、俗等字，就是苏、黄两家也未能幸免。质言之，仍不出一个"伧"字。翁方纲出于为尊者讳，矛头避开了两人——既然要树他们为典范，又岂能不维护典范的尊严？但对宋元诗整体的评价却不容宽假，因为这同时意味着师法的界限。不划清这一界限，随意学宋元诗的粗率之风，最后必将流于伧的结局。翁方纲上文用"真率一路"指伧，或许矛头指向主率意言情的袁枚性灵派。众所周知，袁枚性灵说的直接源头是南宋杨万里，《随园诗话》开篇第二则就举杨万里的说法，表示深爱其言："从来天分低拙之人，好谈格调，而不解风趣，何也？格调是空架子，有腔口易描；风趣专写性灵，非天才不办。"④而上举两则诗话表明，杨万里在翁方纲眼中恰恰是不脱伧父俚气的作者。这样看来，他提醒学宋诗者留意宋元诗之粗，不仅是将宋元之"伧"与杜甫剥离干系，同时也是将南宋、元诗排除在诗史传统的视野之外，以免学者沾染其"伧"气，为后来学者免蹈宋元诗的流弊做了预警。

## 二　诗歌批评的历史眼光

习惯于在诗歌史的大背景下把握具体诗人的成就、诗歌现象的意义，是翁方

---

① 翁方纲：《石洲诗话》卷三，《清诗话续编》，第3册，第1421页。
② 翁方纲：《石洲诗话》卷四，《清诗话续编》，第3册，第1443页。
③ 李庆甲辑：《瀛奎律髓汇评》卷一，上册，第14页。
④ 袁枚：《随园诗话》卷一，第1—2页。

纲诗歌批评的另一个重要特点。凭藉博学和透彻的历史眼光，他的诗歌批评不经意中时有精彩的诗史见解。比如，他论及宋初诗歌，曾提出不能排除西昆体代表的晚唐诗风，有云："石门吴孟举钞宋诗，略西昆而首取元之，意则高矣。然宋初真面目，自当存之。元之虽为欧、苏先声，亦自接脉而已。至于林和靖之高逸，则犹之王无功之在唐初，不得径以陶、韦嫡派诬之。"① 这里指出吴之振选宋初诗存在一个问题，即重视王禹偁而忽略了西昆体。给予王禹偁好评当然是应该的，但忽略西昆体却会模糊宋初诗史的本来面目。毕竟王禹偁只是连接西昆体和欧、苏的过渡性人物，"《小畜集》五言学杜，七言学白，然皆一望平弱，虽云独开有宋风气，但于其间接引而已"②。他的宗白诗风和林逋的高情逸调，相对于前后的时代都是一个特殊的存在，就像王绩在唐初，完全是个孤立的现象，若视之为陶渊明—韦应物古淡风格序列中的一环，就难免以后人的价值判断来建构诗史，以后设的史观掩蔽历史的真相了。这种情形就是在今天的诗歌史研究中也经常看到。因此翁方纲这段议论与其说是诗歌批评，还不如说是诗歌史论，其背后的还原历史过程的意识相当超前而有理论眼光，在古代诗论家中非常难得。

类似的例子还有对元人题画诗的重视。他注意到："郑杲斋东《题徽庙马麟梅》一首，《题江贯道平远图》诸绝句，皆佳。元人自柯敬仲、王元章、倪元镇、黄子久、吴仲圭每用小诗自题其画，极多佳制。此外诸家题画绝句之佳者，指不胜屈。盖元人题画，长篇虽多，未免限于李长吉之词句，罕能变转。而绝句境地差小，则清思妙语，层见叠出，易于发露本领。"③ 我们知道，以绘画为诗歌题材萌生于南朝，唐人所作多为咏画之体，真正的题画之诗兴起于宋代，但直到元代才因文人多擅三绝而作品日繁。这虽是谈艺家的常识，却很少为人注意，翁方纲出于诗歌史研究的意识，乃特别指出这一现象。由此也可看出翁方纲论诗的历史感。

翁方纲评论作家不仅注意发掘其独到的艺术手段，而且纳入诗史进程中加以

---

① 翁方纲：《石洲诗话》卷三，《清诗话续编》，第 3 册，第 1402 页。
② 同上书，第 1401 页。
③ 翁方纲：《石洲诗话》卷五，《清诗话续编》，第 3 册，第 1471 页。

认识。前文提到，正面铺写和逆笔是他很看重的笔法，他在批评中也对长于此道的作者格外垂青。《与友论太白诗》一文特别推崇李、杜两家正面铺写的能力，说："大约古今诗家，皆不敢直撾鼓心，惟李、杜二家能从题之正面实作，所以义山云：'李杜操持事略齐，三才万象共端倪。'盖非具此胸次者，亦无由而知也。"[1] 这种能力在他看来又与魄力之大分不开："杜之魄力声音，皆万古所不再有。其魄力既大，故能于正位卓立铺写，而愈觉其超出；其声音既大，故能于寻常言语，皆作金钟大镛之响。"[2] 韩愈与苏轼正是在这一点上显出了高下之别。两家同作有《石鼓歌》，他说：

> 苏诗此歌，魄力雄大，不让韩公，然至描写正面处，以"古器""众星""缺月""嘉禾"错列于后，以"郁律蛟蛇""指肚""箝口"浑举于前，尤较韩为斟酌动宕矣。而韩则"快剑斫蛟"一连五句，撑空而出，其气魄横绝万古，固非苏所能及。方信铺张实际，非易事也。[3]

陆游这一点上比苏轼又显得逊色："竹垞尝摘放翁七律语作比体者，至三四十联。然亦不仅七律为然，放翁每遇摹写正面，常用此以舒其笔势，五古尤多。盖才力到正面最难出神彩耳，读此方知苏之大也。"[4] 仅由一个具体的表现手法，他就深刻地辨析了几位大诗人力量的高下。相比之下，逆笔不像正面铺写这样与才力相关，他只注意到黄庭坚的用例，这在前文已经述及。翁方纲这两点揭示，对于苏、黄两家的经典化都有着不容忽视的重要意义。苏东坡在诗歌史上虽拥有无可争议的大家地位，但除了骋才使气和熔铸雅俗这两种让人佩服却未必欣赏的能力外，似乎也没有更多强硬的优点。继王渔洋发掘苏东坡七古声律的典范性之后，翁方纲更由正面实作沟通了苏诗与杜甫的关系，这就使苏东坡作为大家的内涵有很大充实。黄庭坚直到乾隆间仍未获得诗家一致好评，翁方纲将其逆笔与杜诗相沟通而使他的典范性有大幅度提升，最终得与杜甫、韩愈并列为清代后期诗坛的

---

① 翁方纲：《复初斋文集》卷一一，第117页。
② 翁方纲：《石洲诗话》卷一，《清诗话续编》，第3册，第1375页。
③ 翁方纲：《石洲诗话》卷三，《清诗话续编》，第3册，第1407页。
④ 翁方纲：《石洲诗话》卷四，《清诗话续编》，第3册，第1438页。

不祧之宗，同时使宋诗在嘉、道以后诗风中所占的份额有所扩充，这又是翁方纲的宋诗批评超出宋诗评价本身的意义。

### 三　翁方纲与试帖诗

最后我想提到，谈论翁方纲的诗歌批评，还需要注意试帖诗的问题，这是研究者很少留意的①。就我所见资料而言，有清一代试帖诗，声望最著的宗师是纪昀与吴锡麒两位。前者是试帖诗学的开创者和总结者，后者是成就最高的作家。但严迪昌《清诗史》则将翁方纲与纪昀相提并论，理由是功令试诗后最早编选试帖诗例的就是这两位，况且翁方纲中进士比纪昀还要早两年，乾隆二十四年（1759）即出典江西乡试，是乾嘉诗坛名宿中第一个奉旨以试帖诗取士者。严先生这里疏忽了，纪昀也在同一年出典山西乡试，后来两人都以试帖著述成为乾隆间最重要的试帖诗专家，固然与功令试诗后典首科乡试的特殊经历有很大关系，但最终决定他们在试帖诗学上的地位的还是研究和写作水平。若就写作水平而言，与纪昀势均力敌的自然是吴锡麒。只不过吴毕竟年辈稍晚，当时堪与纪昀并驾齐驱的就只有翁方纲了。他在乾隆二十七年（1762）曾列御试一等一名，博得高宗盛赞，为题五言试帖一首②。因此后人回顾本朝试帖诗写作，认为"乾隆年间，讲试律者唯翁覃溪先生与纪公工力悉敌。纪之格老，翁之神超，未易轩轻"③。翁方纲像当时大多数文人一样，尽管在试律上下过很深功夫，历年翰林馆课所作也不少，但并不看重这些作品。《复初斋诗集》仅编乾隆十七年（1752）至二十八年间（1763）所作为《课余存稿》一卷，自序云："壬申十月改庶吉士，此以前之作，山阴胡云持以为染帖括气，不可存也。是冬以后，专心习翻译。洎甲戌散馆后，习试席之作，别录为帙。是以合十二年仅存此一卷。"④他的试律尚存《复初斋试诗》钞本，藏中国社会科学院文学所图书馆，内收试

---

① 目前所知仅唐芸芸《试帖诗与翁方纲诗学观》（《井冈山大学学报》2015 年第 4 期）一文对有关问题作了专门研究。

② 乾隆二十七年壬午，五月，迎上于涿州城南。御试，开列试差诸臣，题"先之劳之，请益至于日至之时"，赋得"竹箭有筠"，得"如"字。先生列一等一名，引见于勤政殿。上曰："翁方纲学问甚好。"沈津：《翁方纲年谱》，第 23 页。

③ 梁章钜：《试律丛话》卷三引姜兆翀语，第 555 页。

④ 翁方纲：《复初斋诗集》卷一，第 6 页。

律 80 题 85 首，有抄录者朱笔批点。同馆还藏有《芸窗改笔》钞本四册，第一册所收试帖诗，有翁方纲朱笔批改，内容涉及句法、格律、语病，相当细致①。翁方纲还撰有《复初斋试律说》，大概是讲试律作法的。据梁章钜说："余家旧存藏有覃溪师《复初斋试律说》一本，体例亦略如《我法集》，惜为一友借抄，竟匿之不还。后日侍苏斋谈诗，偶询及此书，则吾师已不复省记，其家亦久无传本矣。"② 如今幸有上述两种钞本留存，可藉以略窥翁方纲试律研究之一斑。唐芸芸研究的结果，认为翁方纲诗学并未受到试帖诗观念的影响，这从理论上说是顺理成章的。试帖诗属于初级诗学，也是特殊诗学，通常只有它受一般诗学和精英诗学的影响，而不会相反。不过，在乾隆朝功令试诗而导致试帖诗学勃兴的大背景下，试帖诗学所重视的"切实"与当时诗论中对"切"的瞩目，可能有着复杂的互动关系。翁方纲试帖诗批点中显出重"切实"的意识，也可以同他切己切事切境的主张联系起来思考。

翁方纲在今人论著中多作为诗歌理论家来讨论，但清代后学似乎更重视其诗歌批评。郑献甫《书石洲诗话后》曾说："其题目各家，权衡众制，可谓精审确当者矣。惟末附论元遗山论诗诸绝句及王文简论诗诸绝句及校渔洋评杜诗本，实有强作解事，不切本旨者。"③ 我也更倾向于将翁方纲视为诗歌理论家，并且认为他的学识和成就正体现在对前人诗学的辨析中，至于诗歌批评，似乎见识不高。最典型的是一味拾苏、黄余唾，轻视刘禹锡，认为"刘宾客之能事，全在《竹枝词》"，又说"刘宾客诗品，无论钱、刘、柳，尚在郎君胄、韩君平之下"④，完全无视刘禹锡七律的成就和典范性，甚至贬其诗品在郎士元、韩翃之下，见识远不及王渔洋。且不说郎士元诗向来无甚好评，更不会有人认为胜过刘禹锡；就是韩翃，翁方纲说他"鸣磬夕阳尽，卷簾秋色来"已渐开晚唐之调，"盖律体奇妙，已无可争胜前人，故不得不于一二平仄间小为变调，而骨力渐靡，

① 有关这两种稿钞本的情况，可参看唐芸芸《复初斋试诗·赋得春从何处来小议》（《古籍整理研究学刊》2012 年第 6 期）一文。

② 梁章钜：《试律丛话》卷三，第 555 页。

③ 郑献甫：《书石洲诗话后》，《补学轩文集》卷一，咸丰十一年刊本。

④ 翁方纲：《石洲诗话》卷二，《清诗话续编》，第 3 册，第 1385—1386 页。

则不可强为也"①，也纯属模糊影响之见。据我考察，韩翃恰恰是大历诗人中难得还残留着盛唐余风、兀爽豪迈之气不减的诗人②，说他走杜甫式的变调取拗之路，即使不是南辕北辙，也可以说是不着边际，英雄欺人。以诗论家而言，翁方纲才学都不缺，可能少了点识，即艺术判断力。

## 第五节　翁方纲诗学的余响

乾隆后期，无论在诗坛、学界抑或艺林，翁方纲都是一个活跃的引领风气的人物。乾隆四十四年（1779），武进诗人黄仲则应顺天乡试未售，正值翁方纲与蒋士铨、程晋芳、周厚辕、吴锡麒、张埙等结都门诗社，邀黄仲则和洪亮吉与会，每一篇出，人争传之③。这批诗人社集所赋的题材，除了题咏金石书画之外，就是和苏轼、黄庭坚等人的诗韵，翁方纲诗集里也保留不少这类作品。唐芸芸的研究表明，翁方纲正是带动这种风气的核心人物，至今我们读道光年间京城诗人雅集唱和及宋诗派诗人的诗集，仍可见其流风余韵。

翁方纲的诗学理论，对当时及嘉、道以后诗坛产生重大影响的，不是肌理说而是学人诗的观念。《蛾术编序》所谓"考订训诂之事与词章之事未可判为二途"，《神韵论下》所谓"全恃真才实学以济之"，后来成为嘉、道以降诗学的主流。肌理说经过门人乐钧、张维屏等人的宣扬，更由于诗坛学人诗风的日益强劲，也为一些诗家所接受，但总体看来没有形成全国性的反响，论者对翁方纲诗学的评价也一直毁誉参半。袁枚《随园诗话》对"夫己氏"的批评，学界一致认为是针对翁方纲。此外，洪亮吉也曾说："先是又误传翁阁学方纲卒，余亦有挽诗云：'最喜客谈金石例，略嫌公少性灵诗。'盖金石学为公专门，诗则时时

---

① 翁方纲：《石洲诗话》卷二，郭绍虞辑：《清诗话续编》，第 3 册，第 1386 页。
② 详参蒋寅《大历诗人研究》上编第二章"盛唐之音的终结——韩翃"一节，中华书局 1995 年版，上册，第 239—260 页。
③ 许隽超：《黄仲则年谱考略》，上海古籍出版社 2008 年版，第 55 页。

欲入考证也。"① 伍崇曜以为属于文人相轻，其实都是说得不错的。只不过在今天，对于诗学史研究来说，不能这么简单地看问题。翁方纲门人洪占铨有诗云："万花放尽古春残，后代诗人下笔难。拈出性情兼学问，少陵合作祖师看。"② 乐钧《论诗九首和覃溪先生》之三云："精华出寸胸，但恐昔人有。乞灵向陈编，所得亦已后。吟哦铺典实，毋乃落谈薮。甚者类跂尾，神形两不守。此体创何年，今然古则否。篆歌溯鸟迹，鼓文记鱼柳。数语助波澜，承流遂千首。学士非诗人，杜苏不任咎。毋以博溺心，性情斯不朽。"我注意到，他们虽同样提倡学问，但与清初诗人的主张内涵已不一样。清初诗学是主张以学问为根基，到翁方纲师弟间变成了将性情寄托于学问，即所谓"由性情而合之学问"③。而所谓学问，已抽去经世致用的内容，同时又附着了乾、嘉之学的征实特征。这就是翁方纲《言志集序》所谓"士生今日，经籍之光盈溢于世宙，为学必以考据为准，为诗必以肌理为准"的根本出发点④。学问以求真务实为目的，而诗学则以技术内容为中心。如果说以学为诗致使诗不可读，那么以学为诗学倒使诗学回到了它的自身。无论我们对翁方纲的诗学给予什么样的评价，终究不能不承认它是古典诗学的一个高峰，同时也是回光返照。此后的清代诗学，兴趣就很少注意于诗歌本身了。

翁方纲一生屡任考官、学政，门下人才辈出，吴嵩梁、刘芙初、乐钧、谢启昆、梁章钜、冯敏昌、张维屏、黄培芳等都是名重一时的诗人。他们在诗坛虽都有一定的影响，但并没提出什么理论主张。主要原因是嘉、道以后，论诗风气一变，诗话的记载功能得到提升，而探讨诗艺的兴趣被压抑下去。这些诗人中，虽然吴嵩梁、梁章钜、张维屏、黄培芳都撰有诗话，但除了张维屏《国朝诗人征略》具有诗史意义，其余多标榜声气，对诗学尟有贡献。客观上说，他们这一群诗人只是乾隆与嘉道诗学的过渡。这些有着肌理诗学背景的批评家，无不鄙薄袁枚诗论⑤，以对性灵诗风的清算展开了嘉、道诗学的历史进程。随着晚清宋诗风

---

①　洪亮吉：《北江诗话》卷一，第 15 页。
②　洪占铨：《覃溪师谓前诗意尚未尽复得十首》其十，《小容斋诗钞》卷七，嘉庆二十三年陶澍刊本。
③　翁方纲：《徐昌谷诗论》，《复初斋文集》卷八，第 89 页。
④　翁方纲：《言志集序》，《复初斋文集》卷五，第 53 页。
⑤　黄培芳：《粤岳草堂诗话》，广东高等教育出版社 1995 年版，第 73 页。

潮渐涌，学人诗的倾向日益显著，翁方纲的诗学也逐渐显出其导夫先路的意义。张际亮《答潘彦辅书》已注意到翁方纲诗学与"学人之诗"的关系①，晚清宋诗派诗人更是多由翁方纲诗学入手，探寻学人诗的路径，如杨钟羲早年即如此，"论诗喜《石洲诗话》"②，这在同光诗人中绝非仅有的例子。

关于翁方纲诗学的价值及对清代后期诗歌发展的意义，学界的评价并不一致。对翁方纲诗学的影响，王镇远《论翁方纲的肌理说》认为："嘉道以后兴起的宋诗运动，溯其源流，也以乾嘉时期的翁方纲、钱载、姚鼐等人为其滥觞，而其中翁方纲的诗论最为系统。"③ 吴淑钿《近代宋诗派诗论研究》更从论诗宗旨、真我之活法、诗品与人品三个方面就肌理说与近代宋诗派理论的渊源关系作了肯定性的阐述④。具体到翁方纲诗学本身，成复旺认为翁方纲的诗论意味着诗歌研究方法的变革，他想用训诂考据的学术方式来研究诗歌，却从根本上偏离了诗歌的本质规律；"他要使诗学理论化、科学化，结果却只是使诗学肤浅化了"⑤。王运熙、顾易生主编的《中国文学批评史》认为："翁方纲论述格调、神韵两个概念的内涵外延及其异同，所谓'神韵无所不该'、'格调即神韵'、'肌理亦即神韵'云云，逻辑上颇多混乱。"⑥ 还有学者就翁方纲对渔洋诗学的改造，指出他"将渔洋'神韵说'仅视为羽翼经术的工具与前奏"，表明"翁覃溪对诗学的理解已明显暴露出保守性和狭隘性"⑦。近年有一些论文从更宏观的视野考察了翁方纲与嘉、道诗学及宋诗派的关系⑧，提出一些饶有新意的结论。我的看法是，相比肌理说而言，翁方纲对嘉、道诗学的影响更多的是在学人诗观念方面，且以负面影响居多。尽管他的诗学以救神韵空虚之失自居，但我们知道，空疏可救，

---

① 张际亮：《思伯子堂诗文集》下册，上海古籍出版社 2007 年版，第 1348 页。
② 李宣龚：《辽阳杨圣遗先生诗跋》，《李宣龚诗文集》卷首，华东师范大学出版社 2009 年版，第 338 页。
③ 王镇远：《论翁方纲的肌理说》，《文学遗产》增刊第 17 辑，中华书局 1997 年版，第 300 页。
④ 吴淑钿：《近代宋诗派诗论研究》，台湾文津出版社 1996 年版，第 41—48 页。
⑤ 黄保真、蔡仲翔、成复旺：《中国文学理论史》，第 4 册，第 509—512 页。
⑥ 王运熙、顾易生主编：《中国文学批评史》，上海古籍出版社 1985 年版，下册，第 214 页。
⑦ 丁放、朱欣欣：《元明清诗歌批评史》，第 244 页。
⑧ 黄立一：《翁方纲诗论与清中期诗学思潮转向》，华侨大学硕士学位论文，2007 年；吴中胜：《翁方纲与近代宋诗派：以陈衍为中心的讨论》，《中国文学研究》2012 年第 4 期；潘务正：《翁方纲督学广东与岭南诗风的演变》，《文学遗产》2013 年第 2 期。

填砌不可救。这个道理康熙间李蕃即已发明："文章怕空疏，又忌填砌。空疏，则其弊为孱弱，然养而充之，可致隽永流逸；若填砌，则其弊为饾饤，为陈腐，为板拙。久而愈深，无复出路矣。"① 翁方纲论诗其实还是有类型意识的，学人诗只限于题咏类题材；到其门人梁章钜辈，更将学问吸收到性灵中来，愈益挤压了性灵抒发的空间。他述方长青语曰："诗必以造语为工，而造语必以多读书善用事为妙。"又列举《诗经》用古经传语之例，得出结论说："彼诗之感人，至于如此，亦可谓有性灵语矣。而皆出于用事，本于学古。然则以学古用事为诗，则性灵自具；以不关学、不用事为诗，虽有性灵，盖亦罕矣。"② 这就以学古用事笼罩一切，不仅有悖于明清以来诗以道性情的基本立场，也与翁方纲取径大异其趣了。比起翁方纲诗学来，他的偏颇走得更远，更为明显。除了学人诗观念之外，翁方纲的宋诗批评对嘉、道诗学可能也有一定的影响。首先，他以正面实作和逆笔的功力将苏东坡、黄庭坚与杜甫相沟通，从而使两人作为大家的内涵有所充实，尤其是黄庭坚的典范性有所提升，最终得与杜甫、韩愈并列为清代后期诗坛的不祧之宗，这同时使宋诗在嘉、道以后诗风中所占的份额大为扩充。其次，"伧"的评价限制了南宋、元诗的典范值，甚至将其排除在典范序列之外从而一定程度上遏制了袁枚性灵诗学对杨万里的推崇，使宋诗传统的影响源仅限于北宋，这对嘉、道以后诗歌以杜、韩、黄为宗主的师法路径应有所启迪。当然，我还没看到这些见解在嘉、道以降的诗论中被祖述和称引，但能感觉到它们融于当时的诗学主流中。我想这很大程度上应该是伴随着宋诗的普及，与桐城派的文法观念融会交织在一起，随着桐城派文学教育的强大影响普及和渗透到诗学中去的。将翁方纲的逆笔说与方东树的顿挫说联系起来看，很容易看出其中的消息潜通之处。

---

① 李亚烈、李猛烈主编：《雪鸿堂文集》，第231—232页。
② 梁章钜：《退庵随笔》，《清诗话续编》，第4册，第1953页。

# 第六章　桐城派的诗学建树

## 第一节　桐城诗学之命名与渊源

### 一　桐城也有诗学

乾隆诗学若只有格调、性灵两派，或再加上翁方纲、纪晓岚两家，其影响绝不会那么长久，那么深远。诗学需要承传，需要有一个薪火相传的宗派，一套金针度人的诀窍，这才能行之久远。从王渔洋的神韵说、沈德潜的格调说到袁枚的性灵说，虽都曾风靡一时，但不过传承一两代人便告式微。究其缘由，除了理论自身的缺陷外，没有形成传承的宗派是主要原因。嘉、道以后，其学说的内核逐渐被桐城派诗学所吸纳，通过桐城派宗派体系和教学方式的巨大传播力承传下去，形成清代后期以格调说为骨干、宋诗风为肌理的诗学主潮。

咸丰八年（1858），曾国藩撰《欧阳生文集序》，其中提到："乾隆之末，桐城姚姬传先生鼐善为古文辞，慕效其乡先辈方望溪侍郎之所为，而受法于刘君大櫆及其世父编修君范。三子既通儒硕望，姚先生治其术益精，历城周永年书昌为之语曰：'天下之文章，其在桐城乎！'由是学者多归向桐城，号桐城派，犹前世所称江西诗派者也。"[①] 这段话与其说是桐城派成立的宣言，还不如说是对一

---

① 曾国藩：《曾文正公全集》，（台湾）世界书局 1965 年版，第 1 册，第 14—15 页。

个既定事实的追认。周永年语见姚鼐《刘海峰先生八十寿序》所称①，应为乾隆间在四库馆校书时的事，而且如郭绍虞先生已注意到的，原出于程晋芳、周永年两人共同的戏言②。在此之前，桐城文学在清代起码已经经历了四代人，其第一代作家可举出明清易代之际的方以智和钱澄之，这是两个诗文兼长、有着全国性声望的大作家。更往前追溯桐城文学的渊源，则清初潘江所辑《龙眠风雅》已向世人展示了明代以来桐城诗歌创作的盛况。

自方苞以古文名世，号称一代文宗，桐城后学望风景从。到姚鼐时门庭广大，生徒遍天下，当世遂有桐城文派之目。晚近以来，文学史提到桐城派，概谓之古文流派，无论创作抑或理论，都占据着清代文章论述的中心。诚如郭绍虞先生所说，"清代文论以古文家为中坚，而古文家之文论又以'桐城派'为中坚。（中略）由清代的文学史言，由清代的文学批评言，论到它散文的部分都不能不以桐城为中心"③。因此，近代以来的文学批评史研究，论及桐城派无不关注其古文理论。

然而到 20 世纪 40 年代情况出现了变化，青年才子钱锺书提出"桐城亦有诗派，其端自姚南菁范发之"④，他甚至认为桐城诗胜于文。这不啻是石破天惊的大胆结论，在当时并未受到学界的重视。直到 90 年代，一些前辈学者提出桐城派同时也是一个学派，一个诗派：作为学派，以方以智的学术思想为理论基础，方苞吸收颜李学派的思想，为学派注入新的内容，到姚鼐倡导程朱理学，形成独特的以宋学为骨干的思想倾向；作为诗派，刘大櫆、姚鼐将古文的抑扬顿宕技法融入诗中，形成诗派的特色；同时又将诗歌的美感融入古文，形成古文的诗意化特征，确立桐城文章的独特风貌⑤。与此同时，随着钱锺书的学术日益成为显学，学界又将"桐城亦有诗派"的陈年旧说翻捡出来，引据发挥，群起响应⑥，

① 姚鼐：《惜抱轩诗文集》，第 114 页。

② 郭绍虞：《中国文学批评史》，第 628—629 页。

③ 同上书，第 627 页。

④ 钱锺书：《谈艺录》，第 145 页。

⑤ 参看吴孟复《桐城文派述论》，第 1 页。对桐城派的全面研究还有魏际昌《桐城古文学派小史》（河北教育出版社，1988）、周中明《桐城派研究》（辽宁大学出版社，1999）。对桐城派研究的综述，见高黛英《20 世纪桐城派研究述评》，《郑州大学学报》2003 年第 2 期；江小角、方宁胜《桐城派研究百年回顾》，《安徽史学》2004 年第 6 期。

⑥ 卢坡：《钱锺书"桐城亦有诗派"续说》，《合肥师范学院学报》2009 年第 4 期。

出现一股清代诗学研究中的桐城热。桐城派的诗歌创作果能成派与否，还需要专门研究①，但桐城派的文学思想确实显示出以诗论文、以文论诗的特色②，而其诗学相对较为丰富的内容及影响近代诗学甚巨的"桐城家法"也的确值得作为一个流派来讨论。所以近年有关桐城派诗学研究的硕士学位论文相继出现③，桐城诗学与文章学及宋诗派的关系也有学者加以探讨④，足见桐城派诗学的建树及影响已为学界瞩目。但相比之下，桐城诗学作为一个独立的诗学体系，其自身的发展过程与历史特征，还少有人关注。事实上，桐城派的一些诗学文献迄今还无人问津，这使本章的论述带有一定的草创性质，只能提出一些粗浅的问题。

## 二　桐城诗学的渊源

安徽的诗学传统，可溯源到明清之交的方以智、钱澄之、施闰章和黄生。我在第一卷没有专门谈论他们，是觉得他们在当时的诗歌史语境中，还缺乏鲜明的个性。现在从桐城诗学渊源的角度来考察，便发现他们为桐城后学奠定了格调论的基础。

说来，桐城派后学自己追溯其诗学渊源，要上溯到明代中叶。如姚莹《桐旧集序》曾说：

> 自齐蓉川（之鸾）给谏以诗著有明中叶，钱田间（澄之）振于晚季，自是作者如林。康熙中，潘木崖（江）先生是以有《龙眠风雅》之选，然犹未极其盛也。海峰（刘大櫆）出而大振，惜抱（姚鼐）起而继之，然后诗道大昌。盖汉魏六朝三唐两宋以至元明诸大家之美，无一不备。海内诸贤

---

① 周勋初老师持这种观点，我认为是审慎的态度，参看余历雄编《师门问学录》，凤凰出版社2004年版，第16—18页。

② 赵建章：《桐城派文学思想研究》，北京图书馆出版社2003年版，第143页。

③ 如孙勇《桐城派文学思想研究》（新疆大学硕士学位论文，2009年）、田亚《方东树诗学的宋诗本位与桐城义法》（贵州师范大学硕士学位论文，2009年）、朱天一《清代学术视域中的"姚门四杰"诗论研究》（安徽大学硕士学位论文，2012年）、吕敏《桐城派与中国诗学传统》（安徽大学硕士学位论文，2012年）。

④ 梅运生：《古文与诗歌的会通与分野——桐城派谭艺经验之新检讨》，《安徽师范大学学报》1986年第1期；方任安：《以文为诗 以文论诗——桐城诗派的诗学观》，《安庆师范学院学报》1997年第1期；周明秀：《论桐城派诗论的主要内容及其形成过程》，《文艺理论研究》2002年第4期；管青青：《桐城派及宋诗派辨析》，《绥化学院学报》2006年第2期；鱼双燕：《论桐城派的诗学观》，《文学教育》（上），2008年第12期。

谓古文之道在桐城，岂知诗亦然哉？①

这一点近来已为治清代诗学的学者所注意②，但据我所知，较早提到桐城诗派的文献是康熙间韩圣秋所作田茂遇《水西近咏》序："以予所闻，海内宗尚诗学，有三派：曰宣城，曰华亭，曰桐城。"③ 在当时的语境中，这三派似指宣城施闰章、华亭陈子龙、桐城钱澄之。康熙三十二年（1693）曹寅在江宁织造任上，专门将寄托哀思的《楝亭图》送到桐城，托钱澄之代征乡里名贤题咏④，足见以钱澄之为冠冕的桐城诗学，当时蔚为一方风雅。

的确，在康熙年间，钱澄之和方以智都是桐城闻名于世的诗人。朱彝尊曾说："复社诸君，多以文章经济自负，韵语不甚专心。若桐城之方密之、钱幼光、周农父，华亭之陈卧子，吴江之吴日生，长洲之陈玉立，昆山之顾宁人，是皆媲群雅而继国风者与？"⑤ 方以智的诗学夙不为人所注意，直到林昌彝才注意到《通雅》所附诗话二十余则"极有契会"⑥。方以智论学典型地体现了时代风气，力斥明人的空疏不学，倡导学问，与钱澄之的主张别才、别学⑦，共同奠定了桐城诗学崇尚学问的基调。

钱澄之精于谈艺，钱锺书甚至认为在钱谦益之上。集中诸诗文序议论都极透澈，虽都是老生常谈的话题，一经他阐发，顿出深意。其论文最主气，从后设的角度看，说他的《问山文集序》开了桐城派以气论诗文的先声⑧，也未尝不可。但气本是玄虚难以把捉的东西，他很清楚这一点，所以《诗说赠魏丹石》先将问题区分为可言和不可言两个层面："为诗者，有天事焉，有人事焉。若夫性情、气韵、声调之间，皆天为之也，不可强也。至于谋篇、造句，则人事之所由尽矣。"在天者既无所能为，便只能尽人事之功，这就大为压缩了诗学注意的范围。

① 徐璈辑：《桐旧集》卷首，民国十六年影印本。
② 李圣华：《冷斋明清诗话》卷二"桐城诗派"条，上海古籍出版社2007年版，第70页。
③ 田茂遇《水西近咏》，《四库未收书辑刊》第7辑，北京出版社2000年版，第23册，第311页。
④ 见钱澄之《田间尺牍》卷三《与曹子清》，详蒋寅《曹寅〈楝亭图卷〉考释》，待刊。
⑤ 朱彝尊：《静志居诗话》卷二一周岐条，下册，第663页。
⑥ 林昌彝：《海天琴思录》卷一，第15页。
⑦ 钱澄之：《说诗示石生汉昭赵生又彬》，《田间文集》卷二六，第507页。
⑧ 张舜徽《清代文集别录》卷四"潜虚先生文集"："桐城经学文章之绪，开自钱澄之。"中华书局1963年版，上册，第95页。

而人事所及的谋篇、造句两方面又有区别:"夫篇有长短大小之不同,而起结开合,变化无端,顿挫抑扬,自然节奏,行乎不得不行,止乎不得不止,皆不可以有意为也。惟造句,则心欲细而功欲苦,是以诗贵于苦吟也。"这就是说,谋篇在很大程度上又是由体制决定的,人可用力处甚少,于是人事就落到造句,准确地说是语言上。所谓"苦吟无他,情事必求其真,词义必期其确,而所争只在一字之间"①。参照《陈官仪诗说》自述平生学诗经验:"吾学诗五十年矣。其前此十余年,皆以才情、气调为时所称。自后四十年,身废无事,益专志于此,见三唐近体诗之设辞造句,洵是良工心苦,乃知古人以诗成名,未有不由苦吟而得者也。"② 可知这里的设辞造句和上文"所争只在一字之间",都意味着诗歌的所有问题最后全落实在文本层面。这正是后来桐城派论诗文的根本宗旨。评孙洤《担峰诗》又糅合二文之旨云:

> 诗也者,天地间自然之声,偶会于吾人之情兴,遂载诸笔墨以出,实非吾所能刻意以求也。然不刻意求之,而其自然者不出。古人苦吟十年始就一语,不知经几锤炼,及其成也,亦只得一自然而已。是自然者,非读书穷理,体物尽变,则情不真而词意不能曲达。③

看得出,他虽崇尚自然,但这种自然是通过刻意锤炼得到的,又以读书穷理、体物尽变为前提。所以他欣然坦承"吾四十年来,矻矻于经史之学不倦者,非以为诗,而诗亦因有资焉"④。这是就创作方面说的,若就艺术效果方面说,则主于琢练而归于含蓄,忌直率刻露。他序袁启旭《中江纪年诗集》,引韩菼语曰:"今言诗者好称浑雅,而忌刻露。要必刻露,其情事始真,精神始出。"他承认"诗有锋锐,不琢练则发扬蹈厉,风雅之义尽矣",但同时也认为"琢练之极而锋锐固在,干将在匣,气上烛天,唯不恒有而时一有者之为佳也"⑤。此即经琢练而归于含蓄之说。他在才性和艺术效果两方面都主张通过锤炼而归于自然含

---

① 钱澄之:《田间文集》卷八,第148页。
② 同上书,第149页。
③ 孙洤:《担峰诗》卷首,康熙刊本。
④ 钱澄之:《陈官仪诗说》,《田间文集》卷八,第149页。
⑤ 袁启旭:《中江纪年诗集》卷首,光绪十七年紫兰书屋重刊本。

蓄，这正是桐城派文学思想一以贯之的理念，相比天才更重视人工。

自康熙三十二年（1693）钱澄之下世后，桐城诗稍衰而文章盛。方苞（1668—1749）荷帝君厚宠，以古文之工被当时奉为宗师。如果将钱澄之视为清代桐城第一代作家，那么方苞就是第二代。他这一代常给人能文而不能诗的印象，所谓"望溪工古文而不工于诗，学博（刘大櫆）与吏部（姚鼐）皆兼能之"①，当代学者甚至认为方苞绝意不为诗，导致他的散文"严谨精实有余而词采风韵不足"②。事实上方氏家族累世治杜诗，前辈方拱乾、方育盛、方文等都传有杜诗批点本，其父仲舒深于诗学，日常往来的名士如钱澄之、杜濬等都是当世名诗人③。方苞自幼熏习，虽不多作诗，却勤于阅读，也有一定的鉴赏力，尝言"余于诗虽未之能也，而其得失则颇能别焉"④。戴名世序方仲舒诗集，特别提到："人皆谓方氏父子或工于文，或工于诗，各据其盛而不能相通，此其说非也。……其所以教二子之为文者，即以己之所以学诗者教之而已矣。而二子之禀承家法，悉得先生之诗学以为文，其所为跌宕淋漓，雄浑悲壮者，犹之先生之诗也。"⑤ 方仲舒平素持论，确实认为"诗之为道，无异于文章之事也"，这在当时或许是桐城文学家的一般观念，但后来成为桐城派诗学的根本立场。因天性所致，方苞未传乃父诗学，仅以文章名世。但他作为桐城文学开宗立派的人物，即从诗学着眼也有不可忽视的理由。后人评方、姚两家，谓方苞为文大旨有三，曰世教、人心、政治；姚为文大旨亦有三，曰义理、考据、词章。一为学人，一为文人，自不待辨⑥。方苞的义理之说，源于他崇奉的宋学。宋末方回曾说："古之学者出于一，曰义理之学，无他学也。"在他看来，《易》以阴阳言义理，《书》以政事言义理，《诗》以吟咏情性言义理，《春秋》以明辨名分言义理。后代学术多歧，"传注如毛郑，一学也；词赋如贾马，一学也；史笔，一学也；古文，一学也；制度考究，一学也；诗词之学，自建安迄晚唐，一学也。虽各自名

---

① 秦瀛：《颐寿堂诗序》，《小岘山人文集》卷三，嘉庆刊本。
② 梅运生：《古文和诗歌的会通与分野——桐城派谭艺经验之新检讨》，《安徽师范大学学报》1986年第1期。
③ 方苞《鹰青山人诗序》云："苞童时，侍先君子与钱饮光、杜于皇诸先生，以诗相唱和"。
④ 方苞：《乔紫渊诗序》，《方苞集》，上海古籍出版社1982年版，第611页。
⑤ 戴名世：《方逸巢先生诗序》，《戴名世集》，中华书局1986年版，第31页。
⑥ 王守恂：《仁安笔记》卷二，民国十年刊全集本。

家，而求其言之合于义理，号为知道君子，则鲜其人"①。到宋代中期，义理之说日渐为人所重。司马光批评唐进士科考试，最大的问题就是"专尚属辞，不能经术，而经明止于诵书，不识义理"②；安鼎论赵彦若也说"徒有记诵之学，而不识义理，真所谓书籫及画地饼耳"③。到南宋，真德秀标举义理即性情之正，说："三百五篇之诗，其正言义理者盖无几，而讽咏之间，悠然得其情性之正，即所谓义理也。后世之作，虽未可同日而语，然其间兴寄高远，读之使人忘宠辱，却鄙吝，倏然有自得之趣，于君亲臣子大义亦时有发焉。其为情性心术之助，反有过于他文者。盖不必专言性命，而后为有关义理也。"④ 这就肯定了诗歌对于敷陈、发明义理自有其独到的长处，而所谓义理也不限于专讲性命之学，凡兴寄高远，能提升人的精神境界，对纲常大义时有发挥，都与义理相关。不幸的是到南宋末年，毋论性理之学，就连"科举穿凿之学、笺注偶俪之学"也格而不行，"惟诗辞之学仅存"，这不能不让方回感叹："去朱子之没未百年，求所谓义理之学者，不一见焉!"⑤ 由元迄明初，虽然朝廷都尊理学为儒学正传，但经历阳明心学及晚明性灵文学思潮的激荡，义理之说几近消歇。方苞重新祭出这一沉湮已久的古老概念，奉为古文之学的核心理念，明显是要为文学寻找一个坚实的价值基础。这一点后来为姚鼐所恪守并加以发挥，最终成为桐城派文学观念的基石。从这个意义上说，方苞是真正奠定桐城派文学观念的作者，后来桐城派文学从理论到创作都是在他构架的平台上生长起来的。同时，他对于诗文评点的兴趣也开了桐城派文学批评立足于评点的风气，这都足以让我们重新审视他在桐城诗学发展中的位置。

第二代作家中还有一位著名文士戴名世（1653—1713），诗文俱长而文更为世人所重，梁启超甚至认为"桐城派古文，实应推他为开山之祖"⑥。尽管当代学者颇为赞同梁启超的看法，注意到戴名世师事《龙眠风雅》的编纂者潘江，

---

① 方回：《吴云龙诗集序》，《桐江续集》卷三二，影印文渊阁《四库全书》本。
② 司马光：《上神宗答诏论学校贡举之法》，《传家集》卷四〇，影印文渊阁《四库全书》本。
③ 李焘：《续资治通鉴长编》卷四六〇，中华书局1993年版，第31册，第11005页。
④ 真德秀：《文章正宗·诗赋》，影印文渊阁《四库全书》本。
⑤ 方回：《吴云龙诗集序》，《桐江续集》卷三二，影印文渊阁《四库全书》本。
⑥ 梁启超：《中国近三百年学术史》，中华书局1936年版，第171页；参看徐文博、石钟扬《戴名世论稿》，黄山书社1985年版，第95—96页。

对后来桐城诗学的发展有一定影响①，但戴名世的诗学终究为文章所掩，以致晚近桐城派宗师吴汝纶论及桐城诗学，不得不将姚鼐推为开宗立派的祖师："方侍郎顾不为诗，至姚郎中乃以诗法教人。其徒方植之东树，益推演姚氏绪论。自是桐城学诗者一以姚氏为归，视世所称诗家若断潢野潦，不足当正流也。"② 的确，桐城诗学要到姚鼐横空出世，才能揭竿而起，独张一帜，出现梅曾亮所说的"是时文派多，独契桐城诗"的局面③。随着时间的推移，桐城古文之学，世论容有升降，倒反而诗学寖寖日盛，愈益称雄于诗坛。以致清季翰林程秉钊（1850—1891）《国朝名人集题词》也不禁迷惑："论诗转贵桐城派，比似文章孰重轻？"④当然，从历史的角度说，桐城诗学的生长过程是丰富而曲折的，从方苞到姚鼐，中间还相隔着一个时代、一些人物。在这一代作家身上，桐城派才实现了由偏重经学、古文到专精诗学乃至经学、诗文兼长的蜕变，并以独特的家数张扬起桐城诗学的旗帜。

## 第二节　桐城诗学大纛初张

康熙间云间名士李雯序周岐《执宜集》，曾说："余郡多文人，而所弗若于桐者三：有师法，一也；尚实学，二也；亲阅历，三也。"⑤ 这里的"有师法"很值得注意，它应该指地方小传统而不是一般意义上懂得取舍，小传统通常形成于有声望的地方名士的提倡和有影响的文学家族的承传。桐城在明清之交已出现方、姚两大文学宗族，就诗歌而言方氏犹胜一筹。迨雍正、乾隆初年，方氏出现两个值得注意的人物，一是方世举，一是方贞观，与国初名诗人方文并称"方氏

---

①　陈宇俊、马亚中：《试论戴名世对桐城诗派的影响》，《苏州大学学报》2003 年第 4 期。

②　吴汝纶：《姚慕庭墓志铭》，《吴汝纶全集》文集卷三，黄山书社 2001 年版，第 1 册，第 213 页。

③　梅曾亮：《书示张生端甫》，《柏枧山房诗文集》，上海古籍出版社 2005 年版，第 563 页。

④　程秉钊：《国朝名人集题词》，转引自吴孟复《桐城文派论述》，第 26 页。程氏有《龚学斋古今体诗》，未见。

⑤　徐璈辑：《桐旧集》卷二八，第 3 页。

三诗人"①。姚鼐《恬庵遗稿序》提到桐城前辈为异乡学者仰重的名家，只举了方苞、胡宗绪和方世举、方贞观四人②。方苞、胡宗绪不用说是古文家的代表，而方世举和方贞观则更像是诗家的代表。"二方"不仅诗有盛名，且都著有诗话，其诗学造诣有力地凸显了桐城诗学的专业水准。同时，在他们的诗论中，桐城诗学重视承传、主于教学的独特面目也开始显露出来。这些在迄今为止的桐城派研究中令人奇怪地都不曾被注意到③。

## 一　方世举诗学的桐城气息

方世举（1675—1759），字扶南，号息翁。名诗人方拱乾曾孙，与方贞观同为拱乾五子章钺之后。少从朱彝尊游，不乐仕进。"在都中以诗文驰誉，所交接皆名辈"④，汪份、何焯特许其语有根柢。康熙三十八年（1699）顾嗣立《笺注昌黎诗集》甫行世，世举即寓目，且与嗣立面论，谓其书虽辑宋人之说甚备，而案诸韩愈身世多不合，嗣立鼓励他再加考论，于是创为《韩诗编年笺注》。后因方苞案株及没入旗籍，放归后闭门著书。到乾隆初年已六十许，在乡里称前辈，喜谈京中旧事，士人多从之受学。著有《汉书补注》《世说新语补注》《家塾恒言》《昌黎诗集编年笺注》《李长吉诗集批注》《李义山诗注》等。

方世举生平喜论诗，翰林编修舒张曾录其说诗为《梁园诗话》，舒卒后稿失传。与侄观承（宜田）论诗，也由观承笔录成帙。晚年"聊以所闻于师授及与群从所往复者，举示儿辈"⑤，次男可之编录为《兰丛诗话》一卷。时世举已届八十五高龄，亲加删订，以为晚年定论。他的论诗方式和见解，很典型地体现了桐城诗学的特征。桐城派的诗文评，最显著的特点就是入手平易，便于初学。方世举的诗论也不例外，多为指示初学门径而发，立论首先着眼于体裁，先陈说各体作法之要，再举古来适合效法的诗人，以示典范。值得注意的是，世举秉承明代格调派以来流行的文格、文心升降观念，对于诗学传统大体持一种"文格前一

---

① 马其昶《桐城耆旧传》卷七有《方氏三诗人传》，黄山书社 2013 年版，第 216—218 页。
② 姚鼐：《惜抱轩诗文集》，第 55 页。
③ 叶龙：《桐城派文学史》，（台湾）文津出版社 1975 年版；周中明：《桐城派研究》，辽宁大学出版社 1999 年版。
④ 程晋芳：《南堂诗钞跋》，《勉行堂诗文集》，第 797 页。
⑤ 方世举：《丛兰诗话》序，《清诗话续编》，第 2 册，第 769 页。

代高一代，文心后一代进一代"的辩证观念①，在树立规范、接引后学方面，决不盲目沿袭成说，高倡盛唐李、杜，而是主张"登高自卑，宜先求其次者"②，循序渐进地学习。

他首先强调："诗屡变而至唐，变止矣，格局备，音节谐，界画定，时俗准。今日学诗，惟有学唐。唐诗亦有变，今日学唐，惟当学杜。"③ 学诗宗唐宗杜，乃是诗家老生常谈，也是桐城派的家数所在，但此时方世举重弹老调，却是在康熙中期宋诗风潮消歇之后对唐诗传统的重新确认，并且师法路径也有了根本的调整。考虑到杜甫规模鸿远，初学难以骤窥，他主张从易入者着手，由浅入深。具体说来，就是五古、五律宜自王、孟、韦、柳入手，七古歌行宜自元、白、张、王入手；就是七律，也不像王安石所说的那样，宜从李商隐入手，而应先学白居易、刘禹锡、温庭筠，再由李商隐上溯老杜，他称这四人为杜之四科，即杜诗的四个支脉：

> 唐之创律诗也，五言犹承齐、梁格诗而整饬其音调；七言则沈、宋新裁。其体最时，其格最下，然却最难，尺幅窄而束缚紧也。能不受其画地湿薪者，惟有老杜。法度整严而又宽舒，音容郁丽而又大雅，律之全体大用，金科玉律也。但初学不能骤得，且求唐人之次者以为导引。如白香山之疏以达，刘梦得之圜以闳，李义山之刻至，温飞卿之轻俊，此亦杜之四科也。④

这种登高自卑的师法路径，原本于宋代理学之说⑤，后成为明清以来诗家共识，但没有谁像方世举这样说得切实明瞭。至于具体师法对象的取舍，方世举也有独到见解。王渔洋指示后学，七律宜取法王维、李颀，再参以刘长卿、刘禹锡，基本上立足于盛唐格调；而方世举却明显转向了中唐，无意中成为乾隆初期中唐诗的倡导者。他早年与侄观承论诗，未举白居易而唯言"二刘"即刘长卿、刘禹

---

① 方世举：《丛兰诗话》，《清诗话续编》，第 2 册，第 777 页。
② 同上。
③ 同上。
④ 同上书，第 773 页。
⑤ 黎靖德编《朱子语类》卷八："譬如登山，人多要至高处，不知自低处不理会，终无至高处之理。"第 1 册，第 142 页。

锡，后来发现"长卿起结多有不逮"①，遂弃而转取白、温、李。这不妨理解为长年教学经验的积累，促使他逐步修正和确立起自己的看法。但客观上却成为中唐诗经典化的重要鼓吹。因为在四唐中最后确立的"中唐"，自来身份和品格就不清晰，明白宣称学中唐的诗人自宋代以来寥若晨星。尽管明代闽中十子和西江派的诗风都以中唐为归，但都讳言于此。方世举以中晚唐为学杜的进阶，使中唐作为整体开始浮出地表。

定位于教学的诗学除了讲求体制，便是重视声律。古诗声调学所以成为神韵派宗师王渔洋诗学的重要内容，也正与王渔洋诗学具有浓厚的教学色彩相关。他那些由门人记录的诗学问答，像《诗问》《然灯记闻》等，都围绕着诗歌写作的具体问题。方世举同样喜欢讲论声律，关于古诗声律，他不仅逐一讨论音节、换韵、通韵、叶韵的问题，还指出唐人通韵唯行于五古，七古通韵自东坡始，举杜、韩两家诗作为证，令人信服；又指出李贺、萨都剌近体诗用古韵甚奇，也未见人道过。教学式诗学的特点，一是综合成说，二是推阐入微，这两点在下面一段论说中都有典型表现：

> 古体皆有平仄，但非律体一定，无谱可言，惟熟读深思，乃自得之。赵秋谷官坊笑人古诗不谐，不谐则读不便串，古有此謇涩无官商之古诗乎？一篇之中，又当间用对句，李天生太史言之。对乃健举，如《古诗十九首》中"胡马嘶北风，越鸟巢南枝"是也。余推而求之，七古亦多，歌行尤甚。至若杜、韩二家，有通篇对待者，益见力量。②

在综合赵执信、李因笃之说的基础上，他更推求七古、歌行中对仗的运用，以杜、韩为例证成其说，继承中又有创获。

主教学的诗学最紧要的是循序渐进，故先取平正稳妥，讲究先正后变。这一宗旨甚至优先于趣味，一个有趣的例子是：

> 诗有似浮泛而胜精切者，如刘和州《先主庙》，精切矣；刘随州《漂母

---

① 方世举：《丛兰诗话》，《清诗话续编》，第 2 册，第 774 页。
② 同上书，第 772 页。

祠》，无所为切，而神理自不泛，是为上乘。比之禅，和州北宗，随州南宗。但不可骤得，宜先法精切者，理学家所谓脚踏实地。①

在这里，他的趣味和取法宗旨出现了对立。就趣味而言，他更欣赏刘长卿《漂母祠》的空灵；但从取法的角度说，仍须以刘禹锡《先主庙》的精切为楷模。正像习禅，讲顿悟的南宗境界虽高，但初学不可骤得，还是由讲渐悟的北宗入手比较可靠。这同样也是理学与心学务实务虚的区别。由此我们知道，桐城诗学不只以理学的义理为核心，也以理学的修习方法为操作原理。

既然如此，方氏论诗本应多取示范性强和稳妥可学的诗人为讨论对象，可诗话中讨论最多的偏偏是叶燮心目中最大程度上改变诗史面貌的三位诗人中的杜甫和韩愈（还有一位是苏东坡）。这除了与他当时受宗韩诗风的熏染、纂辑《昌黎诗集编年笺注》有关外，另一个原因就是家学承传。方世举曾提到：

> 余家传诗法多宗老杜。明初，先断事公殉建文之难，有绝命词五律二首，所谓"死岂论官卑"者，已是杜《初达行在》之沉痛。至先太仆公好为七律，全得《秋兴八首》之鸿音壮采。先宫詹公又集学杜之大成，晚而批杜，章法、句法、字法皆有指授。小子才薄力弱，不能专宗，老而自伤，终莫能一。②

这里提到的太仆公和宫詹公即其高祖大美、曾祖拱乾，事迹都见于马其昶《桐城耆旧传》。方氏家传诗学夙以杜甫为宗，方世举更发展了韩愈研究，而且与杜诗相结合，通过对长篇作品的深入研究弥补了王渔洋神韵诗学专注于短章的不足。他说："王新城教人少作长篇，恐其伤气，是也。然杜、韩二家独好长篇，学者诚熟诵上口，如悬河泄水，久之理足乎中而气昌于外，亦莫能自禁。余与望溪兄五古所谓'大儿李杜韩，小儿王孟柳'，言气势也。"③ 他一方面上溯杜、韩长篇的笔调之源："长篇以杜为最，案之祇是读得《风》之《东山》《七月》、'氓之

---

① 方世举：《丛兰诗话》，《清诗话续编》，第 2 册，第 783 页。
② 同上书，第 772 页。
③ 同上书，第 769 页。

蚩蚩'、'习习谷风'以及《雅》之'厥初生民'、'皇矣上帝'诸篇烂熟,得其远近兼收,钜细毕集。韩祇得其细碎以求逸致,如《史》之射虎、牧豕而止。"①一方面又下沂其"以文为诗"之流:"韩昌黎受刘贡父'以文为诗'之谤,所见亦是。但长篇大作,不知不觉,自入文体。汉之《卢江小吏》已传体矣,杜之《北征》序体,《八哀》状体,白之《游悟真寺》记体,张籍《祭退之》竟祭文体,而韩之《南山》又赋体,《与崔立之》又书体。他家尚多,不及遍举,安得同短篇结构乎?"② 如此从体制的角度上下观照韩愈的长篇古诗,就为韩愈的"以文为诗"做了有力的辩护。

当然,从师法的立场出发,他也谆谆告诫后学:"韩诗不可专学。"因为韩愈为诗每出于游戏,而游戏之作初非浅学小才所可与言。"东坡云:'退之仙人也,游戏于斯文。'游戏三昧,何可易言?香山寄韩诗云:'户大嫌甜酒,才高笑小诗。'毕竟是高才而后能戏,亦始可戏。"③ 又举《陆浑山火》为例:"《陆浑山火》诗不过秋烧耳,遂曼衍诡谲,说得上九霄而下九幽。(中略)以诗而言,亦游戏已甚矣,但艺苑中亦不可少此一种瑰宝。"最后还提到,"先宫詹为门生子侄之为翰林者,选《玉堂诗脍》一书,又取《董生行》一首,而此诗亦不遗,却不加点,似默喻以审乎才学,以为取舍"④。事实上,游戏之作虽为小道,但才与学缺一不可,因此不得不归结于博学。但"博学不是獭祭,獭祭终有痕迹。手不释卷,日就月将,不待招呼而百灵奔赴矣"。他说"余家不蓄类书,不蓄《韵府》,刚制于己,使无可以望救,亦是一法"⑤。如此强调才学,实际上已同叶燮对韩愈的推崇相一致。尽管如此,方世举仍不能不说是韩愈诗歌经典化过程中的一个重要人物,对韩愈诗歌史地位的确立起了非同小可的作用。他将韩愈从被叶燮无限而又抽象地推尊的三圣地位挪移到古诗宗师的坛坫上来,开启了桐城诗学并宗杜、韩的师法宗旨,后来通过姚鼐扩展到清代中后期诗坛,并与翁方纲提倡韩愈、黄庭坚的有力导向合流,最终在程恩泽、曾国藩的推导下,形成

---

① 方世举:《丛兰诗话》,《清诗话续编》,第 2 册,第 775 页。
② 同上书,第 774—775 页。
③ 同上书,第 775 页。
④ 同上。
⑤ 同上书,第 775 页。

晚清诗学中以杜、韩、黄为骨干的同光体主流，这是应该提到的。

方世举晚年讲学于乡里，后进多从而受学。程晋芳父亲与世举为中表兄弟，尝邀世举止其家，故晋芳得从世举学诗①，自称"余之诗盖出于桐城两方，兼采其说而学焉"②。这里说的桐城两方，方世举之外，另一位是方贞观。

## 二　方贞观《辍锻录》的诗学倾向

比方世举小四岁的从弟方贞观（1679—1747），也是桐城诗学的一位重要人物，他的声名和影响绝不亚于方世举，甚至犹有过之。名臣孙嘉淦已官翰林，仍执贽从他学诗。贞观名世泰，以字行，号南堂，晚号三乳老人。诸生，受戴名世《南山集》案株连，配隶旗籍，十载始放还。乾隆元年（1736）孙嘉淦荐举博学鸿词科，不就试。晚客扬州，馆于汪氏。工诗善书，有《南堂诗集》，为艺林所推重③。方贞观在朝廷首开博学鸿词的康熙十八年（1679）出生，王渔洋下世时他已32岁，与马朴臣称诗乡里。据郑方坤说，"昔者康熙之季，户竞谈诗，馆阁诸公尚仍唐制，一二轶材之士，复跌宕自恣于眉山、剑南之间，墨守输攻，玄黄战野，方氏矫以清真，有若弹丸脱手。相如（马朴臣）接踵而兴，抗袂而起，风格虽微逊一筹，要自有其君形者存，非苟作者"④。贞观诗论，除见于批点《杜工部诗辑注》外⑤，还存有《方南堂先生辍锻录》44 则，稿本流落坊间，为金楷购得，道光十四年（1834）刊于扬州。此书传世虽较晚，但复旦大学图书馆所藏手写本有雍正十二年（1734）甲寅六月落款，提醒我们注意其写作年代所特有的诗学史意义。其中一个有特殊意义的论说，更预示了乾隆间诗学三派的分化。

《辍锻录》开宗明义即将诗歌别为三类，"有诗人之诗，有学人之诗，有才人之诗"⑥。才人之诗敏捷而少含蕴，时过境迁则不耐咀嚼；学人之诗功力虽深而终乏天分，难以动人；唯有诗人之诗言近旨远，为风雅正传。为此他教人"作

---

① 程晋芳：《春及草堂诗钞跋》，《勉行堂诗文集》，第 798 页。
② 程晋芳：《南堂诗钞跋》，《勉行堂诗文集》，第 797 页。
③ 方贞观传记见金鼎泰等纂《道光桐城续修县志》卷一六文苑传。
④ 郑方坤：《本朝名家诗钞小传》卷四，第 348 页。
⑤ 方贞观批点康熙叶永茹万卷楼刊本《杜工部诗集辑注》，现藏于南京图书馆。
⑥ 方贞观：《方南堂先生辍锻录》，《清诗话续编》，第 4 册，第 1936 页。

诗未辨美恶，当先辨是非"①。此所谓是非，自然关系到他对诗歌本质属性的理解。那么，推崇诗人之诗的方贞观，又是如何理解诗歌本质的呢？"有出入经史，上下古今，不可谓之诗者；有寻常数语，了无深意，不可不谓之诗者。"② 这种说法与后来袁枚的观念很接近，但他的着眼点不在于主观的"性灵"，而在于客观的"律"，所谓"诗必言律"。按他的说法，"律也者，非语句承接、义意贯串之谓也。凡体裁之轻重，章法之短长，波澜之广狭，句法之曲直，音节之高下，词藻之浓淡，于此一篇略不相称，便是不谐于律"③。然则律乃是诗歌作品所有审美规定性的总和，是统摄诗歌所有审美特征的总体概念。以律论诗，意味着他的诗学重心落在文本上，接近形式主义诗学，如此，他对诗歌价值的认识就与传统观念有了一些差异。研究者认为"方贞观高标诗人之诗，吟咏情性，重视诗歌意境之美，倡导唐诗，实际上是对清代重学问、重知识、重道德的主流诗论的一种反拨"④，从现象上说当然不错，但略失之简单化，反而使问题的核心变得不清楚。方贞观诗学的这些倾向，只有联系其形式主义诗学立场来看，才能理解其实质。

比如，传统观念将抒情表达的真伪视为衡量诗歌的基本尺度，而方贞观却不以为然，说"能令百世而下，读其诗可想其人，无论其诗之发于诚与伪，而其诗已足观矣"。这全然是一种立足于文本中心论的观念，即认为作品的价值取决于文本，而与动机无关。这种看法动摇了许多传统观念，使诗学内部产生价值重估的必要，作者的主张也不可避免地产生一些他甚至始料不及的问题，表现在师法取向上，便暴露出他观念深处的一个矛盾：一方面主张一种包容和多元的诗歌理想，一方面又独尊唐诗为艺术楷模。

我想研究者都会同意，《辍锻录》里这段长篇大论所展现的诗歌观念是非常通达的：

> 古云："诗有别材，非关书也；诗有别趣，非关理也。"此说诗之妙谛

① 方贞观：《方南堂先生辍锻录》，《清诗话续编》，第 4 册，第 1936 页。
② 同上。
③ 同上。
④ 张宗霞：《论方贞观〈辍锻录〉的诗论倾向》，《黄山学院学报》2009 年第 2 期。

也，而未足以尽诗之境。如杜子美"雨露之所濡，甘苦齐结实"，白乐天"野火烧不尽，春风吹又生"，韩退之《拘幽操》，孟东野《游子吟》，是非有得于天地万物之理、古圣贤人之心，乌能至此？可知学问理解，非徒无碍于诗；作诗者无学问理解，终是俗人之谈，不足供士大夫之一笑。然正有无理而妙者，如李君虞"嫁得瞿塘贾，朝朝误妾期。早知潮有信，嫁与弄潮儿"，刘梦得"东边日出西边雨，道是无晴却有晴"，李义山"八骏日行三万里，穆王何事不重来"，语圆意足，信手拈来，无非妙趣。可知诗之天地，广大含宏，包罗万有，持一论以说诗，皆井蛙之见也。①

持这种态度裁量前代诗歌传统，应该说诗歌的天地是很辽阔的，道路也是很宽广的。但问题是，成长于康熙后期，在后王渔洋时代步入中年的方贞观，实在无法摆脱对亲身经历的那段诗歌史的失望及连带产生的对当代诗歌写作的悲观意识。在他的回忆中，近几十年的诗歌史完全是失败的记录。康熙后期的诗坛，虽取法多元，但总体上不脱貌袭之弊：

> 康熙己卯、庚辰以后，一时作者，古诗多学韩、苏，近体多学西昆，空疏者则学陆务观，浸淫濡染，三十年其风不变。究之徒有其貌，古人精神所在，正未尝窥测及之。②

而眼下的诗坛也看不到什么希望，甚且正在向邪道上滑去：

> 近有作者，谓《六经》《史》《汉》皆糟粕陈言，鄙三唐名家为熟烂习套，别有师传，另成语句，取宋、元人小说部书世所不流传者，用为枕中秘宝，采其事实，撷其词华，迁就勉强以用之，诗成多不可解。令其自为疏说，则皆逐句成文，无一意贯三语者，无一气贯三语者。乃侗然自以为博奥奇古，此真大道之波旬，万难医药者也。

研究者认为这段话是针对浙派领袖厉鹗（1692—1752）专喜撷拾宋代野史笔记中

---

① 方贞观：《方南堂先生辍锻录》，《清诗话续编》，第 4 册，第 1937 页。
② 同上书，第 1942—1943 页。

琐事僻典入诗而发①，甚有见地。雍正元年（1723）厉鹗与沈嘉辙、吴焯、符曾、赵信等人同撰《南宋杂事诗》七卷，各将所引典故注于诗下，引书几近千种。四库馆臣称其"一字一句，悉有根柢，萃说部之菁华，采词家之腴润。一代故实，巨细兼该，颇为有资于考证"②。但后来法式善《梧门诗话》也提到"议者病其似作论，不似歌诗"③。所谓议者，不只是方贞观，可能还包括沈德潜，他在《说诗晬语》中曾提到："不读唐以后书，固李北地欺人语，然近代人诗，似专读唐以后书矣。又或舍九经而征佛经，舍正史而搜稗史、小说，且但求新异，不顾理乖，淮雨别风，贻讥踌驳，不如布帛菽粟，常足厌心切理也。"④ 可见这也是格调派对浙派矫明七子之枉而过正的警觉。

无论如何，基于上述那种建立在一系列失败判断上的诗史认知，在否定学韩、学西昆、学苏、学陆游、杂取宋元说部成诗等种种路径之后，回归唐诗就只能是自然而然的结果，同时也是别无选择的选择。方贞观用一个充满绝望感的说法来宣布自己的结论：

> 要之作诗至今日，万不能出古人范围，别寻天地。惟有多读书，熔炼淘汰于有唐诸家。或情事关会，或景物流连，有所欲言，取精多而用物宏，脱口而出，自成局段，入理入情，可泣可歌也。若舍此而欲入风雅之门，则非吾之所得知矣。⑤

出于这样的信念，他截然将唐以外的诗歌统统排除在自己的师法视野之外，明确地宣示："《三百篇》而下，由汉、魏以迄六朝，代有传诗，而余独以唐人为归。"⑥ 在特定的语境下，一个对诗歌怀有包容的多元理想的诗人，最后无奈地回归于有限的唐诗天地。虽说这天地已足够广袤，但就诗歌传统而言毕竟还是不完全的。而问题还没完，即便排除了诗歌史的大部分，将取法的楷模锁定于唐

---

① 张宗霞：《论方贞观〈辍锻录〉的诗论倾向》，《黄山学院学报》2009 年第 2 期。
② 永瑢等纂：《四库全书总目》卷一九〇，第 1733 页。
③ 张寅彭、强迪艺：《梧门诗话合校》卷一〇，第 321 页。
④ 沈德潜：《说诗晬语》卷下，《清诗话》，下册，第 553 页。
⑤ 方贞观：《方南堂先生辍锻录》，《清诗话续编》，第 4 册，第 1944 页。
⑥ 同上书，第 1937 页。

诗，他仍旧面临着对师法对象的重新确认，具体地说就是在初、盛、中、晚四唐中学哪个唐。

从方贞观论用事选料，主张"当取诸唐以前，唐以后故典，万不可入诗，尤忌以宋、元人诗作典故用"①，约略可见其论诗宗旨系承明代格调派而来②。事实上，从黄生的诗话中我就隐隐感觉到，格调派诗学在安徽从来没受到过严厉的抨击，一直平静地承传着。尽管如此，经过康熙间诗家的扬弃和改造之后，格调派"诗必盛唐"的宗法观念已无复往日的气焰和号令天下的权威，而方贞观似乎也没什么老调重弹的兴趣，于是转而将目光投向历来较少关注的中唐，理由是"唐诗至元和间，天地精华，尽为发泄。或平，或奇，或高深，或雄直，旗鼓相当，各成壁垒，令读者心忙意乱，莫之适从"③。乡里后学程晋芳称，"先生专主中晚唐，以清新宕逸为主"，足见方贞观的论诗宗旨人所共知，在地方上有一定的影响。程晋芳还提到"先生尝欲选唐人自刘长卿以下至中唐之末为一集，去昌黎、长吉、卢仝、刘叉四家，而以义山、牧之、飞卿、致尧续焉，以教世之学诗者"④。这就是说，方贞观的唐诗学与方世举有着一致的倾向，同样以中晚唐为归，也同样有着指示后学的用心，体现了桐城诗学日益走向教学方向的趋势。然而具体到艺术趣味与师法路径，两人的取舍却殊有出入。方世举以杜、韩为宗，退刘长卿而以白居易、刘禹锡、李商隐、温庭筠为杜之四科，于李贺诗集也有钻研批注。而方贞观却进刘长卿、杜牧、韩偓而退韩愈、李贺，宗尚颇为异趣，甚至有某种程度的对立。更进一步说，方世举简直视大历诗若无物，而方贞观相反却给予较高的评价，《辍锻录》有曰：

> 体制惟七律最难，须五十六字无一牵凑，平近而不庸熟，清老而不俚直，高响而不叫号，排宕而不轻佻。尤忌删去两字便可作五言诗读。欲除诸病，惟熟读少陵及大历诸名家，则得之矣。⑤

① 方贞观：《方南堂先生辍锻录》，《清诗话续编》，第 4 册，第 1936 页。
② 勿用唐以后事之说，发自元代赵孟頫，明代格调派颇奉其说。王世贞《艺苑卮言》、谢榛《四溟诗话》皆有说，详蒋寅《原诗笺注》（上海古籍出版社 2014 年版）第 236—237 页。
③ 方贞观：《方南堂先生辍锻录》，《清诗话续编》，第 4 册，第 1941 页。
④ 程晋芳：《南堂诗钞跋》，《勉行堂诗文集》，第 797 页。
⑤ 方贞观：《方南堂先生辍锻录》，《清诗话续编》，第 4 册，第 1941—1942 页。

这虽只是论七律，但他以大历诸子直接老杜，与方世举以韩继杜，取径明显不同。差别就在于方世举颇尚气势，故多取于韩愈；而方贞观偏爱神致，故倾向于大历才子。从根本上说，他以大历诸子接武杜陵，也正是出于他对杜诗某种程度的不满。他不像本家前辈们那样迷恋杜诗，坦言自己"性不近杜"，称杜诗"论其思深力大，气古才雄，自应首推，然其病亦不少"，具体表现为"有累句，有晦句，出词有卑鄙者，用意有牵凑者，气韵有甜俗者，意象有叫号者，多凑韵，多复韵，使事不无错误，先后屡见雷同，窠臼不除，习气亦固"。要之不出"芜累晦涩"四字①，而究其病根则缘于缺乏神致。从他批点朱鹤龄《杜工部诗集辑注》第三册的题识，我们大概可以体度他欲以大历补救杜诗略欠神致的深心：

> 古人感物兴怀，俯仰留连，形诸咏叹，性情所关。百世而下，读者为之歌泣，此诗之道也。顾所以感人易而入人深者，不在魄力而在神致，不在气骨而在音声。今之读子美者，震慑其魄力，不暇味其神致；规模其气骨，不复聆其音声。徒得子美芜秽、重浊、拙涩、支离之病，而其高古穆落之致、沧凉悲壮之音，概乎未有得。夫神致索然，音韵不长，恶可以为诗乎？

后来桐城诗学的主流虽像是演漾了方世举一派，但姚鼐取法于王渔洋神韵论的诗学宗尚隐然与方贞观的神致说相通。最重要的是，方贞观论诗推尊大历的趣向与方世举之崇尚中唐共同为桐城派的诗学渊源贴上了中唐的标签，这也使诗史上的中唐更加凸显其典范性，紧跟上初、盛、晚唐诗经典化的步伐。

由于论诗的中心落实于文本，方贞观更用心于揣摩唐诗的艺术手法和技巧，多有出自心得的造微之论。比如论点缀的两则，就颇能发明其要义：

> 诗中点缀，亦不可少，过于枯寂，未免有妨风韵。然须典切大雅，稍涉浓缛，便尔甜俗可厌。吾最爱周繇《送人尉黔中》云："公庭飞白鸟，官俸请丹砂。"亦何雅切可风也！

> 点缀与用事，自是两路。用事所关在义意，点缀不过为颜色丰致而设

---

① 方贞观批点朱鹤龄《杜工部诗集辑注》，转引自杨曦《南京图书馆〈方南堂先生手批杜诗〉考论》，《南京师范大学文学院学报》2017年第4期，下同。

耳。今人不知，遂以点缀为用事，故所得皆浅薄，无大深意。①

前一则说明点缀之法的功用及修辞原则，举晚唐周繇之作为例，说明丹砂对白鸟色彩之明艳与用典之雅切；后一则更通过与用典的对比，揭示点缀的修辞原理所在，批评时人混淆两者带来的不良后果。寥寥数语，而言简意赅，义旨瞭然。又如论用事，主张以"眼前情事，有必须古事衬托而始出者"为原则，又具体阐述用事的不同方式：

> 古人于事之不能已于言者，则托之歌诗；于歌诗不能达吾意者，则喻以古事。于是用事遂有正用、侧用、虚用、实用之妙。如子美《荆南兵马使太常卿赵公大食刀歌》云："万岁持之护天子，得君乱丝为君理。"此侧用法也。刘禹锡《葡萄歌》云："为君持一斗，往取凉州牧。"此虚用法也。李颀《送刘十》云："闻道谢安掩口笑，知君不免为苍生。"此实用也。李端《寻太白道士》云："出游居鹤上，避祸入羊中。"此正用也。细心体认，得其一端，已足名家；学之不已，何患不抗行古人耶？②

结合具体的诗例来说明用事的正、侧、虚、实之法，深入浅出，明白易懂，不仅见出对唐诗艺术技巧的揣摩之细，更显示了桐城诗学"见得到说得出"的接引、指授本领③，非仅如刘声木所称"多论诗精微之语"而已④。这是我读《方南堂先生辍锻录》最强烈的感受。

　　论乾隆间的桐城诗学，方世举、方贞观之外，方氏家族中还有一位方观承，也不能不提到。喜录达官贵人之作的袁枚《随园诗话》，曾再三提到这位方敏恪公，不过误记为方世举族弟。卷三载方世举改诗佚事云："桐城吴某告予云，扶

---

① 方贞观：《方南堂先生辍锻录》，《清诗话续编》，第 4 册，第 1938 页。

② 同上书，第 1943 页。

③ 方贞观《方南堂先生辍锻录》："高适、李颀不独七古见长，大段气体高厚，即今体亦复见骨格坚老，气韵沉雄。余最爱李颀一篇云：'青青兰艾本殊香，察见泉鱼固不祥。济水至清河自浊，周公大圣接舆狂。千年魑魅逢华表，九日茱萸作佩囊。善恶死生齐一贯，只应斗酒任苍苍。'眼中胸中何等宽阔，可谓见得到说得出。"《清诗话续编》，第 4 册，第 1940 页。

④ 刘声木：《苌楚斋随笔》续笔卷一，中华书局 1998 年版。

南三改《周瑜墓》诗，而愈改愈谬。其少作云：'大帝君臣同骨肉，小乔夫婿是英雄。'可称工矣。中年改云：'大帝誓师江水绿，小乔卸甲晚妆红。'已觉牵强。晚年又改云：'小乔妆罢胭脂湿，大帝谋成翡翠通。'真乃不成文理！岂非朱子所谓'三则私意起而反惑'哉？扶南与方敏恪公为族兄。敏恪寄信，苦劝其勿改少作，而扶南不从。"① 这里的方敏恪公即方观承，他曾从方贞观学诗，是方氏家族的文学后劲之一。

### 三 一个被遗忘的桐城诗论家——方观承

方观承（1698—1768），字遐谷，号问亭，又号宜田。因祖、父辈以《南山集》案流放东北，而流落京师，客平郡王幕，以荐赐中书衔，累官至直隶总督，为乾隆间著名的五督臣之一，卒谥敏恪。观承博学工诗，又师从族父方苞，受经学与古文之法，曾与秦蕙田合撰《五礼通考》，编祖、父及己三世诗为《述本堂诗集》，收自著《宜田汇稿》诸种，又有《问亭集》等②。观承位甚达而不辍文学，方世举论及家族诗学的承传，盛赞"望溪兄、宜田侄实确守之，兄以文胜而诗居功半，今藏于家；侄则表见于世矣"。他曾将方世举论诗之说笔录成册，同时也附载些许他本人的看法。其书未见传本，幸而《丛兰诗话》引述若干则；另外他还与乔亿讨论诗学，《剑溪说诗》卷下偶采其说，使我们得以略窥其诗论一斑。

首先我感觉到，因年辈的差异，方观承论诗所针对的诗学语境已不同于两位从父。如果说二方诗论主要是面对康、雍之交勃兴的浙派发言，那么方观承已置身于乾隆以来方兴未艾的性灵诗潮中。从方世举这一段话中，我们不难读出其现实针对性：

> 余尝觉文格前一代高一代，文心后一代进一代。香山云："诗到元和体变新。"岂元和前腐臭耶？但日益求新耳。老杜自喜有云："每于百僚上，猥诵佳句新。"然又云："赋诗新句稳，不觉自长吟。"则新必须稳。宜田册

---

① 袁枚：《随园诗话》，第62页。
② 方观承传记见袁枚《小仓山房文集》卷三《太子太保直隶总督方敏恪公神道碑》、刘声木《桐城文学渊源考》卷二。

子中有言不可求冷僻事，不可用作态句，此便隐射著求新而不稳者。①

求新是康熙末年以来在叶燮自成一家的观念主导下诗坛的共同趋向，后来集中表现于赵翼的诗论中。在康熙中叶宗韩、宗宋诗风的熏陶下成长起来的方世举，还热衷于创新的憧憬，而在康熙后期与浙派相伴而生的方观承却似已感觉到唯新思潮衍生的流弊，对求新而不稳的后果抱有了警觉。为此，他论诗反对用事追求冷僻，琢句矫张造作，总之鄙薄刻意求险，刻意安排，认为"意有专注，迹涉趋逗，亦见丑态"。方世举很赞赏此言，补充说明："只就无学无才而好和险韵者观之，每于上文早谋安顿，便是趋逗，便是丑态。"② 还提到"宜田论诗，独不喜怪"③。的确，方观承论诗崇尚的正是不奇不怪、自然成文。方世举提到观承笔录的诗话册子里，有其别后自记的内容，如："诗有不必言悲而自悲者，如'天清木叶闻'，'秋砧醒更闻'之类，觉填注之为赘。有不必言景而景自呈者，如'江山有巴蜀'、'花下复清晨'之类，觉刻画之为劳。"④ 由此不难体会其论诗的趣味所在。

通过方世举转述的片言只语，也可知道方观承论诗非常重视章法。如："七律章法，宜田尤善言之。只就一首，如刘梦得《西塞山怀古》，白香山所让能，其妙安在？宜田云：前半专叙孙吴，五句以七字总括东晋、宋、齐、梁、陈五代，局阵开拓，乃不紧迫。六句始落到西塞山，'依旧'二字有高峰堕石之捷速。七句落到怀古，'今逢'二字有居安思危之遥深。八句'芦荻'是即时景，仍用'故垒'，终不脱题。此抟结一片之法也。至于前半一气呵成，具有山川形势、制胜谋略，因前验后，兴废皆然，下只以'几回'二字轻轻兜满，何其神妙！"⑤ 还有一则方观承论七律的见解："七律八句，要抟结完固，宛转玲珑，句中寓有层叠，乃妙。若只是四层，未见圆活，俗语所谓死版货。"⑥ 桐城派本以文章名世，对文章要领，上至体制、结构，下至声气、色泽，都有自己一套学

---

① 方世举：《丛兰诗话》，《清诗话续编》，第 2 册，第 777 页。
② 同上书，第 777 页。
③ 同上书，第 782 页
④ 同上书，第 777 页。
⑤ 同上书，第 778 页。
⑥ 同上。

说。移用于诗学,就形成融文法入诗学的特色。方观承从方苞受古文义法,是桐城作家中运用文法来论诗的前驱。

桐城文法很重要的内容是句法论,方观承论诗也表现出对句法的细腻感觉。他甚至提出"句法要分律、绝",举例说:"余尝为舟行诗,起句'几层轻浪几层风',自谓是绝句语,不合入律。"我在前人诗论中还没见过类似的说法,很可能是方观承的独到见解,而且无疑是有见地的,方世举也不由得赞叹"宜田此见,鞭心入微"①。事实上,这类深入句法层面的细致揣摩,正是桐城诗学的看家本领,自方拱乾一辈诗家就已注意到古诗铺排句与近体律句的差异。方观承尝举方拱乾批杜诗"是排句,不是律句"的例子,问方世举区别何在,世举答:"排句稍劲荡耳。"观承说:"匪惟是,音节承递间,读之自不可易。"方世举仅停留在语体的风格层面,方观承更深入到两者声音和节奏的差异,由是方世举也不得不承认"子论更细"②。方观承还讨论到字法,指出:"《三百篇》之五言,如'艳妻煽方处',句眼在'煽'字,此少陵字法之祖。"方世举说:"余尝喜《考工记》每有一字而曲尽物理物情者,安得与宜田觌面缕指而共论之。"③ 然则方观承名义上从族父学诗,实际上两人的识见造诣常势均力敌,故论诗多得教学相长之乐。

中国古代的传统哲学,一向认为书不尽言,言不尽意——可以言说的内容都是粗浅的,真正精深的奥义概不可言说,因而论学最重视的是自家体认的功夫。桐城文学既以宗派承传树帜于文坛,自然重视学问传授中阅读体认的功夫。方观承论诗同样如此,格外强调宋代理学家所讲究的涵泳体认功夫。方世举记其语云:"少陵《梦李白》诗,童而习之矣。及自作梦友诗,始益恍然于少陵语语是梦,非忆非怀。乃知读古人诗文以为能解,尚有欠体认者在。"④ 又一则云:"'习习谷风,以阴以雨。'妇值风雨而愁叹,只是触感生情耳。注云:'阴阳和而后雨泽降,犹之夫妇和而家道成。'妇人之见,岂暇出此?朱子释经,自应依

---

① 方世举:《丛兰诗话》,《清诗话续编》,第 2 册,第 778 页。
② 同上。
③ 同上书,第 777 页。
④ 同上书,第 777—778 页。

理立论耳。"他的体会明显通达可取,连方世举也不由得称叹"其读书得间如此!"同时又遗憾"余亦有经史之探微索隐者,惜不能与之印正。今载在《家塾恒言》中"①。由诗话中引述的内容看,方观承与方世举之间,诗学商榷相当频繁,往往都附于书札之后,如果能保存下来,都会是桐城诗学的重要文献。即便是《丛兰诗话》中所存吉光片羽,也足以说明方观承是桐城派中融文法于诗学的开风气之人,后来姚鼐及门人方东树《昭昧詹言》以文法论诗,实际是承传了方观承诗学一脉。

方氏叔侄的诗论是桐城诗学发展史上承前启后的重要环节,起码具有两方面的历史意义:一是诗学的专门化——不是以古文家兼治诗学,而是以诗学专门名家,在古文传统之外亮出了桐城诗学的旗帜;二是确立以中唐诗为宗的诗学观念,通过深入细腻的研究为桐城诗学打下深厚的学术基础,这放到清代诗学史的发展中看,意义已超出了桐城派本身。桐城诗学不同于其他地域的特点,一是有家族承传,二是以师生教学传授。在某些人物身上,这两个特点经常是交叉并存的。通过方观承记录方世举诗说,及《丛兰诗话》转述方观承的诗论,不难窥见方氏家族中相互切磋诗艺的风气及其承传意识之一斑。


## 第三节　由偏擅到兼长


从方以智、钱澄之、方苞等第一代、第二代作家起,桐城派就显出它既是一个文派、又是一个学派的复合特征。由于有着相同的学术背景和文学倾向,桐城派作家表现出比以往的文学流派更多的观念趋同性和风格一体化色彩。研究者注意到桐城派作家在一些文学基本问题上的看法比较一致,刘大櫆和姚范的论文之语往往重复而不易分辨,姚鼐的文论也同样如此,而方东树等后学则多因循守

---

① 方世举:《丛兰诗话》,《清诗话续编》,第2册,第778页。

常，不主标新立异①。或许从某个角度看，桐城派的确显示出这种理论统序的延续性和一致性，但就才学禀赋而言，我更倾向于认为在桐城派几代作家之间存在着明显的代际差异，整体上表现为由独擅古文、兼治经学到经学、诗文并长的转变。相比方氏叔侄，姚范和刘大櫆是更典型地体现这一历史转变的桐城作家。两人同列名于雍、乾之际的"龙眠十子"，又同举雍正元年（1723）博学鸿儒，姚鼐祭刘大櫆文称"昔我伯父，始与并兴"②，有意识地将他们树立为桐城派承先启后的一代宗师，以建构桐城派的文统③。后世也常将他们相提并称④，视为桐城派第二代与第三代作家之间的过渡性人物⑤，但两人在桐城诗学史上的意义尚未被充分揭示。

## 一　姚范对桐城诗学的导向

姚范（1702—1771），初名兴涑，字巳铜，后字南菁，号姜坞。乾隆七年（1742）进士，任翰林编修。博通经史，精于考据，诗文兼长⑥，著作后人编为《援鹑堂诗文集》《援鹑堂笔记》。他曾编纂、批点经史诗文多种，诗歌方面即编有《曝书亭诗选》《考功诗选》《莲洋诗选》，又评点过王渔洋《古诗选》、薛蕙《考功集》、吴雯《莲洋集》《国朝山左诗钞》等⑦。他论文的宗旨，耳食者往往以为承方苞为文义法，实际上他根本就瞧不上方苞的文章学术⑧。其学术与文学都自成一家，诸生时即为齐召南、胡天游、杭世骏辈名公所推重，后来更被与顾炎武、阎若璩相提并论，道是"昆山顾亭林、太原阎百诗有其博核，逊其平允，洵一代通儒也"⑨。族子姚鼐少年即从他受学，直接承传了他的经学与文学。

袁枚曾说，"（姚鼐）先生从父南菁讳范，在长安与余有车笠之好，学问淹

①　赵建章：《桐城派文学思想研究》，北京图书馆出版社 2003 年版，第 143 页。

②　姚鼐：《祭刘海峰先生文》，《惜抱轩诗集》，第 246 页。

③　王达敏：《姚鼐与乾嘉学派》，第 120—121 页。

④　陈作霖《论国朝古文绝句二十首》其十三："海峰姜坞凤追随，文采风流赖主持。"《可园诗存》卷二二《旷观草》下，宣统元年刊本。

⑤　周怀文：《桐城文学津梁——姚范》，《船山学刊》2009 年第 2 期。

⑥　姚范生平考证，可参看卢坡《姚范年谱简编》，《古籍研究》第 59 卷，安徽大学出版社 2003 年版。

⑦　刘声木：《桐城文学撰述考》，黄山书社 1989 年版，第 408 页。

⑧　王达敏《姚鼐与乾嘉学派》第 128—129 页已指出这一点，可参看。

⑨　高澍然：《翰林院编修姚董坞先生庙碑》，《抑快轩文集》，广陵古籍刻印社 1998 年版，第 2 册，第 1109 页。

博，而不喜吟诗"①。但郭麔却称姚范诗在山谷、后山之间②，钱锺书更认为"桐城亦有诗派，其端自姚南菁范发之"③。看来姚范虽不多问题诗，但诗才还是颇为后世推重的。当然，他所说的文学造诣主要还是在文章方面，就是评诗也常出以文章手眼。他的"文法要莽苍硬札高古"之说④，被方东树奉为宗旨，而且将"文法"作为论诗的重要概念。平生评泊所阅诗集，兴趣主要在训诂考证，较少触及诗歌的艺术表现。曾孙姚莹所编《援鹑堂笔记》，卷四十四辑存他论诗的一些文字，虽吉光片羽，于桐城诗学却有着方向性的指导意义。其中最重要的一点是从体用关系的角度对性情的诗学意义做了限定。

《笔记》有云："少陵诗毋论工拙，其居游酬赠以及欢娱愁寂，凡平生性情处处流露，千载下如与公晤对。此当合全集而读之，知人论世之事也。若核其诗而规其至，必取其精神、气格、音响、兴会、义意并著者，乃为赏音。世人一概诵习，云吾知公性情，夫作诗者孰谓无性情耶?"⑤ 这段话包含两层意思：一方面，杜诗随处流露出作者所说的性情，内容十分丰富，知人论世必须读其全集；但另一方面，若要衡量杜诗艺术的独到造诣，则只有抓住那些精神、气格、音响、兴会、义意兼备的作品，才能体会。世人不明此理，以为随便什么诗都能见出老杜性情，那就成了什么作者都有性情，而性情的概念也就失去意义了。很显然，他所说的性情是有特殊规定性的，不是任何思想、情感的表达都可视为有性情。这样一种见解，未必是对性灵派唯自我表现论的反拨，但不失为一种预警。他曾将这种世俗浅见的源头追溯到江西诗派，见于《笔记》另一则：

> 杜四千篇中，精粗杂揉。夔州诸什，山谷偏嗜。就其自撰，亦以能得法外意故佳，而逐影者亦云绝诣在是。《送瓜》《畦水》之篇，《苦苣》《冷淘》之感，《伯夷》《辛秀》，殿最崎岖；《鸡栅》《水筒》，客居烦辱。室家之谇诼，妇女之经营，胥云性情在是，烂漫天真，遂令群瞽拍肩，琐言调

---

① 袁枚：《随园诗话》补遗卷一，第 428 页。
② 郭麔：《樗园消夏录》卷下，嘉庆间家刊灵芬馆全集本。
③ 钱锺书：《谈艺录》，第 145 页。
④ 方东树：《昭昧詹言》卷一，人民文学出版社 1961 年版，第 28 页。
⑤ 姚范：《援鹑堂笔记》卷四四，道光刊本。后引姚范之说皆出于此卷。

语，一唱百和，故轻薄之徒爱以为口实矣，岂非前修阶之厉哉？

众所周知，黄庭坚最赞赏杜甫夔州以后诗，他自己的创作也颇得老杜夔州诗的家常之趣，但姚范认为这并非简单地模仿杜甫，同时山谷的独到造诣也不在这里，然而世间盲目追随者却谬以为山谷佳处即在此，性情即于此表见，群起效仿，遂流为室家琐屑之词，这绝不是姚范理解的性情。

姚范明显将诗分为体用两个层面，性情是体，精神、气格、音响、兴会、义意是用。论性情是为了知人论世，论精神、气格、音响、兴会、义意则是"核其诗而规其至"，即考察具体作品以估量杜甫艺术造诣的落脚点。用生于体，体显于用。这就意味着，性情只能通过诗歌的精神、气格、音响、兴会、义意各个层面表现出来。我们知道，严羽《沧浪诗话》曾从五个方面分析诗的要素，即体制、格力、气象、兴趣、音节[1]。姚范的说法与之相比，只有"义意"和"体制"两者有出入。这不难理解，严羽之说主于写作，是就写作涉及的所有层面而言的；而姚范之说则主于鉴赏，仅就艺术表现的层面而言。所以两者虽大体吻合，却也有所不同。精神、气格、音响、兴会、义意五个概念，凸显了姚范诗学与格调派的渊源，同时也奠定了后来桐城诗学的基本倾向，即讨论诗歌艺术主要落实在语言层面。《笔记》有一则议论很可玩味：

> 《潜溪诗眼》云：孙莘老尝谓老杜《北征》胜退之《南山》诗，王平甫以谓《南山》胜《北征》，终不能相服。时山谷尚少，乃曰："若论工巧，则《北征》不及《南山》；若书一代之事，以与国风雅颂相为表里，则《北征》不可无而《南山》虽不作未害也。"二公之论遂定。余谓宋人评泊，特就事义大小言之耳。愚谓但就词气论，《北征》之沈壮郁勃，精采旁魄，盖有百番诵之而味不穷者，非《南山》所并。《南山》仅形容瑰奇耳，通首观之，词意犹在可增减之中。

黄庭坚平章孙莘老和王安石之争，是批评史上有名的公案。他的判断建立在宋人

---

[1] 严羽：《沧浪诗话·诗辩》，《历代诗话》，上海古籍出版社1981年版，下册，第687页。

崇尚的"诗史"观念相对于南朝以来崇尚的形似观念的优势上，即所谓"特就事义大小言之耳"。而在姚范看来，其实仅论词气，便可立判二诗高下。为什么呢？《北征》"沈壮郁勃，精采旁魄"，意味着精神（勃郁）、气格（沈壮）、音响（精彩）、兴会（旁魄）各个层面都很出色；而《南山》只有形容瑰奇而已。从"词意犹在可增减之中"的批评看，命意也是词气的应有之义。这就是说，词气乃是包括精神、气格、音响、兴会、义意的上位范畴。不仅诗学，实际上桐城的文章学也是建立在这一范畴之上。

我们知道，桐城有着很好的教育传统，不光本县私学发达，文士在外坐馆、执教者也为数众多。坐馆与书院教育与桐城派文学的承传有着非常密切的关系①。桐城文人"既以教师为职业，那就不但自己写文章，还要给人讲文章，教人做文章。因此，他们就不像官僚及清客们那样可以出奇吊诡，随意挥洒，怪怪奇奇，鞠䶄格磔。他们必须探索语言使用的常规，讲明开合、伏应、穿插、顿宕的技巧，指出应该怎样写与不应该怎样写，即文章的宜忌所在"②。从桐城派的远祖归有光开始，就编有《文章指南》③，教人如何读文章、做文章，所有功夫都落到实处，一无虚语。姚范在《笔记》中也强调指出："字句章法，文之浅者也，然神气体势皆阶之而见，古今文字高下莫不由此。"这一见解直接为姚鼐、方东树所继承和发挥。姚鼐论文的基本态度就是："夫文章之事，有可言喻者，有不可言喻者。不可言喻者，要必自可言喻者而入之。"④ 本着这种认识，后来桐城作家尤其重视通过评点来提示文章义法，从而形成桐城派独特的批评传统。

细致的本文研究，首先让姚范透过杜甫、韩愈诗洞见格调的真髓。他曾指出："韩退之学杜，音韵全不谐和，徒见其佶倔。如杜公但于平中略作拗体，非以音节聱牙不和为能也。"此说应该是针对七古而言，如果这一推断不错，那么姚范的论断实在是很精辟的，揭示了七古写作在杜甫到韩愈之间发生的反律化倾

---

① 有关研究，可参看徐雁平《书院与桐城文派传衍考论》，（台湾）《汉学研究》第 22 卷第 2 期，2004 年 12 月；曾光光《桐城派的传承与传统教育》，《清史研究》2005 年第 3 期。

② 参看吴孟复《桐城文派述论》，第 21 页。

③ 归有光：《文章指南》，（台湾）广文书局 1972 年影印"中央图书馆"藏钞本。

④ 廉泉辑：《惜抱轩语》，余祖坤编：《历代文话续编》，凤凰出版社 2013 年版，第 1 册，第 399 页。

向的强化①。顺便提到，宗杜的姚范对韩愈诗的评价显然不太高，评《咏雪赠张籍》云："余谓公此等诗无一语佳者，盖底成堆，凡陋可笑。"② 这与后来桐城派对韩愈的推崇很不同，值得我们注意。另一点值得注意的是他对黄庭坚的评价："涪翁以惊创为奇，其神兀傲，其气崛奇，玄思瑰句，排斥冥筌，自得意表。玩诵之久，有一切厨馔腥蝼而不可食之思。"陈伟文认为这一评论奠定了桐城派黄诗接受的基本观点，很有见地③。后来方东树曾引述此语④，称："山谷之学杜，绝去形摹，尽洗面目，全在作用，意匠经营，善学得体，古今一人而已。论山谷者，唯姜坞、惜抱二姚先生之言最精当，后人无以易也。"⑤ 很显然，姚范对黄庭坚的评价是姚鼐以及桐城后学将黄庭坚与杜甫、韩愈并尊奉为学诗典范的重要理据，对桐城诗学观念产生了深远的影响。

基于对本文的深入研究，姚范很有点瞧不起沈德潜的格调诗学，《笔记》评沈编《明诗别裁集》："大雅不作，诗道沦芜，归愚以帖括之余研究风雅，自汉魏以及胜国篇章，悉所甄录。迹其生平，门径依傍渔洋，而于有明诸公及本朝竹垞之流，绪言余论，皆上下采获。然徒资探讨，殊尠契悟，（中略）《淮南》所云有以言白黑，无以知白黑也。兹选亦仍云间、秀水之遗意，而去取未当，负沧溟之瑰奇，笑鼠璞之未辨，徒标矜慎，漫诩赏音者矣。"从某种意义上说，明代诗学就是一面镜子，对它的不同评价反映出清代诗学自身的面貌。清初以来诗家一般都弃明诗如敝屣，而姚范用心读过明诗。对全盘否定明诗的吴乔，《笔记》详摘《围炉诗话》持论之乖谬，以四页多的篇幅予以痛驳。姚范对明诗的这种态度，与他以字句之细微矫神韵诗学之浑沦不切相表里，都可以说是对康熙以来诗学主流的一个反拨。这一立场多少影响到姚鼐对明诗的看法，姚鼐教人学诗由明七子入手，当与他早年从姚范受诗学的经历不无关系。

总体看来，姚范于诗学所得终浅，评骘之间尚不脱学究气，是故《笔记》

---

① 对这一问题的具体考述，可参看蒋寅《韩愈七古声调分析》，《百代之中》，北京大学出版社 2013 年版，第 151—163 页。

② 钱仲联：《韩昌黎诗系年集释》卷二引，上海古籍出版社 1994 年版，上册，第 171 页。

③ 陈伟文：《清代前中期黄庭坚诗接受史研究》，第 113 页。

④ 方东树：《昭昧詹言》卷一〇引，第 226 页。

⑤ 方东树：《昭昧詹言》卷二〇，第 450 页。

方东树的按语对他的论断不无异议。卷五十评陈子龙《咏严先生钓台》，只考辨严子陵娶梅福季女生子一事的无稽，而方东树则盛赞"此诗俊爽，语势自在。以此知随人作计，不如自家逼真。海峰先生独以此一篇入选，衡鉴固无差也"。两相对照，姚范评诗手眼终究逊于刘大櫆和方东树。

## 二　刘大櫆与桐城派诗文评点传统

刘大櫆（1698—1779），字才甫，一字耕南，号海峰。雍正间贡生，文章为方苞所叹赏，说："如苞何足算哉！邑子刘生乃国士尔！"由是名噪京师。然屡试不售，年届花甲才一试黔县教谕之职。他是桐城派上承方苞、下启姚鼐的重要人物，与方、姚二公并称为桐城三祖，但他在诗学方面的贡献尠为研究者注意①。相比以前的桐城作家，刘大櫆首先张扬了桐城派重视诗文评选、批点的传统。他编选的诗文选本有《历代古文约选》廿余卷、《唐宋八家古文约选》四十八卷、《归川震文集选本》《历代诗约选》九十二卷、《五七言古近体诗钞》（卷数不详，与方苞同选）、《五言正宗》八卷、《七律正宗》四卷、《唐人万首绝句钞》二卷，批点之书现知除《左传》《国语》《孟子》《庄子》《法言》《文选》、茅坤《唐宋八家文钞》外，历代诗歌是重头戏，计有《诗经》、《楚辞》、《古诗选》、《唐人万首绝句选》②、《唐诗正宗》、《钱注杜诗》、《杜诗》、《高青丘大全集》③、王渔洋诗集等④，足见他虽以古文名世，却在诗学上颇下过功夫。其评点本都为徐氏所钞藏，见重于后人⑤。应该说，刘大櫆在诗学上用功之深、批览之勤，是桐城作家中前所未有的。特别引起我注意的是他对王渔洋诗学著述的批点。王渔洋与桐城诗人有很深的渊源，康熙间桐城有名的诗人方文、张英、方以智父子、姚文然、姚文燮、陈焯等都和他有诗歌交流，王渔洋诗学受到桐城后学的尊崇是很自然的。姚范即反复评点过王渔洋《古诗选》，评语为方东树辑入

---

① 关于刘大櫆诗学的研究，有刘采石、徐天祥《刘大櫆诗歌理论》，《文艺理论研究》1993 年第 4 期；吕敏：《桐城派与中国诗学传统》，安徽大学 2012 年硕士学位论文。

② 刘声木：《桐城文学撰述考》卷一，第 407—408 页。

③ 方东树《昭昧詹言》汪绍楹校点后记，第 539 页。

④ 徐氏旧藏有刘大櫆评点本，见刘声木《桐城文学撰述考》卷一，第 408 页。

⑤ 刘大櫆《徐昆山文序》提到："虽古经史诸子百家之书，经余之评论标录，昆山必缮写藏之。"参看吴孟复辑《刘大櫆集》卷二，上海古籍出版社 1990 年版，第 52 页。

《援鹑堂笔记》中。刘大櫆评点王渔洋诗集和渔洋编古唐诗选，使桐城诗家对王渔洋诗学的接受更加明朗化。尤其是他在王渔洋《古诗选》之外同时评点了姚鼐《七言今体诗钞》①，开后来桐城派用这两部选本作为诗学教本的先声。晚清桐城后学萧穆称"近代诗家选本正宗，首推王文简公《古诗选》"②，姚鼐批点王士禛《渔洋山人精华录》及所编《古诗选》《唐贤三昧集》，吕璜评点《文选》《唐诗别裁集》、杜韩苏诗，方东树批评《古诗选》和《今体诗钞》，萧穆评点《历代诗约选》，吴汝纶评点《瀛奎律髓》《唐诗鼓吹》等，都可以说是刘大櫆首开风气③。只可惜他的诗学业绩，竟为文名所掩而不彰。这一点乾隆后期的诗论家已注意到，乡里后学程晋芳甚至认为刘大櫆诗胜于文，其说见载于袁枚《随园诗话》：

> 桐城刘大櫆耕南，以古文名家。程鱼门读其全集，告予曰："耕南诗胜于文也。"《听琴》云："香台初上日，檐铎受风微。好友不期至，僧庐同叩扉。弹琴向佛坐，余响入云飞。余亦忘言说，乌栖犹未归。"《独宿》云："江村黄叶飞，犹掩萧斋卧。时有捕鱼人，橹声窗外过。"真清绝也。《哭弟》云："死别渐欺初日诺，长贫难作托孤人。"④

这看来不能简单地说是乡党阿私，同时代诗文兼擅的著名批评家管世铭也极推重刘大櫆的诗才，称其诗"各体俱有本末。近自馆阁及山林，罕见其匹"，又有诗题《海峰集》后曰："当代论诗最不群，寒毡横槊气如云。飞沈竹啸轩名在，至竟尚书愧广文。"⑤ 这竟是许其诗在诗坛盟主沈德潜之上！后来法式善也称赞刘大櫆诗格苍老，摘其佳句数联，以为"皆清微古淡，可入《极玄》《三昧集》中"⑥，不仅欣赏他有唐调，更注意到他与王渔洋神韵诗学的渊源。

从刘大櫆批点的诗学典籍看，可以相信他对王渔洋诗集与所编诗选都曾用功

---

① 韩胜：《清代唐诗选本研究》，第 161—162 页。
② 萧穆：《刘海峰先生历朝诗约选后序》，《敬孚类稿》卷二，黄山书社 1992 年版，第 43 页。
③ 孙琴安：《唐诗选本提要》，第 365 页。
④ 袁枚：《随园诗话》卷一〇，第 270 页。
⑤ 管世铭：《论文杂言》，《韫山堂文集》卷八，光绪二十年吴炳重刊本。
⑥ 张寅彭、强迪艺：《梧门诗话合校》卷四，第 136 页。

钻研，这已为当代研究者所注目。赵建章指出刘大櫆论古文明显有诗论化的倾向，《论文偶记》的"文贵远"说，看来受到王渔洋论诗主典、远、谐、则的影响①。其实，王渔洋诗学另一个非常明显却常为人忽视的特征，也对刘大櫆有一定的影响，那就是诗论的指授性和可操作性。王渔洋留下的诗学著述，主要是门人记录的师弟答问或家学传授的蒙学诗法，其中谈论的多为诗学常识和作诗的具体技法，对声律问题尤为重视。桐城派的诗学因主于教学实践，同时受文章学的影响而讲究声调，恰与渔洋诗学有着同样的实践取向，因而很自然地倾向于宗尚和接受王渔洋的诗学。不仅刘大櫆如此，日后姚鼐以降的桐城诗学名家也莫不如此。

然而刘大櫆毕竟终老于乾隆中叶，不能不受当时风气的熏陶而沾染性灵派的趣味。其《论文偶记》一卷，大可视为性灵派的文章论，或者说是文章论中的性灵派，其诗论同样也洋溢着性灵派天才论的气息。其中《严遥青诗序》对诗、文的区别，可以说是他诗学的逻辑起点。他认为，文章之学历代有所承受，能者代不过数人；而"若夫诗者，乡间之妇孺莫不能为诗歌，以讽其在上之政治，而写其心之所欲言。夫以女子小人所能为，而今之学士大夫顾有所不逮。何哉？科举时文之习，诳诱于其前；而富贵贫贱得失之念，汨没于其内也"②。这种以"写其心之所欲言"为诗歌特质的论调，与袁枚的性灵论非常接近，但刘大櫆更从天赋才能的角度作了发挥，具体说就是以"气"论诗。我们都知道，刘大櫆论文主张"行文之道，神为主，气辅之"③，但论诗全落实到"气"上。例如《海门初集序》所说："文章者，人之心气也。天偶以是气界之其人以为心，则其为文也，必有辉然之光，历万古而不可堕坏。天苟不以其心界之，则虽敝终身之力于其中，自以为能矣，而龌龊尘埃，颓然不能以终日。"④ 为避免天赋成为狂妄或凡庸的借口，他又在《罗西园诗序》中补充申说道："夫文章之传于后世，必其有得于天地菁英之气，如珠如玉，如珊瑚木难，抛沦粪土，而宝光夜

---

① 赵建章：《桐城派文学思想研究》，第148—153页。
② 吴孟复辑：《刘大櫆集》卷二，第74页。
③ 刘大櫆：《论文偶记》，人民文学出版社1959年版，第3页。
④ 吴孟复辑：《刘大櫆集》卷二，第59页。

发，望气者皆能见之。若夫杯盘匕箸几筵筦簟寻常之物，虽里巷无知之人，朝夕顾视，未必其惊相告也。何则？常物者，人之所能为；而非常之物，则天之所偶畀也。"① 这样就在天赋和非凡品格之间建立了牢固的联系，再与普遍性的精神价值联系起来，便返回到传统文论的固有思路上来。

中国古代的诗文评传统，一向主张先器识而后文艺，诗品取决于人品。刘大櫆的天赋心气说，话语虽新，立意却仍归结于叶燮《原诗》"其诗百代者，品量亦百代"的论断，在《见吾轩诗序》中表述为："文章者，古人之精神所蕴结也。其文章之传于后世，或久或暂，一视其精神之大小薄厚而不逾累黍，故有存之数十百年者，有存之数百千年者，又其甚则与天地日月同其存灭。"②《杨黄在文序》也说："夫自古文章之传，视乎其人。其人而圣贤也者，则文以圣贤而存；其人而忠孝洁廉也者，则文以忠孝洁廉而存。匪是，则文必不工，工亦不传。"③ 这不只停留在观念上，论及时贤的创作，便成为他评价的基准。如《朱子颍诗序》云："子颍奇男子也，其胸中浩浩焉常有担荷一世之心，文辞章句非其所措意，而其为诗古文乃能高出昔贤之上。"④《岳水轩诗序》云："水轩虽不见用，而其胸中不可抑遏之气，无所发其机牙，则往往作为歌诗以自适，信乎其诗之可传于后也。"⑤《海日楼诗序》云："慈溪周君东五自负其气，浩然而莫御，窅然而深藏，读书穿贯古今以流为韵藻，卓荦辉光，称其胸中之志意。"⑥《王天孚诗序》云："胜水王君天孚，自爱其才气，而思与古之人为徒，不屑为卑庸鄙恶之文以干时而求进，惟诗歌是耽。情发于声，声成文而与天籁者合，非有受于人而忽自得之。"⑦ 这些议论，所表达的都是一个意思，而他所以不厌其烦地反复陈述一个想法，只能说是其中凝积着他内心深处的一个情结。"古之道无所用于今，为古之诗则宜为一世所不好，为古之人则宜为一世所不容。"我们只消玩味一下《海门初集序》的这句话，便不难感受到充斥于刘大櫆胸臆的怀才不遇

① 吴孟复辑：《刘大櫆集》卷二，第59页。
② 吴孟复辑：《刘大櫆集》卷三，第79页。
③ 吴孟复辑：《刘大櫆集》卷二，第53页。
④ 同上书，第63页。
⑤ 同上书，第67页。
⑥ 同上书，第69页。
⑦ 同上书，第67页。

的孤愤："夫为文而至于万古不可堕坏，此其人虽欲不穷得乎？"直到花甲之年始就县学教谕之职的刘大櫆，不将文学才华视为天赐我辈的格外恩宠，又何得以聊慰其不遇之怀？"余友鲍君步江，生于古南徐之乡，无师友以为之训迪，而少即善为诗。其才力之放纵，浩乎无所不极，直将追古人而上之，所谓天偶以是气畀其人以为心者也。然其人之穷，殆与余无以异。"① 然则他的这些序言，与其说是论诗论文，还不如说是在抒发怀才不遇的郁塞之气；其所序之人，也无非是负才使气而抑塞以终的穷士。由是他不能不感慨："天之生才，常生于世不用才之时，或弃掷于穷山之阿、丛薄之野，使其光气抑遏而无以自达；幸有可达之机矣，而在位者又从而掩蔽之，其陷穷以终、沦落以老者，何可胜数！"② 不过命运终究是眷顾刘大櫆的，虽然仕宦不达，但诗文名重一时，更因门下出了个一代宗师姚鼐，他自己也被后学尊奉为桐城三祖之一。他在诗、古文方面的双重成就，对桐城文学创作影响深远。咸丰间桐城张赓谟挽张晸园称"一代诗名继海峰"③，足见在桐城后学眼中他代表了桐城诗歌创作的成就。这同时也改变了桐城派留给世人的能文不能诗的片面印象。

刘大櫆没有留下专门的诗论著作，但从他的《论文偶记》中，我们可以间接地明白他对诗歌的看法，也可以感受到他论诗的特点。首先值得注意的是，他在阐明"神为气之主"，"气随神转"之理后，提到："至专以理为主者，则犹未尽其妙也。盖人不穷理读书，则出词鄙倍空疏；人无经济，则言虽累牍，不适于用。故义理、书卷、经济者，行文之实；若行文自另是一事。"看得出，他将义理、书卷、经济三者都视为素材，用匠作来比喻，则"文人者，大匠也；义理、书卷、经济者，匠人之材料也"④。如果说方苞世教、人心、政治的为文宗旨都落在社会、政治、伦理方面的话，那么刘大櫆更趋向于才（经济）、学（书卷）、识（义理）的平衡，而且留出了文学写作的独立空间。相比前后的桐城作家，刘大櫆显得特别留意于经济，这也贯注了他不甘以儒生终老的宿志。姚鼐虽从他

---

① 吴孟复辑：《刘大櫆集》卷二，第59页。
② 吴孟复辑：《刘大櫆集》卷三，第80页。
③ 张赓谟：《辁晸园诗》，《蓁园诗草》卷二，文清阁编：《稀见清人别集百种》第13册，第104页。
④ 刘大櫆：《论文偶记》，第3页。

学诗，但论文学甚至论学问都不再将经济包括在内，无形中改变了桐城派立身的宏旨。

刘大櫆因热衷于评点，尤为重视审美概念的玩味和运用。这也是他超越前辈的一个贡献，而桐城派的美学至此乃开花结果。刘大櫆论文的一个重要命题即"文贵品藻，无品藻便不成文字"。所谓品藻，即审美评价，他的独到之处是将它们作了理论层次的划分："如曰浑，曰浩，曰雄，曰奇，曰顿挫，曰跌宕之类，不可胜数。然有神上事，有气上事，有体上事，有色上事，有声上事，有味上事，须辨之甚明。"① 这样，姚范论诗的性情为体，精神、气格、音响、兴会、义意为用，在体上又被细分析为神、气、体、色、声、味。用体、色、味取代兴会、义意，更落实于文本和修辞的层面，更突出了品藻的细腻和深入。郭绍虞先生评价刘大櫆文论的贡献，归结为义法之说的具体化②，刘大櫆在诗学方面的贡献同样在这里。但就其批评趣味而言，最重要的又落实到声律。桐城后学吴德旋称"刘海峰文最讲音节"③，事实上刘大櫆论文也最重视音节。在他看来，"神气者，文之最精处也；音节者，文之稍粗处也；字句者，文之最粗处也。然论文而至于字句，则文之能事尽矣。盖音节者，神气之迹也；字句者，音节之矩也。神气不可见，于音节见之；音节无可准，以字句准之"④。在神气和字句之间，音节是由无形到有迹的一个重要媒介，神气需要通过音节传导于文字。所以说"音节高则神气必高，音节下则神气必下，故音节为神气之迹；一句之中，或多一字，或少一字；一字之中，或用平声，或用仄声；同一平字仄字，或用阴平阳平，上声去声入声，则音节迥异，故字句为音节之矩。积字成句，积句成章，积章成篇，合而读之，音节见矣；歌而咏之，神气出矣"⑤。虽然早在王夫之诗学中，声律的本体意义即已得到确认，但具体的认识和理解方式或许要到刘大櫆的文论才完成。他启发后学："凡行文多寡短长，抑扬高下，无一定之律，而有一定之妙，可以意会，而不可以言传。学者求神气而得之于音节，求音节而得之于

① 刘大櫆：《论文偶记》，第 12 页。
② 郭绍虞：《中国文学批评史》第七十七节"刘大櫆义法说之具体化"，第 641—649 页。
③ 吴德旋：《初月楼古文绪论》，人民文学出版社 1959 年版，第 31 页。
④ 刘大櫆：《论文偶记》，第 6 页。
⑤ 同上。

字句，则思过半矣。"① 这便是桐城派古文学的"因声求气"之旨，然而诗学又何独不然？是故姚鼐门人梅曾亮序吴伯芬诗，将桐城诗学的传统归结于刘大櫆主音节之说："诗之道，声而已矣。海峰刘先生之言诗，殆主于声者乎？而得其宗者，吴先生也。同学若王悔生、陈策心，诗皆未及见，独幸见先生诗。其音节清亮，情词相称，追唐人而从之，非学七子者所能及。刘先生复古之功，固不可没哉！"② 后来张裕钊最执"因声求气"之说以诲后学，此为学者所谂知，不待辞费。

在桐城派的发展史上，刘大櫆还是第一位大力培养人才、传播桐城文学观念的文章宗师。他不仅在任黟县教谕、主讲安庆敬敷书院、歙县问政书院期间，培养了金榜、吴定、吴绍泽、程瑶田等著名学者、文人③，晚年居枞阳，更以诗倡于乡里，"桐城为诗者，大率称海峰弟子"④，其中就包括姚鼐。姚鼐自少年时即亲近刘大櫆，"辄肖其衣冠谈笑为戏"⑤。乾隆十六年（1751）入京应会试，谒刘大櫆，"闻所论诗、古文法，甚喜"⑥。刘大櫆《送姚姬传南归序》以父执自居，期以远大："今天既赋姬传以不世之才，而姬传又深有志于古人之不朽。其射策甲科为显官，不足为姬传道；即其区区以文章名于后世，亦非余之所望于姬传。"⑦ 那么，他所期望于姚鼐的是什么呢？姚鼐很清楚，《与刘海峰先生书》自陈："鼐于文艺，天资学问，本皆不能逾人。所赖者，闻见亲切，师法差真，然其较一心自得，不假门径，邈然独造者，浅深固相去远矣。犹欲谨守家法，庶谬妄，冀世有英异之才，可因之承一线未绝之绪，倔然以兴。"⑧ 这就是刘大櫆所望于姚鼐的，守家法，育英才，传桐城文学一脉。姚鼐没有辜负老师的期许，最终以出色的学术、文学成就，建构了桐城派的统系，光大了桐城文学的门庭，最终让自己、让老师同时也让桐城派在历史上声名不朽。

---

① 刘大櫆：《论文偶记》，第 12 页。
② 梅曾亮：《闲存诗草跋》，《柏枧山房诗集》，第 105 页。
③ 江小角、王佳佳：《刘大櫆对清代徽州教育的贡献及影响》，《安徽史学》2014 年第 3 期。
④ 姚鼐：《抱犊山人李君墓志铭》，《惜抱轩诗文集》，第 376 页。
⑤ 姚莹：《朝议大夫刑部郎中加四品衔从祖惜抱先生行状》，《东溟文集》卷六，同治六年姚濬昌重刊本。
⑥ 姚鼐：《惜抱轩时文序》，《惜抱轩时文》卷首，光绪二年刊本。
⑦ 吴孟复辑：《刘大櫆集》卷四，第 137 页。
⑧ 姚鼐：《惜抱先生尺牍》卷一，宣统元年小万柳堂重刊本。

姚范和刘大櫆虽然在诗歌创作和批评方面没有取得较突出的成就，产生显著的影响，但两人的诗歌评点和理论对桐城诗学传统的形成起到了不可忽略的推动作用。具体地说就是明里追慕王渔洋诗学，暗地继承格调派的精神，确立了以杜甫、韩愈、黄庭坚为核心的风格统系，奠定后来桐城诗学师法前贤的基本宗尚；同时基于深入研究诗歌的心得，并参照文章学的基本概念建构起桐城诗学的概念系统；再通过大量的文本批点为后学开示学诗门径，使诗歌艺术的研究主要落实在语言层面，形成桐城诗学注重通过评点来提示诗文义法的教学特点，最终为桐城派诗学传统的确立奠定了基础。

# 第四节　桐城诗学的奠基人——姚鼐

一个文学流派的形成，需要一些条件和外部特征，比如要有一个传承清楚的作者代群，提出鲜明的创作主张和理论宗旨，有自己尊奉的艺术典范，有相应的批评实践及其成果，有足够丰富的著述和作品出版并具有独特的美学特色，等等。但最重要的一个条件是，还必须拥有一些有号召力、有影响力的领袖人物。桐城派的精神领袖远可上溯到明代归有光，后来名义上的领袖人物是方苞，但若就实际作用和影响而言，真正的领袖人物却非姚鼐莫属。如果没有姚鼐，不仅桐城诗学绝不会产生那么大的影响，甚至桐城古文也未必足以开宗立派。无论从哪方面说，姚鼐都是桐城派真正的缔造者①。

姚鼐（1731—1815），字姬传，一字梦谷，室名惜抱轩，世称惜抱先生。高祖姚文然，康熙间官至刑部尚书，有文名，而祖、父两代均微。姚鼐少从族伯姚范受经学，后又从刘大櫆学古文。乾隆二十八年（1763）中进士，由兵部主事升至刑部广东司郎中。乾隆三十八年（1773）诏开四库馆，姚鼐与戴震、程晋芳、任大椿等八人破格以非翰林馆职充任纂修官，时论荣之。然而因主宋学，在馆中

_____

① 王达敏：《姚鼐与乾嘉学派》第五章"桐城文统"对此有精彩剖析，参见第103—139页。

颇受汉学家排斥，心境殊为郁抑，书成即乞养归里①，年仅 44 岁。之后历主江苏、安徽诸书院，汲汲以培养文学人才、传播桐城文学理论为己任，终以 85 岁高龄卒于金陵钟山书院。他的著述在乾嘉文人中不算太丰富，有《九经说》《春秋三传补注》《老子章义》《庄子章义》《法帖题跋》《惜抱轩诗文集》及《笔记》《书录》《尺牍》等，另编有《四书文选》《古文辞类纂》《五七言今体诗钞》《唐人绝句诗钞》《山谷诗钞》《明七子律诗选》。像师辈一样，他也留下大量的典籍评点，与诗歌有关的是《毛诗故训传》《李善注文选》《黄山谷全集》《海峰诗集》，而最值得注意的是王士禛《渔洋精华录》及所选《古诗选》（闻人倓笺）、《唐贤三昧集》②。作为桐城派的核心人物，姚鼐的古文创作和理论一直为文章史研究所关注，近年他在诗学方面的业绩也有人作了研究，主要是联系其古文理论来看诗论的特色，同时涉及《今体诗钞》与当代诗歌批评③，但有关姚鼐诗学的基本品格及其学术渊源似乎还缺乏深入的探讨和清晰的认识，有必要从桐城诗学的整体格局和历史进程两方面再进行一番剖析。

## 一　从义理、书卷、经济到义理、文章、考证

正如前文所说，桐城派不只是个文学流派，它首先是个以经学为核心的学派。其经学从方苞开始，即"以宋元诸儒议论糅合汉儒，疏通经旨，惟取义合，不名专师"，显示出以宋学为主，兼取汉学，有意融合汉、宋的倾向。到姚鼐这一代，治经学大旨仍然是"兼治汉宋，而一以程朱为宗"④。姚鼐自言"吾固不敢背宋儒，亦未尝薄汉儒"⑤，门人概括为"不孤守宋儒而兼综郑马以核其实，不矜言汉学而原本程朱"以究其归⑥，但实质上是以宋学为根基为主体，在当时

---

① 周中明：《姚鼐对人生道路的重大抉择——姚鼐中年主动辞官的原因辨析》，《古籍研究》2007 年卷上，安徽大学出版社 2007 年 7 月版。

② 刘声木：《桐城文学撰述考》卷二，第 431—432 页。

③ 柳春蕊：《神、理、声、色——姚鼐的诗歌的体性论》，《北京大学学报》2004 年第 4 期；王少仁：《雅而能正 以文论诗——从姚鼐的古文理论谈其诗学特色》，《安徽文学》2007 年第 12 期；史晶晶：《涵容与深刻——姚鼐"熔铸唐宋"的论诗宗旨》，《绥化学院学报》2008 年第 1 期；谢海林：《姚鼐融通诗学初探》，《文学评论丛刊》第 12 卷第 1 期；朱曙辉：《论姚鼐对厉鹗之诗学批评》，《宿州学院学报》2011 年第 12 期。

④ 陈用光：《姚先生行状》，《太乙舟文集》卷三，道光二十三年重刊本。

⑤ 梅曾亮：《九经说书后》，《柏枧山房诗文集》，第 119 页。

⑥ 陈用光：《惜抱轩经说后序》，《太乙舟文集》卷六。

浓厚的汉学风气中显得有点另类，也产生了一定的影响。有关宗程朱理学的理由，姚鼐的说法是："孔孟之统，必归程朱者，非谓朝廷之功令不敢违也。以程朱生平行己立身，固无愧于圣门，而其论说所阐发，上当于圣人之旨，下合乎天下之公心，使后贤果能笃信遵而守之为无病也。"又说："宋之真儒，得圣人之旨，诸经略有定说，元明守之，著为功令，士大夫维持纲纪，遵守节义，使明久而后亡，其宋儒论学之效哉。"他的论断为道光二十五年（1845）沈维鐈所撰《清学案小识序》所引据①，对道光以后宋学和程朱理学的复兴应该有所推动。

姚鼐宋学取向不只决定了他的学术特征，也直接影响到他的文学观念和艺术趣味。姚鼐在文学方面的造诣，所以能赢得"词迈于望溪而理深于海峰"的评价②，全在于才学识兼备，以综合实力之雄厚超越前辈。《述庵文钞序》提到："鼐尝论学问之事，有三端焉：曰义理也，考证也，文章也。是三者，苟善用之，则皆足以相济；苟不善用之，则或至于相害。"③后来《复秦小岘书》又将考证和文章的位置作了调换："鼐尝谓天下学问之事，有义理、文章、考证三者之分，异趋而同为不可废。"④众所周知，方苞究心于经传而不事考据，刘大櫆锐意于诗文而不治经学，姚鼐义理、文章、考证并举而不偏废，遂能以殖学之厚、词理之深而超越两位前辈，臻于集桐城文学大成的境界。不过，在此需要辨析的是，姚鼐以义理、文章、考证三科论学，不单单是文学观念的改变，首先应该说是学术观念的改变。近代以来，学界每将义理、考据、词章视为姚鼐为文宗旨⑤，而未顾及姚鼐所论是"天下学问之事"，而非文章之事。实质上姚鼐乃是将义理、文章、考证各视为一学，因此他的三分法与刘大櫆以义理、书卷、经济为"行文之实"即"大匠之材料"⑥，绝非同一个层面的问题。姚鼐的见解看来是渊源于戴震（1724—1777）的学说，很可能是早年受到戴震学术思想的启迪。

姚鼐在乾隆二十年（1755）秋初识戴震，游从数月，钦服不已，遂呈书愿执

---

① 唐鉴：《清学案小识》卷首，（台湾）商务印书馆 1969 年版。
② 陈用光：《姚先生行状》，《太乙舟文集》卷三。
③ 姚鼐：《惜抱轩诗文集》，第 61 页。
④ 同上书，第 104 页。
⑤ 王守恂：《仁安笔记》卷二，民国十年刊全集本。
⑥ 刘大櫆：《论文偶记》，第 3 页。

贽于门下，而为戴震婉言拒绝①。戴震之学，反宋儒、非朱子，本与姚鼐歧途异趣。拜师见拒，反而更刺激了姚鼐对汉学的兴趣，重新思考和确立自己的学术道路。我们知道，戴震论学夙以义理、文章、考证并举。段玉裁《戴东原先生年谱》载："先生初谓'天下有义理之源，有考覈之源，有文章之源，吾于三者皆庶得其源。'后数年又曰：'义理即考覈、文章二者之源也，义理又何源哉？吾前言过矣。'"②戴震起初将三者并列，一概视为具体理论，后来体会到义理乃是文章、考据的元理论，它本身就是本源性的东西，这样义理就升格为形而上之学，而文章、考证相对来说则归于形而下之学。乾隆二十年（1755）戴震《与方希原书》又云："古今学问之途，其大致有三：或事于理义，或事于制数，或事于文章。事于文章者，等而末者也。"③其说当时流传于世，为学者所接受。章学诚《文史通义·原学上》言"义理不可空言也，博学以实之，文章以达之，三者合于一"④，即沿其说。章学诚固然不满意戴震非议朱子，专门作《朱陆》篇辩驳之，但《言公上》论儒学之变，说"后儒途径所由寄，则或于义理，或于制数，或于文辞，三者其大较矣"⑤，以制数与义理、文辞并举，仍暗示了与戴震学说的渊源。后戴震门人段玉裁更主张"义理、文章未有不由考核而得者"⑥，虽是谈方法论问题，但立足点明显已有转移，使义理和文章都变成了知识的对象。如此看来，义理地位的升降实质上意味着文学基本观念的变化：戴震以义理为考覈、文章之源，是回到宋儒文以载道的思路上去；段玉裁以考覈为义理、文章之本，可以说是乾、嘉"学人之文"的时尚；而姚鼐的义理、考据、文章并驾齐驱，主张"古文之学，须兼三者之用，然后为之至"⑦，则是将义理之学、考据之学、辞章之学视为古文写作的基础，可以说是"文人之文"即文学自身价值得到确立的标志。由此显示，姚鼐虽出于宋学，但其文学观已扬弃宋代理学家"文以载道"的观念而融入晚近文学思潮的背景中——其大背景是明

① 姚鼐拜师见拒一事，王达敏《姚鼐与乾嘉学派》第14—22页有细致考述，可参看。
② 《戴震文集》附录，第246页。
③ 《戴震文集》卷九，第143页。
④ 叶长青：《文史通义注》卷二，华东师范大学出版社2012年版，上册，第150页。
⑤ 同上书，第175页。
⑥ 段玉裁：《戴东原集序》，《戴震文集》卷首，第1页。
⑦ 姚鼐：《复林仲骞书》，安徽省博物馆藏手迹，转引自王达敏《姚鼐与乾嘉学派》第188页。

代以来经术与辞章分流、传统文人身份进一步分化的社会思潮①，小背景则是乾、嘉时代经学和考据学发达所凸显的文人和学者的分流。姚鼐确实诚人："诗、古文、举业，当以性情所近，专治一途，一时欲其兼善，安有是理耶?"② 乾、嘉时代，虽正值学术空前繁荣之际，但文坛仍活跃着袁枚、蒋士铨、黄景仁一辈不治经学、不事考据的纯粹文人，而且赢得绝高的评价。姚鼐将义理、文章、考证三者并举为学问之事，实质上是发挥了刘大櫆"作文本以明义理，适世用，而明义理，适世用，必有待于文人之能事"的见解③，更提升了文学自身的价值，划清了辞章之学与义理之学、考据之学的界线，从而使桐城派的文学创作与经学并列为独立的事业，而文学研究也自然地成为一门独立的学问，被众多桐城士人倚为谋生的专业知识。世人对桐城派的联想首先是文派、诗派而不是学派，原因盖在于此。事实上，桐城派有显赫的文章之学，有见重于世的诗学，而经史之学却鲜有为学界看重的特色和成果④，正是其经典作家首先以文人而非学者立身于世的结果。

姚鼐平生以古文名世，但对诗学同样有着浓厚的兴趣。乾隆十九年（1754）三上春官见黜，在京与王文治、朱孝纯、王昶等文士游，已播才名于都下。王文治称姚鼐"深于古文，以诗为余技，然颇能兼杜少陵、黄山谷之长"⑤。刘大櫆《朱子颖诗序》提到："子颖偶以七言诗一轴示余，余置之座侧。友人姚君姬传过余邸舍，一见而心折，以为己莫能为也，遂往造其庐而定交焉。"⑥ 后来朱孝纯成为姚鼐终生的诗友。昭梿《啸亭续录》载："乙亥夏，朱子颖南游，携姚姬传诗至邸，先恭王曰：'此文房、冬郎之笔，异日诗坛宿秀也。'"⑦ 这是乾隆二十年（1755）姚鼐25岁时的事，足见其诗名成就甚早。后来姚莹论姚鼐的文学

① 李思涯：《胡应麟文学思想研究》第二章"明代士人的分化与博学的思想史意义"，第30—57页。
② 廉泉辑：《惜抱轩语》，余祖坤编：《历代文话续编》，第1册，第401页。
③ 刘大櫆：《论文偶记》，第4页。
④ 章太炎曾说："桐城诸家，本末得程、朱要领，徒援引肤末，大言自壮，故尤被轻蔑。"刘师培也以空议、空文、空疏评价桐城作家，详徐亮工编《中国近三百年学术史论》，上海古籍出版社2006年版，第7、171页。桐城籍学人以经史研究著名者，虽有张聪咸、马宗琏、马瑞辰父子，但他们却正是超越桐城派门庭，改宗汉学的人物。
⑤ 王文治：《梦楼诗集》自序，《梦楼诗集》卷首，道光重刊本。
⑥ 吴孟复辑：《刘大櫆集》卷二，第63页。
⑦ 昭梿：《啸亭杂录》卷三，第447页。

成就，"诗以五古为最，高处直是盛唐诸公三昧，非肤袭貌取者可比。七古用唐调者，时有王、李之响；学宋人处时入妙境，尤不易得。七律工力甚深，兼盛唐、苏公之胜。七绝神俊高远，直是天人说法，无一凡近语矣"①，时以为知言。姚鼐七律尤为诗家所重，时人多赏其"劲气盘折"，"笔力健举"，后曾国藩甚至推崇为"国朝第一家"②。这虽不无后学阿附之私，但晚清王必达仍有"海内论诗有正宗，姬传身在最高峰"之说③，足见姚莹、曾国藩等人的评价容有夸耀的成分，却绝非不着边际的滥誉。姚鼐的确已为桐城诗学赢得诗坛不可忽略的重要地位。

姚鼐论诗一如论学，首先从辨析名理开始。论学先分义理、文章、考证，论诗则始于别天人。《敦拙堂诗集序》云："言而成节，合乎天地自然之节，则言贵矣。其贵也，有全乎天者焉，有因人而造乎天者焉。今夫六经之文，圣贤述作之文也。独至于诗，则成于田野闺闼无足称述之人，而语言微妙，后世能文之士，有莫能逮，非天为之乎？"如果由此推导出诗主天才说，那就是性灵论的立场，而姚鼐不这么主张，他说这只是"言诗之一端"，即一种片面的见解。从另一方面看，还有"道德修明而学术该备"的文王、周公之圣，大小雅之贤，不可与"列国风诗采于里巷者"相提并论。这样，他对诗歌乃至文学的看法只能是："夫文者艺也，道与艺合，天与人一，则为文之至。"所以"后世小士嵬士，天机间发，片言一章之工亦有之，而衰然成集，连牍殊体，累见诡出，闳丽璀变，则非钜才而深于其法者不能"。他心目中的理想典范，也还是诗圣杜甫。"自秦汉以降，文士得《三百》之义者，莫如杜子美。子美之诗，其才天纵，而致学精思与之并至，故为古今诗人之冠。"④ 如此看来，姚鼐论诗首先是天才、学力并重的。《荷塘诗集序》也告诫后学，"夫诗之至善者，文与质备，道与艺合，心手之运，贯彻万物，而尽得乎人心之所欲出"⑤。这在当时或许旨在矫正

---

① 姚莹：《识小录》卷五，黄山书社 1991 年版，第 133 页。
② 吴汝纶：《与萧敬甫》，《吴汝纶全集》尺牍卷二，第 3 册，第 258 页。参看王镇远《论姚鼐的诗歌艺术》，《苏州大学学报》1985 年第 2 期。
③ 王必达：《读惜抱轩诗率书一首》，《养拙斋集》，光绪十六年刊本。王氏名不见于《桐城文学渊源考》，应非桐城派苗裔。
④ 姚鼐：《敦拙堂诗集序》，《惜抱轩诗文集》，第 49 页。
⑤ 姚鼐：《荷塘诗集序》，《惜抱轩诗文集》，第 51 页。

性灵派独主天才的片面性。通常矫一偏之失，必出以融合、折衷的思路，而从逻辑起点开始折衷，往往决定了诗学整体上的包容性和兼综色彩。姚鼐诗学正是如此，从天人并重到阴柔、阳刚并举，从熔铸唐宋到古今体兼重，包容、折衷的精神贯穿在他对诗歌的所有看法中。

于是，这就给姚鼐诗学带来一个问题，相对于它无可怀疑的影响力而言，其论诗倾向却显出一种难以简单归类的复杂性。姚鼐与沈德潜门下的吴门七子，与袁枚性灵派诗人都有很深的交往，所以他的诗学也依违其间，像他的经学一样，具有一定的折衷倾向，具有开放和包容的特点，同时也显出一种说不清的矛盾态度。陈用光《姚先生行状》记载："当居钟山书院时，袁简斋以诗号召后进，先生与异趋而往来无间"。袁枚去世后，人或规姚鼐不当为作墓志，姚鼐说袁枚是朱彝尊、毛先舒一类人，其文采风流有可取①。相反对厉鹗代表的浙派，本与宋学有较深的渊源，姚鼐却鄙其唯以诗人自居，仅以文学为立身之本，对其创作求新求奇而境界不广的缺陷提出严厉批评。要理解姚鼐及桐城诗学的这种多面性，或许需要从注重技术内涵、讲究实践效果的教学宗旨着眼——一个讲实效的教学体系，多少都会有点实用主义色彩，能够综合各家各派的所长，总结出一套切实可行的经验学说。刘大櫆因此而潜心钻研王渔洋诗学，姚鼐也同样如此，他甚至可以说是王渔洋诗学的一个重要传人。

## 二　王渔洋诗学的继承人

在姚鼐之前，桐城文章之学的核心是方苞所谓"义法"。而自姚鼐以后，"义法"似乎就被雪藏起来。研究者发现，桐城"义法"虽然在刘大櫆和姚鼐的古文理论中遭到冷遇，却在姚鼐和方东树的诗论中得到成功的应用，因为他们都是"以文论诗"。姚鼐论诗虽同样不提"义法"，但他对杜诗结构脉络的分析明显带有"义法"色彩②。我也注意到，姚鼐论诗虽不讲神韵，但其诗学不仅精神上承传了王渔洋诗学的实践品格，崇尚清气逸韵的审美趣味也部分地吸取了渔洋神韵诗学的真髓。清末诗论家朱庭珍已注意到桐城古文与神韵诗论的联系，指

---

① 参看陈用光《太乙舟文集》卷五《与伯芝书》、郭麐《爨余丛话》卷二。
② 赵建章：《桐城派文学思想研究》，第249页。

出："近来古文，天下盛宗桐城一派。其持法最严，工于修饰字句，以清雅简净为主。大旨不外乎神韵之说，亦如王阮翁论诗，专主神韵，宗王、孟、韦、柳之意也。"①《带经堂诗话》卷一引述刘体仁语曰："七律较五律多二字耳，其难什倍。譬开硬弩，只到七分，若到十分满，古今亦罕矣。"渔洋表示："予最喜其语。因思唐宋以来，为此体者，何翅千百人，求其十分满者，唯杜甫、李颀、李商隐、陆游，及明之空同、沧溟二李数家耳。"近人赖以庄批曰："惜抱默主此论而极阐之。"② 他们都从论诗文家数的相通看出了桐城派与王渔洋诗学的关系，但在我看来，桐城诗学有取于王渔洋之处，更多的是在实践品格上。姑不论他人，姚鼐对王渔洋诗学的接受就确以技术层面的内容居多。

前文已指出，乾隆诗学整体上是在对王渔洋神韵诗学的反思和批评中展开的，乾隆间重要的诗学流派和诗人或多或少都对王渔洋有所批评，唯独桐城派不仅没有批评，相反从姚鼐甚至到整个桐城派作家都对王渔洋诗学表示出强烈的兴趣，这不能不说是两者论诗文有着相同指向的缘故，即都着眼于指点后学，无论言神韵，言义法，种种玄虚最后都落实到格调的实处。因此，与钱谦益对模拟的严厉抨击和排斥正相反，他们论诗文反而都从模拟开始。姚鼐与管同书说："近世人习闻钱受之偏论，轻讥明人之摹仿。文不经摹仿，亦安能脱化？"③ 又谕姚元之说："近人每云作诗不可摹拟，是似高而实欺人之言也。学诗文不摹拟，何由得入？须专摹拟一家，已得似后，再易一家。如是数番之后，自能镕铸古人，自成一体。若初学未能逼似，先求脱化，必全无成就。譬如学字而不临帖，可乎？"④ 这样的经验之谈，实为作文的切实可行之道，也是古代大作家的共同经历。姚鼐由此谆谆诱入，不作英雄欺人之谈，最见桐城派论诗文的立场和方式。关于姚鼐对模拟的重视，研究者已从现实取向、理论推演、实践经验和教学需要等方面作了很好的阐述⑤，这里不再展开。

---

① 朱庭珍：《筱园诗话》卷四，《清诗话续编》，第 4 册，第 2414 页。
② 张宗柟编：《带经堂诗话》卷一，重庆北碚区图书馆藏赖以庄批点同治十二年广州藏修堂刊本，第 32 页。
③ 姚鼐：《与管异之同》其五，《惜抱先生尺牍》卷四。
④ 姚鼐：《与伯昂从侄孙》其三，《惜抱先生尺牍》卷八。
⑤ 张徐芳：《"法"与"无法"之间：姚鼐"摹拟论"的现实取向》，《南京晓庄学院学报》2004 年第 3 期；单重阳：《谈艺不讥明七子——姚鼐诗法论初探》，《安徽大学学报》2012 年第 6 期。

　　"模拟以成真诣"的学诗路数，同时也就是传授诗学的切实途径。通常学问传授的对象，都定位为中人之资的学人，故尤其重视从具体的艺术技巧入手，俾其下学以臻上达。尽管中国诗学的传统观念通常认为："作诗一道，人各自写其性情，原无须多谈，学者自喻之耳。所能谈者声律、对偶、字句之工拙，体裁之异同，皆诗之绪余，古人之糟粕也。"① 但论者仍不能不从这些糟粕谈起，王渔洋如此，姚鼐依然如此。姚鼐甚至更重视体制的揣摩、技巧的切磋和声律的运用，因为这些正是他理解的诗学的主要内容，也就是谕姚莹所说的"文章之精妙，不出字句声色之间，舍此便无可窥寻矣"②。确实，当他将学问作了义理、文章、考证的划分后，文学的能事就回到了它自身，不需要再到文学之外去寻找文学的价值。相比王渔洋诗论的空灵妙悟，姚鼐精心选择了八个概念，作为论文章的基本范畴，即《古文辞类纂·序目》所谓："凡文之体类十三，而所以为文者八：曰神、理、气、味、格、律、声、色。神、理、气、味者，文之精也；格、律、声、色者，文之粗也。"这八个概念较刘大櫆所言多了格、律二字，都是适用于所有文章的一般审美范畴，贯之以"始而遇其粗，中而遇其精，终则御其精者而遗其粗者"的宗旨③，姚鼐便建立起他的古文美学。质言之，即由格、律、声、色之粗去求神、理、气、味之精，最终臻于"神妙"或"神妙之境"，也就是道与艺合、天与人一的艺术极境④。这些概念虽未必是姚鼐论诗的基本术语，但姚鼐一向认为"诗之与文，固是一理"⑤，所以按门人陈用光的理解，这些概念也可用于说诗："余尝闻古文法于姬传先生矣，曰所以为文者八，曰神、理、气、味、格、律、声、色。古文之格、律、声、色，诗之音节也。不求于是，何以为古文，何以为诗？"⑥

　　王达敏拈出的"神妙"二字，显然是姚鼐古文学中类似于王渔洋"神韵"的审美范畴。它虽未被用于诗论，但作为美学理想，提供了与诗学相通的艺术精

---

① 马星翼：《东泉诗话》卷一，道光刊本。
② 姚鼐：《与石甫侄孙莹》其一，《惜抱先生尺牍》卷八。
③ 姚鼐：《古文辞类纂·序目》，《古文辞类纂》卷首，上海古籍出版社1998年版，第19页。
④ 王达敏《姚鼐与乾嘉学派》第六章"神妙说发微"将神妙说视为姚鼐建立的较完备的古文新论，其说精确可据，见第141页。
⑤ 姚鼐：《与王铁夫书》，《惜抱轩诗文集》，第290页。
⑥ 陈用光：《吴兰雪游武夷诗序》，《太乙舟文集》卷六。

神和风格样式。而他本人对神妙的阐释，更充分发挥了古文家以文论诗的特长。《复刘明东书》形容"诗境大处"，称"大约横空而来，意尽而止，而千形万态，随处溢出，此他人诗中所无有，唯韩文时有之，与子美诗同耳"①。这很接近苏东坡形容自己文章境界的体会，姚鼐是由杜诗、韩文悟出的。素来壁垒森严的诗论和文论在姚鼐这里臻于水乳交融、浑成无迹的境界。而《答苏园公书》论苏去疾诗的妙境，称"大抵高格清韵，自出胸臆，而远追古人不可到之境于空濛旷邈之区，会古人不易识之情于幽邃杳曲之路。使人初对，或淡然无足赏；再三往复，则为之欣忭恻怆，不能自已。此是诗家第一种怀抱，蓄无穷之义味者也"②。这很接近王渔洋"神韵"的风格印象，也寄托了姚鼐从古文写作中获得的美感经验。所以门人姚椿认为"此殆翁自言之，翁之古文意格略同"③。至于《复絜非书》论文章阳刚、阴柔之美而偏主后者，评鉴与自运都崇尚风韵疏淡之境，更与王渔洋神韵说予人的审美印象如出一辙。难怪姚椿说"惜翁宗新城"④，桐城后学方宗诚也说"惜抱先生文以神韵为宗"⑤，而今更下一转语，也不妨说姚鼐就是古文中的王渔洋，神妙说就是古文学中的神韵论⑥。

事实上，姚鼐对神妙的阐释，清晰地显示出远溯严羽妙悟说、近承王渔洋神韵说的理论渊源。严羽的"妙悟"同时具有艺术境界和艺术思维双重含义，姚鼐的"神妙"也同样如此，一方面是高超的艺术境界，一方面又是艺术思维的一种类型，即可遇不可求的灵感。姚鼐论诗像王渔洋一样主兴会，而"诗人兴会随所至耳，岂有一定之主意、章法哉？"⑦ 因此，神妙之境从根本上说，"又须于无意中忽然遇之，非可力探"。当然，也并不是随便即可遇的，须下真积力久的功夫，"非功力之深，终身必不遇此境也"⑧。这不正是严羽熟参前人，"久之自

---

① 姚鼐：《复刘明东书》，《惜抱轩诗文集》，第 290 页。
② 同上书，第 294 页。
③ 姚椿：《跋惜翁与苏园仲论诗书稿》，《晚学斋文集》卷三，道光二十年刊本。
④ 姚椿：《管侍御唐诗选书后》，《晚学斋文集》卷三。
⑤ 方宗诚：《桐城文录序》，《柏堂集次编》卷一，光绪六年刊本。
⑥ 关于姚鼐所受王渔洋神韵说的影响，王达敏《姚鼐与乾嘉学派》第 142—146 页有专门论述，本节多资参考。
⑦ 姚鼐：《与陈硕士》其八七，《惜抱先生尺牍》卷七。
⑧ 姚鼐：《与伯昂从侄孙》其一，《惜抱先生尺牍》卷八。

然悟入"之说的回响吗?①

像神韵一样,神妙的境界也是不可言喻的。在师者一方,"此如参禅,不能说破"②;在学者一方,"士苟非有天启,必不能尽其神妙"③。是故姚鼐也不得不像他的前辈们那样借助于禅喻的方式,谆谆训导后人:"凡诗文事,与禅家相似,须由悟入,非语言所能传。然既悟后,则反观昔人所论文章之事,极是明了也。欲悟亦无他法,熟读精思而已。"④ 在这一点上,可以看出姚鼐诗学直接继承了王渔洋以活法示人的指授方式,略启门径而让学人自己悟入,力图超越表面的模仿而臻于深度的师古,即所谓"学古人在得其神理,不可袭其面目"⑤。为此他同时借鉴了王渔洋以禅喻诗的言说方式,在开示诗学知识的同时不忘告诫学人:可以说明的都只是粗浅的经验,真正精妙的心得绝不可言喻,只能靠自己去体悟。这就是致张德凤书说的:"超然自得,不从门径入,此非言说可喻,存乎妙悟矣。"⑥ 这样,文学的问题就清楚地分为两个层次,他在《答徐季雅》书中将两者的关系总结为:"夫文章之事,有可言喻者,有不可言喻者。不可言喻者,要必自可言喻者而入之。"⑦ 这正是桐城派诗学由格、律、声、色求神、理、气、味的理论起点。而由声调悟入又是最重要的步骤。据门人陈用光说:"姬传先生尝谓,义理、考据、辞章三者不可缺一,义理、考据其实也,辞章其声也。"⑧ 相对于义理、考据的内容而言,辞章不是泛指语言修辞艺术,而是特指声调,这不仅让我们对桐城古文理论最讲究的"因声求气"有了更深的印象,同时对其诗学格外重视音节也就更不奇怪了。姚鼐力主"诗古文各要从声音证入,不知声音,总为门外汉耳"⑨,表明他的诗学根本上没有脱离早年所服习步趋的格调派路径,只不过不同于沈德潜的格调,而更接近经王渔洋改造的格调论而已。

---

① 严羽:《沧浪诗话·诗辩》,《历代诗话》,上册,第687页。
② 姚鼐:《与陈硕士》其三六,《惜抱先生尺牍》卷六。
③ 姚鼐:《与陈硕士》其九,《惜抱先生尺牍》卷五。
④ 姚鼐:《与石甫侄孙莹》其八,《惜抱先生尺牍》卷八。
⑤ 姚鼐:《江七峰诗卷》跋,马其昶辑:《姚惜抱题跋》,钞本。转引自王达敏《姚鼐与乾嘉学派》,第156页。
⑥ 姚鼐:《与张梧冈德凤》《惜抱先生尺牍》卷二。原脱"径"字,据道光三年刊本补。
⑦ 姚鼐:《答徐季雅》,《惜抱先生尺牍》卷二。
⑧ 陈用光:《与鲁宾之书》,《太乙舟文集》卷五。
⑨ 姚鼐:《与陈硕士》其八〇,《惜抱先生尺牍》卷七。

承认模仿的必要性，立足于格律声色论诗，就无论如何也绕不开对明代格调派的评价。经过清初对格调派模拟之风的批判和王渔洋神韵诗学对格调派的吸收、改造，清人对明代格调派基本上已有较平允的认识。秦瀛《李迁松诗集序》回顾明清之际诗坛风会的变迁，说：

> 诗之为道莫盛于三唐，自言诗者祧唐祢宋，新城尚书乃选《唐贤三昧集》，其旨在标格神韵，而独取所谓淳古淡泊者。前明中叶，北地、信阳诸君子，以踔厉杰出之材，雄视一世，而高子业及四皇甫特标微尚，萧慜孤夐，有遗世之音，即何、李且无以脱之，何况叫嚣蹶张，纤丽姚冶？其所务为诗虽不同，要皆戾于唐贤之旨，而转厌薄三唐为不足为，岂足以与于斯道耶？①

这段议论主旨是反对祧唐祢宋，既认同王渔洋《唐贤三昧集》独标淳古淡泊之旨，也欣赏高叔嗣、四皇甫兄弟的萧慜孤夐之趣，甚至对明七子也给予相当程度的肯定，作为姚鼐弟子的议论，可以由此间接体会桐城派诗学的趣尚。本来，在传承格调派的山东诗学土壤上孕育的神韵诗学，对明七子是殊有优容的，但自乾隆间袁枚性灵论风行于世，诗家益薄明诗，翁方纲也斥明七子是伪诗、貌袭，只有桐城姚范、刘大櫆、鲍皋三家矫矫不群，非但不一概鄙薄明诗，甚且还为之辩护。姚范对明诗的态度已见前述，刘大櫆《唐诗正宗》刘长卿诗只选《献淮宁军节度李相公》一首，方东树说是"所以崇格也"，且认为"《正宗》之选，专取高华明丽，以接引明七子"②。姚鼐原本就"诗从明七子入，卒之兼体唐宋"③，夙以为"今人工诗者，非似李杜则似韩，不则似苏似黄，同于有所似，而非独创也"④，因而晚年论诗兼取唐、明，指示门人辈学诗，或言"《崆峒集》亦正为子先导"⑤，或言"学诗不经明李何、王李路入，终不深入"⑥；又曾说"近日为

---

① 秦瀛：《小岘山人文集》卷三，嘉庆刊本。
② 方东树：《昭昧詹言》卷一八，第421页。
③ 吴德旋：《姚惜抱先生墓表》，《初月楼文续钞》卷八，道光二年花雨楼刊本。
④ 翁方纲：《再与姬川论何李书》，《复初斋文集》，《清代稿本百种汇刊》影印本，第1册，第97页。
⑤ 姚鼐：《与管异之同》其一，《惜抱先生尺牍》卷四。
⑥ 姚鼐：《与陈硕士》其八○，《惜抱先生尺牍》卷七。

诗，当先学七子，得其典雅严重，但勿沿习皮毛，使人生厌。复参以宋人坡、谷诸家，学问宏大，自能别开生面"①；还提到"近人为红豆老人（钱谦益）所误，随声诋明贤，乃是愚且妄耳。覃溪先生正有此病，不可信之也"②，这种态度在当时是非常独特的。据吴汝纶说，姚鼐还编有《明七子律诗选》，最便于初学③。由此看来，姚鼐的确可以说是"清代中叶乾嘉时期对明七子诗学有所吸取并加以维护的重要人物"④。不过他也告诫学人勿流于表面的模仿，而应以别开生面为追求的目标，在致姚元之书中又表述为"熔铸古人，自成一体"⑤。这已同袁枚性灵诗学的宗旨相沟通。陈平原曾就姚鼐《刘海峰先生八十寿序》"为文章者，有所法而后能，有所变而后大"一语，断言桐城派"教学有方，强调法的时候多，对变考虑得较少"⑥，恐未得姚鼐论诗之旨。姚鼐夙将学古分为三个阶段："大抵学古人，必始而迷闷，苦毫无似处，久而能似之，又久而自得，不复似之。"⑦ 而他对自得的重视，只消看他评管同"诗句格近老成，此是进步，然于古人神奇超绝、转换变化处未得也"，便可明白。他曾举陆游"我昔学诗未有得，残余未免从人乞"两句为例，肯定"凡初学皆不能免此"，但同时更激励门人，"于此关不能跳过，则终是庸才矣！"针对管同对王士禛《古诗选》不收"初唐四杰"、李贺、卢仝的非议，姚鼐表示只有李贺可取，说"长吉、子瞻皆出太白而全变其面貌，异之得此理，乃能善学太白矣"⑧。这看上去仍是明代格调派拟议以成其变化的宗旨，但明人停留在表面，而经过王渔洋的改造后，由模仿而达至变化，超越表面的模拟而求得古人之精神，已成为格调派的一般观念。

最后，作为桐城文派的实际缔造者，姚鼐如同王渔洋一样，在文学教学上也取得可观的成绩，培养了大批人才。我曾将王渔洋指授后学的原则概括为从性之所近与就各体之宜，即在风格上以才性相近的诗人为仿效楷模，在体裁上以擅长

① 郭麐：《樗园消夏录》卷下，嘉庆间家刊灵芬馆全集本。
② 姚鼐：《与陈硕士》其八〇，《惜抱先生尺牍》卷七。
③ 吴汝纶：《与姚铁珊书》，《尺牍补遗》，《吴汝纶全集》，第3册，第555页。
④ 单重阳：《谈艺不讥明七子——姚鼐诗法论初探》，《安徽大学学报》2012年第6期。
⑤ 姚鼐：《与伯昂从侄孙》其三，《惜抱先生尺牍》卷八。
⑥ 陈平原：《文派、文选与讲学》，《学术界》2003年第5期。
⑦ 姚鼐：《与方植之》其三，《惜抱先生尺牍补编》卷二，光绪五年徐宗亮刊本。
⑧ 姚鼐：《与管异之》，《惜抱先生尺牍补编》卷一。

该体式的经典作家为师法正宗。姚鼐指导学生,固然也重视就各体之宜,如指点姚元之学古诗,"须先读韩昌黎,然后上溯杜公,下采东坡,于此三家得门径寻入于中,贯通变化,又系各人天分"①。但相比王渔洋,他似乎更倾向于从性之所近,因材施教。针对姚元之学近体诗,诫其"必欲学此事,非取古大家正矩潜心一番,不能有所成就。近体只用吾选本,其间各家门径不同,随其天资所近,先取一家之诗熟读精思,必有所见"②;指导方东树作文,则训以"所示文虽不甚劣,然于成化乃无一毫近处。观足下乃是以才气见长者,只可学启、祯人作文,切勿躐等,致有寿陵孺子之诮耳"③;而指导陈用光作诗,又许其五言佳而七言落套,"盖石士天才,与此体不近,不必强之。大抵其才驰骤而炫耀者宜七言,深婉而澹远者宜五言"④。而最汲汲于警诫后学的,则在于雅俗之辨。即《与陈硕士》所说:"大抵作诗古文,皆急须先辨雅俗,俗气不除尽,则无由入门,况求妙绝之境乎?"⑤ 我们知道,雅俗之辨乃是宋代文学理论的一个重要问题,黄庭坚论诗文书法,力戒尘俗,曾说:"文章无他,但要直下道而语不粗俗耳。"⑥ 而王渔洋论诗也首重此节,尝云:"为诗且无计工拙,先辨雅俗"⑦,姚鼐对雅俗之辨的在意,说明其文学趣味同宋代文论尤其是黄庭坚的联系,也是得自王渔洋的启迪,起码是认同王说。这的确是研究姚鼐诗学不能不注意的关节点,无论是桐城派的诗学观念还是黄庭坚的经典化问题都与此相关。

### 三　《今体诗钞》的诗学问题

姚鼐对王渔洋诗学的接受是全方位的,在诗歌教授方面,除了"教后学学诗,只用王阮亭《五七言古诗钞》"外⑧,又遴选近体诗的典范作品,编为《五七言今体诗钞》,以弥补王渔洋《古诗选》只选古诗的缺憾。《今体诗钞》梓行

---

① 姚鼐:《与伯昂从侄孙》其一四,《惜抱先生尺牍》卷八。
② 姚鼐:《与伯昂从侄孙》其一,《惜抱先生尺牍》卷八。
③ 姚鼐:《与方植之》其五,《惜抱先生尺牍补编》卷二。
④ 姚鼐:《与陈硕士》其三五,《惜抱先生尺牍》卷六。
⑤ 同上。
⑥ 黄庭坚:《与元勋不伐书》其三,郑永晓编:《黄庭坚全集》,江西人民出版社2011年修订版,中册,第1006页。
⑦ 何世璂述:《然灯纪闻》,《清诗话》,上册,第119页。
⑧ 姚鼐:《与管异之同》其一,《惜抱先生尺牍》卷四。

后被桐城派奉为诗学圭臬，萧穆平生最推崇此书，方东树《昭昧詹言》也是《古诗选》和《今体诗钞》二书的评语，吴汝纶更以为中学课本，影响广泛。到同治年间即有丹徒赵彦博为作注释，称其"遴择严审，核议精深，洵习诗者之大宗也"①。近年的研究，从《今体诗钞》的编撰缘起到批评中的以文论诗倾向②，都有所探讨，但关于姚鼐评选所显示的诗学趣向还留有进一步探讨的余地。

姚鼐《五七言今体诗钞》的编纂，与王渔洋《古诗选》有直接的关系。姚鼐曾评点渔洋《古诗选》，《惜抱轩笔记》卷八还留下了钻研该书的七则笔记。《今体诗钞》卷首的嘉庆三年（1798）自序，首先申明本书的编纂旨趣："论诗如渔洋之《古诗钞》，可谓当人心之公者也。吾惜其论止古体而不及今体。至今日而为今体者，纷纭歧出，多趋诡谬，风雅之道日衰。从吾游者，或请为补渔洋之阙编，因取唐以来诗人之作采录论之，分为二集十八卷，以尽渔洋之遗志。"虽然也承认渔洋的取舍，"要其大体雅正，足以维持诗学，导启后进"，但同时强调渔洋论诗"亦时有不尽当吾心者"，所以他的评选力陈己见，自信虽"前未必尽合于渔洋，后未必尽当于学者，然而存古人之正轨，以正雅祛邪，则吾说有必不可易者"③。那么，其诗论与王渔洋的异同究竟在哪里呢？

大体上说，姚鼐论五律多与王渔洋合，同样认为盛唐人以五律为最，"此体中又当以王、孟为最，以禅家妙悟论诗者，正在此耳"。在他看来，盛唐人五律都如禅，只有李、杜两家特异。李白近于仙，"以飞动飘姚之势，运旷远奇逸之思"，独成一境；至于杜甫，则"四十字中包涵万象，不可谓少；数十韵百韵中，运调变化如龙蛇，穿贯往复如一线，不觉其多。读五言至此，始无余憾"。逮及中唐大历诸贤，"尤刻意于五律，其体实宗王、孟，气则弱矣，而韵犹存。贞元以下，又失其韵。其有警拔，盖亦希矣"。而到晚唐，"才固愈衰，然五律有望见前人妙境者，转贤于长庆诸公，此不可以时代限也"④。如此把握唐代五

---

① 赵彦博：《今体诗钞注略》序，同治刊本。
② 邱瑰华：《从〈五七言今体诗钞〉看姚鼐的杜诗评选》，《安徽省桐城派研究会成立大会暨第二届全国桐城派学术研讨会论文集》，2005 年；韩胜：《从〈今体诗钞〉看姚鼐的诗歌批评》，《安徽大学学报》2008 年第 3 期；谢海林、黄威：《姚鼐〈今体诗钞〉的编撰缘起及其经典化考察》，《新世纪图书馆》2011 年第 3 期；李围围：《姚鼐〈五七言今体诗钞〉研究》，南京师范大学硕士学位论文，2011 年。
③ 姚鼐：《今体诗钞·序目》，上海古籍出版社 1986 年版，第 1 页。
④ 同上书，第 2 页。

律的流变，评价唐代五律的成就得失，不能不说是高屋建瓴、很通达的识见。

看到论七律处，始多见姚鼐的独到见解。首先，"尤贵气健"的审美取向便不同于五律。不过这一标准也并不是统摄全唐的，王维即以"能备三十二相而意兴超远"独冠盛唐。至于李攀龙、王渔洋所推崇的李颀，他断言"此一个私好，非公论也"。论杜甫则称"含天地之元气，包古今之正变，不可以律缚，亦不可以盛唐限者"，肯定其超越时代的大家地位。最特异的地方，是对白居易和黄庭坚的看法："至于长庆，香山以流易之体，极富赡之思，非独俗士夺魄，亦使胜流倾心。然滑俗之病，遂至滥恶，后皆以太傅为藉口矣。非慎取之，何以维雅正哉？"这大体还不越传统评价的藩篱，而到论黄庭坚，就给出了远过于前人的肯定和好评，认为"山谷刻意少陵，虽不能到，然其兀傲磊落之气，足与古今作俗诗者澡濯胸胃，导启性灵"①，与四库馆臣的评价截然相左。山谷七律选了 25 首，仅次于杜甫 60 首、李商隐 32 首、苏轼 31 首、陆游 87 首，列于第五位，评价不可谓不高。评《登快阁》诗，称"豪而有韵，此移太白歌行于七律内者"②；评《题落星寺》诗，称"此诗真所谓似不食烟火人语"③，见地甚为独到，不同于历来评论黄庭坚的着眼点。当然，他对山谷七律也不是一味地称赞抬举，评《送彭南阳》诗，便认为"结太浅直，不为佳。江西社中诸公多为此等语所误"④，触及黄庭坚对江西诗派的负面影响问题。

通过姚鼐对黄庭坚的评价，可以感觉到，桐城诗学到姚鼐这里出现了一个转折，即由独宗唐贤转向唐宋并举。因为姚鼐曾语门人："镕铸唐宋，则固是仆平生论诗宗旨耳。"⑤ 研究者都将熔铸唐宋作为他论诗的出发点乃至桐城诗学发展的一个关捩来看待⑥，但实际上，姚鼐论诗非但不像几位前辈那样以唐为本、兼取宋人，甚至还更偏爱宋诗一点，这可能与他早年从姚范学诗的经历有关，更与王渔洋对黄庭坚的推崇有直接的关系。王渔洋是清代最早推尊黄庭坚诗的人，他

---

① 姚鼐：《今体诗钞》序目，第 3—4 页。
② 姚鼐：《今体诗钞》，第 332 页。
③ 同上书，第 338 页。
④ 同上书，第 334 页。
⑤ 姚鼐：《与鲍双五》其三，《惜抱先生尺牍》卷四。
⑥ 周明秀：《论桐城派诗论的主要内容及其形成过程》，《文艺理论研究》2002 年第 4 期。

将程孟阳、钱谦益倡导的宋诗由苏、陆的软宋诗转向黄庭坚的硬宋诗，对黄庭坚地位的提升起了关键的作用。前文曾提到，郭麐称姚范诗在山谷、后山之间，姚鼐晚年也很热衷于黄庭坚诗，同载于郭麐《樗园消夏录》："吾师姚姬传先生，以古文擅海内，诗亦兼备众长。七古沉雄廉悍，浩气孤行，无所依傍。七律初为盛唐，晚年喜称涪翁，尝谓麐曰：竹垞晚年七律颇学山谷，枯瘠无味，意欲矫新城之习耳。乃其诗云：'江西诗派数流别，吾先无取黄涪翁。'此何为者耶！"①姚鼐还评点了山谷诗四卷，足见下过一番钻研功夫，但所得如何，则后人见仁见智。谭献称"评点亦有见地，然于诗道何涉？且恐鲁直未以为知己也"，"此等书无可簿录，仍目眯于时文批尾之学而已"②；沈曾植说"江西派人说黄陈，桐城派人说方姚，皆耳根上难消受事。然与诋江西、诟桐城之言较，其取舍居然又有雅言伦音之感"③，都是很有保留的评价。但不可否认的是，"自姚姬传喜为山谷诗，而曾求阙祖其说，遂开清末西江一派"④，最终形成范当世所谓"由苏、黄溯于杜、韩"的桐城家法⑤。所以，无论就黄庭坚的经典化过程而言，还是就晚清同光体艺术宗旨的确立而言，姚鼐都是起了重要作用的人物。他的诗歌创作虽不太为后人所重视，但他对黄庭坚的推崇却通过桐城派的师承传授，成为确立同光体融杜—韩—黄为一体的艺术宗旨的重要驱动力。

尽管《今体诗钞》的重心，全在于遴选而不在乎评论，评语寥寥，所用概念也仅深婉、雄浑、真朴、奇气、空逸、奇警、沉雄等不多的几个，但姚鼐的批评仍以"能当于人心之公意"而赢得后人的好评⑥。鲜明的个性，让人清楚地感受到其得力于文章之学的蕴含。林昌彝论及姚鼐对杜甫的评论，说："少陵近体，五言律四十字中，包涵万象，至数十韵、百韵，运调变化，如龙蛇穿贯，往复如一线。钱虞山《杜诗笺》，于杜诗长律转折意绪，都不能了，所笺亦极多谬论。

① 郭麐：《樗园消夏录》卷下，嘉庆间家刊灵芬馆全集本。
② 谭献：《复堂日记》补录卷二光绪五年四月十二日，第284页。
③ 沈曾植：《海日楼题跋》卷一，中华书局上海编辑所1962年版，第40页。
④ 钱仲联：《梦苕庵诗话》，第85页。
⑤ 范当世：《重印晚清四十家诗钞序》，《范伯子诗文选集》，浙江古籍出版社2008年版，第467页。
⑥ 如林昌彝《海天琴思续录》卷五曾表示："余极喜桐城姚姬传先生所选《今体诗钞》，其序目论各朝人诗，实能当于人心之公意也。"第369页。

惟桐城姚姬传五七言近体选，深知杜法。"① 诗歌从来讲究的是跳跃，腾挪跌宕，语断意连，而姚鼐所着眼的却是转折意绪，与叶燮《原诗》一样，都是以古文章句之法来解诗和讲诗。卷六选杜甫长律 37 首，评曰："杜公长律，旁见侧出，无所不包，而首尾一线，寻其脉络，转得清明。他人指陈褊益，而意绪或反不逮其整晰。"② 自宋代以后，论诗多讲情景典事，而桐城派评诗多讲章法意脉，属于典型的以文论诗之法。沈曾植认为："惜抱选诗，暨与及门讲授，一宗海峰家法，门庭阶闼，矩范秩然。乃其自得之旨，固有在语言文字音声格律外者。"③ 在他看来，姚鼐的诗学分为两个层次，选诗和讲诗是初级层面，全宗刘大櫆家法，通过语言文字音声格律的讲求，由表入里，循序渐进，篇章字句，规矩井然。而对诗意的体悟则是高级层面，超越语言文字音声格律，而体得其言外之意、象外之境、韵外之致。沈曾植在此虽未就海峰家法略做阐说，但相信与"以文论诗"相关。曾国藩称"惜翁能以古文之法，通之于诗，故劲气盘折"④，实际上姚鼐论诗也同样如此，由此可以触摸到桐城诗学在刘大櫆和姚鼐之间承传的脉络。当然，这种"以文论诗"的倾向在姚鼐诗论中还只是隐性的存在，要到门人方东树的著作中，它才浮出地表，显示出自觉的理论意识和方法论追求。

## 四　姚鼐诗学的深远影响

姚鼐小刘大櫆 33 岁，师从大櫆学古文，谊在师友之间。乾隆四十四（1779）年，刘大櫆辞世，姚鼐遂成为桐城派的代表作家。以年高德劭，影响一直持续到嘉庆年间。嘉庆十五年（1810），姚鼐与赵翼作为江南乡闱硕果仅存的两位老名士同赴鹿鸣，赵翼蒙赏三品职衔，姚鼐赏四品职衔。赵翼有诗云："传与儒林作佳话，江南江北两华颠。"⑤ 一时海内名流属和者多至三四千首，可以想见其晚年的荣耀。

姚鼐生平文学造诣，全都体现在倾注心血编纂的两部选本中。《古文辞类

① 林昌彝：《海天琴思录》卷一，第 21 页。
② 姚鼐：《今体诗钞》，第 124 页。
③ 沈曾植：《海日楼题跋》卷一，第 40 页。
④ 姚永朴：《惜抱轩诗集训纂》序引，黄山书社 2001 年版，卷首。
⑤ 赵翼：《赠姚姬传郎中同年》，《赵翼全集》，第 6 册，第 1076 页。

纂》按文章的用途分为论辩、序跋、奏议、书说、赠序、诏令、传状、碑志、杂记、箴铭、颂赞、辞赋、哀祭十三类，分别选录历代经典文章，建构起桐城派的古文经典序列，确立了桐城派的文章正宗地位。在诗学方面，他的学说则通过《五七言今体诗钞》广为传播，在乡里有桐城王灼、朱雅、姚元之，歙县鲍桂星及吴嵩景从响应，见于鲍门人王俪《瓣香杂记》①；在外地则藉漫长的教学生涯所栽培的无数学生，形成桐城诗派的强劲声势。

自乾隆四十一年（1776）起，姚鼐历掌扬州梅花书院、安庆敬敷书院、歙县紫阳书院、金陵钟山书院，前后四十余年，作育人才无数。门生遍及南方各省，"士子得以及门为幸"②。其中以钟山书院居之最久，达二十六年。甘熙《白下琐言》载："姚惜抱先生主讲钟山书院，先后二十余年，历时最久，教泽及人为最深。"③ 后来桐城的骨干作家主要是在这里培养的。他因在四库馆中受到汉学的排抑，乾隆四十九年（1784）辞官后，便以建构桐城派的学术、文学传统为己任，致力于造就文学人才。加上任山东、湖南乡试副考官、会试同考官所拔擢的髦俊，门下文士辈出，较著名的有同里方东树、姚莹、刘开，上元梅曾亮、管同，宜兴吴德旋，阳湖李兆洛，娄县姚椿，新城鲁九皋及外甥陈用光等。此外，列名于《桐城文学渊源考》卷四（此卷专记师事及私淑姚鼐的作者）的还有137人，其中不乏李宗传、宗稷臣、邓廷桢、钱澧、毛岳生、潘瑛、秦瀛、祁寯藻、徐熊飞、龚自珍、钱仪吉、曾国藩、张金镛等以诗名世的名作家，以诗学出名的则有鲍桂星、郭麐、徐熊飞、姚椿等。这些弟子无不"惟桐城姚先生是法"④，传承师说，扩大了桐城派的声势和影响，使桐城派声望在晚清达到顶点，许多非桐城籍贯的作家也以桐城派的传人自居。

然而，即便在桐城派如日中天之际，文坛对其成就也有不同的评价，到"五四"时代竟得"桐城谬种"的恶谥，不是毫无来由的。如果说在姚鼐之前，桐城派的诗学已经有某些缺陷的话，那还不会有人计较，因为诸先生不以诗名，也

① 王俪：《瓣香杂记》卷二，道光十四年刊本。
② 刘声木：《桐城文学渊源考》卷三，第157页。
③ 甘熙：《白下琐言》卷三，光绪十六年甘氏重刊本。
④ 祁寯藻：《太乙舟文集序》，陈用光：《太乙舟文集》卷首，道光二十三年重刊本。

没什么影响。但姚鼐以后就不同了，他以一代文宗兼工诗什，论诗有偏颇会直接影响到后学的取法。所以，姚鼐身后出现对桐城诗学得失的反思，并且这反思始于其阵营中人，就丝毫不奇怪了。晚近桐城派宗师吴汝纶在致姚永朴书中曾坦言："桐城诸老，气清体洁，海内所宗，独雄奇瑰玮之境尚少。"① 意谓桐城派作家才力稍薄，气魄不够雄大。我们知道，袁枚已哂方苞"一代正宗才力薄"，他人就更不用说了。文廷式评姚鼐《五七言今体诗钞》，更憾其趣味狭窄，缺乏包容性，所谓"所选多格正调高之作，然不能博异趣，所谓见善者机耳"，同时还指出姚鼐疏于考据，涉笔屡误："如杜诗'风尘三尺剑，天地一戎衣'，姬传引其叔父姜坞说云，宇文周宗庙歌辞有'终封三尺剑，长卷一戎衣'，子山之作也，杜盖本之。按此宋杨文节《诚斋诗话》之说，非援鹑堂创见也。李东川《题璿公山池》诗：'开山幽栖祇树林'，姬传云依王元美定开山为开士。按此王敬美《艺圃撷余》之说，元美《艺苑卮言》特称之耳。然毛大可论之于前，翟仪仲议之于后，其不当作开士审矣。姬传犹沿其误耶？又评黄山谷题樊侯庙、徐孺子祠堂二律云：'凡咏古诗熔铸事迹，裁对工巧，此西昆纤丽之体。若大家自吐胸臆，兀傲纵横，岂以俪事为尚哉？'按此论固佳，然山谷樊侯庙诗实本二律，其第一首隰栝樊侯生平，兼工论议。王伯厚《困学纪闻》所说正与相同，未尝以遗弃事迹为贵也。又评陆放翁'高标已压万花群'一律云，梅诗如此句，可谓工绝，当在林处士'高士'、'美人'联上，然犹在'雪后'、'水边'一联之下。按：'雪满山中高士卧，月明林下美人来。'乃明高槎轩咏梅诗也，姬传亦以为和靖作耶？姬传以词章与考据并重，然毕竟于考据之功未尝致力耳。"② 的确，姚鼐早年虽向慕戴震之学，也曾用功于经传和舆地之学，但终以性不近而止。按乾、嘉考据学的标准来看，他的学问自然是疏略不实的，所谓义理、文章、考证其实是各为学问一途，而并非交相为用的。以之论文或绰而有余，以之论学则往往捉襟见肘。

---

① 吴汝纶：《与姚仲实》，《吴汝纶全集》尺牍卷一，第 3 册，第 51 页。
② 文廷式：《纯常子枝语》卷四〇，江苏广陵古籍刻印社 1990 年版，第 610—611 页。

# 第七章　高密诗派的诗学品格

高密派所以要单独提出来专门讨论，首先是着眼于它的实际影响。就地域性流派而言，乾隆以后到嘉、道间还能形成风气、影响一时的群体，只有桐城派和高密派。自 20 世纪汪辟疆先生《论高密诗派》发表以来①，高密诗派只是因为与晚唐诗的承传有关而偶为治唐宋诗的学者所留意②。直到近年，随着清代文学研究的拓展，更加上高密当地学者的参与，高密诗派的理论和创作才日益受到学界的关注，在专题论文之外③，还出版了李丹平主编的《高密诗派研究》和宫泉久《清代高密派诗学研究》两种专著④，前者是今人研究论文资料的汇编，后者是关于高密派诗学的专题研究。由于李怀民兄弟的诗话仅有稿本收藏于山东省博物馆，学界难得寓目，对高密诗学的研究一直未能展开。昔年我为撰写《清诗话考》，前往山东省博物馆寻访这些文献，匆匆阅览，只作了一些粗略的记录。最近《山东文献集成》将高密诗派相关文献悉数影印出来，为研究高密诗学带来莫大便利。

高密自古称文献之邦，它是晏子、郑玄的故里。志称地居濒海，舟车不通，

---

① 汪辟疆：《论高密诗派》，《中华文史论丛》第 2 辑，中华书局上海编辑所 1962 年版。

② 张宏生：《姚贾诗派的界内流变与界外余响》，《中国诗学考索》，江苏教育出版社 2006 年版；李建昆：《试论李怀民〈重订中晚唐诗主客图〉》，（台湾）《东海中文学报》第 17 期，2005 年 7 月版。

③ 赵黎明、朱晓梅：《李宪乔诗歌的意象分析》，《广西大学学报》2002 年第 6 期；石玲：《袁枚与高密派：乾隆时期诗学流派的交融与分野》，《文艺研究》2004 年第 6 期；漆福刚：《李宪乔（少鹤）的诗学思想评析》，《临沂师范学院学报》2005 年第 2 期；宫泉久：《高密派诗学所关的一代诗运》，《东方论坛》2012 年第 4 期。

④ 李丹平主编：《高密诗派研究》，山东画报出版社 2011 年版；宫泉久：《清代高密派诗学研究》，人民出版社 2012 年版。

民俗多贫，人性刚劲而任质直，士修行检而崇科目，岁时乡会犹有礼让遗风存焉。然而自魏晋以降，风雅不竞，文学之名不显。迨乾隆十九年（1754）纂修县志，前代作家仅列 7 人，没有著名人物；清代收录 11 人，单氏有若鲁、父琴、父宰、履豫四人入选，是高密声望最著的文学家族。高密文学声誉的高扬，不能不归结于李氏昆季及高密诗派的影响为诗坛所瞩目。在清代，文学发达的地区通常都有一些著名的家族引领风气，高密是刘氏、单氏、李氏、王氏等家族①，这些家族涌现的诗人成为支撑高密诗派的骨干。其中，影响最大的是李氏家族，怀民、宪暠、宪乔三兄弟，时有"高密三李"之目。高密诗学的成就也主要体现在他们的诗论中。

## 第一节　李氏昆季与高密诗派的兴起

### 一　山东诗学的重振

李氏是高密有数的官宦世家，祖华国官阜城知县，父元直中康熙进士，官至四川道监察御史，巡视台湾，以刚正敢言著闻于时②。李怀民兄弟三人：怀民（1738—1793），名宪噩，以字行，号十桐、石桐，以诸生终老③；宪暠（1739—1782），字叔白，号莲塘，亦以邑廪生终；宪乔（1747—1797），字义堂，一字子乔，号少鹤，乾隆四十一年（1776）举人，官至广西归顺州知州④。三李生为名臣之后，少孤而以学行相砥砺，终竟困于场屋，除宪乔因献诗侥幸蒙召试赐举人，怀民、宪暠都偃蹇不遇。怀民愤而弃举业，肆志于诗学，两弟从而羽翼之，终于以文学名世。怀民著有《易经注》《重订中晚唐诗主客图》《石桐草堂集》

---

① 解荀灵：《清代高密单氏家族著述述略》，《清代文学研究辑刊》第 3 辑，人民文学出版社 2010 年版。

② 韩梦周：《文学李君墓志铭》，《理堂文集》卷九，道光三年刊本。

③ 李怀民事迹见《石桐先生诗钞》附墓志铭，《清史列传》卷七二有传。

④ 李宪乔事迹见《清史列传》卷七二。

《石桐先生诗钞》，编有《晋唐六家五言诗选》《三唐五律诗选》三卷①，又编后学诗为《后四灵集》。宪曒有《定性斋集》《莲塘遗集》刊本行世，尚有诗文集十六卷及考订笔记若干卷藏于家。宪乔著有《少鹤内集》《鹤再南飞集》《龙城集》《宾山续集》《拗法谱》《通转韵考》，又有《龙川杂记》《昙阿集》各一卷已缮写成帙，而《诗经直说》未成书，编有《韩诗读本》②。他批《昌黎诗集编年笺注》的评语，后曾为程学恂改窜冒名为《韩诗臆说》行世③。三李的著述基本限于诗学，像这样专攻诗学而不及其他的学人在乾隆时代本就少见，而能开宗立派的就更是罕觏。这不能不归结于科举失败所激发的意气和信念，诗学成为他们生命中无从选择的选择，不可寄托的寄托，甚至赋予他们以超出其能力的勇气，而表现出以诗道为己任的历史担当。从地域诗学的角度说，这不能不说是个异数；但若就乾隆诗学的整体趋向而言，却又有着合乎逻辑的内在动因，那就是文化史上的青春期反叛和弑父情结。乾隆朝学术风气的自由宽松给这股叛逆力量的生长和蔓延提供了适宜的土壤。

我最初在山东师大图书馆读到李宪乔《偶论四名家诗》稿本，就对它鲜明的批判立场惊讶不已，我还没见过类似的基本站在否定立场上批评前代诗人的选本。它评论的是本朝四位名家，今仅存朱彝尊、王士禛两家④。王恒柱注意到书前李宪乔手书寄韦庐（李秉礼）札（王文作序）提到"孙顾厓、王若农皆未尝示之，以竹垞为若农同县前辈，而顾厓乃归愚之门人也"，推知沈德潜也是四家之一⑤，无疑是有道理的。我更推测查慎行可能是剩余的另一家，李宪乔与袁枚论诗书中曾专论其诗之卑靡，而查慎行也恰好与沈德潜并为康、雍之际诗坛的重镇。李宪乔札称，"此四先生各自成家，固当不废，唯质之于古，多有见其不然处。某不敢婞妸附和，辄命学生随录数首而加讨论焉。此册藏之箧衍，从未尝出

① 孙葆田等纂：《山东通志》卷一四六艺文志，（台湾）华文书局1969年影印本，第7册。

② 李宪乔《韩诗读本》一卷有嘉庆十八年抄本传世，（台湾）"中央研究院"傅斯年图书馆藏。

③ 郭隽杰：《〈韩诗臆说〉的真正作者为李宪乔》，《首都师范大学学报》1995年第3期。

④ 李宪乔：《偶论四名家诗》，山东师范大学图书馆藏青丝栏笺稿钞本，封面题"偶论四名家诗厉山人附"，封里有"庚申春二月吴下后学何锦敬览数过"题记，内容详蒋寅《清诗话考》，中华书局2007年第2版，第390—391页。

⑤ 王恒柱：《从〈偶论四名家诗〉看清高密诗派对王士禛的评价》，《山东师范大学学报》2005年第3期。

以示人，因韦庐性同心契，致不朽之盛事，薄眼前之喧卑，谨附上请釐定其是非"，因知此册为宪乔与门人讲论四家诗的记录，在游宦粤西期间曾就诗友李秉礼商订。

所论四家中有王渔洋，毫不奇怪，对王渔洋的重新评价本来就是康熙末到乾隆间论诗的时髦。宪乔作为山东后学，论诗素有取于这位乡贤，议论中终究褒过于贬，负面批评除空洞无真气的老生常谈之外，仅集中于学韦一点。因为韦应物也是他醉心师法的楷模，这很好理解，让我意外的倒是朱彝尊成为抨击的对象。尽管我在绪论中已提到"南施北王"在乾隆间同遭诗家鄙薄的现象，但印象中，以朱彝尊之品格醇雅，学术精粹，诗歌虽未达第一流境界，却也很少蒙受严厉的批评。赵执信的"朱贪多"已是很不客气的诋斥，而李宪乔此书，则简直将竹垞批得体无完肤。《偶论四名家诗》的诗作评选，乃是有次序的。《带经堂集录》小序云："阮亭平生宗尚在王韦，故凡学王韦者，乃其本相。但所造深浅，莫可掩耳。至后来渐事驰骋，规取杜陵局阵，不知是非性所近，难相入也。选者乃专以此种，未免强作解事。兹特先录其诗之学王韦者共参论之。"《曝书亭集录》小序又云："人言竹垞长于怀古诗，因先取其怀古诸作论次之。"看来他先评什么后评什么，矛头都指向世间定论，显出与诗坛主流评价的尖锐对立。这当然也是一种擒贼先擒王的策略——上焉者如此，下者更不足道，举一反三，轻松地达到全面否定评论对象的目的。《曝书亭集录》所选朱彝尊诗分五类，计怀古诗 15首，学古诗 11 首，感遇诗 10 首，读书诗 12 首，风情诗 8 首，词 1 首。李宪乔的评语全部批在书头，几乎没有好话，都是揭短。对怀古诗的总体评价是"直同裨官衍义，但可供衢市人耳，若以言诗，何足有无"。具体作品如《谒大禹庙二十韵》是"胪陈故实，毫无观感"，《登滕王阁》"直是作应试排律伎俩，绝不见登临之兴"，《于忠肃公祠》"不过将本事点缀排叙"。其他如学古一类，评《怪鸥行》"绝无感兴深刺"，"亦大失性情之正矣"；评《短歌行》"都是陈言，何不务去？"感遇一类，评《永嘉除日述怀》仅言"贫穷贱辱，流离羁旅，不能自存"之情，其志"亦太鄙矣"；评《伤歌行》"直是丐者心肠，陶公乞食恐不如是"；评《人日谒景皇陵》"其志本浮而不挚也，不过借作一话头耳"。读书一类，评《读书十二首》其十一"'读书破万卷，下笔如有神'，老杜所以为诗圣也；'必也万卷储，始足供驱使'，竹垞诗文所以为书肆也。诗圣者，技也，而进乎道矣；书肆者，贾人之业耳。陋哉，底里见矣"。又评其三"此可作应试册，料不是诗"。风情一类，则径目为"轻浮靡滥"，评《闲情八首》其一是"用骚却成腐，一边驳朱子辨郑卫，崇思无邪，一边却作此等滥语，正不知是如何安排"；其四"竟纯是小说声吻，罪过罪过"；其五"莲花细步上兰阶"句，"多少做作，令人难堪，作香奁诗至此，亦苦海矣"。而于《沁园春·隐约兰胸》一词更曰"恶极滥极，笨极丑极，不惟冬郎、飞卿、黄九、秦七集中所无，即同时若尤展成、曹实庵亦不屑道也。结意措词纯是时下淫恶不堪小说派头。诗余至此，亦可谓扫地矣"①，措辞颇为激烈。他对朱彝尊的评价，一言以蔽之，就是"没个安身立命处"②。

李宪乔之所以如此痛批朱、王，自称是鉴于"诗自朱、王狃盟以来，吮毫之子多以雕缋为工，旖旎相尚，风格浸以颓靡"③，骨子里其实也不排除抢夺话语权的动机——通过对上代作家的否定，树立新的诗学观念和艺术趣味。为实现这一目标，要打倒的不仅是父辈，还包括已故的兄辈甚至健在的先达。尽管《偶论四名家诗》沈德潜卷已不可见，但其中对沈德潜不会有什么好话则是不用怀疑的。李宪乔对沈的态度，其实从评渔洋诗已略可窥见。如《收京》"海内兵尘满乾坤"句宪乔批：

> 每见各州郡中有殉难尽节之人，亦必有许多诗句载在郡州县志，大概如此二、三、四句也。千手雷同，遂成习套，似乎阐扬节烈，此尚不足恃耳。归愚每见诗有忠孝节义字，必即亟取之，以为能合乎《三百》止乎义理之旨，亦不问其诗若何也。所以于渔洋亦取此等，矜为特识，哪知正是渔洋短处。

---

① 关于《偶论四名家诗》对王士禛、朱彝尊的批评，王恒柱《从〈偶论四名家诗〉看清高密诗派对王士禛的评价》（《山东师范大学学报》2005年第3期）、《从〈偶论四名家诗〉看李宪乔的诗学观——从其对朱彝尊的评价考察》（《山东师范大学学报》2006年第5期）两文有细致讨论，可参看。

② 李宪乔：《书韦庐续集后》，《山东文献集成》第三辑，第47册，第150页。原列于李怀民《紫荆书屋诗话》中，据内容考之，当为李宪乔作，后同。

③ 李宪乔：《韦庐诗集·内集》跋，嘉庆三年家刊本。

这已明确判定沈德潜论诗无见识，所以门人问王渔洋、沈德潜安身立命处何在，他笑而不答①。不只是对沈德潜，李宪乔对袁枚也很不满。在与李秉礼论诗，谈到韩愈既具正法眼又能狡狯神通时，他曾提到："外间不解此语，所以袭乎仁义忠孝之言，而不足以动人者，则有沈归愚一派；恣乎缘情纵欲之言，而不足以垂教者，则有袁子才一派。此二者，楚固失之，齐亦未为得也。"②《凝寒阁诗话》中于并世诗论家少所许可，有云："都下谈诗者曰纪晓岚、翁覃（原误作潭）溪、钱箨石三人而已。然晓岚博而时俗不可耐，覃溪有志而无实得，亦不能免于俗尚，箨石文尚不如其人。是所谓晨星者不过尔尔，未足一探求也。江南走名者，又有七才子之目。时从予游者，有南通州钱生、巢县许生、无锡秦舍人，则皆知鄙之，为不足传矣，不待北人言也。"③ 李怀民同样认为翁方纲"诗文皆欠静细"，甚至连李宪乔颇称道的黄景仁诗也觉得"殊不合鄙意"④。无论这些评断是否允当，它们都体现了高密诗派特异于时的诗学立场，是可以肯定的。

如此说来，"三李"要打倒的正是康雍以来的四个主要诗派，即渔洋后学承传的神韵诗派，朱彝尊、查慎行开创而为厉鹗、钱载所发扬的浙派，从钱谦益到沈德潜一直维持其稳定地位的吴派，以及纪昀、翁方纲所主导的学人诗派。当然，作为自清初以来一直占主流地位的山东诗学的传人，他们首先要否定乃至超越的肯定是王渔洋。事实上，正如研究者都注意到的，"三李的许多论诗主张就是直接针对王士禛而发的"，"他们对王渔洋及其追随者'蹈空无著'、'涂饰柔腻'的诗风的扭转，从主观动机上是为了回归风雅的传统"⑤。他们不仅全面认同乡先辈赵执信对王士禛"诗中无人"的批评，同时也全盘继承了赵的诗学观念。李怀民《批众家诗话》一再斥王渔洋"全好大言骇世"⑥，批渔洋诗话中"越女与勾践论剑"一则，说："阮亭谈龙贻讥秋谷。诚若言，使学者蹈空捉摹，

---

① 李宪乔：《书韦庐续集后》，《山东文献集成》第三辑，第 47 册，第 153 页。

② 李宪乔：《与李秉礼论诗札》册页，浙江浙商拍卖有限公司 2011 年春季艺术品拍卖会，http://auction.artxun.com/paimai-57109-285542246.shtml，2014 年 9 月 14 日访问。

③ 李宪乔：《凝寒阁诗话》，《山东文献集成》第三辑，第 47 册，第 249—250 页。

④ 李怀民：《日记诗话摘录》，《紫荆书屋诗话》，《山东文献集成》第三辑，第 47 册，第 93 页。

⑤ 石玲教授《袁枚与高密派：乾隆时期诗学流派的交融与分野》（《文艺研究》2004 年第 6 期）、《清代初中期山左诗学思想述略》（《文学遗产》2007 年第 2 期）二文对此都有专门讨论，可参看。

⑥ 李怀民：《紫荆书屋诗话》，《山东文献集成》第三辑，第 47 册，第 61 页。

岂不误尽天下！吾故曰渔洋客气多。"① 而对赵秋谷"始学为诗，期于达意"之类的老生常谈，则许为"巨论"；于"唐人诗，诗学类有师承，非如后人第凭意见"这种似是而非的臆说，则叹为"巨眼"；甚至连赵转述冯班《古今乐府论》之说，也盲目称叹："饴山快论，可为浮三大白！"② 认真掂量他对王渔洋的批评，实在过于苛刻，大体属于见识有限，只能欣赏较粗浅平实的议论，至深微之处多不得解悟；有时露才扬己，欲示高明，适足自形庸陋。如王渔洋说："七言五句，起于杜子美之'曲江萧条秋风高'也，昔人谓贵辞明竟（意）尽，愚谓贵矫健，有短兵相接之势乃佳。"怀民批："亦须看题行文，难以执煞。"③ 其实王说是有见地的，能得体制之要，李怀民偏退回到一般常识去，看似通达，实则无谓。又如，王渔洋曾说唐人拗体律诗有两种，一种是"苍茫历落中自成音节"，举杜甫"城尖径窄旌旆愁""独立缥缈之飞楼"诸篇为例；一种是"单句拗第几字，则耦句亦拗第几字，抑扬抗坠，读之如一片宫商"，举赵嘏"溪云初起日沉阁，山雨欲来风满楼"、许浑"湘潭云尽暮山出，巴蜀雪消春水来"为例。李怀民批："其实'城尖径窄'等篇是拗体，若'溪云初起'等句实唐人之谐律，不可谓拗，阮翁又未之知也。"④ "溪云"两联第五字互救，固然是唐人常格，但自属拗救，不能说是谐律。其自以为是处往往如此。要之，李怀民的评价，让人感觉也像赵执信论王渔洋那样，带有浓厚的意气成分。不难理解，类似赵执信、"三李"昆季这样或中年废置、或偃塞不遇之人，对王渔洋一等成功人士，内心深处难免都会有本能的抵触，但形于言辞，却往往表现为挽救世道人心的慷慨正论。

在李怀民的诗论中，《书单子受诗后》是一篇很重要的文章⑤，细加玩味有助于明白他们的基本思路。怀民开篇先肯定"通观诸什结构完成，烹炼纯熟"，应该说单诗已有很好的基础。继而道"古人至处，有非完好、烹炼所能尽者"，

---

① 李怀民：《紫荆书屋诗话》，《山东文献集成》第三辑，第47册，第60页。又，批渔洋说最喜司空图《诗品》"不著一字，尽得风流"八字，亦说："总是蹈空无著浮论，自误误人。"第61页。
② 李怀民：《紫荆书屋诗话》，《山东文献集成》第三辑，第47册，第68页。
③ 同上书，第64页。
④ 同上书，第64—65页。按："溪云"一联为许浑《咸阳城东楼》中句，此误记。
⑤ 李怀民：《紫荆书屋诗话》，《山东文献集成》第三辑，第47册，第78—79页。

这也不错。然而接着"故章法不串、押韵不老、属对不工、选词不伦、结意不密等弊，皆不足为我子受病"数语，就不免让人对前面肯定的"结构完成，烹炼纯熟"产生怀疑了，难道存在这么多毛病还不必在意吗？原来他认为，"此时所急者在骨格，不在品貌；在识见，不在力量"，并且相信"骨格既高，品貌亦清；识见既超，力量必到"。这恐怕已不是谁都能同意的了，再看他如何理解"识见"：

> 识见者，先识得古人如何居心，如何行径，譬如韩、孟、张、王，皆孔门狂狷者流。其人皆不合于时，不宜于俗，故发言为诗，冷峭孤直，辟易一切，虽传之千年，尚足以立顽起懦，所谓表见性情者，此也；诗中有人在者，此也。

显然，他的识见绝非叶燮所谓才、胆、识、力之识，不是一般意义上的高超见识，而是特指韩愈、孟郊那样的特立独行、矫激不群的处世态度。明乎此，他如何理解"骨格"也就不难预料了，当然是邻于韩、孟一派的美学趣味：

> 骨格者，为松桂不为桃柳，为朴玉不为燕石，宜瘦忌肥，宜淡忌浓，宜冷忌热，宜辣忌甜，宁粗直勿粉饰，宁峭劲勿软媚，宁为时人所忌，勿为俗人见称。放翁云："气骨真当勉，规模不必同。"孟贞曜云："今时出古言，在众反谓讹。"方干云："所得非众有，众人那得知？"又云："俗人犹爱未为诗。"[①] 此可想见昔人骨格矣。

在《与某论诗》中，他将性情也作了个人化的诠释："所谓性情者，非必如海阳鞠慕周所谓致中和也，彼但以大肠皮话嚇人耳，非希寔效者。诗人性情，只是不合于众，不宜于俗耳，略似古狂狷一流人。"[②] 这样，所谓性情、识见、骨格都成了以韩、孟派诗歌风貌为指归的概念，他不仅以此为诗歌艺术的理想，还极力将其矫激背时的写作态度标举为自古以来的诗歌传统，而这一传统在唐宋又

---

① "今时出古言，在众反谓讹"为贾岛《寓兴》句；"俗人犹爱未为诗"为陆游《朝饥示子聿》句，均属怀民误记。

② 李怀民：《紫荆书屋诗话》，《山东文献集成》第三辑，第47册，第80页。

分为两派:

> 一派清空和易,崇尚自然,钱、刘、张、王、元、白以下诸君主之;一派生刻峭劲,力开生面,岛、洞、松、凫、马戴、裴说以下诸君主之。沿及有宋为西江派,而宛陵之和大,后山之坚深,大概不离乎此两派。其崇尚自然者,狂者似之;其力开生面者,狷者似之。高明沉潜,自昔为然。则虽上溯汉魏、六代,下及元明、本朝,凡成家者,举不能出二者之外。然此两项人,每不为时人所许。①

总之,呈现在他们眼中的诗歌传统,归结起来就是,"盖溯自建安、黄初,以迄有唐三百年,凡成家者无不以骚雅为指归,与世俗为雠仇"。这样,他们就自然地将自己镶嵌到一个主观设定的诗史情境中,"元明以来风雅道丧,复古乐者,非我辈其谁属乎?"② 我们已在陈子昂、韩愈以来的很多诗人身上看到这种主观设定及其相应的言说方式,不意到乾隆后期它又在"三李"身上再现。但这很可能是诗歌史上最后一个有影响的复古宣言了,因为叶燮自成一家的主张经袁枚性灵诗学发挥,在乾隆末已形成浩大的声势,到嘉、道以后更演漾为绝对的自我表现论,创变成为诗坛一致的口号,尽管各种创变的内容纷纭不一。此时,李怀民还没感受到袁枚性灵诗学的冲击,还在酝酿着他"共励颓风,扶持诗教"的复古梦。但他可能高估了自己的能力,就像他勉励单子受,说子受的清才丽句,在本朝名家中即便与尤侗的丰润、宋琬的香艳、王士禛的风韵、汪琬的才情相比也不遑多让。然而事实果真如此吗?以上四位,后人稍能具其才学即足以名家,可如今又有谁知道单子受呢? 在此,我们已能看到李怀民观念中的一个矛盾:一方面高自位置,期许远大,显得抱负不凡;一方面又将身段放得很低,门槛也定得很低。他提醒单子受的当务之急,"识见"不过是"诗中有人","骨格"则是与俗立异,而艺术典范更可以预期非中唐莫属,这严格地说都不是保证诗艺上达的充要条件。依据这些原则,可以写出一种不同于时尚的诗歌,但绝不足以保证

---

① 李怀民:《与某论诗》,《紫荆书屋诗话》,《山东文献集成》第三辑,第47册,第80—81页。
② 李怀民:《书单子受诗后》,《紫荆书屋诗话》,《山东文献集成》第三辑,第47册,第79页。

写出一种格高韵胜、自成一家的诗歌。或许他们内心也没那么高的希求，也没那么足的底气。李怀民《论袁子才诗》曾顺便提到："吾乡渔洋先生以诗驰名海内，特兴风韵一派。然其流弊，遂成涂饰柔腻，故身后声名日减。"① 他对自己驰名海内，兴起高密一派，恐怕连想都没想过。高密诗派所以能流行南北，高密"三李"所以能扬名一时，实在与怀民兄弟同辑《重订中晚唐诗主客图》一书大有关系。

## 二　《重订中晚唐诗主客图》与高密诗学宗旨的确立

李怀民可以用一句"元明以来风雅道丧"轻松地抹杀本朝诗歌的成就，但面对诗坛流行日久、根深蒂固的吴派、浙派、神韵派这三大诗派，他深知，光凭否定性的批判是绝对不可能动摇其地位的。破的同时还必须立。只有树立一面新的旗帜，给诗坛提供一种新的诗歌美学、一个新的师法典范，才有可能转移风气。在怀民兄弟看来，当时诗坛"袭为浑沦宏阔之貌，饰为高华典册之词"，以至"貌为高华，内实鄙陋"的流弊，实与康熙末年以来诗坛日益趋于躁妄、矫饰、浮靡、熟俗的积习有关，矫正之道只有药以清真、僻苦之风。乾隆初年黄子云在《野鸿诗的》中曾提出："凡诗有不足之病，即以前人对病之法治之：病在怯弱，疗之以陈思；病在蒙晦，疗之以记室；病在清癯，疗之以光禄；病在陈腐，疗之以宣城；病在沾滞，疗之以参军；病在鲁钝，疗之以简文；病在浅率，疗之以开府。若此者不可悉数，在学者审择所处而已。"② 李氏昆季的思路如出一辙，不过其具体策略是用中唐张籍、贾岛的清真、僻苦之风来矫正时俗的躁妄、矫饰、浮靡、熟俗之弊。为此，他们编著了《重订中晚唐诗主客图》一书，以之教授乡里后学，不意一时从者蜂起，远近响应，最终竟形成一个以高密人士为核心的地域性诗歌流派。

这是高密诗学历史上的一个里程碑。在此之前，年辈稍长的高密诗人单烺有《答赠任景周》诗云："近代济南诗派起边李，四溟山人羽翼之。名流辈出踵相接，新城季木为白眉。家法渔洋应运出，高踞坛坫放厥辞。兴酣落笔颇唐甚，擢

① 李怀民：《论袁子才诗》，《紫荆书屋诗话》，《山东文献集成》第三辑，第 47 册，第 104 页。
② 黄子云：《野鸿诗的》，《清诗话》，下册，第 852 页。

兰桨兮荫桂旗。纵横南北一万里,上下千年盛于斯。先生自言不及古,此中得失惟心知。颜曹田谢十才子,德水舍人用偏师。秋谷负气不相下,《谈龙》一录纷纷为。哲人其萎风流绝,海岱之间复为谁?我辈尚论具只眼,读书莫被古人欺。异流别派先河在,持择贵自能得师。"① 诗中虽然对山左诗学的源流做了清晰的梳理,但并未说明自己的诗学主张和师法路径,只是在称赞任氏能得渔洋诗学真传后,宣称"他年归去侍座右,看君兼综徐刘与左思,更能上探麟经旨,果然古乐非追蠡"②。这当然是不着边际的套话。单烺又有《赠待鸿三君》诗,称"雅工五字本天真,高峙长城莫问津","为问吟髭撚断否,输他俊逸剧清新"③,被称赞的对象应该长于五言,且不屑于晚唐的苦吟之风。作者还有一首《学晚唐》,同样也明言仿中晚唐平易流利之风④。不过这只能看作一种诗歌趣味,直到乾隆中叶"三李"脱颖而出,高密才有了鲜明的诗学主张,同时形成独树一帜的诗学流派。

高密"三李"何时在诗坛扬名尚不清楚,但年及而立已为人所称,则是可以肯定的。乾隆三十五年(1770)前后济南周永年致李宪暠书,称"三李之名闻于阳扶、汝安、纫庵者非一日"⑤,看来在编成《重订中晚唐诗主客图》(乾隆三十九年)之前,"三李"的声名已传播在外。其诗歌创作的成就,则以怀民、宪乔为高。汪辟疆先生认为怀民"守律严,措意深,卓然中晚张、贾矩矱。少鹤五言,近贾为多","惟五七言古体,则尝出入韩、苏,气体稍大,与石桐专事峭刻者不同"⑥。要之,其诗风都渊源于中唐。这再次印证了前文提到的,唐代以后,一种诗学的基本品格不再取决于论者标榜什么样的审美理想,而在于接受何种诗歌传统。对诗歌传统的态度及其具体取舍决定了诗人的写作方式和批评立场。高密诗派的风格渊源及艺术作风便是由其对诗歌传统的接受视野所限定的。

在高密诗派的成长史上,李怀民兄弟编纂《中晚唐诗主客图》无疑是一个

---

① 单烺:《大昆嵛山人稿》卷四,《清代诗文集汇编》影印本。

② 单烺:《大昆嵛山人稿》卷四,《清代诗文集汇编》,第 309 册,第 498—499 页。

③ 同上书,第 509 页。

④ 同上书,第 510 页。

⑤ 山东大学图书馆藏《高密三李友朋书札》,引文及系年均据包云志《刘墉、周永年、吴大澂、叶昌炽未刊信札四通考释》一文,载《古籍整理研究学刊》2006 年第 3 期。

⑥ 汪辟疆:《论高密诗派》,《汪辟疆文集》,上海古籍出版社 1988 年版,第 261 页。

有标志意义的事件。晚唐诗人张为的《诗人主客图》,将中晚唐诗分为六大门户,以六主七十八客分梳中晚唐诗流别,是古代文学批评史上很独特的一部书。今传本已非原貌,说明文字和诗例都有残缺,又缺乏可相印证的资料,如纪昀所谓"顾其分合去取之间,往往与人意不相洽"①,故后人每疑其说而不取。迨宋代方回《瀛奎律髓》取张洎《项斯诗集序》之说,将张籍、朱庆余等与贾岛、姚合等别为两派②,明代杨慎又从而发挥之③,遂形成一种有影响力的中晚唐诗观。清代较早注意张为《主客图》的人就是纪昀,李文藻《张为主客图跋》云:

> 唐人为诗,最讲声病,顾其书曰式曰格曰密旨者,皆不传于世。近吾乡赵饴山始以所闻于常熟冯氏者为之谱,而唐诗声调概可推矣。若张为《主客图》,则当时之摘句图耳,非可以意揣而得也。吾房师纪春帆先生,依计敏夫《唐诗纪事》所载而排纂之,其八十四人中可考者尚七十有二,盖几几乎为之原书,与赵《谱》借唐诗以起例者不同。④

文末署日期为乾隆二十六年(1761)辛巳五月,由此知纪晓岚编订《主客图》应早于李怀民兄弟。《重订中晚唐诗主客图》成书于乾隆三十九年(1774),它不像纪书那样,只是辑考张为所录诗人的资料;所谓"重订",其实是新编一部中晚唐诗人主客图,是十足的创新,内容与张书原书几乎没什么关系。它将中晚唐诗人略分为两派,一是张籍的"清真雅正"派,一是贾岛的"清奇僻苦"派,具体成员也异于张书所录。因为李怀民覆案《主客图》论列的各派诗人,感觉非但与现存作品不合,就是与诗家通说也有很大的出入:

> 余尝读其诗,皆不类,所立名号亦半强摄。即如元、白、张、刘,当时统谓元和体,为乃独以元稹属白居易,而张籍、刘禹锡更分承之李益、武元衡,诚不知其何所见。以韦应物之冲虚,独步三唐,宋人论者惟柳宗元稍可并称,而乃仅入孟云卿之室,且与李贺、杜牧比肩,何其不伦耶? 其他不可

---

① 纪昀:《张为主客图序》,《纪晓岚文集》卷九,第1册,第181页。
② 方回:《瀛奎律髓》卷二○朱庆余《早梅》诗评,黄山书社1994年版,第443页。
③ 杨慎:《升庵诗话》卷一一"晚唐两诗派"条,何文焕辑:《历代诗话续编》,中册,第851页。
④ 李文藻:《南涧文集》卷下,《清代诗文集汇编》,第369册,第110页。

胜举。至其所标目，适如司空表圣《二十四品》，但彼特明体之不同，非谓人专一体，且即六者亦不能尽其体矣。是盖出奇以新耳目，未为定论也。余读贞元以后近体诗，称量其体格，窃得两派焉：一派张水部，天然朗丽，不事雕镂，而气味近道，学之可以除躁妄，祛矫饰，出入风雅；一派贾长江，力求险奥，不吝心思，而气骨凌霄，学之可以屏浮靡，却熟俗，振兴顽懦。①

李怀民坦言两派之说本自杨升庵，但所列王建、张籍、贾岛、姚合以下三十二人，别为清真雅正与清真僻苦二派，则纯然出于他的识断。其书仍沿张为原式，以主、上入室、入室、升堂、及门五等列为二图，前冠以主客图人物表，各以年代系之，注明科第；后附各家诗选，系以小传，附录诗集序跋、评论资料，体例相当完善。据《图说》自述，选诗限于五言近体，而孟郊无近体，韩愈独能古体，故皆不录；所列人物"但因其体格之相近者次为先后，并时代亦不拘"。我们覆案他所列的诗人，家数都有渊源可考，较之张为旧图明显更具有说服力；评论也很细致，从字句修辞、篇章结构到艺术成就、体派关系都有值得听取的见解②，就内容而言称得上是梳理中晚唐诗史流变的初步尝试。但李怀民本人的旨趣却并不在此，他的目标是通过中晚唐诗史的重构，重新诠释和建构唐诗的传统，在诗坛树立新的诗歌典范，为后学指示一条不同于以往的师法路径。

为此，他在《重订中晚唐诗主客图》成书之后，又编了一部《晋唐六家五言诗选》，选录晋陶潜，唐韦应物、王维、孟浩然、储光羲、柳宗元六家五言古诗计185首，其中陶、韦两家入选篇目多于另四家数倍。前列"本传节录"及"诸家评语"，中间小字评语，多取李攀龙《唐诗选》和锺惺、谭元春《古唐诗归》之说，以按语表达自己的意见，见解倾向于竟陵。今传乾隆五十五年（1790）袁翃文精抄本一册③，后有乾隆四十三年（1778）底三李与门生辈灯下同观的题识，列名者为敦测、张清櫂、宋默、宋绳祖、任集、王简、王堪、王

_____

① 李怀民：《重订中晚唐诗主客图说》，《重订中晚唐诗主客图》卷首，咸丰四年赵子绳刊本。

② 有关《重订中晚唐诗主客图》的批评价值，李建昆《试论李怀民〈重订中晚唐诗主客图〉》一文已有细致剖析，可参看。

③ 刘乾：《高密诗派抄本〈晋唐六家五言诗选〉》，《文物》1981年第10期。湖北省图书馆藏有李怀民《六家诗选》一册，应即此书。

箴、敦治九人。由袁诩文跋可知，刘大观也曾誊录李怀民批语与圈点，然则此书也是李怀民兄弟指点后学的教材之一，不妨视为《重订中晚唐诗主客图》的五言古诗版。不过此书未曾刊布，他们关于五言古诗的取舍也就鲜为世人所知。

非仅如此，尽管李怀民已声明，《重订中晚唐诗主客图》选诗只录五律不及七言，是要力矫当世"匝街遍市无非七律填满"之弊①，可它在同侪眼中仍像是一部未完之书。因此，后来当李秉礼劝李宪乔续编七言时，宪乔也坦承：

> 盖此乃吾兄石桐先生之志也。先生既订《中晚唐人主客图》，每谓乔曰："张为本例不止近体，此不过为后学所先务耳，余亦当以次例附。即如七古，在鲍明远辈已滥觞，至于初唐而大行。然学四杰者，或靡曼而失归。断以杜为孔，以韩为孟，而宋之欧、梅、苏、石、黄、郑，南宋之放翁、石湖，金之元遗山以下，皆一脉传也。子于数家皆笃好之，盍亦以次定为入室、升堂，为七古主客图，吾更参酌焉。"乔应命唯唯，后因全宋诗未得尽见，恐有遗漏，又尘劳多故，因循未就，而吾兄已见弃矣，每用惨切于心。韦庐忽命及此，敢不勉承此举，会待少暇，且即所见，选为一帙，请韦庐订正之，以续石桐之志云。若五古则石桐先有选本，乃以陶为主，王、储、韦、孟、柳五家附之者也。此亦即韦庐所宗。然未定五古之主客图者，以止专清正一派而未列雄奇，故必并入杜、李、高、岑、退之以下，乃为备耳。②

后宪乔猝殁于官，未及从事七古的续编。只有怀民门人王宁焯继承老师遗志，编了《中晚唐诗主客图》七律二册③，又打算选王维、刘长卿诸家诗为《主客图源》，宋四灵诸家诗为《主客图流》④，好像也没留传下来。但这并不影响《重订中晚唐诗主客图》在乡里流传，并逐渐风行于世。袁洁《蠡庄诗话》提到："山左李石桐辑《中晚唐诗主客图》，分张水部、贾浪仙为两派，登莱一带言诗者多

---

① 李怀民：《紫荆书屋诗话·主客图诗论》，《山东文献集成》第三辑，第47册，第40页。

② 李宪乔：《与李秉礼论诗札》册页，浙江浙商拍卖有限公司2011年春季艺术品拍卖会，http：//auction. artxun. com/paimai－57109－285542246. shtml。

③ 孙葆田等纂：《山东通志》卷一四六艺文志，（台湾）华文书局1969年影印本，第7册，第4331页。

④ 崔旭：《念堂诗话》卷一，民国二十二年重印本。

宗之，谓之高密派。"① 这出于时代相近的人所记，应该是可信的。像这样在当代即得到认可的诗派，清朝并不多见。即便是沈德潜和翁方纲，在本朝也没有被冠以格调派或肌理派之名。高密诗派确实是个异数，他们的诗学观念显然顺应了当时的诗学潮流，反映了一个时代的要求。

关于高密诗派的艺术取向，汪辟疆先生曾提出一个被学界广泛接受的解释："先是，清初诗学，以虞山渔洋为主盟，天下承风，百年未替。然末流之弊，宗虞山者，则入于饾饤肤廓；宗渔洋者，则流于婉弱空洞。李怀民生于乾隆国势隆盛之时，亲见举世皆阿谀取容，庸音日广，慨然有忧之。乃与少鹤精研中晚唐人格律，而救以寒瘦清真，一洗百年以来藻缋甜熟之习，虽当时排斥者实繁有徒，然数十年中清才拔俗之士，多有闻而信之者。"② 自清初以来，诗家厌弃明人的"假盛唐"，取法多转求他途。既有钱谦益之提倡宋元、二冯兄弟之崇尚西昆，也有李因笃之上溯汉魏，更有王渔洋倡言神韵，希望以深度的师古再现唐贤三昧。然而这些路径或文或野，或高不可攀，或虚不可扪，最终在后学看来都不是康庄坦途。于是到乾隆初年，学者开始追趋中晚，如桐城方氏兄弟之取法中唐，沈德潜门人乔亿（1702—1788）评选《大历诗略》，都已逗露先声。李怀民兄弟的《重订中晚唐诗主客图》更是这股诗学思潮的一个标志性作业。中晚唐诗境界、格调虽然一向殊无优评，但相比之下平实易行，所以李怀民《图说》坦率承认：

> 盛唐实不易学，前辈谓学《选》体者读初唐，学盛唐者看中晚，学唐人者读宋诗。盖以初唐之与六朝，永贞、元和之与开、宝，北宋之与五代，时相近，人相接，其心法相授，屡降而不离其本。特气运递迁，高者渐低，深者或浅，幽隐者或显露，浑沦者乃说破矣。后学徒厌其浅卑显露，而务为高深浑沦，是未下学而骤欲上达也。吾谓卑浅者，实与人以可近；显露者，正与人以可寻。升其堂，不患不入室。（中略）学诗者诚莫如中晚，中晚人得盛唐之精髓，无宋人之流弊，又恐晚唐风趋日下，而取晚之近于中者，类

---

① 袁洁：《蠡庄诗话》卷九，嘉庆二十五年刊本。
② 汪辟疆：《论高密诗派》，《汪辟疆文集》，第262页。

为一家言。虽称两派，其实一家耳。学者潜心究览，久自入于初盛，譬由门户而造堂奥也。①

联系李怀民批严羽《沧浪诗话》，说"以汉魏晋盛唐为师，不作开元、天宝以下人物"一语"诬（疑应作误）尽有明三百年诗学"②，我们不难洞见其改易师法路径的实质所在。王宁焯记其自述学诗经历同样也可以相印证：

> 每得一家诗，与两弟戏效其体，辄逼肖，然自以为非是。自《离骚》以下迄国朝人所著录，无不究览。后读张籍、王建五言律诗，曰此可学而至也，尽弃旧作，篇章字句向背离合之故，皆取则焉。以其法证他家，无不合，乃大喜自负。③

《图说》所谓"未下学而骤欲上达"，也可以说是对明代以来师古无功的清醒反思，与桐城派登高自卑的师法宗旨同出一辙，两者不约而同地都将目光投向了中唐。同样的师法取向也见于性灵派，只不过他们取法的是白居易一路而已。看清这一诗学背景，我们就不难理解，为什么李氏此书一出，不仅乡人诵习蔚为风气，就是在周边地区乃至整个北方也产生了不小的反响。

### 三　高密诗学由北向南的传播

随着《重订中晚唐诗主客图》的广泛流传，高密"三李"的声名流播更广，与诗坛名公的交游也愈加密切。李宪乔在《选孟东野诗评》中记载："近有一朝士某、最好石桐、子乔五言诗，因叩仆所宗主，授以张、贾主客图。某携入直庐，读之三日，既出，乃曰：'吾观两君所取唐人五律殊平平，不如两君之自作也。'"④看来"三李"之诗及《重订中晚唐诗主客图》的影响也曾波及京师。虽然这位朝士难以指实，但李氏兄弟的诗名达于京城，很可能同秦瀛有关。李宪乔曾与秦瀛同应乾隆三十九年（1774）顺天乡试，从此交好。乾隆四十二年

---

① 李怀民：《重订中晚唐诗主客图》卷首，咸丰四年赵子绳刊本。
② 李怀民：《紫荆书屋诗话》，《山东文献集成》第三辑，第47册，第50页。
③ 王宁焯：《皇清文学李君墓志铭》，李锡符等修：《高密李氏家谱》卷四，同治十年石印本。
④ 原列于李怀民《紫荆书屋诗话》中，《山东文献集成》第三辑，第47册，第113页。据内容考之，当为李宪乔作。

（1777）秦瀛有《题李少鹤诗册》，同年秋冬间又有《题李石桐诗集》①，集中与宪乔唱和之作颇多。秦瀛是乾、嘉之际声名卓著的诗人，他与怀民昆季的交谊当有助于高密诗学在京师的传播。

到乾隆后期，高密诗派又传播于岭南一带，这得益于李宪乔宦游粤西。宪乔自乾隆四十五年（1780）官广西岑溪知县，直到嘉庆二年（1797）卒于归顺州知州任，十多年间一直与李秉礼、刘大观、汪为霖等流寓、游宦诗人交游唱和，切磋诗艺，遂将高密派诗学传播于岭海。他没有忘却其兄弟的夙志，也没有放弃早年以诗道为己任的抱负，在以《偶论四名家诗》就李秉礼商订时，附札末云："吾志本为辨诗起见，诗道明可以已矣。若欲以此播之于众，为雌黄前辈之短，以争其死后之名，某必不肯为也。"话虽这么说，但他痛批四家以阐明诗道，终究还是希望得到理解和响应的，只不过他很清楚，凭自己的才力声望，即便登高而呼，也绝不足以耸动天下耳目。于是此志耿耿于怀，直到乾隆四十九年（1784）年秋袁枚来游粤西，他奉巡抚之命接待，这才感到机会终于出现，"急乞官假录旧作"②，请袁枚批正。

袁枚既感念宪乔接应之勤，又赏识其诗才，别后两度驰书致意，并以一首十二韵的七古酬答这位后辈诗人的索和之作，其中称赞宪乔的诗才："裁骏杜陵闯入座，旋惊退之笑窥牖。健斗员俶兵五千，富夺东阿才八斗。笔所到处铁可洞，彩欲飞时霞满口。欧冶剑铸吴钩双，项籍力扛周鼎九。"③ 又将两人相识的经过和李宪乔的诗作载入《随园诗话》。以袁枚当时在诗坛的影响，他与李宪乔往来唱和即刻就在当地产生了反响。"袁公既以诗取子乔，桂林人望若登仙，遂益重子乔。"④ 李秉礼从此也常以诗请益。乾隆五十年（1785），李宪乔赴省，怀民随行拜访李秉礼。秉礼连举文宴，集诸友赋咏唱和，"坐客喧喧，推尊石桐先生为掌教佛祖"⑤。几年后李宪乔又在家书中提到自己在省城"以诗名倾动上官"和

---

① 秦瀛：《小岘山人诗集》卷五，道光间世思堂刊本。
② 袁枚：《岑溪令李君义堂狠蒙佳赠兼索和章舟中却寄》，《袁枚全集》，第 1 册，第 714 页。
③ 同上。
④ 李怀民：《北归日记摘录》，《紫荆书屋诗话》，《山东文献集成》第三辑，第 47 册，第 89 页。
⑤ 同上书，第 90 页。

"自袁子才烘动以后，桂林辄尚诗咏"的盛况①。袁枚的轰动效应所煽起的，除了好尚诗咏的风气外，还有李宪乔的名声。随着不断地鱼雁往来，互赠著述，李宪乔与袁枚成为稔熟的诗友。《小仓山房诗集》刊行时，李宪乔的题辞与蒋士铨、赵翼两家并列于卷首，足见袁枚对李宪乔不是一般的看重。山东人对李宪乔与袁枚的这段诗学渊源非常看重，大约成书于乾隆末年的诸城王景祺《牧坡诗话》曾载其事，称李宪乔"诗学宋人，最喜梅圣俞、陈后山，以其自抒性情，不事浮靡也。袁随园激赏之，题其集'古人复作'，与之唱和"②。这段诗缘在诗坛产生的广泛影响，对高密派诗家来说无疑是一个莫大的鼓励。乾隆五十六年（1791）五月，已丁忧去职的刘大观，能够施施然袖诗谒袁枚于随园，想来与袁、李这段诗缘有关③。

当时正值《随园诗话》刊刻行世，书中不仅有几则论及李宪乔的诗歌，还记载了其兄弟编纂《重订中晚唐诗主客图》的情况：

> 李怀民与弟宪桥选《唐人主客图》，以张水部、贾长江两派为主，余人为客，遂号所咏为《二客吟》。怀民《赠人盆桂》云："送花如嫁女，相看出门时。手为拂朝露，心愁摇远枝。"《送张明府》云："在县常无事，还家只有身。随行一舟月，出送满城人。"宪桥咏《鹤》云："纵教就平立，总有欲高心。""不辞临水久，只觉近人难。"《历下厅》云："马餐侵皂雪，吏扫过阶风。"《送流人》云："再逢归梦是，数语此生分。"二人果有贾、张风味。④

这里由《诗人主客图》的编纂宗旨论及李氏兄弟的创作，认为他们的诗歌体现了创作与批评的一致。以袁枚在当时拥有的那种嘘枯吹生、点石成金的魔力，他的一番品题必然会左右诗坛的舆论，使高密李氏兄弟声价腾越。王宁焯撰李怀民

---

① 李宪乔：《桂林家书摘录》李怀民注，《山东文献集成》第三辑，第47册，第168页。
② 王景祺：《牧坡诗话》卷三，山东大学图书馆藏乌丝栏钞本，其成书年月详蒋寅《清诗话考》第423页。
③ 袁枚《随园诗话》补遗卷三载："辛亥端阳后二日，广西刘明府大观袖诗来见。方知官桂林十余年，与比部李松圃、岑溪令李少鹤诸诗人，皆与好也。"第468页。
④ 袁枚：《随园诗话》卷一〇，第264页。按："宪桥"为"宪乔"之误。

墓志，曾叹惜"先生终老于诸生，而名不出于里巷"①。但有了《随园诗话》的表彰，这么说就显得不太符合事实了。李宪乔的上司、同时也是高密诗派的追随者镇安知府汪为霖，寄宪乔诗即称："《随园诗话》分明在，麟凤山东得几人?"②《随园诗话》的褒扬，起码已使李宪乔兄弟被视为山东诗家的代表人物。这对于提升高密"三李"的知名度，推动高密诗派在南方的传播无疑是有重要作用的。

## 第二节　高密"三李"的诗学品格

作为清代自乾隆中叶一直绵延到晚清的地域性诗歌流派，高密诗派由李氏三兄弟的创作所确立，并通过编纂《重订中晚唐诗主客图》而振名乡里，最后以李宪乔游宦粤西时与袁枚的交游为契机，实现它由山东到岭南的传播。高密诗派这一建构、发展历程，同时也是高密诗学观念确立与展开的过程。它始终是在对前人诗学的批判中深化，同时也是在与当代诗学的对话中展开的，其中不只包含着对王渔洋神韵诗学、沈德潜正统诗学、袁枚性灵诗学的扬弃，也包含了对明代以来山东格调诗学的继承和改造。它对中唐诗歌的独到发掘和把握，为诗坛引入一种新的美学理想和艺术典范，并以其平易近人的品格再度摇撼"诗必盛唐"的传统壁垒，给乾隆后期到嘉、道之际的诗歌以有力的影响。下文分别从四个方面来论述。

### 一　格调派的底色

孔子曾说："始吾于人也，听其言而信其行；今吾于人也，听其言而观其行。"（《论语·公冶长》）这句话也可让我们奉为考察后代诗学观念的座右铭，判定一些诗人或诗歌流派的诗学倾向，不光要看他们怎么主张，怎么标榜，还要看实际怎么取舍，即钱锺书所谓"谈艺不可凭开宗明义之空言，亦必察裁文匠笔

---

① 王宁焯：《皇清文学李君墓志铭》，李锡符等修：《高密李氏家谱》卷四，同治十年石印本。
② 汪为霖：《得江舟中寄柳城李少鹤明府》其一，《小山泉阁诗存》，道光二十年如皋汪氏文园重刊本。

之实事"①。而更重要的是看他们接受什么样的传统，这在唐代以后已成为决定一种诗学基本倾向的核心因素。李怀民兄弟虽然对王渔洋诗学颇有微词，但暗里却着实亦步亦趋地继踵王渔洋的足迹。因为他们同样受到山东诗学小传统的影响，承传了明代格调诗学的基质，仅诗风取向略有不同而已。

"三李"诗学的格调取向是非常清楚的，他们的诗学观念完全立足于严羽诗论之上，非但强调"作诗以古人为准的"②，而且要取法乎上。李宪乔告诫后学："明之历下派、公安派、竟陵派，国初之渔洋、竹垞、初白等，非已有十分定见，十分定力，切不可即寓目杂看，致便淆惑，且不能得其底里，用其功夫，而仅浮慕虚袭，亦必不能相及也。归根到底是无所成就。沧浪谓正法眼识第一义，正是这个说话。"③ 他对施晋的评论可与此相印证："雪帆亦黄仲则之友也，故在江南诗人中最为矫矫。独惜其从高青邱入手，将笔放低了。后虽极力腾跋，而故习尚在。故予教人学诗，耳目不可令杂，志趣须求其上。五古不究陶谢，七古不究韩苏，便不成地道药材。半路转贩，难得真货。"④ 这也就是严羽"入门须正，立志须高"之义⑤，同样立足于"诗必盛唐"式的思维方法。上面这段话是就古体诗而言的，若近体诗则另有宗尚。李怀民《主客图诗论》开宗明义即主张："学唐诗者，断自沈宋律体。律者，法律也。犹今制科之《四书》文，虽有韩、欧之笔，不得纵其驰骋。后生或袭古文格调，识者讥其破体。王凤洲谓赋之与文，犹竹之与木，予谓古律亦然。"⑥ 这里不仅使用了格调一词，而且用法与明代格调派一样，不是用作中性概念，而是特指有某种审美倾向的体制正宗⑦，古律皆然。所以他也认为"唐初不能除陈、隋之习，陈子昂、李太白起，奋然以复古为任，稍改其骈俪绮靡之陋，究亦自成其体，实于古无涉。张九龄、元次山、韦苏州、沈千运、柳宗元等，差为近古，然亦未尽脱《选》体，故李沧溟谓唐无五

---

① 钱锺书：《谈艺录》，第 572 页。
② 李宪乔：《凝寒阁诗话》，《山东文献集成》第三辑，第 47 册，第 254 页。
③ 同上书，第 267 页。
④ 同上书，第 130 页。原列于李怀民《紫荆书屋诗话》中，据内容考之，当为李宪乔作。
⑤ 严羽：《沧浪诗话·诗辩》，《历代诗话》，下册，第 687 页。
⑥ 李怀民：《紫荆书屋诗话》，《山东文献集成》第三辑，第 47 册，第 40 页。
⑦ 李宪乔批韩愈《东方半明》诗："此等诗忧深思远，比兴超绝，真真雅也。即以格调论，亦旷绝古今矣。"转引自李福标《〈韩昌黎诗集编年笺注〉李宪乔批校在粤地的流传》（《文献》2012 年第 2 期）一文。

古诗，亦通论也"。李攀龙《唐诗选序》说"唐无五言古诗，而自有其古诗"，等于是说唐代的古诗不是汉魏六朝那样的古诗，纯粹一句废话，但由此可知其所谓格调就是唐代五古所无而独存于汉魏五言诗中的那种品质，那种带有特定美学特色和风格倾向的格与调。李宪乔跋李秉礼诗曾说："一字亦有格。唐诗中如'琴处寂无人'，此'处'字便是格。韦庐集'共是闲边客'，'边'字便是格。其中情至处，随园能赏之；格高处，随园不能赏也。"① 可见格正是他们诗学观念的分水岭。袁枚《再答李少鹤尺牍》也提到："足下论诗，讲体格二字固佳，仆意神韵二字犹为要紧。体格是后天空架子，可仿而能；神韵是先天真性情，不可强而至。"② 这里的"体格"也是李怀民常用的概念，义同于骨格，是格调的下位概念。如前文所说，李怀民昆季论诗的核心概念如性情、识见、骨格都指向韩、孟一派矫激立异的诗歌风貌，若比附前人评王渔洋"直取性情归之神韵"的说法③，也可以说是直取性情归之格调，只不过不是以汉魏、盛唐为指归，而是以中唐为指归的格调罢了。相比较而言，格调是一种风格倾向，所谓"惟寂惟淡，乃合古格"即此义，而神韵则是一种审美趣味。两者在预设艺术目标一点上虽有本质的相通，却有外在和内在之别。袁枚说神韵也是先天真性情，正是就其内在性而言的。如果就外在的艺术倾向而言，则李宪乔与王渔洋一样，都崇尚浑沦不切。宪乔曾说："'青天无片云'，何必是牛渚？'江山留胜迹'，何必是岘山？古人登临怀古，惟在意兴，无取胪衍故实，乃为切也。"④ 这乃是典型的格调派见解，王渔洋诗论中也有类似的议论⑤。李宪乔的说法无论是否受到王渔洋的影响，我们都可以肯定"三李"诗学是在接受王渔洋诗学的基础上传承了山东格调派诗学的精神，两者在一些基本问题上都表现出格调诗学的倾向。

　　格调诗学的基本宗旨首先是辨雅俗，高密"三李"论诗同样也严于雅俗之辨。李宪乔《崇桂纪程》载友人间论诗佚事："小痴尝谓予曰：'吾负诗名卅年，然必得少鹤先生一言以为定，吾果不如李松圃乎？'予曰：'譬诸女子，松圃亦

---

① 李宪乔：《韦庐诗内集》跋一，嘉庆三年家刊本。
② 袁枚：《小仓山房尺牍》卷一〇，《袁枚全集》，第 5 册，第 206—209 页。
③ 王士禛辑：《十种唐诗选》盛符升序，康熙刊本。
④ 俞俨：《生香诗话》卷四引，道光七年自刊生香花蕴合集本。
⑤ 参看蒋寅《清代诗学史》第一卷，第 662—666 页。

不过中人之色，然缟衣綦巾，不失为贞静。若足下倚市门而抹青孔，虽有毛丽之质，非吾之所敢知矣。'小痴大恚。"① 小痴即当时的贵县知县纪曾藻，这里的李、纪之辨，实即为雅俗之辨。李怀民批严羽《沧浪诗话》"学诗先除五俗，一曰俗体，二曰俗意，三曰俗句，四曰俗字，五曰俗韵"条，说"要之俗病亦不此五者"②。《主客图诗论》又就两个著名的诗例作了讨论：

> 吾乡阮亭先生为诗不能尽脱时蹊，其论俗字甚精，即如老杜诗中之圣，阮翁称其"绿垂风折笋，红绽雨肥梅"等句为俗，明高季迪《梅花》诗，三百年无异辞，阮翁谓其"雪满山中高士卧，月明林下美人来"为真俗，是真巨论也。按：工部以"垂"字形容风竹，以"绽"字刻会（绘）雨梅，时人所谓工于匠物也；季迪以高士方梅之品，以美人比梅之质，又时人所谓妙于品梅也，而阮翁总断曰俗。彼岂好翻案哉？良谓诗之忌俗，犹诗之贵清，所系在神骨而不在皮肤。

总而言之："俗在骨不在貌，俗关性情不关语句。"③ 这种观念乃至譬喻本身全袭自王渔洋④，相比文本层面他们更关心的是精神、气质层面的雅俗。李怀民说"世所谓率真，只是率俗"⑤，即就此而言。由是我们又看到了高密诗派与桐城派的一致之处，姚鼐《与陈硕士》写道："大抵作诗古文，皆急须先辨雅俗，俗气不除尽，则无由入门，况求妙绝之境乎?"⑥ 这也印证了前文论姚鼐的结论，桐城派诗学的底色同样是格调派。当然，李怀民对雅俗的看法是有自己立场的，元轻白俗自然不是俗，张、王乐府亦然。《主客图诗论》特别就此辨析："《纪事》称贾岛变格入僻，以矫艳于元白。元白诚无可矫，遂启后人忘（妄）訾，乃谓

---

① 李宪乔：《少鹤先生日记》稿本，山东博物馆藏。引文据刘汉忠《"高密诗派"传衍广西考述》，《广西地方志》2003 年第 4 期。

② 李怀民：《紫荆书屋诗话》，《山东文献集成》第三辑，第 47 册，第 52 页。

③ 同上书，第 45—46 页。

④ 李怀民：《紫荆书屋诗话》"批诸家诗话"也引渔洋"为诗且勿计工拙，先辨雅俗。品之雅者，譬如女子，靓妆明服固雅，粗服乱头亦雅；其俗者，纵使用尽妆点，满面脂粉，总是俗物"云云，许为通论。《山东文献集成》第三辑，第 47 册，第 59 页。按：王说见何世璂述《然灯记闻》。

⑤ 李宪乔：《凝寒阁诗话》引，《山东文献集成》第三辑，第 47 册，第 266 页。

⑥ 姚鼐：《与陈硕士》其三五，《惜抱先生尺牍》卷六，宣统元年小万柳堂重刊本。

元白郊岛总病一俗字，元白譬若祖裼裸裎，郊岛等之囚首垢面。无论所譬不当，即如其言，亦非俗也。吾故云今人认错俗字。"① 陆时雍曾说："人情物态不可言者最多，比尽言之则俚矣。知能言之为佳，而不知不言之为妙，此张籍、王建之所以病也。"李怀民批："由此一言，知时雍未能立论。"② 对李怀民来说，中唐诗人虽风格各有不同，但都具有戛戛独造、异于时尚的精神，这决定了其诗歌脱弃庸俗的品格。至于晚唐，在李宪乔眼中就不免"沾带俗谛"了。如皮日休诗中，"《和压新醅》云：'秦吴只恐笒来近，刘项真应酿得平'、'酒德有神多客颂，醉乡无货没人争'，是谓伧俗；《和鲁望病中有寄》云：'蝶欲试飞犹护粉，莺初学啭尚羞簧'，是谓嫩俗；《谢竹夹膝》云：'大胜书客裁成简，颇赛溪翁截作筒'，是谓浅俗。似此之类，并当取以为戒。"③ 仅凭他将俗剖析得如此之细，也可体会其避忌之严。

格调派论诗的基本倾向是将诗学的问题限定在可讨论的文本范围内，落实于字句，高密诗学全盘继承了这一精神，论诗全都落到实处。显然他们也认为，所有更高的追求，都只能从最粗浅的地方开始。司空图的名言"梅止于酸，盐止于咸，饮食不可无盐梅，而其美常在咸酸之外"，本是由实求虚，着重揭示超越文本的象外之象、味外之味、韵外之致，而李怀民却在"饮食不可无"下批："先知不可无。"又总评其说曰："此说便无病。"④ 可见他是在先实后虚的意义上理解司空图之说的，因而许其圆通无碍。这其实是将神韵诗学的精义做了格调派的诠释。不仅如此，他甚至还吸收了江西诗派"活法"说的精神，将诗学的高级理论和初级理论作了区分。对某些诗法，在总体否认其理论价值的同时也承认初级意义上的合理性。比如《白石道人诗说》有云："人所易言，我寡言之；人所难言，我易言之，自不俗。"又曰："难说处一语而尽，易说处莫便放过；僻事实用，熟事虚用；说理要简切，说事要圆活，说景要微妙。多看自知，多作自好

---

① 李怀民：《紫荆书屋诗话》，《山东文献集成》第三辑，第 47 册，第 46 页。
② 同上书，第 57 页。
③ 李宪乔：《凝寒阁诗话》，《山东文献集成》第三辑，第 47 册，第 231 页。按："翁"字原缺，据《全唐诗》卷六一四皮日休《鲁望以竹夹膝见寄因次韵酬谢》诗补。
④ 李怀民：《紫荆书屋诗话》，《山东文献集成》第三辑，第 47 册，第 49 页。

矣。"① 李怀民批:"此亦是死蛇论头,说诗不宜如此。然以启初学则有裨益。"②
先断言这是死法,然后又承认对初学仍有帮助。这是在初级意义上肯定死法的价
值。而对另一些诗法,又在总体承认其理论价值的同时否定其高级意义上的可行
性。如《金玉诗话》云:"杜少陵云,作诗用事,要如释语水中着盐,饮水乃知
盐味。此说诗家秘密藏也。"李怀民批:"论诗者俱如此说,做诗者却全不如此
作。"③ 这便是在高级意义上质疑活法的可行性。对他们来说,所有正确的诗学
原则都应该是切实可行的。

理解了高密诗学的格调派倾向,对他们在诗体方面也赞同严羽"律诗难于古
诗,绝句难于八句,七言律诗难于五言律诗,五言绝句难于七言绝句"之说,就
不难预料了。李怀民极许"四语真有见地,知其难则不敢妄作矣"④,同时对李
攀龙《唐诗选序》"七言律体,诸家所难。王维、李颀颇臻其妙,即子美篇什虽
众,惯焉自放矣"之说,也出人意外地批道:"不谓沧溟亦见及此。"⑤ 实际上尊
崇七律,以七律为诗中最难之体,正是格调派的观念,性灵派则无不视七律为
易,摇手立成。李怀民是首重五言近体的,他对七律的敬畏只是出于对五律的亲
和感,但他自己可能都没意识到,这一论诗路数正合于格调派。

实际上,清代诗学具有浓厚的开放性和包容性,格调作为诗学的基本内容,
是任何诗学流派也无法回避的。在这个意义上看高密诗学,就让我感觉,与其说
它是格调派诗学,还不说是诗学的专门名家。事实上,高密"三李"是我们在
冯班、金圣叹之后看到的又一批有专业精神的诗论家。其诗话的体裁也可以说就
是专题论文汇编,如李怀民《紫荆书屋诗话》有《主客图诗论》《批众家诗话》
《书单子受诗后》《与某论诗》《评弟叔白诗三首》《评弟子乔诗摘录》《论袁子
才诗》诸题,李宪暠《定性斋诗话》书分《古今诗评》与《诗话》两部分,李
宪乔《凝寒阁诗话》有《四家古诗选叙》《选孟东野诗评》《选韩昌黎诗评》
《选苏长公诗评》《选陆放翁诗评》《七古之声可调》《评兄石桐先生诗》《与纪

① 姜夔:《白石道人诗说》,《历代诗话》,下册,第 680 页。
② 李怀民:《紫荆书屋诗话》,《山东文献集成》第三辑,第 47 册,第 58 页。
③ 同上。
④ 同上书,第 53 页。
⑤ 同上书,第 73 页。

小痴论诗》《与袁子才论诗教》《文中子论诗》《陶渊明诗甲子辨》诸题，都是一篇篇专题论文，有点像贺裳《载酒园诗话》，专业水平颇高。

李怀民很欣赏严羽"辩家数如辩苍白，方可言诗"的说法，更补充"须多看诗"①。不仅如此，从《批众家诗话》来看，他们对前人诗论从欧阳修到仇兆鳌都曾认真研读。严羽说"看诗须着金刚眼睛"，李怀民批"须立主见，不随人同异"②，这是对独立批评立场的强调，历来凡较具专业精神的批评家像严羽、金圣叹、叶燮等，无不将独立见解放在首要位置。而三李的诗律学，更显示出高密诗学浓厚的专业色彩。他们对诗律的钻研是那么细致，就连近代开辟诗歌声律之学的王渔洋，也难免被他们抓住破绽。李怀民《代简答王学博问七言古体诗声调源流》附宪乔按语云："赵秋谷作《声调谱》，但取韩集《石鼓歌》一首为式，愚意谓应并录柳柳州寄韦珩七古，则声调确然可定矣。"③ 这是觉察到王、赵《声调谱》统计取样中使用孤证的问题，认为只有多方取证，才能避免抽样统计结果的偶然性。他又撰《七言古声调》一篇，称："七古平韵到底者，自以《石鼓》《韩碑》以后声调为正。吾乡秋谷先生发之，而不知者尚多，即前校（韩）公复集，亦有乖错。及看外间所作，大都皆合，可知吾乡之僻也。"④ 山东是清代诗歌声调学发轫之乡，后学对声调的掌握竟滞后于他人，这怎能不激发起怀民兄弟承传、捍卫学术传统的责任感和荣誉感？李宪乔撰有《拗法谱》一卷，附《通转韵考》一卷，或许就出于这种意识。它们客观上也确实弥补了乡前辈治诗歌声律学的不足。李怀民《过岭集批诗话答》还提到："要之齐梁体，王、赵实未曾解明，余与胡大千讲究再四，亦未得的据。"⑤ 由此不难窥见其论诗于声律揣摩之细。这类诗歌声律研究正是清初以来山东诗学最突出的传统，我另有论文专门讨论，这里只就高密"三李"对中唐诗的钻研和取法略作分析。

## 二　高密诗风的中唐取向

高密诗学的基本倾向虽近于格调派，但李怀民兄弟同编的《重订中晚唐诗主

①　李怀民：《批众家诗话》，《紫荆书屋诗话》，《山东文献集成》第三辑，第47册，第53页。
②　李怀民：《紫荆书屋诗话》，《山东文献集成》第三辑，第47册，第53页。
③　同上书，第77页。
④　原列于李怀民《紫荆书屋诗话》中，《山东文献集成》第三辑，第47册，第129页。今据内容考之，当为李宪乔作。
⑤　李怀民：《紫荆书屋诗话》，《山东文献集成》第三辑，第47册，第86页。

客图》却决定了其取法途径将脱离初盛唐而趋于中晚唐。对他们来说，晚唐可取者也仅李商隐、杜牧、温庭筠三家而已，清初虞山派奉为圭臬的《才调集》恰是李怀民最不喜欢的。他在《论袁子才诗》中曾说："唐人自选诗，余最恶《才调集》。当是子才擅奉宗承，而粗鄙直率，又为《才调集》之罪人。"① 实际上李氏兄弟他所取法的主要是中唐，更力挺元明以来为诗坛冷落的孟郊、贾岛：

> 自东坡有郊寒岛瘦之谑，严沧浪有虫吟草间之诮，世上寡识之流遂奉为典要，几薄二子不值一钱，宜乎风雅之衰靡日下也。试看韩、欧集中推崇二子如何，岂其识见反出苏、严下耶？再，子瞻诋乐天为俗，而其一生学问专尊一乐天。此等处须是善会。黄泥抟成人，多是被古人瞒了。②

他们很清楚，公然否定苏东坡、严沧浪这两位历史上有重大影响的批评家，需要拿出强硬的理由，仅援引韩愈、欧阳修是不够的，会遭遇诗坛格调派、神韵派、性灵派乃至宋诗派各大门派的共同抵触。为此他们也采取了与钱谦益提倡宋元诗相同的策略。钱谦益欲倡宋元，先破除明人四唐说的壁垒，怀民兄弟同样也反对仍为王渔洋等前辈因袭的四唐观念以及时俗流行的唐宋之辨。李宪乔评李秉礼《送李薏林之桂林》诗云："此诗自佳，然颇难辨。初看似王右丞派，细味转方元英。以此盖知世俗妄分初、盛、中、晚之非。"又评《盆菊》云："此诗岂有深意，然没半点俗腻气。我所以说莫薄宋人诗，正是唐人味。"③ 反对四唐之分，反对唐宋之别，不外乎都是对独宗盛唐的反拨，他们由此确立起选择中唐的前提。至于其所以选择中唐而不是其他，则又系乎独特的身世之感和艺术趣味。

高密派之所以学张籍、贾岛，首先是慕其为人，再就是惩于性灵派的流行。袁枚《随园诗话》论李宪乔诗曾说：

> "莫凭无鬼论，终负托孤心。"何言之沉痛也！"升沉阁下意，谁道在苍

---

① 李怀民：《紫荆书屋诗话》，《山东文献集成》第三辑，第47册，第105页。

② 李宪乔：《选韩昌黎评评》，原列于《紫荆书屋诗话》中，《山东文献集成》第三辑，第47册，第120页。今据内容考之，当为李宪乔作。按：李福标《〈韩昌黎诗集编年笺注〉李宪乔批校在粤地的流传》（《文献》2012年第2期）一文载《韩昌黎诗集编年笺注》李宪乔批语中亦有此则，可证实为宪乔之说也，后同。

③ 均见李秉礼《韦庐诗内集》，嘉庆三年家刊本。

苍!"何求之坚切也!"知亲每相见，多在相门前。"何刺之轻薄也!"生应无辍日，死是不吟时。"何吟之溺苦也。俱非唐人不能作。李少鹤《哭人》云:"世缘犹有子，死日始无诗。"亦本于唐。①

这里的"亦本于唐"准确地说应该是本于中唐，即孟郊、贾岛、李贺那种呕心沥血、以诗为性命的写作态度和苦吟方式。其秋虫啼寒式的凄苦情调，与格调派的空腔高调不啻有天壤之别，因而表现为诗歌趣味的尖锐对立。李宪乔评李秉礼《栖鹤楼忆子乔》称:"情味深远，真不减大历十才子也。若明季七子及国初朱王、岭南陈屈故作大声响以震俗耳者，对此能不颡首否?"② 李怀民编《晋唐六家五言诗选》，评语虽多采李攀龙《唐诗选》与钟、谭《古唐诗归》之说，但按语表明其见解更倾向于竟陵，不难看出皈依中晚唐诗的趣向。

高密"三李"阅历不广，生计清寒，对惯于叹老嗟卑的中唐诗深有共鸣。李怀民甚至说"叹老嗟卑是唐人习气，即是唐人气骨，故凡闲居漫兴之作，须看其卓然自命处"③，简直是将叹老嗟卑视作唐诗的精神命脉所在。李宪乔《选韩昌黎诗评》也专门对叹老嗟卑作了一番主题史的回溯:

> 李习之讥昌黎叹老嗟卑，后人总不免以老卑为嗟叹，不知自《十九首》已开之矣。其云"所遇无故物，焉得不速老"，又云"人生非金石，岂能长寿考"，但所嗟叹者，期有为于当世，立名于万世，故可尚也。若仅庸庸无志，则贫与贱以至衰老，正其宜耳，可胜嗟叹哉?孔子曰"疾没世而名不称"，与《楚辞》所谓"恐修名之不立"，正是一样意志。此名即德业之不朽，非世俗之浮名也。李习之讥昌黎，后人亦多袭其说以诋中晚唐诗人，大概以老卑自伤，不知所感实有如此，亦不必自讳，而作吉祥怡愉语也。④

因沉迹下僚不得用世，孟郊、贾岛一派诗人的作品中多怀才不遇之感，于自身溺于苦吟，于天地得其秋声。高密"三李"因仕宦不利，同样对诗人身份怀有强

---

① 袁枚:《随园诗话》卷八，第193—194页。
② 李秉礼:《韦庐诗内集》卷四，嘉庆三年家刊本。
③ 李怀民:《杂记》，《紫荆书屋诗话》中，《山东文献集成》第三辑，第47册，第98页。
④ 今误编于李怀民《紫荆书屋诗话》中，《山东文献集成》第三辑，第47册，第115页。

烈的意识，吟诗作为重要的生活内容在他们诗中反复出现，而郊、岛也自然地成为他们倾慕的对象。高密派诗人鹿林松《怀李五星》称"天遣作诗人，前生郊岛身"①，《由台湾内渡抵厦门有访不遇》称"袖携郊岛句，吟罢自倾杯"②，《过高密访五星丹柱》称"并世有郊岛，云山独往寻"③。而吟诗既是他们生活的重要内容，自然也成为写作的日常素材。李经《勺海归自南中见过》称"吟诗过山寺，沽酒上江楼"，《冬夜柬熙甫》称"明朝新得句，杖策复来寻"，《南原晓兴寄前邨友人》称"初晓树濛濛，微吟披远风"④。贾岛诗中"狂搜海欲枯"之句，更触发高密诗人对苦吟境界的追慕。李怀民《后四灵集》载："族子经字五星，少孤，与弟纶贾以养母。其父门人王宁焯劝之学，始从余学诗，受唐人《主客图》及《六家诗钞》，苦吟数岁，辄能工。性孤僻，喜孟郊、贾岛为人，而诗肖之。"⑤ 鹿林松诗中多言苦吟⑥，《苦吟有寄》写道："缘底爱孤僻，沈吟难自明。草堂终日坐，白发少年生。寺远钟微度，窗虚月渐倾。谁怜四时内，所得尽秋声。"⑦ 这便是苦吟的境界及其审美体验。为表现这种体验，他们也像孟郊、贾岛一样研精五律。张维屏序鹿林松诗，即称其诸体皆工，尤精于五言律⑧。出于相同的艺术渊源，他们对前人的取法旁参姚、贾及同时流辈，下延至南宋嫡裔"四灵"派。李宪乔曾说："于唐律中求得无可诸人，菱浦（姓单）之功也；于宋律中求得四灵诸人，子和（王宁闿）之功也。"⑨ 李经也有《读四灵诗》，小序云："四灵者宋诗人，官皆不显，攻五言近体诗。自宋南渡后，诗道陵夷，四子皆希踪贾、姚，毅然复古。余近从十桐先生游，授所订《主客图》，以为绝响，

---

① 鹿林松：《雪樵诗集》卷二，清刊本。
② 鹿林松：《雪樵诗集》卷三，清刊本。
③ 鹿林松：《雪樵续集》卷二，道光刊本。
④ 李怀民辑：《后四灵集》，中国社会科学院文学所图书馆藏吴瀛抄本。
⑤ 同上。
⑥ 鹿林松《雪樵诗集》卷二《五字苦心得》："海枯寻欲出，天远听还惊。"《续集》卷一《赠步武》："先生性寡欢，半世苦吟寒。力却千金易，轻抛一字难。"《过友人山居》："吟苦较猿清。"卷二《过高密访五星丹柱》："酒罢唯琳坐，钟余更苦吟。"《早秋夜坐寄怀卢坡》："影孤清露湿，吟苦近邻知。"《忆友人村居》："到老贫相送，苦吟人不听。"卷四《赠谢稼亭》："苦吟寻快活，闲坐忘冬春。"
⑦ 鹿林松：《雪樵诗集》卷一，清刊本。
⑧ 张维屏：《雪樵续集序》，《雪樵续集》卷首，道光刊本。
⑨ 李宪乔：《与众家论诗》，《凝寒阁诗话》，《山东文献集成》第三辑，第47册，第257页。

得四灵诗，欣合宗派。"① 至于古诗，则由韩愈而下延至黄庭坚。李秉礼作古诗苦无进境，问李宪乔其病安在，宪乔对曰："语句太妥适，章法太完全处，便是病。"又问："然则不妥不完可乎？"宪乔答："韩退之、黄鲁直诗，无一字不是撧扑不破，然读去却不同世俗之所谓妥适，老杜、苏子瞻诗无一篇不是格法天成，然读去却不同世俗之所谓完全也。"② 从中可见他对古诗艺术的独特体会。

这种艺术取向明显与崇尚元白一路的性灵派异趣，所以"三李"论诗也与之划清界线。李宪乔《题后四灵集》云："永世不师古，圣言非所闻。文章虽小技，师古者得存。"又云："堪笑浮薄子，师心不师人。"③ 矛头所指明显是性灵派，这从他们的艺术趣味全异于袁枚也可以看出。王宁烜《读山谷诗》云："腹中灵气自凝结，冷光湛照心肝脾。有时吐出向霜月，稜稜百道寒琉璃。"李宪乔评："近如随园翁不能喜山谷，且痛斥之，读之可发深省。"④ 李怀民《论袁子才诗》最清楚地显示了他们与袁枚诗学观念的分歧："诗贵兴象、声韵、色泽，故与文不同。宋初伧者讥杜工部为村夫子，不知杜诗正善体会六字者。白乐天诗，八十老妪亦解，要其风韵情味，千古无两，非可学而能。袁子才诗，盖学杜白诗而去其长者也。"⑤ 高密派不学杜、白，但绝不鄙薄两家，袁枚在他们看来只是学得了杜、白的短处。这样，他们与袁枚的诗歌趣味几乎就没有交合点了，袁枚的诗作在他们眼中也乏善可陈。《余小住桂林城与马嵝山浦柳愚两山长李松圃郎中朱心池明府朱小岑布衣宴甚欢临行时五人买舟相送依依不舍余为怆然到全州赋诗却寄》一首李怀民批：

　　"苔岑未免惜分携，久住黄莺尚欲啼。"黄莺比阿谁？"舟子鸣钲催客散"，色象太欠雅。"暮云含雨压篷低"，"青山耐久情原在，白发重逢事怕提"，《玉娇梨》《平山冷燕》，恶道不至于此！"知否（凡言知否者，必有可以不知之故。若故人相思，似不用）衰翁行半月，梦魂还绕桂林西"，疑总

---

① 李怀民辑：《后四灵集》，中国社会科学院文学所图书馆藏吴瀛抄本。
② 李宪乔：《凝寒阁诗话》，《山东文献集成》第三辑，第47册，第237—238页。
③ 李怀民辑：《后四灵集》，中国社会科学院文学所图书馆藏吴瀛抄本。
④ 同上。
⑤ 李怀民：《紫荆书屋诗话》，《山东文献集成》第三辑，第47册，第105页。

是无聊赖凑结，往往如此。

李怀民论袁枚诗暨批点其篇什，都在乾隆五十年（1785）奉母北还途中。这是诗坛从诗歌艺术而非道德作风的角度批评袁枚诗歌的先声。几年后，李宪乔与袁枚长札论诗，愈益凸显他们与袁枚诗歌观念的分歧。

### 三　师法路径的定位与拓展

中唐诗分韩孟和元白两大派是历来诗家的共识，两派也都有人师法传承。到乾隆间，《御选唐宋诗醇》将白居易与李、杜相提并论，沈德潜《重订唐诗别裁集》随后补录白诗，袁枚被目为学白居易，都会使元白一派增价；而韩孟一派随着韩诗在清初登上经典化的高速列车，行情也日益看好。边连宝《病余长语》称："余久欲撰诗家外编一书，以韩孟卢李四家为主，而以前后乎此者各以其类附焉，亦一快事，惜老病未能也。"① 应该说韩孟、元白这几位中唐巨擘，在乾隆前期就已确立了宗师地位，倒是张王、姚贾乃至大历才子的典范性仍有待于论定。现在看来，这批诗人在诗史上地位的确定，主要依赖于高密诗学对中唐诗的重新分析和重新定位。

李怀民《主客图诗论》针对杨慎的中唐诗观，将历来有关中唐诗的偏见，如格调卑靡、俚俗之风、不用事、流水对等问题，逐一作了辩驳，然后就其对盛唐的继承和艺术表现力的卓绝作了独到的揭示。比如论流水对："初盛人平举板对而气自流动，总提浑括，而义无不包。降格而下，力量不及，则不敢忘（妄）袭其貌，于是化平板而为流走，变深浑而为浅显，乍看似甚易能，细按始惊难到。要其体会物理，发挥人情，寔能得初盛人内里至诣。"② 因为看到中晚与初盛精神上的相通，他们认为中唐和盛唐有时很难区分，如李宪乔评李秉礼《送人还乡》即称："极得古意。起有格，便觉不同。三四如画。此亦难判为盛唐、中唐，但不是初与晚耳。五六句南宋人亦颇有之。"这里将中唐与盛唐相提并论，无形中提升了中唐的地位，由此带来对中唐诗的深入研讨便是水到渠成的事了。

据我的研究，相对于大家，名家和小家更代表着一个时代诗风的主流，或者

---

① 边连宝：《病余长语》卷二，《边连宝集》，第 5 册，第 1488 页。
② 李怀民：《紫荆书屋诗话》，《山东文献集成》，第 47 册，第 43—45 页。

说是时尚的集中体现①。比起韩孟、元白这些中唐大家来，张王、姚贾一辈作家的创作显然更多地体现了大历以后诗歌发展的主流——意象化进程的加速，贾岛在晚唐的偶像化乃是最典型的表征②。李怀民兄弟《重订中晚唐诗主客图》将中晚唐诗人区分为张籍、贾岛两派，首先意味着将韩愈一派推到中晚唐诗的主流位置上来。为什么这么说呢？因为将张籍、贾岛划为两派，原是当时诗家的共识。如方薰《山静居诗论》云："元和、长庆间，诗有两歧，韩门诸子专尚质实，张籍、皇甫故为敏妙，以及郊寒岛瘦，各有胜处。"③ 余成教《石园诗话》云："韩门诸人诗分两派，朱庆余、项斯以下为张籍之派，姚合、李洞、方干而下则贾岛之派也。"④ 我们看到，两位诗论家对张、贾两派的划分是在韩门内部进行的，换言之，两者在诗坛处于二级流派的位置。而李怀民《重订中晚唐诗主客图》将张为的六大门户简约为张籍、贾岛两大中晚唐诗流派，无形中就将他们提升到一级流派的位置，同时也使韩愈一门跃升为中晚唐诗当然的主流。这不仅为揣摩、取法张、贾提供了更充足的理由，也为追趋韩愈铺设了顺理成章的轨道。在此基础上进行的对两派诗歌的细致比较和分析，是他们研究中晚唐诗真正独到的贡献。李怀民《杂记》写道：

> 张、贾分处，全在气味格力，张宽贾狠，张疏贾严，张淡贾幽，张平贾奇，非以物类色象也。世无知者，但认"门前有桔花"是张派，"怪禽啼旷野"是贾派矣；须知"却望并州是故乡"是贾非张，"时见猩猩树上啼"是张非贾。⑤

这里由物色、意象的表面深入到气味、格力的深层，从四个方面分析了张、贾两人诗歌美学特征的对立，见解相当深刻。而体认既细，取法也随之分流。李宪乔题王克绍《闲云南中集》云："石桐先生倡为律格，与弟少鹤分主张、贾两派，

---

① 详蒋寅《家数·名家·大家——有关古代诗歌品第的一个考察》，（台湾）《东华汉学》第 15 辑，2012 年 6 月版。

② 详蒋寅《贾岛与中晚唐诗歌的意象化进程》，《文学遗产》2008 年第 5 期，收入《百代之中》，北京大学出版社 2013 年版。

③ 方薰：《静居绪言》，《清诗话续编》，第 3 册，第 1641 页。

④ 余成教：《石园诗话》卷二，《清诗话续编》，第 3 册，第 1773 页。

⑤ 李怀民：《紫荆书屋诗话》，《山东文献集成》第三辑，第 47 册，第 98 页。

一时韻应最著者王氏五子，少鹤《焦尾集》中所谓新蜀希颖和是也。"又称许王诗"清超"，佳作如《宜河乡中杂咏》云："傝屋荒村住，邻家无几多。鱼虾聚江市，鸡鹜散山坡。稻垄喧秋获，莲舟唱晚歌。此中足幽旷，何必住岩阿。"看来是宗主张籍一派诗风。高密单氏一门似乎也倾向于张派。李兆元《十二笔舫杂录》论及单可垂，"爱其气清笔老，意趣旷达"①。林昌彝《射鹰楼诗话》论及单可惠七古学长庆体而参以杜甫②，都可为佐证。

李宪乔虽自称主贾岛一派，但对张籍同样很推重，曾有诗云："曾闻并世重韩张，直气由来副所望。却怪纷纷尊吏部，无人更得著文昌。"③ 他很欣赏张籍不刻意求高而自然为高的本色诗风，说："水部酬韩庶子诗，此皇皇泰山之韩夫子也，乃只用家常闲话淡淡酬之，更不作意。不知不作意处，正是高处，一时之胸次交情，莫真切于此矣。在后人反不知添多少矜持张皇，都成客气。"④ 不过后来他的取法路径明显由张、贾向韩愈转移，到晚年更发展为专主韩愈。以致后人有"子乔在粤，于门人学诗，皆教以张、贾，自诗乃独宗韩"的说法⑤。宪乔本人《为桂未谷作二古印诗》也说："好韩诗癖孰似我？"又《读韩诗戏题》云："退之为小律，岂唯不能工。拗掫多支撑，调嬉乃孩童。格张不敢笑，佛贾不敢讥。乐天广大主，且谓薄不为。及乘五岳顶，或泛四瀛大。摇笔摆风霆，六合不足隘。张慑目瞿瞿，贾馁行僬僬。独倾北千杓，余沥谁敢醨。乃知营大厦，大匠不他属。下士苍蝇声，责令安床足。"而《书王令诗后》则云："有宋诸子皆学韩，谁其首者梅都官。都官腕有退之鬼，虽无其貌神则完。左苏右石列鼎足，大抵籍岛多酸寒。坡公天授得其气，骑龙披发相拍肩。西江得味坐苦涩，口焦舌敝愁肺肝。对此令人意不快，遗法峻峭留后山。（中略）学韩得骨不用肉，皮毛剥尽犹镵镌。"所论均见于韩诗体会之深。《少鹤先生诗钞》中直接显示崇韩、学韩意趣的篇章，还有《学韩秋怀诗九首》《袁州谒韩文公祠》《斫轮》《示归顺诸

---

① 李兆元：《十二笔舫杂录》卷十二，道光刊本。

② 林昌彝：《射鹰楼诗话》卷三、卷一七，第 51、404 页。

③ 陈迩冬旧藏《昌黎诗集编年笺注》过录李宪乔批语，末卷封底有李宪乔《为正孚考定韩集书后兼呈敬之郎中锡蕃秀才》二首其一，转引自郭隽杰《〈韩诗臆说〉的真正作者为李宪乔》一文。

④ 李宪乔：《凝寒阁诗话》，《山东文献集成》第三辑，第 47 册，第 260 页。

⑤ 李宪乔批《韩昌黎诗集笺注》王拯跋，中山大学图书馆藏，转引自李福标《〈韩昌黎诗集编年笺注〉李宪乔批校在粤地的流传》（《文献》2012 年第 2 期）一文。

生》等。《示归顺诸生》一诗更云："治水有砥柱，乃通星宿源。治诗有砥柱，乃溯《三百篇》。诗中砥伊河，万古蠹一韩。"将韩愈的地位抬举到空前的高度。

李宪乔取法中唐由张籍转向韩愈，虽也出于理之必然——毕竟张籍、贾岛都是韩门之一派——但直接动因看来与高密诗学取径过狭的流弊直接相关。崔旭《念堂诗话》曾提到"高密派盛行于山左，覃溪先生颇有微词"①。所谓微词，就是一个"窘"字②，即局促不大方。乾隆六十年（1795）曾燠与王梦楼论诗书，很像是暗指高密诗派而言："诗家体格词意，最要大方，而以清气行之，古之名公无不如此。此不能学，然后逃而入于险僻，务于小巧，以悦庸流之耳目，遂以此得名。其有从事大方家者，或反厌而轻之。其实千秋论定，如泾渭立判也。"尽管延君寿《老生常谈》说："近日高密李十桐增选《诗人主客图》，亦五律入门正法。但山东学者多为此本所囿，洋洋大国之风，几乎息响。非十桐之过，学之者之过也。"③ 言下不无为李怀民开脱之意，但事实上高密诗派的取径过窄，不仅当时的诗论家所见略同，其诗派中人自己也意识到这个问题。李宪乔在粤西的追随者纪小痴论宪乔诗短处，一言以蔽之曰隘，宪乔诚服受教④。李作哲《题李宪乔过岭集》叙述两人相见时，宪乔"自言取径窄，不寄人篱落。浪仙与水部，主客细衡酌（有《主客图诗》选，以张水部籍、贾浪仙岛为主，余皆宾）。元白近轻俗，王孟亦肤廓。玉台并西昆，尖刻而浮薄。论古辟奇思，镂物造微漠。凿险复锤幽，蜀山五丁凿"⑤。可见他自己也很清楚，高密诗学取径的确有点狭窄，只不过出于不甘寄人篱下的凤志，终不肯随流从俗而已。这在他本人不是什么问题，但后学盲目追从即演成流弊，如纪小痴所言："近见南中宗法《主客图》者，多止用山云竹石等物，及一生、五字，求古合、少人知等话头，而以按桐、鹤全集，却不尽然也。"⑥ 山东诸城人王宗献，以乾隆四十二年（1777）

① 崔旭：《念堂诗话》卷四，民国二十二年崔氏海云书屋刊本。
② 翁方纲《近人有仿张为主客图取张司业贾长江以下五律成集者赋此正之四首》其四自注："五七律同彀率也，而谓唐人撺髭句不属七言，可乎？近日恽南田谓打不破画家一字围，曰窘也。此仿《主客图》者，正坐一窘字。"《复初斋诗集》卷六三，《清代诗文集汇编》影印本，第 381 册，第 593 页。
③ 《清诗话续编》，第 3 册，第 1798 页。
④ 李宪乔：《与纪小痴论诗》，《山东文献集成》第三辑，第 47 册，第 175 页。原列于李怀民《紫荆书屋诗话》中，今据内容考之，当为李宪乔作。
⑤ 王赓言：《东武诗存》卷七下，嘉庆二十五年化香阁刊本。
⑥ 李宪乔：《凝寒阁诗话》，《山东文献集成》第三辑，第 47 册，第 237 页。

拔贡，任广西候补州同。抱才自负，少所许可。在广西同官中只与李宪乔、刘大观交接。其《寄呈十桐先生》诗有云："用尽几年力，尚嫌趋径偏。心知品题处，格出宋元前。"① 大约他们虽都意识到取径偏窄，但相比时调，犹以格出宋元前而自负。他们也清楚时流未必都认可这一点②，因此并没有忽视自身的缺陷，反而由反省缺陷激发起突破自身局限性的努力。李宪乔《凝寒阁诗话》中论六朝、唐宋诗的文字，表明他从《文选》到南宋诗都下过一定的功夫。他曾说："《十九首》，《三百篇》后诗之本源也。故教学者为诗，必先熟此，然后可及他家。□舍《选》而先唐，已为半路出家，况自宋元以后入手乎？"③ 他晚年锐意学韩，或许也可视为要努力拓宽取法范围的一个表现。

李宪乔之师法韩愈，同时表现于两个方面：一是创作中的效法，一是批评中的揣摩。关于前者，《凝寒阁诗话》所载施晋的评论足资参考："施晋进之云：'少鹤先生学韩，要于稳妥质实处观之。'四字似泛常，然予甚许为知言。黄山谷云'韩杜无一字无来处'，无来处则不妥。张文昌云'独以雄直气'，止是质实。进之又云：先生《归顺书感》是学'峨峨进贤冠'篇，《龚生行》是学《刘生》《区弘》诸作，亦煞有见。然当作此诗时却无意。"④ 这里点出宪乔学韩的成就，除了具体作品的拟似之外，尤在于以书卷和气势深造稳妥质实之境。不过，就现存作品来看，雄直有余，稳妥似还不足。关于后者，李福标已通过宪乔批点韩诗，揭示了他重视诗法品评的特点⑤。这种用心使他的批评抵达不寻常的深度，从而得以列名于古来最优秀的韩诗评论家之中。

李宪乔评韩愈诗涉及面颇广，而最吸引人之处在于能自出手眼，不随声附和前人定论。研究者已注意到，李宪乔批韩诗，能特别抓住其风格中含蓄蕴藉的一面，一改历来以险怪雄浑及以文为诗概括其诗风的习惯看法⑥。我想这很可能与宪乔兄弟读韩诗的独特参照系有关。李怀民曾主张"读韩诗与读韩文迥别"，因

---

① 王赓言辑：《东武诗存》卷九引，嘉庆二十五年化香阁刊本。
② 如边浴礼《对岳楼诗话续录序》即言"渔洋尊唐，实则波靡于元明；高密亦尊唐，实则皮傅残宋"。
③ 李宪乔：《与众家论诗》，《凝寒阁诗话》，《山东文献集成》第三辑，第47册，第221页。
④ 李宪乔：《凝寒阁诗话》，《山东文献集成》第三辑，第47册，第263页。
⑤ 李福标：《〈韩昌黎诗集编年笺注〉李宪乔批校在粤地的流传》，《文献》2012年第2期。
⑥ 丁俊丽：《李宪乔评点韩愈诗歌之成就新论》，《周口师范学院学报》2013年第6期。

为他感觉韩愈写诗、作文的态度和原则截然不同:"公于《原道》《原性》诸作皆正言之以垂教也,而于诗中则多谐言之以写情也。"① 李宪乔更加以引申发挥,断言韩愈文学兼有正法眼和狡狯神通的一面:"文皆正论也,其诗多滑稽也,滑稽即狡狯神通之谓也。"意谓诗中多反语和幽默笔调:

> 如退之不信仙,而曰"翩然下大荒,披发骑麒麟";退之不好色,而曰"朱颜皓颈讶莫亲,此外诸余谁更数";退之不为游侠,而曰"咄哉识路行勿休,往取将相酬恩酬";退之不信禳祷,而曰"潜心默祷若有应,岂非正直能感通"。且退之性真率,而曰"韩子稍奸黠";退之本忠直,而曰"得无虱其间,不武亦不父。仁义饰其躬,巧奸败群伦"。凡此之类,皆狡狯神通之。②

他批《落齿》"因歌遂成诗,持用诧妻子"两句也说:"此等自是游戏之作,故有取于蒙庄之旨,若正论则岂宜有此? 后来东坡诗多近此种。"③ 历来批评家都比较注意韩愈诗中崇高的一面,李宪乔也没有忽略于此④,但更留意到韩诗滑稽的一面及其对苏东坡的影响,这不能不说是很有眼光的。看看唐人笔记中所载韩愈佚事,即可知道他是个很诙谐的人,有很好的幽默感,并且反应敏捷。韩愈诗文中的幽默色彩,已得到当代学者的重视⑤,但在古代评论家中,李宪乔似乎是较早注意这一倾向的人。

上文提到,李宪乔是一位真正具有专业素质的批评家,他的《选韩昌黎诗评》完全可以证明这一点。他对具体作品的批评,都有着清楚的理论主导。有时从类型学的角度,站在写作范式的高度来品评具体作品的得失,如论游山诗:

---

① 李宪乔:《选韩昌黎诗评》,《山东文献集成》第三辑,第 47 册,第 117 页。

② 李宪乔:《与李秉礼论诗札》册页,浙江浙商拍卖有限公司 2011 年春季艺术品拍卖会,http://auction. artxun. com/paimai‒57109‒285542246. shtml。

③ 中山大学图书馆藏《韩昌黎诗集编年笺注》李宪乔批本,转引自李福标《〈韩昌黎诗集编年笺注〉李宪乔批校在粤地的流传》一文,下文引李宪乔批韩愈诗,均据李文。

④ 李宪乔批《马厌谷》云:"集中如此等诗皆直气径达,无半点掩饰,非以孟子自任者不能为之,非真信得韩子是孟子者亦不能读之。"即为一例。

⑤ 川合康三《终南山的变容》(上海古籍出版社 2007 年版)第二辑中"游戏的文学——以韩愈的'戏'为中心"一章对此有专门论述,可参看。

"千古游山诗，五言以谢客为祖，七言以公《山石》为祖，后苏子瞻极力拟之，终莫能及也。"又说："李杜如《登太山》《梦天姥》《望岱》《西岳》等篇，皆浑言之，不尽游山之趣也，故不可一例论。子瞻游山诸作，非不快妙，然与此比并，便觉小了。此唯子瞻自知之。"① 这简直是一篇六朝、唐宋游山诗论，足见学识。在诗体方面，他甚至还注意到："白战之令虽出于欧，盛于苏，不知公已先发之，咏雪诸作可按也。"②

有时他又从诗体辨析的角度说明韩诗的得失及奇特之处。如评韩愈律诗云："退之律诗，如老杜绝句，别存一体可也。若欲与张王贾岛等较工拙，则不必矣。格律之工，自属张贾诸人；绝句之妙，自归李供奉、王龙标辈，然韩杜岂以此贬损哉？"③ 这是说七律非韩愈所长，在整个创作中只能说是备体而已。又如批《会合联句》："联句不必尽读，然不可不观玩，盖韩孟奇变处于此见之。若《城南》《斗鸡》等，尤卓荦与正集相发耳。"这又暗示了韩孟联句的创新价值与可读性的悖反，见解十分犀利。

在诗歌语言方面，李宪乔首先注意到韩愈的俚俗色彩。批《新竹》曰："补林、争地，并是俗语，特在大海中容得此渣滓耳。后来杨诚斋辈专意挦扯此等，往往不能免俗。"他并没有正面肯定俗语，但承认无碍于韩诗，后人专学此道便难于免俗。这么看问题还是不失分寸的。在评《送区宏南归》时，他指出"句法之变，此篇滥觞。如'落以斧引以缫徽'、'子去矣时若发机'是也"，非但注意到这种上三下四的特殊句法，而且指出最早出现在本篇，不能不说是目光如炬，洞见细微。通常论韩愈诗歌，无论如何肯定其创新意义，也无法回避那些创新同时带来的对可读性的伤害。对此，李宪乔采取了一种寓褒于贬的批评方式。《郴州祈雨》"行看五马入，萧飒已随轩"两句旁批："公于此等实不能工，索性还他不工，正见高处。"《县斋读书》"南方本多毒，北客恒惧侵"两句旁批："此等处工妙不及柳州远甚，而别有一种古味可念。"由此揭示韩愈非要将诗写到不求人爱的执拗态度，即先师程千帆先生所说的，"韩愈是要将不是诗的东西

---

① 李宪乔：《选韩昌黎诗评》，《山东文献集成》第三辑，第 47 册，第 116—117 页。
② 同上书，第 118 页。
③ 同上书，第 116 页。

硬做成诗,而且要人承认它是诗"①。

王拯题李宪乔批本《韩昌黎诗集编年笺注》,极称宪乔"平生尤用力韩诗者,评点精辟,多所发明",但持不同评价者显然也不乏其人。书内一叶白纸浮签批云:"子乔于韩诗可谓性命以之者矣。见人妄议者,则奋然抨击,有不自知甚过处,(中略)所谓嗜痂之癖也。"② 实际上,作为真正意义上的批评家,李宪乔当然不会因个人趣味而丧失应有的判断力。他对韩诗的缺点也毫不客气地提出过批评,如《谢自然》诗眉批:"韩集中惟此及《丰陵行》等篇③,皆涉议论直致,乃有韵之文,可置不读。"又"感伤遂成诗,昧者宜书绅"两句批:"说理极高妙,然是文体,非诗体也。"又曰:"以下直与《原道》中一样说话。在诗体中为落言诠矣。"这是韩愈以文为诗的失败例证。《宿龙宫滩》眉批:"起句实无好处,涪翁矫为此论,某不欲强为附和也。三四尤浅。时予舟过阳朔,日夜行滩间,求所谓周旋之妙,殊未见也。"这里又同时批评了韩诗的平庸和黄庭坚的评判失误。

虽然李宪乔的批评相当精彩,一时过录其批语的传本颇多,但年久事邈,源流渐泯。民国间王云五编《国学小丛书》,收入程学恂《韩诗臆说》一种,据今人考证就是据李宪乔批语改窜,后人不知就里多引其说,而宪乔之名却晦而不彰。幸而李宪乔手批流传至今,得以澄清黑白,他批评韩愈诗歌的成就也得到了肯定④。

## 四 以中唐为参照系的本朝诗歌批评

高密诗派的诗学史意义不只体现在创作观念的倡导上,从批评学的角度看也有其独特的价值,一个最明显的事实就是它比当时各诗派都更重视艺术表现,对作品的研究和剖析更为细致。从李宪乔评李秉礼《清明作》说"沈归愚选诗多取忠孝之言,须知必如此乃真孝思,不然但言臣当尽忠,子当尽孝,

---

① 蒋寅:《立雪私记》,《学术的年轮》,第288页。
② 中山大学图书馆藏《韩昌黎诗集编年笺注》王拯题识,转引自李福标文。
③ 按:原本过录时"陵"误作"陆"字。
④ 有关此书论韩愈的得失,李建昆《〈韩诗臆说〉之论诗要旨与批评成就》(《国文学志》第21卷,台湾彰化师范大学2010年12月)一文有细致评述,可看。

里巷儿皆能语矣"①，即可看出其论诗先艺术表现而后伦理内容的态度，同时知道这种艺术表现取向不仅贯穿在他们的中唐诗研究中，同时也延伸到当代诗歌批评。

随着乾隆间诗话写作风气的丕变，当代诗歌批评在诗话中占据越来越大的比重，论诗而不及当代诗歌，简直就不能算是诗论家。"三李"所撰诗话从这个意义上说也体现了时代风气。李怀民多评点时辈诗集，还有《论袁子才诗》这样的专门评论；李宪暠《定性斋诗话》中也有《评明末国初人诗》一篇，评僧南潜以下十七人诗，其中包括吴梅村、汪琬、李天馥、王士禄、王士禛、吴兆骞、梁佩兰、姜宸英等名家；李宪乔不仅是高密诗学的传播者，更是个热心的当代诗歌评论家，对本籍山东和游宦地粤西的诗人都有不少评论。他们对本朝诗歌的批评，基本倾向是少所许可，多指摘前人诗作的缺陷，不仅可见前文提到的重法度的特点，也颇具诗歌史眼光。当李宪乔论及国初以来作者时，中唐诗常成为一个背景性的存在或艺术上的参照，韦应物尤为其中一个重要的参照系。《偶论四名家诗》评渔洋《龙潭登舟楼霞僧相送》诗，以为"意取韦左司之格韵，而自加以粉泽，不知其中已非左司也。左司好处，全在不求好而味之无尽；阮翁极意求好，而味去却无甚意思"②。评《昆陵归舟》诗又云："此等皆极拟韦苏州'归棹洛阳人，残钟广陵树'诸作，而无其幽静孤逸之妙，且似有意著加色泽，便如画家之王翚、吴宏仿倪云林、黄大痴笔，虽极意求高，终不免带甜俗气。"这里以韦应物为衡量王渔洋诗作的尺度，颇值得玩味。王渔洋对于韦应物，虽然评价高于历来齐名并称的柳宗元，但自己写作未必就学他。李宪乔在此偏要坐实渔洋学韦，并且还断言学得有点走样，这就将王渔洋纳入一个特定的评价框架中。事实上，王渔洋本是他要推倒的偶像之一，但他清楚，无论以自己微弱的话语权抑或以中唐诗为准的，都不足以否定甚至撼动王渔洋神韵诗学的地位。既然他不能漠视它，又无力反抗它，那么就只好将它淡化。人们面对与己相左的艺术倾向，只

---

① 李秉礼：《韦庐诗集》卷三，嘉庆三年家刊本。下文所引李宪乔评李秉礼诗语，皆见此书，只注明卷数。

② 李宪乔：《偶论四名家诗》，山东师范大学图书馆藏青丝栏钞本，详蒋寅《清诗话考》第390—391页。

有这三种方式可选择。将王渔洋放到中唐诗的美学背景下讨论，无形中就使神韵说淡出批评视野，同时又将王渔洋的创作与中唐诗的传统叠合起来，使它们一同成为高密诗学的背景性存在。在王渔洋诗学被淡化的同时，高密诗学相应地凸显出来，成为前景。

李宪乔曾为挚友李秉礼评点《韦庐诗内集》，是他晚年评点僚友诗最重要的一种，也是唯一流传下来的一种。李秉礼（1748—1830）字敬之，号韦庐，以父业蹉流寓桂林，捐赀为郎中，却未赴铨，家擅园林之胜，李宪乔游宦粤西日是其宾座常客。秉礼所著《韦庐诗集》四卷，内集有宪乔评点，评语显示他晚年论诗每以中唐诗为参照系。如卷一《我园四咏》宪乔评道："此体源于刘文房《龙门八咏》，其闲静幽渺之致亦遂不减。三、四发难显于目前，觉文房'伊水连白云，东南远明灭'二句尚未为深至。阆仙诗'秋月离喧见'可作末二语注脚。"按常识说，题咏自家园林的组诗昉于王维《辋川集》二十首，但李宪乔这里却将体裁渊源追溯到刘长卿《龙门八咏》。《龙门八咏》是题咏景观的组诗，其源头是沈约《八咏诗》，在类型上本与题咏园林有别。李宪乔执拗地将李秉礼诗攀附于刘长卿——姑不考虑缺乏诗史常识的可能性，应该意味着中唐诗是他们共同的艺术楷模，同时也是审美判断的标准。这种标准有时具体化为某个局部的艺术表现，如同卷评《秋日园居杂咏》其一"一叶因风下，四时如水流"、其二"旧事浮云过，新凉薄簟知"两联，宪乔施以同样的评语："三四如此衔接，如此对法，所谓格也。"虽未说明什么格，但显然是大历诗惯用的"流水对"，这正是从格调的角度体认中唐诗的例子。它反过来又成为评论的参照，如卷三《题故开元寺》一首："松杪拂微霄，到来诗景饶。碑残纪唐历，寺阙自隋朝。塔影立斜照，钟声回远飙。几多人世感，会向此中消。"宪乔评曰："纯是追模古格，可惜时人不能知。若得翁灵舒、赵紫芝辈来，便能知之。"正如前文已指出的，相似的艺术追求使高密诗派成为中唐姚合、张籍和南宋四灵的异代知音，现在我们更清楚地看到，贯穿于其间的纽带正是"格"，对这种中唐之"格"的认同不可避免地使李宪乔的判断不脱姚、贾一派的小巧趣味。比如，他会赞赏卷一《春寒》颔联"二月寒如此，孤篷思悄然"说"三、四集中射雕"。有时甚至因强事牵合而判断走眼，像卷三《晤荻浦》诗云："一别十余载，百年能几何。自然凋鬓发，况乃历风波。握手翻疑梦，当杯且放歌。浮云成底事，沉水有青襄。"这乃是典型的大历格调，字句也都从戴叔伦、司空曙诗脱化而来，但宪乔却推许它"一气盘旋，抟挽处大有力。不知者诧为拟初拟盛，都不必然，止是直撼胸臆，无渣滓无隔碍，而笔与气足以达之。无论初、盛、中、晚、宋、元名手，到功力熟时皆有此境。但空滑无学者不得藉口耳"。又称赞它"不必有意学杜，而骎骎欲度高岑前矣"。虽申明不同意说它拟初拟盛和学杜，但所以要树立这么个假设敌，不正是部分认可这种印象，觉得此诗会给人那样的感觉吗？然而这种感觉恰恰是很离谱的，若由此判断他对唐诗的感觉，那就要说误差很大，好在这只是偶然的例外，而且发生在五言诗中。七言李宪乔完全是宗法韩愈的，卷一《酬子乔见贻韦左司集》评语直接挑明了这一点："直起似欧、梅。此七言体格，以韩为宗主，历宋元明国初诸大手皆因之。其诀不外妥帖排奡四字。但排奡不在气势，妥帖不在字句，却从骨子坚挺处辨别。即如此作，正好在颠仆不破。若无其骨，难免一磕粉碎矣。"由此可见，他对七言诗的评判，无论是风格趣味还是批评的着眼点都与五言明显不同。这是一个老到的诗论家应有的见识。

如果说上面这些批评实例表明，李宪乔的艺术判断偶尔有失误之处，那么一些负面批评似乎更能显示他剖析作品的功力。评朱彝尊《董逃行》"清风细雨吹襟，提壶设席盍簪"一联，指出："拟古之作既全用古句法，不宜忽著此时俗常语，如宗庙彝勺之旁参以市磁，殊觉乡气。"[①] 这是批评作品语言风格的不纯，体会微至。又评王渔洋《萧尺木楚辞图画歌》诗云：

> 画为《楚词》，即说《楚词》可矣。屈子之放流系在顷襄王时，《史记》因其系心怀王，故叙怀王入关事。又原有"何不杀张仪"一语，故带叙张仪欺楚一段，皆非《离骚》本旨也。此诗因《离骚》而及商于六百，已迂远矣；乃又因张仪而及秦之赂盟，去题更远。石桐先生谓之头皮厚，秋谷所恼亦正在此。此等止就原词铺排，必遇有未曾读《骚》者，乃惊喜矣；《骚》既人人读过，何劳更为抄写传告？

---

① 李宪乔：《偶评四名家诗》，山东师范大学图书馆藏稿钞本。

他批评王诗一味填充故实而流于陈熟,反致主旨迂远而不明晰。类似的例子还有《南将军庙行》,宪乔批道:"试读王逢原、张巡诗,虽隔六七百年,尚如热血淋漓。此诗不过才百年,已奄奄如冷灰,其中无生气也。大概凡此等题,皆非阮亭所长,强为之耳。"其中"贺兰未灭将军死,呜呼南八真男子"一联批:"用他现成话,却不如本文有声色。""中丞侍郎同日亡,碧血烂斑照青史"一联又批:"到要紧处,不过如稗史赞忠烈话头,太常熟,何以使人感动?"在他看来,这些不足都缘于题材不适于作者的才性而偏强作,以致适暴其短。《焦山古鼎诗同西樵赋》诗评又指出风格与作者才性的不合:"此渔洋变调,似欲学韩体者。不知公之性情、志气、诣力与韩不相入,虽极为排宕以取古拙,而中实无奇笔,貌为奇耳,何殊望屠门大嚼也?"无论他的论断是否准确,都给我们一个很好的提醒:王渔洋指点后辈学诗,以就各体之宜、随性分之近为宗旨①,但按李宪乔所见,他上面几首诗恰好违背了这一宗旨,强赋不适合自己才性的题材,刻意模拟不适合自己才性的风格,终落个画虎不成、自暴其短的结果。这促使我们注意,在一个诗人的理论主张和创作实践之间,因主客观两方面的原因,会出现各种不一致的情形。

尽管李宪乔晚年在扩大取径范围上已有所努力,争奈终不出杜甫、韩愈藩篱,表现在对本朝诗歌的取舍上,就带有明显的偏嗜和倾向性。乾隆五十九年(1794),宪乔致袁枚长札,其中对查慎行有所批评,认为其诗开卑靡之习,袁枚很不认同他的看法,辩驳道:

> 夫他山以前,诗之卑靡者,无万万数,不过不传于世,故足下未见耳,非自他山滥觞。他山是白描高手,一片性灵,痛洗阮亭敷衍之病,此境谈何容易!若以流弊而论,则槎枒粗硬之弊,亦何尝不自老杜开之?韩昌黎之"蔓涎蜗出壳,角缩头敲铿",与《笑林》中所云"蛙翻白出阔,蚓死紫之长"又何以异?足下之诗,酷摩韩、杜,故纵笔及之,为思患预防之戒。②

---

① 这个问题我在《清代诗学史》第一卷第六章曾专门论述,见第 695—699 页。

② 袁枚:《答李少鹤书》,《小仓山房尺牍》卷八,《袁枚全集》,第 5 册,第 169—170 页。又见李宪乔《与袁子才论诗教》,《山东文献集成》第三辑,第 47 册,第 177—179 页。

这明显是觉察到李宪乔论诗取径之狭隘，而示以摒弃门户之见、容纳异量之美的开放态度。袁枚回顾批评史上诗歌趣味的冲突，指出："杜少陵不喜陶诗，欧公不喜杜诗；竟陵、公安、七子互相诋娸，王阮亭痛訾元、白，专主中唐；蒋心余、钱屿沙痛诋阮亭，专主初白。仆以为皆是也，皆非也。是者，是其独得之见，不随人为步趋；非者，非其所见之偏，不平心而察理。范蔚宗所谓能识同体之善，而忘异量之美，庄子所谓蔽于古而不知今，此学者之大病也。"四十八岁的李宪乔，非复吴下阿蒙，对诗已有了根深蒂固的见解和立场，袁枚的训诫估计他很难接受。这封书札的起因是"忧近今诗教有以温柔敦厚四字训人者，遂致流为卑靡庸琐"①，希望袁枚起而共挽之。这里"以温柔敦厚四字训人者"，乃是指沈德潜而言。他在《凝寒阁诗话》中曾举《唐诗别裁集》里的迂腐议论，说"吾所恶以温柔敦厚自命而流为卑靡，致坏诗教者，正此类也。两粤士子为诗者，大半为此老所误，不得不亟为正之"②。袁枚对此更觉得无谓，沈德潜过世多年，"此时如雪后寒蝉，声响俱寂，何劳足下以摩天巨刃，斩此枯木朽株哉！"③ 李宪乔这通书札让袁枚深感其持论过于固执，不得不就书中提到的诗学命题，从诗言志、体格到取法乎上的师法原则，逐一破除其固执之见，从而阐明诗无定格、学无常师的道理，同时解构杜甫、韩愈的绝对典范性。袁枚这一诗学路向李宪乔未必能认同，但他后来对沈德潜的看法却有所改变——不是缘于接受了袁枚的教训，而恰恰是读了《随园诗话》，让他对沈德潜有了新的认识："予初读归愚《别裁集》，意大不喜之，曰何其靡也。其所谓温柔敦厚者，皆糟粕耳。及见袁子才《诗话》所载，乃多鄙悖猥琐，于是转叹是尚不如归愚之为愈也。"④ 不过这对他本人和诗坛来说都已不重要。三年后宪乔卒于官守，他的诗学心解只能留待亲故、门生辈去传扬了。

① 袁枚：《答李少鹤书》，《袁枚全集》，第 5 册，第 169 页。
② 李宪乔：《凝寒阁诗话》，《山东文献集成》第三辑，第 47 册，第 230 页。
③ 袁枚：《再答李少鹤尺牍》，《小仓山房尺牍》卷一〇，《袁枚全集》，第 5 册，第 206 页。
④ 李宪乔：《凝寒阁诗话》，《山东文献集成》第三辑，第 47 册，第 244 页。

## 第三节　高密诗学的意义与影响

张维屏《听松庐诗话》论及李怀民，称"石桐先生生于渔洋、秋谷之后，而能自辟町畦，独标宗旨，可谓岸然自异，不肯随人步趋者"①，高度肯定了李怀民诗学的独创性。的确，高密诗派以鲜明的理论主张与风格追求建构了属于自己的诗学理论，最终成为清代中叶诗学史上一个不可忽视的重要流派。

高密诗派的出现，对于清代诗学具有双重历史意义。就诗学史而言，由于他们的鼓吹，中唐诗的地位得到大幅度的提升，韩孟和姚贾这两股中唐诗风的重要支流同时强化了其典范性。雍、乾之际虽出现了桐城二方诗论中的中晚唐取向，但典范作家只限于刘禹锡、李商隐、杜牧、温庭筠等工于七言的作家，而五言方面则如袁枚所说的"近学郊、岛诗者最少"②。高密"三李"在中晚唐诗中偏取张籍、姚贾的清奇幽秀，旁及韩愈的雄肆排奡，整体上凸显了中晚唐诗的价值感。就诗歌创作而言，李氏昆季以《重订中晚唐诗主客图》指示后学，引领一方风气，不仅从大传统的层面上改变了一时诗风的取向，更在小传统的层面上刷新了明代以来山东诗学宗法盛唐的格调派传统。张昭潜《澹园先生墓志》称："山左自渔洋先生以明丽博雅为诗坛圭臬者百年，其后流弊所至，以獭祭为工，以声调为谐。高密李石桐怀民以张、贾之律救之，一时学者奉为宪令，遂成风气。"③澹园先生即《诗三百诗话》作者于祉，山东潍县人，其诗集有高密后学李诒经序。于祉《答五星先生书》提到："蒙序拙集，并辱惠石桐《主客图》，捧读一过，感愧交集。本拟诣密登堂亲炙，但家严年近八十，又抱病，不能倾刻离膝下，是以区区未遂其愿。"高密诗学当时风靡山东诗坛的情形可

---

① 张维屏：《国朝诗人征略》初编卷四一，《续修四库全书》影印本，第 1713 册，第 13 页。

② 袁枚：《随园诗话》补遗卷四，第 492 页。

③ 张昭潜：《澹园先生墓志》，《山东通志》卷一四五艺文志《澹园诗选》引《无为斋文集》，(台湾) 华文书局影印本，第 4248 页。张氏《无为斋文集》收入《山东文献集成》第四辑，第 32 册。

见一斑。张易和发掘的资料表明，直到清末高密一带士人仍奉《主客图》为学诗圭臬①。

李氏昆季从一开始就憋着股劲，雄心勃勃地要向诗坛各派全面发起挑战，在八面受敌的同时他们也吸引了诗坛的目光。前文提到，乾隆五十九年（1794），李宪乔有长札致袁枚，"忧近今诗教有以温柔敦厚四字训人者，遂致流为卑靡庸琐"，希望袁枚起而共挽之②。袁枚也报以长札，对他持论的固执给予委婉的训诫。无论他的见解能否为李宪乔接受，这通书札作为袁枚晚年最郑重的论诗文字收入《小仓山房尺牍》中，都会是很引人注目的。李宪乔对当下诗坛的批评及其勇于担当的气概，更会给人留下深刻印象，毕竟不是谁都有这种以诗道为己任的抱负，袁枚对李宪乔的重视多半也缘于此。更何况李宪乔绝不是个好作空言的人，他向来都将自己的主张付诸践行。在粤西任职期间，他以诗接引后进，以培养风雅为己任，乾隆五十八年（1793）六月知柳城县，屡招集马平诗人和门生吟咏唱和，举仙弈诗社。《归顺直隶州志》卷五载："（宪乔）乾隆六十年升任知州，明敏刚断，礼士爱民。尤工于诗，政暇尝以教州人士，州人粗知韵语，皆宪乔所教也。贡生童毓灵、庠生童葆元，皆经其陶育，一时风雅称彬彬焉。"③ 郭嵩焘日记曾载，柳州王拯（亦字少鹤）论诗最推高密李宪乔，"谓其以专壹憔悴为诗，粤人言诗者皆师法之"④。李宪乔对粤西诗歌创作的倡导之功，确实是众所公认、有口皆碑的，他的诗学著述也为当地学人所宝重。他曾为李秉礼考定韩愈集，顺便将韩诗批点一过⑤，中山大学图书馆所存李秉礼旧藏本《韩昌黎诗集编年笺注》，过录有李宪乔批。王拯题识及相关信息告诉我们，李宪乔的批点至

---

① 张易和《孤本〈耕读堂集〉的多维观照》（《江苏师范大学学报》2018 年第 5 期）一文论及李怀民次子诒玙传单永安，永安传孙凤云的诗学谱系及孙凤云周围李凤冈、王广微等诗宗《主客图》的情形，可参看。

② 袁枚：《答李少鹤书》，《小仓山房尺牍》卷八，《袁枚全集》，第 5 册，第 169—170 页。又见李宪乔《与袁子才论诗教》，《山东文献集成》第三辑，第 47 册，第 177—179 页。

③ 颜嗣徽纂：《归顺直隶州志》，光绪二十五年刊本。

④ 《郭嵩焘日记》第 1 卷，咸丰八年（1858）十月十一日，湖南人民出版社 1981 年版。

⑤ 郭隽杰：《〈韩诗臆说〉的真正作者为李宪乔》（《首都师范大学学报》1995 年第 3 期）文中提到，陈迩冬旧藏《韩昌黎诗集笺注》李宪乔批校本，末卷封底有宪乔《为正孚考定韩集书后兼呈敬之郎中锡蕃秀才》诗二首。

少有七个传录本①，足见其为人所重及流传之广。

李宪乔在粤西的诗学活动，对当地的诗歌创作产生了举足轻重的影响。这种影响在他身后仍通过昔日诗友持续发挥作用。嘉庆二年（1797）宪乔客死于官，宦囊萧索，不能归葬，李秉礼以千金送其丧。后其《韦庐集》付梓时，凡经李宪乔评点的篇什编为内集，宪乔殁后所作未经点定者则编为外集。道光四年（1824）周作楫视学广西，谒李秉礼时，仍出《韦庐集》相示，"极言诗学得力于山左李少鹤昆仲"②。内集李宪乔的评语对于了解高密诗派的诗学观念有着重要的文献价值。刘大观不仅受诗学于李宪乔，也曾以诗求李怀民批正③，因在二李亡后倡议刊刻《二李诗钞》，又在嘉庆十年（1805）刊行《重订中晚唐诗主客图》，以寄托对亡友的感怀；嘉庆十九年（1814）赵擢彤重刻《重订中晚唐诗主客图》，刘大观又为撰序。他还收徒讲学，授以高密诗法，对高密派诗学宗旨的传播起了极大的推动作用。王芑孙有《答刘松岚观察大观枉赠即送入都》诗云："君乡高密李（谓少鹤），近效亦岂诬？温文转廉辨，弥缝变拘迁。成劳虽未酬，遗荫恤其雏。君故学其诗，治行当可模。"④ 在惋惜李宪乔的同时称赞了刘大观的诗才和治行。

据王芑孙《题李石桐少鹤昆季送家直庵乡举诗册》云："予以乾隆戊申三月召试赐举人，高密家直庵，亦以是年秋举于乡，明年成进士，为考功主事。又四年，出其乡举时诸同学赠诗，并李君石桐所为画、少鹤所为文示予。予观诸君子之赠直庵也，类所相勉以义。高密海东一隅地，比者石桐、少鹤以古学倡其间，其乡之士从而和之。二李既以学行有闻，直庵又连得科第，卷中诸君虽未即赫然暴著，而一二姓名稍稍流闻远近。"⑤ 此文作于乾隆五十八年（1793），据此可知，到乾隆末年李氏兄弟在诗坛已享有一定声誉，并播散了高密诗派的名声。李怀民的五言诗尤为诗家所推重。乾隆五十九年（1794）张问陶有《冬夜读李怀

---

① 李福标：《〈韩昌黎诗集编年笺注〉李宪乔批校在粤地的流传》，《文献》2012 年第 2 期。
② 周作楫：《雪樵续集序》，鹿林松：《雪樵续集》卷首，道光刊本。
③ 《十桐先生评定刘松岚诗》钞本，今尚存于青岛市图书馆。
④ 王芑孙：《渊雅堂全集·编年诗稿》卷一八，《续修四库全书》影印本，第 1480 册，第 570 页。
⑤ 王芑孙：《惕甫未定稿》卷二五，《续修四库全书》影印本，第 1481 册，第 257 页。

民五言律诗》，称"此境殊难得，高怀自古今"①。嘉庆初又经"一时有龙门之目"的法式善表彰，高密诗人遂成为乾、嘉间引人瞩目的诗派。法式善《梧门诗话》卷九论高密诗人的一则，是历来对高密诗派最详细的评论：

> 山左近日有专工五言者，王考功宁煃、刘大令大观为最。二人又盛推其乡人李石桐、子乔昆季为最。石桐《送赵玉文东归》云："云中候雁飞，白发望荆扉。落叶满山径，秋风孤雁归。何时到乡里，前路授寒衣。知是无人问，空洲理钓矶。"《海南寺感旧》："昔日海南寺，松杉荫绿苔。西堂曾乞住，荒径独寻来。僧没鹤犹在，客稀花自开。临风伫遥念，欲去重徘徊。"子乔《和王介甫昼寝》云："百年萧散迹，强半此中居。淡意云能学，迟情日不如。画收四壁静，琴在七弦虚。自觉清凉甚，非关潦倒余。"《咏蝉》云："应是不能休，非惟无所求。吟长欲竟日，思冷直先秋。过雨山村路，将昏水驿楼。年年为客听，知白几人头？"石桐学右丞，其旨微；子乔学阆仙，其体洁，各臻妙境，宜考功、明府低首也。石桐句如"蒙病觉寒早，独眠知夜长""夕阳晴照雪，归乌暮沉烟"；子乔句如"月生栖鹤树，云湿挂泉峰""峭风当去马，远雪滞行人""高星秋树静，孤烛夜堂虚"，皆可传。又记石桐句"四民中有愧，五字外无能"，子乔句"能除众有句，独得古无贫"，则二人之旨趣可知矣。石桐初名宪噩，以字行，遂名怀民。种梧桐十株，额其居曰十桐草堂，人多以石桐称之。子乔名宪乔，自号少鹤，由明经召试出宰粤江。松岚刻二李诗，题曰《二客吟》，颇称简当。其全集王熙甫刻之。要其七言究不及五言也。②

嘉庆以后，随着《重订中晚唐诗主客图》的流行于世，高密诗派的影响也日益蔓延开来。在粤西一带，除了汪辟疆先生提到的李秉礼、朱依真、孙顾崖、赵延鼎、刘大观及弟子辈的唐昌龄、袁思名、叶时哲、童毓灵、介支、葆元兄弟外，以汪为霖为代表的一批游宦诗人也受到高密诗风的熏陶。

---

① 张问陶：《船山诗草》卷一一，第293页。
② 张寅彭、强迪艺：《梧门诗话合校》卷首，第274—275页。

汪为霖（1762—1822），字傅三，号春田，江苏如皋人。贡生，家饶资产，性耽风雅。知广西思恩府，以廉静称。乾隆五十六年（1791）至乾隆五十八年（1793）调任镇安知府，嘉庆元年（1796）又辅佐督帅襄理军务。在镇安期间，与李宪乔、刘大观及李秉礼等游从酬唱，诗风由清婉淡荡一变而为清健峭丽①。其《小山泉阁诗存》八卷，存诗近千首，袁枚《随园诗话》补遗卷五曾称道其篇什。其《友人有谓随园主人诗似香山而余诗复似先生为吟一律示友并质之先生》一诗有"先生宗白我推袁，万古心香共此源"之句，颇以诗才高自期许。镇安夙为粤西重镇，名诗人商盘、赵翼曾莅任知府。汪为霖自言："吾纵不能颉颃二君，而振文教、育人才，尤边徼之急务也。"② 在任期间热心指授当地士子诗艺，造就人才甚众，都有诗集行世。

到嘉、道之际，李秉礼子宗瀚，能"守其家法，并及高密二李绪论"③。又有绍兴人杨继荣，尝与李秉礼、李宪乔往来倡和。二李殁后，与汪运、商书浚、曾克敬、朱琦、龙启瑞、彭昱尧、李宗瀛、赵德湘、黄锡祖十人，常于桂林榝湖（今名杉湖）补杉楼饮酒赋诗，时称"榝湖十子"。同治七年（1868）广西巡抚张凯嵩刻有《榝湖十子诗钞》，被视为高密诗派在广西的流裔。至于其他地区，李宪乔曾说："一向在桂省，以诗来求政者甚众。一戴舍人，湖北人；一胡进士，江西人；一关孝廉，临桂人。其余零星未成家数者，不胜纪也。"④ 汪辟疆先生曾指出："胡森亦以江西人，与少鹤往来，自是江西诗人多有传其《中晚唐诗主客图》者，于是江西有高密之派。孙顾崖以吴人官粤西，而最服膺石桐少鹤诗说，以为今日诗道之存，实赖二李。则顾崖固能为二李之诗者，于是东吴有高密之派。逮于清季，临川李梅庵瑞清，侨居金陵，尝称其家学，曾举其家藏钞本《中晚唐诗主客图》，授和州胡俊。而胡氏《自怡斋诗》亦远宗张贾，近法石桐，（中略）然则高密二李之诗派垂二百年犹未绝也。"⑤ 其中最应该提到的是刘大观

---

① 关于汪为霖仕桂期间与李宪乔的交游及诗风所受的影响，戎霞、梁扬《论汪为霖与广西高密诗派的关系》（《阅读与写作》2011 年第 10 期）一文有详细讨论，可参看。

② 羊复礼纂：《镇安府志》卷二二，光绪十八年刊本。

③ 汪辟疆：《论高密诗派》，《汪辟疆文集》，第 263 页。

④ 李宪乔：《凝寒阁诗话》，《山东文献集成》第三辑，第 47 册，第 263—264 页。

⑤ 汪辟疆：《论高密诗派》，《汪辟疆文集》，第 263 页。

的影响。自高密三李下世后，刘大观就自然地成了高密诗派的旗手。他后来宦益达，才名益盛，有《玉磬山房集》行世，翁方纲题其诗，称"仲则云亡兰雪病，君才二子欲兼之"①。他不仅校刊李怀民、宪乔兄弟的诗集《二客吟》，重刻《重订中晚唐诗主客图》，更在历任开原县、宁远州、河东兵备道、山西布政使的游宦生涯中，将高密诗学传播于辽东、江浙、三晋地区，可以说是将高密诗学发扬光大的最大功臣。

最迟至道光间，高密诗派作为地域性的诗歌流派已为诗坛所瞩目。尽管也有人说"其派未甚行"②，但张维屏为高密派诗人鹿林松所作《雪樵续集序》，足以说明高密诗派是当时公认的诗歌流派："山左故多诗人，新城王文简公标举神韵，为海内宗工，同时益都赵秋谷以思力清劖起而相角，越数十年而高密李石桐少鹤昆季岸然自异，别辟町畦，依张为《主客图》例，尊张水部贾阆仙为主，以清真僻苦为宗，一时学之者号为高密体。"③ 而此时高密诗派的影响早已不限于山东和江西、吴中，而是随着诗人的流动播散到整个北方地区，甚至远届关外。当时有"关外一人"之目的铁岭诗人魏燮均，后人认为他"诗学孟东野"④，其实是学的《重订中晚唐诗主客图》。高密诗人王相庸撰《九梅村诗集序》载："戊戌冬（按：道光十八年，1838），余归觐山左，子亨录所为诗数卷，乞携归就正于余先君。先君披览乐之，既喜斯道越海有传人，又喜庸之能择交良友也，慨然允为弁言，以资宏奖。且欲加点墨评识于其上，命笔未竟而先君遽以疾逝。"⑤ 后乡里先辈李鲁钦、李子亮、王亦园、李希夷等闻之，索读校订，并为题词，逾年寄魏燮均。三年后王相庸再游辽东，以李怀民《重订中晚唐诗主客图》相示，燮均读之有所得，为诗吟益苦。及咸丰元年（1851）王再至辽东，则魏燮均已彻底脱胎换骨。"其所以发而为诗，不必规规焉模唐，不必沾沾焉不模唐，而自出入储张贾孟之间矣。"⑥ 今《九梅村诗集》附录题诗，有高密王炅、王佩韦、王

---

① 翁方纲：《题刘松岚诗卷二首》其一，《复初斋诗集》卷四六，《清代诗文集汇编》影印本。
② 孔宪彝：《对岳楼诗续录》边浴礼序，咸丰刊本。按：序作于道光三十年（1850）。
③ 鹿林松：《雪樵续集》卷首，道光刊本。
④ 陈德懿：《九梅村诗集序》，毕宝魁：《九梅村诗集校注》，辽海出版社2004年版，下册，第925页。
⑤ 毕宝魁：《九梅村诗集校注》，下册，第931页。
⑥ 同上书，第932页。

相庸、王焞、李璜之作，悉为当时所题，这是高密诗派远传关外的一个有趣例证。由于高密诗派的广泛传播，属于高密派的诗学文献也相当流行。后来董文涣之所以增订《高密李氏评选孟诗》，于同治七年（1868）刊刻行世，想来是大有市场需求的。从乾隆中叶直到清末，高密诗派承传百余年并在较广大的地域产生影响，这在清代文学史上只有桐城派可以相提并论，对其诗学理论与创作的研究还有待于深入展开。

# 附录　论文初刊杂志一览

《"神韵"与"性灵"的消长》，《北京大学学报》2012 第 3 期。

《蒋士铨诗学观念的转向》，《苏州大学学报》2013 年第 1 期。

《袁枚性灵诗学的解构倾向》，《文学评论》2013 年第 2 期。

《袁枚诗学的核心观念和批评实践》，《文学遗产》2013 年第 4 期。

《出入于诗学与史学之间》，《文学评论》2014 年第 5 期。

《桐城诗学发展史中的姚范和刘大櫆》，《江淮论坛》2014 年第 5 期。

《方氏诗论与桐城诗学的发展》，《安徽师范大学学报》2014 年第 6 期。

《科举试诗对清代诗学的影响》，《中国社会科学》2014 年第 10 期。

《袁枚〈随园诗话〉与清诗话写作之转型》，《岭南学报》复刊 1—2 期
（2015 年 3 月）。

《清代性灵诗学三论》，《中华诗学》第 1 辑（2015 年 3 月）。

《赵翼诗论的唯新倾向及与性灵派的离合》，《湖南师范大学学报》2015 年第
1 期。

《李调元诗学札记》，《镇江高等专科学校学报》2015 年第 1 期。

《"高密三李"与高密诗学的历史展开》，《南国学术》2015 年第 2 期。

《李宪乔游宦粤西与高密诗派的传播》，《铜仁学院学报》2015 年第 2 期。

《方薰诗论札记》，《学术交流》2015 年第 2 期。

《纪昀试帖诗学述论》，《阅江学刊》2015 年第 2 期。

《洪亮吉的诗学观念与本朝诗歌批评》，《文学遗产》2015 年第 3 期。

《吴文溥和乾嘉之际诗学观念》，《中国典籍与文化》2015 年第 3 期。

《海内论诗有正宗　姬传身在最高峰》，《文艺理论研究》2015 年第 5 期。

《纪昀的批评理念与诗歌批评成就》，《求是学刊》2015 年第 6 期。

《纪昀与〈四库提要〉的诗歌批评》，《学术界》2015 年第 7 期。

《纪昀诗学品格及核心理念再检讨》，《文艺研究》2015 年第 10 期。

《唐宋、才学之争的消弭：乾隆间性灵诗学引发的焦点话题》，《安徽大学学报》2016 年第 2 期。

《"不粘不脱"与"不即不离"——乾隆间性灵诗学对咏物诗美学特征之反思》，《人文中国学报》第 22 期（2016 年 5 月）。

《沈德潜诗学的渊源、发展及命名》，《苏州大学学报》2016 年第 3 期。

《乔亿与格调诗学的深化》，《华南师范大学学报》2016 年第 5 期。

《沈德潜的诗学贡献及其历史定位》，《厦门大学学报》2016 年第 6 期。

《高密诗学的理论品格及其批评实践》，《岭南学报》第 6 辑（2016 年 7 月）。

《古典诗歌传统最后的整体重塑》，《求索》2016 年第 8 期。

《"正宗"的气象与蕴涵》，《文艺研究》2016 年第 10 期。

《沈德潜门人辈的诗学见解略述》，《饶宗颐国学院院刊》第 4 辑（2017 年 5 月）

《袁枚〈随园诗话〉的女性诗歌批评》，《川合康三教授荣休纪念文集》（凤凰出版社 2017 年版）。

《翁方纲对王渔洋诗学的接受与扬弃》，《北京大学学报》2017 年第 4 期。

《翁方纲诗学的取法途径与理论支点》，《学术研究》2017 年第 6 期。

《翁方纲的诗歌批评》，《文史知识》2017 年第 6 期。

《乾隆朝诗学史研究的问题与方法》，《武汉大学学报》2017 年第 6 期。

《文治与风雅：清高宗的个人趣味与乾隆朝文化、文学》，《华南师范大学学报》2018 年第 1 期。

《沈德潜诗学的文化品格及历史定位》，《文学遗产》2018 年第 3 期。

《吸收与还原：翁方纲与传统诗学观念》，《后五四时代中国思想学术之路——王元化教授逝世十周年纪念文(2018 年 4 月)。

《肌理：翁方纲的批评话语及其实践》，《文学遗产》2019 年第 1 期。

# 引用书目

## 一 古籍文献

戴震：《孟子字义疏证》，中华书局 1982 年版。

段玉裁：《说文解字注》，上海古籍出版社 1981 年版。

范晔：《后汉书》，中华书局标点本。

赵尔巽等：《清史稿》，中华书局标点本。

李焘：《续资治通鉴长编》，中华书局 1993 年版。

毕沅：《续资治通鉴》，中华书局 1957 年版。

《高宗实录》，中华书局 1987 年版。

素尔讷等纂：《钦定学政全书》，乾隆三十九年武英殿刊本。

孙葆田等纂：《山东通志》，台湾华文书局 1969 年影印本。

颜嗣徽纂：《归顺直隶州志》，光绪二十五年刊本。

羊复礼纂：《镇安府志》，光绪十八年刊本。

金鼎泰等纂：《道光桐城续修县志》，道光刊本。

吴仰贤等纂：《光绪嘉兴府志》，光绪刊本。

李锡符等修：《高密李氏家谱》，同治十年石印本。

永瑢等纂：《四库全书总目》，中华书局 1965 年影印本。

马国翰：《玉函山房藏书簿录》，山东图书馆藏钞本。

牟房辑：《雪泥屋遗书目录》，山东省图书馆藏民国间钞本。

钱泰吉：《曝书杂记》，同治七年刊本。

孙德祖：《寄龛甲志》，光绪二十年刊本。

沈曾植：《海日楼题跋》，中华书局上海编辑所 1962 年版。

由云龙编：《越缦堂读书记》，上海书店出版社 2000 年版。

张舜徽：《清代文集别录》，中华书局 1963 年版。

雷梦水：《古书经眼录》，齐鲁书社 1984 年版。

台湾"中央图书馆"编印：《标点善本题跋集录》，台北"中央图书馆"1992 年版。

陈伯海、朱易安：《唐诗书录》，齐鲁书社 1988 年版。

陈伯海、李定广：《唐代总集纂要》，上海古籍出版社 2016 年版。

孙琴安：《唐诗选本提要》，上海书店出版社 2005 年版。

刘声木：《桐城文学撰述考》，黄山书社 1989 年版。

胡文楷：《历代妇女著作考》，上海古籍出版社 1985 年版。

张寅彭：《新订清人诗学书目》，上海古籍出版社 2000 年版。

傅璇琮主编：《唐才子传校笺》，中华书局 1990 年版。

钱谦益：《列朝诗集小传》，上海古籍出版社 2008 年版。

郑方坤：《本朝名家诗钞小传》，台湾广文书局 1971 年影印本。

唐鉴：《清学案小识》，台湾商务印书馆 1969 年版。

江藩：《国朝汉学师承记》，中华书局 1983 年版。

冒志成：《如皋冒氏宗谱》，如皋县编史修志办公室 1984 年油印本。

马其昶：《桐城耆旧传》，黄山书社 2013 年版。

钱仪吉等辑：《清代碑传全集》，上海古籍出版社 1987 年影印本。

王建生：《随园诗话中清代人物索引》，台湾文津出版社 2005 年版。

王士禛：《王士禛年谱》，中华书局 1992 年版。

沈津：《翁方纲年谱》，台湾"中央研究院"中国文哲研究所 2002 年版。

严荣：《述庵先生年谱》，台湾商务印书馆 1978 年版。

李金松：《洪亮吉年谱》，人民出版社 2015 年版。

许隽超：《黄仲则年谱考略》，上海古籍出版社 2008 年版。

范摅：《云溪友议》，古典文学出版社 1957 年版。

刘永翔：《清波杂志校注》，中华书局 1994 年版。

王楙：《野客丛书》，中华书局 1992 年版。

袁文：《瓮牖闲评》，中华书局 2007 年版。

费衮：《梁溪漫志》，上海古籍出版社 1985 年版。

盛如梓：《庶斋老学丛谈》，中华书局 1985 年版《丛书集成初编》本。

杨慎：《丹铅杂录》，国学基本丛书本。

赵宦光：《寒山帚谈》，崇祯刻本。

陈继儒：《小窗幽记》，中州古籍出版社 2008 年版。

叶抱崧：《说叩》，张潮辑《昭代丛书》，上海古籍出版社影印本。

尤侗：《西堂杂俎》，康熙刊本。

王士禛：《池北偶谈》，袁世硕主编：《王士禛全集》，齐鲁书社 2007 年版。

王士禛：《皇华纪闻》，袁世硕主编：《王士禛全集》。

王士禛：《分甘余话》，袁世硕主编：《王士禛全集》。

尤珍：《介峰札记》，康熙刊本《沧湄诗稿》附。

黄之隽：《詹言》，张潮辑：《昭代丛书》己集广编，上海古籍出版社影印本。

吴敬梓：《儒林外史》，人民文学出版社 1958 年版。

王应奎：《柳南随笔》，中华书局 1983 年版。

姚范：《援鹑堂笔记》，道光刊本。

纪昀：《阅微草堂笔记》，上海古籍出版社 1980 年版。

章学诚：《丙辰劄记》，中华书局 1986 年版。

阮葵生：《茶余客话》，中华书局上海编辑所 1959 年版。

翁方纲：《苏斋笔记》，《复初斋文稿》，《清代稿本百种汇刊》，台湾文海出版社 1974 年影印。

翁方纲：《苏斋笔记》，宣统二年北洋官报印书局印本。

陆凤藻：《小知录》，上海古籍出版社 1991 年版。

赵翼：《簷曝杂记》，中华书局 1982 年版。

诸联：《明斋小识》，嘉庆十九年刊本。

法式善：《陶庐杂录》，中华书局 1959 年版。

昭梿:《啸亭杂录》,中华书局1980年版。

沈起元:《敬亭文稿》,《清代诗文集汇编》影印本。

袁守定:《佔毕丛谈》卷五,光绪刊本。

缪曰藻:《寓意录》,道光二十年上海徐氏寒木春华馆刊本。

阮亨:《瀛舟笔谈》,嘉庆二十五年刊本。

钱泳:《履园丛话》,中华书局1979年版。

刘沅:《拾余四种》,道光二十五年刊本。

姚莹:《识小录》,黄山书社1991年版。

梁章钜:《退庵金石书画跋》,道光二十五年刊本。

福格:《听雨丛谈》,中华书局1984年版。

姚元之:《竹叶亭杂记》,中华书局1982年版。

王培荀:《听雨楼随笔》,巴蜀书社1987年版。

李兆元:《十二笔舫斋杂录》,道光二年刊本。

诞叟:《梼杌萃编》,上海古籍出版社1997年版。

梁绍壬:《两般秋雨盦随笔》,上海古籍出版社1982年版。

李元复:《常谈丛录》,敦本堂刊巾箱本。

王侅:《瓣香杂记》,道光十四年刊本。

许善长:《谈麈》,光绪四年碧声吟馆刊本。

佚名:《指严笔记》,《康雍乾间文字之狱》,北京古籍出版社1999年版。

方濬师:《蕉轩续录》,《晚清四部丛刊》影印本。

陈康祺:《郎潜纪闻二笔》,中华书局1984年版。

王嵩儒:《掌固零拾》,彝宝斋印书局铅印本。

何刚德:《春明梦录》,民国十一年刊本。

文廷式:《纯常子枝语》,江苏广陵古籍刻印社1990年版。

甘熙:《白下琐言》,光绪十六年甘氏重刊本。

谭献:《复堂日记》,河北教育出版社2001年版。

郭嵩焘:《郭嵩焘日记》,湖南人民出版社1981年版。

佚名撰:《杂录》,苏州大学图书馆藏旧钞本。

金武祥：《粟香随笔》，光绪十三年广州刊袖珍本。

王守恂：《仁安笔记》，民国十年刊全集本。

陈作霖：《秉烛里谈》，《金陵琐志九种》，南京出版社 2008 年版。

孙静安：《栖霞阁野乘》，《清代野史》第七辑，巴蜀书社 1988 年版。

刘声木：《苌楚斋随笔》，中华书局 1998 年版。

林传甲：《筹笔轩读书日记》，民国三年商务印书馆排印本。

汪康年：《汪穰卿笔记》，《近代稗海》，四川人民出版社 1988 年版。

陈广忠译注：《淮南子》，中华书局 2012 年版。

王利器：《颜氏家训集解》，上海古籍出版社 1980 年版。

徐敏译注：《圆觉经》，赖永海主编：《佛教十三经》，中华书局 2010 年版。

郭朋：《坛经校释》，中华书局 1983 年版。

石峻等编：《中国佛教思想资料选编》，中华书局 1979—1996 年版。

黎靖德编：《朱子语类》，中华书局 1986 年版。

弘历：《日知荟说》，台湾广文书局 1977 年影印本。

廉泉辑：《惜抱轩语》，余祖坤编《历代文话续编》，凤凰出版社 2013 年版。

朱一新：《无邪堂问答》，光绪二十一年广雅书局刊本。

倪璠：《庾子山集注》，中华书局 1980 年版。

翁方纲：《杜诗附记》，《续修四库全书》影印本。

元稹：《元稹集》，中华书局 1982 年版。

钱仲联：《韩昌黎诗系年集释》，上海古籍出版社 1994 年版。

李宪乔：《韩诗读本》，台湾"中央研究院"傅斯年图书馆藏嘉庆十八年抄本。

张采田：《玉谿生年谱会笺》，上海古籍出版社 1983 年版。

司马光：《传家集》，影印文渊阁《四库全书》本。

邵雍：《击壤集》，台湾广文书局 1987 年影印本。

孔凡礼点校：《苏轼文集》，中华书局 1986 年版。

曾枣庄主编：《苏诗汇评》，四川文艺出版社 2000 年版。

郑永晓编：《黄庭坚全集》，江西人民出版社 2011 年修订版。

夏承焘校辑：《白石诗词集》，人民文学出版社 1959 年版。

辛更儒笺校：《刘克庄集笺校》，中华书局 2011 年版。

刘克庄：《后村先生大全集》，《四部丛刊初编》本。

戴昺：《东野农歌集》，影印文渊阁《四库全书》本。

方回：《桐江续集》，影印文渊阁《四库全书》本。

姚奠中主编：《元好问全集》，山西人民出版社 1990 年版。

王礼：《麟原后集》，影印文渊阁《四库全书》本。

李复：《潏水集》，影印文渊阁《四库全书》本。

危素：《危太仆文集》，嘉业堂丛书本。

戴良：《九灵山房集》，影印文渊阁《四库全书》本。

李梦阳：《空同集》，影印文渊阁《四库全书》本。

王九思：《重刻渼陂王太史先生全集》，崇祯十三年刊本。

屠隆：《鸿苞集》，万历四十八年刊本。

屠隆：《白榆集》，《屠隆集》，浙江古籍出版社 2012 年版。

王廷相：《王氏家藏集》，明刊本。

王世懋：《王奉常集》，《四库全书存目丛书》影印本。

李维桢：《大沁山房集》，《四库全书存目丛书》影印本。

李贽：《焚书》，中华书局 1975 年版。

焦竑：《澹园集》，中华书局 1999 年版。

冯琦：《宗伯集》，万历刊本。

钱伯城：《袁宏道集校笺》，上海古籍出版社 2008 年版。

袁中道：《珂雪斋文集》，中国文学珍本丛书本。

陈子龙：《陈忠裕公全集》，嘉庆八年斠山草堂刊本。

钱谦益：《牧斋初学集》，上海古籍出版社 1985 年版。

冯班：《钝吟文稿》，康熙刊本。

龚鼎孳：《定山堂诗集》，光绪九年龚彦绪刊本。

孙廷铨：《沚亭文集》，康熙刊本。

钱澄之：《田间文集》，黄山书社 1998 年版。

盛符升：《诚斋诗集》，中国社会科学院文学所藏盛氏十贤祠抄本。

陈宏谋：《培远堂文集·培远堂偶存稿》，临桂陈氏培远堂刊本。

程康庄：《程昆仑先生诗文集》，三晋出版社 2008 年版。

徐增：《九诰堂全集》，湖北省图书馆藏清钞本。

叶燮：《已畦集》，二弃草堂刊本。

魏际瑞：《魏伯子文集》，道光二十五年谢若庭绂园书塾重刊宁都三魏文集本。

魏礼：《魏季子文集》，道光二十五年谢若庭绂园书塾重刊宁都三魏文集本。

汪士铉：《秋泉居士集》，《清代诗文集汇编》影印本。

胡道南：《风满楼诗稿》，乾隆刊本。

孙淦：《担峰诗》，康熙刊本。

谢良琦：《醉白堂文集》，道光刊本。

袁世硕主编：《王士禛全集》，齐鲁书社 2007 年版。

萧正模：《后知堂文集》，康熙五十六年刊本。

朱彝尊：《曝书亭集》，康熙刊本。

梅庚：《漫与集》，《清代诗文集汇编》影印本。

田茂遇：《水西近咏》，《四库未收书辑刊》影印本。

唐孙华：《东江诗钞》，上海古籍出版社 1979 年影印康熙刊本。

林凤岗：《石岳文寄》，《清代稿钞本》影印本。

潘耒：《遂初堂集》，康熙刊本。

孔尚任、刘廷玑：《长留集》，中国书店 1991 年影印本。

袁启旭：《中江纪年诗集》，光绪十七年紫兰书屋重刊本。

戴名世：《戴名世集》，中华书局 1986 年版。

缪沅：《余园诗钞》，乾隆间葆素堂刊本。

卫既齐：《廉立堂文集》，《清代诗文集汇编》影印本。

查嗣瑮：《查浦诗钞》，乾隆刊本。

胡安世：《秀岩集》，《四库全书存目丛书》影印本。

纳兰性德：《通志堂集》，康熙刊本。

尤珍：《沧湄诗稿》，康熙刊本。

方苞:《方苞集》,上海古籍出版社 1982 年版。

潘务正、李言编校:《沈德潜诗文集》,人民文学出版社 2011 年版。

薛雪:《抱珠轩诗存》,乾隆刊本。

吴孟复辑:《刘大櫆集》,上海古籍出版社 1990 年版。

王夭曾:《旭华堂文集》,乾隆十六年刊本。

嵇璜:《锡庆堂诗集》,嵇储申、嵇臻主编:《无锡嵇氏传芳集》,上海辞书出版社 2012 年版。

许廷镙:《竹素园诗钞》,《清代诗文集汇编》影印本。

沈心:《房仲诗选》,民国八年上海西泠印社刊本。

钱陈群:《香树斋文集》,光绪十六年刊本。

钱载:《箨石斋文集》,上海古籍出版社 2012 年版。

李馥:《居业堂诗稿》,江苏古籍出版社 2000 年影印本。

屈复:《弱水集》,乾隆七年刊本。

邱赓熙:《箬帽山人诗草》,乾隆四年刊本。

丘赓熙:《游艺集》,中国社会科学院文学所藏稿本。

黄子云:《长吟阁诗集》,乾隆刊本。

孙致中等编校:《纪晓岚文集》,河北教育出版社 1991 年版。

盛锦:《青嵝遗稿》,乾隆二十六年刊本。

郑方坤:《蔗尾诗集》,乾隆元年刊本。

李重华:《贞一斋集》,乾隆十一年刊本。

乔亿:《剑溪文略》,乾隆刊本。

王英志主编:《袁枚全集》,江苏古籍出版社 1993 年版。

程晋芳:《勉行堂诗文集》,黄山书社 2012 年版。

田同之:《砚思集》,田氏丛书本。

黄任:《黄任集》,方志出版社 2011 年版。

卞孝萱编:《郑板桥全集》,齐鲁书社 1985 年版。

张廷璐:《咏花轩诗集》,乾隆刊本。

王文治:《王文治诗文集》,人民文学出版社 2014 年版。

陈祖范：《陈司业集》，乾隆二十九年日华堂刊本。

李惇：《淀湖漫稿》，乾隆三十年玉峰粲花斋刊本。

彭端淑：《白鹤堂文稿》，同治六年丹林彭效宗重刊本。

刘崇德主编：《边连宝集》，中华书局 2007 年版。

边中宝：《竹岩诗草》，乾隆四十年刊本。

宁楷：《修洁堂集略》，嘉庆八年刊本。

沈廷芳：《拙隐斋集》，乾隆二十二年则经堂刊本。

戴震：《戴震集》，上海古籍出版社 1980 年版。

戴震：《戴震文集》，中华书局 1980 年版。

恒仁：《月山诗集》，艺海珠尘本。

朱珪：《知足斋文集》，丛书集成初编本。

姚鼐：《惜抱轩文集》，上海古籍出版社 1992 年版。

姚永朴：《惜抱轩诗集训纂》，黄山书社 2001 年版。

姚鼐：《惜抱先生尺牍》，宣统元年小万柳堂重刊本。

姚鼐：《惜抱轩时文》，光绪二年刊本。

弘历：《御制诗集》，影印文渊阁《四库全书》本。

弘历：《御制文余集》，影印文渊阁《四库全书》本。

弘历：《御制乐善堂全集定本》，影印文渊阁《四库全书》本。

胡稚威：《石笥山房集》，咸丰二年重刊本。

陈文和主编：《钱大昕全集》，江苏古籍出版社 1997 年版。

钱大昕：《潜研堂文集》，上海古籍出版社 2009 年版。

吴镇：《松花庵全集》，乾隆刊本。

陈文和主编：《嘉定王鸣盛全集》，中华书局 2010 年版。

王昶：《春融堂集》，嘉庆十二年塾南书舍刊本。

吴省钦：《白华前稿》，乾隆四十八年刊本。

金姓：《今雨堂诗墨》，乾隆三十四年家刊本。

顾诒禄：《吹万阁文钞》，乾隆刊本。

徐长发：《寒玉山房诗》，乾隆六十年刊本。

张云璈：《简松草堂文集》，燕京大学图书馆 1941 年影印本。

郭家驹：《立斋遗诗》，宣统三年舫楼活字印本。

管世铭：《韫山堂文集》，光绪二十年吴炳重刊本。

曹光甫校点：《赵翼全集》，凤凰出版社 2009 年版。

阮葵生：《阮葵生集》，陕西人民出版社 2009 年版。

李怀民：《石桐先生诗钞》，乾隆刊本。

李秉礼：《韦庐诗集》，嘉庆三年家刊本。

单烺：《大昆嵛山人稿》，嘉庆三年单可基揭阳官舍刻本。

邵海清、李梦生：《忠雅堂集校笺》，上海古籍出版社 1993 年版。

蒋士铨：《红雪楼九种曲》，台湾艺文印书馆 1971 年影印本。

黄景仁：《两当轩集》，上海古籍出版社 1983 年版。

赵怀玉：《亦有生斋集》，《续修四库全书》影印本。

洪亮吉：《洪亮吉集》，中华书局 2001 年版。

李銮宣：《坚白石斋诗集》，山西人民出版社 1991 年版。

章学诚：《文史通义》，仓修良新编本，上海古籍出版社 1993 年版。

叶长青：《文史通义注》，华东师范大学出版社 2012 年版。

惠栋：《松崖文钞》，漆永祥编：《东吴三惠诗文集》，台湾"中央研究院"中国文哲所 2006 年版。

朱景英：《畲经堂诗文集》，乾隆刊本。

翁方纲：《复初斋诗文集》，《清代诗文集汇编》影印本。

翁方纲：《复初斋文稿》，《清代稿本百种汇刊》67，台湾文海出版社 1974 年影印本。

李文藻：《南涧文集》，《清代诗文集汇编》影印本。

杨瑛昶：《不易居诗钞》，乾隆五十八年勿幕轩刊本。

杭世骏：《道古堂文集》，光绪十四年刊全集本。

朱仕琇：《梅崖居士外集》，乾隆四十七年刊本。

孔宪彝：《韩斋集》，《清代稿钞本》影印本。

孔宪彝：《对岳楼诗续录》，咸丰刊本。

骆绮兰：《听秋轩诗集》，乾隆六十年金陵龚氏刊本。

张学苏：《寄岳云斋诗帖详注》，嘉庆十六年刊本。

史震林：《华阳散稿》，乾隆三十二年松槐书屋刊本。

吴荣光：《石云山人诗集》，《清代稿钞本》影印本。

鹿林松：《雪樵诗集》，清刊本。

唐仲冕：《陶山诗录》，嘉庆十六年刊本。

朱彬：《游道堂集》，光绪刊本。

王芑孙：《惕甫未定稿》，《续修四库全书》影印本。

焦循：《焦循诗文集》，广陵书社 2009 年版。

王炘：《吴淞草堂诗稿》，乾隆六十年刊本。

李调元：《童山诗集》，嘉庆李氏万卷楼刊本。

施朝干：《正声集》，嘉庆五年刊本。

鳌图：《彭门诗草》，嘉庆刊本。

张问陶：《船山诗草》，中华书局 1986 年版。

孙原湘：《天真阁集》，嘉庆刊本。

祝德麟：《悦亲楼诗集》，嘉庆二年刊本。

陈庆铺：《籀经堂类稿》，光绪九年刊本。

秦瀛：《小岘山人文集》，嘉庆刊本。

阮元：《揅经室集》，中华书局 2006 年版。

吴抡、吴敬恒：《有正味斋试帖详注》，嘉庆八年刊本。

吴本锡：《寄云楼诗集》，嘉庆二十五年刊本。

朱桂：《岩客吟草》，中国社会科学院文学所藏清青丝栏抄本。

任兆麟：《有竹居集》，嘉庆二十四年两广节署刊本。

席佩兰：《长真阁集》，嘉庆刊本。

王元文：《北溪诗集》，嘉庆十七年王氏随善斋刊本。

乐钧：《青芝山馆诗集》，嘉庆二十二年刊本。

吴锡麒：《有正味斋文集》，嘉庆十三年刊全集本。

王玮庆：《瀰唐诗集》，嘉庆刊本。

陈用光：《太乙舟文集》，道光二十三年重刊本。

漆子扬：《邢澍诗文校释》，甘肃文化出版社 2011 年版。

张晋：《仿元遗山论诗绝句六十首》，嘉庆十七年刊本。

董在琴、魏晓红编：《张晋诗集》，三晋出版社 2012 年版。

法式善：《法式善诗文集》，人民文学出版社 2015 年版。

蒋浩：《思无邪斋诗钞》，嘉庆二十四年刊本。

漆永祥辑：《江藩集》，上海古籍出版社 2006 年版。

顾禄：《颐素堂诗钞》，道光刊本。

朱珔：《小万卷斋文稿》，光绪十一年嘉树山房刊本。

周镐：《犊山类稿》，嘉庆二十二年启秀堂刊本。

韩梦周：《理堂文集》，道光三年刊本。

李兆洛：《养一斋文集》，道光二十三年刊本。

刘鸿翱：《绿野斋前后合集》，道光二十四年刊本。

团维墉：《小画山房诗钞》，嘉庆十二年刊本。

陶澍：《陶澍集》，岳麓书社 1998 年版。

赵莲城：《豹隐堂集》，光绪间杏花村舍刊本。

彭维新：《墨香阁集》，岳麓书社 2010 年版。

舒位：《瓶水斋诗集》，上海古籍出版社 1991 年版。

范恒泰：《燕川集》，嘉庆十四年重刊本。

高澍然：《抑快轩文集》，广陵古籍刻印社 1998 年版。

杨安利点校：《周衣德集》，黄山书社 2009 年版。

梅曾亮：《柏枧山房诗文集》，上海古籍出版社 2005 年版。

李振钧：《味灯听叶庐诗草》，光绪十五年刊本。

姚福均：《补篱遗稿》，光绪三十年活字印本。

陈文述：《颐道堂文集》，《续修四库全书》影印本。

梁德绳：《古春轩诗集》，道光二十九年刊本。

徐继畬：《松龛全集》，山右丛书本。

姚莹：《东溟文集》，同治六年姚浚昌重刊本。

汪缙：《汪子文录》，道光三年张杓刻本。

汪婺：《雅安书屋文集》，道光二十四年刊本。

李祖陶：《迈堂文略》，同治七年刊本。

余集：《秋室学古录》，《续修四库全书》影印本。

李亚烈、李猛烈编：《雪鸿堂文集》，中国文史出版社 2012 年版。

李锡麟：《鹤栖堂诗集》，三晋出版社 2011 年版。

梁章钜：《退庵诗存》，《续修四库全书》影印本。

方东树：《仪卫轩文集》，同治七年刊本。

潘德舆：《潘德舆家书与日记》，凤凰出版社 2015 年版。

洪占铨：《小容斋诗钞》，嘉庆二十三年陶澍刊本。

宋翔凤：《洞箫楼诗纪》，道光刊本。

张际亮：《张亨甫文集》，《清代诗文集汇编》影印本。

张际亮：《思伯子堂诗文集》，上海古籍出版社 2007 年版。

梁昌圣：《碧霞书屋诗钞》，香港中国艺术家出版社 2008 年版。

金兆燕：《国子先生全集》，道光十六年赠云轩刊本。

黄臣燮：《平泉诗稿》，道光十四年刊本。

尚镕：《持雅堂文集》，道光刊持雅堂全集本。

姚椿：《晚学斋文集》，道光二十年刊本。

汪为霖：《小山泉阁诗存》，道光二十年如皋汪氏文园重刊本。

吴德旋：《初月楼文续钞》，道光二年花雨楼刊本。

何承燕：《春巢诗钞》，清刊本。

周寅清：《典三謄稿》，咸丰七年刊本。

方宗诚：《柏堂集次编》，光绪六年刊本。

柳商贤：《莲庵诗钞》，光绪十五年刊本。

毕宝魁：《九梅村诗集校注》，辽海出版社 2004 年版。

郑献甫：《补学轩文集》，咸丰十一年刊本。

夏炘：《景紫堂文集》，咸丰五年刊本。

钱泰吉：《甘泉乡人稿》，同治十一年刊本。

金永爵：《邵亭诗稿》，同治六年活字印本。

马鲁：《南苑一知集》，同治十二年敦伦堂刊马氏丛刻本。

包世臣：《艺舟双楫》，台湾商务印书馆1973年版。

曾国藩：《曾文正公全集》，台湾世界书局1965年版。

萧穆：《敬孚类稿》，黄山书社1992年版。

张金镛：《躬厚堂集》，清刊本。

王必达：《养拙斋集》，光绪十六年刊本。

范当世：《范伯子诗文选集》，浙江古籍出版社2008年版。

李宣龚：《李宣龚诗文集》，华东师范大学出版社2009年版。

周曰蕙：《树香阁遗集》，咸丰二年刊本。

张赓谟：《菉园诗草》，文清阁编：《稀见清人别集百种》，燕山出版社影印本。

吴仰贤：《小匏庵诗存》，光绪刊本。

吴汝纶：《吴汝纶全集》，黄山书社2001年版。

包兰瑛：《锦霞阁诗词集》，宣统刊本。

黄瑞辑：《三台名媛诗辑》，光绪元年周氏刊本。

吴清蕙：《写韵楼吟草》，光绪十七年彭氏活字印本。

陈作霖：《可园诗存》，宣统元年刊本。

沈韵兰：《倚梅阁诗集》，宣统元年活字印本。

汪叔子编：《文廷式集》，中华书局1993年版。

程含章：《程月川先生遗集》，民国三年刊本。

张其昀：《张其昀先生文集》，台湾中国文化大学出版部1988年版。

沈德潜辑：《古诗源》，中华书局1963年版。

吴淇辑：《六朝选诗定论》，广陵书社2009年版。

殷璠辑：《河岳英灵集》，《唐人选唐诗十种》，上海古籍出版社1978年版。

彭定求等编：《全唐诗》，中华书局1979年版。

吴景华辑：《全唐诗钞》，乾隆刊本。

王士禛辑：《十种唐诗选》，康熙刊本。

毛奇龄辑：《唐七律选》，康熙四十一年刊本。

杜诏辑：《中晚唐诗叩弹集》，康熙刊本。

毛张健辑：《试体唐诗》，乾隆二十二年刊本。

臧岳辑：《应试唐诗类释》，康熙五十四年刊本。

王锡侯辑：《唐诗试帖详解》，九经堂刊本。

陶煊辑：《唐五言六韵分类排律选》，康熙五十五年刊本。

薛雪辑：《唐人小律花雨集》，乾隆十一年薛氏扫叶庄刊本。

吴瑞荣辑：《唐诗笺要》，乾隆二十三年刊本。

朱琰辑：《唐试律笺》，乾隆刊本。

陶元藻辑：《唐诗向荣集》，衡河草堂木活字印本。

乔亿辑：《大历诗略》，乾隆三十六年居安乐玩之堂刊本。

李怀民辑：《重订中晚唐诗主客图》，咸丰四年赵子绳刊本。

李调元辑：《全五代诗》，巴蜀书社 1991 年版。

纪昀：《瀛奎律髓刊误》，嘉庆五年刊本。

李庆甲辑：《瀛奎律髓汇评》，上海古籍出版社 1986 年版。

弘历定：《御选唐宋诗醇》，光绪十八年益元书局重刊本。

陈明善辑：《唐八家诗钞》，乾隆三十四年刊本。

翁方纲辑：《七言律诗钞》，乾隆四十六年刊本。

姚鼐辑：《今体诗钞》，上海古籍出版社 1986 年版。

赵彦博辑：《今体诗钞注略》，同治刊本。

顾嗣立辑：《元诗选》，中华书局 1987 年版。

顾奎光辑：《元诗选》，乾隆十六年无锡顾氏刊本。

沈德潜、周准辑：《明诗别裁集》，上海古籍出版社 2013 年版。

汪端辑：《明三十家诗选》，同治十二年蕴兰吟馆重刊本。

魏裔介辑：《溯洄集》，顺治刊本。

陈允衡辑：《诗慰初集》，康熙刊本。

宋荦辑：《吴风》，《历代地方诗歌总集汇编》影印本。

曾灿辑：《过日集》，康熙六松草堂刊本。

陶煊、张灿辑：《国朝诗的》，康熙六十年刊本。

徐璈辑：《桐旧集》，民国十六年影印本。

汪观辑：《清诗大雅》，康熙刊本。

沈德潜辑：《清诗别裁集》，上海古籍出版社 2013 年版。

姚集芝辑：《馆律萃珍》，清刊本。

袁枚辑：《随园女弟子诗选》，王英志主编：《袁枚全集》。

翁方纲辑：《七言诗歌行钞》，苏斋丛书本。

任兆麟辑：《吴中女士诗钞》，乾隆五十四年刊本。

李怀民辑：《后四灵集》，中国社会科学院文学所图书馆藏吴瀛抄本。

顾宗泰辑：《停云集》，乾隆三十四年刊本。

彭启丰辑：《八家诗钞》，乾隆刊本。

彭元瑞编：《试帖诗集》，乾隆六十年刊本。

吴翌凤辑：《国朝诗》，嘉庆刊本。

王昶辑：《湖海诗传》，《续修四库全书》影印本。

王赓言辑：《东武诗存》，嘉庆二十五年化香阁刊本。

麓峰居士辑评：《试帖仙样集裁诗十法》咸丰六年刊本。

陶樑辑：《国朝畿辅诗传》，《续修四库全书》影印本。

孙雄辑：《道咸同光四朝诗史》，上海古籍出版社 2013 年影印本。

徐世昌辑：《晚晴簃诗汇》，民国十八年退耕堂刊本。

真德秀辑：《文章正宗》，影印文渊阁《四库全书》本。

归有光辑：《文章指南》，台湾广文书局 1972 年影印本。

黄宗羲辑：《明文海》，中华书局 1987 年版。

姚鼐辑：《古文辞类纂》，上海古籍出版社 1998 年版。

查世佑辑：《查氏文钞》，徐雁平、张剑编：《清代家集丛刊》影印本。

吴鼒辑：《八家四六文钞》，嘉庆三年刊本。

赵维烈辑：《历代赋钞》，康熙刊本。

沈钧德辑：《历代赋钞》，乾隆三十年刊巾箱本。

纪昀评：《纪晓岚评注文心雕龙》，江苏广陵古籍刻印社 1997 年影印本。

范文澜：《文心雕龙注》，人民文学出版社 1958 年版。

李壮鹰：《诗式校注》，齐鲁书社 1986 年版。

张伯伟：《隋唐五代诗格校考》，江苏古籍出版社 2002 年版。

沈德潜：《杜诗偶评》，赋闲草堂刊本。

纪昀：《玉溪生诗说》，槐庐丛书三编本。

郭绍虞辑：《宋诗话辑佚》，中华书局 1980 年版。

许颉：《彦周诗话》，何文焕辑《历代诗话》，中华书局 1981 年版。

吴沆：《环溪诗话》，学海类编本。

胡仔：《苕溪渔隐丛话前集》，人民文学出版社 1962 年版。

阮阅：《诗话总龟》，人民文学出版社 1987 年版。

葛立方：《韵语阳秋》，何文焕辑：《历代诗话》。

严羽：《沧浪诗话》，何文焕辑：《历代诗话》。

杨载：《诗法家数》，何文焕辑：《历代诗话》。

吴文治主编：《明诗话全编》，江苏古籍出版社 1997 年版。

陈应行：《吟窗杂录》，中华书局 1997 年版。

李东阳：《麓堂诗话》，丁福保辑《历代诗话续编》，中华书局 1983 年版。

徐祯卿：《谈艺录》，何文焕辑《历代诗话》。

杨慎：《升庵诗话》，丁福保辑《历代诗话续编》。

王世贞：《艺苑卮言》，丁福保辑《历代诗话续编》。

谢臻：《四溟诗话》，丁福保辑《历代诗话续编》。

胡应麟：《诗薮》，上海古籍出版社 1979 年版。

许学夷：《诗源辩体》，人民文学出版社 1987 年版。

叶生、汪淇：《诗体明辩笺评》顺治十五年刊本。

贺贻孙：《诗筏》，郭绍虞辑：《清诗话续编》，上海古籍出版社 1983 年版。

曹镕辑：《吕晚村先生论文汇钞》，俞国林编：《吕留良全集》，中华书局 2015 年版。

毛先舒：《诗辩坻》，郭绍虞辑：《清诗话续编》。

王士禛：《渔洋诗话》，丁福保辑《清诗话》，上海古籍出版社 1978 年版。

张宗柟辑：《带经堂诗话》，人民文学出版社 1963 年版。

郎廷槐记：《师友诗传录》，丁福保辑《清诗话》。

刘大勤记：《师友诗传续录》，丁福保辑《清诗话》。

何世璂述：《然灯纪闻》，丁福保辑《清诗话》。

叶燮：《原诗》，丁福保辑《清诗话》。

蒋寅：《原诗笺注》，上海古籍出版社2014年版。

戴鸿森：《姜斋诗话笺注》，人民文学出版社1981年版。

毛奇龄：《西河诗话》，乾隆间萧山毛氏书留草堂刊西河全集本。

姚祖恩编：《静志居诗话》，人民文学出版社1990年版。

宋荦：《漫堂说诗》，丁福保辑：《清诗话》。

费经虞辑：《雅伦》，康熙四十九年刊本。

赵执信：《谈龙录》，丁福保辑：《清诗话》。

查慎行：《初白庵诗评》，乾隆四十二年张氏涉园观乐堂刊本。

方世举：《丛兰诗话》，郭绍虞辑：《清诗话续编》。

刘大櫆：《论文偶记》，人民文学出版社1959年版。

沈德潜：《说诗晬语》，潘务正、李言编校：《沈德潜诗文集》。

苏文擢：《说诗晬语诠评》，台湾文史哲出版社1985年修订版。

王宏林：《说诗晬语笺注》，人民文学出版社2013年版。

薛雪：《一瓢诗话》，丁福保辑：《清诗话》。

黄子云：《野鸿诗的》，丁福保辑：《清诗话》。

吴雷发撰：《说诗菅蒯》，丁福保辑：《清诗话》。

田同之：《西圃诗说》，郭绍虞辑：《清诗话续编》。

李重华：《贞一斋诗说》，丁福保辑：《清诗话》。

方贞观：《方南堂先生辍锻录》，郭绍虞辑：《清诗话续编》。

查为仁：《莲坡诗话》，丁福保辑：《清诗话》。

边连宝：《病余长语》，齐鲁书社2013年版。

边连宝：《病余长语》，天津图书馆藏钞本。

马位：《秋窗随笔》，丁福保辑：《清诗话》。

乔亿：《剑溪说诗》，郭绍虞辑：《清诗话续编》。

顾龙振辑：《诗学指南》，乾隆间敦本堂刊本。

蔡钧辑：《诗法指南》，乾隆二十三年匠门书屋刊本。

杨际昌：《国朝诗话》，郭绍虞辑：《清诗话续编》。

秦朝钎：《消寒诗话》，丁福保辑：《清诗话》。

廖景文：《罨画楼诗话》，乾隆三十六年刊清绮堂全集本。

管世铭：《读雪山房唐诗钞序例》，郭绍虞辑：《清诗话续编》。

徐文弼辑：《汇纂诗法度针》，乾隆间聚盛堂刊本。

赵文哲：《媕雅堂诗话》，张寅彭主编：《清诗话三编》，上海古籍出版社2014年版。

翁方纲：《石洲诗话》，郭绍虞辑：《清诗话续编》。

翁方纲：《五言诗平仄举隅》，丁福保辑：《清诗话》。

翁方纲：《七言诗三昧举隅》，丁福保辑：《清诗话》。

翁方纲：《咏物七言律诗偶记》，嘉庆十一年刊本。

翁方纲：《王文简古诗平仄论》，丁福保辑：《清诗话》。

翁方纲：《论诗》，湖北省图书馆藏清影钞本。

袁枚：《随园诗话》，江苏古籍出版社2000年版。

詹杭伦、沈时蓉：《雨村诗话校证》，巴蜀书社2006年版。

李怀民：《紫荆书屋诗话》，《山东文献集成》第三辑影印本。

李宪乔：《凝寒阁诗话》，《山东文献集成》第三辑影印本。

李宪乔：《偶论四名家诗》，山东师范大学图书馆藏青丝栏笺稿钞本。

黄立世：《柱山诗话》，山东省博物馆藏高氏辨泂居辑钞《齐鲁遗书》。

崔迈：《尚友堂说诗》，《崔东壁先生遗书》附录，民国二十五年亚东图书馆排印本。

周维德辑：《蒲褐山房诗话新编》，人民文学出版社2011年版。

陶元藻：《全浙诗话》，浙江古籍出版社2015年版。

陶元藻：《凫亭诗话》，嘉庆元年刊本。

陆元铉：《青芙蓉阁诗话》，国家图书馆藏清稿本。

周春：《耄余诗话》，国家图书馆藏葛继常钞本。

吴文溥：《南野堂笔记》，嘉庆刊本。

方薰：《山静居诗论》，中国社会科学院文学所藏与《山静居画论》合订陆杏孙抄本。

方薰：《静居绪言》，郭绍虞辑：《清诗话续编》。

朱琰辑：《诗触》，嘉庆三年重刊本。

洪亮吉：《北江诗话》，人民文学出版社 1983 年版。

洪亮吉：《北江诗话》，粤雅堂丛书本。

法式善：《梧门诗话》，中国社会科学院文学研究所藏钞本。

张寅彭、强迪艺：《梧门诗话合校》，凤凰出版社 2005 年版。

法式善：《八旗诗话》，中国社会科学院文学所藏《梧门诗话》抄本附。

盛大士：《竹间诗话》，中国社会科学院文学所藏盛琪批稿本。

史承谦：《青梅轩诗话》，乾隆六十年刊本《史位存杂著六种》。

郭麐：《灵芬馆诗话》，嘉庆十二年家刊灵芬馆全集本。

郭麐：《樗园消夏录》，嘉庆间家刊灵芬馆全集本。

潘焕龙：《卧园诗话》，高洪钧编《明清遗书五种》，北京图书馆 2006 年版。

王景祺：《牧坡诗话》，山东大学图书馆藏乌丝栏清钞本。

俞俨：《生香诗话》，道光七年自刊生香花蕴合集本。

钱泳：《履园谭诗》，丁福保辑：《清诗话》

袁洁：《蠹庄诗话》，嘉庆二十五年刊本。

崔旭：《念堂诗话》，民国二十二年崔氏海云书屋刊本。

邓枝麟：《海粟诗话》，清刊巾箱本。

延君寿：《老生常谈》，郭绍虞辑：《清诗话续编》。

黄培芳：《香石诗话》，嘉庆十六年刊黄氏家集本。

黄培芳：《香石诗话》，《黄培芳诗话三种》，广东高等教育出版社 1995 年版。

黄培芳：《粤岳草堂诗话》，《黄培芳诗话三种》。

余成教：《石园诗话》，郭绍虞辑：《清诗话续编》。

吕善报：《六红诗话》，道光二十四年刊本。

梁邦俊：《小厓说诗》，道光二十八年刊本。

梁章钜：《退庵随笔》，郭绍虞辑：《清诗话续编》。

梁章钜辑：《试律丛话》，上海书店出版社 2001 年版。

谢堃：《春草堂诗话》，道光刊本。

方东树：《昭昧詹言》，人民文学出版社 1961 年版。

马星翼：《东泉诗话》，道光刊本。

马桐芳：《憨斋诗话》，道光十二年饮和堂刊本。

张维屏：《艺谈录》，咸丰间沈世良、倪鸿刊本。

张维屏：《国朝诗人征略》，中山大学出版社 2004 年版。

李树滋：《石樵诗话》，道光五年李氏湖湘采珍山馆刊巾箱本。

翁昱：《试律须知》，道光二十八年黄秩模刊逊敏堂丛书本。

陈仅：《竹林答问》，周维德校注《诗问四种》，齐鲁书社 1985 年版。

梁九图：《十二石山斋诗话》，道光间梁氏十二石山斋刊本。

潘清撰：《挹翠楼诗话》，同治二年自刊巾箱本。

李长荣：《茅洲诗话》，光绪三年重刊本。

何曰愈：《退庵诗话》，光绪九年刊本。

王宝书：《味灯诗话》，《云南丛书》，中华书局 2009 年影印本。

林寿图：《榕阴谈屑》，中国社会科学院文学所藏钞本。

周树模：《沈观斋诗稿》，民国二十二年影印周氏钞本。

陈来泰：《寿松堂诗话》，咸丰四年刊本。

林联桂：《见星庐馆阁诗话》，道光三年与赋话、词稿合刊本。

林昌彝：《射鹰楼诗话》，上海古籍出版社 1988 年版。

林昌彝：《海天琴思录》，上海古籍出版社 1988 年版。

林昌彝：《海天琴思续录》，上海古籍出版社 1988 年版。

康发祥：《伯山诗话》，咸丰间刊本。

吴德旋：《初月楼古文绪论》，人民文学出版社 1959 年版。

许印芳：《诗法萃编》，《云南丛书》初编本。

于祉：《澹园诗话》，咸丰刊本。

王气中：《艺概笺注》，贵州人民出版社 1986 年版。

刘熙载：《艺概·诗概》，郭绍虞辑：《清诗话续编》。

胡曦：《湛此心斋诗话》，兴宁先贤丛书影印守先阁藏传钞本。

张清标：《楚天樵话》，光绪十八年汉川甑山书院刊本。

朱庭珍：《筱园诗话》，郭绍虞辑《清诗话续编》。

吴仰贤：《小匏庵诗话》，光绪八年刊本。

李慈铭：《越缦堂诗话》，商务印书馆1925年版。

钱仲联编校：《陈衍诗论合集》，福建人民出版社1999年版。

陈衍：《石遗室诗话》，人民文学出版社2004年版。

钱振锽：《星影楼壬辰以前存稿》，光绪十八年刊本。

钱振锽：《快雪轩诗话》，光绪十八年木活字本《快雪轩文集》附。

周实：《无尽庵诗话》，民国元年上海国光印刷所铅印本。

龙汇川：《汇川诗话》，民国二十三年龙氏家塾石印本。

杨香池：《偷闲庐诗话》，张寅彭主编：《民国诗话丛编》，上海书店出版社2002年版。

王礼培：《小招隐馆谈艺录》，民国二十六年湖南船山学社排印本。

俞大纲：《寥音阁诗话》，《俞大纲全集》，台湾幼狮文化事业公司1987年版。

陈伯海编：《历代唐诗评论选》，河北大学出版社2003年版。

钱仲联、王蘧常编：《万首论诗绝句》，人民文学出版社1991年版。

中国戏剧研究院编：《中国古典戏曲论著集成》，中国戏剧出版社1959年版。

## 二 今人著述

梁启超：《中国近代三百年学术史》，中华书局1936年版。

孟森：《清史讲义》，中华书局2010年版。

孟森：《明清史论著集刊》，中华书局2006年版。

钱穆：《国史大纲》，台湾商务印书馆1985年版。

陈垣：《陈垣史学论著选》，上海人民出版社1981年版。

缪钺：《缪钺全集》，河北教育出版社2004年版。

王止峻：《史事丛谈》，台湾商务印书馆1986年版。

张舜徽：《学林脞录》，《爱晚庐随笔》，湖南教育出版社1991年版。

李详：《李审言文集》，江苏古籍出版社 1989 年版。

徐亮工编：《中国近三百年学术史论》，上海古籍出版社 2006 年版。

黄裳：《翠墨集》，生活·读书·新知三联书店 1985 年版。

黄裳：《前尘梦影新录》，齐鲁书社 1989 年版。

尚小明：《学人游幕与清代学术》，社会科学文献出版社 1999 年版。

张宏杰：《饥饿的盛世》，湖南人民出版社 2012 年版。

欧立德：《皇帝亦凡人：乾隆·世界史中的满洲皇帝》，台湾八旗文化 2015 年版。

高王凌：《乾隆十三年》，经济科学出版社 2012 年版。

黄爱平：《四库全书纂修研究》，中国人民大学出版社 2001 年版。

司马朝军：《〈四库全书总目〉编纂考》，武汉大学出版社 2005 年版。

《清史论集》第十三辑，台湾文史哲出版社 1997 年版。

《清史译丛》第 4 辑，中国人民大学出版社 2005 年版。

李亦园审订：《观念史大辞典》，台湾幼狮文化事业股份有限公司 1987 年版。

艾尔弗雷德·诺思·怀特海：《观念的历险》，上海译文出版社 2013 年版。

爱德华·扬格：《试论独创性作品——致〈查理士·格兰狄逊爵士〉作者书》，人民文学出版社 1998 年版。

J. C. 兰色姆：《新批评》，江苏教育出版社 2006 年版。

王恩衷编译：《艾略特诗学文集》，国际文化出版公司 1989 年版。

丹纳：《艺术哲学》，广西师范大学出版社 2002 年版。

雷纳·韦勒克：《近代文学批评史》第一卷，上海译文出版社 1987 年版。

雷纳·韦勒克：《近代文学批评史》第二卷，上海译文出版社 1989 年版。

德里达：《解构与思想的未来》，吉林人民出版社 2006 年版。

松下忠：《江户时代的诗风诗论》，学苑出版社 2008 年版。

陈德文编译：《永井荷风散文选》，百花文艺出版社 1997 年版。

鲁迅：《鲁迅全集》，人民文学出版社 2014 年版。

鲁迅：《且介亭杂文二集》，人民文学出版社 1973 年版。

张隆溪：《道与逻各斯》，四川人民出版社 1998 年版。

陶东风：《文体演变及其文化意蕴》，云南人民出版社 1994 年版。

曹顺庆编：《中西比较美学文学论文集》，四川文艺出版社 1985 年版。

铃木虎雄：《中国诗论史》，台湾商务印书馆 1972 年版。

朱东润：《中国文学批评史大纲》，上海古籍出版社 2005 年版。

郭绍虞：《中国文学批评史》，上海古籍出版社 1979 年版。

郭绍虞：《照隅室古典文学论集》，上海古籍出版社 1983 年版。

方孝岳：《中国文学批评》，生活·读书·新知三联书店 1986 年版。

王运熙、顾易生主编：《中国文学批评史》，上海古籍出版社 1985 年版。

黄保真、蔡钟翔、成复旺：《中国文学理论史》，北京出版社 1987 年版。

徐英：《诗法通微》，黄山书社 2011 年版。

朱光潜：《诗论》，武汉大学出版社 2008 年版。

钱锺书：《谈艺录》，中华书局 1984 年增订本。

刘若愚：《中国的文学理论》，江苏教育出版社 2006 年版。

周勋初：《文史探微》，上海古籍出版社 1987 年版。

余历雄编：《师门问学录》，凤凰出版社 2004 年版。

吴文治：《吴文治文存》，凤凰出版社 2013 年版。

张健：《诗话与诗》，台湾五南图书出版公司 2002 年版。

张健：《诗话与诗评》，台湾文津出版社 2006 年版。

张健：《中国文学批评》，台湾五南图书出版公司 1992 年版。

龚显宗：《诗话初探》，台湾凤凰城图书公司 1984 年版。

杨松年：《中国文学评论史编写问题论析》，台湾文史哲出版社 1988 年版。

张廷银：《族谱所见文学批评资料整理研究》，人民文学出版社 2012 年版。

龚鹏程：《文化·文学与美学》，台湾时报出版公司 1988 年版。

黄维梁：《中国诗学纵横论》，台湾洪范书店 1977 年版。

张伯伟：《中国古代文学批评方法研究》，中华书局 2002 年版。

江弱水：《诗的八堂课》，商务印书馆 2017 年版。

葛晓音：《汉唐文学的嬗变》，北京大学出版社 1990 年版。

川合康三：《终南山的变容》，上海古籍出版社 2007 年版。

齐治平：《唐宋诗之争概述》，岳麓书社 1984 年版。

戴文和：《"唐诗""宋诗"之争研究》，台湾文史哲出版社 1997 年版。

周裕锴：《法眼与诗心——宋代佛禅语境下的诗学话语建构》，中国社会科学出版社 2014 年版。

浅见洋二：《距离与想象》，上海古籍出版社 2005 年版。

陈斐：《南宋唐诗选本与诗学考论》，大象出版社 2013 年版。

丁放、朱欣欣：《元明清诗歌批评史》，安徽大学出版社 1995 年版。

陈文新：《明代诗学》，湖南出版社 2000 年版。

廖可斌：《明代文学复古运动研究》，商务印书馆 2008 年版。

陈国球：《明代复古派唐诗论研究》，北京大学出版社 2007 年版。

蔡瑜：《高棅诗学研究》，台湾大学出版委员会 1990 年版。

郑利华：《前后七子研究》，上海古籍出版社 2015 年版。

李思涯：《胡应麟文学思想研究》，中国社会科学出版社 2012 年版。

严明：《中国诗学与明清诗话》，台湾文津出版社 2003 年版。

李圣华：《冷斋明清诗话》，上海古籍出版社 2007 年版。

青木正儿：《清代文学评论史》，中国社会科学出版社 1988 年版。

钱仲联：《梦苕庵诗话》，齐鲁书社 1986 年版。

钱仲联：《梦苕庵论集》，中华书局 1993 年版。

魏中林整理：《钱仲联讲清诗》，苏州大学出版社 2004 年版。

吉川幸次郎：《清雍乾诗说》，《吉川幸次郎遗稿集》第 3 卷，日本筑摩书房 1995 年版。

吴宏一：《清代诗学初探》，台湾牧童出版社 1977 年版。

王英志：《清人诗论研究》，江苏古籍出版社 1986 年版。

严迪昌：《清诗史》，台湾五南图书出版公司 1998 年版。

严迪昌：《清诗史》，浙江古籍出版社 2002 年版。

邬国平、王镇远：《清代文学批评史》，上海古籍出版社 1995 年版。

吴宏一：《清代文学批评论集》，台湾联经出版事业公司 1998 年版。

张健：《清代诗学研究》，北京大学出版社 1999 年版。

吴淑钿：《近代宋诗派诗论研究》，台湾文津出版社 1996 年版。

吴孟复：《桐城文派述论》，安徽教育出版社 1992 年版。

赵建章：《桐城派文学思想研究》，北京图书馆出版社 2003 年版。

贺严：《清代唐诗选本研究》，人民出版社 2007 年版。

王志民主编：《清诗与传统》，齐鲁书社 2008 年版。

韩胜：《清代唐诗选本研究》，中国社会科学出版社 2010 年版。

王兵：《清人选清诗与清代诗学》，中国社会科学出版社 2011 年版。

王顺贵：《清代格调论诗学研究》，中国社会科学出版社 2010 年版。

张燕瑾、吕薇芬主编：《清代文学研究》，北京出版社 2001 年版。

陈伟文：《清代前中期黄庭坚诗接受史研究》，中国人民大学出版社 2012 年版。

黄景进：《王渔洋诗论之研究》，台湾文史哲出版社 1980 年版。

徐文博、石钟扬：《戴名世论稿》，黄山书社 1985 年版。

葛惠玮：《〈原诗〉与〈一瓢诗话〉之比较研究》，台湾花木兰文化出版社 2008 年版。

胡幼峰：《沈德潜诗论探析》，台湾学海出版社 1986 年版。

王宏林：《沈德潜诗学思想研究》，人民出版社 2010 年版。

陈岸峰：《沈德潜诗学研究》，齐鲁书社 2011 年版。

顾远芗：《随园诗说的研究》，商务印书馆 1936 年版。

杜松柏：《袁枚》，台湾"国家出版社" 1982 年版。

胡明：《袁枚诗学述论》，黄山书社 1986 年版。

司仲敖：《随园及其性灵诗说之研究》，台湾文史哲出版社 1988 年版。

简有仪：《袁枚研究》，台湾文史哲出版社 1988 年版。

王建生：《袁枚的文学批评》，台湾圣环图书公司 2001 年版。

石玲：《袁枚诗论》，齐鲁书社 2003 年版。

王英志：《袁枚评传》，南京大学出版社 2002 年版。

J. D. Schmidt, *Harmony Garden：The Life，Literary Criticism，and Poetry of Yuan Mei*，London：Routledge Curzon，2003.

王建生：《赵瓯北研究》，台湾学生书局 1988 年版。

周明仪：《赵瓯北诗及其诗学研究》，台湾花木兰文化出版社 2008 年版。

宋如珊：《翁方纲诗学之研究》，台湾文津出版社 1993 年版。

曾守正：《权力、知识与批评史图像》，台湾学生书局 2008 年版。

龚诗尧：《〈四库全书总目〉之文学批评研究》，台湾花木兰出版社 2005 年版。

杨子彦：《纪昀文学思想研究》，中国社会科学出版社 2015 年版。

王达敏：《姚鼐与乾嘉学派》，学苑出版社 2007 年版。

简有仪：《蒋士铨及其诗文研究》，台湾洪叶文化事业有限公司 2002 年版。

徐国华：《蒋士铨研究》，上海古籍出版社 2010 年版。

《蒋士铨研究资料集》，江西人民出版社 1985 年版。

赖安海：《李调元文化研究述论》，现代教育出版社 2008 年版。

程日同：《盛世的变徵与正声——清代诗人钱载研究》，岳麓书社 2014 年版。

蒋寅：《大历诗人研究》，中华书局 1995 年版。

蒋寅：《学术的年轮》，中国文联出版社 2000 年版。

蒋寅：《王渔洋事迹征略》，人民文学出版社 2001 年版。

蒋寅主编：《中国古代文学通论·清代卷》，辽宁人民出版社 2004 年版。

蒋寅：《清诗话考》，中华书局 2007 年增订版。

蒋寅：《古典诗学的现代诠释》，中华书局 2009 年增订版。

蒋寅：《清代诗学史》第一卷，中国社会科学出版社 2012 年版。

蒋寅：《王渔洋与康熙诗坛》，凤凰出版社 2013 年增订版。

## 三 学位论文

李丰楙：《翁方纲及其诗论》，硕士学位论文，台湾政治大学，1978 年。

吴瑞泉：《沈德潜及其格调说》，硕士学位论文，台湾东吴大学，1980 年。

林秀蓉：《沈德潜及其弟子诗论之研究》，硕士学位论文，台湾高雄师范学院，1986 年。

查清华：《明格调派研究》，博士学位论文，上海师范大学，1999 年。

杨桂芬：《纪昀诗学理论研究》，硕士学位论文，台湾中山大学，2002 年。

王镱容：《传播·声誉·性别——以袁枚〈随园诗话〉为中心的文化研究》，

硕士学位论文，台湾暨南大学，2002 年。

林纯祯：《袁枚诗中"趣"的研究》，硕士学位论文，台湾彰化师范大学，2003 年。

刘奕：《清代中期经学家文学思想研究》，博士学位论文，复旦大学，2007 年。

邱怡瑄：《纪昀的试律诗学》，硕士学位论文，台湾政治大学，2009 年。

徐羡秋：《纪昀评点诗歌研究》，博士学位论文，复旦大学，2009 年。

陈小凤：《沈德潜〈七子诗选〉研究》，硕士学位论文，安徽师范大学，2011 年。

李铮：《赵翼性灵诗论探究》，硕士学位论文，宁夏大学，2012 年。

## 四　期刊论文

钱锺书：《中国固有的文学批评的一个特点》，《文学杂志》1937 年 1 卷 4 期。

全增佑：《清代幕僚制度论》，《思想与时代》第 31、32 期，1944 年版。

郭绍虞：《肌理说》，《国文月刊》第 43、44 期合刊，1946 年 6 月版。

汪辟疆：《论高密诗派》，《中华文史论丛》第二辑，中华书局上海编辑所 1962 年版。

郭绍虞：《试测沧浪诗话的本来面貌》，《艺林丛录》第五编，香港商务印书馆 1964 年 12 月版。

刘若愚：《清代诗说论要》，《香港大学五十周年纪念论文集》第 1 辑，香港大学 1964 年版。

松村昂：《〈随园诗话〉的世界》，《中国文学报》第 22 册，1968 年 4 月版。

今井清：《关于〈全五代诗〉》，《东方学报》第 41 册，1970 年版。

吴宏一：《沈德潜的格调说》，《幼狮月刊》第 44 卷 3 期，1976 年版。

河田悌一：《清代学术的一个侧面——朱筠、邵晋涵、洪亮吉及章学诚》，《东方学》第 57 辑，1979 年 1 月版。

松村昂：《沈德潜与〈清诗别裁集〉》，《名古屋大学教养部纪要》第 23 辑，1979 年版。

刘乾：《高密诗派抄本〈晋唐六家五言诗选〉》，《文物》1981 年第 10 期。

张隆溪：《诗无达诂》，《文艺研究》1983 年第 4 期。

廖栋梁：《六朝诗评中的形象批评》，《文学评论》第 8 期，1984 年版。

李锐清：《沈德潜"格调说"的来源及理论》，《香港中文大学中国文化研究所学报》第 16 期，1985 年版。

梅运生：《古文和诗歌的会通与分野——桐城派谭艺经验之新检讨》，《安徽师范大学学报》1986 年第 1 期。

詹福瑞：《中国古代咏物诗说的理论探索》，《河北大学学报》1986 年第 4 期。

隽雪艳：《〈玉台新咏考异〉为纪昀所作》，《文史》第二十六辑，中华书局 1986 年版。

王镇远：《纪昀文学思想初探》，《古代文学理论研究》第十一辑，上海古籍出版社 1986 年版。

胡幼峰：《试论〈唐诗别裁集〉编选之得失》，《古典文学》第十集，台湾学生书局 1988 年版。

关道雄：《纪昀的宋诗优劣说——兼及他的论诗主张》，《文学遗产增刊》第十七辑，中华书局 1991 年版。

张志远：《薛雪生平小考》，《浙江中医学院学报》1991 年第 1 期。

钱仲联、严明：《袁枚新论》，《文学遗产》1994 年第 2 期。

郭隽杰：《〈韩诗臆说〉的真正作者为李宪乔》，《首都师范大学学报》1995 年第 3 期。

王镇远：《论翁方纲的肌理说》，《文学遗产》增刊第十七辑，中华书局 1997 年版。

陈新璋：《论沈德潜在唐诗学上的建树》，《华南师大学报》1998 年第 2 期。

严明：《清诗特色形成的关键——论康、乾时期的诗风转变》，《苏州大学学报》1998 年第 2 期。

吴承学：《论〈四库全书总目〉在诗文评研究史上的贡献》，《文学评论》1998 年第 6 期。

王友胜：《论纪昀的苏诗评点》，《中国韵文学刊》1999 年第 2 期。

张灵聪：《清前中期的时代与文学》，《江海学刊》2000 年第 2 期。

王英志：《随园女弟子考述》，《江南社会学院学报》2000 年第 4 期。

简锦松：《李梦阳诗论之"格调"新解》，《古典文学》第十五辑，台北学生书局 2000 年版。

张简坤明：《再论"性灵"一词的涵义——"袁枚性灵诗论"为例》，《清代学术论丛》第六辑，台湾文津出版社 2001 年版。

丁履谟：《赵翼的文学思想》，《清代学术论丛》第六辑，台湾文津出版社 2001 年版。

王英志：《袁枚与沈德潜交游考述》，《古籍研究》2001 年第 2 期。

薛亚军：《清人选评笺注唐人试帖》，《中国典籍与文化》2001 年第 2 期。

钟慧玲：《陈文述与碧城仙馆女弟子的文学活动》，《东海中文学报》第 13 期，2001 年 7 月版。

周明秀：《论桐城派诗论的主要内容及其形成过程》，《文艺理论研究》2002 年第 4 期。

陈宇俊、马亚中：《试论戴名世对桐城诗派的影响》，《苏州大学学报》2003 年第 4 期。

刘汉忠：《"高密诗派"传衍广西考述》，《广西地方志》2003 年第 4 期。

陈平原：《文派、文选与讲学》，《学术界》2003 年第 5 期。

张宏生：《佛禅思维方式与唐代咏物诗举隅》，《古典文献研究》2003 年，江苏古籍出版社 2003 年版。

陈国球：《明清"格调"诗说研究知见目录》，《中国诗学》第 8 辑，人民文学出版社 2003 年版。

卢坡：《姚范年谱简编》，《古籍研究》第 59 卷，安徽大学出版社 2003 年版。

傅刚：《"文史"与"诗文评"——论文学批评的分类》，《新史学》第 1 辑，大象出版社 2003 年版。

傅刚：《〈玉台新咏〉版本补录》，《文史》2004 年第 3 辑。

查清华：《格调论的思维模式》，《社会科学战线》2004 年第 6 期。

王恒柱：《从〈偶论四名家诗〉看清高密诗派对王士禛的评价》，《山东师范大学学报》2005 年第 3 期。

廖宏昌：《沈德潜诗学体系建立的思维理路》，《北京化工大学学报》2005 年第 4 期。

李建昆：《试论李怀民〈重订中晚唐诗主客图〉》，《东海中文学报》第 17 期，2005 年 7 月。

包云志：《刘墉、周永年、吴大澂、叶昌炽未刊信札四通考释》，《古籍整理研究学刊》2006 年第 3 期。

查清华：《中国诗学的"格"论》，《人文杂志》2006 年第 3 期。

廖宏昌：《〈文心雕龙〉纪评的折中思维与接受》，《文史哲》2006 年第 6 期。

张然：《说"伧"气——从一个角度谈翁方纲的诗论与创作》，《江汉论坛》2006 年第 10 期。

廖宏昌：《清代宋诗之争的另一种类型：西昆、江西之争与纪昀的思维》，《文与哲》9，2006 年版。

贺严：《御选唐诗与清代文治》，《山西大学学报》2007 年第 1 期。

闵定庆：《选本与文学权力意志的外化——试论沈德潜诗歌选本批评的"正典"意识》，《江西财经大学学报》2007 年第 2 期。

王炜：《格调对神韵的兼容——从〈国朝诗别裁集〉选王士禛诗看沈德潜的"格调说"》，《武汉大学学报》2007 年第 4 期。

方盛良：《清代士商互动之文化原生态个案考论——厉鹗与"小玲珑山馆"》，《文学评论》2007 年第 4 期。

石旻：《阻隔的一时双璧——关于〈随园诗话〉忽略清溪吟社之分析》，《苏州大学学报》2007 年第 5 期。

陈志扬：《清代对试律诗艺的探索》，《社会科学辑刊》2007 年第 6 期。

邱美琼：《由求同到证异：翁方纲对黄庭坚诗歌的接受》，《江西社会科学》2007 年第 10 期。

王鹏凯、黄琼谊：《廿一世纪以来纪昀文学与文论研究的现况与趋势》，《东海大学图书馆馆讯》第 66 期，2007 年 3 月版。

周中明：《姚鼐对人生道路的重大抉择——姚鼐中年主动辞官的原因辨析》，《古籍研究》2007 年卷上，安徽大学出版社 2007 年 7 月版。

曹虹：《帝王训饬与文统理念——清代文学生态研究之一》，《古典文献研究》第 10 辑，凤凰出版社 2007 年版。

王英志：《袁枚题〈十三女弟子湖楼请业图〉二跋考》，《中国典籍与文化》2008 年第 1 期。

潘中华：《从诗文看钱载与翁方纲交往》，《新美术》2008 年第 1 期。

陈伯海：《清人选唐试帖诗概说》，《古典文学知识》2008 年第 5 期。

郑幸：《袁枚佚札四通考述——兼及袁枚、杨芳灿交游考》，《苏州大学学报》2008 年第 6 期。

傅刚：《略论纪昀的〈玉台新咏〉研究》，《人文中国学报》第 14 期，2008 年 10 月版。

王英志：《手抄本〈袁枚日记〉（一）》，《古典文学知识》2009 年第 1 期。

杨有山：《性灵诗派源头考辨》，《中国文学研究》2009 年第 2 期。

张宗霞：《论方贞观〈辍锻录〉的诗论倾向》，《黄山学院学报》2009 年第 2 期。

周怀文：《桐城文学津梁——姚范》，《船山学刊》2009 年第 2 期。

李永贤、吕会玲：《赵翼、袁枚诗学观异同初探》，《南京师范大学文学院学报》2009 年第 3 期。

张然：《肌理说：中才诗人的学诗指南》，《文学评论》2009 年第 4 期。

卢坡：《钱锺书"桐城亦有诗派"续说》，《合肥师范学院学报》2009 年第 4 期。

贺国强、魏中林：《论"诗人之诗"与"学人之诗"》，《学术研究》2009 年第 9 期。

李德伟：《论袁枚〈随园女弟子诗选〉呈现之诗学观及其在清代文学史上之意义》，《东华汉学》第 10 期，2009 年 12 月版。

郑利华：《前七子诗论中情理说特征及其文学指向》，王瑷玲主编：《明清文学与思想中之情、理、欲——文学篇》，台湾"中央研究院"中国文哲研究所2009年版。

胡可先：《汪辟疆〈苏诗选评笺释〉批语辑录》，《古典文献研究》第12辑，凤凰出版社2009年版。

程日同：《钱载诗学是"肌理说"的一个当世渊源》，《河北学刊》2010年第7期。

莫崇毅：《翁方纲诗学体系再认识》，《古代文学理论研究》第30辑，华东师范大学出版社2010年版。

唐芸芸：《逆笔：翁方纲论黄庭坚学杜》，《云梦学刊》2011年第1期。

段宗社：《论沈德潜的诗歌批评模式》，《淮阴师范学院学报》2011年第3期。

戎霞、梁扬：《论汪为霖与广西高密诗派的关系》，《阅读与写作》2011年第10期。

邹鹏：《"性灵派"谱系的理论缺陷及就宗派立论的误区》，《社会科学家》2011年第11期。

盛宁：《对"现代主义"在中国影响的再思考》，《文学评论》2012年第1期。

邬国平：《赵执信〈谈龙录〉与康雍乾诗风转移》《徐州师范大学学报》2012年第1期。

李福标：《〈韩昌黎诗集编年笺注〉李宪乔批校在粤地的流传》，《文献》2012年第2期。

刘欢萍：《吴锡麒诗论与浙派诗学思想的深化与新变》，《苏州大学学报》2012年第3期。

单重阳：《谈艺不讥明七子——姚鼐诗法论初探》，《安徽大学学报》2012年第6期。

唐芸芸：《复初斋试诗·赋得春从何处来小议》，《古籍整理研究学刊》2012年第6期。

黄裳：《来燕榭读书丛札》（续），《东方早报·上海书评》2012年2月

12 日。

黄爱平：《宋诗话中"格"的复杂意蕴及其诗学意义》，《华南理工大学学报》2013 年第 1 期。

范建明：《论沈德潜早年的论诗绝句及其诗学意义》，《厦门广播电视大学学报》2013 年第 2 期。

郭康松、郗韬：《论乾嘉学人诗：以翁方纲诗为中心》，《中南大学学报》2013 年第 2 期。

丁俊丽：《李宪乔评点韩愈诗歌之成就新论》，《周口师范学院学报》2013 年第 6 期。

李圣华：《王渔洋的佛门交游及其禅宗思想——厘清渔洋"诗""禅"关系之公案的必要阐释》，《中国诗学》第 17 辑，人民文学出版社 2013 年版。

张高评：《翁方纲〈石洲诗话〉论宋诗宋调——以苏轼、黄庭坚诗为核心》，《文与哲》第 22 期，2013 年版。

黄一农：《袁枚〈随园诗话〉编刻与版本考》，《台大文史哲学报》第 79 期，2013 年版。

潘中华、杨年丰：《钱载批点翁方纲诗整理》，《古代文学理论研究》第 36 辑，华东师范大学出版社 2013 年版。

刘奕：《生成情境与诗学意涵——以沈德潜"温柔敦厚"说为核心的考察》，《中华文史论丛》2014 年第 2 期。

孙纪文、葛亚敏：《沈德潜诗学思想的调和意味与文化内涵》，《四川文理学院学报》2014 年第 3 期。

江小角、王佳佳：《刘大櫆对清代徽州教育的贡献及影响》，《安徽史学》2014 年第 3 期。

梁结玲：《士子游幕与乾嘉文学》，《中南民族大学学报》2014 年第 3 期。

彭国忠：《〈唐人试律说〉：纪昀的试律诗学建构》，《文艺理论研究》2014 年第 5 期。

王宏林：《〈雨村诗话〉并称群体及其对乾嘉诗史的建构》，《四川省第二届李调元学术研讨会论文汇编》，四川省民俗学会秘书处编，2014 年 9 月版。

江庆柏：《〈四库全书初次进呈存目〉研究》，《中国典籍与文化论丛》，凤凰出版社 2014 年版。

唐芸芸：《未刊稿〈石洲诗话〉卷十与翁方纲"肌理"说的完成》，《中国诗学》第 18 辑，人民文学出版社 2014 年版。

龙野：《〈石洲诗话〉卷十手稿的内容与价值》，《中国诗学》第 18 辑，人民文学出版社 2014 年版。

范建明：《清代诗人施兰垞及其文学活动考论——兼谈袁枚〈答沈大宗伯论诗书〉的写作时间问题》，《苏州大学学报》2015 年第 1 期。

李金松：《诗人之诗、才人之诗与学人之诗划分及其诗学意义》，《文学遗产》2015 年第 1 期。

张然：《"盛世"情节：肌理说的生成背景》，《嘉应学院学报》2015 年第 4 期。

唐芸芸：《试帖诗与翁方纲诗学观》，《井冈山大学学报》2015 年第 4 期。

刘鹏：《清藏书家袁廷梼生平发覆——一个苏州家族的兴衰》，《天一阁文丛》第 12 辑，浙江古籍出版社 2015 年版。

曾贤兆：《论沈德潜的宋诗观及其对叶燮诗学的接受》，《甘肃社会科学》2016 年第 1 期。

孙利政：《钱大昕集外诗文新辑》，《南京师范大学文学院学报》2016 年第 1 期。

程日同：《钱载与翁方纲后期关系考论》，《文学遗产》2016 年第 5 期。

杨曦：《南京图书馆藏〈方南堂先生手批杜诗〉考论》，《南京师范大学文学院学报》2017 年第 4 期。

唐芸芸：《翁方纲"正面实作"诗学观研究》，《中国诗学》第 23 辑，人民文学出版社 2017 年版。

张易和：《孤本〈耕读堂集〉的多维观照》，《江苏师范大学学报》2018 年第 5 期。

蒋寅：《作为批评家的严羽》，《文艺理论研究》1998 年第 3 期。

蒋寅：《古典诗学中"清"的概念》，《中国社会科学》2000 年第 1 期。

蒋寅：《中国古代对诗歌之人生意义的理解》，《山西大学学报》2002 年第 2 期。

蒋寅：《不说破——含蓄概念之形成及内涵增值过程》，《中国学术》2002 年第 3 期，商务印书馆 2002 年 11 月版。

蒋寅：《科举阴影中的明清文学生态》，《文学遗产》2004 年第 1 期。

蒋寅：《在传统的阐释与重构中展开》，《中国社会科学》2006 年第 6 期。

蒋寅：《清诗话的写作方式及社会功能》，《文学评论》2007 年第 1 期。

蒋寅：《原始与会通：意境概念的古与今》，《北京大学学报》2007 年第 3 期。

蒋寅：《冯班与清代乐府观念的转向》，《文艺研究》2007 年第 8 期。

蒋寅：《贾岛与中晚唐诗歌的意象化进程》，《文学遗产》2008 年第 5 期。

蒋寅：《中国古代文体互参中"以高行卑"的体位定势》，《中国社会科学》2008 年第 5 期。

蒋寅：《杜甫是伟大诗人吗？——历代贬杜论的谱系》，《国学学刊》2009 年第 3 期。

蒋寅：《王渔洋"神韵"的审美内涵和艺术精神》，《中国社会科学》2012 年第 2 期。

蒋寅：《家数·名家·大家——有关古代诗歌品第的一个考察》，《东华汉学》15 辑，2012 年版。

蒋寅：《韩愈诗风变革的美学意义》，《政大中文学报》第 18 期，2012 年版。

蒋寅：《乾嘉之际诗歌自我表现观念的极端化倾向——以张问陶的诗论为中心》，《复旦学报》2014 年第 1 期。

# 后　记

一部著作写完，总有许多感慨，尤其是这种写作多年的著作，就像历经艰辛跑完的马拉松，长舒一口气之余，实在是感触良多，甚至不知从何说起。

学者历来就分两种，套一句曹植的话说就是"或好烦文博采、深沉其旨者，或好离言辨句、分毫析厘者。所习不同，所务各异"（《文心雕龙·定势》引）。我大概属于前一种，若按以赛亚·柏林区分的狐狸、刺猬两大类，我应该近于狐狸一类，很难长久地专注于一个研究对象。幸运的是，诗学史研究恰好是一种不断更新的研究，像一个农夫每天都在开垦荒地，或者说更像一个探险者，每天朝着既确定又不清楚的目的地跋涉。有人走过的路段尚可遵循前人的足迹——这不等于说没有或不需要另辟蹊径，没有人走过的路段则全靠自己探索。乾隆一朝的诗学应该说是前人涉足较多的境域，自日本学者铃木虎雄《中国诗论史》以明清三大诗说建构起明代以降诗学史的框架，研究乾隆间格调说和性灵说的论著层出不穷，数量甚至超过清代前期诗学的研究。近年对翁方纲肌理说的研究也加入进来，形成乾隆朝诗学研究前所未有的盛况，也越来越清楚地建构起以格调、性灵、肌理为支撑的乾隆诗学的认识框架。

较为丰富的成果积累，既为我提供了广泛的参考文献，同时也给我的研究带来一定的压力。如何超越前人的成就，将乾隆朝诗学研究提升到一个新的高度，不用说是横亘在我意识中心的首要问题。

在决定撰写《清代诗学史》之初，我就将目标瞄准了雷纳·韦勒克的《近代文学批评史》，希望能写出一部反映中国 17—20 世纪初诗学发展的历史，目的是展现中国诗学在这近三百年间的极度丰富和长足发展，为学界完整地认识古典诗学的面貌进而重新审视中国文学理论和批评的传统提供一个新的更重要的是较为完整的参照。比照弗·施莱格尔"最好的艺术理论就是艺术历史"的说法，最好的诗学理论也就是诗学历史。的确，"每门科学的完成往往无非是其历史性的哲学成果"①，只有建立在诗学史的细致梳理之上的理论反思才能完整而具体地呈现古典诗学的逻辑展开和层累式的演进过程。因此，我首先坚持展示历史的丰富性第一的原则，并认同圣伯夫的看法，"历史太重逻辑便谈不上真实"②。长久以来，韦勒克一直是我十分景仰的学者。多数中文系的学生都知道他是著名的《文学理论》的两个作者之一，但对我来说，他首先是《近代文学批评史》的作者，没有如此渊博的学识，他和沃伦不可能写出《文学理论》来。韦勒克胸中装着整个欧洲近代文学批评，我却只能涉猎中国的清代。但这不能成为妄自菲薄的理由，因为清代二百七十年间产生了也许同欧洲一样多甚至更多的诗论著作，现知起码超过 1800 部，现存仍逾 1000 种。我们拥有如此丰富的诗学文献，而且在学术理念上，我与韦勒克有个很大的不同，就是他认为批评史"完全是思想史中的一个分枝，跟当时所产生的实际文学关系并不大"，因而他的基本设想是"理论与实践的关系是非常间接的；而且我们可以忽略它，因为我们的目的毕竟主要是对各种思想的了解"③。他曾就华兹华斯来说明，批评史家要提出的问题仅仅是："华兹华斯的理论意味着什么，他的言论是否言之成理，他的理论产生的情况和背景以及对别的批评家的影响又是什么？"④ 尽管他不排除文学创作作为背景对理论的影响，但却回避了理论对创作的导向和具体影响。这或许与他新批评派的立场，与他看待文学写作的方式有关，但这种看待创作实践的态度却割舍了理论研究的一个重要面向。我看待这一问题的原则正好相反，即充分重视理论、批评给写作带来的影响；同时，相对于批评的言论是否言之成理，我更关注的是作者为什么要这么说，即运用话语分析的方式来探究乾隆时代的诗学理论所

---

① 雷纳·韦勒克：《近代文学批评史》第一卷，杨自伍译，上海译文出版社 1989 年版，第 9—10 页。
② 雷纳·韦勒克：《近代文学批评史》第三卷，第 53 页。
③ 雷纳·韦勒克：《近代文学批评史》第一卷，第 7 页。
④ 同上书，第 9 页。

包含的个性色彩，这对习惯于"六经注我"的言说方式的中国古代文论来说，无疑是非常必要的。

到今天，历史学者（希望历史学家不要将我自居为历史学者视为僭越）已没有必要为自己写什么不写什么来做辩护，我要做的就是对"历史最可能事实的恰当重构"——这个摘自怀特海《观念的历险》的短句①，是我最喜欢的对历史写作的简洁表述。最可能的事实绝不等同于客观事实，历史写作中也不存在所谓客观事实，我们只能根据自己的理解来建构关于某个历史对象的知识。我所论述的乾隆朝诗学仍然只是我认识的那个部分，写什么不写什么完全取决于个人判断，其中固然不乏同于（绝不是重复）前人的认识，但更多的见解是基于我的研究和发现。同其他学者的著作相比，我经常意识到自己行文繁复，袁枚一章写了九万多字，纪昀一章也写了近九万字，而且过多地引用了原文。但这正是我的写作宗旨。除了秉承远略近详的传统史学观念，"久则论略，近则论详。略则举大，详则举小"（《荀子·非相》）之外②，还有一个理由就是这部《清代诗学史》其实不是写给研究清代诗学的人看的，倒毋宁说是写给不研究清代诗学乃至不研究古代文学的读者看的，希望他们通过书中引述的大量原文，可以约略窥见古典诗学的晚期，诗论家们如何谈论诗学、批评诗歌，不仅了解这些诗论家的想法，甚至能直观地感知他们的批评方法和言说方式。为此我全文照录了洪亮吉《北江诗话》中一则千余字的意象批评，以便读者对这种富有民族特色的批评方法有个直观的印象。我想读者一定不会介意我多录一段原始文献，而宁愿自己去检阅《北江诗话》。这种考虑终不免增加全书的篇幅，而使自己的一些想法和判断淹没在大量的文献中。但我自己仍然感觉本卷的论述比第一卷更有深度和理论性，非但讨论的问题更具有理论色彩，各章节内容的互见和关联也更为频繁更为紧密，而且与前代诗学的关涉也随处可见，其中凝聚了大量我对古代诗学史的思考。如果说第一卷较多拓荒性的内容，以提出原创性的命题为主要贡献，那么本卷更多的是独辟蹊径，在许多老生常谈的问题上拿出自己的独到看法。无疑，本

---

① 怀特海：《观念的历险》，洪伟译，上海译文出版社 2013 年版，第 157 页。
② 朱东润：《中国文学批评史大纲·自序》："应当根据远略近详的原则，对于近代的批评家加以详密的叙述。"

卷的研究对象都已积累不少先行成果，但我仍提出许多新的问题，即便是格调、性灵、肌理这些基本概念的诠释，我也一一提出了与现有研究不同的论断和评价，我相信这对于古代文论体系的建构是会有参考价值的。

本卷的写作从 2010 年完成第一卷后即开始准备，2013 年申请国家社科基金基础研究课题获得立项，随即正式开始工作。由于调查文献和其他一些基础工作在撰写第一卷时已部分完成，课题的研究和写作无疑要比第一卷进展得快一些。2016 年 7 月，我受聘到华南师范大学文学院任教，省却许多琐务，遂得顺利完成翁方纲诗学和全书绪论两部分文稿，在今年初统稿付梓。原计划本卷还有一些专门性的诗学问题要作综合性的论述，如地域诗学、断代诗学、历代诗集的注释、前代诗学文献的整理、古代诗学理论的诠释和深化、诗歌声律学的精密化等等。这些问题或研究成果已多（如杜诗学研究），难以出新；或尚待拓荒，一时很难完成有深度的系统研究。迄今只完成了《乾隆时期诗歌声律学的精密化》一文，发表在《复旦学报》2018 年第 1 期，其他的内容只能留待以后从容探讨。

本书的撰写经过就是这样，需要说明的是，作为一部通史性的诗学史著作，本书不可能不参考先出的论著，吸收它们的成果，我已详细注明了所参考的书籍，但出版在我论文发表之后的论著一般不再征引，除非其中有重要资料或结论足以改写或补充我的论述。书后仍旧附录各章节最初发表的期刊或论文集，以便读者参照，同时也借此机会向发表拙稿的学术期刊表示感谢。尤其要提到的是《中国社会科学》的李琳博士、《文艺研究》的陈斐博士，两位在审稿中都提供了细致的修改意见，使拙作的表述更臻完密，同时还促使我对有关问题做更深入的思考。责任编辑郭晓虹博士曾为第一卷文稿精心编校，这次又细致审读原稿，为我订正不少文字错漏，谨在此一并致谢！

蒋 寅

二〇一八年二月一日于华南师范大学文学院